谷长春／主编

○ 满族口头遗产传统说部丛书 ○

比剑联姻（上）

本书讲述了满族先世靺鞨人创建渤海国，与同时代的中央政权唐王朝彼此交往的一段佳话，从而歌颂了以红罗女为代表的一大批各族英豪的果敢智慧、坚韧顽强、勇于同邪恶势力进行斗争的民族性格。故事情节跌宕，气势恢宏，有很强的吸引力。

傅英仁　关墨卿／讲述　王松林／整理

吉林人民出版社

满族口头遗产传统说部丛书

满族说部是我国非物质文化遗产的瑰宝

周巍峙 题 丙戌年

满族说部是北方民族的百科全书

九十三翁贾芝

丙戌之春

本书照片由王松林提供

"红罗女"流传地区之一——吉林省珲春市敬信乡

渤海时期第一代郡王大祚荣建立震国的山城——冬牟山

渤海时期二十四石遗址（吉林省敦化市）

渤海国宫城遗址（吉林省敦化市）

渤海古都上京遗址夹旗石

萨满神偶

王松林先后11次北上黑龙江宁安采访傅英仁老人

傅英仁老人表演满族民间玛虎舞蹈

傅英仁老人与王松林先生在一起研究满族面具图谱

满族口头遗产传统说部丛书编委会

主　编：谷长春
副主编：吴景春　周维杰　荆文礼

编　委：（以姓氏笔画为序）
　　　　于　敏　王宏刚　王松林
　　　　尹俊明　朱　彤　邢万生
　　　　谷长春　吴景春　苑　利
　　　　周维杰　周殿富　荆文礼
　　　　赵东升　胡维革　曹保明
　　　　富育光　傅英仁　魏克信

编辑部主任：荆文礼（兼）

总序

  《满族口头遗产传统说部丛书》在文化部和中共吉林省委、省人民政府的领导与支持下，经过有关科研和文化工作者多年的辛勤努力和编委会的精选、编辑、审定，现在陆续和读者见面了。

  中华民族大家庭中的满族，同其他民族一样有着自己独特的文化源流，作为非物质文化遗产的满族传统说部，是满族民族精神和文化传统的重要载体之一。"说部"，是满族及其先民传承久远的民间长篇说唱形式，是满语"乌勒本"（ulabun）的汉译，为传或传记之意。20世纪初以来，在多数满族群众中已将"乌勒本"改为"说部"或"满族书"、"英雄传"的称谓。说部最初用满语讲述，清末满语渐废，改用汉语并夹杂一些满语讲述。在漫长的历史进程中，满族各氏族都凝结和积累有精彩的"乌勒本"传本，如数家珍，口耳相传，代代承袭，保有民族的、地域的、传统的、原生的形态，从未形成完整的文本，是民间的口碑文学。清末以来，我国社会发生了翻天覆地的变化，由于历史的、社会的、政治的、文化的诸多原因，满族古老的习俗和原始文化日渐淡化、失忆甚至被遗弃，及至"文革"，满族传统说部已濒临消亡。抢救与保护这份珍贵的民族文化遗产已迫在眉睫。现在奉献给读者的《满族口头遗产传统说部丛书》，是抢救与保护满族传统说部的可喜成果。

  吉林省的长白山是满族的重要发祥地。满族及其先民世世代代在白山黑水间繁衍生息，建功立业，这里积淀着深厚的满族文化底蕴，也承载着满族传统说部流传的历史。吉林省抢救满族传统说部的工作始于20世纪80年代初。在党的十一届三中全会解放思想、拨乱反正精神的指引下，民族民间文化遗产重新受到重视，原吉林省社会科学院有关科研人员，冲破"左"的思想束缚，率先提出抢救满族传统说部的问题，得到了时任吉林省社会科学院院长、历史学家佟冬先生的支持，并具体组织实施抢救工作。自1981年起，我省几位科研工作者背起行囊，深入到吉林、黑龙江、辽宁、北京以及河北、四川等满族聚居地区调查访问。他们历经四五年的艰辛，了解了满族说部在各地的流传情况，掌握了第一手资料，并对一些传承人讲述的说部进行了录音。后来由于各种原因使有组织的抢救工作中断了，但从事这项工作的科研人员始终怀有抢救满族说部的"情结"，工作仍在断断续续地进行。1998年，吉林省文化厅在从事国家艺术科学规划重点项目《十大艺术集成志书》的编纂工作中，了解到上述情况，感到此事重大而紧迫，于是多次向文化部领导和专家、学者汇报、请教。全国艺术科学规划领导小组组长、中国文联主席周巍峙同志，文化部社文图司原司长陈琪林同志，著名专家学者钟敬文、贾芝、刘魁立、乌丙安、刘锡诚等同志都充分肯定了抢救满族传统说部的重要意义，并提出许多指导性的意见。几经周折，在认真准备、具体筹划的基础上，于2001年8月，吉林省文化厅重新启动了这项工程。2002年6月，经吉林省人民政府批准，省文化厅成立了吉林省中国满族传统说部艺术集成编委会，团结省内外一批专家、学者和有识之士，积极参与满族说部的抢救、保护工作。

　　这项工作，得到中国民间文艺家协会以及黑龙江、辽宁、北京、河北、吉林等省市民间文艺家协会和有关人士的认同与无私帮助，特别是得到了文化部和有关部门的鼎力支持。2003年8月，满族传统说部艺术集成被批准为全国艺术科学"十五"规划国家课题；2004年4月，被文化部列为中国民族民间文化保护工程试点项目；2006年5月被国务院批准为第一批国家级非物质文化遗产名录。这使我们增强了责任感、使命感和克服困难的信心。根据文化部和中国民族民间文化保护工程国家中心有关指示精神，我们对满族说部采取全面的保护措施，不但要忠实记录，保护好文本，还要保护传承人及其知识产权；不但要保护与说部的讲述内容和表现形式相关的资料，还要保护与说部传承相关的文物，从而对满族说部这一口头遗产进行整体保护。我们坚持保护为主、抢救第一的原则，以只争朝夕的精神，组织科研人员到满族聚居地区深入普查，扩大线索，寻源探流，查访传承人，利用现代化手段，通过录音、录像、文字记录等方式采录传承人讲述的说部。在记录整理过程中，不准许增删、编改，只是在文法、句式、史实方面作适当的梳理和调整，严格保持满族传统说部的原创性、科学性、真实性，保持讲述人的讲述风格、特点，保持口述史的原汁原味。

几年来的工作，使我们深感"抢救"二字的重要。目前健在的传承人多已年逾古稀，体弱多病，渐渐失去记忆。就在二三年前，我们刚刚采录完傅英仁、马亚川讲述的说部，还没来得及进一步发掘其记忆宝库，他们就溘然长逝了。一些熟悉往昔满族古老生活的长者和说部传承人，如二十多年前我们曾经访问过的黑龙江省的富希陆、杨青山、关墨卿、孟晓光，吉林省的何玉霖、许明达、关士英、赵文金、胡达千、张淑贞，辽宁省的张立忠，北京市的陈氏兄弟、富察·庄净，河北省的王恩祥，四川省的刘显之等先生都已相继谢世，使其名传遐迩、珍藏在记忆中的说部无以名世，成为永远的遗憾。今天出版这套丛书，也是对他们最好的纪念。

《满族口头遗产传统说部丛书》所选的作品，都是满族各氏族传承人讲述的优秀传统说部的忠实记录，反映了满族及其先民自强不息、勤劳创业、爱国爱族、粗犷豪放、骁勇坚韧的民族精神，具有很强的思想震撼力和艺术感染力，可以说是我国民间文学中的宝贵珍品，具有较高的科学价值。它的出版，不仅是对弘扬我国优秀民族文化遗产，建设社会主义先进文化的贡献，而且也为世界非物质文化遗产保护工程增添了一分光彩。

一、满族传统说部产生的历史渊源

满族及其先民是一个有着悠久历史的古老民族。满族的先民肃慎人自古就在白山黑水一带繁衍。据《山海经》载："东北海之外……大荒山中有山，名曰不咸，有肃慎氏之国。"据《孔子家语》卷四载：肃慎就以"楛矢石砮"为信物贡服于周天子。而后，汉、魏、晋、南北朝之挹娄、勿吉，隋唐之靺鞨，辽宋之女真，明清之满洲，这些同属于肃慎族系，只是不同朝代称谓不同罢了。唐朝初年，靺鞨人曾建立"渤海国"，是北方少数民族的地方政权，史称"海东盛国"。辽代以降，满族先世黑水女真部迅速崛起，其首领阿骨打，承继祖业，敏毗韬晦，扫平有二百余年历史的桀骜恃强的庞然大国——辽王朝，建立了雄踞北方的大金王朝。到金世宗乌禄时代，在文化和经济等诸方面均达到了鼎盛时期，史称"小尧舜"。明末，建州女真首领努尔哈赤统一女真诸部，建立中国历史上又一个东北少数民族地方政权"后金"。其后人又从建立大清国，到打败明王朝，定鼎中原。满族及其先民绵长的一脉相承的历史，是满族传统说部赖以产生的客观基础。

满族是一个创造源远流长、光辉灿烂文化的民族。满族及其先民女真人作为北方边远的游牧、渔猎少数民族，能够两度逐鹿中原，建立政权时间长达420年，对统一中国版图，形成多元一体的历史格局产生了深远影响，做出了重要贡献，这是与其以自己的文化养育顽强、坚毅的民族精神分不开的。一方水土养一方人。满族及其先民历经三千余年的风雨沧桑，世代生活在广袤数千里的山林原野，征伐变乱的砥砺，苦寒环境的锤炼，培育了自己的民族精神与品格，使他们成为粗犷剽悍、质朴豪爽、善歌尚勇、多情重义，"精骑射，善捕捉，重诚实，尚诗书，性直朴，习礼让，务农敦本"（引自《盛京通志》）的民族。渤海的武人颇喜角斗，以骁勇为荣，有"三人渤海当一虎"（引自宋·洪皓《松漠纪闻》）之谚。靺鞨人盛行歌舞之风，其渤海乐不仅传入中原王朝和日本，而且在民间不断延续流传。金太祖完颜阿骨打在对辽作战相当激烈的时候，便命开国元勋完颜希尹创制女真文字，在金朝建国不久的太祖天辅三年（1119年）正式颁行，当时被称为国书。女真有了文字，促进了文化的发展，以歌伴舞在民间广为盛行。有些贵族子弟为求佳偶，常"携尊驰马，戏饮其地，妇女闻其至，多聚观之，间令侍坐，与之酒则饮，亦有起舞讴歌以侑觞者"（见《三朝北盟会编》）。这说明，女真民间一直保持先祖古朴的风俗习惯。随着北宋灭亡，金人大量入关，女真民间歌舞很快传遍中原大地，甚至在金、元杂剧中广为传唱。满洲统治者从建立后金到入主中原，注意保持满族及其先民尚武骑射和语言风俗方面的独立性，努尔哈赤时期创制满文，皇太极时期改革老满文，推动了民族文化的发展。康、雍、乾等几代皇帝，在强调"国语骑射"为治国之本的同时，也注意各民族之间的文化交流与融合，特别是积极吸收汉文化。这是满族传统说部得以滥觞的文化根源。

几度争战几度崛起，几度鼎盛几度衰落，漫长的历史充满着可歌可泣的英雄人物和壮烈悲怆的故事，构筑了深厚的文化根基，从而孕育和产生了古朴而悠久的满族民间口头文学——传统说部。满族说部的形成与传播，历史相当久远。满族先民，在从肃慎、挹娄到靺鞨以及创建大金国的历史过程中，各氏族、部落迁徙、动荡、分合频繁，到明中叶以后，随着女真社会内部矛盾日益尖锐，强凌弱，众暴寡，各部落之间互相争雄，连年战乱，及至进入清代，内部争斗不断，外患与内祸迭起，这使各个氏族都无法选择地交织在历史的漩涡里，涌现众多的英雄人物和感人的业绩。满族及其先民凭借自己对善恶美丑的感受和对社会现象的审视，把一桩桩、一件件值得传诵、讴歌的人和事，详细地记载在各个氏族世代传袭的口碑之中，以此谈古论今。为此，不遗余力地随时积累、记录、采集、传扬本氏族的英雄故事，以光耀门楣，激励族人。满族诸姓氏间，都以据有"乌勒本"而赢得全族的拥戴和尊重，"乌勒本"令族众铭记和崇慕。

满族传统说部的广泛流传得益于"讲古"的习俗。满族及其先世女真人，是一个讲究慎终追远，重视求本寻根的民族。他们通过"讲古"、"说史"、"唱颂根子"的活动，将"民间记忆"升华为世代传承的说部艺术。讲古，就是一族族长、萨满或德高望重的老人讲述族源传说、家族历史、民族神话以及萨满故事等。元人宇文懋昭所撰的《金志》中说，女真金代习俗，"贫者以女年笄行歌于途，其歌也乃自叙家世"。这说明在女真时期就有"行歌于途"，"自叙家世"的讲古习俗。据《金史》卷六六载："女真既未有文字，亦未尝有记录，故祖宗事皆不载。宗翰好访问女真老人，多得祖宗遗事。"从中可知，金代初期民间讲古的习俗就很盛行，已引起上层统治者的重视。据《金史·乐志》载：世宗不令女真后裔忘本，重视女真纯实之风，大定二十五年四月，幸上京，宴宗室于皇武殿，共饮乐。在群臣故老起舞后，自己吟歌，"上歌曲道祖宗创业艰难……歌至慨想祖宗音容如睹之语，悲感不复能成声"。世宗及群臣参与"唱颂根子"的活动，势必张扬民间讲古的习俗。满族先人的故事在"讲古"中传播，在传播中又不断被加工、修改或产生新的故事。讲古不单单是本氏族内部的事，各氏族间互相比赛，场面十分热烈。据《爱辉十里长江俗记》中记载："满洲众姓唱诵祖德至诚，有竞歌于野者，有设棚聚友者。此风据传康熙年间来自宁古塔，戍居爱辉沿成一景焉。"由此可见，满族早年讲唱"乌勒本"，是相当活跃的，甚而搭棚竞歌，聚众观之。此景与我国南方一些民族的歌圩相类似。

满族及其先民将"讲古"、"说史"、"唱颂根子"的"乌勒本"，推崇到神秘、肃穆和崇高的地位，考其源，同满族先民所虔诚信仰的原始宗教萨满教的多元神崇拜观念，有着十分密切的关系。原始先民在漫长的社会劳动和生活中，由于生产力的极端低下，无力与强大的自然力抗衡，于是幻想在人的周围有一种超自然的力量主宰一切，并认为自然的东西都有灵魂，是他们控制着人类，给人类带来幸福，也带来灾难。正如恩格斯所说的，"由于自然力被人格化了，最初的神产生了"。这就是万物有灵论和原始神话。原始先民有了原始信仰和原始神话，便利用各种方法举行祭祀，向神灵祈祷、膜拜，于是产生了原始宗教，即萨满教。在萨满教诸神中，除自然神祇、动物神祇（包括图腾神祇）外，最重要而数目繁多者便是人神，即祖先英雄神祇。宗教与民俗从来就是形影相随的，"讲古"的习俗与萨满教的祭祀仪式结合了起来。满族及其先民以讲唱氏族英雄史传为中心主题的说部艺术，正是依照传统的宗教习俗，对本族英雄业绩和不平凡经历的讴歌和礼赞。人们对祖先英雄神，供奉它，赞美它，毕恭毕敬，祈祷祖灵保佑族众，荫庇子孙。萨满教极力崇奉祖灵，亦包括对本族历世祖先和英雄神祇的讴歌与缅怀。所以，在萨满祭祀中，有众多歌颂和祈祷祖先神祇的神谕、赞文、诗文和祷语，亦有叙事体的长篇祖先英雄颂词。满族及其先民的"颂祖"、"讲祖"礼俗，世代承继不衰，是因为把勉励子孙铭记祖先创业艰难，承继祖德宗功，继往开来，奋志蹈进，作为祖先崇拜的根本目的和信条。特别是乾隆十七年颁布的《钦命满洲跳神祭天典礼》，统一了萨满祭规，使萨满祭祀变成家族祭祖活动，把祖先崇拜推向高峰。经年累世，各氏族在集体智慧的滋育下，赞文日益丰富扩展，情节愈加凝炼集中，使之逐渐升华为长篇祖先颂歌。这也成为满族传统说部的一种源流。

二、满族传统说部的本体特征

满族传统说部经过千百年来的创作、传承和演变，形成了独特的表现空间和表现形式。满族先民自古"无文墨，以语言为约"（《太平御览》卷七八四），所以，说部是以口头形式产生和传承的，讲唱内容全凭记忆。最初记述手段，用一缕缕棕绳的纽结、一块块骨石的凹凸、一片片兽革的裂隙，刻述祖先的坎坷历程。这便是说部的最古老的形态，也叫"古本"、"原本"、"妈妈本"。满族人将这种"妈妈本"尊称"乌勒本"特曷。古人就是通过望图生意，看物想事，唱事讲古的。随着社会的发展，氏族中文化人的增多，满族说部的"妈妈本"逐渐用满文、汉文或汉文标音满文来简写提纲和萨满祭祀时赞颂祖先业绩的"神本子"。讲述人凭着提纲和记忆，发挥讲唱天赋，形成洋洋巨篇。

满族传统说部内容丰富，气势恢宏，它包罗天地生成、氏族聚散、古代征战、部族发轫兴亡、英雄颂歌、蛮荒古祭、生产生活知识等，每一部说部都是长篇巨著。满族说部之所以如此厚重，主要有以下三个方面的因素：

（一）关于记录和评说本氏族所发生的重大历史事件的说部，具有极严格的历史史实约束性，不允许隐饰，以翔实的根据来讲述；

（二）说部由氏族中德高望重、出类拔萃的专门成员承担整理和讲述义务，整理和讲述时吸收了众人谈资，所讲内容全凭记忆，口耳相传，无固定文本拘束，因而愈传愈丰愈精，是群体创作的累积；

（三）具有民间口头文学的生动性。说部多由一个主要故事为经线，辅以多个枝节故事为纬线，环环相扣，错综复杂，又杂糅地域的、民俗的奇特情景，加之口语化的北方语言，因而有深厚的文化积淀和感人的艺术魅力。

据我们掌握的三十余部满族说部来分析，从内容上可分为四种类型：

（一）窝车库乌勒本：俗称"神龛上的故事"，是由氏族的萨满讲述，并世代传承下来的萨满教神话和萨满祖师们的非凡神迹。窝车库乌勒本主要珍藏在萨满的记忆与一些重要的神谕及萨满遗稿中，如黑水女真人创世神话《天宫大战》、东海萨满创世史诗《乌布西奔妈妈》、爱辉地区流传的《音姜萨满》、《西林大萨满》等。

（二）包衣乌勒本：即家传、家史。如富察氏家族富希陆、傅英仁从爱辉、宁安传承的姊妹篇《萨大人传》和《萨布素将军传》（又名《老将军八十一件事》），黑龙江省双城县马亚川先生承袭的《女真谱评》，河北石家庄王氏家族传承的《忠烈罕王遗事》，乌拉部首领布占泰后裔赵东升先生承袭祖传的《扈伦传奇》，富氏家族传承的《顺康秘录》、《东海沉冤录》，傅英仁先生传承的《东海窝集传》等。

（三）巴图鲁乌勒本：即英雄传。满族说部有关这方面的内容很丰富，可分为两大类：一是真人真事的传述，如金代的《金兀术传》，明末清初的《两世罕王传》（又名《漠北精英传》）、《雪妃娘娘和包鲁嘎汗》，清中期的《飞啸三巧传奇》等；一是历史传说人物的演义，如《乌拉国佚史》、《佟春秀传奇》等。

（四）给孙乌春乌勒本：即说唱故事。这部分主要歌颂各氏族流传已久的历史传说中的英雄人物，如渤海时期的《红罗女》、《比剑联姻》，明代的《白花公主传》以及民间说唱故事《姻缘传》、《依尔哈木克》等。

满族传统说部在长期流传中形成了自己独特的风格，凝聚了有别于其他口头文学的鲜明特征。主要表现在：

（一）讲述环境的严肃性。各氏族讲唱"乌勒本"是非常隆重而神圣的事情。一般在逢年遇节、男女新婚嫁娶、老人寿诞、喜庆丰收、氏族隆重祭祀或葬礼时讲唱"乌勒本"。讲唱"乌勒本"之前，要虔诚肃穆地从西墙祖先神龛上，请下用石、骨、木、革绘成的符号或神谕、谱牒，族众焚香、祭拜。讲述者事前要梳头、洗手、漱口，听者按辈分依序而坐。讲毕，仍肃穆地将神谕、谱牒等送回西墙上的祖宗匣子里。这一系列程序表明有严格的内向性和宗教气氛。不像平时讲"朱奔"（意为故事、瞎话）那样随便地姑妄言之，姑妄听之。

（二）讲述目的的教化性。满族传统说部与萨满祖先崇拜的敬祖、颂祖、祭祖观念密切相关。讲述祖先过去的事情，都是真实地记述，是对祖先英雄业绩的虔诚赞颂，不允许隐瞒粉饰和随意编造，否则则认为是对祖先的不敬。讲唱说部的目的，不只是消遣和余兴，而是非常崇敬地视为培育儿孙的氏族课本和族规祖训，是对族人进行爱国、爱族、爱家的教育，起到增强氏族凝聚力的作用。因此，讲述内容、目的以及题材艺术化程度，均与话本、评书有较大区别。

（三）讲述形式的多样性。满族传统说部多为叙事体，以说为主，或说唱结合，夹叙夹议，活泼生动，并偶尔伴有讲叙者模拟动作表演，尤增加讲唱的浓烈气氛。从《萨大人传》和《飞啸三巧传奇》中我们可以看出，有说有唱，甚至还记录了讲唱的曲谱。讲唱说部关键在于说，说讲究真、细、险、趣四个字。真，即真实，故事情节合情入理，真实可信；细，即细腻，绘声绘色，细致入微；险，即惊险，突出关键的地方，有悬念，有艺术魅力；趣，即语言要风趣幽默，使人发笑。说唱时多喜用满族传统的以蛇、鸟、鱼、狍等皮革蒙制的小花抓鼓和小扎板伴奏，情绪高扬时听众也跟着呼应，击双膝伴唱，构成跌宕氛围，引人入胜。

（四）传承的单一性。满族传统说部的承继源流，主要以氏族中的一支或家庭中直系传承为主，虽有师传，但多半是血缘承袭，祖传父，父传子，子子孙孙，承继不渝，从而保持了说部传承的单一性与承继性。《萨大人传》是富察氏家族的祖传珍藏本，其传承顺序是：富察氏家族第十一世祖、清道光朝武将发福凌阿传给长子、爱辉副都统衙门委哨官伊郎阿将军；伊郎阿又传给长子富察德连；富察德连又传给其子富希陆和其侄富安禄、富荣禄；富希陆又传给长子富育光。一般来说，讲唱人大都与说部所宣扬的事件及其主人公有直系血缘关系，他们既对本氏族历史文化有一定的素养，又谙熟说部内容，并有组成说部题材结构的卓越能力和创作才华。《扈伦传奇》的传承就是很好的证明，其最早的传承人乌隆阿，纳喇氏第十一代，他把家史传给曾孙德明（五品官，通今博古），德明经过梳理后传给其侄十六辈霍隆阿（笔帖式），再传给十七辈双庆（五品官，精通满汉文），下传伊子崇禄（八品委官），二十辈的赵东升继承祖父崇禄先生，对家史进行整理。这些传承人都有高深的文化和创作才能。他们把记忆和传讲自己的族史视为己任，当做崇高而神圣的事情，世代不渝。他们在氏族中自行遴选弟子或由自己的后裔承继传诵。传承的方法是口耳相传，心领神会。所以，传承人在满族说部的纵向传承与横向传播的过程中，为保存民族文化遗产做出了应有的贡献。可以说，没有传承人，就没有满族说部。

（五）流传的地域性。满族说部在一些地域流传过程中，深受广大群众喜爱。因此，有的说部逐渐脱离原氏族的范围，被众多氏族传承诵颂，如《尼山萨满传》、《红罗女》、《飞啸三巧传奇》、《双钩记》（又名《窦氏家传》）、《松水凤楼传》、《姻缘传》等，在长期传诵中，已成为该地域更多姓氏甚至外族群众讲述的书目，并代代传承。

满族传统说部和其他口头文学一样，在流传过程中也有变异性。在传播中，传承人根据自己对讲述内容的认识和理解，不断加工、升华，从而产生新的故事纲目。特别是，随着氏族的繁荣，分出各个支系，每个支系都有自己的传承人，在讲述内容和形式上也有了变化。所以在不同的支系、不同的地域出现了不同的传本，如《红罗女》在黑龙江省牡丹江一带流传《比剑联姻》、《红罗女三打契丹》，而吉林省的东部就有《银鬃白马》、《红罗绿罗》等不同传本，这是正常的现象。说部在传播中演变，获得新的发展，并吸收汉族的评书和明清小说章回体的特点，这正是满族传统说部具有顽强生命力的表现。

三、满族传统说部的价值和意义

满族传统说部,是满族及其先民在一定历史时期、一定社会中的一种意识形态的反映,其中蕴藏着丰富、凝重的社会、历史内容。

满族传统说部具有历史学价值。满族传统说部大都是以古代英雄人物为中心、以历史事件为背景编织而成的,是述说满族及其先民各个部落、氏族的兴亡发轫、迁徙征战、拓疆守土、抵御外患等"先人昨天的故事"。如《萨大人传》、《东海窝集传》、《扈伦传奇》等所讲述苦难的经历,不朽的宗功,都从不同的侧面反映了各个氏族充满血泪、卓绝斗争的雄浑壮阔的历史。从各个氏族的说部中,能使人更好地了解到满族及其先民是怎样从遥远的过去走过来的,经历了哪些曲折坎坷和历史沧桑,而且比起正史有更多底层人民群众的历史活动和当时社会各层面的具体细节。高尔基说:"如果不知道人民的口头创作,那就不可能知道劳动人民的真正历史。"说部的历史价值在于它是原生态的历史记忆,是"那时"民间留存下来的口述史。满族的先世在没有文字时,许多史实都靠各个氏族的说部代代相传,据《金史》卷六六载:"天会六年(1128年)诏书求访祖宗遗事,以备国史。命勖与耶律迪越掌之,勖等采撷遗言旧事,自始祖以下十帝,综为三卷。"金代统治者重视采集民间遗闻旧事,并根据民间传说给始祖以下十帝立传,编入金史,这是满族说部为民间口述史的很好证明。满族说部是满族及其先民用自己的声音记述自己的历史,对各个部落、氏族重大事件的生动描写,细致记录,很多实事是鲜为人知的,有的补充了史料之不足,有的供专家研究或可匡正史误。说部以浩瀚的内容、恢宏的气势展示北方民族生动、具体的历史画卷,提供了各个历史时期活生生的人文景观。在《两世罕王传》、《扈伦传奇》、《雪妃娘娘和包鲁嘎汗》中记述了明朝与女真的交往、马市的内幕、东海窝集部与乌拉部的关系、扈伦四部争锋角逐、努尔哈赤创建八旗对女真的分化等等,都是各部族祖先的亲身经历。这对满族史、民族关系史、东北涉外疆域史的研究,都有见证历史的特殊价值。

满族传统说部具有文学审美价值。满族传统说部之所以能够世代传承诵颂,因为它具有独立情节,自成完整结构体系,人物描写栩栩如生、有血有肉,是歌颂克难履险、不畏强暴、能征善战、疾恶如仇的英雄的壮丽诗篇,充满了对英雄的崇敬,对美好生活的向往。说部中讲述的故事曲折生动,扣人心弦,语言朴实无华,简洁明快,具有感人至深的艺术魅力。许多说部都展现了浓郁的民族风韵,朴素、剽悍的独特风格,贯穿了反抗强权、除暴安良、保家卫国、急公好义、扶危济贫、知恩必报的积极主题,突出体现了满族及其先世的人文精神。它对启迪人们的智慧,端正人们的品格,鼓舞爱国主义思想,增强民族自豪感,有着潜移默化的作用。满族传统说部中反映的内容,与人民息息相通,因而受到北方各族群众的欢迎和享用。像《尼山萨满传》《萨大人传》《雪妃娘娘和包鲁嘎汗》《松水凤楼传》等故事早已在达斡尔、鄂温克、赫哲、鄂伦春、锡伯以及汉族中广泛流传,只是过去没有被发掘而已。说部的创作不排除有被流放到北疆的高官和文化人的参与,如《飞啸三巧传奇》把北方民族抗俄守边的斗争与宫廷斗争相联系做了具体生动的描写,就可见流民文学的影子。满族传统说部创世神话《天宫大战》,反映了原始先民与自然力的抗争,歌颂了掌管日月运行、人类繁衍的三百女神与恶神进行惊心动魄地鏖战,是我国史前文化的重要遗迹,可以同世界诸民族的古神话相媲美,丰富了世界神话宝库。满族传统说部中的史诗《尼山萨满传》和有着六千余行的萨满史诗《乌布西奔妈妈》,以北方民族的独特语言,瑰丽神奇的情节,宏伟磅礴的气势,歌颂了萨满的丰功伟绩,具有很强的震撼力。可以说,满族说部是满族及其先世的史诗,是民族文化的精华和古井,是我国和世界学术界研究满族及其先民历史和文化的不可或缺的宝贵资料,填补了我国民间文学史的空白。

　　满族传统说部具有民俗学价值。满族及其先世,在长期社会生活中,主要靠口碑传承生产、生存经验。在《飞啸三巧传奇》、《雪妃娘娘和包鲁嘎汗》中介绍了用桦树皮造纸、皮张的熟制、不同兽肉的制作和保鲜、鱼油灯的制作过程等古老工艺,还介绍了北方各种草药的药性和采集,北方少数民族的海葬、水葬、树葬等民俗。在《天宫大战》中介绍了祭火神,"跑火池",在《两世罕王传》中记述了明末清初一种娱柳活动——"跑柳池"等等。因此满族传统说部,为我们展现了满族及其先民等北方诸民族沿袭弥久的生产生活景观、五光十色的民俗现象、生动的萨满祭祀仪式和古时的天文地理、航海行舟、地动卜测、医药祛病以及动植物繁衍知识等,特别是有关生产知识,操作技艺,往往通过故事中的口诀和韵语得以传承。这为研究北方诸民族的人文学、社会学、民俗学、宗教学等学科提供了具体、真实、形象的资料,使这些学科得到印证、阐明和补充。所以,有些专家称满族传统说部是北方诸民族的"百科全书",其言不为过誉。

满族及其先民,数千年来,在亚洲阿尔泰语系乃至通古斯文化领域里,做出了不可泯灭的贡献。特别是有清二百六十余年来,为世界文化保留了浩瀚的满学典籍及各种文化遗产,满语的翻译历来为世界各国学者所青睐,满学已成为民族学、语言学的重要学科。满语因久已废弃,现存满语仅是清代书面语的沿用。近年来,我们采录了黑龙江省孙吴县78岁的何世环老人用流利的满语讲述的《音姜萨满》、《白云格格》等满族说部,它向世人重新展示了久已不闻的仍活在民间的活态满语形态,这对世界满学以及人文学的研究是弥足珍贵的。除此,在满族传统说部中还保留着大量的环太平洋区域古老民族与部落的古歌、古谣、古谚,故而具有丰富世界文化宝库的意义。

满族传统说部作为民间口述史,其中对历史的记忆也会有不真实、不准确的地方,但它毕竟是民间口头文学而不是史书,作为信史虽不排斥传说但不可要求口头传说与史书一样真实可信。满族及其先民由于受历史的局限和各种思想的影响,在说部中难免有不健康的东西和封建糟粕的成分,但这不是主流,它和所有非物质文化遗产一样,自有其存在的价值。我们把满族传统说部原原本本地奉献给广大读者,相信在批判地继承民族文化遗产的原则指引下,一些不健康的东西会得到剔除。我们在采录、整理、校勘、编辑过程中难免有所疏漏,敬请读者批评指正。

我们抢救、保护和编辑、出版《满族口头遗产传统说部丛书》,是为了贯彻落实党的十六大精神和"三个代表"重要思想,传承中华文明,发展社会主义先进文化,为建设社会主义精神文明和构建和谐社会尽绵薄之力,希望这套丛书的出版能发挥它应有的作用。

谷长春

2006 年 6 月

目录

《比剑联姻》版本流传概述 …………………… 王松林　001

楔　子

一男三女悉心学艺　只手托天全力授徒……………………001

第一回

狼烟忽起渤海国边塞被侵吞　智退敌兵红罗女出山首立功……010

第二回

红罗女劝父迎唐使　大祚荣巧得二常侍……………………018

第三回

姐妹俩女扮男装瞒天过海　大祚荣遣派使臣赴唐谢恩…………023

第四回

张元遇额穆梭路遇强贼　蒲查隆黑大汉惺惺相惜………………029

第五回

蒲查兄弟智破高丽兵　四花姐妹审问二"头领"…………………034

第六回

副总管追问前情　迟勿异细说根由……………………………038

第七回

用巧计全席二将军供认　感隆恩额穆梭群众犒军………………043

第八回

防患未然吓退劫营兵　借道乌拉郎将遇老友……………………047

第九回
蒲查隆艺高挫败四督事　再破乌拉双战东门兄妹…………………… 053

第十回
施绝艺诚服东门兄妹　收乌拉巧退契丹敌兵…………………………… 057

第十一回
聂都尉刁难朝唐使　蒲查隆义释上官杰………………………………… 063

第十二回
拓拔虎英雄虎胆单船来访　蒲查隆正气凛然戏耍聂仲………………… 070

第十三回
以武会友降服拓拔虎　张灯结彩喜迎朝唐使…………………………… 077

第十四回
赛马会上宝马皆上品　演练场中战将无虚名…………………………… 084

第十五回
老寨主赴宴先定归附事　蒲查隆追贼剑斩三达摩……………………… 091

第十六回
接圣旨左平章计议查流寇　展军威蒲查隆巧扮探消息………………… 099

第十七回
赫连英偶遇抢亲贼　蒲查隆用计平山寨………………………………… 103

第十八回
蒲查隆会审四寨主　王常伦投诚表真心………………………………… 110

第十九回
拓拔虎夫妇擒信使　左平章计议审凶僧………………………………… 116

第二十回
比论轻功义收王常伦　假扮阴曹夜审凶和尚…………………………… 122

第二十一回
蒲查隆欲探白马寺　蒲查盛追兄马如风………………………………… 128

002

第二十二回
赫连姊妹喜重逢　蒲查兄弟施善财………………………… 133

第二十三回
赫连文辞山寨齐奔洛阳　信义店亲友逢悲喜交加…………… 140

第二十四回
蒲查隆一探白马寺　李太白获救悠然间……………………… 147

第二十五回
老化郎有意引路　赫连英急来会师…………………………… 152

第二十六回
西门信指点迷津　猴与熊巧抓贼秃…………………………… 157

第二十七回
夜袭白马寺众英雄齐救李太白　深夜难成眠两姐妹共忆忽汗湖…… 163

第二十八回
登萍渡水齐探湖中孤峰　巧遇重生共谒古寺高僧…………… 168

第二十九回
三姐妹悟玄寺拜圆觉学艺　左平章军帐内见南化师徒……… 175

第三十回
献良策左平章拔营起寨　显奇功小花子一招毙敌…………… 182

第三十一回
小花子踢死孙道第　二唐尉细陈被劫事……………………… 187

第三十二回
红罗女古寺苦练功　众姐妹拜师学刀法……………………… 191

第三十三回
悟玄寺师徒惜别依依情　孤峰下母子相认绵绵心…………… 197

第三十四回
深更半夜巧遇瞽目神叟　虎吼熊叫吓退攻营贼人…………… 206

第三十五回
回大营与各英雄见礼　定战策总管布兵破敌…………213

第三十六回
贼罗棰损兵折将　蒲查隆步步为营…………217

第三十七回
四化郎酒席上细陈因由　左平章习典礼喜接王使…………227

第三十八回
父子相认拓拔虎大摆喜宴　渤海援兵左平章畅叙亲情…………234

第三十九回
夹谷后裔畅抒大志　左平章议事拟奏章…………239

第四十回
李太白星驰回长安　大门艺托转上奏章…………244

第四十一回
兄弟畅饮大将军细陈渤海事　教场阅兵左平章搬演十全阵…………257

第四十二回
依依惜别大内相回国复命　细细运筹左平章计议击贼…………265

第四十三回
乔扮装巧夺贼船擒贼首　捉放罗分化瓦解再运筹…………272

第四十四回
罗棰母子深明大义离山寨　蒲查将军将计就计欲赴会…………280

第四十五回
监军随健儿赴会　总管凭武功慑敌…………287

第四十六回
二化郎自愿作监察　三女杰比武逗雄风…………293

第四十七回
蒲查隆夜探葫芦峪　众英雄同救张元遇…………302

第四十八回
三小化郎奋勇斩妖　蒲查兄弟大显神通……307

第四十九回
暗下黑手罗振天令贼秃贼盗劫营
瓮中捉鳖蒲查隆命众英群雄擒贼……316

第五十回
蒲查隆将计就计大破贼兵　罗振天星夜劫营落荒而逃……327

第五十一回
蒲查隆周密安排　左平章善意抚民……333

第五十二回
干将遇莫邪剑知姻缘前定　诸葛引师兄降使贼军内哄……340

第五十三回
渤海告示遍布葫芦峪　罗系夫妻背离罗振天……347

第五十四回
罗系兄弟齐救崔粮官　众儿媳妇劝转罗振天……356

第五十五回
投奔婆母受礼遇　灌醉公爹交贡品……366

第五十六回
内外夹攻葫芦峪顷刻被破　亲情义感罗振天诚服投降……377

第五十七回
罗振天服绑来请罪　蒲查隆智破毒煞掌……389

第五十八回
瞽目叟戏弄杨国忠　朝唐使朝贡受皇封……400

第五十九回
大门艺巧妙安排群英应试　三国公精心斡旋广开才门……410

第六十回
观武场景色壮观心生羡慕　众姐妹急欲比武雄心勃勃……423

第六十一回
众英雄标名挂号　蒲查隆力举千斤……430

第六十二回
三姐妹射箭打擂显神功　十金刚技不如人落败绩……435

第六十三回
梅花圈比武再夺魁　三姐妹共同蒙圣恩……439

第六十四回
写对联平息郡国风波　凯旋归兄妹双叙别情……443

第六十五回
再比试旗开得胜　四童子齐点解元……450

第六十六回
秉公心罗系报名比武　不负望夫妻双双登榜……457

第六十七回
三姐妹比武连杀十五士　贼奸臣中计囚住老和尚……462

第六十八回
安禄山施奸计刁难三女杰　三女杰展绝艺齐登三鼎甲……470

第六十九回
三鼎甲宫中献艺令太后开心　杨贵妃暗设诡计让渤海征蕃……475

第七十回
奉旨西征排编制　整编联营欲西行……482

第七十一回
皇太后观军容芳心大悦　四国公长亭送寄语谆谆……491

第七十二回
解瓜州围两先锋官奏凯　破吐蕃兵雄心勃勃待敌……500

第七十三回
卡叉玄忽攻城损兵折将　渤海神兵烧营大获全胜……509

第七十四回
水淹炮轰巧破敌营收复嘉裕关　重编建制整军西征百姓来犒军…… 516

第七十五回
副元帅智夺猩猩峡　敌都督懵懂做俘虏………………………… 525

第七十六回
左平章功成反受诬　杨贵妃上香凤驾惊………………………… 534

第七十七回
皇太后懿旨赦平章　金銮殿忠奸大辩论………………………… 542

第七十八回
皇太后封堂大审　夹谷清细陈详情……………………………… 549

第七十九回
东门夫安禄山金殿前比武　勇晋王智御史巧打扮取证………… 555

第八十回
滴血认亲真相明　奸恶伏法冤情昭……………………………… 564

第八十一回
贵妃玄宗欲救奸相　丹黄丹紫细道实情………………………… 569

第八十二回
生爱怜皇太后宣红罗女叙话　比舞剑红罗女与晋王炫联姻…… 576

第八十三回
剿白马寺除奸佞民心大快　摆喜婚宴结佳偶荣归渤海………… 582

附录：

敖东妈妈（萨满神谕）………… 傅英仁　传唱　王松林　整理 593

《比剑联姻》版本流传概述

王松林

满族传统说部《比剑联姻》（又名《红罗女朝唐演义》），在东北地区，特别是在黑龙江宁安、吉林敦化、珲春满族聚居地区，流传广泛，几乎家喻户晓、妇孺皆知。笔者在1992年至1995年在珲春工作期间，曾多次到三家子、春化、杨泡子等满族老户家中，收集满族传说故事。在当地一提起《白马传书》（即流传在珲春一带的红罗女的故事），满族老阿玛都能津津乐道地讲上一段。长期从事地方文化研究的郎佰君同志是满族钮呼禄氏镶白旗，其家族长期口传着《白马传书》的悲壮感人的爱情故事——

"连城山"以城连山得名，俄名"巴拉巴沙山"。因此山是中俄两国界山，山上古城遗址西北与水流峰相连，以城连山，故命名为连城山。

传说此山城系古时"宽永"逃此而筑。宽永住苏城也称苏昌，自称"苏昌王"。宽永的外甥金亚太子住黑龙江省东京城，金亚太子娶红罗女、绿罗女两姐妹为妻。一次金亚太子骑着白马带领绿罗女到苏昌来看舅父宽永。宽永看绿罗女长的如花似玉、美貌非凡，便产生杀外甥抢占绿罗女的邪念。于是宽永趁夜间金亚太子熟睡时杀死了金亚太子，俘虏了绿罗女，妄想霸占她。绿罗女被缚后痛苦万分，她决心为夫报仇。她一面拼命与宽永奸辱行径搏斗，誓死不从，逼得宽永欲杀她不舍，奸辱她不能，只好暂时把她监护起来，以期达到霸占的目的。她另一方面寻找机会把此事告诉姐姐红罗女。恰好一次宽永外出，她把写给姐姐的信绑在金亚太子骑来的白马尾巴上，她手抚着白马祈求地说："白马啊！你主人被杀，你白马识途爱主，快回家报信去。"白马听后嘶鸣不已，飞驰而去。白马回到东京城，汗如雨下，看到红罗女摇尾扒蹄，红罗女一看马回却不见人归，大吃一惊，又见白马反常有疑，乃查看白马的全身上下，发现了白马尾上的信。红罗女看信后，连夜发兵去打宽永，经过一场大战，救出了绿罗女。宽永化装成士兵，混入败兵中，红罗女以为宽永死于战乱中，乃与妹妹绿罗女班师回东京城。被打得残败的宽永与败兵沿海南逃，逃到连城山。以石砌墙筑城，以防红罗女再来，这就是连城山的由来。这个故事虽然过了不知多少年，但美貌、贤惠、纯洁、勇敢的红罗女、绿罗女姊妹的节操勇敢形象和"好马爱主"、白马传书的故事，却留在当地人们记忆中。（引自王松林、张国华主编《珲春旅游指南》1994年12月吉林人民出版社）

《比剑联姻》最早传本，应该是长期在镜泊湖（原渤海上京城）一带流传的口头传说，是民间讲述人集体智慧的结晶，其中傅英仁的三祖父傅永利也是传承人之一。

但最早用文字开始记述满族说部《比剑联姻》的是黑龙江海林县关墨卿老人，他于1982年收集记录初稿，并于1995年去世前，将此初稿转交给好友傅英仁先生。因傅英仁老人年事已高，身体不支，一直将此稿搁置下来，笔者于1998年7月从傅英仁先生手中接过关老残缺断章的遗稿。因传承人关墨卿先生已逝世，更详细的传承情况未来得及深入采访。

据傅英仁先生回忆，早年他与关墨卿、关振川、关德玉都是民间文学爱好者，交往密切，感情甚笃。他们结成民间组织，延续满族古风，通过"讲古"的形式，弘扬祖先的英雄业绩，传承本民族的历史文化知识，以此勉励子孙后代自强不息，勇敢奋进。正是这样，才使得满族说部能够完好地保存下来，成为本民族薪火相传的精神财富。

笔者本着保持民间口头文学遗产的原貌、讲述风格和特点，以"忠实记录、慎重整理"的原则，进行记录整理。《比剑联姻》这部长篇满族说部，保留了大量满族的风俗习惯和社会背景资料，传承至今，弥足珍贵。

该说部反映的是唐代东北地方政权渤海国的传奇故事。故事内容主要以渤海公主红罗女与大唐王子比剑联姻的传奇故事为主线，展示了渤海国初期，渤海郡王大祚荣为开拓疆域分三路东征，命宁远将军夹谷后裔征铁利部，桂娄郡王、左禁卫大将军大武艺克佛涅部，大祚荣与辅国将军任雅攻越喜、虞娄部，大祚荣采纳八岁的孙女红罗女的攻心政策，兵不血刃一路收服了越喜、虞娄部，而大武艺对佛涅部诉诸武力使战事受挫，几遭全军覆没，致使佛涅兵将投奔黑水靺鞨。大祚荣盛怒染疾，三军返回，途经上京龙泉府养病，上京龙泉府是大门艺仿照长安城营造的，已初具规模，大门艺与虞娄部之女乌兰雅从上京去敖东城都接母亲任秀，两人深化了爱情关系。整个说部反映了鲜为人知的渤海人的民族生活与文化观念，塑造了众多栩栩如生的渤海英雄人物形象，以及唐玄宗、李白、贺知章等历史名人的艺术形象。该说部最后以李炫与五国公皇太后极力周旋营救出夹谷清，皇太后垂帘主持封堂大审，辨明是非，杨国忠被押进天牢（后放出），任夫隆、任夫盛还红罗女、绿罗秀真实面目，大查忽得到应有处罚，皇太后请红罗女入宫，红罗女与晋天比剑联姻而结局，反映了渤海与唐朝政治、经济、文化的密切联系。

  在历史上，渤海国是隶属于唐朝的地方民族区域政权，下辖五京、十五府、六十二州、一百三十余县，其疆域广大，包括今吉林省、黑龙江省大部、辽宁省部分，北达俄罗斯滨海地区，东南至朝鲜咸境北道、南道、两江道、慈江道和平安北道的一部分，都在其辖境之内。渤海的政治体制完备，经济繁荣，被誉为"海东盛国"，辽太祖天显元年（926年），渤海国被契丹所灭，存国229年。

  渤海文化盛极一时，在长达近二百多年的漫长历史中，积累了丰富的文化遗产。很不幸，渤海国在灭亡过程中，遭到新兴的辽国（契丹）的毁灭性的打击。它的文化被毁坏殆尽，连同地面上的建筑也少有存在，即使仍遗留一些，也历经岁月的侵蚀而消失了。渤海国的文化典籍，包括官方的档案文件、记录，与日本、唐朝往复的文献资料，连同贵族及诸文学家、诗人保存的典籍与私人文集等等，传至今日的，已属罕见，大都在战争中被毁掉了。因此长期在民间流传并保留至今的满族长篇说部《红罗女》、《比剑联姻》弥补了史籍之不足，愈显其文化价值和历史价值的珍贵性与重要性。

2003年11月10日于长春

楔子

一男三女悉心学艺
只手托天全力授徒

黑龙江省宁安县镜泊湖，早在一千二百年前叫忽汗湖。湖边住的靺鞨部的游牧民族，是满洲民族的祖先，在这水草丰茂、土地肥沃的地方辛勤劳动、繁衍生息。

地广人稀的忽汗湖，东岸瀑布高悬，沿湖边住着三户人家，以捕鱼度日。令人奇怪的是只有年约三十五六岁的三个婆娘领着孩子度日，一住十几年，从没有人看到她们的丈夫。三个女子都会武艺，射得好箭，耍得好长枪、大刀，没有人敢欺侮她们。三个女子也与人无争。三个异姓婆娘，胜过亲姐妹。两个婆娘出湖捕鱼，留一个婆娘看守家门，照顾孩子，做饭补网。虽然丈夫都不在家，辛勤劳动，从无怨言，生活过得很安逸。

此时靺鞨已引进了汉人风俗，懂得了农家二十四节气。到了年末，首先张罗用黏米和小豆做年糕，杀鸡宰羊，预备六碗菜、八碗菜过好除夕日。到了年三十，贴春联、烧岁帷子。没有春联的，就沿用旧俗，劈桃木为牌，立在毡房外，俗名桃祭①。忽汗湖畔是平原，每到年末，就聚拢来许多游牧人们，沿湖岸搭好帐房，在湖中凿冰汲水，来这过除夕，熙熙攘攘，热闹异常。

辞岁拜年是靺鞨人祖先留下的老礼法。在过大年初一，不管认识不认识，只要是聚在一起过除夕的，就你家到我家，我家到你家拜年。恭恭敬敬地请，比自己爹妈年纪大的尊称为伯父伯母，比自己父母年纪小的尊称为叔婶，与自己年岁相仿的以哥哥姐姐弟弟妹妹称呼。年纪最高的尊称爷爷奶奶。这样的拜年一是为了欢庆，二是为了互相团结，就是平常吵过嘴的、打过架的见了面总是彼此请安，说几句吉祥话，一切隔膜就被请安说吉祥话冲淡了，重新和好。谁家来了拜年的客人，主妇殷勤招待献上了野味、榛子、葡萄干、山梨干，沏上七品香茶。这七品香茶是有讲究的。有人参叶、黄芹叶、黄芪叶、野玫瑰叶、防风叶、柴胡

---

① 烧岁帷子、做桃符是为了防止野兽夜间来侵袭，野兽怕火，与桃符相映，放出红光似火。

叶、桔梗叶，按季节采来焙阴干，到除夕做招待客人用。辞岁在除夕午夜时分。一家人按辈分先给上辈磕头，有爷爷奶奶的，自己的爹妈叔婶先给祖父母辞岁，然后叩拜哥嫂，最后孩子们按辈分磕头，说声辞岁。表示又增了一岁。

这三家的女主人，领着孩子们拜年，到了中午才回转家中。梆、梆、梆，门口敲响了木鱼声。女主人知道有出家人来募化，急忙赶到门外，见一童颜鹤发老道姑，停敲了木鱼，细看春联，口中喃喃念道：

一渔婆张网捕鱼，
三儿女湖边眺望，
横批是：只盼风平。
看看这一家又看东一家：
捕鱼度日为糊口，
波浪生涯度日难，
横批是：只望浪静。
又去看西一家：
早上起来撒渔网，
落日归来话灯前，
横批是：只待来朝。

这三家一连串九间房，墙是土坯子砌的，房盖是用草苫的，周围是用柞木条编的围墙，包围了这三座草房，走一个大门。老道姑抬头又看大门贴的春联，见门神像是旧的，又喃喃念道：

地广人稀新门神无处去请，
茅屋草舍旧家将再站一年。
横批是：屈尊将就。

"无量仙观，善哉善哉"，老道姑念了一声佛号，"女施主，贫道这厢稽首了。"女主人打量女道姑与众不同，发如严冬雪，面如古月，身穿土黄色道袍，头戴七梁道冠，杨木簪别顶，白袜云鞋，背后背宝剑，金饰件金吞口黄色灯笼穗。一看便知是切金断玉，削铁如泥，海斩蛟龙陆破犀象，价值连城的宝剑。再看老道姑，飘飘然如大罗神仙，怡怡然如王母临凡,精神奕奕神清气爽,仙风道骨,道貌岸然。

老道姑细打量这位女施主,年龄三十六七岁,头上乌发如漆,黄白面皮,一双俊目,眉如三春柳叶绿,唇似夏天荷花红。举止端重,布衣紫裙。老道姑手打稽首问:"这可是女施主华君。"女主人说:"正是贫贱。老仙长若不嫌寒舍肮脏,有污仙体,就请到寒舍歇歇。"老道姑念了声"无量仙观":"贫道就叨扰施主了。"女主人把老道姑让到屋中,坐在北炕头上。老道姑细看屋中陈设虽是简陋,但淡而不俗,北炕上摆一张粗木桌,陈列了几个陶器大碗。内装山里红、葡萄干、栗子、松子、榛子等野果。一把泥壶,几个茶盅,都是陶器,但擦得乌黑锃亮。女主人献上了七品香茶,请老道姑喝茶。老道姑呷了一口茶又尝野果,虽是野味,但清香适口。

女主人问:"老道姑吃荤吃素,小妇人给老仙长做饭去。"老道姑念了声"无量仙观":"女施主慈悲,贫道昨夜晚从百里索霍气来,要在今晨看忽汗湖瀑布立春日有什么变化。从昨夜到现在滴水未进,已是饥肠辘辘。贫道很爱吃年糕,菜荤素都行。他人参口不参心,贫道是参心不参口。"女主人张罗饭菜。老道姑闭目养神。反复地想,这个女施主,分明是妇女,倒会说流畅的汉话。春联上写的风平、浪静、来朝词语含有深密隐情,举止大方,谈吐温雅,不像一般鞑靼妇女的粗犷,很像汉人大家主妇,这样的妇女在塞外就罕见了。

"忽拉",门开了,闯进两个小女孩,大的约六岁,小的四五岁,大的张开小嘴,喊:"额娘①,快去看外面热闹极了,养马的老爷爷们赛马,老奶奶们敲锣打鼓地助威。"说完扯住妈的衣裙就要走。妈妈说:"妈给一位老仙师做饭呢!"女孩不懂什么仙师,瞪圆了小眼睛,说:"什么先湿后潮,用火烤烤就干了。"妈妈说:"是位出家的老道长,快去给拜年。"两个女孩一看老道姑乐了:"嘻!嘻!是位老奶奶呀!"请安说:"老奶奶新年好。你怎么不跟老爷爷一块来?"女主人斥责孩子说:"不准说傻话,出家人只是独身一人,再不要说造孽话。"孩子更不懂了,瞪圆了小眼睛,小脸涨得红扑扑的,瞅着老道姑。老道姑念了声"无量仙观":"女施主,这是令爱吗?""正是小女。"老道姑问:"有几个令郎?"女主人答:"只有一个犬子,名叫艺儿。""妈妈!"推门进来一个十三四岁男孩,长得宽肩膀,大眼睛,高高个,结结实实。他见一

---

① 满语:母亲。

个白发斑斑的老道姑坐在炕上,就告诉妈妈:"这位老奶奶我认得。前两年妈下湖去,我看见这位老奶奶从湖里水皮上走来。这是湖里的龙王奶奶。"老道姑也乐了:"记得两年前登萍渡水看到一个男孩,见了自己躲到草丛里去了,原来就是这个娃儿。""妈,快烧香。"女主人瞪了孩子一眼:"不准胡说,惹老仙长生气。"孩子低下头说:"得罪了龙王奶奶,要翻船咋整?"老道姑乐了:"不怕,翻不了船。你愿意在水面行走不?""愿意倒是愿意,就是怕淹死,龙王奶奶给我一件法宝吧!我替额娘下湖捉鱼去。"老道姑说:"不是什么法宝,是一种武功叫登萍渡水。我也不是什么湖里龙王奶奶。我是出家的老道姑,是活人,你明白吗?"男孩说:"我会踩水,水没肚脐,老奶奶教我从水上行走吧!我拜老奶奶为师。"说罢就要磕头拜师,老道姑说:"暂时不要拜师。"然后问两个小女孩:"你俩几岁了,叫什么名?"一个说:"六岁,叫红儿。"一个说:"五岁,叫绿儿。"问他俩:"念过书吗?"红儿说:"念过学而时习之,不亦说乎。""学过武艺吗?"红儿说:"会打四门斗小开门,是额娘教的。"老道姑细端详两个女孩,美丽超群,美丽中带着英气,是可造之才。遂问道:"你俩愿学艺,还是愿玩耍?"两个孩子说:"学艺多好,长大了跟爹爹一样。""啊!你爹爹是干什么的?"红儿说:"领兵打仗的。妈妈不让我们对外人说。"老道姑微微笑了。

女主人端来了饭、菜、酒,都是野味,酒是自酿的葡萄酒、黄酒,摆好后就到屋喝酒。满满敬了老道姑三杯酒。老道姑连连干杯,老道姑说:"我自斟自饮,倒是多浪费施主的酒。"菜素的是木耳、黄花菜、蘑菇,荤的是鸡鸭鱼羊肉。老道姑素荤都吃,倒是吃了个痛快。饭罢就和女主人交谈。孩子们看老道姑慈眉善目,和蔼可亲,就亲昵地围在老道姑身旁。老道姑用手抚摸女孩的头顶,漆黑发亮的小辫,系着蝴蝶结,两只小手攥着辫梢,嘻嘻地笑,红扑扑小脸,像荷花映水,芙蓉笼烟,美丽极了。时不时的,就喊老奶奶。女主人怕触犯了老道姑忌讳,斥责着孩子们说:"不准叫奶奶,叫老仙长。"老道姑说:"不要责斥孩子嘛!奶奶就奶奶吧!不妨事,我听叫老奶奶,挺舒心。"女主人想:这个老道姑,也许是半路出家,说不定她也会有儿孙。

老道姑问:"女主人,丈夫有几年不见面了?"女主人一指绿儿:"她出生后就没有见过阿玛[①]。""无量天尊,女施主,他们的阿玛到哪

[①] 满语:父亲。

里去了?""不知道啊!地北天南,到处漂泊呗。"面带黯然伤情。老道姑见女主人不愿提到她的丈夫,就拣女人爱听的话说:"你这三个宝贝,长相都主大富大贵。男孩壮壮实实,一表人才,女孩长得花朵似的,俊美非凡。贫道云游天下,四海为家,看见过多少男孩、女娃,这三个娃儿是最主贵相的。"女主人听老道姑夸奖自己孩子,把内心的隐痛压了下去:"承蒙老仙师夸奖,但愿孩子长大能够做个有作为的人,不负我含辛茹苦的操劳。吾愿已足啊!"老道姑说:"玉不琢不成器,人不学不知艺!孩子的成长要靠教导。得请名师教,才能把孩子培养成材。"女主人长叹一声:"唉!老仙师,我每天为孩子们耽误了学武念书苦恼呀!念书能知道怎样做人,学武可以防身,但到哪里去请名师啊,再说一个穷渔婆,也请不起先生呀!在这荒漠的塞外,到哪里去请名师。我有心领着孩子到大唐去,学学大邦的文化、武艺、风俗,给孩子们长长见识,又怕一个孤身女人,挣不来饭供孩子们吃,挣不来衣服给孩子们穿,又怕汉人瞧不起塞外粗鲁的婆娘。老仙师云游四方,帮我请个名师来教诲孩子,我再辛苦,也要为孩子的一生着想啊!起早睡晚多打鱼,给孩子们做拜师费。"老道姑说:"我很爱女施主的三个娃儿,我一生没收过徒弟,女施主看我能教你这三个孩子吗?"女主人哈哈大笑了:"老仙师是满腹经纶,孩子能有这大的福气呀!老仙师云游天下,识多见广,孩子每天听老仙师讲讲故事,也能成材啊!我认字不多,但听过人说,世事人情皆学问,博览古今即文章。老仙师真的要给孩子们当师父吗?"老道姑说:"出家人谨戒杀、贪、淫、妄、酒。贫道绝不打妄语。""那么,小妇人先叩谢老仙师了。"说罢,跪了下去,三拜九叩,老道姑受了全礼。这个当母亲的给道姑大礼参拜,给孩子们拜来了一个极好的前程。老道姑说:"一教12年,我半文钱也不收。吃穿都由我和孩子们一起劳动,就能丰衣足食。孩子们一年小二年大,边读书边学武边劳动。不能惯成'手不能提篮,肩不能担挑的书呆子',也不能惯成'学会武艺,靠卖艺为生的懒汉',得让孩子们跟我吃苦。和我同住同吃,不得娇生惯养。常言说'不受苦中苦,难得甜上甜',女施主能答应吗?"女主人说:"严师出高徒,不要'束修'(学费)我于心何安。"老道姑笑了说:"师生之谊,高过父母。孩子的成长靠老师啊!有的老师为了吃饭靠'束修'。我有饭吃有衣穿。无牵无挂,要钱干什么?孩子日后成名,价值连城啊!明天就在这屋授艺。女施主到东间去住。女孩跟妈妈去住,男儿跟我住。"

"忽拉",房门开处又进来了两个中年妇女,年约四十上下,一个手挽小女孩,红扑扑小脸,机灵的小眼睛,俊俏的面庞一看就使人爱惜。女主人说:"素嫂嫂,快给这位仙师见礼!这位仙师,愿教孩子们习文练武。我正要去找嫂嫂,让兰儿也跟仙师来学。嫂嫂就来了。"两个妇女看老道姑年有百岁,仙风道骨,肃然起敬,要行大礼。老道姑念了声"无量仙观":"女施主,快免礼。"两人已拜了下去,站起身,恭敬说:"老仙师法驾几时到来?"女主人接茬告诉了经过,又说:"老仙师大发慈悲一文不要,要教孩子们读书练武。"两个女人听了喜出望外,牵着女孩的妇女过来又拜了下去:"谢仙师挂心。"老道姑乐了说:"我是毛遂自荐啊!"三个女主人商量伐木造屋,盖三间书房。请老师同孩子们住。老道姑说:"那样更好,但地冻天寒能造房吗?"三个女主人说:"这事容易,我三个就会造房。明天是初二,就动手,木材到处都有。斧锯现成,初六开学吧,'六六大顺'。"第二天就伐木造房。又来了许多人帮工,锯木的锯木,造的造,只两天就盖起了三间木房,窗明几净。"众心齐,泰山移",造三间普通木房容易极了。初六日早晨,供上了文武圣人牌位,焚上了鞑来香[①]。四个孩子拜过了文武圣人,又三拜九叩,拜过了业师,就开馆授业。

老道姑的教徒方法与众不同,每天领着孩子,湖边山上,打柴,汲水,刨雪窝,捉小鸟。夏天领着孩子到湖中捉蝼蛄,摸蛤蜊,捉青蛙,游泳,到山上跳涧,攀高,爬树。最基本的是在立陡的湖岸上,挖成一层层土阶,艺儿年长,每天早晨挑30担水,小女孩拎小瓦罐提30次水。完了劈柴,用手搓谷子为米。绕门前大树跑一百圈,用脚踢树,掌打树一百下。夏天午间到沙滩,用木棍去写字,大字小字写。也不学什么经书。老道姑见孩子爱什么就教什么,诗、经、歌、赋文章都学,就是没有书本。武艺,枪刀剑戟都是用木头自造的。

一转眼六年过去了,小女孩已长成十一二岁。艺儿已是18岁的英俊小伙子。老道姑,又变了教学方法。把游泳捉蚌抓虫拉蛙的水中本领和上山爬树,捉山鸟,跳涧的这套玩艺,提高到在水面走,树上学鸟飞,脚踢山树倒,拳打石头开,手抓树入洞的本领。各种玩法,由浅入深。对艺儿的要求更严了。在过大年时,老道姑用100尾金鳞大鲤鱼在牧人手中换来了一匹菊花青,三岁儿的马驹。这个儿马驹,牧人为它在

[①] 鞑来香又名映山红,杜鹃花,在七巧节采叶背阴处研末。

马群横蹄乱咬伤了心,却被老道姑看中了。这匹马性暴,见了生人,扬鬃竖尾低下头就踢,转回头昂首张开大嘴就要咬。但老道姑不怕它。事先让艺儿割来了一捆柞木条比大拇指粗,用热灰烤软了。又找来比大拇指粗,一根长有二丈的大绳,让艺儿拿着到了马群,奔这个烈性儿马走了过来。老道姑右手执绳,命艺儿右手拿根柞木条子,告诉他:"我一抖手抛绳捆住马的前蹄,就把它拽倒。我踩住了马脖子,你就用柞木条狠打马的腰,条子断了再换一根,把它治服为算。"师徒二人让牧人把马群赶走,这匹烈性马见圈中只剩了它,扯断了缰绳,咴!咴!扬鬃竖尾,一丈多高的马圈一跃而过,就像猛虎捕食似的凶猛。见圈外有二个生人,瞪圆了眼睛,扬鬃扑了过来要咬人。只见老道姑一扬手,绳子如同一条长蛇缠住了马的前腿,双手一用力,把马拽倒,一个箭步踩住了马的脖子,这匹马四蹄乱蹬。艺儿手拿柞木条赶紧对准马的后腰,一顿暴打,一个练过六年掌法功力的小伙子,力大如虎,把这匹马打得浑身青肿,抖颤。再也乱蹬不动,倒在地上喘粗气。老道姑说:"不用打了。"艺儿住了手。这马疼得直哆嗦,爬了起来,动也不敢动了。老道姑用绳子拴好了马脖子,让艺儿牵着它走。这烈性马驹很驯顺地跟随着走回书房。艺儿从此练马上功夫,什么蹬里藏身、八步赶鞴……老道姑还传给他枪法,叫锦丝棉霞枪。除练枪外,重练十八般兵刃与妹妹们隔开了学艺。

又过了两年,艺儿的马上本领练得很出色。师父叫到面前说:"你跟我学了将近八年武功,虽不能说万将无敌,一般人是赢不了你的,你父亲派人来取你,三天里就来到。前程远大,好自为之。"艺儿吃惊了,师父怎么知道我父亲派人来取我:"我父亲现在哪里?""你父亲是大祚荣,两年前我就知道了。现在至明斡朵里,兵有十万,战将千员,占地千里,称王了。我的道友路过此地告诉我的。你不用练武了。回家去不要告诉你妈妈,免得你妈妈对我多心。"艺儿半信半疑牵着马,无精打彩地回到家。妈妈说:"你怎么回家来了?你师父愿意吗?"艺儿说:"我师父让我歇两天。"妈听儿子说歇两天,八年来倒是头一回,就给儿子烹鱼煮肉。艺儿也帮妈妈淘米做饭。八年来除非是过年过节和儿女一起吃饭,书房虽离住房只有20丈远,又是一个院,却好像远在千里。娘儿俩坐在桌上吃饭。艺儿问:"我爹几年没信了?"妈说:"三年多了。""妈!我师父说我爹派人来取我。我爹占了一千多里地方,要称王了。""啊!你师父怎么会知道的?""我师父说听她道友说的,两年前就知道咱家的来历。""啊！怪不得两年前你师父就要给你买马，说让孩子建功立业去吧，原来就是为了今天。""妈！我师父本来不让我告诉你，你就装不知道吧！""好！妈听你的话。"

第三天头晌，有人乘马来找："哪位是皇甫玄娘？"艺哥妈妈说："我就是。"来人把书献上，寥寥几句写的是：

"玄：见书派艺儿来，从我学艺。生意很好，买地千亩。你安心再度两三年，便前去接你。安荣手书。"见是丈夫亲笔，玄娘是自己同大祚荣离开时起的名，别人都不知晓。

送信人又拿出两封书信，是给兰儿妈和他姨妈的，艺儿给送了去。两个妇人来谢送信人，赏给酒饭。送信人吃饭中暗暗告诉她三人："胜利在望了，夹谷后裔已当了将军，镇守湄沱湖。富查尔罕也当将军，镇守恤品。老一辈都很好，过下年后就回师，现在还要你们当渔婆。"三个女人听了，心中暗喜丈夫们真的要成功了。苦的是一家人暂时还不能团聚，只好忍耐吧！来人吃完饭就要走，艺儿拜别妈妈和伯母之后要去拜别师父，三个妹妹红儿、绿儿、兰儿过来说："师父说，你走吧，见了你会伤心。望你好好地侍候父亲，建功立业。让我三个来送哥哥。"艺儿流下了眼泪，冲着师父书房三叩九拜，站起身来说声："走吧。"牵着马一步一回头地走了。妹妹、妈妈、伯母，也都流下了眼泪。

老道姑领三个小姑娘昼夜寒暑苦练武功、文学。这三个姑娘聪慧异常，吃得苦，耐得劳。又过了两年，水旱两路，蹿高越矮，无所不精。师父又在过大年时，在牧人手中换来了三匹骏马，齐刷刷白毛高八尺长丈二全鬃全尾，大蹄碗，签子耳朵。出奇的是一匹马左耳有日影，右耳有月牙形，命名为日月骍骊马；一匹马前脑门有片红色毛，形如红云，命名丹顶碧云骓；一匹马一根杂毛没有，浑身洁白，命名白龙驹，又叫白龙马。红儿爱日月骍骊马，绿儿爱丹顶碧云骓，兰儿爱白龙驹。她们就把所爱的马自喂自养。师父又教马上杀敌本领。红儿、绿儿爱使双戟，兰儿爱使大枪。师父按照三个人的爱好，教双戟、大枪等十八般兵刃。师父从外地托人打造了四杆亮银戟、一杆金攥提炉枪，教三个姑娘练，并传授各门各户的招数。因姑娘们都是十七八的大姑娘了，师父就给起了名字。红儿爱穿红衣叫红罗女，绿儿爱穿绿衣叫绿罗秀，兰儿爱穿蓝的就叫夹谷兰。

一天，师父领着三个姑娘路过一个大石碑，要试试谁最聪明、眼力最尖锐，就吩咐三个徒弟骑上马，自己坐在一块大石头上，吩咐徒弟骑马念石碑文，完了来背。三个人各乘坐骑边走边看碑文，到师父面前背。红罗女背的一字不差，绿罗秀背丢了二十几个字，夹谷兰背丢了30个字。师父又带徒弟到羊群去，骑着马数数。红罗女占先，绿罗秀、夹谷兰二人平。师父让三个人下马席地坐好说："走马观碑，目视群羊，据传说汉将韩信能，后来兴汉灭楚，他被杀死在未央宫，聪明反被聪明误。绝顶聪明，难免杀身之祸。你三个是姑娘，又美丽超群，又聪明。女人美也可招来杀身之祸，妲己、褒姒、西施，就是前车之鉴。美而刚为贵，美而淫为贱。贵则扬名千古，贱则遗臭万年。这是女人立身之道，碧玉无瑕。为师的教了你三个12年。艺业总可出则为将，入则保身，前程远大，好自为之。师父别无所赠，有三把宝剑，一曰莫邪，二曰碧血玲珑，三曰小听风，剑法早已教给了你三人。现在把宝剑赠给你三个。"说罢从背后解了黄包袱，取出三把宝剑。把莫邪交给红罗女说："这宝剑是两口，当年是夫妻二人铸造的。男的叫干将，女的叫莫邪。传到后来，男的总使干将剑，女的使莫邪。男女总是配成夫妻。你拿着这柄剑去使干将剑的丈夫，保管寻个好丈夫。"红罗女低下了头，羞红了脸。师父又把碧血玲珑剑交给绿罗秀说："这柄剑谁造的失传了，但锋利无比，是我在北岳古墓中得来的，保存到现在，给你吧！"师父又把小听风交给夹谷兰说："这是匕首，当年荆轲刺秦王，'图穷匕首现'，就是这把匕首，锋利异常。常言说：'红粉授与佳人，宝剑赠予烈士，'为师只赠宝剑，厌恶红粉。你三个谨记师言，勿以艺骄人，勿迷恋脂粉，戒骄戒傲。师父言尽于此，前程远大，好自为之。告诉你们妈妈，师父不辞而别。我名叫'只手托天'，为师去了。"一纵身飞上树梢，踪影不见。三个姑娘哭倒在地："师父啊！你费尽了心血，把我们从孩提时教诲成人，怎么报答师父的深恩，到何处才能找到师父啊！你怕我们不让你走，就飘然而去。你的徒弟多么伤心难过……"

他们哭够了，向师父去的方向三拜九叩，牵马回书房。书房依然在，寂寂空无声，良师归隐去，何时重相逢。三个姑娘同坐书房，想起从孩提时，就跟师父学艺、读书，现在已长大成人，学会了文武艺，师父竟抛下了徒弟，回山修道去了。"常言说'学会文武艺，货卖帝王家'。咱们的父、兄不是在创造帝业吗？我们找父、兄去，帮助创业，也不负师父费尽苦心的教诲。走！"三个姑娘驰马从戎，这才引出一部红罗女演义。

第一回

狼烟忽起渤海国边塞被侵吞
智退敌兵红罗女出山首立功

话说唐朝初年，山海关外刀兵滚滚，狼烟四起。高丽契丹互相残杀，弄得黎民百姓不得安宁。就在这痛苦的年月里，靺鞨酋长大祚荣，奋起东牟山，振臂一呼，天下响应，没过几年，南征北战，东挡西杀，终于平定了战乱，建立了震国。从此结束了几百年的争夺，天下有了安定。唐玄宗派使臣崔忻，封大祚荣为左骁卫大将军，渤海郡王。设置忽汗州，加授大祚荣为忽汗州都督，改称渤海。

话说渤海郡王大祚荣，率领各部酋长，从忽汗湖顺流直下，水陆并进，兵扎西赫温特，勘查建都地址。众部酋长议定要在乌苏哈达建立城廓。南有忽汗湖水可灌溉，西有长白山为屏障，东有湄沱湖盛产月明珠、鲤鱼、鲢鱼、大马哈鱼。南有图鲁江，肥沃千里。远可攻，近可守，是建都宝地。一天，国王驾座金顶黄罗宝帐，召齐各个酋长、左右平章、内相、中台相、大将军，要把新建都城的规划定妥。忽有探马来报："报！"掀帘进帐，单腿跪倒："报郡王知晓，大事不好，高丽、契丹两国联军领兵马20万，战将千员，兵似兵山，将似将海，杀入渤海国境。高丽领兵大将军，是当年泉盖苏文玄孙泉孟吉平，夺下忽汗湖瀑布以南土地，杀死守将苏哈达，伐木造船要沿奥类河夹岸水路并进，兵到湄沱湖。契丹领兵大将军是迷迷哈刺，率兵夺取了天门岭，杀死守将客鲁占布。这两处守要塞的兵马全军覆没、边塞吃紧，请郡王定夺。"大祚荣吩咐声："再探"。话音刚落，又一起探马来报："报！"揭帘进帐，身上汗水湿透了戎装，单腿跪倒："报！报！报！郡王，高丽、契丹联军，漫山遍野杀奔忽汗湖，长白山下，旌旗招展，号角齐鸣，口口声声要活捉大祚荣，声闻百里。"大祚荣说声："再探。"不一会儿，第三起探马又来报："报！"揭帘进帐，单腿跪倒，说："报郡王，祸事来到，高丽、契丹，把侵占区牧民全都杀掉，口口声声吞灭渤海，血洗到恤品、湄沱湖，一个靺鞨人也不饶，活捉大祚荣，祭旗开刀。小校听了不敢不报。"大祚荣听了，不但不惊慌反倒哈哈大笑："要捉我祭旗开刀。好哇！当年我兵困长白山，唐兵将要捉住我祭旗开刀。可是我踢帐建营拒守天门岭，成立了震国王朝。今天高丽、契丹来犯，猖狂极了。

比剑联姻

010

要不杀他个人仰马翻就不算英豪。众酋长准备上阵。"话音刚落,有三个女将进帐,跪倒,口尊:"父王,大敌当前,千万不要发急躁。常言说得好,'兵来将挡,水来土屯',敌军深入国境,单凭武力厮杀,绝非上策,渤海兵不满十万,战将只有三十余人,以寡敌众自取败绩。贼人气势汹汹,岂可等闲视之,我们要作好战胜敌人准备,然后进兵。今天各酋长、左右平章、内相、中台相、大将军们都在大帐,应商讨退敌良策。父王以为如何?"讲话的是大祚荣的大女儿红罗女,旁边跪的是二女儿绿罗秀,另一个是左平章女儿夹谷兰。这三个姑娘童年在忽汗湖捕鱼度日,遇到名师,跟只手托天红衣女道姑学艺12年,马上步下水旱两路,长拳短打,十八般兵刃件件皆通。蹿房越脊,如走平地。并跟师父学过三韬六略,孙子兵书。这三名上马读书、下马杀贼的女风流儒将,巾帼英雄,自从殿下大门艺去大唐当使节,就成了大祚荣的得力助手。夹谷兰与红罗女、绿罗秀,自童年就在一起耳鬓厮磨,形影不离,大祚荣也把她看成为自己的女儿。因为当年其父夹谷清与大祚荣是几代的老世交,又是同时起义的老战友,义重情长。这三个姑娘离开了忽汗湖,母亲因操劳过度,又担心丈夫的事业能否成功,忧心如焚竟离开了人世。到忽汗湖后,她们冲锋陷阵,立下了不少汗马功劳。红罗女当了虎贲军大本营总监,绿罗秀当了副总监,夹谷兰当了枢密。三个姑娘的职务名望仅次于渤海的五大将军,第一大将军是左平章儿子夹谷后裔,现任兵马元帅;第二大将军是大内相富查僖的儿子富查尔罕,现任兵马副元帅;第三大将军是右平章儿那拉叶赫的儿子那拉罕谖,现任驻湄沱湖守帅;第四大将军查拉罕,驻恤品守帅;第五大将军博尔图,驻扎黑水靺鞨的守帅。这五个大将军幼年从大祚荣出征,虽是中年元帅,但都是血染征袍,屡立新功的开国功臣,都富有作战经验,骁勇善战,都派在要塞去当守帅。为了建都大事,把五个大将军也调回来商讨。

　　大祚荣见三个姑娘跪在帐下,吩咐声:"你三个站起来,坐下讲话。趁现在人齐全,我们就开个军事会议,商讨对敌的方略。各抒己见。"于是各部酋长、左右平章、大内相、中台相、大将们,围在一张方桌上讨论对敌方略。有的主战,有的主张投降纳贡。大祚荣把主战的人写个名单,把主张投降纳贡的人写个名单。主战的是九个人,主张投降纳贡的是16人,一言不发,低头不语的是三位姑娘。大祚荣问:"你们三个倡议开军事会议,为什么坐在那里一言不发?"红罗女说道:"众人都在争论。有的主张纳贡称臣,请说说为什么要纳贡称臣?"以中台相大查忽为首的主张投降纳贡称臣。中台相说:"渤海是新兴起的小国,兵只有十万,将只有百员,人口不足七八万,多是游牧为业,人口不集中,粮草不够用。常言说:'兵马不动,粮草先行'。将士饿着肚皮,战马没有草料,这是渤海最要紧的大事。高丽、契丹联军20万,夺去了忽汗湖瀑布,占了长白山天门岭,渤海国已失去了南面与西面屏障,已陷入了危境。高丽这次兴师,实际是向我们来问罪。我们原是对高丽称臣,后来向唐朝称臣纳贡,高丽也向唐朝称臣纳贡,是我们抛了高丽另攀高枝,高丽对渤海这样的背信弃义恨之入骨,所以要血洗靺鞨人。为了靺鞨人不遭受刀兵的苦难,纳贡称臣是上策。况且高丽是我们的邻邦,遇有战端,请求救援,可以朝发夕至,又是唇齿相依,高丽是不能坐视不救的。高丽的文化、军事、生产技术一如唐朝,渤海要引入外邦的文化、军事、生产技术,应以高丽为主要,何必去唐朝舍近求远。只要向高丽投降纳贡称臣,20万大军不战自退。我主张投降是为了靺鞨人的存亡。主张打仗的是要把渤海送掉,也是靺鞨人的灾难临头,诸位想想吧!"

这一番话说得有情有理,认为可以压倒主战的将领。大将军夹谷后裔插话道:"对中台相所言,我就不服。我们当年兵拒长白,战将只有36人,兵不满千,尚可踏翻唐营,东征到湄沱湖、恤品。中台相当时也是其中的战将,为什么今天说出如此气馁的话,请国王给我五万人马,我可以一鼓荡平入寇敌人。"中台相接着说道:"今非昔比,当年拒唐兵可以,因唐离渤海数千里,粮草转运不易,救应兵不能及时到来。我们的地理环境大唐不清楚,深入荒漠是他们的弱点。高丽就不然了。粮草从水路旱路可源源而来,后续援兵可朝发夕至,地理环境他们又熟悉。这是高丽战必胜的主要缘由,也是我们战必败的弱点。"

红罗女见中台相侃侃而谈,接着说道:"中台相所言,只是从外表来看,是不合事物发展的,这是只知其一,不知其二。我要说的和中台相背道而驰。我说'战'可以保住渤海和靺鞨人的生存。'降'会导致渤海灭亡,是靺鞨人的灾难临头。渤海人只有奋发图强,同舟共济,人人备战,战胜高丽、契丹是不难的。高丽是小国,人口不过百万,甲兵只有十几万,连年与突厥契丹争战不息,与渤海又常发生战争,已是兵老军疲。虽号称20万,其实是虚张声势。况且久疲的将兵厌战已久,遇见精兵一击可溃。高丽与百济,互要吞并。高丽出兵渤海,国内空虚,百济是他的后患,怕百济乘虚攻入。高丽与契丹联军,各怀异心,互相猜忌,各要保存实力。高丽怕契丹吞并,契丹怕高丽给灭亡。麻杆打狼,两头害怕。契丹占了长白山,接近自己国界再不敢远离,一怕突厥,二怕匈奴,三怕高丽。有这三怕是他致命的要害。两国联军气势汹汹,实际是外强中干,只要派遣一个能言善辩的人,北通匈奴,南通百济,要挟契丹、高丽,渤海掩其后,20万联军,就可一鼓击败。乘势南取新罗,北抗高丽,其粮草辎重,多屯扎在图鲁江南岸,夺高丽的粮草、辎重为我所用,有何不可。契丹不用计取,只用一万兵力就可让他全军后退。高丽要分兵拒之,不出一个月,就可战败高丽契丹联军。渤海已受了高丽一百多年的灾难,这是靺鞨人都知道的,纳贡称臣,已一百多年了,高丽视靺鞨人为奴隶,苛求无厌。高丽早定居开发农业、作坊,大修宫殿,让我们靺鞨人献奇木、珍禽、异兽,供高丽的皇帝宗祭。他们再不肯派来能工巧匠,帮我们造高楼修瓦屋。投降就会重蹈旧辙。我们人口足有七十万以上,多是骑射能手,多年与野兽搏斗,学到了一些防御野兽侵袭和拼斗的方法,用以杀敌,可以一当百。偷袭是上策,击其不备,并用蚕食的战策,分散敌人,一股一股地歼灭。火烧、水淹,各尽其妙,把敌人分散到奥类河两岸。激起两岸游牧民众义愤,人自为战,零敲碎打,消耗敌人的力量。但必须群策群力,聚大权于主将,作好攻杀战守,不能盲动乱动。我们三个姑娘甘愿当先锋,每人只要二千人马,先夺回忽汗湖,守住扼要。作战计划已定好,只求国王、元帅看过,付诸施行。军事机密,只要主战的将领参加讨论。主张投降的不准加入,因为他们涣散人心。"

　　国王、大内相、左右平章、五大将军是主战的,听红罗女说得有理有据,又定出了作战方略,齐声说:"这样做很好,我们一定要用战争对付敌人的入侵,誓不投降。那么事不宜缓,缓则生变。"国王大祚荣站起身来拔出刀,砍去桌子一角说:"有再言降的,与此桌角同。"主张投降的灰溜溜地退出了金顶黄罗宝帐。红罗女拿出了作战方略,付与众人看。众人看毕,又补充一些,国王大祚荣当即拨了虎贲营、虎威营、雄狮营给红罗女、绿罗秀、夹谷兰三员女将,率领兵将去忽汗湖,斩将杀敌,以张声威。命大将军夹谷后裔,率三万精兵走小路进兵契丹。命三个守帅,各回防地,按作战方略准备应战。命富查尔罕为后路都督。大祚荣自己亲统大军为各路都指挥,左平章、右平章、大内相督办国政。国王大祚荣和各个酋长，左右平章兵退至斡朵里①。

再说三员女将率领三个联营急奔忽汗湖。兵行到哈尔巴岭与高丽前队兵马相隔30里。三员女将扎好营，挖下陷马坑，布下绊马索，埋伏好弓箭手，等敌兵来侵。敌兵大队兵马旗幡招展，前头是骑兵手握长枪大刀，直闯渤海大营，以为十几座营帐，一踏即翻荡为平地。哪知道落入陷坑，人仰马翻，四面弓箭手，箭如飞蝗，想逃性命都不能够。二万多人马竟被三千多渤海兵，杀得人头滚滚，血流成河。红罗女趁势命绿罗秀、夹谷兰领兵急进忽汗湖，杀他个不备。两员女将率领得胜之兵，急行军150里，到了敌人大营吹响了牛角，鼓声咚咚，炮声轰轰。敌人以为渤海兵不敢来攻，哪知渤海兵刻不容缓来到了。三千多人马，齐乘征骑杀入了敌营。碰着者死，遇到者亡，枪挑刀劈，如入无人之境。三千多骑士个个骁勇善战，奋不顾身，只杀得五万敌兵，猝不及防，血流成河，尸骨满地。大将军率领残军败将，急急如丧家犬，忙忙如漏网鱼，金命、水命不如逃了性命。敌兵好不容易逃到百里深茅，正要齐集逃散兵马，只听"咚"地一声炮响，伏兵齐出，放出了火箭。八月秋日草已枯萎，沾火就着，火焰飞腾，火仗风威，风仗火势，火焰滚滚，把高丽的残兵败将逼上梁山，入了蛇蟒崖。这个崖有蛇蟒无数，见人就咬，见马就缠，使出了蛇的自卫本领一咬一缠。火又烧了过来，毒蛇怪蟒乱窜，烈焰腾空。高丽的大将全盖世在众兵保护下逃出了蛇蟒崖，逃到了一块平原之地，后面没有了追兵，已是倦鸟归林黄昏时候。查点人马只剩了一万多人，有的被蛇咬，有的被烟薰火燎，已形不成队伍了。全盖世长叹一声，不想落得如此惨败，忽然"咚咚咚"又三声炮响！渤海兵如潮水涌来，旗幡飞扬，口口声声要捉全盖世，送忽汗湖喂老鳖去。四山空谷无声，山音回响。全盖世拔出宝剑，要亮剑自刎，被众将劝住，说："胜败乃兵家常事，大将军何必轻生？重整旗鼓再战。"全盖世率领500名残兵败将退到图鲁江南。

渤海国三员女将，15昼夜夺回失地千里，兵威大振。驰书送到斡朵里国王大祚荣。国王见三女击败了高丽，心中大喜，忙命绿罗秀守住图鲁江北岸，派兵增援。命红罗女、夹谷兰，兵进长白山，袭击天门岭。两名女将等援兵来到，就兵进长白山天门岭。契丹大将军迷迷哈刺早已听到了高丽战败消息，不但不去增援，反而把兵撤出了天门岭百里

---

① 今依兰西。

之外的窝集搭拉密，凭险据守。红罗女、夹谷兰见山势险峻只围不攻，暗暗派出了人马，密布在敌人归途中埋伏。围山的兵将只留五百多人，用草扎成草人，穿上戎装悬起来，轮番击鼓，号角齐鸣。用一百人散开，遍山插满旗帜，吹响号角，像有无数人马。迷迷哈刺几次登山眺望，虽见渤海兵营冲出了杀气，但不敢闯营，又不敢偷袭。

一天，接到国王派使来宣读诏书，命迷迷哈刺急速撤兵回救都城，渤海大将军领兵困了都城，哈哈达拉密急待救援万分火急。迷迷哈刺不敢违抗王命，吩咐声："退兵。"一声令下如山倒，十万大军离开了长白山。迷迷哈刺救都城心切，率领一万兵将，急奔到老窝集①。忽听"咚"地一声炮响，箭如飞蝗射了过来。迷迷哈刺的十万人马逃回哈哈达拉密时，只剩残兵败将一万多人，一路被渤海兵杀死了八万多人。迷迷哈刺兵回哈哈达拉密，连一个渤海兵影也没见到。入城见了契丹国王，说中了渤海国明修栈道，暗度陈仓之计。损兵折将，粮草辎重，都被渤海不费吹灰之力夺去了。契丹国王垂头丧气地说："渤海有高人，不可轻易进兵。只要渤海不来犯境，再不进兵渤海。"

高丽听到契丹兵败，派人到绿罗秀处求和，绿罗秀坚持兵到新罗再商议，不然举倾国之兵吞灭高丽。高丽来使看渤海人马源源不断地开往图鲁江，回报国王："渤海士气高昂，战则必败。"高丽国王又派信使来，愿赔偿兵费二千万两，良牛五千头。绿罗秀修表派人送交国王。

大祚荣听到二处奏捷，率领各酋长、文武群臣，兵回乌苏哈达，搭好帐房，杀牛宰羊，犒赏出征将士，大摆筵席。酒筵中，中台相执壶把酒走到红罗女面前，满满斟上一杯酒，满面带笑说："请总监饮了这杯酒，我有事当面请教。"红罗女饮了酒，中台相大查忽说："我以前主张投降纳贡，在开军事会议时，我退避三舍。今天胜利奏凯，庆功席上，来喝庆功酒，自觉汗颜。但我很愿听听总监取胜之道，使我顿开茅塞。"红罗女听完，站起身来说："既承中台相下问，我就说说取胜之道，愿在座的长者们、同辈的哥哥们听听。我和绿罗秀、夹谷兰听到高丽和契丹入侵，就连夜制定作战方略。一是用"间"，用重贿派辩士去匈奴、百济买通左、右平章，使两国出兵一攻高丽，二攻契丹。我们乘他兵退而击之，此为上策。二是出奇制胜，高丽兵袭兴凯湖南大片土地，杀死守将是骄兵，夺去的土地不知抚民，而残杀靺鞨人要血洗到湄沱湖海恤

---

① 老窝集：满语，原始森林。

品，游牧人躲入了深山，憎高丽兵入骨髓，恨不生食其肉，寝其皮。我们只派几个人去，把敌后游牧民众团结起来，偷袭、劫杀高丽兵将，使他寸步难行，这叫奋兵，可以一当百。以奋兵对骄兵，骄兵必败。然后迎头以劲旅挫其锋锐，乘胜追剿，兵民一心，必给敌寇以重创。先征服高丽，然后再打契丹，派军偷越老窝集，取捷径直捣契丹首府哈哈达拉密，兵从天降，契丹王必召回长白山进攻渤海军旅，佯攻兵将，就四出劫杀。困哈哈达拉密人马，再迎头痛击。然后回国，此为中策。放敌人深入，分散兵力，击其小股，避其大股，开展抖衣解巾捉虱战策，此是下策。我们采取了中策战胜了入寇之敌，引敌军入百里深茅，蛇蟒崖，这都是牧民出的主张，我们只是做领头人。这就叫：'运筹帷幄之中，决胜千里之外'。也是'知己知彼，百战百胜'，只看高丽、契丹兵连祸结，知其表而心颤胆寒，不知其外强中干。甘愿投降纳贡，这是迂儒的见解。"左平章、右平章听了，叹了口气说："这是长江后浪推前浪，一代新人换旧人啊，真是青出于蓝胜于蓝了。"中台相连说："真是开了茅塞。听君一席话，胜读十年书。"饮酒中间红罗女又讲出了牧民把高丽大队兵马诱入了百里深茅又叫万人谜的有趣故事，在座的人听了都笑得前仰后合："当游牧人把高丽兵将诱进万人谜，再也见不到渤海人影。就在百里深茅迷路三昼夜。夜间一小股一小股牧民来袭击，扰得敌人昼夜不安。第四天黄昏时候，敌人发现在四周环山根下有个土窑子冒出了炊烟，就派了四名暗哨到土窑子看个究竟。土窑子南面有扇小窗，后面有个小窗。敌人偷眼看，只有三个人在吃饭，就要捉活的，派人回营去调人来。天黑了，又下着雨雪，敌人反穿羊皮大衣，趴在窗根下动也不敢动，偏屋中人要小解，到了门外，见一团白堆，以为是雪盖在土堆上，就浇了一泡尿。敌人仰起脖子，弄得嘴脸都是尿，哼了一声，浇尿的牧民抄起刀就劈，高丽兵做了尿死鬼，还活捉了一个高丽兵给我们引路，包抄了一大股敌人。这说明敌人惹起公愤，是失败的一大原因，也教训了我们对民以宽，不宜严。不是有人说高丽是我们的邻邦，何必舍近求远，这话是对的。但我们的近邻不顾唇亡齿寒，欺压在我们头上，作威作福，迫使我们投奔远处。我们粗俗野蛮，不向外人学习，自己走些弯路，这样下去一百年后的渤海比现在强不了多少……唐朝是先取得文化礼仪、先进生产技术的国家，对臣服郡国从不压迫，我们要富强就得向唐朝求援，臣服唐朝。我哥哥大门艺，已去唐朝十年了，音信隔绝，是契丹闹得断了交通。现在议和了高丽、契丹，再也不敢犯境，现在还是先建都城定居为是。沿奥类河①、孩懒河开发农业，民以食为天，先安定游牧民定居，使人各尽其能，是治国的良策，然后再派人去长安便是。今天的酒筵在座的有老前辈，我说的话是拙见。"红罗女说完拿起一杯酒，一饮而尽。这餐酒筵一直喝到黄昏。

---

① 奥类河：即今牡丹江。

第二回　红罗女劝父迎唐使　大祚荣巧得二常侍

塞外的冬天寒风刺骨，白雪遍地。渤海的乌苏哈达热闹非凡。凿石的、打铁的、运木料的，车、马、人络绎不绝。为了修都城准备材料，从国王到文武官员一齐动手。转瞬间冬尽春回，到了清明节，开始了都城修造。国王大祚荣亲自监工。一天，探马来报，单腿跪倒，报："唐派使臣郎将崔忻同守卫伯张元遇捧圣旨到孩懒河萨虎，请王驾接圣旨。"大祚荣一挥手，探马退出帐外。大祚荣听了只气得三煞神暴跳，五陵豪气升空，冲冲大怒，用手指向长安，恨恨不休地骂道："大唐也欺人太甚了，我的儿子大门艺现在长安，十年来音讯断绝，死生存亡未知，我正要派人去探听消息，不想唐天子又派什么郎将捧旨来册封，我渤海王自身为了一国之君，何用他来封。唐屡弄玄虚，前皇帝曾说援助渤海，要兵出兵，要物给物，也是我一时糊涂，派去我的儿子大门艺去唐朝，献贡品玄狐皮、紫獭皮、紫豹皮和百年人参，千年灵芝，都是些珍贵品，指望得到册封，甘愿臣服大唐，以便南拒高丽，西挡契丹、突厥，哪知我的儿子被留在长安，至今音信全无。还接什么圣旨？左平章，你带兵五百到孩懒河萨虎拿住唐朝使臣，换回我的儿子大门艺。"

大祚荣正在盛怒之中，各部酋长相对无言，帐后走出了他的大女儿红罗女，来到大祚荣面前，跪倒在地，口称："父王暂息雷霆之怒，缓发虎狼之威。请父王回后帐，女儿有机密事禀告。"大祚荣只一个儿子，两个女儿。长女红罗女年方25岁，次女绿罗秀年方23岁，袖大襟长，待字闺中。大祚荣平日最疼爱两个女儿，常对武将、文官讲："要想渤海强盛，我这两个女儿可托付后事。"他平时就爱听两个女儿的话，今又听红罗女说有机密事禀告，当即告诉左平章暂不要动，各部酋长及文武官员辞去。

他父女来到了后帐，红罗女辞去了男女仆人，只留下了妹妹绿罗秀。父女三人围坐在牛毛毯上，边饮奶茶边细语密谈。红罗女说道："父王，我们的兵力远远不如唐朝。疆域只有长白山、奥类河流域，地不过千里，只有七十来万之众，虽是彪悍善战，多系乌合之众，兵不精练骁勇，胜则耀武扬威，败则溃不成军，不足以卫家立国。南边高丽虽

018

已臣服唐，因我们曾当过他的附庸，每年苛求贡品，珍贵的月明珠、白狐皮、紫獭皮、貂皮、人参、鹿茸源源不断地给高丽。如果这些贡品献给唐朝，受唐朝册封，高丽就不敢再对我们苛求了。西有契丹、突厥屡侵犯边境，为今之计，远受唐朝册封，以绝高丽和契丹、突厥，免去滋扰。吸取唐朝的文化，腾出功夫，学习生产经验，尚武修文，蓄精养锐。兵精粮足，国富民强，北取弱水[1]，东向恤品[2]，西向安出虎水[3]，用征剿与优抚相结合的政策开疆展土、振兴渤海。常言说：'人无远虑，必有近忧，'父王要扣留唐使，唐朝若让契丹、突厥、高丽进兵渤海，祸就不远了。这是女儿的想法，请父王和妹妹细细想想！"绿罗秀积极赞成，连说高明远见。大祚荣听了红罗女说出的利害，如梦初醒，恍然大悟道："你说的机密就是陈述这些利害吗？"红罗女摇了摇头："机密吗？孩儿还没有说出呢。"大祚荣和绿罗秀同时问道："把你的机密快说出来吧！不然急死我们了。"红罗女首先问她的父王："儿要和妹妹女扮男装，带领一百名会武艺的侍女，扮为侍从，同去唐赴长安看看我哥哥，到底在长安干什么。如果为官，就让他留在长安，再派些能干的文武官去。明是侍臣，暗则学唐朝文明礼仪。听说唐太宗时各邻国都有纳贡称臣，十多个国可汗齐集午朝门奉唐太宗为天禄可汗。威德加诸化外，四夷宾服。我姐妹俩又是大足，会说一口唐朝话，又有武艺，据我师父说能当万人敌，化装男人当露不了蛛丝马迹。我想到唐朝瞻仰瞻仰。不知父王肯允否？妹妹敢行吗？"大祚荣说："为父的倒是愿意，就是担心你俩是女儿身，又没有远出过，很不放心。"红罗女说："父王尽可放心，女儿此行定当谨慎行事，不惹乱子不闯祸。"大祚荣低头想了想，认为女儿虽是女流，但武艺高强，力能举千斤鼎，足智多谋，文武全才，让她去吧！不知不觉说出了口："去吧，去吧。"红罗女、绿罗秀听父王连说"去吧，去吧"跪在地下磕头说："承蒙父王慨允，女儿就准备了。父王赶紧亲身率文武到孩懒水畔的萨虎迎接唐朝使，我姊妹改换男装保护父王。"

大祚荣重回到行军帐，召齐了各部酋长，文武百官，说明要去孩懒水南岸萨虎迎接唐使臣。右平章说："王驾可率各部酋长、常侍官及左

---

[1] 弱水：即黑龙江。
[2] 恤品：即东海。
[3] 安出虎水：即阿什河。

平章去迎接，但是缺少通事，彼此两方相见言语不通。虽然我们真诚相待，唐朝实心册封，也总得把双方说的话翻译过来，目前还是没有这样的人才。"大祚荣正在思索中，左平章进帐，面带笑容报："王驾，外面有二位青年，自报奋勇去迎接唐使，他俩会说汉话，愿当通师。"没等大祚荣开口，右平章说："这两个青年是我们人，还是外来的？你认识吗？"左平章说："他说是王爷姑娘亲选的虎贲将士，拿着王爷姑娘亲笔手书来见。"右平章说："凡事总要小心，左平章，你去把王爷姑娘手书拿来，王爷总会认得女儿的笔迹。"大祚荣哈哈笑道："这两个虎贲将士是我的女儿操演，我还真不认得。既是我女儿让他俩来，就不用防什么意外了。料想不是刺客，传他俩进见吧！"

左平章来到帐外说："王爷传见。"他领着两个青年进帐来。二人单腿跪倒："拜见王驾千岁。"大祚荣及右平章瞪圆了眼睛，细细打量两个青年虎贲将士，看年纪只有二十六七岁，头戴紫巾，身穿虎贲营黄色的箭袖短袄，下身穿着兜裆滚裤，足蹬翻山越岭的长筒牛皮靴子，腰系一条一巴掌宽的牛皮大带，肋下带着宝剑。金吞口，金挽手，黄色灯笼穗。明眉皓目，相貌堂堂，雄赳赳、气昂昂的虎贲之士。大祚荣心中不由得欢喜，说："你俩站起来回话。""谢王爷！"两个虎贲将士站起身来。大祚荣问道："你俩会唐朝话吗？"两个虎贲将士连说："会，会。"大祚荣说："你俩是拿有虎贲营总管手书吗？递过来。"两个虎贲双手呈上手书请王爷过目。大祚荣接过女儿的手书，先看字迹是大女儿红罗女的笔迹，上面写道："父王去迎唐使，此二人可当通事。他们说得一口唐朝话。经女儿详查，忠勇可靠可以重用。一名叫蒲查隆忠仁，一名叫蒲查盛忠义，系亲兄弟。女儿红罗女叩禀，即日。"大祚荣看了女儿的推荐书，又看了看二名虎贲将士，面向左右平章说："这两名虎贲将士既能当通事，应当提升为常侍，不知两位平章意下如何？"左右平章齐声赞称道："渤海虽是小国，也有唐朝的李太白，当年派遣王太子门艺入唐时，李太白曾用渤海国文册封。今天我们也有了会说唐朝话的人，会写唐朝文章的武将，敢与李太白媲美。显示我渤海新兴小国也有人才。"大祚荣吩咐二人去见虎贲营总管："传我的令，给你二人换上常侍服。"虎贲一般是下级武官，常侍是高级武官，真是平地登天，青云直上。二人去不多时，就回帐来，只见头戴束发紫金冠，身穿飞鱼箭袖袍，足登薄底儿靴，肋下佩宝剑，威风凛凛，体优貌美，形似唐朝武将。只把大祚荣、左右平章乐得嘴合不拢。各部酋长，竖起了大拇指，齐说："王爷洪福齐天，得到了文武全才，又会唐朝文字语言的擎天白玉柱，驾海紫金梁。"

大祚荣命二位常侍不离自己左右，左平章同20名部落酋长排成一队，虎贲营挑选一百名青年虎贲军保护大祚荣。前面执旗官骑着高头红色大马，手持红旗迎风飘扬，有四名护旗卒跨马横刀，九名虎贲军吹起了牛角，"嘟、嘟、嘟"，共136名各乘征骑，浩浩荡荡，齐奔孩懒河萨虎迎接唐使。

大祚荣的136骑，来到了孩懒河萨虎前部落索气，各自滚鞍下马，将马拴在道边柳林中，留下28名虎贲军看管。大祚荣率领左右平章、二名常侍、20名部落酋长、虎贲军执旗官一名、护旗卒九名、四名虎贲军，吹响牛角，排成两行，步行到唐朝使者帐房栅栏门外。见唐使者帐房竖起高杆，悬挂唐朝旗帜，迎风飘摆。栅栏门外左右各排着身着戎装军卒，左边手持长枪，右边手拿大刀，威风凛凛，好不惊人。大祚荣同左右平章、二位常侍来到栅栏门外，见一员武将顶盔贯甲，肋下佩刀，深深蹲了蹲，唧哩咕嘟说了几句话便站起身来，走了过来。常侍蒲查隆走到唐将面前，行了个唐朝军礼，彬彬有礼地说："适才给将军问安的是渤海国王大祚荣，带领左右平章同各部酋长，特来迎接天使。因是化外小邦，不懂唐朝礼貌，只有按敝国风俗请安。麻烦将军代为通禀天使。大祚荣接旨来迟，待罪帐外。"唐武官听了通事说的话，既中听，又很礼貌，穿戴好像唐朝武士，便答道："天使正在等候王驾，我这就去回禀，请稍候片刻。"

武官回到帐里，见了郎将崔忻，禀明了一切。崔忻将圣旨供在案上，头戴乌纱，身穿蟒袍，腰横玉带，脚登朝靴。前面命武官带路，后面跟12名带刀佩剑的武士，迎到栅栏门外，见有渤海国群臣五人，他不知道谁是国王，便向五人深深一躬说："唐朝郎将崔忻，特来迎接渤海国王入帐叙话。"大祚荣及左右平章只听嘟嘟囔囔，听不懂说的什么话，当由蒲查隆引着大王及左右平章，来到崔忻面前，把崔忻的话翻译成渤海话。大祚荣听了赶紧蹲了蹲，唧哩哇啦说了半天。崔忻听了，如同鸭子听雷，实在不懂。蒲查隆翻译说："化外小邦愚臣大祚荣，迎接天使来迟，万望恕罪。求天使摆香案宣读圣旨，大祚荣初沐天恩，不知礼数，深望天使赐教。"崔忻听了通事翻译的话吐字清晰，语言流畅，不卑不亢，十分中听，看他穿着打扮，很像大唐人，看年纪也就二十五六岁，明眉皓目，很像一名上马杀贼，下马读书的风流儒将，不由得心

中起了爱慕之心。再看旁边仍站着两个青年，穿戴相同，面貌相似，好似一对孪生兄弟。再看渤海国王，身高足有一丈，臂宽腰圆，威风凛凛。两位丞相身高九尺，赤红面虬髯，柔中带刚，年纪都在五十岁上下。心中想到我曾经到过契丹、突厥，都不如渤海君臣，我必须小心行事。于是面带笑容深深一躬说："崔忻奉了圣谕来到贵邦，册封国王，宣读圣旨必须到贵国宝殿，设摆香案。国王要跪着接旨，必须演礼后才能宣读。暂时权请入敝帐小憩。然后本官手捧圣旨前行，贵国君臣随后护侍，如同保护圣驾一般。离贵国都城十里，黄沙铺道，文武百官跪伏路旁，焚香膜拜。各国可汗受册封时都是这样，贵国君臣当有耳闻吧。本官带有习礼官，可教贵国君臣习礼，请王驾暂到敝帐歇息，圣旨现供在别帐，暂时回避。不知礼节不能说是抗旨。请大祚荣告诉虎贲军，在唐营旁边搭起牛皮帐篷。"

大祚荣随领左、右平章和二常侍进入崔忻大帐。虽说是临时帐房，铺设得十分严整。侍从陈列帐外，一呼百诺。有行军床、桌椅、茶具，比渤海国牛皮帐房胜过百倍，可见大唐是文明礼义之邦。落座后，侍从端上茶来，喝一口清香扑鼻，茶罢，摆上筵席是山中走兽，云中雁，陆地牛羊，海中鲜。酒是中原名酒。侍从执壶把盏，郎官崔忻因是天使，上坐，渤海君臣，客席相陪。酒过三巡，菜过五味。谈些长安风光，渤海乡情，两名通事滔滔不断翻译。这席酒从日初一直喝到午夜。宾主尽兴罢，崔忻吩咐侍从将渤海君臣领入别帐安歇。

一夜无话，第二天早晨唐营号角一响，起床梳洗完毕，吃罢早餐，大唐人马先行，后面是大祚荣君臣和虎贲军，直奔渤海新建的首都乌苏哈达①。一百多里路程，都是马队，从卯时登程，斜阳西下时已到渤海首都。那有城墙城楼，高楼大厦，帐篷挨帐篷，连接十余里，好像作战时的军营。崔忻惟恐有失唐朝尊严，在奥娄河畔扎营，让渤海君臣先回到新建都城乌苏哈达，把街道垫上黄沙，两边的帐房悬灯结彩。备办停当，派通事来告诉一声，崔忻捧圣旨前来宣读，崔忻先派习礼官四名随去教演接旨礼法。

---

① 乌苏哈达：即现在的图焦线东京城。

第三回　姐妹俩女扮男装瞒天过海
　　　　　大祚荣遣派使臣赴唐谢恩

　　大祚荣率领左右平章二常侍，虎贲营武士各队酋长到了行军大帐，安排了习礼官，就回到了后帐，急忙吩咐老侍从快找两位郡主来，侍从到虎贲营打听郡主在哪里，众人都说两天没有来虎贲营了，只有她俩的女侍从代她俩教演虎贲军。老侍从去找红罗女的侍从冰凌花，打听郡主哪里去了，只见帐房门外走进了两名青年武官，衣穿虎贲营戎装，足登爬山越岭的抓底皂靴，肋下佩宝剑，威风凛凛，看年纪只有二十五六岁，相貌堂堂的美男子。老侍从不认得，虎贲军也不熟识，以为是唐朝使臣的侍从武官。老侍从彬彬有礼地问道："两位从哪里来？到虎贲营有什么事？"说完了觉得后悔，他俩会说渤海话吗？面带疑惑神情，愣愣望着两位武官。只听年纪稍大的说："我俩是王爷的常侍，才接得天朝使臣回来，你不认识我，真糊涂。"老侍从仔仔细细看了看，又听他说的一口流利的渤海话，王爷常侍，我每天都在王爷身边，怎么没有看见过。随说道："我怎么不认识两位？""干嘛要你认识？"前面那个稍年轻的说："你到这里来干什么？"老侍从说："王爷让我来找两位郡主，偏偏不在。"两位常侍哈哈笑道："我俩知道郡主去处，你领我俩去见王爷，当面告诉郡主去处。"老侍从暗暗思忖，郡主虽当虎贲营总管，除了女侍从外，从没有和男人交谈，她俩常说男女授受不亲，虽是面艳似桃花，但性格却冷若冰霜，威严不可侵犯。啊！是了，是了……满怀狐疑，尽在不言中。

　　他正在思量，"走啊！领我俩去见王爷。"年轻一点的常侍说。老侍从说："王爷的后帐除了郡主外，只准两名年老的侍从服侍，就连左右平章有事也得先回禀准见再见，两位别讨无趣吧！""你去回禀的时候，我俩在帐外等候。就说两个常侍当通师的知道郡主去处，必须当王爷面谈。"年纪小的说。老侍从找不到郡主，平空里遇见了两位常侍，口口声声说知道郡主去向："我就去禀王爷，见不见听凭吩咐。"连说走吧，领着他俩来到王爷帐外，让他俩稍等片时。

　　老侍从进帐来蹲了蹲，口称王爷："小的没有找到郡主，却碰上了两个年轻常侍，说是跟王爷迎唐使回来的通事，知道郡主去向，在帐外等候。"王爷找自己的爱女就是要打听两个常侍的底细,偏女儿不在,既是他俩来了,自己问问,等女儿回来时,看他俩说的和女儿了解的有无差处。就命令老侍从唤他俩进帐,给王爷请过了安,让他俩坐在军帐桌旁。王爷细细端详了半天,好像熟人似的,但怎么想也想不出来,就问道:"你俩几时到虎贲营?总管怎么知道你俩会说唐朝话,又怎么亲笔手书,推荐你俩,你俩详细地跟孤说说。"二常侍躬身说道:"提起来话长,我俩是亲兄弟,我长他一岁。"指着年轻的说,"我们是土生土长的奥类河下游的森林丛山里的人。父亲、母亲善射猎,曾在营州唐都督驾下当过围场的总管,学得一口唐朝话。我兄弟自幼就跟父母在围场,也就学会了唐朝话。围场里有个唐朝老婆婆,七十多岁了,身体强壮得和40岁的人一样,她会武术,很爱我弟兄,从小就教我俩打拳、踢腿。什么三面斗,四扇门,二步短,打山开门,教我俩念唐朝书,认唐朝字,什么'子曰学而时习之'……什么'关关雎鸠'……从三岁到19岁,经过了16个寒暑。一天,我们的恩师叫我弟兄到她榻前说:'我年纪已九十多了,晚上脱了鞋和袜,不知明天穿不穿,你弟兄跟我16年,总算有缘吧!要知道学会文武艺,货卖帝王家,帝王家不识,流落于行侠。目前渤海王大祚荣,英雄盖世,听说他有两个女儿大的叫红罗女,次女叫绿罗秀,自幼遇到异人传授,通兵书,识战略,马上步下,长拳短打,水旱两路,虽是女儿家,胜过顶天立地的男儿汉,辅佐他的父王,要振兴渤海国。现在营州都督,就要调回长安,你们也应当回故乡,另寻出路吧!第二天我的师父给我俩留下两柄剑,放在卧床上,竟遁迹深山归隐去了。我俩劝说父母就离开营州来到了渤海,恰巧王爷招虎贲军,我俩就报名应募,每日给总管(王爷的郡主)和女侍从教拳脚,翻滚扎腿,总管看我弟兄会武艺,就提拔当了领队掌管,给我俩一座小帐房独居。正当秋天月圆花好秋风送爽,我弟兄喝了几杯酒,弹琴作歌,被总管听见。走进帐来,让我俩重唱,'三尺青锋万卷书,老天生我意何如,不能治国安天下,空为男儿大丈夫'。总管听了满口称赞说有抱负。第二天恰是王爷迎接天使,总管说没有通事,就亲笔手书推荐我俩,承蒙王爷恩赐常侍,当效犬马之劳,以报知遇之恩。"

王爷听了,满心欢喜说:"你二人的剑,一定是宝剑了,可否让孤王看看,饱一饱眼福。"兄弟二人解下佩剑,交与王爷,王爷见剑鞘是鲨鱼皮,黄吞口,黄挽手,黄色剑绦。左手把剑匣,右手把剑柄,大拇指按绷簧,呛啷啷,宝剑出匣光闪闪,夺人二目,冷嗖嗖逼人胆寒,是水斩蛟龙陆地劈象，切金断玉，吹毛利刃，剁钢铁如泥，价值连城的古剑。细细看了看，竟是大女儿红罗女的莫邪剑，用手指了指年小的常侍："不用说了，你佩的宝剑是碧血玲珑。"王爷举起了宝剑大吼一声："是你俩害死了我的女儿，夺走了宝剑，伪造成书信，来当奸细，哄骗孤王。哪里走，看剑！"恶狠狠地照着年长的常侍劈下。年长常侍闪身躲过，年小的趁势从身后抱住了王爷双臂，点了麻穴，宝剑掉在地下。两人齐说："父王，莫发虎狼之威，暂息雷霆之怒，待孩儿详细禀告。"王爷细看二个常侍跪在地下，不知为什么管他叫父王，看他俩也不像有害自己的样子。二常侍说："父王，你仔细看看，你自己的儿子就不认识了吗？"二常侍哈哈笑了起来。这时恰好老侍从送奶茶来，见两个常侍笑得前仰后合，王爷低头纳闷，放下奶茶不由问道："你俩这样放肆无礼，小心王爷怪罪下来。"二常侍说："王爷不但不怪罪，恐怕还得流下泪来，老侍从你老人家可认得我弟兄是王爷儿子吗？"老侍从摆了摆头："胡扯，我今年已活到八十多岁了。我跟王爷三十多年，我说句大胆的话，王爷的儿女从吃奶时就认得。王爷没有外室，这我是知道的，哪有你俩这样的儿子。""哈！哈！你二位老人家都不认我俩，我俩都有证明，让二位老人家瞧瞧一定相识。"两常侍解开脖领在脖子下面露出半尺肌肤，有血红一块红痣。"啊！守宫砂！"王爷和老侍从同时"啊"了一声，是郡主女扮男装，蒙混两天。扮得真像！"守宫砂"是什么呢？是皇宫中一种名药，宫女入侍都得点上守宫砂，如果没有了守宫砂，就是同别人有了勾搭发生了暧昧，就处死。后来大家闺秀十三四岁后就点上守宫砂，作为洞房花烛夜信物。江湖上女子为了行侠仗义，男女间杂，点上守宫砂，表示坚贞。

　　红罗女笑嘻嘻地说道："父王该放心女儿去长安万无一失吧。方才没有说明，只是想试试，能不能瞒过父王和老侍从及文武百官和唐朝使臣的眼睛，真是天从人愿都瞒过了。女儿还有革面具，夜间戴上就是红胡髭，红头发，野人一样。马上有双戟，追风赶日。陆上有宝剑。水中有日月霄霜马鲫鱼皮宝锭。镶金镂银铜并有铁臂鹊画弓，有铜丝带学会唐朝一线单传的绝艺，莲花八卦掌，莲花八卦剑法，八仙掌、八卦戟法、鹊画弓有百步穿杨之能。我姊妹是常侍兼通事，保护着谢恩使臣，左右平章，去唐朝长长见识。只有学别人的长处补自己的短处，国家才能兴旺。女儿是这样想的，才要离开老父。"王爷听了，满脸堆下笑容，连说："好，好，为父放心了。"但是郡主说："不能向任何人道破机密，天知地知，只有我四人知道。有人问郡主哪去了，就说查三山、步五岳找师父去了。"父女计议停当。王爷命部下整顿帐房、黄沙铺地、悬灯结彩、唐朝来的习礼官教演仪礼。

　　过了五天，诸事妥当，大祚荣率各队酋长文武百官大摆香案，跪接圣旨。唐使臣崔忻面南背北宣读圣旨，钦封大祚荣为渤海国郡王。文武欢呼，几百名牛角号手嘟、嘟、嘟吹起来。号音空谷传声，群山回响。奥类河水激起了浪花，滚滚东流。渤海国受到册封才国势日渐昌盛，成为海东盛国。

　　渤海国受到了唐朝册封，要遣谢恩使。渤海王召集了左右平章、各部酋长，议论谁可当使臣，贡品都应当预备些什么？经各部酋长推荐左平章夹谷清为进贡谢恩使臣，两名常侍应提拔为虎贲营副总管，带领虎贲营勇士一百人，36名天罡勇士，72名地煞勇士。左平章一人，虎贲营副总管二人，都掌管一人，外有文官职12名，武官职12名，凑成28宿。命名为渤海国赴唐谢恩使，携贡品有孩懒河的珍珠百粒，有夜明珠、避风珠、避尘珠……有长白山的珍鸟、海东青、白狐皮、紫貂皮、奥类河紫獭皮，长白山的千年人参，万岁灵芝，渤海产日行千里、夜走八百的百花马。贡品、使臣都有了，得写份奏折，让皇帝亲自御览。"当年我国派使臣赴长安时，李太白曾用渤海文回书，可惜我国没有会唐朝文字的。要是能有人会写，也让唐朝看看，渤海国虽是千里小国，也有李太白那样的人才。"左平章把话说完，瞅了瞅随行官员，二位虎贲营总管，虽是会说唐朝话，怕是不会写奏折吧！若是能会写奏折那该有多好。他这样想着就用目光打量二人，王爷见左平章目不转睛地看着虎贲营总管，知道他是要想从他俩身上打主意，不过没有开口。说道："左平章，你是不是想问问他会写唐朝文字能不能写奏折？"左平章含笑答道："是为此。"王爷说："昨天他俩曾到我的后帐谈到此事，他俩不敢说能写。今天当着众官让他俩试一番，唐朝话我们都不懂，让他俩译成渤文，当众宣读然后再请唐朝使臣修改一番，孤想是能行的。郎将崔忻不断夸奖他俩，请修改没有不允的。"命侍从拿过笔砚纸张在王爷案前左边设摆桌椅。王爷说："你俩试试，写一奏折，能行吗？"两位虎贲军总管向王爷请过安说："小臣试试看。"磨墨墨浓，笔蘸得饱，展开纸笔，挥毫自如，刹时将奏折写完。是蒲察隆执笔，蒲察盛在旁赞助，俩人说的是唐朝话，写的是唐朝字，文武百官全然不懂。只见蒲查隆站起身来，把奏折双手捧定，高声用渤海话朗诵。读完了奏折，左右平章一起站起来，竖起大拇指，拍着双掌，连说："好好好。"王爷也笑逐颜开，看那高兴的样子，比受封郡王还高兴："事不宜迟，你众位暂在大帐稍坐，我同他俩去见崔忻郎官，让他看看奏折，有什么不对之处请他修改。"

君臣三人捧着奏折来到唐使大帐，彼此见过了礼，落座献茶，王爷说："我君臣无事不登三宝殿，特来求教。"说的是渤海话翻译为唐朝话。崔郎将听了忙说："有什么贵干？崔某定当效劳。"通事又翻译为渤海话。王爷就把写奏折的事从头到尾说了一遍，通事又译成唐朝话，崔郎将笑嘻嘻地点了点头，连说好好好，拿来我看看，我虽是武官，当年也考过乡试（举人）。因中间有人说十年能考武状元，十年苦功考不了文状元。我家父兄都是武官，我自幼也学过跑马、射箭，就弃文学武了。"通事又译成渤海话。"我对唐朝文字一字不识，请天使有什么吩咐就告诉通事吧！省得翻译费事，我也好多喝天使几杯茶。"又译成唐朝话，崔忻听了捧髯大笑："好！好！尊敬不如从命。请王爷喝茶。我们三人谈谈。"通师译成渤海话，王爷连连点头赞成，崔郎将说："把奏折草稿交给我看看。"蒲查隆双手捧花笺，放在崔郎将桌上说："请天使休要见笑，我写的，我弟弟帮着措辞，化外小臣懂得什么。"郎官拿起奏折看了看，是簪花小楷字写的，笔走龙蛇，十分工整。又看奏折："臣渤海国郡王大祚荣，跪请安。仰沐天恩册封为渤海郡王，受命之日，就是臣效犬马之劳之时。愿年年进贡，岁岁称臣。现派谢恩使者，奉上孩懒水特产月明珠十颗，忽汗湖避风珠十颗，孩懒河避尘珠十颗，其它珍珠70颗，共百颗珍珠。奥类河珍禽海东青一对，长白山狐皮十张，紫貂皮十张，紫獭皮十张，百年人参十株，千年灵芝十株，贡品虽少，是臣国土产。跪请圣躬，不弃菲薄，臣叩圣恩深矣。"崔郎将连说："好！好！好！各封国的可汗均写有奏折，只有渤海郡王占先了。不用改了，不用改了，若到长安时，我给你俩当引荐师，拜师在李太白、贺知章门下学习一年，就可入大考场夺魁。老夫就沾光了。"二位跪倒连连磕头说："谢谢恩师栽培，赘见礼拜师礼，容当后送。"崔郎将哈哈大笑，用手挽起二人，命坐桌旁。侍从重新献上茶来。王爷看到这样光景，虽不懂语言，看行动十分融洽，料想写的奏折很好，忙问道："郎将说得什么？"蒲查盛把崔郎将的话从头到尾说给王爷，王爷拍掌大笑，今天孤王给贵师徒贺喜，请天使快摆酒筵，尽醉方休。大家都是知己，我给预备拜师礼品，夜明珠二颗，避尘珠二颗，其它珍珠六颗，共珍珠十颗。紫貂皮五张，白狐皮五张共20张。人参五株，鹿茸五个，好虎骨五副，珍珠天使可随身佩带或置于室内，皮张给天使和夫人做冬服。人参、鹿茸，可制成药酒喝，我们渤海有句俗语'长白山三宗宝，人参、鹿茸、虎骨泡酒好，喝了它百年总不老'，这些薄礼不成敬意……喝完酒，孤当派人奉上。"崔郎官连说："不敢当，不敢当。"为什么大祚荣拿出这样珍贵礼品，一是崔郎将到渤海后十分礼貌，从没有端过天使架子，人是一朝生，两朝熟，大祚荣早就想送些礼品答谢，又恐唐突。二是今天使收了通事当门下，是自己女儿，唐时师生之谊，高过姻亲，虽没有道破，早晚必真相大白。多了一名唐朝名将在长安当内援，并说李太白、贺知章为女儿教师，这些名将诗人，想攀都攀不上。

渤海郡王把贡品预备齐整，经虎贲营二位总管，挑选了能征惯战、杀法骁勇的虎贲军一个联营。他的建制，五人为伍，头为伍总，五伍为分营，头叫掌管，五个分营为本营头叫大掌管，五个本营为联营头叫都掌管，五个联营为大本营头叫总管，这支队伍是红罗女姊妹俩，挑选身材魁梧、武艺高强的青年猎手，编成的年岁平均26岁，已教练了二年，另外又选36名女青年当侍从。这群女子，论力气能举起五百斤的碑石，能射中百步开外的目标，能骑日行五百里骏马。她们身高六尺以上，马上都练习双戟，步下都使雁翎刀，会蹿高越矮。红罗女、绿罗秀亲自教练，挑选武艺好的给虎贲营分营当教师，本营当大教师，联营当都教师。虎贲军是国王亲兵，侍从是亲兵的教师爷，是国王的护兵。红罗女想到去长安经过高丽边境，额穆梭（今敦化一带）峻岭丛山。那里道路崎岖，悬崖陡壁，卧石如虎，峭石如刀，只能单骑走过，一人把守，万人难敌。必须选些精锐武士，以防不测。赴长安的联营武士，敢说是虎贲最精锐、最勇猛的健儿。女侍从18名由冰凌花当掌管，保护左平章及二位副总管。冰凌花再没有想到的总管就是郡主，因她是年轻少女，二位副总管是年轻男子，除有要紧事回禀外，就远远离开。把贡品分驮在18名女侍从的驮马上，每三名女侍从保护一匹马，每个驮的鞍上内装贡品，外装火箭五百支。虎贲营健儿头戴牛皮盔，身穿牛皮甲，每人一面牛皮盾牌，骑着红马，刁翎壶中装有36支火箭，连人带马火红一团，红旗招展。二名总管手持红、绿二面"令"字旗，遇事用旗指挥，操练了半月。这曰，唐朝天使同谢恩使同行，唐使人马在前，渤海人马在后，天使谢恩使在二国队伍中间。天使有36名武官保护，谢恩使只有18名女侍从。两处人马约有一千多名，离开渤海首都，浩浩荡荡，饥餐渴饮，晓行夜宿，直奔长安。

第四回 张元遇额穆梭路遇强贼 蒲查隆黑大汉惺惺相惜

时当三月中旬，沿路上已是百花齐放，群山叠翠。这日走到离额穆梭约有三十里路程，前面大山挡路，路边黄蒿漫漫，百草蓬蓬，古树参天，浓荫蔽日，崎岖山径，只能容二马并行。总管蒲查隆将手中红旗连摇三次，虎贲营健儿个个勒住马头，停止前进。当有联营都掌管来到马前，告诉唐营赶快安营扎寨埋锅造饭。人吃饱饭，马吃饱草，人强马壮，再过此山。都掌管说没人会唐朝话，蒲查隆一挥手叫都掌管去安排虎贲营。自己催马来到天使马前，把话说明。天使崔郎将命侍从催马急到前队命令停止前进。刹时间扎下帐房，炊烟四起。两国健儿急忙吃饭，赶紧喂马。在吃饭时把唐朝天使及随行兵武官请到左平章大帐，有唐朝的菜肴，也有渤海的牛羊肉，禁止喝酒，边吃边谈。蒲查隆说："前二年，我曾走过一次，此山半山腰只能一人一骑。到了山顶，有一片宽阔去处约有二里，能容下几千人。那里古树参天，荆棘丛生，可以埋伏人马。单骑到在宽阔尽处，有一石门高插入云，一人把守，万人难攻，此处叫'天门岭'。我们是谢恩使臣，一定带有价值连城贡品，蠡贼当闻风远遁。倘若有盗匪，埋伏于此，夺取贡品，我们不得不防。我的主见是渤海虎贲营先行，唐朝天使人马和我们左平章女侍从在此扎营不动，保护贡品。因为平时兵都会射猎，登山爬岭，更有人熟悉这一带山路，遇事能进则进，不能进则退。不知众位有何高见？"

话刚说完，却气恼了天使的一名武官，只气得三煞神暴跳，五灵豪气飞空。高声叫道："休长盗匪志气，灭咱堂堂大唐武将威风。我曾身经百战，什么样的凶神猛将已不知多少死在我刀下，何怕他区区盗贼。我亲率健卒百人，挺进此山，杀尽蠡贼，再请天使和贵邦兵马进山，万无一失。"蒲查盛看唐将圆睁双眼，一部钢须乱抖，气得铁青脸发亮，遂走到面前深打一躬说："请将军不要发火，方才蒲查隆年轻无知，说错了话，愚下给将军赔礼！因为小邦有保护唐朝天使的责任，所以说小邦虎贲营先行并不是藐视上邦武将，堂堂天朝武功盖世，征高丽平吐蕃和天竺，大邦纳贡，小邦称臣，何况小小蠡贼，当闻远遁。如果将军执意擒贼，恭敬不如从命，按将军方才说的话办。将军带百人擒贼，小可带百人当向导,将军能慨允吗?"蒲查盛这番话柔中带刚,听来很中听。武将哈哈大笑道:"小将军,说的很对,怪我一时鲁莽,连小将军姓名官职都没有问。既然小将军当向导,在下非常感激。我们彼此应当知道官职姓名,好多亲、多近。"自我先介绍道:"官居守卫伯姓张贱名元遇,以后就请多关照,你呢?"蒲查盛说:"我叫蒲查盛,是虎贲营副总管。"用手一指,"他叫蒲查隆,是我哥哥,方才的冒犯,请高抬贵手饶恕。此去长安,求教的事很多,深望不吝赐教,小将就三生有幸了。"说完话,张元遇亲自点兵布将。蒲查隆望了望,对蒲查盛说:"还是我领一百名虎贲军健儿去当向导,你留守大帐。切记住,今天午时末刻,西北风起,你派一百人带着火箭爬上山顶,刮风时放火箭烧了他埋伏的人马。再派125人手持挂牌,雁翎刀爬山到前坡,离山顶约有五里叫小天门岭,截杀败兵。最好叫冰凌花女扮男装指挥。我想高丽国听说唐朝册封渤海国,他准气得发疯,必然选强兵猛将扮成强盗劫贡品,杀天使。他好派使奏明唐朝皇帝,说渤海国明是纳贡称臣,暗是扮强盗打劫,既不丧失贡品,又不得罪上邦。高丽使出这样阴谋诡计,就是让唐朝一举歼灭渤海,请唐王把渤海当他的附庸。我为了要揭破这一鬼把戏,才定下走这条路,抓住他的领兵将官,押赴长安,让他自己说破。高丽国再也得不到圣宠,就再不敢小看渤海了。我们首先治倒骑在我们头上的近邻高丽……再振兴渤海,这话我今天才告诉你,你千万守住大帐,也防他火攻。让冰凌花带几名女侍从多抓住几位高丽的武官,是首功一件。我看张元遇有勇无谋,易败难胜,我去见机行事,用杀抚兼施,多抓活口。你去找冰凌花传我的令,让联营副都掌管霍查哈,选取一百名健卒随我去杀败兵抓活人,挑一百名健卒随冰雹花去放火箭烧埋伏兵,你把兵退十里,在旷野沙滩处扎营,外面多设弓箭手,快去传令吧!我在这等候。一面看看张元遇的勇士们怎样。"

蒲查隆吩咐已毕,蒲查盛急忙回到大帐,按照吩咐挑选完了,命令冰凌花、冰雹花各带自己的健儿照命令办事,不得违误。各个健儿摩拳擦掌,跃跃欲试。二名女将看到士气昂扬,也要大显身手,各自率队去了。又挑18名女侍从让冰坚花、冰实花率领去唐营找总管蒲查隆听候分配。完了到大帐见了左平章说明一切,又到天使处陈明利害,并说张元遇自愿先去除贼,蒲查隆率虎贲营健卒当向导,并当援兵。郎将崔忻是文武全才,长叹一声说:"张元遇自去找死,并没有奉我命令。蒲查隆小小年纪,知兵书识战略必能出奇制胜。"遂下令兵退十里,听渤国虎贲营副总管蒲查盛安排不得有误。蒲查盛当即率领二部人马兵退十里，前面是山后面是水，周围是五里地青沙滩，扎下大帐。命令二国健儿赶紧用沙滩挖沟筑墙，去河里挑水入山劈柴，准备两天用的柴水。外围是弓箭手，内围是长枪手，一百名女侍从身着戎装保护驮马大帐。一切安排停当。

再说蒲查隆，看见冰坚花、冰实花率领16名女侍从来到，行了军礼听候军令。正在这时张元遇带领挑选的一百名精兵，每人头顶乌纱盔，身披黑铁甲，坐下黑马，手中持乌龙枪，黑鸦鸦一片，人高马大，威风凛凛杀气腾腾，似凶神恶煞一般。张元遇坐在马上向蒲查隆挥手说道："将军兵来了吗？"蒲查隆用手一指说："在那儿。"张元遇打量了一番，见有十几名女兵，外有百名男兵都穿着牛皮甲，头戴牛皮盔，胯下枣红大马，执旗官持着红旗，迎风飘荡，火红一片。再看蒲查隆，足登薄底登山越岭皂靴，马鞍得胜钩上挂着一对赤金双戟，肋下佩宝剑，背后背着一张镶金镂银铜胎铁背画弓，箭壶中装满雕翎箭。天资英异，威风凛凛，杀气腾腾，18名女侍从在身后。暗暗想道，从战将到兵卒，平均年纪不满二十五六岁，娃娃儿兵，又有女的，也只能当向导了。张元遇暗暗欢喜，真该我老张时来运转，擒了盗魁，捆赴长安，保护了贡品立了大功，皇上一定对我加官晋禄。"小将军，我领兵在前头走，没有岔路就不麻烦了。"蒲查隆在马上躬身说道："我领18名女侍从头前带路，将军后行。""不用，不用！"张元遇连说几句，旁边早气恼了冰坚花、冰实花说："总管，张将军既然不用我们当向导，我们就当尾兵吧！"蒲查隆惟恐唐朝损兵折将，既对不住郎将崔忻，又挫伤士气，面带笑容说道："我和二名女侍从当尖兵，将军准能答应吧？"张元遇暗想，一男二女也抢不了头功，就让他们当尖兵，有埋伏死了他们三人，我好做准备。点了点头："行！行！行！"蒲查隆命令冰坚花、冰实花，跟着自己。女侍从另选取带队人夹谷兰指挥。蒲查隆唤过夹谷兰，附耳低言嘱咐了一番。三人催开坐骑进入崎岖路，越走道越窄，只能容一人一骑。

渤海的三月中旬，枯萎草还没腐烂，遍山开放了达来香。有达来香的地方树木就稀少，树林深处倒木一排排一溜溜。蒲查隆对二名女侍从说："前面就是埋伏圈，离天门岭不远了。敌人看我们人少，暂时不能火攻，敌人目的是为了夺贡品，杀使臣。认为我们是先遣队，必然放进空旷去处截杀，或是怕打草惊蛇，放我们过去。快催马闯过天门岭，最好是冰凌花、冰雹花的爬山队先到，我们就占了优势。"三人催马闯过了天门岭，毫无动静，就急急去奔小天门岭，尖兵总是离大队很远。何况张元遇有心拉长距离，尖兵死活他不管，只是前面有风吹草动，他好做准备。前面传来话，尖兵并没动静。前面眼看到宽阔之地，张元遇命令官兵后面快赶上，到宽阔的地方休息。官兵听到休息，急急催马来到宽阔的地方。有的把马拴在树上，有的撒开马缰，坐在草地上。

　　张元遇看左边有一丛林离道很近，就拉着马走到林边把马拴树上，坐在一块卧牛石上，仰天大笑："娃儿兵真是胆小如鼠，就是真有草寇何怕之有？"笑声未住，只听林里射出三支响箭，跑出一百多强盗。黑盔、黑甲、黑旗号，胯下都是黑马，每人都腰夹铜板斧。为首一人身高丈二，膀阔三停，头大手大肚子大，黑炭脸，红色头发，山羊胡，大下巴，手持一把黑色蘸金斧，坐下马高八尺长丈二的乌骓马。人高马大，像一尊泥雕的黑煞神，大吼道："不种桑，不种麻，终朝每日在山洼。要是有人从此过，留下珠宝、皮张、人参、鹿茸放了他。牙崩半个说不字，蘸金板斧劈了他，让他重新认爹妈。"张元遇这时已骑上马，手中铁枪一摆，一百名军卒一字排开大喊："什么人？你真是吃了熊心，吞了豹胆，敢劫唐朝武官守卫伯，你的脑袋还要吗？"黑汉仰天哈哈大笑："我最好吃乌鱼，真是天堂有路你不走，地狱无门自来投。看斧！"恶狠狠力劈华山，照着张元遇头顶劈来。张元遇举枪用了一招托天式，两件兵器碰到一处冒出火星，"哨"的一声。蒲查隆看后面打起来了，急转马头奔来。两人已战过五个回合，黑大汉急于取胜，把马奔向张元遇，斧招一变，疾如旋风快如闪电，张元遇手忙脚乱，只有招架之功，并无还手之力。蒲查隆看到黑大汉用的旋花斧招数是绝艺，不由"啊"了一声。正当这时，黑大汉斧招是一招分三式，掏耳、挠腮、挖眼睛。蒲查隆赶快从马鞍上得胜钩鸟饰环上摘下双戟。黑大汉斧招已使到脑后摘瓜，张元遇想躲万不能，只有把眼睛一闭，等着脑袋搬家，到阎罗殿报到。哪曾想蒲查隆急如闪电，快如流星，左手戟架起蘸金斧，右手戟急奔黑大汉颈嗓咽喉，吓得黑大汉赶紧头往后仰，躲过了戟，蘸金斧被人家单戟给磕飞了，吓得大汉出了一身冷汗，连说厉害。张元遇听见兵刃声，认为脑袋没有了。怔了一会儿，见黑大汉退到一边，蘸金斧落在尘埃。蒲查隆手握双戟，怒目横眉，对黑大汉说："知道厉害快快放下兵刃投降，不然就死在面前。"黑大汉满面羞愧说："你要能战胜我手中宝刀，甘愿牵马坠镫。如败在我手，叫比武平平。我决不伤你，方才你的戟往下一按，我就没命了，是你高抬贵手我领情了！"蒲查隆见黑大汉身怀绝艺，不忍下毒手伤他性命，才没有把戟按下，又听黑大汉说了知情的话，是血性汉子，这样人只能用武功折服，就在马上躬身说道："英雄要献绝艺，在下只能奉陪，我也下马步战。请英雄亮刀吧。"这时他的喽啰兵已把蘸金斧捡起挂在马鞍鞯上。黑大汉脱去了盔甲，挽好头发，穿着一身短衣襟小打扮，摘下佩刀，"仓啷"宝刀出匣，寒光闪闪，一看就知是一口宝刀。黑大汉左手握刀，刀尖朝下，右手举起，行了个军礼，连说"请"。蒲查隆摘下宝剑，左手把剑匣，右手把剑柄，"仓啷啷"宝剑出匣，左手握宝剑，剑尖朝下，举起右手也行了军礼，说："请进招吧！"两人都把刀鞘剑匣交给从人。黑大汉说："请小英雄先进招。"蒲查隆说："还是大英雄先进招。"黑大汉已看到是一口切金断玉宝剑，一定武艺高强，方才已败在人家手下，先进招，显得太不道义了，屡次催蒲查隆进招。蒲查隆左手捏剑诀，右手把剑柄，童子拜佛一炷香，举剑奔黑大汉面门就刺。黑大汉擎刀相还，起先人慢刀也慢，次后只见刀光剑影，急如旋风，快如闪电，打了三十多招。蒲查隆看黑大汉刀招是万胜花刀，稳紧深得其中精华。有心再多战几个回合，看看日色快到午时，怕耽误了事，使出了绝招，剑尖直奔大汉咽喉。黑大汉急忙扭颈缩头，那知此招是空式，实招是穿帘燕，剑尖早到左眼，黑大汉想躲不能，用刀招架已晚，只有闭目等死，或刺伤左眼，那就万分留情了。哪知蒲查隆抽回宝剑，跳出圈外，连说领教了。黑大汉佩服得五体投地，要跪下谢二次不杀之恩。蒲查隆前行一步，点了他的麻穴，不让他跪倒，连说："武林中怀有绝艺的能有几人，不应以技杀人不讲武术道德。老兄请吧！"用手破了点穴法让他走。黑大汉连说："我败了甘愿牵马坠镫，大丈夫一言出口驷马难追，请收为门下，如有二心，死在刀剑之下，这是我对天发誓。这五百名乌鸦兵随我去的站右边，不愿去的自奔出路吧！"众喽啰兵见寨主已降，都情愿跟寨主去，呼啦一声站在右边。蒲查隆问黑大汉："你好像唐朝人，姓什名谁，家住哪里，为什么当草莽英雄？"黑大汉长长叹了一口气，说："此处非讲话之所，容当后禀，得赶紧占住高地防备被困。"蒲查隆笑了笑说："安心吧，胜利之券已操在我手。"这才是英雄爱英雄，好汉爱好汉。

第四回　张元遇颉穆梭路遇强贼　蒲查隆黑大汉惺惺相惜

033

第五回 蒲查兄弟智破高丽兵 四花姐妹审问二"头领"

蒲查隆问:"除了你这五百人外,还有多少人马?"黑大汉说:"我专管在这宽阔之地,截杀进贡的先遣队,引诱大队人马及贡使进入崎岖蜿蜒小径,就是首功,分给我三成贡品,官封大将军。后有二千人马分成二队,一队埋伏在前面丛林深处,每人拿山柴一束,等贡使大队全部进入山道,到了天门岭,将宽阔地方堆柴放火。还有一千人马埋伏在进入山道口的丛林中,手执斧、锯的二百名兵卒将长木劈为碎木桩子,等贡使大队进入山口就截断山口放起火来,前后用火来攻。贡使前进无门,后退无路,只有束手被擒。这是第一招。第二招是贡使少数兵马不动,埋伏在山口放火的人马兵分两路,一路劫烧山口,一路去烧掉贡使帐房。这是高丽王同大将席旺嗣、全盖世的计策,两人亲自督兵。请将军速去右面制高点,我这五百名乌鸦兵都会爬岭,保将军万无一失。"蒲查隆正想让带来的虎贲军,同女侍从们爬山,只听得倭丽鸟叫了五声,知是冰凌花、冰雹花已预备好了,摆了摆手告诉黑大汉把乌鸦兵在靠右边的悬崖下不要动。黑大汉看了看右边悬崖有三丈高,崖底能容下五百多人,连连摇头说:"敌人把山柴垛在离崖十丈地方,要刮东风,我们几百人都得变成火燎鬼。"又听倭丽鸟啾啾叫七声,是冰凌花发出紧急信号,敌人要行动了。(蒲查盛和冰凌花附耳密语就是怎样布置和信号用倭丽鸟啼迷惑敌人)右边山的陡壁高有五六丈,就是会爬山的也难攀登。虎贲军每人都有爬城索五根,都是绳丝拧成的细绳,一头有小铜钩,只要铜钩挂住,就可缘绳直上。冰凌花、冰雹花又会燕子穿云,五六丈高难不住她俩,所以他们登上陡壁的天门岭右峰,到悬崖处藏好了身,准备好了火箭。派人去看冰雹花截杀败兵预备好了没有,派去人回来说柴草深处埋伏了绊马索链,路弯处挖了陷坑,都准备好了。冰凌花才学倭丽鸟叫五声,报告总管知道,又叫七声,是敌人行动了。蒲查隆听黑大汉说话,忙叫虎贲营健卒站前面,各自预备好火箭,告诉黑大汉:"乌鸦兵坐着后面不要动,请放心再待一刻,他烧不了咱们,包管他全军葬身火海。"黑大汉只好听命令,告诉乌鸦兵:"全坐在虎贲军身后,观看动静。"倭丽鸟连叫七声,只见密林中涌出了五六队步兵,每人举着一点柴草,边喊边跑奔向宽阔地方,离悬崖有30丈远处把柴草堆成长约一里一堵墙。后面持柴草的远远摇旗呐喊"杀!杀!杀!"牛角号嘟嘟嘟响遍了天门岭左山,因左山低于右山一二丈,也是很险要。高丽大将席旺嗣亲自督战,见右面悬崖下站有一百多名头戴牛皮盔身穿牛皮甲渤海小卒,他仗着人多势大喊一声:"抓活的!"高丽兵呼啦就上来四五百名。渤海虎贲营健儿,见高丽兵已到射程以内,就放出了一排火箭。敌人中箭的倒下一百多人,霎时西北风起,悬崖上火箭射如飞蝗。刹时草堆起火,火借风势,风仗火威,左边山变成了火海。席旺嗣被火烧焦了脸,烧去了胡须,拨马就跑。金命水命不如逃命,要想逃命直奔小天岭。只听"喀嚓"一声,连人带马坠入陷坑,被挠钩手勾将出来,抹肩头、拢二背、寒鸭凫水式四马倒攒蹄捆好,像抬死猪似地抬到冰雹花跟前:"报告,抓住一个看样子像似大官,身上衣裳有的地方冒烟,有的地方冒火。"冰雹花怕把他烧死,让人抬到稀泥塘把他滚了几滚,连泥带水总算浇灭了身上的火,弄得他像个泥塘里抓出来的大泥鳅鱼。高丽兵卒们烧得焦头烂额,哭爹喊娘,齐向小天门岭大道跑来。看前面有大坑,冰雹花命令见来人就放火箭,一排火箭带着呼啸射倒了一百多人,后面骑马的小官,拨转马头,那管东西南北向无火的地方奔跑,埋伏柴草丛中的虎贲营健儿拽起绊马索,活擒二十多名,捆绑好了,抬到冰雹花面前,每人身上都有火,放在泥塘里翻滚,拖出来跟庙上塑的烟熏火燎泥小鬼一样。捉住缺胳膊、少腿兵卒一百多名,席旺嗣率领的人统统完蛋。时近未时末,火已烧到远处,蒲查隆告诉牛角号手,吹响了集合号。各队人马集合在宽阔处点名,没有一个受伤的,于是在宽阔处休息。

　　再说蒲查盛保着天使、使臣、及两国文官直到正午,忽听前面山下林中"嘟!嘟!嘟!"响起牛角号,知道敌人发起进攻。高丽大将全盖世把一千名兵卒列成长蛇阵,每人距离有五尺多,狼号鬼叫地嗷嗷杀上前来,箭如雨点般射向帐房。蒲查盛命虎贲营健儿,各个手执牛皮盾牌,手执雁翎刀,跳出挖的壕外,用肘行术躺地刀剁来人双足。又请守卫伯张元遇把他的兵卒靠边沿近壕根,敌兵要接近壕边就发箭,不让敌人一兵一卒闯过壕来。一声令下,虎贲营几百名健儿跳出壕外,就地卧倒,用肘行术爬到敌人群中,雁翎刀锋利无比,敌人还以为是来投降的,怕双方箭射,在地上爬了来。说时迟那时快,全盖世只听哭爹喊娘,兵卒刹时间就有几百人坐在地上哭叫。全盖世急奔前来,要看究

第五回　蒲查兄弟智破高丽兵　四花姐妹审问二"头领"

035

竟，只见草丛中滚动一物，刚想用枪刺，只觉脚脖处寒光一闪，"扑咚"栽倒，双脚已被削去。疼得他呲牙咧嘴连说完了，用枪对准咽喉就要自杀，被人一脚踢到手腕，枪飞开一丈以外。也真有倒霉的兵，枪尖冲下落来，落到放声大哭的一个兵的头上，由头顶刺入咽喉，一命呜呼。全盖世稍一发楞，被人在脑袋上一脚踢个狗抢屎，啃了一嘴泥砂，被人捆上。只听一声鸡叫，几百名渤海健卒站起了身子，高喊："没有剁去双足的跪倒，丢掉兵刃投降免死。"有一百多名兵卒伏跪在地，将兵刃撇出很远。剁去双足的有八百多人。虎贲营健儿们将剁去双足的拖到一处，把投降的集中到一处。领队的掌管、大掌管，回帐报告大获全胜。蒲查隆命令大掌管二名，将投降的查查有没有带队武官，剁去双足的有武官没有。查了多时才查出全盖世是大将军，叫降卒八人轮换抬着他。剁去双足的留在原地，留下二日给养，让他们想法活着，等见了天使再行安排。有脚的跟着大营走。

盼咐完了，一骑雪花的马飞驰而来，跳下马来一看，是冰凌花骑了副总管坐骑，前来报捷，兼看看战斗如何，这边也全部干净歼灭了敌人。禀晓天使贡使，拔营直投天门岭，两下合兵一处，各说战斗经过，扎下了大帐，埋锅煮饭，二位使臣到各个兵士前敬酒一杯。二位使臣一位执壶、一位把盏，到二位虎贲营副总管面前，齐说二位副总管用兵如神，使敌人全军覆没。蒲查隆大获全胜，歼灭了来犯敌兵，并擒了两名大将，俘虏了一百多名，削掉双足的八百多名，必须对他们妥当安排，要送额穆梭虽然只有十五六里路程，用一百多名俘虏抬一天抬不完。丢下不管，八百多人全得冻饿而死，也太残忍了。

蒲查隆正在思考办法。蒲查盛同四花姊妹揭帘入帐内，忙问："你沉吟什么？"蒲查隆把想的事说了一遍。冰凌花首先说道："好安置。今天我们打了一大仗，人困马乏，好生安歇。明天让高丽俘虏抬伤兵到额穆梭去安置，我刚才问过一个武官，他说额穆梭星散杂居着高丽、契丹、突厥二百多户，有的是游牧，有的是种地，养几百人没什么难处。我们只要把俘虏都放了，他们自有办法，也显得我们对俘虏宽大。另一方面让他们到处宣扬我军厉害。明天在这儿休息一天，审审敌将高丽为什么要劫我们，是什么目的。二则黑大汉同他五百名乌鸦兵也得编制一下。问问他们来龙去脉，为什么同高丽勾搭。我们掌握了这些材料也心中有数，不知二位副总管意下如何？"蒲查隆、蒲查盛听冰凌花说得很合理，齐声说："明天你们四个当问官，一定要摸清高丽的来由，他俩是什么官，谁的主谋。我们和黑大汉谈谈，问问他的家乡住处，为什么和高丽勾搭？让夹谷兰安置俘虏，霍查哈保护二位使臣并整顿虎贲营，不要因取胜长了骄气。我们去长安路上不知有多少险阻，靠唐兵是不行的。张元遇这次险些送了性命。怕他再不敢逞英雄了。我们只有一千多人，要以一当十。我看黑大汉五百乌鸦兵很可用。他要跟着同去长安多了一份力量，今天就回去歇吧！"

第二天用过早饭，二位副总管派人请来了黑大汉，四花姊妹把昨晚的命令传给了夹谷兰、霍查哈，让人抬来了全盖世，传来了席旺嗣，让他俩坐在地上。冰凌花当问官，冰雹花执笔记录口供。二人只承认是在天门岭为盗，谁都抢，是高丽人。"五天前探子回来说，渤海国赴长安去进贡，只有一千多人马。我俩有二千人马，要在天门岭劫下贡品，我俩是占山为王的大寨主。愿杀颈上有头，愿剐身上有肉，请痛快吧。"他俩说的是高丽话，四花姊妹都懂，也会说（因渤海以前是高丽附庸）。冰凌花说："要死容易，你们俩叫什么名？"全盖世用手一指说："他叫'席旺嗣'，我叫'全盖世'。"四花听了都乐了："什么'希望死、全该死'，这样缺德混账姓名，不怨你俩全军覆没了，这倒霉姓名，注定你俩也活不了。"这两个家伙听四花说'希望死，全该死'认为是有意奚落他俩，瞪着眼睛说："丫头们胎毛未褪，乳黄未干，竟敢口出狂言，拿笔纸来我写我俩姓名。"冰凌花比较稳重，让冰雹花给他纸笔，旁边转过冰坚花，恶狠狠照两个家伙脸上吐了一口唾沫说："死在目前还装什么好汉？"要去揪他俩头发，冰凌花制止了她们，并让把笔纸交给两个家伙。冰坚花没好气地将笔纸摔到他俩面前。席旺嗣写了有三十几个字："高丽国人，席旺嗣，全盖世，是山大王，谁都抢，谁都劫，什么契丹人，高丽人，渤海人，不留下珠宝、皮张统统杀死。被擒了，快杀死吧！"写完交给冰坚花，冰坚花看看全盖世三字，只气得眉毛倒竖，杏眼圆睁，呸的一口吐到席旺嗣脸上："不害羞到了极点，狗样的东西，也叫全盖世，不怕风大疝了舌头。"气呼呼把笔纸交给冰雹花，"请问官看看吧！"冰雹花、冰凌花二人看看，会心地笑了，冰凌花指着写的字说："你不说实话，想以死灭口，没有那么便宜。指给你一条活路，供出你的主谋是谁？劫贡的目的是什么？还可对你宽大。闭口不言，你俩要知道有人给你当见证，不怕你不说。"一摆手，冰坚花、冰实花唤来了抬的人，抬走了全盖世，又拖走了席旺嗣，交给了虎贲营看管的人，吩咐说他俩捣蛋就狠狠打。

第六回　副总管追问前情　迟勿异细说根由

一位副总管把黑大汉请到了自己帐房，让他坐在牛毛毡上，侍从端上奶茶，一面喝茶，蒲查盛笑嘻嘻问道："英雄，今天我们在此歇兵，没有什么事。请把你家乡住处姓名，因何落草，怎么又和高丽勾搭上了，说说吧！"黑大汉长叹了一声说："说来话长，二位副总管不嫌啰嗦，我慢慢讲给二位副总管，以后就仰仗二位提拔了。"黑大汉喝了一口奶茶润润喉咙说："我家住营州，很小的时候就跟父亲给营州都督放牛。射箭、骑马，这是人人都会的本领。我八岁时就能骑快马，拉硬弓，箭射得有准头。为了管好牛群，每天都把石子拴在鞭梢上，练飞石打牛。起初是淘气，日久天长，熟能生巧就越练越准，三百步外鞭梢上的石子儿能打中牛头，并能打出血。到了11岁，我父亲生病了，我自己放一百多头牛。幸亏我会用鞭抛石子打牛，才管住牛群。晚间赶回家路上，看见武官们练举石头，一时好奇，问道举石头干什么，他们说练力气。有个年长的问我：'小孩，你能举吗？'我觉得我有力量就说：'试试吧。'一块约二百多斤重的石头举起来，觉得不重，举过顶用手一扔，石头扔出有五十步开外。武官们都说：'这孩子是神力'。我赶紧赶着牛群回家，以后就在山上河边，草甸子练举石头，扔石头。又过了一年，能扔四百多斤的石头，扔到五十步开外。一天两个大牛顶架，用鞭子打不开。我害怕顶死一个，我赔不起，就扔掉鞭子，一手把住一个牛犄角，用足力气把牛分开，我已是筋疲力尽，躺在草地上呼呼喘粗气，哪知草丛里躺着一个面黄肌瘦，穿着一身破烂衣裳的老头。老头旁边放着瓦罐，苍蝇蚊子嗡嗡乱飞。瓦罐旁边放着一个打狗棒，吓了我一跳。我刚想离开，老头说：'你这个孩，力分双牛，劲太大了。我走不动了，孩子行行好吧！把我背到上面山上，我住在石洞里。孩子你能干吗？'我看老头很可怜，忙说行，就背了他，拣起了瓦罐打狗棒。我想老头皮包骨，骨瘦如柴，能有多重，哪知越走越沉，好不容易把他背到山上，累得我满身流汗。老头说：'要死的人死沉死沉，受累了。'就躺在草地上。我得赶紧回去看牛，怕牛群跑散。回到牛群看有的吃草，大多数卧在地上倒嚼。我放了心，想起老头真可怜，就把我带的午饭荞麦面黑馍馍，还有一张老山羊皮拿着给老头送去。老人闭上眼，哼了一声。我把老人抱起放在洞外，在洞里铺好羊皮，又把瓦罐用草擦干净，放在羊皮旁边，又把老人抱了回来，放在羊皮上，递给老人荞麦面黑馍馍，就回到牛群，午间挨了一顿饿。我隔二三天，就不断把午饭和黑馍馍给老头送去。过了一个月挪了草场，就没有再去看老人。一天午间，老人拄着打狗棒，拎着瓦罐来找我，看到了我，放下瓦罐打狗棒，说：'孩子饿了吧？我瓦罐里有大块牛肉，真走运气，碰上一伙放马人，是契丹人吧！送给我一大块，火烤牛肉，真凑巧碰上了你，来，咱爷俩吃吧。'我再三推让，老人生气了，骂我不大方，小家子气。我看看瓦罐很干净，连忙陪笑说：'我是小孩子，吃老人家讨来的肉，多不好意思。'老人爽朗地笑了：'吃吧，不要紧，我孑然一身，到处为家，饿不死。'我同老人吃饭的时候，老人问我愿学武吗？我说：'愿学请不起师父。'老人说：'我会几手笨把式教你吧！'我说：'每天放牛，没工夫。'老人说：'你早晨赶牛群出来，牛吃草就练武功。练几年就可防身。'我乐得跪在地上叫师父。从第二天学起，一学九年，一般兵刃，长拳短打，蹿高纵矮。师父给我一把大斧，叫乌金蘸斧。一天，师父忽然对我说：'师父要走了，你的武艺要入考场，武举人是能捞到手。好自为之吧！'我听说师父要走，泪流满面跪在地上：'师父偌大年纪教了我一场，我父母已亡，就是师父是亲人了，我放牛也可供师父吃饭。等师父百年之后，我再另谋出路，这些年连师父姓名都不知道，家乡更不提了。师父走了，我到哪里去找师父。'师父乐了说：'我海角天涯到处流浪没有家，也没有姓名。叫花子们给我起了名叫南化郎。我去洞庭湖一带要饭去，你已经21岁了，无牵无挂，也到唐朝去逛一逛，经历、经历。学会武功，一为了保身，二为了求功名，三可以行侠仗义，千万不要为非作歹。'师父第二天不辞而别。我就辞退了放牛，撑起金蘸斧一心奔长安要去求功名，一文没有就学师父讨饭吃。

"到登州地界很热闹的一个大镇，虽然我是唐朝人，可从小就跟父亲在营州成天和牛打交道，唐朝风俗人情都不懂。看到一个阔少爷在镇上派家奴抢姑娘，青天白日，做这丧天害理之事，不由得气往上撞，一伸手打死了几个家奴，要去打少爷，哪知他一溜烟地跑了。姑娘跪在我面前磕头说：'好汉你救了我，可我的老爹死了，老妈撞死了，我孤身一人，一个弱女子上哪去。好汉你惹下了杀身之祸，快逃命去吧。我投井一死，落个清白之身，九泉之下爹娘也感激好汉的大恩大德，快逃命

第六回　副总管追问前情　迟勿异细说根由

039

去吧.'偏巧路旁有井，姑娘就跳入井中。我想救姑娘，哪知没有救成，倒把姑娘逼死了，又看地上已经死了几个恶奴，祸是闯了就大大闯一把吧。旁观的人也说：'好汉你走吧！别白白搭上性命。'我这时又饥又渴，气愤地说：'走向哪里？谁行行好？给我点吃的，喝的！吃好我在这拼了？'谁也不敢给，我就大步奔入酒楼，见有熟肉拿起就吃，见有茶水端起就喝。在灶上大吃大喝，厨师说：'要饭的真可恶，怎么到灶上来抢，伙计们打.'众人就拿起了炒勺、漏勺、大马勺、切刀、菜刀、片刀、擀面轴子、擀面杖、烧火钩子、大通条、挂面钩子、手锤棒，一齐向我打来。我一顿拳打脚踢，躺下八个受伤十个，剩下的就不敢上前。我心中想，乱子越出越大，吃饱喝足了有了力气就打吧。正在这时，来了一伙人，手执兵器，枪刀剑戟都有。当头一个大汉手擎着三挺冷艳锯，又叫和尚板门刀，黑煞神似地拦在门口，高声喊道：'识相的受绑吧！省得本教师爷费事.'我从背后解下了金蘸斧，大喊一声：'看斧！'力劈华山剁去，这个家伙后退一步到门外，咋咋呼呼说：'好汉出来.'惊动了大家伙。我持斧来到门外，这家伙拦腰就是一刀。我用斧架过，反手一斧，疾风扫落叶，连肩带背劈去。这家伙真听话，脑袋和半拉背膀和身子分了家，死尸倒在尘埃。众人一拥而上，我轮开金蘸斧杀个痛快。剩下六七个人，撒腿就跑，我跟后面紧追，来到了一所四合院。前面跑的人，跑进大门'咣当'一声关上了大门。我杀兴正浓，用金蘸斧劈开了大门，见人就劈。到了正房，瞧见了抢姑娘的恶少爷。我红了眼，哪知他钻进了桌子底下，就不见了。我一斧劈了桌子面，哪知板是纯铜的，我害怕损坏蘸金斧，没有劈下去。回身来见一个杀一个，见两个杀一双，一家人都杀光了。来到厨房，看见一个老者跪在地上连说：'好汉饶命。我是被恶奴同我的女儿一起抢来的，我女儿投井死了，就让我喂猪。受的气说三天三夜也说不完，今天眼睁睁地看到恶奴们死的死，跑的跑，算是出了一口恶气。好汉你闯下塌天大祸，后槽有好马，骑上一匹快跑吧！这有酒肉，装上一褡裢袋，留着吃。上房柜里有金银也装上些，有衣服穿上，快快逃命吧！'我真听了老者话，有现成褡裢袋，把肉、馍馍装了一袋，一手提着金蘸斧，一手提褡裢袋，直奔上房。见地上摆一大柜，用斧劈开满满一柜金银财宝，又装了一褡裢。两个褡裢用手提着，直奔后院见一槽大马，挑好的牵出来，有现成鞍鞯备好了马。外面已兵围大院，杀声四起：'捉活的，捉活的！'我翻身上马，手擎金蘸斧向门外就闯。抡开了斧，碰上就死，闯出镇外，把官兵远远地拉下。这匹大黑马，脚程真快，从午时末到落太阳，跑出了四百多里。

到了一片密松林，把马拴在树上，觉得又乏又饿，拿出肉、馍馍就吃。马也给馍馍吃。渴比饿更难受，好不容易找到了一个小泉，我喝够了又饮马，马喝够了就拴树上。我枕着褡裢睡着了，一觉醒来，已是第二天日上三竿了。白天走怕遇上兵，想了想，科举这一门是行不通了。真是天地之大，何处是我栖身之地，找个山寨入伙算了，只有这条路能走。主意已定，到了晚间人吃饱了，马吃饱了，沿着大路信马由缰走了五六个晚间，认为离开登州已有千里之外，没事了吧！肉和馍馍已经吃光，白天走吧，碰到集市，好吃饭，买套衣服，衣裳已破露肉了。在登州的那恶少爷，没容我拿衣服，就杀出来。离这大约有二三里，从路旁跳出三个人来，手举铁棍照我的头顶就打。我认为是劫道的，连说：'朋友别动手，有银子我给十两、20两。'其中有一个说：'抓住你赏纹银一千两，死的五百两，官升三级。懂事的受绑吧，老爷们好去请功受赏。'我问：'你们为什么凭空无故抓人？''装什么憨蛋？到处画像图形抓你，你和图形一样，骑黑马，穿破烂衣裳，背着斧子。'一个说：'跟他说什么废话。'三个人围住了我，我解下金蘸斧，磕飞了他三人兵刃，要想跑，我马快，斧快，劈了他三个，急催马逃往别处，想他三个说的话不假。哪里去？就来到了'额穆梭'一家唐朝人家里，只老两口子，给高丽人牧羊，看我人高马大，穿一身破烂衣裳，老两口愣住了。我彬彬有礼地说：'大爷大娘，我是唐朝人，衣服烂了，要买新的，这儿有吗？'老头摇摇头。老大娘说：'这儿有麻布的，缝一套吧！'我从褡裢里拿出一块白银，约有十两，求大娘帮忙买布给我缝一套。老大娘连说：'这些银子能缝十多套，都是小家小户，那有零银子给你。用刀劈开吧。'我说：'如果你家有布给我缝衣，这块银子都归你，我替你干活。'老大娘说：'我们虽是穷人，没见过银子，总是外财不富命穷人。我每天跟老头子去放羊，你会放吗？''大娘我从小就是放羊娃。'大娘端详我半天点了点头。第二天我跟老大爷去放羊，我把羊群聚拢起来。老大爷安闲了，一连几天，我就和他儿子一样挑水劈柴做饭，老两口坐在吃饭桌子上说：'看你不像官家子弟，又不像当差营役的，更不像当强盗的，骑着大马，褡裢里是黄金白银几百两，为什么穿破衣裳，神情紧张，让人一看就犯疑。'我看二老对我很诚恳，我从头到尾原原本本告诉二位老人家，老人家连问：'你到的什么镇，离登州多远？'我说：

'只记得进镇就有一座关王庙,庙东就是恶少爷家,四合大院。'老两口听了说:'是集贤镇,现在是霸王庄,原先住的都是安善良民,以后搬来一家姓谢的大户,就是你杀的那家吧!你这祸闯到天子脚下,唐朝再也回不去了。'我问:'登州离长安几千里,怎么会闯到天子脚下?'老大爷说:'姓谢的恶少,有个姐姐长的有几分姿色,送给了当朝宰相杨国忠当小老婆,很是得宠。恶少名叫谢天豹,他姐姐叫谢荫琪。镇上的青年叫她'泄淫器',他老子是杨国忠轿夫。自从谢荫琪进了相府,他老子就当了相府管家。谢天豹就仗着相府势力无恶不作,雇了一大帮狗教师,给他壮胆,横行乡里。就连登州也敢横行直冲。州、城、府、县的大老爷都怕他三分,他姐姐是当朝宰相爱妾,得罪了他怕乌纱帽戴不牢靠。谢天豹就狗仗人势,狐假虎威,横行乡里,无恶不作,不知多少好人家少妇长女命丧他手,不知多少好人家,被他霸占了土地妻离子散,小老儿六年前被他逼的远离家乡,流落在异乡!好在这恶少命丧你手总算遭了天报,应当谢天谢地啊!''老人家你也受过害呀。'老人说:'是啊,他的住宅原是小老儿的,经他霸占,轰出了小老儿,就告到官府。狗赃官迫令我出镇,半路上饥饿难熬,死了16岁活蹦乱跳儿子,老婆要寻死,总说要走道。我劝老婆,留下性命,看这伤天害理的黑心狼有什么好下场。你也无家可归就住这吧。'我们相依为命住了三年。一年十月间,来了契丹人的强盗三百多人,抢牛、羊、粮食,我又骑上马抡起了金蘸斧杀散了盗寇。平时和老人称叔侄,我夜间偷偷练武,白天放羊。这一次露了馅,乡亲们让我设把式场,教青年们练武,这五百名乌鸦兵就是我亲手教出来的。去年大批契丹入侵,高丽王派席旺嗣、全盖世,领兵到乌拉堵截契丹兵,他俩杀败敌兵,退到额穆梭。乡亲举出我,二位将军请我帮助杀敌,我为了保护乡亲几经战场,杀死敌将敌帅。契丹兵退去,二名将军回朝后保奏了我,恰好贵国要朝贡,二位将军又带兵来到额穆梭,说高丽王让我截阻贵国贡品,劫下贡品,官封大将军,分贡品三成。我因年已30岁,动了功名的念头,就带领着乌鸦兵埋伏在天门岭,受副总管不杀之恩,愿效犬马之劳。我姓迟名勿异,不知二位副总管能收容不?"二位副总管说:"英雄太自谦了,不但收容,还当重用。"

第七回 用巧计全席二将军供认 感隆恩额穆梭群众犒军

"据冰凌花说，二名高丽大将宁死也不认供，英雄有法让他俩认供吗？"总管说。"他俩知道我归顺吗？要不知道，二位副总管可摆下丰盛酒宴，让他俩穿上上好衣服，优礼相待，我在席上先说被擒没杀，念是邻邦，高丽王使诡计，陷害了渤海于理不当，揭破秘密。他俩听我道出真情自然就说了。此计能否行通，请二位副总管裁酌。""好！好！照计办理。"随吩咐侍从去给高丽二位将军换衣服洗浴，敷上止痛药，备上酒筵，瞬时间都办理停当。

抬来了全盖世，请来了席旺嗣、迟勿异，请他三人坐了客位。二位副总管亲手招呼把盏，满满斟上酒。送到他三人面前笑容满面地说："这桌酒是由于敝国小臣不知三位是将军，因而专此设宴特向三位谢罪。多有得罪，请将军海涵。"席旺嗣、全盖世又饥又渴，心中想先吃喝一顿再说，死也做个饱死鬼。见酒就喝，见肉就吃。喝了很长时间闷酒。迟勿异对二位将军说道："想不到被擒后，还有这样优异的款待，我迟勿异铭心感佩。高丽王虽说劫下贡品，杀死贡使，分给我们三成的贡品，官封大将军，这是将军口传旨意。我究竟平过契丹兵，保全了高丽国乌拉、额穆梭高丽疆土。两位将军就应捧圣旨加封我，为什么要劫贡品杀贡使后，二功并赏。这是对我迟勿异另有看法。在天门岭被副总管擒下马来，以礼相待。我对高丽国有功不赏，我对渤海国有罪不杀。我没受过高丽国官职，没受过饷银，算不了背主。我感恩图报归降了。二位将军，依我说从实招供吧。不招渤海国不能容你。死了，高丽王能念你俩忠义吗？封荫你俩子女吗？只能恨你俩无能，误了大事。想想吧！你俩不供，你手下武官能不供吗？我就是对质人，快认供吧。"全盖世望了望席旺嗣说："事情已败露了，认供吧！给我笔纸。"当命侍从，看过笔纸。磨得墨浓，蘸饱毛笔。席旺嗣执笔，铺好花笺，刷刷点点写好供状，交给侍从递给副总管。蒲查隆、蒲查盛看见上面写着："具供状人高丽国大将军席旺嗣、全盖世，奉高丽王密旨，带兵二千，在天门岭埋伏，欲劫夺贡品，杀死天使及渤海国谢恩使。目的是嫁祸渤海，明为纳贡称臣，暗则叛变。高丽国好上奏天廷，渤海王心怀叵测，是高丽邻

043

邦，应归属高丽统辖。藉免鞭长莫及之虞。高丽王可坐享渔人之利。供状是实。具供状人席旺嗣全盖世年月日。"二位副总管看了供状相对一笑，对席旺嗣、全盖世说："我们给二位准备驮轿，有屈二位同我们到长安，回来就会把二位送回高丽国。"

第二天，二位副总管禀明了天使及谢恩使："今天兵到穆额梭，要安置俘虏，活着的全释放，只留下二个将军送回渤海去。迟勿异和他五百名乌鸦兵，编入虎贲营。让迟勿异暂当联营都掌管。五百名乌鸦兵编为虎贲营先行营，迟勿异兼大掌管，做一面红旗大书：'渤海国谢恩使'，再做一面红旗写上'渤海国虎贲营先行营'，又另做一面认军旗，写一斗大'迟'字，令迟勿异先头部队，距离大队人马20里，逢山开路，遇水搭桥。有拦截贡品强盗，迟勿异便宜行事。能战就战，不能战急报大队。两队遥据，互相接应，不知天使和谢恩使如何主张？卑职请求指示。"天使郎将崔忻说："这是贵邦事，须你三人商议。"左平章摇头说："没有王命，如何就录用投降之人？只有五百个人，就当联营都总管，这行吗？使他当先行营，好是很好，他能一心一意地忠心耿耿效忠渤海国吗？先行营的大掌管得勇冠三军，他能胜任吗？至少要保护住，像你俩所说的三面大旗。要用先行营最好在虎贲营挑选五百名，命联营副都掌管霍查哈充任，大队有二位副总管，并有四花姐妹。唐朝天使有守卫伯张元遇率领人马，谅也无妨。""但卑职有下情告禀，此去长安万里关山隔，不知中途路上要遇着多少险阻。拿天门岭的教训来说，若不早有预防，我们都要葬身火窟。守卫伯张元遇兵到天门岭宽阔之处遇到迟勿异十招不过闭目等死。是卑职一时情急使出了绝艺连环戟，一支戟用单爪锁招数，一支戟用飞犀入林，磕飞了迟勿异金蘸斧，救了他的性命。"郎将崔忻说："他没有奉我命令，我曾说过他自去找死，我没有想到败，是想到他会中埋伏。幸亏你救了他。我能保全从长安万里跋涉同渤海的人马一个不少地回到长安交了旨，就念几声阿弥陀佛了。我替张元遇谢过救命之恩。"连连躬身拱手，"方才我听二位副总管担心去长安路上有艰险，张元遇不是无能之辈，征过朝鲜，去过回纥，官封世袭守卫伯，是御林军中猛将。十招被人战败，可见来将武艺精湛力大无穷了。并有骁勇善战的爬山五百名乌鸦兵，有这样的猛将，诚心诚意归顺长安，依我看求之不得。谢恩使左平章你就做主吧！"左平章还是迟疑，二位副总管说："迟勿异的底我们弄清了，心术我们明白了，武艺我们领略了，没有一点不合适。从唐朝回来，倘若国王不任用，我二人拼命力保，我俩承担一切关系。左平章只推说我俩自作主张，卸去责任。"左平章听了天使议论，又听说二总管坚意要按说的话办，想了想说："封迟勿异暂任都掌管，兼代先行营大掌管，朝贡回国，有功时本官奏明国王另行封赏。就这样办。"拔营奔额穆梭按计议办事。

二位副总掌管，命吹起了牛角号，大队人马拔掉棚房，站好队一声令下。兵到额穆梭，扎下了大营，首先让俘虏自行把剁去双足的抬到额穆梭，全队释放。有家的回家，有友的投友，有亲的投亲，每人并发给白银五千两，作为缺腿人雇马用。又将武官组成护送队，要把这批缺腿人送交高丽国。找来了迟勿异，左平章夹谷清当着天使、二位副总管命他做三面红旗，乌鸦兵每人给白银五百两，作为安家用，放假一天，同家人欢聚，又给迟勿异纹银千两，让他拜别二老作为赡养费。分派已毕，谢恩使休息，只听帐外一片喊声，走出往外一看，呀！有的担食品，有的担酒，有的拿奶茶酥酪，犒军来了，一百名士兵回家告诉父母，兄弟姐妹，又拿出雪花白银，一家的拍手打掌，好像从天上掉下来喜。

迟勿异到家里跪倒在地，手捧白银流下泪来："二位老人家，我没有当成高丽将军，倒做了渤海国的都掌管兼先行营大掌管，同渤海国谢恩使乌鸦兵去长安，特来辞行。白银千两，请二老收下。"二老忙挽起迟勿异，问明了事情经过，也欢喜道："孩子，你我相聚十年，今天总算有了出头的日子。此去长安，殃祸种（杨国忠）知道能饶你吗？泄淫器（谢荫琪）知道又得替他哥哥报仇，说不定谢天豹也许在长安。你不又闯进了虎口吗？"迟勿异听了，说："二老不说，我把这事早忘得一干二净，只有到长安看事做事，或可先除了他。"正当议论中闯进了十几名乌鸦兵，齐声说："我们都预备了羊和酒去犒军，带领我们送去吧！"二位老人家见乌鸦兵们齐心犒军，也说道："你当了官，渤海人马来到咱们这儿，不吃咱们，喝咱们，比抢咱们的契丹、突厥、高丽恶鬼们胜强百倍。你走了我老两口年纪老了，有一圈羊，赶去几头羊，你担二桶酒咱们也去犒军吧！"迟勿异见二老诚心，不好推却，只好担了两大桶酒走在前头，老夫妇赶着一群羊，跟在后面。再后是五百名乌鸦兵家属，牵羊担酒，排成了长队，齐集营门，嚷成一片。二位副总管首先瞧见迟勿异忙问："怎么回事？"迟勿异放下酒桶说："这些人都是乌鸦兵的家属，前来犒军。"二位总管给二老请安问好，二老也忙答礼。呼地拥来一群男女老幼，齐向二位总管跪倒磕头，二总管连说："各位请起。

承蒙各位盛情前来犒军,但我军纪律甚严,不许收犒军礼品,不许骚扰居民,违者死刑。"话刚说完,又来一大群人赶着羊群,担着酒来到营前,有几位老者走上前来,倒用高丽话说:"迎接贵军来迟,万望恕罪,特奉上酒来劳军。"跪在地上面带惊惶之色。副总管让迟勿异把几位高丽人搀起。说:"你都认识他们,你把我俩才说的讲给他们。"迟勿异讲了一遍,几名高丽老者说:"我们来晚了要挨骂挨打,年轻的都不敢出头,老汉们才来了。我们把这话告诉乡亲们,听乡亲们怎么说,再来回话。"

几名高丽老者,找了几十名青壮年,聚拢一起,从头学说一遍。有的观望乌鸦兵家属这伙人,有的人说从来没见过不招扰百姓家的官兵。乌鸦兵家属非留下羊酒不可,两下正争持不下的时候,天使同谢恩使走出了大帐,后面跟着二十几名侍从,已经听说犒军人们围住了二位副总管。众人知道大官到了,齐跪下磕头,恳请留下礼品。谢恩使对郎将崔忻说:"天使,你曾出使过几个国家,经多见广,这事应怎么办?"天使摇了摇头:"我还第一次见到这场面,唤来二位副总管看他俩有什么方法想。"侍从分开了众人,把二位副总管领到天使面前,谢恩使问他俩有什么方法。蒲查隆与蒲查盛商议妥切,蒲查隆来到二位使臣面前低声言语回话,二位使臣点了点头说:"行"。走进了大帐,蒲查隆、蒲查盛高声喊道:"全部收下,都站起来,我有话说。"众人听礼官收下了站起身形,听二位副总管讲话。蒲查隆站到高处,向迟勿异说了几句话,招了招手,来了三十多名乌鸦兵手里拿着笔纸,命二人各一张桌排在大营外。先将高丽人、契丹人、突厥人送的羊、酒按名记下来,把酒桶集在一处,派人看管,把羊集拢一处,派人看管,问来人有会杀羊的把羊全部杀死。乌鸦兵家属送的也按名记上。除去杀羊、看羊、看酒人外,剩下的告诉老乡们每头羊作价五两、酒一桶二两,一会儿派乌鸦兵送到。肉酒太多了,次天黎明就要启程,他们吃不了,特请每户派二人来吃肉喝酒,开个军民庆贺大会,高丽人、契丹人、突厥人、唐朝人都是从四面八方来到额穆梭,亲如兄弟在一处生活多少年。按照这实在情况,国与国战争是王爷们同大官们引起的。渤海国视邻国人为兄弟,都请来参加,并告诉高丽降兵也来参加,他们在草地上喝酒吃肉。散会后都念念不忘说:"渤海国官兵真好。额穆梭归渤海国吧!"就在谢恩使离开不久,额穆梭群众高举义旗占据天门岭,臣服了渤海国。

第八回 防患未然吓退劫营兵
           借道乌拉郎将遇老友

次日拔营起寨,迟勿异先行营健儿头裹黑头巾,身穿黑箭袖袍,脚登黑牛皮短靴,跨马横斧,迎风飘起三面红旗:一面大书渤海国谢恩使,一面是渤海国虎贲营先行营,另一面军旗上斗大一个"迟"字。三面红旗下黑压压一片,登山爬岭,如走平地的健儿们一个个精神抖擞,神气十足,送行的家属们齐集道旁,挥手致意,祝贺胜利归来。"嘟嘟嘟"牛角号声响彻山谷,先行营启程了。后面大队虎贲营在中,女侍从保护贡品及谢恩使天使紧随队尾。唐营紧随在二位使臣后面,张元遇在队后催趱队伍。送行的人们排列道旁,万头攒动,高声欢呼:"渤海国万岁"……大队人马离开了额穆梭,按认定的路线奔乌拉,奔边墙,跨过边墙,奔唐朝都护府,出长城,奔长安。或请辽东都护府派船送过海到登州,再奔长安。先行营按照计议急催战马,与大队拉长距离,直奔乌拉。从额穆梭启程,过了些高山与峻岭,涉了些小溪深潭。峻岭高山藏虎豹,小溪深潭隐蛟龙。行军人哪管山险路难走,更不怕小溪深潭把路横。

晓行夜宿四天,前面远远望见乌拉城,先行营离城20里扎下营帐。等了约两个时辰,大队人马陆续到来。迟勿异先见二位总管,用手一指说:"离此20里便是契丹要塞乌拉,我们扎营处是契丹、高丽的分界地,又叫两不管,前进一里,契丹就要阻挡了。请副总管昐咐。"蒲查隆问:"此处有多少住户,多少人马驻扎?"迟勿异说:"住户能有一百户,散居城内兵马有一万多。有一名都督,四员猛将。都督是契丹人,四员猛将为,唐朝一人,黑水突厥兄妹二人,契丹一人。兵也是混合编成,唐朝将带唐兵,突厥将带突厥兵,高丽将带高丽兵,契丹将带契丹兵。建制兵有大中小队,各大中小队契丹人当管掌事。佐赞战将都归都督府。契丹王让乌拉督安抚流民,劝农开垦。成立了招贤馆,集英堂,不管国籍,不分穷富,只要有特长,就可到招贤馆报名,待遇平等。为农为工的分派作坊,挣钱养活家口。各族人冬天穿的是皮裘,夏天穿的是麻布,吃的是粮食牛羊肉,饱食暖衣。各国流亡人十年里多了十几万,工农商都很发达。近年来契丹王见乌拉日渐发展,怕乌拉都督夺了他的王位,屡次派员来请四督事,以去掉他的实力,乌拉都督不肯放行,去年要去了一千多名屯垦的,作坊的,又陆续跑了回来。契丹王大发雷霆,让乌拉都督把外来人统统赶走,乌拉都督没听契丹王的话,更派出唐朝人到辽东内地大批招人。我们要过乌拉必须进见乌拉都督,客气地请求向他借道,要硬闯是不行的。四督事文武全才,文通兵书战略,武懂马上步下。四人四条棍,能横扫千军。四员猛将两个人使锤,每人两柄锤。靺鞨女将使一条亮银飞龙棒,有万夫不当之勇。一个使赤金黄铜棒。他们是四棍四铁一棒将,据说千军万马也难挡。要不契丹王就不敢撤他都督职位,就是怕他造反,真的能夺去了他的王位。我不是长他人志气灭自己威风,我只是听说厉害,两位副总管好作安排。

蒲查隆、蒲查盛听了犯了踌躇,告诉迟勿异:"如果城里派兵来,千万不要动武,派人来报,如果城里派人来请进大帐。等到我俩同天使、谢恩使回明原委计议后行事。你只是把渤海国谢恩使大旗高高竖起就行。"迟勿异回营后高高竖起了大旗。二位副总管来到谢恩使帐中,请来了天使郎将崔忻。喝奶茶后,蒲查隆将迟勿异说的话原原本本学了一遍,请二位使臣主见。左平章紧皱眉头,天使郎将崔忻沉吟了片刻说:"渤海与他们是邻国,应该备礼进见,请都督借道,不允再动武。但据迟勿异说,乌拉都督兵强马壮,怕我们不是人家对手。绕道吧!"二位副总管摇了摇头:"绕道高丽边境得步行打仗,我们更是力不能支,现在只能进城备礼借道。高丽要劫贡品,用大将扮强盗,契丹王就不能让一伙人扮强盗,来劫贡品吗?今夜就得严密防范。明天再进城备礼借道。为今之计赶快休息,太阳落山后,就行动起来。如何防御,等我俩商议商议。"二位副总管离开了使臣帐房来到营外,查看了地势,两人计议停当。到了掌灯时唤来了迟勿异,带先遣营埋伏在江边土堤下,不让过江。冰凌花带一百名虎贲军健卒,带盾牌雁翎刀,埋伏在江边树林中剁他马蹄,不要擒人。冰雹花带一百名虎贲营健卒手持挂牌勾连枪勾他马腿。我俩每人领30名先遣兵,在流水浅的地方用乱草、砂石筑堤挡住流水,高出水面二尺,等到敌人人马退进流河中,扒开砂石乱草,高声喊抓活的,但不要伤人,或捉住人凭敌人逃去。唐朝使臣和左平章带一百名唐兵,同文官女侍从到前面山上潜伏。剩下的人每人用木杆竹杆做一个喷水管,样式照图制造。埋伏在大帐前后,预防敌人来放火烧大营。见到敌人来劫营,靠近木栅栏,就用喷水管喷射敌人。命霍查哈为守营都掌管。蒲查隆、蒲查盛各带一百名健儿埋伏在大营附近林中。告诉霍查哈以放发响箭为号,响箭射处,就喷射敌人。一切布置停当，只待敌兵来厮杀。

　　是夜天漆黑，伸手不见掌，对面不见人，夜深人静，万籁无声。迟勿异埋伏在江岸芦苇中，听得水响，知道敌人乘船劫营来了，小声传话，不得弄出响声。过了半刻船已拢岸，马蹄得得远去。迟勿异急命健儿抢船，船上水手哪是虎贲营对手，落水逃命去了，把船拴好，命人看守。到岸上排成一字长蛇阵，截断敌人归路。不大功夫，一伙来侵敌人急入，闯进大营，见一大棚，高悬红灯，一员大将跳下马来急奔大帐，揭帘一望，见一官员头戴乌纱帽，身穿蟒龙袍，足蹬朝靴，俯在桌上。旁边坐着一位渤海国使臣，二人在酣睡中。敌将看得分明，举起长柄锤搂头盖顶打下。只听噗一声，桌子坏了，喷出了水，把敌人浇得满头往下流水，火辣辣地痛，连说"中计，中计"。又一敌将带领敌兵闯入时，帐房四外射来了雕翎箭。喷水枪喷出的水像一道寒流，沾着肉就火辣辣的痛。要放火烧帐房，已是不可能了，败到江岸渡口，只听"嘟嘟"牛角号响，高高挑起一盏红灯，上面写渤海虎贲军，都掌管只听鸾铃响处，一个黑脸大将持蘸金斧拦住了去路，喊道："强盗哪里走！"敌将举起长柄锤泰山压顶，忽地向迟勿异打来，迟勿异用立马托天式，托住了双锤，"当嘟嘟"一片火星，迟勿异趁式翻手一斧向着敌将劈去，这招掏耳，敌人拿锤去挡，迟勿异斧一偏，奔敌人腮去了，敌人一闪脸斧刃又挖眼睛，敌将三招好容易躲过去，倒吸了一口凉气。迟勿异听脑后呼地一声，急回身用斧架挡，好大力气，刚一架起棒双锤又到，迟勿异力战两将无惧色。金蘸斧上下飞舞，上护其身下护其马。先行营健卒们个个奋勇，以一挡十，堵住了江岸。蒲查盛率领一百名虎贲健儿赶到，用八宝元龙枪架开了敌人飞龙棒，敌将打了败仗，奔向左边树林中，先跑的竟掉下马来，刹时被冰凌花伏兵砍倒五十多匹马。敌将知道中了埋伏，急回马就走，黑夜间不分南北东西。碰见了冰雹花勾连枪，拽倒几十匹马。敌将见进了埋伏圈就带着残兵败将，急急忙忙沿江岸逃命。离大营有五里之遥，有一江岔子宽有半里，过了江岔子有渡口，见后面没有追兵，点了点人马，人受伤的有三百多，马死二百多匹，又回来了五百人，一个不少。没有受伤的敌兵说："他们只杀马，不杀人，我们十几个倒在地上等死，被人踢了一脚说，滚蛋吧！告诉你们头头，今后再别讨没趣，拿命闹笑话。"有好几十名敌兵都说遇到这事，听到这话。只听后面来了数十骑马的人，高喊："狗强盗，还不快逃命。"三支响箭凌空飞起，敌兵怕又中埋伏，催马过河。乍走水浅，越走水越深。张元遇见到火箭就掀翻筑堤，大个的水没脖子，无奈过河有矬子，好不容易过了河。敌兵敌将个个水淋淋地垂头丧气，听隔岸高喊："落汤鸡强盗，逃命去吧。"两敌将带领残兵回到都督府。见都督交令说："大败而归，中了人家埋伏，被人家杀死几百匹马，不杀一人。"把兵卒在岸边说的话从实说出。都督说："胜败乃兵家常事，人家能杀马不杀人岂不怪事，你报名没有？"敌将连连摇头说："进帐就被人家水浇一场，还敢报名。"都督说："不报名就好，下去休息吧！等见了知都督事再商议办法。"

　　黎明时候，蒲查隆吩咐放好边防哨，轮班交换睡觉吃饭。"小心今夜再来劫营。"蒲查隆扮成渤海文官，只带迟勿异备好礼品，前往乌拉都督借道。来到城门外，见城门紧闭，城墙垛口上站满了兵卒。蒲查隆命迟勿异喊话，请守门主将来搭话。站起来几员将领，为首一员大将手扶垛口问道："哪里来的？"蒲查隆向那员将官拱手说道："在下是从渤海国来的，去长安朝贡。特来参见都督借道一过。"只听那员将说道："渤海去朝贡为什么不先派使者前来。"蒲查隆说："本当先派使者来商谈。因天门岭额穆梭有贼兵，使臣来不了。我们朝唐谢恩使是左平章率领虎贲军杀败了贼兵，才来到贵邦乌拉。请将军转达都督，渤海国派使前来拜见。"城楼的将官见只有二人，一个文质彬彬的文官，一个壮汉，二骑马，遂说道："请稍后，我亲自去回禀都督。"蒲查隆等了一顿饭的功夫，见城楼上旌旗伞盖，斧钺钩叉，环立甲士，知是都督来了。就听城门楼上喊道："渤海来人前来与知都督事讲话。"蒲查隆前进了几步拱手说道："在下蒲查隆，是渤海国朝唐使臣左平章部下，奉了左平章命令，备下礼物，特来向都督借道一行。"只见城楼垛口闪出一位官员，头戴短翅乌纱帽，身穿红袍，腰横玉带，五绺苍须，面如古月。穿的是唐朝武进服。只听那员官说道："下官是知都督事，可带行都督权威。借道一事，容再商量。我问你天门岭额穆梭也是借道吗？"蒲查隆说："这两处是贼兵拦路要劫贡品，是战败的。""啊！原来如此。怪不得探马来报说渤海来了一股人马，假说去朝唐纳贡，实际是抢州夺地。听你的话果真不假了。你说去朝唐，可有圣旨，拿来我看。"蒲查隆说："圣旨供在渤海王府里。现有唐朝皇帝天使郎将崔忻同行。""哈哈！都是假扮的。我认识崔忻，你骗不了我。我告诉你，你不是要借道吗？你能答应我两件事就借道于你。一、让崔忻来见我。二、我师兄弟四人献四种绝艺：（一）登萍渡水；（二）倒爬十五丈五；（三）试练龙爪透骨力；（四）练壁嘻离墙。你们渤海来的将官要能练出来就放你们过去。你带来借道的礼物原物带回去吧！限你们三日之限。"蒲查隆说："知都督事大人，这事不用三天两日，今朝就可办到。请都督告诉尊姓大名，同我来的人去请郎将崔忻。我在这里等候知都督事准备献艺场子，小可愿奉陪。"知都督事从城楼上看了看蒲查隆不像武士，遂问道："你是个武士吗？"蒲查隆说："懂得点看家护院的把式。"城楼上哈哈大笑了："你不是问我姓名吗？我叫闻乐天，是长安人。练艺的场子就在城外，件件俱全。你们来的人不得超过百人，离东门一里外扎下帐房，你去请崔忻吧！午初再来，我领人到江边等候在渡口处。决不失信与你。你俩来时渡口没有和你俩为难吗？"蒲查隆说："渡口看我俩只二人，又没有带兵刃，就渡过了我俩"。"如此说来，我给你一支渡河的信箭，你拿着就可渡百人。"吩咐把渡船信箭射给渤海国来人。弓弦响处，一只雕翎箭从城楼上向蒲查隆面门射来。蒲查隆用手接住是无簇羽箭，拱了拱手说："小可就回去，午初必到。"

　　蒲查隆带了迟勿异回到大营，把经过回明了左平章。夹谷清皱起眉头说："不用说四绝艺，就是一绝艺也没有人会呀！如何是好。"蒲查隆："左平章尽可放心。我兄弟二人就会。你的令爱夹谷兰也许能练。"夹谷清摇了摇头："一个姑娘家会点防身的武艺就不错了，哪里会什么绝艺？二位英雄是堂堂男子汉，学得惊人武艺，可以显亲扬名。女孩家有什么用。既是你兄弟会，我们就试试去。"吩咐女侍从请来了天使崔忻，把知都督事闻乐天，要求面见郎将的话说了一遍。崔忻听了，长叹一声！想不到四个怪人流落此处。蒲查隆问："天使认得他们吗？""不但认得还是邻居。他四人在十五年前，文中进士，武中进士，为了不依附杨丞相门下，被杨丞相诬为与盗贼勾结，定了罪流放契丹。想不到在此见面。好吧！我同你们去见见这四个老邻、童年的朋友。"蒲查隆命四花，冰雹花、冰凌花、冰坚花、冰实花，保护好左平章，守住大营。又命霍查哈竖起高杆上设刁斗，要敌人乘虚来夺营，就高挑红灯，隔河可以望见。又请来张元遇协同守营。命夹谷兰担负守护大营总监。就带了蒲查盛、迟勿异和五十名乌鸦兵各乘征骑来到了比武地点。

　　城里早派人把比武的地方验好，扎下了营房，也只有五十多人。蒲查隆扎好了营房，亲到契丹乌拉营房求见。知都督事问明唐朝天使中郎将崔忻已到，便请求过营相见。闻乐天听到崔忻真的来到，吩咐在大柳树下摆好桌凳。霎时间兵卒摆好了桌凳，蒲查隆留心细看，大柳树下和树的四周没有什么埋伏。拱了拱手问道："知都督事你们几个人相会？"

第八回　防患未然吓退劫营兵　借道乌拉郎将遇老友

闻乐天笑道:"故人相见,只我四人。你们要不放心,也来四个人,这样好吗?"蒲查隆要问的正是这话,倒被闻乐天先说了出来。蒲查隆心想此四人不凡,竟窥知了我的心事。说声:"谨遵台命,我去请天使崔忻。"蒲查隆、蒲查盛同一名唐朝校尉,保护天使崔忻到了柳树下,闻乐天果见是真的崔忻来了。四个人站起身来,迎上前深深扫地一躬说:"他乡遇故知了。"崔忻以礼相还说:"闻兄弟等相召,特来拜见,长安一别十载,久访不到兄等消息,想不到竟在异国相逢了。哈哈,太庆幸了,太庆幸了。"各自归座,从人献上茶来。崔忻问:"四兄如何到此?"闻乐天长叹一声:"一言难尽呀!你不是送我四个出长安到契丹来流配吗?就把我四个派落红谷一带,当牧马人。又到了落红峰,见一石碣是汉末颖州名士元直徐庶墓。我四人敬重他生前忠直,竟流离异国,做了泉下人,竟凿字为年,每年给他扫墓添土。后来遇到契丹大都督拉哈罕,被突厥兵困在落红谷,我四个人保他闯出重围。得到了赏识,当了'知都督事',这名都督后来当了驻乌拉都督,我四个也来这里。老弟你我别后,官运怎么样?"崔忻也长叹一声说:"我性情乖僻,不会奉迎,依然如故。皇帝派我来渤海册封渤海王。回朝途中路过乌拉,请老兄们在都督台前美言几句,放过我们才好。"四个人相视地笑了:"放过你的兵马倒可以进言。放过渤海朝唐的人马不敢进言。实话告诉你吧!一年前契丹和高丽联军,去平渤海落了个丧师失地。国王命乌拉都督重整兵马,要报此仇。先夺下东天门岭,占领额穆梭。步步为营,去征渤海,捉渤海国朝唐使臣,夺下额穆梭,雷厉风行地让乌拉都督劫下贡品,杀死使臣。我等怎敢进言。我四个在都督面前夸下海口,渤海朝唐使臣到来,管叫他来时容易去时难,统统将兵将杀光,活擒朝唐使臣。"崔忻听了如雷轰头顶,婉言说道:"渤海朝唐使臣夹谷清与弟一见如故,成了知交,保护他的将领蒲查隆拜我为师,是我的门生。四兄看怎么办?"四人说:"放过你的人马带贡品一半回长安。其中也可以带你的门生一人。必须把渤海国朝唐使臣夹谷清全部兵马留下。除此之外,再不能为难我四人了。言尽于此,万望老弟见谅。"蒲查隆听到这里插话道:"四位知都督事所说的话我蒲查隆足感盛情。但知都督事曾约定献四绝艺,渤海国有人会练,就借道与渤海。此事可是当真?"闻乐天听了一拍胸脯说:"大丈夫一言出口,驷马难追。岂能失信。好!好!我们就练艺吧!"

第九回 蒲查隆艺高挫败四督事 再破乌拉双战东门兄妹

闻乐天回转帐房，脱去了长大衣服，摘去了头上乌纱帽，脱去了朝靴，换上了短衣襟小打扮走了出来，拱手对郎将说："渤海将领胜过愚兄四人，我四人就跺脚一走相偕归隐，再不出世。抛手不管乌拉都督事。这样总算对起故人了。我兄弟四人胜了只放过你的人马，再勿多求。请老弟就坐这儿，没人敢动你一根毫毛。我去练艺。"对蒲查隆用手一指说："哪位同我到大江练登萍渡水。"蒲查隆说："小可奉陪"。十步之外就是波浪滔滔的大江。闻乐天到江岸一纵身飞起，两脚踏在水面上，如履平地，渡到对岸，又渡了回来。纵身上岸，水沾靴底一寸多，足见轻功炉火纯青到了火候。连说："献丑。"蒲查隆拱手说道："知都督事的绝艺小可领教了。我练练试试。"说罢一个燕子飞云纵，跳起一丈多高，在空中使了个孤燕穿林奔入水面。一挺身来个金鸡独立，左脚站在水面，徐徐慢步走。常言说，行家看门道，外行看热闹。闻乐天看蒲查隆在落水前就使了三绝艺，登萍渡水讲究蹲纵跳跃步行如飞。徐徐慢步走轻功已臻上乘，若不是有名师从童子时教起，再也练不到如此化境，心中暗暗称赞。其他众人也为之喝彩，好俊的登萍渡水。蒲查隆转身回来如行如飞，嗖地纵上岸。连说："见笑，见笑"。闻乐天偷眼细看靴底，水沾只有一寸，比自己高明，心悦诚服地说："英雄的登萍渡水太高明了。老朽望尘莫及。"蒲查隆说："承长者过奖，小可实不敢当。"

从大柳树下走过来一位年在六十上下老人，拱手道："某叫徐文仲，练过龙爪透骨力，今天献献丑。"说罢挽起袖口，指着江岸边一株二人合抱粗的大杨树说："就以此树练了。"往前一进身，右手插入树中，把手往回一撤，把手攥紧。过了片刻，把手掌平伸，手中的木屑已成锯末，一挥手落在地下。说声："献丑。"蒲查隆如法去练，手掌伸开时木屑成了木粉，把手一扬，木粉随风飘去，如细雨纷纷，又如柳絮被风吹散。徐文仲看了佩服得连声叫好。

又走过来一位老人，年纪在五十七八岁，自报龙闻达，"练过壁嘻离墙，当众献丑吧。"说罢一纵身，纵到大杨树枝离地有二丈高，然后身伏在树杆上，离开树杆有二寸远。头朝下，脚朝上，徐徐坠落，要触地来个珍珠倒卷帘站起身子，连说："献丑。"蒲查隆也照样练过，背离树干三寸多远，占了上风。

又过来一个老人，年约六十上下岁。自报姓名王笑平："我练过倒爬到15丈，"一指杨树旁一通天大石碑说："这个石碑高15丈，顶原五尺，我倒爬碑顶然后纵下来。刚说完跳上石碑的龟身上，双脚朝上，双手按石龟，后身贴石碑，爬起来。15丈碑面如蝎子倒爬墙的功夫，练过的人倒能爬上面原五尺碑顶，就难爬了。因碑顶比石碑面宽出三尺多，双脚必须弯屈挂住碑顶，仅剩背部贴石碑面，蛮力和轻功并用。一样功夫较差，就得掉了下来，摔得粉身碎骨。众人都看得目瞪口呆，张口吐出舌头来缩不回去。王笑平爬到碑顶，一个燕子投井，张了下来，离地三尺，来了鹞子翻身，站起身来，气不长出，面不改色，拱手说："献丑了。"蒲查隆照样练了一遍，爬碑速度快。落在地面，拱手说："小可初学乍练，贻笑方家。"

闻乐天走了过来说："艺练完了，英雄比我四人高明。借问贵姓高名，业师一定是位高人。"蒲查隆说："我叫蒲查隆，是渤海忽汗州人，敝业师原是一位穿红衣道姑，从不说姓名，人送名誉只手托天。"闻乐天听了哈哈笑道："英雄的领师是唐朝风尘三剑客之一，怪不得武功到了登峰造极，真是名师门下无虚士。虬髯客是敝师。我们虽不是一个门户，但却是三剑客门人弟子，要多亲，多近。我四个人话符前言，从此隐身深山古林，再不出世。借道一事，英雄有此本领，何愁过不了乌拉。青山不改，绿水常流，他年相见，后会有期。吾四人回城去告诉都督我四人败了，就辞别都督归隐去。"说罢向崔忻一躬到地说："故人再见了。"不容崔忻说话转身回城。

蒲查隆见四个知都督事领人回城，拔起帐房，回归大营，把比艺的事回禀了左平章。夹谷清沉吟片刻说："四个知都督事是唐朝文武进士，又是崔忻的故人，一定是走了。但还有五名战将骁勇非常。必须战败他们五个，才能过乌拉。将只有你二人，霍查哈、迟勿异，能战胜敌人吗？朝唐途中，有这样多的波折，派人速回渤海，调五大将军再来两个带兵将。"蒲查隆说："左平章不必担忧，乌拉都督走了四个文武全才的知事，已失去左膀右臂。剩下的战将多是猛汉，能用力敌就用力敌，不能力敌就智擒。何用回国去搬兵。"左平章说："既然如此。打两阵看看，再作定夺。"只听营门外一声炮响！门军来报："敌人为首一员女将领二千多人马在大营门外挑战，口口声声要迎战蒲查隆，小校不敢不报。"蒲查隆一挥手,门军退去,蒲查隆辞了左平章,点齐了五百团牌手去迎敌。

蒲查隆带五百人拍马迎敌,来到阵前一看,是一员女将。那女将张口就骂:"我看见你练了几身偷贼摸鸭的做贼小技,气走了我们四位知都督事,我就有气,特来会你,请你撒马过来。"蒲查隆说:"听说乌拉有员女将臂力过人,有万夫不挡之能,骁勇善战,手中兵刃是飞龙棒,让她来会我。"姑娘听了,瞪圆了一对大眼睛说:"正是姑娘我。我使飞龙棒是祖传。棍是师父的,棍棒可以合二为一。少废话,不怕死就过来交手。怕死!滚你的蛋,姑娘有好生之德,饶你一条小命。"蒲查隆正要催马交手,猛见江边尘土飞扬,几百匹战马如旋风卷来。来到切近,一字排开,为首一员大将威风凛凛,杀气腾腾,骑一匹白马,名雪里钻(又名雪里送炭)。这匹马,四个白蹄,腿上白毛长有半尺。踏雪履冰如飞,出名的宝马良驹。塞外猎手有了这匹马视为珍宝。战将有了这匹马,如虎生翼。再看这员战将是面如锅底,头大、手大、脚大、肚子大、屁股大,腰粗、腿粗、胳膊粗,五大三粗的彪形大汉。手中黄金棍有碗口粗,长有一丈。这员将两个大环眼炯炯放光,如烟熏太岁,火燎金刚,好似黑煞神下界临凡。来将瞅了瞅蒲查隆,大声吼道:"你们渤海营中就没有能征惯战的宿将,让你这个会几小巧之技的前来送死。快回去换战将来,某棍下不死无名之鬼。"蒲查隆听了来将口气,没有把自己放在眼里,拱手说道:"这位英雄,你要能胜了我手中双戟,定有宿将出马,你胜不了我手中双戟,休想再会名将。"

来将只气得哇呀呀怪叫:"你真是不知死的鬼,来来来。"把马一催,举起赤金棍搂头盖顶就打,棍带风声,又急、又狠、又稳。蒲查隆想:"我和他较较劲。"把双戟并拢双手举戟,向上磕棍。两件兵刃相碰,当啷啷,击出响声,双戟磕开了赤金棍,都心中暗说好大劲头。来将不容分说,拿棍就打,三棍都被蒲查隆架开。遂问道:"报上你的名来再战。""某乃东门豹是也,看棍。"棍走带圆,蒲查隆用双戟磕开。东门豹把棍舞的金光闪闪,如条金龙飞舞。上护其身,下护其马,并无半点破绽。力大棍重,越杀越勇,棍急马快,如同黑旋风,滴溜溜乱转。两人战了一百多个回合,不分胜败。这时蒲查盛怕蒲查隆有闪失,带五百名盾牌手赶来助战。见日落西山,二人仍鏖战不息,就鸣金收兵。蒲查隆纵马跳出圈外,说声:"明天再战。"东门豹之妹哪里肯容,要挑灯夜战。女将东门芙蓉催马来到蒲查隆马前说:"我兄妹二人,战

第九回　蒲查隆艺高挫败四督事　再破乌拉双战东门兄妹

055

你一个,算不了英雄。你们不是也来了两个吗?我们一个对一个,我兄妹胜了你俩,留下贡品,拿住你们的朝唐使臣。你俩胜了我兄妹,就情愿给你俩牵马坠镫。如果各胜一人算平,不再交手,我兄妹就回乌拉都督远避他乡,让你们取乌拉。你敢打吗?"蒲查隆心中暗想,要不赢了他兄妹,想过乌拉势比登天还难;要想赢他兄妹,也很费劲。想了想计上心来,遂说道:"女英雄此话当真?"东门芙蓉说:"我虽是女流,也不说谎言。你我三击掌,挑灯夜战,各自准备,初更就战,一定分出胜败。来!来来!击掌。"蒲查隆见她是女的,就同她连击三掌。各自席地坐好,人用战饭,马用草料。蒲查隆对蒲查盛说:"这两员将骁勇异常,只可智取,千万不要力敌,遇机会用跌马回光返照连环戟赢他,或用离马撒手纵身法赢他俩。这是我和他大战一百多回合,找出的赢他俩的方法。制服了他兄妹破乌拉就易如反掌了。千万注意,一百合以里和他游斗,一百合以外,他已是力量渐渐减弱,来个猝不及防,赢了他兄妹。"俩人计议已定,吃了战饭,战马吃了草料,休息了一会儿。迟勿异领一百名乌鸦兵来助战,灯球火把亮子油松照如白昼,乌拉兵马也高挑灯笼。两阵对圆,两方战将各催战马。催战鼓响如爆豆。蒲查隆与东门豹对战。蒲查盛与东门芙蓉对战。四匹战马都是宝马,扬鬃竖尾。四个人各展其能,从定更起,直杀到三更,只杀得难分难解。

第十回　施绝艺诚服东门兄妹　收乌拉巧退契丹敌兵

蒲查隆、蒲查盛用以柔克刚游斗法，总是守关定势，不硬碰东门兄妹。到了三更初，四马盘旋二百个回合。正当蒲查隆马头与东门豹马头相距二丈多远时，蒲查隆拨转马头就跑。东门豹哪里肯饶，拍马追来，用玉带围腰棍照蒲查隆腰间打来，蒲查隆来个马失前蹄假装跪倒，蒲查隆头伏马鞍，躲过了大棍，这匹马一跃而起，恰好二马相对，蒲查隆右手戟直刺东门豹腰肋，左手戟直刺东门豹头颅，东门豹棍已扫空，见双戟连环刺自己要害，只好把自己的武器松手，要用右手夺刺头颅的亮银戟，左手夺腰肋亮银戟，双手夺住了戟杆，戟尖已刺入了皮肤。好一个东门豹，忍住疼痛，双手拼命夺戟。蒲查隆一松手，东门豹用力过猛，仰鞍落马。蒲查隆燕子蹿云纵，越过东门豹的马，手擎宝剑。东门豹已失进攻能力，只有闭目等死。蒲查隆左手拾起双戟，右手撤回宝剑，说声"得罪"，回转身跳上自己的宝马。蒲查隆用跌马回光返照连环戟招术赢了东门豹。东门豹自思必死，哪知蒲查隆竟撤回了宝剑，自己得了活命，羞愧满面，站起身来，拱手向蒲查隆说："多谢英雄手下留情。"骑马回到本队，包扎伤口，只挑破了半寸长的口子，敷上药止住了血。

再看妹妹与蒲查盛杀得正难分难解。只见妹妹棍扫蒲查盛腰际，蒲查盛用了个镫里藏身双戟落地。东门芙蓉以为他是失神落马，要圈回马趁机结果他的性命。哪知倒被他沾在马背上，双手卡住了自己咽喉，连气也喘不过来，被人推下马，竟点了麻穴。想动不能，只待等死。蒲查盛用离马撒手纵身法赢了她。蒲查盛捡起了自己的双戟，解了她的麻穴。东门芙蓉羞惭满面地站起身来，然后单腿跪地："多谢将军不杀之恩，我兄妹都败了，甘愿给将军牵马坠镫，绝不后悔。"她站起身一招手唤来了哥哥，"我兄妹，别无他人，随二位将军去吧。"蒲查隆也过来说："二位英雄，请回乌拉，前言作废。"兄妹二人执意相从，并说："我兄妹二人从未遇过对手，今日败在二位将军手下，我们甘愿为好汉牵马坠镫，惟神明共鉴，保证绝无二心。"蒲查隆说："二位将军来归，何不领我们用兵马夺下乌拉？"兄妹二人摇头说："陷其城，掳其主，我兄妹宁死不为。请将军自己去破城。"蒲查隆见兄妹二人诚心归附，又不负旧主，很为佩服，说："既然你的人愿意归附，把带来的兵马放回城去。你兄妹也应回城，告诉都督实情，来去明白，做个坦荡之人。"兄妹二人说："行"。蒲查隆说："明天正午，我们在渡口处等你。如果都督不准你俩投降，你俩能够出来吗？"兄妹二人说："四位知都督事献绝艺服输，回明都督后，拂袖而去。我兄妹再一走，乌拉已无大将，必然兵散。再说乌拉都督与契丹王貌合神离，契丹王听说四位知都督事和我兄妹离开了乌拉，必问罪于乌拉都督，轻则丢官罢职，重则丧命。我兄妹回城去，说出利害，看乌拉都督如何行事，再来回报。"蒲查隆说："如此更好！"兄妹二人领人马回城。

　　蒲查兄弟回营禀明了左平章。左平章说："降服了两个猛将，乌拉就能借道了。他兄妹二人是血性人，说到哪就能办到哪，是迟勿异一流人。果来归附，又多了去朝唐的帮手。"二人辞了左平章回帐去休息。第二天午初，蒲查隆、蒲查盛率领一千人马到江边渡口了望他兄妹二人。只见尘头起处飞来一支人马，细看旗号正是东门豹兄妹。兄妹二人把马停在对岸，过河来相见。东门豹兄妹说："都督听我兄妹说败阵后被将军饶了性命，投降了将军，都督长叹一声说：'四位知都督事献艺认输，拂袖去了。你兄妹又投了降。城中再无能敌渤海之将。借道给渤海，国王一定问罪于我；不借道给渤海，渤海必来夺城，也难守住。就是渤海不占领乌拉，国王也必加罪于我。国王早就存心要调走四位知都督事和你兄妹，去掉我的左膀右臂，国王对我有疑忌。这次遂了国王的心愿，我焉能活命。为今之计，我也要弃城远遁了，但又无处可去，随渤海朝唐使臣队尾去唐朝吧。你兄妹去放渤海人马入城吧。'就这样，我兄妹特来请朝唐使臣入城。"蒲查隆说："兄妹先回城去，我回明左平章，先锋队先入城，然后大队人马再入城。"兄妹二人回城去了。蒲查盛问蒲查隆："是不是诳兵计？"蒲查隆说："要提防敌人这一招，因此我说先锋队先入城。迟勿异的乌鸦兵和我们的团牌手先入城，观看敌人的动静，让夹谷兰领四花督后队，保护左平章，你我同迟勿异一同入城，先到都督府见都督，就什么事也不怕了。要是中计，活捉都督当开路先锋。"蒲查盛点头说："好！"二人立刻回大营禀明了左平章。左平章说："乌拉都督水尽山穷，要投降又怕羞，故作远遁之词，这是其一。其二，知都督事是否拂袖而去，俩兄妹是否真心投降，值得深思。别中了敌人瓮中捉鳖的毒计，关上门打花子。咱们先订好如何对付的办法，而后进城。"蒲查隆把对付敌人的办法说了出来，然后说："我们如果中了计，也可里外夹攻，夺下城来。"左平章点了头。蒲查隆找来了夹谷兰，告诉她领四花保护好左平章，如何内外夹攻。又唤来了迟勿异，点齐乌鸦兵，挑好了团牌手。蒲查隆一马当先率队先行，蒲查盛居中，迟勿异督后，吹响了牛角号，直奔乌拉城。

到了城下，城门已大开，都督和东门豹兄妹已接到城外。他们把先锋队领进城里，入都督府。乌拉都督捧上钱粮户口名册，说："情愿弃官归隐。"早已置办了酒宴，给二位将军洗尘，酒宴间，蒲查隆再三说："只借道一过，决不是来夺城侵地。都督只管放心，把钱粮户口名册，请都督保管好。都督怕失去左膀右臂，东门豹兄妹仍可留下。"乌拉都督再三不肯。蒲查隆说："等左平章入城再作定夺。"随后派人传信，通知大营人马入城。当天大营人马一部分入城，一部分驻在城外。左平章与天使崔忻进入都督府，乌拉督都躬立城门外，单腿跪地，迎接左平章和天使。左平章还了个军礼，挽起乌拉都督，进入大堂，让天使崔忻、左平章夹谷清坐了上位。乌拉都督再次捧上钱粮户口名册，说明了自己的苦衷，情愿归隐。天使崔忻说："既是乌拉都督再三相让，左平章就答应了吧。"左平章说："这事会引起两国争端。放弃了乌拉，说明渤海诚心去朝贡，并非是侵占邻国土地，争夺城池，只是借道一行。乌拉都督愿去唐朝，就随同前往。不愿去，可去渤海，仍不失都督职务。这事我可做主。要把乌拉让于渤海，事关重要，没有国王诏旨，我是不敢主张。我们放弃了额穆梭天门岭，也是因为会惹起邻国的战端。这是实例。"正在这时，迟勿异来报："探马来报，额穆梭现有渤海国副元帅富查尔罕带兵五万进驻额穆梭。据探马说，是额穆梭老百姓自动竖起了渤海国国旗，派人去忽汗州请兵。国王派副元帅来镇守。"左平章一挥手，迟勿异退下。这时客厅已摆好了洗尘酒宴，侍从来请。从人入了客厅。天使、左平章上座，蒲查兄弟坐在天使和左平章左右，乌拉都督末座相陪。因为有心事，很快地吃罢了酒饭。天使崔忻到乌拉都督书房休息，左平章同蒲查兄弟在客厅休息。乌拉都督回归内宅。连日征战，人困马乏，很快就都入睡。

第二天清晨，都督府辕门外，人山人海，每个人都拿着渤海旗，高喊"渤海万岁"。有高丽人、契丹人、突厥人、回纥人，六七个部落齐聚辕门。他们纷纷请求愿归附渤海。乌拉，本是各民族杂居的重镇，水旱码头，人口十万，因契丹王总让乌拉都督赶走外来民族，乌拉都督阳奉阴违不肯执行。各族人对契丹王不满，但在人屋檐下，怎敢不低头。听说渤海兵来了，就齐到辕门外请愿来了。并选出年长的为代表，求见左平章。左平章把长者接入客厅，以礼相待，使从捧茶献烟，各长者要跪拜，左平章命人扶起。长者坚持行了单腿跪礼，左平章也以礼相还。各长者说："我们早就欲去渤海谋生，听说渤海国人不分贵贱，不分种族，一视同仁，只是过不去额穆梭。今天您渤海国左平章来了，我们特来表达愿意归附的诚意。乌拉这块地方从前原是三不管，后来被契丹霸占去。左平章，收下乌拉吧，我们愿归渤海。"左平章安抚各族代表说："谢谢各位的诚意，此事容我们商量后再议。"把各长者送到大厅外。大厅中除侍从三五人外，只有左平章与蒲查兄弟。蒲查隆向左平章说道："众长者齐心来归附，左平章就做了主吧！"左平章说："做主容易，统治百姓难。让乌拉都督坐镇此地，会送掉他的性命，仍然失去城池。这样，老百姓也遭了殃。留下人镇守，除非你二人，谁保我去朝唐。额穆梭真的是副元帅来了，交给他坐镇乌拉、额穆梭一带，把乌拉都督送回忽汗州，奏请国王让他东去湄沱湖、恤品，当一个副守帅。你俩立刻派人骑我的呼雷豹，拿我的手书，召来副元帅富查尔罕，一面写一奏章奏明国王。我们还是朝唐去要紧。以后的事由国王处理。"蒲查隆便安排霍查哈到额穆梭请副元帅富查尔罕，同时派人奏明国王。

　　第二天辰时初刻，富查尔罕到了乌拉都督府，门军报告给左平章。左平章、蒲查兄弟迎了出来，行了军礼，领进客厅。副元帅要行大礼，左平章说声"免礼"，富查尔罕又行了军礼，落坐后侍从献上茶来。左平章问："国王派你长守额穆梭，还是暂时驻兵？"富查尔罕说："国王因老百姓情愿归渤海，请国王派兵驻额穆梭以拒高丽。国王见老百姓自愿来归，就派我为额穆梭天门岭一带守帅。"左平章说："找你来也为了这事，乌拉都督拉哈罕因怕契丹王问罪，自愿归隐。乌拉老百姓自愿来归。我因急去长安，无暇顾及此事，把这事就交给你办。我给国王已写了奏章，奏明了这件事。"富查尔罕说："我离开乌苏哈达时，国王曾说'愿归附的老百姓一律接管'。那就马上接受乌拉，我派人回额穆梭调三万兵马来，永驻乌拉。拉哈罕把都督名衔改为乌拉州都知事，他的兵将驻额穆梭。左平章你看行吗？"左平章说："就这样办。你先吃饭休息，我先把信写好，派人去送，兵马赶快来，说不定三两天契丹会派兵来夺乌拉。"富查尔罕取笔给左平章。左平章将信写好，叫蒲查隆安排人星夜送交额穆梭副守帅。富查尔罕去休息了。

不一会儿，乌拉都督拉哈罕来见，左平章就把和富查尔罕说的话，对他详细地说了一遍，最后很关切地说："都督当了文官都知事，是民之父母官，乌拉和额穆梭是各族人民杂居之地，千万要一视同仁。契丹王就吃亏在民族的偏见上，惹起老百姓的反抗。"拉哈罕连说："卑职谨遵台谕。我把兵将交与元帅，听凭元帅改编。我好一心爱民。"左平章说："你把名册送来，召集各战将各营首领在未时来点卯。"拉哈罕辞去，左平章命夹谷兰后队入城歇兵扎营。富查尔罕经拉哈罕召来了众将点卯。东门豹兄妹是守将，但他兄妹听说都督交兵权，找到了蒲查隆，要求再也不留在乌拉，愿牵马坠镫去长安。蒲查隆回明了左平章，左平章命他兄妹挑选出五百名健儿编一个本营，他兄妹为大掌管同去长安。兄妹听了，如愿以偿，很高兴，挑选了五百名健儿，编为渤海国虎贲军后卫本营，换上了渤海旗号。蒲查隆见迟勿异、东门豹两个本营与渤海戎装不同，便请准左平章，在乌拉连夜赶制新的戎衣。富查尔罕点完了卯，全乌拉都换上了渤海旗帜，一百里内的老百姓都挂上了渤海旗，连结到额穆梭。

过了三天，乌拉北一百里外有个大部落，人口有二千人，也是各民族杂居之处，名叫依里木。这里来了契丹兵，见挂有渤海旗的人家就杀。当地老百姓各自为战，种地的操起了锄头、铁锹、二齿钩、铁镐；饭馆伙计拿起了炒勺、大片刀、烧火棍；……人人奋战，人心齐泰山移，挡住了契丹兵的前哨。有人到元帅府报给富查尔罕求救，富查尔罕问计于蒲查隆。蒲查隆说："这是契丹来夺乌拉的哨兵。我兄弟二人同夹谷兰先率领迟勿异营、东门豹、渤海来的团牌手去截杀。元帅派人去催大军，暂且不要进乌拉，率兵急去依里木，截住契丹大队兵马，免得来困乌拉。乌拉交霍查哈把守，左平章亲自坐镇。必须杀退契丹来侵敌军，一举守住乌拉。"元帅富查尔罕说："总管多辛苦，我派人去催从额穆梭来的三万人马，命一万人马入城壮声势，以安民心；命二万人马去依里木截杀来侵的敌人。总管急速先行，救兵如救火。"蒲查兄弟、夹谷兰率1500人急奔依里木，东门豹兄妹自愿当先锋，头前开道。一百里地，骑兵急行军，三个时辰来到了。依里木老百姓正在与契丹兵浴血奋战，见来了救兵，齐喊"杀呀！救兵来了！"东门豹兄妹一马当先，吩咐老百姓后退，杀入了敌阵。五百名健儿，散开了战马，后面团牌兵、乌鸦兵又杀了过来，把敌人杀的人仰马翻、哭爹喊娘。就这样杀退了敌兵，追杀出二十里外。天已昏黑，就地宿营，敌人已逃到百里之外。

第二天，元帅富查尔罕亲统大军来到，见了蒲查隆，并告诉他："兵回依里木去安民，死的交给恤金，优待家属，受重伤的送乌拉治疗，受轻伤的就地请郎中包扎伤口。凡是受伤、死亡的均发给饷银，做好安民工作。契丹来的敌人，由我去阻挡。"蒲查隆说："行。"蒲查隆等三人带兵回到依里木，派出兵将挨家访问，死亡 401 人，受重伤 56 人，受轻伤 101 人。蒲查隆把受重伤的扎起驮轿，命迟勿异营送入乌拉，回来带回恤银、食品。死亡的备棺埋葬，家属发给恤银。一切安排妥当，扎下大营。当地老百姓牵羊、担酒来犒军，蒲查隆一律谢绝。可是老百姓放下酒，把羊十只拴在一起，转身就走。蒲查隆命人收下了酒、羊，发给各营。然后派人各户调查，都不承认犒军之事。后来请来了乡老，讲明军法，才按数支付了银两。东门豹送受重伤的回来，带回来饷银恤金、食品，按户发放，并赔偿老百姓受的损失。依里木老百姓，有的焚香叩拜老天爷睁开了天眼，来了救命星。过了三天，富查尔罕领兵回来说："杀退敌军一万多兵马，退兵在离依里木二百里外山谷。又收服了五百多名牧民，驻兵 3000 人在达那山，防御来犯的敌军。牧民甘愿当探马。我们收军回乌拉，留 1000 人马驻依里木，作为达那山前哨兵的援军。拔营起寨，这样，我们大队人马就进驻了乌拉。"左平章见乌拉事已办完，戎装旗帜都做好了，休整了朝唐去的兵马。迟勿异为先营，中间是渤海来的兵马和唐朝来的兵马，殿后是后卫营东门兄妹。大队人马浩浩荡荡，旌旗招展，离开乌拉。富查尔罕、拉哈罕率领文武百官和城内老百姓送出十里，拱手回城。

第十一回 聂都尉刁难朝唐使 蒲查隆义释上官杰

渤海国朝唐人马，晓行夜宿，饥餐渴饮，过了些深丛古刹、村庄码头，一路无阻。行行复行行，行程一千多里，到了辽东已是唐朝营州属地。左平章请天使崔忻派守卫伯张元遇带一小队人马，到营州都督去送信，并请发给过境执照。便把兵马扎在边城，等待命令。过了半月，守卫伯回来了，拿来了营州都督过境执照，按驿站注明了去处，到吕宋湾海岸乘船奔登州，就不用进营州地界，到吕宋湾海岸派20艘大船送往登州海岸。并派八百里急递文书去通知水军大都尉聂仲将军。左平章率领朝唐人马过摩天岭、晒驿，行程20天到了吕宋湾海岸。左平章又请崔忻派守卫伯张元遇到水军大都尉府，请求大船渡海。驻吕宋湾水军大都尉聂仲，原是左丞相府的侍从，后来又跟安禄山当侍从，因没有见到渤海国朝唐使臣的馈赠，百般刁难。一要按营州都督发的过境执照查点人马；二要查点贡品；三说海盗猖狂不能用官船护送。要去登州，就雇私船。守卫伯张元遇回来学说了一遍，左平章一一答应。朝唐人马等来人查点人数与贡品，但过了五天，并无动静。聂仲还派人来说："海盗要来犯境。全海岸二百里要戒严。渤海朝唐人马远离海岸二百里外待命。天使崔忻可进驻吕宋湾南城。"天使郎将崔忻首先发了火，吩咐备马，要亲自入城问个究竟。左平章说："不要发火。请天使率领唐朝来的人马入城去吧！我带渤海人马退二百里外听命令。"天使崔忻说："岂有此理。请左平章率军稍候，我去见大都尉聂仲问个究竟。"遂带十名侍从，随来人亲到吕宋湾水军大都尉府求见。聂仲迎了出来，彼此叙过寒暄。天使开门见山问道："崔忻奉天子旨去渤海册封。渤海国派左平章为谢恩使去朝见皇帝，这是皇帝的御批。到了贵辖地，竟不帮助过海，渤海朝唐使臣倘要带贡品回国，这干系谁来承担？"聂仲笑嘻嘻地说道："我正是害怕承担干系，才阻止过海。天使既是这样说，我告诉你，离此三百里外，有个海岛叫海湾岛，聚集一伙强盗，有二千多人，都是水鬼，劫抢往来船只。他们听说渤海去朝贡，早已伏下水鬼，要劫贡品，并扬言要登陆去劫。因此，我才宣布戒严，让渤海使臣退二百里外，也是为了保住贡品。没想到天使倒来兴师问罪，岂不是把好心当成了驴肝肺!"天使听了水军大都尉聂仲的话,信以为真,遂说道:"那么让渤海朝唐使臣也带兵马暂住吕宋湾城吧。"聂仲摇头说:"不行啊,这伙海盗非同别的海盗。他们纵高楼、越大厦如履平地。渤海朝唐使臣入城来住是引狼入室,海盗必追踪而来。要是贡品在城中被劫去或盗去,他们会推到我的身上。这是万万不敢做的冒险事。请天使体谅我的下情。"崔忻说:"渤海国朝唐使臣部下,会轻功的大有人在,在城中丢了贡品也与你无关。这事我敢担保。""哎呀,我的天使大人,你快饶了我的命吧!一群奇形异服的人进入城中,给海盗以可乘之机,巧扮渤海人混入城中,鱼目混珠,那还了得。请天使带你的人马入城吧。再休提渤海朝唐使臣了。"崔忻见聂仲说了封门的话,说:"我是唐朝册封渤海的使臣,岂能和渤海贡使分开。我回去告诉渤海左平章退兵二百里。改日再来请命。"聂仲说:"入城不入城,悉听尊便。"

　　天使崔忻离开了水军都尉府,回到了驻地,见了左平章,把在水军都尉府聂仲说的话学说了一遍。左平章就要退兵,被蒲查隆挡住。蒲查隆心中明白,聂仲是为了要勒索,遂说道:"只要有船,我们是不怕海盗劫贡品的。我今天到海滨,见一只商船也没有。我问老年人,据说是聂仲下令二百里内戒严,不准停商船和渔船。我想请天使再去见聂仲,就说我们愿雇船,不怕海盗,给我们发放行证。不行的话,请天使自带人马先回长安,带我们的奏章奏明皇帝,等吕宋湾的水军平定了海盗,再给我们放行证去长安朝贡。我们回渤海去听信。"崔忻听蒲查隆要带贡品回渤海去,老大吃惊,忙说:"总管不要着急,我这就去,与聂仲把话说明。看聂仲怎么办?"说完,乘马走了。天使走后,左平章见蒲查隆满面带笑,问道:"你方才的话是真的吗?"蒲查隆说:"这叫打草惊蛇,什么海盗、戒严令之类,无非是为了勒索钱财,我们要是给这姓聂的送上五千两纹银,包管什么事都没有。我们偏不送礼给这狗官。我是吓吓他,好发放证件,少和我们为难。"左平章听后点头微笑。

　　再说聂仲见天使去而复来,心想一定是渤海人让他来见,正好借机卡他们脖子,那样,珍珠、白银就可装满自己的腰包。商船也会来送礼,就可大发其财。这一乐乐蒙了,迎面和一个人碰了个满怀,朝服也湿了,溅了很多脏东西。聂仲一看,是仆妇给他老婆倒尿罐子,便恶狠狠地骂道:"该死的东西,没长眼睛吗?竟敢往老爷身上撞?"仆妇是一劲儿地道歉,聂仲是不住地骂。后来觉着骂得不解恨,就狠狠地向仆妇踢了两脚,仆妇"咕咚"栽倒,绝气身亡。这个仆妇也真够倒霉,被聂仲踢中了小腹。聂仲是武将，力量又大，连踢两脚，女人的小腹如何受得了，当时死去。聂仲以为她倒在地下装死，又踹了两脚，见没有动静，一试鼻息已没气了，这才叫侍从抬了埋掉。他就带着满身的骚臭味走进内室。他的老婆小产才过三天，见了他，闻出了脏味，就啐了一口："你来做什么？在哪儿弄得这么埋汰，快滚开，熏死老娘了。"聂仲才明白过来，赶紧命丫环找来一套新衣服换上，这才去迎天使崔忻。

崔忻正在生气，见聂仲来了，怒冲冲劈头问道："好一个水军大都尉，渤海不去朝唐了，要回国去。这责任你要担当！我带人马出山海关回长安要奏明皇帝。"聂仲连问："是真的吗？"崔忻说："谁跟你说假话？"聂仲说："这事还要麻烦天使成全。只要不用我护送，他自己雇船，就放他行。请天使转告使臣。"崔忻说："二百里内雇不到船了。"聂仲见有机可乘，忙说："某有20艘旧船，只要修理修理还顶用，没有船夫可以雇，没有风帆可以买。但是每艘船需要一百两纹银。天使你看怎么办？"崔忻说："这事不好办。这样吧，我跟他们商量就总共五百两吧。你看能行，我就去说，不行就拉倒。他们人一走，我到皇帝面前告你。"聂仲说："别，别，行吧。放行执照，我吩咐书吏已写好，等银子送来就可拿去。"崔忻又回到驻地，把话向左平章说明。左平章说："有了船，有了放行执照，我们渤海兵又都会摇橹，就可朝贡去了。"蒲查隆说："雇的船只准我们用。天使用船还是去找聂仲，不能便宜了他。海中有海盗，我们已入唐朝国境，应受唐朝保护。他水军不保我们也罢，但应保护天使，请水军都尉派人保护。这样就朝唐，否则就另做商议。我们只拿五百两银子，也已吃亏不小，得先看看船去。天使就把我的话向聂仲说明。"崔忻就又见聂仲。聂仲听了，连说"晦气"，但也无奈，就又拨十艘大船给天使用。并交付了放行执照，派人领渤海大营人验了船。聂仲收了五百两银子。其实，那些船都在八成新以上，没什么修理的，银子全都落入了聂仲的腰包。

渤海国在东门豹营中挑出摇橹掌舵人，从渤海团牌营中挑出二百人穿水衣，在船底游动护船，在吕宋湾练了半个月，就行入大海。天使官船随后，聂仲拨来的水兵全穿着渔人衣服。蒲查隆看在眼里，知道是怕海盗劫船，故装扮成渔人。这样，大队人马就乘船行在了大海上，遇到顺风，就扬帆疾行，遇到逆风就找小岛避风。渤海、乌拉来的人是在大江、忽汗湖上练的撑船或潜水功夫，到了汪洋大海，天连水，水连天，也觉得发惧，但也边走边练习，也就习惯成自然了，掌握了过浅滩、犬牙交错的险滩、暗礁的本领，能趋吉避凶了。行了五天，到了一个小岛，天使坐的一只官船，发出了停船旗号，所有船只好都靠拢了小岛。守卫伯张元遇过来告诉，据说海盗聚集的海湾岛只有40里了，明天起航要小心。蒲查隆怕海盗夜间偷袭，命渤海健儿从水底和岸上小心防备。但天使的官船没有防范就睡了。夜漆黑，水底更是伸手不见五指，健儿穿着鲫鱼皮铠在水中游来游去，手里提着羊尿泡里装萤火虫的水灯，招来了许多各种的鱼类，健儿们为了解除水中的寂寞，一边搜寻着随时出现的敌人，一边抓着大鱼玩。这时，忽见一大群鱼带着铁刃游来，原来是海盗穿着水衣游来，可以看出游泳的功夫很灵巧。健儿们做好了准备，要抓活的。这是总管的命令。渤海来的水下健儿是经挑选，能在水中视物五丈以外的。他们见海盗来了，拉响了铜铃，船上做好了捕盗准备。海盗潜在水中，听不见铃响，见船底有亮光飘动，知道船上有防备，就远远深入海底，要猛冲，早被渤海水手发现，但装作没看见，伏身船底，注视敌人。敌人发现有十艘大船底下没有亮光，就来个猛冲，冲到了十艘船底下凿船。船漏下沉，惊得天使人马大声呼救。蒲查隆早已潜入水中，一打手式，水兵们奔向了天使船只，与海盗展开了搏斗。二百名水兵截住了海盗去路开始拼杀。眼看海盗被捉殆尽，忽然从海上驶来一艘快船，从船上纷纷跳下水来一大批海盗，这就引起了一场恶战。

却说快船开到距渤海国船一百丈外，吹响了海螺号，这是召唤海盗回船，但来的海盗只回去了47名，53名被渤海国活捉。海盗也从天使船上捉去了13人，其中有天使和战将，押回海湾岛去了。两方停止搏斗，各自收兵。

次日黎明，吕宋岛水军校尉李国良过船来求见左平章，进入船舱就说："左平章，不好了。"左平章说："何事如何惊慌？"李国良说："天使，还有我们的副都尉均被海盗捉去，如何是好？"左平章从鼻子里"哼"了一声："我们还自顾不暇，哪能再管闲事。保护天使是你们的责任，为何向我们来求援。请告诉你们大都尉去。"李国良碰了一鼻子灰，垂头丧气地回到了自己的船中，只好派快船回吕宋岛给聂仲报信。

聂仲看了来信，只吓得面如土色，魂飞天外。海盗掳去天使，副都尉冷穴也被活捉。这冷穴是自己的内兄，如被夫人知道了，岂能善罢甘休。丫环这时来到书房："老爷，夫人哭得死去活来，老爷快去看看吧！"聂仲暗说"真是晦气"，急到内宅。只见夫人冷多娇披头散发，捶胸顿足大哭："哥哥呀，海盗捉住你，一定喂老鳖。"聂仲劝说道："夫人不必担心。"冷多娇恶狠狠唾了聂仲一口，又拿溺器搂头打下，屎尿加上打破的伤口的血从聂仲的头顶流到脸上、脖子上。聂仲却一声不敢吱，只听冷多娇一连声地骂："你这个没良心的废物，把我哥哥送掉性命，还来说风凉话。我的哥哥，我不担心谁担心，快还我哥哥来。"说着又要扑向聂仲拼命，聂仲躲开，仆妇丫环拉住冷多娇，冷多娇是一味撒泼打滚，闹得不可开交。聂仲被婆娘骂得恼羞成怒，顾不得头脸上脏物，大吼道："臭婆娘，你乱闹啥，你哥哥无能，给杨国忠夫人倒了一年的溺器才换来个校尉，又给杨夫人舔了一次阴疮才提了水军副都尉。喂鳖也活该。"冷多娇气疯了，数落道："你这没良心的。要不是老娘我服侍安禄山三年，得到了安禄山的宠爱，你能当上都尉吗？你每天儿子长儿子短地疼宝宝，那是安禄山的种。我让宝宝去长安找安大将军去，告诉孩子是他的种。你呀，丢官罢职，狗命玩完。"聂仲吓蒙了，跪在地上央告道："我的夫人，不要生气，下官就去海湾岛，救出孩子的舅。"冷多娇这才消了气，骂声："滚开吧。"聂仲这才去书房洗脸嗽口、换衣服。仆妇们叽叽喳喳小声地说："他们的官一个是戴绿帽子换来的，一个是倒尿罐子换来的，怨不得恬不知耻呢，原本就是下三烂的货色。"一个仆妇说："快别议论了，小心被踢死。"

　　聂仲换完衣服，领20名健将直奔海湾岛。在船中想起夫人怎么知道她哥哥被捉，猛的想起，送信的是自己夫人的奸夫。自己去海湾岛，让他俩快活去吧！船靠近了小岛，已是三天三夜。在这三昼夜里，海湾岛屡次派人来要求换将（交换俘虏）。渤海答应一个换一个，海湾岛说："我们捉来的有天使、副都尉，一个顶20个。"渤海国不答应，耽误了三天。蒲查隆在第二天传来了一个年龄在三十多岁的海盗，给他松了绑，让他就船板坐下，一问知道他叫上官杰，老婆叫万侯华。蒲查隆对他说："你五官相貌仪表堂堂，不像是强盗，你一定有什么苦衷，说来我听听。"上官杰说："你听了有什么用？你是渤海的官，我是唐朝的海盗，天各一方。天下乌鸦一般黑，我不愿跟当官的说话。"蒲查隆说："乌鸦也有白脖颈的。官也有清官赃官，不都是好的，也不都是坏的，不能核桃栗子一样算。"上官杰低头不语。蒲查隆命侍从给他倒碗茶水，又搬来一把椅子，让他坐在椅子上。蒲查隆说："你还是说说吧！"上官杰说："你休想在我口里套出海湾岛底细。不用老虎戴素珠假装好人。"蒲查隆说："我一句也不问你海湾岛事，你也不用说一句海湾岛事。只求你说说为什么做海盗。奸臣贼子，人人所恨。海盗也有所不同。有的是甘愿为贼的下流东西，有的是杀赃官除恶霸的英雄豪杰。我是渤海人，官也是小官，我并不把官放在心上。你要不信，你看看我的宝剑。"说罢，从剑鞘中亮出了莫邪宝剑，光华闪闪，冷气嗖嗖，把剑入鞘，"你相信我吧！四海之内皆兄弟，什么渤海、唐朝，都没有什么区别。"上官杰一看，宝剑是价值连城的无价之宝，谈吐又很豪爽，心中暗想，说说苦恼，吐吐苦水也没什么要紧，遂问道："我们讲在头里，我不说一句海湾岛，我只说说我个人的辛酸了。"蒲查隆又命侍从倒上茶来，上官杰喝了一口，说道："我是济南城外人，几代相传，练武、读书、种田，从不求功名。到我这，念过几年书，练过几年武。15岁听了邻人的劝告，去应童子试，考中了武秀才和文秀才，我以为可以光耀门第，我父亲倒骂我忘了祖训。'忠厚传家远，诗书继业长，学武为了防身，学文为了懂得如何做人。去考秀才干什么用？还是安生的种田吃饭吧！'再也不放我去应试。我老婆的父亲就是我的学文练武的老师，他同意我父亲的话，就把他独生女儿嫁给我。17岁结了婚。过了二年，她父亲和我父亲相继去世，我们二人安葬了老人。凭着双手劳动养家，生活得很好。可谁曾想到，闭户家中坐，祸从天上来。一天，一个当官模样的人到了我家，硬说我的20亩地是他的，说是典给了我父亲，十五年期满，他来赎地来了。还从怀里拿出一个文约，典银20两，是我岳父的中保人。我和妻子都说这地是我父亲和她父亲各十亩，是祖业传来的。那人板起面孔说：'15年前，你们都是孩子，懂得什么祖业不祖业。限你三天搬家，不搬就扒房子。'把银子扔在地上就扬长而去，我俩问遍了邻居，都说：'你两家在这住有60年了，地是买的，房子是三十年前盖的。我俩心里有了底，等那人来到就见官理论。可是，没见到那人，却来了两个捕快，不由分说，一抖手把我锁上了，说我拦路抢劫，劫了县太爷内兄白银十八两半，搜出银子，我说是20两，被捕快狠狠地打了一巴掌，打得我满口流血，一称银子正是十八两半。找来地方官写了证据，把我锁到大堂，屈打成招，认了口供。那人又来了，撵我老婆搬家，我老婆叫天天不应，叫地地不灵，要在林中寻短见，来了个好心的大嫂，救了她的性命，帮她劫牢反狱，杀死了狗赃官县太爷和他大舅子全家，救出了我，就落草为寇了。这个好心的大嫂，就是海湾岛的寨主赫连英。算来落草十年了。我才想到我父亲说的话是对的。狗赃官是为了给大舅子盖房子相中了我的地。老百姓咋也做不出这样丧天害理的事。我要说说你没听见的话,隋末就流传的民谣:'衙役门前过,必须让个座,虽然不是值钱宝,也是冷热货,什么家雀扑打房檐子,老母猪拱了茅台圈子,要被衙役看见,轻了抢走你几串铜钱,重了蹲监坐狱命丧黄泉。大官、小官都说衙门口朝南开,要打官司有理无理拿钱来。'还有什么公道,落草为寇专和这些人面豺狼作对,解解心头恨,死了也值得。来劫你们,就是我领人干的,事不成也值得。我言尽于此。"

蒲查隆说:"好哇!我现在就放你走。"上官杰哈哈大笑:"送我归天呀,好吧!"蒲查隆说:"你误会了。我尊重你是个豪杰,有满腔苦水,放你走。"上官杰说:"你放我走,我可不放你走,还要来劫你。"蒲查隆说:"随你的便。走,我送你跳水游回海湾岛。"上官杰心中暗想,也许他真的放我,为什么?是想利用我把他潜入海底引入进海湾岛,别上他的当。遂说道:"你放我走,我也不走。"蒲查隆看他犹豫,知道了他的心事。遂说道:"我绝不派人追随你入岛。海湾岛就是有车轮刀和各种机关也阻止不了我们入岛,你没有看见我的宝剑吗?削你们的车轮刀那是易如反掌。你跳水吧!你在水中不是能视物吗?有尾随的人一定知道,噢!去把兵刃水衣水裤拿来。"侍人拿来了上官杰水服水裤和劈水雁翎刀,命侍从带他到别舱让他穿好水衣水裤,交给了他兵刃。蒲查隆说声"请吧!"上官杰头也不回游回了海湾岛。

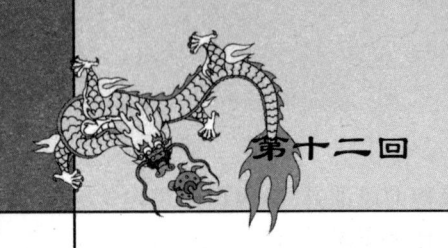

第十二回　拓拔虎英雄虎胆单船来访　蒲查隆正气凛然戏耍聂仲

再说吕宋湾的聂仲乘快船到了这个无名小岛。搭上跳板进入天使官船，唤来了校尉李国良瞪起了三角眼，撅起了山羊胡，张开了蛤蟆嘴，皱起了老鼠鼻子，大喊一声："你是干什么的？竟让天使、副都尉被海盗活捉去，你还想活吗？"校尉李国良听了就想，丢了天使竟要把罪加在我的头上。遂说道，"回禀都尉大人，卑职官职微小，只听副都尉冷穴命令。副都尉睡在梦中，被海盗抢去，卑职要不力战，全船的人都得被擒。"聂仲把三角眼一瞪："混账！冷穴睡觉你怎么不把他唤醒？""启禀大人，卑职与敌人奋战，分不开身来唤副都尉，况海盗突然从海水中跳上船来，猝不及防！""混账！怎么不设游动哨！""启禀大人，卑职曾向副都尉报告，离海盗巢穴不远，应设流动哨，被副都尉骂我胆小如鼠，说堂堂吕宋湾水军官船怕什么水盗，况我们穿的渔人衣服，海盗来是为了抢贡品，抢我们有什么用。""混账！""报！报！报！海盗又来了"。"啊！海盗又来了，"吓得聂仲筛了糠，浑身发抖，两眼发白："这！这！这！如何是好？"

聂仲吓得三魂走了七魄，李国良看见了都尉吓的就像耗子见了猫，心想这样窝囊竟当了朝廷命官，平日作威作福，遇见敌人一筹莫展。"啊！校尉代我执行职权发命令。退退退！保护住老爷我的性命。"聂仲无计可使。见到校尉李国良站在自己面前，有了主意。李国良说："大人退不得，一退我们全都得被擒，在这儿有渤海战船可以抵挡海盗。""那你快去见机行事。"李国良退到舱处仰天长叹一声："天哪！想不到我李国良堂堂七尺之躯，一榜武状元，竟在这狗官下，能有什么出路？罢！罢！丢了这个官职，另寻出路。"想到这里吩咐把快船摆来，李国良吩咐声："快开船，奔向吕宋岛，都尉命我去搬救兵。"李国良乘机弃官逃了。

再说海湾岛派来了一艘快船。船上坐着一人，头带六楞青色壮帽，迎门插茯菇叶，右臂边有一朵皂缨球，身穿青色布制的箭袖袄，身系一巴掌宽皂色丝板带，胁挟劈水雁翎刀，站起身高有九尺，青须脸膛，浓眉大目，鼻直口方，五官端正，相貌堂堂。旁边站着一个壮汉，手持方天画戟。船上只有十几个人，离渤海船有20丈远，抛锚停泊。船头一个猛汉身高一丈开外，五大三粗一个魁形大汉。高声喊道："对面渤海国船，请你们主将来搭话，我们大寨主来访。"蒲查隆早在船头了望，见对面船喊话是大寨主来了，一个驰名远东、山东的海湾岛大寨主，乘快船来，衣着朴素，只带十几名喽兵，就敢来和三十几艘兵船来对话，可见此人的气魄胆量武艺非凡了。遂到船头拱手答话："我们的主将是渤海国左平章。我是左平章部下虎贲军大本营总督蒲查隆，愿奉陪大寨主讲话！请你家大寨主来见。"坐在船上的人站起身来，走向船头，拱手说："某乃拓拔虎，就是海湾岛大寨主，山野莽汉，不识礼仪，粗鲁愚莽。请问将军，你们渤海国为什么去朝唐？"

蒲查隆心想问的怪，你管我们为什么去朝唐做什么？遂答道："我们渤海，地处塞外以游牧为生，要想振兴渤海，必须向唐朝先进的国家学，因为这个才去朝唐。"大寨主听了，捻须微笑："我看你不必去吧！我们捉住一个堂堂天使是哑巴，连字也不会写一个。吕宋湾副督尉，吓得尿了裤子，拉了屎，十几个官兵吓得哭的哭，叫爷唤娘，这样软骨头的下流东西，有什么可学。"蒲查隆拱手说道："天下之大，无奇不有。贤愚良莠等等不一。寨主看到的，只是一斑，寨主不是唐朝人吗？我今天看到就应向寨主学。"大寨主说："我一个莽汉落草为寇，向我学拦路截抢呀！"蒲查隆说："拦路截抢也不同，抢赃官劫恶霸，这是替天行道，除恶人就是善念，是英雄豪杰所为。官家视之为盗，黎民百姓赞誉为侠为义。打闷棍套白狼偷鸡摸鸭不分贤愚见钱就偷，这样的是贼，人人皆恨。都是抢劫，在老百姓口中恨、敬就大不相同。我以为海湾岛大寨主是凶神恶煞，大摆排场，手下的喽兵都是些偷鸡摸鸭的小丑，寨主们也是贤愚不分的草寇。今天我见大寨主独驾孤舟，敢身入三千之众的渤海船旁，胆气、魄力、武艺过人。你不要认为渤海人是副督尉一流的窝囊废。你们来劫船，捉去的没有一个渤海人，渤海人倒捉贵岛52人。我告诉贵寨主一声，你们捉去的天使，是傻人，傻人能当天使吗？真的现在陪我们左平章饮酒呢？""啊！原来是弄的玄虚。"大寨主微笑了："好一个锦囊妙计。渤海将军有胆量，把我的喽兵都交我带回岛去。我再放你们的人。"蒲查隆说："不是我们的人，是吕宋岛的水军，也不是唐朝天使人。放你的人有什么不敢。"盼咐声："来人，把海湾岛人，统统带来交大寨主带回。"霎时把52人带到船头。蒲查隆说："你们大寨主领你们来了，去罢。"52人跳入水中，回到了大寨主船上。大寨主仔细地看了部下，身上并无半点伤痕，点了点头。盼咐把吕宋岛人放开。从船舱底拖出三百余人，都倒剪二臂，乌纱帽、蟒袍、玉带、朝靴捆成一团，假天使抱着头。拓拔虎已识破了假天使，要是真的天使一个换二百个喽罗兵，也恐嫌少。再细看好像吃了睡药，就让他脱掉官服。大寨主盼咐："松绑!"解开了绑绳，盼咐："去吧。"可惜都不会游水。蒲查隆派人驾小船，接了过来，送回吕宋岛官船。众水军回到官船，在天使船舱卧床底下，找到了都尉聂仲，已尿了裤裆。满头大汗，见了他的大舅子冷穴，还说打鬼打鬼! 冷穴说："大人胡说些什么!"聂仲知道真的是人。遂说道："我做了噩梦，梦见你披头散发，找我替你报仇，一群野鬼来打你，我就喊打鬼打鬼，原来凶相竟是吉兆，你真的回来了。"奸人的狡猾也能遮住鬼脸。聂仲见冷穴回来了，有了精神，盼咐："唤李国良，我和他算账。"差人回："奉督尉命回吕宋湾搬兵去了。""好哇! 这个坏东西，竟畏罪潜逃了。"

不言聂仲的装腔作势，吹气冒泡。再说海湾大寨主见自己部下安然无恙回来，拱手说："足见将军雅量，并没有苛待我的部下，甚感盛情。本来嘛，擒贼先擒王，抓住我拓拔虎一个人，三千喽兵不抓自服。将军你回渤海去，我就不劫你贡品；你要朝唐，对不起，留下贡品。"蒲查隆说："哪有那么容易! 寨主放我过海，朝唐回来，我再去拜山。何必结成仇人。我是渤海人，不是唐朝人。如果渤海有寨主这样人，我就请他出山。一旦两下动起武来，鹿死谁手？很难断定。寨主劫去贡品，又不想当富翁，耽误了渤海国的振兴。唐与渤海都怀恨寨主，两国来剿，小小海湾岛，能抗住吗？我都为寨主担心。"

蒲查隆这话打动了拓拔虎的心。书中暗表，拓拔虎为什么独自驾船前来，其中最主要的是劫下贡品，结下唐朝与渤海天敌。小小海湾岛如何能敌两国来剿，逃到哪里去？真的自己不想当富翁，也无处去，逃到外国去，都是唐朝邻国，也落不下脚。不劫贡品，放他过去？正在犹豫时，上官杰推门进来。"啊! 你逃回来了。"上官杰说："哪有那么容易，我被放了回来。"拓拔虎问："他们为什么要放你，用意何在？"上官杰把与蒲查隆的对话，详细地说了一遍。拓拔虎听了很是惊异，哪有这样当官的？就是有也是千里挑一了。盼咐上官去休息。自己回到房中把这话对妻子赫连英说了。赫连英说："上官杰夫妻是你们从难中把他俩救出来的，夫妻俩对我夫妻感激的到了死亡关头也能去陪死，断不能变心。他的话是真。明天你就去拜访一下这位年轻将军。他真像上官杰说的那样，就放他过海吧，在渤海国交这个朋友，留下日后的退路。我们劫去贡品，也不能到官府去买官当，又不能去当富翁。还结了仇坐遭渤海国与唐朝两国围剿。我们不是玉石俱焚吗？顺水推舟，做个人情，交个朋友也是好事。明天就去，他放回上官杰，我们把他的人都放了。天使是假的，一个狗熊副都尉冷穴跟癞蛤蟆似的，杀了他，怕污了刀，放他狗命去吧！"

拓拔虎今天特来试试蒲查隆到底是什么样人。果如上官杰所言，性格豪爽，落落大方，一点儿也没有官家的恶气。说的话不柔不刚，使人中听，动人肺腑。由于敬佩，心里的好感，油然而生。遂说道："我很愿听你说的渤海振兴。请你写一文章给我，说明你如何振兴渤海，为什么要振兴渤海，让我开开眼，长长见识。你放心，没人敢来劫你的船。我要劫是明打明劫。我明天派人来取行吗？"蒲查隆说："何必明天。请寨主稍候片刻，在下即刻写来奉上。"蒲查隆回舱一挥而就，派人驾小船送交大寨主。大寨主接在手中，说声："改日再会。"驾船如飞地回转海湾岛。

再说吕宋湾都尉聂仲看水兵都回来了，只不见天使，忙问道："怎么没放天使？"水兵一指抱着朝服的说："那不是！"都尉一看哪里是什么天使，形如木偶，呆呆发愣。"哎呀，大事不好。这是海湾岛弄的鬼把戏，假天使。丢了天使如何是好。哦！有了，李国良逃跑都推在他的身上。怎么也不见守卫的，一定是被海湾岛捉去了。不放天使和守卫，如何是好？"急的直打转，好似拉磨驴子一样。冷穴说："何不和渤海国商量，问他们有无办法救天使和守卫伯。"聂仲说："渤海国要有办法，就丢不了天使和守卫伯了。"一个姓墨哈的校尉说："渤海人一个也没被捉去，方才海湾岛大寨主亲来交换俘虏，渤海国放了海湾52个俘虏。怕是用大数俘虏换天使和守卫伯。大人躲在官舱里，卑职瞧的真而且真。""什么，渤海捉海盗52人，我怎么不知道？我认为海湾寨主怕官，才放回了俘虏，原来还是走船换将呀！快！我去渤海船问个究竟。"

聂仲到了渤海船上，神气十足地说："传禀一声，我是吕宋湾水军大督尉，来见你们左平章。"连说三遍没有人答话。"噢，你们都是聋子。晦气！晦气！"又转身向旁边一个年轻渤海健儿道："你去告诉你们左平章一声，说吕宋湾大督尉有事亲见。"这个健儿一扬脖子，噢！你原来是聋子吧！我怎么误入病船来了。再看大旗，分明写着渤海国朝唐使臣。聂仲以为聋子，唾，来找左平章，请求治病，或是请求回海岸，

第十二回　拓拔虎英雄虎胆单船来访　蒲查隆正气凛然戏耍聂仲

073

就揭帘，要进官舱，被一个姑娘一脚踢倒。又狠狠照臀上连踢几脚，喃喃骂道："你是什么样狗东西，竟敢私闯左平章官舱，郎将崔天使来还得通报，你是什么狗头。""哎呀呀，我是混蛋。"又从舱中走出来两个女的，说："把他扔大海去喂老鳖。"说罢，就要扯腿，聂仲连喊："我是吕宋岛水军都尉，聂仲。""什么他妈的孽种，打！"一连又被踢了几脚："扯住腿扔下海，喂鳖去！"蒲查盛走了出来："什么事大惊小怪？"女侍从说："不知哪里来的这么个狗官模样的人，竟私闯左平章官舱。副总管，你看怎么办？说不定是海湾岛派来的刺客。""把他绑上，你四个好好问问。""哎呀，总管大人，我是吕宋湾水军大督尉聂仲哇！""胡说，你既是大督尉，为什么不带人先通报，谁认你。我问你，正与敌人交战中，没人认识，不经通报，私闯你的官舱行吗？绑！"不容聂仲分说，倒剪二臂。蒲查盛盼咐声："跪绑小船上。游行示众。完了杀。"

可怜聂仲既在矮檐下，怎敢不低头，跪在船头，背后插着死牌子，上写："撞入官舱海盗奸细孽种"。几个女的摇起小船游动，游海兵，吕宋湾兵，天使带来的兵，齐在船上看奸细。冷穴一看是大都尉，奋不顾身，大喊一声，由大船向小船上跳，咕咚一下，坠入水中，只隔一丈远，他就跳不到船上。喝了好几口水，呛的直发昏："大都尉。大、大、大、大都尉，快快放开。"摇船的好姑娘，只当耳旁风。急的冷穴，一把拦住了墨哈校尉："快快快，那是大督尉聂仲。"其实墨哈早瞧见了，故意躲开。把冷穴拉住了，故作惊讶："副都尉大人，你眼花了吗，渤海国天胆也不敢绑上大都尉当奸细。真是呀！快！快！搭话。"墨哈校尉向小船拱手说："女英雄绑的是吕宋湾大都尉，别是误会了。"女兵回答："不干我们事，去和虎贲军营总管去说。我们只能把船摇回去交令，快去吧！去晚了，就杀。"几个女兵把船摇了回去。

冷穴挽住墨哈校尉来告说："咱俩过船去吧"。墨哈说："卑职官职微小。堂堂总管将军，能见我么？还是大人先显手本禀见为是。"冷穴命人写了禀见手本，派人送过船去。回来说，"准见。"冷穴领着墨哈，穿好官服，到渤海左平章官舱。蒲查隆迎了出来，连说"失迎。"让到官舱，女侍军献上茶来，冷穴急不可耐地扫地一躬说："末将参见总管将军。是为了贵国闹了误会，绑的奸细是我们的水军都尉。"蒲查隆忙作惊惶说："大督尉几时来的，为什么不知会我们。闹出了误会，你看多险，晚来一步就砍头了。快！快！松绑，末将当面请罪。"松了绑，聂仲迎过来，蒲查隆单腿跪倒说："末将罪该万死，特在大都尉面前请罪。"要是懂事的应说声"误会，何罪之有。"可是聂仲却板起面孔说：
"反了反了，好一个渤海国竟敢绑天朝水军督尉。"蒲查隆悠地站起身子
说："谁认识你？你来到敌前，竟不关照我们知道，私闯官舱，就是营
州都督来也是无理。来人！"忽啦拥来了十几名带刀侍卫，蒲查隆吩咐
一声："把这狗官再绑上，杀！"进来的武侍从就要绑，聂仲、冷穴傻了
眼。墨哈单腿跪地："总管将军看在眼下大敌当前，丢了天使和守卫伯。
我两国应同仇敌忾对付海盗，不应闹分裂。救出天使守卫伯为重。"蒲
查隆说："你起来讲话，你说的很对。"一挥手，侍从退出舱外。蒲查隆
说："你告诉你的大督尉，为什么大敌当前，来到阵地不通告邻国，私
闯大帐？为什么明知天使、守卫伯被擒不商议征剿海湾岛按兵不动。写
一份招认状，拿来我看。你和你的副都尉为见证。来人，把他三人送入
别舱，招待。"（招待是暗语）侍从带入别舱，关上了舱门。案上早预备
好文房四宝。

聂仲、冷穴慌了神，央求墨哈出主意。墨哈为了顾大体，说："一、
都尉来后，不通晓朝唐使；二、不递手本竟闯官舱；三、明知天使守卫
伯被擒，不商议破敌。是三大罪状必须说清。不然他们真的不去朝贡，
押着大督尉去营州都督府办理，丢下海湾岛不管，大督尉罪就更大了。
还是好生写吧，赔礼道歉，共同对敌为上策。"聂仲求墨哈编了词，亲
笔照抄，画了押，交给侍从。侍从转给总管蒲查隆，蒲查隆吩咐："放
他们去吧，就说我不再见面。"侍从转告了聂仲。聂仲再三恳请与总管
见面，总管吩咐让他们来。聂仲这回再不敢发威了，说了许多赔礼道歉
好听话，才辞别蒲查隆。

蒲查盛、夹谷兰都乐得拍手打掌，冰雹花说："这样狗官敬酒不吃
吃罚酒，真该死！"哪知聂仲、冷穴各写书信，告诉了杨国忠、安禄山，
说了渤海国和蒲查隆许多坏话，才引出很多是非，尽在后文。

蒲查隆回到后舱，见左平章和天使正在下棋。守卫伯张元遇在旁观
看。就把近两天的事回禀了一遍。左平章沉思了片刻说："看来海湾岛
对渤海国并无恶意。他恨的是赃官。天使和我被擒去料也无妨。"天使
崔忻哈哈笑了说："总管扮的假天使要为我丧了命多可惜，侥幸回来了。
当晚蒲总管到我官舱说要我脱下官服，扮成渤海健儿，我当时很闹不
通。后来俯在我耳上说，吕宋湾水军是靠不住的，把从长安带来的人都
集中到一个大船上，摆在你们20艘船当中停泊多牢靠。又说你们水底
已埋伏了水兵，保护大船万无一失，我才脱去官服，来到你的官船安安

第十二回 拓拔虎英雄虎胆单船来访 蒲查隆正气凛然戏耍聂仲

稳稳地过了两天，从长安来的人也很平安。可是却苦了吕宋湾的水兵和副都尉，虽是放了回来，见不到我，要惊恐万丈了。还是秘密告诉他们一声吧！"蒲查隆又把如何作耍水军都尉说了一遍。左平章笑着说："耍得太过分了。"

天使崔忻说："该当如此。他在吕宋湾都尉府给我受的气，百般刁难，算得了报应。假天使的哑巴病治好了吗？"蒲查隆说："我派去把他找回来，夹谷兰就给治好了，赏他千两纹银问他受苦没有，他说受到恭敬。后来被人识破了真相，就不理睬他了。把他送了回来。告诉聂仲一声也好，就说用40人换回来天使和守卫伯。不要泄漏机密，当心他的阴谋反击。天使还是得和左平章在一处，守卫伯可去管军。天使的官船仍停泊在吕宋湾一起。海盗再不能劫船了。要战就是明打。恐怕是又要重演乌拉的故事，比绝艺、比水战、比陆战。这次多了一个勇将，更不怕了。要能战胜海湾岛，是出长安最要紧的事。要败在海湾岛，别想去长安，还得回渤海，大寨主说我们回渤海去就劫贡品。我看他很刚直，我们只要不伤他手下人，他也不能害我们。大有以武会友的样子。请天使和左平章示下。"左平章说："最好化干戈为玉帛。俗话说强龙难压地头蛇。我们备下礼品去拜山，借道一行。江湖上的好汉受敬，不受欺辱，我们也学学这一招。这是迎合人心理，攻心为上。"

第十三回　以武会友降服拓拔虎　张灯结彩喜迎朝唐使

正谈话间，侍从来报，海湾岛大寨主派上官杰乘小船一个人摇船，持书亲见蒲查总管。蒲查隆说："好坏消息尽在一封书信中。我去看看。告诉侍从把上官杰领到我的官舱，好生款待。"侍从去把上官杰领进官舱。蒲查盛、夹谷兰，听说海湾岛来下书，站起身形。侍从领上官杰入官舱，见一男一女两个将领，站起身形，先拱手说道："某奉海湾岛大寨主之命，持书来见蒲查将军。"话刚落音，蒲查隆揭帘而入说："来了！"上官杰扭颈一看，正是蒲查将军。要行大礼！蒲查隆命人扶住。让座。侍从献上茶来。蒲查隆给蒲查盛、夹谷兰引见了。先开口道："左平章命我去拜山，大寨主倒先寄书来。"蒲查隆展阅来书，是寥寥数语，道出了热情。书曰：

"蒲查将军麾下：

拜读大作，壮志凌云，爱国爱民心切。初建邦国，君以臣忠，古之定理。贵国山河壮丽，物产丰富，大有可为。某虽鲁夫，决不侵扰西去朝唐，有损君志。意欲瞻仰高艺，请枉驾荒岛，当扫榻以待。拓拔虎拜见即日。"

蒲查隆看完，草写数语："拓拔英雄，某谨遵口谕。明晨卯初，备礼拜山。蒲查隆复。"交与上官杰，上官杰接书离去。

书中暗表，海湾岛大寨主，驾船回岛，他的妻子赫连英，见丈夫喜形于色，问道："你见着蒲查将军了吗？"拓拔虎说："不但见着，并作了谈话。"就把二人对话向妻子学了一遍。赫连英听完问："你打算怎么办？"拓拔虎说："放他去朝唐。我很想看看他的武功，打算明天请来一会。听俘虏说武艺惊人，天门岭收猛将，乌拉献绝艺。义收契丹二将。你我也练几手，也被渤海人知道我夫妻是重道义，并非无能之辈，不伤和气的以武会友。你同意不？""同意！同意。"赫连英连说二个同意。就写书派上官杰送去。再说，蒲查隆拿着信到左平章官舱，把信交左平章看。"好一个草莽英雄，真是豪杰生在田野，英雄长在八方。知情达

理，可惜流落在荒岛，埋没了人才。"左平章带着惋惜和赞佩喃喃的自语。蒲查隆说："我们要能收服了海湾岛，作为朝唐往来的要路是多么便当。就和拓拔虎交个朋友，也有很多便当之处。"左平章说："你去赴约酌情办理。多备些礼品。"蒲查隆说："带点渤海土产吧！"左平章点头答应。

　　蒲查隆、蒲查盛、夹谷兰各带宝剑，夹谷兰带左平章龙泉剑，暗藏荆轲刺秦王的匕首小听风。东门芙蓉、冰雹花、冰凌花、冰坚花、冰实花各带雁翎倭刀。蒲查隆把大营交付霍查哈、迟勿异、东门豹代管。第二天清晨，备好百年人参、千年灵芝、白狐皮、紫獭皮等渤海国特产，禀明了左平章，一行八人，外有摇橹掌舵五人，直奔海湾岛，离岛十里就有大船来接。上官杰八个人坐上了大船，小船随后，船靠了岸，见高搭彩楼，悬灯结彩，鼓乐喧天，众喽啰兵分列道旁，拓拔虎领着一位四十岁上下妇女迎上前来，拱手道："蒙诸位将军下降荒岛，实拓拔虎三生有幸，蓬筚生辉。"扫地一躬，向蒲查隆笑着说："我认识蒲查将军，请蒲查将军给引见罢。"蒲查隆按人给引见。东门芙蓉见赫连英身材面貌很像自己，就是年岁比自己大十几岁，挽住了赫连英手说："你我天南地北，今天相会，真是有缘。寨主你很像……"下面感到说出来，有些不妥，就缩住了口。赫连英也看东门芙蓉长的和自己相似，遂说道："女将军是不是说你我长相形同？"东门芙蓉微笑。众人细看很像亲姐妹。夹谷兰说道："我们的东门女将真幸运。几千里外竟遇到姐姐。"众人都笑了。

　　拓拔夫妻在前领路，观看岛的风景，群山起伏，山峦重叠，道旁杨绿垂柳，夹杂鲜花，燕语莺声，峰回路转。猛然来到一高峰，拾阶登上，只容一人一骑。鬼斧神工，有天然的柳门框高有五丈，人铸造的大铁门，外悬千斤闸，高峰峭陡，人不能仰攀。步入铁门，道路平坦。路旁是奇花异草，绿树披拂。从山下急流而泻下一道清溪，水清如镜，架一木桥。过桥见绿竹挺拔，黄沙铺地，来到一个天然的高有两丈，半人工、半天然的垛口。一看望不到边，高耸入云的石门。半经人工，半经天然的三层前楼，楼上有喽兵看守，入石门便是石阶一级又一级，石级原有五寸，约登四十级，到了平坦之地。路两边，尽是草树，石城墙高和地平。路是石砌成。过了草树林，一片白石，波纹起伏，形如水浪滚滚，如在夜间，酷似深潭。蒲查隆问："此地何名？"拓拔虎答："碧流潭。""好美的名。大有诗情画意。"过了碧流潭，进入山洞。洞宽有五丈，高有三丈，挂满了气死风灯，照天光明。穿过石涧，一排正房约有30间，中间是广梁大门，大书"海湾岛"三个斗大金字。过了广梁大门，一片平坦之地，蒙茸小草如翠毡铺地，中有一喷水泉，水花飞溅，北斗点银星，煞是奇观。对喷水泉，是中平大寨，有十几间石砌大厦，左右有配房。蒲查隆问："喷泉何名？"拓拔虎答："泉名落霞。因在斜阳西下时，喷出的水与落日相映，放出七色形如彩虹，故名落霞。"中平寨天井院约有一里方圆。拓拔虎引众人入了中平的客房，有太师椅、宝鼎、名人字画、八仙桌，布置幽雅，不俗不奢。请众人围八仙桌坐好，仆妇献上茶来。蒲查隆想很像远东的庄主大院。天井里，没有一个带刀佩剑的，往来的都是仆妇。仆妇献上茶来。茶杯是江西景德镇细瓷。绘的花是竹梅松。北墙上有一副水墨丹青，画的是三秋图，题字是"布衣暖，菜根香。"上款"上赠拓拔仁兄指正。"下款是"山右樵夫。"蒲查隆欣赏了客厅景致，站起身来献上了四色礼品说："微物不足为献，这是敝国特产的土货，略表寸心。"拓拔虎看百年人参，千年灵芝，紫獭皮，白狐皮，都是唐朝罕见名贵宝货，可见渤海以礼来敬，没有把我拓拔虎看成山猫野犬。遂说道："蒙贵国不弃，拓拔虎卑贱为幸多矣，怎敢当此厚礼。"蒲查隆说："左平章感君高义，特献上土产，以重友情。寨主何太谦虚。"拓拔虎说："却之不恭，受之有愧，拜领了。"命人送入内室。

赫连英走入房中说："早饭已备好，就在客厅吃吧！"仆妇摆好酒筵。渤海等人上座，拓拔夫妻坐了末座，开怀畅饮。来的是六个女的，两个男的，其实也是女的，不善饮酒，就停杯借酒谈心。开着窗苍蝇嗡嗡飞来飞去，是闻到菜香。赫连英说："真讨厌"，用筷子夹死了十几个飞的苍蝇，最出奇的是都夹在翅膀前的颈子。蒲查隆八个人看在眼里，这手法太高明了。蒲查隆说："女寨主，怀有这样绝艺，最小的梅针暗器也伤不了女寨主。"赫连英说："承蒙抬爱，我自幼爱练小暗器，常拿苍蝇当目标。"蒲查隆："女寨主，我也常拿苍蝇当目标练暗器，不过手法不同，我见女寨主练，我也手发痒。"说罢左右手中夹了三根筷子向空一抖手，三根筷子头上，顶着三个苍蝇。拓拔夫妻看见使用暗器功夫已臻化境，心中暗暗佩服。赫连英连说："我算开了眼界。好！好！好！"几只麻雀在院中草坪上，叽叽喳喳在觅食，赫连英说："蒲查将军的手法我领教了。我们饮酒作乐，我用菜碟连击三只麻雀来助酒兴，碟子不坏，麻雀死在碟子里。"说罢右手抄起三个菜碟，连续抛向室外地下,果然三只麻雀落在碟里。这不但暗器射得准,气功也到了炉火纯青。用气功抛菜碟一般是童子功,但她是中年妇女,就很难了。蒲查隆说:"我奉陪女寨主练练。"正好麻雀落下觅食,蒲查隆连抛三个瓷碟,正卡麻雀脖颈上,落在碟中。赫连英看在眼里,佩服蒲查隆手法比自己高超。

拓拔虎说:"我也凑凑趣,练练助助兴,但是得在屋外,我练完各人得干一杯。"众人来到屋外,只见他一纵,两手抓住了滴水瓦,两手捣滴水瓦,随后上掷脚尖挂住瓦垅,两手朝下,两个脚尖捣瓦垅,捣完三回,头朝下立了下,离地三尺,有三个珍珠倒掷,站起身形,气不长出,面不改色,脚落时声息皆无,好像四两棉花落地。众人都拍手叫好。蒲查盛说:"我奉陪练练。"蒲查盛照样练完,不亚于拓拔虎。夹谷兰说:"我也练练,踏着草坪,我直跑到广梁大门,再跑回来草不倒。"说完,就一矮身子跑去,草梢真的不倒。又跑了回来,草梢依然不倒,赫连英说:"女将军的草上飞功夫练到家了,我会练,但不如将军,就不献丑了,回茅屋喝酒去。"

众人回到客厅,赫连英给每人倒上一杯,自己也满了一杯,举起杯说:"酒逢知己千杯少,干杯,干杯。"说罢一饮而尽,大家都干了杯。蒲查隆说:"我们几个人都年轻,没有酒量,不能奉陪,要吃饭了。"赫连英也不勉强。仆妇端上饭来。饭罢又闲谈起来。拓拔虎约定:"明天派大船去接,每人都带长兵刃和战马来,练练厮杀功夫,比比拳脚短兵刃。对我夫妻信任,就把大船开过海来。把吕宋湾水军打发走,去登州时我备船相送。我讨厌跪在地下管我叫寨主爷的冷血动物。请将军回禀左平章,郎将天使崔忻是个忠臣,讨过契丹、突厥。将军来迎我听信。下午派大船去接,先把吕宋湾水军打发走,省得造谣生事。天不早了,送你们回船,省得左平章惦念。"拓拔虎夫妻送到海岸,众人拱手拜别。

回到了小岛。把一天的事回禀了左平章,并说拓拔虎夫妻约定入岛,左平章和天使听了都连赞拓拔虎是重道义的血性英雄。天使崔忻说:"我告诉吕宋湾水军去。"天使崔忻回官舱,派人找来了水军都尉回防地:"不用你们保护,搭乘渤海船。"聂仲听了欢天喜地的,谢过天使,次日拂晓就拔锚,启航回吕宋湾。左平章命所有的船拔锚起航,进住海湾岛。天使崔忻的人马并入五艘大船,行列中途,见三艘大船扬帆逐波而来。知是海湾岛来迎接入岛的将领们。两船靠拢,上官杰首先跳到渤海人船上,见到了蒲查隆,问:"人都来了?"蒲查隆说:"左平章听说大寨主相请入岛,天使崔忻就命令吕宋湾水军回防,收拾了船就来了,省得再麻烦寨主。"上官杰说:"我乘快船去回报寨主,给左平章、天使安置公馆。"说完乘快船回寨报信去。

渤海船到了海湾岛。见岸上张灯结彩,旗帜摇动,鼓声喧天。大幅标语:"欢迎唐朝天使,欢迎渤海国朝唐使臣左平章。"喽兵们列队相迎,一队长枪一队大刀,排列出多远。拓拔虎夫妻站在岸边等候,身旁有两顶四抬小轿,轿旁有八个穿短衣人侍立,大概是轿夫。蒲查隆陪左平章、天使登岸。拓拔虎夫妻要行大礼,被左平章挽住说:"下官如受义士再行大礼,下官于心何安,行平礼吧!"夫妻二人行了平礼。蒲查隆又给引见了天使,也行了平礼。拓拔虎夫妻在前领路。过高峰,进大铁门,过清溪,到石墙,过碧流潭,到落霞泉。从岛岸到中平大寨,约有五里,左平章天使揭起轿帘观看岛景。只见:

山不高群峰叠翠,水不深碧流澄莹,迎面桃李,夹道芙蓉,碧流潭天工奇景,落霞泉喷吐银星。恰似瑶池仙境,胜过嫦娥蟾宫。

小轿到中平大寨处落轿。二十几名身着红衣仆妇,侍立檐下,中平大寨虽不是雕梁画栋,但都白石砌成,窗明几净。仆妇见左平章、天使下轿,齐刷刷跪倒,大礼参拜。左平章说声"免礼!"众仆均起立,铺上了红毡,拓拔虎夫妻请左平章、天使进入中军大寨。正是:

偶来海湾岛,步入瑶池境。天地虽然大,身立画图中。

左平章与天使的公馆,布置的幽雅整洁。从渤海国到海湾岛三个多月的帐房,猛古丁换了幽雅清静地方心情舒畅。当天拓拔虎夫妻备办酒席,招待渤海国、天使来的人马。夫妻两人忙里忙外。到了月上花梢,在中平大寨后院花亭中,摆上了酒筵,给左平章、天使洗尘。桌上只左平章、天使、蒲查兄弟、夹谷兰、拓拔虎夫妻,有两名仆妇侍候。这个花亭方圆有丈,亭里有四季常开之花,一年不谢之草,香气馥郁,沁人心脾。喝的酒是女贞精制的家酿。吃的菜是山珍海味,美味佳肴。什么山中走兽云中雁,陆地牛羊,海底鲜。最出奇的是竟有塞外特产,犴鼻、熊掌、驼蹄、飞龙鸡四大名味以及银耳、口蘑等特产。左平章、蒲查隆、夹谷兰生在塞外,长在渤海,对山珍野味,虽是吃过,但调的不如这桌的味道适口。主人夫妻殷切劝酒。左平章与天使是海量,多多益善。饮酒中,天使崔忻很称赞拓拔虎夫妻豪爽。遂问道:"义士夫妻来此岛多少年了?"拓拔虎说:"20年,贱内生在此岛。""噢!这样说,女义士先人是海湾岛人了。"赫连英说:"不是,我父亲是长江瞿塘峡人。流离到此岛与当地土人为了抗海盗来侵,就聚结土人当了寨主。""二十多年官兵不来剿捕吗?"天使问。"官兵不敢来剿捕,一是此岛险峻,一夫当关万夫莫入。二是我们不与官兵作对。春种秋收,捕鱼为业。就是抗丁,抗税。三是此岛既不属登州,又不属查东,成了三不管。官府也不愿找钉子碰。我带抢不抢呢?遇到该抢的就抢。就是劫赃官,劫恶霸,从不在三百里内抢劫。俗话说:兔子不吃窝边草。往过商船到岛来,可以投宿岛边。遇有急难,我们有求必应。所以官兵不来剿捕。我夫妻要劫贡品,也认作是从老百姓来的货物又送给另一个欺负老百姓的皇帝。这样不义之财劫下来,再散给百姓。得罪国王、皇帝两个统治老百姓人物,可以救活十几万人命。就要在荒岛劫下来,到各地去施舍。后来看了蒲查将军的大作,晓得了渤海去朝贡为了振兴渤海,这是替老百姓谋生的千百年大计,我夫妻受了感动。又听到上官杰回来报告,蒲查将军很同情他的遭遇不幸,不是一般官人能做到的,又知道了天使是位清官,就不想劫贡品了。想交个朋友,又怕是高攀,碰了壁多难堪,就寄书请蒲查将军来。承蒙不以我夫妻出身草莽枉驾光顾,左平章、天使竟信任我夫妻领军来海湾岛,是我夫妻得到了荣宠。我夫妻的座右铭是:富贵不能淫,贫贱不能移,威武不能屈。遇到了识家是一生最大荣幸"。

"你夫妻这样英雄心地良善,光明磊落,就不想出什么?甘愿与草木同朽,我很为之可惜。""唉!"赫连英长叹一声:"十年前我夫妻很想出去,但不遇其人。官是赃官,吏是污吏,与赃官污吏同流,还不如为寇好。自从救了上官杰夫妻,就把功名看成花间露,富贵犹如瓦上霜。愿老死此地。现在我俩都39岁了,膝下又无儿无女,更不再作妄想。视银钱如粪土,看功名如草芥,还出什么仕!大丈夫要择主而事。不得其主,徒唤奈何!尤其是李隆基皇帝宠信杨贵妃后,狼狗之辈,滚滚从狗洞子里爬了出来,为害作歹,说鬼话披兽皮,是变相贼,人间的败类。倒不如带着真面目和这些豺狼搏斗,当一个草寇。我说这话是真实话。忠臣听了衷心感佩,奸贼听了怒发冲冠,要杀了我。事实就是这样不公平。玄宗李隆基,宫廷政变,锄韦代之乱,何等机智勇敢。开元之治,史童丹书也要颂扬。现在的玄宗,依然是当年的玄宗。迷恋声色,国政日非。权奸当道,宦官为患。忠臣全身远祸,奸逆朝堂策政。到哪里去择主。还是当我的草寇吧。"天使崔忻听赫连英侃侃而谈,谈得一针见血,不住点头。蒲查隆说:"女义士,要有人请你夫妻出山,又当如何打算？"赫连英说："我说个比喻，蜀汉的大将赵云遇刘备肝脑涂地誓相从。除此之外，再不想出仕。在座的都是当官的。我说的话是从心掏出来的，请不要见怪，还是喝酒吧。酒逢知己千杯少，话不投机半句多。我夫妻是万分荣幸。遇到了认识我夫妻的人。吐吐苦水。"她给每个人都满上了酒，举起杯来说声："干杯"，众人干了杯。这桌酒席，直到午夜方散。

第十三回 以武会友降服拓拔虎 张灯结彩喜迎朝唐使

第十四回 赛马会上宝马皆上品
　　　　　演练场中战将无虚名

　　第二天，拓拔虎夫妻，找到了蒲查隆说："渤海不是出产名马吗？我们今天来个赛马会，比比马，武将就是爱马。把诸位的马都备好，我夫妻也备好马，领诸位逛逛海湾岛"。命人把马备好，牵到院中，拓拔夫妻看见渤海武将的马，毛色不同，但都是膘满肉肥大蹄腕，金鞍玉辔俱全，项带威武铃，昂首瞪睛。赫连英首先看到蒲查隆的日月骃骊马，洁白如雪，毛长有半尺。问此马有名吗？蒲查隆告诉了名，又看蒲查盛丹顶碧云骓全身白毛，脑门上有块红云。问了马名。再看夹谷兰的，白龙驹雪白马毛放亮光。一根杂毛没有，问了马名。又看东门芙蓉的胭脂马火炭红，一根杂毛都没有。东门豹的雪里钻，四个白蹄，多长的白毛到马膝盖，膝盖以上全身墨黑。拓拔虎夫妻从没有看到过这样的骏马，问了名，又问有什么特长。东门豹说："这匹马是塞外太白山特产，日行千里，夜走八百。踏雪不到蹄长，走薄冰不沉。故名雪里钻，又名雪里送炭，善通人性。"拓拔虎夫妻听了很惊奇说："那么这匹宝马成了踏雪无痕了。"东门豹："有痕也被长毛扫平。""哈！哈！好马！好马！"又看冰雹花，冰雪花，冰坚花，冰实花的马，都是白毛，都叫千里雪。拓拔虎赞不绝口："塞外多宝马，果是事实。"又问："左平章骑的马也是宝马吧？"蒲查隆说："是。""快快牵来看看"。冰凌花牵来了左平章坐骑，好一匹骏马，昂首扬鬃，尾毛拖地，雪花白。拓拔虎问："什么名？有什么特长？"蒲查隆："名叫呼雷豹，它头上鬃里有二寸长短角，一按角如豹吼，一般马闻声吓的瘫痪在地。是当年左平章出征，在弱水处夺敌人的。""哎呀更出奇了。来人把我俩马牵来。"从人牵来了两匹骏马，高人三丈，全鬃全尾，鞍鞯鲜明、俱全，项带威武铃。一匹满身是葡花绞。赫连英："这是我的马，名叫百花骢。"用手一指墨黑的一匹说："它叫墨云蛟。这两匹马能跳涧爬山。最出奇的是可以追浪不及膝盖。也是宝马了。就是海湾岛的野马，被我俩从小马驹时捉住，据当地人说墨云蛟是海鲛与野马生的。其形也有些类似之处。百花骢说是和海豹配的。是真是假，还不知道，姑妄言之，姑妄听之。"赫连英又问各人兵刃。蒲查隆、蒲查盛亮银双戟，蒲查盛碧血玲珑剑，蒲查隆莫邪剑，东门豹兄妹赤金黄铜棍，劈火雪之雁翎刀。冰雹花、冰凌花、冰坚花、冰实花亮银双戟雁翎倭刀，夹谷兰金撺提炉枪，手中短兵刃小听风。拓拔虎见少一员大将，问蒲查隆："还有一位今天怎么没来？"蒲查隆一抬头，看见迟勿异牵着乌骓马来了。用手一指说："来了"。拓拔虎看迟勿异一张油黑的脸，宽脑门，尖下颌，通穴鼻子，高鼻梁，两道浓眉飞交入鬓，一双虎目闪闪放光，四方阔口，满口白牙。牵着一匹浑身漆黑发亮的高头大马，乌骓宝马，走了过来。拓拔虎看看来人，又细看东门豹，觉得和自己一样雄壮。见迟勿异马鞍前上挂着金山斧，腰间倭刀，英姿勃勃。

迟勿异来到切近给众人行了军礼。蒲查隆给拓拔虎夫妇引见，彼此说些仰慕话。拓拔虎问："这些将领都是从渤海国来的吗？"迟勿异说："我是天门岭从了蒲查将军，东门豹兄妹是从乌拉从了蒲查将军。"拓拔虎细看蒲查隆，明眸皓目，身高只有七尺，活像大家闺秀，又像是文质彬彬的书生，能收服这三员猛将，心中觉得很奇怪，但又不好问。遂说道："我们来上马去游岛。"冰雹花把呼雷豹要送回，它竟发起脾气，它见别的马走，就要跟着走。蒲查隆说："它连日在船，也闷极了，让它跟着走吧！"冰雹花把丝缰放在鞍上，它昂起首，打响鼻很高兴样子。众人乘上马，各催坐骑，拓拔虎领头，从中军大寨后出了大寨一带竹林，竹林下便是松柏间杂的灌木林。出了灌木林，见有几里方圆的水田、旱田，一大群男女在干活。蒲查隆问："这些人都是本岛的主人吗？"拓拔虎说："其中也有外来的。但多数是土人。这些人其中20岁至40岁的都是喽啰兵，每年干六个月活，当六个月喽罗兵。我们只有这样四处田地，种植五谷。除了三千多人自用外，还大批卖给登州济南各地。一个人种的田，十人吃不了。一个人养的牛羊，十人也吃不了。再加上捕鱼，每个人丰衣足食。实在常有喽兵是五百人，每一年一轮换。拿起兵刃是喽兵，拿起锹镐是农民。家家是农民，家家是喽兵。"拓拔虎用手一指，"你们看，"众人细看天上乌云一片。拓拔虎说："你们认为是乌云吧，实际上是炊烟。那是从大树孔中冒出来的。当地土人穴居在山洞。九曲蜿蜒小洞大洞，里有小溪是淡水。从洞穴到山顶仍有百丈。当地土人就自然学会了爬山本领。我父在的时候，当地人仍过着游猎捕鱼的生活。种地就是我岳父带来的汉人开垦的。当地人也学会了，山下的石屋住的就是汉人，土人中也有倭奴、匈奴、契丹、突厥少数流亡来的人。

拓拔虎领众人纵马看完了四处地，又领到捕鱼场，大小有几十只渔船，停泊在岸边。从田地到捕鱼场要穿行山涧，两边悬崖陡壁，弯弯曲曲。拓拔虎说："这些地方叫鬼见愁，又叫出阴道，不熟道路人，没法进岛。"众人在渔船中，吃过午饭。拓拔虎领众人纵马到了一个长有二里宽有一里半山岗。岗上地势平坦，靠北面几十株垂柳下，有三间楼房。上有旗杆，楼前有石碾、石磨。中间插有铁棍，跳马竿，跃马线，各式兵刃架子。兵刃架子上，放着枪刀、剑戟、斧钺、钩叉、拐棍、柁棒、铜、锤、抓，长尖的、带刃的、带勾的、带刺的、麻花的、拧劲的、带灯笼穗的。十八般兵刃，样样俱全。拓拔虎把众人领到楼上。管事的头目，命喽啰沏上茶来。蒲查隆问："这就是练武场了。"拓拔虎说："每年初一、十五要到这里操练人马。我们喝完茶，谁愿意练练助助我们游兴，岂不是好。"众人都称赞，就到了楼下，拓拔虎提议先试试马。命人把跳马竿的横竿放在二丈地，问："众人的马能跳过去吗？"众人都说："能，放在三丈上吧！"喽啰兵放在三丈上。拓拔虎一眼看到呼雷豹昂首扬鬃做出要跳竿姿态，问蒲查隆："先让它跳。它能听谁的旨意？"蒲查隆一抬手："夹谷兰，过来。"告诉呼雷豹要跳竿，你指挥它。夹谷兰说："我骑在它背上跳吧！"勒好肚带，推鞍下去，扳鞍下来。夹谷兰骑上了呼雷豹。这匹马发出了神威，扬鬃竖尾，四蹄登开，围跳马竿跑了三圈。掉转头向跳马竿急驰而来，马鬃飞扬，如急风一般，飞身纵起有五丈高，跳过了马竿。接着奔入了跃马线，纵身飞起，四蹄落地站稳。众人细看跃过了十六丈多。拓拔虎连说："好一匹宝马"。

试马结果，呼雷豹跳竿五丈五寸，跃马线十七丈。日月骠骝马、丹顶碧云雕、白龙驹、胭脂马、雪里钻、乌骓马、墨云蛟、百花骢跳竿四丈九尺，跃马线十六丈八尺，四个黑马，跳竿四丈三尺，跃马线十六丈。呼雷豹是群马中的佼佼骏马。拓拔虎心想把上官杰的黄骠马、万俟华的金蛟驹也和众马比比。让他二人和众人见见面，也练几手武功。让渤海众将知道我们海湾岛也是有男女将领。盼咐从人去把上官杰、万俟华夫妻找来，骑马带兵刃来。从人骑马去了。蒲查隆问："这个地方有名么？"拓拔虎说："叫聚英阁。距中平寨只有五里。"蒲查隆说："好一个聚英阁。"拓拔虎说："过去是名不符实，今天是群英聚集，这个阁叫聚英阁当之无愧了。"众人都乐了起来。少时上官杰、万俟华来到。拓拔虎给众人引见。众人看万俟华年约三十上下岁，身高七尺。黄白面皮，鼻直口方，两道细眉，一双秀目，英俊中带着威严。上身穿月光色布袄，腰系一马掌宽肤色汗巾。头蒙月光色头巾，足登皂靴，一双天足。下身穿月光色布裤。朴素大方，彬彬有礼的和众人见礼。冰雹花、冰凌花、冰坚花、冰实花、东门芙蓉见万俟华年纪比自己只大三四岁，就拉住万俟华"姐姐、姐姐"的叫了起来。万俟华以为当官的妇女，看到自己是贼婆娘，不知要作出什么样轻视自己。本不想来，奈有寨主之命，不得不来。既见到众姐妹和自己亲热，连连说道："我是个草寇婆。你们都是当官的叫我姐姐，我不敢高攀，还是叫我万俟华吧！"冰雹花用手一指夹谷兰，说："当官的她是虎贲营大枢密，仅次于蒲查二总管，又是左平章女儿，国中大将军元帅的亲妹妹。但她从不摆官的架子。就是二位总管也从不摆官架子。我们渤海国的官，和下级一视同仁。你看我们穿的衣服除左平章外，都是一样，你说说我们谁的官大。姐姐你认不出啊！"一拉东门芙蓉，"万俟华姐姐，你认认我俩谁的官大？"万俟华认不出，只是抿嘴笑。冰雹花说："什么贼婆？自古来就是胜者王侯败者贼。失势失时的英雄，反对当道的赃官，赃官将这些失时英雄唤作贼。其实他们才是狐假虎威的吸人血的贼。我们都是女人，唤声'姐姐'，这是女人的通称。什么高攀，贼婆？听了使人厌恶。快不要说这些话，还是姐姐长妹妹短的听了使人爽快。"这一番话赫连英听了也觉痛快。遂问道："我俩比他们年纪大，叫声姐姐，嫂嫂，倒显得亲热。就不必自卑自贱。"冰雹花乐了："还是赫连英大姐姐爽快。"

　　拓拔虎说："女人聚到一处总是嘻嘻哈哈。我们还是试试黄骠马，金蛟驹，看看跳纵本领如何？"二人各自骑上马跳纵完，次于百花骢，墨云蛟，高于千里雪。也是出奇的宝马。拓拔虎高兴，把马细算了一下，呼雷豹、日月骍骦马、丹顶碧云雕、白龙马、雪里钻、胭脂马、乌骓马、千里雪、百花骢、墨云蛟、黄骠马、金蛟驹。15匹宝马，聚在聚英阁，喜的拍手说："唐朝几十万雄兵，几千员战将，也未必有15匹宝马。小小聚英阁竟有15匹宝马，真是压倒一切。"问蒲查隆："我们各自说说武功吧，谁先说说看。练几手开开眼，交换交换技艺，才是真正的以武会友。武学中最讲的是不以艺骄人。我们是天南地北相处一起，万不能失之交臂。蒲查将军以为如何？"蒲查隆回答："我也这样想。"赫连英过来说："蒲查将军管我总叫嫂嫂，我是老嫂嫂，说句不知轻重话，蒲查将军跟个大姑娘、大书生似的。我听说天门岭义收迟勿异，乌拉献绝艺，艺服四知都事，义收东门豹兄妹，你都使的什么绝

第十四回　赛马会上宝马皆上品　演练场中战将无虚名

招？你演示一下，让我们开开眼。或是我陪你走几趟，蒲查将军能赏脸吗？"蒲查隆说："嫂嫂太谦虚了，小弟敢不奉命。我说说吧，赢迟勿异是为了救守卫伯张元遇性命。我认识迟勿异七十二路宣花斧招数，用戟磕飞了金斧，又步战使的刀招是万胜花刀绝，我用游龙扫萍破了他刀招。迟勿异是血性汉子，重道义来投。乌拉四知都督事倒爬五丈，登萍渡水，龙爪远骨力，是我从小练过的。四知都督事是天使崔忻老邻居，借献绝艺避之。东门豹兄妹是我兄弟用跌马回光返照连环戟，离马撒离纵身法巧赢的，是我和东门豹大战一天，我用了巧招。迟勿异、东门豹、东门芙蓉，膂力过人，斧招、棍招精奇，要与生拼分胜败，我恐也甘拜下风。是用一巧破千钧胜的。"

赫连英说："你说的招数，我都没有听说，我夫妻使用的单戟。走！我陪你去开开眼。"两人上马，双戟对单戟，赫连英十招过后，戟用横扫千军。只见蒲查隆马失前蹄跪倒，蒲查隆头俯马颈，躲过了大戟。日月骕骦马，一跃而起，恰好二匹相对，蒲查隆右手戟去刺腰胁，左手戟刺头颅。赫连英单戟顾上顾不了下，撒手用双手来夺双戟。哪里能够，说声"输了。"两人勒住马。又请来了蒲查盛演离马撒手纵身法。赫连英用戟挑蒲查盛后脊，蒲查盛用了个蹬里藏身，双脚落地，失身落在地下。赫连英将要拨转马头，蒲查盛已纵身上了赫连英马背，双手卡住她脖子，赫连英说声"输了"，二人跳下马来。赫连英说："这样招数，一百个人得有一百个人上当，妙极了。力再大，也不如巧。这是事前讲明了，我还猝不及防，何况不知道的人。我夫妻在戟法上甘拜下风。我们的上官杰会跌马翻身夺命锏，和回光返照戟法有些相同，你去演来。让蒲查将军再指点一下。"冰凌花问："万俟华姐姐会不？"赫连英说："是他家祖传。那么我去陪万俟华姐姐去演。"二人各上战马，十招后冰雹花见万俟华催马败阵追了下来，用双戟照后背就刺，万俟华马失前蹄，跪地。万俟华一低头双戟走空，马忽的站起，万俟华右手锏劈头盖顶，左手锏玉带围腰，最精华的锏从戟杆插入，使你无法撤戟，只得撤离戟，用手去架锏。冰雹花说："输了。"二人勒住马。蒲查隆说："此招是出自南陈秦旭之手。唐初秦叔宝就会使于罗家。万俟嫂嫂怎么得来？"万俟华涨红了脸，低头不语。赫连英说："她姓的万俟字同音不同。陌叶是她先祖改的姓，本姓罗，是罗艺妻氏夫人后代。锏法是秦叔宝传的。黑松林罗成认母，姜代忠夫人很爱罗成这个儿，传给了三路绝命枪，又传给了秦叔宝。秦叔宝感到这位异姓姑母，看自己如同亲侄，亲传了这套铜法。后来姜氏老夫人率领儿子罗松、孙儿罗唤远避他乡。罗艺抛弃自己三十多年，就改姓万俟了。""啊！还有这事。"蒲查隆说。

拓拔虎说："还是谈武是正经，我们各练一套吧！迟勿异练七十二路宣花斧、万胜花刀，东门豹练行者棒、八卦刀，蒲查隆练八仙剑，夹谷兰练绵丝锦霞枪法，拓拔虎练八卦连环球，东门芙蓉练了一趟少林寺嫡传醉棍，赫连英练太极剑，各尽所长。又耍石锁石提。又到岗下练登萍渡水。岗下有一深潭，深不见底，水打涡旋，练水功是极不容易之处。得挣脱水的涡旋，被涡旋搓人就可伤命。练登萍渡水，水底捉鲫鱼。渤海来的人，都能试验。功夫有高低，海湾岛拓拔虎、赫连英、上官杰、万俟华是水中能手。但压不倒蒲查隆、蒲查盛、夹谷兰三人。其他人就不如这四个人水性高。登萍渡水，拓拔虎、赫连英水沾过靴底二寸，蒲查隆三人只沾有半寸。拓拔虎、赫连英认为奇怪。蒲查隆说："我三个是在忽汗湖瀑布翻腾急流，从小练的，年纪又比你俩小，身材比你俩轻。当然要沾水浅。"拓拔虎夫妻点头说："也许是。"天黑了，乘马回中平大寨。这场以武会友，众人心情愉快，深厚了友情。

晚上，拓拔虎招待众将，请来了天使崔忻、左平章，守卫伯张元遇。天使崔忻问："你们今天的游兴怎么样？"蒲查隆就详细地说了一遍。崔忻听了哈哈大笑："拓拔义士很像是大庄主，怎么叫寨主？"拓拔虎道："这个岛的人原来住树上的也有，住山洞的也有，搭木楼的也有，管木楼叫寨。领头人多是住木楼，管人少的叫少寨主，管人多的叫大寨主。实际是庄园。在我岳父到来之前，因捕鱼打猎有时要挨饿，就抢商船，常常被镖师杀死。我岳父来了以后，开垦荒地，种植五谷，就不劫客商了。只远去几百里，劫赃官。劫来的钱又到几百里外装官翁去施舍。轮到我贱内当寨主，只人女子，就不劫了。后来把我抢来，当了压寨丈夫，又重操旧业。"众人都乐了："拓拔义士你是被抢来的呀。"拓拔虎说："可不是。"众人说："你说说赫连英姐姐为什么要抢你的趣闻。"赫连英说："你们不要听他自己给自己脸上抹金，添美。"蒲查隆说："那么你说说吧！抢了人家来，还不认账。"赫连英笑着说："他家住济南，南北朝时在济南落的户，是什么人，什么勿吉人，连他自己也弄不清。专代保镖，他的曾祖母就是汉人，以后他的祖母、母亲都是汉人。他家祖传方天画戟。我父亲传枪，和他父亲交了朋友，就把他家使戟招法用枪招换了过来。他父亲死去，他被押入大牢。他手下镖师，请我父女去搭救他。我父女从地牢中把他从贼人手中抢救了来。他折卖了自己的家产，赔偿了镖银。他很早死去双亲，孤身一人，我父亲收留了他。每天教我俩武艺。"

渤海国是靺鞨部人。拓拔虎跳起来说："闹了半天，我们原来是一家人。我找到家了，回家去，回家去。"左平章问："你真要重返故土吗？"拓拔虎说："我早就有心，问过多少人，勿吉、靺鞨是不是一个民族，没人知晓。我原不知渤海国是靺鞨人。"左平章问："这海湾岛怎么处？"拓拔虎一指赫连英："现成的女大寨主，还有老寨主，原物交回并无损坏。"东门豹接着说："交不回去的呀，嫂嫂原是好端端的大姑娘，已成了半老婆娘，你赔得起吗？原板并无损坏，说的响吗？"连左平章天使也忍不住笑了。众人笑的流出了眼泪。蒲查隆问："令岳还健在，我们太失礼了。你领我去拜见老人家。"赫连英说："老人家已81岁了，很少和别人见面。昨天我领蒲查将军去。你们送来的重礼，我俩给老人家送去了。老人家说太贵重了，人参、灵芝正好配酒喝，滋补晚年人体。白狐皮、紫水獭做长衣服，又轻又暖。老人再三嘱咐，不要怠慢了贵客。"这天太晚了，老人家早就睡下了。左平章说："明天在这房中，让我们治些土产，请令尊来。牛羊肉脯恳茶，是渤海国土产。算不了恭敬。尽尽我们的心情吧！请天使作陪，我们都是老年人，说的来。你们不要打扰我三个。"

第十五回　老寨主赴宴先定归附事　蒲查隆追贼剑斩三达摩

酒席散后，拓拔虎夫妻到了老寨主卧房。老寨主正看兵刃谱呢！见他夫妻满面喜悦，就问道："你二人这两天总是喜气洋洋。渤海国来的客人，多咱去登州？他们的武将本领怎么样？战马能胜过我们的百花骢、墨云蛟吗？你俩坐下！好好告诉我知道。"夫妻二人落了坐。赫连英说："要论战将，人人武艺高强。要论战马，我们的四匹宝马，百花骢、墨云蛟、黄骠马、金蛟驹，都次于人家的呼雷豹、日月骟骡马、白龙马、丹顶碧云雕。人家有十匹，日行千里，夜走八百的宝马。雪里钻能踏雪无痕。老人家你闯荡了一辈子江湖见着过吗？"老寨主说："听说过，没看见过。""这是宝马。再说战将，两名年青的总管将军，武艺绝伦。在天门岭战败了高丽大将军两名。收服了猛汉迟勿异。他使的金锥开山斧招是七十二路宣花斧，步下是万胜花刀。杀法骁勇，今天在聚英岗练过功。在乌拉献绝艺，渡岸渡水，倒爬15丈壁离墙，龙爪透骨力。惊走乌拉四个文武全才的知都督事，双戟绝招跌马回光返照连环戟，巧赢东门豹、东门芙蓉兄妹。这二员猛将都有万夫不当之勇，棍刀都棒，少林嫡传醉棍。蒲查二将军，夹谷兰将军只有二十五六岁，就有这样惊人本领。老人家，英雄出在少年。我今天才信了这句话。"老寨主听完话："国家将兴，必有祯祥，是说明新创建的国家人才辈出，君明臣忠。要都是废物，压马墩台，能建国吗？渤海是塞外新兴小国，要没有英才，能立住脚吗？早被邻国吞并了。""老人家，我再告诉你一件事，你姑爷拓拔虎不是勿吉人吗？原来勿吉、靺鞨是一个民族，渤海国是靺鞨人。他找到了老家。弄不清的勿吉人靺鞨人今天弄清了。他要重返故乡，老人家你是怎么想？"老寨主说："以前弄不清勿吉人、靺鞨人就稀里糊涂混。现在弄清了，重返故里，认祖归宗是正事。""老人家，他要走了，抛下我父女，老人家81岁了，我又是女流怎么办？""哈！哈！你也跟去呗！""我跟去老人家谁照看？""傻话！你俩有了安身之处，我也到塞外去，何处黄土不埋人。起着你娘的尸骨，不就万事大吉。""那不，我父女都成了渤海人吗？""哈哈，渤海是唐朝属国。渤海也是唐朝的一个民族。南北朝以后姓拓拔的、夹谷的、澹台的……原来都不是汉人,现在有的在长江以北的都成了汉人。姑爷现在找到了故土,不然也就当了汉人。渤海国是新兴国家。你俩何必埋没在这孤岛,大丈夫志在四方。渤海国将领又器重你夫妻,正好回渤海吧!问问上官杰夫妻他俩不愿去,就把海湾岛交给他俩执掌。派人快去打算。"

赫连英忙派人找来问此事。万俟华说:"自从哥嫂救了我夫妻后,我俩下定恒心,不管富贵贫贱,哥嫂到哪里,我夫妻到哪里。"赫连英说:"海湾岛谁管?"上官杰说:"交给当地土人呗。我们都是外来人,走了干净,物归原主。"老寨主说:"这倒很好。"上官杰说:"左平章明天设宴请老人家,你俩告诉老人家了吗?""什么,左平章要设筵请我吗?"赫连英说:"是的。"老寨主说:"左平章和唐朝丞相一般大的官,竟要请我这老草莽鲁夫,是沾了你夫妻的光。这就是:前30年看父敬子,后30年看子敬父的古语,也轮到我头上。"

第二天左平章设筵,各将领另设席左右相陪,蒲查隆又备了四色礼品,同赫连英去请老寨主。老寨主一看蒲查隆,面如美玉,五官清秀,年纪只有二十五六岁,英气勃勃。赶紧站起身形:"老朽怎敢劳动将军大驾来请。请坐,请坐。"蒲查隆要行大礼。老寨主急忙扶住,连说:"折死老朽了。"蒲查隆鞠一躬,说:"奉左平章之命,特来请老人家去赴筵。"老寨主说:"却之不恭,受之有愧,谨遵台命,好吧!我就去参拜左平章。"请蒲查隆先行,父女跟随在后,到了中平寨进入房中。众人抬头观看,只见老寨主发似三冬雪,鬓如九秋霜,满面红光,两目炯炯放光,精神奕奕,气宇轩昂。白胡须,根根露肉。身穿黄布袍,白发围在头上。又要行大礼,崔忻扶住,说:"免、免!"让老寨主上座,再三不肯,坐了末座。侍从拿过酒来,满上了酒,左平章端起酒杯说:"我三个,老寨主是大哥,不拘礼法,什么左平章、天使,都放在一边。要好好谈谈,老寨主不要拘束。干一杯。"各人干了一杯。老寨主见左平章并无官气,和了自己豪爽性情,就畅谈起来。众将也都喜气洋洋,开怀畅饮。

这时进来了一个喽兵头目,在拓拔虎身旁俯耳说了几句话,拓拔虎说:"派人去再探。"蒲查隆问:"探什么?能告诉我吗?"拓拔虎说:"有什么不告诉,你随我来。"二人到房外,拓拔虎说:"不要惊动左平章喝酒。有一事我要去急办。我派出的远探在五百里外,发现来了三个恶妖道,什么混天达摩,混海达摩,混五岳达摩,每人手中兵刃都是仙鹤掌。这三个恶道劫了营州都督银,杀死了护送官。我的远探尾随在后，被三个恶道识破了行迹给抓住了两个，立刻杀死。三个水量好的跳水回来报告，官兵追来了，在厮杀，不是恶道对手。我要乘快船急去，捉三个恶道。会同你嫂嫂上官杰夫妻同去。"蒲查隆说："嫂嫂走了，会引起左平章注意。我、蒲查盛、夹谷兰，我们三个同你去。夹谷兰带上左平章龙泉剑，三柄宝剑对付三对仙鹤掌，我听师父说，使仙鹤掌的妖道原是达摩派的叛师贼和尚，什么三专比丘令古道德僧，蓄起发，当了老道，自立一家把式，独创仙鹤掌，厉害无比。一般兵刃都破不了他的仙鹤掌，非得用宝刀、宝剑削掉仙鹤掌三趾不可。左平章问，就说我三个不胜酒力，同寨主到海岸观景去了。我把二人找来。"拓拔虎说："这事怎敢劳动三位将军。"蒲查隆说："贼道敢劫大饷，我们有责任帮助夺回。几万兵领不到饷银，怎么活下去。事不宜迟。"蒲查隆把二人找来，说好去杀恶道，告诉夹谷兰到左平章卧房去取龙泉剑。夹谷兰从侍卫手中要来了龙泉剑。四个人乘快船，八个猛汉扳桨摇橹，又是顺风顺水，张起帆来，顿饭时间，就到了无名小岛。只见官兵船东倒西歪好几艘，剩下六只破烂大船停泊在小岛，贼船已遁去。问明了官军，匪船哪去了，并说明特来援助官兵的是渤海国朝唐使臣左平章派来的。官兵听了喜出望外说："匪人转舵往回走，在小岛北不远。"

拓拔虎说声"追"，快船急奔小岛偏北。追出十里赶上恶道大船。三个老道分站在三艘大船，手持仙鹤掌，见有快船赶来，就抛了锚停泊。快船离百十丈，拓拔虎一个燕子飞云纵，就跳上了贼船，不容分说举刀就剁恶道。恶道用仙鹤掌急架相还。拓拔虎的刀，如雪花飞舞，光闪闪一片。恶道的仙鹤掌上下翻飞。蒲查隆细看恶道的仙鹤掌招数精奇，怕拓拔虎吃亏，一纵身上了恶道的大船，高声喝道："住手。"两个人住了手。蒲查隆手擎莫邪宝剑，说："老仙长，跳出三界外，不在五行中，扫地不伤蝼蚁命，爱惜飞蛾纱罩灯。朝诵黄庭经万卷，木鱼敲破满天星，一尘不染，万物皆空。为什么杀官兵，劫饷银，听我良言相劝，留下大船，苦修去吧！"恶道看了看蒲查隆念了声"无量天尊"："胎毛未褪，乳臭未干的黄孺子敢来教训贫道。小心你的脑袋。不怕风大疵了舌头。贫道有好生之德，滚开！再要饶舌，贫道就动手了。"蒲查隆说："良言难劝该死人。看剑！"恶道急架相还，蒲查隆看他二支仙鹤掌重有八十多斤，不敢用宝剑去碰。恶道得势不让人，知道蒲查隆宝剑不敢碰他兵刃，把仙鹤掌招数加紧。20招已过，蒲查隆用宝剑叶里藏花式，削掉恶道右手仙鹤掌的金圆爪。恶道一愣神，蒲查隆宝剑顺水推舟,从仙鹤掌极削断了恶道的颈嗓咽喉,死尸倒地。另一个大船恶道扑了过来,十招没过,又送了性命。蒲查隆连杀三恶道。随恶道来的人纷纷跳水逃命,蒲查隆等也不去追赶。三个恶道死后也不知死在谁手。

  蒲查隆剑斩三达摩。船上的是船家的水手。拓拔虎问船家:"妖道在哪劫的船?"水手们说:"蛇蟒岛,杀死了官兵的几名校尉,夺了船。后来的官船是吕宋湾水军督尉派来保护饷银的,也被妖道杀的七零八落。妖道听说前面是海湾岛就要返航改道。就碰到英雄们。三船有二船是饷银,一船是远东客商的货物,要送往登州。客商的货,我们知道交货地点。官船饷银,我们找到后来的官船,送吕宋湾都尉府。只请你们留下姓名,我们也好交待经某人救的,夺回了饷银,官府难挡啊。"蒲查隆说:"前面小岛有官船,把船摇到那儿,我对他们说。"船到了小岛,官兵在垂头丧气。修理好了一只大船,要返船回吕宋湾,见是被劫的又转来,以为妖道来杀他们,吓的尿流屁滚。蒲查隆对拓拔虎说:"养这样官兵有什么用,见贼就跑。"

  "啊!不好了。"水中出现了怪鱼,追捕官兵,一张口二三个人就吞进腹中,官兵浮出水面又跳上船,爷爷祖宗的求饶命。蒲查隆等各掣出宝剑问拓拔虎:"这是什么鱼?"拓拔虎说:"一是大鲸鱼,二是鲨鱼,大的可吞小船。渔人都害怕。带火药硫磺就是为了防备它。据说十丈外可张嘴吞人。皮厚刀枪很难伤它性命。"正说时,一条大鲸鱼张开大口有十丈长,要吞蒲查隆乘来的快船,水手们惊慌失措。蒲查隆猛的想起用暗器刺瞎它的眼睛,一抖手12金钱镖射中了怪鱼眼睛。怪鱼疼疯了,搅起水浪有三丈高,蒲查隆看怪鱼张口向天,纵身到怪鱼额下用宝剑狠削怪鱼的左腮。这柄宝剑能水斩蛟龙,陆劈犀象。怪鱼皮肉如何能抵得了,连削几剑尸首异处,顺流流去。剩下的两条大怪鱼,蒲查盛、夹谷兰也先用暗器刺瞎鱼眼,然后削去头,尸身顺水流去。每条怪鱼足有十多丈长。船家跪在船上,谢救命之恩。并说:"这是最大的一条鲨,海中的霸王,一尺长就能吞一尺长的鱼厉害无比。刀枪刺在它的皮上,不能伤它的肉,有时会猛过来。除非有切金斩玉宝剑伤不了它。要伤它一是刺瞎他的眼睛,二是张开嘴时喷火药硫磺,刀剑被它吞下,才能伤它。但没这么快当,有时也会被它全部吞掉,与鱼同死。这是百年不遇的怪鱼。"船家说:"我们先人只看一次五丈长的一条就伤二十几个人。今天是苍天保佑,主使英雄们来搭救我们。登岸要三牲祭品谢老天爷。"蒲查隆说:"你们快干正经事。"让官兵护两船回吕宋岛,一艘去登州。

"我是渤海国朝唐使臣大本营副总管蒲查隆。这位是海湾岛大寨主拓拔虎。""啊！将军是渤海国蒲查将军。我们副都尉冷穴被恶道杀死，喂鳖去了。我们保护过天使崔老爷到过这个小岛。"答话的是吕宋湾水兵。蒲查隆说："你们快返航吧！我们要回岛去。"赶上快船，几个人船行回岛，来去只有一个多时辰。

席已散去，左平章、天使在同老寨主闲话。左平章："你四个人哪里去了？遍找不到，我们已经商量好了。拓拔义士夫妻带五百名健儿同去朝唐，海湾岛老寨主暂先主持，改名为渤海国朝唐使臣留守总管处。次大寨主及总管，原捕鱼的船仍然捕鱼。去登州的船改为商船，从登州到吕宋湾，当地居民仍守本业归留守总管统属。只等拓拔义士归来，同意了就这样，不同意另作商量。"拓拔虎说："我们昨夜已经商量好了，没什么不同意。回渤海故乡，我的愿望总算实现了。强似在这海湾岛当寨主，也有了出头之日。今后我夫妻靠左平章和众将军们的栽培了。"说完向左平章跪了下去，大礼参拜："拓拔虎今天是左平章帐下，末将特来拜见。"左平章扶起，说："今后是一家人了。"拓拔虎又要拜蒲查弟兄、夹谷兰，左平章说："对拜吧！"四个人对拜。拓拔虎又告诉妻子、上官杰夫妻拜过平章、两位总管，又和众将军对拜过。

传齐同岛喽兵，拜见左平章，并说明此岛归渤海国统属。老寨主是总管。喽兵改名为健儿，一如既往各按生业。不愿留下的，给银百两，各其自便。分派了谁管商船，谁管渔船，种田的管种田的。把岛下的房子改为过往客商公寓，接待来往商船。犒赏各健儿，大摆喜筵。雇石匠在海湾岛停泊处大书：渤海国朝唐使臣海湾岛留守总管处。左平章寄奏章奏明国王，并请派员到营州都督府备案注册留卷。一切备办停当。择于七月初十日，启程奔登州。拓拔虎五百健儿为中卫本营，拓拔虎夫妻为大掌管，转眼到了七月初十黎明启航直奔登州。

正是：数史知管仲，慧眼识英雄。桓公霸诸候，六展奇才能。古今重财贿，埋没贤士名。呱呱谈国政，怎比齐桓公。

且说渤海朝唐使臣的兵将乘20艘大船正要启程，本以为天使崔忻的十艘官船会一起同行，谁知天使差人给左平章送来一封信。左平章展信一阅，只见上面写道："渤海国左平章大人示下，今因已到唐朝国境，拟先带贡品先行，若同意就派蒲查隆把贡品送到官船。下官欲先行交给当朝天子，并禀明皇帝做好迎接使臣准备。天使郎将崔忻敬拜。某年某月某日。"左平章把信递给蒲查隆，面有难色地说："这事怎么办？"蒲查隆接信在手,阅读一遍后说:"左平章,从天使崔忻这些天跟咱们的亲近程度来分析,这不是他本人的决定。我想可能是事出有因。再随机应变地行事。你看如何?"左平章说:"现在海面上虽说是唐朝界面,经过了海湾岛拓拔虎归附以及三达摩等妖道的出现,我觉得以后的路并非太平无事。如果我们同行一处,贡品不会有什么危险。若天使先行奔长安,守卫的将领张元遇武功平平,又好大喜功,恐怕要凶多吉少。"蒲查隆说:"我看,这主意恐怕就是张元遇出的。这人是想要在唐朝皇帝面前显功。"左平章长叹一声:"事情就坏在这类人的手里呀。你去问清楚后,回来再商量转交贡品的事。"蒲查隆答应一声就来到了天使的官船上。侍从通报后,天使准见。蒲查隆进屋行礼寒暄,见张元遇也在场。蒲查隆说:"崔天使怎么要先行奔赴长安?"天使崔忻说:"这一路我们风雨同舟,同甘共苦,结下了深厚的友谊,真有些舍不得呀。然而离长安越近,思君之心愈切。再说家小也都在长安,无时不在惦念。正为昨日守卫伯与我谈起此事,也有先行离去之心。"蒲查隆说:"从海湾岛到长安还要经过千山万水,中间虽然都是唐朝属地,但是能保贡品安然无恙地运到京城吗?"天使说:"这方面我也有顾虑。刚才还与守卫伯谈起。"守卫伯张元遇说:"据我看,这种担心纯属多余,我大唐皇天后土,兵多将广,一提起我天使和守卫伯的大名,几个山贼草寇就全望风而逃。"随拍胸脯说:"我张元遇愿立军令状,可保贡品万无一失送到京城。"蒲查隆心想:"如此狂徒,不吃点苦头是不会明白事理的,他们若是执意带贡品先赴长安面君,我们也不便阻挡。于是说一旦丢失贡品,也与我们毫无干系,我回船派人送贡品过来。"天使和守卫伯说:"不用送来,我们这就去与左平章告别,直接到你们船上去取。"说罢,二人随蒲查隆同来见左平章。左平章先向蒲查隆了解情况,便也同意天使先回朝面圣。并说了自己欲在登州整顿兵马,演习礼法,然后再去朝唐的打算。商议后,便请天使和守卫伯相见,彼此寒暄,交接贡品,然后相约京城金銮殿上再见,便拱手告辞。天使乘快船连夜就出发了。左平章船队在次日,也就是七月初十的黎明启程奔登州。一路平安顺利,到达登州后,人马上岸整编休息。只因天使乘船先行,有多数贡品在瞿塘峡被劫,渤海英雄踏山破贼索回贡品,引出了很多热闹节目。

话说渤海国谢恩使大队人马,从登州弃舟登岸整顿了一番军容。离开渤海的时候,兵不满千,将只有蒲查隆、蒲查盛、霍查哈等人。女侍从只有冰雹花、冰凌花、冰实花、冰坚花、夹谷兰五人。天门岭一战收下猛将迟勿异，作了虎贲营先行营大掌管，劈山开路，遇水搭桥，奋勇当先。乌拉一战又增添了两名能征惯战的东门豹兄妹，在渤海湾一战又收降了拓拔虎夫妻。一路上收降了水旱两路男女五员猛将。将东门豹兄妹编为虎贲营第二联营都掌管，拓拔虎夫妻编为虎贲营第三联营都掌管，男为正掌管，女为副掌管。从渤海带来的虎贲军间杂编在三个联队中，其余的兵卒是拓拔虎夫妻的喽啰兵凑成的，又派第一联营的副都掌管霍查哈为总办，筹备粮草、兵器，供应使臣用度。调选30名拓拔虎的喽啰兵汉人为随从，听霍总办分派任务。拓拔虎妻子原带一百名女喽啰兵，编为女侍从归冰凌花、夹谷兰率领。冰雹花、冰坚花、冰实花护卫使臣左平章夹谷清。

　　一切整顿就绪，操练兵法，学习唐朝礼貌，入乡随俗等风情。操练了一个月，渤海带来的侍从虎贲营健卒，因和汉人常在一起，懂得了一些人情风俗。拓拔虎的喽啰们编为虎贲军后，经过教演也去掉了草莽气质，循规守矩的。蒲查隆、蒲查盛见一切就绪，就编了几条军令送交使臣批准，要晓谕各联营遵守，左平章，夹谷清接过放在桌上细看：第一条：凡我渤海将士入唐朝境后一律遵守下列军令，有违者依情节轻重按军法治罪。一、不准践踏禾苗：如过小径单列行走，骑马的下马牵缰徒步。在不得已时伤损禾苗，按面积产量按成品赔偿损失。二、不准私人民宅：如过路中无市场总办处侍从三人以上，请地方长者帮助采买。三、不准私买物品：凡个人需用物品缮具清单由伍长随同总办处侍从采买。四、不准单独行走：放假日以队伍为单位行动，按指定时间回归营中，由队长回报行动情况。五、不准闹事：入乡随俗，谦恭，礼貌对人，说话和蔼，不得侵犯各民族风俗习惯。六、买卖公平：凡买卖物品给价必须双方同意，不准强买强卖。七、不准调戏妇女：对年纪相仿妇女，以姐妹尊称，年长者以长辈称呼，不准对妇女说脏话或行动粗野。第二条：本军令自公布日起，有不详之处得随时增添，增添之权属于谢恩使虎贲营将军。渤海国朝唐谢恩使左平章夹谷清某年某月某日。谢恩使看了军令，低头暗想，这两个青年，看来是很有才华。论武艺是我亲眼看见，武艺高强，三次战斗中就降伏了男女五员猛将，论谋略智取天门岭，夜闯乌拉，海岛收降，真是文武全才，就是当年大祚荣和我虽曾打败唐朝兵马，扼守天门岭，从奥类河沿江直下，兵到恤品，湄沱湖。大祚荣骁勇善战，又有智谋，当了震国国王，我看也比不上这两位年青副总管。怪不得红罗女推荐他俩当副总管，可谓知人善任，慧眼识人了。遂说道："很好，但我们离开渤海时只有一个联营，现在是三个联营，人有二千多名，你二位立下三大战功，当副总管太屈才了。细想来此去长安朝见不知要有多少繁难，就我一个使臣，也觉太孤单，并且年纪老了，遇事昏庸。我提拔你俩当谢恩使虎贲营总管可便宜行事。回国后我奏明国王，谅不能不允许吧！"二人跪倒谢了使臣夹谷清。当日使臣先宣布了任命，又颁布了军令。觉得有两个年轻副手肩上担子轻了，很轻松愉快。不由叹道："长江后浪推前浪，一代新人换旧人。国王常说，渤海振兴，惟有他两个女儿可寄托重任。现在看来，这两个年轻人不可寄托重任吗？我当个月下老人，给他选一对乘龙佳婿，想红罗女是愿意的，真是郎才女貌，天缘巧合。"自己倒高兴得跳起了铁锤舞。

第十六回　接圣旨左平章计议查流寇
　　　　　　展军威蒲查隆巧扮探消息

　　快要准备启程时，接到了八百里急传圣旨。摆好香案，谢恩使率领合营兵将在营门以外接圣旨，奉旨钦差下马，展读："命渤海国谢恩使带领兵马追捕劫贡品流寇。天使郎将崔忻保护贡品来京，途中被流寇劫去，守卫伯张元遇被擒，郎将崔忻身负重伤逃回长安，败兵溃散。据郎将崔忻奏称，贵使臣下有两名副总管能征惯战，屡胜草寇，着尔等追捕收回贡品，再来朝见。钦此。"供起圣旨。请钦差进营，钦差连说："王命在身，皇帝等候贵使臣复命，请快写吧！"蒲查隆转身回帐顷刻写好，交给使臣左平章夹谷清过目："渤海国朝唐使臣左平章夹谷清跪请圣安，已接到圣旨，遵命追捕劫贡品流寇。贡品已失，小臣如何朝见天颜。小臣连贡品与流寇进献之日，即小臣朝见之时。仰承天威，谅望成功。渤海国使臣左平章夹谷清跪奏年月日。"夹谷清阅完封好，双手捧与钦差。钦差拨转马头说："长安再见。"加上一鞭，飞驰去了。

　　众人回营，左平章皱起了眉头。圣旨上一没有被劫地点，二没有贼人姓名，唐朝疆域广阔，大海捞针，到哪里去找？只急得在地上背着手走来走去。蒲查隆、蒲查盛也颇感这事棘手，两人悄悄商议了一顿饭时间，然后二人一齐去见左平章夹谷清。蒲查隆说："我们就启程，直奔长安到洛阳扎下大营，四处探听消息。我营中现有拓拔虎夫妻久作江洋大盗，有名的山寇，他俩大概能知道。我同他夫妻改扮唐朝穿戴，带好武器先行。到处明查暗访，先到长安找到郎将崔忻，问他在什么地方被劫，贼人有无姓名，什么长相，使什么兵刃，骑什么马，会武艺的人使的兵刃，骑的马总是不换的。我们心中有了准备，谅敌人飞不上天去。大营人马徐徐行，行行住住，住住行行，咱们到洛阳会齐。蒲查盛主持大营军务，有事和左平章请示，就是在途中再遇到劫贡品的，有迟勿异、东门豹兄妹也足可抵挡，估谅不能出事。哪有张元遇那样的蠢物，丢了贡品当了俘虏。我想唐朝把这事推到我们身上是有计划的，他们是无处寻找贡品，靠捕快捉拿是无济于事。兴师动众，也恐大海捞针，迁延岁月，为了这样就推到我们身上。我们是要大显身手，尽快的找到贡品，拿获流寇。让唐朝君臣知道渤海虽是塞外小邦，但也是文武人才齐

099

全。最可恨张元遇无能之辈，屡劝崔郎将将贡品先送进长安面圣讨封赏。说什么进了唐朝就什么都不用怕了，州城府县谁敢不奉承天使，保护贡品进京，哪个大胆贼人敢劫贡品。他自寻苦头，又连累了郎将崔忻。左平章，卑职的下策是否可行，请定夺后示下。卑职二人暂行退出，听候尊唤。"左平章连说："不用退出就照这样办，除此之外再无万全之策。如不济事，我们到洛阳会齐再商量对策。你们三人多带银两，万一在途中碰到了张元遇领的溃兵就留下，越多越好，多了定能知道贼人情况，若要有从贼人巢穴逃出来更好，就知道贼人的巢穴。我看你三人要随机应变。最好还是冠冕堂皇的有一个编制，你三人间杂其中。夹谷兰是我的女儿，行事谨慎，冰雹花她姐妹很要好，冰雹花武功又好，让她俩挑选几十名女兵，当向导同你三人先行，大张旗鼓的。州城府县的黎民百姓，都要看看渤海国女兵是啥样。张元遇的败兵听到后，自然奔来同去长安回家。当兵的家有老小，谁不惦记。苦无路费，流落他乡。他见了有这机会怎能错过。你俩商量能行吗？"二人齐声回道："左平章是渤海开国元勋，身经百战，当然胸有成竹，商量什么，此策太高明了。"左平章说："既是你俩同意，照我们商议的去执行吧。"准备次日就启程。

　　蒲查隆、蒲查盛回到自己的营房传了命令，明天三更天做饭，五更天拔营，启程要早早准备。又找拓拔虎夫妻商量挑选精明强干的女兵30名，告诉了他夫妻任务。派谁代他夫妻职务，听凭他俩推荐。夫妻二人欢喜地写了女兵名单，又推荐了带职人，也是夫妻二人，原是小寨主，现任联队护军的上官杰，他妻名叫万俟华。派人到市上赶制了一面红色大旗，大写"渤海国朝唐使虎贲营女向导队。"一切军务分派停当，蒲查隆、蒲查盛收拾了自己行装。天色已晚，传令早早休息。一夜无话。

　　第二天吃罢了早饭，拔了营寨，整好队伍，吹响了牛角列队出发。这次启程比在渤海启程更加威武。军容整齐，军纪严肃。只听步履声，一切效仿唐朝仪式。健儿们都换上新发的戎装，一律草绿色箭袖短袄、兜裆滚裤、高腰牛皮底登山爬岭快靴，头蒙草绿色头巾。前面有一方形红布画着白山黑水，标志着渤海国，虽是女兵亦不例外。先头是女向导队，女兵们各个身材颀长，佩带腰刀，又是天足快步如飞地走在前面。大旗迎风飘摆，哗哗作响。后面紧跟着先行营都掌管迟勿异，跨马横斧，第二队是东门豹兄妹跨马横棍，第三队是上官杰夫妻跨马横矛，第四队是谢恩使左平章夹谷清骑着白马，前后有女侍从保护，第五队是总办霍查哈跨马横镗，后面侍从们牵着30匹骆驼，仰颈徐行，骆驼背上驮鞍装满了行军物资。蒲查隆在最后督队骑着日月骗骦大白马，马鞍鞒上挂着亮银双戟，腰佩宝剑，背后斜背一张镶金镂银宝雕弓，透出千层杀气，万种威风，是个上马杀敌，下马读书，青年风流儒将姿态。大队经过登州，围观的人们人山人海，有的人站在屋顶上观看，有的人站在高墙上瞧，更有的年轻的爬到树上望，被吹掉了帽子也不知道，看的出了神。都说活到77，长到88，活白了胡子老掉了牙，头一回看到化外小邦来朝贡的这样严肃整齐队伍。女兵们比男兵更强壮骁勇。谁要再说骒马上不了阵，便给他一个耳光，让他自带路费到渤海国长长见识，见见大世面。黎民百姓的议论都灌满健儿的耳朵，更雄赳赳、气昂昂，精神抖擞，徐徐地出了登州城。

　　午夜才离城20里。择山旁河边扎下大营。蒲查隆传下命令：今天驻在这，明天日出启程。埋锅的埋锅，煮饭的煮饭。女向导队已走出五十余里，离大营30里大镇上扎下营房。这天恰恰是赶集的日子，做买的，做卖的，推车的，担担的，说书的，唱戏的，打把式卖艺的，各行各业，吆吆喝喝十分热闹。看到了渤海女兵，一传十，十传百呼啦吵一齐来看。挤倒了糖床子，碰倒了卖茶的大水壶，撞倒搭席棚说书馆，靠歪了搭布棚的马戏班，也找不到赔账。只好自认倒霉，搡倒了七个，拥倒了九个，扭了腰、岔了气儿、歪了脖子、拄了棍儿的不计其数。只好哎哟哎哟回家请郎中看病。女兵连理睬也不理睬地干她们的活。这时蒲查隆扮成公子模样，拓拔虎扮成家人模样杂入人群，东走西逛，穿着唐朝衣服，谁知他们是渤海国副使臣虎贲营总管。拓拔虎的妻子扮成农村赶集的中年妇女，东瞧西望，又谁知她是杀人不眨眼的女魔王。看热闹人如潮水一样涌来，把座营房围的水泄不通。夹谷兰看看，想了个分开众人的方法。让女兵们三人一组，分散开宣传，说："我们是渤海朝唐使臣左平章女向导队。路过贵处搅扰了乡亲们，我们向众位磕头谢罪。有碰坏跌伤的来报名。请郎中买药，钱我们拿。"又宣布了七条军令，支开了看热闹的人流。她和冰雹花做饭，看守营寨。女兵们的宣传招引看热闹的人们东一堆，西一堆，南一堆，北一伙，万头攒动。跌伤的碰伤的却自己去请郎中，并没有人来讨药费。

　　女兵们在未末时分，陆续回来。蒲查隆、拓拔虎一前一后跨了进来。到了未末申初时分，也不见拓拔虎妻子回来。这时集已经快散了。

左等不回来，右等也不见人影。蒲查隆有点着急，派拓拔虎去寻找，一直到夕阳西下，蒲查隆在帐外观望，望到了他夫妻快步走来。忙迎上前问："大嫂，你哪去了？等得我们非常焦急，怕你被人抢了去。"满营中女兵就赫连英是有丈夫的年纪，快到四十岁了的老大嫂。年轻的女兵拿她当长辈，没有和她说笑话。健儿们又不敢，只有蒲查隆、蒲查盛有时同她说几句笑话，显得同他夫妻感情融洽。赫连英说："我半生净抢人家，谁敢抢我这丧门神，进门就杀人。可是我偏偏碰上抢人的，气不过，被我打了一顿拳，又赏了他们几个耳光，抱头逃命去了。吓得姑娘爹妈纠住我不敢放我走，若不是拓拔虎找到我，我真要在那儿过夜呢！好保全他家老小性命。"赫连英刚说完，蒲查隆说："大嫂怎么回事，快说来我听听。"赫连英不说则好，一说只气得蒲查隆怒火高千丈，恨气冲云霄。

第十七回　赫连英偶遇抢亲贼　蒲查隆用计平山寨

话说赫连英气得涨红了脸，把脚一跺，说："我也是女人，也当过女寨主。听说过抢压寨夫人，倒没有见过，今天总算开了眼。"拓拔虎接茬说："我就是你抢来的，当了压寨夫人。"逗得女兵笑的前仰后合。赫连英狠狠地瞪了她丈夫一眼说："说笑话也不看火候，女人家都气的要命。你们当男人的倒无动于衷。可见男人都是狠心肠。"蒲查隆说："大嫂，我也是男的。"赫连英才觉得说走了嘴，这屋还有一个男的是自己的上司。摆摆手说："总管不要见怪，还是说正经的吧！我逛到镇的东头，一个小巷里，见一群人围着几个骑马的狞眉狰目的汉子，手拎红包，捧红色盒子，一对年过五十岁老夫妻跪在地下磕头，磕的前额流血。我很诧异，就问身边一位老汉怎么回事。哪知那是个聋子，又问身旁一位老太婆，谁知又是个哑巴。急得我直跺脚，身后一个老汉悄悄拉了我一下轻声说："是抢压寨夫人的，送订礼来了，今晚就娶亲。这一对老夫妻年过五十，膝下只有一个独生女儿，偏被离这百里开外的五顶山大寨主什么花和尚看见了姑娘美貌，硬送订礼。那不是老夫妻俩磕头求饶呢！'我看老夫妻俩怪可怜的。心中大大不忍。又见贼人横眉立目说：'你不收也得收，不愿意也得愿意，要不是看你今晚就要当大寨主的老丈人，早一脚把你踢开。'我听了无名火起，分开众人来到当前说：'起来，二位老人家，几个臭乌龟也敢撒野。'用手去搀，那二老不敢起来。贼兵看见进来了一个愣头愣脑的乡下妇女，就吆道：'滚开，你要捡便宜当压寨夫人呀，跟猪八戒他老姨似的，配吗？也不照照镜子看看。告诉你我是小寨主，跟我去凑合凑合吧，这是你自愿送上门的。'没等他说完话，我就给了他一记响亮的耳光，打得他险些栽倒。左手捂着红肿的脸右手拔出佩刀，喊声：'齐上，宰了这臭婆娘。'有一个满脸大麻子说风凉话：'打是亲，骂是爱。小寨主快给她跪下。'他将说到跪下，腰刀照我头顶劈来。我身子一转，躲过腰刀，使了个大鹏展翅招数，夺下了佩刀，一个箭步纵到说风凉话的贼人身后，从头上劈到裆下，连腿也没伸，就到阎王殿报到去了。我又一个旋风转劈死了小寨主，剩下的骑马要跑，我一伸手掏出飞蝗石子，照刚上马的打去，打中

103

右眼，疼的他摔下马来。我大喊：'要性命的都给我跪下，奶奶就饶了你们。'扑扑跪下了六名，边磕头边哀求说：'女英雄饶了我们吧，我们是喽啰，不敢不来。'我指了指丢在地上的死尸，'饶了你们的狗命，把东西和死尸拿回去。告诉你们的大寨主，今晚在定更时，奶奶就去削平山寨，告诉他预备好脑袋，伸长脖子好好等着，还可以身首两处，倘若有牙崩半个不字，就剐了他。'贼人听我不杀他们，就慌慌张张把死尸绑在空马背上，千恩万谢地逃去了。

"我回转身一看，二位老夫妻真要命，晕倒过去了，真要有个三长两短，我是好心救人，倒是无意杀人了。幸亏过来了几位老大娘大爷宽慰我不要怕，吓晕了。让他们亲女儿叫喊爸妈，就能活过来。几位老大娘进房去唤小女子。好不容易才找到，她吓得跳进水缸，头上顶着水瓢。几位老大娘把她托了出来，水淋淋的像个落汤鸡，蓬头垢面，大哭起来。大娘劝她不要哭，要喊爹妈，母女连心，就能活过来。姑娘俯在她娘身上。'娘呀！娘呀！'的喊。老太太没活过来时，老头倒先出了声：'女儿你喊什么，你娘不是睡觉吗？'倒像忘了刚才发生的祸事。老太婆也有了气息。缓慢地睁开两眼看见自己的女儿紧紧抱住，'心肝宝贝'的哭诉着：'你我母女莫非是地下相见吗？'几位老大爷把老汉扶到房中，几位老大娘又把老太太扶进房放在床上，安静一会儿，两位老人家清醒过来。老头连说：'大祸临头。这回这个镇就得鸡犬不宁，我一家连累千家万户于心何忍，不如全家死了好哇！'我听了很刺耳，就走到老头身旁说：'老人家，人是我杀的，我今晚就去山寨，杀光了山贼，你怕什么？'老头端详我好半天，慢慢说道：'这位女英雄路见不平拔刀相助，是位侠士了。小老儿感铭肺腑。只是你虽有武功，只身女人，夜闯山寨有多危险。常言说，孤树不成林，倘若有意外，小老儿何以对人。惭愧死了，万万使不得。'我听老汉文诌诌的，想必是个落第的秀士吧！老汉又说：'女英雄救了老汉一家，留个姓名吧，来生脱牛变马报答深恩吧！'我说：'老大爷，我没姓名，闯江湖海角天涯。'（我哪里敢说我是渤海国朝唐使臣虎贲营都掌管呀！）老汉摇了摇头说：'我久闻江湖上的侠士，侠肝义胆，济困扶危，从不留姓名，这话原是真的。女英雄你请吧！'这时小院里黑鸦鸦挤了一院子人来听动静。这时我已横了心，非夜闯贼人大寨，来个杀尽斩绝，使老汉放心。也给这一镇人除去后患。我虽没带兵刃，我会空手夺兵刃的硬功夫，囊中有飞蝗石子。但我自己也好笑，自己也当过寨主，怎么扔下棍子打花子！又想到这伙害群之马，我今天就是寨主，也应削平他的山寨。何况现在又是堂堂正正的渤海国朝唐使臣部下的虎贲营都掌管，义不容辞。想到这里，倍加勇气，就说：'我饿了，你们有残茶剩饭吗？我填满肚子就去山寨。百里开外的路，我一个时辰就能到。五更天我回来。'老汉叨叨不休地劝阻我，闹得不可开交时，拓拔虎找到了我。他看一院子人乱哄哄的，就问出了什么事，是好心人告诉他的经过，就是这样找到了我。见老汉阻止，我就说：'他是我的丈夫，我们大营离这不远，几个小山贼不用担心。现在镇上驻有渤海国女兵，首领是他师妹，恳求她们保护这个镇。我们去削平山寨，铲除后患。'就回来了，我闹事违犯军令。明天我荡平山寨回来请罪，总管请你答应我吧！"

蒲查隆哈哈笑道："大嫂这哪是闹事，是息事宁人，不是犯军令而是正军令，不但不治罪，反倒有功，不是该挨罚，而是该领赏。不能放你夫妻二人前去，我去。派人赶紧到大营调来东门豹兄妹，带领他们的联队帮同进山，谅小小山寨，弹丸之地，不值一击。此去大营30里，两个时辰就可回来。"拓拔虎夫妻听了，笑逐颜开，笑嘻嘻地站在旁边。夹谷兰则摇了摇头。蒲查隆见她摇头，知道她另有主张。"你摇头是不赞成这样做吗？"夹谷兰应了一声："是"！又接着说："这点小事，我们这些女兵，连同你们二位男人就手到擒来，和捉绵羊一样。依我看，咱们不用守住镇子。山寨今晚必定大寨主带领他的副寨主下山抢亲。喽啰兵回去说是女的出来多事，他认为一个女的只能杀喽啰兵，不是他的对手，就是再多也不怕。他欺负女人身小力薄，就有男人帮助，他们人多势众，不难一一被战败。这伙贼人竟敢明目张胆地杀人放火，欺男霸女。说明是不怕地方上官兵，是有来头的，武功也是出众的。最好活擒几个寨主软硬兼施，刚柔并济，让他说出来头，看看与贡品有关无关。如果有关，我们按图索骥，好定追剿办法。无关，一刀杀却，岂非省事，略施小计，便可活擒。"便如此如此地说出了她的计策。又说道："擒贼先擒王。"几个人不住地点头赞佩。

到了掌灯时分，从镇里悄悄拥出了一群青年女子。各个擦胭抹粉打扮的花枝招展，前面倒是一个中年妇女，哭丧着脸。最前面是一个须发苍苍的老汉，手里捧着一个鼓鼓囊囊的红包袱。最后是一辆大车，车上绑着几只活猪、活羊，有几盏气死风的灯笼高高挑起。沿着大路缓慢的徐行，直奔五顶山。已到中途，遥见灯笼火把，一队贼兵约有一百多名，他们就闪在道旁静等。时间不大，就见前头五个骑马的贼首，在灯

第十七回　赫连英偶遇抢亲贼　蒲查隆用计平山寨

光下细看。见前边马上是一个胖和尚，头戴毗卢帽，身穿黄色僧袍，脚下白鞴云鞋，满脸横肉，一双铜铃般眼睛，手持独脚铜人槊，不用说就知是个杀人不眨眼的魔鬼。只听他大喊一声："干什么的？"老汉吓飞了三魂，惊走了七魄，哆哆嗦嗦走到马前，手捧红包袱，高高举起，"寨主大王，小老儿是双兴镇的地方，捧黄金百两，给大王做贺礼，后面猪羊是犒赏众弟兄们的。今天贵寨不是派人到王老汉家下订礼去，碰到一个女煞神，伤了两名弟兄吗？小老儿听说了，用好话将她稳住，绑了起来"。用手一指："那就是。"大寨主一听气得三煞神暴跳，五陵豪气飞空，哇呀呀怪叫："气死我也，宰了她方解我心头之恨。本大王正要去血洗双兴镇，抓住那个女的碎尸万段，给死去的弟兄报仇雪恨。老儿你还有什么话说？""大王不是要娶压寨夫人吗？那个无福的丫头跟他爹妈一起死了。""啊呀！我的美人儿，你怎么死了。"大寨主唉声叹气说。老汉又用手一指一群青年姑娘："小老儿恐大寨主失爱见罪，在本镇挑选了30名姑娘，年青美貌，任大王挑选。"回头对姑娘们说，"还不过来让大王过目。"这些姑娘满面羞惭，涨红了脸，低头走来。另外四个骑马副寨主围拢过来。老汉对姑娘说："这五位是寨主，先可大王挑选，剩下的让四位寨主挑选，中意的留下服侍大王们。"又对姑娘们道，"你们还不快些扶大王下马，呆头呆脑做什么？"忽啦走过来十名青年姑娘，红绢帕包头，红衫，红短裙，长可及膝，一对天足，穿着牛皮底高统长靴，每个寨主面前两人。低声说："好好扶寨主下马，你在左边，我在右边。"说时迟，那时快，五名寨主的双手被姑娘拉住，觉得浑身麻木，齐被拉下马来。大寨主毕竟不凡，姑娘一拉他手，觉得手指按住寸关节脉位，一使劲大叫"不好"，"好"字还没出口，背后颈狠狠挨了一拳，也被拉下了马。这些姑娘煞神似的捆肩头，拢二背，寒鸭浮水式捆好。

须发苍白的老头见闯过十几名贼人，要抢回寨主，抖开手中捧的红包袱，抖出了13节长亮银鞭，大喊一声："杀！"20名姑娘早从车上抽出了兵刃，闯入贼群，刀到处稀里噗嗤，咔嚓呱啦，寒光过处，红光进现。这是怎么回事？稀里是割肉声，噗嗤是冒血声，咔嚓是剁在骨头上，呱啦是人头落地声。霎时间尸横遍地，鲜血染红了草地。老头大喊："丢掉兵刃跪地投降免死。"剩下的五六十名贼兵把兵刃丢在地上，跪在道旁苦苦地哀求饶命。老头让姑娘们点了点数，投降的61人，死的92名，受重伤的17名，共170名，马五匹。老汉问："离五顶山多远？"喽啰兵们说："30里。"问山上还有多少人马，说只剩下老喽啰守寨的有四十几名。问还有几个寨主，说只有一个小寨主，已六十多岁，专管守寨。老汉看看天色二更多天，就让说话的喽啰兵头前带路，把投降的绑在道旁树林里，把嘴都堵上。车上绑着五名寨主，把捡来的贼人兵刃捆成一团，放在严密处。老汉说："兵进五顶山。"人欢马跃来到五顶山上。大寨门由领路喽啰兵叫开了。

　　这些姑娘不等到老汉说话，个个手持兵刃就闯了进去。老汉大喊："不抵抗，不要杀人，拿活的来见我。"开寨门的小寨主见事出意外，就跪倒在地直磕头，哀求老汉饶命。老汉让他起来喊话："丢下兵刃，投降不杀。"小寨主边喊话边带路。到了大寨，灯烛辉煌。左右大殿设摆桌椅。细打听才知道等寨主抢亲回来喝喜酒预备的。这时姑娘们三三两两地陆续来到大厅。也有提一个的，也有提二个的，也有空手的，前寨、后寨她们翻了个底朝上，最后是赫连英带来一群青年妇女。吓得浑身筛糠跪下一片。问她由哪搜来的？她说："地窖"。老汉奇怪了，贼人家眷干嘛下地窖。噢！她们听到剿山都钻进地窖，怎么没有小孩呢，叫人费解。老汉说："放了她们吧！"赫连英说："她们说都是被抢来的，放花寨任贼人践踏蹂躏。花寨就是地窖是山洞。"老汉听了，叹息说："贼人太没心肝了，你领来归你处理吧！看到他们的仓库没有？"赫连英："离花寨不远有七八个山洞，门是铁的，大约就是仓库了。"传来了守寨的小寨主，问他仓库钥匙，他说大寨主拿着，别人都不知道。就命推来了大寨主。赫连英照他秃头上狠狠打了三拳，问他钥匙放在哪里，他总是摇头。气的赫连英又狠狠地照着胖脖颈狠狠打了一掌。不等老汉吩咐，她命推下去。然后说："找来大斧劈门，问他这个妖魔干啥？"果然好办法，让投降的喽啰兵找到二十多把大斧，命他们轮流劈，火星四溅，将第一道山洞劈开了，睁眼一看都是大块白银，约有二十万两，另有一堆是金条，约有一万两。她想我从18岁当寨主，今年39岁，洗手为正时，只有白银二万两。贼人从哪里抢来的，告诉随她来的一个姑娘赶紧去告诉老汉来看。老汉看了看连说："很好。"这时，其它五个仓库已经劈开。一库兵器，一库被服，其它三库是粮秣油脂。老汉想了想，一百多人的山寨，怎么能有许多金银，兵器，粮秣，这伙强盗是有来历的。一定要问个水落石出方能罢休。山寨原有三十多辆大车，百余匹大马。告诉守寨的小寨主，领的年老的喽兵会赶车的把式，依然赶车，赶紧先装金银，粮秣，车不够用时，把金银先拉走，粮秣能装多少就装多少。让赫连英主办。赫连英挑选了十名姑娘督促喽啰兵套车，装车，一

107

切齐备，原来的车上绑着五名寨主，共 31 辆大车。车把式 30 名下剩十余名，连不时带路的共 11 名，让三名姑娘看守，寨主们大车头前带路。大群大车随后，车后是老汉带着十几名姑娘。排好秩序，老汉锁好大寨门说："出发"，就直奔双兴镇。

  在途中，把寄放树林中的俘虏喽啰兵，从树上解下来倒剪两臂，又派十名姑娘看守，排在 11 名喽啰兵后。东方已泛出鱼肚白，接近黎明。浩浩荡荡直奔双兴镇，东方送出了太阳，来到双兴镇。人们看见来了一群人走在前面的倒剪二臂，13 名姑娘手持雁翎刀看押，后面是 31 辆大车装满了物品，因有厢布遮得严严实实，看不清是什么。有十名姑娘手持雁翎刀押车，另外有一名四十上下的老太婆跟在后面，车后是一须发苍苍的老汉，身后有几名手持雁翎刀的姑娘，各个姑娘背后背着刀鞘，离开百步外乱糟糟跟着一群妇女，蓬头垢面，没人看押。这伙人直奔渤海朝唐使女向导队，到营房外停住了。老汉刚要开门，两名女兵奔出门来，高喊："劫山的英雄们凯旋归来了，祝你们旗开得胜，马到成功。"这时看热闹的人群中有的人认出赫连英就是昨天杀死山寨贼兵的女英雄，怪不得口口声声说要削平山寨，原来她是渤海国女首领啊！真的一夜工夫削平了山寨。快去告诉王老汉老两口子不用发愁，贼人已平灭，没有什么后患了。一名女兵分开众人跑步去告诉王老汉。

  老汉等二位女兵喊完话，就低声和女兵说话，三人进入营房不到一刻工夫，二位女兵从营房走出来，向看热闹的人们打听镇上有没有空大院租给暂住二三天，房租多给。走出一名老汉说："小老儿倒有一座四合院闲着，有几间房子，紧靠镇上的东头。因老儿全家已搬往登州，弃农经商了，只有几名家人看管，小老儿告诉家人各回各家，全给你们腾出来，愿住多少天就住多少天，不要房租。我看你们是剿平五顶山归来，俘虏，大车，物品，放在空地上不放心。"二位女兵齐说："感谢老大爷，这就去行吗？"老者说："行行，老汉前头带路，让你们人马车辆随我去吧！"一个女兵传话，全部人马跟老大爷去。秩序井然地到了四合院，先把喽啰囚在一所空房里，又把五名寨主囚在一所大仓库中，这二处让姑娘严密把守。大车赶到后，围空旷之处，车把式卸下马，牵马到东跨院马厩喂马，有现成的马槽，有水井，喂饮都很方便。大车仍归赫连英带十名姑娘看守，前院让从山上救出来的妇女住，大院是女兵们住，老汉单住西跨院的小书房里，原车把式住在门房。他的大车是租的，原主已领回去了。

安顿就绪，各个洗脸换衣服穿戴整齐出来，再一看，全是渤海国朝唐使臣的部下女向导队健儿，须发苍白的老者变成了二十几岁的蒲查隆。正预备吃饭的时候，王老汉老夫妻带着女儿来了，见了赫连英千恩万谢，再三请求要全家随部效劳，老夫妻俩是外科郎中，姑娘也能治病。赫连英听了，就请示蒲查隆，正好用郎中，就答应了他们的请求，一家人欢欢喜喜收拾药箱，把小房家具全部托人照顾，当即就来到营房，给安置在西厢房郎中室。吃完了早饭，忙碌了一夜，人困马乏，轮流睡觉，连午饭都没吃，一觉醒来，已是晚饭。傍晚掌上灯来，蒲查隆、夹谷兰、冰雹花夜审花和尚。

第十七回　赫连英偶遇抢亲贼　蒲查隆用计平山寨

第十八回　蒲查隆会审四寨主
　　　　　　　王常伦投诚表真心

　　话说渤海国朝唐使臣部下女向导削平了五顶山，休息了一天。晚饭后，除了当勤外的女兵齐集大厅，谈论削平山寨擒贼首功应当归赫连英，次功应当归夹谷清的出谋划策，应将全部情况禀报使臣。有的说总管才23岁青年，扮须发苍白的老者多像样。"总管，你说说苍白胡须是哪里来的？面皮是怎么做的？"蒲查隆笑了说："这事要问拓拔虎夫妻自然明白，告诉你们是假面具，我随身带着。只要把衣服一换，戴上假面具就是白天你也看不出真面目，也是罕见的稀物。夹谷清出的小计，没有一个老者带领，一群女的深更半夜敢入大寨，贼人再愚蠢也会看出破绽。你们这些渤海来的女英雄们真能上山擒猛虎，下海捉蛟龙。怪不得都掌管赫连英挑选你们当向导，夹谷清、冰雹花有你们这些女兵真是有惊无恐了。我们此去长安千山万水，道路遥远。从登州出发到这儿只有50里，就碰了这桩事，虽是为民除害，但也怕引火烧身，这伙强盗怕是有来历的。不然为什么有许多的黄金白银、兵刃、粮秣，离登州近则咫尺，官兵为什么未剿捕。自古来兵匪一家，怕是串通一气，这股山贼怕是还有大股潜伏，打了孩子惹出娘来，跟我们作对为难。他们不击我们大营，专击我们向导队也是麻烦。明天使臣来到，要很好地作好准备，以防不测。"女兵们都很称赞总管，有智谋，有远虑。夹谷兰笑嘻嘻地说："我们先审问审问，看看哪一个寨主能为我们所用，我们就利用他诱劝其他寨主投降我们。瓦解凶僧的势力，孤立秃驴和尚，不难找出同伙和来头，给他个一网打尽。我们来个五堂会审，总管，拓拔虎夫妻，我姐妹俩先把四位寨主松了绑，摆上酒筵，说给他们压惊，事出误会，罪在凶僧，与他们无关，看看他们的举止，再对付秃驴和尚，你们说能行吗？"蒲查隆说："我们也要防备给他们松了绑逃跑，这伙山贼有会飞檐走壁的。我们在外边埋伏下弓箭手，我们五个人带好暗器。拓拔虎夫妻是老内行，守住门窗，就有意外他们也难逃出我们的手掌。大嫂你看行吗？"蒲查隆问赫连英，她笑了说："总管遇事想的周到极了。准备吧！"赫连英挑选了十名女兵，散布房子四外，八名女兵专管放箭，八名女兵手持雁翎刀。他们五人预备好了暗器，摆好酒筵。几盏气死风灯,将室内照耀如同白昼。

命女兵带来了寨主,进门拓拔虎就面带怒容说:"上面坐的是渤海国朝唐使臣兼虎贲营大本营总管。用唐朝话说,渤海国出使钦差,大将军,跪下,跪下。"四名倒剪二臂的寨主用眼扫看了对面桌后当中坐着一位青年,相貌堂堂,一表人材,齿白唇红,面如敷粉,若不是穿着男装,分明是个艳丽姑娘,哪是个威风凛凛的大将军,分明是个书生。东西两张桌后面坐着两名如芙蓉花出水,海棠花初放的俊俏非常的姑娘,身穿渤海国戎装,桌上摆着笔砚纸张,不用说是记录口供的。经过多少大风大浪,从没有翻过船,哪知竟栽倒小河沟中。也是一时疏忽,中了他们的美人计,是抓住了大寨主抢亲好色的弱点心理对症配药,把杀人如杀小鸡似的堂堂大汉用点穴法竟被拉下马来,束手被擒。真是生有知,死有地了,这就是杀人放火,遭受了报应,只求速死。不能当孬种,站在那里,立而不跪。一个五大三粗的寨主摇摇头说:"既被活擒,愿削身上肉,皱皱眉头不算是好汉。"拓拔虎不待吩咐,就"叭"的一声一个大耳光,打得他一趔趄,险些栽倒,脸当时就红涨起来。拓拔虎又骂道:"这是什么地方来装好汉,我倒要看看你这好汉是铜筋还是钢骨?"手捏着他的脖颈,他很听话,堆遂地上,二眼翻白,两腿抽搐,缩成一团,口吐白沫,看样子难受极了。蒲查隆离开桌子走来:"你松手,松手。"拓拔虎松开了手,照着软瘫在地的寨主腔根狠狠踢了一脚,才缓过气来,坐在地下喘气:"站起来孬种,胆敢再称好汉,让你再尝尝别的味道,那才是我的厉害。"拓拔虎说完怒冲冲地站在一旁。这个寨主哆里哆嗦站了起来,已是骨软筋麻,好像散了架子,骨胳竟支撑不了身体。蒲查隆和颜悦色地说:"你干嘛这样粗鲁,今晚特请四位寨主来说明误会,我们井水不犯河水。你快给四位松绑。"一指点桌子:"那有现成酒筵。"又一指赫连英说声:"过来,方才你丈夫鲁莽,得罪了寨主们,你帮着赔礼道歉。"又向四个寨主说道:"这二位是我们虎贲营联营都掌管,用唐朝话说是都府中郎将,男的绰号是神力镇渤海,武功翻江搅海,海底常眠,混海神龙。女的绰号是非曲直万丈翻波浪踏雪无痕赛飞燕,乾坤妙手魔女。他夫妻俩是马上步下水旱两路的英雄。好生畅谈吧!恕我不能奉陪,松绑、松绑。"四个寨主听了,又看见拓拔虎方才使的点穴法也知是一个出类拔萃的英雄,吓的惊服了。

拓拔虎给松了绑,领他四人来到外间,赫连英端来了洗脸水,胰子,净了面,掸掸衣服上的灰尘,又领了回来。谢过蒲查隆,领到摆现成的筵席桌前，让坐下。四人那里敢坐，又不知他们葫芦里卖的什么药，你看我，我看你，其中一个寨主深深地向拓拔虎抱拳说："既然设酒相待就叨扰了吧！"他想吃饱了再说，宁做饱死鬼，不做饿死鬼，已是肚饿咕噜。俗话说人是铁饭是钢，一顿不吃饿得慌。已经饿得肠肚打架了，咕咕直响。四个人坐下，拓拔虎执壶，赫连英把盏，殷勤相让，像待好朋友似的。拓拔虎说："方才得罪了，是这位老兄说硬话，才惹起了我的粗鲁，满饮这杯水酒，解开我们冤仇。我们都是耍刀弄枪的人，人不亲，刀把亲，不打不相交，我同我的老婆陪四位干了这杯。"他一扬脖子灌了下去。他四人也喝干了杯。轮流回敬了他妻子一杯。酒落欢肠，就闲谈起来。拓拔虎说："我看四位相貌堂堂，又有武功，不知受了什么冤枉，逼得落草为寇当了寨主。实话告诉四位，我当年也是被逼的走投无路求死不得，求生不能，才当了海盗的山寨大王。现在是反正洗手不干了，从了总管，当了联队的都掌管将军，随渤海使臣左平章朝唐。你四位堂堂汉子，何必当山贼草寇，唐朝呆不了，就降渤海吧！何必弄的贼贼的。让人张口贼，闭口贼，贼长贼短地笑骂。爹娘死在九泉也不瞑目，何苦呢！苦海无涯，回头是岸，四位若能道出苦衷，讲出实话，我回报总管带四位求情，收留帐下，到渤海国干一番事业，强起做贼。我话说到这，不知四位好汉意下如何？"四个寨主听完话，低了头，口问心，心问口，暗想：他说的是大实话，像我们这样为非作歹的狂徒，渤海国要吗？能信任吗？其中一个年三十多岁的寨主站起来抱拳当胸，笑着说："将军刚才说的话中了我的心，我要弃暗投明，总管能收留我吗？我虽是当一天和尚撞一天钟寨主，并不敢为非作歹，是官府逼我走上了绝路。今天就是被大寨主逼来的，几乎火并，他三人是解和人，亲眼目睹。总管将军能收，我甘愿给将军们牵马坠镫。"说完，用不屑神情地瞅了瞅那三个寨主。拓拔虎看出了他是有苦衷的，连说："坐下，酒饭后我去回报，总管一定见谅。快请吃饭。"匆忙地吃了饭，留下要投降的寨主交给赫连英暂陪，把其他三个人送到门外，倒剪二臂，送入囚房看押。蒲查隆、夹谷兰、冰雹花三人已听个清清楚楚。冰雹花悄声说："降了一个，就可弄出眉目，让他们蛇咬蛇，我们就投蛇皮，掏蛇胆做药，招来他们这些患者来服。岂不巧妙。"

拓拔虎夫妻已领了愿降的寨主，跪倒在地，望着蒲查隆流下了眼泪。口称："总管将军，小可愿投将军麾下牵马坠镫，永不变心，恳请将军收留。"蒲查隆让他坐下，他哪里肯坐，谦让再三才坐下。赫连英给倒茶。蒲查隆问:"家住哪里?姓氏,叫什么?是怎么样落草为寇的?"他喝了茶,徐徐说道:"小可姓王,贱名常伦,是登州的渔民,素守本分,自幼好武,跟随师父捕鱼,父母早亡。我年23岁的夏天,捕了些鱼,到鱼肆去交货,鱼肆老板问还有多少?我说总有五六百斤吧!老板派人推着二辆独轮车,老板跟在后面到了我们船舱。老板一眼瞥见了我的师妹,也是我的未婚妻,丑态百出,口里说些不堪入耳的脏话,老板认为小小年纪,渔家女子好欺负,哪知气恼了我师妹,把他掀翻在地,狠狠打了一顿,算是出了胸中恶气。这个家伙闹的鼻青脸肿,狼狈不堪地求饶。我这时也打倒推独轮车的二个狗男女。我师父在病中听到打闹声,从内舱拄着棍子走了出来,问'怎么回事?'我原原本本说了一遍。我师父说'放他们滚吧!'我俩住了手,这三个家伙屁滚尿流地走了,也顾不得推走独轮车子。老师父老泪横流地说'你俩闯祸了,把鱼都放了,快快拔锚起船。'我俩都不服气:'怕什么?我们鱼是用网捕的,又不是抢的,这儿不卖,到州去卖。''我是师父,你俩不听我的话,我就撞死。'我俩不敢违背就把鱼放了,拔锚起船。行了半日,以为无事了,哪知后面来了大船,船行很快,靠近我们的渔船,嗖嗖跳过来十几名手持兵刃大汉。我正在摇橹,我师妹掌舵。这伙强人就直奔我师妹,伸手要抢。我师妹见事不好情急智生,拔下橹把当兵刃打倒了两个。他们仗着人多势众,纷纷齐上。这时我已用桨板和四五个强人交手,救不了我师妹,我师父带着病从内舱手握大刀杀了过来去救我师妹,又剁翻了两个。这伙人见势不妙,弃了大船登上小船走了。我们也不知是水寇还是干什么的,把渔船靠拢他们的船,把死尸扔在船上,就开船奔兖州。哪知刚到兖州靠岸,就来了几名班头,手擎铁尺,说我们是作案多次的汪洋大盗,在海面劫财害命,抖开锁链把我们给锁了,拖到了衙门。大堂上端坐一个官员,命每人先打80大板杀杀凶气,然后再审问。我师父本是有病之人,死在了板下。我师妹见老父惨死,不要命了,鼓足气力,挣断锁链,夺下大棍踢翻了衙役,直奔大堂举棍要打问官。我也踢翻衙役,挣断锁链夺下了大棍,飞舞大棍,红了眼,拼吧!霎时间,血染大堂,正闹得不可开交,来了一队官兵,把我师兄妹围在当中。一个武官说声'放箭'。箭似飞蝗,向我们飞来。我俩飞身上房,逃出兖州躲杀追兵,藏身密松林中。我师妹身中一箭,倒在地上已是奄奄一息了,声嘶力竭地说:'师兄快逃命去吧!留着青山在,不怕没柴烧,你千万不能死,要给师父报仇。'两眼一闭,就再也说不出

第十八回 蒲查隆会审四寨主 王常伦投诚表真心

113

话来,死了。我满腔怨气无处发泄,狠狠心掩埋师妹尸体,就当了草寇。就是因为有恶霸调戏我师妹,大闹公堂才闹的落草的。我不干这伤天害理的事,触怒大寨主,举起独脚铜人椠要先杀我,那三个寨主因和我相处十年,劝解花和尚不要先伤自己人说喜事不能发丧。五寨主(指我)年青火胜,有犟脾气,大寨主新来饶恕他无知。叫过我给他赔礼。我想三个月前我四人被他一个人战败,哪是他的对手,只好赔了礼,同他前来。这是已往真情实话。"

蒲查隆听了说道:"你是被官府逼得落草为寇,很是可怜。这个凶僧是哪里来的?怎么又战败了你们四人,你详细说说。"王常伦接着说道:"这和尚名叫悟真,一天,带着十多车金银,有手持兵刃的大汉把守,路过五顶山,被探山的喽啰兵发现了,十多车装的都是黄金白银,回山报告。那三个寨主听了说,喜上眉梢,就说:"劫下来我们分了金银散伙,各奔东西,当富家翁去"。我说不要惹祸吧!和尚也许到处化缘,修盖庙宇,千家万户好不容易凑来的,或是官家赏修庙宇的,再有都拿着兵刃,也许是保镖的,不是好惹的。他三人见财红了眼,就说你看守山寨,我们三人去劫。做强盗的本是亡命徒,走顺风的时候也有,翻船的时候也有,本是玩命的。我受到奚落,搭话说去就去吧!哪知做贼遇上劫道的。既交上手四个都没过十合,被和尚独脚铜人椠磕飞了兵刃,活擒了。幸亏三寨主机灵,跪在地下愿献山寨,用所有金银二万两赎命。和尚听了放开了我们四人。来到山寨,看山寨四面险要,立石如刀,卧石如虎,险峰峭壁,高兴极了,说他也入伙要当大寨主。我们不敢不依,杀牛宰羊尊他为大寨主。这些日子他手下的十几人,常常压着大车送粮秣,兵刃,满车金银财宝,不知是从哪里抢来的,又不敢问。他常说身体还俗了,你们跟我享富贵吧!一天,他的手下人来了拿一封密信,出来时放在石头上,他认为没有人,恰巧被我偷看了,蹑足潜踪地看一眼。封皮上写的是悟真亲展,底上画着匹白马在旗杆下。我就急急忙忙走开了,直到现在也没弄明白!你们审问他吧,我可和他质对。"蒲查隆听了连说:"很好,拓拔虎将军你好好照顾他,安置在东厢房休息。"拓拔虎带走了王常伦后,几个人围坐商量如何审问花和尚悟真。拓拔虎告诉女兵们要暗中监视好王常伦,告诉他们是软禁。告诉女兵们,他是飞贼,会飞檐走壁,蹿房越脊,不可疏忽大意。给他房中放下溺器,就加入了会审。

蒲查隆命拓拔虎、赫连英把花和尚带来。拓拔虎按着他两肩,用右脚踹他双腿。哪知和尚是铜铸的罗汉，铁打的金钢，拓拔虎本有力举千斤力量，竟没有把他按倒踹倒。众人一看，这个凶僧，圆睁二目，炯炯放光，是用了力抗千斤的气功。赫连英怕他挣开捆绳，用手照他前门穴连击三掌灭了气功，噗通跪倒。拓拔虎双脚踏住了他的双腿，两手按住了他的肩头。只气得凶僧喳呀怪叫，说："祖师爷上跪天下跪地，竟跪在无名小辈面前，气死我也。"赫连英狠狠赏他一记耳光。和尚骂道："臭婆娘抖什么威风，平日只配给祖师爷倒尿罐子。"赫连英只气得柳眉倒竖，杏眼圆睁，一拳打掉凶僧的门牙，又要挥拳打。蒲查隆说："住手"。凶僧吐出门牙从口角流血。蒲查隆拍案说："凶僧，你再逞能，口说脏话，就割掉舌头，挖瞎眼睛，削去耳鼻，也不杀你，非让你供出罪恶才能罢休。出家人讲的是：'跳出三界外，不在五行中，扫地不伤蝼蚁命，爱惜飞蛾纱罩灯，朝诵黄庭经万卷，木鱼敲破满天星，一尘不染，万物皆空'。你这凶僧无恶不作，天怒人怨，死在目前尚不知悔悟。来人，把他翻倒，拿来鳔膘胶，扒光衣服，用皮鞭蘸鳔胶活扒他的皮。问他干呇。"时间不大，女兵们抬来了热气腾腾一口大锅，放出鳔胶气味，几个女兵拿着皮鞭横眉立目。这时拓拔虎已扒去僧衣，露出一身胖肉。眼见凶僧要遭到扒皮之苦，才引出左平章谈心机，甘愿为梯，才有后面的热闹节目。

第十八回　蒲查隆会审四寨主　王常伦投诚表真心

第十九回　拓拔虎夫妇擒信使
　　　　　左平章计议审凶僧

　　话说蒲查隆等到夜审五顶山大寨主花和尚悟真，这个和尚凶相毕露，倔犟得很，眼看着要皮鞭蘸鳔胶，皮血横飞。这个和尚愁眉不皱地哈哈笑道："尔等鼠辈，祖师爷今天这样死了，痛快，痛快。明天就是尔等鼠辈也是同样地遭到这样的苦头。也是祖师爷一时大意，中了鼠辈的美人计。要是祖师爷有兵刃，擒尔等鼠辈真是探囊取物。你们不要逞能，明天掉换了位置也让你们尝尝滋味。来吧。"凶僧挺直身躯，真的挺起胸膛等待受刑。蒲查隆猛孤丁瞧见凶僧腋下有个小小的锦囊，是皮肤色的蚕丝绸锦囊从右臂斜挎腋下，因和尚肉胖乎乎的，腋下汗毛又厚，乍看很难瞧见，其囊圆形，紧紧兜着个滚圆的东西。命拓拔虎解下打开一看，原是像麻雀蛋大的，宝光四射月明珠，产自渤海国湄沱湖（兴凯湖），正是进贡之物。众人看了也觉得惊讶。蒲查隆赶紧装入囊中交给夹谷兰随身带好，等左平章来到辨认。凶僧见月明珠被人解去，狂笑了几声："知道了吧，能人背后有能人，祖师爷的宝物来历不凡，尔等鼠辈识时务将祖师爷松绑，跪在地下求饶，祖师爷网开一面，饶恕尔等鼠辈胆敢捋虎须之罪，放尔等逃生去吧！若牙崩半个不字，包叫尔等鼠辈有来路没有去路。祖师爷今天死了，正是激起我们同党义愤，管叫你什么渤海人一扫而空。哈哈。"凶僧得意极了。蒲查隆也觉得凶僧说的并不是大话吓人。思想此去长安数千里，猛将只有五人，健儿只有2000名，兵微将寡，前途有多少峻岭险峰。敌人设下层层埋伏，用车轮战以十人战一人，虽然骁勇善战，总有力尽筋疲之时，像强弩之末，不能穿缟裳坐待被擒。凶僧的月明珠就说明贡物是他同党劫的，胆敢劫天使擒守卫伯是不怕官兵的，当然不把我们放在心上。事关重大，要请示左平章，身经百战的老将，经的多，见的广，必有善策。对凶僧应怎样对付，这是目前的事，审问他闭口不言，囚禁又怕同党来劫去。杀了他又怕找不到线索，一狠心先废了他再说，就被劫去他成了废人也少个作恶的。遂吩咐拓拔虎用匕首废了他，锁住琵琶骨，割断脚后跟大筋，凶僧当时就将头耷拉下来。拓拔虎两手在凶僧腋下，把他提起送入囚房。

116

五人坐定后，蒲查隆说："我们五人预备兵刃坐待天明，待大营来了再换人看守，我们好静静地睡一觉。"夹谷兰、冰雹花也觉得事情重大。拓拔虎、赫连英虽是老练恐怕一时疏神，出了岔子。赫连英觉得这桩事是她惹起的，就带好兵刃暗器，不时地前院后院走动。她丈夫拓拔虎猜到了她的心事，看她进房来，向她挤挤眼睛，持起兵刃出外巡视，他夫妻二人倒成了巡更的更夫一样。蒲查隆看在眼内，暗暗赞美他夫妻的忠诚，钦佩他夫妻的勤劳。

　　时已喔喔鸡鸣报晓，蒲查隆猛听得拓拔虎大吼一声："哪里走？"只听咕噜噜从房檐上滚下一个人来。赫连英纵身房外一扬手，从东房又滚下一个人来。蒲查隆让夹谷兰、冰雹花守在屋中，刚想出屋，拓拔虎夫妻每人提着一个人，好像捉小鸡似的，头朝下脚朝上倒剪两臂，咕咚的摔在地下。蒲查隆一看，是两个瘦猴一样的贼人。五短身材，细身窄背，身穿夜行衣，头蒙裹头巾，脚登薄底快靴，每人一绺山羊胡，贼眉鼠眼一看就知不是善类。二个贼人跪在地，哀求饶命。问他从哪里来，一个黄脸膛黄眉毛黄头发的贼人说："从瞿塘峡来，到五顶山给大寨主送信，到了大寨，已是初更时分，见寨门反锁，里面黑洞洞的，一点动静没有。我俩就跳了进去，一个人也没有找到。人马哪去了？心中犯疑，又见仓库门被砸破。知道是削山了，要打探明白。就趁黑夜闯到双兴镇，恰巧碰到更夫，被我俩一脚踢倒，拖到僻静处，问他镇上有无官兵，听到削山没有。他说：'山寨被渤海使臣部下女兵给削了，住在镇上东头的大院。'更夫把我俩领来，指明是这座院子。我俩把更夫嘴堵上，把他绑在院外大柳树上。以为化外的兵将虽然骁勇，但不会蹿高纵矮，我俩就跃墙而过，飞身纵上房，脚刚踏着瓦片就中了暗器，立脚不住，滚了下来。我叫夜猫子吴用，他叫猫头鹰强活，是五顶山大寨主传送书信的专差。"说罢又磕头。这个贼人倒省事，不打自招。蒲查隆说："把书信拿出来。"另一个从怀中拿出书信，拓拔虎递给蒲查隆。大信封上和五顶山五寨主说的一模一样，画着一匹白马拴在旗杆上，抽出信笺一看，上面写着寥寥几个字："真。夷货明，转样过重诡。"看不懂，问他俩，他们说："我俩只管传信，哪里敢问？"又问："瞿塘峡是干什么的？"回说："是等候皇帝改编的官兵，人数约二万多名，战将约百名。我们送信去住在外面山寨。从里寨专人交给我俩，从不让进大寨。"问："跟大寨主保护车辆现在哪里？"回说："在瞿塘峡等候大寨主。也是住在山寨。"蒲查隆说："带下去，另囚一处。"

第十九回　拓拔虎夫妇擒信使　左平章计议审凶僧

117

天已大亮，五人围桌谈论。"五寨主说的原是不假，有真心投顺。信封上画一匹白马拴在旗杆下，一个字没有，是代号了。信中简单几句暗语须要好生猜测，不难找不到蛛丝马迹，况且又有了瞿塘峡什么等候皇帝改编的官兵。一是投降的贼兵，二是有人在造反联络了贼人。从凶和尚腋下的月明珠来看，离不开这二条道。"蒲查隆说完四人同声说："总管说的极是。"他们折腾了两夜两天，觉得很疲乏，都说天大亮了，快睡觉吧。三个女兵合衣躺下。蒲查隆回到西跨院。拓拔虎回到东门，锁了门合衣而卧。赫连英回到了后院，看了看大车，见女兵手持兵刃雄赳赳地来回走动，保护着大车，就进屋合衣朦胧睡着。蒲查隆回到西跨院倒在床上，翻来覆去地睡不着，坐起来想："白马拴在旗杆下，夷货转样过重"，猛的醒悟，夷是唐朝人对契丹、渤海的称呼。"样过重"的谐音是杨国忠，白马是白马寺，分明是劫的贡品交杨国忠了。瞿塘峡的人马等候改编，是将贡品献给杨国忠贿买投降。要真是这样，这次朝唐前途就很艰险了。应怎么样应付，只有把事情和想法报告给左平章。拿定主意轻松地睡着了。

一觉醒来，已是日上三竿了。走出跨院，来到大厅，只见夹谷兰向冰雹花、赫连英三名女将摆好了饭菜，等他和拓拔虎来吃饭。诸位说：不会喊他俩吗？是能喊。一是劳累得够呛，让他俩多休息一会儿；二是他俩是男人，赫连英虽是半老婆娘，唤自己丈夫也觉得难为情。青年女兵更不好意思。捆绑贼人都是拓拔虎动手，女兵们在中途大寨捆绑喽啰兵，是处在紧急环境，只好从命。渤海国当时虽是不发达的小国，还不懂得男女授受不亲的旧礼教，但也是男女有别。拓拔虎也来了，赶紧吃早饭。蒲查隆告诉夹谷兰，把王老汉夫妻请来给受伤的贼兵治伤，在中途让贼兵背贼兵，到这里已是二昼夜，一个没死，赶快给治伤。又吩咐拓拔虎、赫连英在大队来到前，要时刻注意前后院。"从山寨带下来的受难妇女，道近的给白银五两，道远的给白银十两，由赫连英遣发。银子从山寨里拉来的使用。我到西跨院去写报告。"诸事分配停当。蒲查隆把事情的经过，从赫连英打抱不平，夹谷兰用计削平山寨，审问的结果，自己的猜想，写的清清楚楚，简而易懂地写好刚放笔，夹谷兰喊："大队人马来了，驻在镇外，已扎营寨。左平章唤你回话。"蒲查隆整了整衣帽步出跨院到大厅。看赫连英、冰雹花紧紧贴近东门芙蓉，喋喋不休地问长问短。见蒲查隆来了，东门芙蓉行了军礼说："左平章立等见你，就走吧。"众人送出了大门。他俩乘上坐骑，加了一鞭，扬长而去了。这里赫连英同夹谷兰来到后院，从大车上卸下白银一千两，命女兵抬到大厅。夹谷兰向赫连英、冰雹花说："总管说道近的给五两，道远的给十两，我想这些遭不幸的妇女多可怜，又多么凄惨，你我三人做主，道近的给十两，道远的给20两。她们是山寨抢来的，用山寨抢来的不义之财遣发她们回家，又有什么不可？总管要是责备，就说你我三人同意，谅他也不能治罪。你俩说行吗？"他俩含笑说："好主意，就这样办。"让女兵传来了三十多名受难的妇女，点了点人数共36名。26名是登州临近的。三人遣散妇女，哪知这36名青年妇女一齐跪倒在地，分文不要。一个二十五六岁的妇女带头说："我们这些人是你们从山寨中救出的，救人救到底吧！我们都是良家女子，被贼人抢来求生不能，求死不得，任他们糟蹋，有什么脸面回家，被人问长问短，又能说出什么。我们合计了一天一夜，只好跟你们去。我们这里也有会写的，都求他给写了家书。说我们被渤海国女兵救出了山寨，脱了灾难跟他们去了。到渤海国有了安身立命的地方，再来接亲人相见。"说完每人从怀中拿出一封信来，"就算见到了亲人吧。"说完各个抱头大哭。夹谷兰、冰雹花、赫连英都被哭的掉下了同情的泪。三人合议了一会儿，问："你们会武艺吗？"都说："要会武艺能被抢来吗！看到你们女兵各个都会武艺，不但能保护自己，还能救别人，就想当个女兵，不愁学不到武艺。"三个人说："这个事等总管回来再定夺。每人现给五两白银，到镇上去买一些可用的东西，散散心，舒畅、舒畅心情。"众妇女才站起身来回到了原安排的住所。姐姐妹妹的三个一群，五个一伙散心去了。这里又请来了王老汉一家三口，请他们给受伤的贼兵治病，都摆手说不干，我们一家人险些送了性命，有恨还无处发泄呢！哪里给这些狗娘养的治伤。依我说都杀了干净。夹谷兰、赫连英、冰雹花好不容易说服了三个人，该敷药的敷药，该洗的洗，擦的擦。王老汉的外科郎中是有名的，吃了药就能止痛。受伤的贼兵感恩磕头，就连背剪二臂的贼人听说了也感恩不尽。

　　蒲查隆来到大营，见过众人，直奔左平章帐房。蒲查盛正在那里等候，行了礼，倒上茶来。蒲查隆把报告呈与左平章，说："我离营只有两天，就弄出事来，请左平章看看应当怎样处理。"蒲查盛也凑过来看。从头看到尾，沉吟有时，徐徐说道："据你的报告写的内容，我琢磨一会儿，据事情发生的经过和你的猜测是事出有因哇。回想当年朝唐'李白醉写草蛮书'，杨国忠奉砚，高立士脱靴。这两个奸臣不承认他俩轻

第十九回　拓拔虎夫妇擒信使　左平章计议审凶僧

慢贤士,倒说渤海国若不朝唐,焉能惹出朝唐之祸,在众目睽睽之下丢丑,把怨恨归到渤海国身上。最可恨的是郎将崔忻,误听了张元遇这个混蛋话,要携带贡品先回朝面圣。也是我年老庸愚,一时糊涂,把贡品让他带去。我当时想的是,贡品先到,我们在登州整顿兵马,演习唐朝礼法、风俗,一切不能失礼,是臣服的大礼!我也想到此去长安数千里,倘若贡品被劫,可怎么办。崔忻、张元遇满口说绝无此事。我说曾听说隋末、唐初瓦冈寨弟兄不是劫过皇贡吗?我不懂你们历史,只是道听途说。他俩说这事是有的,当时是隋炀帝无道,天下群雄并起。现在是太平盛世,全国太平,海晏河清,谁敢劫贡品,自取杀身之祸。我听了就依他们的话,却忽略了唐朝玄宗皇帝外有权臣当道,内有宦官作祟,两个奸臣串通一气,狼狈为奸,什么坏事作不出来。你猜想白马寺和尚与杨国忠勾结,也有道理,唐朝人上至皇帝下至臣民,自玄奘去天竺回来,佛教风靡一时,况且白马寺是当时武则天削发为尼的寺院。武则天当了大周皇帝,白马寺就成了朝野崇拜之地,也成了往来奸贼盗匪藏身之所。经秃和尚从中斡旋,奸贼与盗匪混成一气,管什么王法,顾什么天理良心。奸贼们主使盗匪们抢劫,坐享其成。盗匪们托他们庇护就无恶不作。当官的怕丢了乌纱帽,谁敢惹权倾朝野的亲臣、近臣。盗匪用少数的金银换来权倾朝野大权,又用他们的权换来了更多的金银。这就是累代兴亡的伴奏曲。我常和国王大祚荣讲,渤海要振兴,要严防偏听,偏信,偏爱,要兼听,多爱,多信。你们不知道我和右平章一起扶助国王,国王当年是总部落联盟长,被唐朝逼的联合起来奋力抗拒,扼守天门岭,兵出恤品、湄沱湖成立了震国。唐朝遣使来,愿化干戈为玉帛,封大祚荣为渤海国王。遣子大门艺入朝侍卫,当时是我极力主张,谁知唐朝却不符前言,什么要兵给兵,要将给将,没有做到,却把大门艺留在长安,音信皆无。我真对不起国王,把当年同起义、同建国的同伴儿子送掉。大祚荣却说都是为了渤海国,你怎么倒关心私人之谊。国王总是用国事为重宽慰我,我越是愧疚。这次朝唐又是我极力劝国王,臣服唐朝,南拒高丽国,西抗契丹,北和黑水靺鞨,要振兴渤海国必须效仿唐朝文化、风俗、礼教、兵事、外务,取长补短来应用于我国。这是为国家前途着想,又有为私人着想的是,此去长安朝唐,定能知道国王儿子大门艺到底是怎么样情况。要是安然无恙,我亲眼看到,设法让他回国,了却我一桩心事。要是有个三长两短,我要指骂唐朝天子背信弃义,何以取信天下。甘愿身首异处,尸露旷野,以酬知己。汝等想法逃出长安，回渤海报告国王修文偃武，不要妄动干戈。此去长安数千里，关山遥阻，当处处留神，时刻提防。就是我们太兵微将寡了，当今之计，我们要收纳唐朝的草莽英雄，绿林好汉。常言道：'英雄生在四野，豪杰长在八方'，他们这些人有的看不惯官府，有的杀了强暴，逼得无法当了草头王，并不是坏人。我们要大量收纳，让他们各展其能。要亲近他们，不要看成他是唐朝人，我是渤海人，要看成四海之内皆兄弟。再说兵多将广，才能追回贡品，这是一。进入唐朝，权奸们见我们人多势众，怕逼出事来，也可制住妄想邪念，这是二。现在拿住的山贼除留王常伦外，洗心革面，愿降的酌情留用，喽啰兵愿留的就留，愿去的给盘费听其自便，受难的妇女多给银两遣散了吧！只留大寨主。他废了，嘴还能说话，想尽办法，让他招出口供。月明珠我也详细看了，确是贡品。这些事你和蒲查盛商量去办吧！处理出眉目再报告我就行。"

蒲查隆、蒲查盛听了左平章的指示后，来到蒲查盛营房，密议如何再审和尚，寨主如何处理。蒲查隆说："受难的妇女我已安排赫连英遣放。受伤的贼兵，已交夹谷兰，让王老汉一家人治伤。就是大寨主花和尚虽是废了，让他招口供真是千难万难。五寨主甘愿投降就不必再审了，那四个寨主问也没问，不知道情况怎样。只要不是作恶多端，就放了他们。"转向蒲查盛问："你看怎样？"蒲查盛说："只能这样了。""刚才左平章谈出了肺腑之言，心地开朗，深谋远虑，敢放手交权给你我年青后生。我们也必须遵循左平章指示把事情弄得水落石出，才不辜负左平章一片热忱。左平章说出收降纳叛，这是我们去长安朝唐的准备，也是归国后的支柱。常言说：'高山出俊鸟，田野产麒麟'，这句话就说明，人才到处都有，就是埋没了。我们把埋没的人才使用起来，一视同仁，定当为我们效力。审大寨主花和尚，我想贼人胆虚，他又是和尚，虽不信神佛，但平日总是说长论短的掩饰自己。今天成了废人，他自想是遭了报应。好好问四位寨主他害过谁，杀过谁。用他恐惧心理磨他几天，再如此、如此的审问，定能招出事实。"蒲查盛听完笑了起来，拍手叫好，连说："妙计，妙计。"

第二十回 比论轻功义收王常伦 假扮阴曹夜审凶和尚

　　蒲查隆说："有了主意,我该回去了,有事我来找你商量。"说罢,站起身形走了出来,告别左平章,辞别众人,跨马回到女向导队营房。夹谷兰、冰雹花等在营门外,见他跨马而来,迎上前去,齐说："总管回来了,快进营房有事告禀。"三人进了营房,坐下后先说治疗贼兵的事如何如何,又把遣散受苦难的妇女事从头至尾详细情形讲了出来。蒲查隆听了,不由皱起眉头,暗想,她们都不会武艺,带着她们岂不是累赘,送回渤海国路程遥远,护送人除了五员猛将外,别人是不能胜任的。另遣别人如在中途再被人劫去,岂不是救人不彻底,反伤了自己人。如不收留她们又怕伤了她们自尊心。她正低头思考,恰好赫连英回来,进门就说："总管回来了,低头不语是受了责备吧!左平章要为难你,事是我闯的,我去承担。"蒲查隆说："我们这位女魔王还会看相哇,这会儿你相差了。左平章不但不责备,反而出了许多主见。"赫连英说："你干嘛低头想心事?"蒲查隆说："不是想我的心事,是想受难妇女的心事。"就把自己想法当众人说了出来,并说："三位想想,该怎么办好?"三位女将听了觉得也是为难。夹谷兰先说道："依我的主意,收容了她们吧,她们36人心如铁石要当女兵,怎么能拒之门外,再说她们遭了贼人糟蹋,有丈夫的难见丈夫,没有丈夫的难见父母。一再要去渤海国。带着她们同行又是累赘,我看把他们安顿在哪里,派人教武艺一年半载,做我们后备女兵吧!安置的地点要大城市,一方面是为了她们亲人听到信来探望她们,另外也防备再被贼人抢去。你们说这样办行吗?"蒲查隆点了点头表示赞成,赫连英插嘴说："我看送回海岛吧。那儿有我们留守兵,有现成的女教师,既能练武又保险。"众人都笑了,齐声说："就这么办。"蒲查隆说："还要劳动女将军回岛坐镇,同行的有东门芙蓉,有要紧事拜托。"赫连英说："我誓去长安,回渤海国时,我再去海岛。'海枯石烂志不变'这是我的誓言。"蒲查隆看赫连英心如铁石,就说："女将军不去,男将军也要回去。拓拔虎去了不是少了一员猛将?现在是用人之际,如何能行?"赫连英接过说："猛将去了不行,女将去了就行吗?"蒲查隆说："女将军不要见怪。"就把左平章说的收降纳叛的话，详细地悄声告诉了他四人。"细想来你二位经多见广，对这些江湖好汉容易说服，我才想让女将军去办。"赫连英说："这事容易，只要我写封信派女兵几名，送到海岛交给我父亲，管叫要兵有兵，要将有将。原来我夫妻手下就有十几名猛汉，我们投降了就把他们遣散回乡，给他们银两安家立业去了，原说回渤海时再召唤他们。这事总管也知道哇！我父亲定能派人把他们找回来。再联络近的海盗、山寨归降，这不是容易事吗？只有渤海国承认他们是渤海国的，他们就不能再去抢夺了，就是得给他们发饷银。"蒲查隆说："好！好！好！等我回禀左平章后再作定夺。"又向夹谷兰、冰雹花、拓拔虎夫妻商量，再夜审寨主、如何审大寨主花和尚和遣喽啰兵等事情。"今白天必须办完，好准备夜审。"商议一番，几个人分了工，拓拔虎管遣散喽兵，冰雹花管遣受伤的喽啰兵，夹谷兰管安慰受难的妇女，蒲查隆想准备审凶僧的方案，各自分头办理。

拓拔虎夫妻召来了喽啰，给松了绑说："我们总管将军回禀左平章，官似唐朝左丞相，丞相说罪在大寨主，与你们无干，念你们都是无知之人，每人给白银十两，做安善良民去吧！"守寨的老喽啰暗暗推选了一名能说的首先跪倒说："我们这些老的，都是无家可归的庄稼汉，混不上吃穿，就当了喽啰。会车把式就赶大车，不会的就做饭挑水，拿了十两银子又去哪里谋生。现有30辆大车，车把式还是赶车，做饭的，挑水的，喂马的，铡草的，哪里不得我们。我们从不杀人劫道，只知干活混饭吃，留下我们吧！"拓拔虎夫妻小声合计了一会儿说："这事要回禀总管。"有愿走的当时给了银子，不愿走的暂且听消息。冰雹花去遣放受伤的喽啰兵，因都受了伤，谅不能收容，他们伤轻的照顾伤重的，每人给白银20两，千恩万谢地散去。拓拔虎又告诉蒲查隆，老喽啰不愿离开。蒲查隆说："好极了，三十多辆大车正发愁没人赶，他们都是熟手，况且山寨上还有许多粮秣、油脂，搬了来救济贫民也是好的。把他们造成花名册交给总办霍查哈。今夜审完了四个寨主就审花和尚，弄出头绪，我就禀明左平章，他们就是渤海国的强制兵。"拓拔虎夫妻刚要走，蒲查隆说："两位稍等片刻，我审问花和尚的方案已准备就绪，有些事我脱不开身。"说着把方案交给赫连英："你们三位女将军照我写的去办吧。拓拔虎将军帮我再问问五寨主，他有什么出众武艺没有，好酌办使用。那四个寨主是否可留，把王常伦找来好好谈谈。"拓拔虎出去传王常伦，赫连英去找夹谷兰、冰雹花。

王常伦来到西跨院,见了蒲查隆就要双膝跪倒。蒲查隆急命拓拔虎扶住,说:"我们从不下跪磕头,只行军礼,你又不会,免了罢。我们除见左平章行礼外,彼此见面问声安就行了,请坐。"拓拔虎给倒一杯茶。王常伦很谦恭坐稳身形。拓拔虎坐到他的身旁,一是提防他动武,二是审言观色。蒲查隆说:"请你谈谈你的武功艺业,我们好量才使用,你有什么绝艺?先从这些说起。请你说吧!"王常伦说:"我是渔民出身,从小就跟我师父学艺,我水性是天生来的。因我八岁下海捉鱼,恰巧被我师父看见,就收下我,我在水中能睁眼捉鱼。我师父从我八岁就教我长拳短打,纵高跳远,18岁时,在海底敢斗鲨鱼,纵身一跃可落到十丈高树上。跳远可跳过十丈深沟,渔民们送个绰号'闹海蛟,悬空猴,千里追风'。因我脚程很快,要在春夏日出到日落可行程六百里。我自从落草从不间断练武。使的兵刃,马上是大枪,步下是鸳鸯剑,是我师妹的传家宝,兵刃也是我死去的未婚妻遗留的纪念品。当年被官兵捕去剑藏船舱,我师妹死后我寻到了渔船,正在海中飘动,凫水寻到鸳鸯剑就入伙了。"说完,潸然泪下。拓拔虎说:"你是水旱两路英雄,今天该出头露脸,重见天日了。此去长安数千里显身手,回到渤海建功立业,总可博得封妻荫子。"王常伦摇头说:"只求一饱足矣。"蒲查隆听了,一时高兴:"我们的拓拔虎将军能下海捉蛟龙,陆地擒虎豹,天中捉飞燕,当年艺盖辽东,今天又碰上伙伴。你们较量较量,不准动兵刃,不准对打,各显一绝艺,叫我开开眼。"拓拔虎暗想:我是总管手下败将,怎么当着生人的面吹捧我。哦!是了,是要看看王常伦的武功,我真得露一手,想罢连说:"总管哪,我就和王英雄练练。请到大院里。"蒲查隆站起身形连说:"走、走、走。"三人来到大厅前,恰好三名女将军办事回来,听到显艺,都站着要瞧瞧。拓拔虎说:"我先练。"紧腰中大带,蹬蹬牛皮底登山涉水的快靴,按按头上扎巾,说声:"献丑了。"将身一纵,一丈多高,再抖身一纵,又是一丈多高,再一斜身纵,手扶六丈高大树梢头荡来荡去,然后屈身头下脚上,两脚挂住树梢头,两臂张开,众人齐声喊好,拓拔虎好像平空掉了下来离地六七尺,一个云里翻身,头朝上而后双足落地,气不长出,面不改色。夹谷兰、冰雹花齐问赫连英:"你怎么样?"赫连英说:"也能勉强对付。"夹谷兰悄声说:"要不当年嫂嫂就抢他当压寨丈夫了。"赫连英涨红了脸说:"你俩听他说笑话,就捉住闹玩笑的把柄。"

这时,王常伦看到人家绝功,连说:"高明,高明,我倒是能练,就是功夫不到家,大觉逊色。我不能荡来荡去,我练练从这个枝叶纵到那个树梢上。"拓拔虎说:"练穿枝过梗,快练练。"王常伦也紧紧腰中的带,按按壮帽,登登快靴,说声:"献丑。"纵身跳起丈高,三纵到枝叶繁密处,缩身如猿猴,只见他两手伸直,一躬身纵到左边大树梢上,手扶枝柳,一个倒栽葱离开树梢,离地六七尺,一个鲤鱼打挺,站起身来,连说:"献丑了,见笑,见笑!"蒲查隆见他练的燕子飞云纵,低于拓拔虎,也算是身怀绝艺了。怨不得绰号悬空猴,这一招就看出了他的本领了,这叫行家看门道。连说:"不用练了,进房还谈正事吧!"三名女将转身回大厅说笑去了。

　　蒲查隆三人回到西跨院,坐好后每人喝了一盏茶,又问王常伦:"那三个寨主家乡住处怎样落的草?""在高兵被人踢场子,动起武来杀伤人命逃到登州城。四处张贴告示,险被人捕去,他三人逃出登州就占了五顶山,当了草头王。我路过五顶山,见他三人绑着三个人正要进山,我仍赶我的路,喽啰兵见我衣服褴褛,满面灰尘,也不理睬我。大寨主跨马横刀,见我破包里露出了短剑把,就勒住马问:'哪里去?'我说:'天涯海角,四海飘流'。他仔细地端详我不像是奸细,就问:'你带短剑会武吧?'我说:'懂点'。他说:'你既然无家可归,跟我们入伙吧!'我说:'我饿死也不当强盗。'他笑了说:'我们天生也不是强盗,是被逼的。我也是走投无路正好寻个栖身之处。'我说:'我也是被逼得到处飘流,你让我入伙能信得过吗?'他哈哈笑了:'我见你灰尘满面,带着愁眉苦脸,衣服褴褛不堪,又有兵刃,一见就知你是落难的,动了同情之心,才劝你落草。你说你是被逼的是在哪里?'我从头说了一遍。他说:'我知道了。你是渔家说的闹海蛟,悬空猴,千里追风吧!'我愣了。他见我发愣,就说:'你发什么愣,我三人是江湖上卖艺的,搭过你们的船,少给船钱,渡过后还,回来又搭渔船。打听你们说被渔霸双头蛇害得死了师父,师兄妹大闹公堂逃跑了。我们也是被渔霸二十几名打手来踢场子,杀了人当了草头王。这一伙就是渔霸的狗腿子,被我们捉来,出口胸中恶气。'我摇头不相信,他说:'他三人就是当年踢场子的,保着五千两白银去洛阳,以为碰到我们,不是他们的对手,就打起来。我们把他们三人战败,连五千两白银也截了。'用手一指咕噜噜的大车:'入伙吧!别瞎闯了。'就入伙当了五寨主。他三人并不作恶,抢官的劫官的。双兴镇近在咫尺,从不骚扰。他四人武功,马上功夫较弱,步下也勉强对付,一个卖艺的花招,见不了大阵势。现在的二寨主姓赵,名兆清,三寨主名兆亮,四寨主名兆明,原是堂兄弟。"

蒲查隆听了，沉吟一盏茶时说："每人给他白银50两，让他三人做个小本经营吧。王常伦你同我们拓拔虎将军去，给他三人松了绑，给他银两，让他们奔生路去吧！"二人离西跨院来到囚房给松了绑，告诉他三人每人给银五十两。三人瞅了瞅王常伦："你呢？"王常伦说："我要去渤海国。"三人齐说："我们就这样分手了，相处十年也是割舍不开，就同去渤海国吧！"王常伦说："我还没定下来，怎肯连累哥哥们。"他三人只好领了银两说声："青山不改，绿水常流，他年相见，后会有期。"向拓拔虎千恩万谢地扬长而去了（后来破猩猩峡，他们带路立下大功，这里暂且不表）。蒲查隆见一切整理完了，让王常伦暂归拓拔虎使用。他二人走出西跨院来到门房安顿了住处，让王常伦休息。拓拔虎返身回大院，蒲查隆正坐在大厅太师椅上喝茶，见拓拔虎来到，让他坐下后就问三员女将军事都办妥了吧，回说办妥了。蒲查隆命提来给凶僧送信的贼人，跪在地上，又提了凶和尚照了面。说声先把送信的喽啰推到后院杀了。拓拔虎倒提起来，一手提一个和杀小鸡一样。凶和尚看的明明白白，是他专派的送信人眼睁睁看着去杀头，叹了口气。霎时拓拔虎提着血淋淋的人头来，摔在地下说："见阎王爷去了，宰凶和尚吧！"蒲查隆说："先把凶僧送到后院仓库，好生看管。明天传齐镇上人讲明他的罪状，让黎民百姓千刀万剐他。推他去仓库。"

拓拔虎提起凶僧开了仓库，咕通把他扔了进去，摔得凶僧两眼发花头发晕。好不容易挣扎着坐了起来，见黑咕隆咚阴暗暗的。眼睁睁看着杀了信使，明天就是自己到镇上受千刀万剐了。千般愁万种凄凉，耷拉着脑袋，坐不安又是卧不稳。卧下起来坐，坐下又卧倒，翻来覆去，折腾半天。睁开眼看看黑咕隆咚的，伸手不见五指。时当夏初觉得寒风刺骨，冻得直打哆嗦，唤了一声："完了完了。"只听吱吱怪叫，又夹杂着妇女哭泣声，萤光闪烁，见一个巨齿獠牙两眼放出凶光的似人非人的大怪物，手持狼牙齿棒吱吱怪叫。后面跟着一群披头散发，满身是血的妇女扑到面前，脚踢拳头打，惨惨哭诉："凶和尚，你害我好惨啊，我们前来要命的，赔我们命来。"哭一通打一通，闹得凶和尚秃头鲜血淋漓，鼻口流血。大怪物吱吱两声，这群妇女伴着萤光走了。寒风又起，凶和尚是神不守舍魂不附体地打战，莫非是方才见鬼了。这时又听到"吱、吱"声。凶和尚吓得缩成一团，寒风吹，刺骨寒，凶僧想阴风起，鬼又来了。吱吱荧光闪闪，一群男鬼扑了过来，哭声凄惨地说："向凶和尚要命吧！"一群男鬼哭骂着，荧光闪闪地走了。老和尚才要定定神。只见一盏绿灯摇摇晃晃，忽明忽暗地奔自己而来。见两个身穿青衣,头上帽高有二尺,透出绿光大字的黑无常、白无常,手抖锁链把凶僧锁上,说:"奉城隍命令前来拿你。"把和尚头朝下脚朝上提起就走。凶和尚迷迷沉沉偷偷瞅了瞅,看两厢多少冤魂呼天嚎地,又见青面獠牙鬼卒排列堂下,上面端坐一位官员。忽听上面喊道:"凶和尚抬起头来。"贼秃和尚耷拉脑袋,哼也不敢哼。只听上面喊道:"凶和尚悟真杀人放火,断路劫财,现有人告到本神,拘你来对质。传原告。"呼啦拉来了一群冤鬼,一齐跪倒,齐呼:"城隍老爷,给冤鬼报仇吧!"只听上面说:"当面对质,不准动手。"忽啦来了一群女鬼,哭的悲悲切切,诉说她们在哪里被强奸,辱完了又交喽兵轮奸,身体支撑不了糟蹋,一刀断送了命。城隍让女鬼退后,又传来了男鬼。城隍照样说一番,男鬼们一一诉了苦难,哭诉说:"求城隍老爷,把凶僧下油锅吧!"城隍说:"退下,本神绝不饶他。"座上大喊:"凶僧,告你的冤魂说的对吗?""对!对!"凶僧连说。

听上面喊道:"和尚谨戒杀、盗、淫、妄、酒,这个和尚五戒俱犯,应下油锅。现有唐朝郎将崔忻告到本神,说和尚中途劫去贡品,身被重伤逃回长安,被皇帝杀了。要和尚说出真情。先让他尝尝苦头。"命鬼卒十人,每人手持荧光触到凶僧身上。凶僧被荧光烧得周身伤流污血,痛得晕过几次又被冷水喷醒。真是荧光处处流污血,凉水浇头气悠悠。座上大喊,命停刑。凶和尚痛得真像万箭穿心痛肺腑。猛见面前站着一人大喊:"凶和尚,我被你害得好苦啊。你今天若不招出实话,城隍也不能把你饶过。我是大唐皇帝遣往渤海使臣郎将崔忻,你不该拦路劫去贡品,害我带伤回长安面圣,触怒皇帝杀了我。我含冤莫伸告到城隍,查出你是白马寺和尚法名悟真。瞿塘峡葫芦峪山贼劫去贡品,送到长安左丞相杨国忠府上。我去托梦给皇帝把事情说清,皇帝请和尚、道士、尼姑、道姑摆下醮天道场,七七四十九天超度我,玉皇大帝念我忠于国家,我现在要到长安当城隍去,来索你的狗命,让你供出劫皇贡的原由。杨国忠怎样主使瞿塘峡葫芦峪山贼,凶和尚你又怎么样劫的贡品,从实招来或可免去你阳世的剐刑,凌迟处死。阴间可免去你下油锅之苦。凶和尚,要知道'暗昧亏心,神目如电',离地三尺有神明,天网恢恢疏而不漏,快快招认。我捧着你的供状,奏玉皇大帝托梦给皇帝,完成我忠心于国的心愿。你不招出贡品,城隍神也饶不过,让阳世剐你,阴世下油锅炸你。凶和尚我言尽于此,你好好招来。"凶和尚求饶说:"我招认,我招认。"

第二十回　比论轻功义收王常伦　假扮阴曹夜审凶和尚

第二十一回

蒲查隆欲探白马寺
蒲查盛追兄马如风

话说大寨主花和尚，被鬼卒黑无常、白无常一抖铁锁带到城隍庙，鬼卒黑煞神似的罗列两旁。这时已吓得花和尚顶头穴三魂出窍，又魂归了地府，已失去了知觉，又经屈死的冤魂当面对质，又来唐使臣郎将崔忻逼他招状，好托梦给皇帝。凶和尚连说："招供，招供。"堂上一拍惊堂木大喊说："快说快说。"凶和尚跪在堂下说出了始末根由。记录神录下了他的口供，念给凶和尚听："具供人白马寺和尚悟真，是洛阳人氏，幼年是无赖，杀死过通奸女人的丈夫，强奸过少妇幼女，拦路打闷棍杀伤十余名，后遭官府通缉，年23岁。为了逃脱官府追缉，以白银500两，投白马寺知客僧净禅为师，削发为僧。净禅是左丞相杨国忠的替身，因此我才逃法网，在白马寺20年侍奉师父，参禅修道练习武功。我幼时曾跟卖艺师父学过武功，又得净禅师父教导，会使九九八十一路八卦槊，会九九八十一趟八卦拳。十八般兵刃件件皆通。43岁接替我师父当知客僧。一天，左丞相来拜庙，贼喊捉贼说：我是悟禅弟子，唤我参拜见他。就跟我师父在禅堂密谈起来。当时我师父已当掌院是堂头大和尚，在寺院僧众中，除了我师爷圆觉禅师，我师父是白马寺独一无二的权威者。左丞相去后，师父把我唤到禅堂，告诉我去瞿塘峡，拿着信去找大寨主罗振天，照着我师父信办理。我带好兵刃，师父给我纹银50两当路费，晓行夜宿，饥餐渴饮，到了瞿塘峡葫芦峪，晋见了大寨主罗振天呈上书信，内容是请大寨主罗振天派猛汉四人，喽啰兵300名，同去劫渤海国贡品，以报当年李白醉写草书，左丞相杨国忠捧砚之辱。大寨主早知道我师父是左丞相替身，把我让到上座，招待了我。第二天派了四名猛将，是大寨主侄儿。第一猛汉罗槌，手持一对马头锤，重八八六十四斤。锤上画着周厉王八骏马。第二猛将罗面，手持和尚板板刀，又叫三捉冷艳锯，刀头三尺三，刀镍三尺三，刀把三尺三，刀重九九八十一斤。第三名猛将罗邦，手持牛头镗，镗重七七四十九斤，镗上画着六大星宿金牛像。第四猛将叫罗提，手持金纂提铲枪，枪重六六三十六斤，枪杆雕刻着金龙。这四个猛汉都能力举千斤，雄猛异常，均年在三十岁左右，是大寨主最出名的猛汉。介绍给我并再三嘱

比剑联姻

128

咐，四猛汉要听我的指派，不得违抗。拨给我三百名喽啰兵。我拜别了大寨主，直奔郑州。到了郑州把喽啰兵改成官兵戎装，戎装是我师父派人送来的，并有长安锦衣卫接渤海国使臣的公文。我就脱去了僧服，扮成武官郎将模样。头顶盔盖住了秃头，身披甲丢掉和尚本相，威风凛凛地跨马横着独脚铜人槊。后跟四个猛汉也扮前军官，跨马手持兵刃，后面是三百名喽啰兵扮的是官兵，逢州过县，无人敢挡。沿着大路迎接渤海国使臣，离开封东去80里，迎着了一伙兵马，带领人马在树林旁的大道上吃午饭。我命喽兵前去打听。回来说：'是去渤海国使臣郎将崔忻，保护贡品还朝交旨。'我就迎了上去拿出了锦衣卫公文，崔忻瞅了我说：'不认识。'我说：'新由潼关调来的。'他看了公文，信以为真，我给他行了军礼。守卫伯张元遇也过来，我也给他行军礼。我说：'大人千里迢迢辛苦了，我是奉命来接天使的，贡品交我们保护，让众人弟兄们，随便休息。离此不远就有大镇，今晚赶到就行。'他听我话，说声：'多加小心。'把贡品交给我们保护。我看劫贡品时机已到，就喊声：'走，'两个猛汉擒住了张元遇，两名猛汉来擒崔忻。这崔忻见势不好，在两个猛汉扑过去时他翻身栽倒，一个就地滚，滚到他的马前，一跃上了马星驰电闪地跑了。两猛汉跨马紧追。崔忻的马快，总追不上。发箭射了他三箭，只见他头俯鞍上，其马快似风，逃跑了。就劫了贡品。送去瞿塘峡葫芦峪交给大寨主罗振天。我中途偷拿了一口最大的宝珠，照单验收时大寨主问我：'怎么少了一口宝珠？'我说：'想是崔忻怕丢失带在身边。'大寨主也不多问，就让我们休息。我要回白马寺，大寨主交给我一封信，是我师父亲笔信。让我在登州附近另立山寨，等候渤海使臣，拦路劫杀。大寨主拨给一百名喽兵，我路过五顶山战败了四个寨主，当了大寨主，给瞿塘峡转运兵刃粮秣，油脂饷银，我转送去一小部分，多数留在山寨，又犯了从前毛病，四处抢年轻妇女供我玩乐。一天看到了外科郎中王老汉的女儿，动了心，派人下定礼就出事了。这是真情实供。"

记录神念完，交给小鬼让凶和尚化押。化完押小鬼交给神。霎时阴暗的灯光齐亮，将大房照的通亮。堂上的城隍哈哈大笑："凶和尚招供了吧！让你死得明白，我就是渤海国朝唐副使臣总管将军，记录神是女向导队将军，小卒是我们女兵，阴鬼是受难的妇女，萤火是从渤海带来的艾蒿绳，青面獠牙大鬼是拓拔虎将军。凶和尚，你再逃也逃不出我的手掌。"和尚知道上了当，低着头说："上当又当怎样，我师父知道了，

第二十一回　蒲查隆欲探白马寺　蒲查盛追兄马如风

你逃不掉五毒阴煞掌。恐怕你连这武功名都没听说过吧！快杀了我吧！"蒲查隆说："推出去杀死。"拓拔虎把凶和尚提到后院，一刀结果了性命。天已三更各回各房。洗了脸，脱去了扮鬼装神衣服，安然入睡。蒲查隆回到西跨院洗了脸，脱去城隍爷衣服叠好，天明好给城隍庙送回。城隍神塑像赤条条被人瞧见该疑神疑鬼了，自己也好笑，竟当了半夜城隍神。夹谷兰向蒲查盛报告说："蒲查隆总管带拓拔虎夫妻、王常伦改装走了。我问他干什么去。他只说事关机密，就扬长而去，我想他一定去白马寺。昨晚审五顶山大寨主花和尚，他扮城隍，凶和尚说他师父会什么五毒阴煞掌，我看他神色就有些不相信。今天就走了。"蒲查盛听了，顿时惊慌道："他四个人去白马寺，这怎么能行？左平章，我也带人追了去吧，做他们的接应。"左平章说道："你们不必惊慌，他四个进庙烧香，这是寺院的常事。怕什么？""左平章，你看看花和尚供状就知道了。"夹谷兰边说，边呈上花和尚供状。左平章看完皱了眉，沉吟了一盏茶时，才徐徐说道："这个年轻人，有机谋有远见有很好的武功，就是夜探白马寺，也不会闹出岔事。我想他是探听消息，而后兵进瞿塘峡葫芦峪，兵法说'知己知彼，百战不殆'，他是为此而去的。你们不必惊慌。"蒲查盛听了觉得不妥当，连说："左平章说的是有道理，据花和尚供认，他师父有奇功五毒阴煞掌。他是去找和尚的。我师父对我俩说过，当初诸葛亮擒孟获的地境里，有座五毒山，住着一个老道叫五毒阴煞道。他练了一种出奇的掌法叫五毒阴煞掌，打中你没有解救法。他此去凶多吉少，必把他追回来才好，我的马是日月骍骦马，能日行千里，夜走八百，定能追上他四人。左平章让我追他四人去吧？"夹谷兰说："极是极是。"左平章说："就你一人也无济于事，至少要有三人，我的坐骑也是宝马，我们大营中蒲查隆的是宝马，他没有骑去吗？"夹谷兰摇摇头，心想我去，又想自己是姑娘，怕蒲查盛猜想自己对蒲查隆怀有私情，遂说道："我们大营宝马是有几匹，东门芙蓉的坐骑就是胭脂马，让她和我随总管同去。东门芙蓉力大，武艺又好，我的武功跟老爹爹学过多年，又跟红罗女练轻功，也能遇事对付几个回合，我的短兵刃是当年荆轲刺秦王的匕首，锋利无比，我们叫它'小听风'。东门芙蓉的短兵刃是倭刀很锋利。蒲查盛将军是碧血玲珑宝剑，能切金断玉，剁铜铁如泥。我三人赶上他四人劝他们回来，如走错了路也可到白马寺附近等他们，我们的马快，定能走在他们前头。"左平章见蒲查盛、夹谷兰心急如焚，说道："大营我自己主持，你们这样办罢。"

130

二人退了下来，找到东门芙蓉，告诉她急忙换行装，带好短兵刃、暗器，蒲查盛也去换衣服去了。东门芙蓉看夹谷兰，愣在那里，就说："你愣什么？"夹谷兰说："你身材高，不然我在你这里换行装就行。"东门芙蓉："傻姑娘，我看蒲查盛将军的男装你就能穿，走，找他去。"蒲查盛在外面说："不用去找，我来了。"手拎小包袱，看他头戴武生巾，身披武生氅，腰佩宝剑，气宇轩昂。她俩笑了，蒲查盛说："二位不要见笑，这样衣服我还有一套，夹谷兰穿吧！"说罢，将包袱递过去说，"我吩咐备马去。"退出了门外。夹谷兰穿戴好了，又是一个眉清目秀的武生，东门芙蓉本是身长体壮，扮成男子汉越显出了英雄气魄。女兵来唤他俩，马已备齐，推门进来倒愣住了，想姑娘的营房中，哪里来的青年男子。东门芙蓉说："你是找东门姑娘的吧？"女兵点点头。东门一指鼻子："我就是。"女兵端详了一会儿，笑哈哈说道："真是都掌管，总管让我们备好马，请你呢，还有夹谷兰姑娘。"东门姑娘一指夹谷兰说："你看是谁？""哦！哦，扮得真像。"女兵退去。她三人见总管牵着备好的鞍带好了嚼环的三匹马，在大营外等着她俩，就每人乘上坐骑，扬长而去了。

单说蒲查隆一行四人慢慢地走出双兴镇，加快脚步，行了百十里外，看斜阳西下，蒲查隆一指前面树林："我们到那里歇歇。这里很僻静，我们和老虎一样昼伏夜行，歇歇就换夜行衣，用鹭伏鹤行法赛赛跑。黎明时就找僻静处睡觉，醒了换上行装就慢慢走。"拓拔虎三人齐说好，到树林深处，大卧牛石上坐下休息。天黑了，换上夜行衣服，走出树林。蒲查隆说："要赛跑了，我喊一二三我们就跑。"王常伦暗想，我绰号千里追风，总管是要看我的脚程。"就听一二三，四人就伏身跑了起来。蒲查隆总是占先，距离百步。王常伦、拓拔虎夫妻总是赶不上。跑到东方发白来，到了一座大山。两旁树高十丈，密密层层，仰望星斗，被叶遮得看不见星斗。到了山顶，见山连山，岭挨岭，好一个险要去处，找卧牛石多的地方，分散开，和衣卧在石头上睡觉。一觉醒来，叶、枝隙缝中透出阳光。四人穿好衣服，走了约十余里，见一群喽兵手持刀枪，站在道两旁广阔处，有六匹马来往盘桓。见三个青年女将和三个青年男子交手，打的难分难解，喽啰兵看见又来了三个男一女并无坐骑，走在头前的是位公子，后面跟着两男一女。认为不用寨主动手，就可手到擒来。唿哨一声，跑过来二十几名喽兵，拦住去路，刀枪齐举，大喊："站住。"蒲查隆站住了脚步，喽啰兵拥上来就要捆，蒲查

第二十一回　蒲查隆欲探白马寺　蒲查盛追兄马如风

131

隆一闪身,喽兵有三个人左眼中了袖箭,痛的哇呀怪叫。又拥来了几个喽兵,还没有走到蒲查隆面前,每人"妈呀"一声,右眼又中了袖箭,大喊:"寨主不好了。"三个女寨主听到喊声,一个旋回马头一看,三个喽兵左眼中了袖箭,三个喽兵右眼中了袖箭。一个女寨主就对另两个女寨主说:"你们俩战他们三个,我去看看。"对方说:"我们是单打独斗,男子汉大丈夫岂肯欺负你是三绺梳头,二截穿衣的臭女人,去吧!我等着你回来再战。"那人勒住马头细看,前面的文生公子不是蒲查隆嘛!离的远看不清楚,也催马奔了过来。女寨主认为是暗算她,回转马头怒冲冲地骂道:"什么男子汉大丈夫,还暗算人?"马上人笑了说:"女寨主你放心,我怎么能暗算人。你让开路我先行,不怕你暗算我。"女寨主把马闪在路旁,想他做什么,莫非也想劫下财物?这时马上人已催马来到临近一看,正是蒲查隆四人,大喜过望,翻身下马,连说:"追到了,追到了,真是做贼碰上劫道的。"原来马上人是蒲查盛。不用说,另外二人就是夹谷兰和东门芙蓉了。蒲查隆也认出了他们。这时那个女寨主已经走过来:"原来你们是同伙。放马过来吧。再多的人我也不怕。"向另两女寨主喊:"准备迎敌!"这时,蒲查隆说:"先住手。"随后对赫连英说:"你也当过寨主,去会会她们。"指着赫连英对女寨主三人说:"你们都是女人,你们仨可对她一人。如你们输了,就让路放我们过去。如她输了,我们就绕路而行。"女寨主说:"好吧。"她们就回到了平坦之地,拉开了拼杀的架式。

比剑联姻

132

第二十二回　赫连姊妹喜重逢　蒲查兄弟施善财

话说赫连英跨上胭脂马，手擎双戟，催马来到平坦之地，对着大寨主说："三位寨主请过来吧！"大寨主手擎长枪说："你我都是女流。我们比试，一对一。方才那位公子说你一人胜我三人，也有说三人对一人，就是这么说了，我们也不能那样做。胜者不荣，不胜更难堪。请出招吧！"赫连英看女寨主使的五钩神飞枪，是独门传授，是要多加小心。忙说："我们路过宝山，还是寨主请。"大寨主说："恭敬不如从命，我要进招了。"举枪就刺，直奔赫连英胸膛，赫连英在马上一斜身躲过。两人交手六十回合，大寨主把五钩神飞枪使的神出鬼没，就连蒲查隆等众人看了齐声说："好枪法，好枪法。"大寨主一枪直奔赫连英脖嗓咽喉刺来，赫连英的上身后仰紧伏马鞍，枪口刺空，赫连英二脚跟一磕胭脂马头，已到大寨主马尾。赫连英猛的挺直上身，左手控双戟，右手搂住了大寨主腰肢，拎过马来，轻轻放在地下，连说"得罪了。"大寨主满面羞愧地说："女英雄请回吧！不用再战了，我姊妹甘拜下风，话符前言。离此20里便是大寨，让喽啰兵给我们去烧了吧！我们只带十几名女喽啰，从此匿迹深山。"翻身上马，赫连英忙拽住她的马缰绳说："寨主千万不可出此下策，我们公子来了。"蒲查隆站在马旁，说："寨主千万不可灰心，胜败乃是常事。我看你使的五钩神飞枪，艺业纯熟。我听说五钩神飞枪，是独门传授，除了女人从不传外人，女寨主莫不是唐朝出名的神枪手老英雄赫连甫的后人吗？"女寨主说："你一儒生，怎么知道？"蒲查隆说："说来话长。请寨主下马，让你俩谈谈吧！"一指赫连英。

赫连英当交战时看到她使五钩神飞枪，心中就纳闷，又见她枪法精奇，更觉得奇怪，碰遇到枪刺颈嗓咽喉，遇到机会，来了个仰面背贴鞍，脂胭马快，没等寨主撤他，已被搂住腰肢，猝不及防，被擒下马来。其实要是骑的都是同样马，寨主是不能被擒下马来的。赫连英是久经大敌老手，怎么能不明白侥幸得胜。听了蒲查隆与女寨主对话，又指她与寨主谈谈，赶紧趋步上前说："对，方才是我侥幸，请女寨主不要烦恼。女寨主家住哪里，我也姓赫连，我们是同姓，是不是一家人，我

133

父亲名赫连蒿,我家乡是瞿塘峡赫连寨。我叫赫连英,当年我父亲学武,被我祖父打了,就堵气离开了家庭,想来已是60年,从没回家。据说家在他临走时,还有五岁小弟弟,乳名叫猛儿。"女寨主听了赫连英的话,流下泪来,扑到赫连英身上,哽咽的连话也说不出来,另外两名女寨主也扑了过来说:"大姐姐,我们千山万水好不容易找到了你哇!"一个女寨主哭的泪人似的,赫连英也哭的泪流满面,真是流泪眼对流泪眼,断肠人闻断肠声,四个人哭成一团。别的人被哭的也觉伤心。蒲查隆、蒲查盛、夹谷兰、东门芙蓉早已用手帕试泪。拓拔虎觉得赫连英同他结婚二十年来,遇事倔强,从不流泪,今天怎么这么伤心,又听女寨主说:"姐姐好不容易找到了你。"想必是她的堂妹了,就走了过来说:"你们不要哭了,倒要好好攀谈攀谈,你们把众人都哭的晕头转向,陪你们掉伤心泪。"

三名女寨主听有男子汉说话声音,撒开赫连英见一中年汉,浓眉、大眼、紫巍脸膛,带着英俊,当年一定是个美男子了。赫连英说:"你三个都是我叔叔的女儿吗?"三个女寨主说:"是呀!"赫连英一碰拓拔虎:"这是你们姐夫,过来见礼。"三个女寨主喊了声:"姐夫。"就要跪倒。赫连英用手扶住,连说:"免了罢。我们有急事,还要快赶路,你三个快说说,为什么离开家乡,落得当了草头王。"女寨主说:"一言难尽。简略说说吧!我们姊妹三人,还有一个弟弟,我今年27岁,单名文,二妹25岁,单名武,三妹23岁,单名豪,小弟20岁,单名杰,十年前祖父年已81岁,身体很健壮,他独自到瞿塘峡南百里外一座荒山结草为庐,静修去了。我父亲阻拦不了,让他带去了小弟,说跟他老人家学艺,其实是侍奉他老人家。祖父走后,我姐妹仍旧学武功,五年前闹瘟疫死去了父亲。我姊妹就侍奉老母,谁也不愿离开年老多病的妈。"说着抹抹脸,赫连英一看,还都是清水脸①,知道都是未出嫁的大姑娘。"去年妈妈死了。剩我姊妹靠数亩薄田度日,派人去找爷爷,深山旷野,总没有找到。我父亲在世时,每年去一次,我姊妹从没有到过。找不到弟弟,算来他有20岁了。就是祖父还活着,他也该从天降。瞿塘峡来了一伙贼人,占据了葫芦峪,无恶不作,把临近的居民,全部赶离葫芦峪,要抓青年男子当喽啰兵,抢青年女子当枭妓。我姐妹这天夜晚灯下闲话,一伙贼人,包围了小院,抢我们来了。我三人揣好了三

---

① 清水脸:从前姑娘鬓边有汗毛,出嫁时拔掉,叫做开脸,未开脸之前叫清水脸。

十年前伯父的家信，背上系紧了小包袱，每人操起了五钩神飞枪，杀了出来。逃过长江，三个孤身女子到哪里去？三妹说：'找大伯去。'就把大伯三十年前信展开，地点是距登州三百里海湾岛。是登州乘船到远东去的水路要道。信上说有一小女儿名英。我说：'大伯要是死了，你我千里迢迢涉水登山，岂不扑了个空。'二妹说：'信上说还有英姐吗？'我说：'英姐算来年近四十岁了，她早嫁了出去。'三妹又说：'嫁了怕啥？到那儿就可打听到她的下落。'我们弟弟找不到，只有英姐是我们亲人了，就这样奔登州走了下来。偏在这座山碰上了贼兵，要劫我们，嘴说些粗话，他认为三个弱女子，能顶啥事，我们从袋中取出五钩神飞枪，结果了三个寨主性命，喽啰兵跪下求饶命，我问：'还有几名寨主？'喽啰兵说：'没有了。三位女英雄，哪里去？当我们寨主吧！'我听了好笑。恰在这时来了几名逃兵，问他们去哪里，说是从前山来，回长安去，细问是从渤海来被贼人劫了贡品，杀了天使，擒了守卫伯。我问：'去渤海乘船，路过海湾岛吗？'他说：'不但路过，还打了起来，有个女寨主赫连英武艺高强，同他丈夫投降了，夫妻二人都当了大官，在登州操练人马呢。不久就要路过此地。'这是去长安大路。我想了想，此山既没有寨主，做个落脚之地，得到他们劫来银两做路费打听英姐消息。就同二妹三妹商量，收下了逃兵，就当三个月草头王。每天到这儿来打听过往行人，昨天有伙商贩从这里过，打听他们，他们说渤海国大营，已离开登州，奔长安来了。我问有女将吗？他们说：'多啦'。每天就我姐妹三人来，有时带几名女喽啰兵。这天要起早打猎去，带男喽啰走在前面碰到这三位，也是山贼性不改，骂骂咧咧，打了喽罗兵，喽罗兵一指说：'我们女寨主来了。'就听有位说：'臭婆娘当寨主，正好我们也是三个青年小伙子，抢去当押寨夫人吧！'我三人气的怒火高千丈，怒气透九霄，没问青红皂白，就交起手来。巧遇姐姐，你不是当了大官吗？又怎么这样打扮？"说完转过身，从兜囊中取出一封陈旧信，交给赫连英说："这就是大伯当年家信。"赫连英："你拿着吧。怕我这当了官的姐姐，怕你们冒充呀。"姐妹们笑了，听这话众人也笑了。蒲查隆走了过来说："姐妹相见，嫂嫂陪他三位去山寨，好好叙叙离散之情，恕我们有事，不能奉陪，回来到此找到山寨，我们一同回双星镇岂不更好。"

　　三位女寨主看赫连英面带为难之色，齐说："你们有事，我们不敢打听，但我们姊妹迢迢千里，好不容易见到姐姐，偏偏有紧事在身，我们也不敢停留，姐姐留下个地点，我们自己奔了去。此处也不是我姐妹容身之地，放火烧了山寨，遣散喽兵，带着这些受难的小女子们给他们安置了去处就奔姐姐去。"用手一指："这些小女子是闯江湖的，他们的师父在这个山里被老虎吃了，偏碰到了我姐妹留在山寨暂住。但是霎时会合就要分手，怎么能不难过。"说罢姊妹三人都落下伤心泪，蒲查隆等人都过来说："嫂嫂留在这里，我们六人去洛阳。"

　　正在商议中，听前面道上又打了起来。大家一看，是东门芙蓉同一个青年男子动起手来，两个人都是步战。只见东门芙蓉的倭刀，寒光闪闪上下翻飞，如雨打秋花，风吹败絮，一团团、一片片飞舞。再看那个青年男子手使一对练子枪，舞的上下翻滚，寒光到处惊人胆，枪光晃动吓掉魂。众人跑了过来，齐喊："住手。"两人跳出圈外，仍是横眉怒目，大有不可开交之势。蒲查隆问东门芙蓉："为什么打了起来？""我看他姊妹哭，我很难过。低头纳闷的溜达，这个愣头青撞了个满怀，险些把我撞倒，就狠狠给了他一耳光。这个坏东西竟抖起了练子枪向我打来，我这亮出了兵刃。"说着又要打，蒲查隆拉住了，向青年笑问道："壮士，你走路为什么撞人？"壮士说："我路过这里，前面有二只大虫，我就跑了起来。猛听后面有呼啦声，就掏出练子枪边跑连回头，提防大虫扑过来。我只顾边跑边回头，拍的一记耳光，打的眼花缭乱，就一抖练子枪打起来，就是我撞了你，也应向青红皂白，我要不道歉，再打也不晚，况且你我都是男儿汉，你又不是大姑娘，我故意找你便宜，你仗着有武功就动手打人，哪个怕你，过来再打。"蒲查隆暗说她就是大姑娘。

　　蒲查隆连说："二位误会了。算了吧。"这时三位女寨主同赫连英也走到了青年壮士面前，看到两眉之间有块圆形朱砂痣，年纪二十来岁，猛的叫道："你是小杰吗？"年青壮士细细端详三位女寨主，扑到面前，连叫："姐姐。我总算找到你们，把我找的好苦啊！"赫连英忙问："是谁？"大寨主叫声："小杰过来给大姐姐见礼。"小杰愣住了。心想哪里又来了个大姐姐。大寨主说："是大伯的女儿，还不过去见礼。"小杰跪倒给赫连英磕头，哭着说："爷爷骂大伯，说见不到姐姐了。"赫连英用手扶起小杰，心中是悲喜交集，祖父只有两个儿子，姊妹姐弟都相见，怨的是从没有看见祖父、祖母、叔父、婶母，这些亲人都做了古人。蒲查隆见他们分散多年的姊妹姐弟相见，要急奔洛阳，赫连英必然要去，住一天又怕耽误了要事，猛的想起了山寨上有张元遇。又想三个女寨主

比剑联姻

136

是瞿塘附近居住。问问山势险恶，有无攀登进山之路，把这事托付她办，既成全了他们的团聚，又办了公事，一举两得，岂不是很好。遂对赫连英说道："恭喜你姊妹、姐弟相逢，你留在山寨享享你这大姐姐福，恐有要事让人家办。"就悄悄把想的话告诉了赫连英，三位寨主也听见了，连说："办得到。"赫连英说："这事本日就可办完。我在这儿住一夜，到那儿去找你们。"蒲查隆："你就呆在这儿等我们。"赫连英："我可呆不了哇，我是干什么来的？这事交给我妹妹办，让他们做进大营的贡献。"蒲查隆说："要不你明天同你弟弟、姊妹走江湖的女孩们，扮成江湖上什么玩意，到咱们去的地方卖艺，你看行吗？"三位女寨主说："很好，姐姐就这么办。我姐弟五人十几名女孩儿扮什么不行。"又偷问："这位秀才是管什么的？"赫连英悄悄说："大官。进寨后再详细说。"议定好了，蒲查隆一行六人直奔洛阳，赫连英姐妹回大寨，分手时各说了保重，就分道扬镳。

蒲查隆等一行六人。辞别了赫连英姐妹，沿着大路直奔洛阳。时当春末夏初，深山密林中，间夹着鸟语花香。因是白天，边走边赏山中景色。在日落前已走出了山，看前边有座小镇，望去约有几百户人家，炊烟四起。蒲查隆说："还是分开走吧。"蒲查盛说："也好。"三个骑马是蒲查盛、东门芙蓉、夹谷兰先行，步行的是蒲查隆、拓拔虎、王常伦三人随后。约定在这个小镇吃晚饭，休息休息，在戌时初上路。要在明天日出到白马寺。前后的距离二里左右，遇事好互相接应。来到了小镇东头，见大柳树下坐着一个花子，衣服褴褛，右手拿打狗棒，左手提陶器瓦缸，蓬头垢面的，坐在地下，看见三个骑马的武生公子，就趔趔趄趄，好不容易站了起来，拦住去路，嘴边伴着嘴角黏液喃喃地叫着："行好积德吧！赏几个小钱吧！我俩快要饿死啦。"蒲查盛翻身下马，走到老要饭的跟前，从兜囊中掏出一锭银子，约重二两，交给站在身前的老乞丐。后面的那个也伸出了青筋暴露瘦得跟鹰爪似的黑手，说："公子请再行行好，也给我点吧。"蒲查盛说："你二人不是一处来的吗？""不呀。不是，他是天南，我是海北，各要各的饭。赏他不赏我，一个撑死，一个饿死，公子岂是好心行善，倒送了我俩的性命，赏他不赏我也不公平啊。"后面的老乞丐叨叨着。蒲查盛又从兜囊中掏出了一锭给他，就要骑马进镇。后头蒲查隆三人来了，也是一时好奇心主使，要看看老乞丐求求讨不。只见两个老乞丐一个头朝南，一个头朝北，脚顶脚地躺在大道上，"哎哟"，"哎哟"地叫嚷，挡住了三人去路。只见蒲查

第二十二回　赫连姊妹喜重逢　蒲查兄弟施善财

137

隆走到老乞丐面前，扶起一个老乞丐问道："老人家，得了什么病？"老乞丐翻翻眼说："财迷心窍啦。是有位武生公子，送我俩每人一锭银子。我俩从小就要饭，哪见过银子，高兴的痰生涌就躺下伸腿了。公子请你行行好，积积天德给我拍拍前胸，捶捶后背，也可能吐出来就好了。"蒲查隆真的拍前胸，捶后背，猛的老乞丐一口浊痰吐到蒲查隆脸上，王常伦看见很不满意，上前说："公子爷你看吧，弄的满脸痰。"蒲查隆说："不要紧。"掏出手绢，把痰擦掉说："老人家觉得怎样？"老乞丐说："气喘出来了，只是站不起来。"说着又仰面朝天，浑身发抖地躺在地上。这时蒲查盛去扶那个老乞丐，也被唾一脸黏痰，正用手绢擦呢，蒲查隆向蒲查盛丢了个眼色说："这位秀士，我们救人救到底，我的家人同你的家人把这二位老人抬到店栈，请郎中看看病行吗？"蒲查盛心想：我们还要连夜赶路，哪能再惹麻烦，遂说道："这位仁兄，见义勇为，我很仰慕，但小弟有紧急事要夜奔洛阳，怕误了事。咱们多给些银子，让老人家自己请郎中吧！"蒲查隆说："那样倒送了两位老人家性命，银子是会被人抢去，我们把二位老人送到栈房，请来郎中付给药费，再付些饭费、住宿费，留下些银两，就是死了也有棺材钱。这不是救人救到底吗？"拓拔虎这个钢铁汉子也动恻隐之心，就说："公子爷，我看那三位相公文质彬彬，怕没劲。"用手一指王常伦，说："我俩背吧。"说罢俯下身就背了一个，王常伦见拓拔虎能背，自己也俯身背起一个，三人来到了客栈。

接栈的赶忙走上前来，向蒲查隆深打一躬，满脸带笑地说："公子爷，天色已晚，要住宿就住小栈吧！吃喝方便，房屋干净，侍候殷勤。"蒲查隆说声："好"。门上一块牌匾"信义老店"，大门上有一副对联，上联题：孟尝君子店，下联写：千里客来投。横批是：孟尝遗风。随同接栈的进了院，接栈的一指西跨院说："那里是三间正房，院里有小花地，清静幽雅，住那里吧。"蒲查隆说："好。"接栈的开了门，让到屋中，拓拔虎、王常伦也到屋里，把二位老人家稳稳地放在床上。接栈的"哎呀"了一声说："这二个要……要……"想说出要饭的，一想一位阔公子家人背着，不是沾亲就是带故，不能说是要饭的，连说："这……这二位老人家太埋汰了，小栈床铺被褥是干净的，沾污了，公子爷，要多赏几个钱拆洗，不然小人是担当不起的。"蒲查隆说："都由我赔。我今晚还要走。这二位老人家安顿在这儿，请郎中吃药都由你们照顾。"接栈的忙说："我们人少，照顾不了。还是同公子爷同走吧。二位管家背着，怕有伤贵体，小栈里有现成骡子，只要公子多破费些银子，两天功夫，就可送到前面的大镇，名叫白马镇，有出名的郎中，给这二位老人家治病，保管手到病除。这样你看多方便。"蒲查隆说："你们大门上贴着'孟尝君子店，千里客来投'，什么'孟尝遗风'，当年孟尝君门上食客3000，现在只二人推推却却，岂不羞死。"接栈的和颜悦色地说："公子爷只会看对联，那是过春节贴的吉利话，真要当真，不要3000人，就是30人，小栈的东家，伙计们就得赔上老娘、婆娘。"接栈的心想：这是个乍出门的雏鸟，容易上当，遂说道："既是公子爷有紧事要赶路，把二位老人家安顿小栈也行，就是破费太大，这房每日租银五两，吃饭在外。请郎中吃药，病的这样沉重，要吃人参、鹿茸一类贵重药，每天也得五两。饭要吃些滋补品，什么燕窝、海参也得二三两银子。小栈派专人侍候，也得一两银子，每日要破费公子爷20两雪花白银。不知公子爷，多咱回来，要按日留下破费的银子。倘要在公子不回来死了，小栈雇人掩埋，等公子爷回来再算清账，这是小栈管公子爷的累赘，你权衡着办吧。"蒲查隆听了，心想：这分明是敲诈的秘诀。"口蜜腹剑"，怪不说车、船、店、脚、牙狡猾，这话真是不假。连说："行"，从小包中取黄金20两说："这够二百两纹银吧。"管栈的笑得嘴都合拢不上说："足够，足够。"心想我这该发财了。

第二十二回　赫连姊妹喜重逢　蒲查兄弟施善财

139

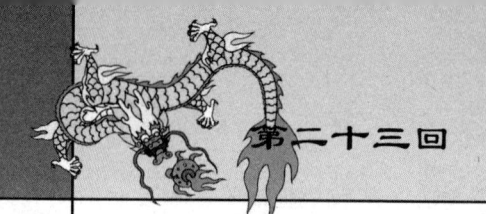

第二十三回　赫连文辞山寨齐奔洛阳
　　　　　　　信义店亲友逢悲喜交加

蒲查隆安顿两个老乞丐，好像胸中去了块大病，心情舒畅地来到东间，这时，已日落西山，管栈的点来了蜡烛，又沏来茶，忙问吃什么饭，喝什么酒，蒲查隆也觉饿了，从早到晚还没有吃饭，饿着肚皮走了一天，说："你给我们三人做四样菜，二斤好酒。"管栈的告诉了店小二，就起身走了。店小二立时端来了焖鸡、焖肉、焖鱼、焖鸭子，二斤白酒，边放菜酒边说："这是小镇上等酒菜了。"蒲查隆斟上小杯酒说："我只能喝这些，你二位尽量喝吧。"吃喝完了就赶路。三人急忙唤过店小二，算了账付了钱，这时蒲查盛来了说："我们一同走吧。我三人会武，你三人是文人，结伴同行"。小二听了："你们认识呀。"蒲查隆："在镇东大柳树下，为了救西间的老要饭的才认识。"店小二忙问道："老要饭的和你们认得？"齐说："素不相识，看他怪可怜，周济他俩。"店小二点了点头走了。三人收起了包袱，蒲查盛到东跨院让管院的从桩头牵来了马，走出门外，三人跨上马，说声"先走了。"蒲查隆三个随后步行，出了小镇，沿着奔洛阳大路走下去。

　　回书再表赫连英跟着他三个妹妹一个弟弟来到山寨，在吃午饭时，问赫连杰："爷爷死了多时？"赫连杰说："爷爷送我回家，到家看看房子被烧了，找你姐妹不着，好不容易找到了一个隔壁的王爷爷，王爷爷就说：'老大哥，找你孙女吧，山寨来抢人，他姊妹三个闯出了贼群，不知逃亡何方。'爷爷年上百岁，听了这话，晕倒了。我急忙从爷爷兜里掏出了他平日昏迷的自制丸药，用凉水送下，连喊'爷爷'，悠悠转醒。我背爷爷，回到茅屋，把爷爷放在草铺上，又给爷爷喝了些草药汤，爷爷放声大哭了。我跟爷爷十年，咱爸妈死了，爷爷只掉眼泪，也没告诉我那时我正学爷爷自做的五钩神飞练子枪，怕我想爹娘，耽误了学艺。这时他才说：'杰儿，你爹娘已经死了，剩下你三个姐姐，女流之辈，逃向哪里，你有个大伯叫赫连嵩，长你爹12岁，当年因他学武偷懒打了他，一气出了家门。三十年前捎来信，说在离登州三百里海湾岛当了渔民的首领，生下个女儿叫英，我这就写封信去找你大伯吧。他要死了，就找你英姐。看看你的三个姐姐找她去没有。要是不在那儿，

140

你要些路费，你一定找到她姊妹，就是不要见到尸骨'。爷爷老泪纵横地给我写完信，交到我手，不断念叨，'嵩儿，嵩儿，你怎么不把英抱来让我看一眼，再也见不到了。'翻来覆去地念了几百遍。等住了声，我要抱柴做饭，一看爷爷直挺挺的躺在草铺上死了，我抱着爷爷放声大哭。哭罢想，爷爷、爹娘都死了，三个姐姐不知逃往何处，我独自一人，不如也死了。又想，我死了，赫连一门，只有我一个男子汉，谁能给死去的爷爷、爹娘按年祭扫灵堂，还是遵爷爷遗嘱，把他埋在茅中，拿出了我的衣服，吃的食物，爷爷的兵刃衣服做了殉葬品，掩埋了爷爷。我守墓三天，就拿小包袱、散碎银两、练子枪到了洛阳，打听去登州的路，走到这里，碰撞了同英姐来的青年壮士，就打了起来。"边说边哭，姐妹四人，也哭成泪人，直哭的女喽啰兵，个个伤心，人人垂泪。

有个年纪十六七岁的走过来劝道："姐弟相逢，应该欢喜，老人家年岁到了，自然要殡天的，没有一百年不散的筵席，赶快商议正事。明天我们还要赶路。"劝住了姐弟五人止了悲恸，用手帕拭干眼泪。哭的人们也吃不下饭了，就撤去了杯盘碗筷，献上茶来。大寨主赫连文向赫连英问道："姐姐，你们是干什么来了？听说你夫妻投了渤海当了大官，你们那个年轻公子是唐朝人，咋回事？你告诉我。"赫连英瞅了瞅喽啰兵，大寨主知事关机密一摆手，女喽啰退出。赫连英从大战渤海国总管，被人拿下来，从头到尾讲了一遍。她说："此去洛阳白马寺密探消息，扮公子的就是总管，其中有二名女扮男装，小杰碰的那个叫东门芙蓉，另一个叫夹谷兰，两人武艺高强。日后回大营我再给你们引见。你姐弟四个烧了山寨，就奔海湾岛去吧！你大伯还健在，见到了你姐弟说不上怎样欢喜呢。"赫连武说："我们是要见到大伯的，但我也想从姐姐去，只恐怕你们不收，又恐怕你收下我们，此去长安不知有多少时间，大伯有个山高水低，岂不是见不到大伯吗？姐姐你们总管能收我们吗？"赫连英说："求之不得，谁先由洛阳回来，就派回海湾岛做好汉。"赫连豪说："要是照姐姐说的，我们等从洛阳回来和你们派的人去海湾岛吧！我们随姐姐去洛阳，你们总管不是说过，扮成什么吗？我们就扮成跑马戏的，给你们暗中跑道送信总是行吧！姐姐你看能行吗？要能行，今晚我们就上路。"姐弟五人商议了一番说："就这么办。"盼咐女喽啰赶紧收拾行装、马匹，和从前使用的马戏班的应用东西，又唤来了张元遇被打散的官兵，问了详细情况，和花和尚供词相符，告诉他寨主

第二十三回　赫连文辞山寨齐奔洛阳　信义店亲友逢悲喜交加

要当马戏班班主了,传知各喽啰兵,齐到大寨门外等候吩咐。

喽兵去召唤各喽啰,霎时都到大门外排好。赫连文已等在那里,就向众喽啰说:"我姐妹在这当了两个月寨主,一不抢二不夺,坐吃山空,也不是回事。今天又遇到了姐姐,碰到了弟弟,就要找个安身立命之地。你们也就散了伙吧。从前你们抢来金银仍归你们平分,我姐妹一文不要,各人都找个生活之道,当贼人没有好下场。你们快走,收拾行李物品,平分金银,日落前我就要放火烧掉山寨,快去,快去,收拾好就陆续各奔他乡,不必见我姐妹。"众喽啰见大寨主主意决定,只好公平地分了金银,30名喽兵每人分银四十两,收拾了随身衣服,找到厨房又分了馒头,狍鹿肉,告诉做饭的喽啰兵,给寨主或女喽啰兵送一顿晚饭就行,散伙了。厨房给做了一顿饭给寨主送去,卷起被褥,背在身上最后下了山。姐弟五人见人已走净,只有十几名女喽啰已把马备好,装好了应用的东西,等候吩咐。赫连文说:"我们把饭菜抬离山寨,找一株大树下去吃。"女喽啰兵把马匹物品、饭菜都送到半里以外的空场上,拴好马,只见山寨火起,霎时烈焰飞空,火借风势,风助火威,只有十几间茅屋,一顿饭时就烧光了。姐弟五人,来到空场,在小河边洗了手脸,吩咐吃饭。吃完饭,收拾齐整,顶着月色,满天星斗,直奔洛阳。

天晓时已出了荒山古岭,来到了小镇。路过信义老店,进到店里,把马牵到槽头,卸下东西,放在一处。店小二让17人到上房,献上茶来,向赫连杰问:"客爷们吃什么?""不管什么,现成的给我们弄两桌,吃完了好赶路。"店小二霎时端来了饭菜。正在吃喝,又来老少男女七人,有一位发似三冬雪,面似九秋霜,皱纹堆累的老翁,有二位满头白发的老婆婆。后面紧跟三个牵着马的姑娘,鞍蹬俱全,后跟两只骡子拉的两轮车,最后是一辆三匹大马拉的四轮大车,装的刀枪棍棒兵刃,车后有个四十岁左右的汉子牵着一个黑熊,熊背蹲一个小猴子,一看就知江湖上的马戏班,一行九人,店小二把九名男女让到上房东间,五间房中间过道,两头的客人都是马戏班。

这时已是卯时,只听院里嚷着说:"你们是什么信义老店,昧了20两黄金不给。"嚷声苍老嘶哑,东西间的男女老少,都站身向外看,见一个身穿蓝布汗衫的中年汉子,推推搡搡着两个蓬头垢面的老要饭的。赫连杰年轻好事,进了屋来,就向那中年汉子说:"这两个要饭的老人,你推推搡搡,小心死了,你要买棺材掩埋,还是给他俩剩饭让他俩走吧。"穿蓝布汗衫汉说:"我是接栈的,他俩讹上我了。"一个老要饭的说：" 你瞒心昧己，做了亏心事，还不讲理，把我俩从西跨院房里拖下床，推推搡搡赶我们出店。昨晚不是有一位年青公子，带着两名年纪三十多岁家人给你们留下黄金20两作为用度吗？连夜同三个骑马的武生公子结伴走了。你要昧下留给我们的黄金，不给请郎中，早饭是昨晚公子吃的剩饭，鱼啦、肉啦、鸡都端走了。你们多缺德呀！"赫连英听了触动了心事，就走了出来，问老乞丐怎么回事？老乞丐从头至尾说了一遍，又说穿什么衣服，带什么帽子，又讲了后面三个武生的长相和衣着打扮，就说："这位大嫂是马戏班的，走南闯北，见过这样么？"赫连英说："老人家听那公子还回来不？"管栈的接过说："是说回来算清账。"赫连英说："二位老人家，公子会来算账，我给每人一两黄金，留作请郎中，吃饭吧，小杰去取来。"小杰转身回房拿来二两黄金，每人给一两。老要饭的说："这位大嫂成全了我俩。是行好积德，等公子回来算账。"他一指管栈的说："什么请郎中啦。吃的药是什么人参、鹿茸啦，棺材钱啦，埋葬费啦，房钱、饭钱啦，公子一回来他会说我九天晚上死的，包管一两金子也算不出，他知道公子不亲不友，怜贫惜老，挥金如土，还能看我坟头吗，他把我俩赶出镇外就没安好心。就听大嫂话，我俩去了。"拿着打狗棒，提起瓦罐，一步挪不了四寸地走去。

　　赫连英同赫连杰转身回来，回进西间，只见东间一个姑娘喊："这位大嫂，我爷爷请你有话说。"赫连英回转身来，姑娘陪她到了东间，老翁站在桌子南边，二位老太太坐着北面，两个姑娘站在左右，车把式牵黑熊的靠东墙一张小桌喝酒，这张大桌摆满酒菜，还没动筷呢。老翁说："这位大嫂真是有恻隐之心，惜老怜贫。老汉实在敬佩，看你们也是闯江湖的。我们是同行，才敢把大嫂请来。你请坐。"赫连英坐下，老翁说："大嫂你是班主吗？"赫连英说："不是。班主在西间吃饭呢。"老翁说："我有件事想和班主商量。"赫连英说："我虽不是班主，也能当班主的家，你老有话请讲吧！"老翁换口气说："我家住西岳华山北角下，老汉姓西门单名信，今年93岁了，"一指东面老太太，"那是老伴95岁了，他娘家住瞿塘峡，赫连小寨，50年了，想起要回娘家。"又一指西面的老太太，"她是我老伴堂妹，91岁了，也想起了娘，她从小没有了爹娘，靠叔父婶母长大，她老姊妹俩每天哭天抹泪要回娘家，看看哥哥、嫂嫂、弟弟、弟妹、侄男、侄女，儿子劝不听，媳妇劝也不听。我就带了两个闺女。"一指站在老太太左右的两个姑娘，一指站在身边姑娘，"她是我老伴妹妹孙女，为了走路容易，也使姑娘们长长见识，

143

好在她仨都会些轻功，枪刀剑戟也会舞弄。我年纪老了，老伴当年和我闯过江湖，也老了。"一指车把式桌说："他三个人只会耍刀弄枪，长拳短打的庄稼汉，不会讲江湖话，我想和你们搭个班，挣点路费回家。也让孩子跟着闯练闯练。"

赫连英说："老人家不是要走亲戚吗？"老翁长叹一声："走不成了。我们离瞿塘峡百里，一个小镇打听到消息。一个老汉是瞿塘峡赫连小寨人，他说瞿塘峡附近的小寨被火烧光了，赫连小寨的人，流亡的流亡，东散西逃的不知去向。你们过不了长江，就得被山寨劫去。瞿塘峡的渡口摆渡都是喽啰兵。我们要从长安回家，你们是奔洛阳去长安的吧！"赫连英说："老人家，你老岳父姓什么？"老翁说："姓赫连。我岳父当年是练五钩神飞枪的首创人，叫乾坤妙手赫连远振，是使五钩神飞枪的第二世。有两个内弟，一个叫赫连嵩，一个叫赫连甫，50年没见面了。"赫连英也听自己父亲说过，二位姑母住华山角下，今天是巧遇了。连忙站起身形，说："老人家，你的亲人找到了，我就是赫连嵩女儿，西间还有我叔父三个女儿，一个儿子。"就要跪下磕头，二位老太太听的真真切切，站了起来，两个姑娘搀扶奔了过来，两位老太太一前一后，抱住了赫连英，泪水淌了下来，半响才说："孩子呀，我俩总算找到了亲人。"赫连英要跪下，两个老太太搀着不放。赫连英喊："小杰，快同你三个姐姐都过来。"姐弟四人闻声奔来，被两个老太太抱住不放。二位老太太满目泪水，姐姐也流泪。赫连英说："你四人还不跪下，这是姑妈。"姐弟四人跪倒在地，两个老太太搀起四人，亲亲这个，又亲那个说："孩儿们，总算见到你们，死也瞑目了。你们的爹娘都在哪里？"赫连英说："我母亲已故去十年之久，叔婶也做了古人。我爷爷好静，来到葫芦岭结草为庐，仙逝将近二月。现在只有我父亲健在，在登州大海中的海湾岛。"两个老太太听到亲人，只能见到一个弟弟，又伤心地哭了。哭罢多时，擦干了眼泪说："你们姐妹就指闯江湖混饭吃呀？这不是久远之计。常言说：学会文武艺，货卖帝王家，帝王家不识，流落于行侠。当年我夫妻，同她夫妻，"手指身旁老太太，"跑遍了大江南北，黄河两岸，后来就在华山脚下安家立业。那时为了遵从我父亲的话，你们的祖父，让我们遍走天下，试试他独立一家的五钩神飞枪，是否强过其他枪法，我们到处登门拜访名人，求人指教，后来遇到了名师，又练成'三十六趟回光返照绝命枪'。为了把枪法传给赫连门中后人，也是为了只有我们两家会这样枪法，让后人见到枪法就知姻亲。因此我夫妻姐妹残余之年登山涉水，数千里奔来，终算完成了心愿。孩子们，我姐妹是晚上脱去鞋和袜，不知明天穿不穿。我们就找处地方练枪吧。"赫连英听了姑姑煞费苦心，感激得又流下眼泪说："练这枪要多少日月？"老太太说："快，早在三个月，迟在六个月，但得有五钩神飞枪的基础，你们不是都会吗？"赫连英："只我不会。"老太太惊讶了："你是不是不会武功呀？"赫连英说："说来话长，等日后再说吧。我有要紧事，要奔洛阳，让我妹妹们和我杰弟在此侍候几位老人家。我三天后回来，就送几位老人家去海湾岛，姑侄相见，"手指赫连杰他姐弟四人，"也没有见过他们的大伯哇。"老太太听了越发糊涂了。赫连英说："此处非叙家常之地，以后慢慢再说吧！"赫连文听姐姐要独去洛阳，心里很是焦急说："这个栈那个老人说，也不是什么信义老店，我们还是一同去洛阳吧。我姐弟同奶奶合成一伙，仍是闯江湖的，大姐姐间杂我们当中，可见机行事。姐姐意下如何？"赫连英正在踌躇中，她的三个表妹，非常赞同，连说"就这么办"。吩咐套车备马，这就启程。老翁点了点头，表示赞同。

两屋里忙乱了起来，顷刻间，收拾完了。老太太忽然说："你姐妹虽是认识了，也该互相知道名哇。"说着用手指年岁较大的说："她叫西门亚男，年25岁，大年初一日生。"又指另一个说："她叫西门亚夫，今年24岁。"又指一个身穿红衣女郎说："她姓左丘，名清明，因她是清明生的。年22岁，是你二姑母的闺女。你姐妹也报报名、年岁。"赫连英说："我单名英，今年39岁了。"手指赫连文，说："她今年27岁，单名文，她今年25岁，单名武，她今年23岁，单名豪，他今年20岁，单名杰。"表姐妹、弟各自见过礼。马匹、车辆已备好，上车的上车，骑马的骑马，牵黑熊的牵黑熊，熊背上小猴蹲好，算清了饭账，由赫连英给了银子走出信义老店，径奔洛阳。牵黑熊的高了兴，信口唱起了路途景："走过十里桃花镇，又过十里杏花村，桃花镇上出美酒，杏花村上出美人，路上有花也有酒，花酒难留有事人。"有调有腔地逗的众人发笑。

他们奔洛阳暂且不表，再说蒲查隆六人昼夜兼行，第二天到了白马镇，恰好大集日期。三街六巷，做买的，做卖的，推车的，挑担的，说书的，唱戏的，打把式，卖艺的，蹲洋沟帮，卖咸鸭蛋的，提着水桶卖水饺的，手拿铁钩收破烂的，人来人往，络绎不绝。他六人前后陆续地来到白马寺。好一座堂皇宫，威武雄壮的大寺院，左有钟楼，右有鼓楼，白马寺正门，两旁粉壁墙上一行行是名人的写作。门前涂漆四个大旗杆上的，四角都有五六尺长红旗，迎风飘摆，嗯啦啦作响。院内佛阁高耸，寺房林立，香烟缭绕，木鱼声，磬声，随风飘来。善男信女捧着香烛，供品，来来往往。六人观赏了片刻，见对面有座酒楼，这时已饥肠咕噜，互递了眼色，奔酒楼而来。临楼有八个高杆，挂着八大幌五颜六色。见门框上挂着颜真卿字体的对联，是名工巧匠刻的，上联是"汉三杰闻香下马"，下联是"周八士知味停车"，横匾四个大字"美味佳肴"，二层楼上大匾红底金字，"杏花村酒店"五个大字。六人前后走进酒店，直奔二层楼上。摆台的（跑堂）见穿带阔绰殷勤让入雅座，倒上茶来，喃喃地背菜谱。蒲查隆说："我们是来进香的，你拣上等酒席来一桌。"摆台的一看只三个人就要一桌酒席，是来历不凡的，喊了下去。又到邻间雅座，见是一个武生带二个家人，也说是进香，拣上等酒席来一桌，摆台的想是来闹阔气，又喊"上等酒席一桌。"吃完了饭付了账，六人陆续到街上买香烛供品，捧着香烛供品，刚到白马寺的寺门，见两个老花子，躺卧在山门两边，细看正是信义老店的，给留下黄金20两的老要饭的，蒲查隆想：我们昼夜兼程，马是宝马，人用鹭伏鹤行术，老要饭的竟走到我们前面。想到这里，只吓得头发直竖，心想"真人不露相，露相不真人。"是敌人知道了消息，露一手让我们知道厉害。蒲查隆狠了狠心，任他刀山剑林，也要去闯，才引出夜探白马寺，救李白杀和尚的一段热闹节目。

第二十四回　蒲查隆一探白马寺　李太白获救悠然间

话说蒲查隆、蒲查盛六人到白马寺山门，在树丛中拴好马匹，见有两个老要饭的，睡在门两旁。仔细一看，这两个老要饭的，正是前两天在信义老店给留下20两黄金作为请郎中的药费、店费的二老。蒲查隆刚想去问，又谁知这两个老要饭的连理睬也不理睬，纳头便睡。蒲查隆猛丁想起真人不露相，露相非真人。我们昼夜兼程，马是日走一千、夜走八百的良骥，人在夜间用鹭伏鹤行术，可算走的最快的。两个老要饭的竟走在我们的前头，他俩是飞来的？这样看来二个老要饭的脚程也就够快了。也许是敌人知道了我们的行踪，派出侦探，故意献一手，让我们知难而退。不由得长吁了一口气。能人背后有能人。自己年轻没有阅历，刀山剑林，也要闯去。捧着香烛供品，随同善男信女们，到处焚香上供，每到一座殿，总有和尚身披袈裟，光着头，手敲木鱼，在香烛前，喃喃诵经。蒲查隆一行六人，前殿、后殿、左楼、右阁真是遇神磕头，见菩萨焚香，直到夕阳西下，走出了白马寺。这时已饥肠辘辘，六个人分成两伙，步入了杏花村酒楼，安顿马匹行装。

跑堂的过来，点头哈腰笑说："公子爷进香完了，吃点什么？"蒲查隆说："还是来桌酒席吧！"跑堂沏来了香茶，给每人倒上一杯茶，转身走了。蒲查盛三人也来了，坐到蒲查隆邻座，也要了一桌酒席。跑堂的端来酒菜，酒是浙江绍兴名酒花雕，席是山中走兽云中雁，陆地牛羊海底鲜，水陆毕陈。这六个人边吃饭，边向窗外看景致。时当五月，大街两旁，绿树摇曳，浓荫下的花坛，百花盛开，彩蝶飞舞。蒲查隆想，人言"洛阳花似锦"，这白马镇离洛阳近在咫尺，也花繁似锦，真要到了洛阳，不知要胜过白马镇多少倍。猛听到楼下打了起来，从楼窗往下瞧，见十几名大汉，手拿长枪短刀围住了三个小要饭的。只见三个小要饭的，也急了眼，一个个从背后皮褡裢里掣出了兵刃。一个瓜子脸尖朝上，头顶上梳着一绺中天杵小辫，从辫根到辫梢，捆着红头绳，辫梢系着一对铜铃，红眼边烂眼圈，罗圈腿，大肚子，看年纪只有15岁，身高仅有五尺，从皮褡裢里掣出了一个大喇叭，喇叭碗子口径足有一尺，长有二尺，喇叭杆有二尺，喇叭嘴有二尺，全喇叭是铜做的，这个喇叭有伸缩性，喇叭碗子可缩进喇叭杆，喇叭杆可缩进喇叭嘴。背后的皮褡裢像是一尺多见方的，有二个背带从胸中褡成斜十字扣。大喇叭迎着落山的太阳一幌，闪闪放光。又见一个从背后褡裢里掣出了一把大菜刀，长有二尺多，宽有二尺多，厚有七八寸，左臂长，右臂短，头上披散，短发，猴子脸。又一个小要饭的，从背后皮褡裢掣出了一个大漏勺，长二尺多，口径只有一尺，漏勺眼有一寸见圆，漏勺黑明锃亮，身材有五尺多，头上梳短辫，左眼小如绿豆，右眼大如豆包。黄眼珠，绿眼泡。三个人的脸，使喇叭的是黄脸，使大菜刀的是红脸，使大漏勺的是黑脸。听听拿大喇叭的嚷道："你们不要狗仗人势，以多为胜，小太爷吃饭给钱，凭什么不让上楼，满口出臭气地骂小太爷，惹小太爷生气，推倒了狗堂官，就想动打。要打，你们这伙鳖孙，能行吗？让小爷吹鳖孙子们，听一通去阴朝地府送丧曲吧！"捧起喇叭就吹，就见几点红光，扑在几个大汉脸上。只听哎呀不好，脸上起了流浆大泡，痛的吱吱乱叫。又见几个大汉衣服着了火，倒地打滚。地面上沾上火，也冒烟着火，霎时间打手们乱了套，滚的滚，爬的爬，哭爹嚎娘地奔回酒楼。三个小要饭的挤进人群，随人流去了。

　　蒲查隆等人凭窗看三人面目一清二楚，六个人会意地笑了。蒲查隆心中暗暗吃惊，心想这三个小要饭的凑成一伙，遇上谁家有了丧事，有吹大喇叭的，有上灶的倒很齐全。猛想到师父的话，江湖上有四大怪侠，江湖人称四化郎，武术门中独树一帜，别开天地，另立一家把式，发明了三种兵刃，大喇叭叫"一气混元珠"，大菜刀叫"紫金都"，大漏勺叫"七歪"，都经过千锤打，万火锻，锋利无比。四怪侠经过十几年铸锻，制成了这三样奇奇怪怪的兵刃，招法出奇。这三个小要饭的莫非就是边北查东摩天岭下晒马蹄的三小怪。这小怪是四怪侠从襁褓中抚育长大，懂人事就捺胳膊弯腿，练就了一身横练功夫，可以枪刀不入。人长的怪模怪样，但各怀绝艺。这三小怪为什么来到白马寺？哦，是了是了。莫非跟着他师父闯荡闯荡，阅历些人情事故，如此看来，躺在山门两旁的老要饭的就是他们师父了。据说怪侠们各个嫉恶如仇，莫非也是来探白马寺，要斗斗凶僧，要破他的五毒阴煞掌。要真是这样，我们就可坐山观虎斗，扒河望水流，静观成败，坐享渔人之利。又一想，这不妥当，人要光明磊落。我们是来探白马寺的，不入虎穴，焉得虎子，今晚一定夜探白马寺。主意已定，急吃了饭，付了饭账，到林荫中牵出了马。见白马寺路西有一座老店，直奔了过去。管栈的见前后来了六人，穿戴阔绰，竟奔了过来说："客爷，天色将晚，住我们店吧。房屋干净，有现成的马槽。吃喝现成，价钱便宜。请请！"把他六人让进东跨院，马匹交给档槽的，店小二端来了净面水，然后安置了床铺，问客："爷们用什么酒饭？"蒲查隆一指杏花村酒店："方才在那里吃的酒足饭饱，不用了。"店小二转身出去，转眼间捧来了香茶蜡烛，和颜悦色地说："客爷们请休息吧。有事呼唤小的。"转身走了。蒲查隆细看有五间正房，北面有过道，东面东西间各两个客室中间，除过道外有一间小客室，幽雅清静。房前有几株古榆，枝叶繁茂，有如伞盖，遮蔽了东墙。蒲查盛想了想，遂吩咐拓拔虎、王常伦同住西间客舍，夹谷兰、东门芙蓉住东间客舍，自己同蒲查盛住小客室。自从双兴镇出发后，这是头一次住栈，昼夜行程，真是疲乏极了。每人都到自己客室去安歇。蒲查隆望着蒲查盛说："你我也安歇一会儿，先睡一觉，解解沿途疲劳，三更时分则夜探白马寺。"二人脱去了长大衣服，纳头便睡了。

　　梆梆梆，巡更的敲了三更。蒲查隆、蒲查盛已醒来，轻轻穿好夜行衣着，背后背着宝剑，带好暗器，悄悄地走到院中的东墙，施展了夜行人功夫，跳出了东墙。恰值天阴的漆黑，伸手不见五指，蒲查隆、蒲查盛俯耳交谈了一会儿，二人便纵上白马寺西跨院的房脊。往下一望，静悄悄，寂然无声。跳下房来，沿着房墙，使用陆地飞行术走了多时，真是房挨房，房房不断，楼靠楼，楼楼相连。好不容易见到一座房间，透露灯光。二人蹑足潜踪，来到窗下，用舌尖舔破窗棂纸，用木匠单吊线工夫，往里细看。见一位年将三十人物，头戴纶巾，身披鹤氅，端坐饮酒，已是醉态。忽拉门帘启处进来了两个老和尚，手持戒刀，向着喝酒的人大声喝道："李太白，真是天堂有路你不走，地狱无门自来投，飞蛾投火，自来送死，洒家奉了堂头大和尚命令，立等割你首级，前去复命。但你我远日无仇，近日无冤，你死后不要找我俩，你的冤魂报仇去找堂头大和尚。"说罢，举起刀恶狠狠直奔顶梁劈来，只听噗噗两声，死尸栽倒在地。

　　这是怎么回事？听说书人，慢慢补叙。李白自从醉酒草蛮书后，玄宗很爱他的才学，宠爱非常，但杨国忠捧砚之辱，高力士脱靴之羞，耿耿于怀，总想报复，但又无机可乘。恰巧杨贵妃凭栏吟李白为她作的《清平乐》中有"可怜飞燕依红妆"之句。高力士侍奉在侧，跪倒在地两眼流泪，假惺惺地说："贵妃为什么吟这句诗，奴才都替您羞死了。"杨贵妃见他泪流满面，不禁惊讶问道："为什么替我羞死。"高力士拭了

第二十四回　蒲查隆一探白马寺　李太白获救悠然间

149

拭眼泪说:"李白责骂贵妃是汉武帝宠信的赵飞燕,与紫大侠通奸,被武帝查觉,要处死她,幸亏她的妹妹合德从中请情,幽闭冷宫。李白写可怜飞燕依红妆,正是骂贵妃。"这几句不多,恰中了杨贵妃平日忌。当时杨贵妃正和安禄山背着玄宗,传寒送暖,不由得恨李白深入骨髓。气的桃腮发白,跺着脚说:"我不杀李白,誓不为人。"拂袖回宫。从此每逢玄宗临幸,就说李白是个醉汉,常在朝堂,有失天子威严。大丈夫难拒枕边言,堂堂皇帝也是信爱妃话,对李白就失去宠爱。李白见玄宗对自己日渐冷淡,恐怕是祸,就奏请辞职。玄宗念他曾醉酒草蛮书,安定了外患,赐金牌一面,上写逢州县赐酒。李白拜别了旧日朋友,骑一头驴儿,来到了白马寺,掌院大和尚净禅,接入了禅堂,毕恭毕敬地款待。那是贼秃头,笑里藏刀,要暗害李太白。前三天就接到了杨国忠高力士亲笔信。说:"李白辞朝后,必然要逛山玩水。白马寺是千年古刹,名胜之地,必然前往,留而杀之。将人头密送敝舍,拜托,拜托。"净禅贼秃头,果真见李白来了,喜从天降,摆上了上等素席,烩群鲜(会群仙)完全是瓜、果、梨、桃各种鲜果制成的美味佳肴,香甜适口。李太白见大和尚净禅,执礼甚恭,酒落欢肠,豪饮起来,直吃到黄昏。李太白已酩酊大醉,送入后院净室安歇,在桌上摆上菜肴,盛上鸩酒,以为李白睡醒,看有酒有菜,必再狂饮起来,让他中毒而死。谁知事不由人,李白一觉醒来恰是午夜。梆梆梆!鼓打三更,醉眼朦胧的,将酒壶碰掉砖地上,拾起来一看,酒壶空了。见书橱中有一瓶浙江女贞酒,就自斟自饮起来。两个凶僧是来割李太白的人头。见他端坐饮酒,认为鸩酒毒性未发,竟扑了过来,举刀恶狠狠就照着李太白脖颈劈来。噗噗两声,红光迸现。李太白闭目等死多时,觉得脑袋仍在脖项上,睁开眼看看,见二个贼秃和尚死尸倒地,自己发了会儿怔。琢磨是怎么回事,只见从窗外进来个身穿夜行衣,背背宝剑青年壮士,不容分说,举起李白像扔小鸟似的,扔向窗外。李白想这该摔死了,哪知身体正在悬空悠晃,觉有人托着肢体,轻轻放下,只见进屋的青年壮士跳出窗外,走了过来,把自己挟在腋下,忽高忽低,蹿房越脊,来到一所僻静之处。黑洞洞只见树影摇曳,夹李白的青年壮士,刚把李白放下,李白尚未站稳脚步,猛见从树上跳下三个人,一个来抢李白,两个手持兵刃,直奔两个青年壮士,举起兵刃搂头盖顶打下。这时李白已被来人挟在腋下,两个青年壮士,抽剑还招,眼睁睁不能救李白。两个秃和尚手擎月牙铲,上下翻飞,铲带风声。正在欲救不能的当儿,耳轮中只听乓乓两声,两

150

个贼秃翻身栽倒，月牙铲丢在地上。挟着李白的贼秃将想要逃，只听妈呀一声，咕咚栽倒。来了三个贼秃死了一对半。

蒲查隆、蒲查盛见李白僵卧地上，急来扶起，问："受伤没有？"李白吓得浑身打战，连说："没有。"正在这时蒲查隆、蒲查盛觉得一道黑影，忽地一个胖大和尚站在面前，相距只有五尺，黑夜间两只眼睛炯炯放光，凶相毕露，恶狠狠地说："黄口娃儿，胎毛未褪，乳黄未干，竟敢来太岁头上动土，自来找死。识相的，你俩背起李白，送回白马寺，祖师念你年轻不知，给你俩一个全尸，牙迸半个不字，祖师爷就将你俩顷刻间碎尸万断。走！走！走！"就跟下命令似的。蒲查隆、蒲查盛刚想要动手，只见从树后飞来三条黑影，不容分说，扶起三人，身形一纵，使出了绝艺，燕子穿云纵，窜枝过梗，轻如飞鸟奔林，来到了荒山旷野，将三人放下。蒲查隆、蒲查盛睁眼细看，见东门芙蓉、夹谷兰、拓拔虎、王常伦四人站在眼前，马正拴在树上，再找扶自己的人，踪迹不见。李白这时已吓得半死，坐在大树下发呆。蒲查隆问四人怎么来到这里？拓拔虎说出了原因。

第二十五回 老化郎有意引路 赫连英急来会师

蒲查隆问:"你们四个怎么来到这里?"拓拔虎说:"时当午夜,我一觉醒来,想到院中树下小解。猛古丁儿从树上,纵下一个人来。我刚想问谁?他已到我面前说:'不要声张,我有要紧事告诉你们,你快进房,唤醒他们三人,急急准备跟我走,找你们的二位总管吧!快快快!'我借着星光仔细一看,原来是在前些时我们周济的老要饭的,我刚想问他个究竟,他说:'你看看你们总管还在屋吗?'我急急到小客室,见门依然锁着,敲敲门,毫无声息。就纵身跳到房后,见小客室过道的小门是虚掩着,推开一看,哪里有二位总管。我急忙招呼他们仨,恰好他们仨也都醒了。我告诉他们快走。只急得搓手顿足,带好了武器,走到院中。老要饭的已将马匹牵到,后面跟着当槽的,老要饭的从兜囊中掏出一锭黄金约有十两,交给当槽的说:'给的住宿费,多了三天后来算。'又拿出一小块黄金约二两,给当槽的做小费,让他给我们开了店门。我们来到店门外,想要问明白怎么回事。老要饭的说:'你们不要疑神见鬼的,跟我去保管见着你们总管。稍事耽误,你四人性命就难保了。死在目前还在狐疑什么,你好心救人,我今晚特来救你们。快,快,快骑马。老要饭的一指王常伦说:'你的腿快,就跟着跑吧!'我们四人稍稍商议了一下,可能是老要饭的知道总管下落,就跟走吧。如果他说谎,再跟他算账,就飞奔的来到这儿。恰好二位总管也来了,老要饭的交给我一封信,说让总管看,有破五毒阴煞掌方法。蒲查隆接过信来,蒲查盛燃着烛,两人来到树后,借着烛光细看,见有寥寥数句:"要想除净禅,须把艺学全,南行五百里,就有巧机缘,高僧名圆觉,参禅悟道玄,有心要除害,不忍骨肉残,跪拜草寺外,绝艺能相传,花子。"

蒲查隆、蒲查盛看看迷惑不解,吹灭了艾烛,时已天破晓,依稀可辨清方向。猛听远处传来了马铃声,抬头望去,只见一簇人马蜂拥而来。蒲查隆想:如此旷野荒山,虎豹狼犲出没之所,竟有人马前来,想必是白马寺派人追踪。想到这里,说了声:"各位预备了,等候厮杀。"众人也看到来了一伙人马,踏着荒山峻岭,直奔而来,每个人都亮出了

比剑联姻

152

兵刃准备厮杀。前边人马越来越近，天已泛白，看清了来人，前面人骑着高头大马，马鞍轿上，坐着六个女的。头前马上，端坐一个男青年，后面跟着一群女娃。紧跟着后面是一辆带篷轮车，一辆两轮骡车。最后面有人牵着一只黑熊，影影绰绰看见一个小猴，骑在熊背上，看形像是江湖跑马戏的。蒲查隆等看不像是贼兵，就放稳了心。这伙人越来越近，拓拔虎一眼看出，青年后生马后的一骑马上，正是自己的夫人赫连英。转身向蒲查隆说："总管你看那不是赫连英吗？"没等蒲查隆细看，东门芙蓉接茬说："拓拔将军，两天没有见到夫人，就想花了眼，深山旷野，她来这干啥？"拓拔虎虽年近四旬，也羞得涨红了脸。蒲查隆听了也觉好笑，仔细地瞧了瞧，真是赫连英，遂向东门芙蓉说："不是拓拔将军花了眼，真是嫂嫂来了。"东门芙蓉、夹谷兰也看清了，抛下众人跑了过去，连呼："嫂嫂、嫂嫂。"赫连英听到了呼声，仔细瞧瞧，见是东门芙蓉、夹谷兰扑了过来，翻身下马，顾不得把丝缰交给别人，就奔了过来。三人见面没问长短，就拥抱亲热起来。马上的五个姑娘，倒发了愣。大姐姐赫连英虽是年近四旬，但总是女人之身，怎么竟和二十多岁的男人拥抱，也没说她有二十多岁的儿子呀！只听说她28岁生了个男孩，不满周岁生豆麻疹死了，为了难割舍，大姐姐把结婚的金项链戴在他脖子上抛进了大海。算来有11岁，今天这样疯狂，要让大姐夫知道了该多么生气。

这五个姑娘正在胡思乱想，那边又过来了三个人，头前是拓拔虎，身后是蒲查隆、蒲查盛。赫连英见自己丈夫同二位总管走来，遂撒了夹谷兰、东门芙蓉，走了过来，给自己丈夫点了点头，夫妻二人会意地笑了笑，就给二位总管敬了礼，说："真想不到在此碰见总管，回禀总管，我在客店，邂逅相遇到了姑母姑父，表妹，让我来介绍给你。"二位总管齐说："恭贺嫂嫂骨肉团聚。"赫连英招呼五个姑娘和赫连杰："你们还不下马，来叩见总管。"六个人听了大姐姐话，齐跳下马来，奔到赫连英面前。赫连文姐弟四人认识二位总管的，请了安问声："总管您好。"西门亚男，西门亚夫，左丘清明这三个姑娘是没有见过总管，赫连英一一作了介绍，请过安，退向一旁。手指拓拔虎又对三个姑娘说："这位就是大姐夫，快过来见礼。"三个姑娘深深万福，齐说："大姐夫，小妹给问安了。"拓拔虎连忙躬身还礼。这时老英雄西门信也走了过来，赫连英忙说："姑父来的正好，我给你老介绍介绍我们二位总管。"一指蒲查隆、蒲查盛，"这二位就是我向老人家讲的渤海国朝唐的使臣虎贲

第二十五回　老化郎有意引路　赫连英急来会师

营总管将军。"老英雄打量两个青年一表人才，相貌堂堂，眉清目秀，齿白唇红，俨如少女，气魄温和，性柔而刚直，严肃中露出威风。遂抱拳秉手，深深一鞠躬说："二位总管将军，恕老汉年近百岁，不能全礼。"未等老英雄话说完，二位总管走上前来，挽住老英雄双手，齐说："老人家，理当晚辈给老人家磕头，哪里敢当老人家的礼，岂不折煞晚辈。"说着二人双双就要跪倒，老英雄双手扶起，连说："不敢当，不敢当。"二位总管以为一个年近百岁老人，能有多大气力，哪知老人双手刚劲有力，使二位总管竟跪不下去。赫连英说："总管太多礼了，不要跪吧。"二位总管说什么也要磕头，老英雄再三不肯，最后是深深地抱拳连鞠三躬，才算行过见面礼。

书中待言，二位总管长了25岁，除了爹娘师父及左右平章父辈之外，就是给赫连英父亲要磕头，结果作了三个揖，这是第二次，为什么？一是敬老，二是拢络赫连英夫妻和自己亲近。蒲查隆问赫连英："嫂嫂，你说见到了您的姑妈，现在哪里？我两人过去给老人家请安去。"赫连英说："哪里还敢劳动二位总管，还是让我姑妈过来拜见总管吧。"二位总管哪里肯依，赫连英只好让赫连文告诉姑妈，说渤海国朝唐副使臣兼虎贲营总管将军要见二位老人家，请二位姑妈下车恭候。赫连文来到车前掀起了软席，学说了一遍。二位老太太下得车来，傍依车篷。众姐妹站立两旁。二位总管走到面前，又要跪倒，早被赫连英夫妻挽住，只好作了三个揖，问老人家跋涉受尽风霜劳苦，身体可健康。二位老太太回说："多承总管关心，老婆子从小受艰苦惯了，贱躯是很壮健。"二位总管拜别了二位老太太，齐聚树下。认识的早已见过礼，只有王常伦没有过去。一是自己觉得是初来乍到，人事生疏；二是处处要留分寸，虽见众人亲亲热热，自己站在树下看守马匹。

众人拥了过来，赫连杰首先和他打招呼："王大哥你好。"王常伦连说："好好。"赫连杰一眼瞥见了东门芙蓉，抛开王常伦就奔了过去，要拉东门芙蓉的手。东门芙蓉赶紧缩回了手，赫连杰说："好哥哥你还生我气吗？不打不相识，越打越交情厚，你我都是青年，相处日子远哩，我想和你做个一生的好朋友呢！你怎么躲着我，还见我的怪。我这厢给你赔礼道歉，饶恕我罢。"说着就要跪下磕头。东门芙蓉涨红了脸，连说："不要跪呀！这是一家人。"说完又觉话不对头，脸羞的通红，扭过脸去。赫连英见大家争论，急忙过来拉起赫连杰。赫连杰说："大姐姐你看，他脸红的像火烧云。你又不是大姑娘，见我这年轻小伙子害的什么羞？你方才说你我是一家人，多亲密无间呀，谢谢你的盛情。今后咱俩就是一家人，要多亲多近，谁也不要变心。"把个东门芙蓉羞得脸泛桃花，红艳艳的如芍药笼烟，羞怯怯低头不语。只恨自己悔不该女扮男装，闹出这样笑话。倘被夹谷兰听见看见作为说话的话柄，岂不羞死人。猛抬头恰好与夹谷兰四目相对，顿着脚说："嫂嫂，你把他拉走吧，啰嗦些什么。"

赫连英拉着赫连杰，来到众姐妹身边。二位老太太坐在当中，闭目养神，众姐妹早看见了方才场面，也很纳闷。就问大姐姐："你们那位年青武士，面相像是一个未出闺阁的大姑娘。小杰给他磕头，挽也不挽，小杰和他交情，羞的小脸通红。真够呛，难为他还是男子汉大丈夫，就是女的也不能像他那样面皮嫩，羞惭得无地自容。"赫连英说："慢慢讲给你们。"东门芙蓉这时已和夹谷兰坐在一起闲话。

时已是东边送出了太阳。蒲查隆见众人席地而坐，就吩咐人做饭放马。好在赫连英这伙人，带有锅灶，食粮油盐。烧饭的烧饭，放马的放马。蒲查隆猛丁想起赫连英怎么会深更半夜地来到这里，遂喊："赫连嫂嫂，这里来，我有话向你打听。"赫连英离开众姐妹来到总管面前，问："什么话要说？"二位总管让她坐下后，蒲查隆问："你们一伙人深山半夜，放着大道不走，干嘛踏荒山野岭，是遇到了贼人赶的吧？"赫连英说："不是贼人赶的，是老要饭的带路来的。"蒲查隆听了就是一愣："怎么？你们也是老要饭的领来的！"赫连英说："一点不错，昨晚我们宿在前山的大树林中，今天要趁早赶路，备好了马匹准备上路，从树上跳下一个衣服褴褛、沾满了露水，左手提瓦缸，右手提打狗棒，蓬头垢面的人。我以为是来讨吃的，哪知老要饭的直奔我面前说：'你是赫连英吧？'倒把我问愣住了。他怎么知道我名，细看不认得。老要饭的说：'不要吃惊，我特来给你送信，不要去洛阳了，你们总管同其他几人，就在前山等你。离此十里路吧，快走吧。迟了就怕他们走了。'我说：'老人家你怎么知道？'老要饭的说：'年青人气傲，不知天多高，地多厚，仗着自己有点武功，就夜探白马寺，险些送了小命，被我们伙伴救了出来，送到南山树林中。快跟我走吧！'我细细看了看老要饭的，不像是作恶的，又拿不定主意。这时我姑父走了过来，我同我姑父商量，我姑父辨认了半天，一把扯住老要饭的擀了毡地说：'老家伙还没死呀！'老要饭的哈哈笑了："我没死你也没死，还同老伴，游山逛水，把老伴让给我吧，跟我要饭去，四海为家多好。'我看我的姑父跟要饭的说玩笑,想必是旧相识了。我赶紧问:'老人家请你赶快领路。你二老边走边谈吧!'老要饭的说:'等不了吧。走!走!'拉着我姑父手,走在前面,边走边说笑,我恐怕我姑父年纪老了,受不了翻山越岭的辛苦,就扯住老要饭的说:'你二位只顾说笑,也忘了山路崎岖难走,还是骑马吧。'老要饭的说:'老当益壮,我溜溜这老家伙腿脚,看看他是不是当年的神枪盖川陕的英雄气魄。'哦,他连我姑父江湖上威名都知道。又摇头说:'姑娘不要强人所难,我一辈子也没骑过马。'说完,扯着我姑父手说:'老家伙赛赛跑吧。'这两个老人家就跑了起来。我们骑马在后面紧追,来到了东山顶,二位老人家停下了脚步。我走向前一看,两位老人跑了20里气不长出,面不改色,我说:'老了还赛什么跑?'老花子乐了说:'老小孩,老小孩咦,不跑就要耽误了你们会面,'用手一指,'姑娘你看那不是来了吗。'我睁眼细看,见有胭脂马,认为有可能是你们。我说:'看不清楚。'老要饭的条子上写的内容说:'没错。'对我姑父说了声'珍重'。一纵身就不见了踪迹。我打听我姑父,此老是谁?我姑父只说:'以后再讲',就跟你们来了,果然相会。"蒲查隆猛地想到老要饭留的字条,把条子展开,要重新琢磨。

比剑联姻

156

第二十六回　西门信指点迷津　猴与熊巧抓贼秃

话说蒲查隆等人在深山旷野，埋锅做饭，蒲查隆听说又是老花子指路，忽然想起了老花子留条，从兜囊掏了出来，双手捧着细细琢磨："要想除净禅，须把艺学全，南行五百里，就有巧机缘。"按这四句话，分明知道我非凶僧敌手。南行五百里，就有巧机缘，这是个闷葫芦，纵然南行五百里，一无山名、村名，二无姓名，让我哪去找，除非是人来找我。再看下面四句："高僧名圆觉，参禅悟道玄，有心要除害，不忍骨肉残，跪拜草寺外，绝艺能相传。"啊！有了圆觉大和尚，可有寺名悟玄寺，是净禅的师伯师叔，不忍下手杀他，想要授艺于别人，除掉这个凶僧，清理门户。蒲查隆觉得自己想法是符合条上的话，随手递给蒲查盛，同时说明了自己的猜想。蒲查盛也说猜得有理，又说："在这深山旷野，盲目乱走，并非上策，我想凡是退隐高僧，多数是在偏僻之处与世隔绝，来到那里去打听。"两人把老要饭的留下的条子放在地下，忽地被风吹起，蒲查隆用双手按住，发现信纸背面画着群山峻岭，树上有处白楂，细看是指路标。发现有了指路标，忽地站起身形，高喊："快吃饭，好赶路。"蒲查盛、拓拔虎、赫连英，见他高兴地发狂，齐问"怎么回事？"蒲查隆把他的发现告诉了三人。蒲查盛说："原先我认为是老花子拣的旧纸，并没有留心，怎知是指路标，慢说五百里，就是千山万水，有指路标也可找到。老花子为我们煞费苦心，看来20两黄金是买不动他们的心。这样侠肝义胆，视金银如粪土，视功名利禄如草芥。这四位高人可惜我们有眼不识泰山，失之交臂，连姓名都不知道。"赫连英接过说："我姑爷和送我们的老花子像是多年的老相识，何不把老人家请来，打听打听，我在道上问，老人家说以后再说。现在为了难，想老人家再不能不说了。"蒲查隆说："好极了，嫂嫂快去请来。我们和大家边吃边谈，两不误事。"

赫连英站起身子，来到了老人面前说："两位总管有事要当面请教。"老人乐呵呵地站起身形，随赫连英来到蒲查隆等四人坐的树下，三人早已站着等候。蒲查隆说："有劳老人家贵步了。真是心中不安，不劳老人家，又有事心中莫解。"吩咐拓拔虎拿来马鞍，平铺草地上，请老人坐下。四人陪同坐在草地上，老人问："什么事要向我打听？"蒲查隆就把老花子留的条让老人看了一遍。老人捋捋银髯，说："圆觉高人，我闻其名，未见其人，原是西域华山清凉寺住持，后来到了白马寺。据说他的大徒弟什么净禅不悟禅，和什么天竺国的杂毛老道，叫五毒道长的结识了，炼五毒阴煞掌。圆觉一气之下，竟遁迹深山，从此无人知晓。是当时武林中一位出类拔萃的武功大师，也是释教门中一位出色的高僧。他的武功已出境入化，坐在禅房中能听到数百步外脚步声，兵刃声，断出是什么兵刃。这宗绝艺，叫'金风未动蝉先觉'，没有数十年苦功是练不到的。就我知道的就这些。踏遍天涯海角，哪里去寻找。"蒲查隆又将留条背面给老人看，老人闯荡江湖数十年，是饱经沧桑老手，看出了是指路标，哈哈大笑了："能找到了。这是指路标，这条是什么人留下的？"蒲查隆遂把夜探白马寺，被老花子挟到这里，怎么和拓拔虎相遇，老花子不辞而别，留下这封信柬，从头至尾说了一遍。嫂嫂说："老人家和老花子是老相识，请老人家来，就是向老人家打听救我的老花子或领路的老花子是哪里的？"老人笑着说："这四个怪人我其中就认识一个，江湖人称独占洞庭湖，游九州逛四海，呼天唤地南乞丐侠客。那三个人一个叫独占湄沱湖，游九州逛四海，呼天唤地东乞丐侠客，一个叫独占瀚海，游九州逛四海，呼天唤地西乞丐侠客，一个叫独占北海，游九州逛四海，呼天唤地北乞丐侠客，江湖上简称四化郎。这四个怪人，在远东摩天岭上晒马蹄，一年一次不定期聚会。性怪僻，用讨饭掩盖了真相，各怀绝艺。名山古刹，深山幽谷，都城小镇，几十年讨饭为生，没有没到过的，就是有也很少了。这张留柬既是四化郎留的，定然不会错。按指路标找去，定可找到圆觉高僧。"

蒲查隆说："这四位侠客，真是侠肝义胆，救人救彻底了，可我们素昧平生，承蒙相救，感谢无门，岂不愧死。"老人"哦"了一声，"据南化郎说，您营中有个叫'赤乌鱼'的，是他徒弟，蒙总管饶了他性命，并提拔当了先行营大掌管将军。是有这回事吗？"蒲查隆说："是迟勿异，事是有的。""老人家真是年纪不饶人啊。我俩边跑边谈，我竟把迟勿异说成'赤乌鱼'见笑了。他说从天门岭就尾随在后，看到二位总管活捉高丽国大将军，夜闯乌拉，力战契丹四棍锤将，智骗营州都尉府，激战海湾岛，用登萍渡水收降了拓拔夫妻，你们不是在海湾岛和登州整顿兵马约有两个月吧，南化郎到东摩天岭下晒马蹄，四化郎聚会，把二位总管如何年青有为，如何武艺超群，如何大仁大义，当三个化郎宣扬赞誉了一番。又劝三个化郎和他同行，三个化郎总是四海为家，就带三个小徒弟，同他来了。看到总管假扮阴曹，装城隍审和尚，四个化郎暗竖大拇指。你一行动就跟你装乞丐横卧大道上，是试探你心地是否良善。在信义老店和管栈的吵架是为了给赫连英报信。你夜探白马寺，老花子迟到一步，你俩就得命丧凶和尚五毒阴煞掌下。四化郎尚且不敢动手，二位总管竟敢身入虎穴，岂不飞蛾投火。这是南化郎亲口对我讲的。总的是为了报答你不杀他徒弟，向你报恩吧！"蒲查隆四人听了，如梦方醒。老人接着说："白马寺你们救了李白，一时大意忘了关门，更夫看见了，报告净禅。急的净禅派出四伙和尚分四路追赶，净禅自己出动了。他黑夜能视物如白昼，查辨了你俩脚踪，就追上你俩。现在虽是脱了险境，净禅丢了李白，岂肯罢休。一是怕他奏明皇帝，二是怕杨国忠怪罪。一定分派众僧四处寻找，须要想个万全之计。"

蒲查隆听了老人一番话，真是顿开茅塞，连说："听君一席话，胜读十年书。老人家是久闯江湖，阅历极深，当能有良谋，晚辈恨相见之晚。今后要请老前辈不弃顽愚，晚辈当朝夕垂聆教诲。"老人笑着说："不敢当。"接着说："我估计净禅白天为了应酬，高官贵客，脱不开身，夜间又怕四化郎抄了他的老巢白马寺，只能守在庙中。派出的和尚多半是寺院的执事僧，白天分不开身，只好夜间行动。我们是昼行夜宿，避其锋芒，在草莽丛林中他们很难发现我们。白天来几个秃和尚大料也无妨，最好让他有来路没去路，一网打尽，省得通风报信。我们要把人整编成队伍，有管作战的，有管捆俘虏的，有管追逃跑的，有管看马匹的，有管探路的。来个未雨绸缪，请二位总管商量商量，此法可行吗？"蒲查隆说："就照老人家办法。"

这时已摆好了饭菜，四人陪着老人吃罢了饭，备马的备马，套车的套车。蒲查隆这时反倒为了难，我们只有七人，其余都是赫连英亲戚，陪我们涉水登山，长途跋涉，于心何安。不如让赫连英陪同他们去洛阳，或回双兴镇大营。一来行走方便，二来也免去带累许多人。让夹谷兰、东门芙蓉也同去，剩下我四人去寻找圆觉高僧。想到这里，便和拓拔虎夫妻商量，赫连英不同意她留下，可让他姑爷带领他姐弟表妹们回双兴大营，让夹谷兰、东门芙蓉跟回去，又同夹谷兰、东门芙蓉商量，她俩摇头不肯。老英雄看他们嘀嘀咕咕，蒲查隆面带为难，就猜出了蒲查隆的心事。就说：我瞧总管为难，一是怕人多误事，二是我们这伙人，既不吃粮，又不当兵，跟着翻山越岭，过意不去，是不让你把我们

第二十六回　西门信指点迷津　猴与熊巧抓贼秃

159

送回大营，或到什么地方等候。这就不对了，我们不遇见就罢了，既然遇到一起，再无分开之理。一是为了保护总管，二是为了给孩子们长些阅历。我已核计好了。我们这伙人都会武艺，遇事总可抵挡一阵子，我们还是跑马戏的，你们间杂其中，也看不出破绽。遇见秃和尚就说走迷路，省得动刀舞枪的，实在过不去非打不可，那就不能不打。你们七人是一伙，加入我们的六个姑娘，一个小杰，14个人管打仗的。要在你们七人中，选出两个人去探道。我和你两个姑奶同一群小姑娘在一起，管捆人，管俘虏。车把式照顾马匹。牵黑熊的管追击逃贼，熊背上的小猴，我已调教了三十多年，懂人性，会打360个手式，也懂拳法，眼尖耳灵，它和黑熊生成的爬山越岭，猴子又擅长攀登，这样办不是事半功倍吗？找到圆觉寺院，我们这伙人，远远在树林深处扎下人马，绝不惊搅高僧，要是这样能行更好，不行我们众人就奔海湾岛找你父亲去。你同总管商量去，完了来回话。"蒲查隆在老人背后说："不用商量。我是怕老人家年近百岁，长途跋涉，既是老人家安排的井井有条，就依老人家话办。探路人我们派拓拔虎、王常伦就收拾启程吧。"

　　蒲查隆又来到李白面前说："学士暂且屈尊贵体，为了安全，和我们同行吧！"李白遇救已感激万分，又听说带他同行，能和老少、男女英雄同行，还是有生以来第一次。乐得合拢不上嘴，方才吃饭时，他已大睡不醒，现在想到了他还没吃饭，要派人给他送果点来。老人说："久闻李学士善饮，我车上藏有贵州茅台，给李学士取一罐来，早晚备用。岂不是好。"当时他的女儿西门亚男去车上拿来了一罐，揭开泥封，醇香扑鼻，李白倒了一碗，一饮而尽，稍吃些糕点。东门芙蓉把胭脂马让与李白，她同夹谷兰杂入在赫连文表姊中，有说有笑的。

　　蒲查隆说了声："启程。"拓拔虎与王常伦徒步先行，沿途找指路标。每距一里大树或小树枝中，总是有指路标，走了百里之遥，见有一片大树林，拓拔虎二人来到树林里见古树参天，浓荫蔽日。在林边见到一株枝叶繁茂古榆，树干有十人合抱粗，树根处在20丈周围长着蒙茸小草，如翠毡铺地。王常伦纵身上树，见枝杈中指路标变了模样，像用刀刚刻不久。再走出一路，遍寻指路标，则无痕迹，二人回报了情况。蒲查隆望了西沉的太阳，已是酉初时分，遂吩咐就地住宿。二人以上自愿结合为一小组，住在树下，不得离开人群，有事时好相互照应。西门信老英雄进前说："设哨用牵黑熊的人，带着黑熊和猴寻哨，包管事。因黑熊日行百里，就跟玩的一样。猴子经常骑在熊背上，根本不疲乏。

猴子眼比人锐利，耳更灵敏，数里之外，就能察觉动静。我们尽管安心休息。"蒲查隆想：此老处处为我关心，遂说："如此很好。"于是埋锅造饭，老人又拿了一罐花雕，与李白以茸草为席，以石当桌，以肉脯佐酒畅饮起来。各人吃罢了晚饭，二人一组，三五人一组，纷纷卧于树下。蒲查隆与蒲查盛和衣睡在古榆老树下。树后李白与西门信老英雄边饮边谈论古往今来。老英雄滔滔不断地谈些唐初八大才子的佳作和英雄好汉的事迹。李白再也想不到一个会武艺的江湖老汉，通文兼会武，发生了兴趣。二人谈的津津有味。

　　时当六月初旬，一弯新月落了下去，夜色漆黑，阵阵微风吹来了花香。二人乘着酒兴，要看看荒山旷野夜色。二人站起身形，散步在古榆左右，猛听猴子吱吱两声，老人知道猴子发出了警报，悄声告诉李白贼人来了。霎时见黑熊直立，前脚抱着两个夜行人，直奔老英雄走来。后面紧跟牵熊人，抹肩头，拢两臂牵着二人。小猴跟在后面。来到老人面前，黑熊"咕咚"的一声，把两个夜行人，摔在地下。看熊人把牵来的两个人照膝窝踹了二脚，噗通跪倒在地。这时蒲查隆、蒲查盛听猴子吱吱声，早已起来，听动静，看到了黑熊和牵黑熊人真的捉来了贼人，暗暗称赞。奔了过来，问："是怎么捉住的，还有余党没有？"只见小猴直立起来，摆了摆手。将四周一扫。蒲查隆不懂它的手势，问老人："猴子比划什么？"老人说："猴子摇手，是没有了。四周一扫，它四处都看了，一扫而光。"猴子仍不断打手式，老人是明白的。牵熊人说："我带着黑熊和猴周围巡查，走了三圈。猛见猴子纵上树梢，吱吱两声，从树上掉下两个人来，疼的直打滚，就把他俩捆好。就在这时猴子纵了下来，牵着黑熊耳朵就跑，我知道还有余党，我正要吹哨，唤众人预备战斗。黑熊抱来两个半死的人，猴子比划说：'一个没有了。'我才领它俩来找老主人。我还得去查去。"说完领着黑熊、猴子慢步走去。

　　蒲查隆细看被绑的两个人，一个左眼流血，左腮带着猴爪抓的痕迹；一个右眼流鲜血，右腮有猴爪抓的痕迹；再看黑熊抱来的人，已奄奄一息，脑袋缩在脖子腔里。要弄明白真相，只好问两个瞎眼睛的，但他俩疼得浑身发抖，哼哼唧唧，眼里不住流鲜血。这时众人齐来观看，老人让大女儿快去取药来，敷上止住疼，好问贼人话。时间不大，大女儿西门亚男取来了两包药，交给老人。老人把药给拓拔虎，告诉每人一包，一半敷眼睛上，一半口服，顿饭时就可止疼止血。把他领到水沟边，洗净血则敷药。拓拔虎领去，把他俩脸朝下一手提一个，浸在水

第二十六回　西门信指点迷津　猴与熊巧抓贼秃

161

里,一提一按地洗,刹时洗净了血迹。把他俩放在地上,给敷上药,让他俩张开嘴,把药面撒在他俩嘴里。这时赫连杰来小解,见两个贼人仰面朝天,呼呼喘气,就问:"姐夫你要干什么?"拓拔虎说:"我想让他俩喝点水,把他头浸在水里,又怕呛死。"我已想用手捧水,向他俩嘴里灌。赫连杰说:"不用,不用。我有热水给他俩喝。"说完解开裤子,掏取小便,照着两个贼人嘴,尿了下去。尿完了,还说:"童便是止痛解热的宝贵药材,我一文不要,算是行好积德吧!"乐的拓拔虎说:"小杰真有你的,太淘气了,缺德。正好你帮我牵一个,这药真是神效。止了血又止了疼。"来到蒲查隆众人面前,借着星斗之光细看,两个贼人穿戴一样的夜行衣,头裹青头巾。赫连杰年轻爱淘气,上前一把抓下头巾,"呀"了一声,随后照顶梁穴"叭"地一掌,骂道:"是个贼秃头,愣装的人。"蒲查隆听说是贼秃,就知是白马寺派来的,遂问道:"你是哪个寺派来的?来干什么?"蒲查隆说:"你一五一十,从头说起。说得有根有梢,受谁主使,为何来和我们闯江湖的作对?方才是误会了。我们是远日无冤,近日无仇。来人,把受重伤的抬下去,给好好治伤,千万要保住性命,明天派人送回。我和班主好登门赔礼!"说罢把手上下一劈,拓拔虎、王常伦见到手式,每人挟起一个走出了人群,到僻静处一刀一个,把死尸抛向深涧。

第二十七回　夜袭白马寺众英雄齐救李太白　深夜难成眠两姐妹共忆忽汗湖

话说蒲查隆见拓拔虎二人回来，就问："把那二位和尚安置好了吗？"二人齐说："安置好了。""快给这二位松绑，坐下好说话。"两个人给两个贼秃松了绑，让他坐在地上，然后说："请二位谈谈吧！免去误会。"两个贼秃看围住一群妇女，只有几个男人，好像是闯江湖的，遂说道："我们是白马寺的和尚，四处找李学士，因为李学士是天子的宠臣，来白马寺降香，夜宿禅堂，被人给带走了。敝寺怕李学士受害，怪罪下来，因此派人四处找寻。我们四人恰巧在日落的时候看见你们这伙人，趁着黑夜要看个究竟。我俩纵到树上查看，他俩躲在树后面，不提防猴子什么时候纵上了树，左爪抓瞎了我的左眼，右爪抓瞎了他的右眼，疼的我俩掉下树来，就被绑上了，那两个将要拔腿跑，被黑熊一掌一个嘴啃地，脑袋瓜就晕了。黑熊抱着就送到了这里。蒲查隆问："你俩是干什么的？""李学士当夜丢了，就是我俩更班。"又问："你知道什么人，偷去李学士的吗？"回说："告诉是两个青年、两个老花子，青年使宝剑，花子不知使什么兵刃。只是两个破瓦罐，砸死了我们的护院僧。告诉我们深山有山寨或有老要饭的，一定探听明白是干什么的。因为和尚会让人注意，所以扮成俗家，遇到绿林好汉就说是线上的朋友。真要是遇上李学士和盗他的青年和老花子，就用飞蛇抓拿往。"蒲查隆说："还是老人家想的周到。"吩咐给带飞蛇抓的把左手绑在左脚上，松开右手。王常伦走过来照样绑好了，把他提到约有一丈，把飞蛇抓交与他。老英雄说："慢着，把猴子带来。猴子是夜眼，看得清楚，他要使坏，小猴会把他撕烂。"西门亚男霎时把小猴带来，老英雄打手势，小猴也打手势，老英雄住了手，小猴站在上风头，约有三丈开外，两眼盯着贼秃，蒲查隆等人退到五丈开外。黑洞洞的夜间，贼秃上哪里能看清。老英雄说："把飞蛇抓褡裢扔给他吧。"贼秃万般无奈，一只手打开褡裢取出飞蛇抓，一狠心向同伴抛去，同伴翻身栽倒。小猴看了个清而且清。一纵身劈手夺去飞蛇抓，直立走了约有一丈，戴上鼻塞口罩，站有上风头，一抛飞蛇抓，照贼秃面前抛来。这个贼秃本身是坐着，只见身形一仰，倒在地上。蒲查隆就要奔回来看，被老人一把拉住说："等

163

药味散了过去。"

　　停了有一盏茶时,小猴提着飞蛇抓,来到贼秃身边嗅嗅没有药味了,向老人招手。老人说:"去看吧!"众人呼啦奔了过来。两个贼秃口吐白沫,不省人事。蒲查隆说:"给他俩戴上鼻塞口罩,看能不能清醒过来。"拓拔虎从小猴手中接过鼻塞口罩给贼秃戴上,王常伦给另一个贼秃戴上。约有一顿饭时间,两个贼秃悠悠气转醒过来。蒲查隆见试验成功,对着西门信老英雄说:"我们躲过这次灾难是小猴立下了大功,不然我们交起手来,不知要有几个人中毒,又没有解药,只好等死。"老英雄说:"吉人自有天相,这话原是不假,人世间坏人要得了势,不知要有多少好人横遭不幸,所以事有凑巧。老汉与总管邂逅相遇于荒山丛林中,一见如故,相随而来。又如李学士在白马寺朦胧中碰翻鸩酒,眼睁睁要被恶僧割头,巧遇总管夜探白马寺救了性命,逃出白马寺。又碰见凶僧净禅要用五毒阴煞掌击总管,命在呼吸之间,又有老花子用瓦罐击死凶僧,救了李学士总管三人。天何假手于人而除之,此谓也。什么是天?天就是嫉众人之嫉,恶众人之所恶。所以在世间的坏人总是立脚不稳,虽猖獗得逞一时,但总是要灭亡的。什么白马寺净禅啦,五毒道长啦,迟早要丧命。按今天的事情来说,就是凶僧净禅,五毒道长将死的兆头。恶人自有恶人磨,杀净禅、五毒道长的,将恐落到总管头上。我说这话不是痴人说梦,是闯荡江湖多年来阅历中经验积累,偏巧把飞蛇抓送上门来。这不是天作孽犹可为,自作孽不可活吗?你将他的飞蛇抓精细的琢磨,加以改进,以子之矛攻子之盾,岂不更好?常言说杀恶人即是善念,望总管三思而行。我一个闯荡江湖的老汉瞎叨唠了这半响,总管要念我年老无知,姑妄言之,姑妄听之。"

　　蒲查隆说:"老人家肺腑之言,晚生当永铭心间。但晚生自离渤海就受了许多挫折,却都转祸为福,得了臂助。如您外甥男女,拓拔虎夫妻,东门豹兄妹,迟勿异已引为知己,想来此去长安不知要经历多少惊险,就拿今晚之事晚生就胆寒了,老前辈何以教我!"老英雄笑说:"孟子说,天降大任于斯人,必先苦其心志,劳其筋骨。这话多么千真万确,一个没有阅历的人,没有饱尝艰辛的人要有了权势,不知要断送多少人倾家荡产,妻离子散,饿殍载途。隋炀帝就是真实的形象。历代帝王,开国皇帝都是英明有为,老百姓颂扬,传了几代之后,就夜拥娇娃,日饭美酒,追求享乐,因而灭亡。我见几家贫了富,又见几家富了又还贫,多半是他们的先人是从艰苦中遇机缘为富翁,待到子孙骄奢淫逸败了家。总管你正当青年，应振奋起来。艰苦是给千万人造成幸福的源泉。不要气馁，要披荆斩棘，勇往直前，闯出一条为千万人过美好生活的幸福途径，留青史于后代。老汉已是垂暮之年，唠唠叨叨倾诉自见，见笑了。"

蒲查隆说："老人家之言，晚生敬聆教诲。时近午夜，请老人家安歇吧！"拓拔虎扶老人到李学士卧房睡下，又来到蒲查隆面前说："这两个贼秃怎样处置？"蒲查隆一挥手。拓拔虎、王常伦提到山涧边一刀一个，抛向山涧。拓拔虎猛地想起，向王常伦说："先抛下去的两个人戴有鼻塞口罩，你我应下涧找着尸体，找到鼻塞口罩，以备后用，岂不是好。"王常伦说："试试看。"两人不管无边黑夜，暗暗援葛攀荆，向下爬了有三丈深。拓拔虎觉得脚踏处软囊囊的，呀了一声，以为是大蟒、猛兽。王常伦听到呀的一声，急问："怎么了？"拓拔虎说："脚踏处软囊囊的，是大蟒猛兽吧？"王常伦也吃惊，手掣出佩刀急来援救。见拓拔虎手持佩刀一手把住树，两脚蹬在树枝上，正要与蟒搏斗。王常伦也把住树，两脚蹬在树枝上，睁眼向下细看，原是两个尸体。连说："拓拔虎将军，死尸找到了，你我快搜尸体。"拓拔虎也看清了是抛下的尸体。两个一手把树，一手搜尸体的腰，从兜囊中取出了鼻塞口罩揣入囊中，援树荆葛藤攀上涧来。来到了蒲查隆前面，递过鼻塞口罩，说明了经过。蒲查隆把飞蛇抓鼻塞口罩放好。看看众人早已散去，说了声："两位辛苦了半夜，大约是无事了，请安歇去吧。"二人转到大树下和衣睡下。

蒲查隆、蒲查盛和衣而卧，久久不能入梦，翻来覆去地折腾。蒲查盛问："蒲查隆你老翻过来覆过去想什么事，告诉我，帮你想想法。"蒲查隆长长叹了口气说："我想起了妈妈临死时遗言，想起童年往事，想起了哥哥和你我三人，在现在的忽汗湖畔，捉蚌捕鱼。哥哥那年八岁，我六岁，你五岁，母子四人相依为命。哥哥很懂事，每天帮妈妈摇船捕鱼。你我在岸上望着飘在湖心中的小小渔船。盼望妈妈和哥哥捕鱼归来是多么殷切呀！三间草屋，便是母子四人安身立命所在。我问妈妈：'别人都有阿爸，我们的阿爸呢？'妈妈流下眼泪说：'你的阿爸，为报仇不知哪里去了？等你们长大了再去找你们阿爸吧！或者说天可怜你，真的能见到你的阿爸了，或是收回你阿爸尸骨。我见一眼死也瞑目了。'言犹在耳。当年遇到师父传授你我兄妹武艺，哥哥仍要去帮阿妈捕鱼，学武艺时间少，捕鱼时间多，所以哥哥的武艺不如你我，不是他不聪

第二十七回　夜袭白马寺众英雄齐救李太白　深夜难成眠两姐妹共忆忽汗湖

165

明，为了一家人活下去，哥哥牺牲了自己将来幸福，毫无抱怨地劳动。多么好的哥哥呀！阿妈为抚育子女成长，埋没了自己的武艺，割舍了夫妻恩爱，甘愿当渔婆，是为了成全阿爸的成就，多么好的阿妈呀。我母子四人相依为命，苦度了15年辛酸的生活。哥哥、你我也学成了武艺，阿爸同盟伯左平章夹谷清成立了震国，派人四处找阿妈、哥哥、你我四人，你我师父听说阿爸当了震国王才离去，临走时说：'你俩兄妹跟我昼夜学了15年功夫，虽不能说登峰造极，炉火纯青，但已至上层，好自为之吧。'你我哭在师父膝下，苦求师父，要终生奉养师父。师父说：'如要贪图富贵，也可封官拜相，早已看破了尘世，当了道姑。遁迹山林，一尘不染，万念皆空。'飘然而去。阿妈听说阿爸当了国王，派人来接，她向你我兄妹说出了久已蓄在心里的话。咱爷爷是部落大联盟长，唐朝封他为震国公。咱爷爷年老昏庸不受封，死在战乱中。咱阿爸收编了残军，卒众东归，凭长白山之险，扼守天门岭拒抗唐兵。阿妈原是一员女将。阿爸一天对阿妈说：'胜败是兵家常事，你不要打仗卖命徒死无益了，你去保全我的子女吧！'阿妈竟扮成渔婆，将哥哥、你我改为蒲查氏的后代，离了长白山天门岭，到了忽汗湖辛苦15年。阿爸派人接她时，她病得奄奄一息，结果抛下儿女撒手殡天。遗憾的是恩义夫妻、生离死别，一把黄土伴着凄孤的发妻，一把金椅坐着泪眼的丈夫。苍天浩洁，碧水生情。为了纪念阿妈，阿爸终不续娶，也没有妃子。哥哥远在长安，只有姐妹朝夕是阿爸的安慰人，我要终生当好阿爸的接替人，战死疆场，这是我的誓愿，来酬谢父母的志愿，九泉阿妈有知当能含笑。此去长安就是这个思想促成的。哪里知道好事多磨，从渤海到此受了多少风险，此去长安还不知前途有多少艰险，你我又是女儿身，倘落贼人手中只有一死，落个清白之身，岂不是愿望都成了泡影。"说罢泣不成声。姐妹俩头抱头地哭泣多时。绿罗秀说："我也照姐姐样去作，常言说老天不负苦心人，或可铸成你我素志，也不枉你我姊妹女扮男装，经受千辛万险。"红罗女说："但愿如此。"时已东方破晓，姐妹俩方能入睡。

醒来早饭已做好。李白与西门信老英雄，悄悄谈话。一个是白发如银，年近百岁，名闻江湖的老叟，一个是年富力强，纶巾纱帽，名倾朝野的学士，一昼夜的结识竟作了忘年之交。蒲查隆、蒲查盛坐了起来说："你二位怎么只顾攀谈，忘了招呼我俩?"李白笑笑说："您二位为了救我性命，劳碌了一昼夜，应好好安歇，哪忍心招呼?"蒲查隆："学士太关心了，但我们还得赶路呢？"二人都笑了，赶紧吃罢了早饭，装好鞍马，套好车辆。拓拔虎、王常伦先行找指路标，说了怪事，昨天遍寻不着，今晨沿路都有。晓行夜宿，走了四天，到第五天中午，来到一处所在。四面是高山峻岭，悬崖陡壁，苍松翠柏，高插入云。当中有一座孤峰，方圆有三里，形似一只大公鸡，头南尾北，昂着头，像是喔喔啼鸣。四外的山岭，是空地隔开，距有六七里之远。好像是它的围墙，从山上到了洼地再找指路标，左找没有，右找也没有。只有黄蒿漫漫，野草蓬蓬。拓拔虎、王常伦回报找不到指路标。蒲查隆说："我们奔那座孤峰去找。"拓拔虎、王常伦在前领路，蒿草一人多深，漫荒遍野，到了孤峰下有一道河，宽有半里。时当正午，蒲查隆在此停下吃午饭。遂向拓拔虎、王常伦说："二位深知水性，探探从哪里能渡到对岸。"二人听了吩咐，转身去寻渡水之处。去了一顿饭的工夫，回来说："水深得很。孤峰南是湖，水是从湖流来的。此峰四周环水，要想过去只好伐木为筏。"蒲查隆同李白、老英雄西门信隔河遥望，见河岸上，野花争妍，蝴蝶飞舞。孤峰上密密松柏，莺燕齐鸣。孤峰脚下排排绿柳摇曳，环绕粼粼碧波，真是世外桃源，蓬莱仙境。李白朗诵："君不见，孤峰坐拥湖中水，粼粼细波称臣来。"众人听了，笑的前仰后合。蒲查隆说："李学士真有闲情逸兴，作起诗来了。"赫连英走来说："快吃饭吧。饭后我会凫水过河到孤峰上去看看有无庙宇，没有我们再到四周山上去找指路标。"蒲查隆说："很好。现在眼前就有我们五人都懂水性，快吃饭吧！"

饭后五人要出发时，赫连英领来了她的三个妹妹，都说要过河去看看钟灵毓秀之地，必有高人遁迹其间，她们都识水性。蒲查隆暗暗欢喜，自己是女性，更有众多女性赛如自己。东门芙蓉、夹谷兰也来了，说他俩也要去看看名山，望望胜景，一饱眼福。蒲查隆深知他俩水性，只是穿着男装，让他俩夹在男人一处不便，杂在女方一处也不便，索性公开告诉众女人说她俩是女扮男装，到姑娘们一处去。看了看她俩说："你俩还是穿上姑娘衣服吧！同姑娘在一处岂不是好？"姑娘听了，很不入耳，暗想一个男子汉男扮女装和我们混杂，这真是化外小邦的不懂礼貌。赫连文带头向赫连英说："大姐姐，这样怎使得，我们会武的，虽然不讲男女授受不亲，但总是避男女之嫌，让他别和我们搅混，你们总管如此分派真是岂有此理。"

第二十八回　登萍渡水齐探湖中孤峰
　　　　　　巧遇重生共谒古寺高僧

比剑联姻

话说：蒲查隆让夹谷兰、东门芙蓉改变女装和姑娘们在一起，众姑娘都气炸了肺。赫连文首先提出了异议。赫连英倒乐了："给你们找个小女婿还不感谢总管，抱怨的是什么？"赫连文涨红了脸说："大姐姐，你说多么轻巧，我姐妹誓不同男人混在一起。找姑父去，我们走我们的独木桥，姐姐你走你的阳关道，各奔前程吧。"赫连英看自己妹妹气急败坏的样子，才说："我是说玩笑，把你气成这个样子。实话对你说吧！她俩都是大姑娘。"如此这般解说了一遍。赫连文笑了："大姐姐倒和小妹妹们开了一个玩笑，真有你的。"刹时间夹谷兰、东门芙蓉换成女儿装，众姑娘看了面似桃花，柳眉俊目。虽是大足，走起路来，好像杨柳迎春。嘻嘻上前说："天公真作美，把两个上马杀贼下马读书的风流儒家将，霎时间变成了倾国倾城的娇妍女流。"夹谷兰、东门芙蓉也乐了。只见赫连杰傻了眼，望着东门芙蓉："她！她！原来是女的，怪不得我越和她交好，却忸怩地躲开我。"女人们都穿青衣水服，男人们穿好了碧绿色彩水服。说书的胡扯什么？女人才穿水绿服，显出娇妍，男人穿青色，显出稳健。我说不然，女人穿黑色，避去肉感美，男人穿碧绿色，为了躲避敌人是保护色，水中睁眼见人，一般只能十丈远。女人身体苗条，穿青色犹如鲫鱼。先辈的经验是为了避敌人，不是为了妍美。只有蒲查隆、蒲查盛没有换衣服。其他姐妹们以为他俩不识水性，只有拓拔虎夫妻、夹谷兰、东门芙蓉知道他俩是不用换水服也能过河。"噗噗"都跳入水中踩水过河。只见蒲查隆、蒲查盛步行水面飞也似地已到彼岸。赫连文姐妹、西门姊妹、左丘清明都看呆了。老英雄说："这叫登萍渡水。我久闯江湖，今天算是开了眼。小小年纪竟有这样高超的绝艺，其他武功也是登峰造极，炉火纯青。怪不得南化郎极口称赞，我以为他是爱屋及乌。"

　　不言老英雄赞美，单讲男女众人到了南岸，找大柳树下稍事休息。王常伦躲开众人找株大柳树下坐一块青石上，低着头想心事，想我王常伦弃暗投明，今生是会有好结果的。猛觉得头上脖子上流水，以为下雨了，抬头看看红日当头，是露水吧，仰脸张嘴上望，又浇了一脸水，嘴里也有了水。咽下去似有咸的味道。往树叶深处细看，一个男孩年约十一二岁，头戴用树叶编的草帽，身穿绿色衣服，脚穿新编的绿色草鞋，浑身上下混成绿色，正牵着裤子撒尿。王常伦竟忘了身在孤峰："你这孩子怎么向人头上撒尿？"树上小孩说："我看你识交不识交。"王常伦一纵身上树要抓孩子。哪里知道小孩已躲在远远的大树上哂哂笑，手提着裤子。王常伦急了眼，使出了穿枝过林的功夫追孩子。小孩总是把他抛在后头，气得王常伦火冒三丈。蒲查隆过来问："什么事？"没等王常伦说话，小孩在树上答了腔："他（指王常伦）不该坐到我撒尿的大石头上，耽误了我撒尿，尿急我就撒了他一头一脸。他不讲理，仗着他胳膊粗力量大要打我。小爷不跟他一般见识躲开他。他仗着轻功好会穿枝过林，我要气死累死他，才知小爷厉害。"这时众人也围拢过来，听了小孩话很是可笑，把尿撒在人的头上，他倒有了理。蒲查隆招招手说："我说小弟，我们这个哥们得罪了你，我替他给你赔礼道歉。小兄弟你请下来，我跟你打听点事。"小孩乐了说："你还说得中听，谅不是坏人，看在你的面上，饶了他吧！"从树上一头栽下来。蒲查隆倒吓了一跳，刚想伸手去接，小孩一个鹞子翻身站稳身形，冲着王常伦拱手说："大人不见小人怪，宰相肚里能行船，看你武艺是一位英雄了，干嘛和无知的孩子生气。"这孩子说的话又讲理又苛刻。王常伦红了脸，真的一气之下竟和孩子一般见识，多被众人见笑。遂笑着说："哪里是真的，我也是一时高兴，才同小孩你玩玩。"算是遮掩过去。

众人一看这孩子眉清目秀，齿白唇红，天庭饱满，地阁方圆。长样酷似赫连英，活脱是一个模型的小塑像。小孩问："你们这伙人是干什么的，无缘无故来到此地。"蒲查隆说："是有缘有故地奔了来，小兄弟你住哪里？"小孩一指孤峰："那就是我的家。"蒲查隆问："小兄弟，你贵姓？"小孩说："师父说我没姓，名叫重生。""那么重生小弟，你师父是姓什么的？"小孩说："我师父是老和尚，也没有姓。""法名怎么称呼？"小孩说："我不知道。"小孩又说："你叫什么？"蒲查隆说出了姓名。小孩问："你从哪里来？"蒲查隆说："白马镇来。"小孩又问："你家住哪里？"蒲查隆说："渤海。"小孩子向蒲查隆打量一下："还有一个叫什么蒲查盛？"众人听了都是一愣。蒲查隆问："小兄弟，你怎么知道？"小孩说："今天早上来了一伙老要饭的跟我师父求情，哀求我师父教蒲查哥俩绝艺。我师父起初不肯，老花子们苦苦哀求，我师父说耳听为虚，眼见为实。老花子们说今天正午就到，包管中意，就扬长而去。

第二十八回　登萍渡水齐探湖中孤峰　巧遇重生共谒古寺高僧

169

我师父怕他俩找不到路径，让我引他俩上山。"蒲查隆说："能找不到路径吗？"小孩说："这山九转十八弯、三十六回环，是迷宫图。没有人来领，终是迷路，走一年还是回到原地。只有一个老花子名叫独占洞庭的知道。"蒲查隆一指自己："我就是蒲查隆。"一指蒲查盛："他就是蒲查盛。"蒲查盛向小孩拱拱手。小孩说："方才登萍渡水，我看清是你俩，别人是不会的，谅不能冒充。就你俩敢和我去吗？最多是三个人。"夹谷兰挺身而出说："我去。"小孩摇摇头说："一个大姑娘跟年轻小伙子进山，我师父会怪罪我呀。"夹谷兰羞得脸上泛起红晕。悔不该脱去男装，失去了进山的机会。小孩又说："有什么李学士，什么神枪镇州侠，我师父很愿意见见。在哪里？"蒲查隆说："现在对岸，小兄弟请稍等。"蒲查隆吩咐拓拔虎、王常伦："告诉二位，就说圆觉高僧就在孤峰。请二位相见。现有高僧的小徒弟在河南等候。"

二人急忙凫到对岸。两人听了欣喜若狂。步行至河边。西门老英雄水性也很高，挽起裤管自己要踩水过河。拓拔虎哪里敢容，背起老人就用踩水法渡河。王常伦背起李白左右二人来到南岸。将二人放下，指孩子说："这就是高僧的小弟子。"老人看一个粉妆玉琢的小孩，抚摩着头顶说："令师是说我们吗？"小孩说："是请李学士，神枪镇侠西门老英雄。你二位是吗？"老人说："正是我俩。"小孩说："那就请吧！请告诉他们过河去吧。不准入山游逛，迷失了路，再也别想回家。除非进山时碰到救星。"蒲查隆吩咐众人回去等待，跟着小孩曲曲弯弯，东拐西拐，走些蜿蜒崎岖的小径。有时在树林丛中，有时是暗道，走了多时到了半山腰南坡。往上一看山顶尽是枫树。山形如鸡蛋，稍低形如鸡头，再下尖嘴石上长满了青苔，形如鸡嘴，鸡嘴下有数丈斜背。青草间杂野花，其形如鸡前胸脯。下面是两个高有丈余的立柱，活脱脱的像鸡腿，如在远处看，分明是一只大公鸡。俯首下望，孤峰连同南山根约有十里宽，东北约有五里长，一片大湖从南顶流下数道瀑布。李白不由赞道："好一座名山，真是钟灵毓秀的仙境。古今多少名人遁迹山林与草木为伍，虎豹结伴。想来令人羡慕不已。"小孩一指："再往上走二里，才能看到我师父净修参禅的禅堂，快快走吧！"又反反复复地踏过丛丛玫瑰林、丁香林，看到了三间石砌的茅屋，在几株大松树下，四周是野藤缠绕的围墙。两株翠柳披分形成的寺门，挂着一副对联是用梨木带皮刻的字，上联是"一湾绿绕禅房净"下联是"四壁花明鸟蝶飞"，中间一块横匾"悟玄寺"三个大字。往门里一望，嚄！有两只斑斓猛虎卧在大树下，蒲查隆止住了脚步。小孩说："这是养的守山老虎从不吃人，有人误入此山迷路，它就叼在北河边，救过不少人呢？不要怕。我经常骑在他背上去巡山。"小孩用手一指，树枝繁茂处层层树叶中有一大巢，有六尺高六尺宽，在巢旁的柳枝上站着两只大黑鹰，高足有三尺，勾瓜紧握树枝，爪呈黑色，看粗如一寸多钢钩，展开两翼，每翼足有一丈，把树叶纷纷震落。小孩说："这两个黑鹰真好玩，他不吃小鸟，专到周围山上找獐狍野猪吃。吃不了叼回来，有时会把獐狍叼回来给我烤着吃，更时常用两爪抱着我去玩山，从没有把我扔在山上不管，老虎黑鹰是我的好朋友啊！"

边说边走，来到了禅堂门前，见门窗是用白纱布糊着的天然的方石孔两扇大窗，高有六尺宽有五尺，门边是长方形天然石孔挂着竹匾。小孩在门外让他四人稍等片刻，掀开竹帘，步入禅堂。霎时回来说："我师父现在入定，神游去了，稍等一时吧！"就把四人领到一株大树下，枝叶如伞盖，有石桌，石椅。蒲查隆问："小弟弟，你学艺几年了，不会念经，每天净干些什么？"小孩听了活跃起来说："我师父说我周岁时就来到这里，虎妈妈喂我乳吃，小虎哥哥每天跟我玩，黑鹰姑姑给我叼来野果子吃，什么葡萄、梨呀，什么都有，我每晚都睡在虎妈妈怀里，虎哥哥在我的身旁。遇到了雨雪天，黑鹰姑姑就把我抱进巢里去睡，舒服极了。我师父每天领着我玩。什么爬树啦，踢木桩啦，两手按地脚朝上走路啦，跳高啦，跳远啦……什么都玩。我爱什么，师父就教玩什么。玩了六年，学会了许许多多玩的方法。下湖去能捉鱼、鳖、螃蟹，上山去敢捉獐狍、鹿、野猪，上树去能捉飞鸟，能拿大石块打死大蛇，能在草梢上跑，能在小柳树枝头耍木棍。师父就让跟虎妈妈、黑鹰姑姑满山遍野的玩。敢和虎哥哥摔跤，经常被我摔的龇牙咧嘴。敢和黑鹰哥哥穿越林中，好玩极了。师父说从七岁起，就下午念书，什么诗啦，歌啦，学会了不少。每天将亮就练气功，从不间断。上午爱玩什么就玩什么。八岁时，师父拿来一幅大画挂在树上，有的伸胳膊有的弯腿，师父问我：'好看吗？'我说：'好'。师父说：'这都是玩的方法，照样练练吧！'我就照样学了起来。有玩的不对的地方，师父也来玩，让我照他的玩法学，我学了一年，学会了。九岁时又拿出了舞枪刀的画，师父每天清早起来教我玩了一年。一天师父说我：'十岁了，玩了九年，你也该学些正经事。每天从天发亮就跟练武功。早饭后就自己练，下午念书到太阳落。日晓后就跟老虎黑鹰去穿山跳涧，什么也不怕，老虎和黑鹰

第二十八回　登萍渡水齐探湖中孤峰　巧遇重生共谒古寺高僧

都是夜眼。我让他们保护我玩一两个时辰就睡觉,跟我睡在一个蒲团上。哎呀,哪知是坐着睡,双手合十,闭目养神,睡觉也有方法呀!白天什么踢柏木桩,用手攥石头,练枪刀剑戟十八般兵刃。练到了昨晚,老花子唠唠叨叨一阵,他们走后,师父跟我说:'你来十年了,师父年过百岁,已教了你。我已经40年不收徒弟了,你不能算是我徒弟。我给你找个年轻的师父,跟他闯练去吧。'我听完哭着说:'师父不要我了'。师父说他快要圆寂,给安置个去处。我问:'什么是圆寂?'师父说他要死了。我说:'师父死了,我就和虎妈妈黑鹰姑姑在这里学师父当和尚吧!'师父说:'顶天立地的男子汉大丈夫,老死山林是被逼的无路可走,看破了世俗,不得已而为之。你一个孩子长大了,爱国爱民的创一番事业,师父纵死九泉也甘心了,'

小孩很天真地问:"哥哥,你也这样玩过吗?"蒲查隆回忆往事,心潮起伏。当年是从妈妈来到忽汗湖畔。妈妈本是一位渤海国的能征善战的女将,为了听从丈夫的话,保全子女,毅然离别了同甘共苦相亲相爱的丈夫,扮成渔婆率领我兄妹三人捕鱼生活。真是白天风里来浪里去,望海兴叹,夜晚坐在孤灯下,孤身独影想事情。时而听听酣睡的儿女,时而想起与丈夫临别时嘱咐:"你不要冲锋陷阵了,胜败兵家常事,徒死无益。还是保全我的后人吧!"时而想起精明强干的骁勇善战的丈夫,披坚执锐,奔驰疆场,祝愿他的成功。妈妈含辛茹苦,不久又来了授艺恩师,昼夜辛劳教授,刀、枪、棍棒,长拳短打,蹿高纵矮,因人施教,投爱好而教。晓之以情,动之以理,持之以恒,谆之兼诱,可见前辈为了把自己一生艺业,传授后代的苦心了。孩子的话,正是我学艺的经过。小孩看他沉默不语,就问:"你想什么?你听了我有好师父教我玩,你没有这样的师父伤心吧?"蒲查隆笑着说:"我小时候也像你这样玩,是兄妹三人,玩的更有兴趣。现在长大了,把童年玩过的把戏用来跟敌人战斗。"小孩眨眨眼睛说:"谁是你的敌人,敌人是干么的?"小孩喋喋不休,饶有兴趣地问,猛听到"阿弥陀佛"。小孩说:"师父神游归来了。我去回禀师父去。"小孩去功夫不大,走来说:"师父请你们四位到禅堂叙话。"

四个人拂净了身上的灰尘,端正了衣帽。李白先行,西门信老英雄随后,蒲查隆、蒲查盛跟在后面。小孩揭起门帘,四人步入净堂,看见一位老和尚,静坐蒲团上,二目炯炯放光,两道寿眉长有二寸,头秃得很像中秋的明月,面似银盆,真是仙风道骨,道貌岸然。只见他双手合十，念了声"阿弥陀佛"说："居士们远顾寒寺，恕老僧年迈行动艰难，不能远迎。"李白忙说："蒙仙长召见，不胜荣幸。"老和尚念了声"阿弥陀佛"："居士言重了。请坐。"那里有桌椅，小孩把李白让坐蒲团上。老英雄西门信作了三个大揖说："老汉西门信，久想拜见高僧，奈无缘求见，幸蒙召唤，得见仙颜，幸甚，幸甚。"老和尚念了声"阿弥陀佛"："居士请坐。"小孩又让到蒲团上坐。蒲查隆、蒲查盛双双跪倒蒲团前伏地叩头说："晚生是渤海国人，不揣冒昧，特来禅师座下求教，深望禅师大发慈悲，指示愚蒙。"老和尚细看二人面貌身材，不由念了声"阿弥陀佛"说："二位小居士，幸蒙不惮劳苦，涉水登山远来荒山寒寺，可见诚心。也怪四化郎多事，惹来了麻烦。你俩请起来吧！"二人叩头起来躬身侍立，小孩拿过蒲团让座，二人再三不肯坐。老和尚面带为难之色，说："坐下吧！"二人同声说："在禅师面前，晚生应侍立聆听教诲。"老和尚转向李白说："久闻学士满腹经纶，闻名盖世，醉写蛮书，已是当今皇帝股肱之臣，因何同他们前来，老僧倒有些不解。"李白便把经过讲述一遍。当初李白前去赶考，被杨国忠高力士两个奸臣逐出场外，并骂他说，这样的蠢才只配给杨国忠捧砚，高力士脱鞋。经好友贺知章在接渤海来信，索取回书时，荐举自己，皇帝赐为学士，命我醉后草蛮书。他们只重金银不重才，奏明了皇帝。有两个当年主考在侧，惊扰神恩，写不了渤海国文字，只有让杨国忠捧砚，高力士脱鞋，才能安神，可一挥而就。皇帝准了所请，为此两个奸臣怀恨在心，当时是遂了心愿，总算出了心中恶气，以为捉弄了两个奸臣一番。哪知高兴背后潜伏着祸患。因作了清平乐有'可怜飞燕倚红妆'诗句，高力士乘机谗言，说我骂杨贵妃如汉武帝宠妃赵飞燕，有意讥笑，要查清秽迹，奏明玄宗。此诗是含沙射影，正中她心病，当时杨贵妃与安禄山私通，混乱后宫，触怒了杨贵妃，屡在枕边加害自己。惟恐身陷缧绁，为了全身远祸，奏请辞职，蒙天子赐名学士，遇州县赐酒金牌一面。出长安路过白马寺，幸蒙这二位青年舍命相救。行在中途，有四个和尚追杀我，被小猴黑熊捕住，已是奄奄一息，不久就一命呜呼。我就同这两个青年和老英雄混到一起，来到了仙山宝刹，有幸拜识了高僧。

李白滔滔不绝地讲述经过，老和尚念了声："阿弥陀佛，净禅这个孽畜真是作恶多端。"说完，又念了声"阿弥陀佛"，转向西门信说："老英雄年近百岁，也有此乐趣和年轻的处在一起。"老英雄说："是为探亲巧遇到的姻侄女们，赫连英夫妻和赫连杰姐弟。赫连英夫妻是两名

第二十八回　登萍渡水齐探湖中孤峰　巧遇重生共谒古寺高僧

渤海国朝唐副使臣兼虎贲营总管将军的部下，因此同来了，得见了仙颜也算有幸了。"老和尚念了声"阿弥陀佛"，看了看蒲查隆、蒲查盛说："你两个可能是忽汗湖畔，只手托天老道姑的高足吧!"两人暗暗想："老和尚识破了我俩的行装是女扮男装了。"只得说："敝业师正是她老人家。"老和尚念了声"阿弥陀佛"说："她已年过百岁，想不到收起徒弟来，真是天缘有份儿了。"

比剑联姻

第二十九回　三姐妹悟玄寺拜圆觉学艺　左平章军帐内见南化师徒

"你俩的师父，已是武林中不可多得的人物，武功已臻化境。掌中剑出神入化，身怀多种绝艺。她有两口宝剑，一口叫莫邪，一口是碧血玲珑。锋利无比，陆劈大象，海斩蛟龙，切金断玉，剁铜铁如泥，吹毛利刃，爱如珍宝。你俩佩的宝剑可是你师父赠的吗？"二人齐说："是。""你俩师父既将心爱的宝剑赠与你俩，想必是有可观的武功。竟来找老僧为何？老僧是遁迹荒山，将与草木同腐，你只能抱着希望而来，抱着失望而归了。老僧已秉教沙门将过百年，已不取授徒弟，更不取你同样门人。四化郎弄错算盘。你俩还是陪同李学士与老英雄下山吧。"说罢闭目合十。蒲查隆、蒲查盛复又双双跪倒尘埃哀求说："高僧垂怜晚生，离渤海是为朝唐，愿为停息战争，使南北数百万人成为一家，和睦相处。免除黎民遭受刀兵之苦，安居乐业。谁知行至登州郎将崔忻主使听守卫伯张元遇之言，保护贡品先行。晚生为了学习唐朝礼仪，求等稍后。他说到唐朝境地，万无一失，哪知中途被劫。唐朝皇帝下圣旨，钦命渤海国使臣捕盗寇。行至中途五顶山贼人蜂拥而来，口口声声说要血洗双星镇，被我们拿住了五位寨主。遣散喽兵放了四位寨主，只有大寨主花和尚悟真破口大骂。后来假扮阴曹城隍诱他说了真实供词，原是白马寺方丈高徒，奉师父命帮助瞿塘峡葫芦峪大寨主罗振天劫去了，让悟真在五顶山收流寇，并说我辈迟早要死在他师父的五毒阴煞掌下。晚生本欲放他，他竟蛮横异常，故将他杀死。要到白马寺赔礼认罪。又恐悟真假造谗言，才斗胆夜入白马寺，巧救李学士，群雄入树林，乃至方丈净禅派人追踪而至，交起手来，不知何人投来瓦罐，打死两个和尚。净禅方丈一面要回李学士，一面要掌击晚生，命在顷刻。后来了三个老化郎扶起我们，用穿枝过树轻功，飞跑到深山旷野，留下字柬，告诉晚生只有高僧才能制服净禅。晚生为了要追回贡品，好去长安面君，要想兵进瞿塘峡葫芦峪，势必要先对付白马寺净禅。自知非净禅对手，故来拜谒仙师，深望怜念晚生苦衷。"说完跪伏地下。

圆觉高僧说："实话告诉你俩吧！净禅是我徒侄，我当年离开白马寺时，就觉查净禅与五毒道长两人鬼鬼祟祟，深为不然。后来听说他俩用五种毒蛇练五毒阴煞掌，已失掉出家人本色，去劝阻几次。当我面总是矢口否认，我走后仍总是秘密地练。我们天台正宗岂能容忍宵小之徒、狼犳之辈的恶僧当掌院。但我们的衣钵是传掌门弟子，我暗暗考查他的徒弟们，也说他误入歧途，为恶作歹。我又没有收过徒弟，诚恐衣钵相继无人，我要选个能继我们天台正宗衣钵的。数十年来总未找到。因此，下了狠心要把武术传给有造诣的方外人，好代代传下去。要把净禅这个孽障除掉，又恐遭到骨肉自残非议。事在两难。你俩虽是志在远大，行为光明磊落，武功造诣又深，但不是我理想中人，你俩自己会明白的。"蒲查隆、蒲查盛分明知道高僧认为自己是弱女子，不愿传授武功，遂说道："晚生不敢有此妄想，只求制服净禅大和尚，追回贡品为愿已足。决不杀害净禅，免使高僧遭受非议。"老和尚念了阿弥陀佛，转向李白与西门信老英雄说："二位居士已听老僧唠叨了多时，想已知道老僧的苦衷了。"二人齐说："高僧道高德重，深望大发善念，慈悲，慈悲吧。成全他俩把贡品追回，免去两国间纷扰，黎民百姓免遭受苦难。至于净禅大和尚，想是魔高一尺，道高一丈，虽入了魔障，自有觉醒之时。非方外人所能知晓。"老和尚说："我只能教会降服净禅的武功，破五毒阴煞掌方法，把净禅这个孽障擒来，老僧重新整顿白马寺。但这也要有九九八十一天，九九归宗之数，认真学习。你们大营已去能人保护，万无一失，事后自知。须要三人同时学，你门同行的不是有左平章女儿吗？今天回去安排安排，明晨你三人同来。西门老英雄是为了传授枪法来找你的姻侄女们吗？你们就在山下传授吧！李学士也可住在一处开开眼界。往来传递音信，是重生小孩事。这样办行吧。"

众人听了老和尚的话，站起来说："敬听高僧指教。"老和尚说："请下山去吧，没有酒款待居士们深为抱歉。"四个人同小孩和一群姑娘们谈东道西的，有留连忘返的神情，独有赫连英躲在树后思想，自己已年近四旬，且无儿女，看小孩不由想起自己死去的孩子，要是活着也有11岁了，自己命不好，连个儿子命都没有，不能指望再生儿育女了。想到了膝下空虚，悲伤起来，落下了伤心的泪水。赫连文依偎在她的身旁说："这个孩子活脱脱像你，是大姐姐儿子吧？"赫连英回说："我没那个福气。"说罢凄然泪下。赫连文说："姐姐伤什么心？"赫连英叹了一口气说："你还年青，哪里懂得人到了中年，不只女人盼儿女，就是你姐夫也常常为此唉声叹气。说到了晚年，谁来侍奉，死了谁来埋葬自己。我听了更为伤心。劝他再娶一个婆娘吧，生下儿女我也借光了，他百般不肯，他说命中无儿难求子。我们祈祷天可怜见，只盼你生个儿子吧。我将四十岁，恐不能生育了。看到人家儿女围着膝下，就生孤独之感，今天看了这个孩子，就想起来死去小宝宝，要是活着也有这么大了。该多福气呀！我和你大姐夫当了二十多年占道的寨主，从不作恶，虽不敢杀官济贫，但也从不抢劫好人。那些贪官污吏是榨取勒索来的金银，我们是从不放过。土豪劣绅也难逃公道。他们这些坏人都是为官不仁，为了发财不知断送了多少人家妻离子散，多少人流离颠沛，血债累累。抢劫他们正是物归原主，抢穷人的还是穷人（喽啰兵都是穷人，你看哪个阔少爷当喽啰兵）。这就是天理昭彰。但我从不杀生害命，不知怎么缺了德，遭受了报应，真是严霜单打独根草，老天害死缺儿人。把我小宝宝夺去了性命。今后不当寨主，要赤心为黎民出把力赎命，积个儿子。到老好有依靠。俗话说，'放下屠刀立地成佛，'我就生了这个妄想，不求成佛，但求有儿子。"

她姐妹只顾谈话，猛听得虎吼。站起来举目遥望，只看河对岸小孩骑在虎背上去了。众姐妹拥了过来，齐说："这个孩子多好，长的跟粉娃娃似的，方才是从水面跑到对岸骑着老虎去了。活脱脱像大姐姐，是你养的吧！"赫连英说："我没有这个福气。"姐妹们正在说笑，拓拔虎走了过来，说："二位总管找你有话说。"赫连英站起身来，离开了姐妹们，来到总管休息的大树荫下，见李白同自己姑父、二位总管正在商议什么事情。蒲查隆见赫连英来了，忙说："嫂嫂女将军，请坐，正有话同你商量。"赫连英坐下后，蒲查隆说："我、蒲查盛、夹谷兰明晨就学艺，时间是81天，这里的姑娘们要跟老英雄学枪法。赫连家枪法是独创的，独有东门芙蓉和女孩子们是学不得的。让芙蓉教女孩子们棍法刀法，嫂嫂除了学枪法外，要教会女孩子们水性。王常伦去大营送信。这里人马要守秩序，一切行动要听拓拔虎将军夫妻指派。西门信老人家每天要教枪法，年纪老了，是够辛苦的。我征求他老人家意见，愿意同去长安。请左平章定夺。等王常伦回来听左平章安排。我三人有了大事情，也不能离身。一切听凭二位将军的了。"赫连英说："东门芙蓉也跟我们学枪法，赫连家的枪法已传了两代，姑夫带来的枪法独创的，赫连杰把我祖父后半生练的五钩神飞练子枪法也学会了。并起来学有可能算是独树一帜了。我已经过姑妈众姐妹的同意，再不秘不传人，要门户大开。就连女孩子们也要教，只请总管许诺，我姑父现在座，想来也不会不愿意的。"老人说："很好，求总管答应了吧，也从明天学起。"蒲查

隆说:"行,食量要不够用,出山是不能的。"赫连英说:"每天三餐,捕鱼为主,采野菜佐餐。这里人会水很多,捕鱼虾是没问题的。采野菜,不识水性的过去。这样慢说维持81天,就是一年也没问题。"蒲查隆笑着说:"女将军胸怀六韬三略,我佩服了。"一切就绪,吃了晚饭各自就寝。

第二天清晨,蒲查隆一行三人收拾整齐,带好兵刃辞别了众人,相偕入山。到了禅堂门外,见小孩正在等候,遂到蒲团坐下一齐跪伏在地。老僧让小孩去骑虎巡山,小孩乐洋洋地骑着老虎巡山去了。禅堂中只剩下老少四人。老僧瞧见夹谷兰身着女装,问蒲查隆:"这小女子是夹谷清左平章女儿了。"蒲查隆说:"是。"老和尚说:"你三人起来吧。就剩你我四人。夹谷兰胜似你俩亲姊妹,为了学好艺业,再不必相瞒了。你姐俩告诉他实话吧!"蒲查隆、蒲查盛就把如何女扮男装要保护左平章详情告诉了夹谷兰。夹谷兰说:"我早就猜到了八九分。红罗女为什么把价值连城的宝剑借给一个素昧平生的男子汉,绿罗秀岂敢将碧血玲珑剑借给蒲查盛。况且你我姐妹相处三年来,行动举止都可观察出来。不过当着众人为了做事方便互相打哑谜就是了。今后还是要打下去。就连小孩也不让知道。此去长安数千里,知道会发生什么险阻。男子汉总是比女人好办事。"

高僧听了也很中意,遂说:"外面有石桌有艾香(艾香就是艾蒿搓成绳),你三人焚起艾香,要叩拜祖师爷。给我磕头不叫师父,我平生绝不收徒弟,是代你们师父传艺叫我师叔吧!"老和尚站起身来,从信盒中取出一轴画,又吩咐在禅堂取来了艾香。用火镰艾绒打燃了火,点上艾香,老和尚转身进房捧来了一张宽纸条,放在石桌上,在大松干上挂好那轴画,然后恭敬虔诚地跪倒在地。她三人要跪,老和尚摆手,向画像跪着喃喃念起来。完了站起身来,合掌合十念了声"阿弥陀佛",又跪倒向宽纸条磕头。站起身来让他三人跪下,老和尚指着画中一位身披袈裟,头戴毗卢帽,足登六耳麻鞋,手中拿着九耳八环杖的老僧说:"这是天召正宗,开山鼻祖,要三拜九叩。"三人拜毕,又来到宽纸条前,又命跪下行三拜九叩之礼。三人细看纸条上用细砂面用手指当笔写的供俸红衣女道姑师兄之位。老和尚念了声阿弥陀佛,冲着纸条说:"师兄,小僧今天为了整顿佛教门规,传艺与高足,深望师兄垂怜。"让三个人向纸条表示诚心。蒲查隆年长,首开言说:"弟子红罗女,承蒙仙师授艺。艺成后绝不以技伤人,绝不仇杀骄人,讲武术道德,爱护同门。除强暴而安黎民。扶危困而救众生。绝不以技挟仇而杀人。诚守此言,神明共鉴。"蒲查盛、夹谷兰也照样发了誓。站起来又向老和尚三拜九叩。站起身来,老和尚坐在石桌上,从怀中取出一本用柳树内层细皮书来,让三人每人念一篇。共81篇。三人一看封面是武林奇书,大喜过望。老和尚又问了三个人武功。夹谷兰武功根基薄,不能学上层气功,蒲查隆、蒲查盛已有气功根基可练上层气功。老和尚因人施教,他三人又是绝顶聪明,每教必会。起早睡晚,专心学习。老和尚看他三人虽是女子,向学志诚心坚,就倾注心血地教。

  再说拓拔虎夫妻受了总管分派,除了普及勾神枪外,还有教跑马戏的女孩们,西门姐妹、左丘清明姐妹分担了教女孩子们学武艺的教练。这群人有老英雄西门信当教师,又有赫连英两姐妹当指导,一些姑娘和女孩子们听说去长安后,就去渤海国,都兴高采烈地刻苦学习。李白无事就到练武场看热闹,和老英雄谈些好的见闻,倒也悠闲自乐。

  再表左平章、夹谷清等了十天不见蒲查隆七人回来,已是坐立不安。冰雹花、冰凌花、冰坚花、冰实花四位姑娘也暗暗着急。私下嘀咕总管遇了事吧!为什么还不回来。要再过五日没有信,咱们四人,两个人侍奉左平章,两个人扮成男装到洛阳找总管去。正在嘀咕中,一个女兵来报说:"迟勿异领来了老少七个要饭的老花子,要见左平章,在外面等候。请你们去禀一声。"冰雹花掌管女先遣队的,这时转回大营,冰凌花去看看迟勿异领花子们来做什么?四个姑娘不看则可,一看气往上涌。冰凌花倒先向迟勿异吼道:"你来干什么?"迟勿异说:"这四位老人有机要事要见左平章,其中一位有我师父。"四花看了看,见衣衫滥褛蓬头垢面的四个老花子,一个手持打狗棒,有茶碗粗细,烂的直掉碴;一个拿着大烟袋铜锅铜杆,铜烟嘴,有五尺多长。铜锅直径有半尺多,烟嘴长有一尺,烟锅长一尺,烟袋杆长有三尺,上有斑痕的伤疤;那两个一个夹着一面铜罗,一个夹着一个铜钹;再看三个小的奇形怪貌,一个是红眼边烂眼圈罗圈腿,大咪泡肚子;一个头上梳着冲天杵,头绳系着,上面有二个铜铃铛,瓜子脸尖朝上;一个左眼小如绿豆,右眼大,梳着歪辫,背后都背着黑里透明、明里透黑,软古囊的皮褡裢。这七个人要是在黑夜看见,就得吓死,真是三分像人不是人,七分像鬼不是鬼。冰凌花吼了起来:"我说先行营大掌管,你先将他们老少七人带回去吧!左平章在发愁呢!心里不痛快。"迟勿异说:"这七位是昨晚来的,说有要紧事当左平章面讲,刻不容缓。"冰坚花说:"不能见"。

第二十九回 三姐妹悟玄寺拜圆觉学艺 左平章军帐内见南化师徒

尖头小要饭的把头晃的铜铃"哨、哨"作响，瞪起红眼边，烂眼圈眼睛说："咱们不远千里来救人，倒叫人家瞧不起，何苦来，要知道人不可貌相，海水不可斗量，别看人长的其貌不扬，武艺可高强，又不是选女婿，啥样干你什么事。"冰坚花听了，气的浑身发抖，白脸变青说："哪里来的混账？"举拳要打，迟勿异站在两人当中说："姑娘不要生气，你不去回禀，我自己去面见左平章，不要耽搁了大事。"

这时左平章在帐里已把话听得清清楚楚，走近前说："迟勿异将军把七位领进帐吧！恕我接待来迟，有话进帐再说。"尖头小要饭的，腆着大咪泡肚子，边走边说："阎王好见，小鬼难缠呀！"冰凌花气得两眼掉下泪来，直跺脚，当着左平章又不敢发作。等要饭的走了，要找迟勿异出气。迟勿异将七个要饭的领进帐房，左平章也步入帐中，吩咐迟勿异看坐，四花老远躲开。四个老花子，坐稳身形。迟勿异和三个小花子垂手侍立老花子背后。左平章坐下说："四位老人来找我，必有要事，请直说不妨。我方才恍忽听到有迟勿异的师父，想来四位是世外高人了。但不知哪位是迟勿异尊师？"南化郎站起身形说："小老儿便是。"左平章连说："坐请讲。"然后说道："我虽是渤海国人，幼年间就很爱好唐朝文化、武艺，常常向唐朝人请教。今天又蒙老四位大驾光临，必有见教。"左平章几句恭维话，四个老花子给说乐了。齐说："左平章言重了，我们到处飘荡，四海为家。幸蒙垂以青眼，还是从实说吧，请屏退从人要事相告。"正在这时，冰凌花来回禀左平章："王常伦拿着二位总管手书来面交左平章。"夹谷清听蒲查隆有了手书，喜出望外，遂吩咐冰凌花、冰实花与四位泡茶，又吩咐迟勿异同三个小要饭的同坐，把个冰凌花只气得眼珠起红线，血贯瞳仁，又不敢怠慢了七个花子，怕左平章见罪，责骂。只好撅着嘴瞪着眼，瞅迟勿异怒气冲冲。

左平章等来到了四花帐里，接见了王常伦。王常伦拿出了蒲查隆的亲笔书信，左平章从头到尾地读了一遍，又看了一遍，书中大意说："小将夜探白马寺，救李白几乎丧命，幸蒙四位高人相救，指引明师，到深山学艺81天，可除去白马寺妖僧净禅。经高僧说，让我三人（其中有夹谷兰）安心学艺，大营遇事，有高人解救。末将曾蒙四化郎相救，又在白马镇看到相貌出奇三个小化郎，想是四化郎高徒了。此七人形容古怪，艺业惊人。请不要以貌取人，失之交臂。王常伦去海湾请老英雄赫连甫带同遣散各将来双兴镇，与他的姐姐、姐夫、外甥女们，侄男、侄女们相会。赫连英已与这些人天天混在一起，只等老英雄赫连甫来一家骨肉相聚，畅叙乐事。我想这四位高人必是四化郎无疑了。要好生招待，万勿轻慢，其中迟勿异师父更要礼遇。四化郎之来，实是迟勿异邀请，书不尽言，容待面叙。末将蒲查隆敬笔。"左平章看了非常高兴，命王常伦到迟勿异帐中休息，就回到自己帐，笑容满面说："四位老人率令徒曾救过蒲查隆、蒲查盛，在下感激万分，现又来大营，恕我简慢少礼，万望海涵。有话请当面讲吧！"

第二十九回 三姐妹悟玄寺拜圆觉学艺 左平章军帐内见南化师徒

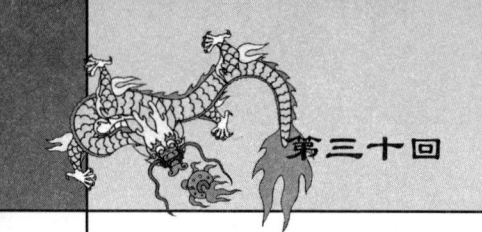

第三十回 献良策左平章拔营起寨　显奇功小花子一招毙敌

话说渤海国使臣夹谷清接待了老少七个化郎真是恭而敬之，礼而实之。使四个老花子感激得五体投地。南化郎首先说道："我等四人年过花甲，天涯海角到处飘零，寒暑迭更，韶光易逝，转瞬已是四十年，到处被人唾弃，冷讽热嘲，充满了耳鼓，一腔怨怨何处发泄。只有忍辱含羞，我行我素，悠闲岁月，浪迹江湖，视功名如草芥，看利禄似尘土，将与草木同腐以慰平生。但我等四人飘落江湖数十年，到处剽窃了各门武术之精华，集腋成裘，埋在黄土堆中，深觉可惜。为了流于后世，只有传给后人，我巧收了放牛娃迟勿异，在塞外教武艺15年，就惹出了现在的是非。两位总管视迟勿异为手足，在天门岭大战时，迟勿异的宣化斧招是从三国时野龙袁达的招数相传至今，是一门独传，可算是首屈一指，但是遇到蒲查隆三招没过，双戟磕飞了宣化斧，只有垂颈待死。但蒲查隆不以技骄人，不以技伤人。戟刃已临近迟勿异双睛，撤手撤戟饶了迟勿异性命，不以仇敌相视，反重用为先行营大掌管。老汉为了感恩图报，奔走边北，追邀来了三个伙伴与三个徒弟，在洛阳东小镇外，横卧道上，装成奄奄一息。蒲查隆竟舍金相救，使三个老花子相信了我对蒲查隆的称赞。偏蒲查隆年轻气傲，这也是初生犊儿不怕虎'夜探白马寺'，救了李白，险些丧命。后来转祸为福，投高僧圆觉门下在悟玄寺学艺，这真是应了老子的'福兮祸倚，祸兮福伏'的话。蒲查隆救了李白，白马寺掌院惊恐异常。一怕李白回转长安面奏皇帝抄了白马寺，二是没法向权奸左丞相交待，派人四处寻找李白，巧到双兴镇。听说是渤海国女先遣向导队削平了五顶山，杀了大寨主花和尚悟真。白马寺掌院净禅听到劫去李白、杀了他徒弟悟真，都是渤海国人干的，气的三煞神暴跳，五灵豪气飞空，请来了瞿塘峡葫芦峪百名好汉，跋水登山赶来。现在承蒙左平章谦恭下士，使我等感恩之情，油然敬畏，一点不嫌寒微，以客礼上待，敢不效犬马之劳，以酬谢左平章之厚情。但事在紧急关头，有燃眉之急，覆巢之危。请左平章急忙安排，以防未来之患，而免全营之苦，到双兴镇聚齐。大营若在此地，势必连累百姓。为今之计，大营要迁到五顶山花和尚大寨，山高而地险，内外兼顾。贼人

182

则欲进不能，欲退不可。我则派出猛将击死贼首领，群贼见群龙无首，必自乱章法。小老儿之言，不知能中左平章之意否？"

左平章默思良久，深深一躬说："老隐士之言，使夹谷清顿开茅塞。但群贼是久惯杀人放火的江洋大盗，既敢前来就必有妙计。人是人中选人，艺是艺中选艺，武艺高强，能征惯战之辈，蹿高纵矮之徒。视登山如履平地，避弓箭为儿戏，现我大营中能征惯战的只有迟勿异、东门豹、上官杰、万侯华，屈指算来不出十名，百名敌人蜂拥而来，真是以一当十，恐寡不敌众，奈何？"南化郎说："左平章思虑的极是，现有我们师徒七人，自告奋勇，愿为左平章分忧，奋力决战，谅敌人他不能得逞。只请左平章传令拔营起寨急奔五顶山。"左平章说："众位高人，暂请到迟勿异大帐休息。"吩咐迟勿异，去找冰凌花预备酒饭。冰凌花正想花子们走后找他出气，偏他送上门来。见面就吼道："好一个先行营大掌管联营都掌管无事生非，哪里弄来个小混账，到这里撒野。我非把他捶的叫姑奶奶才肯干休。正想找先行营大掌管去要人，你倒知时务，自己来了。省得找了去。"迟勿异说："姑娘不要怄气，还是办正事要紧。左平章让我来传知姑娘，赶快预备一桌上等酒席，请七个花子吃饭。好救你的小命吧！"冰凌花怒目横眉说："你来假传命令。我回禀左平章去，看你能吃得消不？"还是冰雹花年长，有沉着性，就说："先行营大掌管从不说笑话，我去告诉厨房这就预备。大掌管你先请回吧，请不要见她的怪。"迟勿异乐呵呵地走开了。左平章唤四花子入帐，告诉了紧急情况，并说明今晚就要进入五顶山，让他们四人把女兵分成四队。一队弓箭手，护围总帐，二队挠钩手准备捉人，三队长枪手准备应战，四队短刀手准备沙袋扑灭火攻。命四人各率一队，各守职责，不得混乱，遇事不要惊慌失措，听候命令。又唤来迟勿异，到夜晚整队先行。请三个小花子为辅佐。又唤来东门豹，后队多预备弓箭沙袋。唤来了上官杰为中路遇事接应。唤来了霍查哈整顿骆驼、车辆，尾随上官杰队后，总帐前防范敌人抢劫金银、粮秣。

诸事安排停当，又请来四化郎坐好后，左平章夹谷清说："承蒙指教，现已照办，不知高人尚有何见教？"四个老花子已在迟勿异帐中吃的酒足饭饱，齐说："左平章的分配，迟勿异已告诉了小老儿四人。左平章久经战火老将，身经百战的渤海国开疆展土元勋，运筹帷幄中，决胜于千里之外，不似小老儿之辈，碌碌庸人。我四人愿听指挥，当效犬马之劳。"左平章连说："过誉了。请老四位随我同行吧！要是在中途遇

第三十回　献良策左平章拔营起寨　显奇功小花子一招毙敌

183

见贼人动起手来，请老四位拔刀相助。老夫虽年事已高，今天也要跨马横刀，战上几回合了。"这时各联营都掌管来回禀，队伍已整备齐整，准备启程。左平章说："天时尚早，到一更天悄悄拔营起寨。"各联营都掌管走后，请四个老花子暂请到四花帐中。四花已收拾了帐房，扎束停当，只等出发，帐中已空无一物。冰雹花把四个老花子领到帐中。地上铺了牛毛毯子。四化郎坐好后，转身进入左平章大帐。左平章正进晚餐。四花侍立左右。左平章见冰雹花、冰凌花、冰坚花、冰实花四个女将，腰后雕弓，娉婷袅娜之中显英爽气概，不由想起了自己女儿夹谷兰同这四个渔家女儿亲如姊妹，这四个姑娘看称自己同父亲般的体贴。可惜的红罗女、绿罗秀没有跟来朝唐。这七个女孩子朝夕相处，切磋武功，兵书战策，上马擒贼，下马读书，真是渤海国女中魁元。是国王大祚荣的近卫。竟派来五人给我当近卫，可见大祚荣对自己是多么体贴和关怀。我必须以身许国以报知遇之情了。遂对四花说："但求今晚无事，平安到了五顶山。"四花说："托左平章的福，料无意外。"左平章点点头说："但愿如此。"

　　时已初更，左平章吩咐启程。迟勿异先行营先行，东门豹殿后，当中是上官杰、霍查哈、左平章及四花的女兵。四个老花子在左平章马前二名马后二名，让他骑马，他四人不肯，左平章头戴帏帽，身穿四开叉箭袖袍，外罩胸团龙马褂，足登快靴，左囊盛箭，右囊是镶金镂银宝雕弓。坐下是日行千里夜行八百的乌龙驹，马鞍鞒上挂一杆凤翅镏金镋（据说是隋末无敌大将军宇文成都的兵刃）。虽年过花甲，仍不减当年威风。大营人马悄悄离开双兴镇，满天星斗，一轮弯月，时当夏季，夜风拂面，时时送来花香。将近午夜，前面传来了数百名骑马蹄声，如暴风骤雨。迟勿异传令停止人马，静观动静。就听前面大喊："什么人？竟敢拦住去路！瞎了你的狗眼！"迟勿异声如巨雷问："你们是什么人？"那方大喝道："我们是大唐征南大将麾下先行官，赶快闪开道路。"迟勿异听出来头很大，回答："请少待，待我回禀一声。"对方大吼起来："你们是干什么的？回禀！回禀老爷们没有工夫和你磨牙。再不躲开，爷爷们马踏死了你们这伙狗杂种。"竟有数人手持兵刃催马过来。迟勿异大喊："你胆敢前来，我就要命令手下放箭了。"来人听说放箭，只有百步之遥，瞪眼观看，只见黑压压的一行人马约有二千多人，知道不是结伴的同行的商人，也不是山贼草寇，一定是官兵了。遂喊道："让你们领队官过来验明身份，不要双方误会。"迟勿异已派人到中军回明了左平章。左平章听说前面是唐朝征南大将军先行官，哪敢怠慢，催马过来，后面跟着冰雹花、冰凌花四员女将催马来到迟勿异身旁。急命高挑灯笼。对方也挑出灯笼。左平章夹谷清在马上问："哪位是先行官，请来答话。"对方看来人头戴纬帽，身穿四开衩箭袖袍，外罩团龙褂，一看就知是渤海国人马。只见一员将面似黑锅底，圆睁蛇眼，满脸横肉，手擎熟铜大棍，坐下一匹高八尺，长丈二的大黑马。头上无盔，身上无甲，穿了一身青衣服，是短衣襟小打扮。怒冲冲吼道："快快下马报上尔的名来，哪里来的鼠辈，到先行官马前回话。"左平章夹谷清是久经大敌老手，岂能上当。遂高声说道："在下是渤海国朝唐使臣夹谷清，便是奉唐天子圣旨进兵瞿塘峡，剿捕劫贡品盗贼，现有圣旨，你可下马来跪听圣旨，胆敢非礼狂言。就是征南大将军驾到，也得跪读圣旨，怎敢越礼狂言，快快下马听旨。"来人怒冲冲骂道："什么鼠辈夹谷清，你可知道'将在外君命有所不受'，阻止先行官的虎驾，你真是鼠胆包天，众将官杀过去踏平他的人马。"迟勿异见对方十几骑马奔来，吩咐放箭，手擎宣花大斧，立马阵前。对方听弓弦响处，箭似飞蝗，也扎下了人马。吩咐声："放箭。"双方对射起来。对方射的是火箭，射程较近。渤海射的是雕翎箭，射程较远，况且迟勿异手下箭手都是射猎的猛汉，一阵猛射，对方招架不住，渐渐后退。夹谷清真是怕误会了，怕事情扩大，就命迟勿异停止放箭，压住了阵角，再以礼讲话。哪知对方见渤海不放箭了，冲出四匹战马，急如流星赶月，快似旋风。两名急奔迟勿异，两名急奔夹谷清。说时迟，那时快，两名高举大棍恶狠狠照左平章头顶劈下，棍带风声。两花催马上来，用双戟去架二棍，双贼见是两个女将，越发使足力气，心想一棍打死一个弱女子。什么夹谷清也难逃过？哪里知道，棍与戟碰，啃啃两声，棍碰起多高，震得两臂发麻，撤回棍来，抛下了夹谷清，来战二花。夹谷清已从马鞍鞒上摘下凤翅镏金镗，欲助战。迟勿异独战二贼，把宣化斧舞动如纺车相似。二花各战十多回合，贼人大棍舞动如飞，上攻其身，下攻其马，棍法出奇。二花想用戟里藏刀，杀败二贼。忽见两条火线直奔贼人面门，贼人并未提防，想躲不能，烫得"哎呀"一声，拨马就跑，败下阵去。又见两条红火，扑向了迟勿异对敌之人面门，败了回去。这四个贼人烫的"哇哇"乱叫，用手来捂，手也着了。在地下滚，越滚火越多，纵身污水坑中，反似火上浇油，活活烧死。伸伸腿，瞪瞪眼，只好去鬼门关报到去了。

怎么回事？原来是小花子见两个贼人力战二花子两个女将，就有不忿。又想起了见左平章时受了冰凌花的瞧不起,要看看这两个女的有多大本事。看见两个女的用戟架住了双棍,险些把棍磕飞,知是力大过人,又见两个女的总是占上风,认为有胜无败,猛见两个女的要拨转马头,落了下风,从背后摸出大喇叭按机关,放出四条火线,烧死了四个贼人,挺身站在军中。"唔!唔!谁敢再来,小爷爷就送他下地狱。"说完把喇叭一举,众人看了都觉好笑。贼人队里借火光一看,吓,有五尺高,红眼圈,烂眼边,罗圈腿大哧泡肚子,瓜子脸尖朝上,上面梳着冲天杆小辫,有五寸多高。转圈缠着红头绳,辫梢上系两个小铃铛。一动身叮当乱响。长相三分像人不是人,七分像鬼不是鬼,气死画匠,难死塑匠,画不出也雕不了他的面容。贼人队中走来了一个身着夜行衣靠边矮子,手持赤金棍,头戴虎皮帽,腰系虎皮裙,脚登虎皮靴,五短身材,脸和猴子脸一样。吱吱的怪叫,听来和猴子声很相似,用棍一指:"啊!小辈竟敢用暗器伤人。你也不用镜子照照你那鬼相。"小花子听到来人说他鬼样,倒哈哈大笑了说:"真是老鸦落到猪身上,看见别人黑,就没见自己黑,你那个缺德样,哪配夸口。等小爷给吹一通送葬曲,让你去见阎王爷吧!"来人连连摆手:"哪个用你吹,休要多说少道,你要能接我三棍就算你是英雄。看棍!"恶狠狠奔小花子头顶砸来。

第三十一回 小花子踢死孙道第 二唐尉细陈被劫事

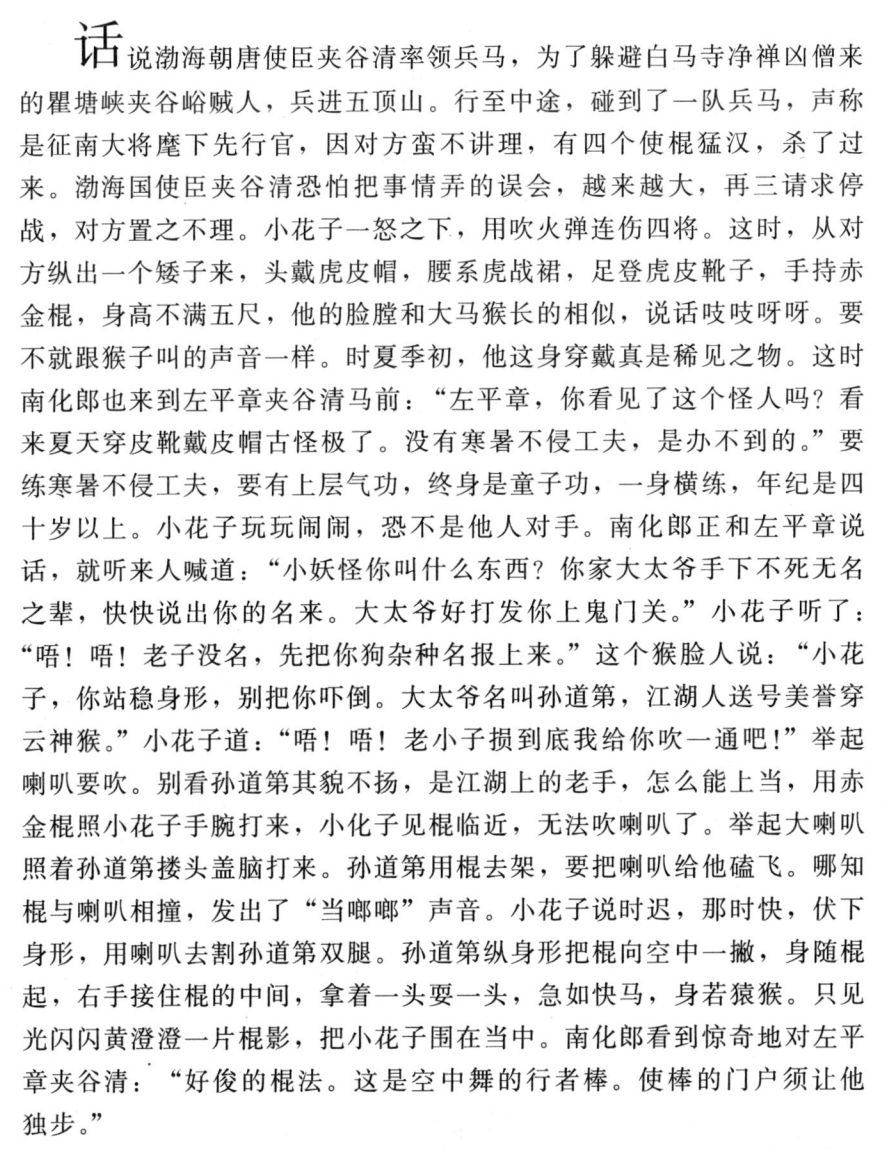

话说渤海朝唐使臣夹谷清率领兵马，为了躲避白马寺净禅凶僧来的瞿塘峡夹谷峪贼人，兵进五顶山。行至中途，碰到了一队兵马，声称是征南大将麾下先行官，因对方蛮不讲理，有四个使棍猛汉，杀了过来。渤海国使臣夹谷清恐怕把事情弄的误会，越来越大，再三请求停战，对方置之不理。小花子一怒之下，用吹火弹连伤四将。这时，从对方纵出一个矮子来，头戴虎皮帽，腰系虎战裙，足登虎皮靴子，手持赤金棍，身高不满五尺，他的脸膛和大马猴长的相似，说话吱吱呀呀。要不就跟猴子叫的声音一样。时夏季初，他这身穿戴真是稀见之物。这时南化郎也来到左平章夹谷清马前："左平章，你看见了这个怪人吗？看来夏天穿皮靴戴皮帽古怪极了。没有寒暑不侵工夫，是办不到的。"要练寒暑不侵工夫，要有上层气功，终身是童子功，一身横练，年纪是四十岁以上。小花子玩玩闹闹，恐不是他人对手。南化郎正和左平章说话，就听来人喊道："小妖怪你叫什么东西？你家大太爷手下不死无名之辈，快快说出你的名来。大太爷好打发你上鬼门关。"小花子听了："唔！唔！老子没名，先把你狗杂种名报上来。"这个猴脸人说："小花子，你站稳身形，别把你吓倒。大太爷名叫孙道第，江湖人送号美誉穿云神猴。"小花子道："唔！唔！老小子损到底我给你吹一通吧！"举起喇叭要吹。别看孙道第其貌不扬，是江湖上的老手，怎么能上当，用赤金棍照小花子手腕打来，小化子见棍临近，无法吹喇叭了。举起大喇叭照着孙道第搂头盖脑打来。孙道第用棍去架，要把喇叭给他磕飞。哪知棍与喇叭相撞，发出了"当嘟嘟"声音。小花子说时迟，那时快，伏下身形，用喇叭去割孙道第双腿。孙道第纵身形把棍向空中一撇，身随棍起，右手接住棍的中间，拿着一头耍一头，急如快马，身若猿猴。只见光闪闪黄澄澄一片棍影，把小花子围在当中。南化郎看到惊奇地对左平章夹谷清："好俊的棍法。这是空中舞的行者棒。使棒的门户须让他独步。"

不说他俩谈论，且说小花子被人围住了，想要吹喇叭，人家孙道第的棍像雨打梨花，风吹败叶，旋风般上下翻飞，不离他，想要败走也不能。要讲真打实斗,时间长了恐怕不是人家对手。猛孤丁地喊道:"唔!唔!损到底住手!"孙道第稍微一愣,小化子嗖地跳出圈外:"实话告诉你,你的空中舞的行者棒遇到对头了,我的空中舞的行者棒是我要看看你的棍法,果然名不虚传的掌云神猴。我不忍心破你棍法,给别人开眼界。我想看看手掌功夫,你照我头上连击三掌,完了我再照你头上击三掌。这样比试你敢吗?"穿云猴子孙道第想,战了五十多回合,人家的大喇叭毫无破绽,伸缩闪躲,是要以逸待劳。或是要以巧破千钧,还得步步小心他放火烧身,倒不如找他便宜,打碎他尖脑袋。我练过铁砂掌击石,练过鹰爪功。哪怕他练过油锤贯顶功夫,也不抗我一击。遂说道:"这是你说的,啊呀呀。恭敬不如从命,咱们俩谁先打。"小花子说:"我提出的打法,当然让你先动手,请让我两腿叉开,骑马蹲裆站好,叫足了气功,净等挨打。"穿云神猴孙道第想:"你这是飞蛾投火,自找其死。"挽起袖管对面站好,右臂高举运足了气力,恶狠狠举掌向小花子泰山压顶打了下去,只听穿云神猴"哎呀"一声身形倒退,右手鲜血迸流,疼得全身发抖,咕咚栽倒在地。小花子一个箭步,纵到身前,抬起右脚照准裤裆踢下,鲜血迸出一命呜呼。怎么回事?原是小要饭的被孙道第的棍围住,看看力不能敌,想了一个脱身之计,说了些冠冕堂皇的大话。要此掌法,拿头当掌击物,小花子练过油锤贯顶铁尺排肋,他头上转圈有毛当中光,冲天杵直立其中裹着铜打造的其形如酒漏似的锋利无比的铜盔,专破横练的铁砂掌、鹰爪功。穿云神猴再也想不到他头发中有铜盔,狠狠一掌打下去,铜盔锋利的尖,穿透掌心,痛得慌了往回一缩手,从中指、无名指夹缝中划破了,鲜血迸流,有横练的人就发昏倒地,被小花子一脚照裆踢死。

　　左平章见对方连伤五命,让南化郎唤回来小花子。正在这时有六七名对方兵,身带血迹,一溜歪斜,边跑边喊:"渤海国快来救命吧。这伙人是夹谷峪贼人,假扮官兵。我们是张元遇部下,被掳去。"左平章听了这话,真是无名火冒三千丈,急命迟勿异救这六七个人出重围。迟勿异舞动宣化斧,拦住了追来的人厮杀起来。后队上官杰、万俟华、东门豹也听说是夹谷峪贼人巧扮官军,也催马飞舞兵刃,前来参战。三个小花子各自亮出兵刃夹入人群,将对将,兵对兵混战了起来。渤海国人强马壮,各个骁勇,直杀得群贼叫苦连天。只恨爹娘少生了两条腿,追杀了五里之外,贼人已伤亡过半。剩余的贼兵急急如同丧家犬,忙忙犹如漏网的鱼,金命水命逃了命。

时已黎明，左平章不愿过为已甚，命令收兵，打扫战场。在草丛当中搜到二名军官一样的贼人。推到左平章面前。二人已是流血过多，昏迷不醒。左平章吩咐冰凌花送郎中处治伤，遂吩咐安营埋锅煮饭。查点自己人马有无伤亡。迟勿异来报，其他联营只顾看守车辆、骆驼队，没有参加战斗，只先行营参战了。受轻伤的13人，重伤的三人，没有死亡。打扫战场除擒住三名军官外，死亡16名，重伤16名，轻伤20名。马驮子20匹，全是粮秣，肉类。左平章夹谷清吩咐马驮子交给带轻伤的20名驮走重伤的，掩埋了死的，让他回寨。他们败兵逃出不远，让他们急急追赶吧。左平章夹谷清考虑到这伙贼人，敢扮官兵，必有来头。就是闹到不可开交也有话说。二是为了留下许多俘虏要报告当地的官府，多一事不如省一事，所以吩咐把俘虏全放了，显得光明磊落。吃罢早饭，整顿了人马，受伤的兵，能抬的就抬，能走的就走，直奔五顶山。

　　到了五顶山扎下帐篷，派好了巡山人马，从郎中处带来了二名受伤的军官，这时已敷好药，吃完药，止住疼痛醒了过来。见到左平章跪倒在地，泪如雨下："左平章哇！我们好不容易能见面呀！"左平章急命冰凌花取来牛毛铺地上，说："坐起来有话慢慢说。"两个人坐起了身形，细看怎么没有两位青年总管。一面拭泪一面说："我俩是守卫伯张元遇部下军官，被夹谷峪山贼劫去贡品时当了俘虏。这次逼我二人带领十名俘虏当向导恰遇左平章，弟兄们就急急忙忙奔了过来，我俩在后面被俘。给贼人杀伤，掉下马来。多亏遇了救，二位总管是认识我俩的。怎么不见？"左平章听说是守卫伯张元遇的俘虏军官，真是喜出望外，遂说道："两个总管有事去洛阳，你俩还认识谁？"他俩说："先行营大掌管迟勿异、东门豹都能认得。"左平章夹谷清命冰实花找来迟勿异、东门豹二人相见，连呼二位校尉是怎么受的伤。二人长叹一口气，连说："一言难尽呀！在登州最不该带贡品先要去长安。也是郎将崔忻听了守卫伯的话，直道离洛阳三百里，地名是毒风翠岚山，山岭连绵三百里，是深山老林。张元遇自说天下太平，贡品万无一失。哪知进山将有百里，从林中跑出四十多骑马，为首四条大汉各使双锤，后面还有四个大汉手持大锤，拦住了去路。为首大汉在马上断喝道：'老子生来不怕官，终朝每日在山边。官兵要是从此过，留下财宝放他还。牙崩半个说不字，杀了狗命才算完'。恰是守卫伯张元遇在前面开路，大喊：'狗强盗，你真是胆大包天，竟敢拦钦差劫贡品！'当头贼人哈哈大笑说：'杀不尽狗赃官,留下贡品,饶你这伙人狗命,滚回长安去吧,你敢再说不字拿命来见,谅你能有多大本事,狐假虎威。来人,先把这个狗头官儿活捉住,带回山寨,让他给本寨主提夜壶。'忽啦就过来了四个使棍的大汉,围住了张元遇。我两个保护钦差突围,钦差身带重伤,匹马单枪逃走了。我俩已被擒。官兵死的死,伤的伤,没有跪倒投降。张元遇被活捉,把我们带回山寨,真让张元遇每天把寨主的夜壶挂在脖子上倒剪二臂,倒夜壶。完了送入水牢。求生不能,求死不得。我二人因是校尉,起初把我两个也推入水牢和张元遇在一处,后来让我两个投降,为了找机会逃跑,就投降了贼人,把原来被俘虏的兵拨给我们30人,每天专管劈柴挑水。五日前叫我二人领15名手下喽兵,就是原来的俘虏,穿上军装给大队在前头当向导重来毒风翠岚山。不知干什么,等打了起来听说是渤海国左平章,弟兄们就反戈回击来投奔左平章。我俩断后,保护弟兄们突围。身中数刀落马,敌人以为我俩死了丢下不管,哪知倒巧遇了。"

　　左平章问:"贼人是哪里来的,劫去贡品放在何处?"两个校尉说:"敌人是瞿塘峡长江南岸葫芦峪来的,山势险恶很像个压压葫芦,外有小谷,进山要经过狭长小道,陡壁悬崖,经过长沟,到了小谷方圆有30里,设有18个小寨,36个小寨主,约有七八千贼人。又经过一条长沟到了大峪,悬崖高有二十多丈,除了长沟外无路通大小峪。大峪分36大寨,贼兵约一万多人,山上遍设滚木礌石,真是一夫当关万将莫入。能征惯战的贼将有百人以上,都是来自各山的草寇。粮草垛积如山。现在听说要受招安,不然早就抢州夺县了。""你俩知道多少,就说多少。"二人说:"大寨主罗振天手下有八个儿子,出名的四棍八锤,又有三达摩、四金刚、五罗汉、36友这是出名的。不出名的不知有多少人。要追回贡品看来不是容易事。"左平章说:"此次夹谷峪死伤大半,必不甘心,须防贼人卷土重来。"吩咐各联营都掌管严肃军纪,又写了书信让王常伦去海湾岛请赫连甫老英雄来。并说明现在人单势孤,请老英雄招集原海湾岛遣散的好汉前来。吩咐霍可哈好生招待唐朝天使郎将崔忻部下反正二校尉及七名当兵的。老花子又来献策,在等候蒲查隆回来前,把现有的虎贲营健儿加以训练,学登山、涉水、步战、马战。左平章听了正中心意,就请四个老花子传授武功。三个小花子到三个联营当教练。诸事完毕,闹了一天一夜,人们也觉疲乏,吃完了晚饭各自就寝。第二天各联营以下开始了大练兵,王常伦投海湾岛去下书。

比剑联姻

第三十二回　红罗女古寺苦练功　众姐妹拜师学刀法

再说蒲查隆、蒲查盛、夹谷兰在悟玄寺学习。高僧给他三人一本武林奇书。从头看起。书上记的都是上乘武功的奥秘。三人看了两天领悟了一些。第三天老和尚让她们把所有的从头到尾一招一式练起。老和尚站在树下观看。每人从拳到脚到枪刀以及十八般兵刃和外五行兵刃练了一遍。老和尚说："你三人武功根基很好，但是要练上乘武功要吃些苦头。"首先要练臂力，要用二根熟铜棍拦在手上，翻、抛、甩、落，反复练了九天。老和尚看到了火候，又让每人倒挂树梢枝头，上下放两个桶，用小木杯舀水，把下桶水装入上桶，又从上桶再舀入下桶。反复练习了九天。老和尚让用手指捏小石块，用拳握石块成为细末，反复练习了九天。这三样基本功，练这样兼复那二样。老和尚看三人臂力、腹力、手力，就首先教醉八仙拳，讲明以柔克刚，败中取胜，脚步浮浮，而暗藏杀机，四两拨千钧。其秘诀是"吕洞宾对酒提壶力千钧，铁拐李撑船失重醉还斟，汉钟离铁步之情兜心顶，蓝采和单腿敬酒拦腰扑，何仙姑弹腰献酒醉当步，张果老醉酒抛杯醉连环，曹国舅似敬酒锁喉扣，韩湘子醉酒踢两腿翻。"蒲查隆、蒲查盛原会阳招八仙拳，阴招八仙剑拳，地趟八仙拳。现又学会了醉八仙拳。遂问老和尚："我二人的八仙拳是会了四样。八仙剑当年师父也教了三样，不知醉八仙剑路数。"说完二人望着高僧，老和尚猜透了她俩心愿说："我们天台正宗，开山鼻祖首创八仙拳。八仙剑传了几百年，经后人不断提练，吸取各派的精华，熔成一炉，更进一步，练成了以柔制刚，以静待动，伏如处子，出如脱兔。看似无形，其实有形，虚实分明。奇化混柔成一体，合并神形自创优。这就是醉八仙、各种兵刃的大法。把十八兵刃都带有醉字，就是你俩使的双戟也有醉戟招数。我现在要教的就是'醉武功'。白马寺孽障净禅的五毒阴煞掌，就是醉八卦莲花掌。常言说，学会醉八卦莲花掌，大路神仙也难挡。万事总有缺陷的。他不授破法，天道忌满，月圆则缺。人道忌全，净禅没有学全醉八卦莲花掌，就失去了出家人的本性。发了痴念，成了人道忌全。贫僧为了整顿佛门要铲除匪类，就教给你三人吧！但你三人是女流，独步一门武术岂非易事，初来时我只想教会破了净禅五毒阴煞掌了事。现在看你三人刻苦学习,根基又好,把我当初想把武功传给方外人的念头勾了起来,又想到'以柔克刚,以静制动',正合女子所学。几千年来受闺阁束缚的女子,从武林中挣脱出来,为人类造福,光大发扬武术,也是事实。但是要练好,现在须添一项基本功,叫功满九鼎,就是头顶一桶水,两手托两桶水,两肩放二桶水,二脚面放二桶水,两膝绑两桶水,从山下湖装满水,步上山来,又从山上走下山去,练到滴水不洒,以学三样基本功加上功满九鼎,每天要拂晓就练,不能间断。因你三人学艺十几年受过名人指教,高人传授,武功根基很深,大有造诣。要是初学乍练,需要有十几年的苦功。从明晨练起,白天学武功,读武林奇书。日落后还要练功满九鼎到二更天。"

第二天拂晓,老和尚让她三人在寺旁山涧中每人拿了九个大桶,他又拿了九个大桶。老和尚先顶好大桶,肩放好四个桶,又蹲下身脚面上放上两个桶,膝上缚上两个桶,然后屈肘把肩上两桶托在手上,让她三人照样做好跟在后面。步踏石阶来到湖畔。用登萍渡水法,装满了九桶水,登石路步回寺院。老和尚身襟上滴水皆无。她三人头上脚下,成了水洗的一样,好在没有把桶落到石路上。老和尚看了,满意地哈哈大笑。连说:"难为,难为。就这样练吧!"从此她三人把这四样基本功练到纯熟,武功也日渐进步,艰苦而又高兴地练下去。山下西门信老英雄教五钩神飞枪。首先让先把自己所学的熟练一番,然后教众人练文招护身制敌化合枪法。前三招是护身枪:一是中了敌人绊马索,可用五钩神飞枪削断绊马索;二是落入敌人陷马坑,用五钩神飞枪搭住岸沿,可连人带马纵出陷坑;三是被敌人包围,用五钩神飞枪横扫千军,可闯出重围。后三招是制敌于死命。一是催马返身枪,败中取胜;二是落马翻身枪,被敌人拿下马来,只要枪在手中要致死敌人;三是敌人用连环甲马,可用五钩神飞枪挑断马足,阻止群马。这六招枪法是老英雄闯荡江湖几十年,从实践中磨练出来的克敌制胜的枪法。这六招枪法到书中后文,成了战败敌人的神枪法。赫连杰又教了众人五钩神飞练子枪,也练得很熟练。一群女孩子不会水的学会了水性,武功又学会了五钩神飞枪大枪法。

光阴易逝,转瞬间已到了深秋,这天王常伦持信归。说老英雄赫连甫已到五顶山,急待见到姐姐、姐夫、甥女们,但蒲查隆三人学艺未归,又不能上山去找。正在为难,众人见小重生骑虎架鹰奉命而来,众人围拢上来问长问短。小孩一一答复问话,回头瞅见一位中年妇人,和自己面貌相似，用手一指："这位是我姑妈吧！我好像见过似的。"赫连英总听妹妹们说，小孩和自己长得一样，这回细了心，特意来看小孩是不是和自己一样。又听小孩说自己是他姑妈。想起了早死的孩子，悲从中来，扑簌簌掉下泪来。小孩见赫连英落泪，自己也落了泪。众姐妹问小孩："你伤什么心？"小孩说："我要有这样一位姑妈该多好。我和这位姑妈长的一样，我错叫了声姑妈，使老人家伤心，我也止不住要掉泪。"众姐妹问："小孩，你家住哪里，有爹娘么？"小孩悲凄凄地说："我师父说我刚满周岁吧，是从渤海湾捡来的，吃虎妈妈乳长大的，是鹰姑姑每天抱着我玩。"众姐妹问："谁是你虎妈妈鹰姑姑，在山里住吗？"小孩一指斑斓猛虎说："它妈是我虎妈妈。"又一指黑鹰说："它妈是我鹰姑姑。"众姐妹明白了小孩是吃虎乳长大的，黑鹰每天哄他玩，这真是无奇不有的奇闻。众姐妹问："山上有多少人？"小孩说："只我师徒二人。"众姐妹又问："你到过城镇吗？"小孩说："从九岁时，我师父每年中秋节前带我在登州一带海湾寻找我的爹娘，今年因有二位叔叔、一位姑姑学艺没有去找。"众姐妹问："你师父没说过怎样才能找到你的爹妈么？"小孩说："有我小时候穿的衣服，还有一条金项链，我师父到处卖金项链和我小时衣服，但给他多少钱就是不卖，我师父说有人认得衣服和金项链就是你爹娘啊。但终未找到，想是我爹娘不在人世或是流落外乡。我长大了海角天涯到处去找。"……不要说这些吧！忘了正事。我师父让我来告诉一声，二位叔叔、一位姑姑为了深造还要练三九二十七天，现在九九八十一天已经到期，你们愿回大营就回去吧，不愿就呆在这里也行。我还要骑虎驾鹰去巡山呢。"回头又向赫连英说："姑妈你也帮我找到爹妈吧！"说完骑虎驾鹰去了。

赫连英已哭的泪人似的。他的丈夫拓拔虎也掉下了伤心眼泪。众姐妹怕他夫妻过分伤心，齐来相劝说："听这孩子话，竟跟姐姐说的当初，你把孩子抛向海里情形一样，也许是你的孩子得了救。等二位总管学艺归来，拜托二位总管向老和尚说明原因，拿出金项链，孩子小衣服。天相吉人，或许就是你的孩子。"赫连英拭拭泪眼说："天下哪有那样奇事。就算有也轮不到我头上啊！还是办正事吧！我爸爸老远来，要见姑父、姑妈、表妹和侄女、侄子，嫡亲骨肉离散多年，在五顶山望眼欲穿。由王常伦带路去找五顶山好骨肉团聚。我同拓拔虎二人在此等候总管。"赫连英说这话一是从海湾岛以来就和二位总管相处如姐弟，不忍心离他二男一女孩子在此地，二是为了真要托二位总管求老和尚看看金

第三十二回　红罗女古寺苦练功　众姐妹拜师学刀法

193

项链是不是当年结婚之物，小孩衣服是不是自己缝的，如果真是天缘凑巧，找到了十年朝思暮想梦寐以求的儿子，该有多好。众姐妹听了都不愿离去，西门亚男首先说道："舅舅来了也不是呆一天就要走。我姐妹等二位总管回来，同大姐姐一齐走，再见舅舅吧！"赫连文也说："伯伯来了，总会等我们见一面，先让姑妈、姑父、大姐夫、小杰先回五顶山。老姐妹总是要早早见面好。大姐夫是沿途侍奉几位老人家并把女孩子们带回去，让冰雹花把她们编在女兵中训练训练。小杰跟去，是为了早日见到大伯，使老人家高兴。赫连门中只有小杰一个男儿汉了。带我们向大伯致意问好。"西门信老英雄见姐妹异口同声说"不愿意离去"，点了点头："如此甚好，那我们今天就要启程了。"遂吩咐套车备马，把小猴黑熊交给自己两个女儿，好生看管。回头向李白说："李学士，跟我走吧，去见渤海国左平章交个朋友也是幸事。"李白乐得连连应诺。留下了十匹马，由王常伦当向导，一行人马奔五顶山而去。

剩下赫连氏姐妹练对打时，正练到紧张处，猛听树荫下念了声"无量天尊"。众姐妹停住了，齐向树荫下睁眼细看，只见一位身穿红色道袍女道姑站在树下，飘飘然有离尘脱世之态，悠悠然有神仙降临之貌，气宇轩昂，仙风道骨，童颜鹤发，手执拂尘。道姑高声道："无量天尊，贫道此地见女施主们练武，一时来了兴趣，瞻仰瞻仰，惊扰了众施主。"单手打问讯，"贫道这厢稽首了。"众女人见老道姑气宇非凡，齐奔上前来，深深万福。赫连英年长，对世事又有阅历。忙说："不知仙师驾临，万望恕我辈无知。"女道姑回说："女施主言重了。"赫连英说："此地荒山旷野，只有搭的茅屋是我姐妹栖身之处。如不嫌弃，请仙师光临茅屋。"老道姑说："承蒙女施主见邀，贫道就叨扰了罢。"赫连英头前领路，老道姑跟在后面，众姐妹随后。来到茅屋，铺上牛毛毡，席地而坐，促膝而谈。赫连英问："老道姑，上下怎么称呼，哪座名山宝刹修真学道。"老道姑说："出家人四海为家，到处飘游，就叫我红衣女道姑吧。但不知各位女施主来此荒山旷野，是为采猎还是为了练武？"赫连英说："二者都有。"老道姑说："如此说来，施主年纪较大，定是师父了。"赫连英说："我们都是姐妹，练的是祖传武艺，功夫很不到家，因此边采猎边练武，巧被仙师瞧见，真是见笑方家。"老道姑倒微然乐了："众施主若有雅兴，请哪位女施主再练练，使贫道开开眼界。"赫连英遂吩咐赫连豪练一招。赫连豪年轻气傲，心想大姐姐为什么把祖传绝技让一个素不相识的老道姑看。但又看老道姑慈眉善目，不像妖僧野道。就操起五钩神飞枪把枪一拧，突突红缨乱抖。枪尖有如金鸡乱点头，遂即施展开什么白蛇出洞、怪蟒翻身、乌龙摆尾……一招招一式式如雨打梨花，风吹败絮。只见寒光闪烁，不见人影。练完收枪时，枪尖向上，枪纂朝下，两足并拢，枪靠右肩，气不长出，面不改色，好一个英姿飒爽青年女英雄。赫连豪说了声："献丑了。"放下大枪。

女道姑说："小小年纪有此武艺，难得了。我看你们大枪是五钩神飞枪，是瞿塘峡赫连老英雄首创，想来已是百年。你姐妹是赫连老英雄后代吧！"赫连英说："只我姐妹四人。"一指赫连文、赫连豪、赫连武。老道姑哈哈一乐说："常言说'学会文武艺，货卖帝王家，帝王不识，流落于行侠'，各位女施主想必是要干一番事业了，要与汉代花木兰相媲美，成为巾帼英雄。"赫连英忙说："仙师过奖了。小女们只为了防身，哪有那么大志愿。"老道姑一指胭脂马、日月骝骠马说："这二匹骏马，就看出了施主来路，何必相瞒。"用手一指胭脂马、骝骠马说："此马产自长白山天池，在忽汗湖被高人擒住，送给了渤海国国王大祚荣的女儿红罗女，怎么落到施主们手中？贫道有些不解。"赫连英被老道姑说破了行藏，不由暗犯思索，是敌是友？一时分辨不清。正在踌躇，老道姑又说道："贫道云游四海，今天巧遇各位施主，也是天缘有分。我会一套八卦'万胜花刀法'，现在来说只有几个知己道友会，传给你们，成全女施主们成名去吧！"众姐妹听了老道姑自愿传给绝艺，都跪在老道姑面前，齐说："仙师大开善念了。"老道姑说："出家人以慈悲为怀，善念为本。贫道年过百岁，与其让武艺在黄土堆中与草木同腐就不如留与后人。我观各位施主虽是女人，倒有一团刚直正气。没有把武功误传给匪类，为愿已足。常言说众生好度，人难度。因此把平生所学没有传流后世，就怕是误传给匪类以技伤人，做下坏事，九泉下也落骂名。现在就把施主们带的佩刀都拿出来我看。"赫连英说："我姐妹都没有佩刀，只有一把倭刀是义妹东门芙蓉的，比佩刀短、面窄，形如雁翎短刀。不知仙师能趁手否？"老道姑说："拿来我瞧瞧。"东门芙蓉解下倭刀，双手捧送给老道姑。老道姑拔出鞘来，寒光闪闪，冷气飕飕，连说："是一把宝刀。此刀出自倭奴，太宗时使臣朝唐，误坠海中，打捞不着，其名是河清海宴金风刀，锋利无比。"老道姑又说："我先练一趟，各施主看看。"说罢站起身形，挽起了道袍前后襟，用水火丝绦系好。右手持刀，身轻如燕，旋转飞舞。只见寒光闪闪上下翻飞，有如塞外北风吹雪，一片莹洁。众姐妹看得眼花缭乱。老道姑住了手，让众姐妹坐下徐徐说道："此刀法按先天八卦之数，从乾、坎、艮、震、巽、离、坤、兑八宫变为八八六十四象。生克制化而制，各宫有各自妙用，变化无穷。能柔能刚，能远能近，远则乘敌人不备而猛刺，近则以敌人换身而杀之，讲缩、小、绵、软、巧、挨、帮、挤、靠、随，紧记在心，时刻苦练。"老道姑教了 21 天，见姑娘们已身得其法，遂说道："我还有紧事要办。望你们好自为之，有一小包袱交给你们总管，自有用处。"飘然而去。众姑娘见老道姑不留姓名，只传武功。可谓世外高人了，给总管留下小包袱，想必是总管的亲朋，怨不得好心传给万胜八卦花刀法。这宗绝艺肯传给我们，前去长安必有用途，我姐妹应体谅先人苦心。诸姑娘认真切磋练习，以报答仙师之情。

比剑联姻

第三十三回　悟玄寺师徒惜别依依情　孤峰下母子相认绵绵心

　　话说红罗女、绿罗秀、夹谷兰三人在悟玄寺从高僧学习上层武功，三人颖慧异常，加之每人都有十几年深厚武功根基，在这更上一层楼时，只要有高人肯搭梯子，沿梯而上是轻而易举。常言说："鸟随鹰凤鸣声远，人伴贤良品格高"。有圆觉这样年过百岁名师指导，艺业大有进展，真是"三更灯火五更鸡，正是男儿立志时，黑发不知勤学早，白头方悔读书迟"。白天攻读兵书战策，夜晚练习武功。这天午休在大树浓荫下，师徒谈心，圆觉高僧有感慨地说："你三人现在的艺业，已得了天台正宗武功真谛，我再传给你三人醉八仙剑。醉八仙剑其秘诀是：

　　　　张国老醉睡武艺高，雏鹰展翅围身绕；
　　　　铁拐李醉使劈天法，飞鸟投林来争高；
　　　　汉钟离醉倒挺身起，白猿献果奔眉梢；
　　　　吕洞宾醉得身形晃，喜鹊登梅难画描；
　　　　曹国舅醉后瞪双眼，螳螂捕蝉难脱逃；
　　　　蓝采和醉后说梦话，游鱼穿萍水中飘；
　　　　何仙姑醉后步法乱，二龙夺珠艺难学；
　　　　韩湘子醉后手伏地，恶虎捕食形如猫。

　　这醉八仙路数是模仿野兽、飞禽、昆虫、鱼、龙用以自卫，天赋技能创造的一门武术。用于十八般兵刃或外五行兵刃命名为'醉'，天空飞的，陆地跑的，草丛中藏的，水中游的，熔化为一体，铸成了醉八仙独树一帜的武术。其法高深莫测，贵在探索。常言说：'天下无难事，最怕有心人。'颠倒醉八仙秘诀是：

　　　　张果老酒醉渔鼓敲，乌云蔽日蟠龙绕；
　　　　铁拐李酒醉葫芦妙，气壮山河大鸟飘；
　　　　汉钟离酒醉耍蒲扇，风卷残云恶虎掏；

197

吕洞宾酒醉剑出鞘,叶里藏花斩凤毛;
曹国舅酒醉玉笛抛,流星赶月锁龙蛟;
蓝采和酒醉阴阳板,大鹏入林毒爪跷(毒爪锁喉);
何仙姑酒醉笊篱掉,横扫千军铁臂骄(铁臂擒蛟龙);
韩湘子酒醉花篮巧,托云翻日金牛角(金牛抓角)。

　　这颠倒醉八仙剑是模仿天地间大自然现象的侵扰编成了颠倒醉八仙剑。"向红罗女、绿罗秀姐妹三人又说:"你师父只手托天红衣女道姑教的阳招八仙剑,阴招八仙剑,地趟八仙剑,加上醉八仙剑,颠倒醉八仙剑可谓八仙法俱全了。你姊妹三人要相依为命,休戚相关,独树一帜,自立一家门户,传给后人。从今天开始为师专教十八般兵刃和外五行兵刃的八仙招数,记准路数,用时得手应心,随机变化。你姐妹住入悟玄寺后,已熟练好了,从前学过的各门各派的武功,各门有各门的擅长,各派有各派的绝艺,要吸其精华,弃其糟粕,补添自己的不足。武门有四化郎你们或许见过,他四个人的武功已入化境,登峰造极,炉火纯青。但他四人武功来之不易。从年轻就流荡江湖,蓬头垢面,到处去乞讨。步三山踏五岳出事露丑,就是趁人不防偷学别人的武功。武门中说他四人是剽窃汉。就连五毒妖道练的五毒阴煞掌也是窃到手的,编成五毒阴煞新书,要推陈出新他四人为首功。"老和尚面向夹谷兰问:"你不是有一把当年荆柯刺秦王的匕首吗?你们叫它'小听风',拿来我看。"夹谷兰转身入禅房拿了出来,双手捧给高僧。老和尚拔剑出鞘,见寒光闪闪,好一段利刃,遂口说道:"这个匕首,我只是听说过,今天算是开了眼。可以把它当短剑用。也可以当练子剑用,须加上练子,我把它添上练子吧!还能当暗器。你三人会使梅花针、月牙镖、月牙弩、低首紧背花装弩、脚蹬弩、再有练子剑真是全身暗器了。又有宝马、宝戟、宝枪,又臂力过人。马上步下水旱两路,又有轻功法,虽不能万将无敌,总可驰骋疆场,大显身手。"

　　老和尚说完站起身形,教三个姑娘练醉八仙剑,颠倒醉八仙剑。从当天起又教了三九二十七天。共在悟玄寺学了108天。第二天清晨,老和尚又命三个姑娘挂上画像,供上艾香,又唤来小孩重生。老和尚先向画像三拜九叩,又叫三个姑娘三拜九叩。然后让小孩重生三拜九叩,然后老和尚端然正坐石椅上。见头戴毗卢帽,衣披袈裟,脚踏云鞋,气宇轩昂地说:"我以前不愿收你三人为徒,一是你们身体娇柔,怕是经不起磨练，功败垂成。二是你们师父是世外高人。现在你三人刻苦磨练的武功已入佳境，不负老僧一番苦心。三是我已受你们师父之命，让我收你们为徒弟"。老和尚乐了，又说："你三人给我磕头吧！认拜师之礼。"三人跪到高僧面前，三拜九叩，认了师父。这一磕头，三个姑娘，拜出了一个唐朝征西之帅，两个先行官，后来一个封为飞卫将军，渤海郡王，两个封为侍卫将军渤海候，给渤海国开疆扩土奠定了二百多年基业，融通了唐朝与渤海文化、物资交流，巩固了民族大团结。这是后话，暂且不表。

老和尚又唤了小孩重生，让给三个姑娘磕头，要三拜九叩。小孩磕完头，老和尚说："这孩子是我十年前从海湾岛百里外捡的，近二年每在中秋节就带着他寻找他的爹妈，总未找到。我不久要圆寂仙逝，把小孩交给你三人。找到他爹妈，认祖归宗，了却一桩心事；二是拜你三人为师，把你们平生所学的尽量传授与他。让他成长起来，也不枉我救他一回。师父是今晚脱去鞋和袜，不知明天穿不穿。你我师徒相处一场，也是天缘有分。从此一别，是否再能相见，那是没法知道了。你们此去白马寺，除掉净禅，酌情处置这个孽障吧。但是要找到四化郎为助手。为师有三件蒙皮铠送给你三人。剩有几张蒙皮留给孩子重生用。"转身回禅堂拿出了两个小包裹，交给红罗女，然后说："这三件铠专避蛇毒，也可避刀枪。另有三件鲫鱼皮铠他人已送到你部下手中。你三人收拾，带着小孩重生和他的金项链小衣服。"就把另一小包交红罗女，郑重地说："找到他的爹妈认物外，要金盆滴血认亲，其方法我已写好，在小包袱里。你四人下山去吧！"

话说红罗女、绿罗秀、夹谷兰、小孩重生听老和尚吩咐下山，四个人跪到和尚面前依依惜别。红罗女说："师父，徒弟朝唐归来，定请师父法驾到渤海国去，侍奉师父。"老和尚笑了，说："我但求你三人把艺业留传渤海国为愿已足。"小孩重生跪爬向前，抱住老和尚双腿，哭成了泪人，呜咽着说："我是不下山的，我是侍奉师爷仙逝之后，就跟虎妈妈鹰姑姑们永住此山。我的三个师父定能找到我爹妈，让他们来找我吧，倘若找不到，我就做个无名无姓人，老死荒山，伴随师爷的陵墓。"老和尚爱抚着小孩的头说："孩子，不要说痴话，老僧当年救你，就是要把你培育成人，为国家建功立业，为老百姓造福，不是让你老死山林。你说出的话虽是至诚，但辜负了我的期望。孩子，你在此山十年，当有依恋，从小跟小虎小鹰一起玩，把小虎小鹰让你带去，老僧我再赠

第三十三回　悟玄寺师徒惜别依依情　孤峰下母子相认绵绵心

你一把当年周厉王驾着八骏马到波斯国，女王赠给的宝刀，送给你防身吧！"说完转身回禅堂拿来了一把短刀，黄金镀的壳，约有一尺稍长，金丝穗金挽手金吞口。老和尚左手把刀鞘右手把剑都柄，大拇指按弹簧，呛啷啷宝刀出鞘。寒光闪闪，夺人二目，冷气飕飕，令人胆寒。老和尚说："此刀能海斩蛟龙，陆劈犀象，切金断玉，剁铜铁如泥，吹毛利刃。传说是金刚石铸冶30年造成，吸雷闪精华，锋利无比。剑的招数你早已学过三皇剑，各式八仙剑，不过不是此刀，是以别的刀代替此刀。老僧珍藏五十多年，其刀名已失传。此刀在树下一晃，树叶纷纷落地。今天就给它命名为落叶金风扫吧！和你师父夹谷兰小听风恰是一对。胜过专诸刺王僚的鱼肠剑。老僧将此刀传你，深望你长大成名，老僧泉下有知也当含笑了。"小孩跪爬半步说："师爷爱物，我不能要，就是师爷圆寂后也应当殉葬。"老和尚说："净说痴话。常言说宝剑赠予烈士，红粉赠与佳人。赠给你祝你当一名驰骋战场，骁勇善战的将军。"红罗女、绿罗秀、夹谷兰三人齐说："重生，给师爷磕头吧！"小孩磕了头。老和尚命四人站起身形，一摆手，二只斑斓猛虎，二只黑鹰来到老和尚面前。老虎前腿着地，黑鹰则低头。老和尚对重生说："母老虎喂了你六年，母黑鹰抱着你玩了十年，你给他们叩头吧！"小孩向母虎奔去抱住虎项放声哭了起来。母老虎母黑鹰经和尚训练多年，早通人性，知小孩要离开，也双目落泪。小孩又是抱住黑鹰脖子哭泣，虎仔、鹰仔也围住小孩掉泪。二虎二鹰，一个小孩哭成一团。红罗女对绿罗秀、夹谷兰说："人兽相处常了，思想感情也是同样的，今天这情形铁石人见了也要伤情。"还是老和尚走来说："不要哭泣了，快磕头吧。"小孩向母虎、母鹰三拜九叩，边磕头边说："虎妈妈鹰姑姑，师爷让我下山，我一辈子见虎不打，认可让虎吃了我。"又向黑鹰叩头说："鹰姑姑，我一辈子见鹰不射，认可让鹰啄死我。报你二老的恩情。"回转身来又向小老虎小黑鹰磕头说："师爷让我带你俩跟我去，你俩愿意吗？"小老虎小黑鹰点了点头。小孩高兴了，连说："好哇。咱仨在一块我什么都不怕了。"

人11岁是小孩，虎、鹰11岁已是大虎老鹰了。小孩从小和小虎小鹰一起长大，他自己是孩子，还以为小老虎和小黑鹰也一样是小孩呢！老和尚说："不要说孩子话了。赶紧下山去吧！"师徒四人领着虎鹰，拜别了老和尚，来到了赫连英姐妹们搭的草棚。众人见二位总管和夹谷兰带个小孩、虎、鹰，以为小孩是送他们，拥了上来围住了四人问东道西。虽是108天的暂别，相见之下亲密得像是久别重逢。诸姐妹因蒲查隆、蒲查盛是男子汉叙过寒温。

那位说了，说书的你胡涂了。红罗女，绿罗秀不是女的吗？是的，从第一回女扮男装到悟玄寺改为红罗女，现在是总管蒲查隆、蒲查盛了。就把夹谷兰拉到一边，畅谈去了。赫连英年长，况且二位总管呼自己为嫂嫂，自己也就拿出了老嫂嫂身份，没有离去。蒲查隆问："人马都回大营了吗？"赫连英就说："父亲来了，急等见姑妈、姑父，拓拔虎送他们去了。众姐妹不愿意先走，和自己在此等候总管。拓拔虎走后，来了一位世外高人——红衣女道姑。传给我们一套八卦万胜金刀法。临行时交给我一个小包袱说交给总管有用。问他法号宝刹，她只说四海云游到处为家，扬长而去。"说完，从衣挂上取下小包袱。蒲查隆也觉得奇怪，打开小包袱一看留有字柬。原来是自己师父为送鲫鱼铠而来，怕影响学艺留铠而去。"哈哈"，蒲查隆笑了，向赫连英说："嫂嫂，是我师父来了。"赫连英说："怪不得老人家自愿教姐妹绝艺，原是看在总管面上。我姐妹应向总管领情了。"蒲查隆回说："嫂嫂太言重了，使我无地自容。"

蒲查隆回身转看小孩重生，见他头枕着老虎颈，黑鹰站在他的身边，恐怕别人伤害了。他竟睡在大树荫下。蒲查隆说："我们只顾说话，忘了我的徒弟。"赫连英问："谁是你的徒弟？"蒲查隆一指小孩："那就是。"赫连英看那孩子枕虎酣睡，不由问道："真是你徒弟吗？"蒲查隆就把老和尚的嘱咐从头到尾说了一遍。赫连英说："总管年轻轻的就有高徒，恭喜你。"蒲查隆说："这是遵师命不敢违抗。"赫连英想起了小孩说的金项链，小衣服，不由说道："高僧既然嘱咐总管帮他寻找爹妈，何妨把金项链小衣服拿出来让我看看。我是海湾岛人，认识渔家和往来客商很多，或许帮总管找到孩子的爹娘。"蒲查隆说："不但让你看，还要请你保管哩！"说罢打开小包袱，拿出金项链小衣服，赫连英看见，金项链正是当年与拓拔虎结婚时纪念之物。再一看小衣服正是自己亲手所缝。见物伤情，悲从中来，两眼扑簌簌落下了伤心泪水。蒲查隆惊讶地问："嫂嫂伤心何来？"赫连英就把十一年前生个孩子养育了一年，夫妻爱如掌上明珠，不幸得麻疹死去。为了眷留亲生，给他颈上挂上同拓拔虎结婚时的金项链，小衣服是自己亲手缝的，见物伤情等话说了出来。

蒲查隆说："正是'踏破铁鞋无觅处，得来全不费工夫'，孩子已经

第三十三回　悟玄寺师徒惜别依依情　孤峰下母子相认绵绵心

201

来了,正好你母子相认,应该欢喜。我们也应为嫂嫂母子相识欢喜啊!"遂喊:"重生,快快醒来,给你找到爹娘了。"重生小孩朦胧中听说找到爹妈,忙说:"在哪里?"忽的站起身形,只见自己师父同自己叫姑妈的中年妇女怔怔望着自己。蒲查隆喊:"重生,过来,这就是你妈妈。"重生犹疑不定地过来说:"师父,谁是我的妈妈?"蒲查隆一指赫连英说:"她认识金项链是她结婚之物,小衣服是她亲手缝的,是你妈妈无疑了。"小孩把头摇了摇说:"我上次来说过这话,我叫过老人家姑妈。今天他老人家说我是她的孩子,想必是无孩子想孩想疯了,见我就想认是儿子。师父我不敢认。这是人伦相关,岂能冒认。"赫连英分明知道是自己亲骨肉,奈小孩不认怎么相亲。众姐妹听说小孩真是赫连英的儿子,都惊喜地奔来,要给他母子贺喜。又听小孩说出这番话语,不由又皱起了眉头。蒲查隆见众为难,又见赫连英悲悲戚戚,猛的想起师父说金盆滴血认亲,从小包袱里找出字柬细看,要有新铜盆一个,注上清水。父子两人各刺破左手中指血,注入盆中,用纯金发簪搅拌,两血混为一体就是亲父子。母子相认要用儿子血滴入母骨内,浸入母骨内便是亲母。蒲查隆说:"有了。"便将字柬交给众人,众姐妹轮流看了一遭,都很为难。拓拔虎远在千里外大营,赫连英虽是近在咫尺,割去肉露出骨来岂是易事。你看我,我看你。互相观望,赫连英为认儿子心切,真的挽起袖管要割肉露骨,让孩子滴血。蒲查隆拦住说:"刺中指容易,割肉骨难。我倒想起了一个方法,孩子在你怀抱养了一年,有什么痣记,一定知道。嫂嫂你还记得吗?"赫连英说:"记得我孩子胸前二乳中三块红痣,麻雀大两个在下边,一个在上边。形成品字形,两脚心红痣是二仪呈祥。请一位老相士看,老相士奉承了一遍。乐得老父亲给老相士白银一百两,扬长而去了。没过一个月就患了麻疹死去了。我恨透了老相士。不知小孩有没有?"小孩听了点了点头表示有。蒲查隆说:"重生,你脱下衣服来,让众姐妹看看。"小孩不肯,说:"赤身露体只能让师父看,她们都是女的。"他还不知道师父也是女扮男装。众姑娘都说:"你是个孩子,只敞开上衣,脱去鞋袜,怕什么!"蒲查隆说:"重生,你把上衣襟敞开,脱去鞋袜,你是孩子是不要紧的。"小孩听师父吩咐敞开了上衣,果有三个红痣,脱去鞋袜,两脚心果带红痣。赫连英这时顾不了孩子认不认一把抱住孩子,揽在怀里,心肝宝贝地哭了起来。众姐妹也掉下眼泪来。蒲查隆说:"嫂嫂莫哭,这是天大喜事,应该高兴才对,祝贺你母子重逢。"小孩说:"师父,师爷说滴血认亲。到大营时，师父等千万别忘了。不是我落难的孩子冒认爹妈呀。"众姐妹见他母子相认，各个欢喜，齐说："咱们去，大家要为大姐姐母子重逢恭喜呀。在这深山旷野采些野菜弄些野果，射些獐狍野鹿，下河捉些鱼虾，美美地饱餐一顿，藉作庆贺。也当我们要离此山纪念。"众姐妹不容细说，采菜的采菜，射猎的射猎，捉鱼的捉鱼，各自分散去了。

赫连英对蒲查隆说："总管应领我母子到寺院拜谢高僧一番。"蒲查隆说："我师父不愿与人相见，倘如吃闭门羹，还不如心领高情。"赫连英一片虔诚："就是吃了闭门羹，我跪在门外磕上几个头也算了了心愿。无论如何我要带着孩子去。请总管念我心诚，作为引见。"蒲查隆见赫连英急的流泪，遂说道："好，重生，我们三人去拜见我师父去。"站起身来，奔悟玄寺走去。赫连英为求见高僧，感谢搭救儿子性命心切，无心观看风景。

三人来到寺外，见寺门深锁，门外挂着一块桦树皮，用泥土写着寥寥四句话："今日云游去，不知何年回，欲要重相见，须待凯旋归。"三人往寺院里窥视，虎与黑鹰也不见了。蒲查隆说："我师父见我们下山，是恐怕再来打扰，避而不见，不如躲了好，闲云野鹤云游去了。我等只好回去了。"赫连英说："我和孩子要跪到寺门外，向高僧禅空礼拜，叩谢高僧抚育孩子盛情。"说罢，毕恭毕敬地领着孩子跪倒，嘴里喃喃念道："弟子赫连英，来拜谢高僧救我儿子性命。又蒙教养十年，此恩重如泰山，弟子来为了面谢深恩，奈无缘拜见。只有在寺门外三拜九叩，略表诚心。"拜毕，问小孩："你虎妈妈及你鹰姑姑住哪里？"小孩一指粗有十人合抱一株大树，高有十丈，枝叶繁密。枝叶深处有一大巢，方圆足有三丈，又见大树下，杂草枯叶，铺如地毯，不问可知是老虎栖身之处。赫连英又向大树跪下，高呼："虎姊姊，鹰姊姊，赫连英为来感谢二位姊姊哺乳小儿，抚育小儿深恩，特来虔诚拜谢高情厚谊，不料二位姊姊从师云游，小妹缘浅叩拜无门，只有向二位姊姊高卧之处行一全礼，略表小妹寸心。姊姊的孩子同我孩相依为命，姊姊不以人兽禽为嫌当先，小妹谒敬不以人兽禽为后。请姊姊放心，汝子即我子也，如违言天神共鉴。"说罢虔诚叩首。蒲查隆见赫连英执礼很恭，遂说道："嫂嫂此心，神明共鉴，可贯天日了。天已阴下来，恐要下雨，不可久留。"

三个人高兴而来，怅惘而归，边走边谈。蒲查隆向赫连英说："要没有孩子同来，恐怕嫂嫂既入不了山，也出不了山。"赫连英奇怪地问道："为什么？"蒲查隆说："你知道蜀汉丞相摆的八阵图么？后人给他

第三十三回　悟玄寺师徒惜别依依情　孤峰下母子相认绵绵心

起名说'功盖三分国，名成八阵图'，据我师父说，当时八阵图可能是诸葛亮没有学全，没有创造完整。昔日的八阵图就是今天的迷宫法，经过几百年钻研，命名为迷离迷宫法。我师父说这就是迷离迷宫法。走来走去仍回原处，或是迷了方向。一天我三人奉了师命遍游此山，果迷了路，找不到寺院。已日落黄昏，急的我三人冒出了大汗。正在这时，孩子跨虎驾鹰来了，把我三人领回寺院。我们低下头去满面羞涩。方圆不足五里，荒山迷了路，多难堪。师父看出了我们心情，就说：'你三人逛此山总会迷路的。千军万马来要不削平山上树木、岩石，也会迷路。'我三人惊骇了忙问，师父说：'是摆的九宫迷离迷宫法。诸葛亮当年迷陆逊就是此法的前身。我想把此法教给你们，所以让你三人先试试，好专心致志地学。将来用于行兵布阵，迷惑敌人岂不是事半功倍。'我三人身临其境学的劲头更足。"他三人边走边说来到了山下。过河回顾孤峰，真是云锁高峰，雾掩岗峦。只有望山兴叹，望云感怀。步入草棚，见众姐妹已备好野餐，罗列草地上，等候他三人。虎、鹰也有狍鹿鱼肉，还摆些熟的。众姐妹齐说："主人公回来了，快来入座。我们每人以水果汁代酒，各敬三大碗，为姐妹母子重逢致贺。为二位总管、夹谷兰姐姐学艺归来致贺。"真是酒落欢肠。酒饭用毕，已是倦鸟归巢，黄昏时分。众姐妹为赫连英母子搭一草棚，以便叙阔别之情，又给二位总管搭了草棚。各自安息。

蒲查隆、蒲查盛在悟玄寺时坐睡了一百零八天，骤然身卧牛毛毡上，觉得不太习惯。坐起来又躺下，猛听虎叫、鹰啼，自己草棚上颤动，以为虎和鹰在自己草棚上。细听虎叫鹰啼声，仍在赫连英草棚处。二人觉得出奇，穿好衣服，带好宝剑步出草棚，借着星斗之光细看见一高大身形，身旁一个小身影。遂问道："什么人？"对方苍老声音答话说："走道的。"蒲查隆说："你没长眼吗？走道为什么走到别人盖的草棚上？"对方说："是瞎子吗！"蒲查隆想深山旷野，路绝人稀，什么瞎子，分明是白马寺又派人追踪而来。常言说来者不善，善者不来，为了提防来人使用飞蛇抓，一拉蒲查盛附耳说道，取出鼻塞口罩来，准备应战。蒲查盛急到众姐妹草棚中取来鼻塞口罩。二人带好，这时夹谷兰、赫连英已是带好鼻塞口罩带兵刃赶来。虎、鹰也跟小孩来了。众姐妹远远站在上风头，准备厮杀。蒲查隆说："朋友，你下来！"对方说："瞎眼模糊，能上来就能下去。你们干嘛箭拔弩张虎视眈眈，如临大敌。对一个老瞎子这样对吗？"蒲查隆听了更惊觉地说："你怎么看出了我们虎视眈眈，是朋友说出来由，是冤家下来拼个你死我活，唠叨什么?"老瞎子哈哈大笑说："朋友怎讲，冤家怎说。我只有二人，一老一小。老的上不去行吗，小的拉不开宝雕弓。你们对我这样无能之辈张狂什么？有能力去对付白马寺吧！"蒲查隆听老瞎子揭开老底，认为不是白马寺派来的丑类。恰巧西门亚男走了过来，听声音很熟，遂问道："你到底是谁？"老瞎子说："我是我"。领着的小孩听出了声音，对老瞎子说："说话的像是我姑姑。""也许是，你问一声。"小孩高声喊道："说话的是西门亚男姑姑吗？"西门亚男听出了自己侄儿声音，高兴地说："瞽目神老侠客到了。"

第三十三回　悟玄寺师徒惜别依依情　孤峰下母子相认绵绵心

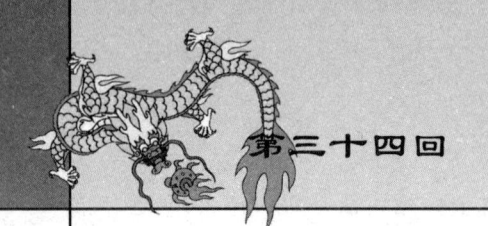

第三十四回　深更半夜巧遇瞽目神叟
　　　　　　　虎吼熊叫吓退攻营贼人

话说蒲查隆等夜宿荒山旷野，半夜中猛听虎叫鹰啼，出草棚一看，却是一老一小两个人影。问他说是瞎子，误走草棚上。蒲查隆以为白马寺派人追踪而来，正欲一战，忽听小孩问道："说话的是西门亚男姑姑吗？"姑娘听出了是自己侄儿声音，遂喊说："是瞽目神叟老侠客。"又听小孩叫她姑姑，知道不是歹人，各个人放下了心。西门亚男说："老侠客下来吧！别再装腔作势，故弄玄虚，吓我们一跳吧！"蒲查隆听说是瞽目神叟，心想我师父说过江湖上有位怪侠，叫神医赛华佗瞽目神叟，两只眼白眼珠大，黑眼珠如绿豆，黑夜间四十里外能辨认行人是谁，白天能看百里之遥，莫非就是此老。蒲查隆正在思想时，西门亚男又喊道："快下来吧！怎么还要等我扶一把呀。"老瞎子双脚落地，飘飘浮浮的声息皆无，可见老瞎子的轻功已入极境。西门姐俩走向前给老瞎子深深万福说："叔叔深更半夜怎么来到这里？"未容老瞎子说话，小孩两手拉住西门亚男姐妹，亲热地叫姑姑，然后说："老爷爷在路上碰到了一个骑虎驾鹰老和尚，说我爷爷在这儿。我爷俩就奔这来了。"小孩问："我爷爷、奶奶在哪里呢？"姑娘说："已去五顶山了。"小孩说道："没有看见爷爷、奶奶。"带有大失所望神情说："若知爷爷、奶奶不在此处，何苦跑这冤枉路。"老瞎子说："见到了你姑姑怎说冤枉呢？"小领道的说："受了老和尚骗，真冤枉。"西门亚男说："叔叔，我给你介绍介绍。"一指蒲查隆、蒲查盛："此二位，便是渤海国朝唐副使臣兼虎贲军总管将军。"蒲查隆、蒲查盛赶紧上前深鞠一躬说："晚生虽居化外，久闻老前辈大名，今天得见尊颜，真是三生有幸了。"老瞎子看了看，蒲查隆、蒲查盛目含秋水，面如敷粉，齿白唇红，俊美中带着严肃似处子。相见之下便知其中隐情。遂说道："我这瞎子年纪老了，颠三倒四，冒犯虎威，恕不见责，已感激过望。焉敢有劳总管盛情谬赞。"蒲查隆说："这草棚便是晚生下榻之处，若不嫌弃请老侠客进棚畅谈吧"！遂请老侠客进入草棚。蒲查隆、蒲查盛执礼甚恭。

西门姐妹见二位总管屈己待人，礼恭下士，很是感服。遂向二位总管说："我这叔叔虽是其貌不扬，论武功我爹爹也很佩服，我们是几代老世交。我叔叔是隋朝元勋后裔伍建章之子后代,倒反南阳关伍云章弟弟。伍家被抄后,就遁迹山林,传到了我叔叔已是六代了。我叔叔是世代相传。到了我叔叔,幼年学会了马上武功,又学会了步下武功。若论马上枪法,在隋朝的罗艺一杆枪独占北平。伍家枪独占南阳,我叔叔尽得家传。论步下一支短铁笛,一个马杆受过北岳嵩山少林寺真传。用笛当兵刃的武术门中他是第一人了。我姐妹俩也蒙我这位叔叔养育。怜念我姐妹早年失去父母、哥嫂,寄养堂伯父、伯母膝下,就是我俩现在的爹妈。不知道的人见了很为奇怪,二老年达百岁,还有二十几岁女儿。常言说女55不生,男65不育,这岂不是怪事。知道底情的,就不足为怪了,就是我这个小侄,今年12岁了。五岁时就被我叔叔抱了去抚养到现在。我们的婶母是出名的女侠士,江湖上人称美誉踏雪无痕多臂哑侠女,老夫妻一个装瞎子,一个装哑巴,奇奇怪怪,称为二怪侠。只是老夫妻行侠仗义一辈子,遗憾的是膝下无儿女。到了晚年,觉得膝下空虚。偏赶上我小侄儿生了痘疹,奄奄一息,就把小侄儿抱了去,经过治疗好了病,起名叫再生。爱如掌上明珠,跟夫妻俩学武功。我这叔叔性情孤僻,从不让别人说出他的根基。今天我给人揭了老底。"说完一指左丘清明说:"就是她也是她的伯母养大的,我的堂伯父母,她的堂父母因为没有女儿就抚育侄女爱如亲生。"她一口气说完了这些话,看看赫连英姐妹,赫连姐妹才知道来由。赫连姐妹忙说:"我们依然嫡亲姑表姨姐妹呀!"蒲查隆连说:"老前辈原是有很远的武功来历。怪不得名扬四海,但不知怎会来到此地,又是在夜间?"老瞎子说:"我昨天要去西岳华山脚下,找老哥哥西门信让他看看这孩子。每年老要在重阳日前后到。今天不是九月初吗?行到离此一百里吧,巧遇高僧圆觉,谈论起来听他说,西门哥嫂现在在悟玄寺山下北河边教武,我爷俩哪管黑天半夜就奔了来。我的老哥嫂现在哪里?我好去拜见啊!"

西门亚男说:"叔叔来晚了,一个月前已去登州附近五顶山,和我多年没见面的舅舅相会去了。"老瞎子说:"莫非是我三十年前替他捎家信的赫连嵩这个老家伙,还没死。真庆幸他郎舅姐妹年近百岁,还能见面,明天也得赶快凑热闹去喝杯喜酒。"赫连姐妹听老瞎子说三十年前给送过家信,不用说自己的父亲和老瞎子也是老相识了。姐妹四人过来深深万福说:"老前辈,我姐妹四人就是赫连兄弟的儿女,特来给老前辈见礼。"老瞎子倒愣住了。西门亚男连指赫连英说:"她是大舅赫连嵩女儿。"又一指赫连文三姐妹说:"他三人是二舅赫连甫的女儿。"老瞎子瞅了瞅赫连英,猛地叫道:"你不是英妮子么?"赫连英听老瞎子竟呼出了自己的乳名,连说:"是,是。"又看了看赫连文姐妹三人说:"我到你家送信时还没有你们呢。"叹了口气说:"岁月易逝,年易老。"蒲查隆说:"天将拂晓。老前辈就在我俩草棚歇息吧!明天还要赶路奔五顶山。老前辈也可同去见见老朋友。"老瞎子说:"也好,我来折腾了你们的睡觉。"犹豫地说,"小领道的我俩睡在树下,闭闭眼就行,还是你俩睡在草棚吧。"蒲查隆再三不肯。老瞎子问:"你俩睡哪?"蒲查隆一指大树下说:"我俩已睡足,要有事商量。你老睡吧。"老瞎子听蒲查隆说有事商量,信以为真,便说:"却之不恭,受之有愧。"纳头便睡。作书人你胡说什么?老瞎子是位侠客,二总管礼贤下士,同住一起犹豫什么?老瞎子看出他俩女扮男装,一千年前大讲男女授受不亲,因此老瞎子不肯同住一起。

蒲查隆同蒲查盛来到树下,悄悄说:"你我行藏被圆觉师父识破,又被老瞎子识破,想那四化郎早已识破。这些高人是瞒不过的,只是不肯道破。帮助咱们打哑谜,成全你我成名。这些老前辈饱经沧桑,阅历极深。你我身受其益,当如何感激,惟有永铭于心。你我已见到五人,惟有踏雪无痕,多臂哑女侠这位女怪侠没有见过。既是神医赛华陀瞽目神叟老伴,我们想尽方法留下这位老人。一、此去长安首先要削平瞿塘峡葫芦峪贼人,追回贡品,有战争就有伤亡,留他老人家当郎中,不难看不见他的老伴。二、这样人才在当朝不被所用,埋没了人才也太可惜,我们渤海地处荒漠,缺少人才,收留这样高人,总是大有帮助。明天早饭时候,向此老问问四化郎来历,如也和此老来历相同,我们也婉言相劝他四老去渤海吧。你说这么办行吗?"蒲查盛说:"你我见识相同,明晨早饭时间问个究竟。"

这时东方已泛出了彩霞,一轮红日将要冉冉升起。众姐妹有的起来见两位总管在大树下谈话,夹谷兰走了过来说:"两位总管在谈什么?能不能让我知道!"二人齐说:"正想把话告诉你,偏偏你又问上头来。"就把二人商议的话告诉夹谷兰。夹谷兰听了,非常赞同地说:"我早有此心,因事情过于冗繁,未能向二位总管禀明。"蒲查隆说:"既是我三人意见皆同,就这样办。去大营回禀左平章谅不能不允。但事不到万急,你还不要告诉老人家,哑谜还是打下去,这点苦衷你是明白的。"夹谷兰点头笑了说:"正该如此。"他三人正在闲谈,小孩重生跑来说:"师父们,我妈让我请师父们去吃早饭。"这时老瞎子爷俩也从草棚里被西门亚男唤醒，走了出来。重生一见和自己年龄相仿的孩子，就奔了过去："你几时来的，我怎么不知道？好了，有咱俩在一处玩，多好呀！"小领道的也乐了："啊！这地方也有孩子呀！真好，真好。你多咱来的，我昨晚怎么没看见你？"孩子总归是孩子，竟说孩子话。这两个孩子从小就跟孩子们隔开，孤寂的岁月，孩子们心灵中也觉苦闷，骤然见有和自己年龄相仿的，就高兴起来。昨晚赫连英见孩子睡兴正浓，没有叫醒他。他俩今天早晨才见面，两个孩子手挽手去吃饭。众人随同两个天真活泼的孩子步入大树下的大石，石上摆满了昨日剩下的野味。把老瞎子让到上座，两个孩子坐在老瞎子两旁，表现出尊老爱幼的风尚。蒲查隆、蒲查盛分坐两个小孩子身旁，老人对面坐着赫连英、夹谷兰，这一桌是老中小七人。众姐妹在一块大石上摆下饭菜，因众姐妹见二位总管是青年男子，又很生疏，总是避男女之嫌。二位总管也不便相强。赫连英早把野味给虎鹰拿去，虎鹰也慢悠悠地吞食。又是果汁当酒，众姑娘说说笑笑，虽在旷野，倒是乐趣兴浓。老中小这一桌边喝边谈，蒲查隆问老瞎子："江湖上有四位怪侠叫四化郎，老前辈可认识吗？"老瞎子说："这四个怪人只有南化郎是洞庭湖君山的人，他年长我十岁，因是同乡早有来往。其他三人只是相识，没有友情。只听南化郎讲过他们的武功，其他就不得而知了。"

　　蒲查隆问："老前辈，既是南化郎同乡，当知他的来历了。"老瞎子瞅了瞅蒲查隆说："你问这做什么？"蒲查隆说："老花子救过性命，竟飘然而去，欲报答无门。因此想请问老前辈。"老瞎子长叹了口气说："人们常看迹象，看不到迹象的后面，这也难怪了。说来南化郎的先祖是唐太宗功臣，姓徐，到了徐敬业，武则天当了大周皇帝。太宗的功臣们总是要恢复唐朝的社稷。徐敬业保着高宗次子李旦起兵，不幸被战败，武则天抄了徐敬业的家。徐敬业小妻，年28岁，怀抱幼子杂于败军中，逃到了洞庭湖君山，远方的姐姐家。隐姓瞒名扮成了渔婆朝出暮归，真是捕鱼为生，在凄风苦雨中挣扎，含辛茹苦，抚育孤儿。姐姐劝她改嫁，她哭着说：'我嫁给徐敬业，原是为了给徐门留一后代，以报答敬业当年拼死救我父母保我性命。'誓死不嫁。到了儿子成长起来，李旦登基当了皇帝，颁诏天下，寻找徐敬业后人，恰好徐敬业嫡妻当时被人救出，隐姓埋名活了下来，被召进京，封官进爵。这个烈性妇人，教育儿子再不要当官为仕，虽学会文武全能也要跻身为渔户。后来敬业嫡子亲自找到了她，愿接回长安，奉养终年，但她百般不肯，要把弟弟

第三十四回　深更半夜巧遇瞽目神叟　虎吼熊叫吓退攻营贼人

带去,她说:'等一年后。'有谁知道一年后,敬业嫡子又派人来接弟弟,并派了奴妇、丫环,却再也找不到他母子了。这就是南化郎曾祖母和他的祖父吧?传到南化郎这一代,他兄弟四人,他是最小的,得到爹妈的宠爱。自幼读书学武,谨遵祖训'不要当官为仕',就闯荡江湖,结识三个化郎,自创一门武术。这就是南化郎来历。"

蒲查隆听了老瞎子话不由低头寻思:这二位老人,一个是南化郎,一个是瞽目神叟,都是因被昏君迫害,浪迹天涯,隐姓瞒名不为人知。想当年的唐太宗是马上皇帝,东挡西杀,是经过甘苦的,事过百年,在黎民百姓中还歌颂不息。轮到了他的子孙,骄奢淫逸竟忘了太宗祖训"人以铜为镜,可以正衣冠;以史为镜,可以见兴替;以人为镜,可以知得失。"老瞎子见蒲查隆低首暗思,遂问:"你想什么?"蒲查隆就把适才想的话告诉了老瞎子。老瞎子哈哈大笑说:"总管你有朝一日,权倾朝野,位极人臣,应当怎样?"蒲查隆说:"晚生何德何能,怎有那样大化?但绝不作威作福,谨记唐太宗的铭言,此话惟天可表,神明共鉴,老前辈就是我的见证人。"老瞎子大笑了,说:"我愿作你此时此地说的见证人。"这时,众姑娘早已吃完饭,已收拾好行装备好了马,等待启程。老瞎子一眼看见说:"我们只顾说话竟忘了赶路,快吃饭吧,还是赶路要紧。"蒲查隆抬头看看,见众姑娘已准备停当,就说:"也好。"七人赶紧用罢了饭,站起身形一数人数十四人。西门姐妹二人、左丘清明一人、赫连姐妹三人、夹谷兰一人、东门芙蓉一人、赫连英母子二人、老瞎子师徒二人、自己和蒲查盛二人,只有十匹马,如何分派,况且马都是个人的。暗想了片刻,心中有了主张。遂问众人说:"大家行程要听我的吩咐,重生骑虎带着鹰,再生骑熊带着猴,老前辈骑我的马,嫂嫂骑蒲查盛的马,剩下人各乘各的马,我和蒲查盛随后步行,出山百里就有镇,再买二匹马。"姐妹们都不肯让总管步行,你推我让纠缠不了,小孩重生走到蒲查隆面前说:"师父,我和我妈妈骑虎,虎比马力量大,老爷爷和那个小孩骑黑熊,岂不是都不用步行吗?"蒲查隆说:"你妈能骑虎吗?虎让他骑吗?"小孩说:"让、让、不信试试。"老瞎子听说乐呵呵地说:"人小智谋高,对对,西门家的黑熊我每年抱着再生骑着它玩一二天,满行、满行。"但赫连英有生以来,从没有骑过虎,有些胆怯。小孩说:"妈,骑虎背后搂住我,不要怕。"赫连英壮壮胆,让小孩先骑上,然后自己跨上虎背抱住小孩腰肢,小孩让虎走了几步,回头问:"妈,你说比马好骑吧!"赫连英骑在虎背上觉得软喧喧的，好像坐牛毛毡上一样，连说："很好。"蒲查隆见一切就绪，说："咱们大家行路，为了掩人耳目，总要有个名堂，上下有个称呼，称老前辈为华师父，称我二人为班主，咱们是江湖上打把式卖艺的，兼卖跌打损伤药的。不准称呼姓名，赫连英为英嫂，姐妹们只呼一字，文姊、武妹。大家记住了。蒲查盛我俩领头，英嫂和师父殿后。我们扒了草棚就启程吧！"众人拆了草棚，蒲查隆骑马走在前面，赫连英同小孩重生殿后，骑虎架鹰，老瞎子和小孩再生骑着熊带着小猴走在赫连英前面，一行十四人漫荒拉草，到了日落西山，才走出了群山，来到西走洛阳、东去登州的阳关大路，停了下来。拴马解鞍，埋锅做饭就地住宿。

第二天黎明，吃罢早饭，直奔五顶山。这一行人马，人见了发愣，头前两个年青男子，身后一群姑娘，最后是一个骑虎架鹰十几岁孩子，一个中年妇女搂住孩子。这二人前面是一个满头白发，白眼睛的老汉和一个十几岁孩子，骑着黑熊背一个小猴，蹲在黑熊的屁股上跳上跳下。马见了就惊恐地要跪，牛见了吓的"哞、哞"地叫，软瘫地上。蒲查隆见到这样情况，如此走下去太显眼了，也太招扰行路人，遂吩咐找树林深处暂歇。改为夜行晓宿。众人也同意这样做。从第二天日落后起程赶路，黎明时就住在林中，或僻静之地，缺了食粮，白天打发人骑马到集镇去买。

行了十余天，这天半夜来到五顶山下，见灯笼火把齐明，人喊马嘶，一片杀声。蒲查隆向众人说："大约是有贼人攻山。我们都带短兵刃，又是马上，最好让重生、再生二个孩子把虎放开，熊也放开。虎熊一叫，敌人马吓惊了，四下惊跑，我们乘贼混乱之时闯进山去再说。"众人亮出了兵刃，把话对他俩说明。重生说："虎叫是现成，但得防敌人放箭，射伤他。"再生也如此说。蒲查隆说："我众人把虎熊围在当中，你俩还是骑着它。"二个孩子骑着虎、熊，一搂虎、熊脖子，一吹口哨，虎叫了起来，熊也叫了起来。只见敌人的马听到虎声四蹄飞奔，骑马的有的掉下马来，有的马吓的软瘫在地，乱了阵脚。蒲查隆说声："闯！"每人催开坐马，遇人就杀，边战边闯。蒲查隆、蒲查盛在先，两把宝剑削断敌人兵刃，背后夹谷兰的小听风经高僧改为练子刀飞舞起来，如旋风相似，殿后赫连英尾随虎后，拾得敌人一杆大枪，在步下边走边战。一行14人来到了距大营约有半里，告诉二个孩子，不要虎、熊叫了，别惊乱了自己马匹。让夹谷兰、东门芙蓉先到大营送信，说总管同众人回来了。这时贼人在山下整顿人马，大营前也没有贼人了。二人催马奔大营跑来,高喊:"两位总管回来了,我是夹谷兰和东门芙蓉。"大营隐约可听见距离百步外高喊:"来人站住,再前进就放箭了。你们是干什么的?"夹谷兰又把方才的话喊了一遍。迟勿异听是夹谷兰,就催马提斧向前来,在灯下细看果然是夹谷兰,遂问道:"总管呢?"夹谷兰说:"就在后边。"迟勿异说:"二位去催总管快进大营,小心敌人再来攻山。方才敌人疯狂地叫阵攻山,我们是只守不战,敌人不知怎么乱了阵脚,是你们闯的吧!"正说时,蒲查隆已带领众人来到切近。迟勿异行了军礼说:"我头前去让军卒开营门,总管快快进营。"蒲查隆说:"好。"迟勿异让军卒开了营门,自己立马横斧在营门外,等众人进了大营,迟勿异进了大门,说声:"关门。"向蒲查隆说:"敝职重任在身不送总管了。"蒲查隆说:"要坚守营门。"蒲查隆一行人来到二门,见左平章跨马横镜,左右是白发苍苍的老太太,手持兵刃保护着。蒲查隆赶紧下马跪倒地上说:"卑职回来了。"左平章见蒲查隆归来,跳下马来连说:"起来。"众人也一齐跪倒。左平章一看共14人,其中有一老翁,两个小孩拴虎拴熊,一个猴子,一个黑鹰,连说:"起来。敌人在攻山,你领他们休息去罢。"蒲查隆说:"我们正要厮杀。"才引出一场血战。

212

第三十五回　回大营与各英雄见礼　定战策总管布兵破敌

话说蒲查隆一行14人,来到五顶山下,恰值敌人来攻大营。蒲查隆让两个孩子的虎叫、熊叫,惊乱了敌人的阵脚,吩咐急入大营。来到大营外见是先行营大掌管兼联营都掌管迟勿异把守营门。迟勿异给开了营门。蒲查隆来到二道门,见左平章夹谷清跨马横锐在门外,旁边站着两个白发如银老太太。蒲查隆等人拜见左平章。左平章说:"你等去休息吧!"蒲查隆说:"我正准备厮杀。"左平章说:"等天到黎明再和敌人见个高低,现在是天昏地暗,小心中了埋伏。敌人闯营近则发箭,或放滚木礌石。大营中的人都把守险要去了,你没看只有我们三个老的守在二门吗?"蒲查隆借灯光细看两位老太太不是别人,正是赫连英的姑妈。蒲查隆惊异,走到老太太面前说:"二位老人家也来助战?"老太太倒乐了:"老了老了,真要打一仗也舒展舒展筋骨。"这时,众姐妹也围拢上来,把两位老太太团团围住。蒲查隆又到左平章面前说:"冰雹花他们怎么把左平章交给了两位年迈的老太太保护……"没等蒲查隆说完,左平章接上说:"四花姐妹带领女兵各守险要之处,老太太虽是上了年纪,论武艺还是出人一头,是冰雹花她四人师父哩。不光两个老太太有职务,还有四个老花子,三个小花子都把守险要去了,大营中有李白、西门豹、赫连嵩执掌,有几个女兵管传递情况。为了保护大营,现在是人无论老少,一律参战。"蒲查隆听说有老少七花子在大营,精神为之一振。心想是四位老花子甘愿为大营效劳,可见是难得了。怪不得圆觉师父说大营有人帮助万无一失,原是我师父和四化郎事前就料到大营必有战争,预先安排好了。左平章说:"你们赶了半夜路,你快领众人去休息吧,黎明后难免有一场恶战。这次是敌人有准备,有计划而来挑事,我们也是有准备有预防地迎敌。我还要在此督战。你到大帐看看去便明白了。"

蒲查隆辞别了左平章,率领众人来到大帐。只见帐帘高挂,帐内灯火辉煌,有几名女兵侍立,见李白端坐上首,银须白发二位老人相陪。其中有名女兵发现总管回来了,忙说:"李学士及二位老人家,我们总管回来了。"三人举目一看果是蒲查隆,李白站起身形忙说:"总管回来

的正是时候，快请坐。"二位老人家也站起身形。蒲查隆给三位施礼，到赫连嵩老英雄面前，西门信老英雄介绍说："这就是蒲总管，此老就是赫连嵩。"蒲查隆说："不用介绍，我爷俩在海湾就很亲热。"说罢就要跪倒行大礼。恰在这时赫连英一伙人进帐来，一把拉住蒲查隆说："蒲总管不要多礼，还是让给我姐妹吧！"蒲查隆只好闪在一旁。蒲查盛也给李白二位老人施过礼，和蒲查隆走到李白身旁，众姐妹拥上前来。西门姐妹、左丘清明喊舅舅，赫连姐妹喊伯伯，一齐跪倒向赫连嵩老英雄磕头。拜见罢起来。夹谷兰、东门芙蓉迈步向前也要行大礼。赫连英急忙拉住说："你二位见过老人家就行了，何必要大礼。"二人只好深祝万福。赫连老英雄看见侄女、外甥女出落得一表人才，满面笑容地说："今天是敌人来攻山，我们虽不当兵，但身在大营也要求左平章给点事办。我们二人和李学士掌管大帐的杂事。你们退出吧，我们还是先公后私，办正经事要紧。"

赫连文姐妹、西门姐妹、左丘清明是初来乍到，由夹谷兰、东门芙蓉让女兵领到了四花屋中。只有一个女兵，见是夹谷兰举手敬礼，连说："辛苦了。"忙站起身形，去倒水沏茶，霎时水倒来了，茶沏来了，众姐妹洗脸喝茶。蒲查隆见老瞎子和二个小孩，依着黑熊、老虎仍立在帐外，走上前来说："老人家一路辛苦，不必和谁相见了。等战事完了，我再一一给老人家介绍。"老人点了点头。蒲查隆问身边女兵："左平章有没有给我和蒲查盛预备房间？"女兵说："有很大三间房。"蒲查隆说："头前带路。"又说："你老小三位同我走吧！"赫连英走来说："拓拔虎早就回来想必是有房间，让女兵领路，我送去吧！蒲总管新回来也要到自己房间休息呀。况且左平章必有事要找总管商量，还是到我房间为是。"蒲查隆说："那就有劳嫂嫂了。"女兵领赫连英四人带着老虎、黑鹰、黑熊、小猴和女兵回转大帐。见蒲查隆、蒲查盛仍在帐中，就说："我二位总管稍事休息，黎明后要准备厮杀。"蒲查隆说："嫂嫂你又来干什么？"赫连英说："我把二位总管安置好了就去休息。天亮了我们这班人就顶上去换回别的人休息。我们是车轮战，熬死敌人，来个敌人要休息，我们就挑战。熬他二昼夜，人不得饱睡，马不得歇乏，待敌人人睏马乏一举歼灭。我们有大营远可攻，近可守。敌人虽扎下营寨，也是容易攻破。我们用我们的长处，地利人和，攻敌人的短处。请二位总管考虑考虑我说的话对么。要是对就去美美睡上一觉，准备迎战。"蒲查隆沉吟一会儿，拍手称赞道："还是女将军智谋高明，我们男子汉也要向女将军拜师了。"蒲查隆、蒲查盛辞别李白及二老休息去了。

黎明时分,蒲查隆唤醒蒲查盛,二人合计如何退兵。蒲查盛说:"按照赫连英昨晚说的办法,摸清敌人的底细。你我两人有一百二十多天没在大营,也要弄清自己的情况。抓住敌人弱点发挥我们优点,给来犯之敌致命打击。虽不能把敌人全军覆没,也让它狼狈而归,挫伤它锐气。今日之胜败,关系到将来的瞿塘峡葫芦峪的预防准备。我是这样想的。"蒲查隆说:"咱俩想法皆同,应首先了解咱们大营情况,左平章正在督战,不便去问。正好找冰雹花来详细打听,又不知她是什么职事。"蒲查盛说:"找一女兵把我领去接替她的职事,你问她情况,完了她再把我换回来岂不是很好。"蒲查隆说:"唤女兵吧。"只听门外答道:"有。"遂推门进来。二人抬头一看正是冰雹花,二人站起身形,连说:"你好哇,你怎么来了?真是'说曹操,曹操就到。'"冰雹花行了军礼,说:"我领30名女兵把守大营西北角,是预备队,正式作战队是东门豹带三百名健儿。东门芙蓉去找他哥哥看见了我,说'天亮了,二位总管大约要起身了,你不去见见吗?我在这替你一时,'这样我就来了。什么'说曹操,曹操就到',二位总管要找我吗?"蒲查隆说:"正有事向你打听。就是我们大营添兵添将没有?哪里来的敌人攻山,多咱来的,左平章是怎样分派的?你四人是左平章近卫,你又是头头,想必知道准确。请你简明扼要地说明。"冰雹花说:"一、先说贼人为什么要攻山,还是总管弄的祸。总管不是削平五顶山,杀死大寨主花和尚吗?当我们兵进五顶山午夜时分,碰到了来报仇的贼兵,被我们杀伤而逃。到五顶山后,左平章就说敌人不肯干休必来复仇,就预备滚木礌石操练人马。昨夜二更贼人果然来了。二、大营中现添了海湾岛赫连老英雄,带来16名骁勇善战将士,还有四化郎三个小化郎,西门信老英雄。兵添了张元遇手下败兵16名。三、我们是夜间只守不战,怕中了敌人的埋伏。方法是有正式作战队,是挑选的骠悍善战的健儿,年老身弱的是预备队,女兵多半是预备队。剩下的女兵,有救护队、给养队、信使队、郎中队,统归大帐李白和二老分派。左平章统率全大营,二位老太太愿做护卫。这些事早就经过教练,所以遇事不乱。每个正式作战队都有挠钩手、长枪手、大刀手、藤牌手、弓箭手,贼人要闯进大营,真是白日做梦。或是作战队有了伤亡,郎中队就抬下去,预备队就顶补上。大略就是这些了。"冰雹花,劳你去把夹谷兰找来,不要惊醒了别人。完了你就回营,去吧!"

第三十五回　回大营与各英雄见礼　定战策总管布兵破敌

霎时,夹谷兰来到,三人计议了一番,一个作战计划有了。夹谷兰执笔写了出来,由蒲查隆到二门外交左平章等。左平章看完,点头赞许:"就照此分派吧!"蒲查隆拿了回来,三人齐入大帐,传谕各作战队、预备队新的御敌迎战的安排:"一、赫连英接替拓拔虎作战队指挥,东门芙蓉接替东门豹作战队指挥,蒲查盛接替迟勿异作战队指挥。二、迟勿异自选骠悍善战勇将三员为第一挑战队,迟勿异为指挥。拓拔虎自选骠悍善战勇将三员为第二挑战队,拓拔虎为指挥。东门豹自选三员骠悍善战勇将三员为第三挑战队,东门豹为指挥。三、神医赛华陀、重生、再生、西门亚夫、西门亚男,带虎、熊、猴、鹰为警报队,神医赛华陀为指挥。任务是见敌人休整或用饭时,让虎、熊齐叫,惊扰敌人;飞鹰管侦察敌人动向;小猴管到大帐传递消息。驻扎在大营后,再递给老人一个字柬,告诉按柬行事。四、赫连文、赫连武、赫连豪、左丘清明为左平章近卫,保护左平章。蒲查隆为总管,夹谷兰为作战枢密,军令到时各自就职,诸将各守防地,要把作战健儿分为二班,一班就地休息,整军待命,一班备战,预备队也照样行事,违令者查明情节按违犯军令处罚。渤海国朝唐使臣左平章晓谕各战地严格遵守。某年某月某日。夹谷清。"

蒲查隆见夹谷兰写了命令,到瞽目赛华陀处问候早安,并说:"久闻老侠客黑夜四十里能目辨来人,白天百里内能看蛾几只。有一事麻烦,非老前辈做不到。故晚生把老前辈推荐给左平章。左平章派晚生来请。"遂把轮番作战法讲了出来,为了惊扰贼人,特想出此法。神医赛华陀乐得应承。遂又让赫连英转请各姐妹帮忙,各姐妹正摩拳擦掌,女兵待谕到各作战队,迟勿异、拓拔虎、东门豹各领三员猛汉来报到。蒲查隆又让他三人到各作战队挑选150名善射健儿,每人领50名作战队员把战马拴牢,以免虎叫惊跑。昨天从孤峰骑回来十匹马,交挑战队用。因这十匹马是不怕虎熊叫。吩咐已毕,迟勿异、拓拔虎、东门豹已将150名健儿领来。蒲查隆示下:"每50人要有藤牌手十名。迟勿异要左手持藤牌,右手提板斧,弓箭手十名背后背雁翎刀,手持弓,腰系箭壶,20支雕翎箭,十名大刀手,十名长枪手,十名挠钩手。拓拔虎队十名藤牌手,左手持藤牌,右手执短刀,其他40名按迟勿异办理;东门豹队藤牌手,左手持藤牌,右手执铜棍,其他照迟勿异队办理。战将与健儿必须穿新服,高挑认军旗,快去准备。"三名指挥员各自准备,一时办理停当。蒲查隆告诉:"迟勿异是首路去挑战,必须得胜即回。拓拔虎为二路,也必须得胜即回。东门豹为三路,也是如此。"

第三十六回 贼罗棰损兵折将
                蒲查隆步步为营

蒲查隆又说:"谨防敌人用飞蛇抓,每个指挥要戴鼻塞口罩。"这时夹谷兰已拿三副鼻塞口罩让各指挥员戴好。先把飞蛇抓拿来,让各队战将健儿认识一番,如遇敌人闯阵,就放箭射。这时天已大亮,命迟勿异去挑战。敌人昨晚乱了阵脚,也重新整顿了一番,准备天明攻山,恰好迟勿异来挑战,敌人一夜工夫,高垒战壕,扎好帐房。刚要吃早饭,喽啰兵到大帐来报:"报寨主爷,山上来人挑战。"贼人来的领兵寨主是瞿塘峡葫芦峪大寨主罗振天长子罗棰,带有能征惯战的小寨主60名,都是来自三山五峡的占山的、占岛的寨主,马上步下会几手武把操,杀人放火不眨眼的滚马片片盗,也就是溜溜球子驴屎蛋。罗棰问:"有多少兵马?"喽啰兵回答:"约有四五十人马。"罗棰吩咐一声:"给我点齐二百名喽兵,20名寨主,我亲自出马,会会渤海国的战将,看看他是不是项长三头、肩生六臂的好汉。哪位不怕死的寨主同我前去?"来的小寨主们齐声说:"愿去临敌。"罗棰说:"只有20名战将就够了,留下40人守寨,保管杀他个片甲不归。"挑又挑,选又选的,挑出20名力大善战的小寨主,领二百名喽啰兵,来到迟勿异临近相差只有二百步勒住了坐马,翻开狗眼一看,见两面大旗迎风飘荡,红底黄字第一面大书:"渤海国虎贲营",第二面是斗大"迟"字。

见一员武将头上亮盔,身上亮甲,黑脸膛,手持铜斧端坐马上,雄赳赳、气昂昂威风凛凛,杀气腾腾。胯下坐马高八尺,长丈二,全鬃全尾四个白蹄,四腿茸茸白毛。这匹马产自渤海太白山,名"雪里送炭",日行千里,夜走八百的宝马良驹。再看背后,马上三个猛将,人高马大,手握兵刃,虎视眈眈,又是健儿们五个人一纵列。第一人左手持藤牌,右手执板斧,头蒙扎巾,前有正方形的黑山白水,身穿草绿色箭袖,下穿草绿色兜裆滚裤,腰系一巴掌宽、草绿色丝绸大带,左边系蝴蝶结,下面挂双穗。背后是第二人,手持弓,腰系箭壶,背后背雁翎刀。第三人是手持大刀,第四人手持长枪,第五人手持挠钩,共十横列。每列前后横距五步远,阵容齐整,旗帜鲜明,人高马大。罗棰看了,不由得胆战心惊,自己带的喽兵,参差不整的排成一列,回视众

217

人:"哪一位出马,去战来将。"由后面催马来了一人:"寨主爷我去。"罗棰说声:"小心。"这个贼催马来到阵前,大喊一声:"我来会你。"声音像敲破锣。迟勿异早已看清,一匹黑马,马上贼人白脸膛,手持乌黑大铁棍,头上无盔,身上无甲,头戴白色四楞壮帽,身穿白色上衣,蛇眼鹰鼻。迟勿异一看空虚缺德长相,知非善类,遂问道:"报上你的名来。"贼人答:"某家姓宋名明来。"迟勿异只听了说:"送命来。"心里好笑。倒要看看咱俩是谁送命。把大斧一举,"扑哧,"贼人头已劈为两半,铁棍夹在尸身上,掉下马来。坐下马掉头就往回跑。这个左脚跨入蹬中,马一跑拖着夹棍死尸,"叮当扑哧"作响,真像敲起了送命钟。气的罗棰"哇呀"怪叫,像是哭爸呀,爸呀!迟勿异大喊道:"哪个过来送死?"贼人队伍中,"忽啦啦"跑上四五匹马来,迟勿异见贼人要群殴,自己又打了胜仗,无心再战,遂吩咐弓箭手射住来人。十名弓箭手,箭不虚发,贼人中箭,不敢闯来,龇牙咧嘴,败了回去。罗棰见连伤六名小寨主,气急了眼,仗人多势众,吩咐声:"齐上。"剩下十名小寨主各催坐下马,奔了回来。迟勿异说声:"射箭。"渤海健儿,箭不虚发,虽然只相距二百步,队形不乱,箭箭射中,十几个贼人,有的落马,有的带箭逃命。

迟勿异命步步为营,各自为战,后列变前列,徐徐回营,迟勿异持斧断后。贼人罗棰眼睁睁见迟勿异徐徐退回,又见迟勿异手持大斧,坐在马上,气的"哇呀呀"怪叫,勒住马头狼狈而去。迟勿异不损一兵一卒,得胜归来,真是鞭敲金镫响,人唱凯歌还。蒲查隆、夹谷兰迎入大营,吩咐休息,又命拓拔虎再去挑战。

拓拔虎带领三员副将,50名健儿来到贼人寨外,高声叫战。喽啰兵急奔大寨报:"领兵寨爷得知,山上又来人挑战。"罗棰刚回寨,气得尚未喘过气来,听说又来挑战,只气的白眼珠起红线,这叫做血贯瞳仁。"呀!呀!真的可恨,气死我也。"一跺脚大吼一声:"快选三百喽啰兵,各位寨主自愿出马的,自报奋勇,酒囊饭袋,压马蹲台,就别前去,出羞露丑,丢尽了瞿塘峡葫芦屿大寨主的威名。"各随来的小寨主,摩拳擦掌,大有七个不服,八个不忿的样子,齐说:"领兵寨主,不要发火,这次出战,我们各个努力,人人争先,必要擒获来将,挫败渤海来的兵马。"罗棰圆睁鼠眼,看看众贼人说:"前一阵,宋明来,一合未过就被来将劈下马来。我们就闯过去五六个寨主,渤海国用箭射了回来。虽说未伤性命,也身带重伤,又要以多为胜,齐闯了过去,又被射了回来，头一阵伤亡过重。眼睁睁看人家徐徐退去，没法可使。这一阵要多带弓箭手。他放箭，咱们也放箭，咱们人多，射他人少，总可占上风。要去作战的人，自己先估量一下，自己的武功和力量，别白去送死，请自愿报名。"贼人听了罗棰的话，面面相觑，有的是"打闷棍，套白狼"的小寨主，退缩到众人背后；有的是拦路劫过往行人的小寨主，只会个"三面斗，两扇门，四面短打小开门的把式"，也把头缩到脖子里，不敢报名。只有二十几名来报名，罗棰见有20名来报名，从中挑选了十名，又把将头缩到脖子里的贼人挑出20名，亲自选了三百喽啰兵，一百名弓箭手，一百名藤牌手，一百名长枪手。让自己三名得力的小寨主各领一百名喽啰兵。安排已毕，又亲自督阵，开了寨门，直奔拓拔虎队伍而来。

贼人相距拓拔虎队约二百步摆好了队形，罗棰睁开鼠眼，眯目细看，和前次来人一样威风，不同是主将手持方天画戟，藤牌手手持短刀。罗棰看了多时，问："谁去先战来将？"从背后催过一匹马来："领兵寨主，我去会会来将。"罗棰说："小心了。"这个贼人催马来到拓拔虎对面，大喊声："来将过来，某和你大战三百合。"拓拔虎一提方天画戟说："来的贼人报上名来。"贼人也一抖长枪说："某家姓甄，名盖世。"拓拔虎一抖画戟说："真该死，拿命来。"直奔敌人哽嗓咽喉。敌人用大枪来磕，拓拔虎抽戟换式，马已跑到贼人马尾，拓拔虎一提丝缰马抹转头来。拓拔虎右手把戟藏在马鬃下，催马扑向贼人。贼人见拓拔虎右手伏马鞍，觉得有机可乘，挺枪直奔拓拔虎胸膛刺来。说时迟那时快，眼看枪尖刺到衣服上，拓拔虎来了个右斜身，大枪刺空，一伸左手，抓住了枪杆，说了声："拿过来吧！"右手戟已刺进了贼人胸膛。拓拔虎右手一挑，死尸拖下马来，左手把贼人大枪一抛，偏巧一名贼人来抢救甄盖世，不提防拓拔虎抛枪，直刺入来抢救的贼人右耳，"妈呀"一声，摔下马来。

拓拔虎两招没过，杀死了两个贼人，气得罗棰大喊一声："放箭。"箭似飞蝗，奔向拓拔虎挑战队伍射来。拓拔虎用戟拨打雕翎，马向后退。说声："射。"前十名藤牌兵，左手执藤牌，右手执短刀，十名弓箭手箭不虚发，每发必中，敌住了贼人百名弓箭手。贼人支持不住，渐渐后退，拓拔虎弓箭手步步逼进，把贼兵射得纷纷后退。拓拔虎吩咐声："后列当前列，退归大营。"拓拔虎立马横戟在后阵。见敌人没有来追拨转马头，尾随队后，回了大营。蒲查隆、夹谷兰迎到大门以外。命令休

第三十六回　贼罗棰损兵折将　蒲查隆步步为营

息，时当正午。再说领兵寨主罗棰，连伤两名小寨主，放箭弓箭手又敌不住对方弓箭手，垂头丧气，只好率领残兵败将回转大寨，想法再战。蒲查隆向东门豹说："时当正午，不要挑战了。申时后，再去挑战。要好好休息养足锐气。"东门豹退去。

蒲查隆命出小旗，向此高峰连招几招，黑鹰飞了下来，蒲查隆用白布条写好，系在黑鹰颈上，一摆手黑鹰飞回高峰。看书人说，写书的尽胡扯乱道，黑鹰太神了。是的，须知黑鹰从小跟小孩重生在一起，老和尚教了重生打手势，小孩打手势黑鹰懂，黑鹰的各种动作小孩重生懂。西门信老人教了小猴360个手势，前文已经说过。迟勿异、拓拔虎连战半日，两个孩子已把简单手势教给了蒲查隆，又领黑鹰、小猴实验了几次。要不为什么让西门姐妹同二个孩子带虎、熊、小猴、黑鹰同神医赛华陀去北高峰呢？就是因为虎、鹰听小孩重生指派，熊、猴听西门姐妹和小孩再生指派，神医赛华陀瞽目神叟，白天百里内，夜间40里，可辨识行人。鹰、猴眼睛、耳朵更是锐敏异常，让他们当警报使，真是人尽其能，物尽其长。一切安排得当了。

话休繁述。黑鹰飞回高峰，神医赛华陀解下布条一看："快让西门姐妹、两小孩带虎、熊、鹰、猴回大营。请老前辈独领高峰，至急。"老人看完字条，命四人带虎、熊、鹰、猴尽快回大营。四人哪敢稍停，回到大营。这时赫连姐妹、左丘明已接命令来到，蒲查隆说："我亲自同夹谷兰出马，我们一行十人。骑我们由孤峰骑来的马，各自带好长短兵刃，准备厮杀。让敌人知道渤海国女兵也不是好惹的。两个孩子一个骑虎架鹰，一个骑熊带猴。我们八人，前后左右保护。孩子们又会武功，凭敌人也不敢靠近他俩，因他俩骑的虎、熊人见了害怕，马见了发惊。快去准备。"众姐妹听说打仗，乐得直拍手，各去准备，霎时回来。赫连姐妹、西门姐妹、左丘明每人手架五钩神飞大枪，两个孩子，重生有落清风扫练子宝刀，再生也亮出了孟劳练子宝刀。这孩子的刀，连他姑姑们都不知道。

这孩子亮出宝刀光华万道，耀眼花，蒲查隆一看就知是把宝刀，走向前来问："孩子，你这刀是什么名？"孩子咧咧嘴说："不知名。"蒲查隆说："我看看行吗？"孩子把刀交给蒲查隆。蒲查隆接刀在手，看长有一尺一寸，锋利无比。遂问诸姐妹："可知此刀名么？"各姐妹摇头。夹谷兰接刀在手，看了又看，爱不释手说："我听我爹说宝刀小不过孟劳，想是孟劳刀吧！"小孩乐了："是呀！是呀！师爷说是孟劳刀，我倒忘了。"其实小孩不是忘了，倒是他淘气，想看看这伙人中认不认识自己的宝刀。夹谷兰说："我也有一把短刀，重生有一把短刀，我的刀虽不如你俩的好，但也锋利如此。我的小侄也11岁，他要来了，我就把刀给他。可惜是远在渤海国。不然三个小孩一样的带练短兵刃，在大营中真是三小宝了。"遂把刀交给孩子。蒲查隆说了声："出发。"人欢马乍地直奔贼营。

再说罗桓经过二次败阵，气的三煞神暴跳，五灵豪气飞空，回寨大骂手下窝囊废。就有人出来说："领兵寨主何必动气，胜败是我们这伙亡命徒的常事。船走顺风的时候也有，翻船的时候也有。领兵寨主两柄大锤威镇三峡，何不亲自一战。杀他个落甲丢盔，望风而逃。"罗桓看看说话人是江湖上人称神机军师小武侯的诸葛望博，现是贼营中的大司务主管。罗桓听了气往上冲，上前来"啪！啪！"劈了诸葛望博面颊上两掌，恨恨地骂道："什么球囊养的，领兵寨主是发号司令的，不是打仗的。要是我去打仗，要你们这些球囊养的做屁用。"诸葛望博羞愧满面地退下。这时喽啰兵来报："报寨主，大营又来挑战。"罗桓问："有多少人马？"喽啰兵说："两个年轻男子为首，两个十一二岁孩子，一个骑虎架鹰，一个骑熊带猴，六个年轻大姑娘。一行十人，并无旗号。在寨门外大骂不休。"罗桓心想这十个人来是为了让虎叫、熊叫惊吓马的，心想再不上当。我们会徒步战的。遂吩咐预备百名弓箭手，百名挠钩手，"哪个寨主敢同本寨主出战，拿住这伙人？"其中有打闷棍的，套白狼，劫道山茅草寇，缩脖倒腔的小寨主们，认为机会到了。六个大姑娘身小力薄，两个小孩胎毛未褪，乳黄未干，黄口孩子，两个青年男子，有领兵寨主对付，我们只抓大姑娘，虎、熊用箭射，连同鹰、猴一齐送命。落得战胜归来。抓住大姑娘献给寨主该多美。寨主嫌丑不要落得自己受用，想得美上了天。挺胸凸肚的来报名的二十多人，无非都是一些猪五、羊六、屎壳螂、狗臭屁。俱带好兵刃，由领兵寨主带头，步行出寨外。

来到蒲查隆十人前约有一百多步外，停住了脚。罗桓一看果是两个青年，六个大姑娘，两个小孩，暗暗吩咐一声，箭只射虎、熊二个庞然大物。各寨主和自己活捉两个青年六个大姑娘，两个小孩也给射死。吩咐好了，呐喊一声，就扑了上来。罗桓手执两柄大锤直奔蒲查隆、蒲查盛。蒲查隆看离切近时扬手把梅花针从袖管中发出，射中贼人罗桓。左挑右架，夹谷兰金纂提炉枪舞动如飞，六个姑娘五钩神飞枪神出鬼没，

第三十六回　贼罗桓损兵折将　蒲查隆步步为营

杀得贼人死的死，伤的伤，哭爹喊娘。喽啰也不敢放箭，怕伤了自己人。两个小孩看弓箭手、挠钩手，鬼鬼祟祟一团一伙，一拍虎颈，一拍熊脖子，两兽大叫起来，直奔弓箭手、挠钩手扑来。想放箭已到切近，来不及了。只恨爹娘少生两条腿，被虎踹、熊踏。两小孩抖开练子刀，碰上者死，遇上者伤，真是虎入羊群，幸好虎、熊不会吃人，落个全尸。寨里的马，听到虎叫、熊叫炸了群，东跑西逃，横冲直撞，碰倒帐房，踢伤了人，寨里也乱乱哄哄。这时作战贼人，只剩罗棰撒腿就跑，蒲查隆说："不要赶尽杀绝，放他逃命去吧。"偏小猴追了上去，跳到罗棰肩上挠了一把皮开肉绽，血流满面逃了回去。来的贼人只有十几人逃了回去。

蒲查隆说："我们该回去了。让东门豹来收拾他们吧。"一行十人高高兴兴催马来到山下，见道旁跪倒一人，身穿贼人衣帽，手无兵刃，左面腮青肿起来，蒲查隆勒住马问："干什么？"跪着人说："前来投降。"蒲查隆看来人只有四十岁上下年纪，一口短须，紫巍巍脸膛，浓眉大眼。遂问道："你为什么要投降？"来人说："一言难尽，不怕我是奸细，愿投麾下，详情到营细禀，谅我一人也插翅飞不上天。"蒲查隆说："好，你愿投降。在此少待。我回营后，派人拉你入山。"遂率众人上马回了大营。众人下了马，把马交给东门豹，让好生喂饱，听命令下山挑战，并告诉他山下有一人要投降，把他领上山来，交到大帐。一行十人来到大帐，各回各房去休息，用午饭。蒲查隆回禀战斗情况，左平章很满意，又唤来了迟勿异、拓拔虎整备人马，如此、如此照命令去，分路等候截杀贼人。二人领命各带人马去了。东门豹已派人把投降人带到大帐。蒲查隆命来人回去。派人把投降人送入东房好生招待，等明天再问详情。并告诉投降人大营到处戒严，不要乱走，茶饭有人侍候。分派完了，自己回房用午饭。

刚用完午饭，夹谷兰来了说："让东门豹去挑战吧。已到申初。"蒲查隆说："你去吩咐一声，连告诉蒲查盛来，谅没什么要紧，你我三人还有事商量。"夹谷兰来到大营门，吩咐东门豹去挑战，东门豹领兵下山去了。又找到蒲查盛让他把职守交给副手，两人来见蒲查隆，三个秘密商议起来。

再说东门豹带领众健儿直扑贼人寨门挑战。贼人领队寨主罗棰面带伤痕，自认晦气，败回了大寨，见搭的寨栅，东倒西歪，长叹了一声，进入账房。小喽啰端来了净面水，一洗脸，觉到面上刺痛，才想起中了梅花针，让小喽啰拔出来，恶狠狠丢在地下说："不报此仇，誓不回葫芦峪。"猛然想起自己身边带有飞蛇抓为何不用，坐受死亡。急命小喽罗给自己敷上止痛药，告诉各寨主："整顿人马，安好寨栅，多预备弓箭手，山上来人挑战闭门不出。来就放箭。人要好好休息。跑剩下的马，要好生喂饱，看管，明天再战。"正分派时喽兵来报："山上又来挑战。"罗棰说："紧闭寨门，任他叫骂，也不出战。他要闯营，就用箭射。"又吩咐自己得用小寨主四人，带弓箭手把守新筑的土围墙。四个小寨主挑好三百名弓箭手，伏在围墙上任你叫骂也不答话。靠近了，就放箭。东门豹叫骂了有两个时辰，贼人总是不理会，吩咐声："藤牌兵手扒墙闯贼营，后面弓箭手猛射，杀开条血路。"这些健儿是从渤海国天门岭、海湾岛来的，勇猛异常，又经过严格训练。一听闯营，各个奋勇争先，弓箭响处，贼人就倒下，藤牌手左手执盾挡箭，右手飞舞大棍，棍到处死尸一片，闯了贼人大寨。大刀手飞舞大刀，长枪手提起长枪，挠钩手持挠钩，弓箭手背后背弓，亮出雁翎刀，逢人就杀，遇人就挑。这50名健儿各自为战，东门豹一条大棍横扫千军，三名副手，也骁勇异常，如虎入羊群。贼首罗棰面带伤痕，由十名小寨主百十名亲随喽兵，乘乱时落荒而逃。霎时间，尸横遍野，血染草地，剩下的喽啰兵约有五十多人，跪在地下哀求饶命。东门豹见已获全胜，吩咐声："求饶命的不要杀了。"集合自己来人一个受伤的没有。吩咐声："就地休息，放出岗哨。"派副手入山报告战果，并请示俘虏怎样处理。

副手催马回大营报告去了。再说贼首罗棰落荒逃了多时，急急如丧家犬，忙忙如漏网鱼，金命水命逃了命，来到一处树林。见后面没有追兵，就命手下就地休息。骑马的跳下马来，步行的就地坐下。罗棰咬牙切齿手指五顶山骂道："渤海野犬，本寨主此去白马寺搬兵，要不杀尽渤海野犬，誓不为人。"骂声将完，从斜刺林中闯出二队人马，大旗飘摆，一看正是渤海人马，吓的魂飞无处，魄散九霄。有的吓昏了，倒骑了马。罗棰舞动大锤要夺路逃走，哪知迟勿异摇斧催马，挡住去路。罗棰急了眼，把双锤抛向迟勿异，顺兜囊掏出飞蛇抓也顾不得带鼻塞口罩，要和迟勿异拼命。这时拓拔虎见罗棰抛出双锤，忙忙掏兜囊，知他要掏飞抓，急忙从兜囊中把鼻塞口罩戴好，催马站风头挺方天画戟，照罗棰前胸就刺。好个罗棰，左手来抓戟，右手打开飞蛇抓。拓拔虎撤戟用戟挑飞蛇抓，飞蛇抓缠在戟刃上，罗棰急慌按机关，拓拔虎趁势用戟刺罗棰咽喉。罗棰往回要撤飞蛇抓，闻到了毒气，翻身掉下马来。挠钩

第三十六回　贼罗棰损兵折将　蒲查隆步步为营

223

手要捆人，被拓拔虎止住，说声小心中毒，挠钩手停了手。这时贼人已被杀得七零八落，人仰马翻，停止了战斗。打扫战场，贼人只剩受重伤的七人倒卧草丛中奄奄一息了。拓拔虎自己动手把罗棰捆在马上，吩咐众人把死尸抛向深沟。奄奄一息的，留在此地，让他自己死去。要不该死，就逃活命去吧。迟勿异、拓拔虎二人合计一番也只好如此。点好人数，有受轻伤的五人，能够骑马，就捉住贼人的马，命五人骑马整队回大营交令。

再说东门豹已得到命令，俘虏任其散去。受伤的让不受伤的抬着走。东门豹回营恰好遇到了迟勿异、拓拔虎，各诉了战争经过，同回大营交令。迟勿异、拓拔虎、东门豹三个挑战已会合一处，返回大营。蒲查隆、蒲查盛、夹谷兰三人已到大营外凝望，见三个挑战队已大获全胜。忙迎上前去，连说："祝贺将军们胜利回师，去休息吧。把抓来的贼人送到大帐。"迟勿异把贼人从马上解下来，命健儿抬到大帐。解了兜囊拿出来鼻塞口罩，将贼人四马倒蹶蹄绑好，从东耳房找到了投降人，让他认出贼人是谁。投降人说："他就是领兵寨主大锤将罗棰，是瞿塘峡葫芦峪大寨主罗振天的大儿子。"蒲查隆一听是罗振天的大儿子，心中暗暗高兴，问："此人武功如何？"来投降人说："是大寨四棍八大锤的首领，力大过人，就是心无主见。"蒲查隆给他戴上鼻塞口罩，抬到东耳房，让他苏醒，派十名健儿看守。健儿们把罗棰抬入东耳房去。蒲查隆告诉投降人，把姓名来历，为什么当贼人，又要投降从实地说明，让他坐下说。投降人说："小人原是边北远东人，复姓诸葛名望博，幼年好交游，结识了些打把式卖艺的，学会些拳脚。到了20岁，这年春天，来了个卖艺的，我去踢场子，被人三拳两脚打倒。我自知自己武艺不是人敌手，就低三下四地向人赔礼道歉，请到家中，待为上宾，卖艺的被感动了说：'你这把式是花架式，中看不中用，要学武艺，须下苦功。'我认卖艺的为师哥，又学了三年，卖艺的走了。我已是倾家荡产。幼年间学会的花架式，又重新拾起。会些江湖上行话，就打武卖艺为生。流落江湖后，又学会了行医的郎中，就以打把式为名，卖药为主的游荡。江南江北，到处为家，在蜀山无意中买到了一本旧书，是诸葛兵书，闲时就看，日久天长，读的烂熟。在卖艺人中给了些谋生方法，果然得力能多卖钱，就赠给我一个绰号，神机军师小武侯。去年卖艺路过瞿塘峡，被罗振天手下喽兵绑了起来，把我交到大寨要当官兵奸细杀头。我说我是卖药的。罗振天就把他的暗探找来问，看见过我没有。经几个暗探证实,说我常在三峡某些街市卖药,绰号是神机军师小武侯。罗振天听说军师二字,要把我推出去杀头。他说军师都是足智多谋的,是当奸细的能手。命在顷刻之中,来了一名葫芦峪守前寨寨主,细看多时叫出了我的名。我一看大喜过望,原是教我三年艺的师兄。他保我不是奸细,饶了我的性命。收留寨中,当了大事务小寨主。我想一个人当贼,落下骂名,况罗振天刚愎自用,优柔寡断,爱之欲其生,恶之欲其死,并把我总当奸细看,命悬贼人手中。上次渤海国使臣部下,打败了葫芦峪。这次出兵,我要求前来,昨天劝罗棰亲自出马,目的是他战败了,或逃亡,兵无主自乱,我好乘机率领人马来投降。哪知被罗棰大骂一通,掌了两腮。我有意投降渤海国,就是葫芦峪被渤海国使臣部下杀退贼人之后,萌起念头,描绘了葫芦峪四至八形图来进献,以便渤海国进兵之用,并跟我师兄道出了投降念头,我师兄要离开葫芦峪,但身为葫芦前山寨主,恐怕是落入官兵手中,杀头。倒不如当寨主杀头好,何必自投罗网。他说渤海国若能收容,想法献前山以作投诚之礼。"

蒲查隆听了心中暗暗打算,此人是否真心投,或是奸细,沉吟多时:哦,有了。遂说道:"如此甚好。我不让你见到罗棰,你把葫芦峪四至八形图留下。你忍点痛,作点创伤,仍回葫芦峪卧底,劝你大师兄早日反戈一击。我们三天内就兵进葫芦峪,为了传递信息,你把书信绑在江岸大树上,树上砍下一块白皮为记。任他千军万马,我们准能拿到书信。事成之后,或去长安,或去渤海,悉听尊便,不知可同意否?"诸葛望博说:"事不宜迟。最好我现在就动身。"蒲查隆派人拿来了20两纹银做路费,派人送厨食饱餐一顿,下山回葫芦峪去了。

这时恰好来报罗棰已苏醒过来。蒲查隆说:"把他抬来。"四个健儿把他抬了来,放在地下。罗棰睁眼细看,前面坐着三个人,两男一女,见是自己交战的青年,知是已落敌人手中,遂低头不语。蒲查隆问道:"你这贼在营是什么角色?一上马就前呼后拥,被擒时还抖开飞蛇抓来伤人,结果是自己摔下马来。"罗棰见人家道出了真相,不得不承认自己身份,怒目横眉说:"咱家是葫芦峪领兵来的寨主,姓罗名棰,既被擒来愿杀项上有头,愿剐身上有肉,何必啰嗦。"蒲查隆道:"原是罗寨主来了,来人快松绑。"健儿解去了绑绳,命人拿过椅子来说:"寨主请坐。"罗棰不客气地坐下,又命人端来了奶茶。罗棰正是饥渴难耐,一连喝了五六大碗。蒲查隆欠身说:"葫芦峪大寨与渤海国朝唐使臣,两次惨杀,都是葫芦峪先来人挑战。不知渤海国有何冒犯贵山寨,引起凶

第三十六回 贼罗棰损兵折将 蒲查隆步步为营

杀恶斗，想必是误听传言了。请寨主明白相告，两下免去误会。化干戈为玉帛，不知寨主意下如何？"罗榱闻言紧皱眉头："这话你来问谁？五顶山你们给占了，寨主给杀了，是我们找你们作对吗？"蒲查隆冷笑道："这事的发生是因五顶山大寨主强抢良家幼女，弄出来的。我们辞别了花和尚，在他身边搜出夜明宝珠，是渤海国朝唐贡品。偏偏是皇帝钦命渤海使臣，追回贡品。我们要下礼品，前往大寨，求大寨主赐还礼品，不意礼品未备齐，贵寨主派喽啰来挑事。今又再来攻大营，你们只落得二次全军覆没。贵寨如能将贡品赐还，贵寨所受损失，甘愿尽数赔偿。死伤的人给恤金。贵寨不要以为人多势众，又有飞蛇抓恶毒武器。要知道，人世间凡事都有克星，要有杀人兵刃，总会有抵御的武器。我们不仅有飞蛇抓还有解药，你落马被擒，我们人马毫发未伤，这就是证明。我劝寨主醒醒吧。快取来白银二百两，送给罗寨主做路费，省得半路劫人。来人，送罗寨主下山。把我说的话，传给罗振天大寨主。"当时来了两个健儿，蒲查隆说："找三位挑战将军来。"霎时间，迟勿异、拓拔虎、东门豹来到大帐。蒲查隆说："你三位认识认识，这就是威镇三峡瞿塘峡葫芦峪大寨主罗振天的大儿子罗榱，外号'双锤将罗榱'。常言说不打不相识，今天放罗寨主回山，派你三人送一程。把罗寨主陪好，他的锤仍在他被擒之处，让他自己去找。请送罗寨主下山。"三个指挥送走了罗榱。

第三十七回 四化郎酒席上细陈因由　左平章习典礼喜接王使

话说蒲查隆盼咐三个挑战队指挥把罗棰送到山下，很有礼貌地说："送君千里，终有一别，恕不远送了。望君前途保重。"罗棰见真的把他送下山来，真的放了他，说了声："再会。"扬长去了。三人回转大帐，禀报情况。蒲查隆说："你三位去休息吧。明天黎明解除戒兵，只东南西北放好巡逻兵就行，你三位到黎明时就传谕各战队，一律解除戒严。"三人出了大帐，面对面地笑了："侥幸得很，我们作战的计划真的如愿以偿。为时不早，我们也该好好休息，明天还要安排重要事务。"三个人各自回帐安歇。第二天黎明，迟勿异、拓拔虎传谕了解除战事戒严令，分派了巡逻岗哨。这些女兵听说二位总管和夹谷兰回来就打了胜仗，首先是四花，赫连姐妹，西门姐妹，左丘明齐扑到夹谷兰房中，问长道短，然后问二位总管起来没有。女兵说："早已起来了。"又齐到二位总管房中叙了寒温，众姐妹因避男女之嫌纷纷离去。惟四花姐妹从渤海国同二位总管来到唐朝，相处日久，分别一百多天，少不了问在外情况。二位总管也热情地把所遇到事简略地说了一遍。四花听了惊喜交集，喜的是又经名师学艺，惊的是险些丧命，幸亏化险为夷。四花又把在大营中二位老太太传五钩神飞枪，老花子教短兵刃事讲了一遍。

这时来人说到大帐会餐。二位总管同四花来到大帐，左平章、夹谷清正陪四个老花子、三位老英雄与李白畅谈。三个小花子站立身旁。二位总管进来要给七个老英雄和李白行大礼。南化郎站了起来说："我们这些人，不拘俗礼，来，我给你们俩介绍不认识的伙伴。"一指一位黄脸膛花子说："他是北化郎，"这人又要行大礼，南化郎说："方才说过不拘俗礼，打躬就行，少麻烦。"二人只好打一躬。又一指一个黑脸膛花子，说："这是东化郎。"又一指白脸膛花子说："他是西化郎。"二人各打一躬，又指三个小花子：他三个没有姓氏。我们就叫他：三丑吧！"一指红眼边烂眼圈说："他叫狮儿。"又一指左手长右手短的说："他叫虎儿。"又一指右腿短左腿长的说："他叫豹儿。你三人还不向二位总管见礼。"三个人要过来磕头，二位总管忙让人扶住说："承蒙各位老前辈及小义士们见爱，救了晚生性命，又寄柬带路认师，又来大营拔

227

刀相助，似此深情厚谊晚生无以为报，惟有磕头相谢，老前辈们又不肯，只有永铭心间了。"四个花子说："我们说的明白，不讲俗礼。救人是我们分内应当的事。来大营帮助打贼人，是为了'除恶人就是善念'，用不着谢，要说谢，我们应先谢总管在小镇上施舍相救，治好了我们病，我们没有向总管道谢，怎么谢起老花子来了。"众人不明白怎么回事，蒲查隆就把路过小镇，两个老花子横卧道上，每人给一锭白银到信义老店，管栈怕老花子死在客栈，自己又拿出20两黄金做一切用度的话说了一遍。众人听了也觉有趣。总管说："四位老前辈，几时好的病，怎么先到了白马镇？"老花子说："这有什么出奇。你们走后又来了你们的同伙。我在院子大吵大闹，告诉你们去处，到夜间盗拿了20两黄金就溜之大吉。到白马镇你们去烧香，夜探白马寺，救李学士，我们看出了你的为人正义，很感动，才做出这番行径。话再说回来，白马寺你们是暂时破不了。五毒道长这条根不除，是武林的祸害，你想到没有。吃完饭就要告辞了，快把酒拿来吃。"蒲查隆吩咐摆酒，霎时端来酒菜，无非是牛羊肉，浙江绍兴酒。四个老花子同三个小花子，狼吞虎咽吃喝完毕，抹嘴巴，站起身来，说声："再会。"也不管别人吃喝怎样，拔腿就走。这些人都知道老花子们性情怪僻，不能强留，送出门外任他去了。

众人仍入座吃酒，凡是大掌管以上都在大帐，掌管以下的聚在别帐欢饮，从健儿到左平章酒饭是一样，并没有上下级分别。蒲查隆见没有王常伦就到掌管饭酒的棚里去找，也没有。回来问左平章："怎没见王常伦呢？"左平章说："我打发他回渤海给国王送奏章。现已有一个月了。"蒲查隆听说送奏章，也不好再问。众人真是开怀畅饮，蒲查隆不会饮酒，强陪了三杯，就吃饭了。李白和左平章三个老者边喝边谈。其中二位老太太也不善饮酒，陪了几杯，也放下酒杯吃饭。还是李白知趣，见众人都吃了饭，不能离座，就向左平章说："我是大酒罐，又逢你们打了胜仗，要吃个酩酊大醉，还是把酒菜搬到左平章房间去吃罢。"左平章说："也好。"命厨房重在左平章房中摆好酒菜，五个人到左平章房喝酒去了。众人早已酒足饭饱，只是不敢离席，见左平章已走，赫连英扶二位老太太走去。众人一哄而散。

蒲查隆将走进自己房中，女兵来报："王常伦从渤海国回来。要面见总管。"蒲查隆转身又回到大帐，见王常伦正在帐外等候。蒲查隆说："你回来了。"王常伦行了军礼："卑职特来复命。"二人来到帐中，王常伦解下小包袱,说:"国王单有一封信,告诉卑职面交总管。"总管说:"那你就交我吧!"心中暗想:父王来信必有要事。但当着王常伦面不便拆看。王常伦说:"王谕有来使捧着,明天就到。我特先来报信。"蒲查隆说:"左平章现在陪李学士和三位老英雄喝酒。你休息吧。待我见了左平章就说你回来了。有事我打发人找你。"王常伦退了出去。自己吃饭安歇。蒲查隆回到房中,拆开来信,从头至尾看了一遍,不由喜上眉梢。恰好蒲查盛走了进来问:"你看什么?"蒲查隆随手把信递了过去。蒲查盛见是自己父王亲笔书信,"呀"了一声,从头至尾看过说:"父王见左平章奏章,很高兴,大力支持咱俩,要竭尽全力完成朝唐重任。并让左平章提升咱俩。真是好阿爸啊!还说给左平章等十道盖有国印空头诏书,让左平章见机行事。有事要和蒲查隆、蒲查盛商议。并没有揭开哑谜,你说多好的阿爸!"蒲查隆说:"你少欢喜吧!肩上的担子重了,小心担不起来。"蒲查盛说:"担子越重才能锻炼出铁肩膀。"蒲查隆说:"好了,把来书好好保存起来。明天送诏旨的钦使来。我看看左平章喝完酒没有,把事情禀明,听左平章怎样分派。"

两人来到左平章房中,见左平章独自喝奶茶。蒲查隆遂把王常伦已回来,明天有钦使到来话回禀了左平章。左平章说:"明天要摆好香案,命全营人到帐外跪接诏旨。要军容严整,先演示一番,不要当时混乱了礼节。你俩也是初次接诏旨,少不了要我亲自指导一番,但不知捧诏旨的人是谁?带来了多少人马,铠甲?你要问清王常伦。并传来迟勿异、赫连英、拓拔虎领四花前来,东门豹兄妹,也让他们参加演礼。你急去快来,至于李学士,三位老英雄,赫连姐妹,西门姐妹,是外来人,就不必演礼。如果愿意也可列入参观。你和蒲查盛、夹谷兰三人分头去办吧。来的演礼人都到大帐来。"蒲查隆听了盼咐,去找蒲查盛、夹谷兰,三人分了工。蒲查隆去找王常伦,并去转告三位老英雄和众姐妹把左平章说的话学说一遍。李白同三位老英雄齐说:"愿参加接诏旨大典,饱饱眼福。"众姐妹更是要参加观礼。

一切安排完毕到大帐,蒲查盛找迟勿异、赫连英等男女战将和四花。这时,左平章也走进大帐。众人一看,只见头戴红缨帽,帽后拖着双眼雉鸡翎,身穿箭袖红袍,上身穿团龙黄马褂,脖颈上挂着108颗月明珠的朝珠,迎着日光闪闪发光,足蹬牛皮底皂靴,腰带有三尺长宝剑,威风凛凛,气宇轩昂,不愧是当年上马杀贼,下马安民,辅佐大祚荣忠心耿耿的奠定渤海国开疆展土的元勋,今日是日理万机的左平章,

第三十七回　四化郎酒席上细陈因由　左平章习典礼喜接王使

朝唐使臣。左平章今天的打扮，只有蒲查隆、蒲查盛、夹谷兰三人见过。其余众人还是头一遭看见。左平章告诉如何摆香案如何排队形，如何山呼万岁，如何跪首，接诏旨等等，当众讲了一遍。接着演礼。李白和三位老英雄、众姐妹也学习了一番宾礼。左平章见来学习人都熟悉了礼节，让蒲查隆、蒲查盛领众战将到联队去教健儿们礼节。自己转身回房，草拟了接诏旨内容。让夹谷兰抄好，赶快预备。夹谷兰赶忙准备去了。演习了一天，各各健儿或战将们已操练得秩序井然不乱，传谕休息只待明天接诏旨，人人高兴，各个踊跃，精神抖擞。

　　第二天黎明，吃罢了早饭，左平章吩咐声："准备接诏旨。"一声令下，各联队、女兵们，一队队，一行行步伐整齐，军容严肃，吹响号角，出了大营门，在预备的教军场等候喻旨。王常伦身穿新军装，骑在黄色大马上，为探马，催坐马去迎接钦使。左平章领众人守候教军场，约有两个时辰，王常伦飞马而回说："钦使已离大营只有二里之遥，兵将随后。"左平章吩咐声："预备。"各队整齐队容，肃穆静待。霎时间见一簇人马前来，头前一员官儿穿戴和左平章一样，端坐马上，徐徐前来。左平章吩咐鸣炮，呼呼炮响，各队健儿吹响牛角。来使看，旗幡招展，队伍整齐，只见每联队兵分十路，头路兵弓箭手射住阵脚，二路兵藤牌手手把刀擎，三路兵三股叉叉挑日月，四路兵四楞铜铜放光明，五路兵五钩枪敌人丧胆，六路兵六合枪敌人心惊，七路兵齐眉棍棍打上将，八路兵八楞锤神鬼皆惊，九路兵绊马索专拿上将，十路兵挖陷坑好不威风。再看兵刃，一刃刀，二刃剑，三股叉，四楞铜，五钩枪，六合枪，齐眉棍，八楞锤，九绊马索，十挖陷坑锹。

　　钦使看了不由赞道："还是我这老伙伴不减当年威势，在今日身为元勋毫不失君臣礼节，真是不骄不傲，气度非凡了。"遂催马奔向前来。左平章一摇黄旗，忽啦啦全军跪倒，放下兵刃，左平章带头高呼"千岁、千千岁，"齐声高呼，声贯云霄。钦使下马手捧谕旨，高呼："左平章听谕旨。"左平章夹谷清前爬三步说："小臣夹谷清待命。"来使展读谕旨，"谕命左平章夹谷清代行王命，便宜行事。钦赐盖有国符谕旨十道，任凭使用，其随能将按功绩提升。钦此。"来使读罢谕旨，左平章双手捧过谕旨。这时吹响了牛角，各个敬立。左平章向钦使单腿跪倒说："钦使进大营。"钦使也单腿跪倒还礼说："请朝唐使臣代行王命。"左平章伴着钦使一同进帐叙话。钦使在前，左平章在后，来到大帐外。钦使见一队女兵，手持大刀，环立帐左，又见一队女兵手持大枪，环立帐右，迎门是二个男青年将领，一个女青年将领，见钦使来到，一声跪拜令下，众女兵跪倒在地。钦使急走几步，向二员男将，一员女将说声："起来。"三员将一挥手，众女兵站起后面，遂见金顶幡龙宝卷，内是谕旨。三员将和女兵又重跪倒。蒲查隆是供旨官，上前揭起轿帘，双手捧着谕旨，后跟蒲查盛、夹谷兰，三人来将谕旨放在早就备好的铺有黄绢案上。左平章过来，和他三人行了三拜九叩大礼，左平章令他三人退下去，传命各战队退回。左平章步入大帐西间，蒲查隆出来命令各联队退去后，回归大帐中间，与蒲查盛、夹谷兰站在一起，低头不语。

左平章到大帐西间，与钦使叙话。钦使是左平章当年老友，政台大内相宦查武。公事已了，叙起旧来。大内相说："清兄是渤海国并肩王了，恭喜，恭喜。"左平章道："老弟台出使钦命大臣，常言说：'在京的皇帝，出京的钦差，代天子行事，有无上权威，是二皇帝，'我不过是听凭钦使阶下呼唤的小使罢了。"二人大笑起来。霎时摆上酒席，无非牛羊肉山中野味，边谈边喝酒。大内相手擎酒杯，语重情长地说："我奉命出京时，国王再三叮嘱，让我对你说，此去朝贡，麻烦重重，使你不要拘束君臣大礼，要重当年起义时友情，名虽君臣，实是难兄难弟。"夹谷清听了停杯说道："我当年就以身许国，亡为国主，岂敢论私。不过国王以老倚重。头可砍，血可流，决不辱命。我渤海建国以来，君臣不相忌，同僚不相攻，大有兴旺气象。你我年纪老了，为了渤海振兴，要多培养一些青年后代，好接替我们肩上挑子。不要择门弟，不要弃卑贱，只要有平济三才，酌情选用，让发挥个人之长，少揭个人之短，做错事帮助他改正。年轻人总是多少会做错事的，改了就好。就拿我来朝唐出都时，人不满千，将只有蒲查隆、蒲查盛。天门岭一战收下猛将迟勿异，乌拉一战收下东门豹兄妹，渤海湾一战收下拓拔虎夫妇，削平五顶山收下王常伦这些英雄。全是出身草莽中，骁勇异常，又都是汉人，甘愿为渤海出力。请阁下回都后要转奏国王，要效仿秦穆王多用客卿，免去种族偏见。待之以理，晓之以情，持之以恒，自然为我国尽力了。等喝完酒，另备一席酒，请来唐朝鼎鼎大名的李学士，江湖上三位老英雄，让你这权倾朝野的大内相，听听他们谈吐，让你长长见识，岂不是好？"内相说："何不这就请来，使我开开茅塞，与这样人交个朋友也是美事。什么内相不内相的，请他不要拘礼，快派人请来吧。"夹谷清说："你这老家伙听风就是雨。"遂吩咐侍从请李学士和三位老英雄来赴宴。

去时间不大,把四位外宾请来。夹谷清宦查武站起身子,三位老英雄要行大礼,被夹谷清拦住。李白因是唐朝学士,长揖不拜。左平章介绍道:"我们这位伙伴,是我的连襟,俗话说一担挑,又是老友,想认识认识四位。"一指李白说,"这位就是当年醉酒草蛮书时杨国忠捧砚高力士脱靴的李学士。"大内相说:"久闻大名,关山遥隔,无法拜访,今见尊颜,真是天缘有幸了。"李白听了大内相一口流利的唐朝的语言,连说:"学士蒙内相阁下谬赞,何以敢当,惭愧、惭愧。"左平章又给三位老英雄介绍过,四个坐好,谈古论今,说文讲武,倒很投机。李白暗想:二个渤海大臣,又是从青年就披坚执锐,竟懂唐朝文学。"遂问:"学生有点疑问请教。"左平章说:"请学士直讲吧!要说请教,未免过俗,也显得不知己。我们酒逢知己千杯少。"李白说:"二位身居国辅,日理万机,青年时驰骋战场,在哪里学的唐朝文学,我倒要问个明白?"左平章、内相哈哈笑了说:"李学士在哪学的渤海文字?"李白说:"我是文士,爱好塞外文化,是为了吸取外国文化精华,夺取功名,因此,多亏贵国学士教塞外文化,两位阁下和我大不相同,身为武将,现在是位倾朝野。"内相接言说:"我们学唐朝文化,是李学士逼的我们不学不行。"李白说:"我们过去是不相识,怎么是我逼的呢?"内相说:"李学士写的草蛮书是渤海文。我们国王就非常羡慕,命三品官以上都要学会汉文,到处请老师。我们的刻苦学习,三品官以上,家中有汉文老师,这不是学士逼的吗?"李白听了哈哈大笑道:"内相之言,据学生想来,贵邦是主明臣贤,大有作为。定当为诸蕃之上了。"内相与左平章齐说:"谬承李学士赞誉,久处荒漠,只求不受外侮为愿已足,岂敢妄想。久闻学士甚得天宠,不知因何故辞朝,听说皇帝赐金牌一面,不知李学士可否让某等观瞻,以饱眼福。"李白忙说:"可以,可以。"遂从锦囊中取出金牌,双手捧与内相,内相躲而不接,连说:"此是诏旨,须摆香案跪接。"左平章遂命侍从排上香案,供上金牌,三拜九跪,然后细看金牌。上书"闲散逍遥学士,所到之处,文武交给酒钱。文武官员,军民人等,毋得怠慢。倘遇有事,可上奏旨,仍听其上疏奏闻。"三位老英雄也细看了金牌,瞽目神叟老侠客说:"我这老瞎子也算睁开了眼,长了常识。"逗得大家哈哈大笑。左平章夹谷清说:"请学士收藏起来吧。按金牌上的圣谕,学士仍是天子宠臣。惟学士是为了远身避祸,不以功名为念头,清高孤傲,但还是陷身白马寺几乎被害。玄宗皇帝,外有权臣杨国忠当道,内有宦官高力士作祟,两个奸佞之贼连学士都不肯放过，何况其他忠良将，因此朝政日非。玄宗又沉迷酒色，夜拥娇娃，日醉美酒，将不久定有内忧外患。我这次朝唐来，入唐境后，在休整兵马时，天使良将崔忻偏要带贡品先行，被贼人劫去，奉到旨意，让我追回贡品，再去长安面君。现在知道了贼人，瞿塘峡葫芦峪是劫贡品的老巢，贼兵有两万之众，多是些飞檐走壁之徒，水旱两路，马上步下的惯贼。我现有二千人马，真是以一当十了。这也是权臣施的诡计，要陷害渤海朝贡来使，让贼人一举歼灭。究其根源，据五顶山大寨主悟真供认，和夜探白马寺的情况皆由李学士引起。若是当初学士醉酒草蛮书时，不让杨国忠捧砚，高力士脱靴，今天就出不了劫贡品事来。学士就不能被一首《清平乐》什么'一枝红艳露凝香，云雨巫山枉断肠，借问汉宫谁得似，可怜飞燕倚新妆'而离长安远游了。虽是奸贼狼子野心，也怪李学士嫉恶如仇所致。带来的结果是，学士离开皇帝，使忠臣而孤立，使一群奸党，无所畏惧，飞扬跋扈地把持朝政，趋炎附势之流，胁肩谄笑之辈，滚滚朝堂。狗彘成群，豺狼结队，俯首权奸门下，蒙君作弊。祸水横溢，将有决堤之势。学士有王佐之材，应匡扶社稷，驱除宵小，重振唐室，何苦远游林泉，我为学士所不明，也为学士浩叹！"李白听了长叹一声说："左平章之言，使学生顿开茅塞，但我已离开长安，又当如何去长安面君，内有杨贵妃为祸，外有杨国忠为患，左平章深爱我，当有教我的良谋。"左平章哈哈笑了说："学士是聪明一世，糊涂一时。古今中外的智士多用迎合人心理，抓住心理，改造人心理，来治乱安命。学士何不取之，常言说：天道忌盈，月圆则虚亏，人道忌满，骄者则必败，以我看来，杨国忠、杨贵妃，不久必败。这是有历史可稽的。殷纣王宠妲己，周幽王宠褒姒，吴王宠西施，都是自遭殄灭。又何况杨国忠杨贵妃兄妹，骄纵一时，甚于前人，岂能久远，是大厦之将倾，祸不远矣。只要有人使把力顺手一推，就塌坍了。"李白听了左平章之言，跃起身子说："听君一席话，胜读十年书，我喝完酒就去长安。"

第三十七回　四化郎酒席上细陈因由　左平章习典礼喜接王使

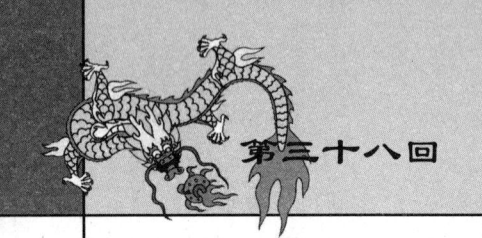

第三十八回 父子相认拓拔虎大摆喜宴 渤海援兵左平章畅叙亲情

话说大内相、左平章、李白、西门信、赫连嵩、瞽目神叟六人在饮酒中，谈到李白不应辞朝，荡迹江湖，任由奸贼们横行无忌。李白是酒逢知己千杯少，乘着酒兴高兴地说："左平章是渤海国开国元勋，当有远见，学生我酒后就拜别众位，再回长安亲见天子。但需要有个来由，不然飘飘而去，荡荡而归，岂不惹人耻笑。"左平章笑了说："李学士要回长安，有现成的事。我们要写一份奏疏，上达天子，又恐到杨国忠手，惹出另外枝节。学士何不带了去，面呈皇帝。我们的事，学士是亲眼目睹，定能详细地奏明皇帝，不知学士意下如何？即便学士有碍难处，我们差人去找郎将崔忻，从中斡旋，让我国在唐朝的国王的儿子大门艺亲交玄宗皇帝。但不知大门艺，现当何官，李学士可知道吗？"李白说："知道哇！贵国王大祚荣的儿子深得帝宠，现任左侍卫将军，是皇帝的近臣。左平章又是来朝贡，把奏疏让大门艺转递，岂不就越过了杨国忠奸贼之手。我回到长安，联同贺内翰（贺知章）一班文武群臣，把你国来朝贡遇到的波折奏明皇帝。玄宗皇帝见外邦来贡，亲仁善邻，一定能批准所奏。"

这几位老人直饮到正午，才撤去了残席。那边则庆贺拓拔虎、赫连英一家人骨肉团聚，酒落欢肠。拓拔虎听到了清脆童音，一个十一二岁孩子跪在面前叫了声"爸爸"，倒愣住了。赫连英指着孩子说："这就是你我的儿子归来了。"拓拔虎愣愣地望着赫连英，又看了看孩子，活脱是当年的赫连英俊俏的面貌。赫连英见丈夫迷惑不解，就说："你不记得十年前，我们一个男孩因得痘疹，死后抛在大海中，脖颈上带着我俩结婚时的金项链吗？这就是那个孩子，蒙高僧圆觉救去，吃老虎奶长大，老黑鹰每天展开翅膀给他遮阴凉，小虎、小鹰和他同岁，每天伴随着他玩。高僧又教了他一身本领。我在悟玄寺以金项链、小衣服认到了他。高僧又让孩子拜二位总管为师。这事多亏了二位总管。今天又能父子、母子团聚，你还愣什么？还不给二位总管道谢，亲亲孩子！"拓拔虎听赫连英说出自己孩子得救，万分高兴，流下了眼泪，双手抱住了孩子，泣不成声地说："孩儿呀，阿爹以为今生无儿了，哪知你死后又重生,真是邀天之幸。"孩子也哭在拓拔虎怀中,爷俩对哭,哭得在座人都掉下了眼泪。还是赫连英拭去了眼泪说:"喂,他爹你哭啥,今天是一家人团聚,上有姑父、姑妈、爹爹,下有孩子,中有姐妹、小弟,真是上有老的,下有小的,都是离散了多年,又相逢在一起。喝完了酒,我们准备几十桌酒席,请大家喝杯喜酒吧!"拓拔虎拭去眼泪说:"正该如此。"众人齐说:"我们也应给您二位贺喜,趁着今天没事,我们赶紧吃完饭,捕些野兽,采些野菜,备办贺喜酒宴,明天说不定又有什么事发生。"众人赶快用罢了酒饭,厨房撤去残酒剩饭。众人有打猎的,捕鱼的,采菜的,真是大众心齐,泰山可移,分头去了。

时当申初,众人陆续回来,献上了野味、獐、狍、野鹿、金针、木耳、香蘑,应有尽有。交给厨房,刀勺齐响,霎时完备。拓拔虎、赫连英以东道主身份邀请了大内相、左平章和李白及三位老英雄,坐了首席,二位老太太陪同二位总管、东门豹、迟勿异、上官杰坐了次席,各营的大掌管,掌管也都有席位。众女兵和健儿们也分给了酒肉,在另一厨房去做。东门芙蓉、万俟华、夹谷兰同四花是一席。赫连姐妹、西门姐妹、左丘清明、赫连杰是一席。拓拔虎执壶、赫连英把盏,领着自己的孩子重生,先来到首席给大内相、左平章、李白三位老英雄敬酒。几位老人看到了粉妆玉琢的一个小孩,齐说:"拓拔将军恭喜您父子重逢。"老英雄赫连嵩看到了外孙,更喜不自胜。小孩先给大内相、左平章、李白、瞽目神叟磕了头,领到西门信老人面前告诉孩子说:"这位是你姑爷爷。"小孩磕了头。又走到赫连嵩老英雄面前说:"这是你外祖父。"小孩给磕了头。又领到二位老太太面前说:"这是姑奶奶。"二位老太太看见了小孩,喜滋滋地说:"这孩子天生福相,长大一定有出息。"又给众位布了酒,众人开怀畅饮。

左平章在饮酒中想起了蒲查隆、蒲查盛在悟玄寺学艺来,就举杯问瞽目神叟:"老侠客,下官有一件事,向您老打听。圆觉高僧是位世外高人,怎的离开白马寺,又怎的埋首悟玄寺,你老知道他的来历吗?"瞽目神叟摇了摇头说:"我与圆觉四十年前见过一面,只是认识而已,不知高僧的底细。"李白听了接茬说:"我五天前和四化郎在营外林中饮酒,问过四化郎这样话。只有北化郎说出了他的来历,为圆觉高僧叹息了一回。北化郎说圆觉本姓杨,八十五年前,跺一脚江河乱动,吼一声地动山摇。他本是隋炀帝的儿子赵王杨景,那年隋炀帝被缢死,义军大搜宫院。幸亏边河官王义夫妻,事先报信,保护沙夫人带同赵王逃奔到

第三十八回 父子相认拓拔虎大摆喜宴 渤海援兵左平章畅叙亲情

235

义成公主女贞国可汗处，得活了性命。哪知女贞国被突厥战败，义成公主死于乱军中。沙夫人及王义夫妻也遭了横祸，剩下了赵王杨景独自一人，年仅12岁。幸亏会些武功，又知书达礼。在危难时，遇到了天台宗大法师慧玄高僧，收入门下。跟着慧玄踏三山越五岳，到过渤海、突厥，到处募化，又到处学艺15年，年已27岁。慧玄高僧已年过百岁，一天对杨景说：'你已是文武全才了，自奔前程去吧，为师不久就要归化了。你虽然跟了我15年，并没有给你剃度。'杨景跪在慧玄座下，痛哭流涕地说：'师父，我跟你老15年，已看破了尘世的骚扰，甘愿做一个苦行僧。师父是知道我来历的，国亡家破，天地虽大，何处是我容身之地。求师父怜念我的苦衷，给我剃度吧！'慧玄高僧看他辞恳心诚，就把他领到白马寺剃度了，这还是唐太宗时。杨景从此当了和尚，但他身边带有两宗宝物，原是隋宫中珍宝。一是周厉王驾着八骏马，周游到波斯国，女王送给他的一把宝刀，长约一尺一寸，能切金断玉，能切瓷器。夏秋之交，在树下舞刀，树叶纷纷坠地，是当年亡陈时，陈后主之物。一是玉肚带，虽盛暑，骄阳似火，系在腰中遍身不出汗，觉不到暑气。三九天系在腰中，身着薄衣，胜过重裘，此宝有寒暑不侵的功能，是隋文帝征北魏时，在魏宫中所得。因炀帝宠爱沙夫人，又很爱赵王颖敏过人，就将这二宗宝物赐给了赵王。自从剃度后，这二宗宝物，就成了他的纪念品，恐怕他羽化后要把这稀世之珍，带到一个黄土堆中。"李白不胜叹息说："圆觉高僧是看破红尘惊破了胆，吃透人情冷透了心。他真够得上一尘不染，万事皆空了。"

　　这话恰值赫连英来满酒，听清了李白说的话，笑呵呵地说："我的孩子就是圆觉高僧救活了性命。下山时赠他一口宝刀，很像学士说的那样。"让孩子拿出来，"让大内相、左平章、李学士和老前辈们赏鉴，可是此刀。"瞽目神叟说："让孩子快掏出来，我这二只瞎眼睛，专识宝物。"赫连英从孩子兜囊中掏出了宝刀。瞽目神叟首先拉了过去，拔刀出鞘，光灿灿夺人二目，冷飕飕逼人胆寒，亮莹莹如一汪清水，晶洁洁似一块寒冰。刀柄的镶口宝珠分色，赤金吞口，赤金灯笼穗，长有一尺一寸。瞽目神叟连连赞道："好一口价值连城，削金断玉，剁铜铁如泥，吹毛利刃，入海可斩蛟龙，陆地能劈犀象的宝刀，压过龙泉、太阿、莫邪、干将、鱼藏各宝剑。孩子有这把宝刀，想必有惊人绝技，不然圆觉决不会把平生心爱珍宝送给他。"瞽目神叟说："就这七口宝珠来说，其中夜明珠、避瘟珠、避邪珠、避风珠、避火珠、避水珠、避毒珠，形如彩虹浮于天际，万邪不侵。再有一身绝功，长大后真是万将莫敌了。可喜可贺，真应了'国家将兴，必有祯祥。'也可贺你夫妻生此贵子，将来定成大器。怪不得将及周岁，患麻疹病死，抛向海中，活了过来，这是'天降大任于斯人，必先苦其心志，劳其身形'呀！"赫连英听了瞽目神叟话，好像喝了蜂蜜，满面春风地说："老侠客过奖了，但愿小儿如老侠客所说。"众人轮流展看了一回宝刀，都赞佩是宝刀。这一餐喜酒，直吃到月上东山，方才罢筵，各自归寝。

第二天黎明时分，王常伦来报："渤海国发来的兵马已到双兴镇，听候命令。"左平章命令王常伦："渤海国来的兵马齐集五顶山，听命令。"王常伦接到命令，急催马来到双兴镇见了领兵的将军，禀明了指示。领兵将领吩咐了一声"拔营起寨。"大队人马浩浩荡荡，直奔五顶山而来。从双兴镇到五顶山，只有百里之遥，从日出启程，到了倦鸟归林，黄昏时分，大队兵马已抵五顶山大营。左平章夹谷清同二位总管及各联队都总管，来到大营门外迎接。从渤海国来的领队将领是夹谷后裔，系夹谷清的大儿子，是渤海国虎征营总管大将军。16岁时同渤海王大祚荣，南拒高丽，北抗里兵辣歆，东定湄沱湖，战功赫赫。这次领兵马前来，一是为了看看年高德劭的老父亲，二是听说贡品被瞿塘峡葫芦峪劫去，年轻气傲，要看看什么样的贼人，竟敢在光天化日之下来抢劫？请命来剿灭贼患，收回贡品。来到五顶山，大营门外。瞧见年过古稀的老父精神矍铄地率领一班武将来接自己。便翻身下马，趋步向前，跪倒尘埃说："小将夹谷后裔拜见左平章。"左平章夹谷清将手一摆，说声："免礼。"夹谷后裔站起身子，毕恭毕敬地呈上花名册，及带的军用物资。左平章夹谷清随手递给蒲查隆。介绍说："我给你引见，同我来的朝唐武官，"一指二位总管说："他俩是虎贲营总管蒲查隆、蒲查盛，"三人彼此见过礼。又一指迟勿异、拓拔虎、西门豹、上官杰、赫连英、东门芙蓉、万俟华、男女众将说："这些男女，是联营都掌官。老夫离开渤海国时兵不满千，将只有蒲查隆、蒲查盛二人，余下的英雄，都是沿途收容的。这些英雄们上山能擒虎豹，入海能擒蛟龙，希你要多亲，多近。"夹谷后裔听了父亲话，向每个人深深一躬说："承蒙各位将军保护左平章，末将夹谷后裔为渤海国新将领致敬。"蒲查隆等众将看年近四旬的夹谷后裔，相貌堂堂，威风凛凛，居高官而不骄，位至总管气不傲，还有乃父之风。蒲查隆、蒲查盛，虽是虎贲营总管，是后起之秀，要和夹谷后裔比资格，那是不及。遂跪倒尘埃说："承蒙大将军厚爱，折死小将们了。"夹谷后裔说:"众位请起,如何行此大礼。末将是不敢受领,请起,请起。"各个站起身子。

夹谷后裔见了夹谷清为什么也称左平章不称父亲?古时是先公而后私。一个虎征营大将军,要给虎贲营总管都掌管请安,你这是胡诌,不是的。一千年前的古礼,长者为重,随从父辈亲兵,儿子见了亲兵不管你官多大,总是客客气气,报之以礼。这是对长者恭敬,所以夹谷后裔,位居渤海国大将军,先给蒲查隆等请安。寒暄已毕,夹谷后裔领兵马走了大营,扎下了营寨,埋锅造饭,炊烟四起。夹谷后裔安排停当。饭后随同众将步入左平章大帐。左平章、夹谷清,坐在帐中,夹谷后裔走向前来双膝跪倒,口称"父亲大人,孩儿久远膝下,今日得见尊颜,见尊亲无恙,孩儿为老大人庆幸了。"夹谷清说了声"起来。"夹谷后裔站起身子垂手侍立。正当这个时候,听到了一声清脆悦耳的童音叫了声"爷爷",只见一个十一二岁的男孩扑到左平章夹谷清膝下,双膝跪倒,双手抱住左平章夹谷清双腿,连呼"爷爷。"夹谷清看见孩子,伸手抱起,放在膝上,抚摸头顶说:"小孙孙,小孙孙,猛生,猛生,你,你怎么来了。"老泪纵横,脸贴脸儿。小孩搂住夹谷清脖项,也眼泪扑簌簌说:"爷爷,我想你老人家,阿爸不让我来,我骑豹偷偷跟来。我阿爸要把我送回去,要打我,多亏了众将给我求情,我才看见了爷爷。爷爷我跟你去长安,早晚侍候你老人家。祖孙两个人在一起,省得爷爷寂寞,孙孙也长长见识,岂不是比在家里好!"夹谷清连说:"好!好!"孩子高兴地说:"爷爷你告诉我阿爸吧!不然,我阿爸还是让我回家。"众人见祖孙二人亲密的谈话,都笑了。左平章说:"你们众人还年轻,没有我这个岁数,也没有我这个感觉,人人都是对儿子严,对孙子宽,眼见要一撮黄土,埋葬了自己。见到隔辈人,好像有了童心。俗话说:'儿女情长,英雄气短。'此之谓也。"左平章放下小孩,让孩子坐在自己身旁,然后问夹谷后裔:"你带多少兵马来?有多少粮草?国王是怎样颁发的诏旨?"夹谷后裔说:"一切由大内相主持,孩儿只管把兵马带来,交与父亲,听父亲指示。兵马粮草,已具备了清册,我呈给父亲,父亲转交了蒲总管,请按册清查吧!大内相现在哪里,孩儿还要去见大内相,请问大内相多咱回国?"左平章说:"大内相正和李学士三位老英雄杯酒联欢呢?你去正好,结识李学士和三位老英雄!长长见识,要以晚辈之礼相见。蒲查隆你领他去罢。"

第三十九回　夹谷后裔畅抒大志　左平章议事拟奏章

　　话说蒲查隆领夹谷后裔来到李白、西门信、赫连嵩、瞽目神叟帐中，蒲查隆一一作了介绍，夹谷后裔以晚生礼拜见四人，谦逊再三，夹谷后裔给四位请安，谈起了沿途风光。李白见夹谷后裔谈笑风生，胜过乃父，不由得赞道："'长江后浪催前浪，一代新人换旧人。'听大将军您的谈吐，使我顿开茅塞，我乃是一介寒儒，真是孤陋寡闻，今后应当和一些英雄们结识，广开眼界，多受教益。"夹谷后裔说："李学士你太自谦了，愚父子自幼习武，虽仗武功博得了一些成就，也是恰逢其时，乱世用武，清时用文，愚父子竟文不通点墨，虽聘有名师，奈愚父子蠢笨，所学未几，和李学士与三位老英雄并座，谈文论武，真是自叹弗如，望洋兴叹了。惟有恳求李学士、三位世外老英雄，多多赐教。"蒲查隆听到夹谷后裔的话，不由赞美地说："夹谷大将军幼年从渤海国王南征北战，东荡西杀，立下了许多汗马功劳，身居虎征营大将军，武征侯，可以说，功高禄重，何以如此谦恭下士，并没有躺在父母功劳床上装公子哥儿。也没有夸耀自己的功绩，高人一等，使我莫解，请大将军谈谈你的抱负。使小可当座右铭，深诫自己。"夹谷后裔听了蒲查隆话，浩叹一声说："蒲查隆将军，你是渤海国后起之秀，哪里知道我的家史。我父亲同渤海国王大祚荣，乃是童年好友。大祚荣父亲不受唐朝册封，战死疆场，大祚荣年方40岁，子承父业，勒兵马，与唐决战，我的父亲夹谷清与大祚荣同仇敌忾，为了鞑靼，立足于白山黑水，奋起抗战。我当年是16岁，会骑猎，拉硬弓，手中一杆丈八蛇矛，凭着臂力过人，参加了保国卫民的争战。侥幸在战场没有死掉。后来成立了震国，又受唐朝册封为渤海国。愚父子凭仗武功，已是位高爵显。自思上不能以报国王大祚荣知遇之恩，下不能以酬渤海国百姓的'马放南山，刀枪入库'之望，真是食不甘味，寝不安席，哪里还敢酣睡在功劳床上。我这话就是愚父子的终生信念，海可枯，石可烂，愚父子志不可变。"又转向李白说："我们虽是化外小邦，自古来就以游牧为业，几千年来繁殖生息，在旷野在密林深处，无知无识，胡度年月，我们不会就是不会，不能硬装会。武可以保国，但立国之道，垂续几百年来，还是要用文。

汉武帝用董仲舒独尊儒教，汉族人有了新本。忠君，孝悌，礼义，廉耻，这是汉族文明的奠基，今后不知还发展到什么情况。我学过汉史，贵邦的唐太宗不是说过'以史为鉴，可以知兴替，'秦变法，商鞅因操之过急，结果是五车分尸。李斯变法，虽没有车裂，但后果也很凄惨。他俩的变法，在当时是顺应社会发展的，但顽固派不肯退出统治地位，新兴的合乎人愿的变法，被顽固派扼死在摇篮之中。我邦是吸取了汉人的先祖教训，即要适合人愿改变渔猎面貌。我们不懂这些生产技术，就要和外邦学习，丰富自己，来改造自己。孤陋寡闻的小小渤海国，只有向上邦学习，才可立于高丽、突厥、回纥之群。晚生斗胆乱言，请李学士垂教。"

李白听了夹谷后裔的侃侃谈话，既谦恭又正直，怎么也想不到，一个渤海国大将军，竟把汉族历史知道得这样透彻。李白说："诚如大将军所言，贵邦是吸取唐朝所长，补自己所短，这是为政者不可缺少的东西，渤海兴起指日可待。"蒲查隆听了夹谷后裔的一番谈论，真是佩服的五体投地。心中暗暗欢喜，要振兴渤海，夹谷清父子真是自己的大好臂膀。夹谷后裔又向三位老英雄说道："晚生久慕唐朝武功，恨无名师指教，久闻达摩老祖一苇渡江之后，汉族的武功，从马上长枪大刀，已进化到飞檐走壁，这正是武功的一大进展。新的成就，必然是高过旧的，万物规则不可改变。可惜我空有一身力气，却不会飞檐走壁，愿拜三位老英雄为师。但不知三位老英雄肯收我这不肖徒弟吗？"三位老英雄齐说："夹谷大将军，久战疆场，远近驰名，还学什么武功？"夹谷后裔说："三位老英雄，饱经沧桑，新兴的总会代替旧有的。依我看，马上的长枪大戟，总要被步战所代替。就拿近况来说，新兴的武术飞檐走壁，闪展腾挪，就胜过马上长枪大戟。我们渤海国会这样武功的真是寥寥无几，唐朝是大有人在，可惜的是唐朝不加以重用。清高的遁踪山林，好事的为侠为义，不平的占山为寇，英雄无用武之地。我这次回国去，面奏国王，大开招贤馆，不讲门第，不论种族，不管肤色，有一技之长的，愿展其技能，一视同仁，广开门路。做到人尽其能，物尽其用。改变渤海国贫穷落后面貌。这也是上邦前朝历史的教训。秦穆王用百里奚，秦始皇用李斯，秦国才吞并六国。我国国王如能听从，我甘愿为招贤馆当小卒。"

李白及三位老英雄听了夹谷后裔的话，频频点头称赞。蒲查隆听了，就像喝了蜜水，心中甜滋滋的。连说："大将军所言，正合我心意，我也写一份奏章，劝国王速开招贤馆，征命大将军主持。"李白和三位老英雄说："这叫'智者相见皆同'"。二人齐说："谬承老前辈夸奖，过誉了。小可岂敢比智者。"几个人正谈到兴浓，亲兵来说左平章请大将军及蒲查隆将军，大内相到大帐议事。蒲查隆说："我俩来时就没有看见大内相。"李白说："大内相说酒喝多了，去就寝。想是睡了吧。"亲兵不敢去唤醒，站着面带难色。夹谷后裔向蒲查隆说："你我同去请大内相。"二人来到大内相帐中，大内相将要脱衣就寝，见二人来到，忙说："二位将军来有事吗？"蒲查隆说："左平章说要议事，末将特来请大内相。"

大内相穿好衣服，随同二位将军来到左平章大帐。这时，蒲查盛、霍查哈、夹谷兰全已在帐中。夹谷兰正向小侄猛生问长问短，见哥哥进来赶紧请安问好。大内相拍拍左平章肩头说："你老兄有什么紧事，要连夜议事。"左平章说："为了钦差大人回朝去，好有交待，必须连夜议事。你这大内相，不知感谢我，怎么耽误大内相睡觉就要怪罪了。"大内相连说："不敢，不敢。"二人说笑一会儿。左平章说："你们都坐好。我们有要事商讨，各抒己见。一、现在我们要紧急兵进瞿塘峡葫芦峪，追回贡品。二、离开渤海国时兵不满千，将只有蒲查隆、蒲查盛，沿途收编了一批兵马将领，又从国内拨来了一千多兵，现在是兵马有三千多名，男女战将又添了十余名，队伍要整编。三、是要奏明唐朝皇帝，剿匪就要有战俘，投降的这些人怎么安排。四、大内相回国要把这些事具体实施，奏明国王。夹谷兰当记录，把我们的议事结论记录下来。"

众人商讨到了午夜，才一一定了下来。一、兵进葫芦峪，要立马经过短暂训练，先遣人探明山势，分化敌人；二、兵马整编将渤海拨来兵马与先来的及收降的混合编制，定出各联营都掌管，本营大掌管人选及官衔；三、奏明唐朝皇帝奏疏，由蒲查隆执笔，派王常伦去长安找大门艺转奏；四、回报国王由大内相奏明。左平章同大内相二人在记录笺上签了字。"明天早饭后宣布。"众人各自归寝。

翌日早饭后，传齐了兵马，高筑点将台，左平章、大内相、大将军步入台上，吹响了牛角号。一声锣响，全场寂然，肃穆恭立。左平章首先说明了赴瞿塘峡葫芦峪剿匪，追回贡品，要同心竭力，军位的建制，为了适应这一需要，先整编训练，将领的人选，要按才分派。从渤海国新来的兵马，与先来的混合编制。恪守在登州颁发的朝唐临时军令，严肃军纪军容，接着发布队伍建制和将领姓名。发布完了，各将领分别整

第三十九回　夹谷后裔畅抒大志　左平章议事拟奏章

241

顿自己统辖队伍。又请赫连老姐妹俩去海湾岛接管赫连嵩职务,名为留守参赞。一切分派完了。又吹起号角,解散了兵马。左平章、大内相回到大帐合议写奏章,及奏明渤海国王奏疏。唤来了蒲查隆告诉了内容,蒲查隆回帐去,霎时写好,呈交大内相、左平章过目。只见奏章上写:

渤海国朝贡使臣左平章、夹谷清跪请圣安。

前奉钦旨,命追回贡品,再赴长安亲见。臣奉命后,派人四出查访,侦悉系瞿塘峡葫芦峪贼首罗振天率众劫去。该匪首在离登州百里之遥,五顶山设有分寨。大寨主绰号花和尚,系释教中僧人,法名悟真,大肆抢劫。在双兴镇强抢良家少女,被臣暗访女将赫连英巧遇,路见不平,回报小臣,削平五顶山贼巢。大寨主花和尚悟真被擒时,带重伤,奄奄一息,在囊中搜出湄沱湖产夜明宝珠一颗,纯系贡品。该贼在垂死前,念念不忘葫芦峪罗振天替他报仇。事隔百日,葫芦峪贼首果然派他儿子罗棰假冒官兵,来劫臣营。被臣识破贼人诡诈,出兵击之,贼首带伤落荒逃去。捕捉贼卒十余名,供认替花和尚悟真来报仇,并说明劫贡品,掳去张元遇囚入水牢。臣想贼首盘山居险,有贼众万余人,其势猛又俱系亡命之徒,带来三千多名骠悍善战健儿,要克敌制胜。但战端一起,贼人有愿降者,有被俘者,当如何处理?粮草器械,应如何接济?以助臣战。恭请圣谕颁诏,臣待命奉行。附呈臣扈从建制恭请圣览。渤海国朝唐使臣左平章夹谷清某年某月某日。

附:建制、将领姓名

命名:渤海国朝唐使扈从虎贲军大本营。

本大营建制:总管二人:蒲查隆、蒲查盛,总监军事权;将军职衔枢密处:侍从25人,都掌管一人:夹谷兰(女);都将官衔总办处:侍从125人,都掌管一个:霍查哈;都将官衔战报处:侍从25人,大掌管二人,冰雹花(女)、冰凌花(女);郎将官衔朗中处:侍从25人,大掌管二人,冰坚花(女)、冰实花(女);郎将官衔侍从处:侍从25人,大掌管二人,赫连文(女)、西门亚男(女);记名别将官臣通书使一人:王常伦;记名别将官衔 参赞三人:赫连嵩、西门信,瞽目神叟;无官衔侍从护卫七人:赫连武(女)、赫连豪(女)、西门亚夫、左丘明(女)、赫连杰、拓拔重生、西门再生、夹谷猛生。以上是大本营建制,男136人,女110人,将军二人,都将郎将四人,记名别将三人。共246人。

联营建制:645人为一个联营。每个联营,有五个本营,每个本营，有五个分营，每个分营，有五个伍，每伍五人，既五伍为分营，五分营为本营，五本营为联营。从分营掌管二人，本营大掌管二人，联营都掌管二人。大本营不限联营多少。但我来朝的是五个联营，为数135人，联建管二人在编内。五个联队为都掌管官衔为都将，正：迟勿异、拓拔虎、东门豹、赫连英（女）、东门芙蓉（女）；副：呼尔哈、博那哈、库从轻呼、勃逢莲（女）、哈达芙蓉（女）。先遣营大掌管：上官杰、万俟华（女）。官衔为别将、联营都将五名，郎将五名，男六人，女四人，先遣营记名别将二名，男一，女一。

五个联队共人数385人，先遣营135人，总括渤海国扈从虎贲军人数：大本营246人；联营3385人；先遣营：135人。

除使臣、左平章和夹谷清外总数为3766人。

左平章、大内相二人相互看完奏章，命交夹谷兰誊清二份，一份交王常伦送到长安找大门艺捧呈皇帝，一份交大内相奏明渤海国王，并给大门艺作书。告诉他奏章要越过杨国忠，以免节外生枝。誊清就让王常伦起身。各联队兵马整编好了，加紧训练，启奏章批回，就兵进瞿塘峡葫芦峪，告诉蒲查隆等练兵期间，可以便宜行事。蒲查隆退了出去。大内相说："诸事已安排就绪，明天交给我奏章，我要回朝复命去。大将军夹谷后裔保着，谅无意外，左平章你看怎样？"

第四十回　李太白星驰回长安　大门艺托转上奏章

话说大内相对夹谷清说："要在明天启程，返回渤海国。"征求左平章是否同意，左平章摇了摇头说："钦差大人，又何必忙在一时，明天传书使王常伦就可以去长安。他是飞毛腿，绰号千里追风，数千里之遥三天可到，再加上转奏日期，有半月就可回来。你等到圣旨来到，看看是如何批示，也好把皇帝圣谕转奏国王。你在这期间也不参加练兵。夹谷后裔做监察，也可省掉我一番心思。等到兵进葫芦峪计划实施。兵书有言：'知己知彼，百战不殆'，什么'运筹帷幄之中，决胜千里之外'，你我用兵多年，真的年已老迈，就栽在山贼手中。一、追不回贡品，无法去长安朝见，也丢失渤海国威名；二、贼人巢穴，险恶异常，一夫当关，万夫难入，凭仗武功，要想剿平山寨，敌众我寡，以一当十，谈何容易。我想必须智取，但山势凶险，人生地不熟，苦无良策，本待向你这钦差大人求教，哪知你竟要拂袖而去，使我大为怅惘。"大内相说："左平章现是海外一字平肩王，手中有国王空头诏书，写上几行罪名，把下官推出开刀问斩，下官死了，还不知是哪庙鬼呢，敢不懂左平章话吗？""下官言重，遵台命就是了。"二人互相说笑了一阵。大内相说："李学士不是要回长安吗？让他同王常伦同行不是很好吗？"左平章说："王常伦是飞毛腿，李学士如何赶得上。"大内相乐了说："你真是聪明一世糊涂一时，大营中现有几匹宝马良驹，备上一匹让李学士骑上，王常伦当个伴到长安，李学士把他送到大门艺处，省得东打听，西询问，惹得众目睽睽岂不是好。"左平章说："好是好，一、我们安全地把李学士送回长安，做到仁至义尽；二、李学士回朝后，就是不见天子，也可托好友和贺知章等人，也能暗暗在皇帝驾前说些好话。但不知李学士能否有乘千里马本领。"大内相说："这好办，再说，晚饭时，乘酒兴问问。"

两个老战友又是连襟兄弟，谈东扯西，已是夕阳西斜。命侍从护卫告诉厨房，备办一桌酒席，霎时做好。抹罢了桌椅，杯盘罗列，请来了三位老英雄、李学士。左平章同大内相坐到主席，宾主开杯畅饮。酒过三巡，菜过五味，大内相举杯说："左平章眼下就要兵进葫芦峪，三位

比剑联姻

244

老英雄已当了参赞,随军前往。因李学士是唐朝命官,又是天子宠臣,不敢仰攀,不知学士有何主见?"李白干了酒,侍从护卫又给斟上一杯,李白说:"学生自从白马寺被二位总管救出之后,来大营一百多日,看到了贵邦虎熊之师,真是兵精将强,此去葫芦峪,定当旗开得胜,马到成功。追回贡品易如反掌。学生听了大内相、左平章教诲后,已萌回长安之念,因连日二位宰辅有事,学生不得启齿,既是左平章要兵进葫芦峪,学生就要辞行了。"左平章、夹谷清说:"既是学士要回长安,我等派人护送,备一骑良驹,三四日就可到长安。不知李学士可习惯骑马吗?"李白哈哈大笑:"我在洛阳时候,放荡不羁,除喝酒外,就很爱骑马。若讲骑术,我是不敢和贵邦将军们比,若是一般人,还可说比得上。"左平章说:"我不是下逐客令,明天王常伦去长安送奏章,正好同李学士同行,给李学士当个伴当。到长安请学士屈驾到大门艺处,暂住几时可好,盘桓几天。想大门艺不敢慢待学士,并请学士教他。"李白连说:"不敢当,不敢当。"三位老英雄每人给李白满上一杯,李白杯杯皆干。三位老英雄说:"李学士回长安,不知何日再得相会,我们是相聚日短,离别日长。今宵是尽欢而散席。"

众人直饮到午夜,各自归寝。夹谷后裔因父子不能同席,找到霍查哈二人喝了起来,谈些朝唐波折。喝完酒就寝在霍查哈处。王常伦来找蒲查隆,蒲查隆告诉他到总务处领了银两,又到枢密处领了护身文照。左丘清明来说:"左平章吩咐王常伦保护李学士同去长安。骑大将军夹谷后裔宝马,名叫乌獬豹,日行千里,王别将你步行能赶上吗?趁早请总管各出一匹好马吗?"蒲查隆笑了说:"你还不知道王别将是飞毛腿,绰号是千里追风。保管拉不下。"左丘清明望了望王常伦,似乎不信,竟掉头去了。蒲查隆让王常伦去到左平章大帐听分派。自己协同蒲查盛去到教场练兵。王常伦来到左平章大帐,由侍从护卫报告了左平章,让他稍等。霎时由左平章、大内相和三位老英雄陪同李白走出大帐,马匹备好,侍从护卫赫连杰牵着乌獬豹。李白左看右看,不见二位总管,忙问:"二位蒲查将军哪里去了?"侍从护卫说:"去教军场了,看大将军练兵呢!"李白说:"请左平章代我向他二位谢救命之恩吧!容日后待公凯旋去长安,学士在十里长亭恭候大军。"向左平章、大内相及三位老英雄每人扫地一躬,众人还了礼。众人送到大营以外,依依惜别。左平章说:"送君千里,终有一别。请学士上马赶路要紧。"李白翻身上了马。赫连杰交过丝缰,洒泪别去。众人回到大帐,谈到李白豪爽,没有

第四十回 李太白星驰回长安 大门艺托转上奏章

官场俗气，与权奸落落难合，久沉官途。众人不胜嗟叹。

再说李白同王常伦乍行时放慢缓行，李白问王常伦："现居何职？干了多长年月？"王常伦说："大本营传书信，记名别将，是从五顶山投降过来，还不到二百天。蒙左平章垂青提拔，愿以身相报，赴汤蹈火在所不惜。"李白点了点头，连说："君正臣贤，只有英雄豪杰来归，愿为驱驰。"又问王常伦："听说你是飞毛腿，绰号千里追风，我骑的是大将军千里马名叫乌獬豹，你能赶上吗？"王常伦说："我和马赛赛跑，请学士你加上一鞭。这是阳关大道，千里内并无岔路。"李白真的加上一鞭，这马前腿直，后腿弓，咬铜环，瞪双眼，鬃尾摇拂，四蹄登开快似风。夕阳西坠时，已跑出九百多里，到了一所繁华镇上。二人来到了客栈，管栈的见二人风尘仆仆，知道是远道客商，让到上房洗脸漱口，沏上香茶，端来了酒菜。李白虽会骑马，但旷废日久，颠簸了一天，已累得筋疲力尽，见了酒真像是见到了灵丹妙药，就狂饮了起来。王常伦虽是步行，因他天生的飞毛腿，习以为常，不觉疲乏。李白已喝了三杯酒，精神倍增。看王常伦仍然坐在旁边，就说："王别将请来喝酒。"王常伦说："有公务在身，不敢喝酒，李学士自饮吧！"李白摇了摇了头说："一纸文书，还怕丢了不成，快来喝吧。"说着给王常伦斟上一大杯，连说："请！请！请！"王常伦见李学士给斟酒，不能拒绝李学士颜面，遂慢慢呷饮。李白说："我今天总算开了眼界，别将的千里追风的绰号，真是当之无愧。我的千里良驹，真的没有拉下。怪不得左平章任命你为传书使，可谓知人善任了。"王常伦笑了笑，这时堂官已端来了热腾腾粳米饭，二大碗鱼汤。王常伦见到汤饭，喝干了杯说："李学士自饮吧。我得吃饭。"李白说："也好。"李白又喝了十余大杯，用点饭和衣而卧，酣睡去了。王常伦唤来堂官，撤去了杯盘，关上门也和衣而卧。

醒来时已是金鸡三唱，王常伦告诉管槽的把马喂好，唤来管栈的倒来净白水，洗罢了脸。李白醒来问："到什么更次？"王常伦说："将敲过四更。"李白坐了起来，说："王别将起得好早，已收拾利落，预备上路吗？"王常伦说："等学士醒来，要商量启程，不知学士意下如何？""行。"李白站起身形，净了面，唤来了管栈，算还店账。趁着微明，走出店房。李白翻身上了马，加上一鞭，奔上了大路。

二人饥餐渴饮，晓行夜宿，第五天中午到了长安。王常伦是初到长安，经过闹市，见推车的，挑担的，骑马的，讨饭的，推着小车卖蒜的，挎着篮卖咸鸡、鸭蛋的，三教九流，五行八作热闹非常。李白催马直奔大门艺府第,大门前下马,王常伦接过了马缰。李白趋步上前,向门军问:"你家侍卫将军可在府上?"门军看李白满面灰尘知是远来的。问:"有事吗?"李白说:"请转告你家侍卫将军。就说李白同渤海国朝唐使臣左平章夹谷清派人来投书。"门军听说有渤海国朝唐使臣派人来投书,哪敢怠慢,说:"请稍候,我这就回禀。"急急奔书房。在门外喊了声"报。"只听屋中说了声"进来。"门军进入书房,连说:"侍卫将军,朝唐使臣左平章派人来投书,什么李白,要见将军。"大门艺听了李白不由一愣,李白分明是李学士,怎么能替左平章投书,事出蹊跷。遂问道:"来人可是渤海国人?"门军说:"都是汉人,一个年约四十岁的文士,一个年约三十岁的武士,现在门外等。"大门艺说:"请他俩进来。"门军来到门外说:"请二位进书房。"王常伦把马缰交给门军。李白是轻车熟路,直奔书房,王常伦跟随在后。二人来到书房门前,见大门艺站在门口等候。李白走向前说:"侍卫将军可还认识李白吗?"大门艺一见是李学士,忙向前躬身施礼:"不知学士光临寒舍,有失远迎。门军只说李白,我想李学士,已辞朝去。以为是渤海国来的汉人,故在书房门外等候,失礼了。请!"

李白哈哈笑了。然后就把什么战天门岭,捉住了朝鲜来劫贡品的两员大将,战乌拉,智骗海船,三战海湾,收些能征惯战男女猛将,年轻有为赤胆忠心,左平章倚为股肱,就是学生也是蒲查二位将军救了性命,才结识了左平章、大内相、夹谷大将军和一些世外老英雄等事说了一遍。"今天枉顾贵府,好像比以往亲切,也是由蒲查二位将军促成。我们还是说正文吧。"然后又把奏章之事说了一遍。"侍卫将军,打算怎么办?"大门艺说:"事有凑巧,左相杨国忠抱病十多天没有上朝。一切奏章,由贺内翰转奏。高力士在监造玉宇。这二人都不在天子驾前。明天早朝,我把奏章交给贺内翰,再听圣谕。久闻李学士与贺内翰是知己,能否从中周旋?"李白笑着说:"贺知章秉性刚烈,乃是忠直之臣,见到渤海国使臣奏章,定能面呈圣上,陈说利害。不用斡旋,也能济事。我这次回京并无人知晓,我要深居简出,在你府上藏些日子,不知侍卫将军肯容纳否?"大门艺连说"欢迎。"这时从人已摆上了酒席,推杯换盏,开怀畅饮。王常伦因已将事办完,又经大门艺频频劝酒,也连喝了三大杯,就停杯不喝了。从人端饭来,王常伦用罢了饭,坐在一旁。大门艺看王常伦面带倦容,遂说:"王别将鞍马劳顿,辛苦了!"李白哈哈大笑:"要说鞍马劳顿,是向我说吧!王别将是两腿走来的。"大

第四十回 李太白星驰回长安 大门艺托转上奏章

247

门艺说:"按左平章书札年月日算来,今天恰是五天。千里之遥竟是走来的。每天行程千里,除非是飞毛腿,是不能胜任的。"李白说:"对了,王别将是飞毛腿,绰号千里追风。"大门艺点点头:"有奇人必有奇能。王别将你一定有惊人武功。"王常伦说:"粗通些,马上步下水旱两路笨功夫。"大门艺问:"你使的什么兵刃?"王常伦说:"鸳鸯剑。"大门艺说:"让我看看。"王常伦说:"卑职放在门房。"大门艺让从人从门房拿来了宝剑,拔剑出鞘,是两口剑,入鞘合而为一,出鞘一分为二,只见光华闪闪。遂说道:"这是一口宝刃。"将剑入鞘,问王常伦朝唐将士的武功。王常伦说:"这些人各个身怀绝艺,论力气可力敌万人,论武功要夺武状元易如反掌。都是些能征惯战的骠悍猛汉,每人有长短二样兵刃,男的不用说,就拿两名女都将来说,赫连英两枝画戟名盖山东,现在使五钩神飞枪是一门独门绝艺,短兵刃练五勾枪。东门芙蓉手持黄金棍,当年威振突厥,现在也使五钩神飞枪了。这二位女都将坐骑都是宝马良驹,要不然左平章能任命二员女将当联营都掌管吗?"大门艺听了满面笑容说:"常言说'英雄生在四野,豪杰长在八方。'这话看来不假。我很想早日结识这些英雄,不知能否有缘相见。王别将你太辛苦了。"命从人领到客房去休息。王常伦辞别大门艺,随从人来到客房,真是疲乏已极,解衣就寝。李白已是醉眼朦胧说:"侍卫将军,咱们也别喝了,明天早朝你还要面圣,我也要好好睡一觉。就在你书房下榻吧!"从人撤去了残席,抹罢了桌椅,服侍李白睡下。大门艺回到内宅安歇。

次日五鼓,大门艺早早到了朝堂,朝房内鸦雀无声,不由想起"铁甲将军夜渡关,朝房待漏五更寒,日出山高僧未起,算来功利不如闲。"自己来唐朝数年之久,不知有多少'待漏五更寒'了。又想到左平章年过古稀,为渤海国立下汗马功劳。这次来朝唐途中受了多少风险,从无怨言。并收容了一批能征惯战男女猛将,一心为渤海国富强。这样渤海开国老前辈,已是屈指可算了。他正在思潮起伏,猛听喊了声:"侍卫将军早到了。"定睛细看,正是贺内翰。站起身形说:"卑职早来,正是静候贺内翰。"贺知章忙问:"有事吗?"大门艺从袖内取奏章,又从兜囊中取出夜明珠,交予贺内翰:"请大人面呈天子,来人听圣谕。"贺知章看了奏章又看了夜明珠,说:"贡品贼人已有下落,不难戡除,贡品可指日到京。一会儿天子升殿,我先把这一奏章呈天子御览。"大门艺说:"足见老大人对外藩关心。"贺内翰说:"外藩是唐朝的屏障。四海平靖，外夷汉人混为一家，免起战端。黎民百姓安居乐业，繁衍生息，乃是大快人心好事，怎能置若罔闻？"

这时文武群臣齐集朝堂，静鞭三响，九五登殿，内侍臣卷起帘笼。贺内翰跪倒金殿下："有本启奏。"把渤海国朝唐使臣奏章展放龙书案上，又把盛夜明珠盒放在天子面前，有麻蛋大，玄宗见了更加喜形于色说："朕宫中所有宝珠，都为逊色了。这颗宝珠可为群珠之冠，不幸落于贼手，今日才能见到。可恨崔忻竟逞强逃回长安丢了贡品，罢官免职罪有应得。只这一颗宝珠，足见渤海郡王来朝之虔诚。爱卿此奏章所请之事，一一准奏。"贺知章请求郎将崔忻官复原职，戴罪催赴粮草。渤海国使臣其名不正，加封使臣为剿抚元帅，名正言顺，师出有名。贡品指日来朝。玄宗点了头："爱卿你说哪个亲王，权当监军。"

贺内翰奏道："'知子莫若父'，臣不敢言。"玄宗猛然想起西宫梅娘娘从前深得帝宠，生有一子名炫。自从杨贵妃得宠后，梅妃冷落西宫。李炫年已23岁，虽封晋王，并无实权。此子才貌出众，受过高人指教，名人传授，文武全才，何不让他去闯练闯练。想到这里，抓起紫毫，写了一道诏旨，让发印官盖上国玺。玄宗问："贺内翰，让来使来金銮殿接旨。"贺内翰奏道"来使官职微小，不敢上殿面君，是侍卫将军大门艺交臣转奏的。"玄宗唤大门艺上殿，大门艺跪伏金殿。玄宗说："你捧着朕旨，去见渤海使臣，朕加封你为渤海国郡王使节，武卫将军，朕命十王子晋王李炫为监军，郎将崔忻为催粮官戴罪立功。接旨后即刻动身。朕已封朝唐使臣左平章为大唐南征元帅。"

内侍臣把圣旨交给大门艺，退下金殿，手捧圣旨，暗说天遂人愿。玄宗遂卷席散朝，众文武退出朝堂。大门艺暗暗告诉贺知章："李学士在卑职府中，不愿见人。"贺知章点了点头。大门艺捧着圣旨转回府，供入中堂。李白、王常伦为了急听信息，伫立中堂门外。待大门艺出来，李白先问圣谕如何，大门艺就把玄宗在金銮宝殿的御旨学说一遍，众人喜出望外，治办酒席。一为了给李白接风洗尘；二为了大门艺升官贺喜；三为了给大门艺饯行，一举三得。大门艺晋升为渤海国郡王使节，武卫将军。在全府沸腾之时，门将来报："郎将崔忻投帖拜见。"李白因不愿见人，躲到东书房。大门艺迎到仪门外，崔忻连说："恭喜，恭喜将军的升迁，也连及了卑职，得脱缧绁之苦。将军几时启程，卑职特来请教。"崔忻未等进客厅，就先讲了一套。二人来到客厅，分宾主坐好，大门艺说："我正想遣人去请郎将，正好来了。钦命紧急，明日

第四十回　李太白星驰回长安　大门艺托转上奏章

249

五更启程。舍下已粗备饯行酒,请郎将赏光。喝完酒再回府准备。"

二人正说着话,贺内翰陪晋王驾到。二人接到大门外,跪在尘埃,口称:"千岁、千千岁。臣接驾来迟,望乞恕罪。"晋王说声:"免礼。"二人站起身形,陪同晋王、贺内翰步入客厅。让晋王上座,贺内翰陪坐。晋王一眼看到了郎将崔忻,向着崔忻说:"恭喜你当上了运粮官。"崔忻说:"托王爷福。卑职在王爷麾下,今后定当克守职责。请王爷栽培。"晋王哈哈笑了:"哪里学会这些官腔,我听了好恶心。让你叫我李炫,你大约不敢,就叫监军吧。什么王爷、王爷,今后到军中你传我的话,管我叫监军,不准称王爷。"贺内翰笑着说:"王爷倒很爽快。"晋王说:"不准叫王爷,怎么贺大人也叫王爷,我总觉王爷这二字和一般人有隔阂,我府上人称王爷,我就不顺耳。告诉下人称晋王,把爷字取消。今后有了职名,直呼职名多顺当。我今天来是为了向钦差打听启程日期。"大门艺听晋王称钦差,连说:"晋王怎么称为钦差?"晋王说:"这是应当的,你是捧着皇帝圣旨,当然是钦差,我是监军,理当称钦差。所以我造府请命。"大门艺说:"晋王如此说来,岂不折杀小臣,小臣正想去王府请命,不期晋王驾到寒舍。"晋王笑着说:"我不稀罕这一套俗气。今后一定要免去官场这一套俗气。我方才说过,凭着一个人,为什么要和众人有隔阂,使人惧你权威,有话不敢讲。落落离群,落得孤独,这怎么能好?多咱启程?"大门艺说:"上命紧,预备明天五更启程。我有千里马,要早日赶到。监军可缓缓而行。"晋王说:"明天五更就好。我有骅骝驹,是西夏进贡的宝马良驹,谅不能把我拉下。"大门艺说:"监军不得把府上安置安置吗?"晋王说:"我母亲在宫中,有人侍俸,我去辞行就行。又没有老婆孩子,独身一人,说走就走。家中有人照顾。方才我进府时,看你府上热热闹闹是不是备下了喜酒,快拿来我喝两杯。完了我好到宫中辞行,看父王有什么教诫?"大门艺从人摆上酒筵,推杯换盏,酒落欢肠。晋王因要进宫辞行,饮了几杯说:"我已酒足,饭我不吃了,我这就到宫中去。辞别母亲父皇,你几位开怀畅饮吧。"

当时辞别人众人急赴宫中,由宫娥传报,晋王来见娘娘。梅娘娘听了喜上眉梢说:"让他进来。"晋王参拜已毕,宫娥捧上茶来。晋王说:"孩儿奉父皇之命,此去渤海国朝唐使臣处当监军,特来辞别母亲。"梅娘娘听了儿子要去当监军,不由得两眼垂下泪来说:"自从九岁,你那狠心父皇把你交给什么李靖去荒村野店学艺。一直去了12年。为娘的只有你这一个儿子，昼夜悬念。光阴易逝，12年后才归来。去时是无知孩子，归来已是21岁，壮壮小伙子。娘看了也欢喜。官封晋王，丰衣足食，何苦又来什么监军。胜了功高爵显，败了项上餐刀。尸横旷野，我儿还是不去为是。别的皇子，最晚的19岁结婚，你已23岁了，应当娶个妃子。娘深宫寂寂，你要有了妃子，娘就离开深宫和你住在一处，只盼含饴弄孙。我去奏明皇帝，撤去钦命。"晋王见母亲声泪俱下，遂说道；"母亲话，孩儿敢不听从，但母亲只恋孩儿围绕膝下坐享安闲，凭仗皇子晋王权威，饱食终日，无所事事，躺在先祖功业温暖床上，饱受清福，儿不愿为此，也不屑为此。儿但愿效先祖太宗皇帝，食不甘味，寝不达旦，孩不愿碌碌无为。母亲知书达理，当能体谅儿的苦衷，何必学村妇，恋恋不舍儿子，耽误了终身事业。儿此去当监军，可把我师傅12年的教益发挥出来。又可多和一些英雄豪杰磨炼，增长自己的知识，强似井底之蛙，坐井观天。儿年只有23岁，古语说：'男子三十而娶，女子二十而嫁，'娶妻日要在儿有了磨炼时，娶了能上马杀贼，下马读书，对翁姑孝顺，对丈夫要和顺的，能做贤妻良母的淑女匹配。除此外儿愿终身不娶。"梅娘娘听了儿子的谈话，不由皱起了眉头说："你的志向很好。但要求太苛太严，自古来哪有十全十美的事。希望是信念，是鼓舞人进步，但成泡影的事居多。"

　　母子俩正在谈话。宫娥来报："皇帝驾到。"梅娘娘整理了云鬟，拭去了泪痕，带同晋王来接圣驾。玄宗看梅娘娘背后贮立着晋王，就说道："我知道炫儿定来辞别他的母亲，我就来了。"梅娘娘把玄宗让入宫内，玄宗看宫内景物依然，只是自己久恋杨贵妃，冷落了西宫梅娘娘，触景伤情。玄宗坐在龙交椅上，宫娥捧来了香茗。玄宗慢慢呷饮。遂说道："炫儿，你从师学艺12年来，据你师傅说，你才思敏捷，朕今天当面考考你。三国时，曹植七步成文，作出了'煮豆燃豆萁，豆在釜中泣。本是同根生，相煎何太急'即景生情的绝妙诗句。你今天去当监军，把你的抱负作诗一首，不假思索地念来，朕亲自执笔记下。"晋王遂念出"钦命监军离乡关，功不垂成誓不还。劫贡贼囚授首日，鞭敲金镫凯歌还。"玄宗听罢，连声赞美："语气甚壮，也显露了你的才能志气，定当奏凯还朝，朕给百名御林军，当禁卫去挑选。帮崔忻催运粮草，常言说：'兵马不动，粮草先行'。各州府县，认为是渤海国人马观望不前，岂不误事。崔忻先祖有功于国家，世袭伯爵，朕不忍崔忻罢官丢职，有负先人，故让他戴罪立功，望你好自看待。你要和元帅，多领

第四十回　李太白星驰回长安　大门艺托转上奏章

251

教诲，少摆皇子、晋王、监军资格。须知左平章夹谷清是渤海国开国元勋，身经百战的耆老，饱经沧桑，要以师事之。"晋王说："儿臣谨记皇父教诲。"玄宗当年也是英勇有为，韦氏乱政，玄宗是睿宗次子，睿宗犹疑不决，玄宗伸张正义，推翻韦氏。睿宗逊位，应传位长子，其兄贤，对睿宗说："儿才不足，愿让位于二弟。"玄宗初时很英明。封渤海，定高丽，服契丹，平回纥，平定武则天当皇帝时骚扰，后来宠信了杨贵妃，朝政颠倒。古语说："仙鹤头上血，马蜂尾上针，两般不算毒，最狠妇人心。"玄宗不知不觉中沉迷酒色，国事听凭奸贼杨国忠，宫事交给高力士。这三个奸贼、贱婢，得宠而骄，狼狈为奸。杨贵妃凭仗腰肢扭摆，媚态百生，秽语浪言，博得宠爱，哪管什么社稷，黎民百姓，把玄宗弄得神魂颠倒。最狠妇人心说的是这一般下流女人，如飞燕，褒姒、西施、杨贵妃、美而淫乱。有人大写：燕瘦环肥，是汉族历史上四美，实是四害。这四害在当时是马蜂窝捅不得。

闲话少叙。玄宗转面对梅娘娘说：朕有十子，此子最幼，让他去闯练闯练，卿不要依依不舍。"梅娘娘低垂面庞，饱含眼泪，不敢掉下，用手帕拭去说："臣妾年近四十生孙心切，据炫儿说三十而娶，岂不误事。望万岁早做主张。"玄宗听罢说："我今天早朝看渤海使臣奏章，女将很多，有渤海人，有汉人，强似大家闺秀，描龙刺凤，弱不禁风，让皇儿到那里去物色吧。"玄宗对晋王说："你去到御林军挑人吧。这就算辞行了。"晋王叩别了父母，到御林军挑选了一百名精壮骠悍的御林军，带到府上。又找来了郎将崔忻，告诉他领勇士，催运粮草，直解军前，不得误事。又唤来了自己奶母和奶爷，伴自己同行。府上事务，交给老太公总管。收拾好了衣物，让宫人刷洗骅骝驹、金精双峰千里驼。一切准备停当，只待明日五更上路。

第二天黎明，晋王早早起来，洗漱完毕，吃罢了早饭，崔忻点好了100名御林军，从人备好骅骝驹、金睛双峰千里驼。晋王马鞍鞒上挂着方天画戟，腰佩舞将宝剑，跨上骅骝宝驹，奶母、奶父夫妻俩双双骑上双峰千里驼。晋王告诉郎将崔忻，我们是宝马、宝驼可日行千里，你同御林军直奔瞿塘峡吧！一抖嚼环，竟奔大门艺府第。到了门前，只见大门艺同一壮士端坐马上等候。晋王说："有劳久等了。事不宜迟，启程吧！"五人各催坐骑向五顶山大营奔去。

再说五顶山大营，自从李白、王常伦去长安后，逐日练兵，以夹谷后裔为监察，蒲查隆、蒲查盛亲自教练，什么排兵布阵，什么佯攻实取，什么以逸待劳，什么避其朝锐，攻其暮怠，攻坚战守……一一教练，讲解透彻，举例中肯。健儿们学得起劲，将军们学得愉快，掀起一片练军高潮。女兵们在练兵休息时，嘻嘻哈哈，左丘清明对冰雹花说："战报处大掌管郎将大人，我们多咱去瞿塘峡葫芦峪同贼人交锋啊？"冰雹花反唇相讥道："宰相门前七品官。你个侍从护卫大人怎么还问小小郎将。"二人正在说笑，赫连英走了过来说："三个女人凑一搭，活像一群老鸭，嘴笑不算，乘间用手抓。"姑娘们听了，哈哈大笑。那边三个孩子凑在一起，也谈得热火朝天，猛生对重生说："你真神气，坐马是老虎，保驾是黑鹰，手中兵刃，是带练落叶金风扫。"重生一跳多高说："你比我更神气，坐骑是金钱豹，保驾是金毛狮子獒，手中刀刃是带练孟劳宝刀。"再生说："你俩都比我强，我的坐骥是黑熊，保驾是小猴，手中兵刃是鱼肠剑，较你俩逊色多了。"三个孩子，他说他神气，他说他更神气。正在争执不下，蒲查隆走了过来，三个孩子脖子粗脸红地说："请总管将军评评理。"蒲查隆说："你三个都很神气，三千多人中，都不配跟三个比。左平章官大年老了，你三是孩子，等到左平章年岁，比左平章官还大，别人都是骑马，你三个骑虎、骑豹、骑熊，保驾的是黑鹰、金獒、小猴，手中都是宝贝兵刃。别的将领有这样齐备吗？你三个多神气，我看到就羡慕眼热。"三个孩子乐得跳脚说："你是总管将军，我们还眼热呢！我三个多咱能当总管将军呀！蒲查将军你几岁？"蒲查隆听了孩子们的话，说："我今年25岁，快长吧，到我这个岁数，就当将军了。"孩子们算了算说："太慢了，明天当将军多美呀！"

教场中一片火热的练兵景象，触及了王常伦眼睛，高呼："诸位辛苦了！"众人被喊声惊起，见乌獬豹如飞而来，鞍鞯上正是传事使王常伦。众人齐呼："王别将回来了。"王常伦勒住马，跳下马来，向众人行了军礼——请安，蒲查隆问："你带圣旨吗？"王常伦说："圣旨在后面，是国王殿下大门艺捧旨前来，我们的左平章任命为唐朝平南剿抚元帅，派十皇子李炫为监军，崔忻为催粮官。晋王已到双兴镇命卑职来报，迎接圣旨。"蒲查隆听了王常伦话，知道自己胞兄捧圣旨前来，为之喜，倘自己胞兄道破自己女扮男装为之忧，故作镇静说："我去回报左平章，你休息去罢。"蒲查隆步入左平章大帐，请安说："恭喜左平章，已任命为大唐国朝平南剿抚元帅，圣旨已到双兴镇，由渤海国王子亲捧圣旨。皇子李炫为监军，崔忻为催粮官，立等左平章接旨。"左平章说："你怎么知道？"蒲查隆说："王常伦已经归来，向卑职说的。谅无舛错，请左

第四十回　李太白星驰回长安　大门艺托转上奏章

253

平章设摆香案，接旨为是，再命王常伦返回双兴镇，禀说一切停当。请王子大门艺，捧圣旨前来，十皇子为监军，当必伴同来五顶山。请左平章示下，卑职好去安排。"左平章看了看大内相说："老兄你说当怎样？"大内相说："不管怎样，有圣旨就当接旨，来监军就当欢迎监军。况且是十皇子殿下。大门艺捧旨前来，乃是喜兆。快摆香案，命王常伦急去回报。"左平章吩咐："预备香案。"告诉蒲查隆让王常伦返回双兴镇报告一切。蒲查隆步出大帐，告诉了王常伦。王常伦快马加鞭，到了双兴镇，向大门艺禀报了一切，大门艺说声："启程。"人马逶迤直奔五顶山。他们都是宝马良驹，片刻即到。十皇子李炫见旌旗招展，牛角号声吹响，加之山谷回声娓娓动听。十皇子李炫问大门艺："左平章竟不失君臣大礼，在欢迎钦差呢。"大门艺说："也是欢迎监军。"

二人催马来到香案切近，见众人跪伏于地。二人跳下马来，大门艺捧着圣旨，供在香案以上，与左平章、大内相先行子侄之礼，然后又同大将军夹谷后裔叙了兄弟之情，展开圣旨朗诵："钦命夹谷清为大唐国朝平南剿抚元帅。派晋王李炫为监军。崔忻戴罪立功，为催粮官。派御林军一百名协同办理。贼众愿降者，收编麾下，俘虏者择其善者而用之，其不善者而杀之。投降与俘虏，善者则愿归乡，支给派费，任其归乡，以示皇恩浩荡。年月日（国皇）"夹谷清、大内相、大将军相继三拜九叩。大门艺又介绍过监军十皇子李炫，左平章、大内相、大将军，要行君臣大礼，被监军伸手挽起说："我是监军，与元帅同僚和大内相、大将军是属一体，为什么行大礼。皆不须行大礼。"彼此抱拳深深一躬。让到大帐，敬之香茶。

大门艺急待看蒲查隆、蒲查盛各个都掌管，辞别监军、大内相、大将军，由小孩猛生领路，直奔总管帐房。小孩猛生说："我先到帐外回禀一声，请钦差稍候。"大门艺只好停住脚步。小孩在帐外喊了声"报告。"蒲查隆说："进来。"小孩推门而入说："钦差要见二位总管将军。现在门外。"二人明知胞兄来到，互相挤眼睛，意思是给他来个赖账，不认兄妹。遂接到帐外说："不知驾到，有失远迎，望祈钦差大人恕罪。"说罢就跪倒尘埃。大门艺说声："免礼。"二人站起身形，陪同大门艺步入帐房，落座后侍从献上茶来。大门艺边喝茶边端详二位总管将军，酷似自己胞妹红罗女、绿罗秀，但是天下人，同貌者甚多，不敢冒然相认。遂问道："听别将王常伦说，二位战功赫赫，我特来拜见，愿闻其详。请二位先说什么时候参加虎贲军，怎地当了总管。我离渤海国时,是我的胞妹红罗女、绿罗秀执掌,虎贲军营乃是我父王亲兵,怎么你二人竟胜我的胞妹。把你二人兵刃拿来我看。"二人只好勉强地递过兵刃。大门艺一看是莫邪宝剑,碧血玲珑剑,不由得竖目横眉,说了声"胡闹。"蒲查隆、蒲查盛已知道自己胞兄认准了自己,仍装糊涂说:"钦差大人为什么说胡闹,卑职不懂。莫非说此宝剑是令妹之物。错疑我俩是令妹女扮男装吧,其实不然。钦差大人错疑了,天下人相貌相同者很多。"弄得大门艺也不知所措,冷静地想了想,一人相貌相同尤可,岂能二人都相同,况且兵刃系二妹心爱之物,怎能给予他人。就是二妹出嫁了,那么巧二人相貌竟似二妹相同,这两个丫头一定恃着父宠女扮男装,遮蔽众人耳口,改名蒲查隆、蒲查盛,真乃可恶。想到这里,气往上冲,大喝一声:"你俩须知我是渤海国王王子,现任唐朝皇帝驾前侍卫将军,渤海国驻唐使节,钦差大臣,这兵刃分明是我胞妹红罗女、绿罗秀心爱之物,是她俩师傅只手托天老道姑所赠之物,落在你手。说不实言,我吩咐一声,砍去你俩脑袋,快说。"二人见大门艺动了肝火,低下头来说:"何必动怒,小妹是奉父命如此乔装,想哥哥亦当依理而行,莫要声张。"大门艺见二个妹妹讨了饶,又听说奉父命乔装,长叹了一声说:"胡闹。"低头不语。红罗女、绿罗秀挨近大门艺说:"我姐俩是为哥哥久无音信,父亲日日悬念,无以慰亲心。恰好崔忻,捧旨封父王。我姐妹乔装打扮,来寻哥哥,哥哥却动了肝火,大发雷霆。"说罢姐妹二人扑簌簌落下泪来,跪在哥哥面前,泣不成声。大门艺看到了两个妹妹跪在自己面前,不由得想起前几年在忽汗湖同母亲张网捕鱼归来,两个如花似玉的小妹,在湖边等待的情景。前尘往事,兜上心头,也落下了伤心泪说:"既承你俩好心,来寻哥哥,为什么早不说出,东搪西塞呢?"红罗女说:"除了夹谷兰知道我俩真面目外,再无人知晓。当初曾蒙哄过父王,要不父王能放心我俩女扮男装,万里寻兄。我俩以为和哥哥相离数载,试试能否蒙哄哥哥。"大门艺扶起了两个胞妹,徐徐说道:"你俩已见到了哥哥,今后当注意。"红罗女说:"哑谜仍要打下去,找回贡品,朝唐回渤海后,再显本来面目。哥哥一定要成全小妹把哑谜打到底。不然夹谷老伯父年逾古稀,把重担都放在老人家身上,妹妹不忍,哥哥你看如何?"大门艺听了妹妹讲的通情达理,低下头沉吟片刻说:"也只好如此。"又担心地语重心长说:"你俩标梅期又过,袖大襟长,尚待字闺中,处身千军万马营中,被人识破,倘有流言飞语,父王颜面何在?"红罗女、绿罗秀一再表示:"父兄之命不假,决无

第四十回　李太白星驰回长安　大门艺托转上奏章

儿女情长。"大门艺点头赞许。又问了些众武将本领，红罗女、绿罗秀告诉了哥哥众将领武艺超群，赤胆忠心。又说此去瞿塘峡葫芦峪，必能杀败贼人，追回贡品，到那时兄妹、哥嫂团聚一处，该有多好。兄妹还在谈心，猛生又闯了进来说："请钦差去喝酒呢！"大门艺离开了两个妹妹，到左平章大帐，心满意足地去喝酒。

比剑联姻

第四十一回　兄弟畅饮大将军细陈渤海事
　　　　　　　教场阅兵左平章搬演十全阵

　　话说大门艺离开了二个妹妹帐房，心中不住暗自思忖。自己两个妹妹自幼从师学艺多年，有一身本领，若不显露显露，埋首深闺，当初学艺干什么。而今是女扮男装，保护左平章来朝贡，一心为国，又是为了万里寻兄，受尽了千辛万苦。据王常伦说，沿途收的男女猛将看自己两个妹妹是有勇有谋、志向可嘉，到瞿塘峡葫芦峪剿平山寨，追回贡品朝唐后回到渤海国去，再改扮女装露出真面貌。二个深闺弱女，驰骋战场，也是空前绝后的千古佳话。自己应当支持，不该阻挡她俩的雄心壮志。想到这里，自己倒高兴起来，面带笑容走进大帐，见晋王正和大内相、左平章畅谈，大将军夹谷后裔坐在大帐门旁，低头沉思。晋王看见大门艺来了，说："你这钦差大人哪里去了？我已饿得肠肚打架，你这钦差不到，我们不敢就餐。"大门艺说："我这钦差亦饿了，晋王来到渤海国大营是监军。卑职是监军麾下挥之则去，唤之则来的小卒，况此大帐内大内相、左平章是父执，夹谷大将军是老大哥，论私情我还是孩子，论官场都是我的上司。监军到这里应是上宾，上司。"晋王哈哈笑了。左平章吩咐声"开筵，"从人端来酒菜，畅饮起来。

　　夹谷大将军同大门艺另是一席，夹谷将军说："何不把蒲查二位将军请来？"遂告诉猛生去请二人来到大帐。大门艺想："我得先介绍。"遂向二个妹妹说："二位蒲查将军过来参见，"一指晋王说："此位是皇十子，官封晋王，现在任命为监军。论文通十二经，诸子百家，在朝中李学士、贺内翰都为之羡慕。论武马上一杆方天画戟，坐下宝马骅骝驹，步下一口干将宝剑，剑招是八仙颠倒剑，晋王是上马杀贼，下马读书的儒将。晋王爱才如渴，二位将军，今后在监军麾下效力，要多向监军请教。"蒲查隆、蒲查盛过来跪下身子口称："监军在上，末将特此来参见。"晋王说："免礼。"晋王在途中就听王常伦说二位蒲查将军年轻有为，相貌出众，武艺超群，沿途收下了男女猛将。晋王细看二人是面如敷粉，唇如涂朱，眉清目秀，举止彬彬有礼的年轻美男子，身着箭袖袍，肋悬宝剑，足下登山越岭的牛皮底靴，俊美中带着威严，使人望而生畏。不由暗暗想到：前朝的美男子潘安、宋玉泉下有知，也当为之逊

257

色，若改扮女装，可压倒长安宫院六宫粉黛，想不到渤海国竟有这样出奇美男子。遂说道："我在途中，已听王别将说过二位大名，今日相见，果是名不虚传，二位将军请坐。"二人坐在大门艺下首偷瞧晋王，只见天庭饱满，地阁丰盈，天资聪勇，凤目龙颜，性情活泼，机变非凡。头戴纬帽，身着红袍，更现出是一位多才多艺、博学广闻的姿态。心中暗暗赞道：真是年轻美男子中的魁首了。

红罗女在想哥哥为什么说他的剑招是颠倒八仙剑，莫非哥哥有意指破同是一个门户师兄弟。可惜自身是女扮男装，若是男儿汉，真的和这位晋王交交手，看看他的武功。一个皇帝儿子，竟能吃苦，也算难得了，况且学的是颠倒八仙剑，是一门绝艺。不用说他的业师，也是八仙剑门中的世外高人。据师傅说，会此剑法的，现在还寥寥无几。想是同门户的师兄弟了。若是这样有机会真的和他攀谈攀谈。大门艺看到自己妹妹红罗女低头沉思，以为是当着长兄面不敢饮酒，遂说道："二位蒲查将军可尽量而饮，不必拘束。"红罗女、绿罗秀听到自己哥哥管自己叫蒲查将军，知道哥哥是支持自己女扮男装了，不能给打破哑谜，就胆壮起来，饮了几杯酒就告辞离席。

这桌剩下夹谷后裔、大门艺二人，就谈起了这三年来的渤海国的发展。夹谷大将军遂滔滔不绝地讲述渤海国的进展："现在在忽汗湖已修建了远可攻近可守的城廓，并离忽汗湖百里之遥的奥类河建筑京城忽汗府，疆域西至突厥乌拉以北三百里，南至高平鸭绿江，这二处是这次来朝贡后加入版图的，功该归蒲查二位将军。"大门艺问："如何应归功他二人？"夹谷大将军说："你不嫌鞍马劳顿，我慢慢讲给你听。这次朝贡时离开忽汗城兵不满千，将只有蒲查二将军。行到天门岭高丽国要劫贡品，差来了大将全盖世、席旺嗣，埋伏在天门岭，被蒲查二将军用计击败，活擒高丽大将全盖世、席旺嗣。兵进额穆梭，是降将迟勿异的家乡，百姓情愿归附渤海国。朝贡使走后，高丽发来了兵马，要血洗额穆梭，百姓奋起抗战，求救于忽汗都城。国王派我去救援，又击败了高丽。正在这时，朝唐人马又击败突厥乌拉守兵，降将东门豹兄妹献了城池。捷报传到额穆梭，我正在高兴，哪知突厥不肯甘心，两万人马扑向乌拉，烧杀抢掳，百姓奋起抗卫，求救到额穆梭。我也没奏明国王，带兵去乌拉把突厥兵杀得落花流水，擒住了领兵元帅忽尔哈达，解得忽汗城。国王喜得嘉奖了我，命我镇守乌拉额穆梭。这三处地方是各族杂居地方，受尽了高丽、突厥的苦头。咱们是一视同仁，甘愿来服的有三十多部落酋长，人口有八万多，沿着乌拉往北到吐泻边界，额穆南至鸭绿江，两处就拓地千里。这不消算，突厥的元帅，忽尔哈达是亲王，突厥可汗派使到忽汗城甘愿以地赎人，永不侵犯，救回了忽尔哈达。高丽又派使臣来，愿割地赎回全盖世、席旺嗣，二国和好，永做亲邻。你知高丽为什么要这样做吗？"大门艺说："不晓得。""全盖世，是盖苏文后人，是高门望族。席旺嗣，是高丽国内弟，高丽国王内惧后妃，外怕逼反了望族，因此外表装成和睦邻邦，实在是怕老婆，怕望族。"大门艺说："据大将军讲，大将军是首功了。蒲查二将军只不过收了几名战将而已。"夹谷大将军说："功在蒲查将军，不在我。蒲查将军若不收服降将，黎民百姓如何来归附，又如何向渤海国求救。这还不算，我告诉你一件天外飞来的喜事，朝贡人马竟在大海中得了一座宝岛，名叫海湾岛，方圆百里，是从远东到登州必经之路，我们占据此岛，就是和唐朝交往的基地，人才、物资可源源不断地互相往来，当时独占该岛的大寨主拓拔虎夫妻十分厉害，威镇登州，往来商船的镖师们甘拜下风，必须年年月月献上白银。我在他的寨中看到一首诗念给你听听，就知这个寨主不是一般人了。他的诗，气壮山河，笔法雄壮威严：'淹没孤岛日日愁，虚度年华何时休，他年得展凌云志，敢叫大海水倒流。'我看有男子汉气魄，真是豪情冲天，壮志凌云。就是朝唐虎贲联营都掌管都将拓拔虎呀？朝唐的将军们据我看来都是上山能擒虎豹，下海能捉蛟龙的，新来的几员女将军，不亚于男的，这些功劳应记在蒲查二将军功劳簿上，我看才公平。现在应任命为大将。我父亲有空头国王诏旨。我曾劝我父亲任命，我父亲说他俩太年轻，再锻炼锻炼，朝唐回到都城忽汗，让王加封吧！我再不敢说了。"

大门艺听夹谷大将军把自己妹妹赞美了一番，细想来也真难为她俩了，遂说道："还是左平章说的对，应让蒲查二将军锻炼锻炼，他俩的功绩和大将军比相差甚远，怎么能和大将军并肩。况我国只有五名大将军，都是幼年驰骋战场，南征北战，东打西杀，血染征袍的开国功勋。大将军只是求才若渴，爱将如命，竟忽略了将功比功。"夹谷大将军听了心情舒畅说："也是为了你这后继国王着想呀！"大门艺也乐了。大内相左平章陪着晋王已是酒足饭饱要休息。晋王对大门艺说："钦差大人到了家只顾喝酒当心撑破肚皮。"大门艺见晋王要去休息，自己也觉到了劳累，遂说："听人劝，吃饱饭。不喝了，真的当心自己肚皮要紧。"赶忙吃了几口饭，放下杯盏。夹谷大将军也放下了杯盏，二人站起身

第四十一回 兄弟畅饮大将军细陈渤海事 教场阅兵左平章搬演十全阵

259

形,恭送晋王回帐。晋王到了帐中,看铺设焕然一新,很是讲究,不像听的说有什么狐骚味。奶母奶爷,已经是经左平章侍从护卫左丘清明、赫连武侍候吃了酒饭。正在闲谈,见晋王回来,就退出帐外。左平章笑对晋王说:"请监军包涵些吧,五顶山虽有草房,简陋不堪,还不如这座大帐,请监军住大帐,原是战场常事。"晋王说:"这就很好,我是同我师傅在一起,结算为20年,过惯了这样生活。请二位宰辅也休息吧。明日教场还要阅兵呢。"四人回到左平章大帐,大内相问大门艺:"你和晋王关系很好啊,说话无拘无束,像是知己朋友。"大门艺说道:"是很好。我师父只手托天红衣老道姑是当年唐初的红拂女。晋王师傅是唐初谋臣军事家李靖。当年我师傅就肯说实话,这次来唐朝恰好晋王回朝,见我带着宝剑,问是什么剑招,我说是八仙剑。当时是在朝房,晋王听说我会八仙剑,问会几套,我回说会三套,晋王点了点头。散朝后邀我到他府第,让我练剑,堂堂皇子,那时还没封晋王呢。我敢不练吗?我练完了宝剑,他问我师父是谁?我说幼年跟红衣老道姑学的。人送美称'只手托天',没有告诉我法号,姓名。他乐了。'我也会这样剑招,'我真不敢相信,因为师父说:'会八仙剑招的寥寥无几。'他真练起八仙剑招,我发愣了,他把我让到客厅,细问我师傅面貌、年纪,我一一说了。他站起挽住我手,显出了十分亲热说:'你是我师兄呢?'我问:'你也是老人家徒弟吗?'他说:'不是。'我说:'那我怎么是你师兄呢?'他说:'不假,你是我师娘教的。'我认为他开心笑我,暗暗骂我,怒形于色。他见我不满,就道出了隐情。我问他:'见过我师傅吗?'他说:'我师徒二人,在终南山结草为庐12年,哪能没见过。'我问他:'我师傅说过收徒弟吗?'他摇摇头说:'据你的剑招,和你说的面貌,确是我的师娘。'就认了师兄弟。晋王来当监军,一切都好办,要有什么碍难事同他商量,准有主张。崔忻当了催粮官,是戴罪立功,带领一百名御林军,逢州过县,见是御林军谁敢违抗。渤海国来人催粮,州府县太爷们故作迟延日期,岂不误事,细想来多凭贺内翰之力,也该当渤海国走运气。恰值杨国忠抱病,高力士监造玉宇,不然不知要弄出多少麻烦。偏我来捧圣旨,我要写封家书,给我父王,以慰亲心。"大内相说:"正该如此。"左平章说:"时间不早,我们该休息了。"大门艺和夹谷大将军同一帐房,抵足而卧。

第二天黎明用罢了早饭,左平章传谕监军在教场阅兵,将军同健儿们完全换上了从渤海国带来的新军装,旌旗招展,队伍整齐,军容威严，新筑的阅兵台上，挂满了唐朝国旗、渤海国旗帜，吹响了牛角号。大内相、左平章、夹谷大将军，陪同监军到了阅兵台上坐好，三声炮响，阅兵仪式开始。

左平章道："阅兵式开始了，大内相你陪着监军，我要执行职务去了。"说罢下了阅兵台，杂入军列之中。这时只见前面五骑马上端坐四女一男，男的年纪20岁，手执一面红旗黄字大书"渤海国朝唐使臣"，四名女将左右相陪，旗帜迎风飘荡，五人为列，行在前头，后面一骑日月骐骦马，只见一员将军，怀抱令旗令箭，马鞍鞒上挂着双戟，腰挎宝剑。后旗并排两员将官一男一女，身披金铜。后面五人为列，中间一杆大旗，大书"渤海国朝唐使臣扈从虎贲军先遣营"，走过了阅兵台，后面紧跟着两员大将二马齐行，两个黑脸大汉，端坐在黑马上，一个手擎大斧，一个手擎大刀，身后五人为伍，中间一面大旗大书"渤海国朝唐使扈从虎贲军第一联营"。接着第二联营，为首二员大将，骑在马上一个手使五钩神飞枪，一个手使偃月刀。第三队为首二员大将，一个手持黄金棍，一个手使三股叉。第四联队是二员女将，一个手使五钩神飞枪，一个手使三尖两刃刀。第五队也是二位女将，一个手使黄金棍，一个手使牛头铛。这五个联营都掌管的兵刃看来都很沉重，后面紧接着枢密处、战报处、郎中处、侍从处，各有旗号。每面是25名女兵，各骑在马上。马鞍后各有褡裢，想是装文件的。后面便是左平章，骑着宝马，马鞍上挂着凤翅镏金镋，前面一个小孩骑在虎背上，手擎红色黄字大旗，并列二行字，大书'大唐国朝平南剿抚元帅，渤海国朝唐使臣"。一个大黑鹰展翼飞翔，右边小孩骑着金钱豹，地下跟着一个黄金色小狮子狗，后面马上有三位老英雄，骑在马上银髯飘摆，这七人是老的真老，小的真小。监军看了默记在心，要见识见识这三老三小。后面便是总办处125人率着250匹大骆驼，都是掌管，霍查哈骑马在先头。驼背上是军用粮草，后面是大车，车把式是农民打扮。后面是一员将军督队，马鞍上挂着双戟腰宝剑，威风凛凛。125辆大车过后，前队已接近了尾头，五人一列站好，等待站齐。先遣营是第一层，第二是一联队，顺序排起，排好了夹谷清催马来到。阅兵台下，紧跟三老三小，把佩剑高举喊了声"报告"。声若洪钟，全场皆闻。台上监军站起身形，众都起立。只听左平章高声报告："渤海国朝唐使臣，大唐国朝钦命剿抚元帅夹谷清率领扈从武卫军大本营，总人数3766人，大本营246人，联营3885人，先遣营135人，全来报到。请唐朝监军渤海国大内相示

第四十一回 兄弟畅饮大将军细陈渤海事 教场阅兵左平章搬演十全阵

261

下。"监军李炫在长安看过阅兵,但今天的阅兵比在长安更加威武。元帅左右,身前执旗的骑的兽类,跟着黑鹰、小狗、小猴、一向没有,三老更为出奇。遂向大内相说道:"今日的阅兵,可谓十全了。命元帅摆个十全阵吧!"大内相说:"好。"大门艺大声喊:"监军命元帅摆十全阵。"只见元帅把马向后一带,打个手势。蒲查隆把令字旗一挥,人马纷纷起动,霎时将阵摆好,号角齐鸣,战鼓频敲,旌旗招展,人欢马嘶,好不威严的一座十全阵。只见:

一层兵弓箭手合放箭明,
二层兵藤牌手手把牌擎,
三层兵三股叉叉挑日月,
四层兵四楞铜铜放光明,
五层兵五虎钩钩人落马,
六层兵六合枪敌人胆惊,
七层兵齐眉棍专打上将,
八层兵八楞锤锤打群雄,
九层兵绊马锁锁马入阵,
十层兵十面埋伏好威风。

监军看了不由得连连称好。只见蒲查隆挥动了黄色小旗,人马刷地变了队形。只见兵刃是:一刃刀,二刃剑,三股叉,四楞铜,五虎钩,六合枪,齐眉棍,八楞锤,九提索,十弓箭。一队队,一层层,密密麻麻。健儿们各个矮下身形,前腿弓,后腿绷,手执兵刃眼圆睁,像是要跑的架势。蒲查隆把令旗一挥,只见健儿们鹭伏鹤行式跑了起来。将军们也是蹬里藏身,催开战马。只见刀光闪闪,人人呐喊。号角声,鼓号声,响震山谷,急而不乱,勇而不慌,任凭千军万马,也难攻破此阵。蒲查隆又把红色小旗一摆,阵形变动成颠倒十全阵,只见:

十面旌旗遮日月,
九座联营好威风,
八方英雄来聚会,
七星台上点大名,
六林宴上饮美酒,

五凤楼前辞王行，
四方金印胸前挂，
三声号炮鬼神惊，
二匹探马来回报，
一个元帅领雄兵。

晋王原是唐初谋臣，军事家高足，他如何不懂，但学的是书本上知识，没有经过实践，今天看了十全阵，瞠目结舌，只顾睁眼细看，连话也不说了。真是看入了神，这座阵势，头前是三老三少，保护元帅，你看他人单势孤，但用射人先射马，擒贼先擒王的方法来捉元帅。三个小孩的坐骑，虎啸一声，就人倒马翻，豹吼一声就马慌惊奔，熊叫一声马得瘫痪不起。马步战，三个小孩的鹰、狗、猴善识人性，空中飞的有大鹰，地下跑的有狗、猴，蹿高纵矮无所不能。况且三个小孩手中各持带练的宝刀，削兵刃如泥，还有另外三位老英雄，有惊人绝艺。元帅手中一杆凤翅镏金镋，坐下宝马，凭仗武功成为渤海国开疆展土、列土分茅的身经百战的宿将。就是以十擒一，也是自触霉头。你要破他的后阵，十面旌旗是十面埋伏，是自投罗网。你要击他中阵，他就首尾相顾，是飞蛾投火，自来送死。这座十全阵，真是进退有法，指挥自如。兵不乱透出千层杀气，将不骄有万种威风。真是十全十美了。监军想到这里，遂向大内相说："左平章真是熟读阵法，久经战场军事家，恨我相见甚晚。今后有空当以师事之。操练到此就收兵吧。让厨房把酒菜送到教场，官兵一致，上下级一起共同欢饮。联队都掌管，先遣营大掌管，齐集一处畅饮，我好认识认识这些将领。大本营的五处将领以后终要常见，也齐聚在阅兵台下，我认识这些渤海国女英雄。我们都要席地而坐，促膝谈心。大内相你看这样可好吗？"大内相说："就依监军吩咐。"监军说："不是吩咐是商量，吩咐是上级对下级的命令。我和大内相是不分彼此，今日要不嫌弃，我当以师礼事了。"大内相遂依此安排。大门艺道："传监军令，队伍就地休息。将军都将郎将别将，请到阅军台下会饮。各本营、分营健儿们，就地休息饮酒，官兵一致。阅兵仪式到此结束。"大门艺高声说完了，健儿们席地而坐，各首领放下兵器，齐集阅兵台下，席地而坐。监军、大内相、大门艺、大将军下了阅兵台，迎接左平章。左平章及三老三小把坐骑放在阅军台后走到台下，众将领站起身形。监军趋步向前，搀住了左平章手说："老大人辛苦了。"左平

第四十一回　兄弟畅饮大将军细陈渤海事　教场阅兵左平章搬演十全阵

263

章说："这是卑职职责,什么是辛苦。"也席地坐下。厨房送来酒菜,无非是山中野味。什么獐、狍、野鹿肉,酒是自制的果子酒。真是大碗喝酒大口吃肉。监军执壶,大内相把盏,大门艺、大将军捧着酒罐,到各分营敬酒,乐得健儿们说:"我们的大官,净给小卒敬酒,真是从没有的事。"各分营敬完酒,然后给将军们敬酒,一一介绍了姓名,开怀畅饮。

比剑联姻

第四十二回　依依惜别大内相回国复命　细细运筹左平章计议击贼

话说教军场内，阅兵后饮酒，全是席地而坐，官兵一致，气象融融。监军认识了众将军，站起身形，举杯在手，众将见监军站起，都要站起，监军摇了摇手说："诸位不要起立，谁要起立，就瞧我为外人，请他走了。"众人听了监军话，只好席地坐下。监军说："我虽任命为监军，自问力不胜任，我是来当小学生，向各位求教，和我年纪相仿的是哥哥弟弟，年高的是我前辈，伯父、叔父，女将们是我姐妹，把我看成是你们的亲人，不要疏远我。我幼年从师在终南山结草为庐，砍柴担水，都是我自己的事，我过惯了艰苦生活。什么皇子啊，晋王啊，我都不愿听，更厌烦王爷二字。希望今后各位不要这样称呼，长辈唤我声李炫，平辈唤我声监军，我乐得听从。各位请传告部下，不要犯了我自己订的戒律。免去下级对上级执礼甚恭的陋习，随便好。我的大帐只有奶妈，奶爷。只要我们大营中人，谁去都可。因我们是为了同一剿匪使命，追回贡品。我们同生死，共甘苦的兄弟姐妹，在前辈的率领下，共赴战场，职务是分工的不同，干嘛要离开大众，孤立自己。我们是万众一心，才能战败劫贼。一个监军，一个元帅，独木难支，要群情激昂，奋起作战，才能操必胜之券。请每人干三杯酒，我也干三杯，算是我们同舟共济的开始。"说完连干了三杯酒，众人也干了三杯。监军席地坐下，和这位撞杯又和那位撞，热情洋溢。众人见监军如此开朗，不拘俗礼，也就活跃起来。李炫当监军，后来当了渤海国长史，两国和睦相处二百一十多年，也就是从李炫做起。闲话少叙，这席酒，直饮到金乌坠，玉兔升的黄昏时候，才散了酒席，各自归寝。

翌日黎明早饭后，大内相对左平章说："诸事完了，我要和大将军回国了。望你早日奏凯还师。"左平章说："请老兄放心，我虽年纪老了，但这次朝唐来，倒觉得年轻许多。虽然难事多磨，但终是转祸为福，又收下了强兵猛将，赤胆忠心地甘愿效命。男女众将，年富力强，这些人才，为渤海振兴打下基础。你我当年同大祚荣誓保靺鞨民族立于群国，言犹在耳。但人总不可能同死神作搏斗，终要被一堆黄土掩盖了尸体。从布衣起兵，到现在紫裳金冠，几十年来念念不忘渤海振兴。现在到了'长江后浪催前浪,一代新人换旧人'的岁月,不物色出有才有知的后继人,你我所得的成就就得付诸流水,我们儿孙就得重新受苦难。但人才须要何方去搜罗,不用管肤色,种族性别,只要是志抚黎民,过上美好生活的,我们就使用,就一视同仁。我们的先祖,没有看清这点几经沦亡。只凭长枪大戟弓箭,游牧、渔猎是不能强国,亦不足以卫家。我们要吸收别人的精华,营养自己,丰富自己,请你回国去把我的想法转奏国王。广开招贤门路,文人、武士、工匠、农民让他各展所长,改变我国落后面貌。我言尽于此,还得告诉给大内相预备饯行啊!"唤来了侍从护卫赫连杰到各个处,各个联从别将以上,齐集大帐给大内相饯行,请监军列席。赫连杰到各处传知,众将陆续来到大帐。赫连杰到监军大帐,见监军短衣衫,小打扮正在舞剑。只见监军把剑舞的上下翻飞,如雨打梨花,风吹败絮,只见剑影,不见人形,真是滴水不漏,泼水不着。

赫连杰正看得入神,忽听得树上发出了清脆童音,叫了声"好。"监军也听到了叫好声,收住架势,顺声望去,只见三个孩子嘻嘻哈哈笑弯了腰。监军走了过来,问三个孩子:"笑什么?"孩子说:"笑你舞剑呗。"监军问:"舞得不好吗?"孩子说:"很好,很好。"重生说:"我说你舞的剑,我也会舞。他俩抹脸羞我说大话,说你要会舞,也让你当监军。该有多神气。"监军听了,哈哈大笑起来:"你要练好舞剑,长大了当元帅,不更神气吗?"孩子们乐了。监军说:"我方才舞的剑你三个谁会舞?"重生说:"我就会,算不了稀奇。"监军听孩子说的话,带有漫不经心味道,知道这个孩子一定会舞。"你舞一下我看看。""那,把宝剑借给我。"监军真的把手中舞的宝剑交给孩子,重生接剑在手,整理衣襟,登登小靴子,拉开行门,走开过步,双手捧剑,剑尖向上,童子拜天一炷香,看小孩使出了"拐李先生剑法高,犀牛望月最难逃;钟离使出绝命剑,毒爪锁喉法更高;洞宾剑法神莫闪,白猿偷桃奔下腰;湘子使出绝命剑,双穿穿帘两眼削;果老使的桥头剑,玉带缠身尸骨抛;仙姑使出笊篱剑,乌龙翻江难架招;国舅玉笛颠倒剑,金龙缠身法术妙;采和花篮妙法剑,大鸡入林恶虎掏。"监军看小孩重生舞的这一套颠倒八仙剑,使的神出鬼没,精奇异常。不由自己叹道:"我不如孩子也。"这时孩子收住架势,连说"献丑。"监军爱惜抚摸孩子头顶说:"你舞的剑法比我高明。"孩子听了喜滋滋地说:"我师傅舞的更高明。"监军不由想起"乌随鸾凤鸣声远,人伴贤良品格高","龙找龙,虾找虾，癞蛤蟆寻找淤泥洼"的古谚。人都是生来洁白无私的"性相近，习相远"。这话是古人的写照。幼年间，遇到良师益友自会品格清高，幼年间杂入地痞丛中，只会耍赖。当年植谷，十年植树，百年树人，此话当不谬。监军沉思了片时说："你师傅是谁？"孩子不敢说出圆觉高僧，回答"梦中老和尚教的。"监军明知孩子说了谎话，但恐他有难言之隐，不便强求孩子道出实话来。只好笑道："梦中新学高出我了。"孩子听到夸奖，就说："我当监军吧！多神气。"监军笑了说："十年后当监军，当是有希望的，现在还嫩的多。"

　　监军和三个孩子正在有趣说笑中，拓拔虎走了过来，见三个孩子嘻皮笑脸，就向监军说："这三个孩子淘气得很，监军不要嫌他们淘气。"监军说："孩子总归是孩子，天真活泼的可爱。"一指重生说："这个孩子是谁的？"拓拔虎说："是我劣子。"监军说："这个孩子舞的八仙颠倒剑已是炉火纯青，登峰造极了。人小志气大，他要当监军元帅呢。"又指二个孩子说："这两个孩子是谁的？"拓拔虎说："这个孩子名叫猛生，是夹谷元帅孙孙。这个孩子叫再生，是西门信老英雄孙孙。这三个孩子淘气的很，元帅非常爱怜，任性胡闹。"监军说："真是青出于蓝，胜于蓝了。后生可畏。"拓拔虎这时才想是来请监军的，遂向监军敬礼说："左平章命来请监军。"抛下孩子奔入大帐，众将军早已到齐。监军坐了下去，左平章招呼大家。二位总管把盏。左平章说："今晨是为了给大内相和大门艺饯行，一个回长安交旨，一个回渤海国交旨，二位钦差各奔征途。我们祝二位一路平安，我代表全营给大内相满一杯，给大门艺满一杯。"就没说给大将军满一杯，因父不敬子酒。蒲查隆给夹谷大将军满了一杯。各人举起杯来，一饮而尽。又给监军满了一杯，请监军致词。监军一饮而尽，各将领也干了杯，监军照照杯说："我们今天是杯酒联欢，给大内相、大门艺、大将军饯行，是高兴，是快乐，但也有依依惜别情感。我三天前来到大营，为时不多，但依依惜别情甚厚。我初到这里，就感到人情浓厚，和蔼可亲。这是大营，是杀人流血地方，但看到男女将上下级亲如家人，一团和睦景象。官兵一致，休戚相关，一扫俗气。有的人说塞外野蛮。依我看来，他们说的野蛮是他们巧取恶诈，触怒了塞外人们，则饱以老拳，这是正气压倒邪气。邪气上升，就横加野蛮名词，为自己遮羞。迟早这块遮羞布会被扯破。我看到渤海国君正臣贤。君正，渤海国王，没有三宫六院，不被声色迷惑，重贤臣而不忌，识良才而重用，如左平章竟十道空白诏旨代行王命。各位将领出

第四十二回　依依惜别大内相回国复命　细细运筹左平章计议击贼

267

身草莽，竟任为将，这是君正。左平章有十道空白诏旨，竟不滥用，诸事请诸王命并为渤海国储备了两代后继人才，别将、郎将、都将，年富身壮，奋发有为，正是国家栋梁。重生、再生、猛生三个孩子是接替将领们的后继人，为渤海大业着想这是臣贤。君不忌臣，臣不忘忠，宰辅同心，将军用力，君臣将相，混成一体，渤海振兴，指日可待。此次剿匪，定当马到成功。诸位饮三杯，一杯是饯行，二杯是渤海国振兴，三杯是预祝奏捷，干！干！干！"众人各干三杯。

左平章请大内相致词，大内相手举杯，"请各位先饮一杯，"各个饮了一杯，大内相陪饮一杯，徐徐说："今天这个酒是给我们饯行，不如说成是联欢。为什么？一有唐朝皇子，二有渤海国王王子，三有左平章大将军和我及各个将领，大团聚，喜气洋洋，这是几百年来没有的盛举。也是渤海国臣服大唐后，渤海国振兴的预兆。为什么这样说？这就要翻开历史旧账看看。渤海国王大祚荣的父亲，不受武则天册封，引起了战端。唐朝大军直扑靺鞨，唐兵十余万，兵众将广，靺鞨的万余人奋起自卫，大祚荣父亲战死疆场。大祚荣年近四旬，子承父志，挥臂高呼，愿与靺鞨共存的，不分肤色、性别种族，奔向天门岭东坡，不愿者听其自便，当时大祚荣马后驮了父亲尸骨，催马加鞭，扬长去了。夹谷清同我带队尾追，到天门岭东坡，大祚荣烧了自己房子，带着老婆孩子要东奔湄沱湖，寻一安身立命地。偏我俩带着残兵败将赶到。三人见面商量了一下，兵不满千，将只我三人，凭山据险，对抗武则天，兵马誓师。我三人饮了血酒。请来了550名老人席地而坐，命为百老誓师会，宣布了保卫疆土，保卫民族的方法，得到拥护，当天就聚集了五千多众。大祚荣老婆是员猛将，夹谷清老婆和我老婆把孩子交托别人，这三个女将招募了五百多名骑马射猎女人，没有告诉我们一声，就冲向前敌，与武则天追兵混战起来。偏赶上老天刮了东南风，正是秋干物燥，她们就用了火攻。我们赶到增援时，已把武则天兵马烧退百里以外。夹谷清年纪较小，当三个女将面说：谁说骒马不上阵，骒马撒欢，儿马子叫苦。我们是骒马撒欢，儿马子扬蹄呀！三个女将骂他不害臊，夹谷扮个鬼脸。这一战虽挽救了残局，但胜败乃兵家常事，为了保存后代，说服了三员女将，扮成渔婆带着儿女奔忽汗湖，张网捕鱼去了。现在的大门艺，夹谷大将军，就是当年渔婆的孩子。我三人誓死捍卫民族存亡，守住疆土，扼守天门岭，战败武则天来兵，东下恤品、湄沱湖成立了震国。玄宗皇帝登基，封为渤海国。这次派崔忻来册封，中途丢了贡品，我们走后诸位要同心协力作战去了。方才监军说：'君正臣贤'，我们还做的不够。塞外是野蛮人，从祖先就游牧生活，我们不懂什么是官，也不会打官腔。只知道捍卫疆土，保卫民族存亡，繁殖生息。但历史教训我们，这样吃了多少苦头，我们要接受教训，珍惜成果，去掉野蛮，就必须同舟共济，相依为命，在君臣中没有忌疑，这是正题，何况当初又是患难朋友呢！我为什么要絮絮叨叨，说些闲话，一是阐明我们的政策，一视同仁，二是我们的成就来之不易，三是后继人必须执行这一定律。况且是将来大门艺接替了王位，什么大内相，左平章，右平章是现在五位大将军事。不错，我的独生子也是大将军。有人说你们是世袭接替专制国。我说否。我们是以群情为基础的国家，大门艺要违犯民意群起而攻之，可另换有德者而居之。这不是不忠。我说忠是为了国家的群众，不是为了一人。古来多少愚忠者，死于刀斧之下。我们不效为此，也不愿此。有人说你们这样能延续多少年。我们说没法估计。一来二去，他们变得腐化了，自有人把他推翻。唐太宗说的话对，人以史为镜，可以知兴替。兴替这是不以人的意志为转移的。我只希望渤海国振兴。哪里管到几年百年事。后世子孙不屑，君昏臣暗，30年也不一定。不过我们要避免发生。发生了有它好处，也有它坏处，好处是黎民脱掉了枷锁，坏处是多少人战死疆场，抛下孤儿寡母，岂不可怜。再说塞外人什么契丹、突厥等等都很野蛮。渤海国是塞外民族，我们要力争去掉野蛮气质，只有向文化古老的唐朝学习，向兄弟民族学习，这没什么可耻。所以我们一再阐明不分肤色，不分性别，不分国籍，愿为人类造福的一律欢迎。有人说你这话是空洞主张。我说不是的，这是大祚荣、夹谷清和我当年誓言。唠叨到此完了。"

　　大内相坐下身形，侍从卫士斟上酒来，一饮而尽，豪情勃勃。监军心中暗暗思忖，大内相语中含意是论武功不怕唐朝，只是文化落后，要向唐朝学习。要是用他的心理想征服他们，作为外藩屏障，岂不事半功倍，来息战祸岂不是很好。迎合人心理，抓住人心理，改造人心理，只能凭文化，不能使武功。我还定当奏明父皇，我去渤海当长史，安定渤海，南辖高丽，西管突厥，北拒黑水靺鞨，不费唐朝一兵一将，稳定塞外，以渤海为主力，岂不甚好。他的念头，真的实现了愿望。后来当了渤海国长史，二百一十多年渤海国与唐朝永无战争。这是后话。

　　闲话少叙，这一席饯行酒罢，大门艺回长安，大内相、大将军夹谷后裔回渤海国，离情浓浓，众人送出五里之外，挥手辞别。左平章回到大帐，众将整顿行装，即日拔营起寨，直奔长江瞿塘峡，人强马壮，兵精将勇，旌旗招展，号角齐鸣，翻山越岭，涉水登山，行行复行行在路上行程一月，到了瞿塘。时值冬初，寒风凛冽，瑞雪纷纷，塞外已是地冻天寒，瞿塘峡却比塞外温暖，渤海国人马是能耐寒的。当时在长江北岸，扎下大营。恰好催粮官崔忻带领一百名御林军赶到，沿途州城府县，催来了三百辆大车粮草。崔忻到大帐见了左平章夹谷清，交待了粮草由总办处查点清楚，崔忻又见过监军，安顿了一百名御林军。御林军自带有行军帐，并从长安给监军带来了大宝帐，急命健儿挖战壕，树鹿砦用四百辆大车连环衔接成围墙，护住中军大帐，围墙外是各联营大帐一座接一座，一营联一营的。进出有路，大车围墙内，中军大帐旁是御林军，是枢密处、战报处、郎中处、侍从处，帐后是总办处。中军帐占地足有二里。中军大帐前高立旗杆，悬挂大旌旗，迎风飘摆，刷啦啦作响。各联营、本营均有旗帜，为了不使贼人分辨出联营、本营，旗帜一色按五行相生相越，每个联营排成五行阵式，五个联营又排一个五行阵，护住中军大帐，旗分五色，好不威严。扎好营，放好哨卡，用罢了晚饭，崔忻与左平章与众将叙罢了，各自休息。夜间大营灯火，有如繁星，大营内的马路亮如白昼，五步一卡，十步一哨，警戒甚严。巡逻兵来回游动，形似穿梭。虽是三千多兵马，形是万全。

第二天，左平章召来了蒲查隆、蒲查盛、夹谷兰，又请来了监军，五人商议讨匪方策，各抒己见。蒲查隆首先提出："一、先抢长江百里内渡口，截住贼人向江北往来，招抚百姓群起讨贼，把守渡口，因这一带百姓受贼人烧杀抢掳太苦，恨贼入骨。官军要将受害的百姓安抚好。百姓自为我用，军民协力。二、分化敌人内部。原先放回的神机军师诸葛望博，听说大军来，一定设法来接洽，不管他真投降，或是假投降，只要他来了，就能为我用。再派人到江南去，收容被贼人撵走的百姓，挑选熟识葫芦峪路径的，与贼兵贼将是亲属朋友的百姓，把这两种人好生安抚，一是为了熟识山，二是为了起分化贼人作用。三是剿抚并用，以抚胜剿。因有的贼人是被迫的不甘心为贼，有的贼人是跟着起哄的，想当官享福。也有的见机行事的，先把这批贼人分化开，愿降的一律收容，好敌为我用。现在要作这些战备，需要一个时期。不要着急，抢山夺寨先分化匪人，孤立贼人，然后一举歼灭，这是我的提议。"夹谷清说："那么贼人要是先找上门来呢！"蒲查隆说："不等他找我们，我们找他去，先挫伤匪贼锐气。但不要入寨，败将不追，小心中埋伏。捉将不杀，接连几个战争，这是先纵贼入巢，为我们当带腿的布告，扰乱他军心。要操必胜之券，抚则胜剿。"监军听了频频点头说："我们先照这个战略做准备，夹谷清，这些办事人谁能胜任，应先派好。"蒲查隆说："夹谷兰、蒲查盛，我三人已经选好。"夹谷清说："你三人已把作战计划作好，那么就把草案拿出来，我和监军看看，完了再商讨，多么省事。"

夹谷兰从书囊中取出了薄薄一本册子，说："这是我三人在行军途中商量的。"说罢，送了上去。左平章同监军细看作战计划，写的详详细细。长江以北百里内有渡口十处，在什么地点写的详细，如何抢法，派谁去抢，抢来如何把守，十分详尽，又派谁去过江招抚被难百姓，怎样自卫分化敌人内部，又如何去痛击贼人，挫伤贼人锐气，真是一一详细说明，记载有条不紊。监军不等夹谷清说话，就首先表示赞成，连说："好一份战争计划。元帅你看怎样，行是不行？"夹谷清把作战计划放在桌上，徐徐说道："今天晚饭后，再来商量，容我考虑，今天是要休兵一天，谅贼人不能来讨战。暂时回帐休息去吧！"各人回了大帐。夹谷清把作战计划看了一遍又一遍，暗暗思索，有哪些地方不妥，找漏洞。夹谷清是身经百战的老将，遇事稳重，先思如攻败了怎么挽救残局，胜了如何要安排，人用的适当不。贼人虽是乌合之众，人数胜我十倍。以少击多，必须智取。作战计划用的是智，贼人数万人中，岂无一二智者，常言说："众人是圣人，""三个臭皮匠，敌过诸葛亮。"想了一天，自己拿定见，按这计划是第一步。分三步剿平贼人追回贡品。休息了一会儿，在掌灯时又唤了蒲查隆三人，请来了监军。在作战计划上签了字，吩咐蒲查隆："按计划办事。如有临时更动，随时来报，明日就进兵。传令去吧！"蒲查隆三人退到帐外，回到自己大帐，静等第二天黎明分派众将。

第四十三回　乔扮装巧夺贼船擒贼首　捉放罗分化瓦解再运筹

话说大唐国朝平南元帅，渤海国朝唐使臣左平章，兵扎长江瞿塘峡，定好了攻守计划。第二天由虎贲军大本营总管将军在大帐传下命令。命侍从护卫赫连杰按名单行事。上官杰先请来了三名参赞，赫连嵩、西门信、瞽目神叟。蒲查隆交付任务，派赫连文、赫连武伴随同赫连嵩前去；派赫连豪、左丘清明随同西门信去。派西门亚男、西门亚夫同瞽目神叟前去，二人须女扮男装。这三处要相互联系。三处走后，来了迟勿异、拓拔虎、东门豹、赫连英、东门芙蓉。派拓拔虎挑选水底能视物的健儿二百名，身穿水服，潜入长江十个渡口抢船。东门豹挑选二百名精勇战儿，分成十处扮成逃亡难民，要乘船渡江，声言受不了官兵侵扰，要抢入大寨。只听炮响，水旱两处就夺船。赫连英、西门芙蓉，各带健儿125名，赫连英健儿手持大枪，东门芙蓉健儿持大刀，在大帐外听候分派。迟勿异挑选125名健儿手执大斧在大帐外听候分派，并传知各副手把守大营待命出战，不得有误。这五名分头去了。上官杰、万俟华入帐，吩咐二人把125名变成马队，各健儿手持挠钩，背带雕弓壶藏雕翎箭，马到总管处挑选，要人强马壮，鞍鞯鲜明。又传来冰雹花、冰凌花带125名女侍从在大帐听分派。又传来了西门亚夫、赫连杰、重生、再生、猛生，告诉赫连杰掌旗，其他三人保护左平章。又请来了御林军都尉唐大鹏，请他给监军摆好执事旗帜，陪同监军临阵。派夹谷兰、冰坚花、冰实花坐镇大营代行总管号令。又在各联营中挑选25名战将随同将军出征。一行出征要在巳时用罢战饭，午初出征不得有误。一切分派完了，密命拓拔虎先到对岸，抢贼人水兵战船十艘，好为我军渡江之用。用一百人夺船，一百人登岸放火烧营寨。然后夺各处渡口，此是关键，不得有误。拓拔虎的水兵先用战饭，换上水服。

拓拔虎这二百名水军，都是在海湾岛拓拔虎的旧部下，在水底各个能睁开眼捉鱼、鳖、虾、蟹，水上能把舵、支篙的能手，久经战斗的惯手。视长江为儿戏，看贼人如草芥，久未水战，一朝遇到机会，勇如蛟龙。巳初潜入水底，贼人在对面江上有十艘大船，一字排开，每艘有50名喽兵，岸上一座帐房，每个帐房有百名喽兵，一名寨主，共1500

名把守主要渡口。闻渤海国兵到扎下营,只是隔河对峙,贼兵已把船只靠拢南岸,一面申报大寨,一面严阵以待。贼人十个渡口大寨主罗振地是罗振天堂兄弟,手使单腿铜人槊,重九九八十一斤,有万夫不当之勇。手下有八员猛将绰号八大金刚。各个骁勇非常,总渡口是通向葫芦峪咽喉。把守的贼兵贼将都是挑选出来的,英勇善战的亡命徒。拓拔虎要用二百人抢船,真是以一当十。瞿塘峡水流湍急,是长江中三险的要害。上游行舟到此,形如箭射,十有九沉,视为畏途。贼人了望北岸大营,静悄悄没有出兵声势,也无战船,就放大了胆。命早吃午饭,好迎接大寨主。贼兵三三五五聚拢一起吃午饭。恰在这时,船头跳上一尾大鲤鱼,金光闪闪,长有七尺,圆古隆咚,倏地立起。贼兵大喊"鲤鱼精来了",闪的闪,躲的躲。只听鲤鱼精口中一声呼哨,各船上各跳上了大嘴鲇鱼,口中喷水。沾着的,轻者带伤,重者丧命。贼兵齐喊:"得罪了龙王爷,派鲤鱼精来大开杀戒,快跑吧!"齐拥岸上,丢下了大船。船被大嘴鲇鱼摇橹掌舵离开了江岸,直向大江中游去。众贼齐喊:"龙王抢船来了,快烧香上供。"这时罗振地催马来到江岸,见撑篙的掌舵的都是大嘴鲇鱼,见一个金光闪闪的大鲤鱼一纵两丈高跳入水中,投入水底,只好命人摆上香案,下马跪下祷告:"龙王爷放回大船吧!"罗振地跪地祷告,顶礼焚香,贼兵贼将,齐跪地下,磕头如同鸡啄米。正在这时,鲤鱼从水中冒出,忽的纵上岸来,撞倒香案,用鳍抓住罗振地,扔下江岸。罗振地只觉耳中生风,忽忽悠悠中,被人四马倒躜蹄绑好,口中仍念念有词:"龙王爷饶命。"被人蒙上了眼睛。鲤鱼精二声呼哨,大嘴鲇鱼奔上岸上,身披鱼皮,手持刀枪,见人就杀,遇人就剁,喽兵们哭爹喊娘,奔回帐房。霎时四营火起,火走风生,火取风势,风仗火威,一座大营变成了火海。贼兵被杀得焦头烂额。八大金刚被鲤鱼精杀了三个,被大口鲇鱼精杀了三个,只剩两个,金命水命逃了命。喽兵哭天嚎地剩了五百多人,前前后后,离离拉拉往大寨跑。两个贼将跑到前寨大门,恰值大寨主罗振天带着三个人,拥出前寨门。二贼将滚鞍下马,跪在大寨主罗振天马前:"报!报!报!大寨主,祸事来了,祸事来了。龙王爷见了怪,派来了鲤鱼精,带领大鲇鱼黑压压盖满了江面,抢去了大船。把寨主罗振地投向江中,绳绑双臂,到水晶宫问罪去了。火烧帐房,喽兵死的不计其数。小的侥幸逃回特来报大寨主。"

罗振天听了,也吓的浑身筛糠。真的得罪了龙王爷,怪罪下来,这可是应了"天作孽犹可违,自作孽不可活"的话,龙王爷早不见怪,晚不见怪，偏赶上渤海国朝贡人马兵扎江北来见怪，大兴问罪之师，派来鲤鱼精率领大嘴鲇鱼来夺船烧寨。真是我罗振天犯了天时，失去地利，低头沉思。这时走来了三子罗帮："父亲沉思什么，精灵鬼怪，何足为惧，常言说：'鬼怕恶人'。我们三人，战将百员，多带弓箭，见鬼见鱼精、虾兵、蟹将远远就放箭。"罗振天心有余悸说："唐初韩愈曾作过祭鳄鱼文，我们写篇祭鲤鱼文，诚恐诚惶地顶礼焚香膜拜祷告为是。现在暂停兵在此，你去到前寨，呼来诸葛望博带来文房四宝，在我面前写祭鲤鱼文。据传说此处是龙王派鲤鱼精把守江口，想必是喽兵乱捕鲤鱼，得罪了鲤鱼精，一怒之下，发来了水族大兵。大嘴鲇鱼是先锋，就挡不了，鲤鱼精千年来成仙得道，法术非凡，不要自触霉头。常言说：'人是一口气，佛受一炷香。'告诉前寨寨主，多预备香烛冥纸。当年诸葛武侯渡泸水时曾作祭文，用馒首上供，得安全师回成都。我们的喽啰战将，这两年杀人如麻，抛尸江中，冤魂沉入江底，聚而不散。乘鲤鱼精怪罪我们之时，这些冤魂也来作祟。你快去赶办来。"罗帮不敢抗拒父亲，并听父亲说的有譬喻，就催马急回前寨，告诉前寨寨主做馒首，预备香烛冥纸，随后送到军前，带诸葛望博来到大寨主罗振天马前。罗振天下马坐在路旁石上，命诸葛望博写祭鲤鱼文。诸葛望博铺了纸、砚墨，醮饱了笔，慢条斯理写。

前文已说过诸葛望博，一领青衫的秀才，落考后，流落江湖当术士糊口，被迫当了贼人。偏大寨主罗振天，重武轻文，把他派到前寨。边写边想心事，如何给渤海国朝唐大营通信。诸葛望博好不容易搜索枯肠写好了祭鲤鱼文，念给大寨主罗振天听："维于大唐国朝年月日，信士弟子葫芦峪总辖大寨主罗振天亲率战将百员，喽兵三千，诚恐诚惶，致祭于长江瞿塘峡，致于尊神震怒，亲率水族大军来犯。信士弟子罗振天部下，伤人甚众，帐房付之一炬。残存者，焦头烂额。并掳去寨主罗振地，此仇当解矣，此恨当消矣。恭请鲤鱼尊神，怜念下情，再莫兴波逐浪，屠杀居士弟子所属，伏乞怜念水旱同乡之谊，今后各勿相扰。特来焚香顶礼膜拜。并焚化冥府金银，安慰水府孤魂。捧送馒首，以幽灵超生。深望尊神，鉴纳愚衷。异日功成，修庙宇塑金身，四时祭，以酬神威。"诸葛望博念罢，大寨主罗振天说声："好。去吧！"

这时前山大寨主送来香烛纸锞，一百名喽兵抬着，大寨主罗振天说声"起队。"大队贼兵浩浩荡荡直扑瞿塘峡总渡口而来，贼兵临近渡口，见原来设帐之处，一片焦土。遥望江北岸，十艘大江船上，旗分五色，将士们站满船舱。人欢马嘶，号角齐鸣，岸上大营罗列，旗帜遮天盖地。总辖大寨主哪里见过这样阵势，不由得胆战心寒，心头碰小鹿，目胀头眩。急命焚化了祭文冥镪，拜罢了水府，站起身形，细看江北岸，只听三声炮，声震山谷，回声"咚！咚！咚！"十艘大船，扬帆飞来，其船行之速，甚过鱼跃江面。拨桨转舵，压浪崩舟。总辖大寨主回头顾盼，遍阅三千贼兵中的水贼问："浪里蛟来了吗？"有人道："有。"从贼群中，走出黑呼呼一个大汉。来到总辖大寨主马前说："唤我来何用？"罗振天说："你沉入水去，把南岸的转轮刀关闸放开，划破来船。"浪里蛟沉入水中，顿饭时浮出水面来到大寨主马前，哭叽叽说："转轮踪迹不见。"大寨主闻言低下头来说："被鲤鱼精用妖法破了。你带领一百名水鬼沉入水中，手持板斧把来船凿漏。"浪里蛟带一百名水鬼手持板斧沉入水中，将到深处见有一百多尾大嘴鲇鱼推波逐浪一字摆开游来，张开大口喷出水箭。浪里蛟见来势甚猛，撒了板斧，游出水面，凫水急逃，可怜一百名水鬼葬身鱼腹，霎时血浮水面，阳光一照，红澄澄随波流去。浪里蛟水淋淋奔到岸上。好像落汤鸡一般，来到大寨主马前说："大！大大寨主，猪（主）快！快！快！放泡（炮）了。"吓得说大寨主快放炮，说成了"大寨猪快放泡了。"气的罗振天大声吼道："什么屁话。"搂头打了几马棒。不解恨，又唾了一脸吐沫，浪里蛟闹得这个狼狈样真成了水鬼。抹抹脸说："大江中大口鲇鱼，摇头摆尾，把喽兵都吃掉了，我好不容易逃回来，请大寨主放炮，惊吓大嘴鲇鱼。"大寨主罗振天皱起眉头，这时十艘大船已离南岸不远，只听一声大吼："南岸贼兵闪开江边五百步"，声如巨雷，"快退，不然我们要放箭了"，"嗖"的一声，一枝响箭落地，距罗振天只有百步。罗振天贼兵队伍是箭射不到地方，距江岸有二百步，船距江岸有三百步，其箭射四百多步，可见是强弩硬弓。为了要看清渤海兵马，吩咐声："兵退五百步，站好队形。"罗振天只见来船一字长蛇阵摆开。当中紧挨两艘大船上，一艘上帅字大旗迎风摆动，帅旗下端坐一员老将军，银髯飘拂，身左站着一员小将，手持五钩神飞枪，身右站着一员青年女将手持五钩神飞枪，前面站立三个粉妆玉琢，精灵百巧，眉清目秀，年约十一岁孩子。往背后瞧，呀！也不得了，三匹高头大马，金辔鞍鞯，马缰绳搭在马鞍鞯上。一只猛虎只有鞍，驮在背上，上落一只大黑鹰。一只金银豹，上面蹲着个金色小狮狗，张嘴吐舌。一只黑熊有鞍无鞯，上面一只小猴，拧眉挤眼。这艘船，只六人六骑，老的老，小的小，老的端然正坐，威风凛

第四十三回　乔扮装巧夺贼船擒贼首　捉放罗分化瓦解再运筹

275

凛，小的嘻皮笑脸，好像祖孙清闲中消遣，哪里有厮杀气氛。再看左边船上，一杆大旌旗下，一员将官，面如冠玉，唇如涂朱，头带三山帽，身着蟒袍，胁下佩剑，端坐椅上，旗幡伞盖，斧钺金瓜，千乘百骑，御林军杂沓。后面一匹宝马骅骝驹。这艘是唐朝的王子，征南监军。右边船上，大旗下坐有两员小将，一个手持五色金字旗，一个手按宝剑，一群武将带刀佩剑，罗列背后。背后是战马，咴咴嘶叫，旁边是一船青年女兵，手持五钩神飞大枪，两名青年女将伫立船头。旁边一艘大船上，船头伫立男女两员将官，健儿们手持挠勾，背后背弓，腰带箭袋。又一船，是一员女将，伫立船头，手持五钩神飞大枪，健儿们手持长枪，背后背弓，腰系箭袋。左边船旁一艘大船，伫立一员女将，健儿们左手持盾，右手持雁翎刀，紧挨着大船。一位黑脸大将伫立船头，手持宣花大斧，健儿各持大斧，背后是盾，紧挨两只大船两员大将各穿水师黑衣，各持雁翎刀。各船的健儿穿着打扮是清一色的鹿皮草黄色衣裤，足登高腰草黄色牛皮薄底翻山越岭的牛皮快靴，上身是四开襟箭袖短袄，腰系一巴掌宽草黄色牛皮大带，头蒙草黄色包头巾。在前有长方形图案，这个蒙头巾是正方形，折叠为三角形，一角冲上，两角分左右，向头后一裹，把左右二角分开，再把冲上的一角蒙住头，放在前额，然后把左右两个前带角系好。把前额一角折叠为正方形，一年四季都可适用。塞外把式普遍是一样。战将们也是这样，乍看去很难辨清将、兵。

　　罗振天看罢多时，对身边八个儿子说："渤海国的兵马打扮都是短小打扮，马上步下都适用。"他正在说话，只见从大船上到岸七匹战马，马上端坐男女七名英雄。前二匹马上正是手持五色令字旗，手按宝剑的青年将军，两匹马浑身洁白，高八尺长丈二，全鬃全尾，鬃尾可拖地，毛长约有六七寸，不用说是两匹宝马，鞍鞯上各挂两支亮银双戟，腰带宝剑，金吞口，金缠绕，金色灯笼穗，鲨鱼皮壳，不用说是切金断玉，价值连城的宝兵刃。身后两员女将，后面三个男将，人高马大，七骑马，横列摆开。一骑青鬃马，马上一员黑脸将，手持宣花斧，腰佩雁翎刀，催马出列，高声喊道："对方贼兵听着，我们是渤海朝唐副使臣，虎贲营总管将军，请总大寨主罗振天前来搭话。"喊声好像打个霹雳，震得山谷回声。罗振天带着八个儿子，四棍八锤将催马前来，相距一箭之远，勒住坐骑，马上抱拳："方才是哪位将军呼唤，敝人就是罗振天。"蒲查隆马上躬身说："小将特请大寨主有话请教。总辖大寨主独占葫芦峪，威名远震，小将素有耳闻。但离渤海国数千里之遥，渤海国与大寨主，并无相犯之处，不期朝唐贡品，行至中途，被贵寨劫来，使渤海国使臣，停滞中途。奉钦命追回贡品，再赴长安面君。敝使臣为了追回贡品，兵临长江瞿塘峡，特来求大寨主，璧还贡品。"

　　大寨主罗振天哈哈笑了，说："将军言之差矣，我罗振天从没有劫过渤海贡品，你营中哪名战将会过我罗振天。不错，占山为王的总是要抢劫客商的，但我现在听等招安，编成军旅之日，岂能再去抢劫。贵帮几时丢的贡品？误到我的头上，岂不冤枉。你我两下交起锋来，胜败归谁，还很难料，这是劫贡品贼使的鹬蚌相争之计，坐收渔人之利，望将军深思。赖在我们头上，岂不大错。"蒲查隆听罗振天坚不承认，遂说道："请问寨主，五顶山花和尚悟真，可是贵寨人吗？我们在他身上搜出贡品宝珠，他口称是大寨主主使，这难道是诬赖吗？"罗振天摇头说："悟真，悟假，悟什么也好，请前来当面对质。"罗振天明知悟真已死，用此话推卸。蒲查隆说："悟真畏罪自杀。"罗振天说："人死口无对证。"蒲查隆说："大寨主曾分派罗棰寨主假扮官军到五顶山去剿渤海国大营，被我们活擒放回山来，此事寨主当能知晓。"罗振天连连摇头："哪里有这事，我有八个儿子，罗棰是长男，现都在此，请你派人来认认哪个是罗棰。"众人定睛细看，真的八个人中没有罗棰。走出一个黑大汉手持双锤，拍拍胸膛说："在下便是罗棰，是劫营贼人吗？你们中了贼人金蝉脱壳之计，尚不醒悟，讹赖到我们头上，岂不可笑。"说罢勒回马头。罗振天拱拱手说："将军看见了吧！请不要屈死好人笑死贼。你要不信，请你七位将军到敝寨看看。"蒲查隆见他坚不承认，就说："倘被我在贵寨找得真赃物，又当怎讲？"罗振天说："这是白日做梦——妄想。"蒲查隆说："妄想也会有事实。""也好，那么明天敝寨大开寨门，恭候将军去查找吧！不知将军肯枉驾光临否？"蒲查隆说："承蒙大寨主相邀，敢不遵命，明天卯时准到。"

　　正在这时，见数起喽兵，鬼哭狼嚎，披头散发，满面血渍跪在罗振天马前，禀报一号渡口被抢去，接连二号、三号直到十号杀伤甚众。蒲查隆听见笑了。罗振天却大吼一声："好。"四棍八锤将各抄兵刃，就要奔过来厮杀，罗振天摇摇手，对蒲查隆说："将军听了吧，你为什么抢我们渡口？"蒲查隆说："我们奉旨讨贼，为了肃清江北贼人，必须抢渡口。大寨主你是官军吗？是贼人。我们在江北百里内戒严，这是名正言顺。大寨主若认为不可，那就难怪我们要剿贼了。"用手一指监军大船说："这是大唐旗号。大寨主想是认得，是十皇子晋王，派为大唐国朝

第四十三回　乔扮装巧夺贼船擒贼首　捉放罗分化瓦解再运筹

277

平南剿抚元帅的监军。"又一指左平章大船,说:"那位头戴纶帽身穿四开红袍老人,就是渤海国朝唐使臣钦命平南剿抚元帅。慢说瞿塘峪就是长江上游,下一戒严令,谁敢不遵。"贼人终是胆惊,听到十皇子晋王当监军,渤海国来头不小,又听蒲查隆话中带刚,罗振天顺风转舵说:"将军是奉钦命剿贼恐剿不到我罗振天头上。我已说待命招安,虽是钦命未到,只在迟早。还是请将军明天到敝寨为是,明日扫榻以待光顾。我现在就要回寨。"勒转马头,带领众喽啰顺山去了。

蒲查隆七人弃岸登舟,回归大营,齐聚大帐。有的说:"罗振天对'贼人'二字不认账,又藉口听招安,事出蹊跷,明天又去赴会,说不上设下什么圈套,恐怕是鸿门宴吧!还是不去为是。"蒲查隆笑笑说:"堂堂剿抚元帅帐下将军,岂能失信于贼人,鸿门宴上,汉高祖不也脱险了吗。末将托监军福,元帅虎威,谅能无事。还是把活捉的寨主提来问问为是。"遂命赫连杰把罗振地捉小鸡似的头朝上,脚朝下掼在地上,把他掼的发昏,不住声地喊"鲤鱼精爷爷饶命。"蒲查隆命给他揭去蒙眼睛布,他呆呆发愣。愣够多时,看众将中一个青年戴三山王帽,衣穿围龙蟒袍,腰横玉带,足登朝靴。左旁边一位头戴纶帽,衣穿四开红袍,银髯过腹。旁边侍立三个粉妆玉琢孩童,男女众将分坐左右。他以为到了水晶宫,跪爬半步,连呼:"龙王爷爷饶命。"众人不明白怎么回事,蒲查隆心中有数,遂说道:"这里不是水晶宫,是渤海国使臣大帐,是大唐国朝平南剿抚元帅大帐,上面带王冠穿蟒袍的是当今皇帝十皇子晋王,任命为监军,年老的就是元帅。"罗振地向上磕头。蒲查隆说:"是我们这位拓拔将军救了你的命,过去谢谢吧!"罗振地谢过救命之恩。蒲查隆遂道:"寨主饿了半天,赫连杰送他厨房吃饭,要好生款待。我明天要到大寨赴会,寨主愿跟我回去,就明天走,不愿意就吃完饭先走吧。只求你明天辰时到前寨给我当向导,别无所求。吃完饭用小船把你送到对岸,这样行罢。"罗振地说:"我今天要赶回去,明天一定到前寨等候将军。"谢过了众人,赫连杰把他领进厨房,吃完饭用小船送到南岸,他自己回寨去了。

监军等罗振地走后说:"什么龙王爷,是怎么回事?请道其详。"蒲查隆一指拓拔虎说:"请问龙王爷驾前,鲤鱼将军吧。"监军越发糊涂了,说:"你们闹的什么鬼把戏?"拓拔虎说:"我奉了军令劫船,就把从海湾岛带来的水兵,穿上鲇鱼铠。是在大海中鲇鱼脱去皮做的,穿在身上鲇鱼一样。尾下两鳍是二只脚,贴在鱼嘴上,在水中游起来,可当桨用，乍看去和大鲇鱼一样，是经能工巧匠做的。我有一身鲤鱼铠，水战时，就穿在身上。我布置好了去别处抢船，就带了一百名身穿鲇鱼皮铠的水兵。我穿上了鲤鱼铠潜入水深处，削断了水中滚轮刀，跳到船上，吓得众喽兵大喊'鲤鱼精来了，'众水兵齐出水面，吓散了众喽兵。罗振地正在岸上张望，我纵身上岸，把他抛向江中，众水兵把他捆起来，用绢帛蒙了眼睛。他以为是触犯了龙王，派鲤鱼精带一群大嘴鲇鱼精来作祟，所以口口声声称龙王爷。总管将计就计，蒙了他。亏得咱们大仁大义救了他性命，反以礼相待。是为了使他感激，实在是分化。这是我玩惯的把戏，其它渡口，也是这样得来的。"监军听了哈哈大笑说："真是好把戏，这样把戏，不但他感激，还起到稳把山寨夺来作用。但不知明天还玩什么把戏？我也改扮行装，当小卒去长长见识，岂不甚好？"众将说："监军万不能冒险，有失万乘之尊。"监军说："什么千乘万乘，同是一个人，'不经一事，不长一智'，怕做什么。"大帐中正争论不休，冰雹花来报："葫芦峪群山火起，烈焰腾空，烧了大帐。"

第四十四回　罗锤母子深明大义离山寨　蒲查将军将计就计欲赴会

比剑联姻

话说众人听说葫芦峪群山火起，都以为怪事，惟有监军元帅喜上眉梢，因这是作战计划中最难的一事，竟然成功，所以喜出望外，是因为三位参赞率领六名女将出发的首要任务是要烧掉贼人滚木礌石。今见火起，不用说，贼人已着道儿。蒲查隆暗暗庆幸。回转大帐，见监军与元帅正在叙话。元帅见蒲查隆来了，说了声："坐下。"遂说道："今日是侥幸成功，但明天是我们计划以外的事，你身入虎穴，我想来终是凶多吉少，你又做什么打算，说出来我和监军合计合计，可行再行，不可行则止。与贼人讲什么信义？"蒲查隆说道："我虽是以身涉险，但终不能丧身贼窟。明天，我要带五联营都掌管前去，这五人是同我患难相识的，又有万夫不当之勇。水旱两路英雄，纵高越矮，飞檐走壁的好汉，可以力敌众贼。第二，我要三个孩子与我同去，五匹怪兽，一只飞禽，令贼胆丧。我们九人在贼群中，比武功，谅贼人占不了上风，又何惧之。何况我们九人身穿宝铠，坐下宝马，又怕什么？贼人虽布下天罗地网，岂奈我何？也可看清敌人阵势，倘如翻脸，我们出师有名，名为剿匪实为追回贡品。我们操之过急，敌人把贡品毁掉，岂不前功尽弃，水中捞月。为了追回贡品，完璧无缺，只要稳，不要狠，随机应变，见机行事。你要不去赴会，岂不贻笑大方。这是我的见解，请监军与元帅裁夺。我年轻无知，所见非是之处甚多，尚望指教。"

老元帅夹谷清听了，点头赞许。监军听了，也觉得尽情尽理，但监军却求随同前往。蒲查隆终不敢答复。自身死了如同草芥，众将死了，如同粪土，金枝皇子晋王殿下堂堂监军，倘有一差两错，岂不是罪名加在渤海国左平章身上，又可以引起两国战端，不是朝唐，而是反唐了，关系非浅。迟迟不敢答言。左平章也万分为难，让去罢，事关重要，不让去罢，监军又苦苦哀求，事则两难。监军倒识机说："我扮做马童，胜了安然归来。败了我一个马童，也不致杀了我。我要亲眼目睹贼人狂妄，据理奏明父皇，纵使父皇信用奸臣，也可使父皇心存警惕。这样做只有好处，没有坏处。最不可解时，我还可摆出十皇子晋王尊严，贼人要受招安，我见机行事，只会脱身。不会那么倒霉，我就死掉。你们担心什么，我还会武艺。坐下有穿山跳涧骍骝驹，再让我的奶爷，骑上双峰金睛千里驼，他不是碌碌无能之辈，从我在终南山12年。也会些武功，十八般兵刃，件件皆通，也能保我出险境。不然他可以给你们当证明，实是我自愿，脱掉你们责任。我为了长见识，多见多闻，不是为了抢功劳，这事你们也能知道。言尽于此，听你们吩咐吧。"面带愁容，万分不高兴。左平章见监军意恳情切，勉强道："只是监军有愿望又有主张，我看监军可充为我国大将随军队前往，三个孩子当护卫，有虎、豹、熊、黑鹰、狮子狗、小猴，倘有不测，这六样禽兽总可保监军脱险。但监军，今天就得和它们亲近。这个方法还是去问三个孩子。我们只能防意外，不能保平安无事。"监军听了哈哈大笑说："人不得苦中苦，难得甜上甜。还是元帅高明远见。"遂问三个孩子："您三个能成全我去葫芦峪赴会吗？"三个孩子说："愿保监军前往。"重生说："只要监军腰中系一根丝条，黑鹰就能把你叼回大营。它听我话，不用亲近。"孩子脑里是洁白的，不会三回九转，更不懂见眼目行事，说出话来是真诚的。左平章听孩子答应了，自认晦气。以为孩子不敢答应这种蠢事，哪知黑鹰竟有这种本领，出人意外。蒲查隆："如此甚好，但我们谨防'智者千虑，必有一失'，我是明天晨起，同去的五个联营都掌管将军，蒲查盛、三个孩子。"夹谷兰走过来说："我也同去，赴汤蹈火，也有我一份，把我拉下，我就拔剑自刎。"蒲查隆说："那么大营呢？"夹谷兰说："左平章坐镇，还有四花可使任我三人的职责，移交四花当不能误事。为什么只信自己不信别人。别人的才华沉沦，岂是用人之道。"蒲查隆说："就听这枢密处都堂管话，你去找四花交清职务。明天成败，在此一举，该休息了罢。"众人回帐安寝去了。左平章留下蒲查二将军和夹谷兰，再三地筹划。觉到千妥百当，才命他三人回去休息。

　　再说罗振天回到大寨，七个儿子，一个侄子埋怨说："为什么当时不试个高低？"罗振天说："我们要保存实力，听候招安，把贡品献于左相杨国忠，听其斡旋。招安旨一到，渤海国就无措手足，我们杀了张元遇，坑死降兵，死人空无对证，渤海国岂奈我何。这缓军之计。倘若战端一起，看样子渤海国不是好惹之辈，况且纷至沓来。让罗棰躲开，就是为了赖账，死不承认劫贡品。他以匪来剿，我们以听招安为挡箭牌。"罗帮问："今天赴会为何？"罗振天说："我们大寨门挂彩，二道门挂红，红毯铺地，设下刀山剑林，试他们胆量；在二门设下迎风酒；三门内设下脚踢百木椿，然后再比试拳脚，兵刃，试他们武功；我们掌握他们的

281

本领，再翻脸，我们只会胜，不会败。我们要不敌他们，只静待招安，不能轻举妄动。如失败，只剩你我几人，徒手寨主，凭什么本钱受招安。知己知彼，百战不殆，此之谓也。"罗振天七个儿子，一个侄儿听了都认为作的对。作书的说，罗振天不是八个儿子吗？怎么成了七个，前言不搭后语。是的，罗振天八个儿子。罗棰自从五顶山去劫营回来，说到被擒归来，罗振天骂他酒囊饭袋，厌马墩台，让他深居后寨。就把罗振地儿子，认为己子。一是为了劫贡品混赖过关，二是为自己不失颜面。罗棰自知葫芦峪必败在渤海国之手，有心投奔渤海国，儿子出卖了父亲，也是可耻的事。因此就听天由命去吧！他的妻子很贤慧，见丈夫愁眉不举，就劝丈夫找一僻静之地，带着老婆孩子耕种度日去，罗棰几次请求父亲，罗振天不但不允，反对他起了戒心，认为他投降了渤海国，回来当探子，倒把他软禁起来。罗棰只好听天由命，随遇而安。就把罗振地儿罗唤顶名冒替罗棰。

　　七子一侄正在谈论，罗振地奔了大帐。罗振天一看大喜过望，认为他祭鲤鱼起了作用，急命坐下，问他怎么脱离了累赘。罗振地就把在渤海国大帐事说了一遍。并说："我看渤海国并无恶意。"罗振天问他："提到劫贡品吗？"罗振地说："只字未提。"罗振天以为是中了他缓兵之计。这时喽兵来报，左山、右山、前山火起，罗振天告诉罗振地回前寨去。罗振天率领四棍八锤将到寨外。凡是有滚木礌石处都起了火。心中惊异，想要救火，山上哪来的水，只好听凭烧去，偏又起了风，火仗风势，风乘火威，烧了起来，滚木着火礌石滚坡而下。幸好是滚在外坡，与寨内无关。但来军爬上山来，窥视大寨，也可悬绳而下，不得不防，遂命守护好滚木以防贼人，据险而守，听火蔓延烧去。罗振天回到大寨，猛丁想起，莫不是罗棰把险要去处告诉了渤海国。命八子罗边去找罗棰来大寨，罗边去把罗棰找到大寨。罗振天冲口大怒，骂罗棰忤逆不孝，被擒后，出卖父亲，弟弟，把险要去处告诉了渤海国，叛逆之子。推出杀。一声令下，把罗棰绑了起来，推出大帐外，喽啰兵手持大刀，举刀奔罗棰脖颈就砍，罗棰把眼一闭，只待等死。只听喽兵哎呀一声，翻身跌倒，呛啷啷，大刀落地。罗棰只见自己母亲、妻子手挽一双儿女，哭得泪人相似，原是自己母亲砍倒了喽兵，大骂："老天杀的，你要杀我儿，我就和你拼了。你们都跟妈妈过来，咱母子投奔他乡，让老天杀的任性吧！"七个儿子见母亲大骂不休，并喊"过去"，倒为了难。听母亲话，抛弃父亲也非为人子之道。正在为难，就听母亲又骂道：

282

"老天杀的。常言道：'虎毒不吃子。'你竟要杀自己长子，对得起九泉之下爷娘吗？你杀了儿子，抛下孤儿寡母，你甘心吗？"一指七个儿子骂道："君不正臣另投其主，父不正子奔他乡。你们不过来从我走吗？等老天杀的，血迷心窍，都宰了你们。"罗棰知道兄弟们进退两难，跪在母亲面前说："娘，孩儿不孝，触怒父亲。望母亲不要与父亲争吵。"罗棰的妻子带着一双儿女也跪在地上，苦苦求情说："娘千万不要生气，这事也怪了孩子爸。"老太太急了眼："怪什么孩子爸，都是老天杀的放福不享，儿子从小欢绕膝下，安享天年，多么好。逞的什么强，当什么总辖寨主。让人骂贼长贼短，泉下爷娘有知，也不瞑目。孩儿起来，收拾行装，娘和你夫妻脱离这个火坑。保存爷爷后代，听凭老天杀的胡为去吧！看哪个敢来挡我。走！"拉起罗棰夫妻，不容分说，直奔后寨。立马横枪吩咐男女仆人套车备马，手提大刀，杀气腾腾。告诉诸儿不愿去的把孙儿孙女装在车上，自己带了走，保存罗门后代。众儿媳见婆婆盛怒之下，那敢不听命，把孩子们用的衣服，都打成包袱。这时早有小寨主，奔到前寨，请来了罗振地。罗振地见嫂嫂红了眼，低着头说："大嫂念多年夫妻，老了老了，儿孙成群，还耍什么脾气？"老太太给了罗振地一记耳光，照脸啐了一口骂道："你兄弟癞蛤蟆想吃天鹅肉，迟早要祸灭九族。我领着儿孙去保存罗家后嗣，省得举家灭亡，你应当感激我，谁曾想来这说此混话。快滚吧，惹恼了老娘，小心你弟脑袋。"吓得罗振地诺诺连声，低头想到还是嫂嫂说得对，遂低声下气地说："嫂嫂要走，不在今朝，我和哥哥说去，常言道：'苦海无边，回头是岸。'我们不是正想招安吗？"老太太说："你放什么臭屁，你们做的事认为我不知道吗？劫渤海国贡品，串通奸臣杨国忠贿买招安。渤海国能答应吗？算起两国战端，现在兵临长江，要有多少士兵流血，抛下孤儿寡母，你们于心何安？并绝了祖宗后嗣，良心何在？我与弟兄割袍断义。"说罢咔哧一声，前衣襟落地。罗棰听了母亲话，非常有远见，深明大义，要不趁此时逃出大寨，恐大祸临身。车马已备好，遂说："母亲不必生气，弟弟、弟妹们不走，好在老人家孙儿孙女已整备齐整，孩儿愿侍奉母亲，我们走罢。"老太太说声："好。"手提大刀，在前开道。罗棰夫妻催马在后。五辆大车，闯出了大寨门。

气得罗振天哇呀怪叫，自知不是夫人对手，敢怒而不敢言，听凭母子去了。罗振天自我解嘲说："这个贼婆娘去了更好，省我麻烦。"这个老太太一走保全了儿孙性命。真是隔墙有耳，被人看得分明，瞧得准确。真是应了"要叫人不知,除非己莫为"的古谚。罗棰母子夫妻走出了前寨门,真是世界虽大,何处是容身之所,唐朝疆域广阔,何处是栖身之地。满天星斗,闪满天光华,像在说你母子有了出路,更像是发出悲凄,今后要天涯海角,过那风凄凄雨萧萧寂苦岁月去了。罗棰百感交集掉了伤心泪。俗语说:"大丈夫有泪不轻弹,"恐怕前尘往事兜心头,也止不住频频泪下。罗棰前尘往事一一涌向心头,好像万马奔腾。想到幼年从父母葫芦峪,张网捕鱼;想到葫芦峪,耕种自给;母亲寒夜孤灯,为兄妹们缝补衣裳;父亲总劳苦鬓发白了,怎么倒误入歧途,当了山大王;当年父母都有一身武艺,因不愿去当武则天的走卒,隐身葫芦峪,领着儿女自耕自食,想不到晚年父亲丧失了当年气节;劫贡品,一心要结识奸相杨国忠,期待招安,以致老夫妻反目;自从自己领着老婆、孩子、侄男侄女们离开大寨,母亲年老,子侄年幼,只有自己同妻子要保住这些眷属。到何地去安身呢?心里拿不定主意。罗棰妻子张亚田是一位闺中丈夫,见丈夫耷拉着脑袋,信马由疆地无精打采,心事重重,遂把马靠近罗棰,低声说道:"你想什么心事?"罗棰就把想法说给了自己妻子。他的妻子听了频频点头,认为罗棰想得周到。罗氏一门重任担在丈夫身上。静默了很长时间说:"你我还是奉着母亲、孩子们远走天涯吧!到塞外去安身立命,侍奉婆母晚年,教育孩子们,公公兵败自焚,倘累及我们,岂不是辜负了今天的出走。到了,终不至饿死。当年公婆不也养瞻你兄弟姐妹12人吗?现在我们眷属也只12人,何处不能谋生。妾身自问吃得苦,耐得劳,我们同甘共苦,终可侍奉婆婆晚年,孩子们长大。婆母今天的举动,使我大大长了知识。做的很对,骂叔叔话也是理直气壮。"罗棰说:"百多口人,尽被渤海国夺去,插翅难逃,上游悬崖陡壁,下游陡壁悬崖。我们只有向南走去,越走越离塞外越远,急忙中,没带多少路费。我再想夺路劫财,真的讨饭去吗?"他的妻子说:"明天渤海国不是要来什么谈话吗?我们等到江岸向来人说明情况,求他们渡我们过江,又不进他们大营,凭我们老小一窝,当不了奸细。我想直言不讳,仁义之师,当能放我们逃生。"罗棰听了妻子说话认为可行。就到大江渡口,露天宿下。

第二天黎明,渤海国人马吃罢早饭,齐集大帐,正计划进葫芦峪,侍从赫连杰进帐说:"南化郎来见。"迟勿异听说师傅来到,三步并着二步走出帐外,来迎师傅。见师傅满眉压尘,踉跄走来,便急忙跪倒:"给师傅磕头。"南化郎说声"起来,"步入大帐。左平章、蒲查隆等将都向老花子执礼甚恭，惟有监军李炫看到，觉得出奇。南化郎早已瞧见，连理睬也不理睬。侍从搬回椅子，南化郎坐下说："葫芦峪大寨主罗振天家庭闹了纠纷，大寨主夫人带着罗棰弃寨出走，现在长江南岸，要投奔塞外。"遂把亲眼看到的情况听到的话，详细讲了一遍。"求你们渡他们过江，到塞外逃命去吧。昨夜火起是我们四人碰到了三位老英雄合谋放的。今天进大帐，料无意外，一切举动，都在试探你们。罗振天是麻杆打狼，两头害怕，一只脚登着两只船，又想投西夏，又盼长安招安。"说罢从兜囊中取出一个油纸信封，交给蒲查隆，"此是入葫芦峪四至八道图。张元遇现有性命之忧，投降的官兵，都要坑死，请你们设法救他们，我们也祝你们成功，言尽于此，我要去了。"说罢站起身形，拂袖而去。监军愕然了，遂问道："这个花子是谁？"蒲查隆说："是迟勿异师傅，是我们的义务保护人。江湖人称南化郎的便是此老。"监军听了不住顿足叹道："可惜是一位江湖上著名老侠客，失之交臂。听我师傅说，江湖上，四化郎各有来头，惟南化郎是徐敬业后裔，是唐初功臣徐茂功嫡派子孙。我应当执礼拜见，可惜竟当面坐失良机。"蒲查隆说："迟早就会相见。但长江南岸，罗棰母子等船，心急如焚。拓拔虎将军你亲去把他母子渡过来。"

拓拔虎带十名水兵，摇船到南岸，见岸五辆大车，男女老少席地而坐。拓拔虎走上前来说："你们要渡江吗？"罗棰同妻子老母三人睁睛细瞧，见来人说话和气，并无恶意，终被罗棰认了出来。奔向前去，握住了拓拔虎手，连摇了几摇说："原来是拓拔将军呀！"拓拔虎说："我奉监军之命，特来渡寨主母子渡江，请快上船吧。"罗棰喜出望外，请母亲上船。罗棰夫妻把孩子们行李搬到船上，犯愁车马。拓拔虎说："弃了吧。你去塞外，老母弱眷，总管能让你徒步走吗？"罗棰只好放弃了车辆，渡过江来。蒲查隆同众将笑容可掬地迎来。连说："罗寨主贤母子弃暗投明，我等特来接待。"罗棰趋步向前，见了礼，说："承蒙总管照顾愚母子渡江，深情厚谊，永不相忘。罗棰奉母命离开大寨，已是逆子了。若再进入大寨，日后葫芦峪兵败之日，议论纷纷，飞短流长。人说罗棰为卖父求荣，纵跳长江难洗清白。请总管鉴谅下情，放罗棰母子，逃命去吧！"蒲查隆听了，无法再阻止，遂命拓拔虎去总务处预备五辆大车、纹银。对罗棰说："请寨主权收下，暂做路费，车马到登州也变卖了吧。车把式是从登州双安镇五顶山来的，也给了路费，请你放他们回家。此去塞外乘船，路过海湾岛是渤海国留守之地。寨主经过可

第四十四回　罗棰母子深明大义离山寨　蒲查将军将计就计欲赴会

285

到彼处停歇几日，然后再择处而去。"遂命赫连英亲笔写了书信。交与罗棰说："前途珍重。"罗棰也说："青山不改，绿水长流，他年相见，后会有期。"驱车走了。罗棰猛地想起："蒲查将军怎会知道我母子要渡江，派船来接。"对妻子说了。妻子说："渤海国暗探已深入葫芦峪大寨心脏。听到了看到了我们情况，回报蒲查隆将军，怜念我们母子，识大义发了恻隐之心。据我看公爹必败。我们拿着信，到海湾岛栖身。听候消息为是。"罗棰点了点头。再说蒲查隆回归大帐，一切布置停当。辞别了左平章，一队人马急奔葫芦峪。

谷长春／主编

满族口头遗产传统说部丛书

比剑联姻（下）

本书讲述了满族先世靺鞨人创建渤海国，与同时代的中央政权唐王朝彼此交往的一段佳话，从而歌颂了以红罗女为代表的一大批各族英豪的果敢智慧、坚韧顽强、勇于同邪恶势力进行斗争的民族性格。故事情节跌宕，气势恢宏，有很强的吸引力。

傅英仁　关墨卿／讲述　王松林／整理

吉林人民出版社

第四十五回 监军随健儿赴会 总管凭武功慑敌

话说蒲查隆回归入帐，迟勿异、拓拔虎、东门豹、赫连英、东门芙蓉五名都将，侍立帐下。蒲查隆命他五人坐下说："诸位将军，从投渤海国以来，这个战役，是个艰苦战役，我们不能把贼人逼得走投无路，贼人与贡品共亡，杀守卫伯张元遇，坑害被俘官军。更不能使贼携贡品外逃，我们到天涯海角去追寻。为今之计，要贼首与贡品齐获，解往长安。贼众二万多人，我们要以三千多兵对敌，敌众我寡，要以一当十，战败贼人。我们今日去赴会，是当年楚霸王设下的鸿门宴，计诱汉高祖。刘邦当年有内援，脱离了虎口。我们没有内援，真的动手，葫芦峪悬崖陡壁，固若金汤，我们要各自为战，奔他大寨门。"遂命上官杰在南岸带一百名水兵等候。又命万俟华带一百名健儿在前寨门外，要见到黑鹰脚上缚着书飞来，见书行事。唤来了三个孩子准备好。各人穿戴，带好兵刃暗器。这时监军带着奶爷来了。只见他头戴软翅帽，身着紫裤，足蹬皂靴，腰悬宝剑，牵着宝马骅骝驹，鞍鞯上挂着丈八蛇矛，像个宫殿上侍护官模样，后面奶爷牵着一匹金色大骆驼。驼鞍鞯上，挂着一把开山大斧，打扮成武士模样。众人看了哈哈大笑说："监军的打扮和我们不一样啊？"监军说："一样能行吗？我打扮是晋王的侍卫。"一指奶爷说，"他扮的是跟班，倘你们动起手来，谅罗振天不敢把皇十子晋王的渤海国监军的侍卫武官怎样，我就可以安然脱险，然后离开。有据有凭怕什么杨国忠为崇，贼首为患。你们不要认为我为皇子殿下，晋王监军是你们共甘苦共患难的战友与知己。我从来就不懂皇室的尊严。更不懂晋王威势，监军的特权。只知道人所长我则学习，兄则悌友则恭。今天同去葫芦峪就是我实践诺言的机会。决不会给各位带来麻烦。我马上长矛，可为万人敌，步下干将剑，吹毛利刃，剁铜铁如泥。身上有铠甲，万刃不入。我的奶爷也不是等闲之辈。当年，我同师傅结草为芦，他曾伴我十几年。手中开山大斧可力敌千军，坐下金睛千里驼，乃是驼中灵兽，一吼万驼齐伏。怕什么罗振天，罗振地。你们以为皇帝儿子驼，便是饱食终日，无所用心的宠儿，但我不然。我敢说，我是受得苦，耐得劳，同黎民百姓同甘共苦的黎民庶子。你们担什么忧，

287

害什么怕。我自问能闯出贼营。再说贼人既盼望招安,敢把皇子的侍卫官怎样?除非贼人要当皇帝,才敢杀官。否则吓破他的贼胆,也不敢行。就是你们奉钦旨剿匪,他们没有钦旨招安,仍是贼,理应剿之。但他们心揣小兔子,惴惴不安。据我想大略无妨。"

蒲查隆听监军侃侃而谈,觉得甚为有理。遂说道:"既是监军愿往,小将敢不听命,只是委屈监军了。"监军哈哈大笑说:"毫无委屈。请你们把我说成晋王侍卫武官,凡事我首当其冲,看看我行还是贼人行。常言说'不入虎穴,焉得虎子'。在此一举,良机不可失,良时不可误。岂乃是机时并济之日,奏凯之时,诸将若以我为累,岂非太谬。"蒲查隆听了监军的话,心中坦然,是皇子当监军,体谅人情。要是太监当监军,横剔鼻子,竖挑眼,不懂硬装懂,什么"精神一到,无可不成了",金科玉律。虽是话出无知,你自得奉为有知,狗屁不是,也得奉行。你又不敢得罪他,真是敢怒而不敢言。十皇子当监军,他曾在终南山结草为庐,饱尝了苦滋味,对诸事了如指掌。况他业师是唐太宗谋臣,军事家。常言说'鸟随莺鸣声远,人伴贤良品高。有其师必有其徒,既是监军,愿轻身涉险,拂其愿则不如顺其志,经历些流离颠簸,阴恶险诈,鬼蜮伎俩,才会体会到善与恶、丑与美,辨忠识贤的本能。蒲查隆想到这里说:"既是监军要同去也好,但须监军要看事行事,万万不得粗心大意。我听说罗振天有八个儿子,都凶猛异常,号称四棍八大锤,有万夫不当之勇,又有36寨主,号为36天罡,艺业出众,武艺高强,均非等闲之辈。另外有72名副寨主号为72地煞,各怀绝艺。我们此去,罗振天分明是要看看敌我力量,一定要施出些威风,什么蹚刀山,越箭林,踏白刃,种种武门技能。虽是罗棰奉着母亲去了,但还有一个冒名罗棰,也非善类。我们去的人都有宝甲、宝冠、宝兵刃、宝马,此去只有28人,要敌罗振天八猛汉、36天罡、72地煞,人数比率五比一了。这是战将相比。喽啰兵有两万多众,要用28人比真是要以一当千了。虽是刀山箭林,但我们是非闯不可。要灭掉贼人威风,显露我们志气。我作了闯贼营计划,念给大家听。我们此去28人,安排如下:蒲查隆、蒲查盛并马为先行,把马寄在三寨门外。监军并奶爷并马齐行,把马寄在三寨门外。三小将并行,再生把熊、猴寄在前寨门,猛生把豹、狗寄在二寨门,重生把虎、鹰寄在三寨门。三小将各带自己坐骑,鹰、熊、猴守住寨门,五个寨门,有一位猛汉看守杀散贼兵,夺寨门。赫连英、夹谷兰、东门芙蓉并马齐行,把马寄在二寨门。迟勿异、东门豹、拓拔虎并马齐行,把马寄在三寨门。

15名猛汉以五为列,分三列,一列在三寨门把守,二列在二寨门把守,三列在三寨门把守,一列手持开山大斧,二列手持五钩神飞枪,三列手持镔铁大棍。

一列闯营时归迟勿异指挥,二列归拓拔虎指挥,三列归东门豹指挥,一列专管夺路,二列专管劫杀围我敌人,三路专管断后,中军有蒲查隆、蒲查盛保护监军、奶爷、赫连英、夹谷兰在前,东门芙蓉在后。在闯营时不得紊乱。边战边闯,但不幸有落马的受重伤的,必须抢回。各马鞍上,各备套网袋,以备盛殓尸体,或盛装伤员。在闯营时三小将要各将虎、豹、熊猛啸、猛吼、猛叫,吓倒敌人坐骑,猛扑敌群,鹰给万俟华报信外,要抓敌将头颅,金毛獒乱咬敌颈,小猴要乱抓敌人眼睛,藉仗虎、豹、熊、鹰、狗、猴的威力灵巧,使敌人防不胜防,这全凭三小将指挥了,要闯出贼人大寨最重要关键,也是首功一件。我们到了他的大寨,要按照甬路直行,进入聚议大厅和两厢廊房,什么亭台、花榭一律禁入,小心中了埋伏。我们主要观察山寨,作好探山准备。好救出张元遇,免贼人杀人灭口。我们救出张元遇,就师出有名,追回贡品。众位以为如何?"

监军、将军们都拍手称赞。一切布置好了,回明左平章。咚!咚!咚!放了三声大炮,人马登舟,三号大船,头船是万俟华亲率一百名挑选的骠悍健儿去守前寨大寨门,中船是28名去赴会的将军们,后船是上官杰的水兵,浩浩荡荡,直到南岸,船到南岸,万俟华率兵隐入林中,埋伏去了。上官杰率一百人把住渡口,蒲查隆等28名骑将头上无盔,身上无甲(其实每人都有宝铠宝甲护身,就连打扮15名步卒,也是内穿生皮铠)。直奔葫芦前寨,蜿蜒小径,树木丛杂,怪石林立,苋蒿漫漫,百草蓬蓬,走有十里之遥,道路宽阔,可容五马齐行。但山高数十丈,刀削斧砍,两峰对峙,形如鹅头。往里看,拐拐曲曲,深邃莫测。鹅头峰上,立有哨卡,隐藏在石窟中,真是一夫当关,万将难攻。蒲查隆心中暗忖,要闯出这个山口,势不须夺,两下鹅头峰哨卡,不然明卡、暗卡放下滚木礌石,堵塞了道路,除非是肋生双翼展翅全天,方可逃生。猛听山上高声喊道:"哪里人马,站住!站住!"山谷回音,像四山齐喊"站住!站住!"众人勒住战马。他们28人中要算迟勿异声音最大最响亮,高声喊道:"渤海国朝唐副使臣,扈从虎贲军总管将军并大唐国朝平南元帅麾下将军,前来赴会。传知你家寨主,前来迎接。"

第四十五回　监军随健儿赴会　总管凭武功慑敌

鹅头峰岗卡说声"稍待。"只见尘头起处,十余骑骏马急驰而来,为首的正是前寨大寨主罗振地,后跟着十余骑,明盔亮甲,相貌不一,兵器也不一样。枪、刀、剑、戟、斧、钺、钩、叉、棍、链、索、棒、鞭、铜、槌、抓。十八般俱全。再看胁下各悬着短兵刃。一个个虎视眈眈。罗振地滚鞍下马,趋步向前抱拳秉手说:"大寨主恭久,特命罗某前来迎接将军,请将军就此进入大寨。"蒲查隆见罗振地执礼甚恭,明知是笑里藏刀。但只求入大寨,相机行事。遂以礼相还说:"请罗寨主先行。"罗振地说:"某谨听将军吩咐,望将军随某同行。"罗振地同来的山贼,前面当向导。来到了大寨门,只见大门挂彩,二门挂红,黄沙铺地,一旁列有一行喽啰雁翅排列,手擎大刀,高高举起,刀刃向下,五步一对,对排两旁。大寨门内摆下一张桌子,桌面上一罐酒,约有三斤重的黄泥瓦罐,盛着鲜明的四个大字:"绍兴花雕"。方肉约有一斤,五花三层,上插一柄匕首。一个黑大汉,头戴壮帽,短衣襟,小打扮,下身是兜裆滚裤,足登抓地虎快靴,腰系一巴掌宽丝兰大带,两个穗地直抵腰间。

罗振地进见说:"这是大寨主摆下的迎风酒,蒲查将军能领否?如不能领,可命撤去。"(意思是说酒无好酒,肉非好肉,不要涉险)蒲查隆遂说:"既蒙大寨主厚情相待,当愧领了。"拓拔虎、东门豹相视而笑,雕虫小技,黔驴献丑,当初我们曾以此技刁难蒲查将军,蒲查将军视为儿戏,今天是故伎复演,岂能得逞,不言二人心中暗笑。再说那大汉擎起酒罐,说声:"请饮迎风酒。"一抬手,泥罐脱手而出,急如旋风,迅雷不及掩耳,向蒲查隆掷来。蒲查隆不慌不忙,安然接在手中,用手掌横扫千钧功夫,劈去泥封,举罐而饮,遂即用手擎罐说:"来而不往非礼也。"将罐抛回,"礼"字刚说完,罐已抛到黑大汉脑门。黑大汉想用手接,已来不及,只好硬着头皮撞去,咔嚓一声,罐破酒流。黑大汉天庭起了红包。幸亏他练过油锤贯顶功夫,不然就得找阎王爷报号去了。黑大汉恼羞成怒,把匕首和肉举起来说:"有酒无肴,不成敬意,请就肉下酒。"话未说完,就抖手抛去匕首和肉,他以为先下手为强,话没有说完,就把匕首抛出,给他来个暗算,死不知怎么死的。那知蒲查隆一张口,叨住了,透出肉的刀尖,磕嚓一声把刀尖咬掉,说声"肉中有刺,"喷向猛汉,猛贼人猝不及防,被射中左眼,"哎哟"一声,眼珠随血而下。"扑"地一声,肉扑面而来,扑向脸门,啪地一声,打得贼人摇几摇,晃几晃,翻身跌倒。"妈呀!""娘哟!"退了下去。

蒲查隆、蒲查盛同众人，坦然地催马入大寨门，五名健将同再生留守大寨门。迟勿异、东门豹、拓拔虎把马寄在大寨门，随同步行。又来到二寨门，地下扎着两排柏木桩，一排约有百根，露地面约一尺，按常规说地下埋入四尺，这叫脚踢柏木桩，脚上没有千斤力气，枉想动它分毫。两旁排列着弓箭手，真是弓上弦，对准来人，说声"放箭"就万箭穿身。蒲查隆视如无物。见一红脸汉，虎背熊腰，头如斗，五大三粗，抱拳秉手说："请将军随我来。"一脚一个把柏木桩就地踢折。蒲查隆随同在后，一脚一只踢折柏木桩不算，还就脚尖到处，柏木桩飞了起来，然后落于原处。贼人见踢倒一百个柏木桩，只吓得目瞪口呆，伸出舌头，缩不回去。第二寨门猛生同一武打扮健将留守，三名女将把马留下，众人来到第三寨门，来到三寨门，看地面是排列二排高有五尺的竹梢，插在地下，每一尺一根。中间插着牛耳尖刀。两边列排喽啰兵，手持红缨大枪约有百人分列两旁。再看聚义大厅，悬灯结彩，两廊房站满了携刀佩剑贼，怒目横眉。过来一个贼人黄脸膛，黄头发，黄眼眉，黄胡须，土黄色衣服，干练利落，怪肉横生，二只蛇眼，炯炯放光，狮子口，过来抱拳秉手说："请将军同我进聚义大厅，别人稍等。"只见他纵身一跃，跳上了竹梢头。一步步走向聚义大厅。蒲查隆看了非常赞美他的轻功，可惜落入贼群，为他惋惜。蒲查隆也跃身上了竹梢头步步奔大厅。贼人走的梢头，摇摇摆摆，蒲查隆走的梢头，轻轻飘动。见出贼人武功稍逊色。黄脸贼人走到头回转身来，一手拔竹梢，一手拔牛耳尖刀，说扫清来路，请众位入大厅。竹梢和牛耳尖刀埋入地下五尺，须运足气力，才能拔起。蒲查隆两臂一晃，足有千斤力气。嗖！嗖！嗖！拔完了牛耳尖刀、竹梢，回头一看，贼人还能有二十多根竹梢二十多把牛耳尖刀，尚未拔起，已累的满脸大汗。蒲查隆伏下身去，帮贼人拔去了竹梢、牛耳尖刀，贼人羞的黄脸涨成了红脸，连说声"惭愧"，退到一边。这时十余名贼人，铺上了红毯，大寨主满面笑容地迎上前来，众人把马寄放在三道寨门外。大寨主罗振天已笑容可掬，秉手说："迎接来迟，万望将军见谅。"蒲查隆秉手说："承蒙大寨主相邀，不敢相违。遵时来扰，不知大寨主还有什么吩咐。"罗振天笑吟吟说："敝寨荒漠，特备下长安备来的名酒绍兴花雕女贞，塞外的四鲜，驼蹄、熊掌、犴鼻、飞龙，黄海的海味，粗备小酌对酒，演武，也是好武雅事，请将军到东廊下把酒观武。敝人到西廊下相陪。大厅设坐次为监察席，只准以武会友，不准伤人，请将军派两名武将，敝人派两人共四人为监察，不知尊

第四十五回　监军随健儿赴会　总管凭武功慑敌

意如何?"蒲查隆正在思忖,让监军同奶爷去,又怕中了贼人暗算。就在这时听背后说:"我俩去。"蒲查隆转身形,一看不由得喜上眉梢,暗暗欢喜,来的不是别人正是南化郎、北化郎走了出来,越众当前,愿为监察。只见他俩怎样打扮,有人编成花子三字经:

> 头不梳,脸不擦,三顿饭,用手抓,破布鞋,草绳扎,灯笼裤,破小褂,两条腿,麻杆大,两只手,净疙瘩,破瓦罐,手中拿,打狗棒,直掉渣,一人见,十人怕,一说话,一咬牙,唾沫飞,黏痰呷,奇怪像,泥菩萨。

蒲查隆说:"很好。求之不得。"遂向大寨主罗振天说道:"我们派二位老人去当监察。"两个老花子摇摇摆摆,大模大样走向聚义大厅,边走边说:"人老稳重,办事公平。"众贼人看了,直要呕吐,哪里来的讨饭花子,两只破布鞋,用草扎着,前面露出蒜瓣,后面露出鸭蛋,分明是一双吞土兽,要在众目睽睽之下,来当监察。大寨主转向众人说:"你们看渤海国来人丛中,有这两个花子吗?"众贼人都摇头说:"没看见。"大寨主很纳闷,遂断喝一声:"老花子,你俩是哪里来的?"一个老花子咬咬呀,咧咧嘴,喷出一口粘痰,直奔罗振天面门飞来,罗振天正等花子回话。看金光一团向自己扑来,以为是暗器,把头一扭,躲过了。但落到背后人脸上,哎哟了一声,满脸沾满了粘痰,用手一摸,满手又沾上粘痰。罗振天骂了声"废物"。这人自认晦气,用手绢擦干净了脸,躲在一旁。罗振天怒气冲冲说:"混账的老花子,快说哪里的?"老花子哼哼唧唧说:"你这个老不死的,明知故问,渤海国来的。"罗振天又问:"怎么来的。"哼哼唧唧地说:"骑骆驼来的。人家骑骆驼背,我骑骆驼肚皮。"罗振天大喊一声:"浑扯蛋。"老花子遂口念道:"你说扯蛋就扯蛋,镫里藏身看不见,贼人空长两只眼,蒙在鼓中遭暗算。"

这回声若铜钟,也不哼哼唧唧了,众贼人听了个清清楚楚。监军看了出奇,遂问蒲查隆:"哪里来的花子?"蒲查隆说:"监军昨天说过失之交臂的,大名鼎鼎的南北二化郎呀!"监军点了点头说:"我看他吐粘痰当暗器,就看出'真人不露相',如此看来,今天定有一场凶杀恶战了。不然老化郎怎能露面。"这时气的罗振天无名火起,想要用箭射死老花子,才引出一段热闹节目,下文交待。

第四十六回　二化郎自愿作监察　三女杰比武逞雄风

话说大寨主罗振天见两个老花子，竟自愿要当比武的监察人，说出的话语带讥笑，不由冲冲大怒，想用神箭手放暗箭射死他俩，而后又想到既是渤海国将军蒲查隆推荐来的，想必是能胜任的，也许是故意装扮这样为了掩饰众人耳目，我何不奚落蒲查将军几句，出出胸中恶气。遂抱拳秉手说："蒲查将军，贵邦来将，都是些中青年，不知将军何以把贵邦的元老宿将也搬了出来。想必是贵邦元老宿将当年流亡之苦，今天仍是当年打扮，倒让我吃惊了。此两个老花子当年也是手持黄泥瓦罐，手拎打狗棒作战的吧。但今非昔比，来堂堂大唐朝贡，岂容两个老花子入城，岂不贻笑各邻邦，作为茶余饭后的丑闻。某以为不可。就以今天而论，某虽不才，广聚各路英雄，都是些出类拔萃的好汉，要宴请两个花子为上座，某以为不可。愚直言之，望将军鉴谅。"蒲查隆笑道："如大寨主之言，诚是孤陋寡闻，岂不闻十室三邑，必有忠信。要以貌取人，实乃大谬。就是你们炎黄子孙，为丐而当将相的，何止千百。伍员当年救援于芦中人、吹笛于吴市；韩信曾乞食于漂母、受辱于胯下，此二人皆有济世之才，身怀绝艺，也曾讨过饭，因时乖运蹇。我们这二位老花子，身怀绝艺无人敌，才高八斗无人用。也是炎黄子孙，真是英雄无用武之地，贤士无栖身之所。又不甘趋炎附势，徒为势者走狗，汪汪狂吠，乱咬无辜。又不肯当亡命徒，拦路劫抢。守份安身，何耻之有。我渤海国先辈，识英雄于流亡中，不以相貌取人，不以乞者见弃。延为上宾，聘为西席，以师事之。此二老感德图报，随使臣前来，仍复故态，以取笑于少眼无珠之辈。论武功得达摩真传，论才华三坟五典，八索九丘，无所不通，岂是等闲之辈所能及。今日奉为比武的监察人，还是二老自愿当场作戏，愚下岂敢相强。"

老花子听了蒲查隆的话，既道了自己的际遇，也说出了自己苦衷，更把自己吹捧到天上去了。大寨主罗振天当面被人指桑骂槐奚落一通，气羞得满脸红的发烧。遂说道："既是将军愿让两个老花子当会武监察人，须另设席位。敝寨主的监察人另设席位。如此可否？"蒲查隆许可了。大厅廊下，设下两桌席位，大寨主罗振天捏着鼻子抱拳道："请渤海国监察人上座。"两个老花子涕漓搭拉,南面高坐,从人捧上茶来,掩鼻退去。南化郎站起身子,抱拳秉手,向四周作了罗圈揖说:"今天来比武的英雄豪杰都是来自三山五岳的,有占山的,占岛的,三扇门里的,五扇门外的。五行八作,三教九流。什么天台派,少林派,昆仑派,门户很多。自古来武术就有派别的纷争。总的来说,把式是一家,人不亲刀把亲。今天比武,据大寨主说,以武会友,点到而已。免去山寨与渤海之纷争,只重友情,不计是非,要真诚相见,肝胆相照。比武的方式,先要拟出章程,以便监察。三比二胜,双方各自提出比武项目,交手三次,二次为胜。请大寨主先提,后是渤海国,我言尽于此。请诸位包涵。"又作了罗圈揖,众贼人听了,都以为奇怪,方才说话,是吐字清晰,声如洪钟,既懂江湖术语,又懂武术派别,归总来把式一家,说的多么亲切动人。那时初来时,黏痰唾沫,张口横飞,涕漓搭拉怪模样,一扫净光。怪不得渤海国将军们恭而敬之,礼而宾之,乃是世外高人。大寨主罗振天自恨自己是有眼无珠,猛地想起,问遍了众人,都说渤海国只来28人,没有老花子。这两个老花子,是从天上飞来的,地里钻出来的,葫芦峪是鬼斧神工天然险地。两个老花子竟潜入大寨,看来大寨的所作所为都被二花子偷看了去,偷听了去,供给了渤海国当破山计划,真可怕呀。

罗振天想到这里,好似顶梁穴上走了真魂,呆呆发愣,他的儿子罗面说道:"父亲,咱先拟个比武的条件吧!"罗振天打起精神说:"先和各寨主合计一下。"当时到西廊下召齐了各寨主拟好了三项,递给双方监察人,一、力举千斤鼎,二、比赛百步穿杨箭,三、比试拳脚。双方监察人说声"开始",只见八个猛汉抬来了一个三足铜鼎重有千斤,放在天井院中,院中原有大杨树两株,高有十丈,粗有五六人合抱,用红绒绳每株树枝上、中、下系好三个铜钱。把众人都让站在两廊下,以便比武。当即从贼人丛中走出一个壮汉,红脸膛,红眼眉,红头发,真是头大脚大胳膊粗,力量大,腰围粗,屁股大,能吃也能拉。五大三粗的猛汉。年约四十上下岁,正是年富力壮。走到当场,哇呀怪叫,自报姓名,姓何名库来,江湖人称恨地无环赛霸王。现当前寨分寨主,"我特来献丑,要一敌仨人,不用替换,渤海国可派三个人来替换举鼎。"说完作了个罗圈揖,说声"献丑"了,把大鼎双手举过头顶走有50步,"咕咚"把大鼎放在地下,陷入土中有半尺深,已涨红了脸。又作个罗圈揖,说声"见笑"了,闪在一旁。众贼人定睛细看渤海国来什么样人。

　　只见从人群中走出一员女将。身穿草绿色箭袖短上衣，下身穿着草绿色兜裆滚腰裤，足登牛皮短腰皂靴，草绿绢制蒙头，前方一块红色图案映白山黑水。腰系一巴掌宽丝大带，前系蝴蝶结，身高六尺开外，是女子中的大个。面庞稍黑，二目炯炯有神，二道弯弯眉，瓜子脸，带着俊美，露出了女人面目。走到大鼎前，向四围作了个罗圈揖说："我是渤海国朝唐使臣扈从虎贲营联将都掌管都将东门芙蓉，我来举鼎。"众贼人见女将来举鼎，都以为稀奇，坐着的站起身子，站着人矮的跷起了脚。蒲查隆与众将知道她力气大，但终是女人，有些担心。因她一声不响地走了出去，要唤她回来，既觉得当众不雅，遂向东门豹问道："令妹有这大力气吗？"东门豹笑笑说："她十几岁时常把千斤石头抛来抛去，现在二十大几了，力气更足吧！"这时只见东门芙蓉俯身把鼎举过了头顶，在天井院中走了一圈，两手轻轻把鼎放下，气不长出，面不改色的，作了个罗圈揖，说了声："见笑。"退到一边，众贼人拍手喊"好"！说："真是神力无敌盖世女将。"（东门芙蓉后来在唐朝江湖上绿林中，落了个"神力无敌盖世女将"的美名）蒲查隆同众将也觉出奇。只听东门芙蓉说："我也力敌仨人，不用换人，请来人吧！"贼人何库来自知力不能敌甘拜下风，说了声"惭愧"退了下去。众贼人齐说："何库来，应改名何苦来，自找丢人献眼。"罗振天环视众寨主，都低下了头，不愿再做何苦来。大寨主罗振天只好认输。

　　第二项比百步穿杨箭，大寨里由沈大鹏挺身而出，照旧说了行话，作了罗圈揖，拉起了硬弓，站在一百五十步外，弓随箭响，连发三箭，箭箭皆中金钱。他是由下而上射中的。东门芙蓉转身取来了鹊画弓，在离金钱约二百步之遥，拽动了弓箭，连射三箭，箭箭皆中，喊好声、鼓掌声响成一片。东门芙蓉说："这样射法，不算出奇，我可箭穿金钱孔，挂一个铜钱，现在又刮起了西北风，枝动钱摇，第一箭射中金钱孔，箭横串金钱孔，名为孤鸟占巢。第二箭把第一箭射落坠地，名为凤凰夺巢。第三箭射断系线铜钱落地，名为刘海戏金蝉，请你们准备吧。"众贼人听了觉得新奇，都要一睹为快。怂恿大寨主说："不信一个弱女子能拉硬弓，压倒了沈大鹏就艺业出众了，不要让他大话吓住了。"罗振天吩咐声"预备，"喽啰兵当即系好金钱，风吹树摇，金钱随之荡游，众贼人睁圆了眼睛看她怎样射法。东门芙蓉弓开满月，箭发似流星，嗖的一箭，射中金钱孔，金钱荡动，箭在孔中，随之动荡。嗖地又一箭，把第一箭射落在地。弓弦响处嗖的又出一箭,射断红绒绳,金钱落地。霎时掌声如雷。喝彩声此起彼伏,响成一片。罗振天回顾众寨主说:"谁敢去试试?"众贼低头不语。东门芙蓉喊道:"请哪位过来试试。"众贼没有敢冒这个险,自讨无趣,罗振天只好认输。

第三项比试拳脚,东门芙蓉仍站着不动。等待交手。蒲查隆见东门芙蓉仍跃跃欲试,只好由她。贼人丛中出来了个蓝腚脸大汉,身高八尺,膀阔腰圆,豹须环眼短衣襟小打扮,头戴六楞壮帽,巴掌一伸,像似蒲扇,拳头一攥像似铁锤,作了罗圈揖,说了行话,拱手向东门芙蓉说:"女英雄请先进招吧!"东门芙蓉更不答话,双风贯耳打来。贼人以为这是常见招数,两手并伸,要想挡开东门芙蓉双掌,东门芙蓉就势抽招换势,左手奔贼人胸,右手奔贼人肩胛击来,这一招名叫交剪掌,贼人身形一转,躲过左手,躲过右手,一伏身用双手来搋东门芙蓉手腕,正好是斜身,东门芙蓉飞起右脚,踢到贼人大胯,咕咚摔倒在地。三招没过,战败了一个。又过一个贼人没有通名报姓,双拳并举,恶狠狠泰山压顶打来。东门芙蓉滴滴一转,快似猿猴,绕到贼人背后,踢到贼人臀部,摔了狗抢屎,二招不过,又败了一个。

按理说东门芙蓉已是赢了,但她站在那里不动,贼人丛中又走来一人,光头没戴帽,把头发挽在头顶,身穿土黄色上衣,穿着土黄色兜裆滚裤,穿着一双十衲腮帮踢死牛靸鞋,黄脸膛,两眼窝下,两腮无肉,高鼻梁大嘴叉,一口黄胡须,身高七尺向外,慢腾腾走来,看年纪约在五十上下岁,抱拳当胸说:"我看女英雄艺业超群,武艺出众,一时高兴,想要和女英雄接接招,其实女英雄已经胜了,不愿交手,就可回去。在下陪别位英雄走几趟,完成第三次比武。"东门芙蓉遂问道:"老英雄报上名来。"来人说:"在下姓黄名天,江湖人送绰号:赛南极。"东门芙蓉说:"请老英雄进招吧。"来人哈哈大笑了说:"我偌大年纪出来和青年女子交手,已属不当,还是请女英雄动手,老汉敬陪走几趟。"东门芙蓉想这个老汉是口蜜腹剑,笑里藏刀,我得多加小心,遂使出了旋花掌,只见得滴溜溜乱转,好似雨打梨花,风吹柳絮,有诗赞道:

风吹败絮掌法密,霜摧群芳眼离迷;雨打梨花旋风掌,落叶缤纷掌更奇。

东门芙蓉的掌法,赛南极不懂招数,只有招架之功,并无还手之力,眼看要被打中,要拉败势蹦跳出圈,但被人家双掌圈住了,30招已过,东门芙蓉几次想把赛南极打倒,踢翻,一想贼人偌大年纪,交手时再三婉言谦恭,饶他去吧!招势缓了下来,赛南极看有机可乘,跳出圈外,拱手说:"领教过了。"抹身走了回去。心里说:厉害!

罗振天指出的三项武功,竟被一个弱女子连胜三项,气得脸发青,白眼珠起红线,血贯瞳仁。心里气炸肝,也得假装正经,遂抱拳秉手,向东廊下说道:"请渤海国将军,再指出三项武功,敝寨奉陪。"东门芙蓉才转回东廊,众人说:"常胜将军辛苦了。"东门芙蓉笑笑坐下。蒲查隆见罗振天向自己问话,站起身子,抱拳说:"今天比武是大寨主提出的还是大寨提吧!渤海国来将只是敬陪走几趟,若是我们指出岂不是喧宾夺主。"罗振天就愿听这话,恰中心坎,遂说道:"恭敬不如从命,敝寨有占了。"和各寨主商议了约一顿饭时间,议出了三项,比试马上,依然三比二,请示双方监察人同意了,吩咐比武开始。只见贼丛中从三寨门外,跑来一匹大马,马鞍鞒上端坐一个贼人头戴乌金盔,身穿乌金甲,坐下大黑马,高八尺长丈二,连人带马,一片乌黑,手持两柄乌金锤,催马在当院中跑了一圈,马到当院中,勒住马头,高声喊道:"某姓罗,名提,是本寨少寨主,绰号双锤无敌将,请渤海国来将,前来比拼三合。"

渤海国男将都要出马,赫连英说:"让我去试试。我要败在贼人手下,你们再去。"说完也不待蒲查隆吩咐,转身出了三寨门,把自己宝马百花骢牵了过来,翻身上马,从马环上摘下双戟,马鞍上仍挂着五钩神飞枪,催马进了三寨门,也跑了一圈,马到院中,高声说道:"某乃赫连英,是渤海国朝唐使臣扈从虎贲营都掌管都将,来会少寨主。请进招吧。"众贼睁眼细看是个半老徐娘,年约四十岁,头蒙草绿色绢,前额头有长方形红色图案,白山黑水,身穿草绿色左大襟箭袖短袄,腰系丝蓝大带,佩着一对带练短枪,马鞍上仍挂一柄五钩神飞大枪,一人使三种兵刃,足登矮腰牛皮皂靴,坐下百花骢,全鬃全尾,威风凛凛,杀气冲冲。众贼人一看,不用说是久经大敌,杀人不眨眼的女魔王。罗提仗着锤重刀猛,说声"恭敬不如从命,某要进招了。"说罢双锤并举,锤带风声,搂头盖顶打来,赫连英把双戟分开,去架他的双锤,双锤碰到戟上,冒起火星,震得罗提手腕发麻,心中暗说厉害。两骑错镫,赫连英百花骢急如迅风,拨转马头,双手并举双戟。泰山压顶式向罗提天灵劈下。罗提用双锤架住了双戟,已觉力尽精疲,说时迟,那是快,赫连英双戟已是燕子穿帘,奔罗提双睛刺来,罗提想招架,为时已晚,只有闭目等死。赫连英戟尖已触及罗提双睛,收回双戟,罗提自是戟下超

297

生,说了声:"蒙女英雄高抬贵手,我去了。"败回贼丛中。

常言道:"上阵亲兄弟,打仗父子兵。"罗邦看自己兄长,被一个三绺梳头,两堆穿衣的妇女打败,怒火中烧,催马过来说:"我是少寨主罗邦,请看棍。"大棍舞动如风,赫连英看他棍法精夯,挂上双戟,从马鞍上摘下了五钩神飞枪,用枪架棍,二人大战十几趟。二马盘旋,赫连英看罗邦棍法出众,武艺高强,遂把右手戟藏于百花骢鬃下,左手戟直刺罗邦面门。罗邦见一枝戟正刺面门,扭颈躲过,哪知赫连英右手戟挑起马鬃,直奔罗邦腰际刺来。说时迟那时快,戟挑战袍要稍一用力,罗邦必当场毙命。吓得罗邦"哎哟"一声,催马离开了当院。罗家四棍八锤将除罗楫外,此二人是鳌里夺尊的好汉。但罗楫奉母走了。罗振天一看四棍八大锤的勇将竟不是这女人对手,遂要自己动手,旁边走来一个贼人说道:"杀鸡焉用宰牛刀,有事徒子代其劳。"罗振天一看竟是自己新收的门生,江湖上人称勇冠三军万将无敌手彭择彭盖天。遂说道:"这二项比试,我们已经败了,你去争争光吧。"彭择连说:"遵命。"催马来到当院说:"在下姓彭,名择,字盖天。江湖人称万将无敌手。"赫连英瞧贼人骑着卷毛狮子马,手中兵刃是独脚铜人槊,遂说道:"请进招吧。彭择舞动独脚铜人槊,斜肩带背,槊带风声,忽的打来,赫连英用枪架住,觉得彭择力大槊重,招数急如闪电,快似流星。如和他生撞恐自己力不能持,遂把大枪一抖,枪尖如金鸡乱点头,枪缨飞舞,好像一团炭火,上下飞舞。只见得:

白蛇出洞放寒光,张口吐舌把人伤;怪蟒翻身围身绕,乌龙摆尾怎能挡。

赫连英把枪舞的上护其身,下护其马,点水不漏,一枪紧一枪,一枪快一枪。只见枪光闪闪,坐骑百花骢,抖起神威,前鬃扎起,后尾竖起,急如闪电。彭择手忙脚乱,赫连英枪疾马快占了上风,把大枪对准彭择前胸刺来,彭择急用独脚铜人槊来开,哪知这一招是虚招,没等槊磕枪上,枪往回撤,彭择使出平生力气,想磕飞赫连英大枪。槊忽的走空,没等撤回,赫连英大枪尖已刺到彭择手腕。贼人一撒手,铜槊落地,催马败走。细看手腕,像大针扎了一个小孔,点滴出血,自知这是以武会友,点到而已,否则手和胳膊就分了家。暗想,常言说"武功好学,杀手难练,"这个女英雄的枪法已练到神出鬼没。虽是输了,心中暗暗赞佩。喽啰兵取回了独脚铜人槊。赫连英连败三个贼人,催马到三道寨门外,把马交给健儿转身回到东廊下。众将都站起身子,齐说:

"辛苦。"赫连英笑着说:"'心苦命不苦',今天是初试大枪,来了个开市大吉。渤海国人人高兴,葫芦峪贼人个个伤气。"罗振天看到两员女将,连包了二项战功,猛汉都不是对手,再去比试,亦怕难占上风。若是认输,又不甘心,低头默想:比比暗器,自己有言在先,以武会友,点到而已。暗器无眼,轻者带伤,重者毙命。遂有了主见,暗想我们大寨中,已从白马寺派来了三名道长,各带宝剑,来为相救,何不请来求助。遂命儿子罗提去请。罗振天强作笑脸,秉手向东廊下喊道:"二项比试,敝寨甘拜下风,但今日以武会友,最后要舞剑助兴,请渤海国来将献艺。"蒲查隆拔出佩剑,要亲自去试。不想被夹谷兰劈手夺去,抽出宝剑,把剑鞘放在桌上,走出了东廊。手持宝剑,来到当场,众贼人一看又是一个女的打扮和前个一样,但容貌与前二个女人迥然不同。前一个是女人中儒雅俏女,面带威严,后一个是半老徐娘,俊俏中带着英武。这一个是出水荷花,颜如三春芙蓉,妩媚中面含杀气,美丽中使人胆寒,英姿勃勃。看面上幼稚的汗毛未剪,清水脸[①],年约二十三四岁的处子。手持宝剑,亭亭玉立,只待比拼。这时贼群中走来了个头戴九梁道冠,杨木簪别顶,身着土黄色道袍,腰系水火带白巾的老道,年纪约有五十上下岁。手持宝剑走到当场,手打问讯念了声"无量天尊":"贫道特来和女施主盘桓几招,请问女施主的尊称?"夹谷兰说:"我乃是渤海国朝唐使臣麾下枢密处都将夹谷兰是也,请问道长上下法号。"老道说:"上道下参便是贫道了。请女施主进招吧。"夹谷兰想:"何不使用绝八仙剑亮开架势,童子拜佛朝天一炷香。"老道看这个姑娘彬彬有礼,一定受过高人指教,名人传授,先礼而后兵,举起宝剑,以礼相还,二人交起手来,起先人慢,剑也慢,各人都想认认使的什么剑招。夹谷兰初步使的太极剑法,乃知老道使的也是太极剑技艺精湛,要想用太极剑赢老道誓比登天还难。老道把剑法舞到:"太极剑客捧七星,鬼神见了胆战惊,换手夺命拦腰斩,十有九人命送终。"夹谷兰唰的把剑招一变,使出了八仙剑,只见一片剑光是:

拐李先生剑法高,果老骑驴过彩桥;洞宾使出追魂剑,采和取命剑难逃;钟离摇扇清风起,湘子花篮空中抛;国舅吹笛扫千军,仙姑笊篱迎头罩。

这一套八仙剑敌住了老道的太极剑,慌的老道手忙脚乱,夹谷兰使

[①] 古时出嫁女人绞去汗毛,谓之开脸;未出嫁老姑娘,汗毛茸茸,谓之清水脸。

出追魂招,直刺老道哽嗓咽喉,剑尖已触及咽头,老道要躲不能,想招架已不及,只有闭目等死。夹谷兰撤宝剑,说声:"承让了。"老道侥幸的得了性命,"无量……无量"吓得念不出来,掉头去了。众贼人看得目瞪口呆。一个弱不禁风姑娘,竟把宝剑舞得天花乱坠,真是难得。

不言众贼人钦佩。又走来一个老道,和前老道一样打扮,走到当场,手打问讯念了声:"无量天尊。贫道法名上道下修,方才见女施主剑法高明,特来交交手,请女施主赏招吧。"夹谷兰仍是童子拜佛朝天一炷香,老道依礼相还,二人走在一处,老道使出了三才剑剑招,夹谷兰想起师父说过:"有人遇到三才剑,带路神仙也难辨,轻气上升浊气厚,天地人乾坤始尊。"夹谷兰以柔克刚,使出颠倒八仙剑,其势弱,其法猛,一剑快似一剑,剑光如闪电,光闪闪夺人二目,冷嗖嗖逼人胆寒。老道剑法虽然精奇,但"强中更有强中手,能人背后有能人"。今天竟遇到了敌手。夹谷兰唰的把八仙剑招变为颠倒八仙剑,默念师父教的:

八仙颠倒剑法妙,专攻三才四仪招;八八相克相生相,总是八仙任逍遥。

夹谷兰手中使的是蒲查隆佩的莫邪宝剑,能切金断玉,剁铜铁如泥,海斩蛟龙,陆劈犀象,吹毛利刃,锋利异常。老道不敢以剑相撞。在兵刃上占了便宜,在剑术占了便宜,二者凑到一处,夹谷兰胆越壮了起来,老道是兵刃弱,剑法差,胆怯了起来。夹谷兰使出了"洞宾背剑削凤毛"招数。老道再也招架不了,把眼一闭,任凭血流。夹谷兰撤回宝剑,说声:"承让了。"老道睁开眼睛,瞧瞧夹谷兰,羞愧得低头走去。夹谷兰连赢了二个老道。第三个道人倒也知趣向罗振天说:"这个姑娘剑法高强,贫道方才看出手中使的是莫邪宝剑。我过去也得认输,还是自留体面吧!"有诗赞道:渤海初兴放光芒,巾帼英雄临战场,飞舞兵刃无敌手,史笔丹书女栋梁。又有诗赞道:群兵密集在山岗,劫去贡品甚嚣张,布下天罗地网阵,怎挡渤海三女郎。

葫芦峪总辖36寨,大寨主罗振天听了老道话,也只好认输。遂走到东廊下,抱拳秉手说:"今天的以武会友,贵邦是占先了,也做到'以武会友'情谊,敝寨虽落下风,但无一人受伤,使某感佩。比武到此为止,请渤海国使臣不要误听流言蜚语,伤了和气,请不要再来阻挠敝寨听候招安。现设下饯行酒筵,我们稍尽地主之谊。"蒲查隆躲身说:"盛情也领了,容当后谢。只是过来时,我等急待回营,容日后再来讨扰。请寨主见谅。"遂吩咐声:"走吧!"众将站起身形,直奔三道寨门,带好马匹,来到二寨门、三寨门外,各上坐骑。罗振天亲率众寨主送到大寨门外,拱手作别渤海国众将,鞭敲金镫响,人唱凯歌还。人马到了前寨门,唤出了万俟华埋伏的一百名健儿,上官杰一百名健儿摇橹撑篙,渡过长江,回到了大营。见过左平章,回禀了情况,说是安然归来。

第四十六回　二化郎自愿作监察　三女杰比武逞雄风

第四十七回　蒲查隆夜探葫芦峪　众英雄同救张元遇

话说蒲查隆率领众将，从葫芦峪凯旋回来，觉大寨主罗振天口蜜腹剑，心怀叵测，迟早要有一场凶杀，但现在他矢口否认劫贡品，宣扬将要受到招安，迁延岁月。必须设法救出守卫伯张元遇，名正言顺地剿山灭寇。那只有夜探葫芦峪。南北化郎突然出现在葫芦峪，比武时来的奇巧，当出大寨时，又茫然不见。想必是再为寻找张元遇。但仗着四化郎终非上策。不入虎穴，焉得虎子。我今天晚上去探山。自己拿定了主意，预备好了兵刃暗器，及防飞蛇抓解药面罩，晚饭后悄悄离开大营。临行前在自己帐放一字条："我去葫芦峪，去把卫伯见，明晨要不归，身恐落险地"，悄悄奔葫芦峪大寨奔去。行至中途，不防被人一把扯住，睁睛一看是南北化郎。蒲查隆说："二位因何在此？"两个老花子说："特来等将军。"蒲查隆愣了："老人家是未卜先知。"花子回答："什么未卜先知，我俩看你临出山寨，面带犹豫，猜想到你要探山，特来中途等你。你要知道单丝不成线，孤木不成林，要落到贼人手中，识破了你的行藏，求生不能，求死不得，如何是好。蒲查隆啊蒲查隆，我们为了成全你的名节，重你的品德，虽是年轻，做的事，使百龄野人赞佩，我们也帮着你打哑谜，你怎么竟然轻身涉险。"蒲查隆低下头，感激得眼泪夺眶而出。多么良善的老人，早已认破我的行迹，一直在保我，胜如父亲，遂问道："我当怎样？"老人说："去探山。"话说的很果断。蒲查隆说："那么走吧。"老人摇摇头，说："不忙，等你们来人吧。"果然有两个黑影，如飞的跑来，两个老花子把手张开，拦住了来人，一看是蒲查盛、夹谷兰也改扮男装，背后斜背有左平章宝剑。蒲查隆问："你俩做什么去？"夹谷兰："你做什么去？"仨人会意地笑了。夹谷兰说："我有事到你帐中，看到了字条。唤醒了蒲查盛，又秘密告诉了我父亲。我父亲急得发昏，把防身宝剑交给我说：'追回来！'这不就来了。还是回去吧！"蒲查隆说："二位老人说去。"夹谷兰问二位老人家："主意何在？"南化郎说："自从你们走后，山贼中又来了一群妖僧野道，秃尼姑，长毛道姑，要杀死什么章乌鱼带贡品去西夏，大寨主不肯交出贡品，杀章乌鱼倒愿意，我俩本是要到大营送信，恰巧撞上了总管，就是这个主意。"夹谷兰倒为了难,说:"探山得熟道路,葫芦峪非寻常山寨。闯入贼巢,岂不是自投罗网。再说炸了营,不是捅马蜂窝吗?"蒲查隆说:"我的枢密处都将大人,想必是,你要知道,这二位老人家,是轻车熟路。"夹谷兰细想对呀!夹谷兰遇事慎重,遂问道:"就你我五人行吗?"老人说:"人倒有几个,缺少一把兵刃,一样用具。"夹谷兰:"缺什么兵刃,什么用具?"老花子:"你仨人徒弟的落叶金风扫,防五毒飞蛇抓解药,面罩。"夹谷兰:"用具我三个有,落叶金风扫没有。我们有三口宝剑,还不顶用吗?"老花子说:"顶用是顶用,落叶金风扫,可避毒焰,还可切瓷器。"

正议时,忽见几道黑影,五人躲入草丛中,只听头前跑的人说:"追不着,就追到葫芦峪大寨门闯山。"听声音分明是拓拔虎。五人纵了出来,把来人吓得止了脚步,亮出了兵刃。细看正是蒲查隆,来人乐了。蒲查隆连说:"悄声。"看来人是拓拔虎、赫连英、东门芙蓉仨人。遂问道:"你仨人怎么也追来了。"赫连英悄声说:"左平章暗暗派人找我三个,附耳说:'追总管回来。'说你去葫芦峪了。行动要机密。我三个便追了来。恰好碰见,快回去吧!"蒲查隆把二老说的话学了一遍。还说:"可惜重生没来。"赫连英说:"怎么?"蒲查隆说:"用他的落叶金风扫。"赫连英说:"我为了没有宝兵刃,难闯贼营,偷偷地带来了。"众人都乐了。诸事齐备,众人说:"左平章担心了一夜。也不妨事,我们探山要紧,快走吧。"八个鹭伏鹤行,两个老花子头前领路,来到秘密所在,啊!见两个老花子同三个小花子,正在盼望。东西化郎,见南北化郎领来了四男二女,高兴极了。连说:"管保今夜成功。"北化郎说:"今晚诸位都得听我的号令,不得误事,先救什么章乌鱼。"一指拓拔虎,"你的任务是背人。背到这个地方,不许东张西望,我们这些人阻止追兵,或是在天井院中打了起来。贼人要杀章乌鱼,作下酒汤,最好是我们九人把住九转罗旋洞水牢门。"一指蒲查隆、蒲查盛、夹谷兰,"你仨用宝刃。"一指三个老花子,"每人跟一个去削铁门,三小和我还有这二位女的守门。不得有违军令。"布置完了,就进入了暗道,只能容一人匍匐前进,一行13人,鱼贯而行,黑洞洞伸手不见五指。幸亏多是轻功已达极顶,夜间也能视物,但在洞道中也是漆黑。摸摸索索走有二十余里,有时走到石缝中,可见星斗,有时走到树丛中可直立行走。好不容易,到了一个所在,北化郎让众人坐下,休息一会儿,要进九转罗丝洞。九转罗丝洞实在是三回九转,凭天然洞与人工造成,洞深处则是万丈深潭。据传说是三千年前火山喷口,喷出岩浆,冷却而有此峰,虽蒿草丛生,杂有灌木丛,实是岩浆,冷却后数千年来积的尘土,成此灌木丛生,黄蒿蔓蔓。要攀藤附葛下去,才进入九转螺丝洞,人人都要有身轻功夫,下去容易,上来难,况拓拔将军,要背着个章乌鱼,岂非太难。我们想了个法,就是章乌鱼放在系好草筐把他吊上来。上面要有个大力士才行。从底吊到鹅头峰上,约有30丈,岂非易事,就是力敌千军猛汉,也甚难做到。赫连英说:"我就能做到,当年在海湾岛的最高峰,千尺幢高峰上,我能力提二人何惧,此三百丈鹅头峰不算什么。"四个老花子真不知道赫连英近四旬婆娘,有此神力。真是空前绝后,罕见奇事。连说:"好好!那么女将军,要牢守此处。见下面有萤火闪闪,就提起草绳,中途力竭,可把绳系在此树上休息片刻再提,严防意外,请把你落叶金风扫交给我,用完归还。"赫连英把小宝剑交给北化郎,又心事重重说:"留下一人太孤单,倘如在提草绳时猛的来贼人,顾前不顾后。"撒开手,岂不前功尽弃,谁留下好,想了又想,终觉人单势孤。

　　忽的从草丛中纵出仨人,刀兵齐举,要拼个你死我活。只听来人说:"瞎眼花子你看我们是谁?"众人一听是瞽目神叟,带同西门亚男、西门亚夫前来。众人齐问:"你三位怎么来了?"西门亚男说:"老人家把我俩领到此山,转悠了两天,想入大寨,总是无路可通。你们在大寨比武时,我们坐在鹅头峰上,看了个清楚。老人家眼睛,日观百里,夜照四十里,看你们出了大寨。二位老化郎,一纵入草丛,神医老人家说:'看两个贼花子哪里去,'竟来到了鹅头峰下,援草绳而上鹅头峰。我要喊二位老人家,神医不让我喊。他说'老花子,这个怪物,竟走我们头里,看他俩干什么?'夕阳西下,两个老化郎子从洞穴中带来了三小以及东西二位化郎,鬼鬼祟祟地隐入草丛,俱被神医老人家看见。我俩没那眼力,神医老人说:'三个小花子,同四个混账老花子隐在大寨后,樱桃树、丁香树、玫瑰树丛,卧下睡大觉呢!'天黑时,神医老人说:'四个混账东西伏在窗台听声呢。又说'老少花子回来了。'果然时间不大,老小七位急忙走进了方才休息的地方,都被瞧见。南北二位老化郎子,去大营报信。二老三小穿入山洞,神医说'我们睡一觉,四个混账东西,定更后准来。'我们就在石木下休息了。天交初鼓后神医说'四个混账快来了。'我们侧耳细听,我俩轮流窥视,见陆续来了一伙人,就告诉了神医老人,老人一看就指了谁是谁。我们就来了。"

赫连英听表妹把神医赛华陀原话道出,怕老花子不高兴,遂责备表妹说:"老人家开玩笑话,你怎么这样不礼貌的原话实说呢。"西门亚男说:"我只顾高兴,忘了礼貌。请四位老人家恕我人小年轻无知,我这里给四位老人赔礼。"四个老花子:"不干你事,是混账瞎子放的屁话。我们还是干正经的吧!你姐妹俩同你表姐守在这里,瞎东西跟我们走,这会我们有了夜眼,就不怕贼人暗算。瞎混账还不头前带路。"老瞎子援葛附藤,坠了下去。众人陆续坠下,瞽目神叟神医赛华佗,再不知去九转螺丝洞去径,望着四个老花子说:"要饭的老伙伴,这就看你们的了,老朽已无能为力。"北化郎说:"我来当向导,随我前往。"蹑足潜踪,走了顿饭时刻,穿石缝越树林,过隧道,走些人迹罕到,鸟兽绝踪崎岖蜿蜒小径,来到一座所在。黑压压古树参天,密密麻麻野草蔽人。见一椭圆形洞门,有两扇铁门用大簧锁锁住。锁扣斗大,铁条似胳膊粗,想进入洞中,必须先削其锁,但其锁,巨斧亦不能砍断。只见北化郎,手持落叶金风扫,缓慢用力,把铁锁斩断。遂吩咐声:"随我来。"见有三个铁门,左中右三列排开。遂说道:"入此三门,要多加小心,此是三才阵,按水火风摆成。左门是火,右门是水,中门是风,要不把它机关削掉,要进九转三回螺丝洞,势比登天还要难,水把你喷的头晕目眩,火把你烧的肝肠皆裂,风把你吹到地穴深处。这三样,要不削除,休想进入九转三回螺丝洞,此洞是葫芦峪机密所在。我四个探知此洞,费了九牛二虎之力,幸亏碰到了一个月一换勤的给章乌鱼做饭的伙夫来换班才尾随于后,晓得此洞厉害。老瞎子你眼睛管事,领着三小守洞口,隐蔽起来。来人就杀,不得漏网,稍一疏失,我四个同进洞的人,就不知生死存亡,瞎东西你听见了吧!"老瞎子说:"如此厉害。"北化郎说:"厉害还在后边哩。"老瞎子说:"当遵君命。"三个男的蒲查隆、蒲查盛、夹谷兰,一个女的东门芙蓉,跟从四化郎,转弯抹角,走到三转一回洞处,又是左中右三个门。北化郎说:"你三位英雄用各佩宝剑削断铁锁分三路走,到第二回六转,我们再见面。留下东门芙蓉守住洞口。"并吩咐,"守住此三门,我们性命,同守卫伯性命俱存,否则后果是不堪设想。千斤重担,系在你一身,千万慎重。"东门芙蓉说声"放心。"三位英雄削断了铁锁,三个英雄同四个化郎、拓拔虎来到三回九转螺丝洞。命三个青年英雄,削断了铁锁,三门自然张开。只见一团火光迎面扑来,北化郎纵身门上,用落叶金风扫,削断了瓷路。右门喷出水来,形成水箭,众人躲开,北化郎又削断了瓷路。中门喷出风来,只见风急如箭，一股寒潮卷来，忽又转去，活像风在摇动，其风强，其势猛，风旋转起来，卷着冰雹，劈头盖顶打来，幸亏北化郎事前指明，见风要躲向风门坎上。此门是水、火、风并济，厉害无比。众人躲在风门坎上，也是摇摇欲坠。幸亏北化郎手急眼快用落叶金风扫削断了瓷路。风平雹止，命三化郎守住此门，并说："这是紧要关口。"北化郎遂引三员都将，蒲查隆、蒲查盛、夹谷兰进入水牢，见水溅出水花翻滚，只见张元遇项戴枷锁、脚戴脚镣，脖项中一条铁锁链钉在墙上，就像锁着一条咬自家人的病狗一样。容颜憔悴，神气颓丧，只见得张元遇，蓬头垢面，颈横枷板，衣服褴褛，受尽熬煎，一条长锁拴在脖子上，身躯佝偻，肝肠寸断。

蒲查隆抢前一步说："守卫伯委屈了。"张元遇百寂无聊，听到声问，睁眼细细看看，眼前站的是渤海国虎贲军总管蒲查隆。闭上眼睛，喃喃说道："莫非是梦，还是命归阴吏。总管令我带贡品先行，被贼人劫去。为追回贡品，起了不测，来阴司告了我。前来讨还命账。"蒲查隆说："守卫伯胡想些什么？我真是蒲查隆前来救你。"说罢用莫邪剑削断枷板锁链，张元遇释去重负，睁眼细看，见来人都是渤海来的，不由得精神倍增，有了勇气说："多谢总管来搭救。"说罢要磕头。蒲查隆说："事不宜迟，逃命要紧。"拓拔虎过来不容分说，背起张元遇就走。众人来到了九转三回螺丝洞口，见贼人团团围在洞口。和尚老道，尼姑道姑，还有葫芦峪大寨主罗振天带同36寨寨主，四棍八大锤，把洞口围个水泄不通。事出偶然，男女众将各亮出了兵刃，准备厮杀恶战。蒲查隆密嘱拓拔虎，照原路奔回大营，急调人马前来剿山，放下张元遇作证，事不宜迟。拓拔虎乘从贼人张弓弩箭时潜入草丛中，寻到旧路，援葛牵绳到了鹅头峰顶，把情况告诉了三员女将。她三个顺草绳而下，也杂入战场。拓拔虎不顾一切，穿石缝越暗道调兵去了。

第四十八回 三小化郎奋勇斩妖 蒲查兄弟大显神通

且说这些人被贼兵团团围住，成了包子馅。事非偶然，其实蒲查隆削断张元遇锁链，锁链一断落地，大寨主椅后铃响。更有一月一换做饭的身在暗处，早已窥见，一拽鹿筋绳，大寨主椅铃暴响起来，就知九转三回螺丝洞有人来救张元遇，群贼正在商讨杀张元遇，歃血为盟，誓守葫芦峪。听到铃响，不顾一切地召集了36寨贼兵，扑向九转三回螺丝洞。渤海国共来16人，拓拔虎回大营求救兵去了。只剩男女老少15人，连张元遇16人。真是双拳难敌四手，好汉架不住人多。更何况贼人丛中，猛将甚多。要以力敌，万难取胜。蒲查隆明知前途有险境，事到临头越是险境越要行。从背后，亮出了莫邪剑，挺身向前，用剑尖一指大寨主罗振天说："想不到你嘴说天官赐福，怀内男盗女娼，矢口否认劫贡品，外表道貌岸然，什么受招安，内心如豺狼，今天人赃并落我们手中，你还有什么话说。常言说：'识时务者为俊杰'，又道是'苦海无边，回头是岸'。放下屠刀，立地成佛。只要你悬崖勒马，把渤海国来将，连同贡品送出大寨，渤海国也不愿践踏你的山寨，你仍可受招安。否则渤海国奉钦命讨贼，让你们玉石俱焚。明告你，现在你是众叛亲离。罗棰奉母亲妻子侄儿去了，是亲离，我们只要呼喊一声，愿降的无罪，恐怕你手下得用之人，亦成了反戈一击勇将，死在眼前。若不悔悟，休怪渤海国不讲人情。我们已兵临寨门，可以一拥而入，我们现有15人，进入你这固如金汤的葫芦峪，如入无人之地。你仗着人多势众，围了我们，真是白天做梦——枉想。我言尽于此，请大寨主再思再想。动手不怕死的就过来。"

蒲查隆一席话把罗振天说得目瞪口呆，鼻问口，口问心，拿不定主张。罗振天在思想对策，不防贼人丛中，走出一个老道对罗振天说："兵来将挡，水来土掩。听这个黄口孺子信口开河干啥。我去把这个黄口乳儿手到擒来。看他再敢张狂。"罗振天一想，老道是从白马寺来的，想必有惊人绝艺。遂说道："老仙长多加小心。此儿不是好惹之辈。"老道说："休长他人志气，灭自己威风，贫道去也。"大摇大摆奔了过来，距百步高声念："无量天尊。黄口乳儿，胎毛未褪，乳毛未干，竟大言

307

不惭地说大话，过来早早受死。"蒲查隆趋步向前，仗剑说："老仙长，跳出三界外，不在五行中，扫地不伤蝼蚁命，爱惜飞蛾纱罩灯，朝诵黄庭经万卷，木鱼敲破满天星。一尘不染，万物皆空，谨记杀、贪、淫、妄、酒。老仙长，何苦自寻烦恼，甘坠轮回。"老道哼了一声："少说废话。贫道来开杀戒，是让尔等早死早投生，大开善门，苦渡众生。"蒲查隆本想再劝老道回去，身后早气坏了三个小花子，只见纵身跳出一个说："总管，'有饭送给饥人，有话送给知人'这个杂毛，自来送死，我打发他早升天界去吧。"不待蒲查隆吩咐，跳到当场，直奔老道走去，撞个满怀，险些把老道撞倒。老道急了眼，"什么人向人身上走，瞎了狗眼。"小花子说："我瞎你也狗眼不识人。见了太爷来了竟不闪开。混账杂毛。"老道黑洋洋身高一丈，小花子身不满五尺。老道低头看，红眼边，烂眼圈，罗圈腿，大赤泡肚子，瓜子脑袋尖朝上，头顶上梳着个冲天杵，周围用红头绳一圈圈，一道道扎好，上面系个小铜铃，人不动则已，一动叮叮三响，长的三分像人不是人，七分像鬼胜似鬼。老道心中想，活到77，长到88，活白了胡子，老掉了牙，也没有见过这样怪态，他爹一定是猪八戒，他妈一定是母猪精。想到这不由噗哧乐了。小花子说："杂毛来迎喜神，却碰到了丧门神。"老道念了声："无量天尊。"小花子说："你这个杂毛，真正可恶。分明是十六两一斤，你竟使五两半斤，大斗小秤，欺诈老百姓。我给念念：妖道，妖道，真正胡闹，白天五两半斤，念葬经，夜晚搂着秃头尼姑睡觉，生出个野杂种，身穿妖道袍，头戴秃头尼姑毗卢帽，不僧又不道，多么惹人笑。"老道听小花子嬉皮笑脸地骂到头上，怒从心头起，恶向胆边生，举起龙头杖，恶狠狠泰山压顶打来，小花子闪身躲过，笑嘻嘻说："贼杂毛，小师爷手下不死无名之鬼，报上你的法号来。小太爷是专管去鬼门关开路引的。"老道又一杖拦腰打来。小花子说："什么杂毛，连法号都不敢说，混账杂毛，我看你要死。等小太爷给你吹一遍喇叭。"忽的跳出圈外，尖声喝道："贼杂毛住手，常言说，好汉不打坐汉，欺负小太爷没拿兵刃，什么东西？老杂毛和小孩动手，就够不害羞了。还欺负是徒手的。你真给你们杂毛丢人现眼。贼杂毛你要有胆量，站稳身形，让太爷给你吹一通，你敢吗？"老道听左一个贼杂毛，右一个贼杂毛，已气炸了肺。但听欺负小孩徒手，自觉也难堪，就停住飞龙杖，气呼呼地吼道："你亮出兵刃吧！"小花子从背后皮褡子里取出一个大喇叭，嗽叭像个小饭盆，喇叭嘴像是扁形两刃刀，喇叭杆有二尺长，连喇叭带呼喇嘴足有六尺,溜光锃亮,全都黄铜制成。老道想这个小喇叭匠,能吹响这个大喇叭吗?这个丑鬼原是吹鼓手,胜则不武,饶他去吧!遂喝道:"滚开。"小花子乐了:"承情老杂毛不见怪。我倒是心里过不去,给你吹一通,送你早进鬼门关,到阎王殿下报名去吧!省得拿五两当半斤骗人。"说完把喇叭一举,一点火星,直奔老道面门,老道想躲不及,噗的碰打脸上,满脸火星,烧的老道用手一抹,手上也着了火。烧的老道"无量……无量"念不出来。小花子把喇叭嘴朝前,一个箭步,纵到老道身前冷不防,喇叭嘴窜入了老道前胸,鲜血迸流。小花子一用劲往上一挑,老道来了个大开膛,死尸倒地。小花子狠狠踢了一脚,说:"贼杂毛,再让你拿五两当半斤。今天遭了报应。"

　　贼人见小花子嘻皮谈笑,就杀死一个,尤其是僧道群贼,怒不可遏,打死和尚满寺羞。今天是杀死老道,僧道在群贼面前丢人现眼。和尚中就跳出一个凶僧,手持九耳八环杖,并不搭话,举杖泰山压顶照着小花子就打,另一个右手长左手短的小花子,掣出兵刃,把九耳环杖架住,只见火星迸飞,把老和尚吓了一跳。急抽回九耳八环杖一看相碰之处,剁进刀刃约有一寸深伤痕,老和尚看完说了声"阿弥陀佛。"这小花子说:"贼秃什么'大秤砣',老道是五两半斤,贼秃是大砰砣,可见杂毛贼秃,都不是好东西,一群坏杂种。"随口中念道:

　　"贼秃!贼秃!活像圈里肥猪!腚大,腰圆,赛过装粪篓粗!方面,大耳,有筋头有脆骨!杀了,煮吃,众人笑道姑哭。因她,死个贼秃败类丈夫。"气的老和尚哇呀怪叫:"什么东西?"小花子说:"来杀肥猪和尚屠夫。"说完一跳脚举起大菜刀,力劈华山照老和尚头颅劈去。老和尚虽有力气,但也不敢和小花子大菜刀相碰,怕把九耳八环杖碰断。只得闪,展,腾,挪,兵刃占了下风。老和尚见势躲势,见招躲招,只有招架之功,并无还手之力。小花子得理不让人,把大菜刀,舞动和车轮相似。十招已过,老和尚看准了小花子,大菜刀与自己相离六尺远,就不妨事,我的九耳八环杖六尺四寸长,双手举杖足有九尺,何不与他躲开距离,不让他接近,岂不就占了上风,况小花子左腿短的跐脚。老和尚想好了主意,舞动九耳八环杖,杖带风声,好不厉害的杖法,把小花子围住。小花子不慌不忙,用大菜刀急架相还。老和尚总是离小花子七尺远,以为大约无事,恰值老和尚举杖用了个举火烧天架势,小花子拦腰一大菜刀,老和尚下半身与上半身分了家,咕咚九耳八环杖与尸身一齐落地。老和尚再也想不到小花子两臂可以伸缩,左臂可助长右臂,是

第四十八回　三小化郎奋勇斩妖　蒲查兄弟大显神通

309

通臂，右臂长出一尺多，把老和尚距离缩短，刀过处，尸身两断。猴子中有一种通臂猴。这个小花子天生通臂，乍看是一个胳膊长，一个胳膊短，其实是通臂的关系所形成。小花子又劈死一个无名和尚，他又念过："道姑哭，因他死个贼秃败类丈夫。"道姑们早就摩拳擦掌要来收拾小花子。见老和尚死于大菜刀下，嗖的纵身跳起一个道姑，照小花子脑后举刀劈来，小花子一闪躲开刀，"呀！呀！呸"了一声，一口粘痰像箭一样，直奔道姑面颊扑来。这个道姑真机巧，扭项躲过。突的又过了一个小花子，说声："师兄回去，把这个妞儿交给我过过瘾。"道姑听了皱起眉头："什么话？"小花子说："找妞儿过过瘾。你叫什么花名？"道姑说："出家人叫法名。吐字不真。贫道上严下禅。就是师太到了。"小花子乐了："我说小妞不要眼馋，我管叫你肚饱。"道姑一听，说声："不说人言的丑鬼。"举刀就剁。小花子闪躲过，连说："妞妞，不要翻脸不识老公。"道姑气得红眼，一刀紧似一刀，刀亮闪闪。小花子伸手要夺刀，使出了空手入白刃本领。道姑真害怕他劈手夺去，因他敢空手夺刀，不用说有一身横练的硬功夫。就是没有练空手白刃，专夺刀背，用点穴法按你手腕寸关尺脉穴，也可夺去。真是人不可貌相，海水不可斗量。其貌不扬的小花子，竟有绝艺在身。道姑稍稍一慢，小花子趁势跳出圈外。"哼哼！站住！"道姑以为他要说话，就住了刀。小花子趁势从背后皮褡裢里亮出了兵刃。道姑一看，是饭馆上灶使的大漏勺，漆黑锃亮。道姑道："你们三个小花子，一个是喇叭匠，一个是饭馆切墩的，一个是饭馆上灶的，不去做生意，来这凶杀恶战，白来送命。滚开吧！贫道不计较你三个。"小花子说："我不管你贫道妇道，你不计较我，我还计较你呢！哪里走，着家伙吧。"抄起大漏勺照道姑脖颈劈来，"哩，唧，唧，哝哝，干炸丸子。"道姑闪身躲过"干炸丸子"，小花子一连三招干炸丸子，道姑只顾躲闪，没容还招。小花子把大漏勺上中下飞舞，头上是干炸丸子，脚下是干炸肘花，中间是干炸后鞦，把道姑闹得头晕眼花，顾头上顾不了下。小花子说声："干炸肘花。"道姑刀护下半身，哪知小花子变了招把大漏勺向道姑脖颈逼来，道姑想躲不能，只有闭目等死。小花子漏勺到处，一颗血淋人头落在大漏勺里。小花子猛地把大漏勺挥臂一扬，这颗血淋淋人头，脱勺而出，急如流星。可是真有倒霉的，正打在一个俯身奔来要和小花子拼命的尼姑头上。头碰头，把尼姑碰个倒仰，秃头起个燎浆大泡。老道姑说："还是我过去吧。这三个小花子并非等闲之辈，顽顽皮皮，就杀了三个，你们能叫出他仁使的兵刃吗？我久闻江湖上有四化郎，发明了三种奇怪兵刃，兵刃谱上没载，武林中没有。大喇叭叫'一气混元珠'，大菜刀叫'压马紫金都'，大漏勺叫'化金'，都是经过千锤打，万火炼的锋利无比利器，他背后皮褡裢，是鞔皮做的，能防刀枪。这三个小花子，大约是四化郎门人弟子，四化郎有40年没露面。常言说'打倒孩子，娘就出来，'我去把小花子捉来，四化郎就露面了。"

这个老道姑是有来历的，众贼僧道奉为神明。手中宝剑是青锋剑，36招天罡剑，一招分三式，当年曾大闹相国寺，在她宝剑下，一天就战败了18名武术出众，技业超群的相国寺和尚、贼妖道、贼秃和尚给她起了个绰号叫"神剑昆仑。"闯相国寺时，年纪三十多岁，是倒采花女淫贼。现已年将八十。被五毒道长怂恿出来。她同南化郎有过节，当年被南化郎击过一掌，口吐鲜血，静养了三年，才恢复了元气，总想找南化郎报一掌之仇，要不为什么她说'打倒孩子娘出来。'手提宝剑走进当场，手打问讯念了声"无量天尊"："小施主，贫道见你武艺出众，艺业惊人。特来请问一声。你的兵刃，可是名叫'化金'吗？"小花子说："大漏勺。"老尼姑说："小施主，贫道偌大年纪，小施主不该和贫道顽皮开玩笑。"小花子见老道姑一本正经，心想真的"七十不打，八十不骂"，她能知道我兵刃名，看来也是杂毛道中的高人了。遂说道："你怎么知道？"老道姑听小花子承认了兵刃名，皱纹脸上透出了杀气。但仍和蔼说："好吧，小施主，恕我无理取闹，你放下兵刃，我把你叫人绑起来。常言说'杀人偿命，欠债还钱。'把你交给死者的师兄弟，听凭她们处治去罢。"说着绷起脸来，二眼炯炯放光说："牙崩半个'不'字，休怪贫道无理了。"小花子哪听这套，举起大漏勺跳起来"干炸丸子"，女道姑并不还招，"干炸丸子，干炸丸子，"小花子一连三招，老道姑安详地躲过，神态非常稳重。老道姑也想自己已是满头白发，跟一个孩子动手，胜则不武，如果亮剑动手，孩子跟自己走上十招也被人耻笑。老道姑正在想如何引出他师傅来。哪知小花子上中下"干炸丸子，干炸丸子，"把大漏勺使劲地上下翻飞，老道姑只是躲闪。这时，惹恼了老道姑，把宝剑挥动，几个照面，小花子已是手忙脚乱，勉强支持。

蒲查隆看老道姑把剑舞得神出鬼没。天罡剑的招数是一招化三式，不识此剑招数只有招架躲闪，并无还手之力，好在小花子舞动大漏勺，接架躲闪，还不致于就败阵。蒲查隆亮出了莫邪宝剑，喝声"小义士，退下来。"小花子把大漏勺照老道姑面门一幌，说声："我去也。"纵身

311

跳出圈外。自我解嘲地说:"我听将军来了,我把这杀道姑任务,交给将军吧!我要以逸待劳,累死这个老杂毛。"说完转身走了。老道姑看来了个美男子年约二十四五岁,齿白唇红,眉清目秀,俊中带着一团英雄气魄,威严不可侵犯,使人望而生畏,油然起敬。蒲查隆手持宝剑彬彬有礼说:"老仙师头发银白,已年至高,何苦惹此烦恼,静心坐禅,高卧丛林,闷时溪中观鱼游虾戏,闲时听百鸟歌唱,饿了吃些松柏籽,渴了涧下饮清泉,其乐悠悠,坐享清福,何苦自寻烦恼。常言说:'祸福无门,庸人自扰。'老仙师已是道高德重,恕小子狂言。但'良药苦口利于病,忠言逆耳利于行。'请仙师三思。"老道姑听了蒲查隆婉转说词,柔中带刚,软中带刺,就像一把匕首刺入胸膛。遂打问讯,念了声"无量天尊":"小施主言之有理,贫道当奉为经典,不是贫道枉生杀戒,更不是贫道动了利禄邪念。只是云游到此,看小花子艺业惊人,并使的是外五行兵刃,贫道一时动了爱念,想请问他是哪个海外奇人高足。小花子缄口不言,举兵刃就打。贫道再三不还手。小施主当能看见。逼的贫道亮剑还手,让他知难而退。也让他小小年纪,知道'强中更有强中手,能人背后有能人,''勿以技骄人。'是我们武林中奉行的格言。小施主,请原谅贫道为是。"

老道姑冠冕堂皇的一些话,蒲查隆有什么不懂她是口蜜腹剑,但她说得近情近理,使你无法反驳,心想"老而不死,是为贼",此言不假。遂说道:"既是仙师云游,为了观光,那就请躲开此是非之地。"老道姑笑着念了声"无量天尊":"贫道倒有些不舍离去,要瞻仰瞻仰青年男女的技艺,饱饱眼福。小施主既是仗剑而来,想必是有惊人本领,贫道想要领教。不知小施主肯赏脸吗?"蒲查隆心想:这个老道姑唇锋口剑,真是厉害。明是要来动武,却说向你领教。其来势刚,其语言美。遂说道:"既是仙师不吝赐教。小子愿为接招,以开眼界。"老道姑说:"请你进招吧。"蒲查隆说:"还是仙师先赐教为是。小子小小年纪,岂敢先动手,有失尊敬和仰慕之忧。"老道姑说:"如此说来,我先动手了。"亮开"雕鹰展翅"招式,这是称赞"后生可畏,青出于蓝而胜于蓝。"蒲查隆剑尖向下躲过。老道姑连使三招,蒲查隆躲过三招,并没还手。老道姑说:"三招已经承让过了。已尽到礼仪,请还招吧。"使了一招金风扫败叶绝招,是剑招中隐着剑招,含而不露,要不懂这一绝招,就得轻者带伤,重者毙命。蒲查隆要用莫邪宝剑削老道姑青锋剑和剁泥块一样容易,但蒲查隆不屑为此,亦不愿为此。双足腾空而起,老道姑以为良机不可失，用剑前挑，要使"恶狗蹲裆。"蒲查隆一个"云里翻身，"落在老道姑身后，用"剑劈华山"照老道姑劈来。老道姑斜身躲过，两个人如走马灯相似，战在一起，杀在一处。只见剑光闪闪如闪电，人影摇摇快似风。两面人马都看傻了眼。只见蒲查隆里倒外斜，老道姑以为力不能敌，剑招加紧，如雨打梨花片片，风吹败絮团团，好厉害的剑法，但总撞不到蒲查隆，只见蒲查隆的剑法使出了：拐李酒醉葫芦倒，拐杖横飞无处逃；果老酒醉驴颠倒，转面回身剑法高；采和酒醉翻身妙，阴阳两板频频敲；洞宾酒醉剑法巧，背剑转身削凤毛；钟离酒醉蒲扇掉，急风骤雨命报销；国舅酒醉笛音高，清扫浊尘意逍遥；仙姑酒醉笊篱起，搂头盖顶乱了招；湘子酒醉花篮乱，横扫千军扑眉梢。蒲查隆这一套醉八仙剑，老道姑慌了神，傻了眼，看蒲查隆并不是力不敌，而是招招有式的一套剑法。老道姑看蒲查隆一溜歪斜身不倒，晃晃荡荡剑斩腰，跌倒揉身把脚剁，迷迷糊糊脖颈削。不由"呀"了一声，这是醉八仙剑，是风尘三剑客圆觉高僧所创。在武林中独树一帜，据说只有李靖、红拂、虬髯公、圆觉四人会，秘而不传。难道说这个小后生是风尘剑客的高足。真是"青出于蓝，后生可畏了"。老道姑心里想事，剑法稍慢。蒲查隆用了一招吕洞宾酒醉提力升，铁拐李撑船失重醉还醒。看她脚步轻浮，倒暗藏杀机，剑奔老道姑颈嗓咽喉。说时迟那时快，剑尖已刺破颈皮。老道姑只知性命完了，哪知蒲查隆把剑抽回。道姑脖颈咽喉，只见像针刺的血星，说声："老仙长多蒙承让了。"老道姑知道蒲查隆手下留情，得了活命。念声"无量天尊"："小施主手下留情，贫道去了。"转身就走。

贼秃中出来了一个老尼姑，双掌合十，念了声"阿弥陀佛"，向老道姑说："师兄因何回来了。"老道姑羞愧难当说："非是子对手。"老尼姑气的二目圆睁："一个黄口娃娃，能有多大本事。我去宰了他。以解心头之恨。"老道姑说："那你就请吧！"老尼姑来到蒲查隆面前，脸红脖子粗，阴阳怪气地念了阿弥陀佛："黄口娃儿，休要逞强撒野，你可知道老僧厉害。"蒲查隆见香蕉脸、发际与下颚连起，一双母狗眼，手持宝剑，一身土黄色僧袍，把前后大襟系在水火丝绦带上，形如恶狼。遂说道："高僧偌大年纪，说话竟跟学话婴儿一样无知，真是可笑。"贼尼姑听蒲查隆骂人不带脏字，不由得念了声"阿弥陀佛"："黄口娃儿，真是初生牛犊不怕虎。你要放下兵刃，叫我祖师爷，还可饶你性命。谅你也不知祖师爷厉害，待我报名与你。祖师爷上玄下音，江湖人送美誉

第四十八回　三小化郎奋勇斩妖　蒲查兄弟大显神通

313

'妙化玄音庶士'。"蒲查隆听了觉得这个美称不堪入耳。偏被使喇叭小花子听见站起身子说:"蒲将军,你回来,我去对付这个贼秃,什么妙法宣淫舒适。"蒲查隆听小花子说走音,忽的涨红了脸。正在这时,蒲查盛见老道姑水火丝绸上系着一个皮褡,很像五毒飞蛇抓的兜囊,怕蒲查隆受了暗算,从腰中掏出鼻塞口罩,防毒器带好。从背后亮出碧血玲珑宝剑,走到当场说:"你回去吧,这个贼秃交给我。什么臭名,难为她还有脸说出来。老不害羞。"蒲查隆见蒲查盛带好防毒器来,心中了然。遂说:"多加小心。"转身走了。蒲查盛年轻气傲,用剑一指,"贼秃过来。"老尼姑举剑就刺。蒲查盛接架相还。老尼姑看蒲查盛剑放红光,知是一把宝刃,不敢剑碰剑,自知兵刃占下风,就佯拉败势,从腰间兜囊中取出了五毒飞蛇抓,占了上风头,一抖手,飞蛇抓投蒲查盛头顶抓来。蒲查盛往后一仰,栽倒,老尼姑以为蒲查盛中了毒,恶狠狠举剑向胸膛砍来。只见蒲查盛双脚脚一弓,双肘着地一滚,躲过宝剑,肘、膝并用,剑光闪闪,只见得:

拐李肘膝齐跷起,果老横跨艺更奇;洞宾膝肘都乱动,采和伏肘贴地皮;钟离躬背捉身立,国舅弯腰最难敌;仙姑扭颈回头望,湘子躬背命归西。这趟地八仙剑,把秃头尼姑累的发角冒汗,顾上顾不了下,要抖飞蛇抓,眼睁睁不中用,倒惹出一场麻烦,命在顷刻之间,只顾串上跳下,跟耍猴似的。地八仙剑用的是肘、膝、手、脚、背各为五行并用,相行相对变化无穷。有诗赞道:

肘膝手脚背并行,五行生克妙无穷;若是有人通此艺,功夫玄妙一身轻。

蒲查盛拿贼当猴耍,心里捉摸杀了她,还是让她逃生。一想到小花子说的"什么妙法宣淫",怒从心上起,恶向胆边生,是这样女尼中败类,人间蠢贼,留他何用,把心一横,碧血玲珑宝剑,用了一招"湘子躬背命归西"。贼妖尼双足已断,咕咚栽倒。蒲查盛跃起身子,挥手一剑,结果妖尼姑性命。捡起她的五毒飞蛇抓,掏出了鼻塞口罩防毒器,走了回来。

这群妖道、贼秃看连死了四个,各个气得肚子冒泡。有心群殴看对方也是一群男女,恐不能敌,仗着的五毒飞蛇抓,已是不中用了。众妖道贼僧齐扑罗振天面前央求说:"求大寨主替死者报仇。"罗振天说:"今天白日,敝寨已落了下风,非是渤海国来将对手,高僧高道夸下海口,说擒渤海武将易如反掌,言犹在耳。敝寨只能助威,摇旗呐喊,不堪渤海国众将一击。"贼秃中有一个凶僧向大寨主罗振天说："葫芦峪天然险地,固如磐石,敌人有来路没有去路,传齐弓箭手,把敌人射成刺猬猬吧。"罗振天摇了摇头说："谈何容易。试想渤海国来将,是天上掉下来的,还是地里蹦出来,你要放箭,恐怕渤海伏兵齐出,强弩硬弓射来,我们是力不能敌,岂不是自找苦头。依我说,还是仗高僧、高道和来人厮杀吧!"罗振天一番话,把贼秃、妖道弄的垂头丧气。诸位,罗振天为什么要说这话?一是白天比试,落了下风;二是要蓄精养锐,保全实力好奉旨招安;三是听了蒲查隆说众叛亲离,他最怕的一招。老道、和尚要带贡品去西夏,那时罗振天走投无路的才敢干。有一线之望,他也不愿奔西夏去,也要利用和尚老道去碰渤海国众将。坐享其成。真是"满怀心腹事,尽在不言中"。一群凶僧妖道,听了罗振天话,见他忧心忡忡,又围扰上来,刚要开口,只听鹅头峰上大喝一声,"渤海国人马来剿山了。"众贼向喊声望去,黑夜中只见旗影迎风摇,好像万马千军。渤海众将知是拓拔虎救兵来到。各个精神倍增,正这时前寨喽啰兵来报："前寨门已经被渤海人马围住,明卡暗哨都被夺去,眼看要攻破前寨门,请大寨主速作定夺。"又听鹅头峰上大声喊道："众贼后退,让渤海国将军来搭话。不然要放箭了。"弓弦响处,一枝火箭从鹅头峰射向贼群,也该妖僧尼姑倒霉,射中了一个妖尼姑,箭穿左臂,还发火光,妖尼姑顾不得疼痛,拔出箭,就地打滚,好不容易扑灭了火,左臂前胸烧伤,箭孔流血,龇牙咧嘴被抬走。

众贼人后退约有五百步,射箭够不到的地方,两箭之遥。又是黑夜,拓拔虎援草绳而下,说："乘人离远,留二人在此断后。赶紧上鹅头峰,我只带十个人来。带来了扒城索,快跟我走。"说完背起了张元遇先行。四个老花子同瞽目神叟断后,众人找到草绳扒城索,扯绳索上了鹅头峰。瞽目神叟同四个老花子最后上来。连说："好险,敌人要是放箭,我们难逃性命了。"众人逃出了险地,在鹅头峰上眺望前寨,灯球火把亮子油松,照如白昼。蒲查隆说："我们赶快赶去接应。"拓拔虎说："左平章亲自督战。'佯攻前寨'特来救你们众人。只要我们放一把火,左平章看到火起,知道众人脱险,就退兵了。"遂在鹅头峰上,劈荆断葛,集拢了一个草堆,放起火来。众人鱼贯穿隧道,过岩洞,走石缝,好不容易来到前寨左近。这时左平章望见火起,已停止了进攻。见众人来到喜出望外,又听说救出了张元遇更是高兴。又见到四个老花子倍感亲切,收兵回营。贼人大寨却炸了营。

第四十八回 三小化郎奋勇斩妖 蒲查兄弟大显神通

315

第四十九回

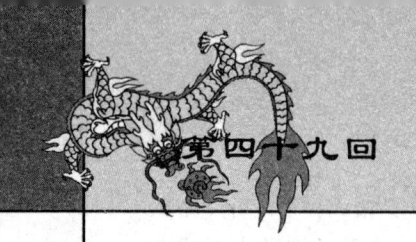

暗下黑手罗振天令贼秃贼盗劫营
瓮中捉鳖蒲查隆命众英群雄擒贼

话说渤海人马回归大营,众将折腾一天一夜,已是疲倦不堪,遂各自回帐安憩,又给守卫伯张元遇安置了帐房。张元遇在水牢囚闭了好几个月,已是面容憔悴,面黄肌瘦。好容易恢复了自由,暖被温床,叹息了一回,已入了梦乡。葫芦峪的群贼被火箭射伤了一个贼秃尼,一些尼姑、道姑把受伤的、打死的抬到了大寨,就急性火爆地扑向前寨。罗振天看鹅头峰放了一堆火,以为渤海人马守住那里,就没敢派人去。亲到前寨来看,渤海国兵马已退,吩咐罗振地时刻小心,把住前寨,回归了大寨,传下令去,各寨主要小心防守。见尸体横卧厅前吩咐抬出去,用火化了。众贼人把死尸抬到焚化场去烧。罗振天闷沉沉坐在交椅上,心想渤海国把张元遇救走,再也不能招安了,渤海国必要追回贡品,必来剿山。从前以为天险可恃,据险而守,有谁知渤海国竟救走了张元遇,是内中有奸细。我错怪罗棰,奉着他娘带同老婆走了。心中正烦躁不安,不知趣的妖僧贼道,走上前来说:"总辖大寨主,胜败乃是兵家常事。兵来将挡,水来土屯。"罗振天抬头看了看说话的正是前来帮助劫贡品的静修,心中暗骂贼秃驴,怂恿我劫了贡品,惹得大祸临身,什么仗着左相杨国忠内侍高力士,皇帝宠妃杨玉环,到现在好几月诏旨杳无音信,又想把贡品转送西夏,这伙秃驴,想干什么,什么五毒飞蛇抓可敌千军万马,今天死的贼尼姑,不是使五毒飞蛇抓吗?让人一剑送命,五毒飞蛇抓顶屁用。想到这里,心中有了主意。遂说道:"高僧说的有理,我方才想破敌之计。明攻不如暗算,给他来个'明枪容易躲,暗箭最难防'。"贼秃和尚听了大寨主有了破敌之计,急忙问道:"计从何来?贫僧可与闻否?"大寨主说:"正要求教高僧高道。"和尚老道听了,忙问:"请寨主说说看。"大寨主长叹一声:"敝寨寨主各守各寨,虽有副寨主也非渤海众将对手。想来想去,别等兵来将挡,水来土屯,找上门来。去给他偷营劫寨,去人多了,敌营必有防备,断难取胜,去个二三十名会高来高走,飞檐走壁的人。这事敝寨难能办到,只有求高僧高道了,并有五毒飞蛇抓,定能成功。不知高僧高道能鼎力相助否?"贼和尚说:"今晚五毒飞蛇抓不知怎么不顶用,死了一个,吓瘫一群。"

罗振天说:"据我看不是药力沾了湿,失了效,就是风向不对,不是把敌人熏倒了吗?更可能是敌人嘴上生疮,抹上药碰巧鼻口不通气,你没看用手绢蒙着嘴吗?"妖秃说:"相隔甚远,又是黑夜,我真没眼神。大寨主说的倒有理,但我们只有15个五毒飞蛇抓,又被人抢去一个,只有14个了。"罗振天说:"有十个就顶用,三人为一伙,用五毒飞蛇抓一个抓人,两个助威和杀人,武功好的奔大帐,两三伙,擒左平章、蒲查隆。三个捉来一个,就万事大吉了。请二位编制一下,渡口都被渤海国把守了,须绕道百里外,明天起身,后天夜晚劫营夺寨。我派个足智多谋的人,叫诸葛望博当向导,他这块地方地理熟得很。"贼秃与杂毛听大寨主说的条条是道,说道:"我俩事不宜迟,就去张罗。"两个贼秃杂毛走出了大寨,真是去安排去了。

大寨主罗振天思前想后,总是想老妻恨恨别去,儿子罗棰也被逐出,至近者夫妻,至亲者父母,真成了亲离众叛,更不想象,真是有一天墙倒众人推,树倒猢狲散,来个祸灭九族,轻则全家该斩,自己死了轻如牛毛。瞧着儿孙项上餐刀,九泉下何以见父母。想到这里,心烦意乱,吹灭了灯,解衣就寝,朦胧睡去。只见父母走来,口口声声骂"忤逆不孝,送了居家性命,断送了罗门后代。"母亲泪随声下,哭得凄惨动心,父亲哭得两眼发红,恨恨骂道:"这样忤逆,我把他打死吧。"搂头盖顶举棍打来,罗振天喊"慢打,慢打,"父亲棍已落头上,"哎哟"一声。醒来睡眼朦胧,用火石火镰打着了火,掌上灯,却是南柯一梦。心神恍惚,自己镇静了一会儿,梦境历历在目,不由自己战栗起来。真的惹下了灭门祸,但是势成骑虎难下,罪孽滔天,还是把贡品献了出去吧。自己千刀万剐,只是不牵连儿孙就好。罗振天正在怅然若失,贼秃和尚进来说:"大寨主,老僧已组成了12伙,每伙仨人,只有两个老道姑不加入,说昨夜受伤,一个是她师弟要陪他师兄回庙静养,贫僧已答应了。随我们一同启程先到白马寺,然后去峨嵋。大寨主和白马寺有事吗?"罗振天说:"等高僧率众凯旋归来,烦高僧带口信多么稳当恰便。"盼咐声:"到前寨把诸葛望博找来。"

霎时间把个诸葛望博吓得三魂离壳,七魄离身,以为自己串通自己师兄,反邪归正,投渤海国去事发,强打精神,来见大寨主,跪倒磕头。罗振天说声:"起来。"一指秃头妖僧说:"你给高僧带路过长江,限你五天后归来,不得有误。"诸葛望博说:"我自己回来,还是陪同高僧回来。"罗振天说:"见机行事。"含意是贼秃有去路,没归路。说声:

第四十九回　暗下黑手罗振天令贼秃贼盗劫营　瓮中捉鳖蒲查隆命众英群雄擒贼

317

"收拾一下,就要启程。"诸葛望博好像得了皇天大赦,站起身子说:"小可遵命。"回到前寨,带好腰刀,要报告分寨主,执行大寨主命令去。恰值寨中无有喽啰兵,分寨主低头闷坐想心事。诸葛望博放重脚步,走至面前,附耳低言说:"小弟去了。"就把大寨主命令说一遍。"小弟归来,大寨主必说小弟是奸细杀了。望兄见机行事,千万不要犹豫。"分寨主点点头,诸葛望博转身走了,见到了贼秃和尚当了向导,绕道奔西峡小渡口。走到天黑找到了渡口,在渡口吃了晚饭,摇船到江北岸,找一片树林宿了下来。众贼秃折腾了一宿,又走一天,疲困极了,哪管北风呼啸,昏昏睡去。诸葛望博因有心事反来复去,明天如何去到渤海国大营报信,必须支开众贼秃、恶道。想了多时有了主意,心神梦稳地睡去。一觉醒来,浑身沾满了雪花,呀,天空白茫茫地下起大雪了。抖掉身上的雪,看众贼秃妖道活像绵羊卧在树下,沉沉大睡,遂喊道:"喂!醒醒吧。"天已亮了,又下了大雪,众贼秃妖道睁开眼一看,浑身落满了雪,抖去雪,有的冻得牙齿打战,有的冻得直哆嗦,一些尼姑道姑围成一团,用干柴燃起火来取暖,烘衣裳,烤干粮,众妖僧妖道,受了启示,也仨一团、五一伙地烤干粮,烘衣裳。诸葛望博杂在群贼中,烤了带来的馍馍,边吃边说:"我们到了江北岸,同江南岸不同,江北有渤海国化了妆的探事官兵,我们必须分开来走,不知各位高僧、高道有何打算?"静修接言说:"寨主想的极是,一大群和尚、老道、尼姑,道姑身带兵刃,去干什么,依我看,这片树林,有三十余里长,背山面水,我们沿江直下,到了树林尽头,我们就找避身之地。休息下来,养足精神,夜晚就去偷营劫寨。"转向身旁老道说:"道兄你看怎样?"老道念了声"无量天尊":"也只好如此。"这时众贼秃妖道烘干了衣服,又饱餐一顿,就沿江踏雪走了。

　　行行复行行,走了一程又一程,到了树林尽头,望见村晚炊烟四起,草屋如银装,竹篱如雪砌,知道离渤海大营不远。贼僧静修,传下法旨,找僻静所在,临时栖身,因静修是白马寺老和尚门人弟子,又是这次的领众人,众贼秃妖道惟命是从。众贼秃妖道,四散离开,寻找安身所在。众贼妖尼姑中发现了一个所在,高有丈二,宽有百步,可纳百人。乐得众尼拍手打掌,竟说:"天呐,我们成功,妙在此窟。竟有这样的鬼斧神工,为我们建设了这样的舒适所在。"遂报告了静修。静修喜出望外,来到了石窟一看,只见:洞不大而幽雅,树不摇而风静,雪不落而温暖,风不吹而爽快。真是一个洞天福地。遂命诸贼安身此处,各自解下兵刃,解下行装,各寻休息之地。真是:北风呼啸不惧,大雪纷飞不惊,虽是地冻天寒,身居孤窟发暖。众贼人乐得拍手称快,遂在这里安了身。众贼砍干柴取火,取雪为炊,其乐融融。这时走来了两个道姑,神情颓伤,向静修说:"贫道师兄,身中暗伤,眼看不能支持,贫道打算背着她到一镇,买些活血药服,然后回白马寺,报告情况。去峨眉山,不知师兄如何盼咐?"贼和尚听说老道姑已不能支持,不但没有僧道之念,同情之心,反倒除了心头一块大病,遂说道:"如此很好。谨听仙师所请,请自便吧,贫僧这里人少,恕不能相送,多烦道兄累赘。"说完摆出长者威严,道姑看了静修,妄自为尊,遂说声:"贫道谨遵法旨。这就背着师兄去了。望师兄旗开得胜,马到成功。"说罢拂袖而去,背起师兄踏雪步履艰难走去。

诸葛望博走了过来说:"高僧,奉大寨主命,见机而行,高僧曾经耳闻目睹,此处离渤海国大营远则40里,近则30里,道路杂错。但总是到渤海国的扎营地,汇成一处,是去葫芦峪大渡口的要路,我的向导任务已算完成,奉寨主命,要乔扮算卦,卖卜相面江湖术士,到渤海大营外,村庄里卖卜相面,刺探军情去了。深望高僧在鸡鸣时动手。因渤海国午夜前,戒防甚严,这是我在葫芦峪时听的消息。供高僧参考。"说完不待静修说话,径自去了。

走了老道姑二人,静修哈哈大笑,以为除了眼中钉,肉中刺。因老道姑青年虽系荒唐耽于声色,但被南化郎一击之后,顿去邪念,喜本禅修,学习武功,法艺俱进,五十岁后,亦是一个名孚众望的老道姑了。真是光棍回头恶事勾,近三十年面壁参禅,不问世事,竟被五毒道长花言巧语骗来,和蒲查隆剑刺咽喉而不杀,羞愧之余,带着感激,顿使天生本性复元。自悔一时之错念,几乎丧性命。遂假装身受暗伤,密嘱徒弟,离开这凶杀恶战是非之地,借机回峨眉悟道参禅。但听了说夜进渤海国大营,用五毒飞蛇爬去偷营劫案,于心不忍,婉言谢绝了。遂想到我自面壁以来,久思渴想欲要见风尘三剑客,恨无缘相见,既是他们的门人弟子,我何不泄出机密,使他人弟子脱了灾难,异日见到他的师傅,也是我谈话的资料。他师傅"爱屋及乌"或可成为知己。想到这里,一心只奔渤海大营,哪管风雪弥满了天空,脚不停步,直闯渤海国大营。

再说诸葛望博,在小包袱中取出了当年的卖卜相面的招子、卦盒,穿好江湖上的衣帽,离开了众贼,好似脱网之鱼,被卖脱手俊鸟,好不快活。逢村过镇,敲动了"报君知"念诵招子:"男算求财望喜,女算月龄高低,求灵贴,算灵卦。闲时问卦防身宝,祸到临头后悔迟。"他正在大声高喊,博来善男信女,不提防身后纵来一个猛汉,脚下一绊把自己跌了个狗呛屎,诸葛望博也会武术,吃这个眼前亏,气不打一处来,扔下了"报君知",恶狠狠骂道:"什么东西,竟敢太岁头上动土。"挥拳就打。那人还招接架,骂道:"黑心贼,我不把你捆上,送交大营,誓不为人。你这个黑心贼,以为我不认你。在五顶山逃了狗命的什么神机军师诸葛望博,又来刺探军情,念的什么鬼话。'男算求财望喜,女算月龄高低',连自己眼看就玩完,还不知道,你鬼念央求什么,哪里走,看拳。"诸葛望博怕中了贼人设下的圈套,遂说道:"我一个卖卜相命混饭吃的,什么诸葛望博,媳妇想婆,全然不懂。废话少说,你是'线上朋友',我囊中还有五两纹银,拿了去吧。"那人说:"什么线上朋友,我看你分明是绳上冤家。"挥手又是一拳打来。诸葛望博躲过拳头,正想问个究竟,不提防被人一脚踢倒,又来个狗呛屎。这个人手急眼快,进前一步,把诸葛望博用脚踏住,竟成了诸葛啃雪。骂道:"黑心贼,装什么蒜?"码摩肩头,拢二臂,寒鸭凫水式四马倒攒蹄绑好。吩咐声:"来人抬回去。"过来两个大汉,用竹杆抬起就走。

纷纷大雪弥漫了天空,哪管路滑道远,二个人行走如飞,抬到了大营,径投中军大帐,"咕咚"一声,把诸葛望博扔在地下。只听喊声"报告,"帐中说声:"进来。"稍顷,来人解去了绑绳。把诸葛望博像捉小鸡似的头朝下脚朝上,提到帐里。诸葛望博到了这时任人摆布,提的人把诸葛望博一个翻转,大手挽住双脚一背,脚步向后弯去,放在地上,诸葛望博身不由己,屈身跪下。只听座上说:"王别将真是胡闹。我们大帐从来不让人下跪。"吩咐声:"站起来,王别将则跟你开玩笑呢!"诸葛望博听声音是青年人,抬起头,细看了看,是渤海国打扮,定睛细看,分明是蒲查隆、蒲查盛二将军。站起身来说:"我总算见到将军了,死也甘心。"蒲查隆命他坐下,又命人沏来了奶茶,诸葛望博喝完奶茶,舒展了被捆绑的身体。然后说:"小可身回到葫芦峪后,时时劝说我师兄反正归降。我师兄急待大军一到,就反戈一击,哪知贵国兵围前门,又急急撤兵,未能如愿。今天我是特来报密的。"就把大寨主订立派贼秃杂毛偷营劫寨和自己如何脱身被擒,一五一十说了个一清二白。最后说:"我以为是中了贼人圈套,现在是真得了活命。但捉我的手脚太灵敏了,他怎识出我倒不解。"二将军乐了说:"不打不相识。来,你二人认认吧。"一指王常伦,说:"他是王别将,是我们大营传书使。"王常伦说："方才得罪了。"诸葛望博说："哪里，哪里。多亏别将把我捉了来，倒省了脚步。"众人都笑了。王常伦说："认识你的人，是拓拔虎联营的大掌管，在五顶山时认得的你。他骂'黑心贼'，就动打。我认为捉活口，岂不省事。我们扮成渔民，沿江边查，巧遇到你。"

诸葛望博如梦初醒，遂说道："还是谈正事吧。"蒲查隆问："应怎样擒贼？"诸葛望博说："等贼来，不如去擒贼。"正在这时门军来报："有两个老道姑声声要见将军。"诸葛望博说："说是有两个道姑要去白马寺，回峨眉山，那曾想竟来到大营？"蒲查隆派人把诸葛望博送厨房吃饭。又嘱咐王常伦时时照应。王常伦懂得照应含义是监视。蒲查隆起身迎到帐外，说："请老仙长去。"去人回来说："老道姑说，只求见将军一面，不进大营，更不进大帐。"蒲查隆心想奇怪也。便说："好，领我去。"蒲查盛怕有意外，也就跟了去。二人来到大营外，门军用手一指，见两个道姑。冒雪站着，蒲查隆走向前，躬身说："在下就是这个营将军蒲查隆，二位仙长有何见教？何不请入敝帐？"两个老道姑看看蒲查隆，一个年老的从怀中取出一个燕翅形字柬，递给蒲查隆。蒲查隆接到手中，二道姑转身冲风冒雪，快步走了。蒲查隆喊："仙师去何急也。"两个老道姑头也不回去了。蒲查隆展开字柬，寥寥20个字，上写："昨感君恩不杀身，老衲此去守禅林。若得他年重相见，严防今夜贼到门。"

蒲查隆看过字柬，不由埋怨自己，怎么不把两个老道姑留下，这两个老道姑其中一个是夜探葫芦峪交过手的。因我没有伤他，感恩图报，来送贼人劫营信息。看来这个老道姑，道心不泯，归山静养去了。蒲查盛见蒲查隆拿着字柬，看了又看，凑到近前，看了一遍，也叹息说："这个老道姑竟能翻然觉醒，正应了'放下屠刀，立地成佛'的古谚。生了善念，前来送信，不怕风雪之苦，可见'得饶人处且饶人'，前夜你要杀了他，不知今夜她的徒子徒孙，有多少个要来劫营报仇雪恨，更不知牵扯多少人死于无辜。还是回大帐商议军情吧。"二人回转大帐，又找来夹谷兰商议。定下了把贼人一网打尽妙计，又作了军营计策，和防贼人耍的花招。定计引蛇出洞，写好了送交左平章过目。左平章看完，写个"照办。"蒲查隆拿了回来，唤来了王常伦，吩咐如此，如此。唤来了五位都将如此，如此。唤来了左平章侍从护卫如此，如此。唤来了上官杰夫妻如此，如此。诸事已毕。自己唤来了三个孩子，命他仨带着鹰、熊、猴各骑坐骑同自己去游山，三个孩子乐了。各自去准备，又

第四十九回　暗下黑手罗振天令贼秃贼盗劫营　瓮中捉鳖蒲查隆命众英群雄擒贼

带了干粮、火石、火镰、弓箭等物。说射着野兽烤着吃。

这时王常伦领着诸葛望博走出了大营,向来时树林走去。诸葛望博问:"只别将一人和30名贼秃贼杂毛交手,常言说双拳难敌四手,好汉架不住人多,贼人有14把五毒飞蛇抓,只别将一个太冒险了。"王常伦道:"不要怕。'不入虎穴,焉得虎子',黑夜便知分晓了。"诸葛望博总是心头撞小鹿,担惊害怕,只得跟着走,心想王别将不怕,我怕什么!蒲查隆领着三个孩子,远远跟在后面。走到天黑,来到树林边缘。王常伦问:"离贼还有多远?"诸葛望博用手一指说:"前面北山脚下就是。"王常伦睁眼细看,约有二里之遥。就停住脚步坐在树下说声:"歇歇。"二人坐在树下石头上。王常伦解开小包,取出干粮,又从怀里拿出了一个"羊尿泡",里面装的是酒。王常伦递给了诸葛望博一个干粮,四四方方,诸葛望博咬了一口竟是烤牛肉。王常伦说:"今晚你我执行特殊任务,我受特殊待遇,这干粮是渤海将军以上战时食品,这酒也是忽汗湖沿岸产的高粱酿造的,醇酿味甜,也是战时将军们用品,是经大内相、大将军亲劳军送来的。我只是在欢迎、欢送会上饮过,今朝是第三次。是左平章亲笔批的,我到总管处领的,是为了报偿阁下冒险送信的奖品,我也沾了光。现已雪止天晴,太阳将要下山,雪后的太阳总是火红的,照人暖洋洋的,你我对酒谈心,也甚幸事。但不幸的是,喝完酒,吃完干粮,天黑了,就去拼命。当武将吗,只知道拼命杀贼,不管死活。三国时蜀将赵云,匹马单枪,在长坂坡杀退曹兵百万,一举成名。在他死时刘后主哭晕几次说:'孤幼年,若非老将军多次相救,已死多时矣'。看书到此,也为赵云扬眉吐气。但不知诸葛先生,有此胆量和抱负吗?如先生贪生怕死,请你坐在这里,我去拼杀,扫清群贼一同归营。你看怎样?"诸葛望博说:"丈夫立于天地间,应学赵云,我敢说赴汤蹈火在所不惜。不是怕死,而是死得其所。我在途中说的话,是为了提醒别将,贼人14把飞蛇抓,一齐扑来,送了性命不值得。真是一刀一枪拼死又算什么?'男子汉,大丈夫,生而何欢,死而何惜'。我从前有书呆子臭气,沦落江湖后,早已洗净书生气味,变成了不怕死的汉子。有时瞎想,怕东怕西,怕树叶砸了脑袋,这是书呆子的习气。只是别将敢轻身冒险,我就敢拼命。"诸葛望博话到这里,指天设誓说:"诸葛望博倘违此言,天神共鉴。"王常伦说:"何必发誓!"二人吃罢了干粮,喝完酒,天已黑了。王常伦见黑鹰飞来,学出了鸟啼。黑鹰飞去,王常伦知道蒲查将军带三小到了。二人直捣贼穴。临近一看,一只

比剑联姻

322

大猛虎，蹲在山涧前，一个金钱豹，一只黑熊守住洞两旁，一只黑鹰一个小猴站在树枝，一个金毛小狮狗，蹲在树下，诸葛望博吓傻了眼。王常伦说："这就是蒲查隆将军带来的捉贼的英雄，看热闹吧！你我只管捆人。"诸葛望博才想到方才刖将在试探自己。学鸟叫是给黑鹰打招呼。

王常伦、诸葛望博二人纵身跳上山崖细看贼人的动静。秃贼杂毛知道天已黑了，正要蠢蠢欲动，只见两条光射入洞穴，睁眼细看"呀"了一声说："吊睛金额大虫守住门口，你休想出去。"众贼秃听了个个定睛细看，只见一只斑斓猛虎，坐在洞口，前爪扑地，虎头微翘，圆睁两眼，射出二道光来，作欲扑之状，两旁各自发出二道光，细看一只金钱豹、一只黑熊，蹲伏洞穴两旁，四目相视。欲要扑进洞穴，三只野兽守住了洞口，只要一齐扑来，不知要伤亡多少人，又不知几人能从虎口余生、豹口脱命、熊嘴离险，使人看了，魂飞三千里、魄散九霄外。众贼秃、杂毛惊慌失措，用弓箭射，身边没带弓箭，用暗器打，又距离远，只要野兽张狂扑来，坐等一死。倒是贼秃悟参有主见地说："三个野兽，只要三个人，豁出性命，与野兽搏斗，引离洞口，我众人就都得救了。虎有三绝技，一是饿虎扑食，你只要不让它扑住，它就应背躬腰一颠，你躲过去，它就用尾巴一扫，名叫剪尾，你要脱过去，它就气跑了。豹和虎性能一样，只有黑熊是赖皮脸，毛长皮厚，你不治死它，它就死皮赖脸跟你没完，拼个你死我活。猎人在深山野林'一猪二熊三老虎,'谁暗器打的有准头，首先射中三野兽眼睛。只要三野兽瞎了眼睛，我们刀枪并举，一拥齐上，哪怕什么吊睛斑斓猛虎，金钱豹大黑熊，真是活人让尿憋死吗？哪个去？"众贼说："既是大和尚有高见，还是大和尚带头吧，老仙师第二，老尼姑第三，是你们三位把我们领来的，武艺高强，又说的头头是道。请大显身手吧！"贼悟参和尚，本想找出三个贼人试试看。哪知"捉鸡不成，倒蚀了把米"，反倒轮自己头上了。正在想法摆脱窘境，忽听洞外大树上，大喊一声，只听说出了四句打油诗：

"我是王常伦，渤海国中臣，
带来虎豹熊，专捕劫营人。

识时务的，抛出五毒飞蛇抓，及鼻塞口罩，防毒面具，放下兵刃，投降免死；若执迷不悟，安心作恶，我一声哨响，虎、豹、熊齐扑进洞穴，一个也逃不掉。侥幸逃出洞来，我带有百年黑鹰、百年神猴、百年金毛

第四十九回　暗下黑手罗振天令贼秃贼盗劫营　瓮中捉鳖蒲查隆命众英群雄擒贼

323

狮，它们的眼睛，在黑夜间千步之外，来抓蛇蜢都一个不剩，何况一个大活人，能逃出它们的眼睛吗？你们的头头要是顽固等死，请你们把他推出洞来，你们就有'反戈一击'的功劳，愿回山的回山，愿回庙的回庙，并赠盘银，愿还俗的作善良民的，给安家立业费用。你们虽是出家人，不是尼姑养的，道姑生的，也是有爷娘、兄弟姐妹，何苦的做此坏事。阿弥陀佛无量天尊，自误自身，到头来佛啊，神啊，丧了性命。我言已尽，容你们半个时辰好好想想，自择生死。"

　　贼杂毛贼秃听了王常伦喊的话，睁眼借着星光细看，见对面大树上落着老鹰足有人高，两翅一展有二丈多，爪似钢钩，口似大钳，眼似流星，大鹰下，是一个猛大汉，身穿夜行衣，旁边蹲着金毛猴，伸爪摸脸，大树下，蹲着个金毛狮子狗。众贼知道王常伦说的话不假。就有的动摇："还是投降吧！"这话偏被贼秃悟参听见了。亮出了戒刀说："哪个敢说投降，背叛祖师爷，我就先宰了他。"忽的拿出戒刀，两目圆睁，说声："跟我闯出洞口。"但不见有人跟着他闯。气得他暴跳如雷，无法可使，真的怕众怒难犯把他推出洞去，喂了虎、豹、熊。贼秃看硬的不行，就来软的说："众位，僧道师兄师弟们，今天，我们是休戚相关，患难与共，我们要不同舟共济，就会上了大当，每个人身首异处。敌人要瓦解我们，我们要不共同对敌，就会死在眼前，还不知是哪庙的鬼呢，僧道师兄师弟们，请你们把我绑了，送给敌人，敌人要放了你众人，我就豁出一死，固守知己。救了众僧道师兄弟吧！"说完放下戒刀，倒背双手。他这一招真有效，有的僧道说："拼着一死，我们各亮兵刃，舞动14把飞蛇抓，虎、豹、熊，是喘气的一样闻着毒气死去。闯、闯、闯。"这时林中响起了牛角号，好像千军万马扑来。王常伦在树上，又喊道："贼人快投降吧，渤海国大军各持薪柴来了，要堵洞口放火了。因我们虎、豹、熊嫌你们肥头大耳，饱食终日，无所事事，嫌腥气，要烤熟了吃。"众贼人听说要用柴堵洞口放火烧，个个胆战心惊。不用多，一百人，一人一抱柴，就堵死了洞口，放起火来，只好成火燎金刚，烟薰太岁，去见阎王殿下。念阿弥陀佛无量天尊，救不了当时性命。有的急了眼，挥刀商定，先把贼秃头悟参捆了，推去洞外，僧道师兄弟动手吧。又听王常伦喊道："献出群贼头头，你们都无罪，不杀不抓，赠给路费，各投去向。"群贼一拥齐上，把贼秃悟参打翻在地，四马倒攒蹄捆好，"咕咚"一声，推到洞外，老虎伸出前爪把他扯去。众贼把五毒飞蛇抓及防毒面具抛了出去，黑熊用爪抢了去，众贼又把兵刃抛出，也被黑熊拾起，众群秃、杂毛全都跪在洞中，哀哀恳恳求饶命。

王常伦手持鸳鸯宝剑跳下树说："诸位高僧、高道坐下说话，我们蒲查将军，不愿人下跪，还是坐起来说话。蒲查将军就要来了！黑鹰已报信去了。"众秃贼杂毛，坐稳身形，诸葛望博也跳下树来。众杂毛、贼秃一见，知道是诸葛望博给渤海大营报信投降了。不大一会儿，来了一匹白色大马，马鞍上端坐一位将军，众贼一看，认出了是前天夜晚大闹葫芦峪的蒲查隆，后面跟着三个小孩子，众贼都低下了头。蒲查隆站在洞口，吩咐王常伦从马背上解下皮褡裢，吹灭羊角灯，打着了火点燃了羊角烛，挂在树枝上，命王常伦告诉群贼三个一排，纵列出洞，离羊角灯20步外，再排成横列。王常伦对群贼说明，众贼站起身，鱼贯而出，离羊角灯20步远，站好队形，垂头丧气。蒲查隆站在大石头上说："众位高僧、高道，反正投降，正是苦海无边，回头是岸，放下屠刀，立地成佛。我渤海国使臣左平章钦命为平南剿抚元帅。我们是以抚为宗旨，以剿为辅助。只要投降，一个不杀一个不抓，给足路费，有亲投亲，有友投友，都安生回去吧！"说后，打开褡裢每人给银十两。王常伦按份每人给了十两白银，褡裢仍有十两，王常伦说："剩下十两。"蒲查隆说："我带来360两，他们是36人，怎会剩下？"王常伦说："一个老贼秃，拒不投降，被众人捆了，推出洞来，老虎把他抓了去。"蒲查隆告诉重生："去把他带来。"重生从老虎屁股下，拖出了贼秃，但已吓得半死。拖了过来，唤醒了贼秃悟参，又命松了绑，蒲查隆见他明白过来，对贼秃说："你敢抗拒天兵，拒不投降，死有余辜，应该一刀杀了你，因你是出家人，看在佛门弟子面上，饶你不死，今后再犯，再杀你这秃头，给你白银十两，逃命去吧。"贼秃翻了翻眼皮，摸了摸秃头，心想脑袋还在脖子上，没死。阿——弥——陀佛。站着发愣，重生因他跟高僧学过艺，不忍下手，再望望猛生这两个孩子，一个是瞽目神叟教的，一个是海外奇人传授，见贼秃发愣，两个孩子，一打手势，一左一右，上面用拳打，下面用脚踢，并骂道："什么秃驴、骡子，饶了你还不跪地磕头叫祖师爷，"小拳头像擂鼓似的，翘起脚，乱敲秃头，贼秃又不敢招架，秃头霎时红肿起来。蒲查隆喊住了两个孩子，说："你们各拿兵刃作为防身。留下飞蛇，防毒器，散伙吧！"三五成群地散了去。

蒲查隆见众贼散去了，遂吩咐把五毒飞蛇抓装在皮褡裢里，把防毒器也装里边，说："你二人没有马徒步后行，我们四人有坐骑要先走了"。说完翻身上马，三个孩子各自骑上虎、豹、熊。天空飞着黑鹰，陆地跟着小猴、金毛狮子狗，离开了洞穴。诸葛望博惊异非常地说："蒲查将军，真是神人一般，不费吹灰之力，收拾了众贼。一个不杀，一个不抓，还给了盘缠。足见'宰相肚里能撑船了'"。王常伦说："蒲查将军从不主张杀人为能事，以后你定当知道，但我腿快，要跟上蒲查将军，你脚步慢，可慢慢回营，我告诉门军，还有诸葛望博找来，可叫他们送入我的帐房。我看蒲查将军心意，想让你和我在一起，你不是会卜卦相面吗？正是明察暗访的好手。我要去了。"拔起腿像飞一样走了。诸葛望博望着尘头起处，感叹道：渤海国多能人，小小葫芦峪，迟早必败。我这番投诚总算找对了地方。也疾步行去。

第五十回 蒲查隆将计就计大破贼兵 罗振天星夜劫营落荒而逃

蒲查隆率三小将疾行，远远望见大营，灯球光把黑夜照如白昼，喊杀连天，不由叹道：

> 今晚放贼去，妖氛又复来，
> 欲要求宁静，须要巧安排。
> 贼众难杀尽，何苦费心栽，
> 最好抚贼党，莫若分化开。

蒲查隆想到这里，遂催马加鞭，疾奔大营。这时王常伦也追了上来说："看样子有贼人偷营劫寨，我们奔了去，好作救援，内外夹攻，敌人腹背受敌，只有退去，蒲查将军以为如何？"蒲查隆说："现有你我四人，诸葛望博，不知还有多少路程，我四人力闯营门，孩子们单独作战，我不放心，最好我们四人，杀开一条血路，回到大营，再做安排。无奈苦无坐骑，奈何！"王常伦说："我舞动鸳鸯剑断后，三小英雄在前，敌人坐骑见到虎、豹、熊自然瘫倒。将军居中，闯进大营，易如反掌，我乘机夺下一匹不怕虎、豹、熊的良马，一样掌了刀、长枪、大戟、大斧。岂不是好。"蒲查隆说："别尽想美事，谁给你预备这些东西。"王常伦说："贼人两万之众。常言说'来者不善，善者不来'贼群中岂止一、二匹好马。只恐我夺了来，将军又给放了去。"蒲查隆说："只要你夺来，再不放去。"王常伦高兴，连说看我夺来夺不来。四人遂照王常伦说的办法，直扑大营前面。贼人有一千多人，各持兵刃弓箭，攻打前营大门。大营里箭如飞蝗，射击敌群。蒲查隆身穿鲫鱼宝铠、獴皮宝铠双重宝铠在身，各个小孩各穿宝铠，只有王常伦无宝铠，也无盔甲，无法阻挡飞矢。遂说道："此处难闯，别中了自己人的流矢。"王常伦说："先让虎啸、狮吼、熊叫，既以吓瘫贼人坐骑，更能使自己人知道将军回来了，停止了放箭，再让黑鹰飞回大营报信，岂不一举两得。"正在这时，见东方敌群人马纷纷倒退，东逃西散，鬼哭狼嚎，哭爹喊娘乱了套。只见四员小将四条大棍，舞动如飞，坐下是塞外天门岭特产野兽"犴达犴",一身渤海装束。蒲查隆倒发愣了,这是哪里来的?又见群贼纷纷乱窜,冲出了四个小将,坐下是黑水军靺鞨古林中爱吃盐的兽不兽畜不畜的"四不像",四个人舞动八柄亮银锤,横冲直撞,好似虎入羊群。八个小将先后看到了蒲查隆,但犴达犴"四不像"虽住在山中野兽,见了虎、豹、熊也远远不敢近前。只见八个小将各自跳下坐骑,棍锤并举,不容分说,锤棍齐下,打了过来。蒲查隆四人,举招相还。蒲查隆边招架边用渤海话说:"我是渤海国朝唐使臣麾下蒲查隆将军,你们是哪里来的?"他这话发生了作用。八个小将像着魔似的,停下了兵刃,问:"你是蒲查隆将军是真的吗?"蒲查隆说:"不假"。八个小将看蒲查隆四人是渤海国打扮,又会说渤海话,谅不是冒充。遂庆安说:"我们八个是奉了大将军夹谷后裔军令,前来投奔将军麾下的,有大将军举荐信。"蒲查隆说:"既是大将军荐来,现在贼人偷营劫寨,立功要紧,杀散群贼到营叙话。"八个小将各执兵刃,上了坐骑。蒲查隆命令重生放出黑鹰急回大营报信。身中又无笔墨,急中生智,撕下前襟,用剑尖刺破中指,写成血书:

   灭匪归来贼劫营,巧遇渤海八英雄,
   锤棍之将力量猛,千万援助莫相攻。
   坐骑犴与四不像,他是夹谷小将兵,
   我等里外齐动手,管叫贼人难逃生。

  他把这系在黑鹰脖颈上,黑鹰展翅高飞,飞到大帐落下,一声长鸣。夹谷兰主持中军事务,听到鹰鸣,急吩咐女兵打开大帐门,放黑鹰进帐。女兵开了大帐门,黑鹰进帐,昂头长鸣。夹谷兰见黑鹰脖颈系有血书,以为蒲查隆等遭了敌人埋伏,顾不得让女兵来解,自己亲自奔向前去,解下血书一看,乐了。急令十名女兵,吩咐到各处传话,说蒲查隆将军灭匪归来,巧遇渤海八员猛将,兵刃是棍锤,坐骑是四不像、犴达犴,是夹谷大将军亲兵,吩咐女兵不要回来,见到这样英雄,就用渤海语喊话,又告诉放下兵刃投降的,贼人战伤被俘的一个不杀,并让伤兵向群贼喊话,动摇贼兵军心。十个女兵去了。各将领听说蒲查隆将军回来了,个个奋勇,人人争先。五大都将精选了五个本营亲兵,亲自领兵,杀出了营门,只见得敌人人仰马翻,死尸遍地,真是:

枪刺处血光四溅，刀到处人头滚滚；
号角惊贼胆，大旗空中飘；
马步兵部齐喊号，放下兵刃把命饶；
赠银两，乐逍遥，强似作贼把命抛；
想不死，活到老，只有投降路一条。

霎时间把贼兵杀得落荒而逃。抛下了伤兵残将，狼狈逃窜。五部将带兵追杀，众贼急沿江逃走，离大营约十余里，不见了追兵，查点人数，带来三千贼兵，只有一千多残兵败将。罗振天亲领群贼来偷营劫寨吃了败仗，不由仰天长叹道："天丧我也。贼秃、杂毛哪里去了，怎么一个不见。"猛听树林中一声炮响，涌出了一队人马，弓箭响处，万箭齐发，贼人吓破了胆，急奔江堤下去躲，只听水面上，船击水声，几十只小船，顺流直下，到了近处放出火箭，箭似飞蝗齐向贼群射来，贼人慌了手脚，岸上有伏兵，水上有伏兵，腹背受敌，想登岸拼命，怎挡箭射，只好沿着江岸下，急急逃命，落水的，中箭的，纷纷倒下。罗振天马快，又多亏八个侄子保着逃了生。

渤海大营收兵，众将齐集大帐。这时，蒲查隆领着八个猛将已早到了大帐，左平章领着侍从护卫也来了，督军十皇子李炫带着奶爷也赶了来，上官杰夫妻后到，四化郎及一名参赞，三个小花子也来了。大帐中灯影摇摇，人心振奋。蒲查隆吩咐安置了俘虏，天明再搜查阵地。命众将查点人马，众将说已查点过了，只有受轻伤者96人，重伤者12人。已交郎中处治疗。蒲查隆让众将报清战况。王常伦先说明了同诸葛望博谈话，又说出了如何擒贼又放了。五都将推拓拔虎代表回报，拓拔虎说："我们各联营接到命令，就备下了强弩、硬弓，善射箭兵五人为伍的五个本营射手，管火球火把的五个本营健儿，五个杀贼的本营健儿、五个本营护营的健兵，五个边哨的本营健儿，我们五个联队，25个本营全部行动起来，联合作战，把气死风灯罩在罐下，一点儿灯光不见，放在护营壕下，鹿砦近处。人人俯在壕中，亮子油松预备齐全，敌人来了一声号角，揭开瓦罐，亮出油松照如白昼，再一声号角，见贼就射，敌人恰好上了当，又听了中军帐传下令，各人带一个本营冲杀，副手指挥大营中各本营，我五人执行了命令。"说完坐了下去。上官杰夫妻站起身，说："末将领50人埋伏在森林放箭劫杀贼人，万俟华从水面将小船埋伏在芦苇中，听到岸上箭响和号角声，就将小船划出芦苇，放火箭

第五十回　蒲查隆将计就计大破贼兵　罗振天星夜劫营落荒而逃

329

水陆夹攻。"说完坐下。左平章侍从护卫、夹谷兰代表说："我们接到命令，就准备好了。号角一响，我们就劝左平章去到三参赞帐中，左平章要到大帐亲自指挥，我们说监军请你去，左平章才到参赞帐中恰好，有人请来了监军和四位老侠客三位小侠客。我们是照命令执行的。"蒲查隆见众将出色地完成了任务，战备计划已付诸实现。吩咐声派驻巡逻兵，就各帐休息，把俘虏安置好，明天再处理。这时诸葛望博才赶到，蒲查隆吩咐王常伦安置好渤海国来的八员小将，遂说道："谅贼人不敢卷土重来，明天日出打扫战场，各都将自觉执行，不再传令了。"诸人散了去，蒲查隆也感到疲乏，宽衣就睡了。

第二天诸将打扫战场回来，写了战果禀贴。诸将领齐集大帐，把禀贴交给了蒲查隆。见上面写着：

昨夜战伤的520人，其中有受轻伤的110人，战死的1302人，已集中火化。今天找到受重伤的308人抬回大营，共擒贼伤贼2130人，战俘中有三名是分寨主。

蒲查隆看过战报，把受伤的交郎中处理，急速包扎、服药。天明必须处理完。让战俘每人照顾一个重伤号，剩下的122人和受轻伤的人数相差只八人，挑选出五名，三名分寨主。大帐给预备好三餐饭，战报处去办好，不得有误。

分派已毕，这时监军李炫也来到大帐，要听听昨夜的战况。蒲查隆众人起身相迎，落坐献茶。这时侍从已带来了三个分寨主同五名与分寨主资历相同的人，来到大帐，八个贼人一齐跪下，磕头似鸡啄米，口口声声求将军饶命。蒲查隆笑着说："诸位请起，不要下跪"。八个人哪肯起来，蒲查隆吩咐侍从搀扶起来，又命落了坐，献上茶。然后说："众位不要拘束，二方相争，成败未定，你们虽是葫芦峪的人，但放下兵器，我们就视同兄弟，一个不杀，一个不抓，给予路费各谋生路，有人说我甘愿当贼，我们就把你送过长江听凭你去当贼，如再被擒拿，就休想活命了。你会说，你怎能认得我。我们一不在脸上刺字，二不在你身上刺字，有伤尊体。我们战报处，只要你留下手掌印，就不怕不认识你，除非你割去双手。这事要从你们做起，昨夜我放走36名僧道，并没这么办，因为他（她）们身入空门已是可怜，饶恕他们。只求你八个人说出大寨主如何使僧道来劫营，又领大队人马前来，是怎么打算的，你们怎样吃了败仗，一一说明。决不难为你们，我们从来不严刑逼供，古往今来，强刑之下，不知有多少人含冤死去。我们是让你们情愿说，有人说，我不说，那你就不说，你八个人都不说，我们也会知道情况，何用你们说。就是为了知道我们的情报是否属实。对敌布署是否正确，得出最后的答案。你们能说吗？"贼人说："能说能说。"夹谷兰是枢密处督将，执起笔来说："不用报名道姓，只说偷营劫寨经过就行。"

一个分寨主站起身来说："我先说。"夹谷兰让他坐下说，贼不便，坐了下去说："大寨主罗振天自从贵国将领以武为友，落了下风之后，当夜又大闹葫芦峪，就想到葫芦峪凭借山崖陡壁，天崖险处，明哨暗卡，星罗棋布，虽被烧掉了滚木礌石，但仍是有险可凭，渤海国将领是从天上飞下来的，地下钻出来的。想到有奸细。当初要杀罗棰也是为了这事。前天晚贵国离开葫芦峪后，大寨主闷坐大帐，思量这事，贼秃驴悟参，为了要将贡品送西夏，就说兵来将挡，水来土屯，大寨主就乘机说，偷营劫寨。贼秃杂毛组成了36名，他们出发后，就召集36名寨主，挑选了3000人，说由长江下游，挑选了几十名骠悍勇将亲随，八个侄子到长江下游渡口，离此百里之遥渡过江来，密林丛中扎下营寨，传齐寨主，说，今夜去渤海国大营去偷营劫寨。僧道从上游去了，我们从下游去，两相夹攻。不愁不能劫营。日落后衔枚疾走，这一带道路我们贼人中，有很多人，还熟路径，直奔大营扑杀。到了离大营约十里，派来了十名精干喽啰兵来窥视大营动静，回去说大营灯光皆无，鸦雀无声，都睡大觉了。大寨主罗振天飞马加鞭，以为良机不可失，扑到大营处，分开人马，暗命劫营，哪知牛角号一响，灯球火把，亮子油松，照如白昼，强戟硬弓，万箭齐发。欲进不能，欲逃不可，这忽的来了八员猛汉横冲直闯，棍锤齐下，碰者则死，遇到者亡。我们乱了阵脚，又有三个骑虎、豹、熊的三个孩子，两个男将，一个马上，一个步下，好不英勇，三个孩子的坐骑虎吼、豹奔、熊叫吓瘫了战马，我们就这样被擒了。"

蒲查隆听出他说的是实话，就不用再问别人，说声"带下去。"来人把八个贼人带了下去。督军有些迷惑不解。遂说道："有人来报信说贼秃头、杂毛来劫营，将军亲自去了，又怎知道贼人大队来。又派上官杰夫妇去下游劫杀，这闷葫芦里卖的是什么药。"蒲查隆说："这事要明白。罗振天唆使僧道来劫寨是让他们打先锋来送死，扰乱大营。罗振天集结贼兵从东路来是让我们顾西顾不了东。怎么知道罗振天必来。前夜晚间和我们交手的是和尚、老道、尼姑、道姑，没有一个大寨贼人，罗振天当时'坐山观虎斗，扒河望水流'，杀死了好几个贼秃杂毛，要顾

331

全这些，罗振天说声放箭，我们很难逃去性命。但罗振天不这么办，意思是让我们多杀死几个和尚、老道、尼姑、道姑，省得贼秃贼道仗人多要带贡品去西夏，但罗振天还不敢得罪他们，复让他们劫营也是为了除掉他们，心中暗藏杀机，要报前二次的仇。罗振天是从下游来，胜与败要从下游归去，因罗振天来时把渡口把好，所以我派上官杰夫妇，一个埋伏林中，一个埋伏芦苇塘里，劫杀贼兵。"监军听了蒲查将军用兵赛过武侯，何愁贼人不灭。说完拔腿走了。蒲查隆、蒲查盛、夹谷兰静坐大帐。

  再说罗振天领着残匪逃到渡口查点人马，共剩三百余人，拖拉到渡口，急命开船星夜逃回了大寨。再说蒲查隆见未时已到，派人找来了郎中处人，问包扎完了伤贼没有？来人说，快要完了。又派人去问战报处，给贼的三餐都备好了吗？派去人回来说，全好了。遂命备好渡船让贼人吃完饭，赶紧送他们到南岸，让他们回大寨去。应管主管处，照命令送贼人一一渡江。回来时，已把赫连嵩、西门信老少男女渡过江来。

第五十一回　蒲查隆周密安排　左平章善意抚民

话说蒲查隆吩咐把被俘贼兵，全部用大船送过长江，俘虏们纷纷奔回大寨。恰值老英雄赫连嵩、西门信带着四个女英雄回大营，把船摇到北岸，六个人直奔大帐。蒲查隆听说二位老英雄回来，迎到大帐外，深打一躬说："二位老英雄辛苦了。"二位老英雄笑着说："什么是辛苦，幸不辱君命。"遂步入大帐落坐。仆从献上茶来，二位老英雄各自把办的事详细说了一遍：一个去葫芦峪大寨西山，一个去大寨东山，招集被葫芦峪贼人赶散的黎民老百姓。两个老英雄原是当地土著，众乡亲听说二位老英雄回来，纷纷诉说被贼人烧杀抢掳，逼得连个栖身之处都没有，有的逃难远奔他乡去了，有的从贼入伙去了。实在没法子的，住在山洞，或架木为屋，以打猎、采野果野菜糊口，夏采野麻织布缝衣，冬用兽皮为衣，过着原始人的生活。听说渤海国使臣，奉钦命为平南剿抚元帅，来平山寨，黎民百姓都乐得拍手称快。我们又作了一番安慰。告诉受难的山寨中有亲戚朋友入贼伙的，捎信给他们，在这一个月内赶快回家吧，有亲的投亲，有友的投友，一个不杀，一个不抓，并发给安家立业的银两，好维持生活。逃难的老百姓也照样发给。待剿平了山寨，把山寨的房子分给大家，有家眷在山寨的，也同样的照顾。现在各山各洞去找找，都到大营渡口房子暂住，吃穿大营供给，渤海国大营现有十个渡口，到哪个都行。最好你们自己选出代表。十家设一个家长，百家设个百家长，千家设个千家长，好为大家办事。并把十个渡口全交给他们把守。剿灭了匪寇，地方官怎么安排，那就不管了。来的人不论老少男女，先到渡口每人先领五两银子，买衣服干粮。我们又到山中探望了乡亲们，带去的二百两纹银已送给了他们。乡亲们去各山作活找人去了。我们见事已办成，就回大营来复命。

蒲查隆听二位老英雄把事办的很周到，心中十分高兴说："这样说来，我们要在十个渡口，安置受难黎民百姓了。"事不宜迟，命人请来了总管处都将霍查哈，每个渡口要运去一万斤粮和五千两白银，去安抚受难的百姓。凡来的人不要问从哪里来，只要有带头人递上名册，查对人口属实，就好好安抚，要看成是自家人。霍查哈派人办理去了。蒲查

333

隆说:"二位老英雄今天受累了,不必去见左平章,明天再见吧。瞽目神叟老人家已回来了,请问他去喝酒去吧!"二位老人家问四个姑娘各自回帐。姐妹几年不见,少不了问长问短。蒲查隆又命人找王常伦领来诸葛望博和八位青年英雄。这时才展阅夹谷大将军来信:

　　蒲查将军麾下:
　　我奉命守抚湄沱湖,恤品等处。在湄沱湖北三百之遥,深山遍野,遇到了八个猎手,因争二只虎厮打,互不相让,经我劝解开,收编帐下,骁勇异常。今派往贵营去效劳。坐骑:犴达犴,四不像,兵刃:棍锤。姓名:让各自去报。书不尽言,专此庆安。夹谷后裔亲草。年月日。

　　蒲查隆见是夹谷大将军亲笔,就交给了夹谷兰。夹谷兰说:"我哥哥真马虎,怎么不给我爸爸带好问安,也不问问妹妹。潦潦草草地写了有几十个字。"蒲查盛接着说:"你怪人好无道理,大将军或另有书信。"正在这时,王常伦已领九个人来到大帐来见蒲查隆一一问了姓名,命夹谷兰注入了建制兵册。盼咐暂归王常伦帐下听用。又问诸葛望博如何能和他师兄取得联系,早日反戈归降。诸事分派已毕,天到倦鸟归林时分。蒲查隆、蒲查盛、夹谷兰又商议了一番,各自归帐。
　　次日早晨,三人齐到左平章帐中,禀明了发生的军情,及怎样安排的。左平章默思了多时说:"抚胜于剿的方策好是很好,但也要注意到,日后遇难,我们是客军,别落下什么话柄。收容下的难民,尽量交给当地官府,你三人酌情办理吧!再说作为分化敌人的舆论,人是带腿的布告也要作好文字布告。二者重用,细细考查,有没有入葫芦峪的暗道。入乡随俗也是兵家的要略。多向当地老年人打听。发现有暗道捷径,荡平贼穴就容易了。常言说:'姜是老的辣'什么意思,就是老年人经多识广。你要知道古往今来,不求教于老人,求教谁去。你们不要以为我也是老古董,要拜古物陈列馆去的货。现在是什么左平章,钦封征南剿抚元帅。一声令下,杀人如麻,堂上一呼,阶下百官。我现在要是个老乞丐,恐怕就不这么神气了,要知道老乞丐也有一番本领。不甘愿与草木同朽。我们的四化郎,能说什么不懂吗?我想起四化郎,瞽目神叟,倒有一件大事,恳求他五人去做。一是带腿布告,可不翼而飞;二是文字布告,告请他们去做。瞽目神叟两只夜眼,四化郎的绝技,深入贼穴，大肆宣扬，我们剿抚主张，使人感动，这也是个好方法。你三个想法办办，并对七位老英雄，代我致敬意，我这几天要想个事情，不要见他们了。"

蒲查隆、蒲查盛、夹谷兰听了左平章一席话，转身要走，夹谷兰说："阿爸，哥哥来信，推荐了八名青年勇将，没有给爸爸信吗？"左平章说："王常伦今早给我送来了。"夹谷兰说："没有提到我吗？"左平章说："提到了，望你以事业为重，女承父志，你能做到吗？"夹谷兰说："我要胜过爸爸和哥哥呢？"左平章听女儿有这样志向，点头说："但愿如此。"三人别了左平章将军。蒲查隆说："这是赫连嵩、西门信老人家的安抚得来的效果。您二个传齐女兵，预备好慰劳品，以四花为首领，作一番解苦救难，一岁至17为幼青年，18至38为青壮年，39至58为中壮年，59岁以上为老年。各赐银两，把我们从渤海国送来的奶酪干粮（烤牛羊肉）每人给他们一斤，让他们尝尝塞外食品风味。怀抱中的孙儿，七十岁以上老人，要搭好帐房，让他们休息，这就是'老吾老以及人之老，幼吾幼以及人之幼'，要做好这一安慰。贼人是杀烧抢掠，老百姓恨之入骨。我们是反其道而行之，千万谨记，我去请左平章和监军。"说罢转身去了。夹谷兰、蒲查盛二人，分兵布置去了。蒲查隆到左平章大帐，说黎民百姓二千多人，齐聚大营外，口口声声要见左平章。左平章听说乐得展开了皱纹说："黎民百姓来，是我们取胜的未来成果。兵家应首先树德于百姓，众志成城，无所不摧"。这时，监军也来了，听左平章说："众志成城，无所不摧。"遂问道："左平章是说的二千多老百姓到大营外，要求见左平章吧！"左平章说："正是"。侍从搬过坐椅，监军坐下身来。蒲查隆说："监军怎么知道了？"监军说："我要到营外散步去，听众黎民百姓口口声声要见左平章南剿抚元帅，渤海国朝唐使臣左平章，我是特来告诉的。"蒲查隆说："如此甚好，那么就请监军同左平章去安慰百姓吧！"监军同左平章步出了大帐，来到大营外，只见四花带领女兵给难民们分干粮奶酪、白银，一个个忙得满头大汗。难民们虽是腹中无食，身上无衣，秩序井然，并不争先恐后，表现出炎黄子孙的优良品德。贞观之治的好风尚，延续百年以后。左平章对监军说："如此看来，老百姓纯朴、仁厚、友爱之风，鞠躬、谦让之礼，真使人肃然起敬。上邦风化，我实目睹，颇为羡慕。"

左平章告诉蒲查隆等分发完了，再去。很快就分发完毕。四花见左平章同监军、蒲查将军站在营房外了望。集齐了女兵，问分发完了吗？

众女兵说:"都分发完了。"冰雹花来到蒲查隆面前说:"我们已分发完了,有事情就请左平章和监军去说吧!"蒲查隆把话回禀了左平章、监军。左平章请监军先讲话,蒲查隆、左平章、监军来到了黎民百姓之中,冰雹花大声高喊:"众位伯伯、叔叔、兄弟们,伯母、婶婶、姐妹们,我们的左平章钦命平南剿抚元帅同监军慰问大家来了。"老百姓听元帅、监军来了,就要磕头。左平章告诉冰雹花,让众人坐下,冰雹花同二百多名女兵,好说歹说安置他们席地而坐。冰雹花得到蒲查隆吩咐,遂又高声喊道:"现有监军,是当今皇帝玄宗皇子晋王殿下,亲身慰劳,和大家讲话。监军请大家不要动,大家就别动了,动会影响讲话。"现在监军要讲话了。老百姓把头低得要贴地皮,大气也不敢喘。孩子们有的要笑、要哭、要闹都被大人紧紧搂住。二千多人鸦雀无声。监军走到一丘土墩上,高声说:"众位老百姓受苦了,被贼人害得东奔西逃,抛家舍业,流离颠沛,其情可怜,罪在官府。今天有了出头之日,要重建家园,有赖于渤海朝唐使臣左平章,钦命大唐国朝平南剿抚元帅。现在就请元帅讲话。"说完走下土墩。左平章登上了土墩,声音洪亮,说:"我就是渤海国朝唐使臣左平章夹谷清。因贡品被贼人劫去。钦命追回贡品,去长安亲见。钦封为大唐朝平南剿抚元帅。带兵来到瞿塘峡,目的是为了追回贡品,别无他求。但到了贵地,听说老百姓被贼人害得苦不堪言,国家养兵,就是为保护老百姓,内防盗贼滋扰,外拒侵吞。我们虽是渤海国兵,是来朝唐的,就是渤海国唐朝,视为兄弟之邦。古话说'四海之内皆兄弟',不分什么肤色、种族,要一视同仁。因此我们先要安民。'民为国本'。众位乡亲们,请你们安心,我们一定削平贼人,给你们大家安家立业。并请转告你们亲友们,有从贼者,快反正为民,一个不杀,一个不抓,不咎既往,发给安家费。方才监军说'罪在官府'这话很对。我们也算是唐朝官府,今天就向黎民百姓谢罪,道歉,赔情来了,请你们原谅。我们到此地,人生地不熟,有些事情还要向你们求教,求帮助,但你们也要联合起来,组成自卫力量,会放箭的放箭,会使刀的使刀,各尽所长,联成一片,共同对付贼人。常言道:'孤树不成林,单丝不成线',你们就是吃了这亏。'一朝经蛇咬,十年怕井绳',你们应该记住这个教训。请大家抬起头来,我们好好谈谈。什么左平章、元帅、都督都丢在脑后去,我是你们的同路人,患难的朋友,什么话都可以说。请大家不要拘束。"监军听了左平章的话,连连点头称赞,不枉是渤海国开国元勋,一席话,多么触动人心,又多么和蔼可亲，抓住人心理，此之谓也。遂插话说："大家请随便谈谈，我也学会了，什么皇子、监军、晋王，都抛脑后去。我就是代表官府的，应该向落难的黎民百姓谢罪。"说罢，深鞠一躬。

蒲查隆告诉四花，把女兵们分派到老百姓中，谈谈家常，并告诉老乡们，不要拘束。赫连姐妹，杂入乡亲们中，见到旧日邻居亲友悲喜交集。人们才敢抬起头来，见一老者头戴帷帽，身穿大红袍，外罩团龙马褂，坐在土堆上。旁有一员年轻将军侍立。又见一位头戴王帽，身穿蟒袍，腰围玉带的唐朝的年轻官兵，坐在老头左边。不用说老的是左平章元帅，戴王帽穿蟒袍的是监军。站着的将军是谁？妇女们齐向女兵打听。女兵说："蒲查隆将军。"女人们"哟"了一声，我们听说大闹葫芦峪，蒲查将军是顶破天，压塌地的男子汉。原来是个未出学房门的书生。长的模样像大姑娘似的，能有那么大本领吗？众妇女倒有些不相信。有的说不知哪家有福姑娘会得着这样才貌双全，俏皮美丈夫。旁边有人说："你不要忘了古语，'听评书掉眼泪，替古人担忧'。"众妇女叽叽喳喳，男子们也听见了，齐说"蒲查将军像是唐初罗成。"这时蒲查隆又陪同左平章、监军回转大帐。四花召回了女兵，总管处在大营东边为难民扎下了帐房，将难民们安置了一番。难民们到大帐议论开了。常言说："兵匪一家"，渤海兵就不是，女兵们虽是夷女，也会说唐朝话，大大方方，也不忸忸怩怩。谁说塞外野蛮，依我们看更礼貌，粗犷的可爱呢？我们有了吃，明天拿钱去买穿的、用的，渤海国削平山寨，我们就去住葫芦峪，渤海国赶快战胜吧！

再说蒲查隆回到大帐同蒲查盛、夹谷兰商议了一回，定了计划，送交左平章。左平章很满意，说声照办去吧！蒲查隆回转大帐，命侍从预备了十桌丰盛酒席，命赫连文姐弟四人到难民中请七十岁以上老人，名为敬老会，又命冰雹花组成了女兵安慰队。又吩咐上官杰夫妻把好渡口，训练水兵，又命令五位都将加紧训练健儿，操演登山爬岭本领。命令王常伦带同八员猛将去查十个渡口。诸葛望博想法与他师兄取得联系，早日投降。又派人请来了四化郎、瞽目神叟、西门信、赫连嵩七位老英雄。蒲查隆三人见老英雄们都来了站起身来，迎出帐外，执礼甚恭。请老英雄们坐下，献上茶来，然后说左平章和监军要请老英雄们当陪客。陪的是难民中七十岁以上的老人。并有事拜托，说完拿出一个字来说，你们七位英雄谁的年龄最大就交给谁，七位老英雄说，论岁数南化郎居长，西门老英雄最小，要是拜把子西门信还是小弟弟呢。说得在

337

场的人都笑了。蒲查隆把字柬交给南化郎。蒲查隆请老英雄们去左平章大帐吧！七个人同蒲查隆来到左平章大帐，左平章与监军很礼貌的相待。寒暄过后，左平章说："自从在双兴镇结识诸位后，我们沾了众位老英雄不少光。各位又为我们平了多少烦恼，我不会客套，只是心领了。论年纪我还是小兄弟，老哥哥们要原谅我。"七位英雄一生不和官场打交道，老了老了遇上了左平章，一见投机，竟成了知交。堂堂渤海国开国元勋左平章钦命平南剿抚元帅，竟管要饭花子江湖侠士称兄道弟。七位老英雄自惭形秽。齐说："左平章怎么和讨饭花子、江湖艺人，称兄论弟。岂不有损尊颜。"左平章说："人的相交'贵在知己'，岂拘形迹。"畅谈中，夹谷兰来说："请的老人已经来到营门外，总管处已备好酒席，另放一座大帐，还是请大帐去吧！"左平章说："你去把老人都请到新设大帐，派女兵们好生侍候，我同七位老英雄和监军一会儿就到。"赫连老英雄、西门老英雄是当地人，虽是离开已久，但总是故乡人，带着你们子女，认认家乡父老乡亲，叙叙离别之情。我们几人是陪席的，我也改扮为当年的老百姓。"脱去官服，瞧着赫连嵩、西门信说："烦二位借我一套衣服穿穿。"二人齐说："衣服是有，可左平章何苦如此做作。"左平章说："自从16岁就过戎马生活，总是穿官服，有时在家穿穿便服，但总没有穿过唐朝衣服，拿来拿来。"西门信老英雄拿来一套。左平章穿戴起来，很像一家员外。对镜照照说不合适，还是不忘本行吧，拿套老武式衣服来吧！西门信老英雄又拿一套武士衣服。左平章穿戴起来，头戴壮帽，身穿武士服，足蹬抓地虎薄底皂靴，身系蓝带子，腰佩宝剑，身披英雄氅，好不威严一位老壮士。自己对镜照照也笑了。左平章对监军说："这一席监军是不能去的。"监军说："我怎么不能去？"左平章说："堂堂帝胄，老年人多不拘礼，冒犯了监军，我们吃罪不起，再说监军同我们这伙人去，有失尊严。我们也有些拘束，监军还是不去为好。"监军说："我打扮成端汤端饭的，左平章说端汤端饭的是女兵。"左平章说："不管怎么说，监军还是不去吧！"监军说："那也好，你们老几位，请吧！"左平章又告诉了赫连嵩、西门信是东道主，我们是作陪的。命蒲查隆唤来了赫连姐弟、西门姐妹、左丘清明、拓拔虎，伴同老几位进入设席帐中，众难民老人衣服褴褛，听说来赴宴，虽是洗了手、脸，但凄苦相总是一时改不了。众难民老人见又进来了八个老人，其中有四个是讨饭花子，一个瞎子，三个穿着普通老百姓衣服，其中一个老者，带着宝剑，像个老壮士。难民老人中有见过西门信、赫连嵩的，过来搭话。八个人分八桌坐下陪着说些问话，谁也不知道其中有左平章。赫连姐妹、西门姐妹、左丘清明、拓拔虎、赫连杰等众人端茶送水。正在这时，只见外面又来了个难老，众人齐向难老望去，只见他：

> 头戴开花帽，身穿露体袍，手提打狗棒，斜挎讨饭瓢。
> 吁吁难喘气，一步一哎哟，腰系草绳带，疙瘩乱成套。
> 草鞋露脚趾，头发如乱毛，满脸是泥垢，眼睛眯缝着。

进门来没有说话，挨着离帐门近的一张桌子把打狗棒撂下，讨饭瓢就放下就坐下了。赫连英是姐妹中的大姐姐，急忙端上茶说："请老人家喝茶。"老花子也不吭声，端起来就喝，赫连英又给端来一盅，又一饮而尽。赫连英仔细看了看，看出了破绽，就秘密告诉了拓拔虎，拓拔虎过来给端茶，细细看老花子是与众不同，也看出破绽，夫妻二人各存戒心，轮流来献茶，时时提防，要在饭后，扣下老花子，才有一段岔事惊人。

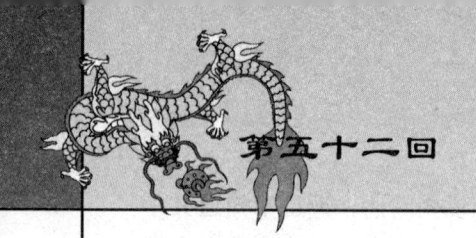

第五十二回　干将遇莫邪剑知姻缘前定
　　　　　诸葛引师兄降使贼军内哄

老要饭花子的右腿已迈出大帐门，赫连英一把按住打狗棒，猛的一拉，只见一道光，赫连英夺下了打狗棒的木壳，老要饭的拉出了宝剑。这时拓拔虎已亮出了佩刀，挡住了去路："朋友，识相的说出实话，不然，你是走不了的。"老要饭花子手持宝剑，一亮架式，奔拓拔虎分心就刺，拓拔虎闪身躲过，两个人交起手来。帐内四个人各持兵刃走了出来，蒲查隆见十招已过，拓拔虎的佩刀难挡老要饭花子的宝剑，怕给削断，使用缩、巧、绵、软、小、挨、傍、挤、靠、随，以巧破千钧的招数。蒲查隆见老要饭花子的宝剑招数精奇，就亮出了自己莫邪宝剑，把剑鞘交给女兵，高声说："拓拔将军退下来，把老要饭的交给我。"蒲查隆手擎宝剑等着交手。拓拔虎跳出圈外说："蒲查将军要来会你。"老要饭的并不搭言，举剑就刺，两个人谁也不敢碰谁的宝剑，走在一起，打在一处，只见两条白光如雪链，银蛇翻舞乱飞腾。两个人战了二十几个回合不分胜败，蒲查隆把剑招一变，阳招八仙剑，老要饭的也使出了阴招八仙剑法。蒲查隆暗想，老要饭的剑法是自家门人传授，和自己剑法大体相同，莫非是同门。两个越杀越勇，针尖对麦芒。七位老英雄听说打了起来，就走了过来，瞽目神叟一看便哈哈大笑起来，高声喊道："大水冲了龙王庙，自家人不认自家人，还不住手"。两方都住了手，瞽目神叟念出几句词来：

　　　　阴阳颠倒真出奇，干将莫邪会一起，
　　　　　初次相逢难分辨，梦中良缘有谁知。

瞽目神叟走到老要饭的面前，一把摘下开花帽，扔在地下，众人一看，"呀！"老要饭的露出了真面目——玄宗皇十子晋王，现在的监军李炫。众人都哈哈大笑了，齐说监军真是胡闹，监军总逢场作戏，也能助长见识。众人齐问瞽目神叟，如何一见便知是监军。南化郎说："老瞎子天生的神眼，白天可看百里之外，夜间四五十里可辨行人，水深可见水底虾蟹，隔着铜铁，一望便知里面是什么东西，一层薄薄的假面具，怎么能蒙住他的一双眼睛。江湖上人美誉瞽目神叟,不是没来头的。"众人听了好不惊奇。复又问监军:"您为什么打扮成老要饭的?"监军说:"因左平章说我是皇子、晋王、监军,去和难老会餐,又失尊严,也不体面,不让我去。所以我就戴了假面具混入帐中,又被赫连都将识破,就动起手来。我自己也想试试我的武功,平日想和你们比试,你们总是不肯,就是肯交手,也不能拿出实杀实劈本领来,就借这个机会。常言说:锦上添花到处是,雪里送炭有几人。这句谚语是说穿了,躺在父母功劳簿上的纨绔子弟饱食终日无所用心,自甘堕落。也说明功名、福禄到手的人,趋炎附势之徒,胁肩谄笑之辈,使你掉在恶鬼地狱,失去了天性。我自幼从师在终南山结草为庐,早把皇子、晋王忘在脑后,我想的是如何做个有为的人,不愿躺在皇子、晋王祖籍的床上,别人以此为荣,可我以此为耻。这就是我心里话。今天装要饭的面具,就是我琢磨的,师傅给我做的。大家总算明白了我的心迹了吧!"众人听了监军的话,十分赞佩。天已黄昏,各自回帐。蒲查隆、蒲查盛躺在床上,久久不能入睡,蒲查盛猛然想起师傅曾说过干将、莫邪是夫妻二人,因此铸的宝剑命名为干将莫邪。又想到瞽目神叟念的词:

　　　　阴阳颠倒真出奇,干将莫邪会一起,
　　　　初次相逢难分辨,梦中良缘有谁知。

　　老人家才华卓越,莫非已预知姐姐婚姻已动,应在监军身上,如此看来,天南地北,结成缘分,真是郎才女貌的良缘佳偶。但姐姐性情如水,冷如冰,一心想振兴渤海国,早把儿女私情沉入了忽汗湖底。想到这里,翻了个身,心里想:"监军年轻真淘气,假扮什么老要饭的,我看他手中宝剑,寒光闪闪,不是师傅说的干将宝剑吗?"

　　见妹妹未睡,也睡不着的蒲查隆说:"有一口宝剑,不知什么名。拓拔将军一见就认出了,不敢用刀接剑,我才奔了过去,也难为他了。一个皇子竟能刻苦练功,他的剑法不在你我之下。又有假面具,又愿意与老百姓接近,他日后得了权,一定是个清官。可惜是皇子,不是太子,要是太子当了皇帝,又是一个英明有道的唐太宗。"蒲查盛见姐姐兴致勃勃,遂说道:"他的宝剑是干将,姐姐宝剑是莫邪,师父说过'干将与莫邪配成夫妻',姐姐,如果监军真的当了皇帝,又知姐姐是莫邪,一定会鸾凤宝把你接去,姐姐到时必是一个贤慧的长孙皇后。"红

第五十二回　干将遇莫邪剑知姻缘前定　诸葛引师兄降使贼军内哄

341

罗女涨红了脸,悄悄骂道:"死丫头,小心烂了舌头。说正经话,你又想到哪里去了。"蒲查盛就把老瞎子瞽目神叟信口念的词念了一遍后,说:"怎么跟师父说的这么巧合,先辈人经广识多,保持稳重,不愿道破真情,来了个暗示,也是有的。常言说'千里姻缘一线牵。'莫非姐姐红鸾星已动,红线系足,真是那样,一个是皇子,一个是国王女儿,真是天配良缘,一双文武全才的佳偶,治国安邦,流芳千古,人生一世,也不冤枉。"蒲查隆骂道:"疯丫头想些什么?现在是以身报国为重,你心里乱想什么,会影响进取心的,快睡觉。"

此时,蒲查盛的话在蒲查隆的心里漾起了一片涟漪。想自己标梅期已过,应有个丈夫了,莫非说婚姻真是天定。一个是皇子,一个是国王爱女,天南地北,天使我来唐朝和他匹配。论人才,论长相,真是天上难找,地下难寻。师父说的话,瞽目神叟念的词是撮合山,干将莫邪,比翼齐飞。想到这里,自己觉得脸上发烧,不由自恨道,怎么神魂颠倒了,傻丫头不准你发生邪念,追回贡品,朝唐去,回渤海国,婚事听父王做主,或是终身不嫁,守身如玉,清白而来,清白而去。不知不觉中便睡去了。见父王怒冲冲地骂道:"不知羞耻的丫头,你当初立誓入唐朝贡,行至中途丢了贡品,误了我的大事,不知追回贡品,却动了儿女私情,你这样的话,既是父亲的逆女,又是渤海国的罪人。"父亲怒不可遏,举拳要打,红罗女跪在地下,痛哭流涕地说:"怨我妹妹。"此时,蒲查盛恰好醒来,听到竟怨妹妹,猛丁一推蒲查隆说:"什么事怨我"。蒲查隆被推醒,原来是南柯一梦。蒲查盛又追问:"什么事怨我?"蒲查隆不敢说出梦中实话,遂说道:"我梦见父王骂我不快追回贡品,我说尽怨妹妹,下话还没说完,你就把我推醒了。"蒲查盛说:"追不回贡品,怨我什么?你是想追回贡品心切,竟梦到父王责怪。看来,追回贡品也是不易的事,要费些周折。因你我女扮男装,夹谷兰是女装,有些事不敢视察,怕露出破绽。今后见到监军,也要远远躲开,有事让他同左平章商量,少和我三人打交道。我们要快追回贡品,急去朝唐,见到了哥哥,想法让哥哥回渤海国。父王只有他一个儿子,未来的事业还需要他来继承。当初你我女扮男装入唐朝贡,不是为了找到哥哥吗?唐朝与渤海国永远和好,我们要学习唐朝的礼仪、风俗、文化、生产、军事,振兴渤海吗?我姐妹要同舟共济,完成凤愿。"蒲查隆说:"正该这样。"蒲查盛说:"昨天敬老会上,我听赫连嵩老英雄一篇祝酒辞受益非浅,亲切感人,语言婉转,明明是要让百姓万众一心,帮助剿匪,却用什么流离失所，妻离子散，什么安家立业，来扯动人心。又如把葫芦大寨分给大家，可归的葫芦峪大寨原是寺院，怕众人迷神怕他，就说各家供神，安慰老百姓精神上恐惧。抓住了老百姓心理，其实他才不信鬼神呢？听赫连英说，他当年据海湾岛就是龙王庙，把龙王泥像拖入茅厕，把虾蟹将泥像有的当了土墙，有的当了上马石，但他不说不信，倒顺应了老百姓的心理。这，我就办不到。自从我们收降了迟勿异，感动了他的师傅南化郎，才引出了四化郎，瞽目神叟。我们收降了拓拔虎夫妻，才来了西门信老英雄父女、赫连杰姐弟、左丘清明。这些人全部是鳖里夺尊能手，甘愿为我们效劳。据说东门兄妹，也是有堂弟堂侄的说不定，早晚找上来，这些人中，青年男女，视我们情同手足，老前辈爱戴我们如同他们的亲骨肉。虽是异姓异族，但亲如一家。我们竟成了家庭劲旅。常言说：'打虎亲兄弟，上阵父子兵'。再说我们是生在大树林中的渤海国人，从我们先祖就跟野兽、飞禽搏斗，但不会驯养野兽。重生的虎、鹰，再生的熊、猴，猛生的豹、狮狗都有奇能，用于战争，听人指挥，胜似千军万马。我想要当当野兽、飞禽的三军司令，你看如何？"蒲查隆说："我就想到了，就是愁找不到驯养野兽、飞禽的人。"蒲查盛说："重赏之下，必有勇夫。明天传出话去，捉熊一只赏银十两，捉虎豹一只赏银20两，捉猿一只赏银15两。有谁能驯服这些野兽，能为大营利用的，赏银30两，并派出人到各地去访马戏班，愿去渤海国的，给予路费。因他们是走江湖的，为了混饭吃，驯养些虎豹熊猿猴，迎得观众喝采，只要我们让他当官，发挥他们的特长，保管他们愿意。剿平山寨，投降和被保的贼人，愿去渤海的，选出有一技之长的，派人送回渤海国去，给他安家立业。你看我这主意怎么样？"蒲查隆说："明天我三人，把这事回禀左平章，听左平章吩咐。"

姐妹二人商谈到了天亮，起了床，开始各种军务。早饭后夹谷兰来了，三个人写了计划，送交左平章过目。左平章沉思了片刻，说："驯养野兽，采取访马戏班为好，因他们是驯兽的老手，不要花银两买野兽，要买野兽，不知有多少人为了银两，伤了性命。这样就不好了。派诸葛望博去办，联络他师兄反戈投降事，交给王常伦代办。诸葛望博原先不就是江湖上的术士吗？一准胜任。选有一技之长的送回渤海国，早就有这个打算，要和监军商量一下，而后办理。要知道削平山寨，当地官府要来抢功，用什么安慰百姓为口实。并要防备和我们作对的奸臣，说我们用小恩小惠收买百姓，心怀叵测。只要监军能作主就行。我和监军商量后,告诉你们,先问诸葛望博和他师兄取得联系没有,先使贼人反戈一击,使贼人知道,众叛亲离,土崩瓦解。"七位老英雄说:"今晚动身,照字柬办事,要安抚好受难百姓,办好他们自卫武装力量。你们去照办吧!"三人走出了大帐,门军来报告渡口难民纷纷过江,为了安家立业,现已经被女兵都安置好了。"三人会意地笑了,各命人召来诸葛望博,问他和他师兄联系了没有,他说:"临别前,我的师兄已是千妥百当地投降反正,只得将军借我一队兵马,我前去讨战,师兄必以我归顺渤海讨逆为名,前往大寨请战。倘若罗振天批准了他的请战,自然率众来归,我想了几天,这个方法是可能的。"蒲查隆说:"让拓拔虎领本营人马助你去讨战,今日看看能不能把你师兄引来投降。"吩咐侍从告知拓拔虎都将领本营人马,陪同诸葛望博到葫芦峪前寨讨战。

拓拔虎接到了命令,点齐了人马,随同诸葛望博渡过长江,直扑葫芦峪前大寨门,扎下人马。诸葛望博穿上了渤海国的兵服,徒步来到前寨门前,一箭地之处,高喊:"我是诸葛望博,已投降了渤海国,弟兄们愿投降的,赶快打开寨门投降吧!既往不咎,一个不杀,一个不抓,愿当兵的当兵,愿为民的为民,每人给银五两。"前寨喽啰兵们认识诸葛望博,见穿一身渤海国服装,带着兵马,一字长蛇阵排列,一员大将立马横枪好不威严。听了诸葛望博的话,急去报前寨大寨主罗振地。罗振地披挂整齐,开了寨门,领一千喽啰兵前来捉拿诸葛望博。手持长矛,并不搭话,对住诸葛望博分心就刺,诸葛望博闪身躲过说:"罗寨主,我念在你的寨中容身一年之久,并没有受到叱责,容过你这一矛,要动手你看谁来了。"罗振地猛听一声怒喊:"罗振地,识时务者为俊杰,早早下马投降,牙崩半个不字,立刻让你死在马下。"罗振地一看,一匹大马,马上端坐一员大将,穿着渤海国军服,马上挂着双戟,手挺五勾神飞大枪,腰中悬挂雁翎刀。只听来将说道:"罗振地,当初要不是渤海国将军在鱼鳖虾蟹水族中救了你的性命,你早就喂鳖去了。张狂什么?看枪!"一抖五钩神飞大枪,只见枪缨抖开如同一团炭火,枪光有如万点寒光,直刺罗振地胸膛。罗振地用长矛隔开,觉得枪重力大,只见又一枪,搂头盖顶劈了下来,罗振地赶紧仰卧鞍鞒,双手抱枪去磕,哪知道拓拔虎用的是实中虚的招数,不等贼人矛来磕枪,把五钩神飞枪往回一带,罗振地双手举枪用力过猛,要想磕枪,哪知大枪走空,这时又一枪刺来,只见一道寒光,刺中手腕。这一招叫"白蛇出洞"。白蛇出洞放寒光,敌人前来必被伤。

罗振地三招没过，手腕带伤就要败了下去，挺起身，猛被一个人拦腰抱住，大喊："罗大寨主投渤海国去了。"从前寨门闯出一队人马，手持刀枪齐喊："我们投降去吧。"这些喽啰兵传喊："罗大寨主投降了，快跟着走。"罗振地被人夹在腋下，有话说不出，耳朵中只听齐声呐喊："罗大寨主投降了，快跟着走吧！"夹罗振地的人来到拓拔虎马前，躬身说："在下姓王名天虎，擒罗寨主为进见之礼。请将军把他绑了吧。""咕咚"摔在地下。渤海兵把罗振地绑了起来，来人跳下马，急问："诸葛望博在哪里？"诸葛望博见众贼蜂拥而来投降，搭话去了。渤海兵见有来投降的贼人，早闪在一旁观看动静，手持兵刀，戒备十分严禁，要是假投降，一声令下，就扑入贼群。片刻，诸葛望博看来的正是自己师兄王天虎，喜悦非常地说："拓拔将军，这就是我师兄王天虎率众来投降。师兄快拜见拓拔将军。"拓拔虎跳下马来，连说："恭喜英雄弃暗投明。"让诸葛望博领降兵先行渡江，自己断后，事不宜迟。诸葛望博领着师兄和降兵先走了，到渡口，上官杰问明了情况，用十只船，把人马带过江北。诸葛望博先到中帐回报。三个将军吩咐："把降兵点人数，在大营外给扎帐房，我们去回禀左平章。"诸葛望博出了大帐，同他师兄去查点人数。蒲查隆吩咐："总管处扎帐房，杀牛宰羊，犒赏降兵。"又回禀了左平章，这时，拓拔虎也回来了，回明了情况。

再说葫芦峪大寨，从罗振地出战的一个前寨分寨主听说罗振地投渤海国去了，急急领着本寨喽啰兵逃回前寨，关闭寨门，说："没有总辖寨主的命令，不准放出一人，违者格杀勿论。"又把他自己胞弟，吩咐把守寨门。因他是罗振天干儿子，平日罗振天听他的话，对他百依百顺，别的分寨主哪敢在'太岁头上动土'。这小子气急败坏奔到后大寨，闯进分赃大庭，上气不接下气、哭丧着脸说："干爷，大——大——大事不好了，叔——叔他忘了手足情。投——投——投渤海国去了——带——带去了分寨主王——王——王天虎——约有二千喽啰兵。——让我跟他去，我不忍背弃干爷，就杀了回来。"这小子嗑嗑叭叭说了一遍，气得罗振天一拍桌案，大吼一声："反了。""咕咚"一声摔倒地下。人事不知。他的弟兄们捶后背，舒前胸。好一会儿，罗振天缓过气来，猛地吐了一口浓痰。恰好报事的分寨主他的干儿子怀水正把脸俯在罗振天的脸上，爷长爷短的呼唤，吐在了怀水的脸上，悠悠气转，连说："反了，反了，"众人把罗振天扶了起来，问怀水你亲眼见吗？怀水说："叔——叔——挑选了一千名喽啰兵去迎战。诸葛望博来喊话，他投降了渤

第五十二回　干将遇莫邪剑知姻缘前定　诸葛引师兄降使贼军内哄

345

海国。叔叔装去迎战,就带人投降去了。"怀水前言不搭后语地说了一遍。气得顶名罗棰的罗振地的大儿子罗底,啪的左右开弓给他两耳光,恨恨骂道:"什么狗娘养的,竟敢在总辖寨主伯伯面前离间骨肉之情。"说完又狠踢一脚。怀水弄了个狗抢屎,摔得鼻青脸肿,软瘫地上耍狗熊。"干爷呀,替我报仇吧!"罗底说:"替你报仇。"又狠狠像踢狗熊似的踢了怀水好几脚。却还是不解恨,一脚照怀水头顶踢去,啊!怀水成了开小杂货铺的,碟儿、碗儿、罐儿红的绿的陈列齐全,脑壳踢裂,脑浆迸出。恼怒了罗振天,一声大吼:"好你父子背兄忘义,杀人灭口,你父子既不亲,休怪我不义,把罗底绑了出去,杀,把他一家全绑来杀。"这才惹出一场同室拼杀。

比剑联姻

第五十三回　渤海告示遍布葫芦峪　罗系夫妻背离罗振天

话说罗振天一怒之下，绑了罗底要杀，罗底只好服绑，口里还说："伯父你不要妄听坏人鼓弄唇舌，杀害自己的骨肉。你认为大哥罗棰是奸细，惹恼了伯母，领着大哥走了，结果大哥并没有投渤海国大营，奉着伯母天涯海角漂零去了。"罗振天儿子罗帮也劝道："就是叔叔真的投降了，也不应杀二哥。"堂兄弟排行罗底老二，罗振天也觉侄儿和儿子说的有理，正在这时分赃大庭外闯来一男一女，男的是怀水胞弟怀忠，外号坏种。女的是怀水老婆杨妹，外号杨霉。他们哭倒在地说："干爷替我做主，分明是叔——叔投降渤海国，还命喽啰兵喊话，不要替罗振天当替死鬼倒霉蛋。现有喽啰兵在大帐外愿当面作证。干爷要不早除掉叔——叔的全家，常言说：'没有家贼，勾不来外鬼。'干爷死在目前，尚不知哩。"又见女的哭瘫在地上，"天哪！天哪！"哭的震心。罗振天怒火中烧，吩咐把罗振地全家绑来。令下如山倒，罗振天手下亲信，就去绑罗振地全家。罗振天又命怀忠、杨妹去作督斩人，并同去绑人，这二人好似恶魔，带头冲进了罗振地的老房中，不分青红皂白，就要绑，吓得两个儿媳不敢作声，孙儿孙女哭成一团。老太婆听二儿子说他伯父绑了罗底，说自己丈夫投降了渤海国，老太婆正拿主意，忽的闯进一伙人来，要绑自己，横了心，投降就投降吧，嫂嫂领着罗棰走了，算是逃出是非坑。我也领孩子走吧！怨不得亲骨肉翻脸为仇了。恰好怀忠、杨妹进来要绑老太太。老太太一脚踢入杨妹会阴，死了一个，又一掌击碎了怀忠头颅，吩咐媳妇们，护住孩子，又告诉二儿子罗边："预备好马匹，保护家眷，我们反了！"来绑众喽啰兵吓傻了眼，连跪都不敢。常听老喽啰兵讲，这个老太婆当年是杀人不眨眼的女魔王，一口大刀，万夫难挡，一张弹弓，百发百中，江湖上美称神弹无敌手，大刀女魔王。两个儿媳，巴不得婆母说反，各自收拾起来。罗边还在犹豫，他急说："老二你愿意死呀！还不快去预备马匹，我去救你哥去。"说罢，手提长枪，身带宝剑，怒气冲冲走出了房门。老太太怕儿媳有闪失，也跟了去。罗边备好了马匹和妻子各持兵刃，把两个侄儿，一个儿子抱到马上，夫妻翻身上马，急奔大厅。

347

这时，老太太高声大喊："我们反了，你罗振天能怎样？要杀你亲儿子罗棰，逼反了嫂子，今天又要杀侄儿，又逼反了弟妹，你罗振天为王去吧！看哪个不怕死的敢来挡我。罗边前走，碰着就杀，我来断后。走！走！"罗边催动坐马，前面带路，老太太断后。气得罗振天传令放箭，全都射死。只见七个儿子站着不动。命令亲随守山寨主传弓箭手，只见罗帮、罗面摆摆手，山寨主虽是总辖寨主亲信，但见少寨主摆手，也不敢动手。罗帮、罗面兄弟二人，走上前来说："婶婶去就去吧，不要自相残杀了。又逼反了婶婶，唉！一家人离散了。"兄弟俩掉下泪来，众弟兄全哭了。罗振天见儿子不支持自己，又都动了感情，也觉得难过，但骑虎难下。有心再传令，又怕号令不出东门，遂吩咐声："放他母子去吧！"派亲信寨主自己徒弟外号神枪太保去当前寨大寨主，命守住前寨门："渤海国来人讨战，没有我的命令，不准出战。"又拿出十面小绿旗说："凡是出前寨门人，持旗为证，无旗者强出寨门者杀。"神枪太保自去当前寨大寨主。罗振天吩咐声："散了罢。"众寨主散去。罗家七弟兄各回房中。娘子们见丈夫回来唉声叹气，知道是为了婶婶走了伤心。罗帮大娘子是老二，齐聚一个饭桌吃饭时说："公公真是狠心，逼走了婆婆，大哥大嫂，又逼走了婶婶和堂哥堂嫂，恐怕是还要逼走你弟兄七个，老人家独自为王去吧！"罗面媳妇说："放着一家人好日子不过，妄想当什么官，为什么好好的一家人东零西散，婆婆是有见识的，领着大哥大嫂一群孙男弟女远走他乡。怕遭了灭门祸，叔叔婶婶又去了，也算早日跳出是非之地。小小葫芦峪，弹丸之地，竟和渤海国对敌，岂不是螳臂挡车，自不量力。"罗面见自己娘子说出自暴自弃的话来，觉得有理，但当众兄弟的面，又觉得说的冒失，遂说："娘们家的，乱讲什么鬼话。"罗帮娘子气不过，接过话说："老三少摆你那大丈夫气魄，娘们说的话，有理也得听。我明天就与妯娌们商量，离开你们这些男子汉大丈夫，寻婆婆去，也不作屈死鬼。因我娘们，不知道你们劫贡品，不赞成，更不想当官太太陪你们去冤枉送死。"罗面说："二嫂你想闹窝反哪！已反了两窝，要再反岂不是自家拆自家的台。"罗帮娘子说："不是拆台，倒是为你们兄弟搭梯下台，我妯娌七个走了，剩下你弟兄，劝劝公公投降吧！保全一家人性命，公公看众叛亲离，也就醒过腔来。这不是给你们搭梯吗？"罗系年纪最小，从小敬重嫂嫂，听二嫂三嫂说的有理，就说："爸爸有令旗，我弟兄没有令旗也出不去前寨门，嫂嫂们真的动起手来，这样闹窝反，气死了爸爸，也让人笑话呀！不是好办法。求你们这些女诸葛，另想高明吧！"罗系娘子，是表兄妹结婚，因为在座的都是大伯，但又是表兄，就拿出表妹身份说："依我看，你弟兄七人，还是劝劝公公，三嫂说得理直气壮，倒受了三哥的气，我就不平。前寨门走不了，我们妯娌七个也能逃出山寨，我们也不是大门不出的弱女子，每人都会点把式。再说渤海国人怎么能入大寨来，他们是长翅膀的飞鸟，还是穿洞的老鼠。什么天险地险都不可靠，可靠的是正义。你们弟兄好好想想吧，别跟公公去做黄粱美梦。"罗面始终没言语，也没阻止娘子，深深叹了口气说："散了吧！小心隔墙有耳。"

真是隔墙有耳，墙里说话，墙外有人听。七个老人听了去，到树下说："罗振天闹窝反了，我们快办事去吧。"

第二天，天刚蒙蒙亮，罗系早起，到外练功去，见墙上矗立的大石上，显出了醒目的渤海国朝唐使臣，大唐国朝平南剿抚元帅告示。上面写道：

> 大唐国朝平南剿抚元帅、渤海国使臣左平章夹谷清
>
> 晓谕葫芦峪山寨大小寨主、喽啰兵们。你们出身都是安善良民，贼首罗振天，占据了葫芦峪，喽啰兵有的受了利禄迷惑，有的被威吓，有的被拉夫强迫，铤而走险当了贼人。但你们家有父母，娇儿，幼女，昼夜盼望你们回家团聚，安享家庭幸福生活。本元帅怜念及此，特定如下安抚办法：
>
> 一、不管如何从贼，不答既往，放下兵刃，到长江南岸十个渡口难民安抚处找你们的亲人，一打听管理人便指给亲人住处。不是当地人，发给你路费，白银五两，归乡安业。当乡人也照发五两纹银作为安家费（难民安抚处由当地长者组成）。
>
> 二、率队投降的愿当官的，领来五人为队长，25人为掌管，125人为大掌管，625人为都掌管。每人发给白银五两，带兵人按领人数。其不愿为官，按人数，发给酬谢费每人纹银一两，听其自便。
>
> 特晓谕葫芦峪大寨大小寨主、喽啰知晓。年月日

更使人揪心的是两幅画。第一幅是：满头白发，骨瘦如柴，皱纹堆累，衣衫褴褛，在一间东倒西歪矮草房倚门掉泪，泥污的老脸，被泪水流的黑一道紫一道的泪痕的老太太，口中念出了"白发娘，望儿归，年

老多病依靠谁，人说养儿防备老，我儿狼心去当贼。娘的衣服破了无人补，三餐茶饭无人炊；天哪！天哪！眼看黄泉路不远，谁人能把我的尸骨埋在黄土堆。

凄惨动人，罗系又看了一幅，只见：一个蓬头垢面的中年妇女，怀抱着一个啼哭的女娃娃，伸张着两只小手，口喊："爸爸，拿馍来。"手拉着六七岁男孩，张着嘴，两眼流泪喊："找爸爸去，我饿的慌，妈妈，爸爸在哪里，"孩子妈妈也哭成了泪人。抹去眼泪，向远处望去，用手一指，"你爸爸来了"，见远处沿着蜿蜒小路走来一个壮汉，手拿小包裹，快步奔来，娘仨扑到大汉怀中，坐在地下，抱头痛哭。大汉说："孩子他娘，别哭了，我小包里有纹银五两，是从难民安抚处领来的安家费，我已归顺了，今后要领你母子安居乐业，走，快跟我到难民安抚处去。"一家四口，快乐地去难民安抚处去了。

罗系看到这里，泪已洒满衣襟，想自己老娘，领着哥嫂走了，自己是娘的爱儿，常言说："疼的长子，爱的幼儿，"也要"白发娘，望儿妇"吗？有朝一日，自的一双儿女，妻子也和画中妇人一样吗？自己也到难民安抚处，领银安家吗？正悲中，有人用手拍了一下肩头，回头一看，是自己的妻子挽着一双儿女，哭得泪人似的，哭着说："这是给你我画的吧！趁天还没大亮，你我领着孩子去寻婆婆去。"罗系说背着父亲，怎么是为人子之道。娘子说："你真是当事者迷，你忘了我有一身轻功，'燕子穿云纵'，又有百丈扒城红绒套索，我已看中了一个去处，僻静得很，我已练过几次了，先抛去扒城索，钩着树干，我顺索先爬上去，再把孩子吊上去，再吊你，高有五十丈，三次约一百四十五丈，就到了山顶了。你我背起孩子徒步到长江大渡口，午时可到。说明情况，我想他们有堂堂告示，不能说话不算话。"罗系还在犹豫不定。娘子转身进房，拿来自己兵刃，一个小包袱，说声："走"，拉着大的抱起小的，转身就走。连理睬也不理睬罗系。罗系愣了片刻，也追了上去，说："娘子，我们就这样背父私逃好吗？父亲寒了心，哥嫂会恼恨。"娘子连头也不回的说："'笑骂由他，好人好自为之'。你的父亲真是为国为民，你同你父亲战死疆场，马革裹尸，我当妻的不但不哭，倒觉脸上有光。妄想什么称王称尊，倒行逆施，我是武士人家女儿，没那大福气，只好寻婆母去。"罗系受了一番奚落，心一横说："娘子，走就走吧！你把孩子交给我一个。"

夫妻俩分抱了孩子，到了密林深处，只见石如斧削，悬崖陡壁，层次可辨成三层，每层高数十丈。罗系瞠目结舌，如此天险，岂能飞越。娘子说："没有擒龙术，焉敢闹东洋。"于是，放下孩子，说声："看我的。"一甩扒城索，说来也怪，"嗖"的一声，扒城索飞起，挂在上面一棵大树上。罗系娘子援索如飞燕，来到上面看见一个白鬓老人闭着眼睛说："女英雄，轻功真好。"倒把罗系娘子吓了一跳。赶紧问："老人是谁？"老人说："没名，特来此守住这个可入大塞之要道。"罗系娘子眉头一皱问："谁派你来的？"老人说："奉大唐平南元帅军令。"罗系娘子说："我同我丈夫领着一双儿女，去归顺老人家，会让路吗？"老人说："能！能！女英雄你是昨晚最后说话的八少寨主夫人吧！"罗系娘子吃惊道："老人家，你是偷听来的吧！但我们都是会武功的，怎么没有听出动静，隔着窗棂纸倒看个准确。老人家是世外高人，怜念我夫妻至诚归顺，快把我丈夫和一双儿女，提上来吧！"老人说："好，你就提吧！"罗系娘子扯了扒城索，罗系在下面把一双儿女系好，娘子吊了上来，对老人说："请老人家帮我看着孩子，小心掉下去。"老人点点头。罗系娘子又把扒城索坠下，又把罗系吊上来，罗系一看怎么多了一个老头。娘子赶紧告诉了罗系。罗系谢过了老人。老人说："上二层就不会这些麻烦了？我学四声鸟啼，就有四根绳子把我们一同提到山顶。接着学了四声鸟啼，落下四根绳来，罗系娘子用力扯了扯，很结实，就跟罗系各抱一个孩子，把绳子在腰间系好，老人不放心，又看了一遍说："还空着一根。"自己也系好一根，学了声鸟啼，悠悠而起，罗系只觉耳边生风，闭上了双眼。

  片刻，来到百丈悬崖顶上。站好身子，见有六个老人，其中有蓬头垢面的四个花子，一同吊上的老人说："你六个认认，这就是昨晚最后说话的八少寨主夫妻，带着孩子来归顺。"六个老人全哈哈大笑了。"识时务者为俊杰。贤伉俪，是识时务的。恭喜你夫妻，弃暗投明，前程远大。我七个老鬼甘愿奉陪贤伉俪去到大营。"罗系说："我背离父亲已为不孝，只求老前辈渡我夫妻过江，我要到海角天涯去寻母亲哥嫂，请老前辈怜念我的苦衷，让开一条生路。"老英雄们笑了："你说的是傻话，从父命为非作歹，就是孝子吗？从母亲为良为善就逆道吗？你这是愚孝，好在贵伉俪从了母命，一心只寻母亲，也可算识时务的豪杰了。同渤海国将领交交朋友，也算不了出卖父亲吧。更谈不上什么不孝。"罗系说："老前辈的话，小辈铭记在心，只求老前辈念我们夫妻背父私逃，落下话柄于后人，决不进渤海国大营，要强与相迫，罗系只有一死。"

第五十三回　渤海告示遍布葫芦峪　罗系夫妻背离罗振天

351

七个老英雄哈哈大笑说："八少寨主既不愿和渤海国将领相见，也不勉强，请到渤海国大营外稍留片刻，我们蒲查将军知道令堂令兄去处，派人送贵伉俪去，你看怎样？"罗系听到母兄有了下落，喜出望外。"若贵邦将军不以小的为贼类，敢不听命。"七个老英雄，很爱慕这一对年轻夫妻，边走边谈，赞扬了罗系娘子的轻功。瞽目神叟说："我们七个老家伙算不上江湖上英雄，我倒送给少夫人一个美称，今后见面，倘若忘了，就提我给你送的美称'百丈悬空一线红娘'不好吗？"罗系娘子："多谢老英雄赠号，但人要问起来，谁给你赠的号，又有谁在场，我何言以对？"瞽目神叟说："这容易，你就说江湖上的老人神医赛华佗瞽目神叟送的，有东西南北四化郎，还有江湖上驰名的赫连嵩、西门信在场。"这个新得绰号的"一线红娘子"不期而遇地遇到了江湖多年来埋名隐士，喜出望外，边走边谈，渡过了长江，来到大营外。

罗系说："我夫妻坐在这里，静候老英雄的消息。"七个老人进营去了，时间不大，从里走出三个渤海国将军，手拎包袱，背后有辆马车，来到树荫下，对罗系夫妻问，二位是不是罗山寨主夫妻？罗系说："在下是。"三个人为首的说："我叫蒲查隆，他叫蒲查盛，女的叫夹谷兰，听七位老英雄说少寨主弃暗投明，要千里寻母，特备下黄金五十两，权作路费，马车一辆作为乘坐。令堂大人和尊兄尊嫂去登州四百里外海湾岛暂时栖身，这有书信一封，倘若守兵见了信，只会告诉令堂令兄去向。"罗系见蒲查将军亲自送来路费，毫无敌意，感激得半晌说不出话来，罗系娘子深施一礼说："多谢三位将军，不嫌弃我夫妻，赠银赠马，盛情难却，日后必将回报。"夹谷兰看罗系娘子年纪和自己相仿，如花似玉，并听七位老人说是个才艺兼备的聪明少妇，听得她侃侃而谈，毫无作做之态，动了仰慕之情，遂走上前来说："这位姊妹莫非就是瞽目神叟赠号的'百丈悬空一线红娘子'？"罗系娘子说："幸蒙老前辈赐号，其实我愧不敢当。"夹谷兰说："七个老人说姊妹不仅是女中丈夫，还是巾帼英雄，赞不绝口，很受七位老人称赞，一见之下，果然如此。"罗系娘子说："承蒙女将军称赞，愧不敢当。"罗系这时才开口说："既蒙将军厚情，愚夫妇却之不恭，受之有愧，多谢了。"接过黄金、马车，让娘子把一双儿女安顿车上，抬头望了望葫芦峪说："君情厚谊，容当后报，青山不改，绿水长流，他年相见，后会有期。"说罢夫妻一躬到地，"大恩不言报，我只是心领了。"扬鞭催车而去。三个将军也为之叹息，多么好的一对年轻夫妻。三个人婉惜地回到中军帐，又婉惜了一番。

再说葫芦峪大寨，黎明时喽啰兵们见到告示，一传十，十传百，全寨轰动了，有的看了两幅画，好像在说自己，竟哭了起来；有的暗拿主意，有机会就归顺。罗家男女、六兄弟、六妯娌，不见了罗系夫妻和孩子，心知逃走了，各自伤心，一时百感交集。早有人报告了罗振天。罗振天看十几丈陡石上和防墙上都有告示，怒气填胸，命手下亲信喽啰兵："去唤你七个少寨主来。都这时候了，怎么还不见出来办事，混账极了。"喽啰兵传来了六个少寨主，罗振天暴跳如雷，大声骂道："你们都瞎了眼，渤海国告示到处皆是，怎么不命人洗掉，这是涣散军心。怎么能让千人瞧，万人看。"罗面说："父亲息怒，依孩儿还是不洗吧！今天洗掉，明天说不定又有什么花招出现，那就更涣散军心。现在正好试试军心，动摇的让他去吧！誓死效命的，莫说告示和两幅画，就是万两黄金也难移其心。父亲不是常对众人讲蜀汉大将关羽吗？在曹营上马金下马银，曹操三日一小宴，五日一大宴，结果保嫂寻兄千里走单骑，后人称赞。'富贵不能淫，威武不能屈，贫贱不能移'。父亲也试试看，从我者能有多少人，愿去者能有多少。"罗振天想向罗系讨主意，便问："罗系呢？"罗面说："孩儿来晚，就是不见了老八夫妻和孩子，到处寻找，也没看见。想必带着老婆孩子寻死去了吧！"罗振天说："他为什么去寻死，你们这些当哥哥的知道，也不开导开导，太无手足之情了。"罗面说："他夫妻异口同声说，现在死了，落个全尸，分明是看出前途暗淡。要不就是寻母去了。他小夫妻，能文能武，不愿被困山寨。"罗振天问："难道他们飞出去的吗？"罗面说："他妻子有百丈扒城飞索，又有一身轻功，老八也起五更，爬半夜练习，还不是飞走了。告示是哪里来的，不也是飞来的吗？你老人家聪明一世，糊涂一时，把告示洗掉顶什么用。"罗振天说："让它写在那里多么难堪，快派人洗掉。"罗面于是派喽啰兵去洗。

罗振天这一天都心神不定，到夜晚秘密到处放暗哨，手持弓箭，见有写告示的就放箭。每三个为一伙，各带了箭，真是五步一岗，十步一哨，派出三千多弓箭手。以为这样就是神仙也进不来此地，写不了告示。罗振天一个亲信没带，自己带好佩刀，亲自巡逻。信步走到儿子们房后，见灯光通明，人影晃动，知道儿子儿媳们还没睡下，有心进房，一个当公公的，深夜去儿子们房中，总觉不妥。于是转身要走，只听罗面吼道："你说老八夫妻走了是对的，这是什么话，二嫂也说得对，你

俩的娘们是什么见识?"又听罗帮妻子说:"老三你不要发火,娘们长娘们短的,婆婆也是娘们,一气之下,忘了多年老夫妻之情,领着大哥大嫂走了,你能说婆婆不对吗?老八小夫妻,年纪轻轻的去寻母,凭着老八的文章、武艺,考个秀才、举人都光彩,依我看,公爹这几年,不闹什么要为王,劫贡品,老八也许早考中了状元,光宗耀祖了,公公年老昏庸,耽误了老八的前程。我当嫂子的是看着他长大的,都为老八可惜,你们当哥哥的就不愧心吗?张口娘们,闭口娘们,你们还没有娘们的见识呢!放下你那个男子汉的臭架子吧。"罗面无言以对,只听罗帮说:"瞎起什么哄,快散了吧!"罗振天转身就走,但耳中总想起年老昏庸,耽误了老八的前程。罗振天巡逻到东方泛白,也没听到弓弦响,也困了就回房休息。见老妻正和爱儿对坐谈心,听爱儿说,娘我考中了秀才,就去考举人,说不定连中三元。古人不是有文武状元吗?儿子也弄个文武状元来,让娘欢喜欢喜。又听老妻说:"你好好呆着吧!你爸爸是贼,当官的知道你这贼子,还不砍了你的头,还做美梦呢!"罗振天听了老妻的话,急得打个寒战。一觉醒来,却是南柯一梦。回忆梦境依依还在,耳畔又响起了你爹是贼,少做美梦吧!不由想到罗系夫妻也许去寻他母亲正在路上呢。

　　罗系真的走在路上。已近午时,也没有找到集镇,正走到山挨山,山山不断,岭挨岭,岭岭相连的深山旷野,一片松柏交杂的密林中,野兽乱窜,百鸟齐飞,豺狼出没,禽兽横行去处。早晨没有吃早饭的罗系夫妻,已是饥肠辘辘,孩子大的是四岁男孩,直喊妈妈我饿了,行时匆匆,没带饽饽,于是放下哺乳的女孩,用乳汁来喂男孩,孩子断乳已一年多了,摇晃着小脑袋要饽饽,泪眼扑簌,眼泪一滴一滴落下来。儿女情长,英雄气短,描绘了千古父母为儿女的苦心。罗系小夫妻,怎能跑出这个圈外。罗系娘子掉泪劝哄孩子,"吃娘点奶,到前面镇上,就吃饽饽了。"罗系猛地想起何不打鸟兽,烤着吃充饥,于是就把马车赶到路旁,告诉娘子,自己去打野兽飞禽,拾起了弓箭,恰好十几只野鸡飞来,罗系连出两箭,野鸡中箭落地。然后罗系又找来了干树枝,用石头打出火,烤着野鸡,很快烤熟,撕着野鸡肉吃。香喷可口。罗系娘子说:"在家千般好,出门事事难。手托金碗讨饭吃,今天我才体会出这两句话的真实含义。"罗系说:"饥咽糟糠甜如蜜,饭饱熟肉也不香,说出这句话的人,不知经受多次的波折。你我夫妻,没有这次逃难,哪里懂得其中奥妙。"四岁男孩拍着小手说:"香香。"罗系说:"可惜他太小

比剑联姻

354

了，要记住今天的经过该有多好。"夫妻俩喂饱了肚皮，正想赶路，只见前面，拐角林中，喊起杀声。罗系说："逢山有寇，你我躲不开了，"把马车赶入林中，又听后面来了二轮大车，罗系怕是客商招了祸，走出林中，想告诉来人停下，不看则可，一看，却是自己叔婶同两个哥嫂，一齐来了，不由喜上眉梢，跳出林中，说你们也赶来了。罗振地一看是罗系，打了个唉声说："听说你夫妻俩去找你母亲，我们就急急地赶了来，恰巧碰着了，也是不幸中的万幸。"

第五十三回　渤海告示遍布葫芦峪　罗系夫妻背离罗振天

第五十四回 罗系兄弟齐救崔粮官 众儿媳妇劝转罗振天

罗系忙喊自己的媳妇："喂,你出来看看叔婶哥嫂也来了。"罗系娘子听到丈夫呼唤,拨开密林向路上看去,有两辆马车,车上坐的正是婶婶、嫂嫂。自己丈夫正同叔叔、哥哥说话呢?于是背起男孩,抱起女孩,就奔了过来,直奔车上的婶婶、嫂嫂,"怎么会赶到这里?"正是离散的一家人叙话的时候,鸾铃响处,败下来一队官军,为首的一员将官,催马急逃,后面跟着崔字大旗,迎风飘去。罗系见是平南元帅催粮官旗号就喊道:"来将不要担惊害怕,现有罗氏弟兄助你一臂之力,请你停下马来。"崔忻猛听到有人助一臂之力,以为是前后劫杀,急催坐骑想跑,不想马缰被罗底牵住。想跑不能,就仗着胆说:"英雄何人?"罗底说,我们不是贼人是过路的,你这将官领一伙人,惊慌失色为了什么?说出来,我们看看能不能帮忙。崔忻见两辆车子停在路旁,有老太太,有中年妇女,青年女子和孩子,不像作贼的,就说:"我叫崔忻,是唐营催粮官,押运粮草,路过此山,被一伙贼人杀败,后面又追来了,我非敌人对手,英雄能助我一战吗?"罗底说:"你放心,我们给你杀败贼寇,夺回粮草。"崔忻跳下马来,深施一躬说:"全仗大将救了。"这时官兵已越过崔忻,后面贼人齐来追杀。罗边、罗系已操起了大棍,高喊一声,"好大胆贼人,哪里走,"棍到处,死尸一片。贼人再没想到,败军中横杀出一位愣头青的魔王,为首贼人,被棍扫断了马腿,栽下马来,罗底娘子一个箭步跑来,抹肩头,拢两臂绑好,提到车前,咕咚摔下,说声:"公婆照顾孩子,我姐妹亦动手杀贼。"三男二女似虎入羊群,刀到处,血光迸溅,棍到处死尸一片。贼人见势不好,跪地求饶。六个男女,才住了手。让崔忻打扫战场,三弟兄三妯娌到树下叙话去了。罗系问叔叔婶婶为何落在后面,罗振地打了唉声说:"事不由人啊,我作战时,被渤海将战败了,要逃回前寨,被王天虎一把拎腰抱住,大喊罗大寨主招降了,被挟到渤海大营,自认必死。哪知蒲查将军放了我,让我回大寨劝你父亲交出贡品投降。我回到长江南岸,见你婶子领着你哥嫂来了,一问才知道,你父亲要杀我全家,你婶子带领你哥嫂反出大寨,真是有家难奔,有国难投啊!天地虽大何处是个安身之

比剑联姻

356

地，没法想又恳求渡到江北岸，被安置俘房中，过了一夜。今天早饭后，我去恳求蒲查将军，放了我全家，蒲查将军说：'你侄儿罗系也被逼得领着妻子和孩子去海湾岛寻母去了，你的全家也去吧！'给我一百两黄金作路费，两辆马车，告诉我你夫妻去的时间不大，也可能很快赶上，我们于是就追了来。恰到此处相遇。"

崔忻这时已命人把死尸攒堆焚化，投降的96人捆绑起来，吓跑的车把式又唤了回来，诸事完毕，来到罗家叔侄面前致谢，抱拳说："深蒙男女众英雄拔刀相助，未将保全了粮草，也救了我和官兵的性命，请到长江大营去，为众位英雄请功受赏。"罗振地笑着说："我们赶路要紧，崔忻说："那么请英雄留下姓名，我去为众英雄请功，把赏品捧送到府上。"罗振地说："我们是逃出来的，已无家可归，实话告诉你吧，我叫罗振地，是葫芦峪前寨大寨主，"一指罗系，"他是总寨主的幼子名叫罗系，这两个是我儿罗底、罗边。"崔忻愣住了，罗振地又说："我们今天早晨刚从大营出来，奔海湾岛去，将军请起程吧！我们也要赶路。"崔忻千恩万谢地走了。

罗家叔侄聚到一处，昼夜兼程到了登州卖掉马车，又催船到了海湾岛，到大寨门外，见有渤海国兵，大寨门的顺匾大书"渤海国朝唐使臣扈从将军留守处"。有四个门军，手持大刀，站在门外，一个像是小官模样的人，带着刀走来走去。罗振地年老，走上前，深打一躬说："有劳军爷，我们是瞿塘峡长江北岸渤海国朝唐使臣大营来的，要见留守处总管，有书信面交。"伍长说声"小候，"转身去了。时间不大，回来说："请先到大厅吧，来的人都去。"众人随伍长到了大厅，见交椅坐着两个慈眉善目的白发如银的老太太，年约九十开外。罗振地趋步向前，躬身施礼，呈上了书信。老太太看完书信，只听一个老太太说，"原是罗大寨主到了，并带着家眷，恕我姐妹失迎。"命人搬过坐椅，让众人落坐，只听老太太说，"令嫂令你们住在这里，日日盼望消息，谁是罗振天幼子？"罗系走上前去，要行大礼，老太太一把拉住说："孩儿不要行礼，我和你母亲已作了忘年交的干姐妹。"罗系彬彬有礼说："晚生家慈过蒙老人家见怜了，晚生焉能不拜。"两个老太太说，"你媳妇也来了，过来让姨娘看看。"罗系唤过娘子过来，又要行大礼，两个老太太不肯，深施一礼。两个老太太看罗系娘子，虽是一路风尘，仍风光满面，如花似玉，面带庄重，连说"好个媳妇。"说声"你俩坐下吧，"又问罗振地老伴，儿媳叙过寒喧，命送到后宅罗系房中，告诉厨下，预备

第五十四回　罗系兄弟齐救崔粮官　众儿媳妇劝转罗振天

357

洗尘酒，送到罗系房中。罗系同母亲妻子住五间正房，西二间住老太太一人，东二间住侄儿侄女，一间分为二隔，中间一个，南隔住罗棰夫妻。

　　罗棰两口子正和母亲说话，说好多日子没有消息了，听门外喊道："罗英雄有客来了。"罗棰迎到门外，一看是叔婶一家人，还有自己的幼弟、弟妇，以为是削平了山寨，把他们打发到这里，只见幼弟夫妻带着孩子，以为其他弟弟弟媳妇全送了命，悲从中来，一阵伤心，晕倒在地。众人齐声呼喊"老太太，"罗棰媳妇闻声也赶了出来，一看是罗振地一家和罗系小两口领着俩孩子。罗老太太泣不成声，拉住罗振地问他二叔："你说，你那些侄儿侄媳妇怎么样了？"罗系夫妇走过来跪倒在地说："娘，放心，哥嫂都好，派儿和媳妇给娘问安了，爸也很好。"老太太两眼泪如雨下说："你不骗娘，你的哥嫂大约是被老天杀的罗振天给送了命，渤海国官员，看你俩年轻，放了你俩，给罗门留下条后代。"罗系娘子也说："哥嫂也都想寻娘来，先打发我两个先来，知道娘的下落。山寨并没有给剿平。现在渤海国劝公爹投降。"老太太说："真的吗？"罗系夫妇齐说："怎敢当娘撒谎。"老太太听儿子媳妇说完，安了心，回头看罗棰已苏醒过来。罗系两口子，又跪到长兄面前，把方才的话说了一遍，罗棰一伸手挽住了幼弟说："现有你我弟兄二人，总可安慰母亲。"罗系又让娘子拜见长嫂，罗棰媳妇见到罗系一把抱在怀中，脸对脸看了半天说："模样还没改。"

　　有人说写书的，唐朝大讲男女授受不亲，叔嫂相抱，勿乃失礼。你说得对，但要以情而论，罗棰妻子长罗系24岁，罗棰妻子到罗家，罗系还没出生呢！长嫂当母，失什么礼。年貌相差太大，当然不讲男女授受不亲。罗棰知道幼弟知书达礼，从不说谎，站起身来说："我还没给叔婶行礼呢？"罗棰夫妻给叔婶行了礼，兄弟弟妹们，又给长兄嫂见过礼，奔入房中。这时已送来了洗尘酒，来人说："二位老太太说不来奉陪了，让你们好畅谈别后的离情。"罗振天的老伴看到罗家这一大家子，自己八个儿子，八房媳妇，眼前只有二房，心中总觉不快，强陪着吃完饭。大厅给罗振地全家安置了房，罗振地率着全家辞别嫂子，回房去了。老太太问罗系，"你那老子让你走吗？"罗系说了实话。罗系娘子又告诉婆婆，"嫂子也要寻找婆母，把妯娌们私房话学了一遍。"老太太倒着了急，"怎地把你六个哥嫂，都惹出来，剩下老罗振天光棍一人，看他闹到杀头吧！咱们暂时有了去处，都来了再安排。"罗系说："我是不敢回去了，大哥更不敢。我可保着娘去，娘去我爹不敢惹娘，娘逼着哥嫂走，群贼也不敢还手，儿再请蒲查将军发救兵，我爸就没有了主意，只好投降。"老太太说："这也是个办法，和你哥哥们商量一下再说。"

再说催粮官崔忻押着粮草和俘虏来到大帐交粮草，又交俘虏。说离此地约百里遇到了贼人劫粮草，被贼人击败，幸亏遇到了罗系、罗振地叔侄解了围，不然粮草就丢掉了。应记立功簿上。左平章、监军、蒲查隆、蒲查盛、夹谷兰听了，也说："应该记功，真是'放下屠刀，立地成佛。'看来罗家父子，并不是什么滔天罪人，只是受了贼人的蛊惑，可罗振天还是执迷不悟，据七位老人说，他的儿子儿媳都愿献出贡品，他的几个儿子都不愿出战。罗振天已孤立了，我的分化计策起了作用。今后当随时想对策。"左平章对着崔忻说："你去看看守卫伯张元遇吧！他在郎中处，幸亏瞽目神叟给他治好病。"崔忻听说守卫伯脱了险，说声："我看看去，贼头贼兵归你们审问。"转身向郎中处走去。张元遇一见崔忻，也忘了见礼，就拉手说："我险些丢了性命，害得郎将丢了官，今天相见好似梦中。""崔忻能够活命，就很好了，我戴罪立功，你病好也请求戴罪立功吧！你的家眷很好。"二人各把别后经历说了一遍，各自安息。

左平章让蒲查隆、蒲查盛、夹谷兰细审贼人，弄清来路，分散去，顽固的杀。蒲查隆三人昐咐推来了贼首，初时不肯吐露实情。于是命人掌嘴，打的皮开肉绽，最后吐出了实情。这些贼人是离白马镇二百里外占山为王的，大寨主姓吴名强，集结了二百多名喽啰兵，白天在白马镇派人当探，扮成打把式卖艺的，访到客商，就在林中埋伏下人马，劫抢；夜里住在白马寺开的店里，与白马寺掌门和尚有勾结。现在我们来劫粮草，放火烧掉，我们正要烧粮草，突的锤棍横飞，杀死的，活捉的一个没逃。连问了三个人，彼此所说相同。蒲查隆命人推下去。蒲查隆回禀了左平章，左平章说："把这伙严密禁拘起来，勿要走掉一人，想个去处。"蒲查隆说："交给王常伦到山洞去，可容下百人。派兵扮成打鱼的，捕猎的轮班看守，用石块牢固地封死洞口。"左平章说好。蒲查隆昐咐了王常伦带着八个猛汉连夜带到洞穴，八个猛汉散开把守，让贼人自搬石头把洞口堵得只容一人斜身出入之处，吃喝拉撒睡全在洞里，八个猛汉点齐了数，把贼撵进了洞，八个猛汉四个人搬来一块大石，约有三千斤重，封死了洞口，又有两个人一块，抬来了千斤重的大石，约百十块，压在贼人搬的石头上。王常伦看诸事完毕，命两个猛汉看守，

第五十四回　罗系兄弟齐救崔粮官　众儿媳妇劝转罗振天

其余的扮成渔民、猎户放边哨去了。

再说罗振天一觉醒来,手下亲信山寨主来报说:"石崖上又有了告示"。罗振天抬头一看,"啊"的一声,跑下床来,自己的墙头上,也有了告示,除昨天告示外,还另给自己写了几句话。只见那字迹还未干。写的是:

> 罗振天你别做梦,死在眼前还不醒,
> 孩子老伴识时务,各奔他乡去逃命。
> 众叛亲离亲眼见,何苦心中暗盘算,
> 黄粱美梦做不成,断送性命怎值得。

罗振天大吼一声,气死我了。写书的你竟胡扯,罗振天不是醒了么,罗系、罗振地都到海湾岛,您怎么写才醒来?你要知道事情发生在一二三里,写书的只有一枝笔,难写三件事。写完了一事,再补叙一事。亲信的山寨主目不识丁,问:"总辖寨主,写的是什么话?"罗振天气不打一处来,"啪"的一记耳光,那亲信小寨主几乎跌倒。罗振天恨恨地骂道:"混账东西,你哪里去了,还不快去找你少寨主们去。"小寨主鼻青脸肿找来了六个少寨主。罗振天气呼呼地说:"你六个都干什么去了,有人杀死你老子,你们也不管?你们看那是什么?"六个儿子抬头一看,都"啊"了一声,罗面说:"字迹还未干,时间不大,这个人的轻功非同一般,我们寨中没有这样的高人,不是孩儿咒您老人家死,这个人要让您老死,易如反掌。看来渤海国官员,还是劝降,不愿剿平山寨。"这时外面已来了七八个寨主说:"天亮了,撤回了弓箭手吧,各处山崖,都写了告示。"罗振天让罗面告诉撤回了弓箭手,告示不用洗了。今天无论是谁,不准进大厅,有事房外报告。罗面传下了命令,各寨主去了。罗振天说:"自从你娘这个老太婆走了以后,我始终不到内宅去,今天到你娘房中去吃早饭,告诉你们媳妇都去,不准外人进入内寨。饭菜让你们的媳妇自做。回去吧!"

哥六个各回房中告诉媳妇,做好饭菜,摆在娘房中,爸要来吃早饭,让你们都去。媳妇们问出了什么事,各人告诉各人的媳妇。媳妇们齐说趁机会劝降公爹。六房媳妇做好饭菜,罗帮去大厅,告诉了父亲,父子二人来到了老太太房中,六个媳妇侍立倒茶装烟。罗振天看看屋中依然如故,就是不见了老伴,触景也觉伤情,又少了两个儿子、儿媳心中觉得难过。自己独桌自饮，望望六个儿子一桌，六房媳妇一桌，大的孙子孙女都跟老伴走了，自觉孤独。往日有老伴陪着孙男孙女团团转。可今日……罗振天终于发话了："今天，你们都说说你娘她走得对吗？还有罗系那两口子背父私逃也算对吗？对在那里？说来我听听？年老昏庸是难免的，说错了也不要紧，谁都可以说。"儿子们不敢发言，望着媳妇们，心里说："问上来了，看你们怎么答对。"罗帮媳妇已近四十，到罗家已有20年了，知道公爹听到了昨夜的话，拿不定主意，今晨床墙头上，又有告示，也想打退堂鼓了，但骑虎不下，又怕激恼众贼，来个火拼。遂说道："公爹，我就说过婆婆走，老八小两口走是对的。我侍候公婆已20年了，视公婆为亲生爹娘，老八呢，我到罗家他还是吃奶娃儿，我看着他长大的，老八小时就着人喜爱，长大了又恭敬哥嫂，叔嫂有深厚感情。我替老八惋惜，文武全才，困守在山林，不如寻婆婆去，谋取功名。婆婆走了是为了怕公公事不成，为了保存罗门后代，带领哥嫂孙男孙女走了。自古就是胜者王侯败者贼，我说婆婆走对了。"罗振天听了，沉默不语，面带愁容。罗面媳妇看公公不像生气，就说："我也说过，小小葫芦峪弹丸之地，与渤海国一国对抗，是螳臂挡车，自不量力，你老儿子不容我说理由，就骂我个狗血喷头，我今天当着公公讲出个道理。先说天险是不可靠，渤海人进入没有人看见，各处写告示，谁捉住一个了。人不可靠，几次都打了败仗，连叔婶都走了，何况他人，迟早树倒猢狲散。可靠的只是公公和你老现在的六个儿子，六房媳妇。况且，公公年过花甲，领着儿孙，坐享清福为是，你的八个儿子靠卖力气，也能供二位老人吃饱饭，何苦弄得家破人亡呢？公公当年并没有这个妄想，老了老了，倒昏庸起来，做些糊涂事，并不是媳妇大胆狂言，公公也当为儿孙想想。"

罗振天听了，把一杯酒一仰脖一饮而尽，也不言语，自己又满上一杯。罗提媳妇说："公公想依靠奸贼杨国忠弄个官当，杨国忠弄权卖官，迟早要凌迟，就是把官弄到手，到那时也得受牵连。又想投西夏，此去数千里，还不知道留与不留，弄个进退两难，逃亡在外，并不是好打算。要那样，还不如投渤海国去，献出贡品，只要渤海国保全一家人性命就好。"罗振天听到这里，心中暗想道：不用说媳妇们是不赞同自己的，儿子是难违父命，但枕边言，也是厉害，真是众叛亲离了。想到这里，不由得打了个"唉"声。又干了一杯酒，还是一言不发，看看六个儿子，面带喜色，知道儿子们，也站到媳妇们一边去了。心中暗拿主意,一、要保全贡品,但夜明珠失去 11 颗,墨猱皮失去十张,如何能弄到;二、防止贼人火拼,全家性命要紧。紧皱眉头,拿不定主意。又想今天渤海国要带走我人头,真是易如反掌。是为了劝我归降,夜明珠、墨猱皮是渤海产的,可否能买到,拿出三五银子谅能买来。投降后皇帝不容我,当怎么办?到那时要兵无兵,要将无将,只好束手就擒,还是打发儿子同媳妇们逃生去吧!我这把老骨头喂狗也好,自作自受吧,真是"天作孽尚可违,自作孽不可活"。想到这里又喝了几杯酒,放下酒杯说:"你六个传我的令,召集大小寨主到大厅议事,罗帮你不是说试试喽啰兵的心吗?愿去的,就自奔他乡吧,愿留的就留下,我就回大厅。"连饭也没吃,就走了,六个儿子问六个媳妇,"爸爸精神反常,是你们说话气的吧?不是要自尽吧?"罗帮媳妇说:"也要防这一招,但我看公公,让我们说的已心回意转,好像骑虎不下,你弟兄要时时观察公公的行动。"六个弟兄走了,各处传谕大小寨主,齐到大厅会议。

顷刻,罗振天看人到齐了,站起身形,一指墙头告示,请大家看看,众贼抬头细看,都默默不语。罗振天说:"渤海国人深入葫芦峪无人知晓,我昨夜布下三千名弓箭手,还是在崖上贴了告示,东方泛白我回来睡觉,醒来我的墙上也有告示,我罗振天不愿大小寨主为我送命,愿去的给两个月的饷,就各奔他乡吧,不愿去的愿和我罗振天共生死的就留下,各大小寨主不得强迫喽啰兵,强行留下,愿去的到前寨说声,领饷就走,我派我儿子们到处巡查,媳妇们去开饷,大小寨主们去传令吧!"有几名分寨主厉声问道:"总辖寨主,这不是安心散伙吗?我们都是从各山寨来搭伙,倒是为了更坚强,力量更可靠。去掉了狐疑之众,纯洁了我们的精锐,倒可以一当十用,优劣混淆,总难成去糟粕留精华,有什么不好?众位寨主请传知去吧!"各寨主纷纷传知去了,罗振天六个儿子,分头去巡查,告诉罗提:"你去传的话,让你们的媳妇们,去到前寨门去放饷去。完了就查仓库,粮草按一万人能支持几个月,白银现有多少万两,一一拉个清单,拿来我看。"众人都走了,厅中只剩罗振天一人踱来踱去,思潮起伏,降渤海、去西夏或是守山寨,当流寇受招安……搅的自己昏头胀脑,自己的主意是把儿子儿媳都打发走了,豁出一把老骨头,探探黄河几澄清,愿散人省得抛家失业,露尸骨于旷野,也算我罗振天天良不泯;不愿散去的,自愿为匪的,一是无家可归,二是游荡成性,三是不忍舍子而去,最后一部分是知己了。无家可归，流荡成性，这两种人成事不足坏事有余，操之过重，容易惹起火拼，自己儿子都走了，我一个只有拼死了。不忍舍我而去的，当然要保护我了，是不是力量悬殊。罗振天想人无远虑，必有近忧，这时反复的考虑，各寨都传谕了总辖寨主的命令，有的三个一群五个一伙到前寨去领饷纷纷散去，到斜阳西下安静了下来，媳妇各查清库，各个归来，逐项开明清单，交给罗振天。罗振天告诉媳妇们，仍回房去吃晚饭，又传谕留下的人愿去的明天仍然可去，不愿去的，每125人组成一个分寨，25人为一曹，五人为一伍，分寨主留下的有多少，暂不分派。但编分寨，要由留下的分寨主去办，由六个少寨主主持全局，限一个时辰内办好。六个儿子分头去了。前寨罗帮、罗提，后寨罗面、罗音、罗响、罗鸣。罗帮告诉罗鸣："专管组成六个分寨，多用从济南来的人。我看父亲意思是想留下，我们家乡来的人，形势不好，就回家乡或是家乡人可靠，当心外来人火拼，这六个寨主由我们弟兄带领，我五人去分派时，就把济南人挑出来，你在大厅编制。父亲要问，你就说我们六个人的主意。"罗鸣说："把面扩大一些，凡是济南临县的人都挑出来，真是要有火拼的一天，我们以一挡十。"剩下的编了60个分寨，人数为7500人，挑选出的为1625人，分寨主36人，共有人数9361人，清写了名册，把选出的人又精选375人是从济南跟来的编为中卫寨（内寨）三个分寨主。1250人编为中平寨六个小寨主。这九个小寨，归成一个大寨，归总辖寨主亲自指挥。把60个分寨编为六个大寨，大寨归总辖寨主指挥。每一个大寨派六名寨主，把原有的36人分寨主分派到十个大寨，60名分寨主从老喽罗兵中挑选，每个在寨有权提拔一人，剩下的24人由总辖寨主分派。哥六个议论好了，写了清册，到大厅中去见罗振天。

罗振天看了六个儿子编得井井有条，问道："大寨主是有人了，分寨主剩下24缺，你六人每人挑四个补上这个缺，但内寨中平寨九个分寨主，是谁当？"罗帮说："我哥六个是中平寨分寨主代执行总辖寨主命令，这不是夺爸爸的权，而是替爸办事。"罗振天问："内寨呢？"罗帮说："让你六个儿媳挑出三个当呗。"罗振天想六个人是胸有成竹的，既防备发生火拼，又防备逃跑。中平寨、内寨都是家乡人。又问："我手下也得有几个人，怎么没安排？"罗帮说："你老不是还有两个徒弟吗？神枪太保刁鹏，花刀太保刁鹞，自幼在我家长大，原是放牛娃，父亲当年看中了他哥俩，又跟父亲学艺多年，他俩的大儿子已二十几岁了，都有一身好武艺，让他爷四个侍候你老人家，再把他两家十七八岁的叫来两个端茶递水，不也很好吗？"罗振天点了点头，然后说："库有白银20万两，黄金两万两，按一万两的粮草可支持三个月多，就这样去办吧。尽快安排好，我去你娘房中等你们。"六个人分头去办。前寨分三个大寨，后寨分三个大寨。每天一个大寨管把守寨门，轮流更替，打更的放哨的一个大寨，预备作战的一个大寨，前后寨一律执行。粮草、仓库俱归中平寨把守。一切安排就绪，告诉了神枪太保是总辖寨主前寨的指挥。花刀太保是总辖寨主后寨的指挥。有要紧事禀告中平寨，一切办理完毕。

　　回到内寨，天已三更。见媳妇们已摆好酒菜，父亲自酌自饮地喝酒，罗帮回明了一切安排，见爸爸点点头，说声："喝酒去吧！"六个人一桌，媳妇们也坐下了。罗振天抬起头来，望望儿子，又看看媳妇，然后慢条斯理地说："你们也各自收拾好行装，各带老婆孩子各奔他乡吧！我一个人留在这里，媳妇都是良善人家的女儿，都来了几年、十几年的，生儿育女，就是我的儿子，也不是贼根子，我的祖先是凭耕凭读传了几代。到了我也是自幼读书、学武，到了而立之年，考中了文武秀才，不惑之年屡试不第，就心灰意冷，孩子又成长起来，要闭门课子，又生了罗系这个孽种，以为晚年得子，也是幸事，怕误了幼子，延师教读，我就悠游岁月。到了天命之年，偶游白马寺，认识了大方丈，相谈之下，认为一生不第，机缘到了，误信不当贼人不当官，不下窑娼不当太太，什么招兵买马积草屯粮，内托左相杨国忠，内侍高力士，受到招安，岂不是大将军。我也是一时官迷心窍，觉得有理，就领着你娘来到葫芦峪占山为王，落草为寇了。初来时并不敢为非作歹。有几百人春种秋收，在长江捕鱼也是很好。贼秃头不放过我这样做，左一批右一批陆续送来些山贼草寇，就东抢西夺起来。偏罗棰又领着你们来了，你娘年纪老了，要跟儿孙团结，不让我撵你们走。这个该死的老太婆，竟先走了。后来他们什么花和尚又劫了贡品，送到这里，又送些银子来，送些人来。花和尚自占五顶山，被渤海国拿住，他说是葫芦峪的，渤海国就奔了来。这些贼人明火执杖打抢，又烧了民房，赶散居民，落的怨气载道。又派来了一伙杂毛，秃头去劫渤海国大营，竟一去不返，落得损兵折将，我这一身贼皮，跳到黄河也洗不清了。你们自寻出路吧！你媳妇昨晚说的话，都是看的远，说的对，你们走了，把你们编的守中平寨，内寨人，我自己掌管，明天也让刁家兄弟把家眷打发走，他哥俩是我徒弟，又都40岁了，又有了后代，陪我到底吧！"

罗帮首先说:"兄弟们年轻,他们愿去就去,我是不去,死就死吧,我儿子都17岁了,跟他奶奶走了。"罗帮媳妇说:"我把小的孩子交给他叔婶带去,我同丈夫在一起,愿陪公公、丈夫送死。"各个媳妇齐声说:"我们愿陪老人家死,也不让你老人家一个人在这里。道走错了可以返回重走,事做错了也不愁无法挽回。"罗面媳妇说:"我看渤海国就没有害公公的心,床墙上的告示,就是明明告诉交出贡品,为完事。他们都是渤海国的人,又不想拿人命来换官当。犯不上苦苦和我们作对。"罗振天常叹一声说:"你们还是走吧,为了保全罗氏后代,也该走啊!"儿子和媳妇们都说:"不走,有一线生路,就奔一线的希望。"罗振天说:"那么你两个媳妇把孩子们全送走,让孩子们跟我死,我于心何忍?你们要不这样做,我就自刎了。你们把我尸体送到大营赎罪去。"众妯娌六个兄弟齐说:"老人家不要为难,让二嫂、三嫂保护孩子去。"罗音说:"走了两个女诸葛,那怎么行,还是让七弟妹、六弟妹走为是。我们凭仗女诸葛出谋划策,找那一线生路呢!"天无绝人之路。众人都说有理。落实了七娘子、六娘子保护孩子走,又分派二娘子、三娘子、四娘子当中护寨,分寨主各领125人成为一个大寨。二娘子兼大寨主,五娘子为大寨副寨主,哥六个各领中平寨125人为分寨主,罗帮为大寨主。诸事已完,罗振天回大厅。六娘子倒为了难,问二嫂、三嫂到哪里去寻婆婆去,二人也为了难。只听窗户纸刷的一声随寒风吹进一张字柬,一屋人全被声响惊愣住了。罗音说声:"有贼,"要操兵刃,罗帮摆摆手,捡起字柬一看,只见写的是:

要见婆母面,此事不费难,海湾岛去找,老小得团圆。

下款是化郎、瞽目、义士书

罗音说:"幸亏二哥阻止了我,分明是义士们好心来指明寻娘的地址,我却喊有贼,真该挨打。"六娘子、七娘子说:"海湾岛在那里?"罗鸣说:"你俩鼻子底下没长嘴,不会打听吗?再说能送来字柬,说不定你俩一出前寨门,就会有人告诉你们去路,担的什么心呢?"齐说言之有理。

第五十五回

投奔婆母受礼遇
灌醉公参交贡品

话说当日葫芦峪分散的小寨主们和喽啰兵三五成群奔出前寨门，有家要投家，有友的去投友，无家无亲无友的也要寻个安身之处，但其中也参差不齐。有的人说："我们组成一伙去到渤海国，推我为头，每日再领五两银子，有罪我遭，多领的银子也归我，有愿去的跟我走。"有的人说："这样不好，也不知羞，当了贼人，分散了，又不甘心，早晚不等，贪财害命。"又有的说："有什么脸去拿渤海国的钱，银子值粪土，脸面值千斤，把做贼的脸都丢尽了。"有的人叹气说"人心不足，蛇吞象"。但这伙贪财无度的人，明明听到冷唾热骂，厚着脸皮说："傻家伙们快滚开。见便宜不抢才是傻瓜。走！"在渡口上聚拢了一百多人，口称是自愿放下兵刃，去当安善良民。渤海国各渡口，早已派来了专管从葫芦峪来领路费的人，说是一一注册完了，发给路费，并笑容可掬地说，"承蒙你们认着了告示的话。"好耐心等到日落，饿了，分给吃的，渴了，到江边喝水。哪知忽来了一伙民团，不容分说，把领头的人绑了起来，当众打了一百大板，恨恨地骂道："入他娘的贼，葫芦峪大寨发了饷，又来冒领银子，说什么自愿放下兵刃，老虎戴素珠，可充好人。盲从的，每人打50大板。"一声令下，打得皮开肉绽，带到江岸上，吩咐爬在那里，众贪心贼，龇牙裂嘴，冻得牙打下巴骨。第二天早晨，北风扬雪，看守人用脚给每人腔上踢了一脚，有的闹个狗抢屎，有的险些栽倒，大吼一声："贪心贼，滚吧！"这些人皮开肉绽，艰难地离开了各渡口逃命去了。

再说葫芦峪六娘子七娘子领着九个孩子，大的十岁，小的三岁，是七娘的女儿。套了二辆马车，姐俩各守一车。车内暗藏兵刃，随身带暗器。有当年跟罗振天来的孤苦长工，赶着马车直奔前寨门。罗家六弟兄扬言把老婆孩子打发走了，然后决一死战。后面又跟来刁家眷属。也说留下丈夫、大儿子，陪同师傅总辖寨主，决战到底。罗帮六弟兄到处宣扬，有家眷的先打发走，每家给银百两。贼众有家眷的少，也有的走了，也有的孩子已大，一家难舍就不走。再说罗家六娘子、七娘子走出前寨，心想哪里去寻。停下车辆，预备向东去，只见来了个手拄拐杖的老瞎子，奔了过来说："二位娘子，莫非要寻婆婆去吗！"二人想起字柬落款上有盲人，忙万福说："小妇人是要投婆母去，只求老人家指明道路。"老瞎子说："渡过长江，直奔登州大道。"七娘子问老人："渡口兵是渤海的，我姐俩不是自投罗网吗？我姐俩死是轻如鸿毛，但辜负了公公重托，哥嫂的信任，老人家救人救到底，另指别的路吧！"瞎子长叹一声说："罗家都娶了贤淑媳妇。年轻识大体，总算难得。渤海大营已备好船只，迎接两位贤良娘子，并派人护送到渤海岛，成全你们的孝心，放心跟我走吧！"两个娘子又恳求说："后面的家眷也求老人家，怜念老小渡过江去，逃生吧！"老人说："要不与人行方便念尽弥陀总是空，好吧，一同去吧！"老瞎子领着众家眷渡过长江，老瞎子说："二位娘子稍等，蒲查将军要同众女将和二位娘子见上一面，并无相害之心。不要害怕，我偌大年纪，莫能说谎。"跟他走吧。六娘子、七娘子只好听天由命闯去。

各家纷纷去了，一霎时，只见年轻的渤海国将军领来六名女将领奔了过来，一个俊俏将军奔过来挽住七娘子的手说："姊姊是从葫芦峪来的吧，七位老隐士早已介绍过了，你们妯娌六人，识时务，看得远，去掉这俗气，我们都是女人，特来为姊姊饯行。"一指这二位，"蒲查将军带大营为二位姊姊饯行。"七娘子深深万福，说："感谢众位女将，不以愚姊妹为匪类，心受感动。何敢承蒙饯行？"夹谷兰一指赫连英，东门芙蓉说："这二个姊妹都是了不起的女英雄，身为联营都掌管，她叫赫连英，她叫东门芙蓉。"各人行了万福。又一指四花说："这四个姊妹，都是郎将。"冰雹花、冰凌花、冰坚花、冰实花，一一介绍完了。然后说："我叫夹谷兰，现身为枢密处都掌管。我们这些女将仰慕贤妯娌的芳名，特来为贤妯娌饯行。送来黄金一百两，二位蒲查将军说，作二位贤妯娌路上之用。"七娘子、六娘子深深万福说："路上自备，不敢拜领。"夹谷兰说："务请姊妹收下，"两妯娌再三不受。最后说承众女将军所赠，每人收黄金一两，足感盛情。"众女将答应了，又领了蒲查二将军二两黄金。夹谷兰说："此去渤海只可安心，我们送过令婆母，又送过令弟及弟妹，全去了海湾岛，只要令公公交出贡品，我们不是拿人命换官做的，这是那位令嫂说出了我们心里话，决不残害你们全家。请放心地走吧！我们姐妹有缘，迟早总会相见。"两位娘子深施万福，说声"后会有期，"催车就走了。渤海国大营散去喽啰兵，已知道罗振天骑虎不下，藩羊触篱进退维谷。大权已掌握在六个儿子手中，六个儿子

第五十五回　投奔婆母受礼遇　灌醉公参交贡品

都有心降服,只在早晚。也不逼之过甚,操之过急,只是安心,请瞽目神叟研究如何用药,抵制飞蛇抓,以防援助葫芦峪。葫芦峪六个儿子,四房儿媳再想法如何找这一线出路,加紧训练中平寨、中护寨亲兵看好贡品,时机成熟就投降。这些行动,渤海大营了如指掌。有七个老英雄神出鬼没地打探,天天听到消息。

这样约过二十几天,门军来报:"大营外有前些日子送走的少寨主罗系求见将军。"蒲查隆吩咐声:"请进来。"门军把罗系让到中军大帐,要行大礼。蒲查隆将军命人扶住,让罗系落坐,罗系说:"罪人的老母、婶、堂嫂和自己的妻子,都在大营外,要叩见将军。谢活命之恩。"蒲查隆说:"既是令堂、令婶、尊嫂到了,屈在大营外候等,夹谷兰你去请她们进入别帐叙话,备下接风酒,赫连英、东门芙蓉让四花作陪,命拓拔将军陪少寨主,你我三人到左平章处去。"这是蒲查隆心细如纱,既不要慢待,又防别生枝节。要是假意让六员女将敌二人老太婆两个妇女绰绰有余。一个拓拔虎敌一个罗系,满有把握。藉口到左平章帐中去,是为怕自己中了暗算。六名女将请进两名老太太和两个媳妇,蒲查隆陪罗系进入一个帐中,叙过了寒温,赫连英先说了话:"二位老人家,来敝营有事么?"罗振天老伴说:"我这次来是为了让我儿子投降渤海国,是不是饶他们无罪,再是让老该死的罗振天,交出贡品,绑了老该死的去领罪。来大营就为此事。因为你们大营放了罗棰我母子,又放了罗振地全家,又放了我的幼子儿媳,我在半路上,又碰到了两个儿媳妇和孙子孙女,说你们又放了他们。指明路线,又赠黄金,更使我感动了,你们渤海国真是以礼待人。不以敌人为敌,反以敌为友,真是罕见事。人心都是肉长的,真的大受感动。"赫连英说:"老人家怎么想到了这里。"罗老太太说:"我母子到了海湾岛,只求栖身,听消息少遭冷眼。哪里想到二位老总管热情招待,倒做了忘年之交的干姊妹。罗系夫妇又去了,说出他嫂子都要找我来。我动了思儿想媳念头,奔了来,到大寨逼儿子儿媳跟我走,剩下老天杀的独自一人,'孤树不成林,单丝不成线'任凭你们杀剐,让他自作自受吧!"赫连英说:"一日夫妻百日恩,百日夫妻似海深。几十年的老夫妻干嘛那么狠心。"触动了老太太夫妻情谊,悲戚戚流泪说:"为了保住儿孙性命,只好豁出他自己了。"赫连英见老人词恳情切,就说:"老人家,不要难过,我把这话转告蒲查将军,左平章,今天晚上听信。老人家是海湾岛二位老太太义妹吗?"老太太说:"这怎能假话,临走时,交给我亲笔书信。让我找他侄女赫连英,侄女婿拓拔虎。老哥哥赫连嵩与姐夫西门信,还有大群侄女、一个侄儿,自己的女儿,请女将军把赫连英请来,我把信交给她。求她夫妻想法保全我儿子们儿媳们的性命。老天杀的罗振天死就死吧,只求让我们收殓了他的尸骨,就感恩不尽了。"赫连英说:"把信交给我吧,我就是赫连英。"

老太太急忙从怀中取去信,郑重地交给赫连英。赫连英看信是姑妈亲笔,内容是听义妹说罗振天幼年是书生,三十岁后得中秀才,屡试不第,想闭门理事,因生子幼儿罗系,自恨自己屡试不第,望儿成名。赫连英见信上写的,和七位老人听的罗振天说的一样。就说:"我这就拿信去见蒲查将军和左平章去,回来给老人家磕头。"转身出帐。来到中军大帐,三个将军正等候消息,赫连英把信递上,三个将军一齐看了说:"恭喜赫连都将又有了一门亲戚了。"赫连英说:"不要说笑话,先说这事怎么办?"蒲查隆说:"按我们告示办事,来投的无罪。"赫连英说:"请将军陪我去见左平章?"夹谷兰说:"真是'是亲三分向,是火热成灰',不知给新来姑妈磕头没有,就立马追枪要我们替你姑妈办事,酒也不拿一瓶来。我们不去,急死你。"赫连英说:"我不是替我姑妈办事,是给渤海国办事,早日找出贡品,你把事颠倒了,枢密处大人。"蒲查隆说:"你俩别斗口了,走,我不要你一滴酒,甘愿去办事。"四个人进了左平章大帐,把信呈上。左平章念完说:"这信证实七个老英雄听来的一样,你姑妈和你姑父,闯荡江湖多年,阅历极深,一切事蒙不了她的眼睛。你告诉你姑妈,你父亲、众姐妹,认下这门亲吧!实话告诉她,只要他儿子肯跟他走,一律无罪。罗振天要交出贡品,帮我们捉贼,也无罪。罗振天要死不改悔,那就别怨我们无情了。你办去吧!"赫连英听左平章的话,心有底,就返回帐中,把左平章的话学说了一遍。老太婆高兴地说:"真是天高地远之恩。左平章是宰相吧!宰相肚里能撑船。"赫连英说:"今晚我在这个帐中摆酒,告诉我爸、姑父,告诉厨下,预备五桌丰盛酒席,特请四化郎和瞽目神叟作陪。"一切张罗就绪,回到帐中,已撤去残席。拓拔虎已经走了。赫连英请罗家人休息,她自己回到自己帐中,拓拔虎正坐着看书。见赫连英进来,便说:"我影影绰绰听说姑妈和罗老太太结为干姐妹,是真的吗?"

赫连英说:"真的。"拓拔虎说:"你到渤海大营,将近一年。蒲查将军和左平章视我夫妻如故人,并不以陌路人相待,平生跳出来个罗振天老伴,又是义姑当怎处?"赫连英说:"我也想到这里,就拿姑妈的信,去见左平章。让我认下这门亲,并告诉请孩子老爷、姑爹和姐妹,我们都是自己人,又请回四化郎,瞽目神叟作陪。你是这个家的主人,不要慢待了客人。"拓拔虎说:"好说,好说,承蒙抬爱,我倒是成了逆族中的主人。"夫妇俩相视一笑,到了黄昏,帐中灯烛辉煌,人影摇曳。罗家老少五人加上七位老英雄和众姐妹,赫连英夫妻二人,每四人一桌,经赫连英一一介绍过了,开怀畅饮。饮酒中赫连老英雄对罗老太太说:"我妹妹信上已写明白,说义妹你要入葫芦峪逼着儿、媳来投降。这事依我们七个老弟兄商量,怕不妥当,是众怒难犯,群贼是东一伙,西一些,凑拢来的,容易激起火拼。二是甥儿甥媳决不忍丢下他们的父亲。"就把罗振天如何让儿子、儿媳逃生,儿子儿媳如何不肯走,后来派六娘子七娘子带着孩子们走了等事诉说一遍,并说:"中平寨、中护寨是儿子儿媳掌管,亲信喽啰兵一千多人。一旦发生火拼,寡不敌众,丧了全家性命,再劫走贡品,岂不是坏了事。"罗老太太听了,皱起了眉头说:"老大哥同众位老英雄替我拿个主意吧,主要保全贡品,保全我的孩子们。妹妹望大哥可怜可怜你这个义妹吧!"说完满面泪容。老英雄说:"义妹你能写信吗?你亲笔书信,外甥们一定认得妹妹笔迹,酒早晚喝都行,办正事要紧,我们连夜送了去,听听外甥们的主意,义妹你以为怎样?"罗老太太说:"那怎又劳烦哥哥和众位老英雄,小妹于心何安?"赫连英说:"事不宜迟,就快写吧!"赫连英拿过文房四宝,老太太刷刷点点写好,交给赫连英老英雄看。老英雄说:"词句动人,外甥们看了,一定能听话。好!你们喝酒吧!你们喝酒吧!我们走了。"七个老人出了大帐,直奔葫芦峪。众人见老英雄们去了,也就散了席。赫连姐妹安顿了罗老太太,一行五人,就带众姐妹散了。

　　再说葫芦峪大寨白天开了一天会,六名寨主,齐说要将贡品送给西夏。罗振天推说:"等皇帝招安。"众寨主说:"等什么招安,坐以待毙,还是去归西夏为是。神不知鬼不觉地总辖寨主带贡品先走,扮成客商,带一伙镖师,后面再扮一二伙客商为接应。"罗振天说:"不动则已,一动保证贡品落得到渤海国手中。"争执到二更以后,但罗音获得了一个惊人的消息,就是有十名寨主给白马寺暗中去信,白马寺勾结五毒道长,派来了一百名和尚老道绕道长江下游,三四天就到葫芦峪,劫贡品和总辖寨主去西夏。全葫芦峪贼人一方和渤海国血战,一方押解银两逃走。散会后罗音把这消息告诉了哥嫂,只听"啪"地一声落地一封书信,也没有人喊有贼了,罗音拾起一看,下款是母缄,果真是母亲笔

比剑联姻

370

迹。"啊！"了一声愣住了。三娘子看罗音发愣，劈手夺了过来，也没看封皮，扯出信纸就看。只见写的是：

  母示：众儿、儿媳，我从海湾岛来，中途碰到六、七媳妇和孩子们。听说你们劝你父亲投降，我也特为此而来。住在渤海大营，盛情相待，并不以贼妻卑视。
  再告诉你们一件喜事。我在海湾岛结拜了两名义姐，就是渤海国大营女都将赫连英姑妈。我便是她的义姑了。认了亲，非常亲切。求见左平章答应你们投降无罪。你父亲献出贡品也不加罪。是比天高地厚的恩情，使我感激流涕。送信人是你们义舅，同六名老英雄，可告之肺腑之言，我同你八弟、弟媳、婶婶、罗边媳妇同在大营候信。

  三娘子把信纸抖得沙沙发响，说"天相吉人，婆婆的信。"众人围了上来。看完说："到外面去请义舅。"只听窗外说："不用请，防有耳目，你们去个人见你母亲。男女都行，我们都是八九十岁的老人。"罗音说："我去，把听到的事报告渤海国，明晚回来，就说我有病了。"众人同意了，罗音走出房来，见檐下站着一位银鬓老叟，便问声："是义舅吗？"老人说："是。"拉起罗音就走，众人出来看，已不见了踪影。
  老叟同罗音来到鹅头峰，学了声鸟啼，上面放下绳子来，老叟告诉罗音："百丈悬崖，要把绳系好。"罗音系好了绳子，老叟又细看了一遍，老叟系好了自己的绳子，一手拉着罗音，又一声鸟啼，耳轮中风响，一霎时到了峰顶，见有五六位老人站立。老叟也不介绍，说声走。穿树林，越草丛，过暗洞，到了大营，罗音被老叟送到一个帐外，说："里面便是你母亲，我走了。"罗音见帐中有灯光，不敢贸然进帐，敲了门，说："借问一声，这是罗老太太的帐房吗？"罗系睡在外间，还没有睡，忙从门里出来，听声音很熟，遂答道："是。"推开帐房一看，像自己的七哥，但不敢就认。罗音已听出声音，说："你是小弟吗？"罗系确知七哥无疑了。一把拉住哥哥的手，好像几年才见。罗音问："娘睡了吗？"罗系说："还没有吧。"遂唤声娘："六哥来了。"罗老太太问："罗系娘子，你丈夫说什么梦话？"八娘子分明听清，"娘，七哥来了。"罗系娘子也不相信自己听了真确，揭帘一看，见丈夫同七哥站在一起。欢喜地说："娘，真的是七哥来了。"两个老太太、两个媳妇，就站起身

第五十五回 投奔婆母受礼遇 灌醉公爹夺贡品

371

来。老太太说:"快进来。"罗音见到娘双膝跪倒,老太太一把拉起,好像看婴儿似的端详起罗音来,徐徐才说道:"给婶母磕头吧!"罗音拜过婶母,又拜过嫂嫂。老太太问:"怎么来的?"罗音说:"是义舅领来的,又告诉了众哥嫂都好,父亲也很健康。"母子谈了一会儿,老太太命罗音,同罗系去,同睡一床。

到第二天清早,赫连英就来了说:"恐怕慢待了这位义姑。"罗母又让罗音认过了义姐。吃饭时,就把在大寨听到的消息告诉了这位义姐。赫连英说:"幸亏你来了,要迟来几天,说不上又生什么枝节,我去告诉蒲查将军,听左平章怎样吩咐,左平章要是见你,你把听到的消息,说明白些,就是为了保护贡品投降,哥哥们见到母亲信后,派我来说明情况,不要害怕,我这就去。"赫连英一进中军帐,夹谷兰就笑着说:"赫连英将军来了,不带酒来,有事也不给他办。"赫连英说:"等你有了小女婿,我再提酒来祝贺吧!夹谷兰红了脸:"谁让你说这鬼话。"这三个将军拿赫连英当大嫂子,经常说笑话。赫连英说:"还是办正经事要紧。"就把罗音讲的话,罗家兄弟真心归降,说了一遍。三个人说:"我四人去见左平章去。"四个人见了左平章,又学说了一遍。左平章沉吟了一会儿说:"罗氏弟兄真心投降了,罗振天也不是罪恶滔天,现在是'藩羊触篱,进退维谷',献出贡品,怕激动众贼火拼,深怕全家性命难保,他有难处啊!据七位老英雄听到他打发儿子、儿媳孩子走的自白,说明众贼拿他当火把照亮,坏事给他弄成堆。劫贡品是花和尚干的,把贡品送到葫芦峪,给罗振天找祸。在花和尚怀中搜出一颗月明珠,还不知还有什么东西流失。最好让葫芦峪的人交出贡品清单,看有多大损失,想法补全,放了他罗振天吧!贼人要劫贡品带往西夏,先把来的和尚老道派人探明,埋伏一队人马,一网打尽。让葫芦峪派人把好前寨门,不准出入,以免走漏消息,引起群贼劫走贡品和罗振天发生火拼。并传知沿江渡口,有外来人一律抓住,送个严密地方看守。最好我们先派人把守好贡品的仓库。我们已得了进葫芦峪暗道,内外夹攻,把众贼一鼓荡平,也保全罗振天全家。你们去合议写个作战计划交来我看。罗音我就不见他了,你们去吧!"

四人回到了中军帐,密议了一番,一个作战计划草案拟成了,送交左平章过目,签了照办。先命王常伦去长江南岸三百里外,侦察有无一伙和尚老道奔葫芦峪来,又派降将王天虎和诸葛望博领几百名投降喽啰兵,仍装成葫芦峪的贼兵,到长江北离大营百里外设一个暗哨,30人在密林中侦查，布成罗圈形侦察网，又在30人中派一名从渤海带来的健儿混入队中，见有贼人就飞马回营报告。在北面组成21个小队。分散开来，王天虎、诸葛望博带人去了。又传来民团三百人组成，在沿江一带一百里内，每十人一组，每十步一人，沿江边查，严查贼人暗暗渡江。照办去了。又命上官杰、万俟华挑选小船一百艘，精选水兵，每小船三人，预备了箭边游，发现暗渡的放箭射死。上官杰夫妻照办去了。在江北各路口张贴告示，禁止行人通行。命拓拔虎、东门豹预备好出战准备，命迟勿异专管北路，有来报告的就去迎战。赫连英、东门芙蓉守住大营。又传知各处人做好战斗准备。派人换回了八个猛汉和三个小孩为一队，蒲查隆、蒲查盛亲自率领。又请来了三个小花子，领25名健儿扮成山贼，专劫和尚、老道。他三人每人一个飞蛇抓，一面防器，交给拓拔虎、东门豹二人两副，自己和三个孩子八个猛汉一人一副。在贼手中抢来的飞蛇抓都使用上了，传令待命行动。又请来了罗音，告诉他："在三五日内禁止前寨门出入贼兵，装成要和渤海国作战，防止贼狗急跳墙，切断贼人通信。保护好贡品，你父子全无罪。知道贡品下处，告诉你义舅同六位老英雄暗暗把守，少了的贡品，山寨中有白银，设法买来，或设法找回。告诉你父亲不要为难，有事就到鹅头峰和你义舅取联络，我们已找好入山道路，截杀了贼和尚、妖道就进兵了。今晚送你回去，你去告诉你母亲吧！"

到了天黑，老英雄把罗音送回了大寨，众哥嫂在望眼欲穿地盼着，见罗音推门进来。都扑来问："见到娘吗？"罗音坐下把在渤海国大寨经过学说一遍，众哥嫂去了愁肠，换上笑脸："这样说，爸有了活命。就是他不降，让娘来绑上就走。"罗帮说："贡品我知道在哪里，消息机关我不懂，需要爸来开，明天早饭跟爸说明。"罗音说："你知道贡品放在哪里就行，渤海国自会取走。"罗帮说："一动贡品，爸就知道，床下有机关。"罗音说："不碍事，明晚把参请到娘房来，把爸灌醉，醉睡在娘房中，渤海国大营来人砍了消息机关，多省事，暗暗把贡品取去多省事。爸知道了，事已做成。把娘暗暗请来，爸要怪罪，娘就把爸绑走，这多省事。"众人齐说："这方法好，谁去渤海大营送信？"就听窗外说："不用送信，明天三更后，我来，你们照计行事，千万不可走漏风声。我去了。"众人齐问罗音："是义舅吧！"罗音点点头。众人像头顶重石落了地。

第二天，罗面、罗响亲带中平寨亲信喽啰兵守住了前寨门，传令各寨主，加紧训练喽啰兵，预备与渤海国决战，抢回渡口，败了就奔西夏。命刁鹏为总教练。中平寨，中护寨也加紧训练，真是箭拔弩张，十分紧迫。罗振天看到练兵，问罗帮："谁传的令?"罗帮说："我传的，不作预防怎行?"罗振天笑了说："也防备打自己呀!"罗帮说："正是为了防备打自己。"父子俩互相不道破其中奥妙。天傍晚媳妇们作了平日罗振天爱吃的饭菜，罗鸣就来请罗振天到娘房中吃饭。锁了大厅，告诉刁鹍任何人都不得离开大厅一箭之地。这三天内，夜晚有事，到中卫寨门报告。并嘱咐用心防守。罗振天回到老妻房中，见媳妇们备好酒菜。就坐了下来，媳妇给斟了酒，并嘱咐用心防守。罗振天让媳妇去吃饭，媳妇们说："等你老儿子回来，一齐吃。"罗振天自斟自饮，有时媳妇也来斟酒，侍立左右，小声说："娘在家多好，老两口带着孙子孙女高高兴兴，公公偏把婆婆气走，独自一人喝闷酒，多么无聊。"父子又不同席，媳妇们更不用说了。罗振天听了清而且真，罗振天被媳妇们的话，触动了感情，心想多年相陪的老妻，不知在哪里受苦。一言不发，低头喝酒。媳妇们又你一杯，我一杯轮流斟酒。二媳妇说："我到罗家20年了，头一回看见公公自己喝酒，我乍来时，八弟还在婆母的怀中，爸长爸短，都着人爱，不知哪里去了。也不知能不能寻到婆婆。"罗振天看媳妇们都在擦眼泪，长叹一声，低头喝酒。对酒浇愁，容易醉，媳妇又说些伤感话。罗振天大口大口地喝，也愿一醉解千愁。醉得说胡话："罗系还不过来扶我去睡。"罗音恰好进房，听爸唤罗系知是醉了。走了过来说："孩儿敬爸一杯，就扶爸去睡。"倒了一大盅，罗振天一饮而尽，罗音把他扶到床上。罗振天囔囔说："让你娘铺好被褥。"罗音说："娘就铺好了。"

罗振天昏昏睡去，众弟兄们轮流吃了饭，有的去大厅，有的去巡逻，留下罗音、罗帮等候渤海大营来人。入更时，听到窗棂纸响，罗音到房外一看，见义舅带来两个老花子。低声说："义舅来了。"老人说："谁去领我们去放贡品的去处，快找来。"罗音找来了罗帮。罗帮见过义舅，老人说："领我去。"又告诉罗音把两个老花子领到大厅去破消息机关。老人转身带罗帮走了。罗音领两个老花子到大厅，罗面正在房内。见罗音领来两个老花子，知道是破机关的人来，迎了上去，老花子摆摆手，意思要不要说话。罗面会意，一指罗振天的床，悄悄说看看吧!两个老花子见床底下，什么也没有，可一挨床，叮叮铃响，在床腿上找到了丝线绳，夹在两砖缝中，揭开了砖是竹管接竹管保护丝线绳。拔出竹管，露出了黑洞洞的洞道。老花子说有了洞道，就能找到贡品，你我两人不济事，我唤一个来，纵上房学了声鸟长鸣（野猫叫），时间不大，又来了一个老瞎子。三个人合议了一番，只见一个老瞎子，一个老花子遂入洞道，这个老花子把竹管放入原处，把砖放好，又放好床，躺在床上，"有人来也不怕了，有人问就说你爸醉了。"盖上被蒙上头就睡了。罗面、罗音不知葫芦里卖的是什么药，只好坐在椅子上看动静。再说罗帮领着义舅拨开草丛，穿过荆棘丛，来到了九转罗丝洞。和囚守卫伯张元遇同是一个洞门。但推开铁门，罗帮一指，啊，一幢石壁，并没有门，打亮千里火一看，有一圆形石纹，罗帮说这就是门，里面九转，门上有一个大锁，我是没法开。老英雄看了，说声："你稍等片刻，我去唤人来。"转身出了洞门，时间不大，来了男女老少十几名，穿着隐形衣，各持兵刃。众人看了看罗帮，也不作理会，向石缝一划，用掌一推，那百斤巨石坠下。如此曲折地连破了九个不同的石壁，有椭圆形的方形的菱形的三角形的。来到放贡品处，众人好不喜欢，刷的一声，从底面圆洞口跳出一个人来，众人一看是瞽目神叟同南化郎。众人会在一起，问二人："怎么来的？"一人说："是此洞的人太高明了，洞中九转，其法不同，我两人要没有宝剑，想来万难。各间都有暗器放出，被我们削断了。你们怎么来的？"老花子说了原尾，北化郎说不会那么容易吧，仔细看，推倒的石门，压住了消息机关。北化郎说，这是误打误撞，往回拉就没危险了。瞽目神叟辨识了贡品，夜明珠99颗，墨獜皮103张，照原单对照只少了11颗夜明珠，十张墨獜皮，是些价值连城的宝物，渤海国宝中之宝，其它都不少。罗振天也是有心计的人，把收到贡品，拿走的贡品，在原单上写了注明。不管怎的先搬走贡品要紧。一声枭鸟长啼，从百丈鬼斧神工的刀削一样百丈大壁上放下了二十多根吊绳，把贡品捆好，一声枭鸟长鸣，吊了上去，又放了下来。五次把贡品吊完了。众人走出了石洞，几个老人，又把石洞按原样安置好。

罗帮为了见识，跟义舅说要到山峰顶看看。老英雄请求了蒲查将军，许可，就把罗帮吊到峰上，罗帮见有百十名大汉，各持雁翎刀。各个背好了贡品，准备出发。只见一位青年将军，说声"走，"男女众人，前后分开，沿着山顶走了。罗帮看得目瞪口呆。青年将军过来说："罗寨主放宽心吧！我代表渤海国朝唐使臣，告诉你父子全无罪，应有功，劫贡品是贼和尚，你父是窝主，但老妻儿子识时务，自愿归降，献出贡品，并帮助保护了粮草，又告密贼和尚、杂毛来劫贡品，将功赎罪，赦了你父亲。现在只剩灭贼了。你们小心'狗急跳墙',我们也派人暗藏此洞,保护你全家。不日就要剿山了。你同你的义舅回大厅,和我们另一个老英雄同走。我便是蒲查隆,后会有期。"转身去了。罗帮算开了眼界,有人把他俩吊下来,回到大厅,唤醒花子走了。罗帮同两个弟弟回房,午当四更,一家人全在娘房中听信,父亲仍酣睡不醒,罗帮罗面把前后始末学了一遍。众人好像从黄泉路上爬了回来。死而复生,一块儿千斤重石落了地,真地找到了一线出路,各个欢喜,忘了困,坐等父亲醒来,罗振天醒来,已是日上三竿了。

第五十六回　内外夹攻葫芦峪顷刻被破　亲情义感罗振天诚服投降

话说渤海国大营的老老少少、男男女女从葫芦峪大寨盗回来贡品的各路英雄，直奔中军大帐，时已天明。又按清单查点了一遍，仍是少十张墨猱皮，11颗夜明珠。蒲查隆说："各位休息去吧，贡品放在中军帐，让冰雹花、冰凌花带一百名女兵看管。"遂命人找来了两个女将，蒲查隆交代了任务，也回帐休息去了。第二天睡醒，急忙用了早饭，蒲查隆到左平章帐中禀明了已找回贡品，只少十张猱皮和11颗夜明珠。左平章说："夜明珠，我们在花和尚身上得了一颗吗？还少十颗，墨猱皮、夜明珠，是渤海国特产的宝中之宝，是少不得，夜明珠产自湄沱湖、忽汗湖的深渊千年老蚌，不是容易采捞的。墨猱产自湄沱湖北千里之外的绵亘千里的深山老岳中，其皮毛夏日不沾雨，冬天不着雪。其性凶猛异常，以虎豹为邻。这两样珍品是少不得的，必须追回。已放了罗振天老小，怎样能追问一下罗振天问这两种珍品哪里去了，还是没收到，还是他送了人。"蒲查隆说："这就得等到剿平了山寨，让罗振天自己说了。贡品是他儿子们交出的。"左平章说："那也只好如此了。"这时，门军来报："北路飞马来报，王天虎已和数百名贼人交战，诸葛望博负伤，已抬回大营。"蒲查隆命迟勿异带徒儿急去救援，迟勿异带兵去了。到了午时，门军又来报王天虎负伤抬回大营，迟将军被围，伤亡甚重。这时，迟勿异联营健儿掌管听说主将被围，各本营大掌管，掌管纷纷来请战。蒲查隆命令迟勿异的副手，精选一队本营精骑射的健儿，到总管那里去挑选战马，手持大刀、大斧、兵刃快去准备，半个时辰到大营外集合。又找来了赫连英、东门芙蓉，告诉随同自己出战不用带兵，把守大营责任暂交拓拔虎、东门豹。又告诉夹谷兰，南路王常伦回来时，让拓拔虎带健儿去。又唤来了八猛汉，三个小孩，来到大营门外，1251名健儿身骑大马，大刀阔斧已站到队本营。遂盼咐出征。

一催战马，荡起尘沙，风驰电掣来到了战场，看迟勿异人马被围在垓心。蒲查隆、赫连英、东门芙蓉在前，三小居中，八猛随后，一声呐喊，闯入重围。这伙贼人也不示弱，七八个人一伙一伙的，把14人围住，八个猛汉闯东杀西，三个小孩坐骑贼人害怕，远远躲开，有的带箭

377

的就远远放箭，但总是射不着小孩或坐骑，小孩急了眼，放出了黑鹰、小猴、金毛狮狗，冷不防，就咬了贼人的脚，抓瞎了敌人的眼睛，抓去了天灵盖，吓得贼人再不敢向前，远远骂哪里来的小杂种，带着损阴丧德的黑鹰，缺德的死猴，死小狗，八个猛汉四个骑犴达犴跳了下来，一声呼哨，犴达犴扑向贼群。群贼哪里见过这样塞外怪兽，很大的鼻子，似熊非熊，声声怪吼。蹄似铜钩，眼如铜铃，长毛皮厚，碰见者死，遇到者亡。蒲查隆同二员女将，坐下宝马，蒲查隆两枝戟翻江倒海，二员女英雄也杀红了眼，赫连英右手持戟，左手舞枪，东门芙蓉左手大棍，右手五钩神飞枪，杀散了敌人。霎时间，人头滚滚，血流满地。贼人抛开迟勿异就要跑，后面渤海国骑兵健儿赶到，各催征骑，四面追杀。蒲查隆到了迟勿异马后，见迟勿异血染战袍，已是血人。健儿们浑身是血，齐喊："蒲查将军来了。迟将军不要杀了。"迟勿异扭项回头，果是蒲查将军，勒住战马，说："幸亏将军来了，好厉害的贼人，十挡一，车轮战。"蒲查隆说："迟将军，赶紧领健儿们休息，查点人数，贼人我们追杀。"说完催开战马，追杀贼人，迟勿异查点人数，一个不少，每人都受了伤，拼命死战，一听说休息，才觉浑身疼痛难熬。迟勿异看看自己，周身不觉疼，只是左耳被贼人划破。蒲查隆众将追杀贼人回来，命马兵搜查阵地。死尸260具，轻伤贼人91人，蒲查隆命把死尸攒堆火化。把受重伤的人集在一处，让轻伤的看护，再查点。王天虎带来的人伤亡不少，死的攒堆，受伤的集中起来，查清死尸一百零一具，受轻重伤的56人，不知去向的133人。蒲查隆命把死尸和受轻重伤的一律用马驮回大营，把死尸伤号送到降兵大帐，辨认姓名，造花名册。跟迟勿异的健儿，暂在原地休息，派人飞马到大营。预备十辆马车运回，并传知郎中处，来人包扎。后来骑马的健儿们在此保护先来的。迟勿异将军，在原地照顾后来健儿。查明贼首有几人带来。其他众将在此，等马车来了一同回营。命人飞马回大营催车去了。降营的把重伤号驮在马上，轻伤号骑在马上，派后来的健儿十名护送慢慢回了降营。照蒲查隆将军吩咐照办去了。

蒲查隆吩咐已毕，坐在石头上。健儿们带来了三个贼首。蒲查隆告诉他三人："据实说，不杀，给你治伤，给路费，准予改邪归正。要是吱唔搪塞剐了你们。这两条道，容你三人自选。"三个贼人跪在地下，蒲查隆让他坐下。先来健儿看三贼人，仍跪地不起，怒气填胸，走过来好几名，也不管将军在面前，照贼人后背猛踢几脚，贼人来个狗啃屎，

378

还嫌不解恨，狠狠骂道装什么狗熊，威风哪里去了。蒲查隆制止了。这三个贼人，坐了起来，只会说，"饶——饶命，我——我西夏，西夏人。"说的磕磕笨笨。蒲查隆倒听清了西夏人。派人到贼人受伤的贼中，问："谁是从西夏来的会说西夏话。我们正用通事，保证死不了。还给治伤。"贼人丛中，出来了三个人说会说西夏话。就把他三人带到蒲查将军面前，跪在地下。蒲查隆让他三人坐下，慢慢说，他三个坐了起来，一个黑汉说："他三个是西夏人，是领队来的小酋长。每人管120人，还有大酋长，我三人就是他三个的通事。我们共来了363人。"蒲查隆问："死人堆中有大酋长吗？"三个说："没看清。"蒲查隆派人领他三人去认，他三人摇头说："没有。"蒲查隆查对死的受伤的，漏网39个贼人，就命详细搜查战场。

八员猛将三个小孩同健儿搜索战场去了。黑鹰飞在天空，一收翅急如闪电，扑了下来，两只铜爪一紧，展翅凌空，抓起了一个，两只铜爪紧紧攥住贼人头顶，贼人跟吊死鬼一样，悬空起来，到了重生眼前，啪啪的丢在地下，摔个四仰八叉。健儿过去捆了起来，从头上流血，摘去帽子一看，原是个贼秃头。众健儿齐扑了过去，只见一个凶汉，把手一扬，飞起一条蛇来，吐出红光的两舌，健儿们躲的快跑了回来，稍慢的倒在地下。三个小孩齐喊："快躲开五毒飞蛇抓，报告蒲查将军去。"健儿飞跑报告去了，也是这个贼人，造孽多端恶贯满盈，不提防被金毛狮子狗，从草丛中蹿了出来，狠狠在脚上咬了一口，一抬脚不提防小猴跳了出来，蹲坐背上用前爪抓瞎了双眼，动作之快，真是迅雷不及掩耳，疼得栽倒在地，小狗咬断颈嗓一命呜呼。七个汉子见是三个小孩好欺负，跳出洞来，吓破了胆，一个骑着老虎，一个骑金钱豹，一个骑黑熊。左右八个猛汉，骑在怪兽背上。也是狗急跳墙。个个贼人，左手持刀，右手抖飞抓，三小孩，八猛汉虽已戴上了防毒面具，但怕迷倒自己的坐骑。各各跳下了坐骑，众贼纵身跳出圈处，撒腿就跑。也该贼人倒霉，蒙头转向，竟投向蒲查隆走来方向。这几个人是徒步，蒲查隆见敌人，便戴好防毒面具，站在前风头。贼人舞动飞蛇抓打来，三个人躲开飞蛇抓就动起手。这七个贼人身体灵活，抓法精奇，左手兵刃，也很厉害，一律是太劈花刀招数。八个猛汉，也参加了战斗。把七个贼人围住。蒲查隆边战边喝："抓活的。"真是一人拼命万将难敌。蒲查隆抬手一剑，把贼人拦腰刺倒一个，又一个贼人慌了神，被踢倒在地。剩下的三个贼人转身想跑，被众人围住了。跳不出圈外，猛生放出金毛狮子狗，咬中贼人脚跟，贼人疼得一跺脚，三个贼人被打倒，捆了起来。

这时大营的十辆马车已到了，众健儿上了马车，把九贼人放在一辆马车上，一齐回了大营。这时迟勿异已休息好了，乘着大青马，头前带路，日落后来到大营。把为首的几个贼人，带进大营，让冰雹花、冰凌花审问，所受伤的健儿，让郎中处去各帐治疗，受伤的贼人交投降营看管，先用马驮回的降兵死亡的，已认清了尸体，告诉降兵的为首人，在江边林中，各起一堆，做好墓志，以后好让死者亲属认领。

诸事已毕，众将各回各帐。蒲查隆见到了蒲查盛、夹谷兰长叹一声说："自从渤海国朝唐以来，今天的作战伤亡最多，我们要晚到一步，贼人几乎把迟勿异带去的健儿全部累死，125名健儿没有一个不受伤的，但还是带伤与贼奋战，迟勿异也和血人一般，杀红了眼。但降来兵133人不知去向。大约明天，可能陆续回来。这伙贼人凶悍的很。王常伦回来了吗？"夹谷兰说："没有。"蒲查隆说："明天再回禀左平章吧！"夹谷兰回帐去了，她和四花同住一个帐房。冰雹花正好来找她说："这伙贼人，是有来历的，'口口声声说：'我们拦路抢劫，是奉了白马寺大方丈的托付，去葫芦峪修盖庙宇的人，拿有大唐国朝的释教司正堂的执照。口口声声要让我们把他们送回白马寺。你看这事多么扎手。"夹谷兰听了："我觉事出蹊跷，先把他们看管起来，明天再说。"冰雹花去了。夹谷兰翻来覆去睡不着，想起一波未平，一波又起，又和白马寺成了冤家对头。想着想着入睡了。她第二天来中军帐，蒲查二将军尚未到。夹谷兰命女兵去请。蒲查二将军揭帘而入。夹谷兰就把冰雹花说的话，学了一遍。蒲查隆听了也感惊讶，遂说道："请教左平章去。"三个人见了左平章，把事情经过作了汇报。左平章低首沉默。三个人知道左平章在想对策，不去打搅他。左平章抬起头来问："王常伦回来没有？"三个人说："还没回来"。左平章说："这回乱子更大了，大就大吧！这是白马寺凶僧弄的藉口，寻上门来了，你不打他，他也要打你，好去长安告御状。说渤海国奉命讨贼，竟讨到佛家门上了。劫了他们修庙人侠，杀死和尚，外有奸相杨国忠给他们撑腰，内有高力士进言，我们要作好到长安去打官司的准备。不管怎的，一不做，二不休，王常伦探明情况，把来的贼人，一网打尽，然后进攻葫芦峪，兵发长安，见机行事。千万别让南路人进葫芦峪大寨。你三个照我说的，去办吧！"

三个人回到中军帐，恰好王常伦在帐外等候，就一同入帐。王常伦报告，一伙和尚、老道好不气魄，带着帐房、锅灶，每日走80里，现离葫芦峪有二百里之遥。人数约有三百人。蒲查隆命三个小花子带30名健儿扮成贼人去劫贼和尚、妖道，打一阵就逃。又命拓拔虎，东门豹各带250人接应小花子。分派定了，自己又带八猛汉三个小孩，传来了赫连英联营副都管、女将东门芙蓉联营副都管各带挠钩手25名同自己去。夹谷兰看蒲查隆又要自己去，就说："我同蒲查将军同去，大营的事，交予蒲查盛。我两个去，有事好商量。"蒲查隆说："也好，告诉冰雹花在我回来前，问清贼人来路。"各路人马，渡过长江，直扑贼人去。蒲查隆这伙健儿挑选的都是从渤海国同夹谷大将军后来的，专骑射的猛汉，各带弓箭选了50人。正从渤海来的好马，变为骑兵专营捕追逃跑的贼人。这是后路共65人随后出发。

　　再说三个小花子，来到离贼和尚二十里之外，藏在林中，让王常伦放哨。时间不大，来了一伙和尚、老道、尼姑、道姑五六十人。嗖嗖从树林放响箭。这伙贼人，以为葫芦峪大寨派来迎接的，就停住了脚步。从树林中走出手持刀枪一伙人来。为首的身高不过五尺，红眼圈、烂眼边、罗圈腿、大赤包肚子，瓜子脸尖朝上，头上梳着冲天的小辫，用红头绳一圈圈系着，上面系个小铜铃，人一动，叮铃铃发出响声，众贼秃一看七分像鬼真像鬼，三分像人不是人。只见他鸭子步悠悠晃晃地走了出来，在道当间一站，从背后皮褡裢里，取出个大铜喇叭，大声念道："不种桑，不种麻，终朝每日在山洼，过往客商我不抢，专杀杂毛秃驴脑袋瓜，牙崩半个说不肯，脚踩脖子也要他重去认爹妈，杂毛去找小尼姑投胎去，秃驴去找道姑喊妈妈。"众贼秃、杂毛听小花子骂街，就亮刀刃扑了过来，小花子说："打群架呀！来来来。"一晃大喇叭，左右抡开，一条条流萤光，射向了贼群，沾着的起火，碰到的冒烟，把贼人撂倒了一片。小花子喊声"杀"，众健儿扑了过来，逢人就劈，遇人就剁，其他两个小花子各举兵刃，干炸丸子片肘花，杀了起来。几十个贼秃杂毛，没有一个逃生。健儿们不管杂毛、秃驴，在地下烫得打滚，过去就一刀，结果了性命。有几个奸滑的，就逃回报告后面群贼，好几百名贼人扑过来，围住了小花子这队人马。小花子流萤弹，也射光了，贼人包围圈越缩越小，小花子领来这队人马，想跑也跑不了，形势十分危急。三个小花子，要纵到树上逃命。哪知树上也有贼人。万分危急，哞哞牛角号，响遍了山川。大队兵马，拥了过来，杀声震耳，众贼慌了手脚。三五成群地逃跑，骑马健儿远的用箭射，近的用抓挠。步下健儿用刀剁，一阵乱杀乱砍，众贼人死尸倒地，血水染红了草地。吹响了集合牛角号，搜阵地贼人死了 316 人，把死尸火化。把重伤贼人奄奄一息的杀，能够走路的留下十人。查点自己人马，受轻伤的 87 人，重伤的 20 人，战死的 12 人。蒲查隆命把伤员背好先行，死者驮在马上，绑好受伤贼人急急回大营。回到大营，已鼓打一更，命各自回营，受伤的交郎中处，死者放在中军帐外，查好姓名火化，把尸骨用白布裹好，送回渤海国。把贼人送交战报处审理。分派完了，蒲查隆回到自己的帐中，夹谷兰也回到四花帐。

　　第二天清晨冰苞花又把审讯这批贼人话学了一遍。说："这批贼人，更蛮呢，有白马寺方丈的四弟子，有五毒道长三弟子，问他一个念阿弥陀佛，一个念无量天尊，口口声声大骂渤海国，拦路抢劫去葫芦峪修庙的侠门弟子，拿出了大相国寺大唐国朝释教司正堂的执照，并注有沿途官府赠的银两簿上盖有官印。我已把他们隔离监禁，请示将军们，应当怎么处理？"蒲查隆说："除了他拿的执照外，还有别的书信什么的吗？"冰雹花说："我们都是女的，没有搜贼人的身体。"蒲查隆命人找来了迟勿迟联营的副都掌管呼尔哈，拓拔虎联营的副都掌管博那哈，命二个人分别把贼人带去，彻底搜查，如果贼人反抗就给他厉害，不打死就行。这两个郎将，部下伤六个健儿，已气愤填胸，行了这样命令，怎能放过贼人，每人领 25 名健儿，把那些贼人带到江边树荫丛中，把贼人扒光了衣服，命健儿把贼人吊了起来，用皮鞭沾凉水先打个皮开肉绽，还不解恨，又头朝下、脚朝上地一提一放地在江中，不住地上提下放，呛得贼人奄奄一息，放在地下苏醒。醒了过来，又用摔死猫的办法，吊来吊去，摔得贼人死过去，又冷水喷头醒过来。这时，健儿们已在贼人衣囊中，搜出了两封密信，两张没字的信，交给了两名副都掌管，两名副都掌管命送到中军帐。已把贼人折腾的死去活来，还不解恨，又命头朝下脚朝上，吊了起来，把贼人推来推去的荡秋千。始终让三个西夏人站在看光景，三个西夏人，都没说实话，什么西夏人和贼和尚在一起，到底干什么坏事。三个西夏贼已吓破了胆，就把事情经过一五一十全讲了出来。博那哈命送到中军帐去。就把这两伙贼头送回大营交给战报处。

　　蒲查隆打开书信，一封是给罗振天的，让他带贡品去西夏，把葫芦峪交给和尚修盖庙宇。一封没字信，倒犯了难，想不到其中奥秘。铺在桌案上想主意，不加小心，碰翻了茶杯。水流信纸上，显出了字迹。寥寥几行字，只见写的是：

字嘱悟法知，罗振天要有三心并二意，杀了他全家，带着贡品直接西夏去。

葫芦峪重塑金身像，保管渤海小丑，不敢善欺，师父嘱

年月日

蒲查隆三人看完，命夹谷兰送左平章过目。夹谷兰回来说："左平章告诉好好保存，和在五顶山搜的信放在一处。对西夏人要问出口供，贼人就不必问了。告诉赶紧兵剿葫芦峪。去长安要紧。"三个将军分了工，夹谷兰管问西夏人，蒲查盛管兵剿葫芦峪，一切准备，如何里应外合，蒲查隆管调整人马，分头进行。立刻行动起来，下了戒严令。

蒲查隆请来了难民安抚处的长者们，问进葫芦峪暗道探的怎样，长者说："已勘探明白，并去掉了有障碍的地方，可容四人并进，先渡水，后钻山洞，经过狮子口，又钻进了暗道。直通葫芦峪大寨大厅后的山神庙。举起千斤石板，就可动手。是一位108岁老人领着他孙子们探明。他孙子四个，甘愿领路，因老人幼年间，误入过这暗道。"蒲查盛谢过长者，告诉把老人孙子全请来。又告诉七个老人今晚把无字信事告诉罗家弟兄，再带去反戈一击计划，并要时刻注意火拼。夹谷兰已问清了西夏贼头是为了保护贡品来的，有个大酋长没死，身带重伤。夹谷兰命郎中处去给治疗并把西夏人带进大营，扎一座小帐派人把好。蒲查隆到各处联营去和健儿鼓舞斗志。又同掌管、大掌管交待兵剿葫芦峪每个联营要选五百名精壮健儿。就回到中军帐，三个人又作了进兵计划，送交左平章。左平章签了字，三个人就布置在明晚进兵葫芦峪。当晚七个老人，把计划交给了罗音并告诉无字信，贼人如何要杀他全家，又千嘱咐万叮咛，必须照计划行动。七个老人连夜回到大营。

第二天渤海国大营沸腾起来，江面大船，一二三艘船，钉为一摆，共钉了三大摆船，摆渡民夫健儿。渤海国大营，当天黄昏时迁到杂树林。葫芦峪大寨也在前寨高峰上，设下瞭望哨，渤海国大营的行动举目远眺，无一不收入眼底。瞭望哨的当值寨主，正是私自给白马寺送信的"悟法"。这个悟法，本是秃头和尚，当他潜入葫芦峪，却留了长发，托名桃花渡寨主，率三百喽啰兵来投罗振天，实在是白马寺派来坐探罗振天的行踪的家伙。今天看到渤海国乱乱纷纷，觉到有机可趁，就去大寨，这般如此陈述了高见，偏赶上罗振天闹了病。一切事务，由罗帮执掌，罗帮就照计行事，派他带五百名喽啰兵先去，劫杀渤海国渡过江来

第五十六回 内外夹攻葫芦峪顷刻被破 亲情义感罗振天诚服投降

的人侠战儿。悟法领了五百名喽啰兵出了前寨门，埋伏在密林深处，恰好一队人马拖拉走来，几个健儿押着民夫徐徐走来。悟法认为机会到了，想要捉住渤海健儿领头人，捉个活口，问明情况，把五百喽啰兵一字摆开，截住去路，大声吆喝："识相的，快快跪倒本寨主马前，磕头求饶，尚可保全性命。"只是渤海健儿中，走出一个头目，人不压众，貌不惊人，有五尺多高，右臂短，左臂长，右腿长，左腿短，瘸瘸拉拉，手提兵刃，背后有个鼓鼓膨膨的皮褡裢，一走路三哼的家伙。悟法哪把他看在眼里，只见他瘸拉的来到悟法面前，面称："寨主爷饶命"，话没有说完，这个头目左手长了出来，把悟法右脚脖攥住，把悟法拽了个倒栽葱。又往肚皮上蹬了一脚，这个悟法，五脏俱裂，无法再活了。喽啰兵想跑，忽拉拉被人全部捉住，不杀不打不骂赶到杂树林，砍树修道，又值天降大雪，民夫们口口声声怨天怨地，上了渤海难民的当，每天吃不饱，睡不足，还不如跑了好。也有三三两两真的溜走了。到天过午时，民夫们自己带的午饭，就吃了起来，被捉的小喽啰兵，哪里有饭，把他们聚在一处，有十几名带刀的健儿看管，健儿喝牛奶茶，吃烤牛肉。众喽啰兵饿、渴无人管。

　　吃罢午饭，又伐木挖道，只见大队民夫用车马拉来了帐房，后面一群女兵簇拥着一个银鬓老叟，穿着四开大红袍，头戴花雉鸡翎儿，齐呼左平章，就搭帐篷，忙乱起来。搭有几十座帐篷。渤海健儿约有一千名。天色已近黄昏，各民夫三十一群，五十一伙散了去，看喽啰兵的渤海健儿也陆续散了。众喽啰兵看是机会到了，还不逃命，陆续回到了大寨，把情况告诉了寨主，寨主报告了罗帮，这时守望的寨主也来报告，说大江上船，并无多少兵马，齐集在南岸，正好抢船夺渡口。罗帮招齐了36名寨主，12名寨主领喽啰兵三千去抢渡口，夺船劫江北大营，12名寨主带三千喽啰兵去劫杂树林大营，12名寨主守大寨。罗家众兄弟，守中平寨，罗家媳妇们守中卫寨，各个分派已毕，命二更天行动。

　　这时，渤海国大营也在传将令。先命迟勿异，同呼尔哈带五百名弓箭手，各背雁翎刀，进入葫芦峪暗道，把守住仓库，见头戴白色巾的是罗响领的喽啰兵，合成一队，即刻过江。又命拓拔虎、博那哈领五百名长刀手、大刀手抢前大寨。见头戴白色头巾的是罗面，喽啰兵合成一队，即刻过江隐入林中，放过劫船、劫营贼后动手。又命东门豹、库伦带五百健儿去新立大营，等贼人入营后放起火来，三更时，北风大作，把人马带到江边。又命赫连英带五百人到上流头，伐木劈竹为筏，每筏可容百人，造成50至70个筏。明天日出等用。又命上官杰夫妻，把每只船船底打漏三尺长二尺宽用板堵好，用绳拴牢。每摆船只留五人看守，见匪人抢船，就投身水中，等船到江心沉船。除百人埋伏两岸，各带弓箭，射落水逃亡贼人。各个领命去了。

  天到二更，东门芙蓉、哈连美蓉二将是守卫大营的，听到江南岸人欢马嘶，知是抢船渡口贼兵来了，就传令戒严，各帐都弓上弦，刀出鞘，恐有流贼来劫大营。左平章、监军以下人人备战。众贼人呼喊一声，奔上船来，渤海健儿，纷纷落水，四名寨主中为首的寨主姓洛名塘机，众人叫他"落汤鸡"，看见渤海健儿纷纷投水，又见大船一二三地钉到一处为一摆，每摆船一个高有二丈大桅杆，扯绳下流拴住了几个大木桶飘浮水面，上流几缆绳坠入江中，这是葫芦峪寨主喽啰兵从未见过的，扳桨摇橹，把舵，直奔江北。洛塘机吩咐一千喽啰兵四名寨主守住南岸，众喽啰兵看遍地铺满了茸茸干草，又坐下、躺下的站着的都有。江中船，不插橹，扳桨可自己浮动，众贼人都以为奇事，船到江心，渐渐下沉，越沉越深，眼看船要沉入水底，众贼人慌了神，会凫水纷纷投江，不会水的只好喂鳖去，会水的凫水奔南岸，哪知一声牛角号响，乱箭齐放，把洛塘机同三个寨主众喽啰兵射死大江中。岸上四寨主，要来救援，一声牛角号，遍地火起，走投无路，葬身火海。上官杰夫妻收了兵，去杂树林劫营的贼人，看空荡荡大营，就扑了进去，只见道路交错，总是扑不到大营。寒风吹起了雪团，睁眼都难，想退又迷失了路径。东门豹见午夜已到，吹响了牛角号，各个健儿带上了马骥，马尾织成的防风镜，逢贼就杀，见贼就劈，一霎时把三千喽啰兵，12个寨主，杀得精光。天明收了兵。迟勿异、呼尔哈领人进暗道，有时匍匐前爬，有时低头前进，有时涉水，有时爬岭，好不容易到了山神庙下。迟勿异托开了千斤重石，黑乎乎五间山神庙，泥像倒歪。迟勿异一声枭鸟长鸣，引来了头包白巾的罗响，把迟勿异、呼尔哈领到贡品仓库前，带领兵马守住了仓库。攻前寨门的拓拔虎、博那哈领的大刀手大枪手扑向前寨门，罗面开了前寨门，合兵一处，乱杀贼人。后寨的贼人拥向前寨救援，守中平寨的，中卫寨的罗家弟兄、媳妇，率亲近喽啰兵，乱杀后寨残留贼人。罗帮到了此时才告诉刁鹏刁鹞："我等是奉了母命，投降了渤海国，母亲就要到了。父亲要是听母亲话去投降，再好没有，倘若父亲坚持不投降，母亲要把父亲绑了去。婶母也来了，虽是父亲弟妹，但也是父亲的亲表妹，也要动手帮助母亲绑了父亲。师兄何去何从，听你们主见。"刁鹏、刁鹞说:"师弟们都从师母投降了,我俩是牧牛童娃,蒙师傅师母视如亲生,我俩也从师母了。"刁鹞不放心地说:"渤海国能留师傅活命吗?"罗帮说:"父亲要不活命,我弟兄能投降吗?"鹏鹞二弟兄听师傅能活命也就放心了。头包白巾杀向前寨,如刀切菜,可怜这些贼人,平日杀人放火,作恶多端,死于刀枪之下。真是善恶到头终有报,只争来早与来迟。天网恢恢,疏而不漏。

　　罗振天这时头脑已经清醒,正要找罗帮打听原因。见老妻弟妹闯进门来,老妻恶狠狠道:"老天杀的罗振天,你还不跟我逃命去,死在目前尚自不知,九千多喽啰兵36位寨主,全被渤海国杀光烧光了,贡品已被渤海国夺回,你还发什么愣?"罗振天问:"儿子儿媳们哪去了?"老太太说:"自寻出路去了。"罗振天"唉"了一声,老太太说:"你唉声叹气有什么用?"一扬手抛出一丈白绫,把罗振天绑在自己背上就跑,罗振地妻子跟在后面,到了鹅头峰被吊了上去。见老妻同弟妹站在身旁,老太太一指七位老英雄说:"这是救命恩人,快跪下谢恩吧!"罗振天身脱险地,真是跪下,被七位老英雄搀起,各人都坐在大石上。罗老太太把前后说了一遍,问罗振天:"你说出心里话吧!你不投降,放了你走,你投降就跟我们走。常言道:'夫妻本是同林鸟,大难来时各自飞。'你自谋出路吧!"罗老太太二目之中滔滔泪水落下,儿女情长,英雄气短,不知是哪位名士,说出了千古磨不灭的真理。罗振天又怎么能跳出这个圈子,连说:"孩子他娘,不要伤心,我罗振天也不是石缝蹦出来的,也是娘生娘养的,心是肉长的,我跟你们走。我只有一条命在,赴汤蹈火,万死不辞。感谢渤海国饶了我一家性命。不渝此言,天神共鉴。"七位老英雄见罗振天慷慨陈词发誓,俱各欢喜,遂说道:"罗寨主是苦海无边,回头是岸,请去剿南大营。"几个老人回到了大营。罗振天同老妻弟妹来到了自己一家人帐中,见八儿八媳同侄媳,都在这里,给自己磕过头,端烟奉茶。大寨已交给了难民们,仓库物资已交给了渤海国,罗家都得了活命,就与葫芦峪一心无挂了。罗振天也觉一身轻松。

　　不言一家人欢聚。再说众将陆续回来缴令,各报战绩,齐聚中军大帐,呼尔哈、库伦呼、哈连美容,初次同蒲查将军出战,觉得以少胜多,不得其中奥妙。三个降将一齐站起身来,哈连芙蓉是渤海人,就用渤海话说:"末将虽是女的,也从征多年。蒲查将军小我十几岁,我就没有放在眼里,但是从昨夜用兵来说以少胜多,处处胜利,我是佩服了。但我不解,将军用的什么兵法、兵策,请问其详。我们渤海的郎将,自幼都随大将军们南征北战,东荡西杀,也没有这样胜利过,现在有左平章、监军在坐,请蒲查将军说说,长长我们的见识,要是左平章的战略战策,也请左平章说说。"蒲查隆对这五位降将和崔连哈是敬而远之,因都是老资格。自己并不敢以将军自居。现在问到了头上,就不能不答。蒲查隆先用渤海话说,后用汉语说,使在场的人都明白。他说:"首先说计划策谋是我和蒲查盛、夹谷兰三人的主意。决定是请左平章批准的。我们总的目的是为了追回贡品朝唐去。贼人兵有二万之众,我们只有三千多人。敌人多我一万七千人,敌众我寡,要死拼,七个贼人拼我们一人,力量太悬殊了。我国来朝唐,一战天门岭,二战乌拉,三战海湾,四战五顶山。积累了作战经验,又在前处收下了强兵猛将水陆皆通的健儿英雄,混成了一体,四战五顶山显出了威力。是一支所向无敌的劲旅,又从渤海来了一支健儿猛将,在五顶山训练时,也已看出了人与人,将与将亲如一家。占了'人和'。又兵发瞿塘峡,在长江北岸,设下营寨,阻止敌军。我们轻而易举地得了十个渡口,扎下营寨,得了'地利'。又值严冬,我们塞外人,素来不怕风雪,有耐寒本能。长江一带人就不同了。耐寒性能低于我们,我们又占了'天时'。'人和、地利、天时',我们都占了上风,但三拳难敌四手,好汉架不住人多,我们却占了下风。招人吧!我们是渤海国来的,谁愿为我们卖命,就是有,我们人数是有限制的,已呈奏唐朝皇帝,不能私自招兵,那么要以少胜多,就用了'安抚胜剿'战策,分化贼人内部,瓦解贼人力量,安抚黎民百姓,以为我助。葫芦峪以武会友,鹅头峰血战,我就看出了罗振天的矛盾心情。力争罗振天和七拼八凑贼人脱离开。才引出了昨夜内外夹攻,一举剿平葫芦峪。计策是没有诱饵,引鱼钓。长江渡口,白天人马纷纷,是引来贼人,捉了贼兵去修新大营,故放逃去。诱起群贼去劫营的动机,好掩盖罗帮的支配。黄昏大江渡口南岸,已布置下了迷魂火攻八阵图,烧他留守渡贼人。二是夺贼船,要劫大营把战船一二三钉牢,其实在船底早已有三尺长二尺宽的洞,用鱼膘把原板膘住,每个板上有牵劫绳,拧成一股,到船尾。设有扳闸,在深水处,两个人按扳闸五只船的膘板齐开船沉,船上桅杆系绳是自动的能向江北游来。是用'水淹火攻的战法',新大营用了'雪雾迷蒙八阵图'杀散了贼兵。当初蒲查盛、夹谷兰、我三人在悟玄寺,孤山摆就是迷宫八阵图,我们就学会了。其法乾三联、坎中满、艮复碗、震仰盂、巽下断、

第五十六回　内外夹攻葫芦峪顷刻被破　亲情义感罗振天诚服投降

387

离中空、坤六断，兑上缺，每一宫都扑索迷离，不识其法的，有进有出一宫又分八卦，变化无穷，杀光了贼人。迟勿异是由当地的向导 108 岁的老人领着四个孙子探暗道才领入大寨的。这就是我们胜利的由来。各位将领，我们已剿平了葫芦峪。休整七天就要去长安了。人数又增多了，建制也要扩大，请众将回帐休息吧。罗家弟兄也要来了。"遂命总管处接查银子、粮禾，战报处安置降兵，郎中处治疗伤员，各办各事，黄昏后到中军来议事，又命侍从安置好罗家父子，午饭后由卫士赫连杰陪同罗家父子见左平章，分派已毕，三个将军已一夜没眨眼了，也休息去了。

第五十七回　罗振天服绑来请罪　蒲查隆智破毒煞学

话说渤海国大营削平了葫芦峪山寨，奏凯归来。各位听蒲查隆将军说了胜利原由，各自回帐休息。罗家众兄弟献上了金银财宝、粮食、马匹，各个去到母亲帐中看望。父亲罗振天看见儿子全都来了，才放宽了心，侍从处又送来酒饭，一家人又聚到一起，罗振天问儿子们今后怎么办？儿子们说："把贼皮脱到底吧！夜明珠少十颗，墨猱皮少十张。据义舅说我们交出了白银20万两，黄金二万两，粮食一万多斤，够支持三个月，良马二百匹，足可补偿了损失，六弟妹、七弟妹和叔婶在中途，杀散了劫粮草贼人又告密杀贼，劫贡品是贼人，我们是窝主，自愿献出贡品，就赦了我们全家无罪。儿子们要投渤海国效力去，不知父亲可愿意否？"罗振天说："只要你们都愿意去，我就跟你们到渤海国去，给你们当个看门老叟吧。你娘就给你们当个哄孩子的老妇吧！你们到渤海国都去混个出身也好，媳妇们也去参加女兵，当个渤海国花木兰吧！一会儿我参见左平章时请完罪，就说全家都要为渤海国效力，以赎前孽。"

父子畅谈中，来了一群人，头前是赫连嵩、西门信，后面是赫连姐弟、西门姐妹、左丘清明、赫连英、拓拔虎齐来道贺。老二位是来认义妹夫，晚辈们是来认义姑夫姨夫，一一见过了。各位落了坐，喝茶的喝茶，问话的问话，好不热闹。罗振天说："我全家是众位从黄泉路上拖回来的，又认了亲，大恩不言报，只是心感了。"西门信老英雄与罗振天本是连襟，看罗振天并无贼人气质。高兴得说出笑话："都是咱老婆子把咱二人拉到一起的。"罗振天说："这话不假，要不是义姐肯认咱老婆为义妹，哪里会认识你这位老英雄。"二人哈哈笑了。赫连杰来说："请罗家姑夫、表兄、表嫂、姑嫂、姑妈去到中帐，左平章监军、蒲查二将军、夹谷将军都在左平章大帐等候。"罗振天说："我是贼首，把我绑了去。"众人都没有主张，赫连嵩、西门信二位老英雄赞成罗振天有见识，但没人绑。西门信说："让老婆子绑吧。"罗老太太动手绑了罗振天，罗家人随后，众人散去。赫连杰带领罗家一家人，来到左平章大帐，说："罗振天绑了自己，领全家人来请罪。"左平章站起身来，命赫

连杰在门外给罗振天松了绑,请进帐来。罗振天在前,老伴在后,后面是儿子、儿媳,跪成一片。左平章亲手搀起。罗振天要向监军请罪。罗振天一个白发老人跪向监军,监军认为自己年轻,很为难,赶紧双手搀起说:"老英雄,请坐。"罗振天说:"罪民特来请罪。"监军说:"老英雄已弃暗投明,还有何罪?"罗振天说:"罪民死有余辜,蒙监军、左平章不罪及全家,已感皇恩浩荡。罪民自愿领死。"监军说:"死有什么用。还是活下去,请起,请起。"罗振天又要向三位将军磕头,这三个人赶紧让赫连杰扶住,说:"我们都很年轻,不要给我三个磕头,都请起吧。"各人都站起身来,左平章见罗家七弟兄,一表人才,媳妇们也稳重,并没有轻薄气质,心想罗家一门并不像作贼的。遂问各媳妇姓氏,父亲是作什么的,罗家媳妇们,一一作了回禀。他们都是出自良善人家。留下罗振天,让罗家兄弟、媳妇们、老太太退下去。让罗振天落了坐。

左平章说:"怪不得七位老英雄说你罗家媳妇们贤慧,相见之后,真是不假,妻贤夫祸少,这话真是不假。"左平章告诉罗振天全家愿去渤海国也好,不愿去,拨给一万两白银安家。罗振天就把儿子们、儿媳都要效力的话说了一遍,自己甘愿当一名望门老叟。左平章哈哈乐了:"如此甚好,把你所信任喽啰兵编在各联队,让你儿子们,也当大掌管,好极了。少十颗夜明珠,十张墨猊皮,你知道去处吗?"罗振天说:"白马寺留下五颗夜明珠,五张墨猊皮,后来又送给左丞相杨国忠五颗夜明珠,五张墨猊皮。也是花和尚拿去的。说是送礼得到招安。"左平章说:"花和尚死了。我们进京去见机行事,烦你去当见证人,不知你敢不敢。告诉你实话,白马寺派来的和尚、老道六百多名,假说葫芦峪修盖庙宇,实在是来劫贡品,劫渤海国大营,被我杀的杀抓的抓,一网打尽。白马寺一定告状。或是告御状,诬告我们杀他们修庙人夫,我们不怕,一是有信可证,二是有西夏来劫贡品人证。再加你这个人证。三事俱备。"罗振天连说:"敢、敢、敢。这个贼秃,险些送了我全家性命,我恨之入骨,要能扳倒杨国忠这个奸贼,给唐朝去了个大害,要是扳倒白马寺方丈,给佛门除了一个大害,我死了也甘心。"左平章、监军和二个将军,见罗振天彻底清醒了,也为他感到高兴,命赫连杰送他回帐。

左平章又派人到葫芦峪安慰了黎民百姓,又请来了108岁老人同他的四个孙子,要奖赏他们。老人说:"他四个孩子要为渤海国效力,都有一身武功,蛮有力气。家中就爷五个,孩子们都四十多岁了,也没有娶起媳妇，混个出头日子吧！"左平章答应了他的请求，给他五人一个帐房。正在这时，门军来报，大营外来了一些男女，是契丹人打扮，口口声声要找东门豹将军兄妹。蒲查隆让门军去找东门豹兄妹。东门豹兄妹到营外一看，是自己堂侄、堂妹、堂弟寻上门来，要随去长安，当差效力。就把他们领到中军帐见了蒲查隆、蒲查盛、夹谷兰说明了原因。蒲查隆说："千里迢迢奔了来，可见志诚心坚，给他一座帐，听候编制。你兄妹好好照顾他们，让厨房预备饭菜，我去回禀左平章。"东门豹兄妹领走了众人。

三个将军商议一会儿，去见左平章说："我们此去长安人马多了，应重改编制。用左平章、监军名义，奏请皇帝，请左平章和监军商量一下。众贼人和尚老道受有轻重伤的应怎样处置，葫芦峪黎民百姓交到当地官府吧！我们办完一切，就去长安。"左平章说："你三个写个草案编制来我看。把西夏四个贼首留下，四个通事留下。其余都是重伤、轻伤连同以前的贼人，一同送入九转罗丝洞藏贡的地方，每人给一年吃粮，封死洞门，让他们面壁参禅，我们朝唐完了，再放他们。请老英雄们修好消息机关，除和尚、道士之外，散了去吧！把罗振天喽啰兵也挑选一下，年老病残的给生活费散了去吧！愿去渤海国，让他去海湾岛。派人通知官府，来安抚百姓，要在七日内把事办宜。你仨人去办吧！"三个人离开了左平章大帐，请来七位老英雄，说明了在九转罗丝洞重修消息机关，囚禁和尚老道。七位老英雄答应了。又找来呼尔哈同王常伦持公文到当地官府报文请来安抚黎民百姓。又找来了罗帮让他挑选精壮喽啰兵，同去长安，老少病残给予安家费，或愿去海湾岛，听其自便。并说："让你父亲写封信，让你大哥大嫂弟妹们都来。罗振地在海湾岛吧，他的儿子、儿媳可以来。越快越好。送信人可骑千里马。到总办事处去选。"罗帮说："我父亲马最快，已交总办处了。"蒲查隆说："你去认领吧！"随手写了一个字柬，交给罗帮，罗帮回明了父亲，当时写了信，命罗系送去。罗家弟兄去挑选精壮喽啰兵，把老弱留下。有愿去渤海国的61人，要留的121人，请求发给了安家费，留下的每人赏银20两，去渤海的随同罗家两位老太太启程，每人也发白银20两，也给两位老太太白银一千两，作为路上盘缠。两个老太太辞了众人同喽啰兵上路了。

蒲查隆、蒲查盛、夹谷兰三人静下心来编名册，请左平章、监军过了目。左平章主张各将官都应晋级，一一告诉了他三人。三人按左平章嘱咐，又重写了花名册，建制。过了几天，七位老英雄回来了，就把前后抓来的僧道送进了九转罗丝洞，每人给一年粮食，面壁去了。又放了被俘贼人，呼尔哈王常伦也回来了。当地官府派来了官员来安抚黎民百姓，诸事完毕，写了奏章，左平章同将军同行，召集众将集合，中军帐等候宣布建制。左平章按着建制清册，高声念道："渤海国朝唐使臣扈从虎贲军大本营建制。九人为伍，五伍为分营，头领为掌管二人。五分营为本营，头领为大掌管二人。五本营为联营，头领为都掌管三人。五个联营为大本营头领为总管二人。健儿改名为勇士。下面是各联营都掌管任命。

第一联营：迟勿异，　官衔记名将军；　呼尔哈　记名都将；　罗棰　记名别将

第二联营：拓拔虎　　　　　　　　　　　　　　博那哈罗帮

第三联营：东门豹　　　　　　　　　　库伦呼罗面

第四联营：赫连英　　　　　　勃连莲　　　　　孔求英

第五联营：东门芙蓉　　　　　哈莲美容　　　　孟求杰

每个联营设事务室，一伍人（九个）办理联营军务。分管掌管，大营大掌管在编额外，每个联营共人数1266人。勇士混合编制。

五个联营共6336人

下面是先锋营，下设三个本营，一骑兵营；二步兵营；三是弓箭兵营。

副都掌管上官杰、万侯华　官衔郎将；顾求芬　记名别将

设事室一伍人（九个人、女）共723人

后备营下设三个本营：一骑兵；二步兵；三传书兵

代理都掌管王常伦，记名郎将；王天虎，记名别将；罗响，记名别将

设事室一伍（九个人）共723人

战将营首领，诺尔军，官衔郎将；诺尔连全（女）官衔记名郎将
战将一律记名别将：罗音、罗鸣、罗提、罗系、罗底、罗边、韩勇、韩猛、韩刚、韩强、冷文、冷武、冷双、冷全、东门芙蓉、东门俊蓉、东门丽蓉、东门虎、东门狮、东门杰、东门庆生、颜求桃、颜求菊、颜求梅、曾求柱、曾求全、赵求义、赵求礼、孙连、孙伸、孙三、孙元、诸葛望博共35人，听将军调遣。
大本营建制：枢密处：45人（女）都掌管夹谷兰，衔记名将军。
部办处：450人（男）霍查哈
战报处：45人（女）大掌管冰電花、冰陵花，记名都将
郎中处：45人（女）冰实花、冰坚花
侍从处：45人（女）赫连文、西门西男，别将官衔
门卫处：45人，男25人女20人大掌管左丘清明，赫连杰官衔记名别将
左平章卫士：记名别将，官衔职名卫士掌管
赫连武、赫连豪、西门来夫、夹谷秀兰、大祚俊兰。
卫士：拓拔重生、西门再生、夹谷猛生、东门狮生，共九人。
参赞：无官衔
赫连嵩、西门信、瞀目神叟、罗振天、孙振坤、东化郎、西化郎、南化郎、北化郎
参赞侍从：化狮、化虎、化豹，共十二人
将军三品功勋二人：蒲查隆、蒲查盛，总括大本营全权，并渤海国朝唐使臣。
共人数8623人
扈从虎贲军大本营男8369人，女254人。"

左平章念完了建制、官衔、职名，各有职责的分头去安排军务去了。把建制写成了二份，一份呈渤海国王，一份奏明唐朝皇帝。从本日起，每天从黎明起，黄昏止，练朝唐礼仪，严肃军纪，整顿军容，加紧练兵，派王常伦去长安，把奏章交给大门艺。打发王常伦星夜投长安去了。这时去海湾的罗音带着哥嫂们也赶了回来，一家人听说男女都当了

393

将,欢喜非常,各到各分派的营中任职去了。整顿训练约十天,就是剿平葫芦峪的黎民给大营送来了劳军品外,还送来了两面绵旗:上写"顺天安民之师","济民水火之军",派来了六名乡勇,各带佩刀,衣帽整齐。青年男子各骑高头大马,众乡邻凑足盘缠,不要大营分文,一直送到长安。左平章见众意难却,就留下了。同老乡喝了饯行酒,三声炮响,拔营起寨,这一次去长安朝唐,比前次整顿兵马,可大不相同了。只见:前面六名骑红马勇士,两名手持黄字大旗,大书大唐国朝平南剿抚元帅,另一面大旗大书渤海国朝唐使臣扈从虎贲军大本营。后面是两杆大旗,六名乡勇骑着高头大马。一面大书顺天安民之师。另一面大书济民水火之军,下款是葫芦峪黎民敬送。渤海国大队人马浩浩荡荡直奔长安,众黎民百姓洒泪送别了渤海国大军。

再说白马寺方丈,打发两起和尚,去葫芦峪大寨劫贡去西夏,迄今无音信,如石沉大海。这夜闷坐禅堂,忽的一阵风吹进了一张纸来。方丈不觉一愣神,暗想什么人这么大胆,竟敢"太岁头上动土",寻上门来送死。我偏不看你这张纸,低头闭目,坐待动静。哪知过了一个时辰,再也不见动静,就从地上拾起纸来一看,不看则已,一看上面写的是:

  白马寺是千年刹,真赃实犯难脱滑,葫芦峪寨已削平,万余贼众已被抓。
  费尽心机有何用,执迷不悟把头割,良言一语三冬暖,劝尔速醒参禅吧。
  我今已取珍珠去,墨猱五张尽数拿,切忌杀贪淫妄酒,莫作虚亏心恶煞。

大方丈暗想,你这是班门弄斧,投石问路。我怎么能上你的当。我坐在这里不动,夜明珠、墨猱皮在老僧卧榻中,看你有什么法取去。老和尚有心喊有贼,又怕有失白马寺方丈的鼎鼎大名,但袖中预备好了传门秘法暗器"蛾眉针",再有个风吹草动,就休怪老僧无情了。这种"蛾眉针"是白马寺"独门传授",形似绣花针,可连发百只,藏在袖中,轻巧玲珑的暗器,专射五官,50步内,一点银光,百发百中,只传长门弟子。老和尚端坐卧榻上,这会儿没有闭目,是圆睁二目,两眼炯炯放光,可见老和尚的武功,已是登峰造极,炉火纯青。这时,一滴银光扑面射来，老和尚一招手接住，又一滴银光射来，又被老和尚接住，又一滴银光射来，触怒了老和尚，一张口咬住了这支蛾眉针，"噗"地喷了出来，直透窗棂纸，接着蛾眉针从老和尚袖中发出了十几支，老和尚沉不住气了，随着蛾眉针用了个燕子穿帘，从禅堂中，像飞的一样，纵了出来。功夫之快，有如迅雷不及掩耳。老和尚站稳身，看面前一排站立三个青年壮士。他们身穿夜行衣，背后背着宝剑。老和尚吼道："哪里来的小辈，无故扰乱禅堂，老僧岂能容你胡闹。"三个青年说话了："高僧不要发火。我们特来给高僧赔礼道歉，上次闹了白马寺，未能领教高僧五毒阴煞掌，今天特来求教。不知高僧肯赏光吗？"老和尚恍然大悟说："你三个小辈，就是前次闹白马寺的，侥幸逃了性命，今天特意送上门来，真是'飞蛾投火，自来送死'，这叫天堂有路你不去，地狱无门自来投。休怪老僧意狠心毒，那就你三个一齐上吧！好打发你三个同去枉死城中报到，也了老僧善念了。"

三个青年相视一笑，一个青年走了去说："高僧请你收起你的五毒阴煞掌吧！当心自己被打。高僧你是佛门弟子，养性参禅，难道连一物降一物都不懂。草怕严霜，霜怕日，恶人自有恶人磨。我劝高僧你，跳出三界外，不在五行中，扫地不伤蝼蚁命，爱惜飞蛾纱罩灯，朝诵黄庭经万卷，木鱼敲破满天星，一尘不染，万灵皆空，悟性参禅，戒杀、贪、淫、妄、酒，清修为是，别凭仅有绝顶武功，又是白马寺方丈，勾结贼党，自寻死亡。老方丈若听良言相劝，仍不失为高僧，武林中的长者，良药苦口利于病，忠言逆耳利于行，望高僧三思。"老和尚不但不听，反骂道："黄口孺子，胎毛未褪，乳臭未干，竟敢口出狂言，来教训老僧，休怪我无情了。"举掌就泰山压顶打来。掌带风声，寒气逼人。老和尚以为这一掌就击死这个多嘴青年，以解心头恶气，哪想青年转身躲过。老和尚红了眼，又用了双峰贯耳，又被青年躲过；又用了手野马八鬃高探掌，又被躲过。老和尚接连三招俱被躲过。五毒阴煞恶气，并没有扑倒青年，掌又没打中，老和尚有些心惊，又想到蛾眉针是白马寺的独招，他三个怎么会有。想到这里，想问个究竟。青年说："我已让了三招，再动手就要还招了，拿出你的绝艺吧！你的五毒阴煞掌，其奈我何。"老和尚气得圆睁二目说："小辈是哪里来的狂徒，你怎么会发蛾眉针？"青年笑着说："梦到一个老僧身穿红袈裟，头戴金光毗卢帽，手扶禅杖，红光满面，自称圆慧高僧教的。高僧流泪说他教三个不屑徒子，勾结官府、贼党为非作歹。教会我三人除掉孽徒，重整门户。高僧

第五十七回 罗振天服绑来请罪 蒲查隆智破毒煞掌

教会的，你待怎样？"老和尚听了，以为师傅尸解升天，或是离魂夺舍，还阳了。老和尚一想，世上哪有这些离奇怪事。什么尸解，离魂奔舍，是自欺欺人之谈，这个孽障，混来蒙骗，遂吼道："你今天不说实话，老僧就要收艺追根问底，把教你的叛祖背师的人也收了去。"青年笑着说："你这是说你自己吧！今天特来收你的艺，整顿白马寺。我因念你武功已臻化境，又清修了多年。因一念之差，坠入了魔穴。常言说：'道高一尺，魔高一丈'，不忍下手，希望你正本清源。老和尚把你看家的本领都施出来，看看你能还是我能。"正在这时，跳来一个矮子老头，老头没戴帽，五尺高。老和尚一看红眼圈，烂眼边，罗圈腿，大赤包肚子，瓜子脸尖朝上，头顶梳个冲天杵小辫，用头绳一圈一圈缠到顶，上面系个小幌子，一动叮铃响，背后一个鼓膨膨的皮褡裢，隔开了青年。老和尚问："什么人？"只听一晃脑袋，叮铃叮铃的响，口中念道：

"我是夜游神，看见贼秃吓掉魂，有香快烧香，无香磕头跪埃尘。我夜游神是也，贼秃少要逞狂，须知头上三尺有神灵，吾神修得五百年，曾在老君八卦炉，炼成钢筋铁骨，吃了老君九粒仙丹，成了大罗神仙。贼老头我骑马蹲裆式站好，你要能在我头上连击三掌，我就叫你祖师爷。"老和尚想，就凭你这个长像，一掌你也架不住，遂说道："你是什么东西？敢在老僧面前装神、扮神。你也不知老僧的厉害，我练过铜沙掌、铁沙掌、鹰爪力，又练五毒阴煞掌，不用三掌，一掌就击碎了你的头颅。"这个矮子说："那我愿意死。"就骑马蹲裆式站好，闷足了力气，大赤包肚子缩小了。老和尚想，我五毒阴煞掌好久都不用了，今天，就拿他开个先例吧！往前探身，恶狠狠搂头盖顶打下。"哎呀！"一声，往后一撒手，鲜血迸流，浑身酸麻，栽几栽，晃几晃，老和尚险些栽倒。因这个老和尚一身横练，见血横练就破了，五毒阴煞掌，也透了毒气，所以浑身酸麻。这时。小矮子来结果老和尚性命，真是易如反掌。因三个青年临来时，千叮咛，万嘱咐，千万别伤老和尚的性命，只是破了他的五毒阴煞掌，让老和尚知道厉害，知过改过也就算了，如不再改过，再教训，三次不改，再除掉他。因此，老和尚得了活命。

有人说老和尚武功已臻化境，又有五毒阴煞掌，怎么轻而易举的就受伤，岂不奇哉怪哉。小矮子头顶冲天杵发里，藏着个千锤打，万锤炼的形似酒漏子一个纯钢打造的铁冠，尖朝上。他是转圈有毛，当中光的罗圈秃，他师傅费尽了心血给他打个铁冠，箍在头上，把发束了起来，怕漏了楦头，就用红绒绳一圈一圈地胶好。这个铁盔顶，锋利无比，专破横练。老和尚一气之下，不假思索上了当。老和尚的五毒阴煞掌是五种毒蛇液藏在能工巧匠做的手套夹层里，露出的指爪带暗勾，勾中有孔，放去毒液，沾血就死，闻到气味就迷倒。小矮子鼻口蒙着类似青纱罩面的研究出来的避毒气，有毒气也迷不倒。手指中暗藏的钢钩，类似小鱼钩，抓到铁盔上，又抓着皮肉。老和尚用足了力气，恶狠狠打下，手掌被小矮子铁盔尖端穿透，一疼往回一撒手，把手掌划破。小矮子说："暂时不要你性命，从今后改恶为善，万事皆休，要不知改悔，当心你的秃头。"说罢，四个人穿房越脊地走了。老和尚被人教训了一番，又划破了手掌，赶紧敷上了秘金创散，又吃了一服止住疼痛，暗想这四个青年是哪里的，看纸条是渤海国大营来的。真的削平葫芦峪了，众和尚、老道一定被杀光了。去修庙的和尚、老道，原是左丞相杨国忠的主意，明是修庙，暗中劫贡品，只闹得人死，又被追回贡品，倘渤海国的实话说出来，那还了得，杨国忠有抄家灭门之祸，白马寺难免拆掉庙宇，杀和尚，还是赶紧去长安要紧。老和尚第二天悄悄去长安投路去了。

有人问哪来的一伙人来找老和尚晦气，老和尚想对了，正是渤海国朝唐使臣大营来的。大营兵马离开了葫芦峪，蒲查隆连夜间睡不着觉时总想到白马寺贼僧，必去长安告状，有奸相杨国忠主谋，说渤海国朝唐大营，借剿抚为由，杀了修庙的人夫、和尚老道。奸臣必掇弄和尚告御状，自己哥哥就有口难分辨，难免坐牢。再派来大兵，来捕左平章，势必挑起战争，就会送了哥哥的性命，不如先探白马寺，后探奸相府，就和蒲查盛、夹谷兰商议了。二人也有同样想法，就禀明了左平章，左平章也认为有理，夹谷兰也女扮男装，恰被瞽目神叟看见了。问她们作什么去，她三人说出详情。盲目神叟也赞同，说自己已有了破飞蛇抓、五毒阴煞掌的妙法，经过多次试验，已经成功。"我也同去，只要把老和尚引出禅堂，我两只眼睛，能隔物视物，看他把夜明珠、墨猱皮藏在什么地方。打了官司，再起赃品，不是堵住贼的嘴吗？"三个人同意了。被化狮秘密听见了，他也要跟去，说他有方法治倒老和尚，"只要五毒阴煞掌的毒气迷不倒，保险老和尚上当。"说完解开红头绳，让一老三将看了，才知化狮小冲天杵的奥秘。一老四小就出了大营，直奔白马寺，又商议了一番，先把老和尚气的昏头涨脑，化狮再出来。哪知老和尚艺高人胆大，竟上了大当。瞽目神叟从后窗进去，又看明了放贡品地址并设法拿到手。

再说老和尚到了长安。他五人也到了长安,蒲查隆猛一抬头,望见老和尚身披金色袈裟,头戴毗卢帽,项挂素珠,大摇大摆地进了一所府第。蒲查隆向瞽目神叟一递眼色,瞽目神叟早已看得明白。领着四个人走开,找了一所栈房,夹谷兰一人一屋,老花子、化狮二人一屋,蒲查隆、蒲查盛二人一屋。蒲查隆总想要看哥去,又不知住在哪里,打听又怕走漏风声,只好探明左相府再说。到了夜静更深,五个人穿好夜行衣,带着兵刃暗器,秘密来到白天见和尚进的门第。潜踪蹑足,跑进了后花园,躲在大树下,商议分头去找老和尚。四更天到门第后面,大槐树下集齐,化狮与瞽目神叟一伙,三个将军一伙,一伙奔东院,一伙奔西院。偌大一个左相府,房挨房,楼连楼,已鼓打二更,看了书房、卧室、客房,也没有见到和尚。三个人有些丧气。见前面有灯光就奔了去,用舌头舔破窗纸,用木匠单吊线功夫向里望去,见是小厨房,里面厨师正在煎炒,两个丫环坐在铺炕上,地当口放着食盒。就听年轻的厨师说:"姑娘相爷陪谁喝酒。"只听一个穿红衣姑娘说:"陪白马寺的老方丈。快炒吧!我们送去就算交了差,相爷说不用人侍候。"蒲查隆三人听了,真是踏破铁鞋无觅处,得来全不费功夫。厨师炒完了菜,就放在提盒里,蒲查隆伏耳告诉两个人,说:"老和尚有'金风未动蝉先觉'功夫,我们随着丫环前去,偷看是不行的,只好静悄悄地听。"两个人点点头。

丫环抬起食盒就走,转弯抹角,来到后花园,进了一座花亭。三个人也随了去。戴上了面具,天又刮起了西北风,吹得树刷刷作响,两个丫环放下食盒,摆上酒菜,转身走了。三个人侧耳细听,就听左丞相问老和尚:"什么事吓得你这样?"又听老和尚说:"相爷你招来了灭门之祸,老僧特来送信。"左丞相说:"哪有这样的事,谁敢灭我的满门?"老和尚说:"渤海国就敢。"左丞相说:"小小渤海国,敢把堂堂左相,又是国舅爷怎么样?"和尚说:"葫芦峪大寨,已被渤海国削平了,派去修庙的人夫、和尚、道士,死的死,抓的抓,罗振天献出贡品投降了。还不供出老僧和相爷。渤海国朝唐使臣,率大兵奔长安朝圣来了。相爷连累了全家,我老僧连累了寺院。"左相听了,也皱起了眉头:"事情发展到了这种地步,高僧你怎么知道的?"老和尚说:"渤海国派人探寺院。"说罢从怀中取出了纸条,呈给左相,又说:"来长安路上,碰到了西夏被你放走的兵。一五一十地讲的,因他是汉人,保全了性命。我让他同来,他说他要回家探老娘去,就扬长走了。"左丞相看了字条,皱眉说:"先下手为强,后下手遭殃,我明天奏明皇帝,说渤海使臣,蒙君作弊,借追回贡品为由,与葫芦峪贼酋连同一起,劫去白马寺募化的修庙宇的纹银 20 万两,杀死徒手和尚、道士三百多人。收下贼酋贼兵万余人,奔长安假说献贡,实是要夺长安,先把大门艺全家抄了,然后再派兵劫杀朝唐使臣兵马。高僧快到金銮宝殿告御状。我不陪高僧了,我去写奏章,高僧也该早睡,明天随我入朝告御状。"说罢起身就走。三个人听了冒出一身冷汗,就随左相身后。左相来到书房,执笔写奏章。

第五十七回　罗振天服绑来请罪　蒲查隆智破毒煞掌

第五十八回

瞽目叟戏弄杨国忠
朝唐使朝贡受皇封

话说左丞相杨国忠回到书房,点上了蜡烛,研好墨,蘸饱了笔,低头构思奏章,忽的蜡光高起三尺,忽的缩成萤光,忽明忽暗,又从书房门口,卷起一股阴风,吹得人骨战骨悚,毛发直竖。杨国忠自骂道:"妈的,时来人欺鬼,运败鬼欺人。"白马寺老和尚送来的凶信,莫非真要应验。一阵阴风起处,只见从床下钻出两个鬼来,一个头如麦斗,眼似铜铃,披散一头红发;一个小鬼头发直竖,眯缝着红豆眼,吱吱怪叫,听到叫声,浑身打颤。杨国忠吓得瘫软在地,只见大鬼由囊中取一个小笔管,向杨国忠鼻子一吹,然后又拿起笔来在纸上写了几个字,又吹灭了蜡烛,两个鬼就出了书房。蒲查隆三人看得明明白白,知道是瞽目神叟和化狮弄的鬼把戏。就听一声夜莺长啼,三人就奔了去。老少二位,仍穿着草面具鬼也似的,蹲在地下,五个人见了面一摇手,就穿房越脊回到了栈房。天已四更,解衣睡去。

一觉醒来已是第二天清晨。这时左丞相府就闹腾起来了。书童来到书房,见相爷和衣躺在地下,昏迷不省人事。三步并成二步,慌慌张张跑到夫人卧房外,大声喊:"老夫人,相爷死了。老夫人,相爷死了。"老夫人听到喊声,忙从床上爬起,披上衣裳,忙叫丫环,带书童进卧房来。书童进了老夫人卧房,哭着说:"夫人啊,相爷死了。"老夫人听了说:"真的吗?"书童说:"我一早起,去侍候相爷,相爷死在书房地下。"老夫人吓跑了真魂,顾不得穿好衣裳,两个丫环过来搀扶,直奔书房。到了书房,见杨国忠躺在地上,昏迷不省人事,摸摸心口窝,心还跳动,命丫环煮了参茸汤,灌下仍是昏迷不醒。请来了御医,诊脉,看舌苔,闹了个望、闻、问、切四诊俱全,断定中毒,中的什么毒不知道,又灌了解毒药,仍是昏迷不醒。老夫人急得手足无措,就问丫环、书童:"相爷昨晚在哪个房中睡?"老夫人是要找姨太太们发火。两个抬食盒的丫环说:"二更多天,相爷陪白马寺的老方丈喝酒,不要人侍候。我俩就走了,谁知相爷,怎么又来到了书房。"一个丫环瞥见桌上一张叠纸,歪歪斜斜写了四个大字"和尚害我"。丫环"呀"了一声,老夫人正在气恼,啪的打了丫环一个耳光。丫环捂着红肿脸说:"老夫人你看这是什么？"老夫人一看"和尚害我"："啊！这是相爷中毒后写的，这个秃头，真是该死。"这时书房外，已挤满了人。因夫人在书房，不敢进来。老和尚也在人群中观望。老夫人怒气填胸，说："把教师头找来。"只听外面说："不用找，小人在。"就走进书房外间，老夫人含着泪眼含痛悄声说："把白马寺的老和尚捆了，小心贼秃逃跑。不由分说，先打他一百大板。"教师头听了老夫人的吩咐，带着十名教师，冷不防把老和尚撂倒，绑了手脚，这些教师，平日也知道老和尚厉害，牢牢绑好，拖在当院。老和尚大喊："为什么绑我？请老夫人作主。"众教师说："老夫人作主，先打你一百大板。"两个拽腿，一个骑在老和尚脖子上，两个人手拉手夹住腰眼，两个人手持黑红板，恶狠狠地打了一百大板，把老和尚打得"一佛出世，佛光升天"，又赶上骑脖的小教师，得了杨梅大疮，小便失禁，又浇了老和尚一脖子尿，流了满脸。老和尚算晦气极了。教师回明了老夫人，老夫人让教师问和尚："为什么用毒药害相爷，有救法没有？"众教师从地下扯起老和尚，问他："为什么下毒药害相爷？"老和尚大喊："冤枉，冤枉。"众教师狗仗人势，又上来用拳打，下面用脚踢，把老和尚打得鼻青脸肿，瘫在地上。老夫人让师爷写一封文书，送交到刑部大堂，附上了"和尚害我"的纸条，又让厨师丫环说明经过，划了押。刑部堂官看了公文，把和尚送入大牢。

　　送老和尚回来的人，在十字路口，看围了圈人，就挤了进来，见一个老瞎子，把马杆放在一旁，手摇虎撑子（铜铃），口中念道："男讲五积六欲，女讲七痨、八痨看病也，痨看病也，痨者假也。"又念："大眼角通大肠，小眼角通小肠"。什么"疥似一条龙，先从手丫行，周身绕三绕，腚根扎老营。毒是祸水，手脚无准，癣、疥、痔发自毒火；喝了迷魂汤，中了邪魔病，若不早治，当心后悔"。老瞎子念的话，却打中了左相府的教师头。心想何不把老瞎子领进府中，给相爷治治迷魂病。就问老瞎子："老先生，有个昏迷不醒人事，据郎中说是中了毒，你能治好吗？"老瞎子说："专会治毒。什么蛇咬、虎伤，蝎子刺伤，马蜂蜇伤，手到病除，就是误喝了这些东西的毒制成的酒，也是百发百验的有良效。"教师说："你跟着走吧。"老瞎子说："我拄马杆，摸索走多慢，你要是有急病人，要辆马车拉我去。"教师头说："老先生太拿把了。"老瞎子说："郎中郎中，起死回生，走的阔老府，坐公寓小姐闺秀凳，用着值钱，用不着稀松。走，我是不去的。"教师头给老瞎子备头驴儿，把老瞎子领进门房，让老瞎子坐好，到书房见老夫人。见老夫人哭成了

第五十八回　瞽目叟戏弄杨国忠　朝唐使朝贡受皇封

401

泪人，隔帘问道："老夫人外面有个瞎郎中，专在十字街卖药，他说会治各种中毒，小人已把他带来。老夫人，何不请他给相爷治治。"老夫人说："御医都束手无策，瞎子能行吗？"教师头说："老夫人啊，有病乱投医，他是个老瞎子。老夫人在书房听听也不要紧。姑娘们也不用回避。"老夫人说："是有病乱投医，就把瞎子领来吧！"教师头来领瞎子，瞎子说："你背我去吧！"教师头没法，就背了老瞎子走进了书房，在帘外，把老瞎子放下，丫环揭起帘子，把瞎子牵着衣襟，拉到左丞相床前，搬过太师椅子，扶老瞎子坐下。拉过左丞相手，老瞎子手摸左相寸关尺，平心静气摸了脉，徐徐说道："按脉相来说，是中了毒，肺经绝了，呼吸困难，昏迷不醒，是气裹神经，用顺气理神药到30天就复元了。先吃点顺气安神的药试试。"这个老瞎子竟说出了30天能好，老夫人倒放下愁肠。问老先生："喝下药能立刻见效吗？"老瞎子说："'弹打林中鸟，病治有缘人'，我这药是百发百中的。"老夫人说："请老先生快拿药来。"老瞎子从怀中摸摸索索，拿出一个小管，揭去了用黄蜡做的塞，对准左相左右鼻孔吹了进去。只听左相连连打喷嚏。睁开了眼睛，嘴唇能动，但说不出话来。不能坐起，比昏迷不醒好得多了。老夫人满心欢喜，就说："老先生是神医。让快好吧！快给谢仪。"老瞎子说："病来如山倒，病去如抽丝，中毒太深了，30日能复元，要百日静养，禁忌喜怒哀乐爱恶欲。要犯了七情，为七情所蔽，休想活命。每日要静心寡虑，日饮凉茶一小盏。能做到这一点，就是一分病十分养。"

这时就听到左丞相半语似的，说道："遵命遵命，"断断续续地说出。书房中的人都眉开眼笑。教师头更喜上眉梢。众人见丞相能说话了，就问："老先生你会算命吗？给病人算算多会儿能除灾。"老瞎子说："报上年月日时辰。"老夫人说："59岁九月十九午时生。"老瞎子掐指算了起来。"呀！"的一声站起身来，连说："贵人贵人。"老夫人说："什么贵人？老先生奉承了。"老瞎子说："癸亥年、戊午月、丙午日、酉午时。海子评说：'为人要占一个午，不愁吃来不愁穿；为人要占两个午，官贵荣华到百年；为人要占三个午，必是当朝一品官'。出生的那日霜降。霜降、霜降、粮仓满粮。这个节令，是秋收大好季节，又是霜降日生，霜是煞神，霜一到万物凋谢，命中四柱（年月日时）碰的这么巧，主掌生杀大权。丞相元帅了，我瞎乎乎地乱闯了进来，有罪、有罪、该死、该死。"快嘴丫环秋莲说："老先生算对了，我们是左丞相杨府。"老瞎子说："'宰相肚里能撑船'，不要见怪我这老瞎子。"

老夫人的一个管事婆子走了过来："我也是59岁四月十四日亥时生，老先生请您给我算算。"老瞎子掐手指算了算说："一生吃穿不用愁，终朝每日到处游。摸摸锅台，擦擦床沿，一天到晚不着闲。"老夫人说："你们不要瞎搅和，老先生，相爷的病，请你住在这里治吧！"老瞎子说："我不能因为给相爷治病，忘掉130岁老娘病中唤我回家。说话的可是夫人，请夫人把相爷安置到夫人房中，谨记我的话，百日后保管好。我要走了。"老夫人再三挽留，老瞎子总说："130岁老娘病在垂危，养儿防老，长街卖药是为了作盘缠。"老夫人命人拿来一百两纹银，交给瞎子。老瞎子说："黄金有价药无价。承谢了。"老夫人吩咐教师头："把老瞎子送回栈房。"老瞎子说："送到十字大街就行，雇辆车送我回家看娘去。"教师头给老瞎子找头驴，告诉送到十字街就完事了。

到了十字街，老瞎子打发了赶驴人，拄着马杆，转弯抹角回到栈房，见四个人在张望着自己，就递了暗号，各个算了店账，离开了长安。到了无人之处，在一株大树下，老瞎子就把见到老和尚送交刑部大堂，已打得遍体鳞伤，又送入了天牢，又如何给杨国忠治病说了一通。"放心吧，杨国忠这一百天被老婆看住了。老和尚也要坐一百天的大牢，我们在一百天内，已朝圣完了。"四个人听了，乐弯了腰。老瞎子说："这叫以其人之道，还治其人之身，赶快回大营，催促人马，急奔长安要紧。"

第二天路上，又碰到王常伦。知他在长安见到王子殿下，把奏疏呈交玄宗皇帝。龙颜大悦，因左丞相病危，要去探望，命王子殿下，作书左平章，带领人马，速来长安朝圣。六个人凑到一起，星夜奔大营，这六个人的脚程，两天就回了大营。时已黄昏，六个人进了大营，瞽目神叟、化狮、王常伦三个人来见左平章，呈上大门艺来信。左平章看完，又喜又犯愁。喜的是五十天内，就可到长安；愁的是杨国忠总和渤海国作对，大门艺留在长安，终是凶多吉少。想到这里，不由皱起眉头说："你三个回帐休息去吧。传令昼夜兼程，拂晓启程，黄昏后住下。夜间加紧警戒，越离近长安，警戒越严。"三个人回帐后先传了军令，然后休息。

第二天拂晓启程，昼夜兼程走了47天，到了长安城外。远看城楼三环水，近看垛口数不清。一个垛口一尊炮，一个城楼一排兵。马走廊桥如擂鼓，风吹黄沙把日蒙。好一座都城。在城东扎下了营房。命王常伦去到大门艺府送信。大门艺知道左平章兵至东门外，就骑上马，同王常伦奔了去。见到左平章,行过礼,见两个妹妹,依旧是男装,只好仍称蒲查将军,彼此行了礼。又见夹谷兰叙过寒暄。坐下喝茶,问明了剿葫芦峪的情况,摆上酒来,五个人围桌而坐,左平章就把夜探白马寺、左相府的事说了一遍,一指蒲查隆、蒲查盛、夹谷兰说:"要不是他们,恐怕殿下早坐牢了。我也来不了长安。一百天,还有53天,应早办完朝圣。我留在长安,换你回渤海国。我已经老了,何处黄土不埋人。"大门艺说:"王伯先不要说这话,'天相吉人'或可能转祸为福。"看了看两个妹妹说:"二位蒲查将军,扮作小校,到我府上去,夹谷兰妹妹也去。我同三位将军商议写奏章,明天早朝,我就奏明天子,王伯你看怎样?"左平章说:"甚好。"赶紧喝完酒,四个人骑马去了。大营放好警戒各已安息。

　　四个人来到大门艺府,把马交与从人。把三个渤海将军一直领到内书房,命使女告诉夫人带着孩子来见渤海国来人。三个人落坐了,"都是家人回避什么?来,来见见。"夫人听说是家人,就走了过来。大门艺一指夹谷兰说:"这是左平章王伯女儿夹谷兰。"彼此请了安,又一指蒲查隆、蒲查盛,"你认认他俩是谁?"夫人看了面熟,但又说不出谁是谁。大门艺说:"是我亲弟弟。"夫人白了大门艺一眼,心想,我怎不知你有亲弟弟?别后十年,就是父王又娶了王妃,生了儿子也不过十岁。堂堂渤海国王为什么娶寡妇当王妃带有从子。一想不能。这又是哪来的弟弟呢?夫人猜疑不定,二个将军也要看看嫂嫂的眼力,也不作声。大门艺告诉使女:"去厨房告诉厨师做一桌丰盛酒席来,作好了你把厨师招了来。"使女去了,大门艺见三个人对看着,就拉过五岁男孩,接过二岁呀呀学语的女孩,先让男孩给夹谷兰请了安,让叫姑姑,又让女孩叫姑姑。小女孩把姑姑叫成'都督'。又让男孩向二个将军请"安"叫姑姑,男孩说:"应叫叔叔。"小女孩仍叫'都督'。大门艺乐了:"你这三个姑姑,都是兵权在握的'都督'。"夫人想到是两个妹妹,女扮男装,丈夫曾对自己说过,就扑了过去,挽住了两个妹妹的手说:"你俩真不愧是父王的好女儿,万里迢迢为父来朝贡,寻哥嫂。"相互请了安。大门艺问夹谷兰:"妹妹你知道吗?"夹谷兰说:"以前只是猜疑,玄悟寺学艺打破了哑谜。"大门艺说:"千军万马,你三人就装得来。"夹谷兰说:"装不来也得装,常了就变成了习惯。"大门艺点了点头说:"也真难为你三人了。左平章王伯对你三人信任,也很器重。老人家不知道吧!"夹谷兰点点头。大门艺说:"老王伯要给妹妹寻女婿吧!"夹谷兰说,"我听父亲说要给红罗女、绿罗秀寻二位蒲查将军当女婿哩!"几个人都乐了。摆上唐朝的燕翅席,三个女将军没吃过,也没见过。从渤海忽汗州到长安,鞍马倥偬。哪里吃过这样名酒佳肴。几个人边说边吃,有时开怀畅笑,有时低头悄然伤情,谈了过去,又想到未来,把话题转到朝廷奏折,朝圣礼仪。在桌上拟好了奏折。几个人把丢的夜明珠十颗、墨猱皮十张待追查中的悬案,防备白马寺和杨国忠的告御状——商议好。

第二天早晨,大门艺奏明玄宗,玄宗听说渤海国朝唐使臣已到长安,命礼部在金亭驿馆招待使臣,兵马进城驻扎校军场,命兵部犒赏三军。后天早朝来朝见。吩咐大门艺去传知渤海使臣。大门艺领了圣命,回到府中领着三位将军到城外渤海大营见过左平章,又让看过奏折。左平章领兵驻扎校军场。这时兵部劳军的官员也来了,应酬了一番。礼部官员也来请左平章住进金亭驿馆。左平章说:"把兵马安顿好了,朝见后再住金亭驿馆。"礼部官员辞去。左平章传下命令,把渤海国大内相、大将军送来的新军服,各营都换上,明天进长安,军纪严肃,军容整齐。各营都换了新军装,官兵一致军服。只有左平章一人例外。

第二天日出扶桑,渤海国人欢马跃八千多勇士开进了长安城,黎民百姓、仕农工商,扶老携幼,齐来观看,人山人海,只见渤海国兵好不威严。旌旗招展遮日月,人欢马嘶鬼神惊。头前里四面大旗迎风飘摆,后面是三人一伍马步儿郎兵。前头马上端坐一员将,二十四五岁正年轻。头蒙包巾多威武,上方的白山黑水耀眼明,坐下一匹日月骐骥马,二枝银戟挂在马鞍鞒中,下悬挂莫邪剑,长筒牛皮靴子两足蹬,齿白唇红青年将,手持兵器令箭,压倒群雄。众人见三人一伍,勇士当中的人手持长方形大旗。上书:"大唐国朝平南剿抚元帅",后一伍大旗上书:"渤海国朝唐使臣扈从虎贲军。"第三、四伍是穿着唐朝衣服的民众,执着两面大旗,前面是"顺天安民之师",后面是"济民水火之军",下款是长江瞿塘峡两岸黎民感送。渤海的二伍是头蒙包头巾,前方额有白山黑水标志,上穿箭被衣衫,下穿着跳、跃、翻、滚的兜裆滚裤。脚蹬长筒带毛的牛皮靴子。腰系五寸宽,丝鸾大带,肋下带一皮鞘的经能工打巧匠锻造的雁翎刀,骑着红马,高八尺,长丈二,全鬃全毛。勇士们一色草绿色衣服,兵勇是唐朝制服,一律蓝色头蒙包巾,胁佩短刀,一律骑着全鬃毛黄马。这四伍人过后,前面是二员御林军武官,一前一后,也是三人一伍,当中执的旗大书"大唐国朝晋王殿下平南剿抚监军。"

第五十八回 瞽目叟戏弄杨国忠 朝唐使朝贡受皇封

405

逍遥马上，端坐一位白面年轻的王子，眉清目秀，头戴三山王帽，衣穿衮龙袍，腰横玉带，足蹬朝靴，胯下马金鞍玉鞯，好不威风，后面跟着个苍白胡须老人骑在千里金睛驼上。百匹征骑，御林沓杂旌旗伞盖，斧钺金瓜，拥护晋王。

　　御林军过后，透出了三人一伍的大旗，大书"渤海国朝唐使臣扈从虎贲军先锋营"，旗前是一员男将在左，二员女将在右，男将手持金装锏，一员女将也手持金装锏，另一员女将，手持亮银枪，三将并马而行。后面是骑兵、步兵、弓箭兵三人一伍，步伐整齐，军纪严明，军容整齐，勇士们都是彪形大汉，雄赳赳，气昂昂，大有逢山开路山必倒，遇水搭桥桥更牢，让高山低头，河水让路磅礴气魄。先锋营过后出现了一方大旗，大书"渤海国朝唐使臣扈从虎贲军第一联营，"前面三员大将并马而行，一员黑脸大将坐在大黑马上，跨马横斧，一位红脸坐下青鬃马跨马横矛，一位白脸坐下白马，手持八楞亮银锤。三员将后便是第二联营，三人一伍勇士踊跃出现。又现了一面大旗，大书"渤海国朝唐使臣扈从虎贲军第三联营"，三员大将并马而行，一个黑脸将跨马横棍，一员红脸将跨马横矛，一员白脸将跨马手持八楞亮银锤。后面便是三人一伍勇士欢腾出现。又露了一面大旗，大书"渤海国朝唐使臣扈从虎贲军第四联营"，三员女将骑马并行，年纪都在四十岁上下，第一位跨马横着一杆五钩神飞大枪，马鞍鞯上挂着双戟，腰带雁翎刀，坐下马百花骢。第二位女将跨马横矛，腰带雁翎刀，背后一张铜胎铁背弓，坐下青鬃马。第三位是跨马横着亮银枪军坐下白马，胁下佩雁翎刀，背后背弹弓。三员女将后，三人一伍勇士活跃的出现。后面又出现了一面大旗，大书"渤海国朝唐使臣扈从虎贲军第五联营"，有三员女将并马齐行。一员女将年约二十五六岁，坐下胭脂马，手持五钩神飞枪，马鞍鞯上挂着一根黄金大棍，腰带雁翎刀。第二员女将坐下青鬃马，手持蛇矛，背后一张铜胎铁背弓，腰带雁翎刀。第三位女将坐下白马，手持亮银枪，腰带雁翎刀，背后背弹弓。这二员女将年约二十五六岁。后面是三人一伍勇士，步伐整齐的出现。后面又现出了"渤海国朝唐使臣扈从虎贲军战将营"，为首一员男将一员女将，二员将坐下花斑马，二员将都手擎独脚铜人，腰系箭壶，背后背弓，并马而行。后面战将，如出水蛟龙，下山猛虎，坐骑有四个塞外怪兽犴达犴。四只塞外四不像，各色战马二十七匹。兵刃有使独脚铜人二人，使各色锤六人，各色棍的八人，三股烈焰火的三人，使亮银枪的七人。使牛头镋的四人，使钩连枪的四人，使三尖两刃刀的一人，女战将 24 人，男战将 11 人，相貌不一，男的虎背熊腰，女的有的如花似玉，有的浓眉大眼，年纪都在二十上下。男女众将，现出了千层杀气，万层威风，三人一伍，催开战马，又现出了一面大旗，迎风飘荡，上书"大唐国朝平南剿抚元帅、渤海国朝唐使臣夹谷清"。大旗后有四十五人，三人一伍各带雁翎刀，是左平章亲兵护卫处。这伙人后有四个俊童，年约十三四岁，各骑怪兽，前后卫护银鬓老叟，头戴纬帽，身穿上开叉红袍，外罩团龙黄马褂，腰带宝剑，坐下追风赶日千里马，足蹬金露黑牛皮靴，马鞍上挂着凤翅流金镋，慈眉善目，端坐马上。三个俊童，长的眉清目秀，齿白唇红，面如冠玉，一个骑虎、一个骑豹、一个骑熊。各执带练兵刃，一看便知老叟就是大唐国朝平南剿抚元帅渤海国朝唐使臣夹谷清阁下。有五名女卫士左右护卫，后面是渤海国朝唐使臣扈从虎贲大本营直属各处。

枢密处、战报处、郎中处、侍从处、总办处，有二百多名女勇士，有十几名女将军，都长得颜如桃李，如花似玉。总办处勇士牵着二百多匹骆驼，背上驮着牛皮帐篷，二百多辆马车装载粮食、油脂、被服，上罩苫布。后面是后备营，三员男将骑马并行，一员将手持方天画戟，腰带鸳鸯剑，一名手持冷艳锯，一名手持八楞亮银锤。三人一伍勇士跟随在后，最后是九副滑竿，抬着九名银鬓老人，后跟三个相貌不扬的十六七岁的青年，保护老人。最后面是一位青年将军，手持兵符令旗，端坐日月骠骝马上，有诗赞道：

> 督兵将军好威风，两枝银戟鬼神惊，
> 胸怀三韬并六略，三支神箭镇群雄。
> 貌似潘安宋玉美，才如诸葛百般能，
> 朝唐以来屡战捷，长驱渤海国中兵。

长安城里的黎民百姓，无不交口称赞，渤海国是化外的新兴小国，兵强马壮，男女勇士，将军威风凛凛，精神饱满，见过多少朝唐来自化外的小国，谁也比不上渤海国的雄壮气势，人马来到西教军场，扎下大营。围观的人群，里三层外三层把教场围得水泄不通。他们第一要看看渤海国女将女勇士，第二是看看渤海国马步儿郎兵。因长安唐朝几百年来，从没有看到化外山帮来唐朝见，有这样雄威气势，更没有看到如此多的女兵女将。真是几百年罕见的事，传为奇闻。渤海国大营扎营后，将领勇士不许到长安大街游逛。

第二天早朝,大门艺领左平章拜见玄宗皇帝,左平章跪倒,高呼"万岁",玄宗命平身赐坐,左平章献上贡品,真是世间少有的奇物:

一、珍珠一百颗,其中湄沱湖特产月明珠十颗,忽汗湖特产避风珠十颗,孩懒河产避尘珠十颗,其它珍珠70颗。被贼劫十颗避尘珠待查找中。

二、墨狨皮20张,现有十张,十张被贼劫去待查找中,下款写"墨狨皮暖,雨雪不沾"。

三、千年灵芝十苗,白头山产,下款写年延寿长。

四、千年人参十苗,下款写千年人参百痰消。

五、千年玄狐皮十张,千年玄皮,避风霜。

六、千年獭皮十张,(孩懒河产)千年獭皮水难挡。

七、千年豹皮十张,(天门岭产),千年豹皮深水藏。

八、海东青珍禽一对,海东珍禽世间稀。

九、百花骢良骑一匹,日行千里夜追风。

左平章一一把贡品献上大殿。玄宗一看,渤海朝唐贡品,都是稀世奇珍、价值连城。足见臣服之诚意。命内监抬入宫中,把百花骢牵入内苑。命礼部在金亭驿馆设筵,接待左平章。玄宗又问:"同来将军几名?"左平章回奏:"将军二名,新命名将军六名。"玄宗说:"同送贡品来朝的将军几名?"左平章回奏:"二男将军,一名记名女将军。"玄宗命抬起头来,三个将军仰起面来。玄宗一看,都是二十四五岁青年男女,男的面如冠玉,齿白唇红的美男子,女的脸如荷花映月,带露芙蓉。龙心大悦,遂御笔亲书:"左平章朝贡,平贼有功,封为渤海国一等候,亲赐三名将军进士及第。到东教军场擂台比武考试。"诏旨颁下,左平章领三个将军谢了圣恩。退下金殿。内侍臣喊"有事出班早奏,无事卷帘散朝"。退朝后玄宗皇帝回宫去了。

众文武各自回府,大门艺领左平章、三个将军到了自己门第,夫人出来叩见了左平章,摆上酒宴,开怀畅谈。左平章问大门艺,"殿下可知东校场设擂比武考试是怎么一回事吗?"大门艺叹了一口气说:"说来话长,西夏国可汗死了,其子应继承可汗位,偏左丞相杨国忠奏明皇帝,不准袭封,要拥立西夏国可汗堂侄继承可汗大位,激怒了西夏可汗儿子,就杀了堂兄,兵犯嘉峪关,劫州夺县,告急边报如雪片,送入长安,派兵征剿,几次全军覆没。杨丞相奏明皇帝开恩科选状元,为领兵元帅。各处举子纷纷来京应考。就有什么十金刚、八罗汉把持了考场，弄出花样举试石，改为力举千斤鼎，跪箭射鸟，改为箭射金钱，登台打擂，要踏白刃，过沙龙，登空悬战。然后纵身上擂台，先比试拳脚，后兵刃，然后马上比武，不知死了多少举子，设擂30天杨丞相就得了重病。主考官换了右丞相李林甫，督考官高力士。外有考官三名，是护国公秦珏、鲁国公程显、英国公徐辉，都是唐太宗时的功勋后裔，这十金刚、八罗汉，是关西进士，摆擂80天了，没人战败，据说是西夏派来的冒名举人，又金殿赐为进士，是左丞相杨国忠的保荐，谁敢太岁头上动土。我看皇帝是让渤海国三个将军，去撞霉头。干嘛亲赐进士及第，又命东校场比艺。我看试试去，应应景就算了。赶紧离开长安是非之地。蒲查隆那么你呢？杨丞相病好能放过你吗？十金刚八罗汉考中了状元，领兵出征，指名要你当战将，弄一个风流罪名，就杀了你，这就叫'欲加之罪，何患无辞'？蒲查隆说，方才你说十金刚、八罗汉是西夏冒名来的，真的当了领兵元帅，倒反长安，这不是成了内患。我明天以我进士身份，看看什么样的十金刚、八罗汉。"一指蒲查盛、夹谷兰说："你俩敢不敢太岁头上动土去？"二人说："他又没长三头六臂，有什么不敢？"三个人去应试，才引出一场大战。

第五十八回　瞽目叟戏弄杨国忠　朝唐使朝贡受皇封

第五十九回

大门艺巧妙安排群英应试
三国公精心斡旋广开才门

渤海国朝唐使臣，平灭了瞿塘峡葫芦峪劫贡品的山寇，大队人马直奔长安。朝参后献上了贡品，都是塞外稀世之宝，湄沱湖明珠，黑夜光照四射，太白山墨猱皮，虽严冬不沾雪花，百年人参，千年灵芝，能延年益寿。玄宗龙颜大悦。重赏朝唐使臣。兵驻西教场。蒲查隆、蒲查盛、夹谷兰三人同游长安，来到了一个所在，见山不高，群峰叠翠，水不深，一望见底，山峦起伏，有一甬道，可直通山顶，三人信步走向山顶。草屋数间，竹篱笆围墙，牵牛花扳竹篱丛生。有一个小门，门上悬一横匾大书"学海文林"。蒲查隆说："此房主人是进士公的，虽是茅屋草舍，倒是很恬淡的文士府。我们走了吧。"见旁边亭中有几个孩子喃喃地念"切吾切以反人之切"。蒲查隆不懂是什么话，遂问夹谷兰："你听懂孩子念的话吗？"夹谷兰说："切吾切以反人之切"，我不懂是什么话，走！到那儿看书本上有什么注解。"蒲查隆说："打搅孩子读书，也是罪过。我三个人坐在这里，等孩子们不念书时，再去看吧！"吱扭，从小门中走过来一个道貌岸然，身穿红袍，头戴短翅乌纱，腰横玉带，足蹬朝靴的进士公踱步而来。蒲查隆三人肃然起敬。站起身来，一躬到地说："小的三人偶来贵处，借此亭少歇。罪过！罪过！"那人瞥了一眼也不还礼，轻卑地说："坐坐不妨，只是我无意功名，以授徒为业，我去看孩子们念错了字没有。"说完踱步离开三人，到孩子读书的亭子。孩子们念的更起劲了，"切吾切，以反人之切"。这位进士公称赞孩子们念得很正确，就踱着方步，一步三摇地离开亭子，连理睬也不理睬他们，径自去了。孩子们见老师走远，就各自放下书本，跳了起来，到花丛间捉迷藏捕蝴蝶玩。蒲查隆三人站起来，到花亭看见有副对联，上联是："不敬先生天诛地灭"；下联是："人不及第男盗女娼。"孩子们读的是孟子"幼吾幼以及人之幼"，把幼字读成切字，及字读成反字。三人哑然而笑，离开了学海之林。走不几步看见一个鬓似三冬雪，发似七秋霜的老者，牵着一个怪兽，头戴方巾，身穿紫袍，似猴非猴，似猿非猿，其貌不扬。蒲查隆三人看了很为奇怪，趋步向前，深施一礼，彬彬有礼地问老者，"这宝兽何名，如此珍贵？"老者哈哈大笑了："真是少见多怪,你没听说过,奇装异服的衣冠禽兽吗?就是此物,开开眼界吧!"蒲查隆三人谢过了老者指教,老者徜徉走了。

蒲查隆说:"长安是帝都,天子脚下无奇不有,你我今天真是不虚此行,增加了见识,快回西教场吧!大门艺殿下邀我三个过府宴会。三个人回到了西教场,大门艺殿下早等候在左平章帐中,见三人回来,遂道好难请的贵宾,到哪儿去了。"三个人把所见所闻说了一遍,众人都乐了。然后,众人入席。酒过三巡,大门艺提出对杨国忠设擂祸国的担心。左平章说道:"某与晋王相处半年之久,某所统治的兵将,正如殿下大门艺所讲,晋王是了如指掌。塞外猎手,难登大雅之堂,出乖露丑,贻笑大方。况且容易遭到误疑,牵涉晋王。轻则加一私通外国,居心叵测,重则加一里通外国,图谋不轨。这样罪名,要加在晋王身上,是跳进黄河也不洗不清的。晋王还是全身远祸为是。"晋王听了左平章的话,长叹一声:"公之言,当铭记心扉。护国公秦珏是国家之姻亲,元勋之后裔。出自忠心,要除掉后患,求计于我,我乃堂堂帝胄,何忍心眼看帝国祸起萧墙,粉身碎骨,在所不惜,更怕什么误疑。二公之言,实是为了渤海安危,哪管唐朝是非。"晋王年轻气傲,几句话就揭破了哑谜。大门艺与左平章默对无言,大帐中寂静极了,就连一根绣花针落在地下也能听到声音。

忽听帐外说声报告,众人才警觉到方才的寂静。蒲查隆说进来。小英雄赫连杰进入帐中,单腿请安说:"大营外来了三位老者,问晋王是否在大帐,要面见晋王和左平章,卑职问他姓名,一个长髯老者说他叫秦珏。"晋王说:"说曹操曹操就到。"问:"带从人没有?"赫连杰说:"没见"。晋王就想到护国公秦珏也是为了避开耳目。就吩咐赫连杰领他三个来大帐。撤下宴席,大门艺向蒲查隆递了个眼色,三个人回避了。赫连杰已领来了三个皂衣老者,年纪都在五十岁左右。晋王、左平章、大门艺迎接到大帐外。大门艺相互介绍了官衔姓名,让入帐中。赫连杰献上茶来,命他守护在大帐外,不准任何人进入大帐。赫连杰退到帐外,大门艺点烟奉茶,倒当了卫士。左平章与三位国公彼此叙了仰慕之情,恨相见之晚,就引入了私自来访的缘故。护国公秦珏,鲁国公程显,就把武科场亲眼看到的亲耳听见的,滔滔不绝地讲了出来:"今年本是大比之年,武科场应在仲秋节,开科取士。左丞相杨国忠,连连上本,奏称吐蕃作乱,抢州夺县,兵到瓜州,边境告急本章,如同雪片,飞到长安。苦无良将可派,把考期提前到端午节。又奏明皇帝,当今开

第五十九回　大门艺巧妙安排群英应试　三国公精心斡旋广开才门

411

科取士,只用马上战将,虽有千次回合的勇战,也敌不住飞檐走壁之能。应选拔马上步下,身会轻功的举子,任命为将。在武科场设下了踏沙龙、越白刃、脚踢木桩、力举千斤鼎、箭射穿杨、飞身上擂台新奇武功。我倒是开了眼界,起初人们倒称赞杨丞相心怀远见,顺应了时代发展,日久天长,只有十金刚、八罗汉把持了武科场,将天下举子,拒之考场之外。凡来应试的举子,哪一个不是十载寒窗,勤学苦练,精通马上杀敌本领,都因不会轻功,只得名落孙山。怨言载道,有几个勉强上了擂台应试,但武功却敌不过十金刚、八罗汉,有的当场毙命,有的被摔到台下,不死也成了残废。人们警觉了,这是杨国忠包藏祸心,口蜜腹剑。状元、榜眼、探花真的被十大金刚夺去,再掌握了兵权,在长安帝国造起反来,那还了得。每想到这肝胆俱裂。"一指鲁国公程显,"我两个就去找越国公罗平,把他从病榻上哄起,说明了利害。越国公自恨病魔缠身,几乎误了国家大事。矍然而起,商讨对策,想起了晋王是当年军事家李靖高徒,曾在终南山师徒结草为庐,苦练十几年。左平章乃渤海国朝唐使臣,平南剿抚元帅,必有高见,所以不揣冒昧,冒犯虎驾。"

左平章连说:"三位国公话说的过谦了。某本是塞外的小邦之臣,想请国公大驾光顾,惟恐仰攀不上,辱承枉驾光顾,蓬筚生辉了。"三位国公听了左平章的话,说的汉语很流畅,也很机灵。相对而笑,齐说:"左平章的汉语很有基础,凡来过长安朝唐使臣,算左平章的汉语说的首屈一指了。"越国公罗平开口说道:"事在燃眉,我三个易装来访,是无事不登三宝殿,是求援来了。自从本年二月二龙抬头设擂以来,现已四月二十,到端午节,就要钦点状元、榜眼、探花三鼎甲了。只有15天了,要在这短短的15天内,拔掉十金刚、八罗汉,铲除后患,长安城中一时难以寻到对手。据晋王说,贵使臣属下将军,多是上山擒虎豹,下海捉蛟龙的英雄好汉。高来高去,会飞檐走壁的能手,是十金刚、八罗汉劲敌,特来相求,拔刀相助,不知左平章意下如何?"左平章这回真犯了难,有心答应吧,又怕引火自焚。不答应吧!情面难却,沉默了片刻,徐徐说道:"晋王千岁已把话说在头里了,某已陈明利害,请三位国公和晋王千岁,熟思一番,可行可止,悉听盼咐。"三位国公听完,默思了半刻,齐说:"左平章深谋远虑的极是。'人无远虑,必有近忧',左平章是肝胆相照,肯大力相助,某三个敢不竭尽全力,为左平章当后援。就是遭到误解,抛却了乌纱帽在所不惜。有违斯言天日可以为证。"左平章盼的就是找到后援。晋王虽是皇子,梅娘娘早已失宠,一旦引火烧身,谁敢为渤海使臣当后援人,孤立无援,只好坐以待毙。现有世袭罔替与国同息的三家国公的后援,即使引火烧身,也有求救人。左平章面带笑容,"三位国公何必设誓,能谅解某,甘愿听凭驱使。"左平章说的三位国公何必设誓,是引起三位国公警觉。一旦引火烧身,三国公必须尽全力相救。否则就天日为证了。姜还是老的辣,葱深白儿长。这话分明是说老年人饱经沧桑,阅历极深,遇事深谋远虑。三位国公已知道了左平章的话是语重心长。齐说:"左平章尽管放心。晋王千岁为保。"晋王说:"我不但甘愿为保,还甘愿当三位国公的信使,传递信息什么的。请左平章挑选打擂的人选吧!让三位监教官看看,是否是十金刚、八罗汉的对手。"护国公秦珏手持长髯说:"久闻左平章帐下有位蒲查隆将军,智勇双全,劲力过人,骁勇善战,马上步下,水旱两路,登高纵楼如履平地,踏波涛人行水上轻如扁舟,两只戟未遇敌手,三尺剑神鬼难挡。先将这位出类拔萃的英雄请来相见。"

大门艺听护国公指名要见蒲查隆,遂说道:"我去唤来。"转身走出了大帐,径奔二个蒲查将军帐中。正好夹谷兰也在这里,三个站起身来,说:"殿下来干什么?"大门艺端详三个好一会儿,也没有开口。他三个倒毛了,齐说:"殿下不认识我们了,细端详什么?""我是看你三个都改扮男装,到东教场登台打擂,要大显身手了。是福是祸,尚且不知!"夹谷兰首先乐了:"殿下说的是真话,还是来哄我们的?""真话!真话!哪个来哄你们。"他三个见大门艺连说真话真话,就问是怎么回事?大门艺就将三位国公和左平章的对话,简明扼要地说了一遍。三人听了异常高兴。夹谷兰却皱起了眉头说:"殿下他两个是男儿汉,当然能去比武,我是个女儿身,怎么办?""好办!好办!我秘密告诉王伯,你也扮成男儿汉,不知你装得像不像?"夹谷兰见殿下支持自己,更高兴了,连说:"装得像,装得像,殿下你就对我父亲说罢,决不能露出蛛丝马迹。"大门艺说:"那好,我先领蒲查隆去见三位国公,你就在这儿改装吧!从今后就再不能改变女装了。"夹谷兰连说:"行!行!行!"大门艺又说句笑话:"也不能再找小女婿了。"夹谷兰涨红了脸:"谁让殿下说这样混账话。"

大门艺也不还言,领走了蒲查隆,来到了左平章大帐,揭起帐帘,先进入帐中,回明了"蒲查隆将军已到。"护国公秦珏说声:"请进来吧!"蒲查隆揭帘进帐,跪倒身形,口称:"末将蒲查隆拜见三位国公千

第五十九回 大门艺巧妙安排群英应试 三国公精心斡旋广开才门

413

岁!"护国公秦珏用手扶起,连说"免礼"。蒲查隆站起身来,垂手侍立,三位国公定睛一看:只见蒲查隆面如冠玉,齿白唇红,堂堂一表人才,年纪只有二十五六岁,一身渤海戎装,英气勃勃,两目黑白分明,威武中透出英俊。好一个美男子。越国公罗平说:"我想象中的蒲查隆是项长三头,肩生六臂的壮汉。见面后才知道是一位年轻貌美的大英雄。顶天立地的奇男子。"望着左平章说:"像这位将军这样的英雄,贵帐下能有几人?"大门艺代答:"还有两名,一名叫蒲查盛,一名叫夹谷兰,都是青年英俊。"左平章听大门艺说,有夹谷兰,瞅了大门艺一眼。哪知大门艺却说:"夹谷兰是左平章的令郎,同蒲查二将军当年在忽汗湖,同师学艺,论武与二位蒲查将军可以并肩。"左平章明白了,是大门艺做的主张,把自己女儿也改扮成了男装去登台打擂。三位国公听说左平章的儿子能和蒲查隆的武功并肩,高兴极了。鲁国公程显一拍左平章肩头说:"你这位老兄太自私了。令郎既有惊人的武功,为什么秘不告人,快请来相见。"大门艺又转身出中帐,来到了蒲查隆帐中。哦!夹谷兰已穿戴整齐,俨然是一位青年将军。大门艺竖起大姆指连声说道:"好一位美男子,当心呀!别被长安的姑娘们抢了去。快跟我走。"

  两个人跟着大门艺来到了左平章大帐,回明了"二位将军等候在帐外。"越国公罗平说声:"请进来!"二人揭帘进帐,双膝跪倒,说:"末将蒲查盛、夹谷兰拜见三位国公千岁。"越国公罗平扶起了夹谷兰,鲁国公程显扶起了蒲查盛,细瞧两个年轻将军,与蒲查隆一般英俊,年岁又相仿,都穿着渤海国戎装。护国公秦珏不由的念道,"好一个上马杀贼,下马读书的风流儒将。"秦珏、程显这二位国公,当监考官八十多天,每天见到登台打擂的举子,多数是五大三粗的好汉,尚不是十金刚,八罗汉的对手。担心这三个文质彬彬的青年将军,能胜过烟薰太岁的十金刚,火烧似的八罗汉,个个身高过丈,拳头一攥如铁槌,巴掌一伸如簸箕,举掌开石,脚踢碑倒。鲁国公程显问蒲查隆道:"将军去过东教场吗?"蒲查盛说:"没去过。""那么说你应先到东教场去,先看看比试路数,然后再作登台打擂准备,你三个扮成我三个的侍卫,把你三人带进场去。十金刚、八罗汉共是18人,一人先要打倒三人。十金刚八罗汉,也非等闲之辈。听说你们营有五虎上将,何不请来一见。"在座的人听了鲁国公程显的话,都知道话中味道。晋王首先搭了腔:"渤海国虎贲营中,有五名都将,三男二女,是蒲查隆将军一战天门岭收下的猛将迟勿异、二战乌拉收下猛将东门豹、东门芙蓉兄妹,三战海湾岛收下了拓拔虎、赫连英夫妻。这五员战将是大有来头的。迟勿异胯下乌骓马,手中开山板斧,独占额穆梭,被高丽国用大将军封号,聘去劫贡品,守卫伯张元遇被迟勿异三斧之下,要结果性命。蒲查隆将军一枝戟架开了开山板斧,一支戟直奔迟勿异颈嗓咽喉,想射不能,想招架板斧已被磕开,只有闭目等死。蒲查隆看他艺业高强,臂力过人,动了怜才之念,撤回戟来。迟勿异感恩投降,反斧一击,活捉高丽大将席旺嗣、全盖世。随同来朝唐,是第一联营都掌管。二战乌拉东门豹兄妹,是契丹国乌拉守将,二条黄金棍,威振契丹,三战蒲查隆打手击掌,谁败了就给胜者牵马坠镫。蒲查隆战败了他兄妹,兄妹俩弃了契丹的乌拉守将,随同来朝唐,东门豹是第三联营都掌管,东门芙蓉是第二联营都掌管。东门豹胯下宝马雪里钻,东门芙蓉胯下胭脂马。三战海湾岛,拓拔虎、赫连英夫妻俩,独霸海湾岛,杀的过往镖师,登门叩拜,以表仰慕,拓拔虎人送美誉威振渤海艺冠登莱青神戟无敌将,赫连英人称美誉搅海翻江神戟昆仑子。朝唐兵将被困海湾岛,拓拔虎派水鬼潜入水底,要凿透船底,劫留贡品,被蒲查隆率领水兵杀散了水底喽啰兵,拓拔虎、赫连英夫妻会斗蒲查隆,被蒲查隆戟里加剑,削断夫妻俩兵刃,夫妻俩不服,说用宝剑削对手兵刃是说明以兵欺人算不了英雄。才双戟破单戟,登萍渡水,拓拔虎夫妻,投降了渤海,随同来朝唐。拓拔虎是第五联营都掌管,赫连英是第四联营都掌管,拓拔虎胯下宝马黑云蛟,赫连杰胯下宝马百花骢,这两匹宝马能追波逐浪,登悬崖,越陡壁,真是神兽。三位国公既是要见见,就把他们五人找来吧!"

大门艺向夹谷兰递了眼色,夹谷兰说声"我去"。大门艺让夹谷兰去找五位都将,暗中是让她知会众人,不要道破隐情。夹谷兰是何等聪明,领会了大门艺的意思,先到东门芙蓉帐中,恰值赫连英、冰雹花、赫连众姐妹都在这里说笑得十分热闹,忽听帐门一开,闯进一个男人,众人以为是蒲查盛,定睛一看却是夹谷兰,东门芙蓉用手一指:"哪里来的野男人,竟敢闯入女都将帐门,给我乱棍打出去。"夹谷兰连说:"别打,小将是来向女都将求婚来了。"逗得众姐妹再也憋不住了,放声大笑了。赫连英拍着夹谷兰肩头问:"你为什么要改扮男装?"夹谷兰就说要去东教场登台打擂,是殿下大门艺主张让自己女扮男装,不回渤海是再不能改装了。众姐妹传知一声吧!千万不能露出真情。现有监考官在左平章大帐,要见五位都掌官。一个是护国公秦珏,一个是鲁国公程显,一个是越国公罗平,都是世袭的公爵,进帐要行大礼,千万不要粗心大意，有劳赫连嫂嫂替我传知一声吧！我同东门芙蓉到你们夫妻帐中等候。众姐妹就散吧！"东门芙蓉、夹谷兰随同赫连英来到赫连英帐房，迟勿异、东门豹正谈的兴高采烈，见他仨人进来，迟勿异、东门豹站起身来要走。赫连英说："你俩不要走了，左平章找我们五个都将"，一指夹谷兰，"就是这位将军来传知的。"三个人一看夹谷兰穿着男装，呆呆发愣。赫连英说："你三个发的什么愣？"就把要去东教场登台打擂的事，学说了一遍。"左平章同三位国公，立等我们去。我们就走吧！"

一行六人来到了左平章大帐，夹谷兰先进帐禀明，护国公秦珏说声："请进来。"五个人鱼贯而入，跪倒身形，各自报告，口称："末将等拜见三位国公千岁。"护国公秦珏说声："起来"，五个人站起身，躬身侍立。三位国公见三个彪形大汉，虎背熊腰，黑洋洋身高八尺开外，每人都是淡红脸膛，浓眉阔目，两目炯炯有神，真有千层杀气，百步威风。再看两个女将，一个是半老徐娘，一个是二十六七岁的清水脸的大姑娘。两个人身高七尺开外，身体雄伟，两个人都是紫微微的面庞，面貌端正，天生的英姿，身着渤海国戎装，要不是事先知道，五名都将中其中有两名是女的，冷眼瞅真分辨不清是男是女。三位国公看了多时，越国公问："都使什么兵刃？"迟勿异是开山板斧，拓拔虎是方天画戟和五钩神飞枪，东门豹是黄金棍，赫连英是方天画戟和五钩神飞枪，东门芙蓉是黄金棍和五钩神飞枪。护国公秦珏听了，哈哈大笑："方天画戟我三个不懂，要说使枪弄斧，我和罗平是祖传枪法，弄斧程显是祖传。想当年老国公三斧定瓦岗，才有了瓦岗义军，后来归唐天下一统。我三个都是当年瓦岗义军的后裔，是几代的老世交。是唐朝开国元勋子孙食君禄百年。常言说：食君禄，报君恩。能眼看着朝纲紊乱，国事日非，无动于衷吗？"左平章微笑说道："十金刚、八罗汉是关中豪杰，三位国公尚怀戒心，我们是塞外，骠悍的勇士，三国公就不怕我们抢了状元，掌了兵权造起反吗？"三位国公放声大笑："想到过呀！实对你这位渤海国使臣左平章大人说吧！我三个曾向晋王千岁商讨过，又曾请教过李太白学士。在晋王府巧遇唐初军事家晋王令师李靖请教过。据李靖说：渤海国朝唐使臣有三不能造反。一在长安造起反来，并无后援，勤王兵到，只有全部土崩瓦解。二即便渤海郡王发全国精兵来接应，国内空虚，高丽契丹是其后患。三凡来朝贡将士都是塞外英雄，想在塞外开疆展土振兴渤海，无意当唐朝将相。有此三事，渤海国朝唐兵将是不能反的。"左平章说："李仙师真不愧军事家，深知我心。但我怕'狡兔死,走狗烹',三位国公没有为我想想吗!"护国公秦珏说:"想了,请君俯耳过来。"左平章俯耳于护国公秦珏,嘀嘀咕咕口语了片刻,左平章面带笑容说:"如此安排,某甘愿效命。"方才三位国公说过那十金刚、八罗汉并非等闲之辈,这话很对,没有擒龙手,怎敢闹东洋,还是明天三位国公,把蒲查隆、蒲查盛、夹谷兰三个扮成卫士先看个究竟。兵书有言:知己知彼,百战不殆。然后再登台打擂。鲁国公程显说:"就如此办,明天早朝后,三位将军预备停当,随我们去教场,所穿衣服,我派人送来。我三人要联名写一奏章。事不宜迟,告辞了。派一小将送我们出营门,请君不要送,免生误解。"

三国公走后,左平章命众人落了座,就把事情的经过详细地告诉了众人:"现有晋王和殿下在这儿,应把事情的发展和以后结局,好好商榷。打人一拳,须防人一脚,登台打擂,非同儿戏,轻者带伤,重者丧命。我们既要打擂,制服敌手就行,不要伤人。但也要保全自己的实力,免被人打伤。你们要怎么样去应付这个场面。定个计划,拿来我看。你们去吧!我和晋王殿下有事商量。"蒲查隆率领众人退出帐外。晋王见众人散去,知左平章是累了,就和大门艺说:"你我两人也走吧!有事明天再商量。"大门艺说:"晋王千岁先请吧,我还有要紧事。"晋王说:"那好,我走了。"

晋王去后,左平章问大门艺:"你有什么高见?把一个姑娘扮成男儿汉,去出乖露丑,一旦露了马脚,岂不贻笑大方。"大门艺面带笑容说:"老王伯呀!迟早要露马脚的。那么你为什么要这样作,老王伯呀!是你让我作的呀!"左平章说:"我几时对你说过?"大门艺说:"老王伯,你聪明一世,竟糊涂一时。蒲查隆、蒲查盛究竟是谁?老王伯尚在梦中。""啊!他俩是谁?"左平章急待问个清楚。大门艺徐徐说道:"就是当年在忽汗湖间与兰儿一起成长的红儿、绿儿呀!要不是她们三个形影不离,兰儿一个二十五六岁的大姑娘能和青年男人搅混吗?"左平章听了翻然醒悟说:"三个丫头,把我瞒得好惨呀!那么,你父王知道吗?"大门艺说:"知道!"就把当初红罗女、绿罗秀改装的事,详细告诉了左平章。左平章反倒哈哈大笑起来,连说:"英雄生虎女,就是露了马脚,也是我们的光彩。"大门艺说:"但是在没有露马脚前,哑谜还是打到底吧!"左平章点点头说:"就得那样。""王伯,我还得去看看她们怎么商量的?你老上了年纪,也该休息了。"

大门艺走出大帐,来到蒲查隆大帐,一看好不热闹。其中又多了四化郎、瞽目神叟和赫连嵩、西门信两位老英雄。众人见殿下来了，站起身来。大门艺说："我来倒打扰了你们的谈话。"赫连英说："我们正要去请殿下，殿下自己来了倒省了事。"大门艺说："吵闹了半天，我老肠老肚直喊冤，先喂饱肚子吧！众人都要在这儿吃午饭，边吃边谈两不耽误。蒲查将军快命人拿来酒饭。"众人见殿下喜气洋洋，也异常高兴。霎时间抬来了酒饭，七位老英雄由大门艺相陪，剩下的八个人一桌，开怀畅饮，酒落欢肠。大门艺在饮酒中问："七位老英雄，要去东教场登台打擂，老英雄们想已知道了。但十金刚、八罗汉究竟是什么人，几位老前辈有耳闻吗？"南化郎说："方才蒲查将军把我们七个找来，问的也是这话。说起十金刚，我倒有些耳闻。八罗汉，西化郎知道一些。十金刚是甘肃苗人后代，世代住嘉峪关，从祖上就给唐朝打猎，供出的是虎、豹皮张，唐太宗时，封他们的先祖为猎射骁骑尉，是七品官吧！按年纳贡，几代传下来，由射骑，积累了很多登山爬岭本事，冬天穿滑雪板，跳悬崖陡壁，轻如飞鸿，夏天攀枝援葛身如猿猴。人有了功名，又有钱，就挥霍起来。结识了很多武士，事出凑巧，十金刚十岁时，就有这样本领，一天在雪窝中救起了一位被老虎咬伤的老人，背着老人回家去，静心侍候。老人病好了，感念孩子的救命之恩，就把平生的武功全传授给了十金刚。一教就是15年。十金刚已练得武艺惊人了。但他教的武功，多数是轻功和擒拿法，马上的功夫只是刺杀，主要是些与野兽搏斗的独龙尊者。我所闻的就是这些。但不知是不是？"大门艺说："据老前辈所说，十金刚会的轻功和我们渤海的猎手有些相同。我师傅就说过，武艺是从禽兽天生的自卫技能学来的。这样说十金刚的武功已出神入化，不可等闲视之。"又问西化郎，"八罗汉是什么的样人？"西化郎摇摇头说："我知道的八罗汉，只是耳闻，没有眼见，常言说，耳听为虚，眼见为实。"大门艺说："虚的也好，实的也好，我们还是知道一些好。虚无非道听途说夸大罢了。但其中含实的分量较多。还是请老前辈说说吧。"

西化郎说："我前二十年，曾去过百芒山，是甘肃境内，出名的怪山。狼豺虎豹结群，毒蛇怪蟒遍地皆是。你要渴了误饮山水、泉水，饮了就会七窍出血死亡。你要被五步蛇咬伤，走五步就得死掉，真是渺无人烟的荒凉之地。但当地也有少数土人居住，有的架木为巢，有的穴居野外过着原始人的生活。人们为了好奇心驱使，一些会武功的深入其地，探索其中奥妙，不惜性命去探索，我就是其中的一个，几乎送了性命。八罗汉的曾祖，是走江湖的郎中，又会武功，走南闯北，四海飘游，到处为家。听说深山老林的大蟒，眼睛是宝珠，节骨中也是宝珠，就财迷了心窍，妄想杀怪蟒取宝珠，就邀了三个音同宗不同当打巴式卖艺的同姓人，到了百芒山。这四个姓是俞、于、喻、虞是山东人，就在百芒山边缘，架起住房，周围洒些硫磺，药蛇、蟒的药，一住十年竟同当地的土人姑娘成了亲，留下了后代，他四个毕竟是行医郎中，江湖耍把式的，比当地土人捕蛇捉野兽的本领高强多了。行医郎中又制了些蛇咬伤的药，百般有效，当地土司，就把他四家迁入百芒山中定居下来。两代人过去就成了当地土人，姓虞郎中孙子，竟当了土司，几代人的努力，武功有了进步，郎中的药，也有了新发明，又当了土司，凡汉人到百芒山的都会武功，必须到他山里去探讨奥妙，临走时都要留下一招武功。到了八罗汉父亲辈，已懂得了很多家武功，经过琢磨，汇成了一门武术，叫罗汉门，其实是大杂烩，和捕蛇捉野兽的技能糅合在一处。到了八罗汉，又从一个高僧那里，学过轻功。这个罗汉门在百芒山开山创业了。他们步下马上都使长矛，再厉害的凶猛野兽，他们都能制服，倒没有听说他们和谁打过仗。射猎人箭是百发百中，踏雪山越悬崖是他们的拿手活。借着树枝的弹力，从这树到那棵树是他们的常事。这是我在百芒山听到的。那时八罗汉正跟高僧学艺在百芒山夹谷峰，没有见到本人。但不知是不是这八个人。实际是四家姓音同宗不同的俞、于、虞、喻，当时叫小八鱼。"

大门艺听了很感兴趣，因想到他们的所长，也是渤海国人所好，他们专门讲刺杀搏斗，是以力降十技，我们用以巧破千钧，就能出奇制胜，十金刚、八罗汉马上功夫只讲刺杀，我们用柔能克刚，不难战胜他们。再说我们的马都是宝马，通人性，其快如风，也占上风。想到这里，越发有了必胜的信心。心里高兴，就把想的话说了出来，请大家商量。几个老英雄首先赞成，其余众人也说妙极了。一席酒，直饮到日落黄昏，三国公派亲信，送来了侍卫衣服，也散了席。大门艺当夜宿在左平章帐中，把自己的想法告诉了左平章。左平章听后觉得大门艺老练、深重，渤海国后继有人。当时只说声："将在谋而不在勇，现在是要有勇有谋，出奇制胜。"就各自入梦了。

次日，玄宗临朝，群臣朝拜完了，越国公罗平、鲁国公程显、护国公秦珏拜伏金銮，罗平手持奏折，口呼"万岁"："臣三人奏命去东教场当监考官人85日，有本奏请圣上御览。"内侍臣接过奏折，放在龙书案

第五十九回 大门艺巧妙安排群英应试 三国公精心斡旋广开才门

419

上。玄宗命三人平身，命内侍臣搬过绣龙墩，给三人赐坐。三人谢恩坐在绣龙墩上。玄宗细看奏章：

"越国公罗平、鲁国公程显、护国公秦珏联名具折奏请圣裁。国家开科取士，选拔英才，是为安内攘外，得天下英才而安社稷四海升平。本年武科场一改旧规。踏沙龙、越白刃、脚踢柏木椿，虽是新趋势，但天下英才多是十年苦练马上杀敌本领，却拒于贡院墙外，大失人望。为今之计，应轻功与武功并重。能力举千斤鼎、百步穿杨者，与踏沙龙、越白刃、脚踢柏木椿，一分为二，各展所长，有会其一者，准许登擂比试拳脚，三比二胜，然后在梅花圈内，皆试马上杀敌本领，三比二胜，胜者再比，负者退场。如此逐层选拔，既不舍本求末，又不偏重武功。两者并取，天下人人有应考权，选拔异才有所本，求取功名亦不侥幸。在擂台上比试拳脚，跳出圈外者，不准追杀，当场受伤毙命者，敌手无罪。比试马上杀敌本领，征驹出梅花圈者不准追杀，当场受伤毙命者，敌手无罪。现在长安臣服之郡，国世余处，皆有英才，跃跃欲试。奈系白衣不敢应试，应顺天应人，一律列入应试范畴，使臣服诸国，深感皇恩浩荡。臣等具情上疏，伏惟圣裁 年月日"

玄宗看罢奏章，龙颜大悦，手提朱笔，在奏折封面上草诏：

卿等所奏，深体朕心，立即执行，颁诏州县，及驻长安各郡国使臣，一律知晓。主考官杨国忠久病不愈，朕命越国公罗平暂揽主考大权，便宜行事。监考官遗缺，由英国公徐辉充任。钦此 年月日

玄宗就把原奏疏加了御批，当成诏旨，交给了越国公罗平。卷帘朝散。三位国公喜出望外。罗千岁一把掳住了英国公徐辉说："老兄，走马上任去吧！"不容英国公分说，拽着就走，到了午朝门外，英国公徐辉说："得先写皇榜传谕各州府县和在京举子，及郡国知照。然后再去武科场。"越国公罗平说："这事交兵部去办。"四位国公正要去找兵部尚书，恰好兵部尚书乘马而来，见四位国公站在午朝门外，滚鞍下马，

比剑联姻

420

说:"四位千岁在说什么?"英国公徐辉说:"我等四人有事相烦大人。在金殿领了圣旨,要传谕各州府县应试举子,现改了应试制度,并晓谕各郡王派驻长安使臣知晓,凡有应考的一律准许应试。请大人办理此事。""既是四位千岁盼咐,卑职敢不照办,我回衙后立即派人速办,今天午前在长安热闹市场,招商旅店都贴出几百张皇榜,州城府县,用800里急递,二三日内,就可传遍,四位千岁放心吧!"扫地一躬,上马去了。四位国公,见兵部尚书走了,英国公徐辉半开玩笑说:"便宜行事的大主考,先供我三人吃饱饭,商议一下各郡来应试的,也得讲才能,不能良莠不分,一律入场。"越国公罗平说:"先到我府上,边吃边谈吧!我虽寒微,供你三个喝碗稀粥,总能办到,快走吧!"

四位国公把鞍认镫,各催坐骑来到了越国公府第。命人摆上了酒菜,边喝边谈,英国公徐辉说:"你三人贪了多少贿赂,里通外邦,快说实话。"三位国公哈哈大笑:"受贿赂却不敢,里通外邦只是求援过渤海国使臣。你老兄只知拿着国公奉禄,养尊处优,真是骑驴不知赶脚的苦。"英国公说:"先别叫苦,我听说杨国忠勾引十金刚、八罗汉要压武状元。你三个不瞎又不哑,又不是傻子,能看奸臣横行吗?今天早朝一上本,我就知道你三个看出了破绽,想出了对策。到底是怎么回事?"护国公秦珏就把事情发生和安排细说了一遍,英国公听了打了个唉声说:"目前这样是能应付过去。杨国忠病好了,岂肯善罢干休,必要倾注全力来报复,为祸不远了。一方面要防刺客,一方面要防暗算,须知道明枪容易躲,暗箭不易防。想不到我也陷在其中。"越国公罗平说:"听你说的话,我三个就应先揍你一顿,拿你出出恨气。国家兴亡,匹夫有责,你乃堂堂国公,竟说出这样晦气的话,真该挨打。"英国公说:"不是晦气话,这是常事。我曾祖不是为保护国家,祸灭满门吗?濬宗登了基,才平反,我的曾祖母洒泪洞庭湖,我父亲曾再三去请,誓不让儿子为官,携着我们的庶祖父不知流亡何处。你们没有遭受过其害,当然不知其中苦处。"越国公罗平说:"人们说,一朝经蛇咬,十年怕井绳,你的先人被蛇咬,后人怕井绳了。"英国公说:"正是。我们只有尽力,尽一份臣子赤心,你何必杞人忧天呢?"鲁国公说:"应先想对付奸臣的办法。内防杨贵妃枕边言,外防杨国忠,口蜜腹剑的诡害。"英国公见室内只他四人,献了一条妙计,三个国公齐声说好。还是你这个诸葛亮有韬略,不愧是唐初的军师家的后代。就商议如何让郡国应试的入场规则。经过四个国公磋商,轻功与武动并重,能力举千斤鼎,百步穿

第五十九回 大门艺巧妙安排群英应试 三国公精心斡旋广开才门

421

杨为主，踏砂龙越白刃，脚踢柏木椿为副，轻功有会其一的，就可应试。计议停当，已是午正。家将来报："大街上贴出了皇榜，应考举子们都乐了，说有了出头机会，都说'十载寒窗没白费，名登金榜方为贵。'"四位国公听了，开怀畅笑。才引出武科场夺魁。

比剑联姻

第六十回 观武场景色壮观心生美慕 众姐妹急欲比武雄心勃勃

书接上文，四位国公听了家将的回禀，开怀畅笑了。越国公罗平说："总算是又得到了民心，我们四个即刻去东教场院再部署一番。当着千万举子、郡国使臣部下来应试的宣布圣意，挽回造成的影响。"四个人各乘坐骑，带了侍从武士直奔东教场院。越国公罗平留下一名武士，去教场院给蒲查隆、蒲查盛、夹谷兰三人去通信。告诉他三人，到东教场院观武场等候，并告诉武士把他三人领到观武房下。四位国公来到东教场院，见场外万头攒动，争看皇榜。见四位国公来了，其中有认识的是监考官来了，就大声疾呼，"监考官来了，要开考啦！快做准备吧！"四位国公勒住坐骑，把马交给侍从，走进了东教场箭楼。戍守箭楼的门军、校尉，迎接四位国公进了举子们入场挂号处。越国公罗平吩咐："从明天闰4月20日起，正式开科取士，凡入场的举子必须有州城府县，当地官府发的荐书，登记造册，发给腰牌。按腰牌注明的事项，领进教场，不得借故刁难应试举子，更不准徇私卖弄人情。倘敢以身试法的，本主考官一定拿获治罪，决不姑息。"门军、校尉连声称是。四位国公进入了东教场，见焕然一新，布置的一如往昔，四位国公很是满意。就进了观武厅休息室品茗，磋商明日应试的准备。

再说越国公罗平派去西教场送信武士见到了蒲查隆，说明了来意。蒲查隆三人早已准备停当，各乘坐骑同罗国公的侍卫武士来到了东教场。三人不约而同地"啊"了一声。东教场与西教场截然不同。东教场周围足有四里，四周是用青砖砌的围墙，高有三丈，四角相视四座见方的箭楼，箭楼上罗列甲兵，带刀佩剑。围墙外是宽阔平坦的大街，四通八达，往来人群熙熙攘攘。围墙南面居中，有三层箭楼，一排九间。当中一间是广梁大门，上挂宫灯九盏，垂下红色绣穗。有名门军，带刀佩剑站立两旁，虎视眈眈。广梁大门旁的走廊是雕梁画栋，十根合抱粗的红色朱柱，上刻盘龙，龙头伸向正南方。门两边蹲伏两个石狮子。好一座威武森严的武科场。进了大门，黄沙铺地的甬道，宽有五丈，平坦整洁。门洞两旁设有八个窗口，内设桌椅。每个窗口内坐着四名头戴乌纱帽，衣着蟒龙袍，腰横玉带，足登朝靴的文官。桌上放着文房四宝，窗

423

口上粉牌红字,写的是应试举子挂号处。每个窗口旁有四名手擎黑红棍的武士,雄赳赳气昂昂站立。罗国公的侍卫武士进了挂号处,拿来了腰牌。领着蒲查隆三人顺着甬道往前走,见甬道两侧立着用三尺长一尺宽的粉底红字的木牌和木杆。高有九尺的木杆上,写的是天字一号。从一号……到十号,每牌下是11名应试举子待放之地,是按千字文"天地玄黄,宇宙洪荒,日月盈昃,辰宿列张……"编号,站南面的面北背南,站东面的是面西背东,站西面的是面东背西。行有二里多路,来到了一处,方圆足有20亩地的圆圈地方,用石磙子轧的溜平。圆圈是用白土子浇成的,足有二尺宽的白线,里外分明,这就是比武梅花圈了。甬道也围着梅花圈铺成,走过梅花圈甬道,又有百步(每步五尺),到了并排四株合抱的龙爪槐树下。甬道又随着用石灰水浇成的圆圈,方圆有五亩大小的跑马线铺成。龙爪槐树下放着四个用生铁铸造的宝鼎,重有千斤,高五尺,鼎盖上有小孔,喷出檀香气味。龙爪槐高有十丈,枝叶茂盛,形如伞盖。树梢枝头,悬挂着上中下三枚特制的金钱,重一两厚一分,圆直径二寸金钱的方孔有一寸,一串串的放着黄光,很像是熟了的金葡萄。不用说这就是箭射穿插杨,力举千斤鼎的应试地方。甬道又延伸到了一处用白土子浇成的长方形,长有百步,宽有十步,每一步插入地下一根柏木桩,并排两溜。当中是牛耳尖刀,每半步插一把,刀尖朝上,刀把插入地下。北面是用细砂堆成的一步宽半步高的甬路,长百步,这里是比试轻功踏砂龙越白刃脚踢柏木桩应试地方。甬路又伸长了百步,到了一座方形阳台地处。阳台高有三丈,台上是玉石栏杆,四角蹲着用汉白玉石做成的斑斓猛虎蹲伏着,前面两足爪如钢钩,后两足曲弯,两只虎眼迎着太阳放出金光,虎毛竖起,做出扑跃神态,神态毕肖活现,令人生畏。阳台下面有四根用汉白玉砌成明柱,明柱下是用石狮子做成了两个拱形的大门。在左门门框上贴着一副对联:

上联是:凭轻功纵横天下　下联是:使武力动摇乾坤　横批是:无敌天下

在右门门框上贴着一副对联:

上联是:掌打华夏群雄丧胆　下联是:脚踢塞外鞑靼心寒　横批是:脚踏宇宙。

阳台后面离阳台高有一丈,距离有三丈远又有一长方形阳台,长有十丈,宽有五丈,筑在假山上。四周玉石栏杆左鼓右钟,奇怪的当中用铜柱架着一个长有二丈的赤铜做的喇叭,有大盆大,喇叭筒粗有一尺,喇叭嘴的护口有二尺，高有八尺，可自由转动。这个长方形阳台叫宣承台。下面的阳台叫讲恩台，是360名武进士披红换衣的地方（做了打擂台比武台），拱形门是沐浴更衣处所，中了进士是名登两榜，头戴短翅乌纱帽，身穿红袍，腰横玉带，足蹬朝靴。中了举人名登一榜，进了状元名登三榜，举人的头名叫"解元"，进士的头名叫"会元"，会元头名叫"状元"，古时的三元及第。不是进士不准穿红挂绿，戴短翅乌纱帽，腰横玉带，足登朝靴。举人进士会元是学位不是官职，如现在学士、硕士、博士学位一般。古语有"满朝朱紫贵"，就说明了普通人不准穿红衣。宣承台上的大喇叭名叫传音筒，是宣承官喊话用的。宣承台的上边距宣承台高有三尺，距离有三丈一溜九间大厦。面对前方箭楼俯瞰下面比试叫"观武厅"，又叫"彩山殿"，筑在人工砌成的假山上。从谢恩台的两侧有两溜石阶。有个禁律，除宣承官和内侍臣新科进士、会元、探花、榜眼、状元外一律禁止攀登，命名叫金阶。古人说平步青云，就是从谢恩台下到观武厅。又叫一步登天的俚语，大约是从这说起。在谢恩台下是一般举人见不了天子，到谢恩台上就成了"朱紫贵"，面见天子。

　　黄沙铺地的甬道到这儿就分成了两股，一股是从谢恩台左边直达一溜石阶，石阶的左边是皇帝驻辇处，宫房栉比是内侍臣、宫娥、彩女休息的地方。一股直达谢恩台右侧一溜石阶，宫房排成一列，是文武百官侍从人员歇马地方。谢恩台左右两侧的宫房左右各一百步，宫房雕栏玉砌金碧辉煌。假山上的观武厅，又名彩山殿，殿台高矗。四周有九级汉白玉台阶，围绕二尺高汉白玉栏杆，带刀佩剑的武士面向外，背向里，排列在下六级殿上。上三级乃是皇帝御林军侍立之处。

　　观武厅高有三丈，琉璃瓦闪光耀眼。房檐下有铁马，房檐上有惊雀，风过处叮当作响，好像和谐的八音合奏。房顶是盘龙脊，龙口龙眼放出光芒，如群龙飞舞。正檐梢上蹲伏着12生肖兽。观武厅最高处有把团龙靠椅。前面放着一张龙书案，椅子后面有八扇洒金屏风，雕龙刻凤，镶珠嵌玉，这是皇帝宝座。在龙书案左右各设三张桌子，左边是主考官，右边是监考官。后面安放金漆太师椅。再往前面就是殿口丹墀，品级台是文武百官站的地方，对着观武前方。谢恩台左右有九杆旗杆，高有五丈，上有刁斗。刁斗四角下插彩旗，下悬气死风宫灯。旗杆顶是用凤毛铜做的金葫芦。葫芦下八杆长九尺宽五尺绣着八爪金龙的红底的旗帜，迎风飘荡，中间的一杆是大旗。金葫芦下没有挂旗，是大典日鸣炮升旗的地方。

第六十回　观武场景色壮观心生羡慕　众姐妹急欲比武雄心勃勃

好一座威武森严的东教场。蒲查隆、蒲查盛、夹谷兰三人算见了大世面，开阔了眼界。越国公罗平的侍卫不断地滔滔介绍，三人仔细听，默记在心。侍卫把他三人领到四位国公休息的宫房，面见四位国公。越国公罗平说："你三个人要在东教场仔细地熟悉一下。明天卯时就要开科，我四人已商议停当。场内一切安排好了，要进宫去奏明皇帝。请圣驾亲御彩山殿，开科取士表示皇恩浩荡。明天来应试最好穿唐朝服制。应战的现场都看到了吧，千万当心。去观瞻吧。"侍卫把他三人领到各处又仔细地观瞻了一会儿。四位国公因要进宫，就带了侍从，蒲查隆三人也杂入其中，出了东教场，奔回西教场。面见左平章回明了见闻，就回到自己帐房中。在帐外听到笑语盈声。赫连英隔窗一望，见蒲查隆三人归来，就大声说道："三位将军回来了。"众人忽啦涌出帐房，好像久别重逢，众星捧月似的把三人拥进帐房。未容坐下就问长问短。蒲查隆说："我三人只有三张嘴，答不过来呀！大家坐好，我三个轮流讲讲吧！"众人齐声说"好！"坐好了以后，蒲查隆就把去东教场见到的胜景，从入门到彩山殿的所见所闻，细致地讲了一遍。蒲查盛、夹谷兰又作补充。众人听了，无不称赞。"倒是大邦之地与我们塞外不同。你三个多有福气，又去夺状元，又要见皇上，偏我们就无缘饱饱眼福。"说话的是冰雹花。蒲查隆说："等考试完了，我领去东教场外看看去。""那去看什么吗？看高高的围墙，长安到处都有。总管将军发发善心，让枢密处夹谷将军给我们也开一张荐书去应聘行不行吗？"接茬说话的是冰凌花。蒲查隆说："你是女的怎么能行？""怎么不行！夹谷将军是男的吗？"说话的是冰坚花，倒把蒲查盛给问住了。徐徐说道："那是大门艺殿下主张。别人谁敢做主。"冰实花接茬说："依我看，蒲查将军就能做主！向左平章请示请示。我们不去应试，只装应试的去开开眼，又显得渤海国大有人才。你们夺了状元，我们给你们摇旗呐喊，助助威风岂不是好事。""好！好！好！"门外传来了叫好声。

众人一看是大门艺殿下来了，都站起身子。大门艺进了帐房，女侍卫搬来一把椅子，大门艺坐好，让众人落了坐。夹谷兰说："说曹操，曹操就到。"大门艺哈哈笑了。这话在渤海大营中，就夹谷兰敢说，因是世妹。遂问道："殿下，你说好在哪里？"大门艺说："好在她四个要去见识。回到渤海我们也仿效长安，把忽汗湖都城修建起来，多有几个人能出主张，岂不是好！""左平章能赞成吗？"蒲查隆问。"这事包在我身上，我们是一个羊也放，十个羊也赶，有什么不可，就真去应考吧！"

多中几名进士也不当唐朝官有什么不行！"赫连英问："殿下，像我这样的半大的老太婆去行吗？""拓拔虎将军不是半大的老头吗？赫连英将军、东门女将军长相酷似男人，准能夺来会元。四花扮成男人，准能夺来进士。你们男女12人，先去试试，要能当进士的候选人，再派12个男女去应试，如能当上进士候选人就再派12名男女去考。真的也显出我们渤海虽是塞外小国，倒是人才济济。就是女扮男装露出马脚'有欺君之罪'我自有法安排。你12人就准备应试去，要穿唐朝服饰，就去准备吧！我来就是看他三个人有没有勇气。偏听到了你们的说话，我去对左平章去说。"几个人都喜笑颜开了。这些人知道有殿下大门艺去向左平章求情，左平章肯定能答应。蒲查隆也觉得哥哥做事都经过周密考虑。就让夹谷兰开了12张荐书，又在总务处支了六百两银子去到长街买衣帽，剩下的备零用。12人离开大营去买衣帽，又命厨房预备早饭，在午夜好吃。

  大门艺见了左平章先说："王伯恭喜！"左平章说："恭喜什么！他三个去应考，我还在这担心呢！""王伯你就放心吧！他三个不能出羞露丑，天生神力又从师父学艺多年，又在悟玄寺学了百天。三个人又心细。我经过思考怕他三个人单势孤，就让四花、赫连英、东门芙蓉也改了男装去应试。一显我们小国也是人才济济，二也试试他们的武功。我听说别的郡国去应试的都十多名，我就私自作了主张，当了家来向老王伯回禀。"左平章沉吟片刻，徐徐说道："露出马脚落个欺君之罪，岂不自讨苦头。""王伯你放心。我早已做好安排，才敢擅自作主张。""那么就去让他们预备去应考吧！但我总认为祸在后头，你可要当心呀！""王伯你放心，他12人当了进士候选人，再派12个去。又当了进士候选人再派12个去。一个羊也放，十个羊也赶，都抢来了状元、榜眼、探花、会元、进士，各郡国就另眼相看渤海了。朝唐回国后，我们都城忽汗湖也参考长安建武教场，有这伙武进士、会元、状元当老前辈的后继人，让前辈安心地去享清福。王伯你不高兴吗？"左平章说："你的雄心好！你就放手去干吧！"大门艺说："我去看他们买衣服回来没有？"恰好这些人才回来，每个人高高兴兴，看大门艺来了围拢过来，齐说："殿下，我们都预备妥当了。""左平章答应吗？"冰雹花问。大门艺特意卖了个关子说："只答应赫连将军、东门将军去应试。你四个什么花呀！朵呀！不准去。"四花听了急的要哭，央求说："好殿下，请你做主，让我四个去当侍从吧！人家衣服都买好了。""你们把衣服都穿上，我先看看装得来装不来？要能装的像个男子气魄，我就做主让你们去应试。三位男将军亦各到帐中去换衣服，我到左平章大帐等你们。"他很担心会出破绽，落个欺君之罪，功名没有求得，却贻笑大方。大门艺转身走了。

四花听说还有希望，冰雹花高兴地跳起来说："我要夺了状元，回到渤海去，国王欢喜让我当了左平章那么大的官，我就奏请国王不分贫贱、肤色、性别、种族一律准许考状元。我们渤海也开科取士。"夹谷兰说："我们都希望你快当左平章吧！把我们女人也列在男子汉大丈夫行列中。"蒲查隆说："我们现在不就是按你的话来办吗？东门二位将军是突厥人。拓拔虎将军、赫连英将军、迟勿异将军是汉人，其中不也是有女的吗？也没分种族呀！我看殿下意图要把这个企图从我们这一代作起，要不他为什么支持我们。但愿我们真的夺了状元、进士，满足殿下希望，说不定左平章、右平章、大内相、大将军都落在我们头上。这是他自己给自己选拔人才呢！谁不知道他是国王的继承人。"众人说："是那样。"快各自回房换衣服，到左平章大帐中聚集。"众人散去。

霎时间左平章大帐中挤满一群英雄，每个人都英气勃勃，神采奕奕。左平章看了多时说："装得过去。就是你们名字不妥当，什么花呀、蓉呀！人家一看就是女的，改了吧。"夹谷兰说："给他们写荐书时，就改了。把我自己的兰字改成山风的岚，深山夹谷中有暴风叫岚，你看多么硬朗的姓名。我把四花改为鲍姓，名为勇猛刚强，东门芙蓉改为东门夫，取消了蓉，赫连英还没有改。这些名字都是顶天立地大男子汉的名。"左平章望了夹谷兰一眼，摇摇头。夹谷兰见自己父亲摇头，认为是父亲不满意，就不敢再说了。大门艺见左平章沉吟不语，面带忧容，透露出一种凄苦神色，就问道："老王伯，岚说的话不对吗？"左平章说："年幼无知孩子话。使我想到了当年你妈和岚的妈妈，不也是力敌万人的猛将吗？为了保留后代，到忽汗湖去扮成渔婆张网捕鱼，你俩该还记得'震国'创建时，她们却魂归泉下作了黄土堆中枯骨，埋没了她们的武艺才干。你们这一代也许不是我们当年。""是呀！当年你们是创业，东荡西杀过的流寇生活。我们是守业的，有国有家过的是治国安邦的稳定生活。常言说'创业容易守业难'，自古来的帝王兴衰朝代更替都是子孙不肖，不能守业。我读汉史常常为之浩叹！"

左平章听了大门艺的话，把凄苦神色变成了喜悦："好哇！你也读汉史？""对呀！唐太宗是很英明的皇帝，他就说过'以铜为镜正衣冠，以史为镜知兴替'，不知古怎知今。""青出于蓝而胜于蓝了。真是长江后浪推前浪，一代新人换旧人了。我放心了，今后永远放心了。你还是去到他们大帐中吩咐明天应该怎么办吧！是正事。去吧！去吧！"竟下了逐客令。大门艺同众人到了蒲查隆帐中，郑重地说："我们要打的是十金刚、八罗汉，但不要丧他们性命，他们不是恶人。而是受了奸贼蒙蔽，总会明白过来。要知道学艺的艰苦，不要以艺骄人，明晨日出就到教场先挂号。十大金刚登台你们就登台，不要让他战胜两个再上台，那就什么事都晚了。争取主动，先发制人。""武科场规定三比二，负者退场，胜者再战吗？""这个再战不知挨到什么时候，我们不能辜负四国公的求援。更不能名落孙山外，错过夺状元机会。言尽于此。我要走了，千万别忘记带午饭，马的草料，进场后再不准退场，除非是自己弃权。明天我也能去，届时准郡国使臣观光，也许是随皇驾到彩山殿，我还得去打听。"大门艺乘马去了，众人准备好明天应试的兵刃马匹、午饭，就早早安歇了。

第六十回　观武场景色壮观心生羡慕　众姐妹急欲比武雄心勃勃

第六十一回　众英雄标名挂号　蒲查隆力举千斤

次日晚，左平章像送自己孩子去应试，把众人送到大营门外，再三嘱咐。众人一一答应，乘上坐骑风驰电掣地走了。左平章望了多时回到自己帐中也看起汉史来。他12人乘马到大街，见各应试的举子断断续续地有人出现。三五成群，四六结伴，说说笑笑，都骑着马，一看便知是去武科场夺状元的。每人手里都提红灯笼，写的是状元及第，连中三元等吉祥语。走到热闹地方已是万家灯火，把一条大街照得明亮，时当四月中旬，一弯残月已失去光辉。蒲查隆说："我们也买几个红色灯笼装装门面，进了武科场有几个灯笼照照也方便。"这时饭馆、茶坊、酒肆都挂出幌兜揽生意。扎彩铺作了很多样灯笼，排在长街叫卖。他们12人各挑了一个灯笼，点好蜡烛，直奔武科场。过了热闹街，路便有些发黑了。有灯笼的高挑灯笼照明，苦了没有灯笼的。就有一伙人没有灯笼，十来骑坐马，马上都是些奇装异服的大汉。东门夫看了是契丹人，遂向蒲查隆说："看样子也是去应试跟我们一样外行，不懂事前预备灯笼。"蒲查隆说："不经一事，不长一智呀！"哪知这群人中竟有一个黑大汉，见众人都有灯笼独他们没有。见路北有家小馆挑出了一长方形灯笼，就催马上前把跑堂的叫在灯下，指着灯上写的字磕磕巴巴地说："多少钱？"跑堂的以为他要买灯笼上写的"熏鸡、酱肉、火烧、酥饼。"把手一伸，是说明这十个铜钱一包。这个大汉从兜掏出一锭银子丢在地上，跑堂的伏身去拾银子。大汉乘机用长矛挑下灯笼，催开马去赶同伴。矛头上挑着长方形灯笼，大写"熏鸡、酱肉、火烧、酥饼，"得意洋洋。东门夫看了险些笑出声来。一捅左右同伴，众人也笑了。饭馆跑堂的拾起银子不见了大汉，再一看灯笼也没有了，气得连骂："混蛋。"同伙出来问明了情况说："一个五个大钱买的灯笼卖了五两银子，利钱百倍，你骂什么？"但跑堂的总认为大清早被人摘了幌子不吉利，仍不住骂："混蛋、混蛋，这样怪物也去应试，应当把他扔到河里去喂老鳖。"

众人到了武科场递上荐信登记挂号，这伙契丹人高挑灯笼也来挂号，偏被门军七八个扑了上来把大汉揪下马来。大骂："什么龟孙，来这卖熏鸡、酱肉、火勺、酥饼？瞎了你的狗眼！"这个一拳那个一脚打得鼻青眼肿，他同伴认为是门军有意欺辱郡国外来人，都亮出兵刃要厮打，蒲查隆见了就对东门夫说："你快过去，他们两下都误会了，别生出事来。"东门夫先用契丹话向契丹人说出引起的误会。蒲查隆向门军校尉同样说出误会因不识字关系。双方听了都哈哈大笑起来，一场将要引起的厮打，竟被这二人给解了围，双方都很感激。门军校尉问蒲查隆："你是哪里来的举子？"蒲查隆说："渤海郡忽汗洲。"校尉说："大主考吩咐郡国优先挂号，"就吩咐登记文官检明荐信发给腰牌。是陆字一号，从一号到十号。拓拔虎是介字一号，余十号就给契丹郡国十个人登上了。蒲查隆又把灯笼分给契丹人六个，按腰牌找号。今天和昨天不同是每一溜排都有武士指引，每溜号牌方圆二丈，有一个五寸粗，高八尺竹杆，插入地下作举子拴马用的。蒲查隆是轻车熟路很快地找到了"陆字界标"，就在陆字界标拴好了战马。又给契丹人当了向导，排入介字界标中。席地坐好等候卯初。这时各处举子纷纷找界标，马嘶人喊。蒲查隆告诉众人："要好好休息一下，到卯初还有几个时辰。""无事嫌夜短，有事恨更长，"这些人心想天快亮，卯时快到，时间老人总铁面无私的按照规律办事。一秒一分的消逝岁月。

　　这些人好不容易盼到了卯初。就听宣承台上传声筒喊话："各举子们听真，圣驾要到了，要肃静，管好马匹不准喧哗，要鸦雀无声。"一排御林军外面站立，五步一人，手执戈矛。武科场内一声钟响，号角齐鸣。紧接着"咚！咚！咚！"三声炮响。武科场内南门大开，从彩山殿下走出一队官兵，约有百人上下。一律骑着红色高头大马，为首一员将官手执黄色"令"字旗，把旗高举大声喊道："天下来应考的举子们听真，各按标界站好。要应试的到彩山殿丹墀下，凭腰牌挂号，方准入场应试。如不按武科场规则办事，轻者取消应试权，重者按军法从事，决不宽容。"绕场三圈，就又回到彩山殿下。"咚"一声炮响从武科场南大门开进千名御林军，从武科场南大门直排到彩山殿。背朝里脸朝外站了两大溜。他们手持大刀阔斧长矛，带尖的、带刃的、带钩的、带麻花劲的、带灯笼穗的，各色兵刃都有。又一声炮响文武百官相继而入。文东武西分左右站在彩山殿下。紧接着又一声炮响，三军奏起军乐。乐声中出现了太监和宫女围拱着一台龙辇。六个黄色大马拉着龙辇。太平天子登彩殿，五色云车驾六龙。龙辇前后有侍卫排开，"肃静回避"四面龙凤扇、鹰幡、鹤幡、武豹幡，金瓜钺斧朝天镫。龙辇停在彩山殿下，文

第六十一回　众英雄标名挂号　蒲查隆力举千斤

431

武百官山呼"万岁！万岁！万万岁！"大主考率领百官请皇帝下龙辇，这时军乐停止，奏起宫廷乐曲。有太监把车帘撩开，搀扶玄宗下了宝辇，在一大群宫娥拥护中坐到了彩山殿龙椅上。文武百官从左右台阶而上，二次跪倒丹墀，给玄宗叩头。玄宗把手一摆，文武百官高呼万岁。然后按品级站在台上，两名大主考官是越国公罗平和内侍太尉高力士，坐在龙书桌左边。三名监考官坐在龙书案右边。玄宗举目留神细看台下，见众举子低头静立。场里应试设备也和往年不同。

宣承官报："时当卯正。"大主考越国公罗平站起身来，来到丹墀口吩咐声："放炮，升旗。""咚！咚！咚！"三声炮响，奏起了军乐，长九尺宽五尺绣着金龙大旗迎着朝霞冉冉升起。金龙爪下绣着四个大字："独占鳌头。"一轮红日在朝霞中放出早晨光芒。越国公罗平已是全身披挂，头顶狮子镏金盔连环甲，凤凰裙遮住双腿。胯下宝马卷毛狮子兽，马鞍上鸟式环得胜钩上挂着祖传亮银大枪，胁带宝剑，端坐马上，威风凛凛。身后48名校刀手，各骑白马。越国公罗平催开战马，48名校刀手跟在后面，绕场三周，停马在梅花圈外，四株龙爪槐树下，站在马鞍上高声喊道："今天正式开科取士，是武力与轻功并重。以武力为主，轻功为辅。凡应试的举子必能力举千斤鼎，箭射穿杨。轻功踏沙龙越白刃，有会的就可登台比武，这是基本功。擂台上只比拳脚，三比二胜，负者退出场外。栏杆内，有了死伤怨你武艺不精，敌手无罪。越过栏杆不准追杀。梅花圈比武跳过圈外的不准追杀。当场伤亡的敌手无罪，三比二胜。负者退场，不准再考，擂台比武也是如此。擂台和梅花圈连胜三杰者，又能完成二项基本功，准考进士。如此连胜二杰者是考进士的候补人。考360名进士，从进士中考36名会元，从36名会元中选状元、榜眼、探花三鼎甲。今天是闰四月二十一，到月末三十是考进士时间。五月初一到端午节是考会元、状元时间。望各自努力争取。现在就到彩山殿丹墀口验明身份正式开科。"跳下马又吩咐"放炮！""咚"一声炮响，各个场监考官手执令旗就了职位。罗国公率48名校刀手乘上马回到宫房，换了朝服，登上了彩山殿，坐在大主考椅上。

宣承台传声筒喊："应试众举子分成东西两排来报名，站在彩山殿下，每次36名，左18人三人为一排站好听候宣名。报名来吧！"只见从"天地"二界标中走出18名彪形大汉。有的举子认得十金刚、八罗汉出头了，又要把持擂台了，看谁敢斗他们。蒲查隆一看自己只有12人，就和东门夫说："你动员契丹去六个，咱们也凑成18人。"东门夫和带队的契丹首领说明了情况，契丹也站出六人，十八人把马拴好就到彩山殿下左侧站好。十金刚八罗汉在彩山殿右侧站好。宣承官吩咐到丹墀口验明身份。一个个地顺序登台。右侧十金刚钻天金刚首先从右石阶到丹墀口挂号，是甘肃嘉峪关举子姓俞名恒，绰号"钻天金刚。"左侧蒲查隆，从石阶到丹墀口挂号，是渤海郡忽汗湖人氏，在唐朝是布衣，是渤海郡朝唐使臣部下将军，名蒲查隆，没有绰号。都是跪着说话。玄宗听说是渤海郡人，仔细看蒲查隆相貌堂堂，一表人才，英气勃勃，年纪只有二十五六岁，说话文雅。心中就有几分喜悦。再看看俞恒，浓眉大嘴，豹头环眼，面貌凶恶，想什么钻天金刚决非善类。对蒲查隆更加一层喜爱。再看蒲查隆穿戴和长相，面如美玉，天庭饱满，地阁方圆，鼓太阳穴，宽脑门，两道细眉如三春柳叶，一对朗目皂白分明，长眼睫毛，鼻如玉柱，唇似丹涂，牙排碎玉，两耳垂轮，活脱脱是一名大家闺秀，唐朝的巾帼怎么成了塞外美男子。再看穿戴，头上戴一顶红色罗帽，转圈八排红绒球，迎门高挑三尖茨菇叶，左鬓边戴一朵红绒球，上面洒满金星，光华缭绕未曾一动突突乱颤，亚赛红凤点头。穿一身红绸箭袖短衣长裤，腰系一巴掌宽红丝板带，足下穿一双燕云快靴，背后背鲨鱼袋，内插镶金镂银宝雕弓。左挎箭壶，内中有几支雕翎箭，肋下挎两刃双锋，金吞口金挽手黄色灯笼穗，鲨鱼皮鞘宝剑，散披红缎子绣花英雄氅。跪在丹墀口，活像荷花映水，芙蓉笼烟，新绽开的玫瑰。

　　玄宗越看越爱，遂问道："那一个渤海将军，你来应试，孤很欢喜。但武科场和战场一样，要多留神，鼎重千斤，轻功如飞燕，这武功你都练过吗？"蒲查隆说："启奏陛下，小臣幼年就练过。"玄宗问的话含有偏护蒲查隆之意，越国公罗平听蒲查隆说"幼年就练过，"一块石头落了地。越国公罗平也怕蒲查隆举不了千斤鼎，遂吩咐声："验明身份，去到大槐树下应试去吧！"蒲查隆下了丹墀口，俞恒也下了丹墀口，奔到大槐树下。继是蒲查盛、夹谷兰、鲍刚、鲍勇、鲍猛、鲍强六个人穿戴打扮和蒲查隆相同，只是绿、粉颜色有区别。迟勿异、东门豹、拓拔虎三人穿的衣服一样，颜色有区别。东门夫、赫连英二人穿扮一样，个个验明身份齐奔大槐树下。契丹人穿的是契丹衣服也验了身份，随同到大槐树下。十金刚八罗汉也来到。玄宗看各应试的举子都下了丹墀口，就对群臣说："渤海郡国怎么这么多美男子英雄汉。契丹人虽是骠悍，傻大黑粗，奇形怪貌。"宣承官又用传声筒喊："再来36名。"就又有36名举子到彩山殿下听候宣召。他们36名拜过了现场监考官，按名举

第六十一回　众英雄标名挂号　蒲查隆力举千斤

鼎。十金刚八罗汉真不愧把持了擂台八十多天的好汉。每人都能从第一株槐树下举起大鼎走到末一株槐树下，约有 50 步，放下鼎气不长出面不改色。蒲查隆从第一株大槐树下举起大鼎绕树一周，将鼎放在原处气不常出面不改色，神态自如。

　　蒲查盛、夹谷兰、东门夫、赫连英、迟勿异、拓拔虎、东门豹，这七个人都能举鼎走一圈；鲍勇、鲍刚、鲍强、鲍猛能举鼎从第一株大槐树起到末一株大槐树，又走回一株二株，就放下了鼎，总算超过十金刚八罗汉。契丹的人举起鼎，能从第一株大槐树走到第二株的三人，走到第三株的三人，力气敌不过十金刚八罗汉。现场监考官把记录送给大主考官。大主考官批"宣示"二字，承宣官用传声筒高喊："举鼎走一圈的是渤海郡忽汗湖八名。""第一名蒲查隆"——念到第八名东门夫。继又念到"举鼎走回两株槐树二名鲍刚、鲍猛，举鼎走回一株的鲍勇、鲍强这四个举子也是渤海郡忽汗湖的。举鼎能从第一株大槐树走到末一株的十八人是嘉峪关十八罗汉。殿后六人是契丹郡人，总评渤海国八个领先。四人次先，嘉峪关十八名亚先，契丹六人殿先。渤海国应试举子领先了。"全场鼓掌、敲鼓、撞钟，霎时间钟鼓齐鸣，掌声和喝好声响彻云霄。

第六十二回　三姐妹射箭打擂显神功　十金刚技不如人落败绩

传声筒又喊道："试众举子箭射穿杨开始。"现场监考官命众人取来战马，按照举鼎领先、次先、亚先、殿先比试。

蒲查隆上了日月骐骥马，挽弓搭箭，从跑马线起始点，是从一株树北面开始。催开战马嗖的一箭射中第一株悬挂金钱眼，马转过四株大槐树，"嗖"一箭射中了方才射击的金钱第二枚金钱眼，金钱带着箭动摇不定。马转来到第二株大槐树下"嗖"的一箭射中摇荡的第三枚金钱眼，两支箭尾向北，一支箭尾向南，跟打秋千一样的荡来荡去。蒲查隆又一箭射断系绳，金钱落地。蒲查隆跳下马来，捡起箭插入箭壶。现场监考官令旗一举，说声"再一名"。蒲查盛、夹谷兰马跑一周都能和蒲查隆射击法相同。赫连英、拓拔虎、迟勿异、东门豹能箭射金钱眼不能射金钱落地。只有跳起来取下刁翎。鲍勇、鲍猛、鲍刚、鲍强只能箭射一串金钱不能箭射击金钱孔。十金刚八罗汉只能箭射金钱，不能箭射金钱孔。契丹六人有五人箭射金钱二枚，一人射中三枚，现场监考官把记录送交大主考。大主考批"宣示"二字。承宣官从传声筒喊："一马三箭射中金钱眼孔射击金钱落地的三人蒲查隆、蒲查盛、夹谷岚是渤海郡忽汗湖三名，一马三箭射中金钱的五人有东门豹……拓拔虎，不能箭射金钱落地。一马三箭射中金钱的没射金钱眼孔的22人，渤海郡忽汗湖四人鲍勇……鲍刚。俞恒伍威嘉峪关举子18名，有五人射中金钱二枚。一人射中金钱三枚是契丹人。蒲查隆等……三人领先。鲍勇……伍威22人次先，濮阳刁、濮台滑六人落选。"鼓掌喊好，擂鼓撞钟停下。承宣官从传声筒喊："试众举子入选的比试轻功开始。"现场监考官命令众人去拴好马匹，到踏沙龙越白刃、脚踢柏木桩现场，拜过现场监考官。按箭射金钱领先、次先顺序比试。承宣官从传声筒喊："彩山殿下应宣举子到丹墀口验明身份，等候下场，比试轻功，举子开始比试。"现场监考官令旗一举，蒲查隆从第一根木桩，踢到末一根，个个踢过脑顶，落在身后，回到原处。脱去靴子，只穿布袜，从东头第一把插入地下尖朝上牛耳尖刀，飞身起步，一步一刀尖到西头，一根不拉地走完。接着是蒲查盛、夹谷兰与蒲查隆相平。又接是拓拔虎……东门豹五人试的结果踏沙龙踏进脚印有六分，又接着鲍勇……伍威22人比试结果，鲍勇四人踏进脚印八分深，俞恒……伍威18人踏入一寸深。濮阳刁、濮阳滑六人只能脚踢柏木桩。现场监考官把记录送交主考批"宣示"二字。承宣官又照例喊了一番，擂鼓撞钟停下。

　　承宣官喊："打擂开始，应试举子到擂台下，三人一列站好，等候比试。登擂的胜三杰者自动退下台来，不愿与胜者比，可等待他人并不勉强。丹墀口验明身份的到举鼎箭射穿杨去应试，打擂台开始。再来36名举子到彩山殿下应名。"蒲查隆整理好衣帽，把宝剑、雕弓、箭壶解下放在地上，纵身飞上三丈高的擂台，向台下扫地一躬："某乃渤海郡忽汗湖人氏，名叫蒲查隆，哪位前来会我？"话音刚落，"嗖"的落到台上一人，彪形大汉，豹头、环眼、浓眉阔口，身穿箭袖袄，兜裆滚裤，头戴青纱六楞壮帽，身系一巴掌宽鹿径板带，足登踢死牛短鞴牛皮快靴，抱拳秉手满面笑容说："某乃嘉峪关应试举子俞恒，绰号钻天金刚，来与英雄过招，请进招吧！"蒲查隆说："恭敬不如从命，请留神。"双掌一拼，双掌高举，使出了童子拜佛一炷香。俞恒见敌手很有礼貌，也就以礼相还，二人交起手来。起先人慢招数稳，后来俞恒加紧掌法，急如闪电，快似流星，身轻、步稳、招狠。蒲查隆以柔克刚，用缩小绵腰巧和他游斗。两个人一百招过去，蒲查隆想赢俞恒，终找不到机会。俞恒也知遇上对手，不是鱼死就是网破，把掌法使得滴水不露，越战越勇，使足了力气掌带风声。150招过去，蒲查隆见俞恒用黑虎掏心绝命掌，直奔小腹打来。蒲查隆见机会到了，来个吸腹挖胸，前腔贴后腔。俞恒身高一丈，蒲查隆身高七尺，俞恒必须俯身，人的膀臂有一定尺寸，差一寸也打不到。蒲查隆一吸腹挖胸，俞恒的掌离蒲查隆小腹有三寸多。刚想再俯身，蒲查隆左掌横扫开俞恒掌，右手用野马分鬃高探掌，击中了俞恒太阳穴。俞恒眼冒金星，脑袋涨疼，栽几栽晃几晃险些栽倒，闭了眼睛等死。蒲查隆再不进招，才算得了活命。

　　知道蒲查隆手下留情，俞恒从台阶走下擂台，坐在地下。他二弟俞素问他，俞恒只是摇头。俞素请现场监考官要登台打擂，监考官一举令旗，俞素飞身上台。抱拳秉手说："某俞素来会你。"说罢双掌一分，双风贯耳，掌带风声。蒲查隆一矮身子，俞素掌走空了，方才蒲查隆与俞恒游斗默认他的掌法，早找到诀窍。俞素想，我家黑虎掏心绝命掌，各路神仙也难挡，我哥哥怎么就挨了打。我再使出黑虎掏心绝命掌，看对手如何能打我。蒲查隆却故意露破绽让他打。十招不过俞素就使出黑虎掏心绝命掌，他和他哥哥一样挨了打，走下台阶，坐在地下。哥俩垂头丧气，还不知怎么挨的打。

八罗汉的伏虎罗汉气往上撞，请现场监考官批准登台打擂。监考官一举令旗，伏虎罗汉飞身上台，故意卖弄一手，纵过擂台高有一丈，来个头朝下脚朝上倒栽葱，眼看能离板三尺，头要碰到地板，来了个珍珠倒卷树站起身子，抱拳秉手说："某乃嘉峪关举子伍威，人送美誉伏虎罗汉，特来会会，请进招吧。"蒲查隆又使出童子拜佛一炷香。伍威报仇心切，就把八杂烩罗汉拳108式使开。确实厉害。招招致命，招法精奇，快如打雷不及掩耳，身轻如燕。蒲查隆使出了八仙颠倒掌，夹醉八仙掌有时迤逦歪斜。伏虎罗汉以为力不能敌，加紧掌法，想把蒲查隆打倒。但总差之分毫谬之千里。一百零八招过去也没触及蒲查隆毫发，有些害怕了。又从头使起罗汉掌。蒲查隆见他拳招已完，默认了招数，找出破拳的窍门。心想我把他打倒在地，不要他命就便宜了他，使了醉八仙掌的"吕洞宾撑船头沉摇橹醉还斟"的招数，跳起搂头一掌，把伍威打了个狗抢屎，瘫痪在地。蒲查隆要再加一脚，伍威就得命丧台上。蒲查隆不肯下这毒手。现场监考官把令旗一摇，是让蒲查隆退台。

蒲查隆到了众人面前席地坐好，把同来的人叫到面前，就把用什么招能赢十金刚八罗汉，要沉住气，以守进攻的诀窍告诉了众人。众人一一领会。这时八罗汉有人飞身上台背下来伍威，已昏迷不醒人事。八罗汉的降龙罗汉，请现场监考官登台打擂台。监考官令旗一举，降龙罗汉已飞身上台，站在台口抱拳秉手说："我乃嘉峪关举子伍权，人送美誉降龙罗汉。哪位来会我？"契丹的濮台滑请监考官批准登擂台。监考官令旗一举，濮台滑从台阶上台。他汉语磕磕巴巴说："我来打你。"举拳就打。伍权使出了罗汉拳，十招没过，被伍权举起向台下要摔，蒲查盛早已请准登台。飞身上台断喝一声"放下"！伍权看有人来到，就放下了濮台滑。看来的对手身穿打扮长相和蒲查隆一样，只是全身挂绿。猛地想起蒲查盛。抱拳问道："英雄是蒲查盛？""正是"。蒲查盛说："贵昆仲艺业精奇，何必以武骄人。请进招吧！"两个人交起手来。十招没过，蒲查盛找出破绽，用醉八仙掌蓝采和单腿敬酒拦腰挂"，一掌把伍权打倒，说声逃命去吧！

简短截说，蒲查盛用醉八仙掌，赢了三个罗汉，监考官一摇令旗退下台来。紧接夹谷兰上台又用醉八仙打下三个罗汉。监考官一摇令旗退下台来。紧接着迟勿异上台用叶里藏衣掌打倒一个罗汉两个金刚。拓拔

第六十二回　三姐妹射箭打擂显神功　十金刚技不如人落败绩

虎上台用八卦掌螳螂掌，打倒三个金刚。越国公罗平看到眼里去了心中大病。命承宣官擂台暂停，等二起比赛到轻功完了，再登台打擂。承宣官用传声筒喊："擂台暂停。第三起彩山殿下应诏举子到丹墀验明身份。"蒲查隆这伙人坐在擂台下休息。等有顿饭时间有人登台，在台口抱拳秉手："某乃长安举子姓王名乐天，哪位来跟某比试。"东门夫请监考官批准。监考官一举令旗东门夫飞身上台，报了姓名，没过十招把王乐天打下台来。

　　书要简说。赫连英、鲍勇、鲍猛、鲍强、鲍刚六个人连打下18名登台打擂的。渤海来人都占了上风。现场监考官送上记录，大主考批"宣示"二字，承宣官照例又宣扬了一番。钟鼓声停后，承宣官喊："蒲查隆……鲍强等12名举子到梅花圈比武。其他举子比试落选的，退出武科场外。"执行官手执令旗领走了十金刚，八罗汉，契丹六人，长安18人。

第六十三回 梅花圈比武再夺魁 三姐妹共同蒙圣恩

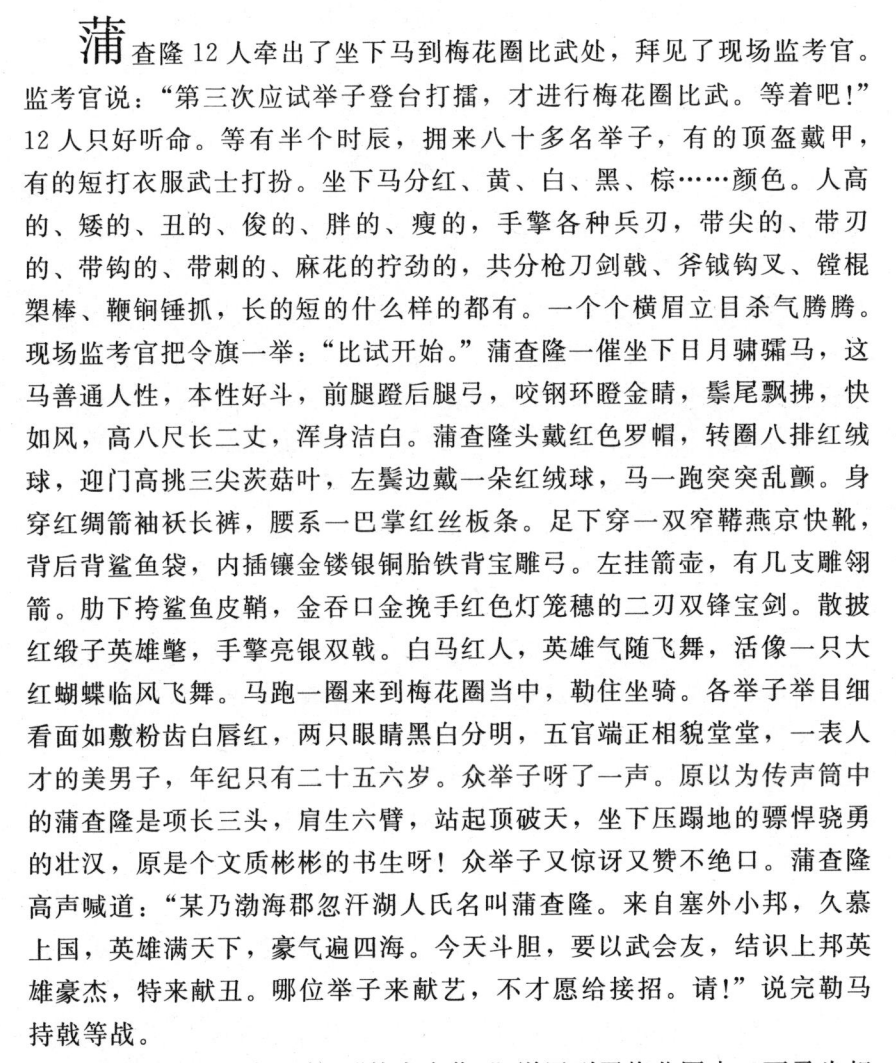

蒲查隆12人牵出了坐下马到梅花圈比武处,拜见了现场监考官。监考官说:"第三次应试举子登台打擂,才进行梅花圈比武。等着吧!"12人只好听命。等有半个时辰,拥来八十多名举子,有的顶盔戴甲,有的短打衣服武士打扮。坐下马分红、黄、白、黑、棕……颜色。人高的、矮的、丑的、俊的、胖的、瘦的,手擎各种兵刃,带尖的、带刃的、带钩的、带刺的、麻花的拧劲的,共分枪刀剑戟、斧钺钩叉、镋棍槊棒、鞭铜锤抓,长的短的什么样的都有。一个个横眉立目杀气腾腾。现场监考官把令旗一举:"比试开始。"蒲查隆一催坐下日月骍骊马,这马善通人性,本性好斗,前腿蹬后腿弓,咬钢环瞪金睛,鬃尾飘拂,快如风,高八尺长二丈,浑身洁白。蒲查隆头戴红色罗帽,转圈八排红绒球,迎门高挑三尖茨菇叶,左鬓边戴一朵红绒球,马一跑突突乱颤。身穿红绸箭袖袄长裤,腰系一巴掌红丝板条。足下穿一双窄鞴燕京快靴,背后背鲨鱼袋,内插镶金镂银铜胎铁背宝雕弓。左挂箭壶,有几支雕翎箭。肋下挎鲨鱼皮鞘,金吞口金挽手红色灯笼穗的二刃双锋宝剑。散披红缎子英雄氅,手擎亮银双戟。白马红人,英雄气随飞舞,活像一只大红蝴蝶临风飞舞。马跑一圈来到梅花圈当中,勒住坐骑。各举子举目细看面如敷粉齿白唇红,两只眼睛黑白分明,五官端正相貌堂堂,一表人才的美男子,年纪只有二十五六岁。众举子呀了一声。原以为传声筒中的蒲查隆是项长三头,肩生六臂,站起顶破天,坐下压踢地的骠悍骁勇的壮汉,原是个文质彬彬的书生呀!众举子又惊讶又赞不绝口。蒲查隆高声喊道:"某乃渤海郡忽汗湖人氏名叫蒲查隆。来自塞外小邦,久慕上国,英雄满天下,豪气遍四海。今天斗胆,要以武会友,结识上邦英雄豪杰,特来献丑。哪位举子来献艺,不才愿给接招。请!"说完勒马持戟等战。

就见一匹马飞奔而来。"某来会你。"说罢到了梅花圈中,两马头相离仅有四步远。蒲查隆见来人身高九尺,细腰梁宽臂膀,面如银盆,粗眉毛大眼睛。准头端正四字阔口,鼻子下一把短黑髯。身披大叶锁子黄金甲,头戴流金盔,胸前挂护心宝镜,腰悬宝剑,凤凰裙双遮马面,护背旗迎风招展,掌中一杆金攥提铲大枪,背后背鲨鱼袋,内装鹊画弓,左挎箭壶,内装12支狼工箭,胯下宝马卷毛狮子兽,高八尺长丈二,红嘴红尾,浑身白毛。威风凛凛杀气腾腾。来人自报家门:"某乃山东历城举子,姓万名春。听承宣官在声筒中称赞英雄武艺出众。特来请教。"话说的很谦虚。可是眉梢眼角却带挑战神色。万春说声"请",举枪分心就刺。蒲查隆用戟架开,两马盘旋。万春枪法实在厉害。但见:金鸡点头分心刺,怪蟒翻身奔咽喉;乌龙摆尾急又快,白蛇吐信放光辉。横扫千军难躲闪,玉锦围腰把命追;跑马回身枪难躲,回光返照一命颓。万春枪急马快,把枪舞的如同雨打梨花,风吹败絮,一片片一团团寒光闪闪,上护其身下护其马。蒲查隆双戟上下翻飞,如两条银练横空飞舞。日月骕骦马抖起神威快如旋风。二人战了五十多个回合,杀的难解难分。猛见万春大枪直刺蒲查隆前胸。蒲查隆手急眼快用左手戟架开大枪,右手戟急刺万春右眼。万春身往后仰,蒲查隆左手戟直刺万春小腹。这一招叫飞燕穿帘。右手戟是虚招,左手戟是实招。万春想躲不能闭目等死。蒲查隆不忍下毒手,往回撤戟,戟上的月牙钩,撕破了战袍,在小腹上划一道血槽,血染征裙。蒲查隆说声"得罪了。"勒转马头。万春提起身来催马离开了梅花圈。就听有人大喊一声,"我来会你。"话落人到马前。蒲查隆定睛细看,好一个彪形大汉,徒步跑来,身高一丈开外,头戴六楞抽口硬壮巾。顶梁倒插三尖茨菇叶,左鬓角插皂绒球,身穿青缎子绑峰靠边袄,黑绒绳勒着十字绊,腰扎一巴掌宽黑牛皮板带。下身穿青缎子衩蹲裆裤。脚上穿青缎子抓地虎快靴。面如锅底,黑中透亮,两道扫帚眉,一双豹眼睛,高鼻梁大嘴岔,眉宇之间有颗红痣,显得傲骨英风。手提一条钢铁大棍。只见:

这条棍杯口粗,丈二长,纯钢打放乌光,英雄汉,犯思量,千斤力尤其难挡,碰上它,定遭殃。"在下是山西洪洞举子张桥。愿在将军马前领教。"蒲查隆心想锤棍之将不可力敌,况且他在步下,专打马腿,跳起来搂头盖顶,要多小心。遂说道:"请英雄进招。"猛汉张桥举起朝天棍就迎了下来。蒲查隆双戟一拼,往上招架,兵刃相撞,把棍架开。蒲查隆觉到张桥比自己力大。这样人只好智取,不能力敌,把马一催。张桥伏下身,横扫毁马前腿,招又狠又快。蒲查隆一抖马缰,日月骕骦马纵起一丈高,跳出三丈开外,棍扫空了。蒲查隆把双戟交右手,左手亮出了宝剑。右手双戟直奔张桥咽喉。张桥一偏头,躲开戟。蒲查隆左手用剑削落张桥文楞抽口壮帽,削下一层头皮带着黑发一团。吓得张桥哇呀怪叫，顾不得拾壮帽，跑出了梅花圈。

简短捷说，蒲查隆连胜三杰。监考官一摇旗令退场。蒲查隆催马来到梅花圈外。见一使锤红脸大汉，已和一个红脸使刀的交起手来。蒲查隆没有细看，就回到同伴面前跳下马来，众人给道喜。蒲查隆说："我们还有11人，见有胜一杰的就过去比试。"比试结果，11人各胜三杰。有12人胜三杰，监考官把记录送交大主考，这是规定。大主考批"宣示"并告诉暂停。承宣官在传声筒发出喊声："比武暂停。"各现场监考官一摇旗，各个考场停了下来。承宣官在传声筒中大声喊道："从千斤鼎到梅花圈三胜者12人蒲查隆……鲍强。连胜二杰的十人范强、赵武，胜一杰吴永吴军的退出武科场。"执行官把吴永、吴军或不及格的众举子领出武科场。承宣官在传声筒继续喊道："胜三杰最优的蒲查隆、蒲查盛、夹谷岚举鼎走一周。百步穿杨，箭射金钱眼、箭射金钱落地，轻功踏沙龙只三分，脚踢柏木桩过顶，越白刃敏捷轻功，已到上层，打擂台，梅花圈比武，武功已超过前人。"

圣上见喜，宣三人登彩山殿，钦赐进士及第，不必再改了。只等考会元，状元，连中三元。有的举子能与三人记录相同考试，也封进士，这是皇帝口谕。擂鼓撞钟奏军乐。钟、鼓、军乐齐鸣。蒲查隆、蒲查盛、夹谷岚三个人上马奔彩山殿。早有吏部派人等候在谢恩台下，见三人到了，领进沐浴更衣室，拿出了短翅乌纱帽、红袍、玉带、朝靴，交付三人，开了一间八尺见方小屋，让三人沐浴更衣，三人锁好门穿戴整齐。承宣官从传声筒大喊："三场试中的举子回原处，等候发准考进士文证。连胜二杰，等候补准考进士证。比试暂停到未时整。各举子吃午饭不准离开原地。三名新科进士登谢恩台参拜，步登金阶，到彩山殿参见圣驾。"司礼官把三人领到谢恩台（擂台）。承宣官从传声筒中喊："新中进士朝参圣三拜九叩。"司礼官命三人三拜九叩。站起来司礼官交给了象牙笏板，承宣官在传声筒高喊："新科进士步蹬金阶，步步青云直上。到承恩台，承受天命。"司礼官把三人领到承恩台。承宣官高喊："新科进士承受天命插花披红，奏宫廷乐，新科进士三拜九叩，朝参圣驾。"三人跪倒，来了昭仪（宫中妇女官名），带着九名貌似天仙的宫娥，玉盘中捧着三朵颤巍巍金花，彩红，给三人插花披红。三人低着头，大气都不喘。昭仪插花披红完了。捧金炉的宫娥焚起了檀香，香味浓郁芬芳，香烟缭绕。三名宫娥手擎龙凤伞。承宣官传声筒中高喊："新科进士站在龙凤伞下。到金阶面见至尊。这真是平步青云，一步登天。"宫乐悠扬,檀香芬香,昭仪头先带路,九名宫娥簇拥住三名新科武进士,到了彩山殿龙书案前。昭仪发出了清脆声音:"新科进士朝参圣驾三拜九叩。"三人跪伏龙书案前三拜九叩。昭仪喊"平身。"昭仪喊"拜见大主考官,谢座师。"又把三人领到大主考官案前,昭仪喊"拜见座师三拜九叩。"三人拜了座师。只听昭仪说:"本宫昭仪已将新科进士交付主考大人。新进士听候座师尊命。"本宫昭仪已完仪言,谢过大主考官转入屏风后。大主考站起身来,领三名新科进士跪倒龙书案前,手捧笏板:"吾皇万岁!万岁!万万岁,臣奉命选拔英才,赖圣上洪福,幸不辱命。现有钦赐新科进士蒲查隆、蒲查盛、夹谷岚朝参圣躬。请圣谕教诲。"玄宗说:"爱卿平身。"命宫监搬过绣龙墩赐坐。大主考谢座。心中这份得意,喜形于色。玄宗看了新科进士穿了朝服,英气勃勃,龙心大悦。命三人站起身来,三人谢恩站起身子。玄宗开口道:"我朝有科场以来,今天是盛景。从前郡国不参加科试。本科是破格的,准郡国英才应试。三位爱卿艺业超过了前人。显出了本科应试是顺应天时民意。朕恩施格外钦点三位贤卿进士及第。以示皇恩浩荡。但考进士须是举人,卿等是渤海将军,唐朝服白衣。朕加封贤卿:考前解元及第,望贤卿再考中会元、状元,连中三元,以壮此科盛景。"大主考听了圣谕赶紧站起身来,率领三名新科进士跪龙书案前山呼"万岁!万岁!万万岁!","圣上皇恩浩荡,泽及塞外。天下升平,万民来朝,皆是圣上英明。臣率三名新科进士谢主隆恩。"玄宗命"平身。"谢恩台下来了三十多名郡国应试的将官,口口声声要见大主考和皇帝分辨是非。才有一段岔事惊人。

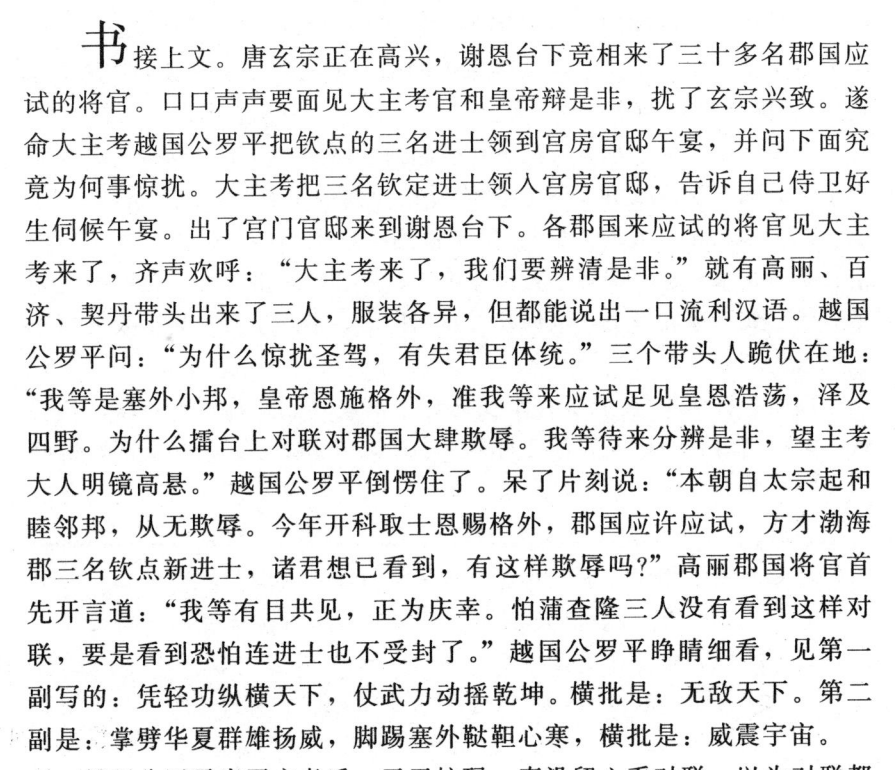

第六十四回　写对联平息郡国风波　凯旋归兄妹双叙别情

书接上文。唐玄宗正在高兴，谢恩台下竟相来了三十多名郡国应试的将官。口口声声要面见大主考官和皇帝辩是非，扰了玄宗兴致。遂命大主考越国公罗平把钦点的三名进士领到宫房官邸午宴，并问下面究竟为何事惊扰。大主考把三名钦定进士领入宫房官邸，告诉自己侍卫好生伺候午宴。出了宫门官邸来到谢恩台下。各郡国来应试的将官见大主考来了，齐声欢呼："大主考来了，我们要辨清是非。"就有高丽、百济、契丹带头出来了三人，服装各异，但都能说出一口流利汉语。越国公罗平问："为什么惊扰圣驾，有失君臣体统。"三个带头人跪伏在地："我等是塞外小邦，皇帝恩施格外，准我等来应试足见皇恩浩荡，泽及四野。为什么擂台上对联对郡国大肆欺辱。我等待来分辨是非，望主考大人明镜高悬。"越国公罗平倒愣住了。呆了片刻说："本朝自太宗起和睦邻邦，从无欺辱。今年开科取士恩赐格外，郡国应许应试，方才渤海郡三名钦点新进士，诸君想已看到，有这样欺辱吗？"高丽郡国将官首先开言道："我等有目共见，正为庆幸。怕蒲查隆三人没有看到这样对联，要是看到恐怕连进士也不受封了。"越国公罗平睁睛细看，见第一副写的：凭轻功纵横天下，仗武力动摇乾坤。横批是：无敌天下。第二副是：掌劈华夏群雄扬威，脚踢塞外鞑靼心寒，横批是：威震宇宙。越国公罗平当了主考后，天天忙碌，真没留心看对联，以为对联都写些吉祥语，哪知就有这样怪语对联。看了也勃然动怒，传来了看护谢恩台的校尉，厉声问道："这对联是谁写的？"校尉吓的胆战心惊说："启禀千岁，下官不知谁写的？是左丞相派侍卫来贴的。左丞相当时是大主考。"越国公罗平听了，知是杨国忠干的，就吩咐声"揭下来，"用纸封好，放在怀中。遂对各郡国将官说："方才校尉说的话，诸君想已听真，怪我没有留意，没有看到。现已揭了下去，望各郡国应试将军们，把误会也像对联一样揭去吧！"高丽、百济就有二人齐声说道："揭过去倒行，但揭去对联不吉利，必须新写二副重新贴上，我众人看了没有欺辱语言，心悦诚服才散去。"越国公罗平想，为了平息这一风浪，莫如让他们写，岂不省事，遂问道："诸位将军选人写二副对联吧？"高

443

丽将军首先说:"新钦点进士,一定熟通汉文,请他三人写。我们看了中了心意就散去。"越国公说:"我去奏明皇帝,诸位耐心等,不要惊扰圣驾。"遂上了彩山殿,拿出了二副对联对玄宗看了,皇上也皱起了眉头:"杨丞相太大意了。这样对联怎么能贴上呢?分明要造反。下副藐视天下英雄,欺辱郡国,不怨郡国应试将军们质问了。应怎么办?"越国公罗平把高丽、百济二应试将军说的话奏明玄宗。玄宗说:"就这样吧!"越国公罗平派侍卫到宫房官邸请宣三名钦点新进士。

书中交待,这个小风波是怎样引起的?高丽、百济是渤海半岛的两个小国。输入汉人文化很早,据传说在商朝的暴君殷纣时"箕子为之奴,比干谏而死,微子去矣"。微子就到了这个半岛,带去了文化、风俗、生产技术。据说朝鲜土人是流萤族,姓朴的是土著人。姓殷的是微子后代。我不懂高丽史,也没有看商朝历史,不敢妄言,只是人云亦云供参考。

高丽、百济12名应试将军在擂台下等候打擂。看到了对联,就气炸了肺,当时就要质问,经契丹再三劝说,等考试过刀枪再质问,恰好停考。高丽、百济就串了各郡国来质问。一是对联不满意,二是渤海国12人连胜三场。自己只能力举千斤鼎,箭射穿杨,踢柏木桩不会轻功。渤海是高丽的属国,竟攀了高枝,又压过自己,就借题发挥,想让蒲查隆写对联当众露丑。只要他三人说"不会。"高丽、百济二人要各写一副,势必压倒渤海。这是这场小风波的根源。

宣来了钦点的新进士,跪伏龙书案下,玄宗命"平身"。三人站起身形,玄宗问三人:"看过擂台贴的对联了吗?"其实三个人早看过了。蒲查隆第一天就看过并听大门艺讲过,但他想说看过会引出不必要的麻烦。遂说道:"启禀圣躬,小臣只顾应试,怎敢东顾西盼。"玄宗就把对联让三人看了,问:"你三人看了对联,是怎么想的。对朕实说,对了更好,错了朕也不怪。"三人又要跪倒,玄宗摆手。大主考罗平说:"圣上洪恩,你三人就站着启奏吧!"蒲查隆说:"小臣看第一副对联是欺君枉国。第两副对联是分裂郡国。两条横批是夸大自己,藐视天下英雄。太狂傲了,小臣只能说这些。"玄宗问:"蒲查盛和夹谷岚你二人呢?""启禀万岁小臣也有同样想法。"玄宗心悦:"既是你三人所见皆同,朕也同意你三人说的,很合朕意。各郡国应试的将军为了这对联,刮起小风波。要求你三人写两副对联,以安众心。你三人能写吗?"蒲查隆说:"启禀万岁,臣等幼年,从师学过汉字,粗通汉文,恐不能胜任。"玄宗认为他三个不会写,哪知幼年就学过,心中大悦,命内侍臣拿过文房四宝,命在龙书案上书写。蒲查隆三人怎敢在龙书案写。蒲查隆启奏道:"小臣幼年家贫,从小在忽汗湖捕鱼度日,塞外很少笔砚,以细砂为墨,以羊毛为笔,以湖岸草地为纸,不惯在桌上书写,让臣跪伏龙书案下书写吧!"玄宗就命内侍臣把笔墨纸砚放在龙书案下,命他三人书写。要讲汉文底子根基深厚,他三人中夹谷兰为最,但夹谷兰处处总是推让蒲查隆当先。启奏道:"小臣二人不通翰墨,蒲查隆惯于书写,小臣愿研墨,蒲查盛铺纸。"蒲查隆自己明白,自己不如夹谷兰,夹谷兰竟在天子面前推让自己,心中有说不出的感激。就磨得墨浓,蘸得笔饱,刷刷点点,写出了两副对联,呈玄宗御览。玄宗细看,第一副:

凭精功东安西抚万民乐业　仗武力南征北战天下升平。横批是:武为国本

玄宗看了大悦。说:"好一个凭精功东安西抚万民乐业。精功,用字奇巧,精功包含文章武艺,凭仗文精武勇东安西抚。东安渤海、契丹、西服吐鲁番、回疆永不犯境。真是万民乐业好呀!仗武力南征北战天下升平,横批武为国本。国没有武备怎能安内攘外。好!好!"

又看下副:忆昔年十载寒窗勤学苦练,喜今朝名列金榜四海扬名。横批是:再接再励。玄宗看了说:"这副对联,既道出了成名不易,也道出了'玉不琢不成器',由于勤学苦练才四海扬名,愧煞多少不学无术懒汉。横批:再接再励,并不止步,这副对不傲不骄,不忘本。快把这两副对联贴好。"大主考看了玄宗十分喜悦,就吩咐快贴起来。

大主考自己也到了谢恩台下,等贴好对联,就对各郡国应试将军说:"这两副对联,你们看了高兴吧,不光是说唐朝各郡国也都是如此吧!"高丽、百济两个应试将军看了,瞠目结舌,笔劲意切,文词巧妙。连说:"我等心悦诚服。"率领各郡国应试的散去。玄宗这份高兴,就命内侍拿出九尺长五尺宽两黑绫制成大旗,御笔亲书,钦点进士及第,钦赐解元及第,命百名御林军护送新进士回西教场,并命蒲查隆同来人伴进士回教场,有再来考的一律准入场。承宣官在传声筒中高喊:"新科进士蒲查隆、蒲查盛、夹谷岚钦赐考前解元及第,御笔亲书大旗两面,钦点进士及第,亲赐解元及第。派御林军百名,执旗护送回西教场,同来考中的九人伴同回去,明晨卯初到陛阶纳陛界牌,等候考试。"新科进士跨马在御林军同伴陪同下,绕场院三周然后辞王别驾,回西教场。个个准备放炮奏音乐擂鼓撞钟。"咚"一声炮响,拓拔虎九人预备停当。

第六十四回　写对联平息郡国风波　凯旋归兄妹叙别情

催马到彩山殿跟随蒲查隆三人马后，御林军执起两面大旗，12面铜锣开道，绕场三周。蒲查隆三人跪在谢恩台山呼"万岁！"谢恩毕乘马出了东教场。大队人马浩浩荡荡直奔西教场。玄宗也吩咐内侍臣看过龙辇起驾回皇宫。武科场由主考继续考试。

单表一百御林军护送新科进士回教场。两杆大旗迎风飘摆，12面铜锣敲的山响。大队人马出了武科场缓缓而行。早有左平章派来探事小校看的明白，瞧了个准确。翻身上马，加上一鞭飞报左平章。小校乐的见了左平章，单腿跪倒："报左平章，天大之喜，三位将军武艺出众，钦赐考前解元及第，钦点进士及第，赏了两旗，一百御林军12面铜锣开道。九名都将也考中了伴同身后，好不威风。"左平章说："你再说一遍。"小校又重说了一遍。左平章如在梦中，就派赫连杰、赫连武二人飞马去探。门军来报："渤海郡国派大将军夹谷后裔，带一千骆驼队送夏季军装来了。在大营外等候进见。"左平章告诉骆驼队交总管处，让大将军来见。门军领来了大将军，夹谷后裔跪拜了左平章，进入大帐，侍卫端来香茶，左平章一指椅子，命大将军坐好。父子见面，先说过国事，后叙家事。赫连杰、赫连武进帐来报："左平章，天大之喜，小校报事是真。大队人马，正夸官游街哩！"大将军听了莫明其妙。遂问道："你二人报的什么喜？"二人才看见大将军坐在那里，赶紧行了军礼。"请大将军不要见罪，小将是乐懵了。只顾报喜，没有看见大将军。"大将军说："不碍事。你俩倒说说，为什么乐懵了？"二人瞅左平章。左平章说："就对大将军说说吧！"由赫连杰从头到尾学了一遍。大将军听了喜上眉梢："如此说来真是天大喜事，这三个人给渤海争光露脸，夹谷兰是女的怎么也去应试？"左平章让赫连杰、赫连武退离帐外一百步守候："我与大将军面谈机密，没有谈完任何人不准进帐。"二人退去。左平章就把大门艺怎样说出二位蒲查将军是当年忽汗湖渔婆的女儿，大祚荣的妻子领着红儿、绿儿，就是现在渤海郡主红罗女、绿罗秀，怎样自作主张让兰儿女扮男装也去应试，如何说服了自己，就应了应试等事诉说一遍，"一去人，听说皆中了，我担心露了破绽，正担心哩！"大将军如梦方醒："我说呢，我回渤海去，国王总问蒲查二将军。我以为要给红罗女、绿罗秀订婚呢？原来如此。好啊！我们就郑重地列队迎接。正好有新来的夏服。全营兵将换新装，悬灯结彩，放鞭炮迎接。父亲也应当像儿子中选那样高兴。他三个都是你老亲骨肉一样。"左平章说："你操办去吧。"

比剑联姻

遂唤赫连杰、赫连武入帐。左平章说:"传我的令,合营大小将士,暂听大将军指派,代行我的职权,便于行事。传令去吧!"二人分头去传令。并把喜讯传知了全营,众人无不喜出望外。大将军唤来了侍从,吩咐去长街买鞭炮、彩灯、彩旗,又吩咐人打扫街道、大营、把中军大帐收拾整洁。预备好各郡国来贺喜的接待仪礼。又命全营将士一律换新装,军容要整齐。五个联营听说他们都掌管也考中了,首先忙碌起来。各处听说二位总管及枢密处都掌管考中了,异常活跃起来。只有一个多时辰都准备的整整齐齐。各联营开始演习迎接仪礼。各个处也在演习,请大将军先去校阅。大将军看了很满意。派人飞马去探。回来说正夸官游街,看样子未末申初才能到来。大将军命暂时休息。殿下大门艺来了,喜形于色。见了大将军,二人叙了寒温,畅谈起来,都是青梅竹马老世交,见了面什么殿下,大将军早忘在脑后。大将军说:"殿下。"大门艺摇摇手说:"裔哥,你忘了管我叫艺弟了。什么殿下,我听了很刺耳,也显得我俩生疏了。"左平章见两家后代仍像当年孩提时候,亲密无间,也很高兴。大门艺说:"裔哥,你要说什么?"大将军说:"你我堂堂男子汉须眉丈夫,倒不如三个丫头,岂不愧煞。"大门艺说:"这是机会呀!你我没撞到。所以我就支持她三个,给她仨成名露脸,你我这当哥哥的也光彩,老王伯还担心哩。"大将军说:"老人总是遇事慎重。是当年撞壁积下的教训,深怕后人再撞壁,这叫暮气。你我再过30年也是暮气沉沉,就不能有今天的勇气。你信不?"大门艺说:"我为甚么不信?""你作什么去了?才来喝现成喜酒。"大门艺哈哈笑:"我今天在午门值班,听到了信,请了假连家没回,就跑来了。要帮助张罗。你这喜神都办理好了。我只好喝现成喜酒。"

门军来报:"探马来报,大队人马离西教场只有三里了。"大将军吩咐声:"列队迎接。"吹响了牛角,一队队穿着草绿色戎装勇士三人一组开出了西教场,旗幡招展,鼓角齐鸣。请左平章上座,12人又重新三拜九叩行过大礼。又请大门艺、大将军坐左平章下首,行了大礼!左平章辞去。大门艺、大将军请来了御林军三名都尉,坐好让12人行了大礼。在中军大帐设筵款待御林军都尉。各御林军分派各营去饮酒。御林军都尉不肯久停,领了三杯喜酒,率领一百名御林军走了。接着各郡国使节派员来贺喜。大门艺、大将军分头接待。各郡国使节散去,已是日落黄昏。各联营副都掌管和先行营各处的首领齐集中军大帐,开怀畅饮。各营勇士赏赐酒肉各个欢饮。散去酒宴,中军帐中只剩下了大门艺,大将军,三名新进士。夹谷兰再也耐不住要见哥哥,来到大将军面前,双膝跪倒:"哥哥,小妹拜见。"大将军说声:"起来。"夹谷兰起来站在哥哥身旁。蒲查隆、蒲查盛也跪倒说:"末将拜见大将军。"大将军哈哈大笑了。就拿出大哥哥的口气说:"什么末将?分明是红儿,绿儿装得倒挺像。还不站起来,我有话问你三个。"红罗女、绿罗秀胀红了脸,站起身子问:"裔哥,你怎么知道?""你俩先别问这些。""我要问的你三人怎么这样侥幸,博到天子欢心。"红罗女就把在武科场的详情说了一遍。大将军听了很高兴:"红妹写的对联很好,实际是高丽、百济有意让你三人出丑,以为你三人不通汉文,故作难题。还有什么事?"红罗女就把玄宗亲口说准许渤海再派人去应试。指定陛阶纳陛,四个界标归渤海占用。能容下44人。大将军、大门艺二人都乐了。"你三人夺了进士,还争来了考试优先权。那么别辜负圣意,你三个人久掌虎贲营,挑出24名去应试。我和艺弟回去报左平章。"

　　大将军、殿下走后,几个人就想去应试。大门艺殿下、夹谷后裔将军两个人兴致勃勃到了左平章大寨,就把应试的详情回禀了左平章。最后说:"天子当面对蒲查隆三人传下口旨,留下陛阶纳陛,四个界标能容下四十四个人,留给渤海国再去应试的。如此得到天恩,实在不容易。我们就选几十人去应试。"说完面带得意之色。左平章却皱起眉头,沉吟不语,待了片刻徐徐说道:"你俩少得意吧!要知道得意失意是一母并生的双胞胎孪生儿,相互并长,谁也离不开谁。汉文有句古语'祸兮福所倚,福兮祸所伏',就道出了先哲们的对事物发展积累的名言。你俩应该冷静思考。我们是朝唐的,不是来应试举子。再说能去应试的多半是一路上收的汉人,能会轻功。渤海来的壮汉多半不会轻功。汉人能否入渤海籍,现在还拿不稳。渤海来的人即便侥幸中了又当什么?况且考场就是战场,刀枪无眼,当场不让步,举手不留情。我们伤了别人,树下仇敌,别人伤了我们,损去实力。已树下白马寺、杨国忠、高力士的仇敌,苦苦和我们作对。杨国忠病好后必倾注全力来报复。我还苦无对策。"大门艺说:"老王伯说的极是,但有些'杞人忧天',我俩商议,考中几十名进士,再夺了状元,壮壮渤海国威风。老王伯你是代行王命的,有空头诏旨,在长安先封蒲查隆三人为大将军,让各郡国瞧瞧渤海虽是新兴的小邦,却在大邦的唐朝压倒了各郡国显显威风。"左平章听了紧皱眉头说:"你两个年纪不小了,一个是渤海国驻唐使节,一个是渤海大将军,怎能这样轻率,浮躁用事。唐朝是有历代汉人积累下的文韬武略。论文化像李太白学士的奇才，何止百万，论武像越国公罗平样的英雄，车载斗量，岂可等闲视之。现封大将权在国王，我怎敢擅传。空头诏旨是国王对我的信任，我应万分珍惜这一信任，怎么能把信任当成权威。再说她三个在国内没有威望，功抵不过现有五大将军，贸然当了大将军，会惹出多大误解。就是你俩一再解释也不好说的。"二人四目相视说不出话来。大门艺虽是渤海国王的殿下，却对左平章这位王伯总执以晚辈之礼。因是当年在太白山之下联盟的首创人，从青年就跟自己父王血战疆场，成立震国有人家汗马功劳，又是几代老世交。大门艺不敢以殿下自居。"是，我们怎能抗违圣意。我俩只顾高兴，却没有想到像老王伯说出的利害。"左平章沉吟片刻说："我年事已高，暮气沉沉。你俩去办吧，但必须把事情经过回禀我知道。"

第六十五回　再比试旗开得胜　四童子齐点解元

两个人得到左平章默许，就又来到蒲查隆帐房，见三人正写去应试花名册。大门艺说："我们出了左平章大帐，就商量好了。每十联营先行营、战将营、后备营，各处轮流去应试，五个联营先去五个人。先行营、后备营，各去一人，战将营各处去五人，把女将名芬、蓉、美按样改掉，把姓名、使的兵刃骑的马匹，造一名册，交我俩看。"三人造好名册交给大门艺殿下、夹谷大将军过目。二人齐说："战将们使的兵刃和战马，怎么都有了变动。"蒲查隆说："是有了变动。从瞿塘峡到长安，沿途买了些好马，在葫芦峪又得些好马，各战将把原来劣马换了好马。兵刃也是这样。把原来不趁手兵刃换了自己爱好的兵刃，这样更显出兵精将勇了。日后如再有战争，夺来好马好兵刃，原来不会五钩神飞枪的现在有不少人使。我们的战将平时总是交流武功，不是'能给百串钱不教一道传'什么秘不传方。还有七八位高师指教，战将们的武功日新月异啊！""原来是这样。"两人在灯下细看：一、呼尔哈手拿牛头镋，胯下青鬃豹斑马。二、博那哈密手拿牛头镋，胯下青鬃豹斑马。三、广伦呼手拿牛头镋，胯下青鬃豹斑马。四、勃达庶（莲）手拿三股烈焰叉，胯下卷毛狮子马。五、哈勃容（芙蓉）手使三股烈焰叉，胯下卷毛狮子马。六、上官杰手使金装锏，胯下黄骠马。七、王常伦手使方天画戟，胯下白龙驹。八、韩勇手使巨齿狼牙棒，胯下犴达犴。九、韩猛手使巨齿狼牙棒，胯下犴达犴。十、韩刚手使巨齿狼牙棒，胯下犴达犴。十一、韩强手使巨齿狼牙棒，胯下犴达犴。十二、东门豹手使牛头镋，胯下四不像。十三、东门虎手使牛头镋，胯下四不像。十四、东方豹手使牛头镋，胯下四不像。十五、东门夫（芙蓉）手使冷艳锯，胯下桃红马。十六、东门俊（俊容）手使冷艳锯，胯下桃红马。十七、东门利（雨容）手使冷艳锯。胯下桃红马。十八、诺尔罕手持独脚铜人塑，胯下浑红马。十九、赫连文手使五钩神飞枪五钩练子枪，胯下白龙驹。二十、赫连武手使五钩神飞枪五钩练子枪，胯下白龙驹。二十一、赫连杰手使五钩神飞枪五钩练子枪，胯下白龙驹。二十二、左丘清（清明）手使五钩神飞枪五钩练子枪，胯下白龙驹。

大门艺殿下和夹谷大将军看了,两人对照一下眼色,指各个人的胯下马。大门艺说:"你们过分把马夸大了。什么虎斑马、黄膘马、白龙驹好像千里驹。"三人齐说:"我们并没有夸大。这些马的脚程确实很快。曾和左平章胯下呼雷豹比赛过,呼雷豹一日只能拉下这些马五六十里。'名'是我们起的。"大门艺殿下、夹谷大将军听他三人说的经过实践证明,点了点头。"你三人派谁去把这些战将找来。我二人嘱咐一番,免得到了武科露了破绽。"三个人就唤来了十几名女侍卫吩咐到各营去找。霎时聚齐。大门艺说:"先说明去东教场去应试也是观光。能应试就应试,不能应试的去观光不能勉强,渤海人举千斤鼎,百步穿杨是能取中,踏沙龙越白刃就不行了。脚踢柏木桩也能应付。汉人去的轻功多数能行。这基本功,两项能完成一项就可比武。出的人其中有女将扮成男人,改了原来名字,不回渤海永远不改本名,要秘而不宣。把改的名写了一遍。来的人除汉人外,都事前经过选拔。"会说汉语的渤海人,大将军又用渤海语重说了一遍,各个都领会了。这时帐门忽的开了,闯进四个孩子,进帐就嚷开了。"去东教场应试为什么不告诉我们?你们把我四个不当人呀!"大门艺说:"你四个嚷什么还都是孩子,能去应试吗?""怎么不能,三国时东吴的孙策自幼从父出征,18岁独霸江东九郡八11州,就连曹操拥有百数雄兵都怕他,说:'此儿不可与争锋,'自幼11岁后到18岁都是幼。这是我师傅说过的。孙策是人,我们也是人。孙策幼年,我们也是幼年,孙策当年骑马,我骑虎架鹰。孙策是个文弱书生,我们13岁了,胯下黑熊,驮着小猴打架一个顶百个,甘罗也得甘败下风。"重生小嘴跟爆豆似的叫嚷。大门艺殿下、夹谷大将军看孩子神态傲气十足,说的话有理有据,一人抚摸一个孩子头顶说:"孩子有志气,还是年幼无知呀!等长大了再去应试吧!""等长大了,官都让你们当了,耽误了我们多大前程。"猛生接茬说。夹谷大将军瞪了他一眼。他捂着小脸像受了很大委屈说:"你们不说理,找爷爷去。"转身要走。大门艺殿下一把拽住了他说:"不要任性胡闹。"孩子很委屈说:"我妈妈说,爸爸当年14岁就跟国王老爷爷出征,在湄沱湖身受七处枪伤,血染征袍。国王爷爷背起他杀出重围,才得了性命。爸爸14岁能血战疆场,他的儿子13岁就是孩子,多不讲理。艺叔叔给评评理。"夹谷大将军听孩子说起当年。就说:"今非昔比。"孩子说:"什么今非昔比。你爸爸,我爷爷是当年创业人,现在当了左平章,代行王命,我爸爸又当了大将军。孩子就娇生惯养,不敢让出外闯练,耽误了

第六十五回 再比试旗开得胜 四童子齐点解元

451

孩子终身，我师傅就说这话。所以我背着妈妈跑来找爷爷。"夹谷大将军、大门艺殿下听了孩子话，大门艺很赞成孩子有股英雄豪气，就对大将军说："我看就让这四个孩子去吧，开开眼界也是好的。"大将军点了点头。大门艺说："把他四个填入名册，告诉孩子们，去的女的，是扮男装，不宜泄露了机密。"又把每人改的名告诉了一遍。孩子们早知道："不准女孩子入考场，老师早就说过。一定守口如瓶，放心吧！"一切安排就绪，告诉厨房预备早饭午饭各人安歇。

　　第二天日落，渤海大营走出了40名应试的武将。除了九个人穿汉人衣服外，三个武进士头戴短翅帽，身穿大红袍，腰系玉带，足登朝靴。四个孩子一律穿渤海国新发的戎装。头戴红牛皮盔，其盔椭圆形，盔上顶有红簪缨披散着，四周有三尺帽檐，前面有三寸见方红章画着白山黑水，帽与帽檐当中有帽扣，有兜额带。很像鹅蛋从当中剖开取去蛋黄白镶上了帽檐，是经能工巧匠用一个模型把牛皮去毛烤红经过水浸压成的，美观，能避弓箭。上身穿四开叉箭袖短袄，前可护裆后可护臀部。前面冰盘大月光左书大写"渤海"，右书"勇士"。九排钮绊，对对铜钮扣，腰系一巴掌红牛皮大带，内穿生牛皮坎肩，下身穿大裆滚裤，脚登红牛皮踢死牛快靴，肋带雁翎刀，左挎箭壶插着几支箭，背后鲨鱼袋中装着硬弓，马鞍鞒上挂着各个兵刃。二杆御笔亲书，进士及第解元及第，大旗威风凛凛，迎风招展。

　　大队人马直奔武科场，到了热闹街头，已陆续有骑马的步行的应试举子走动。众人又买了红灯笼来到了武科场，门军见钦点新科进士来了躬立两边。门军校尉满脸堆笑行个军礼，说："进士，贵邦又来了多少应试的？"蒲查隆说："40名外有两名执旗勇士。""请优先挂号。陛阶纳陛，界标归贵邦占用。"蒲查隆递上事先写好名册，注册文官发了腰牌。蒲查隆领大队人马入场，门军校尉、各应试举子都不约而同地"哎哟"一声，头先四个小孩一个骑虎架鹰，一个骑黑熊带小猴，一个骑金钱豹带一个卷毛狮子小狗，一个骑狮子带老鵰，四个骑很大鼻子像牛不是牛，像黑熊不是黑熊。像驴不是驴，像马不是马怪兽。后面人各骑一高头骏马。这队人马一进武科就引了骚动，争相观看。吓的掌试举子们的战马嘶嘶乱叫。蒲查隆把40人领到界标，拴好马，挂好灯笼，命每人就地休息，到应试时还早。夹谷大将军、大门艺殿下坐在陛字最后面。好不容易盼到东方发亮，各人站起身来看花了眼。夹谷大将军对大门艺殿下说："我算开了眼，咱们一定仿效长安，建上京龙泉府，你看多么森严威武。要是皇帝驾到，更尊严了。我要亲眼看到该多么福气。"殿下大门艺说："你在端午节后走。皇帝给状元插花披红。文武百官肃立阶下，那个场面才算开眼界。"夹谷大将军说："我倒愿意，就怕事不由己。"

这时承宣官在传声筒中传来洪亮声音："各举子起立。管好马匹，圣驾同大主考官到了。"千乘万骑御林杂踏旌旗伞盖斧钺钩叉一切仪式如往日。夹谷大将军瞪目细看，连声赞好。玄宗登了彩山殿宝座。"咚"！一声炮响悬起了大彩旗，应试开始。渤海郡众人耐着性子观光了半日。承宣官发出："应试暂停，到未正，众应试举子吃饭。"各人从褡褳中取出羊尿泡盛的烤牛肉粘糕，又取出装的热开水来，边吃边喝。大门艺殿下和夹谷大将军凑在蒲查隆一起，谁先去应试问问每个人。三个问遍了众人，都说去应试。已看的明白，能考中。四个孩子争先要去。大门艺对大将军说："不要挫伤他们的锐气，先让他四个去试试考上更好。考不上都是孩子，也没什么丢人现眼。他四个骑的虎、豹、狮、熊占优势，又有宝甲护身，鹰猴鸠狗为援。天生神力，受不了伤。"大将军点了点头。就让他四个先去应试。四个小孩乐的跳起来。各人摩拳擦掌，等候去应试。承宣官在传声筒中发出喊声："再来36人到彩山殿下，听候召唤，验明身份，比试开始。"四个孩子首先到彩山殿左侧三人一列排好。承宣官在传声筒中喊，"彩山殿下等候应试验明身份举子到丹墀口受验。"拓拔重生登上彩山殿，玄宗一眼看到，见一个十一二岁孩子，头挽双髻，眉清目秀，齿白唇红，天庭饱满，地阁方圆，前发齐眉，后发盖颈，上身穿插红色箭袖短袄，下身穿红色兜裆滚裤，穿一双燕云快靴，粉妆玉琢的跪在丹墀口。遂吩咐内侍臣问孩子："来干什么？"孩子答："来应试的。"玄宗听的清楚。遂问道："你姓什么？叫什么？"孩子说："拓拔重生，渤海郡国忽汗湖人氏，年13岁。"玄宗说："13岁来应试，本朝从开科取士以来还没有过。你能力举千斤鼎，箭射穿杨吗？"孩子答："能！"玄宗又问："你懂踏沙龙越白刃脚踢柏木桩吗？"孩子答"常练习。"玄宗听了心中大悦，问："谁和你同来的？"孩子一指彩山殿下，玄宗一看还有三个孩子，命内侍臣同上殿来。三个孩子同内侍臣到丹墀口跪倒。四个孩子穿戴一样。两个穿红的两个穿黄的。长得十分俊美。各报了姓名住处。说明能力举千斤，箭射穿杨踏沙龙越白刃，脚踢柏木桩常练习。四个孩子说一样话。玄宗问："你四人骑的什么马？"四人答："不是马。"玄宗惊奇了。"那你们骑什么？"一

第六十五回　再比试旗开得胜　四童子齐点解元

453

个说骑虎架鹰，一个说骑黑熊带小猴，一个说骑豹带卷毛狮子狗，一个说骑豹带老鸠。玄宗听了更为惊奇问："你四个是什么官？"孩子说："不是官，是左平章亲随侍从。"玄宗说："宰相门下七品官。"孩子说："不是七品官，是考官来了。"玄宗很喜欢这四个孩子，就问大主考说："武科场没有童子比试，我们开个先例，来个童子试。举六百斤志石。踏沙龙是轻功，不要越白刃，比武点到而已，不准伤了孩子。爱卿你看怎样？"越国公罗平说："这是皇恩浩荡，泽及四方。"玄宗命挂了号，告诉承宣官传知各现场监考官。承宣官在传声筒中高声喊道："各现场监考官来试举子注意听。渤海郡来了四个应试童子，圣心大悦，特开童子试，举六百斤志石，箭射穿杨，踏沙龙，脚踢柏木桩，免去越白刃，擂台、梅花圈，比武点到而已，不准伤了孩子。这是圣谕。一保拓拔重生，一保西门再生，一保夹谷猛生，一保东门庆生，现在就去现场应试，优先比试。"听到承宣官喊话，大门艺殿下，首先向夹谷大将军说："孩子们取中了。"拓拔虎、赫连英、东门姐妹、西门姐妹、夹谷岚、蒲查隆、蒲查盛早就提心吊胆了。怕孩子举千斤鼎累坏身体，怕孩子越白刃泄了气功，刀穿脚掌。这四个孩子独是千顷地一棵苗，有一个一差二错，首先受不了左平章责斥，更对不起他四个的父母。这回保证中了。各个人放下心。

　　四个孩子没有半个时辰就比试结束。场场占先。现场监考官把记录交到大主考，挑了宣示，玄宗又告诉让孩子登彩山殿。承宣官在传声中高喊："拓拔重生、西门再生、夹谷猛生、东门庆生场场占先，擂台梅花圈，每人连胜三杰不过五招。举志石过顶绕场地一周。箭射穿杨各个射中，脚踢柏木桩过顶，踏砂龙五分深，圣心见喜，命宣上彩山殿。"四个小孩子把坐骑牵回原处拴好，就上了彩山殿。玄宗说："你四个小小年纪，竟有这样艺业，神童了。年纪还小，不能考进士。朕亲赐你解元及第，满18岁再来应试，不必再考了。"四个小孩子谢恩拜过主考。承宣官在传声筒中大喊："拓拔重生、西门再生、夹谷猛生、东门庆生，皇帝钦赐解元及第，满18岁再考进士，并夸为神童。鼓掌喊好，撞钟击鼓，奏军乐。"鼓响"咚咚"，钟声"叮当"，乐声悠扬。四个孩子高高兴兴回到界标。众人道喜。孩子们很有礼貌地说："托左平章老爷爷的福。殿下、大将军、叔叔们福。恩赐格外考中了。"说完一个个美滋滋的，站入人群中。大将军对大门艺说："我的猛生比在家强多了，在家很淘气。"大门艺说："孩子也要经风雨见世面才能有造就。他四个每天在左平章帐中接触的是官员，听到的是谦虚寒暄，见到的文人是温柔，儒雅，武将是英风傲骨，日久天长就把自己也陶冶成文武并济的品格，这叫'鸟随鸾凤名声远，人伴贤良品格高'、'近朱者赤，近墨者黑'。"大将军点了点头说："你说的很对，渤海去应试的陆续去应试，渤海人都能力举千斤鼎，箭射穿杨脚踢柏木桩，擂台、梅花圈，力胜三杰。汉人都能踏沙龙越白刃，脚踢柏木桩，箭射穿杨举千斤鼎，有的过膝，有的过腰，没有一个举到平身。准算都合了应试进士格。"

天要日落了，大将军说："怎没有听到竟是谁谁及格。"大门艺说："停考前才宣示呢！除非有了出奇人，出奇事才宣示。""原来如此。"大将军说。承宣官在传声筒中高声喊道："比试停止进行。"各现场监考官把令旗一摇，停止了比试。现场监考官把记录交送大主考。校对完了批"宣示"。承宣官高声喊道："把今应试考中进士的候考进士 154 名宣示。渤海郡国上官杰、王常伦、呼尔哈……左丘清 22 人。长安 30 人范文齿……洛阳 20 人高铭远……等。高丽郡国殷洪……殷亮五人。百济郡朴雄、朴敢二人，突厥独孤陈一人，山东张洪……赵林 15 人，湖南赵申……李甲九人，湖北赵玉……钱申十人是候考进士，共 154 人。"每处派一名应试举子，到彩山殿丹墀口来领考进士入场牌。渤海派上官杰去领来 22 份入场牌。每个人手持入场牌高兴得落下泪来。大门艺殿下、大将军看在眼里。承宣官在传声筒中高喊："皇帝回朝，全场肃静。"玄宗坐了宝辇旌旗招展。文武百官伴同圣驾出了武科场。承宣官高喊："明天卯初继续考试。今天散场了。"各举子纷纷离开武科场。

渤海大营人马回到了西教场，众将官簇拥住左平章，在大营外等候大门艺、大将军，跳下马来给左平章道贺。四个孩子跪在左平章面前声如洪钟说："托左平章老爷爷福，小孩子们钦点了解元。"左平章问大门艺怎么回事。大门艺就把比试情况如实说一遍。左平章说："我以为四个孩子跟去看热闹，小小年纪长长见识也是好事。哪想到已钦点解元，可喜可贺。你四个大喜，起来吧！"四个孩子站起身形。上官杰 22 人一齐跪倒。齐说："托左平章福，我们都考中了准考进士。"左平章也被这众人的一团喜气感染了高兴起来，连说："你们都恭喜呀！起来！起来！都到中军大帐去。"众星捧月似的把左平章簇拥大帐。左平章边走边问考场情况，大门艺一一作了回禀。到了中军帐，左平章让考中准考进士九人一列站好。左平章先说声："恭喜！恭喜！诸位都考中了，老夫也很高兴。你们都报的那里人氏？"都说："是渤海郡国忽汗州。"左平章

第六十五回　再比试旗开得胜　四童子齐点解元

455

说:"你们当中有不少是汉人,为什么也报渤海郡国,忘了家乡。"王常伦跪倒说:"我王常伦青年是捕鱼的,遭了官司,落草为寇,幸遇左平章救了我。我有了出头之日,我要在渤海安家立业,入渤海籍了。"左平章又问众人。赫连姐妹、西门姐妹都说:"入渤海籍,天下民,天下住,哪好去哪。这是人们的愿望。"左平章说:"你们先人尸骨断了祭扫与心何忍。'孝字是人生之大本'。"众人说:"起尸骨重葬在渤海。"左平章说:"那么从祖先也要当渤海人。"众人齐说:"正是。"左平章说:"意不可勉强。不愿去渤海的,等考完了,我本奏当今,愿留下的仍可留下。"众人齐说:"不留下。"左平章命在大帐设筵贺喜:"再去一批应试的。"向大门艺说:"你说的话一个羊也放,十个羊也赶,事情已经到这步天地,就大大地闹吧!"大门艺、大将军都说:"应该这样。常言说'学会文武艺货卖帝王家',赶上这个机会,就让他们卖吧!您老方才说得好,愿留下的就留下。总之他的货是卖出去了。成全他们成名,也是美事。"

第六十六回　秉公心罗系报名比武　不负望夫妻双双登榜

霎时摆上酒筵开怀畅饮。边喝边说明天去应试的人，罗家四棍八大锤也在内。罗系听到有他们兄弟哥嫂，就站起身子，来到左平章、大将军、大门艺和三位新进士面前，双膝跪倒说："我弟兄不可去应试。杨国忠恨透了我，再去应试会惹出更大的纠缠。我父子兄弟在渤海能够容身就感恩不浅，再不敢作妄想。"左平章听了罗系的话，点了点头说声："起来，应从长计议。"罗系站起身形，退回本桌。左平章对大门艺、大将军说："罗系说的很有道理，但罗系夫妻俩年轻轻的又有一身武功，不应埋没。想法周济他俩去吧！他的哥嫂不去也罢。"大门艺、大将军也愿姓罗的去应试，别人都去，不让他们去岂不冷落他们，因此写入应试名册。罗系这样说了正好打退堂鼓！二人齐说："回渤海国吧，成全他夫妻去应试，事出在他们自己。"罗系隔桌听的分明。明知要去应试，须更名改姓，变成渤海国姓名。这样大事上有父兄自己怎敢作主张。又想到自己才22岁，妻子也22岁，都有一身好武艺，借着这个机会，正可大显身手。谁知天不从人愿，想到这里，黯然伤情，面带凄苦，他的哥嫂都看在眼里，也为这小弟伤感。等到散了酒筵。他大嫂二嫂是抚摩罗系头顶长大的。罗系大嫂到罗家还没有罗系呢！二嫂到罗家，罗系是褓褓中的婴儿："长嫂当母"的话在她二人心中燃起烈火。两个人商量商量找公公去，妯娌俩到公公帐外。问："公公在帐吗？"罗振天说："进来吧！"二人进帐给公公问了安。"你俩来做啥？"俩个媳妇说："有事和公公商量。"就把众人都去应试和酒席上左平章、大门艺殿下、夹谷将军说的话学了一遍。

"你俩打算怎么办？"罗振天问二个媳妇。"我妯娌是看着八弟长大的。他夫妻各有一身好本领，应该去应试，但……"妯娌不好说出因公公闹的埋没了罗系小夫妻才能。"但……"妯娌俩红涨脸也未说出口。罗振天明白了。"是不是因为我闹的？"俩媳妇低头不语。罗振天长叹一声："唉！一失足成千古恨，已铸成大错。你俩有什么主意就说罢。"俩妯娌说："公公你有八个儿子，把八弟舍出去吧！让他更名改姓去应试。我俩来求公公做主。"罗振天沉吟了半晌。"唉！"了一声说："你俩是系

457

儿老嫂嫂，看着去办吧！他哥哥们不愿意，就说我的主张。你婆婆知道了也不碍事。"两个人得到公公主意，直奔罗系帐中。夫妻都低头不语，看见大嫂二嫂来了，赶紧站起来，垂手侍立，让两个嫂嫂坐下。大嫂说："我俩给小夫妻送主意来了。"就把在罗振天帐中说的话学了一遍。罗系说："那怎么能行，为了考进士就背主忘宗，挨人唾骂。这怎么行？妈妈、哥哥也不能愿意。"二嫂说："我俩事前也想到了。婆婆不是姓淳于吗？你随母姓有什么挨骂的。你叫淳于系统！八弟妹也随母姓自己起个名吧。""我叫孟颜芬。"罗系妻子说："孔孟颜曾一家，也不算改姓。""这样说你是愿意去应试了。"罗系说。"正是。'金榜题名时'是人一生最大美事，现成的机会为什么错过？"罗系妻子理直气壮地说。罗系说："当心'做梦'，做梦也好，见见大世面。强似井底之蛙，坐井观天。""你守你大丈夫理，我尽我小妇人之道。岂不是好。"罗系妻子说。罗系"唉"了一声。"唉声叹气有什么用，还是拿定主意是正经事。"罗系妻子把话加紧了。"依你之见？""依我之见去应试。一、姓母姓并不可担心，母系氏族都姓母姓。二、你现在认为平安无事了，岂不异想天开。当心杨国忠时时要割姓罗的头。你姓了母姓，一旦全家遭了不幸，有你在外，也可想挽救全家方法。你顾全大局，倒拘泥什么背主忘宗小节。我都为你脸红。"两个嫂嫂也说："这不过是权宜之计，到了渤海，你还姓你罗，她还姓她颜。你把你书呆子的想法丢掉吧！去应试是正经。"罗系说："就依你三人之见。我到中军帐报名去，哥哥面前二位嫂嫂给开导。"罗系到了中军大帐。大门艺问："你去应试吗？"罗系就把两位嫂嫂如何去父亲处和自己妻子话说了一遍。最后说："我是来请求主意，能不能去？求殿下、大将军和三位将军为我做主。"罗系把话说得很婉转恳切。大门艺说："还是去应试好，全营别将以上都去应试，只把姓罗漏下，姓罗的不寒心别人也为之不满。我们正在想找你去，你倒来了正好。你夫妻准备吧！"罗系出帐，夹谷兰提笔写名册。

一、万俟华手使金装铜，胯下黄骠马；二、孟颜芬手使亮银枪，胯下丹顶白龙驹；三、王天虎手使三股托天叉，胯下乌龙驹；四、孙连手使钩连枪，胯下乌虎豹；五、孙仲手使钩连枪，胯下乌虎豹；六、孙三手使钩连枪，胯下乌虎豹；七、孙元手使钩连枪，胯下乌虎豹；八、淳于系统手使虎头金锤，胯下斑斓虎头驹。大将军又让把带来的团牌手联营二名都掌管列入名册。九、哈达罕龙手使九耳八环杖，胯下黑云驹；十、达窝哈手使巨齿狼铣，胯下黑云驹；十一、哈哈窝达手使降魔杵，胯下黑云马；十二、诺尔达手使独脚铜人槊，胯下深红马。共12人。

蒲查隆正好站陛字界牌，介字一人每个联营留下一名应试过的管营。一联营迟勿异，二联营拓拔虎，三联营东门豹，四联营赫连英，五联营东门夫，先行营上官杰，后备营诺尔罕。四个孩子侍候左平章。诸事完了，各自归寝。

第二天日初，大门艺去值班，大将军带领众人到了东教场，都是轻车熟路，找到界牌拴好马匹，等候应试。卯初承宣官在传声筒中喊："皇帝今天当朝听政，大主考主持考场，比试继续开始。"大将军告诉试人："不要着忙，先说一下场规。午后去应试。各个人注目各考场。"午初承宣官在传声筒中喊："比武暂停。众人吃午饭。未正继续考试。"大将军问："众人能应试吗？"众人齐说："能。"午饭过后未正，承宣官在传声筒中高喊："比考开始，渤海12人到彩山殿。"承宣官在传声筒中喊来36人到彩山殿下，听候召选。渤海人12名到了彩山殿了。承宣官在传声筒中高喊："彩山殿下举子到丹墀。验明身份应试。"每个人验明了身份挂了号，去到各考场应试。到了申时渤海应考人陆续回来，每个人面带得意之色。大将军一见就知道又都考中了。问到淳于系统、孟颜芬，二人齐说："三场都应试过去。"大将军听了很高兴。到了酉正，承宣官在传声筒中高喊："比试停止，明天再考。"继续喊道："今天考中准考进士的128人，其中淳于系统、孟颜芬最优，力举千斤鼎过顶，箭射穿杨，箭箭皆中，脚踢柏木桩根根皆倒，踏砂龙五分，越白刃刀不发颤，擂台、梅花圈各式各样连胜，擂台、梅花圈各连胜三杰。是渤海郡忽汗湖人。"又继结束语念名。渤海去的12人皆中了准考进士，就顾不得听别人了。承宣官在传声筒中高喊："众举子退场。"渤海人回到大营免不了又热闹一番。大将军看过名册，第一天12人皆中，第二天22人皆中，外有四个孩子中了解元及第，第三天12人皆中，共考应试进士试的46人。就对蒲查隆说："去的人都考中了，只等考进士。明天去几个人听候消息就行，剩下人大营交流经验，准备再考，戒骄戒躁。"筵罢各已散去。大将军一连两天也觉累了，回到左平章帐中就睡了。

第二天派十几人听候消息。殿下大门艺来了，知道考中46人，喜之不胜说："这46人就是接替前辈的英俊，是渤海国一批无价之宝，渤海的精华。"大将军笑着说："就在你这后继国王使用了。千万别把明珠当了粪土。人才到处都有。常言说：'英雄生在四野，豪杰长在八方'。"

就是在于能不能使用。周朝的秦国用客卿,秦才天下一统,我主张渤海不分民族,肤色,性别,只要能为渤海国振兴出把力就利用。我回国去奏明国王选拔人才,到长安来学习。取人之长补自己之短,才是安邦定国妙策。你同意我的主张吗?"大门艺连说:"同意!同意!你我想法皆同。"二人又谈了多时,大门艺辞去。一连六天,听候消息的人报告说:"明天就考进士,应试的人准备吧!"大门艺传告众人。

第二天丑时众人就到了武科场,找到了界牌,稍事休息。卯初承宣官在传声筒中高喊:"来应试的举子听真,今天正式考进士,本月初十日发榜。大主考又是新一名,是安禄山。只在梅花圈比试刀马。在梅花圈中伤亡,对手无罪。马去梅花圈不准追杀,违者按军法治罪。来36名到彩山殿验明了身份,方准下场。"就拥去了36名。蒲查隆众人坐看究竟。

蒲查隆、蒲查盛、夹谷兰已是进士,不必再考。其余众人,都得去应试。渤海去的人也陆续去比试。这次同前三次大不相同。梅花圈大槐树下搭有彩台,有12面大鼓,在比武时助威,敲得震天响。一名现场监考官手持铜锣是闻鼓则战,鸣金则退。梅花圈中,刀光闪闪,枪光闪烁。人人奋起精神,如临大敌。天到酉正才停止比试。取消了午间停止比试。渤海应试后去了36人。战败三人的16人,战败二人的十人。战败二人的算取中。第二天又去应试。渤海战败三人的七人,战败二人的三人。比试完了等候发榜不再宣示。到了十天,早晨送喜报的到了。连蒲查隆、蒲查盛、夹谷兰都送了喜报和应试会元准考证46名皆中了。喜的众人到武科场去看喜榜。见第一名会元蒲查隆,第二名会元蒲查盛,第三名进士夹谷岚,下面有小批皇帝钦点。考举人头名是解元,进士头名是会元。本科是恩出,格外要考36名会元。所以把蒲查隆列为榜首。渤海大营悬灯结彩,雇来了民间乐队,笙管笛箫乐音悠扬,大摆喜筵。一以武科场拜座师,登谢恩台,步金阶到彩山殿谢恩。穿插朝服,渤海国一行46人头戴乌纱,身穿红袍,腰横玉带,足登朝靴,前面大旗进士及第,回到了大营。大营外站好全营兵将,见众人来到,喝令官喝了声"敬礼。"齐刷刷单腿跪倒齐喊:"恭喜!恭喜。"各队献花。左平章、大门艺殿下、大将军手捧鲜花齐说:"恭喜。"四个孩子手提银壶,给每人斟酒,名为饮喜酒。众人跪倒,蒲查隆带头高喊:"托左平章福,托殿下、大将军福。"众人站起身子,左平章在前摆上酒筵,开怀畅饮。门军来报:"大营外有一老者要面见蒲查将军。手拿书信,要当面交。"蒲查隆到大营外，见一枯瘦老人，手拿书信小包。蒲查隆扫地一躬，说："在下便是蒲查隆。"老人端详半天把书信小包袄交给蒲查隆，蒲查隆抽取信纸细瞧，面已改了色，再找老人踪迹不见。渤海大营出了岔事惊人。

第六十六回　秉公心罗系报名比武　不负望夫妻双双登榜

第六十七回 三姐妹比武连杀十五士 贼奸臣中计囚住老和尚

书接上文,蒲查隆从信封中抽出信纸细看,不看则可,一看只吓得脸变了颜色。再找枯瘦老人,踪迹不见。拿着信回转军帐。众人在兴高采烈地饮酒,大帐中喜气盈盈。自己不愿扰了众人高兴,坐下身来再也没有兴致欢笑。左平章问道:"方才谁找你?"蒲查隆把信交给了左平章。左平章睁目细看,见上面写的是:

谨防夺三元,仇人来暗算,飞蛇抓变样,红绒套锁环。洛阳15士,张王赵李田,密受妖僧计,暗定巧机关。山山红棉球,考前鼻孔填,遇毒能消散,专降毒蛇涎。奸相杨国忠,暗定计连环,科场害你们,权在安禄山。夺元征西去,挂帅征吐蕃,兵到猩猩峡,火攻能靠先。到了哈密地,立刻把师还,急回渤海国,诸事自安然。

左平章看了俚语,捋髯大笑:"好哇!这是你师父事先把事情知道得一清二楚。据信上说,受不了害,倒转祸为福。去征吐蕃远涉瀚海,要扬名西域了。这正是替我渤海国当传声筒,到处贴布告名震西域的好机会。哈!哈!"蒲查隆说:"左平章遇事谨慎,这回为什么高兴?"左平章捋髯笑道:"无事要防事,有事要不怕事,事到临头须放胆,'怕'顶什么用。只有大胆去抵挡,才能化干戈为玉帛。你师父这张字柬就是我们护身符,能事先提防。可见教徒不容易了。天地尊亲师为大,一生的好坏,全在师父。师父是领路人啊!"大门艺殿下、夹谷大将军两人也看了信,赞同左平章说的话。大门艺说:"老王伯偌大年纪,远涉沙漠去征够辛苦了,不去又担心他三人没有作战经验。我看留住大将军,代王伯一行好吗?"左平章摇了摇头说:"不行,一不是朝唐使臣,二不是左平章。要知道奸臣们看到我们老的老,小的小,方下这样毒手。明是去征吐蕃,实际是要把我们葬身瀚海的沙漠中。我们是东方塞外,人家是西方塞外,两地相隔万里。不服水土为最,不熟悉地理为次,这是我们致命所在。但我们要趁这个千金难买的机会,锻炼一番,征服种种困难。奸臣要利用我们这些缺陷,来害我们的。我们偏不怕,才现出顽强骠悍,大无畏精神。"众人听了左平章的话,都兴奋起来。左平章说:"去夺会元、状元都要穿朝服去,笔试也穿朝服,梅花圈中杀人不偿命,杀了洛阳15士,我们已和白马寺结怨,就'一不做,二不休,扳倒葫芦洒了油'吧!留下是祸患。"大将军深知自己父亲的果敢,大门艺殿下却惊讶了。这位老王伯平日总是怕出事,忧心忡忡。有了事倒强硬起来,深深体会到创业人心的气魄,胆略同一般人不一样。倒引起酒兴,喝得兴浓。

五月初一考试会元开始了,渤海应试举子一行46人,外有大门艺殿下、夹谷大将军带着四个孩子共52人排好队伍,前面两杆御笔亲书大旗"钦点进士及第,"迎风飘扬。个人高挑红纱灯,四人一列,催开战马直奔武科场,大街小巷人们看到了,有的说:"渤海不是新兴的小邦吗?怎么中了这么多进士?"有的说:"邦小出奇人,才能主国。"众人听了这些议论,精神倍增。到了武科场一看这回比考进士更显然不同了,梅花圈外,离开梅花圈百步外,高搭彩棚,有郡国使节来参观的,有应试举子们的,从前的界桥,踪迹不见。门军校尉36名,门军一百名把守武科大门。先验入场牌。然后领到渤海郡彩柱,备有拴马桩,彩柱里设有座次,侍候的人也谦恭和蔼。从武科场大门到彩山殿,悬灯结彩,黄砂铺地。梅花圈周围新洒的白石灰水刷白。到了卯初,"咚!咚!咚!"三声炮响,承宣官在传声筒中发了喊声:"来应试的进士们,来观光的各国使节们。五府六部派来的官员们,起立,管好马匹,全场肃静,迎接圣驾。"音乐声中,千乘万骑,御林踏杂,旗锣伞盖,斧钺钩叉,龙辇上坐着玄宗皇帝,文武百官随后登上彩山殿,玄宗坐上宝座。三位大主考、三位监考坐在龙交椅上。文东武西侍品级台立,奏起宫乐,乐声悠扬。停止了宫乐,承宣官在传声筒中,高喊:"应试会元的进士们听真,考会元是五比三胜,负者去观光,不准再入考场。胜者听候宣召。只取36名会元,胜者超过36人时,从中再选拔,进行复考。梅花圈中伤亡对手无罪。不准追杀到梅花圈外,违者按军法治罪。"承宣官重复喊了三遍,比武开始,应试进士到彩山殿下36名等候宣。蒲查隆领了36名到彩山殿下,三人一列站好。承宣官高喊:"彩山殿下左右候选会元的进士,每侧来三人,到彩山殿下参拜大主考,谢皇恩,然后到梅花圈比试。"蒲查隆、蒲查盛、夹谷岚从左侧登上彩山殿,由执礼官领到三位大主考桌前,三拜九叩参拜大主考。末座主考安禄山见蒲查隆三人堂堂一表人才,很像是来应试的文举子,头上无盔,身上无

第六十七回 三姐妹比武连杀十五士 贼奸臣中计囚住老和尚

甲,穿着朝服。遂问道:"你三人就是钦点进士吧!"三人说:"是。""各自报上名来!"三个人报上名。安禄山说:"这是武科场不顶盔贯甲,要到此止脚吗?"蒲查隆说:"学生不贯盔甲是来应试。"安禄山说:"武将要长临战场,不穿盔甲何以御敌人刀枪,岂不白去送死。"蒲查隆说:"回主考座师,顶盔贯甲虽能御敌人刀枪,但不能敌人武艺,学生是以武艺御敌人之刀枪。""这样说你武艺惊人了。很好,去比试去吧,本主考也开开眼界。"

三个人下了彩山殿,到渤海郡彩楼下,牵出了自己日月骠骝马,这匹马鞍辔嚼环刷刷新,马脖挂一串赤铜铃,下面一团犀牛毛红缨,红牛皮飞马鞍鞒,左右相配一对透珑赤金镫,马鞍后左右相配两排带红缨的佩带,兜住马尾后。金嚼环,红丝缰,高八尺,长丈二,一身白毛,钳子耳朵,左耳有日,右耳有月。能追风赶日。白马红缨彩色新,马上端坐一位头戴短翅乌纱帽,身穿红袍,腰横玉带,足登朝靴的美男子。出奇的左带箭壶,插着几支雕翎箭,肋带宝剑,金挽手,金吞口,黄色灯笼穗。背后鲨鱼袋中有一张铜胎铁背宝雕弓,手持双戟,催马来到梅花圈,绕梅花圈一周,马到梅花圈当中勒住座下马。高声喊道:"众位来应试的进士们,在下是渤海郡忽汗州人氏名叫蒲查隆。常言说:学会文武艺,货卖帝王家。今奉天子明诏,主考批准,来下场比武。哪位来与某比试?"言声未了,就听有人高声喊道:"某来与你比试三百合。"蒲查隆见来人身高马大,头顶红铜盔,顶梁门飘着九缕簪缨,鹿皮搂颏带,密扎扎扣铜钉,身披铁索甲,外罩团龙战袍。牛皮护膝,牛皮战靴。面如锅底,一对蛤蟆眼向外鼓着,翻鼻孔高鼻梁,一张鲇鱼大嘴,厚嘴唇大板牙,红眼眉红头发,一部红胡须扎撒着,手托三股钢叉,如凶神恶煞一般。"某乃洛阳人氏,张稀世。特来会你。"说罢举叉直奔蒲查隆前胸,蒲查隆用左手戟架开叉,右手戟直刺张稀世脸门。张稀世手叉架开戟,二马盘旋走在一起,战在一处。张稀世叉重力猛,把叉舞动如飞,招快招猛。蒲查隆双戟上下翻飞:

  双戟经过名师传,压倒群雄几万千,乌鸦难随鸾凤舞,低头啄食性命残。

  一戟刺中贼心脏,五腑六肺命难全,空言一时无对手,事到临头后悔难。

蒲查隆左手戟飞燕穿林，右手戟游鱼渡萍。把张稀世挑下马来。一骑红沙马奔入梅花圈大声吼道："狂徒，吃了熊心豹胆，竟敢将洛阳五虎首将挑下马来。"眼角含泪。蒲查隆见来人穿戴打扮兵刃和死的一样，知道是死者亲人，就问道："报上名来。"来人说："死者是我长兄，某乃张稀乐是也。"说罢举叉分心就刺。蒲查隆早已把他哥哥招数默记在心，十招不过，挑张稀乐落马。

简短捷说，洛阳张家五虎，全被蒲查隆的双戟挑落马。呛啷啷锣声响亮。现场监考官鸣金退场。蒲查隆退回渤海郡彩楼。蒲查盛催马摇戟来到梅花圈绕梅花圈一周，马到梅花圈当中，高声喊道："某乃渤海郡忽汗州人氏蒲查盛，谁来会我。"洛阳进士听是渤海的就红了眼，就有人喊："休要张狂，某来会你。"蒲查盛细看来人身高体胖，腰大十围，钢盔铁甲，黑马大刀。面如蟹盖，环眼圆睁。令人望而生畏。"某乃洛阳王步仁是也。"举起大刀，力劈华山斜肩带臂劈了下来。蒲查盛手戟架开，二马盘旋走了十几个回合，王步仁杀法骁勇，武艺高强，刀招并没有散乱，拨马就走。蒲查盛知道他要使红绒套环了，把双戟握在左手，右手拔出了碧血玲珑剑。

这把宝剑世间稀，血光闪闪很出奇，名师传出八仙剑，各路神仙都惊异，国老抛出渔鼓和简板，湘子花蓝一丢命归西，采和醉敲阴阳两扇板，洞宾宝剑一挥头颈离，国舅吹笛鸾凤齐来舞，钟离蒲扇一摇很蹊跷，拐李舞拐千军怕，仙姑笊篱八法甚精奇。蒲查盛左手握戟，右手仗剑大声喊道："饶你性命，逃生去吧！""嗖"地一道红光扑面而来。蒲查盛宝剑一挥，斩红绒套锁落地，一催坐马丹顶玉云雕，左手双戟直刺王步仁后臂。王步仁向右一偏身，蒲查盛右手一挥宝剑，王步仁人头落地。战马带着王步仁无头尸体跑出梅花圈外。

蒲查盛只听大吼一声，来了一骑马，马上人自称洛阳人氏王步义，膀大腰圆。满脸怪肉横生。一对蛇眼扫帚眉，塌鼻梁酒糟鼻兔耳鹰腮，大口岔卷毛红胡须，头戴铁盔身穿大页铁甲，胸前冰盘大护心镜，坐下大黑马，手摇大斧，跟铁塔一样，举斧泰山压顶劈下来。没过十合又剑斩王步义。一连剑斩洛阳二王三李落马。现场监考敲响铜锣。蒲查盛退出梅花圈，回到渤海彩棚拴好战马，回原处坐好。夹谷岚一催胯下白龙驹，手执金提炉大枪，直奔梅花圈绕场地一周，马到梅花圈当中，大声喊道："某乃渤海郡忽汗州夹谷岚，谁来会我？"洛阳来了15人死了十人。剩下五人早气炸肝。听说渤海，就催马来了一个。大喊："我来会你。"夹谷岚细看来人,好像阎王庙的夜叉,胯下大黑卷鬃毛大马,手持三股托天叉,鹰勾鼻子,大嘴岔,面貌丑陋。自称洛阳人氏赵不肖。举叉就刺,夹谷岚怒火上烧,举枪相还,各不相让,杀在一起。夹谷岚心想应先杀死他,再战别人。大枪交左手,右手取出了在玄悟寺圆觉高僧把当年荆轲刺秦王的匕首,配上练子名叫小听风,既可当暗器,又可当兵刃,取了出来,一抖手,一道寒光先出。有诗赞道:

　　枪里加剑艺业高,名师传下绝命招,左手乌龙在绞尾,右手洞宾削凤毛。
　　左手白蛇出洞口,右手湘子花篮飘,左手怪蟒翻身起,右手国老过彩桥。
　　左手狮子摇头摆,右手国舅笛音高,左手大鹏来展翅,右手钟离蒲扇摇。
　　左手犀牛望月式,右手采和板来敲,左手野马分鬃刺,右手拐李拐难逃。
　　左手白猿来献枣,右手仙姑笊篱飘,名师传出枪加剑,艺盖群英美英豪。

赵不肖分开枪,夹谷岚的练子枪,一道寒光削掉了赵不肖头顶,"咕咚"栽下马来。夹谷岚枪里加剑,杀死了洛阳赵李田。洛阳15士张王李赵田都丧了性命。现场监考官敲响了锣。夹谷岚退去了场,回到渤海彩棚。现场监考官见15士死亡,把记录送交大主考。喜煞了越国公罗平,气坏了奸贼安禄山。大主考把记录交给玄宗看,玄宗大悦,说声:"宣示。"承宣官在传声筒中大喊:"进士考会元,在梅花圈比武连胜五杰的三人渤海郡忽汗州皇帝钦点进士及第的蒲查隆、蒲查盛、夹谷岚暂时夺冠。如再有胜五杰的就各登榜夺冠了。"补上15名候考进士张……到了停考,渤海有十一人连胜五人的蒲查隆、蒲查盛、夹谷岚、迟勿异、拓拔虎、东门豹、赫连英、东门夫、达窝哈、哈达罕龙、哈哈窝达。剩下的还没有入场比试就停了比试。承宣官照例朗诵一遍,玄宗驾回,散了考场。

第二天渤海又连胜四杰的有诺耳达、淳于系统、孟颜芬、上官杰、万俟华、呼尔哈、博那哈、库伦呼、勃达连、哈达容、王常伦等,剩下人都连胜三杰。

考试进行二天，考试完了，等候初四日试考状元。渤海国大营少不了又热闹一番。杨相府有安禄山、白马寺老方丈在拍案叫苦。打走了十金刚八罗汉，杀死了洛阳15个进士。他们的毒计全部落空，如何不叫苦。书中暗笔交待。当初杨国忠与白马寺老方丈设计劫贡品，勾结十金刚八罗汉洛阳15士，是为了把渤海朝唐兵将斩尽杀绝，一报当年脱靴捧砚之辱。杨国忠、高力士这两个奸贼把耻辱之恨全部都恨到渤海国。哪知天不从人愿，葫芦峪罗家投降了渤海国恨上加恨。摆擂台，杨国忠当了大主考，哪知病倒了。白马寺老方丈又押到刑部天牢。安禄山去征吐蕃，高力士孤掌难鸣。事有凑巧，蒲查隆战胜了十大金刚八大罗汉，倒把杨丞相吓的身体筛糠，以为是刺客。钻天钢跪倒在地口称："俞恒来参见相爷，有事面禀。"杨国忠细看果是俞恒，问："你为什么深夜到此？"俞恒就说："擂台被蒲查隆战败，要回嘉峪关去，特来向相爷辞行。"杨国忠气了倒仰。俞恒见相爷仰面栽倒，怕惹出祸来，出了宅，飞身上房，连夜奔回嘉峪关，搬入了百芒山和八罗汉住在一起。杨国忠告诉连夜去到白马寺找老方丈来。侍从说："白马寺老方丈被夫人送入刑部天牢，快百天了。"杨国忠问："夫人干什么把老和尚送天牢？"侍从就把"老和尚杀我"的话回明丞相。杨国忠一拍桌案说："中计了。"第二天给刑部写一字柬，侍从从南牢领回老和尚，已狼狈不堪，满身粪污，头发长有三寸。命赶紧沐浴更衣。派人现到大相国寺借来一套僧衣，又请来剃度和尚剃了光头。老和尚穿戴整齐，杨国忠设素斋款待，饮酒中老和尚把在狱中受的苦滔滔不断讲了出来。

老和尚被押天牢，是刺杀杨丞相要犯，就送进了死牢。这个牢是迟早要断头的。牢有牢头，也是犯人，这个牢的牢头是三十年前杀人不眨眼滚马强盗，判成死刑。玄宗登基，大赦天下，死刑改判无期，他就当了牢头。把老和尚送到狱神庙囚房。老和尚坐在囚房从铁窗孔看到狱神庙有两副对联，第一副写的是：能在深山望牢狱，不在牢狱望深山。横批是：命该如此。下副是：人心似铁非是铁，官法如炉才是炉。横批是：法网难逃。老和尚是终日供神的，但没有供过狱神。细端详狱神，吓的老和尚毛骨悚然。一个披散头发泥胎，巨齿獠牙两眼如铜铃，脑袋大如麦斗，手如铜钩，脚赤着，用手提铁锁，奇形怪貌。老和尚自己也奇怪，自己怎么会落到这步天地。长叹一声"天哪！"牢头听见了："秃驴，你天啦、地啦有什么用。告诉你这是天牢，衙门口向南开，要打官司拿钱来，识相的专敬大太爷酒钱。告诉你，我是姓孙名中，当年半夜踢寡妇门刨绝户坟，街房管我叫无恶不作的损种，后来占山为王被官兵勒了山。我被擒了，判成死罪，遇了大赦，死罪改到无期徒刑。当了牢头和山大王一样享受。"无恶不作损种，自报旗号认为可以吓住老和尚。老和尚素常倒是挥霍无度，但今天身边却是一文无有。遂说道："贫僧募化四方，哪里有钱？"无恶不作损种把眼一瞪："你募化四方。大太爷我论诈八方。贼秃驴敬酒不吃吃罚酒。大太爷不给你一个厉害尝尝，你也不知马王爷三只眼。"劈面给老和尚一记响亮耳光。老和尚被骂得狗血喷头已是气涌胸膛，又挨一记耳光。老和尚平日结交官府，杨丞相都待为上宾，哪里受过这个气。虽是肩戴枷手戴铐脚戴镣毕竟有武功在身。双掌合十念了声"阿弥陀佛。"无恶不作损种喃喃骂道："贼秃驴，什么大称砣，二称砣"举手又要打。老和尚双掌合十举枷去架损种的手。损种那抗老和尚架。手铐是铁的，脑袋是肉的，撞的损种头破血流。损种喊了声："反了，快来人。"本号小牢头上来了七八个。把老和尚掀翻在地，拖出牢房处拳打脚踢。狱官来了，损种说："老和尚动手打人。"狱官靠损种化财，能不庇护损种，说："老和尚吵监闹狱，锁在粪尿缸旁铁柱上。"老和尚有口难分辨，被锁在粪尿旁，臭气熏的直恶心，哇哇直吐。损种怪他污秽监狱，命人给他洗。这个洗法真够缺德。来几个小牢头向老和尚浇尿。老和尚像要杀的猪。结结实实绑在铁柱上。动弹不得，双眼一闭，凭他浇尿。一连三天老和尚水米不沾牙，人是铁饭是钢，一顿不吃饿的慌。三天没吃饭，存心要老和尚饿死狱中。人分三六九等，木分花柳紫檀。一个姓郝名仁狱官来查狱。看到了老和尚遭的罪，过意不去，命放下来，催着老和尚吃稀粥。老和尚勉强喝了一碗稀粥。狱官方才离去。这个牢头以为老和尚和郝仁狱官是相识。对老和尚就另眼相待。过了十天，白马寺不见老方丈回庙，就到杨相府来找。门军骂了他一顿。"找老和尚去到刑部天牢去找吧！滚开！"来找的和尚去刑部去打听。说老和尚要刺杀杨丞相，送入死牢。来找的和尚是老和尚四弟子，就到处托人情。

事关重大，没人敢做主张。老和尚四弟子到相国寺借了二千两白银贿买狱卒。眼珠是黑的，银子是白的，"钱"可通神。到死字牢见到了老和尚，已形容枯槁。徒弟问："有什么法？"老和尚说："找高力士。"高力士在深宫白天去武科场，找不到。就贿买狱卒，给老和尚送斋。老和尚去掉了饿死的心。在死牢住了好几十天。今天才见到杨丞相。二人齐说："中计。"但找不到计出何人。两个人就商量对付渤海国办法。想起了洛阳15士，贿买了洛阳学政，开了荐书来应试。安禄山战败回朝，内告杨贵妃。高力士假报战胜。经杨贵妃枕边言、高力士的保荐当了第三名大主考，和杨国忠勾结起来。要在比考会元时用变形飞蛇、红绒套锁对付蒲查隆和渤海应试的将领。谁知隔墙有耳。被只手托天红色女道姑听了个真确。给蒲查隆送去信柬和解药，洛阳15士被杀死在武科场。几个人听到安禄山报的凶信画虎不成反类犬，怎能不叫苦不止拍案大骂。杨国忠皱起眉头说："照我们定的毒计，继续作下去。事情糟到这步天地，岂能放手。"二个奸臣同贼和尚又密谈一番，安禄山告辞。

第六十七回　三姐妹比武连杀十五士　贼奸臣中计囚住老和尚

第六十八回

安禄山施奸计刁难三女杰
三女杰展绝艺齐登三鼎甲

五月初四清早，报喜人送来了喜报。渤海大营考中会元的22人，36六名会元中渤海占了多数。众人喜出望外，就催马去看喜榜。在武科场外，人山人海，把张贴十几份喜榜围的水泄不通。细看第一名蒲查隆、第二名蒲查盛、第三名夹谷岚……王常伦22名考中了。众人见武科场大门紧闭，只有当值一名校尉和几个门军，坐在台阶上。蒲查隆趋步向前打了一躬，门军校尉急忙还礼说："蒲查将军又中了会元头名。明天就金榜题名，中了状元，恭喜，恭喜！就是未来的出将入相的大经略。"蒲查隆说："小将怎敢作妄想。今天不拜座师吗？"门军校尉说："大主考传下口谕，明天中了状元，一起去拜座师，谢皇恩。会元公明天卯初来到就行。"蒲查隆谢过门军校尉，率领众人在回大营的路中见有许多围观的人指手划脚，齐说："渤海小邦，人才出众，武艺高强，36名会元中竟中了22人，出人头地呀！"有人说："创国之初总是人才济济，要没有人才能创国吗？"众人听在心里喜在面上。回到了大营已是彩旗彩灯高悬。"恭喜！恭喜！"恭喜声遍大营，众人进了中央大帐，张开喜筵开怀畅饮。

初五早晨，渤海大营的进士、会元齐奔武科场。今晨大街小巷异常热闹。家家门上插了艾蒿，真是车水马龙络绎不绝。众人来到武科场，直奔渤海郡彩台，拴好马匹等候宣召。卯初承宣官在传声筒中高声喊道："来候选的进士公、会元公，今天是选拔状元的喜期。皇帝驾临钦点状元。娘娘给披红插花，赐御酒。礼仪尊严，皇驾到来要跪伏接驾，俯伏道旁，不准抬头仰望。圣驾就要到了，预备接圣驾。""咚！咚！咚！"三声炮响，奏起军乐。升起大旗，旌旗伞盖御林杂踏，千乘万骑，斧钺钩叉，玄宗和娘娘在众宫娥的簇拥下登上彩山殿，坐了宝座。娘娘进入屏风。文武百官站列龙书案前，请钦点状元。玄宗命平身赐坐，三名大主考为首，三名监考官为次，议定状元。大主考越国公罗平说："三场最优的是蒲查隆、蒲查盛、夹谷岚，应名标三鼎甲。"安禄山奏道："臣以为不可，连胜五杰的应再比试。无敌手的是状元，次的是榜眼，再次的是探花，这样才能服众。"越国公罗平奏道："臣以为不可，36名会

比剑联姻

元是在几百名举子中选拔出英才。如再比试,不知又死伤几人,岂不是自杀英才。恐失人望。"玄宗听了也觉得有理。安禄山计上心来,心想蒲查隆三人武艺高强力举千斤鼎,要难倒他三人。就又奏道:"越国公说的极是,但中了状元是能敌万人的元帅候选人,必须力服众人。36名会元中,各显一技,没有人敢比的,钦点状元方能服众。"越国公罗平明知安禄山不安好心,但说的委婉,又不比试刀枪。蒲查隆等举鼎绕一周,力量很大,如能再绕一周,就力服众人,也让这个奸贼没话说,遂奏道:"安禄山说的极是。"玄宗说:"二卿同心,就这样比试一番。"承宣官在传声筒中高声喊道:"钦点状元、榜眼、探花三鼎甲要比赛力量。各会元公各显一技。无人能比,就中三鼎甲。应考的登山殿到大主考案前报名报艺。"蒲查隆三人合议一番,登上彩山殿,跪在大主考面前说:"门生来报名艺。"越国公罗平问:"什么艺?"蒲查隆说:"彩山殿下有一石碑高有丈二,圆有一尺,门生以掌击断石碑,有能比上的,门生再练别艺。"又问:"蒲查盛,你什么艺?"蒲查盛答:"彩山殿下的大龙爪槐粗可合抱,门生用手击树,掏出来的木楂,经门生手握片刻,可成木屑。有比上的门生再练别技。"又问夹谷岚:"你会什么?"夹谷岚答:"门生见彩山殿下有杨树高三丈多,粗如碗口,能有七八寸粗。门生俯下腰拔出一株,有能比上门生再练别艺。"三个人说的话都留有余地。彩山殿上,众武将听了,吐出舌头,缩不回去都很惊奇。从有武科场也没听说过像这样考状元,都怪安禄山不安好心。但安禄山权势重,敢怒不敢言。鲁国公程显、英国公徐辉、护国公秦珏三人奏道:"万岁此例开不得,自从有武科以来,中了进士,就在进士中选拔三鼎甲。今年武科场,恩施格外考36名会元。就应在36名会元中挑选最优的为三鼎甲。如此例一开,今后的武科要难倒多少英才,岂不是自绝贤路。臣等以为不可。"安禄山奏道:"三位国公所奏极为有理,但三位会元在天子面前提出献绝艺我们也不要拒之门外。让三位会元大显身手,给后来练武人留下技艺,力图上进,也是大大好事,下不为例。"玄宗也要看看这样出奇本领:"三位爱卿,让我们开开视野下不为例。"三位国公听下不为例,心想三位会元能说出来想必也能做到,就再不启奏了。大主考越国公罗平说:"你三人就取彩山殿下献艺吧!"

三个人下了彩山殿。蒲查隆站离石碑50步。承宣官在传声筒中高声喝道:"各位进士公、会元公,现在有会元公蒲查隆以掌击石碑,掌到碑断;会元公蒲查盛掌入古槐至腕掏出木片在掌中握片刻即成木屑;

会元公夹谷岚力拔胡杨树。能有会此武功者前来相比。"喊了三遍。并不见有人过来。大主考越国公罗平奏道："万岁可否让进士会元们齐集彩山殿下观看。留下此艺当学武再进一步发展。"玄宗说："可以。"承宣官高声喊道："各进士公、会元公，万岁恩准齐到彩山殿下，观赏绝艺。36名一列顺序排好，不可混乱。"众进士公巴不得睹见为快。在梅花圈36名一列顺序排好来到彩山殿下。承宣官在传声筒高喊："献艺开始。"蒲查隆健步来至碑前，一挥手，掌击石碑，掌发碑断，只在瞬间，众人齐声喝彩。蒲查盛距大槐树来个急跃，掌入大槐树至手腕，攥着拳头举了三举，把手伸开，迎风一撒，木屑随风散去，众人齐声喝彩，蒲查盛退到彩山殿下。夹谷岚在杨树下俯下身来，两手握住树杆根部叫足气功，一抬身，树跟人起，夹谷兰急起几步，连根拔出。众人齐声喝彩！文武群臣都看在眼里，暗暗叫好。把个安禄山急的目瞪口呆。

玄宗看了很惊奇，遂说道："霸王当年力能拔山是五花脸。今天这个会元是眉清目秀的神力玉面霸王了。"承宣官高声在传声筒中喊道："三位会元公献绝艺，圣上心喜，赞誉为玉面霸王。哪位进士公、会元公再献像这样力大绝艺。"连喊三遍，无人答言。停了片刻，大主考道："既无人再显艺，状元、榜眼、探花就该点这个会元了。"安禄山又奏道："他三人武功相平。点谁为状元，让他三人比试拳脚在彩山殿下，以分高低。"玄宗说："这倒不必，让他三人登彩山殿孤自有主意。"承宣官在传声筒高喝："三位献艺会元公到彩山殿。"三人登上彩山殿参拜大主考，越国公罗平吩咐跪在玄宗龙案前，玄宗问："你三人都是渤海郡的，一定能晓得谁的武功最好，现在是你三人记录相平。"夹谷岚奏道："臣等三人同师学艺，蒲查隆长我二人一岁，早了一年，又是我师父掌门徒弟，论武功，我二人不及蒲查隆。臣不及蒲查盛，就以方才而论，同是以掌击碑，蒲查盛就不及蒲查隆，臣不及蒲查盛，这是武功的奥秘。"玄宗听了大为心悦："你三人练的武功有名吗？"蒲查隆启奏道："臣练的是'单膀劈山掌'，蒲查盛练的是'龙爪透骨力'，夹谷岚练的是'独力拔金钉'是从小练的。"玄宗命承宣官问问有没有人知道，练的绝艺名。承宣官在传声筒中高喊："众进士们，会元们，有人知道这三绝艺的名的人到彩山殿。"连喊九遍，也没有到彩山殿，渤海人中是有知道的，也看三人练过，但没人去登台。玄宗问大主考，监考官："众爱卿，三鼎甲就这样定下吧！"众人说："圣上钦点。"玄宗提起笔来，状元蒲查隆，榜眼蒲查盛，探花夹谷岚。承宣官在传声筒中，高

比剑联姻

喊:"新科状元蒲查隆,榜眼蒲查盛,探花夹谷岚。恭喜名登金榜。三鼎甲,会元进士,齐到谢恩台,谢恩。""咚!咚!咚!"三声炮响,击鼓敲钟,奏起了军乐,彩山殿奏起了细乐,蒲查隆三人下了彩山殿,早有司仪官在彩山殿等候。把蒲查隆三人顺序站一状元二榜眼三探花四会元五进士 36 人一列。360 个同年进士是不可缺少的,战死的早从候选中补填。360 人站好,承宣官在传声筒中高声喊道:"三拜九叩谢皇恩,跪。"360 人一齐跪,承宣官喊:"叩首,再叩首,三叩首。"三鼎甲朝见皇帝,披红挂花,饮御酒。蒲查隆三人步登金阶上了彩山殿,跪伏龙书案下。众宫娥簇拥着梅娘娘从凤彩扇下走了出来。

有人说挂花披红是正宫娘娘,对呀!正宫、东宫娘娘皆抱病,太后懿旨命西宫梅娘娘代行。有人说:杨贵妃得宠天子,不能代行,宫廷大礼,岂敢僭越。宫娥手托金盘放着宫花、彩虹,梅娘娘拜过皇帝。早有宫中昭仪面向外跪,梅娘娘给状元,榜眼,探花每人左右插上花。宫娥给披了红。昭仪喊"谢恩。"三鼎甲面向外三拜九叩,众宫娥簇拥梅娘娘转入屏风后。承宣官在传声筒中喊:"谢恩。"三人又三拜九叩,承宣官在传声筒中喊:"拜见座师、监考官。"三个人到每人案前三拜九叩。承宣官在传声筒中高喊:"三鼎甲回谢恩台,同年相拜。"三人回到谢恩台与同年互拜,填写同年名册。承宣官在传声筒中高呼 360 名同年状元带头,山呼"万岁!"谢主隆恩后退下谢恩台。蒲查隆等 360 人跪倒高呼:"万岁!万岁!万万岁。""臣等谢主隆恩。"退到台下。承宣官高喊:"圣驾回朝。360 同年状元、榜眼、探花三人单行,会元、进士四人一列,尾从御辇,伴送圣驾到午门。然后各回府第,听候召见。""咚!咚!咚!"三声炮响,钟鼓、军乐、宫廷细乐声中,皇帝、娘娘登上辇,浩浩荡荡到了午朝门,皇帝到了昭阳宫文武百官和 360 同年散去。

渤海应试的状元为首,榜眼为次,探花再次,后面四人一列,高挑"状元及第、榜眼及第、探花及第、进士及第"皇帝赐的绣旗。每人头戴短翅纱帽,身穿红袍,腰横玉带,足登朝靴,胯下骑马。三鼎甲每人头有颤巍巍朱色宫花,身披大红,到了大街,围观的人们人海人山。来到了营中,临街搭起了牌楼十几座,高悬红灯彩旗,各将士两溜排出三四里地,夹谷大将军亲率众军手持令旗,骑的是左平章呼雷豹,见众人来到一摇令旗两溜将兵齐刷刷单腿跪倒,高喊:"恭喜将军们名登金榜。"众人下了马。大将在前,每过一个联营就燃放礼炮,捧上鲜花。

473

左平章身边四个孩子手捧鲜花，后面是九位老参赞。殿下大门艺在左平章身后。众人见到左平章一齐跪倒。齐说："托左平章福，殿下福，大将军福，各位老前辈福，名登金榜。"四个孩子送上鲜花。鼓乐鞭炮声中到了中军大帐。左平章、殿下大门艺、大将军、九位老人居中上坐，大摆酒筵。正是：进唐长安日，显出众英奇，满营皆欢悦，金榜题名时。

第六十九回 三鼎甲宫中献艺令太后开心 杨贵妃暗设诡计让渤海征蕃

五月初七早晨，门军慌慌张张来报："现有六宫都太监奉皇太后旨，召见状元、榜眼、探花在大营等候。"蒲查隆、蒲查盛、夹谷岚三人穿好朝服去接旨。把六宫都太监迎接中军大帐。六宫都太监面向南站立："皇太后旨，选状元、榜眼、探花入养老宫亲见。随咱家即刻入宫。"三个谢了恩，乘上坐骑来到宫门。内侍接过马匹送入御马棚喂草、喂料，六宫都太监领三人到养老宫外双膝跪倒。六宫都太监进入宫中，奏明："新科武状元、榜眼、探花现在宫外。"皇太后传下口旨命三人进宫来。宫女掀起房门帘。六宫都太监领到珠帘外，三人双膝跪倒。口称："小臣参拜皇太后。"太后命宫娥卷起珠帘，命三人抬起头来。皇太后睁睛看三个人面如美玉，唇如涂朱，一对朗目，黑白分明，鼻如玉柱，两耳垂轮，五官清秀，貌如美女。遂问道："你三个各报姓名、家乡住处、年岁。"三个人一一报毕。看金交椅上端坐一位头戴凤冠，身披霞衣，穿着山海地理裙，背后侍立梅娘娘和晋王。皇太后如瑶池王母。24名宫娥环绕左右。皇太后听三人口齿伶俐，谈吐文雅，不像武士粗犷，心中大悦，遂问道："你三人小小年纪，又是塞外渤海郡人，竟在长安夺冠，名登金榜，必有出类拔萃武功。我要一睹为快。可比兵刃来。"三人齐说："启奏皇太后，深宫禁苑，小臣焉敢带兵刃。"太后问："不带兵刃也能练艺吗？"三人齐说："能！"太后回顾晋王皇孙："给奶奶说几样武功。让他三人练练。"晋王启奏道："皇祖母，他本人会飞檐走壁，蹿房越脊，身如猿猴，快如狸猫。练几手轻功，给皇祖母开心吧！"皇太后说："如此很好，传三宫六院妃子宫娥齐来观赏。你应领他三人去换练武衣服。"

书中暗表，皇太后怎么有这样兴致？当蒲查隆三人钦点进士，宫娥回宫传说开了。钦点进士，如何武艺高强，人才出众，传到了养老宫。皇太后听宫娥喊喊喳喳就问什么事。宫娥不敢隐瞒，按实情启奏太后。太后说："这有什么出奇？历年武科场都是这样。"一天、两天，养老宫宫娥总是向别的宫娥打听武科场消息。皇太后说："娘娘插花披红时，正宫、东宫都在抱病，我让梅娘娘去带你们几个去披红。亲眼看到状元、榜眼、探花岂不是好。"到了初五梅娘娘奉皇太后旨去插花披红。太后告诉梅娘娘："把我宫中宫娥带去十名给披红。"回宫后皇太后问："新科状元人才如何？"众宫娥就把状元开掌断石碑、榜眼是手入大槐树掏出木片变为木屑、探花力拔大杨树说的活灵活现。太后也来兴趣，召来梅娘娘细问究竟。梅娘娘把宫娥说的话又学了一遍。太后相信了，心想力大的腰粗十围，身高过丈，都是彪形大汉，从没听说美男子有这样本领，告诉梅娘娘："你派人把十皇孙李炫给我召来。"梅娘娘当日派人召来了晋王，参见了皇太后，皇太后很喜爱这小皇孙文雅，又有一身武功。让晋王坐在身边。"你不是在终南山从李靖练过艺吗？你把新科状元、榜眼、探花在夺冠那天的武功给我看看。"晋王启奏道："孙儿练不了。皇祖母要看还是让状元、榜眼、探花练给皇祖母看吧！""你这孩子怎么样说傻话。宫中禁苑除国戚皇亲外三尺童子不准入内。"晋王启奏道："皇祖母驾到孙儿府，孙儿派人请来状元、探花、榜眼练给皇祖母看。"皇太后说："怕不妥当。你父王知道要斥责你。"

"你去吧！等我慢慢想想。"偏在晚间玄宗因过端午节，带三宫娘娘、贵妃、妃子设筵养老宫，陪皇娘过端午节。皇太后就把要看看新中的三鼎甲武艺的事说给玄宗。玄宗看皇娘年事已高，新中的三鼎甲，人才出众，武艺高强让皇娘开开心。遂说道："皇娘把他召进宫来练。"皇太后说宫苑禁地，外官入宫……玄宗没等皇太后说完，接口说道："新科三鼎甲，就是将相的后继人，来宫也不禁。召来吧！初六、初七新中鼎甲要接待去贺喜的，又要拜座师同年。初八早晨就召来吧。皇娘有不明白的把李炫召来侍候皇娘。开个例外。三宫六院女宾宫娥都来看。皇娘很好的开开心。皇儿稍尽孝道。我在怡春院不来了。我来众人都拘束。"皇太后听了满心欢喜。晚筵后皇帝驾进怡春院杨贵妃住处。太后告诉梅娘娘，初八一早把皇孙李炫找来，派人召来了李炫，派六宫都太监去传旨。蒲查隆三人进入养老宫，太后一见心喜，宣召就派人召三宫六院贵妃、妃子、宫娥齐来观赏。各宫院早已传遍了新科状元、榜眼、探花的威望，都要目赌为快。霎时间养老宫院站满了三宫六院妃嫔，宫娥，晋王李炫把蒲查隆三人领到养老宫更衣室。晋王就走了出来。三人关好门，摘掉头上短翅乌纱帽，脱去身穿的大红袍，把衣装整理一番。从靴筒中取出了彩缎，包好了头上青丝发，扎好了汗巾，对镜自觉已像武士了。三人又核计了一番。谁练什么武艺？

有人问编书的胡诌什么？他三人干么在靴筒中藏彩绸？这很好答

复。他三个人是好武的，在长安又杀了15士，结冤杨国忠白马寺，时时防人暗算，早在钦点进士时就把这些东西备好。外表文质彬彬，内里却是武士打扮。每天都佩带宝剑护身。今天来养老宫不敢带剑，但他三个会空手夺白刃的武功，一旦有事，抛掉朝服，空手可夺兵刃，所以一切现成。晋王把他三人重新领回养老宫。皇太后端坐廊下，身后是三宫娘娘，娘娘身后是杨贵妃、妃子们。晋王启奏皇太后："三甲已打扮停当，听皇太后吩咐。"皇太后和众人举目细看，就像从花丛中飞来三只彩蝶，一个满身穿红，一个满身穿绿，一个全身穿黄，更显出青年貌美英俊。皇太后问晋王："你问问他三个练什么武艺？能使三宫六院的宫人喝彩喊好。"晋王问了三人，到太后身旁故意大声说道："要练燕子飞云纵，就是从平地一跃而起，纵到大槐梢，然后头朝下，脚挂树梢荡秋千。来个云里翻身，从这棵纵到那一棵树下，比燕子还快，这叫穿枝过柯。然后一头栽下来，头要碰地时，来个云里翻身站起来。皇祖母你看多么开心。"皇太后听了笑哈哈说："人能跟燕子一样吗？你这孩子胡说些什么？"晋王说："这是武艺不是胡说，耳听为虚，眼见为实。小孙去让他三个练来。"皇太后点点头，晋王把三人领到养老宫院中大槐树下。三人向太后跪下磕了头，站起身子。三个人站在三株大槐树下。晋王一打手式，三个人平地跃起，几纵到了树梢枝头，两脚挂住树梢，两臂伸张，荡来荡去，然后一个云里翻身站在树枝，一俯身三个人从树梢中纵来纵去，如彩蝶过花丛。皇太后看花了眼，三宫娘娘六院妃嫔看走了神。皇太后说声："好。"喝彩声响彻云霄。三个人头朝下栽了下来，把皇太后吓了一跳，说声："不好。"再看三人已站稳身形，跪在地上。皇太后吩咐晋王："快扶起来。"三个人哪用他扶，站起身形。太后命宫娥抬了一张围着金凤飞舞的桌帷的八仙桌放在大槐树下，搬了三张金交椅，又捧来香茶，皇太后命三人坐下喝茶，三个人哪里敢坐。皇太后吩咐晋王去陪坐，三个人才敢坐下，喝茶。

皇太后回顾三位娘娘说："十皇孙李炫也练了十几年武艺，不知这孩子会不会这武功？"梅娘娘说："怕不会，我只知道他会舞刀动枪。"太后点点头，待了片刻，皇太后将晋王唤在身边很亲切关心地问："你练艺十几年，也会这样武艺吗？"晋王答："会，没有人家高明。"皇太后听了满心欢喜说："我家也有能人呀！"皇太后高兴，杨贵妃却嫉妒。皇太后问："李炫，让他三个练练掌击碑、用手掏树、拔树，我不信这三个俊秀人才有那么大力气？"晋王向三个人说了。树院中就有，石碑

第六十九回　三鼎甲宫中献艺令太后开心　杨贵妃暗设诡计让渤海征蕃

477

也现成的,是宫中的石碑亭。晋王启奏皇太后:"拿石碑亭当碑能行吗?"皇太后说:"我正嫌它碍眼,打碎了去打吧!"晋王得了旨意就命三个人练。蒲查隆三人站起身形,各估量了试艺的碑、树。蒲查隆见石碑下面是莲花座,座下石碑远远不如武科石碑坚实,就离有20步远,来了个猛扑,掌击碑面咔嚓咔!咕咚!碑随掌倒。皇太后不由喊出:"好,好大力气!"宫娥也齐声喊"好哇!"蒲查盛站离大槐树30步远,一个急跃身,手插树中至腕,掏出一把木片,握了几握,把手张开,迎风一撒,木屑飞舞。皇太后又赞了声"好哇!"宫娥喝彩也喝"好哇!好哇!"夹谷岚身贴碗口粗的槐树伏下身,猛的一挺身,树跟人起,连根拔了出来,急行几步,拽断树根放下。皇太后赞不绝口:"三个人年纪轻轻的,倒有如此神力。"告诉晋王陪他三个人坐好喝茶,不要跪拜,我嫌麻烦。晋王陪三个人喝茶。过了半刻,皇太后唤去了晋王说:"让三个练练刀剑,不要对打。我听过练刀剑的滴水不漏,练练这手武艺。"晋王跟三个人核计好了。就命太监抬来了30多桶凉水,让宫娥们拿来了三十多个洗脸盆。晋王吩咐宫娥拿好洗脸盆倒好凉水,周围站好,当中留有三丈方圆地方。蒲查隆先到当中,次蒲查盛、夹谷岚站好,命太监取来三把宝剑。晋王用宝剑在三个人站的地方划一道圆圈,然后对拿水的宫娥说:"他三个练剑。我说泼水不能沾他们的衣服,每人泼完一盆水就行,听明白了吗?"宫娥们齐说:"听明白了。"晋王一挥手,三个人舞起宝剑,光华夺人二目,冷嗖嗖逼人胆寒,剑光缭绕。晋王看见剑光不见人影。吩咐声:"泼水。"众宫娥泼完洗脸盆中水,又去水桶中去倒水,晋王分明看见,也假装没看见任他们去泼。众宫娥把30桶泼光了。晋王说声:"停。"三人站稳身子,晋王让宫娥去看。众宫娥睁大了眼睛细瞧,三个人身上滴水皆无。连晋王划的圆圈也没有水沾地。众宫娥惊呆了,早有皇太后宫娥回奏了皇太后。皇太后心中大喜,吩咐在养老宫摆筵,款待三位新状元、榜眼、探花。命晋王陪筵。三个人谢了恩。正是:学得惊人艺,博来人青睐,愧煞庸庸辈,空自叹哀哉。

众人见玄宗青衣小帽,徒步从人群中慢慢走来。众人肃然,晋王见皇父走来赶紧同三人跪伏在地,口呼:"万岁!万岁!万万岁!臣参见圣驾。"玄宗吩咐"平身",四个人站起身形,闪在一旁,躬身侍立。玄宗参拜皇太后问:"皇娘开心吧!"皇太后笑了说:"皇帝来倒煞了乐趣,今天是我一生中最大乐事。当年我从你父皇流离颠沛,也见过多少英雄好汉。都是些粗猛汉。马上大刀长枪使人见了就不痛快。今天这三个状元、榜眼、探花长得人才出众，相貌堂堂，一身武艺。我看了很开心。国家有了这样奇才，何愁天下不太平。告诉你我家也有英才呀！十皇孙李炫也能练状元们练的武艺。他说不高明。要能和状元们在一起琢磨，天长日久，就会高明的，胜过乃祖乃宗。"玄宗说："不要听孩子话。"皇太后欣慰道："方才状元们练艺，他当助手，我看很在行。"玄宗高兴，杨贵妃却恨之入骨，恨不得立刻除掉晋王，杀了梅娘娘。宫中再没有人与她争宠了。皇太后问玄宗皇帝："你怎么才来？热闹过去了。""皇孩儿早就来了，站在太监们身后。他们只顾看热闹，谁也没发现我。我看了痛快。皇娘不是设筵款待状元、榜眼、探花吗？臣儿也很高兴，我今天是穿便装来的，就是为了使皇娘欢心。我们母子今天过老百姓生活吧！皇娘也换上布衣布裙，娘娘、贵妃也换上布衣布裙。皇娘到了桑榆晚年享享儿孙欢绕膝下晚年之乐。'皇娘、万岁、皇帝'这些尊称一律免去。臣儿和三宫娘娘呼皇娘为'娘'，皇娘喊臣儿为'儿'，你的皇孙李炫喊'奶奶'，无拘无束。皇娘饱享家庭乐事。皇娘意下如何？"皇太后听了心中大悦："好哇！好哇！"皇帝命三宫贵妃快去改装，命太后宫女改扮为侍女。皇帝吩咐哪个敢不遵。顷刻间改装前来。三宫娘娘呼皇太后为婆婆，皇帝叫妈，晋王李炫喊奶奶！皇宫院养老宫霎时变成了黎民百姓家。玄宗叫声："玄儿，你去陪咱家来宾。"状元、榜眼、探花看见玄宗这副乐相，心想玄宗是有道明君啊！事实唐玄宗登基初年，确是有道明君，史册丹书"开元盛世"。自从杨国忠当了丞相，杨贵妃入宫，迷乱圣聪，沉于酒色，国事日非。

大摆酒筵。皇太后上座，左有皇帝，右有三宫娘娘和贵妃。晋王李炫陪三位来宾。时时听到娘、婆婆，孙儿喊奶奶笑声，皇太后高兴的开怀畅饮。酒到半酣，玄宗执壶三位娘娘把盏。贵妃随后到了蒲查隆三人面前。晋王和三人赶紧站起，事先声明去掉尊称晋王，喊爸爸和娘，他三个却开不了口。玄宗按下三人说："你三人是我娘亲请来的贵客。我替我娘亲来敬酒，你三人各饮一杯，我陪饮一杯。三位娘娘捧杯。"皇帝执壶各斟一杯，皇帝举起酒杯，一饮而尽。三个人也干了杯。皇帝笑容满面："我有事向三位尊客请教。一个人当了元帅掌生杀大权，身临战场如何能取胜敌人？"见皇帝唠上了，侍女们给皇帝、娘娘、贵妃搬来坐椅，五个人坐好。蒲查隆首先答道："为将之道恩威并施，强弱兼用：一、要先知道敌我力量，敌人比我们所长是什么，比我们所短是什么！避敌人的所长，击敌人的所短，以奇兵之，以少胜多。三国时东吴

第六十九回　三鼎甲宫中献艺令太后开心　杨贵妃暗设诡计让渤海征蕃

周瑜在赤壁用火攻击败了曹操人马。以少胜多，这是兵书说的'知己知彼，百战不殆'。二、夺下敌人盘居地方，敌人对老百姓苛刻，老百姓恨之入骨，盼有人消灭他们，过太平日子，我们就要宽，以安众心。敌人对老百姓宽，我们就要严！老百姓被敌人放纵惯了，你要让他安居乐业，奉公守法，他们少数人过不惯，就要反抗。势必杀其中顽者，抚其善者。刘备兵进西蜀，刘璋昏暗顽民很多，诸葛亮定法就严，以儆效尤。三、将兵必需同甘共苦，为将的必须以身垂范，言必信，行必果，取信将兵，言出法随，遇有战端，身先士卒，冲锋陷阵。使将兵心悦诚服。死亡将兵，抚其孤苦，恤人家属，使万众一心。用兵之道，不能凭个人武断用事，'爱者欲其生，恶者欲其死'，离散人心，降的要很好的安慰，变成敌为我用。顽固的必须消灭，则有利战争。以上两件就是'运筹帷幄之中，决胜千里之外'的要点。四、攻杀战守，是为将的关键。地势有险恶，气候有恶劣，要因地制宜，因时制宜，能攻则攻，能守则守。不能图贪侥幸。为将的要利用天时、地利、人和，去战胜敌人，动则撼山岳，伏则如兔藏。我三人幼年读书，在书本知道这些，但还没有久经战场，还不知道能不能应用呢！"玄宗听了心中大悦，遂问道："贵客说的极是，听君一席话胜读十年书了。"站起身形领着娘娘、贵妃回到了原处。

玄宗为什么要这样做？事出有因，杨国忠病好后人朝，把状元、榜眼、探花大大称赞一番，然后奏明吐蕃兵取瓜州，告急本章，如同雪片，飞到相府。势必去救。渤海国兵精将勇，派去征讨，'以夷治夷'有何不可。玄宗对杨国忠的话是听之如真。偏赶上皇太后要看状元、榜眼、探花武艺就想了主意，把养老宫当成平民家庭，一为了取皇太后欢心，二是无拘无束地和状元、榜眼、探花谈心，试试他三个人的才华。玄宗心想，渤海兵要全军覆没势必挑起战争，联结契丹大举进兵，又多一个敌国。吐番再出兵，两处夹攻，兵连祸结那还了得。因此要试他三人。

当晚散了酒宴，蒲查隆三人跪辞皇太后。玄宗高高兴兴回到怡春院，杨贵妃已卸去钗环，身披睡衣在等玄宗。杨贵妃满面含春，让玄宗坐在龙榻上。笑而和悦地说："皇太后今天高兴极了，对我也不冷漠了。这都是皇帝赐给我幸福。"玄宗哈哈乐了："只要皇太后对你欢心，朕也心安了。你这怡春院定坐稳了。"杨贵妃说："那才好，我哥哥进宫来，给皇帝请安，偏圣驾不在。我听我哥哥说渤海郡兵精将勇，奏请皇帝派他们去征吐蕃。有这回事吗?"皇帝道:"卿兄处处为朕关心,操劳国事,就派渤海郡去征吐蕃。渤海郡是外邦,谁去当监军?朕还没有主意。""皇帝,有现成人哟?"玄宗问是谁?"晋王不是现成监军吗?他当过渤海监军。皇太后不是说让他跟状元、榜眼、探花再磨练吗?这是万载难逢的好机会,锻炼了晋王,太后也欢了心。"玄宗点点头:"就依卿言。明天朕就颁诏派渤海去征吐蕃。晋王当监军。"正是:

　　口密腹剑暗伤人,朱唇启处是煞神,玄宗惯听淫妃话,竟把恶意当真心。

　　这是杨贵妃与奸贼杨国忠定下的阴谋,要把渤海郡将兵葬身瀚海,把晋王也除掉,再陷害梅娘娘,杨贵妃就独自得宠了。

第七十回 奉旨西征排编制　整编联营欲西行

五月初九清晨，内侍臣六宫都太监来到渤海国大营外说："有圣旨。"渤海国朝使臣左平章同蒲查隆三个人穿戴整齐到大营门外迎接圣旨。六宫都太监面向南立："皇帝口旨，宣渤海朝唐使臣左平章夹谷清，率领新科状元、榜眼、探花立刻动身到金殿面君。"四个人山呼"万岁！"站起身形，命牵过马来，带了侍从，同六宫太监飞奔金銮宝殿。到了午朝门，把马交与从人，步登金阶跪倒丹墀，夹谷清口呼："万岁，小臣渤海国朝唐使臣夹谷清参拜万岁。"蒲查隆三人也参拜了玄宗。皇帝命看过绣龙墩赐左平章座，蒲查隆三人侍立丹墀。玄宗面带笑容对左平章说："朕宣卿来有事相烦，吐蕃兵围瓜州，卿兵精将勇，有新科状元、榜眼、探花。卿为主帅，三鼎甲为辅，带兵去征讨，替朕分忧，望卿勿辞。朕命晋王李炫为监军，郎将崔忻为督粮官，守卫伯张元遇为辅。都是卿的旧熟人。望卿齐心合力征败吐蕃，兵到哈哈密，即可班师。朕已为卿预备好盔甲 50 副，作为将军们用，封卿为征都招讨元帅，状元蒲查隆为副元帅，榜眼蒲查盛为左先锋，探花夹谷岚为右先锋。朕命兵部，每个出征将发银两二百两，兵士 30 两，勿负朕望。"左平章夹谷清、蒲查隆四人谢了皇恩。皇帝命："三日内出征，造名册送来朕看，让兵部发了银两，回大营准备出征吧！"

左平章夹谷清率领三人回到大营，恰好殿下大门艺也来了。左平章、大门艺殿下、夹谷大将军、蒲查隆四人在左平章大帐商议出征之事。夹谷大将军说："此去征吐蕃远涉瀚海，我带来一千名团牌手，编成联营，把先行营、后备营、战将营编为中卫联营，由蒲查隆统帅给养联营，这么就是八个联营了。每个先锋官带二人，给养一个联营，剩下战斗两个联营随营机动。不知是否可行？"左平章点了点头，其他人也赞同，就造了花名册。八个联营每个联营九人为伍，五位为分营，五分营为联营。联营设总务、郎中等十人，每个联营共人数 1255 人，八个联营共人数 10240 人，外补充营 675 人，共 10915 人，造成了名册。蒲查隆即刻送到皇帝殿。还没有散朝，玄宗命兵部把银两立刻送到渤海大营。外御批白银二千两，作为大营机动使用。命兵部把盔甲一并送去不得有误。蒲查隆拜谢皇帝即时回大营，这时众人已把编制造好：

第一联营都掌管迟勿异、呼尔哈、罗桓。
第二联营都掌管拓拔虎、博那哈、罗邦。
第三联营都掌管东门豹、库伦呼、罗面。
第四联营都掌管赫连英、勃达连、孟求英。
第五联营都掌管东门夫、哈达容、孔求杰。
牌手联营都掌管哈达窦经、达窝哈、哈哈窝达。
六个营的都掌管原人没动。
给养联营都掌管霍查哈、诺尔达、王常伦。
中卫联营都掌管诺尔罕、上官杰、万俟华。中卫联营下设五个本营又作了分掌事务：

一、枢密本营大掌管 鲍勇，交司作战计划元帅枢密行军安排。

二、战报本营大掌管 鲍猛，统管战任命掌管战先侦察，战后安排，定更等。

三、总管本营大掌管 鲍刚，统管大本营一切杂务。

四、侍从本营大掌管 鲍强，专司大营门卫，传递命令，保护元帅。

五、郎中本营大掌管 赫连文，专抢救伤员医治伤员。

预备本营 东门狮、韩勇，左先锋官参军赫连文、赫连武，右先锋官参军左丘清明、赫连豪、副参军 孟颜求芬。元帅大帐亲随侍从 拓拔重生、西门再生、夹谷猛生、东门庆生、赫连杰、化狮、化虎、化豹。随军参赞：东化郎、西化郎、南化郎、北化郎、赫连嵩、西门信、瞽目叟、孙振坤、罗振天。这17人守护元帅。保护中军大帐战将王天虎、孙连、孙仲、孙三、孙元、韩勇、韩猛、韩刚、韩强、东门狮、东门墨、东门熊、东门虎、东门区、罗音、罗鸣、罗提、罗底、罗边、冷文、冷武、冷双、冷全、东门夫、东门俊、东门立、颜求桃、颜求梅、颜求萄、曾求桂、曾求兰、赵求文、钱求礼、诸葛望博、共34名。其中女的东门夫为首领，男的东门狮为首领，分设两座大帐，在中军大帐左右。中卫联营各本营勇士都是从渤海来的男女勇士，女的占男人半数。各设大帐在中军前后左右。人员分配妥当。又定出十七条五十四斩：

第七十回 奉旨西征排编制 整编联营欲西行

一、闻鼓不进，闻金不止，旗举不起，掩旗不护，是悖军，违者斩；

二、呼名不应，点卯不到，违期不至，动乘失律，是闲军，违者斩；

三、夜传刁斗，急而不报，更筹无度，声号不明，是懈军，违者斩；

四、多出怨言，怒其主将，不听约束，梗教难治，是横军，违者斩；

五、扬声笑语，蔑视禁约，驰突军门，梗教难治，是轻军，违者斩；

六、谣言诡语，捏造神鬼，假托梦寐，大肆邪说，蛊惑吏士，是妖军，违者斩；

七、所用兵器，弓弩绝弦，箭戟不利，旗丝凋蔽，是欺军，违者斩；

八、奸舌利齿，妄为是非，挑拨离间，拨弄不和，是慢军，违者斩；

九、所到之处，凌辱百姓，损坏田苗，逼淫妇女，是奸军，违者斩；

十、窃人财物，以为己有，夺人首级，以迷自功，是盗军，违者斩；

十一、密除军情，私进帐下，探听机密，私离训地，是探军，违者斩；

十二、或闻所谋，或闻号令，漏泄於外，使敌知之，是窃军，违者斩；

十三、调用之际，结舌不应，低眉俯首，面有难色，是浪军，违者斩；

十四、出越行伍，瞻前顾后，言语喧哗，不准禁约，是乱军，违者斩；

十五、枉伤诈病，以避征伐，负伤假死，因而逃避，是诈军，违者斩；

十六、主掌钱粮，拖延日期，私扣军饷，营私舞弊，是弊军，违者斩；

十七、现寇不查，探贼不详，到不言到，乱言误事，是误军，违者斩。

定完了十七条五十四斩，夹谷大将军笑了："今天的编制和十七条五十四斩都是来长安学会的。比我们以前订的军令强多了。"门军来报："现有越国公、护国公、鲁国公、英国公，在大营外要面见左平章。"左平章、大门艺殿下、夹谷大将军领副元帅左右先锋官迎到大营门外。几人见面分外亲热。到了左平章大帐叙过寒温，献上茶来，越国公罗平首先开言："我们四个人，特意来看看你们出征准备怎么样？"左平章说："草草编了建制，又抄了上邦十七条五十四斩，正好四位国公驾到，都是久掌兵权，给我出出主意。"大门艺递上了编制十七条五十四斩，四位国公看了说声："很好。此去征西路上，远到瀚海，应多编骑兵。抛掉车辆，不知左平章准备怎样？"左平章说："骆驼有二百匹，马有一千多匹。"护国公秦珏摇头说："我看了你们建制是10915人，至少战马要有五千匹，骆驼要有千匹。横越瀚海八百里，骆驼是沙漠之舟，能避风沙。"左平章说："三日限就出征，到哪里去寻这么多马匹骆驼？"英国公徐辉说："我倒有个主意，安禄山出征时备下一千匹骆驼六百多匹好马，鞍辔俱全。左平章到金殿奏明皇帝，就将骆驼马匹全部弄到手。"左平章："皇帝退朝了吧？"鲁国公程显："退朝也不要紧，你到金銮撞钟，天子就可临朝。并有当班太监，让他奏明皇帝。出征事大，太监不敢不奏。事不宜迟就动身吧！我四人也要走了。"四位国公站起身子，说声："告辞。"走出大帐。众人送到营门外。左平章率人备马带领蒲查隆直奔午朝门，把马交与从人，步上金殿。玄宗正和杨国忠、安禄山几个大臣议事。左平章、蒲查隆跪伏金阶。左平章奏道："小臣征西到哈哈密，横越瀚海，没有骆驼，为了解瓜州之围，缺少马匹，请万岁从长安营中拨给一批骆驼、战马，助小臣出征。"玄宗问安禄山："卿出征时不是有不少骆驼、战马，全部拨给征西元帅夹谷清。"

安禄山见皇帝批准夹谷清所奏，说："臣就去把战马、骆驼交付征西元帅。兵卒出征归来要整顿。"玄宗问夹谷清："爱卿是有牵骆驼人吗？"夹谷清乘机递上了建制名册，玄宗只看总人数。夹谷清奏道："马是有勇士们骑，牵骆驼的没人。"玄宗沉吟片刻说："卿在长安招募民勇，一人牵二匹骆驼。饷银由兵部支拨。"夹谷清同蒲查隆谢了皇恩。安禄山命他亲随，到管骆驼战马处，把所有骆驼战马全部交给征西元

485

帅。安禄山侍从跟着征西元帅,到了午朝门各乘坐骑来到战马骆驼饲养处。好大的饲养处,骆驼战马一排排、一溜溜的,有的昂首嘶鸣,有的低头吃草。饲养处听到把骆驼、战马,交征西元帅,落得清闲,递上马匹数量,现有草料,槽道,要立刻交付。左平章说:"我领人来接管。"管马的校尉说:"越快越好。"左平章命蒲查隆急回大营,带两个本营来接管,然后招募民勇。蒲查隆到了大营,命预备营全部出动,给养营出一个本营,带了两个本营,接管了饲养处。左平章命蒲查隆写招募民勇公告,愿去者每人要给白银 20 两,以后按月每人给银五两,倘在军中死亡给恤金五百两,其子女可去渤海抚养,受伤的按月发给饷银,直到终年。家属在长安的每月到征西留守处,领本人半月饷银二两五钱。蒲查隆写好公告。左平章说:"你在这办理吧,我先走了。"带着侍从乘马回转大营。蒲查隆派人洗刷战马,修理槽道。不多时报名民勇就有几百人。骆驼二千整,有人 1050 人就够了。蒲查隆派人登记。到了申初,已有一千四百多名登记人。蒲查隆从中挑选出身强力壮的 1225 人。告诉明天清晨卯初来领银。

众人散去,蒲查隆回到大营,见殿下大门艺、大将军二个人已查清了库房黄金两万两,白银 14.5 万两,粮草、油盐按现有人数可供给三个月。兵部送来了白银十万两,铠甲 40 副,米油盐粮草足够支持一个月。这样仅能支持四个月。大将军说:"粮草是军中之胆。人马不动,粮草先行。"蒲查隆又把饲养处接管的骆驼,战马草料数目及招募的民勇一一说了一遍。诸事完备。门军来报:"晋王和崔忻、张元遇来了,现在营门外。"众人迎接三人进了大帐,落坐后,晋王先开口说道:"我今天来晚了,皇父下朝后,把我召进宫去,告诉我当了征西监军。崔郎将、张守伯是督粮官。我奏明皇父到各州府县催粮,要故作推延,岂不误事。皇父把身带佩剑赐给我,误限三日的杀,以儆效尤。我去辞别皇祖母,皇娘又到崔张二府,宣谕了圣上口旨,就赶来了。你们都准备的怎么样?"大门艺殿下告诉:"一切准备已有了头绪。"拿过大营建制名册,粮秣、马匹、各样名册交给监军过目。监军看了笑着说:"皇祖母曾问我,新中的武状元、榜眼、探花,相貌出众,武艺高强,很像大姑娘似的。我见夹谷兰穿的男装,哪里敢说其中有女的,就应付道,渤海多是美男子。名册美男子真不少呀!"大门艺殿下说:"不算多。我们征西回来还更多。"监军点点头:"也许会吧!后天就要离开长安,我明天下午带御林军 260 名也住在这里。我三人也住这里。今后要以大营为家了。再过两天，我们就要西征。我三人走了。"站起身子辞别众人，众人送到大帐外。天已黑了。众人张罗了一天，各自归帐。

次日清晨，大门艺殿下很早就来了。对左平章说："老王伯我今天是有事。当年从我来朝唐时年纪都十六七岁，现在都要三十岁了，来时女人少，男人多，近两年来按我们的老风俗，自择夫婿的传统，匹配了其中不少人，还有十五名男的没有婆娘。老王伯征西去给他们安排安排，征西归来带回国去吧！让他们混个一官半职。"左平章说："正好民勇们没有首领，把他安插进去又会汉语，再好不过了。不但那样，再把你府上房间腾出一部分来，作为征西军留守处，任命为总管，你从渤海带来的人都安插那里去，征西归来都带回国去，手下暂时用些汉人。大将军回国后，再派一批年轻的来。你同意我这办法吗？"大门艺听了非常高兴："同我来的人在长安十年，什么宫廷礼仪也都懂，回国给我父王当侍卫，当什么的都行，把他们算做第一批留唐人才。就这么我回府去腾房子派人来。今天下午就整备好，明天五鼓就征西了。"大门艺殿下走了。大将军查点盔甲40副不够用，少32副，派人去买，做军旗、大纛旗、征袍。有钱好办事，午正全部办好。大门艺领人来了。左平章看过名册，就和殿下大门艺、大将军商量民勇队，正同一个联营人数相等，编个联营。但不要同我们作战队名相同。大将军说："征西辅助联营，把殿下带来人派都掌管三名，各本营大掌管二名，剩二名供给掌管。人选由殿下制定。"殿下大门艺写出都掌管名单：

"征西辅助联营都掌管：密密达、达拉密、勃勃松；本营大掌管：迟迟哈、猛哈、强哈、强必 省哈、乌兰达、哈兰马、兰乌哈，供给掌管：彼彼达、达达得。"左平章唤来赫连杰："把这12人送到饲养处去接事，今天酉时必须把征西辅助联营整备齐整。预备营帮同整理。酉初派人去捡阅。"左平章问："留守处办了吗？"大门艺说："万事俱备。"左平章命猛生、再生到各联营通知"元帅阅兵。""咚！咚！咚！"放了三声炮。升起大旗，阅兵开始，训练有素的队伍，按次序齐刷刷地站好。元帅先锋到来，都掌管一摇令旗齐刷刷单腿跪倒。元帅过去又一摇旗，刷的起立，军纪整肃。元帅夹谷清很满意，又宣布了十七条五十四斩。分派了盔甲。监军督粮官，御林军来了。检阅结束。监军晋王带来了御赐四副盔甲，众人留神细看，好漂亮的四副盔甲。监军说："皇帝赏给元帅、副元帅，二位先锋官的。"这盔甲是皇帝赏赐供在中军帐，谢了皇恩。

几个征西将领，坐在中军大帐，殿下大门艺对左平章说："老王伯此去征西，我和裔哥（大将军）都不放心。我俩商议好了，老王伯亲随侍从是八个孩子，孩子毕竟是孩子，难免淘气，倒是老人家操心。再说谋士，缺少年富力强的，虽有九位文武兼备，阅历极深，精通武功的老前辈，但都是八十岁以上的老人。少一个跑腿学舌的人。我府中有个幕宾叫公冶子，是孔仲尼门人公冶长后代，通天文，晓百鸟语。还有二男二女，是两对夫妻，是我从渤海当年带来的，很精明能干！两个女的是我客厅主管，两个男的经常同我去朝堂。男的懂官府礼貌。女的懂官家规矩，小侄把这五个得用人，来侍侯老王伯，岂不省了老人家的心。四个小孩子跟幕宾学学文，省得淘气。"大元帅听了很高兴，说："还是贤侄想的周到，你把这五个人的才能都说说。你是怎样发现这样的人才？"殿下大门艺说："'人才遍地有，只怕不认人'，埋没了。我去茶楼喝茶。在茶楼看到一个写字画的。三年前的五月初十，我看他家写的很好，为了好奇心驱使，就把手拿的湘子竹宣纸13股折扇，求他给题字，他细看画面，一条长河，远处是山，就提笔写：黄河远上白云，一片孤城万仞山，羌笛何须怨杨柳，春风不度玉门关。在太阳下晒干了笔迹，我细看，写丢了一个字，糟蹋了我的扇子，我很不高兴地说：你这写字的，怎么写丢了一个'间'字。把我扇子糟蹋了。他听了面带惊慌神色，看了他写的字，沉默了片刻，面上现出了喜悦说：'先生你是看错了，我写的是词，不是诗。'我更生气了，'这是前人的诗，十岁孩子都能会背诵，你强辩为词，岂有此理。'他面带笑容说'我念给先生听，要不和词韵，听凭责斥。''你念念，事实总会胜过巧辩。'我更生气地说。他不慌不忙，手拿着扇子念：'黄河远上，白云一片，孤城万仞山，羌笛何须怨，杨柳春风，不度玉门关。'我听完惊讶了，自己反复地念了几遍，满口称赞道'好好好'。'先生中意了，赏润笔费吧！'我说钱多少好说，请先生到我家，给我把这首词，给我写张字画。'我从兜囊取出二两银子递给他说：'这是写扇面的润笔。'他看到银子，看了我一眼说：'货卖识家'，就收拾笔砚揣好银子说：'先生，我到府上去献丑。'我把他领进书房，命人给他茶。给他治了一桌酒筵，我二人边喝边谈，我看他写的字好，画的画，当然也很好吧！他叹了口气说：'琴棋书画是文士所学。都能勉强应付。''啊！你原来是文士呀！怎么落到卖字呢！''一年前以卖字为辱，后来以卖字为荣。'我问他，也很对他不幸很表同情。他看了我的神情点了点头说：'人离乡贱，物离乡贵。我在长安两眼漆黑，不卖文怎么吃饭？'我听他的话中，带出了自艾自怨，'先生，你说说你怎么落到这步田地，不才我虽不懂文墨，但我很愿意和文人相识。你实话就实说吧。我可周济重回故乡。'他听了我的话兴奋了。'谢谢你的美意，'他说：'我是山东曲阜人，姓公冶名子，是山东三年前的一榜解元，进京来应试，在洛阳招商店一病个把月，考期已过，病好了钱也花光了。就被店主轰了出来，讨饭到长安，访友不遇，投亲不着，只好卖字为生，也受了不少窝囊气。车、船、店、脚、衙，无罪也该杀。'他觉得说失口了，面带惊慌。我说：'不要紧，我不是衙。你既一榜解元公，来京应试，可有府学政荐书？'他从兜囊小黄包中取出包着几层纸的荐书交给我看，果是解元。我说：'解元公方才失敬了。'他说：'我祖就会听鸟语，我也能听懂。我还晓一点天文，刮风下雨十天前就能知道。'我更敬佩了。'解元公原是奇才，难得呀！'他长长叹了气说，'良马不遇伯乐徒奈何'。先生如不嫌弃，我是粗人，在寒舍长住吧！'他看看我：'你先生府第，很像官宦人家，但你先生穿戴很像平民，也不带当官的气质，我倒很纳闷。'他这样说，我就告诉他实话。他听了很礼貌站起要跪下，我挽住了他说：'我让你住我书房。'第二天清晨，我吩咐侍从把梁上黄嘴的小燕全捉了下来，放在书橱里。大燕捕食回来，不见了小燕，叽叽喳喳地叫。我到书房请公冶子到内堂坐好。叽叽喳喳。我说这燕子真讨厌，他说：'燕子说：'渤海官，渤海官，我夫妻借住梁间，远日与你无仇，近日又对你无冤，为什么把我们娃儿关在书橱里面。'我说侍从们同孩子淘气干的，快送巢去。侍从搭上梯子，捧着小燕送回巢。两只大燕，在房中飞绕。侍从撤了梯子，大燕飞站巢边，叽叽喳喳仍不住叫喊。公冶子说：'两只大燕向殿下赔礼道歉呢！大燕说：渤海官，渤海官，方才言语冒犯，望你宽洪大量，多多包涵。'我相信了他懂鸟语、天文，刮风下雨也屡试屡应验。这样人才带去征西，有很大用处。久闻嘉峪关外和山海关外大不相同，风雪无常，预先知道做好准备。知鸟语，能晓得敌人行动。这是公冶子有用之处。再说说这两对年轻夫妻，是亲姊妹俩嫁亲兄弟俩。二年前结婚后，一个是中秋节，弟弟叫沙也雄，媳妇叫澹台菊，给哥哥送了一筐枇杷果。沙也雄写'敬赠哥嫂枇杷果一筐'把枇杷二字误写成'琵琶'被嫂子澹台莲看见了，就写了一张回贴，谢你夫妻，果子拜领。下面写'枇杷'不是此'琵琶'，想是当年识字差，要是'琵琶'能结果，长安笙管尽开花。仆妇拿了回来交给了澹台菊。澹台菊很生气，姐姐不该讽

第七十回　奉旨西征排编制　整编联营欲西行

笑自己丈夫。就写了'枇杷'原是此'琵琶',不是当年识字差,要是'琵琶'不结果,江城五月落梅花。当时的江城五月落梅花,盛行长安。这个别致回贴遮了丑,泄了气。后来我听了,就当了亲信侍从。今把这五个人送来给老伯使用,小侄或裔哥(大将军)也放心了。老王伯意下如何?"大元帅说:"贤侄佛心,快派人把这五个人送来。"

殿下大门艺派自己侍从把五个人领来,进了大帐,口称:"小人参拜元帅。"元帅吩咐"起来"。众人细看一个年约三十上下岁,头戴方巾,黄脸膛,五官端正,文质彬彬,不用说是公冶子了。元帅命人搬过一把椅子,让他坐下,他再三不肯。再看两个男的身高七尺开外,浓眉大眼,紫巍脸膛穿着渤海戎装,英姿勃勃。两个女的身高约七尺,面目俊秀,身材适中。元帅夹谷清看了很满意。向殿下大门艺说:"公冶先生给我当幕宾,他是文解元。沙也英、沙也雄给我当中军官。澹台莲、澹台菊给我当内侍官。这样行吧!"殿下大门艺说:"你五人赶快谢过元帅。"五个人跪倒身形,谢过元帅。赫连杰分别把女的暂领到女战将帐去,男的送到男战将帐去。天色已晚,秉上灯来几个人围在灯下,订作战计划。夹谷大将军首先说:"我当年从国王去征湄沱湖时,兵只有50,将只有十员。兵微将寡,陷入重围,我受伤七处,国王背了我 闯出重围。据守在湄沱湖老鸦峰。后来找到了敌人的弱点。敌人对将士苛薄,对老百姓压榨,兵怒兵怨。就利用了以敌攻敌。发动老百姓练义勇。收降纳叛,不出三个月,战败了数万敌人。这个经验教训,还应使用。"众人说"应采纳。"晋王又把兵部呈玄宗看的地理图拿出来铺在桌上,众人对地理图进行商议。最后定出作战纲要:一、兵解瓜州围后,兵分两路,右先锋夹谷兰带拓拔虎、赫连英两个联营、两个团牌手本营走捷径夺下嘉峪关,截断敌人归路,送来的粮草,发动民勇保家卫国。二、是蒲查盛先锋、拓拔虎、赫连英两个联营,两个团牌本营攻敌坚锐,直奔嘉峪关与夹谷兰合兵,敌人势必夺长城尽头百古山千雪山,在此把敌人一举歼灭。三、是迟勿异五路兜抄散兵败将。元帅大营的战将派出八个骠悍战将,分给左右先锋,中卫联营、预备营、给养营、征西辅助的联营组成一体。缓缓而行,遇有左右先锋求救时,副元帅可带战将去急救。元帅坐镇。一切完备,派大将军乘马到饲养处把马和骆驼带来。大将军到了饲养处看到一切完备,都带了众人马匹来到大营,安顿了人马,剩下的各自归寝,等待明晨五鼓出征。

第七十一回　皇太后观军容芳心大悦　四国公长亭送寄语谆谆

> 枕戈待旦日，敌寇纷扰时，
> 渤海儿郎将，奋起去对敌。
> 太平宁静日，征西归来时，
> 返回故国土，歌颂升平诗。

晋王告诉左平章："皇祖母带领三宫六院，在午朝门太和殿观兵，明天出征人马必须路过午朝门太和殿。皇父在长安城西门箭楼上送元帅。"殿下大门艺问晋王："你这张地理图还不送交兵部吗？"晋王说："我去拜辞皇父。皇父在书橱中找给我的，送兵部干什么？"众人听了喜形于色。这张地理图，除晋王，别人是得不到的。

书中暗表，晋王拜见玄宗，玄宗皇帝见到晋王，看见儿子的英俊，又想起了梅娘娘许多恩爱，"爱屋及乌"就想到母以子贵，晋王立起功劳，梅娘娘也露脸，把这张地理图交给了晋王。有人说皇帝也同俗人一样吗？皇帝也是人嘛！怎能跳出人的范畴，舐犊之私是人之常情。

5月12日，鸡鸣五更，西征将士整好了队形，拔营起寨，大队人马浩浩荡荡直奔午朝门太和殿。离太和殿一里之外，六宫都太监带18名小太监在路旁搭下亭子。都太监迎了上来。元帅赶紧下马："老公公做啥？"都太监："咱家奉了太后懿旨在此给元帅饯行。"说罢命小太监执壶，六宫都太监捧杯。元帅立饮三杯，拜皇太后恩赐。六宫都太监说："太后传下懿旨，到太和殿，元帅不必下马。太后要目视军威。请元帅勿违太后慈恩。"元帅说："小臣遵旨。"六宫都太监去复命。渤海将士昨天夜晚就知道皇太后观兵，一个个雄赳赳气昂昂，精神抖擞，步伐整齐，军容威武，军纪严肃，吹响了号角，旌旗招展，奔午朝门太和宫太和殿上，有日扇、掌扇、龙凤扇、鹰幡、鹤幡、虎豹幡、宫灯、彩灯、龙凤灯。宫娥、太监站满了太和殿。前面有一把雕龙刻凤的金交椅，端坐身披霞帔，头戴凤冠，腰系山河地理裙的老妇人，如瑶池王母。后面坐着身披霞帔，头戴凤冠，腰系山河地理裙的中年妇人是三宫娘娘。后面站立的是贵妃，妃子。太和殿是雕梁画栋，金碧辉煌。蟠龙脊，飞檐梢，飞檐上有惊雀，檐下有铁马。到了威武森严的太和殿，殿下站满了手执戈矛的御林军。征西大队人马，元帅一马当先，来到了太和殿下。36名号角军吹响了号角。大队人马为最后让太后看个仔细，缓缓而行。太后娘娘看征西大队人马到了，睁眼细看，旌旗遮日月，剑戟如麻林，众将兵如潮水涌来。这时天已放晓，看得清清楚楚。常言说"兵到一万无边无岸。"三人一排，人马有几里长，将军头顶盔、身披甲，勇士各穿崭新的渤海戎装，手持各色兵刃。步伐整齐，齐刷的奔太和殿走来。皇太后娘娘、妃嫔、太监、宫娥睁眼细看。见一面大旗迎风飘摆。36号角手吹响了号角。执旗官端坐红色高头大马上，前面有四个护旗官，后面有四个护旗兵，都是骑在马上腰挂雁翎佩刀的英俊青年勇士。大旗迎风摆动，呼啦呼啦红底黄字看清了，两行大字是"大唐国朝征西招讨元帅。"一行是"渤海郡朝唐使臣左平章，"两行字末三个大字"夹谷清"。端坐马上一位老元帅。怀抱令旗令剑，身高足有九尺，背宽臂厚，细腰乍臂，身子骨非常结实。一部白胡须飘洒胸前，头上戴黄澄澄的帅字金盔，二龙斗宝，三叉击顶，黄金抹额，搂颏带子绣八宝，紧紧勒在额下。盔两边有包耳护项盔，头上一朵大红缨飘洒脑后。身上披大叶金锁连环甲，两肩头有吞肩兽，胸前挂着有冰盘大小的护心镜，亮如秋水，闪闪放光。身上勒着九服鹿筋绊绦，腰系一巴掌宽五色香牛皮战带，两扇征裙遮住磕膝盖。大红中衣，脚上穿犀牛皮扣金钉的虎头战靴。外罩白色一件蟒龙袍，半披半挂。袍子上走金边，摆金线，绣着怪蟒翻身神龙探爪。下绣海水来潮，边绣灵芝草。腰中挎着三尺九寸长的巨阙宝剑。白鲨鱼皮剑鞘，金什件，金吞口，二尺多长的大红灯笼穗。马身上左边挂着走兽图，内装雕翎箭，包囊中装着一把铜胎铁背宝雕弓。马身上右边挂着一杆凤翅流金锐。再看这匹马，从蹄至背高八尺，长有丈二，天生的豹子脸一对豹子眼，大嘴岔，两个竹签子耳朵。前膛宽后膛窄，高七寸，大蹄碗儿，周身是金钱豹花斑，门鬃很长，披散在马脖子左右。这匹马顶门上有二寸长被门鬃遮住，肚皮有鳞，被肚毛遮住，一按顶门上短角，一声怒吼，吓得其它马瘫痪在地，屎尿齐流。这匹马是当年出征在翰朵里（今依兰西南）在奥类河夺来敌人的战马，命名呼雷豹。马鞍子用塞外老窝集的名贵木料，暴马子尺柏松，盘金丝打造。暴马子尺柏松冬暖夏凉。黄金线马缰绳，真是金鞍玉辔，马鬃一乍，摇头摆尾，四蹄蹬开，日行千里，夜走八百的宝马龙驹。再往老元帅脸上看，面如铜盆，两道雪白刷子眉，飞插两鬓鼓鼻梁，大鼻子头,四方阔口,细看二尺长的白胡须,条条通风,根根露肉,那么干净透亮,浑身上下格外的精神。皇太后赞道:"好一位威风凛凛杀气腾腾的老元帅。"马前是四个俊童,年约十三四岁,红朴朴的小脸,箭袖袄,腰系一条宽丝绒板带,足登青缎子皂靴,下身穿兜裆滚裤,头挽双髻,越显出伶俐俊美。往下看骑的,皇太后、娘娘、嫔妃都"哟"了一声。穿红的骑在无鞍虎背上,背后一个大黑鹰;穿黄的骑在一个无鞍大黑熊背上,背后一个小猴,时不时挤眉弄眼;穿蓝的骑在一个无鞍金钱豹背上,背后一个卷毛狮子狗;穿紫的骑在一个无鞍狮子身上,背后一只坐山雕。各人小手拿着带练兵刃。皇太后夸道:"这四个孩子多么出奇,多么招人喜欢。不用说手有兵刃,就是骑的虎、熊、豹、狮,带的鹰、猴、小狗、老雕,也吓破了敌人的胆。"随皇帝去过武科场的宫娥启奏皇太后:"这四个孩子武艺高强,在武科练艺,圣上见喜,钦点武解元。"皇太后:"该当!该当!"老元帅马后跟着三个奇丑的年约十五岁的孩子。骑的东西,驴不像驴,牛不象牛,驴头驴尾,牛身子,牛蹄子。皇太后问:"这是什么怪兽,谁知名?"梅娘娘启奏太后:"这怪兽叫四不像,牛父驴母是千里驹。"再看四人穿的都是黑衣服,头挽双髻,背后是皮褡裢装着兵刃。皇太后:"这一个丑的出奇,骑的也出奇。"再往后看,四个坐骑像黑熊,鼻子大,比黑熊大多了。四个人身披甲,头戴盔,手拿带齿的大棒,皇太后问梅娘娘:"你知这怪兽和兵刃名吗?"梅娘娘启奏道:"我听炫儿说,渤海大营有四个猛汉,骑犴达犴,手持巨齿狼牙棒,大约就是这四个人了。"皇太后说:"真奇怪,塞外渤海郡多奇人奇兽,俊的太俊丑的又太丑,骑的兽马别样。我年纪老了倒有福开了眼,你们也沾了不少光。"后面是顶盔贯甲的战将,骑的是各色的马,手持各种兵刃,带尖的、带刃的、带钩的、带刺的、麻花劲的、灯笼穗的、人胖的瘦的、丑的俊的、高的、矮的,都有。皇太后向娘娘说:"你作一首赞词,赞赞这位年古稀老元帅。"梅娘娘不假思索地一挥而呈太后。太后见写的是:

　　征西老元戎,统帅渤海兵,面如银盆样,运筹帷幄中,银髯如雪练,长驱十万众。

　　宝马呼雷豹,虎豹皆胆惊,每逢临战场,通灵快如风,凤翅流金镗,鬼怕神又惊。

　　三尺巨阙剑,劈象斩蛟龙,壶中雕翎箭,百步穿杨能,平生无敌手,征蕃奏凯声。
　　　三十六员将,紧随身后行,都有千军勇,惯战又能征。

　　皇太后看后说:"我读书不多,就喜欢能看懂的文章。强如文诌诌的酸文。你看有出奇的人才,都给赞一首。兵到西城门,皇帝给元帅饯行时命太监送到,让皇帝交给元帅,鼓舞士气。"这时又挑出一面大旗,红底黄字,有两行字,一行是大唐国朝征西左先锋官,武榜眼及第,一行是渤海郡国朝唐使臣虎贲营军大本营,副总管将军,两行字尾斗大个字"蒲查盛"。头戴黄金狮子盔,梁门飘着九曲环,鹿皮搂额带,密扎扎扣金钉。身披金锁大叶连环甲,两肩头狮子形吞肩兽,胸前护胸宝镜,亮如秋水。外罩八团龙绿战袍。犀牛皮护膝,犀牛皮扣金钉战靴,背后四杆镶花边的护背旗。腰挎碧血玲珑剑,金什件,金吞口,二尺多长的黄色灯笼穗。马身上左挎箭壶,内装雕翎箭,弓囊中装一把鹊画弓,手擎亮银双戟。坐下宝马叫丹顶玉云雕,高八尺长丈二,浑身洁白,脑门有朵红云。金鬃金尾。能跨海登山,是当年在忽汗湖得来的。其快如风。马鞍子是用塞外名贵木料,暴马子尺柏松扣金丝打造,九眼透珑金镫,黄丝缰。皇太后,三宫娘娘六院妃嫔都说:"在养老宫练艺的武榜眼来了。"皇太后赞道:"顶盔戴甲,更显英俊威武了。"背后有两员顶盔贯甲青年战将,再后面挑出大旗是征西的将军,东门豹,东门夫六名都掌管,马后是团牌手,后面是身着渤海戎装的骑兵。过了足有一个时辰。迎风飘摆一杆大旗黄底红字,一行大字大唐国朝征西监军晋王李炫。晋王头戴亮银盔,身披亮银甲,外罩绣素罗袍,绣着团龙。两面顶盔贯甲将军左右相陪,晋王端坐白龙驹上,金鞍玉辔。手持亮银枪。二百御林军在后。梅娘娘睁眼细看,但不言语,心中大喜,又暗自伤情。喜欢是儿子长的英俊,竟当了征西监军;伤情是远离膝下,不知何时归来。皇太后看见喜满心怀说:"你们看我这个小皇孙,多么英俊威风。"娘娘、贵妃为讨皇太后欢心,都赞美:"好个晋王胜过乃父了。这是皇太后的福荫。"皇太后听了很高兴。晋王御林军后高挑一面大旗,红底黄字,两行大字一行是大唐国朝征西右先锋官探花及第,一行是渤海国朝唐使臣侍从虎贲军大本营枢密总管将军,两行字尾三个大字夹谷岚。看穿着打扮与左先行官相同。不同的是外罩黄罗袍,绣着龙手擎金攥提炉枪,胯下宝马白龙驹。身后两员顶盔贯甲战将。梅娘娘知道太后喜欢左右先锋官,提笔写了赞词,面呈皇太后。皇太后睁睛细看:

・比剑联姻・

征西两先锋，年轻美英雄，头戴狮子盔，顶上簪红缨。
金锁连环甲，宝镜护前胸，吞肩狮子兽，护背旗迎风。
腰悬青锋剑，背背宝雕弓，手持枪和戟，雕翎箭壶中。
胯下是宝马，登山渡海行，哪吒三太子，飞身下九重。
逢山去开路，遇水搭桥梁，扫平吐蕃寇，朝野庆升平。

皇太后看了说："但愿扫平吐蕃，朝野升平。"右先锋后面是征西将领拓拔虎、赫连英二员战将，都掌管。马后是团牌手，跟着骑兵。各个穿渤海戎装。过了约一个时辰。来了供给联营，头前三员大将胯下混红马，顶盔贯甲手擎降魔杵。皇太后看了，说："这员将倒像是庙中神像有这样的兵刃。渤海郡国真出奇，把神像的影子都搬了出来。"大队兵马陆续过去，又来了大群骆驼兵，各有驼鞍。上罩黄色雨布，三员大将走在头里，顶盔贯甲，凶煞神似的。手持的兵刃奇奇怪怪的，过了有半个时辰，又有三员将顶盔贯甲，有一将手持独脚铜人。皇太后哟了一声说："人也作兵刃，重有百斤开外。我还没听说过。"又是兵马过了半个时辰。显出了一面大旗红底黄字，两行大字，看的真而切真。一行写"大唐国朝征西副招讨元帅钦点武状元及第，"一行写"渤海郡国朝唐使臣侍从虎贲军大本营总管将军"，两行字尾写三字"蒲查隆"，穿着打扮和老元帅相同。不同是手持双戟，跨下日月骟骝马。毛色洁白如同一片白雪，高八尺，长丈二。副元帅外罩八团绣团龙的红战袍。皇太后看了向众人说道："貌似潘安美，艺胜七千英，渤海多奇士，塞外有英雄。"梅娘娘挥笔写出赞词呈皇太后看，只见：

征西副元戎，钦点状元公，艺盖七千士，胸藏百万兵。
腰佩三尺剑，射回敌占城，胯下骟骝马，踏破贼连营。
天下无敌将，各扬四海中，寇酋齐受首，扫荡吐蕃凶。
奏凯回朝日，名垂青史功。

皇太后看完了说声"很好。"副元帅身后一排三员战将有十几排顶盔贯甲，胖的、瘦的、丑的、俊的、高的、矮的，马分十色，红、黄、蓝、白、黑、草里青、沙里黄、水中绿、墨中黛、红中翠；兵刃：有带尖的、带刃的、带勾的、带刺的、麻花拧劲的、带灯笼穗的。兵将有男

第七十一回　皇太后观军容芳心大悦　四国公长亭送寄语谆谆

的也有女的。一个个威风凛凛，杀气腾腾，雄赳赳气昂昂，步法整齐。过了半个时辰，挑出一面大旗，三员大将顶盔贯甲并马而行。使斧的使锤的使镋的三员，后是团牌两个营，后面是三人一列的步兵，齐刷刷的，一列挨一列走动。

　　过了半个时辰，大队兵马离开了午朝门太和殿。太后说："殿后大队兵马已过去了。我们散了吧！"命太监把写的赞词送到西城，让皇帝交给征西招讨元帅，是皇太后亲赐，以壮行色。太监捧着赞词飞马去到西城门，把皇太后赐的赞词捧呈皇帝，玄宗看了说："皇太后对出征将帅赐赞词，是我朝国来第一次。供上香案，朕亲自交给招讨元帅。以示皇恩浩荡。"天到辰时正，征西将帅到了西城门，天气清朗，微风拂拂，三街六巷挤满了人群。红男绿女，登高眺望。西城门外，高扎彩绸牌楼，悬灯结彩，大幅横匾，上书"欢送征西将士。"皇帝率文武百官站在城楼下。征西招讨元帅一摆令字旗，大营人马刷的就地站好。元帅翻身下马，到了皇帝近见，抱拳秉手说："恕臣甲胄在身，不能大礼相拜。"玄宗命太尉高力士执壶，亲自捧盏说："贤卿为国效劳，望早日扫平贼寇，奏凯还朝。勿负朕望，请连饮三杯。"连饮了三杯御酒。皇帝捧过太后赞词说："这是皇太后亲赐出征赞词，以壮行色。"元帅接了过来，恭身肃礼向赞词深深点了三次头："谢皇太后恩赐。"把赞词高举过顶命中军披红捧赞词。皇帝见招讨元帅很尊重太后赐的赞词，心中大悦，对越国公罗平、护国公秦珏、英国公徐辉、鲁国公程显道："四卿是后招讨，左右先锋官座师，代孤送征西人马到十里长亭。"四位国公命侍从带过马来乘上坐骑，"咚！咚！咚！"炮工同放了几声大炮，皇帝率文武百官登上城楼观兵。征西招讨元帅上了坐骑，36名号角手吹响了号角，大队人马徐徐出城。玄宗同文武百官在城楼细看，渤海兵马与众不同，坐骑骑什么的都有。兵刃千奇百样，军纪严肃，军容整齐。一行行一排排，兵将如下山猛虎，出水蛟龙。玄宗不由赞道："兵精将勇，征西定能奏凯还朝。"兵出长安缓缓而行，到了十里长亭。招讨元帅传下令来，在此宿营。天将正午，各营搭好帐房。招讨元帅请四位国公进入中军大帐，两名女内侍官献上茶来。殿下大门艺、夹谷大将军二人赶到十里长亭来饯行。命人抬来了酒筵。召来了从征的战将，各联营都掌管，在大帐外三人一伍站好。平西招讨元帅站在中央，左有殿下大门艺、右有夹谷大将军。元帅宣布从征战将官衔。各联营都掌管第一名记名将军，第二名记名都将，征西辅佐联营都掌管，第一名记名都将，第二名郎将，第三名记名郎将。两名联营掌管记名郎将。联营将官按同比例。

从征战将一律参将，原记名都将升都将，记名郎将升郎将。中卫中军官，内侍官记名郎将。幕宾记名郎将，亲随侍从四名为别将，三名不受官职支给记名郎将禄银。

九名参赞不受职支给都将禄银。两名先锋官任命将军，副元帅原是将军加号神武将军。

将军到中军帐，殿下大门艺、夹谷大将军来给饯行，酒筵是从长安抬来的，各本营分营备有酒肉，按营分给。殿下大门艺带来男女侍从，抬来了酒筵。在中军帐摆好桌椅，众将鱼贯而入，请四位国公上座。监军元帅、先锋、殿下、大将军相陪。杯觥交错，英国公徐辉兴致勃勃说："我也作首赞诗，作为给征西将士的精神的鼓舞。"挥笔写出：奉旨出征，地动山崩，逢寇灭寇，遇匪荡平，一万神兵，关中纵横，指日班师，海晏河清。写完掷笔于案，哈哈大笑。鲁国公程显说："你写的四字诗，浅而易懂，像是预言。"夹谷大将军说："预言吉兆的预言。但我很担心孤军深入沙漠，没有援军。我同大门艺殿下再三思考，想出了补救办法。（一）保全实力，长期作战。攻克敌占之地，文武官员，不能及时到任，组成保家卫国民勇。自组自管，除刁顽安良民。再从民勇挑选精强，编成西征民勇军，人数不超过本营。敌占区从嘉峪关到瓜州有一百多个县陷落。这样成了一百多个本营，人数一万多人给养由当地支应。（二）西征军留守处，应予扩大范围，在长安设病伤员医疗处，安置病人得到治疗。从渤海、乌拉、海湾岛、五顶山、夹谷峪来的将士，远离家乡。又经过长期训练，是西征路上的骨干。受了伤急送长安治疗，病好后再参战。房子占用军马饲养处的房子就行，可容千人。这要奏请皇帝御批。作战计划也应补充：夺下嘉峪关，切断敌人归路，敌人势必狗急跳墙，要反扑到嘉峪关。尽快组织民勇守住嘉峪关，敌人就会夺百芒山千雪山长城尽头，逃出嘉峪关，这要把敌人赶入百芒山为上策，撒下包围网，然后缩紧包围网，把敌人全部歼灭。到了嘉峪关招募通事向导，两个本营学会吐蕃回疆简单语言。熟悉道路，横越瀚海的方法，入乡随俗，也是必要的。现有四位国公，都是久经战场老将，又是状元榜眼探花会元进士的座师，深望多加指教。"

四位国公听大将军向自己讨教，越国公罗平说："指教倒是不敢当。大将军想的很周到。孤军深入，是征西军最大弱点，必须保存实力为上策,一是歼灭敌人,一是被敌人歼灭,征西军前军不利,到长安求救。一是远水不解近喝,一是长安能否发救兵都得考虑。作战计划,要因地因时补充修改,不要墨守成规。'招讨'这二个字用意极大,'招'是安抚,'讨'是勒灭。可以便宜行事。'将在外君命有所不受'这是西征路上的关键啊!也是孤军作战的方略。"招讨元帅夹谷清,旁听二人的对话,很利于西征,遂说道:"越国公所说,使某顿开茅塞。某当铭刻肺腑,但某是外郡之臣,大将军提的练民勇组成民勇军,扩大留守处,势必奏明皇帝,以防误疑。"四国公说"极是。"招讨元帅命公冶子写奏疏交殿下大门艺捧呈皇帝,文要浅,词要短。公冶子霎时写好奏疏,元帅看过交大门艺殿下。四国公说:"天色将晚,我四人要回城了。等元帅奏凯回朝。我四个在长亭给元帅洗尘。"四家国公走后,撤去残席。监军、元帅、左右先锋官、殿下大门艺、大将军等众将走后,又重新布置了一番。大将军临回城前把自己心爱的千里金睛驼交付老父说:"此骆驼最快,战马也赶不上它的脚程,日行二千里,作为西征路上与长安留守处传递消息用。从长安到渤海信息互通。我派精兵猛将驻海湾岛几个联营,作为援兵。倘前军不利,就可救急。"元帅又把太后写的赞词交给大门艺殿下说:"供在留守处,派专人管好。奏凯回朝,带回渤海,留为纪念。"大门艺、大将军要回城去,众都将来送。大将军手执拓拔虎手语重心长地说:"夹谷兰年轻,将军夫妻是久经大敌老手,望遇事多加指教。"说罢匆匆走了。

　　第二天早朝,大门艺殿下跪伏金阶呈上征西元帅奏疏。皇帝细看:"臣,征西招讨元帅夹谷清跪请圣安。臣奉命出征,行色匆匆,遗漏奏请事具疏呈请圣览。一、臣率兵攻下敌占之地,文武官员不能及时到任。为了免去后顾之忧,交权于民,组成保家卫国乡勇,除刁顽安善良,救济灾民。二、臣孤军深入敌境,势孤力单,在夺回各县挑选民勇百余人,为征西民勇军,其给养、禄银由当地支付。受伤亡民勇由当地抚恤。三、征西勇士驻京留守处扩大伤亡勇士管理体制机关。前饲养管理处房舍,请拨给留守处。四、西征驻京留守处总管大门艺代领西征全军禄银,转交臣营,以免误限圣裁。臣待命照办。某年某月某日 征西招讨所奏。""照准。兵部执行。钦批某年某月某日"在奏疏封面上御笔亲书,交给了大门艺。大门艺散朝抄了御批,派人飞马追赶西征大军。把御批照本交与了征西招讨元帅。元帅交枢密营保管。

　　催动大队人马昼夜兼程,直夺瓜州。左先锋官在前,手下有六名骁

比剑联姻

498

勇战将，后有两本营团牌手，两个联营勇士，右先锋官在后，军队与左先锋官相同，两名先锋官的征骑齐催，如风驰电掣飞奔瓜州。急行军七昼夜到了瓜州。见瓜州城上稀稀拉拉的守城兵，城墙上施设的火炮弓箭防御之物也不整齐。城墙上守兵见旌旗招展，大队人马拥来以为是敌人来攻城，急忙慌慌张张去报主将。主将张守桂端襟危坐在西城门楼上与几名老军喝酒，城门大开。报事军士吓的目瞪口呆。走上城楼单腿跪倒："报！报，大事不好，东门外来了敌军，无数人马来攻城，请主帅定夺。"张守桂仰天长叹，"天丧我也。"第二起军卒登上城楼，单腿跪倒："报主帅大喜了。征西招讨元帅、两名先锋官率精兵猛将前来解围，现在东门外候等。"张守桂说："不要中了敌人诳城之计。"第三起军卒登上城楼单腿跪倒："报！征西招讨元帅派两名先锋官来解围，在城外候等，命小校另上元帅荐书。交主帅过目。"张守桂看了征西招讨元帅荐书一跃而起："天助我也。"命门军大开城门，放救兵入城。对报军卒说："你说主帅在西城楼上等候两位先锋官，不能去迎接。"报事军卒回到东城门大开城门，放进征西兵将，左先锋官先入城，问："门军，怎么不见你们主帅？"军卒如实地说了一遍。气的左先锋官蒲查盛气往上撞，好个张守桂，敌临城下大开城门。在城楼饮酒，分明是投敌叛变，是这样误国奸臣见救兵到，竟置之不理，妄自称大，危襟端坐城楼上狂饮。遂告诉右先锋："城墙上派兵把守，我带兵去拿下这个奸贼。"催马急奔西城门，要捉拿瓜州守将张守桂。两将据理力争是非，不知瓜州守将如何得免被绑。

第七十二回 解瓜州围两先锋官奏凯
破吐蕃兵雄心勃勃待敌

蒲查盛和夹谷兰两个先行官，兵到瓜州，进了城，听军卒说主将在西城门楼与老军们饮酒作乐，气往上撞，告诉右先锋官，派人登上城墙守住此城。"我去见主帅。"催快战马，急奔西城门。先要把投降的叛臣拿住。心中暗暗想到，张守桂是朝廷命官，久闻张守桂被困，此城尚在，不可鲁莽，遂停住了马，跳下马来，唤来了几名老者问："瓜州城被困多久了？"老者说："将近三个月。"蒲查盛问："是怎样守住的？"老者叹了口气，说："我们的主帅张守桂调度有方呀！敌人几次攻城都没有攻下，将兵受伤过多，就练了民勇，兵民一心，守住了瓜州。今天贼人又来攻城，主帅大开城门在西城门楼上与老军喝酒，命乐工吹起笙管笛箫，倒把敌人吓跑了。"蒲查盛听了，不知守城主帅张守桂葫芦里卖的什么药，谢过老人，催马到了西城门，果见有十几名乐工在吹弹得起劲，见当中有一官员，头戴乌纱帽，身穿蟒袍，腰横玉带，端襟危坐，在同老将喝酒。蒲查盛听了老者话，已消了怒气。命大嗓门的战将韩勇喊话。韩勇提高了大嗓门如打了霹雳，高声喊道："城楼上主帅听真，我们是征西大军来解瓜州之围，现在左先锋官蒲查盛将军在城门楼下，要见主帅。"只听城门楼上吱吱扭扭放下了千斤闸，门军关了城门。张守桂下了城楼，见一杆大旗迎风飘摆红底黄字两行字。一行"大唐国朝征西先锋官榜眼及第，"一行"渤海郡国朝唐使臣侍从虎贲军大本营副总管将军"，两行字尾三个大字"蒲查盛"。再看先锋面目秀美，年纪只有二十五六岁，头戴狮子黄盔，身穿大叶金锁甲。外罩绣团龙征袍，胯下马脑门上有红色短毛，如一朵红云，高八尺长丈二。身后六员战将，好威风的先锋官。张守桂向蒲查盛远远走来。蒲查盛细看来将年纪有四十上下，身高八尺开外，虎背熊腰五官端正，面目消瘦，紫巍巍的脸膛，透出很疲乏神色。蒲查盛迎了上去问："来将可是守城主帅张守桂将军？"张守桂急行几步抱拳秉手说："正是。"蒲查盛问："主帅为什么在敌人临境，大开城门，端坐城楼与老军饮酒，乐工奏乐，有此享乐。小将斗胆向主帅请教，望启愚蒙。"张守桂听了长叹一声："先锋官怪我要投敌吧！有天可表。今天贼来攻城，城中老弱残兵只有二千，民仅有一千多人，都是老弱不堪。贼兵有五万之众，蜂拥前来。我是守城主帅要以身殉国，与城同尽。又想到诸葛亮用过空城计。我就大胆一试。诸葛亮在抚琴，左右有弹琴人两个。我在命乐工吹打同老军喝酒，贼兵害怕中计，退兵十里，这只才蒙过一时。贼人会明白过来，再来攻城，因此放下千斤闸，关好城门。我没有去迎接先锋官，实在不敢离开此城门。"蒲查盛听了张守桂说的情恳意切，遂问道："如此，我军已到，主帅当如何处之？"张守桂说："我已是三昼夜没合眼了。昨天接到兵部八百里急递文书，通牒说征西大军来解瓜州之围，我想急行军也得半月后来到，城已陷了。哪知飞将军从天而降，是瓜州老百姓的幸福。城交与先锋官吧！我把帅印交与先锋官，暂行执掌。容我喘喘气吧！请先锋官同我到府去。"

两人乘马到了帅府门前。夹谷兰已站在辕门外。蒲查盛给二人引见了，进入帅府厅，分宾主坐好。从人献上茶来。张守桂又要让元帅请二位先行暂代职权。蒲查盛说："张元帅是朝庭命官，怎好擅自找人暂代。张帅既是要喘喘气歇歇，就把城交给我俩去把守。你的部下将兵都休息三天，民勇也休息。城中缺粮我们有骆驼队带的行军粮救济城中百姓。但须元帅派人去办理，先给你十万斤，元帅五日内必到。元帅到了就有了粮米。不知张元帅意下如何？"张守桂听了顿时喜上眉梢："承先行官如此盛情，本帅就愧领了。"蒲查盛命给养营拨出十万粮米，交张元帅发给老百姓。老百姓领到粮，跪在地下叩谢苍天，神佛保佑，睁开眼得了活命，朝廷派来了爱民如子的忠良将。

再表吐蕃先锋官呼忽攸，退兵回帐，猛然想起是中了张守桂的计。围城三个月并不见有救兵，城中兵将民勇已是伤亡殆尽，张守桂已是精疲力竭要与城同尽，以身殉国。故作镇静，混过一时是一时。遂点起大队人马重来攻城，兵临城下，将到壕边，看城上旌旗招展，甲士环列，枪刀剑戟耀眼光明。甲士们威风凛凛的准备厮杀。呼忽攸命攻城，城上箭如雨点射的远，射的稳，射的准，箭不虚发，应箭落马的有千人。呼忽攸命停止攻城。

蒲查盛、夹谷兰听到贼兵来攻城命战将去探听。战将回到帅帐，单腿跪下："报二位先锋官，贼人在西城门攻城，被拓拔将军部下射死有千人，贼人不敢收尸，整好队伍挑战，拓拔将军请令出战。"蒲查盛说："先杀他下马威。"把四本营团牌手齐集西城门，眼望夹谷兰说："把你六名战将交给我，你守住城，我领人去应战，乘势踏翻贼人连营，夺下

第七十二回　解瓜州围两先锋官奏凯　破吐蕃兵雄心勃勃待敌

501

粮草，救济瓜州老百姓。"夹谷兰团牌手两个本营和六名战将跟蒲查盛去西城门。见拓拔虎让赫连英守城，领本部兵马，等待应战。蒲查盛让把西门也交给左先锋官。赫连英人马也出战。四个团牌手营在前，两个联营在后，拥出了西城门。贼兵见出城应战的大队人马盔明甲亮人高马大，一个个如下山猛虎出水蛟龙。旗幡招展，贼兵先锋官呼忽攸就有几分惧色，知是救兵到了。蒲查盛摆好了队伍。贼人队中跑出一匹马来，马上端坐一员将，头戴乌铁盔，身披乌铁甲，手持皂缨枪，胯下乌黑马，好像是半截黑塔，面目狰狞。来到两军阵"哇呀"怪叫，好像狼嗥。蒲查盛要出马临敌。拓拔虎说："先锋官是军中之主，不可轻动，末将去会他。试试我的五钩神飞枪。"说罢，把画戟挂在马鞍鞒上，手持五钩神飞枪，飞马临敌。贼人见有人来应战，"哇呀呀"不知说些什么。拓拔虎也不搭话，举枪分心就刺。敌人用皂缨枪来架拓拔虎大枪，拓拔虎力大枪重，震的贼人两臂发麻。拓拔虎见敌人没有自己力大，把大枪一抖，枪尖如金鸡乱点头，枪缨抖的如同一盆炭火，直刺贼人咽喉。敌人再不敢架枪和磕枪了，把头一偏，拓拔虎趁势一翻手，直刺贼人胸膛，"噗刺"枪尖刺中贼人胸膛，把贼人挑下马。贼人队中闯来一匹马，并不搭话，举大刀搂头盖顶就劈，拓拔虎用足了劲，用大枪去架贼人大刀，只听"当，"忽地一声，贼人大刀飞出三丈开外。贼人两膀发麻，催马要跑。拓拔虎一抖大枪刺中贼人咽喉挑在马下。贼队中又闯来一人，手持开山斧斜肩带背劈下。拓拔虎用大枪出架，敌人赶紧撤招，拓拔虎得理不让人，枪奔贼人上额刺去，贼人想用斧架开枪已来不及了，枪尖把贼人揭去天灵盖。拓拔虎连胜三个贼人，没过十合，镇住了贼人。贼先锋见连伤三将，心中发慌，暗暗传下命令，把后军当前军撤退。

　　蒲查盛见贼人撤退，说声："击鼓。"发起了进攻。团牌手在前，手持牌，挡住了贼兵的箭，几个猛冲闯入敌群，刀到处贼人命丧，枪挑处贼人身亡，催战鼓响如爆豆。征西人马，抖擞神威，如剁瓜切菜，希里噗哧，爱吃不吃，杀的贼兵哭爹喊娘，自相践踏。一直闯入敌营，把贼营杀的人仰马翻，死尸满地，血流成河。贼先锋呼忽攸率领残兵败将二万人马，几乎慌不择路，急急如丧家犬，忙忙如漏网鱼，金命水命只顾逃命，好不容易逃出了三四十里外。见后面没有追兵，回顾身边只有四百多人，残兵败将，二万人马，几乎全军覆没。长叹一声："我如何去见元帅。死了吧！"要拔剑自刎，被从人夺下宝剑劝住。蒲查盛见踏翻了贼人连营,就不去追赶敌人。收拾粮秣辎重,把杀的贼兵攒堆,浇上油点火焚化。把收的粮秣,派战将到城中传知老百姓,自己运回城去。天已黑,就驻兵城外,连夜让老百姓运粮,到第二天天黑,老百姓才把粮运完。蒲查盛查点伤员,受重伤的查人,受轻伤的150人,死亡十人,折损了280人。把死亡的焚化,用白布包裹骨殖,等元帅到来送长安。受伤的命郎中分营急救。瓜州围总算解了。

　　飞书去报元帅,率兵回城,离城很远,见老百姓来接,跳下马来。瓜州主帅张守桂知道大获全胜接到西门外,到蒲查盛马前,一把挽住马缰:"请先锋官乘马。本帅情愿为先锋牵马。"蒲查盛再三不肯,并马入城,大街上拥满了老百姓前来犒军。蒲查盛翻身下马,把马交与战将,走来几位白发的老人抬着一张桌,桌上有把酒壶,放着三个杯子。一位年过八十岁的老人,一摆手,放下桌子,走了过来,深深扫地一躬说:"满城百姓推崇我来犒赏三军,救了瓜州数十万生灵的征西军,我们满城老百姓,被贼兵左三番又二次地围了几个月,把能填到肚子里能充饥的东西,杀尽吃光了,到了人吃人的地步。征西军从天而降,得了活命。只有酒一壶,连菜也没有。请将军饮三杯,算尽了老百姓心意。"老人执壶,三个老人把盏,蒲查盛单腿跪倒,老人们一再不肯,扶起了蒲查盛,连饮了三杯。蒲查盛谢过老人。步行三军也下战马。张守桂说:"如此要费多少时辰,才能到帅府,还是乘马吧!"蒲查盛说:"众多乡民来劳军怎能乘马?是军离民了,还是走吧。"张守桂对几位老人说:"老人家让人们散了吧!先锋官已是两日一夜作战,疲劳极了。等回帅府歇歇。"老人们分散开,领走了众人。蒲查盛众人乘马到了帅府,各联队回归驻防帐房。张守桂说:"本帅也无物可敬。这桌酒席是大姆指卷煎饼自吃自,酒肉都是大营的。我命厨下人造的,我也沾了光。"夹谷兰这时也进城回来,高兴地说:"给贼人来了个下马威。"张守桂说:"像这样下马威在三个月前来,何必失掉一百多座城池。"蒲查盛问:"安禄山不是得胜还朝吗?"张守桂说:"这事要慢慢讲,我已是馋涎欲滴,先喝酒吧!"三个人围桌喝了起来,两个先锋官不胜饮酒,喝了三杯,就停杯不饮。蒲查盛已觉疲乏。吃了饭,张守桂把他二人领入书房去休息。夹谷兰说:"你连日辛苦先睡吧!我今晚值宿,明天你再换我。我昨夜睡了一觉。"蒲查盛盔甲放在身边和衣倒下。

　　次日五鼓起得身来,见夹谷兰在看书,就说:"你也睡一会儿。我来替你。"夹谷兰放下书和衣睡去了。蒲查盛拿起书来看是曹操注的孙

第七十二回　解瓜州围两先锋官奏凯　破吐蕃兵雄心勃勃待敌

武兵书，也看了起来，想到张守桂能守城三个月，是通晓兵书，熟知孙武妙法，自己幼年虽然学过，但是没有注解，也没有这本完整，就细心看了起来。东方送出了红太阳。二人起身洗漱已毕。张守桂在帐外问道："二位先锋官起床了吗？"二人答应："早起床了。元帅请进来吧！"张守桂面带笑容说："本帅派出暗探来报，三百里内并没有贼人兵马。二位先锋官好生地休息一下。我想贼人先行落荒逃走，必去见贼兵元帅。大兵必来反扑。迟在五日早在三朝。二位先锋官必须在这三日内养好精神，以利再战，就是两位先锋官部下亦应休息。长途跋涉，已是疲劳。养好精神准备来犯大股贼人。城交给我把守，我的残兵已休息好了。但没有应战能力，贼人要大举进攻，胜败在此一举。且歼灭了敌人实力。败贼兵更张狂了。如果城池陷了，岂不前功尽弃。"两个先锋听了主帅张守桂说的很有理！蒲查盛说："把守城责任交与元帅，是理之当然。我们应听守城主帅命令。一旦贼兵到城下，恐元帅兵微将寡，又是久疲之士，我们每个城门派一个本营协助守城，剩下的兵将休息，不知元帅意下如何？"张守桂听了很为满意："就依两先锋话。"蒲查盛、夹谷兰传下命令。每联营每日派一个本营，协助张守桂元帅将士守护城门，剩下的人马全部休息。过了三天探马来报："元帅统帅大营兵马明日就能到瓜州。"少顷探马又来报："贼兵有十万之众。据守了落雁山连营几十里，声势浩大。"两个先行听了，怕他夜间来夺瓜州，一面派人给元帅送信，一面做好守城准备。等元帅兵到，里外夹攻。贼兵元帅卡叉玄忽，统兵十万，战将千员，要夺下瓜州长驱直入，杀奔长安，在中途碰到呼忽攸先锋官带着四百多残兵败将，跪在卡叉玄忽马前请罪。卡叉玄忽开了大恩，说："胜败乃兵家常事。"又拨给呼忽攸二万人马让他当先锋官，呼忽攸已吓破了胆，对卡叉玄忽说明了征西兵非常勇猛，骁勇善战，有十万精兵守瓜州，不可轻举妄动。贼元帅卡叉玄忽也想，呼忽攸兵进嘉峪关后，长驱直入兵到瓜州，围瓜州三个月，攻不下瓜州。一定是兵多将广，又来救军是生力军，敌众我寡，攻城是不容易。莫如暂时据险固守，观察瓜州动静，然后再进兵。就据守落雁峰。派明探、暗探、报马探，探听瓜州动静。

　　征西元帅大军接到两先锋告急文书，昼夜兼程，在第二天辰时到了瓜州，旌旗遮日月，剑戟如麻林，浩浩荡荡直奔瓜州。贼兵暗探躲在树林中偷看，吓得浑身筛糠，战将骑狮虎豹熊不知名怪兽，不知有多少。大队人马无边无岸。就伏身草丛中爬进了树林，回到落雁山，闯入卡叉玄忽大帐跪倒："报！报"卡叉玄忽问："什么事？吓的惊惶失措？"暗探惊魂未甫地说："小的亲眼看见唐朝征西大军元帅，带了无数兵马，无边无沿。战将骑虎、豹、熊的就有百员，骑不知名怪兽就有百人以上。大旗上的字我已记得明白：'大唐国朝征西招讨元帅'又一字是'渤海国朝唐使臣左平章'，一行字尾大书'夹谷清'，一位老元帅须发皆白。前后左右都是骑怪兽的战将，小的不敢不报。"又探马进帐来报，说的话和暗探一样，明探又进帐来报。三个人说的话相符，贼元帅卡叉玄忽听了心中很是纳闷，渤海是新兴小邦如此厉害，又一想当年在太白山抗拒唐兵，自立震国，要没有强兵猛将早被高丽、契丹吞没了。唐朝是用厚礼请来的，说不定夺了吐蕃回疆，把土地割让渤海。渤海倾全国之兵，来征吐蕃回疆。卡叉玄忽是吐蕃回疆和哈哈密联军第一路元帅，是回疆人。这个家伙在吐蕃哈哈密回疆是人中的佼佼，勇冠三军，在此三个民族中，威望仅次于联军大元帅吐蕃人吐鲁藏布。卡叉玄忽想到这里，心中暗暗盘算要强夺瓜州，伤亡太重，先据守落雁山，报告后路征西大元帅再做定夺。先凭险要保存自己实力。元帅大军兵进瓜州，守帅张守桂与城中父老，迎接到东城门外，看见征西大军确是与众不同。张守桂首先惊讶的是，七个顽童骑的坐骑是罕见的，后面战将骑的怪兽也是少见之物。再看战将勇士，一个个威风凛凛，杀气腾腾，如下山猛虎、出水蛟龙。不由赞道："有这样雄兵百万，就无敌于天下了。"征西元帅见一簇来迎接人群，有一员大官两先锋官在左右相陪，知瓜州守帅张守桂前来迎接，翻身下马，从人接过马去，老元帅步行。张守桂到老元帅身前说："卑职张守桂特来迎接征西招讨元帅。"深深一躬。老元帅以礼相还，以手执张守桂手道："久闻元帅是国家栋梁，被围三月，坚守瓜州。使本帅仰慕。"张守桂谦虚地说："非某之才，实是万众一心，坚守了瓜州。某不过其中一人罢了。请元帅上马到某元帅府去。"两个先锋官见元帅说话，走上前来行了军礼："卑职来迎接元帅。"老元帅说："起来。"问："征西兵将来驻的扎营地点，可安排好了？"二人齐说："安排好了。"派来了战将，领各联队到驻地去。老元帅闻听点点头。瓜州守帅张守桂说："二位先行官陪征西元帅回帅府，我同众乡民迎接征西副元帅和后军。"一位先锋官陪同老元帅去帅府，一个陪同张守桂同乡民，闪在路旁，等候副元帅兵马。

约三个时辰，副元帅带着后军来到，夹谷兰先锋官说："副帅到了。"张守桂见高挑大旗，两行字写的清白，一是"大唐国朝征西副招

第七十二回　解瓜州围两先锋官奏凯　破吐蕃兵雄心勃勃待敌

讨元帅状元及第"，一是"渤海国朝唐使臣侍从虎贲将大本营总管神武将军。"两行字尾三个大字"蒲查隆。"再看元帅面目清秀，五官端正，相貌堂堂，一表人才，端坐高头大马，身穿黄金甲胄，头戴帅字盔，透出千层杀气，百步威风。威风中显露出文雅。张守桂称赞道："好一个上马杀贼下马读书的风流儒将。"副元帅在马上看到右先锋官陪同一位高级官员来迎接，翻身下马把马交与从人。张守桂迎了上来，深深一躬说："某张守桂前来迎接副元帅虎驾。"副元帅以礼相还说："怎敢劳动守帅虎驾。某实不敢当。"张守桂说："请元帅上马，某陪同到某帅府。"夹谷兰给副帅行过军礼，并马到帅府进入大堂，征西元帅正问左先锋贼人动静。见三个人来了，站起身子，然后分宾主落座，侍从献上茶来。征西元帅首先问："各个联营都布置好了吗？"夹谷兰说："已派人妥善安置，卑职见过元帅就要去各联营安慰将士。"征西招讨元帅说："先事为主，即刻前去，快回来禀我知道。"夹谷兰和蒲查盛二位先锋官分头到各联营处查，见已埋锅造饭，各联营都掌管见二位先锋官来查营，行了军礼，然后问作战情况，二人免不了要应付。二位先锋官走后，征西元帅问张守帅："现在贼人动静怎样？"张守帅说："二位先锋官解除包围后，贼人第一路元帅卡叉玄忽带兵十万，兵扎落雁山，连营远远三十多里，昨日刚到，没有来围瓜州。"征西元帅听了点点头。二位先锋官已进营来了进入帅帐。回禀了各联营已安置的很好，军纪也很严肃。二个先锋官也落了坐。张守桂站起身子说："某实在惭愧，二位元帅到此某无物为敬，昨日接二位先锋官倒扰了二位先锋官。今天是不能再叨扰了。请二位元帅同二位先锋官原谅某告辞，去到各城楼去巡查。"元帅也不挽留。张守桂走后，副元帅说："张守帅这人很知趣，他是给我们留出商讨军情时机。我们就商讨罢。"四个人按照敌众我寡，说要守住瓜州歼灭来犯之敌，给敌人当头一棒，要打的它头破血流，削弱贼人实力。

拟定了作战计划。事不宜迟，派人到商户购买各彩布疋，制成大小彩旗几千面。派中军官召来了拓拔虎、东门豹二位都掌管，如此如此。二人分头去了。把团牌手联营结成兵力，如此如此去办。这时饭已做好了，派中军官请来守帅张守桂。张守帅来了，老元帅很风趣地说："今天再给你解解馋。来来来，请坐。你没听说过吗？'元帅出下酒肉满面棚，山珍海味，闹了个凶'。"张守帅说："那我就沾光了。"霎时端来了酒饭，酒有一小坛，大块儿牛肉一小方，每方约一斤重，烤得流油。饭是粘糕，筷子、刀子、叉子摆在五个人面前。元帅说："塞外人犷野，不懂礼貌，请张守帅多多包涵。"张守帅说："解馋就好。"五个人笑了起来。饮酒中元帅对张守帅说："礼下于人，必有所求。请守帅给开十份荐书，我派人到瓜州邻近州城府县去招募民勇万人，来助守此城。这些城是守帅管下，事不宜迟。吃完酒就要。"张守帅当时命人写好十份荐书，拿来元帅交给诸葛望博。"一更天动身，去到监军晋王处。晋王离此50里等候督粮官粮草。明天来瓜州。"诸葛望博带领一个分营去了。诸事已备办完善。饮酒中守帅守帅向元帅说："贼人有十万之众，一定要来攻城。深望元帅速做准备，有什么用我之处，万死不辞，我的兵力已消耗殆尽，有老少残兵二千多名，可当向导兵。我这不是叫苦，也不是推掉守城责任，实在是无能为力，要以身殉国，与城同归于尽时，从天上掉下来二位先锋，解了此城之危。"征西元帅执着先锋官告捷文书："已说明张守桂事迹。"老元帅很赞佩张守桂忠诚，对张守桂很尊重。遂说道："请守帅放心，誓守此城，完成守帅志愿。某等击敌后，本奏当今皇帝要以瓜州当后防，请守帅当征西军后防守帅。粮草以瓜州为基地。那时守帅就多要劳神了。"张守桂说："这是元帅对我的器重，敢不竭尽忠诚。"这桌酒五个人吃的很欢心。由互不相识倒结成了同仇敌忾的好战友。饭罢！张守桂辞去老元帅，住书房南屋，带同亲随中军官住北屋，二位先锋官的六名战将住外书房。两个先锋官同副元帅住一处。安顿好了。二位先锋说："副元帅你睡吧，我俩去巡营。"副元帅也要去，三个人各乘坐骑去巡营，午夜归来各自就寝。

次日，贼人大营派出暗探一百多名，观察瓜州动静。被拓拔虎抓住11人，东门豹抓住十人，送到帅府。元帅命人好生款待，暗派人监守送到帅府西跨院。因言语不通，互打手势，送来酒肉。不绑不打，又不看管。21人在西跨院闷坐。有时到树荫下散步，无拘无束。每天三顿酒肉。一连过了三天，来了二人穿吐蕃衣服。一个人用吐蕃语说："你几个人是吐蕃的暗探，元帅让我将你们放出城去，告诉你们元帅小心脑袋。现有三十万兵马。就要去征伐了。跟我去吧！"21人不由得喜上眉梢："好阿哥送我们去吧。"二个人把21人分成二伙，一伙送出北门，一伙送出南门。这21人以为必死无疑却竟得了活命，见离城十里南北山，旗角闪闪，有无数兵马，城墙上站满了兵将，弓上弦，刀出鞘。又见遮天盖地的兵马荡起尘头。21人怕再被捉住，撒腿就逃，跑有十里会合一处，商量回营去报告。就说在唐朝兵将营外，侦察了三天，藏在草丛中，石缝里不敢挪动，好不容易趁唐兵纷乱扎营时逃了回来。这21人商量好了，陆续去元帅大帐，报告军情，左一起，右一起，前一起，后一起的报告元帅卡叉玄忽，都说唐朝兵有30万占了瓜州南北侧，驻连营十余里，东门仍在不断进兵，其他暗探也说唐朝的兵是兵山，将是将海，无边无岸。贼元帅卡叉玄忽倒纳起闷来。唐朝怎么发来这些兵马，耳听为虚，眼见为实，明天黎明去攻城。遂下命令，准备梯子，爬城绳索，攻城火炮，命先锋忽呼攸领一万人马攻南城，命副先锋晃晃玄攻北门，自己带二万人马带火炮攻西门。留六万人马守住落雁山，多设滚木礌石。防御唐兵分兵来攻山。一切准备妥当，半夜过后，吐蕃兵就行动起来。征西军防贼兵夜发战争，两名先锋官不断巡营。忽见喜鹊、乌鸦一群群从西向东飞去，乌鸦呱呱边飞边叫个不停。蒲查盛猛想起公冶子懂鸟语。就催马来帅府，找到公冶子，让他听乌鸦说的什么？公冶子细听片刻说："乌鸦说，吐蕃兵半夜三更骚动，前来攻城，箭射如飞蝗，炮轰如雷鸣。快逃命，快逃命！"

　　左先锋官蒲查盛听了公冶子说出的话，哪敢怠慢，先回禀副元帅，又回禀了元帅。各人披挂整齐到东西南北门去巡查，告诉守城将士防御敌人来攻城，又嘱咐各出攻联营在城下备好马匹，在日落前听候出攻命令。正是"挖下陷坑擒虎豹，撒下香饵钓金鳌。"

第七十三回　卡叉玄忽攻城损兵折将　渤海神兵烧营大获全胜

黎明时分，贼人大队人马如潮水涌来，把四门围的水泄不通。贼元帅远远看城上并无兵马，远望南北山并无帐房旗帜。把个贼兵元帅卡叉玄忽气的传令派人回大营把明探、暗探、报马探一律杀光。贼兵的包围圈逼近护城河，城中一声炮，万弩齐发，一顿猛射，射退了贼兵。贼人卡叉玄忽命拉来火炮，向西城门楼放炮轰城。四个大马并排拉来二门蒙住青伞毡的大炮，炮身长二丈，粗有二尺，可盛药二百斤，铁弹丸二百斤，炮轰处墙倒屋塌，威力很大。马拉到护城壕边，炮手们二十余人卸马，要先放炮。猛听"咚咚"两声炮响，炮和炮手连人带马同大炮陷入了五丈多深陷坑，涌进了水。士兵统统淹死。炮被水淹没，贼兵元帅卡叉玄忽气炸了肺，命拼命攻城，城上万弩齐发过不了护城河。贼兵元帅见屡攻不下，传下命令，在护城河外扎营，列成阵势讨战。城中也不出战，挂出免战牌。贼兵元帅派百名同声喊阵，城上人很像聋子，听凭叫骂。由早晨骂到了午后夕阳西落。贼兵也厌倦了，队伍也松懈了。瓜州城南北西门大开，三声震天炮响"咚！咚！咚！"南门左先锋率领大队兵马涌出，北门右先锋带大队兵马涌出，西门副元帅带大队兵马涌出。南北山旗幡招展，大队兵马杀来，口口声声活捉贼元帅卡叉玄忽，声闻百里。贼兵腹背受敌，乱了阵脚。征西大军人如下山猛虎，马如出水蛟龙，逢贼人就杀，遇敌人就挑，杀的贼兵人头滚滚，死尸遍地，刀枪马匹弃的满地。贼兵元帅卡叉玄忽带人马逃命。跑出有十里，好不容易甩开追兵，天已是昏黑。"咚！咚！咚！"三声炮响。就地滚来了团牌手，上剁人身，下剁马腿，黑乎乎一片，不知有多少团牌手埋伏在这里。前有团牌手截杀，后有追兵。贼兵元帅奋不顾身连中三刀，在众将保护下闯出重围。呼忽攸先锋、副先锋晃晃玄被团牌兵削掉马腿，栽倒马下，被踏成肉酱。贼兵逃出重围的只有四百多人。副元帅传下命令收兵。战场也不用打扫，先查点各联营受伤战死将兵。受伤的抬回城治疗，战死的火化尸骨。各联营受伤402人，战死的61人，并没有漏掉一个伤员，一具死尸。副元帅吩咐整队回营，拓拔虎、东门豹二个联营暂住南北山，明天去换防。大队人马回城已是午夜。守帅张守桂迎住了副元帅和两个先锋官,连连说:"辛苦!辛苦!"并马回帅府把马交侍从牵去喂草料。四人到帅堂拜过元帅,回禀了战胜经过。老元帅掀髯笑了说:"足丧贼胆。"命三人沐浴洗漱。老元帅同张守桂计划明天打扫战场。张守帅说:"某领残兵败将去打扫战场。征西兵马去休息,贼兵三五天是不能来攻城,也不敢来打扫战场的。"守帅张守桂又陪同晚饭后辞去,第二天带兵去打扫战场,死的马匹派人剔骨剥皮,把肉运回城中分给老百姓。贼人尸体攒堆火化,兵刃马鞍子……杂物运回城中。天黑时打扫完了战场率兵回城,副元帅派迟勿异换回了东门豹联营,赫连英换回了拓拔虎连营。守帅张守桂在饮酒中说:"元帅、副元帅,足智多谋,用'避其精锐,击其暮疲'的战略杀的贼人望风而逃。'虚实并用'诱来了贼兵,四面埋伏杀的贼兵全营伤亡殆尽,某实在佩服。席卷贼兵指日可待。嘉峪关里几十万被陷入贼掌中灾民得救了。"谈论后守帅张守桂辞去,元帅说:"连日辛苦,好生去睡吧!今天我当值班。有事再去唤你三个。"三人去后,元帅又派人到各联营传下命令,除值班警戒营外,一律好好休息。

次日正午,监军晋王率御林军保督粮带五百辆大车送来了粮草。诸葛望博从瓜州各县招募一千多名壮汉,也随同回来。元帅、左右先锋,守帅张守桂接到东门外。晋王下了马,一见老元帅挽住手说:"恭喜老元帅连战连捷,小王听说连夜赶来。"副元帅、左右先锋官给晋王行了军礼。守帅张守桂要行君臣大礼。晋王挽住说:"张元帅国家栋梁,小王应拜守帅。贼兵围城三月,守孤城实非容易。嘉峪关里有如守帅十人,哪能陷落百余城,落入贼手。"张守桂谦虚:"上托皇帝洪福,下赖兵民协力,臣只是其中一人也。王驾千岁过奖了。"张守桂说:"请王驾千岁乘马,到帅府。"众人齐上战马来到帅府。早把帅府正堂给晋王安排好,有驻御林军屋,有督粮官房屋,给养营接管了粮草。诸葛望博安顿了壮勇,来见元帅。元帅命在壮勇中去休息,听候分配。晋王来了带了好酒,山珍海味,御厨师造了上等酒席,大摆战胜喜筵,各联营都掌管召来赴宴。各营将士都赏有酒肉。守城民勇也赏赐酒肉。全城欢腾起来。

第二天写了告捷本章,飞递长安。又将有功战将按名记了功。派诸葛望博、罗音选出两个本营,征西辅佐为宣抚营,两个人为大掌管,归枢密营直属。余下的到补充营或去受训练,各联营缺员由补充营挑选补充。诸葛望博招来的人多者选又选拔又拔。罗音二个人选口才好的,又有武艺的，挑出两个本营人数，分别由二人委派。两个人尽心竭力地训练两个营，先学了十七条五十四斩。又进行了武艺检查，枢密营大掌管鲍勇讲了话。按日训练。

奏捷本章送到长安留守处，殿下大门艺问清情由，满心喜悦，大将军已回国。第二天早朝把报捷本章呈到龙书案上，玄宗看了告捷本章心中大悦。另一本章赞誉守帅张守桂坚守孤城三个月，要以身殉国，与城同亡。征西军到，解了瓜州之围得全活命。征西军为巩固后防，请圣上加封张守帅兼征西军后防守帅。玄宗看了，提笔写了诏旨。召来了越国公罗平。"卿代朕去瓜州犒军。赐皇封御酒千罐。捧朕诏旨，明日即该启程。"越国公罗平知道瓜州解了围，杀死贼兵六万多人，真是以一当十了。辞了皇帝昼夜兼程奔瓜州。殿下大门艺告诉了来人。骑上千里金睛驼，那消几日就到瓜州。呈上了殿下大门艺书信，元帅看了交给副元帅、左右先锋官。元帅说："越国公最快25天能到瓜州。我们要在越国公到前攻下落雁山。不负圣上赏赐，给你们的座师争光。你三个根据探子的报告，作出攻山计划。拿来我看。"三个人退出元帅帐。请来守帅张守桂给他找三四个明白山道的樵夫和老人来。张守帅说："这现成。"出去有两个时辰，带来了五个老人，年约五十多岁，身强力壮。副元帅命人搬椅子。五个老人要跪倒磕头，被副元帅、左右先锋扶住，命落了坐。张守帅辞去。三个人问五个老人山形道路，山上有多少泉眼，何处最险，哪处能攀登上山。几个老人说了个详细。"落雁峰长40里，最高处离平地20里，三面是悬崖陡壁，南面有漫坡几座，也是一夫当关，万夫难入。"三个人画了四张八道图。送走了老人，每人赏银五两。三个人暗自合计了一番："不入虎穴，焉得虎子，你我三个带三丑，趁今天是2月18日，月明星稀，到落雁山周围看个究竟。不要让元帅知道。"三人合计好了。天黑后换上夜行衣靠，带好兵刃暗器，找来了三丑，说出要去探山。三丑乐的跳了起来说："要说爬山，咱们三人是老内行。行！行！行！"每个人带好兵刃出了帅府，守门军细看是副元帅、两个先锋官，奔西城门登上箭楼。嘱咐门军"不要告诉别人。事关机密，泄露机密以军法问罪。"六个人纵下城楼，用鹭伏鹤行术，跑到了落雁峰，细看山势陡险。先看南坡漫坡有15处，可容四人并行。就是到山顶处，各有天然石门。又绕到山后，鬼斧神工，刷刷齐的陡峰，人不能登。有座高有15丈，五个一连串陡壁，是五个老人说的五叠峰。轻功好的纵身上得去。副元帅蒲查隆要登上五叠峰看个究竟。化狮瞪圆

第七十三回　卡又玄急攻城损兵折将　渤海神兵烧营大获全胜

511

了红眼边、烂眼圈，鼓起大赤泡肚子说："我有爬山飞练钩，能钩住陡峭山石，长20丈，一抖手就钩住山石。我上去看个究竟，贼人发现了，我就放火，你们就赶紧逃走，我就跳下叠峰。贼人奈何我不得。我到山上贼人不发现我，我就向山下放射火光。你们就到五叠峰下等我。贼人见到火光不要紧，他们会当成萤火虫儿。你们看多好。"众人听了很合情理。又都知道化狮鬼主意最多，随机应变最快，就都赞成。化狮从囊中掏出飞练钩，只是五股蚕丝绳，头上带个小钩。就见化狮一挥手，小钩飞落五叠峰第一坡，化狮扯住了小绳，拽一拽，就是钩住了。手扯丝绳，轻似狸猫，快似猿猴。霎时从五叠峰射下火光。地下五个人用鹭伏鹤行术，跑到另一个五叠峰，射下火光，一连跑了七个，到落雁山东面。化狮纵了下来。乐的手舞足蹈说："你们哪个敢跟我去钻洞？最末的五叠峰有一个小洞口，我向里射了几次火焰丸，见进去五丈远就很宽又远，一定有暗道。"副元帅、两个先锋官听了也觉得出奇，就说："我三个同你去。"化虎、化豹说："我俩去，我三个人是钻洞爬山熟手。遇事能互相救应。你三人是元帅先锋，不能轻举妄动，你们先回营去。明天卯时初刻，我三个人就回营，日出前探不完明天夜间再探。请三人只管放心。"三人说："我三个在西城门箭楼等候。千万注意有暗道，就有怪蟒怪兽，或消息什么的。"三人齐说："放心吧！"就上了五叠峰第一峰，射出火光。副元帅二个先锋官急急离开落雁山，回到西城门箭楼候等。已是午夜时分。

日出前三个人回来了，身上沾满了青苔，开了城门放三个人入城，副元帅、两个先锋见三个人喜孜孜的，就问："怎样？"三个人说："回帅府再说。"六个人回到了帅府元帅帐，把探山洞经过详细说了一遍。洞长十八九里，越行越宽，可容20人并行。到了尽头，遇见四条大蟒，长有十丈，粗有五尺，凶恶得很。化狮发射20粒硫磺弹制住了大蟒。化虎亮出大菜刀削为几段。又前进，有一深潭，长有一里多，宽有二里，登石阶可上。三人听了五个老人说的清水潭，是贼人汲水要地，问："石阶有多高？"三人说："有五六尺高就是水面。我三人到了水面，见离地面有二丈高，纵上地面，贼营静悄悄的。帐连帐房。我三个就围着深潭走了一圈。贼人汲水道有一百多个都是漫坡，每坡可容十人行走。我三个踱漫坡就被帐房挡住了，就由原路回来。"副元帅、两个先锋听了各自欢喜。三小丑走后，三个人和衣而卧睡了一觉。

醒来后，找来了公冶子，让他看看天象，几天后能否刮风。公冶子说："三天后日出前，就能刮东风一昼夜。"三个人定好了攻山计划，密交老元帅。告诉不可让别人知晓。老元帅看过点点头："就这样不冒险吗？""险是有的！但都有解险方法，可化险为夷。""好吧！你三人要深加思索。"三个人得了老元帅主意。选出十人能会轻功的，选出四百人会凿石的，会木工铁工的，又选出十个猛将。休息三天，到三日夜初，听候命令。木工，石工，铁工，连夜制造。木工去到南北山伐倒一棵合抱粗硬木大树，断为二丈长，凿成空洞，底留七尺不凿，空洞长一丈三尺。石工去打碎石，以一寸见方为准。铁工去打铁箍，以一尺粗为准。又命人去准备火药越多越好。到三天早晨命铁工把木工凿成的空树洞镶好铁箍，搬来了石工凿的碎石装好火药，边装好碎石，有多尊木炮，又运来敌人陷落的铁炮，装好火药铁丸。一切到日落准备妥当。命五个联营分把15道南山口。见敌人逃下山来，就用木炮轰。团牌手联营由三丑率领进入洞穴，各带引火之物，见东风起就火烧，靠近清水泉加火炮轰。副元帅过东山口，两名先锋指挥南山十五道通路。一切布置好了。马摘铃，人衔枚，急奔到了落雁山。报探已探明敌人又添了六万兵马，要反扑瓜州。只等元帅卡叉玄忽病好。认为以山据险，万无一失，哪知山高难遮太阳，险地难藏毒蟒。

　　团牌手趁着黑夜，由三丑领着陆续进入山洞。等夜深人静出了洞，隐藏在清水潭。见东风刮起，时当午夜。潜踪、伏身，由汲水漫坡爬上岸来，敲着了火石、火镰，点上了引火的硫磺、焰火、松脂油，隔一营，烧一营，风借火势，火仗风威，霎时烈焰腾空，火蛇飞舞。30里连营起了大火。火到处树木起火，枯草放光，贼兵顾命要紧，各奔南山漫坡通道逃命。五个联营点放火炮，碎石飞处，贼兵一溜倒地，炮声隆隆。奔后山悬崖陡壁，奔东山铁炮轰击，奔西山也是刀劈斧砍的峭壁。火越烧越旺，把敌人烧的焦头烂额。死伤无数。到了天明，贼兵只剩下一万多人，组成了敢死军，保护贼兵元帅卡叉玄忽拼命往山下闯。树炮连放，剩下了五六百名。万弩齐发射倒了四百多名，又再发箭，只剩下五六十人。左先锋吩咐声"捉活的，"这五六十人没一个逃脱。火烧了落雁山，团牌手完成了命令，从原洞回到落雁山东平原地方休息待命，查点伤亡将士。中有受轻伤的21人，并无重伤死亡。副元帅传令回城。真是：鞭敲金镫响，人唱凯歌还。

　　监军、元帅、瓜州主帅张守桂迎到西门外，副元帅和二个先锋翻身下马。副元帅说："托监军福、元帅福、瓜州主帅福歼灭敌人。卑职领

第七十三回　卡叉玄忽攻城损兵折将　渤海神兵烧营大获全胜

513

军回城,并没有打扫战场。明天瓜州守帅带人去打扫战场吧。"第二天瓜州主帅带兵领全城百姓到落雁山扑灭了余火,把烧的死马剔骨剥皮,把肉分给老百姓。烧的帐房有没着火的也送给老百姓。粮只烧进了尺厚,扑灭了余火,听凭老百姓搬运。守帅只收拾兵刃。其余的东西,任老百姓取拿。这样搬运了三昼夜才搬完。老百姓有捡到金银的,自动交官。得了黄金千两,白银30万两。老百姓也有了吃喝。正是:征西大军歼寇日,万民沸腾欢乐时。

前后三战三捷,消灭了主力军18万,战将二百多员。贼人大丧元气。把战俘交幕宾和中军官、内侍官审问,其中有贼元帅卡叉玄忽,又受重伤,送入天牢。等钦差越国公到来再作定夺。将兵休息了五昼夜,进行训练。过了十天,钦差来到,摆好香案,迎接圣旨。副元,两名先行官同瓜州守帅迎到东门外。越国公罗平翻身下马,副元帅、两名先锋官及瓜州守帅要行大礼,越国公罗平吩咐免大礼,行军礼。四人前头带路,把越国公领进帅府,大堂摆设香案跪听圣旨。越国公罗平开读圣旨:

"皇帝诏曰:征西元帅扫荡寇仇钦赐御酒千罐,犒赏众军。率军西涉瀚海荡平寇仇,朕深望焉。

又即新奏瓜州守帅据守孤城三月,险与城同尽以身殉国。朕加封辅国将军,征西大军后卫元帅。某年某月某日。"

大元帅,瓜州守帅跪谢圣恩,又拜了钦差,让进元帅书房。监军晋王在书房等候,越国公拜过晋王。落坐献茶,摆上酒宴,给钦差洗尘。酒过三巡,菜过五味,越国公罗平亲自与征西监军、元帅、副元帅、两位先锋官敬酒。然后执壶到瓜州守帅面前满了一杯,双手捧敬:"请元帅饮某这杯酒。"堂堂国公给一个守帅敬酒,张守桂再三不敢领。越国公说:"某敬守帅,守孤城三月,最后要以身家殉国,是忠贞不贰之臣。国公也应当尊敬啊!请饮,守帅不饮,某不放杯。"张守桂饮了越国公敬酒要跪拜。越国公再三不恳。正是:忠臣博得人人敬,奸佞万世留骂名。

饮酒中谈到把贼元帅打入囚车送长安。越国公摇头说:"杀了干净,免遗后患。"晋王也主张杀。这席酒筵撤下,给钦差备下卧室去歇息。第二天把众贼绑送法场,一刀问斩。送走了钦差,写了告捷本章,派人星夜去长安。张守桂瓜州守帅兼征西大军后卫元帅，与征西军合成一体。元帅命整训将士，定下日期，扫平嘉峪关贼寇。探马来报，敌寇十万离瓜州百里扎下连营，要夺瓜州。领兵元帅是第二路统帅兵威甚壮。元帅听了，命人再探，才引起一场血战。

第七十三回　卡叉玄急攻城损兵折将　渤海神兵烧营大获全胜

第七十四回

水淹炮轰巧破敌营收复嘉裕关
重编建制整军西征百姓来犒军

征西元帅送走了钦差。探马来报:"敌寇十万之众离瓜州百里外,安营扎寨。"元帅命再探。副元帅蒲查隆想,又集结了十万贼兵,来反扑瓜州。应把贼寇放到瓜州来歼灭,还是在百里外歼灭,不得主意,召来了左右两先锋商议歼敌之计。门军来报:"帅府门外来了一个四十岁上下年纪的人,要找王常伦,说是老朋友冼清。请副元帅示下。"副元帅说:"去找王常伦,让他在营外说话,不准带入帅府。"门军找到了王常伦,把元帅吩咐的话学说一遍,并告诉来人叫冼清。王常伦想,我从不认识姓冼的,既是来找就去见见吧!到了帅府门外,门军一指一个满身穿青衣服的人,王常伦走向前去一看呀了一声:"原来是你找我,你怎么也来到此地?"来人握住王常伦手说:"一言难尽,咱俩喝两杯去,详细地和你说说,找你有事啊!"王常伦说:"我找中军官去,到帅府侍从帐房去谈。"中军官天天在侍从门卫处。王常伦请示了中军官,把来人领到门卫处,一个单间屋中。侍从给倒上茶来。王常伦说:"有话请讲吧!"来人打了个唉声:"我弟兄四个,自双星镇被释放后,就来到嘉峪关,当了骆驼贩子。半年多到哈哈密贩卖了三次,就赚了五十多匹骆驼。哪知事有意外,吐蕃进嘉峪关,我四个就把骆驼赶入山中。后来逃难的人到山中越集越多,为了填饱肚子,就又被逃难人们推崇我四人为首领,抢贼人的食粮、马匹、骆驼,杀了当食粮,好的留下牧放。半年多有同伙四千多人,多是被贼人害的家破人亡青壮年,有的死了老婆孩子,有的死了丈夫,被逼入伙。我们是抢了就走。刀枪是抢贼人的。就来到离瓜州百里外的深山。前十天听到是渤海朝唐使臣是元帅。我哥四个商量,就这样当流寇,也不是个结局,就商量来找你,愿来投效军前。我们这伙人三教九流五行八作都有,自己有流动铸造,各种作坊,会吐蕃话,会回疆话的,会哈哈密话的有的是。还把夺来贼寇的兵刃造了十门铁炮。我来的时候,同各大小首领商议过,都愿投效。求你见元帅给我们这伙人当个引见人。"

王常伦听完了话,徐徐说道:"我们是正在用人之际,招募乡勇。但你这伙人,来路不明。"冼清听了说:"你是怕我们是投诚叛变的来诈降，这好办。好货不怕实验，真金不怕火炼。只要元帅肯收留我们，由此到嘉峪关，打先锋是我们的，我们道路熟，也摸透了贼人行动。一不要给养，二不要禄金，只是给我编入军名就行。请你去见元帅，我这儿等你信。"王常伦说："也好，我去见元帅。"王常伦到了帅府堂请中军官回禀元帅，王常伦有要事求见。中军官回禀了元帅。回来说："准。"王常伦进入帅府堂行了军礼，元帅命坐下。王常伦就把冼清说的话从头到尾学了一遍，最后说："冼清就是五顶山的寨主，改名换姓了。"元帅说："他既是好意来投，我们怎么能拒之门外？他自己说的对，我们是防他来诈降。他自当先行打头阵，'真金不怕火炼'这话说得很好，你把他找来，我有事问他。"王常伦走后，副元帅说："我们让他去打来犯贼人，以其攻敌，岂不省事。"老元帅说："正是为此。"

霎时，王常伦把冼清带进帅府堂，拜见了元帅、副元帅、二位先锋。四人一看正是在双兴镇被释放的五顶山寨主。命人搬过来椅子，让他坐下。元帅开口说："你来投效很好，我们正在用人。我派人同你去编征西辅助联营。我派去的人都得当都掌管，你哥四个当副手，再挑选几人也当副手。联营下是本营，大掌管归你们委派，这样你同意吗？"冼清说："愿当马前卒，为愿已足，何况是都掌管。"元帅命王常伦领去好生照顾。还要有事找他。王常伦退走后，元帅问三个人："你们看派谁去好，应当做些什么事，细细想想千万不可马虎大意，想好了回禀我。"副元帅蒲查隆说："人倒好派，现成的王常伦、罗家兄弟，他说他的人马离此百里之外，离贼寇很近，问问他仇寇占的什么山，山势他熟悉不，敌人有多少，人知道不？他说有大炮是什么，有铸作坊这些都应问个明白，我们也好对症下药。"三个人都同意这样办。又派侍从找来了冼清，按样问了个清楚。冼清一一作了回答，又把冼清送王常伦处，派人到晋王处拿来了地理图和冼清说的对照，冼清说的更为详细。看了地图，三个人做出了进攻敌人计划。都掌管派王常伦、罗提、罗底、罗边。派侍从找来了王常伦、罗提、罗底、罗边、冼清，告诉编四个征西辅助营，他四个任命都掌管。问冼清："鹰愁湖水有多深？"冼清说："深不见底。"告诉他编制完了，"把人马秘密转到鹰愁湖，按作战计划办事，不准一人一骑走出鹰愁湖。明天将计划交给王常伦，你们就动身。"五个人辞去。三个人又详细地作了修改，呈元帅。元帅点了头。又派人找来了公冶子，问他："天这么旱，多会儿能下雨？"公冶子说："七月十二到十五，有三天大雨，要作好防雨准备。"三人送走了公冶

517

子，心中更踏实了。

第二天传来了五人，把计划交给王常伦，再三嘱咐："7月15日天黑戌时必须按计划办事，误了时刻按十七条五十四斩定罪，这四个联营听你指派。快去走马上任吧！"五个人辞去走马上任去了。又传达了补充营大掌管吩咐到南门外小河套，开宽为30丈，长20里，通到大阔河。各联营昼夜轮流去挖，补充营在城外。又请来了守帅张守桂挑选民夫去挖，每挖30丈宽一里长，给白银200两。连旧河槽在内。各联营亦照此例。越快越好。现在是七月初五。瓜州地每天开河道军民两万多人。人欢马嘶。王常伦等五人编好了联队，就秘密的转移到鹰愁湖，垒坝的，伐木的，打铁的，打石头的……忙碌起来。边干活边练军，到了7月13日，诸事完备，写了报告，画了图形。备快马当日送到大帐。元帅看了很中意，批了"知我心事"四字，命人连夜奔回。王常伦四千多人，在鹰愁湖下挖了宽十丈深十丈的地道，装好了木火炮，用竹筒装好引火线，要把湖水引到山下。鹰愁湖长20里宽30里，水深莫测，在一个高15丈的山顶上。雨水连绵时流淌山下，变成了河。天旱时，河水就干涸。小河离湖十里外有夹山峰，两山对峙宽有十丈，筑起坝，挡住小河。坝下也安火木炮用竹筒装好引火线，挡住各山下雨涨来的山水，12日已下雨到13日，坝已筑成，二日挡住各山流来的水足有一丈深。把四个联营冒雨潜伏到贼人连营附近，贼人在山上只有几座营房，南北山有二千多人，余下的驻在河两岸，天旱时河水已涸，山泉水又少。贼人连营离鹰愁湖八十多里，树深林密，不知有鹰愁湖，贼人联营离驻地洼，鹰愁湖40丈。经副元帅看地理图，细说清，掌握了这个情况。王常伦才给元帅报。元帅只批四个字"深知我心"。王常伦已使元帅满意，只待雨过天晴行事。

贼人见河水涨都说再不愁水了。15日天黑雨停了，筑的坝水深有五丈。王常伦传下令潜伏在敌人附近的及时作好夺山准备，这些人带有木火炮、铁火炮，是用九个人抬动的，不用马拉。在山洞中山棚下藏好，对准敌人帐房。听到鹰愁湖响就放炮，夺山。雨停了，从鹰愁湖传来了山崩地裂炮声，大水像海翻一样汹涌奔来，河水霎时出槽水深过丈，漫着山坡一片汪洋。贼兵没有水流的快，被水卷入浪中，靠山边的要登山，木火炮、铁火炮"轰、轰"乱吼，撞上死，遇着亡，王常伦率领的四千多人与山上贼人短兵相接，几个冲锋杀的贼人死尸遍地，人头滚滚。什么元帅、先锋、战将都做了淹死鬼，到阎王殿喊冤报到去了。

16日，王常伦率四个联营驻扎瓜州城外，自己到帅府去回禀作战情况，见瓜州南门外已是一片汪洋，王常伦到帅府见到中军官。中军官回禀了元帅，回来说："元帅让你去见。"王常伦参拜了元帅、副元帅，二位先锋官。元帅命人搬来椅子，命王常伦坐好说："你立了首功，他们都立了功。消灭了敌人实力。我们要整编队伍，你就暂住城外吧！我派人去犒劳出征将士，在这二三日学好十七条五十四斩，我们要在18日初兵到嘉峪关。你回去吧！"王常伦离了帅府，对众将说："元帅很满意。"犒军的补充营用骆驼送来了酒肉，交付王常伦，就回城去了。王常伦传下命令，众将士在深山旷野几个月要好好休息，不要进城，等候编军。帅府堂更热闹，张守桂备了一桌很好的酒席，请来了监军，共同喝酒。饮酒中守帅张守桂说："贼寇力量都葬送瓜州。没有什么主力军了，元帅可长驱直入嘉峪关。把占县城的少数贼兵歼灭，就练民勇，我派人作好这些事。我明天本奏当今，给我派兵将来，好接管夺回来的县城。元帅兵到嘉峪关，皇帝派的兵马也来到，最快要在九月末，元帅那时就攻下了哈哈密要班师奏凯了。后方我尽量编乡勇或是民勇保住夺回城池。免去元帅后顾之忧，以报圣上及元帅器重和信任我的深恩。"元帅说："你我同是皇帝臣子，上报皇帝的信任，下抚万民，这是人臣之道。守帅不要说什么器重信任。你我同为皇帝效劳。"酒落欢肠，尽欢而散。

次日元帅早早起来，找来副元帅和两个先锋官商量重新编军，以利远征，做出了编军计划。门军来报说：帅府门外来了两千多青壮年，要投军去征吐蕃，其中有17名是武秀才，手里拿着当地府县的荐书，都是被贼寇占领区的。请元帅示下。元帅听了，命中军沙也英、沙也雄去详细审查，是不是贼寇派来的奸细，身份可靠就留下来，要身强力大的。两个中军到了帅府门外逐个的审问，都是瓜州邻县来的。众人齐说："我们是来投军，要征吐蕃去，我们被吐蕃害的好苦啊！有的被吐蕃杀死了老婆孩子，有的被吐蕃杀死了父母，报仇要紧啊！我们可以互相担保，要有一个奸细就杀保人。请中军前去回报元帅。"两个中军回禀了元帅，元帅吩咐战将中会写的去十人按名造花名册，以一伍一分营，一本营去编制，每人给一顿饭吃。让各联营去做，送到广场。中军官沙也英带人去编制。

元帅吩咐完了，请来了守帅张守桂，把来投军的人告诉了张守桂说："皇帝诏旨你是看见了。这批乡勇来自各县的，联同洗清的人约有

519

八千人。这八千人由各县支应禄银吧！省得到各县去挑选。你以为怎么样？"张守桂满口答应："这事归我来办，陷落县一百多个，只是元帅能夺回每县能摊一百多人，这是小事一端。在没有夺回来的时候，有些棘手。元帅说："得贼人黄金白银，就供给这些人使用。兵到嘉峪关，收回了各县，你再按县分派，主要是恤其家属。我们这次远征要造成详细名册，一份交给你，是由你安排的民勇八千多人。就连我们从渤海来的也造详细名册送到长安留守处，如有死亡就按名册恤死者家属。现在我们就要重编建制，就是为了远征作好准备。万望守帅把这八千多人家族安抚好，使他们安心去出征。"守帅张守桂说："请元帅放心。"元帅又说："这八千人急等戎装，你这瓜州三天内能赶制出来吗？钱先支一万两白银当开办费。后卫处的人专为乡勇和转运给养等事。办事人要现职军人。"张守桂说："行！行！行！""那就请你费心吧。""澹台连，你告诉鲍刚支二万两白银交张守帅。"澹台连告诉了枢密大掌管，把白银交给了张守帅。中军官领人回来了呈上花名册，元帅见其中有武秀才17人，文秀才九人，吩咐："把武秀才交战将营领去，文秀才交公冶子领去，剩下的人找房子安排住宿，由供给营支给粮食用具。我就派都掌管去办理。"

一切安排好了，元帅就同副元帅两个先锋官计划建制。三个人已把建制计划作好了，交元帅看。元帅看过说："我们真是长了见识。登州、五顶山、夹谷峪、长安一共编了四次建制，这次比以先更完善了。像个远征的建制。我们直到哈哈密，也不变动。"细看建制，大唐国朝远征军建制：

元帅中军帐：

参赞：瞽目叟、东化郎、西化郎、南化郎、北化郎、赫连嵩、西门信、孙振坤。
幕宾：公冶子、幕宾记事九人。
中军官：沙也英、沙也雄、彼彼达、彼彼得。
内侍官：澹台菊、左丘清明、赫连文、赫连豪。
侍从官：赫连杰、拓拔重生、西门再生、夹谷猛生、东门庆生、化狮、化虎、化豹。
枢密庭：都掌管鲍勇；下设宣抚处大掌管孟求英。
军法军令庭：都掌管鲍猛；下设宣抚处大掌管淳于系统。

战报庭：都掌管鲍刚；下设军辅处大掌管赫连武。

侍从庭：都掌管鲍强；下设郎中处大掌管西门亚男。

总管庭：都掌管澹台连；下设铸造处大掌管诸葛望博。

先锋官从征战将：

左先锋从征战将：东门夫、东门俊、东门虎、韩勇。

右先锋从征战将：东门容、孟颜求芬、东门黑、东门狮。

战将：王天虎、孙中、孙三、韩强、冷全、西门亚夫、颜求桃、颜求菊、颜求梅、曾求桂、鲁求兰、赵求义、孙仲、孙元。

赵宇、钱宙、蒋玄、何晨、冯来、孔收、沈黄、吕宿、陈暑、孙洪、韩盈、施列、邢往、亚藏、李荒、杨炭、张寒、魏求、华升。元帅中军帐共有人数五百四十六人。

征西军联营：

第一联营都掌管：迟勿异、呼尔哈、罗棰。

第二联营都掌管：拓拔虎、博那哈、罗邦。

第三联营都掌管：东门豹、库伦呼、罗面。

第四联营都掌管：赫连英、勃达连、孟求英。

第五联营都掌管：东门夫、哈达莱、孔求杰。

第六联营都掌管：（团牌手）哈达罕龙、达窝哈、哈哈窝达。

第七联营都掌管：（给养营）霍查哈、诺尔达、达诺尔。

第八联营都掌管：（护卫营）密密达、搭拉密、勃勃松。

第九联营都掌管：（护卫营）乌兰达、乌哈兰、兰乌哈。

征西军辅助联营：

第一联营都掌管辅：王常伦、冼清、周洞。

第二联营都掌管辅：罗提、冼净、吴深。

第三联营都掌管辅：罗底、冼洁、郑浅。

第四联营都掌管辅：罗边、冼白、李荡。

第五联营都掌管辅：上官杰、万侯华、钱求礼。

第六联营都掌管辅：韩勇、东门狮、罗音。

第七联营都掌管辅：东门牙、冷文、孙连。

第八联营都掌管辅：韩刚、东门熊、冷武。

第九联营都掌管辅：韩猛、冷双、罗鸣。

第七十四回　水淹炮轰巧破敌营收复嘉裕关　重编建制整军西征百姓来犒军

联营建制以五人为伍，五个伍为分营，五个分营为本营，五个本营为联营。联营都掌管三人，联营设总务分营45人，郎中、记事、号角手、宣抚、侍从各九人，本营大掌管二人，本营设总务九人，郎中、记事、号角手、各三人，一个本营人数326人；一个联营人数1228人，18个联营共人数22104人。辅充营236人。元帅中军帐564西征军共人数22986人。

老元帅看过说："再把军阶也宣布一次。"三人又写出军阶：

联营都掌管：第一名记名将军，第二名记名都将军，第三名记名郎将。

辅助联营：第一名记名都将，第二名记名郎将，第三名记名别将。

补充营大掌管记名别将。

元帅中军帐：参赞，支给都将俸禄。

幕宾记名郎将，幕宾记事记名别将。

五大庭都掌管记名都将，记名郎将。

下设五处大掌管：别将，中军官：别将，内侍官：记名别将，侍从官：记名别将；先锋从征武将：记名郎将。

战将16名，郎将20名暂记名别将如不称职，取消军阶。都察以上称将军，以下称官阶，不得混淆。元帅又令军法军令庭派人去到新编联队去讲十七条五十四斩。又命幕宾公冶子写好宣抚榜文。幕宾记事九人是文秀士，很快写出了草稿交元帅看。元帅说："宣抚榜文是昆仑老百姓看的，把文诌诌话改成平常说的话，要简短明白。改一下送来我看。"又重改了一遍送给元帅看。元帅点了点头，说："送到各联营去抄写，你们九个人，在出征前，也要写出几份。"

这时去长安报捷人回来了。殿下大门艺写来回书。圣心大悦，等兵到嘉峪关再派钦差犒军。国王也知道了西征，担心王伯年纪大了，怕受不了风霜之苦。元帅看了大门艺的信，心中更欣慰。守帅张守桂送来了军服旗帜，是仿模渤海戎装做的，并送了盔甲十五件。元帅命送到新编的联营。西征准备已经作好。训练三日兵马，商议出征。时令已七月二十五。命右先锋带拓拔虎、赫连英两个联营，两个辅助联营，抄近路去先攻嘉峪关,守住嘉峪关,到后就铸作木火炮、铁火炮,把诸葛望博带去管办。带辅助联营有火炮的去。命左先锋带东门豹、东门夫两个联营,两个辅助联营直奔嘉峪关,歼灭各县城的贼寇,到嘉峪关会师。命迟勿异联营带二个辅佐联营,歼灭溃散贼兵,撒下包围圈到一县扫清一县,到嘉峪关会师。命八九联营保护好给养第七联营,元帅带六联营和五个新编联营在迟勿异后行。扩大包围圈,边歼灭余匪边作宣抚。择7月27日,黄道吉日黎明起程。瓜州父老听到元帅要去西征,挤满了帅府门前大街。送来了蔬菜干菜,给出征将士钱行,给钱不要,只要菜留下,老百姓乐了。把菜分到各联营。

　　27日黎明三声炮响,征西大军离了瓜州。左先锋与第一、二两个联营,钻丛林越野地,涉水登山,急行军七昼夜到了嘉峪关。离关50里森林中扎好了营。先锋官找来二个辅佐联营都掌管定下了计策,第二天嘉峪关来了一伙耍猴的跑马戏的,什么三教九流应有尽有。这些人会吐蕃话、回疆话,又满腰银子,碰上查街的吐蕃兵,回疆兵官,送的腰包很多。城外三声炮响。城里有几伙头包白巾的人,手持枪刀杀了门军,斩关落锁。征西大军拥进了嘉峪关,展开巷战,短兵相接,先夺了粮草营兵器库。到了拂晓,把嘉峪关的贼兵杀的死亡无数。守将带着残兵败将逃出了嘉峪关。夺下城后,出榜安民,清点粮草兵器。粮草堆积如山,白银黄金满库,是吐蕃、回疆从各地抢来的。让人把住了嘉峪关。命诸葛望博赶造木火炮,铁火炮,从辅助营选出几十名作坊师傅当监工,雇来铁木工匠五百多人,昼夜赶造。又派出一个辅助联营去接应左先锋官。八月初十日左右先行合兵了。八月十五日,迟勿异从元帅大营天黑时到嘉峪关,与征西大军会合。写了告捷本章,派人星夜送长安。本章中说:"皇帝不要来犒军,八月二十黄道吉日,进兵猩猩峡。"右先锋官呈上没收敌兵的粮草、兵器、火药清册,元帅大喜过望:"夺来的粮草、兵器、火药足够我们用三四年。不用到处去催粮。派幕宾三人,西门亚夫、颜求桃,把敌人的棉皮衣服各选出2.5万套,分给各联营每个人用。来不及改制就制臂章2.5万副,宽五寸长一尺,写"征西大军"。越快越好,要黄底红字鲜明才好。六个人去了,挑鞍鞯俱全好马三千匹,骆驼二千匹,都有驼鞍。元帅吩咐:"交给征西辅助军一、二、三、四联营。"六个办完回禀了元帅。问他过瀚海遇到风沙怎么防御?沙迷目怎么防御?冼清作了回答,又派人请来了当地老年人送走老人。得了主意当时召来了各联营掌管,按每个联营人数给纹银一两,去

第七十四回　水淹炮轰巧破敌营收复嘉峪关　重编建制整军西征百姓来犒军

523

到长街，买牛尾护目镜和牛尿泡，限日落买齐。一副牛尾护目眼镜，值银一钱，给五钱，十个牛羊尿泡值一钱给三钱，高价买好物。中军帐各庭处等人，每人给二两银子，派出二十多人去买。几个老者给送来二百个羊尿泡，二百副上等护目镜，赏银二百两。老人乐的闭不上嘴。副元帅和先锋巡营回来，禀明都预备的很好，说："元帅，三街六巷有更多勇士买牛羊尿泡和护目镜，说是元帅吩咐的。"元帅说："是。"就把自己想的，问了当地老人的事，对三人说了。最后说："切记'入乡问俗'也是兵家要事。"

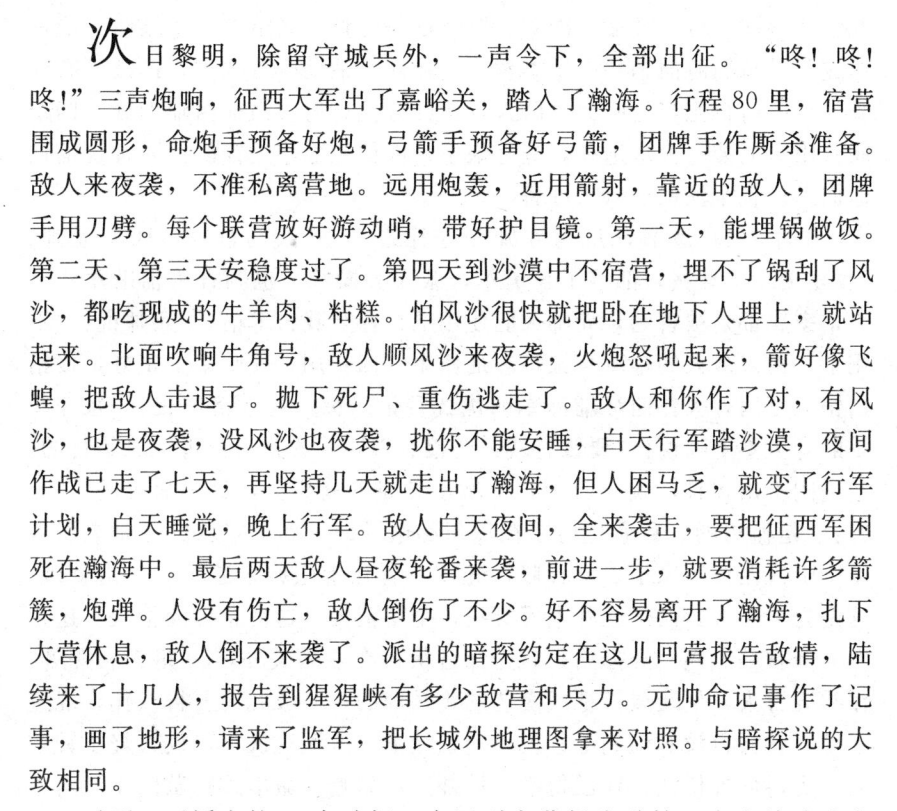

第七十五回　副元帅智夺猩猩峡　敌都督懵懂做俘虏

次日黎明，除留守城兵外，一声令下，全部出征。"咚！咚！咚！"三声炮响，征西大军出了嘉峪关，踏入了瀚海。行程80里，宿营围成圆形，命炮手预备好炮，弓箭手预备好弓箭，团牌手作厮杀准备。敌人来夜袭，不准私离营地。远用炮轰，近用箭射，靠近的敌人，团牌手用刀劈。每个联营放好游动哨，带好护目镜。第一天，能埋锅做饭。第二天、第三天安稳度过了。第四天到沙漠中不宿营，埋不了锅刮了风沙，都吃现成的牛羊肉、粘糕。怕风沙很快就把卧在地下人埋上，就站起来。北面吹响牛角号，敌人顺风沙来夜袭，火炮怒吼起来，箭好像飞蝗，把敌人击退了。抛下死尸、重伤逃走了。敌人和你作了对，有风沙，也是夜袭，没风沙也夜袭，扰你不能安睡，白天行军踏沙漠，夜间作战已走了七天，再坚持几天就走出了瀚海，但人困马乏，就变了行军计划，白天睡觉，晚上行军。敌人白天夜间，全来袭击，要把征西军困死在瀚海中。最后两天敌人昼夜轮番来袭，前进一步，就要消耗许多箭簇，炮弹。人没有伤亡，敌人倒伤了不少。好不容易离开了瀚海，扎下大营休息，敌人倒不来袭了。派出的暗探约定在这儿回营报告敌情，陆续来了十几人，报告到猩猩峡有多少敌营和兵力。元帅命记事作了记事，画了地形，请来了监军，把长城外地理图拿来对照。与暗探说的大致相同。

过了一天派出的20名暗探，全回到大营报告敌情，有人从哈哈密回来，说兵力尽在猩猩峡，哈哈密有很少兵。元帅命人找来了诸葛望博，问："造好多少木火炮？铁火炮？"诸葛望博呈上图样："元帅，木火炮一千尊，铁火炮五百尊，造放火硫磺焰硝五千发，开花弹一万发。"元帅夸奖："能干。""花白银二千两。"元帅说："不多，不多！你在哪儿弄来的铁？"诸葛望博说："敌人抛弃的刀枪。火药是兵器库的，还有很多。"元帅说："你这铸造处大掌管很胜任，留在这儿赶造火炮五千尊各种炮弹五万发，赶制军用皮衣五万件，一、是长毛的，二、是短毛的，瓣衣五万件皮靴五万双。给你留下白银二万两。在9月15日前办理完毕。提前更好，你写个名单来，谁能给你当助手，要多少人。快写

525

来送我看。"诸葛望博写来名单是："战将要女的，留下几名就行。赵求义、曾求兰、曾求桂、颜求梅四人。"他说："这些女的是当初在葫芦峪主办做衣服人，是内行。男的战将不能留。留下铸造处 45 人就行。"元帅命人告诉四名女将。命第九联营乌兰达为守城主将。留下辅助联营第九联营协同守城，韩猛、冷双、罗鸣都是虎将。乌哈兰、兰乌哈，能征惯战。横越瀚海前哨兵一个本营，是在四个辅助联营选拔，过沙漠有经验的。洗清自愿当先哨兵领队人，元帅夸他忠勇。命征西辅助联军四个联营用骆驼装好大炮炮弹，选好炮手，因他们愿当先锋队。元帅也信任他们了。各个辅助联营去准备。

　　8 月 19 日凌晨，瓜州守帅张守桂带 1000 兵马赶来，回禀元帅："收复 108 个县城，都编了乡勇军，派人去操练，也调查了辅助军八百名，家属都是被害的，元帅大胆使用吧！禄金我再筹措。"元帅说："不用了。得来敌人的粮草金银足够征西军三四年用。守帅来了正好，拨给白银二万两，去作西征辅助军的优抚赏银。粮万斤救济灾民。"张守帅乐的合拢不上嘴说："要钱有钱，要粮有粮，我去跑道学舌，总是行的。我纳闷不出旬日，就夺回 108 个城，又夺下嘉峪关，兵不血刃吗？"元帅："是血刃的，敌寇主力军在瓜州都送了命，剩下守城的已是老弱残军。听说西征军来了，就投降，光跑，有几十座城未遇顽抗一击就破。这是先声夺人。两个元帅十万雄兵，全军覆没，这消息传的很快。这是左先锋官的胜利。夺嘉峪是右先锋官伏兵在嘉峪关外，50 里密林深处，派兵五百人，他装成打把式卖艺的跑马戏的，三教九流五行八作，混进了城。贼兵再没有想到七昼夜，兵临城下。进城这伙兵，放火烧了钟鼓楼，告诉城外伏兵，业已得手，城外三声炮响。城里人打散门军，斩关落锁开了城门，展开了短兵相接到黎明，敌寇跑出嘉峪关。我军就据守了。"张守桂说："你们战胜全靠智取。这样主将能有几人。我沿途没有见到溃散的贼兵，元帅是怎样把他们消灭干净的？"元帅说："先锋官攻下城就奔另一个城，后面有四联营撒开包围网，四出截杀。大营有四个联队在后围剿。少数敌人钻山洞，过几天就会三五成群地出来滋扰。就靠乡勇去击灭。张守帅，后方就全仗你辛苦操劳吧！我们明天就要继续西征了。你用什么只管来取，我告诉守城主将。"派中军官找来了乌兰达，当面说明张守帅兼征西军后卫元帅，用啥来取。快快尽量支付，好巩固后防。乌兰达说声"知晓。"退出帐外。张守桂说："我不打扰元帅了。明天就要出征，有些事情要办，我告辞了。明天我不来给元帅饯行，今天就到达达县去，是长城脚下。我去把乡勇组成。"说声"祝元帅早日奏凯班师"就走了。

元帅召集了副元帅和两个先锋官，命左先锋官在前哨兵后，领着四个联营官。副元帅居中指挥，命右先锋官在后，也选拔一个本营为后哨兵。前军要是失利，后哨兵变前哨撤退，元帅同给养联营同中军帐兵将在一处。布置完了，命三个人到各联营去巡查出征前的准备，三个人乘马去了。元帅坐大帐中，思考越沙漠能碰到艰险和挽救的方法。第一个想到是敌人会利用这个优势来夜袭。第二是横越沙漠风沙迷目，敌人能利用这个优势进攻。不觉"啊"了一声。这正是敌人长，我们的短，也是致命之处。再也坐不住了。派人找来了洗清。

驻猩猩峡有三个大都督，吐蕃都督为首，名叫耶律布藏江。回疆都督为次，名沙沙塞莫。哈哈密都督哈哈耶鲁为前都督，把守去猩猩峡要塞，扎下四座大营为四角营。前营扎在漠漠关，有兵一千多，后营扎在荒荒关，有兵两千多。又一营扎在三营的当中洼地，名野露撒关，有兵一千多。元帅和副元帅记下，按监军的长城外地理图对照并照暗探说的地形描测："漠漠关荒荒关，在山上。山高有百丈，山峭陡有山林，灌木林。野露撒营在洼地。前后营相隔20里，洼地营是虚张声势的埋伏。去夺营地雷火炮齐发。"副元帅说出了他的见解。元帅同两个先锋官很同意他的说法。去夺野露撒营要伤亡一批人，不去夺不能诱漠漠关、荒荒关二关的贼兵下山。三个人商量好主意，就几百人拼成敢死军，去踏野露撒营。先诳出几百敌人捉几个舌头。第二天派出骑兵一千，选出了能征惯战战将十员，兵是骠悍善射的，军旗招展、号炮连天，杀奔野露撒，离营五里，四里，三里叫喊，就是不去闯营。敌人派出了七百多兵来挑战，距离两箭之地，不前进了。西征军就退到四里，队伍散乱的不成队形。敌人发起猛攻，西征军退到五里之外，溃不成军了。五六十人一股。敌人发起了猛攻。山脚下一声炮响，一千多名骑兵包围了敌人。溃不成形的敌军，一股股反扑了上来，刀劈枪挑，活捉敌人，没有一个漏网。杀死敌人的死尸也驮在马上。连活捉的带回大营交令。敌人追来了，埋伏的骑兵挡住截杀，把追兵杀退，并不去追赶。就带着兵马回大营。活捉的127人，死尸601人，共728人。活的给酒给饭，死的好生管好。天到一更，挑选出的一百名敢死军，趁黑夜到了野露撒。

再说野露撒的敌人见出战的被征西军围住，一个也没有逃回。就派人去收尸，一个尸首也没有。只见地上有血迹，回报了守将。守将是活不见人,死不见尸。认为这伙贼人投降了征西军,把受伤的也带去了。就急忙报告了哈哈耶鲁,哈哈耶鲁认为征西军有了降兵,必大举来劫野露撒大营。命驻漠漠关、荒荒关的贼兵在野露撒四外森林中埋伏好了,等征西军来劫营,人马进了埋伏圈,好一网打尽。天到二更,征西军到了离野露撒三里地方。把被捉来的敌人或死尸的马尾巴浇上油用布包上点着火。马翘起尾巴像一盏灯似狂奔,踏翻了敌人埋的地雷火炮,烧了敌人大营。几千伏兵齐出,缩紧包围圈,杀将过来。到处火起,人不能入。哈哈耶鲁急的狂叫。但火光中看不到征西军,奇怪了。于是放弃了野露撒大营,急回漠漠关、荒荒关。这时山上几声炮响轰倒了退兵一片一片。灯球火把亮子油松,照如白昼,原来被征西军乘虚劫了大营。伏兵齐出。活捉敌人一千多名。杀伤无数,哈哈耶鲁见大势已去,要拔刀自刎。征西军身穿夜行衣的战将几个人纵了过来,活捉了哈哈耶鲁。

　　天亮了,查点人数,劫敌人寨的征西将士受轻伤的126人,并无一名伤亡。敢死军受伤的56名,是被火烧伤,并无一人死亡。查点被俘的贼兵1363人,还活捉了哈哈耶鲁。给敢死军每个人记了首功。一昼夜夺下敌人四座大营。给征西辅军一二三四联营集体记了首功。作了进攻猩猩峡,和进兵哈哈密计划。夺来的漠漠关荒荒关,留下三个本营,扎下营把伤兵留在漠漠关。三路分兵,二路由左右先锋官带八个联营去攻猩猩峡。副元帅带四个联营进兵哈哈密。元帅领兵驻守荒荒关,各路人马出发了。

　　两个先锋官急行军三日到了猩猩峡,左先锋官攻前山,木火炮发威,敌人几次反攻,都被火炮击退。攻占了敌人的高地,俯瞰敌人的行动,历历在目。右先锋官攻占了敌人的南山高峰虎跳峰,用铁炮放出硫磺燃烧弹,烧敌人的营寨。开花弹炸来反抗的敌群。敌人伤亡太重,就后退,集中兵力,大举反攻了几次,就被木火炮击退。兵围猩猩峡足有半个月,敌人躲入九曲十八环,凭险守山。你不进攻,敌人用小股敌兵来偷袭。吐蕃都督耶律布藏江,用以守为主,以偷袭为辅的战策,要消耗尽将士粮草、炮弹、弓箭,一小股一小股轮番昼夜偷袭。故意诱你炮轰箭射,敌人又熟悉路,你派兵追杀他,又躲进了九曲十八环,任你怎么诱攻,就是不出来,以待援军。耶律布藏江真是狡猾。但是,在包围猩猩峡18天的黎明,南山来了几万的敌军,发出火炮进攻猩猩峡南山西征军,炮声隆隆,人喊马嘶,杀声震耳。被九曲十八环的耶律布藏江派的亲兵来偷袭的将官看见,急派人飞报。耶律布藏江暗想,是哈哈密大元帅对耶律密哈控制猩猩峡前军失利，派兵来增援。急乘马到猩猩南山的极北峰看望，见旗幡招展，无数的哈哈密吐蕃回疆大军，抢占了猩猩峡南山各高地。炮火连天的攻杀西征军，西征军被击退了。哈哈密的兵占据了猩猩峡南山。耶律布藏江正看得出神，见小队骑兵急驰而来，看见极北峰，有兵马拦起了旗帜。用旗语召唤"派将官来"。耶律布藏江见到极密旗语，知道元帅亲统大军来增援。这个极密旗语只有高级将领才知道，是耶律布藏江来守猩猩峡前同大帅野律密哈，沙沙塞莫，哈密野鲁订的。见有都督的军旗，就发出这样旗语。也用旗语回答"就派将官去"。耶律布藏江派亲随将莫名棋豪乘马去问什么事。到了摇旗官前，认出了摇旗官正是元帅的摇旗官密哈汗，行了军礼。密哈汗也不言语，用手一指，莫名棋豪见一员将官手捧元帅大令，莫名棋豪赶紧跪倒，只听马上将官说："你赶去报告你家都督，到极北峰山下接元帅大令，不得有误。"莫各其豪策马回报耶律布藏江。

耶律布藏江率领小队兵马到了北极峰下，见摇旗官哈哈密手握六七面旗帜。见了耶律布藏江用手一指捧大令的将官，耶律布藏江见面前一员将官骑在马上，手捧元帅大令。见耶律布藏江来到，把令旗高举。耶律布藏江赶紧跪下。只听马上将说："某奉元帅大令去九曲十八环，用令箭去召都督耶律布藏江。来人是谁？"耶律布藏江回答："某正是守猩猩峡都督耶律布藏江。"马上将军说："某把令箭交给都督，今天晚一更天，率全部人马到极北峰下，十里旷野，等候命令，大举反攻，夺回嘉峪关。都督领兵来到。到南山去见元帅，禀明军情，不得有误。某不去九曲十八环了。"耶律布藏江跪在地上双手高举，接过大令。偷眼看捧令将军，头戴黄钢盔，飘红缨，鹿皮额领带。身披铁锁甲，外罩战袍，足登皂靴，肩头横搭狐狸尾，脑后斜插雉鸡翎，威风凛凛，正是吐蕃王王官的打扮，吐蕃、回疆、哈哈密联军大元帅的将官。耶律布藏江见那执令官旋风般的带着侍从飞马回山，哪敢怠慢，回到九曲十八环，点齐了兵马，急奔猩猩峡北极峰下的十里旷野，带着侍从几名，遇沙沙塞莫乘马来见元帅耶律迷哈。行到半山腰又碰到了执令官带着摇官密哈汗领着十几名战将。耶律布藏江、沙沙塞莫赶紧下马，要打招呼。来将手捧大令，高声喝道："耶律布藏江、沙沙塞莫身任守猩猩峡都督，按兵不动，使敌人夺了嘉峪关。又失掉猩猩峡，四处关口贻误战机，按军法治罪，战将把他两个绑了。"如狼似虎的战将拥了上来，绑了耶律布藏江，沙沙塞莫，又绑了侍从。可怜耶律布藏江、沙沙塞莫两个都督哪敢不服绑。被来将推推拥拥的，来到元帅大帐。耶律布藏江、沙沙塞莫头也不敢抬头，跪伏元帅桌案下。元帅"啪"的一拍桌案。大声骂道："贼都督耶律布藏江、沙沙塞莫全军覆没了。"两个都督跪伏在地，不知元帅说的什么话，又不敢问。通师给翻话。两个贼都督很纳闷，元帅干嘛要用通师翻话？又听元帅一拍桌案："贼都督抬起头来，可认识本帅吗？"通事又翻话。两都督睁眼细瞧，战将环立左右，中间是一位年青的元帅。身披甲，头戴盔，面如美玉。两个贼都督不认识这位元帅。又听元帅哇哇哇说了话。通事又翻话说："贼都督死在目前尚在不知，你的全军入了我军埋伏圈，全军覆没了。本帅是大唐国朝征西副元帅，先平了哈哈密抓到了三个反王，兵回猩猩峡，来捉你俩个贼都督。同你的反王一同用囚车押送到长安。"两个贼都督知是中了计。但身被绳索二背，无力可使，长叹一声，低下头去。元帅命战将把两个贼都督带到山下。也装入预备好的囚车。"让他俩去见反王。"战将把两个贼都督带走。元帅吩咐把两个贼都督侍从放走，侍从得了活命，不要命地跑。

元帅到外仰观星斗，已到午夜，传下命令放炮。南山、西山、东山，万炮齐发弹入敌群。贼兵毫无准备，只是待令。哪知弹如飞蝗射来。开花弹到处是，贼兵一片片倒下去，硫磺焰硝弹到处爆炸，死尸一片，血肉横飞。贼兵要抢山，山崖峭壁，十里旷野，烟火滚滚，炮声隆隆。贼人躲无处躲，藏又无处藏，抱头等死，哭爹喊娘，送命在烟火中，弹片下。到了黎明，元帅传下令，停止放炮。贼兵已伤亡殆尽。这十里旷野是四周环山，山奇险陡高，怪石如刀削，寸草不生。火烧到山下就自然灭掉。十里旷野是贼都督阅兵的地方。草被踏倒，时令是九月，草都枯萎就地着火。靠近山的贼兵有的躲进山洞石缝侥幸得了活命。元帅命通事和会吐蕃、回疆、哈哈密话的勇士，飞马沿着山根喊话，"我军不杀俘虏，来投降吧！"三、五躲入石缝洞的贼兵放下兵刃，跪下投降。集结31201人。元帅命通师把俘虏送到南山外，全部放走。战将们去放俘虏。元帅命迟勿异领兵去九曲十八环，手持贼元帅耶律迷哈令箭，夺下贼兵粮米。迟勿异领兵去了。又传令告诉两个先锋官暂驻猩猩峡待命。战场不用打扫，就带了几名战将急奔大营，去见老元帅夹谷清，回禀军情。

元帅听中军回报副元帅回来了。老元帅喜出望外："快领来见我。"蒲查隆先行军礼。老元帅用手扶住说："免了吧！快坐下，你怎么这么快就回来了？"侍从献上茶，蒲查隆坐好说："这次出征哈哈密五名暗探应记首功，领军走捷径，钻深山，越草莽，渡沙河，急行军七昼夜到哈哈密城外40里深山中。休息了一天，派出暗探天黑回来说，哈哈密空虚，有兵一千多，兵都去猩猩峡了。今夜偷袭，神不知鬼不晓，就可夺下哈哈密。我一路上很信任这五个暗探，精明能干。就传下令三更前偷袭。马摘铃人衔枚急行军，将到三更到了哈哈密城下，天漆黑伸手不见五指，城墙有一丈高，团牌手扒过了城墙，杀了门军，斩关落锁，大开城门，将士们拥进了城中。暗探领着我带战将16名闯入了反王府。在被窝中把他拽了出来。在书房又捉出二个反王。一个是回疆亲王，一个吐蕃亲王，还有一个是吐蕃回疆哈哈密联军大元帅。三个反王在梦中被捉。很快地四个联营夺了仓库兵营。兵不血刃，夺下了哈哈密。贼王咋也没有想到猩猩峡有12万大兵把守，唐朝征西军会从天上掉下来。占了哈哈密，紧闭四门，打开仓库，把四联各将士都换上吐蕃、回疆、哈哈密旗帜戎装。把三个反王装入木笼囚车。放弃了哈哈密就星夜兼程从捷径赶到猩猩峡。我亲笔手书，派战将送给右先锋，佯装两军对抗，炮向天放，箭向天射，迷惑贼兵。展开攻山战势，左右先锋兵退十里外待命。夺下猩猩峡南山。我派通事穿了吐蕃王府将官衣服，手捧元帅大令诱贼都督入埋伏网。贼都督中计，我就用炮轰，贼兵伤亡殆尽。"副元帅就把如何用旗话引诱贼都督中计经过讲了一遍。"这是兵贵神速取得的战果。"元帅问："你怎么知道的旗语？"

蒲查隆说："这是我看到被俘虏的贼兵，有一个人腰里带几面红色的小旗，我找来通事问他：'这旗是作什么用的？'贼兵不肯说。我说："你要说了真情实话，我放了你，还赏给你二百两白银，你要不说实话，我杀了你的全家。哈哈密落到我们手中，你好好想想。他害怕了就拿旗比划。什么两臂平伸，什么举旗过顶，什么前摇背摇……有36种。我都作了记录。把降兵召来，命他摇，站在远处摇旗，降兵果然守信，我就放了他，给他二百两银几件衣服。他把白银拿回家去，把老婆也领了来。愿意到军中效劳。我问他'家中还有什么人？'他说有60岁父母，还有弟妹们，有了白银衣服小帐够过生活20年。我夫妻年已30无子，都来报效元帅。'我又给他二百两白银50斤粮食，让他夫妻送回家中供养父母。他夫妻再三推让，我派人用骆驼送到他家，就留了他夫妻，又得一名有用的人才。让他当旗语教官吧。"元帅点了头。元帅大帐多添了一男一女旗语教官。"男的叫密哈汗，女的叫密哈得。"（女的出嫁后也随男姓）蒲查隆说："时令到了十月，就要下大雪，我们要尽快地班

第七十五回　副元帅智夺猩猩峡　敌都督懵懵做俘虏

531

师。把得的粮草不要吧！"元帅说："要哇！我已想出办法陆续班师，九个联营尽快在三天之内就行动，九个辅助联营继续班师，火炮、木炮都交给他们，命二个联营守住粮，其它联营每百里扎下一个本营，一直扎到嘉峪关。剩下的人用骆驼一站一站运粮。兵到嘉峪关就召集四面八方的乡勇来搬运，送给老百姓。兵到嘉峪关尽快的找来瓜州守帅张守桂，把嘉峪关和猩猩峡的粮草全部交给他，辅助联营就班师。愿留下的每人给白银二百两，愿去渤海的连家搬。这事交王常伦、诸葛望博去办。我要同你商量的就是这事，后班师的可能晚到长安一个月。我们要急回渤海把这事交殿下大门艺去办。"两个元帅商量定于9月25日班师，命中军官传下命令。辅助联营后班师。找来了27个联营都掌管。组成了西征军辅助联营回朝统领部。王常伦当了统领第一名。一切安排好了。调回各联营和左先锋在前、右先锋在后，回来时一样，9月25日班师奏凯。带着六辆囚车，走了十天到嘉峪关。休息了两天，到后就派人骑千里金睛驼，给瓜州守帅张守桂送信，让他快到嘉峪关，将兵就换了小羊皮袄新靴了，里外三新。诸葛望博同三名女将确有才干，制成的衣服和渤海发的一模一样，把旧的都送给了老百姓。告诉诸葛望博办理善后。女将回长安，诸葛望博把造好五千尊轻便铁炮，五万发炮弹交给了元帅。元帅命九个联营，每个联营455尊，余五尊归中军帐用。一个骆驼可驼一尊铁炮和30发炮弹。一切整备齐整。

10月15日离开了嘉峪关浩浩荡荡奔长安。走到第二天碰上瓜州守帅张守桂，连连祝贺元帅，就把嘉峪关、猩猩峡、瓜州所得敌人之物统统交给张守帅抚民用。留一部分给辅助联营家属。张守桂乐不可支说："某一定办好元帅慰民的粮草，照顾好从征的将兵的家属，我把善后处理造一清册，送到长安请元帅查阅，一份本奏当今万岁。"张守桂匆匆告别。大军继续赶路，所过州、县悬灯结彩，鞭炮齐鸣，犒军的人群挤得水泄不通，每到一城就得耽搁一天，到了年关才到离长安百里。

奏凯班师本章，皇帝早已阅过，等班师回朝再犒军。飞马走报殿下大门艺，奏明皇帝西征大军班师回朝，等候圣谕。大门艺殿下第二天早朝奏疏，玄宗看了很喜悦。命殿下大门艺去到百里迎接征西元帅。在月末进长安过年。布置好东教场再进长安。并命大门艺急去快回。

好再传圣谕。大门艺赶到征西大营已是日落黄昏。元帅、副元帅、左右先锋官迎到大营外。大门艺见了老元帅要行大礼。老元帅用手扶住说："不必行大礼。给我作个揖吧！"殿下大门艺深深作了三个揖，副元帅左右先锋官三人给大门艺殿下行了大礼，殿下大门艺也不推让。三个人站起身形，问长问短，渤海有信吗？大将军有信吗？老元帅说："有话到中军帐再说。营门外不是讲话之地。"众人拥围殿下大门艺到了大帐。大门艺殿下说："我是见过监军后再谈吧！今晚我又不走，听听你们怎么这样快就班师回朝。我去见监军去。"中军官把殿下大门艺送到监军帐房。监军看见大门艺，就站起身形来迎。大门艺要行大礼。监军用手挽住说："我看了你好像是久别的亲人相逢，行什么大礼！快免了吧！"监军让大门艺殿下落座。侍从献上茶来。监军先问："我父皇可好？"殿下大门艺说："圣体康健。"大门艺同监军谈了一会儿就告辞回中军帐，要听战胜敌人的过程。老元帅就从头到尾地说了一遍。大门艺殿下听了欢喜非常说："这是托天洪福侥幸成功。"谈到深更各自归寝。次日大门艺起早动身回长安交旨。过了两天，殿下大门艺又来了说："东教场布置好了，请元帅进长安。皇帝在西门楼阅兵，明天早点动身，我今夜就得赶回长安。但我有件密事，除元帅、副元帅、先锋外一律退出大帐。"其他都退走了。大门艺殿下悄声说："去渤海回来人说，在洛阳又看到一队渤海国朝唐使臣，我问他你在渤海没听说吗？他回答说没听说。我很奇怪这伙朝唐使臣不是渤海的。在途中所说是渤海的，我派人去探听了也很惊讶！"正是：一波才平静，一波又翻腾，奏凯归朝日，却又是非生。

　　大门艺殿下连夜赶回长安。第二天清晨，探事人回来报告，确是渤海国朝唐使臣，大旗上大写"渤海国唐朝使臣中台相大查忽"。有红罗女、绿罗秀，保护使臣来朝唐。大门艺听了大吃一惊："啊！红罗女，绿罗秀，奇怪了。"才引出真假朝唐使臣，皇太后垂帘听政，"封堂大审"一段热闹节目。

第七十五回　副元帅智夺猩猩峡　敌都督懵懂做俘虏

533

第七十六回 左平章功成反受诬
　　　　　　　杨贵妃上香凤驾惊

　　大门艺听说有红罗女、绿罗秀保着中台相大查忽，心里明白了。大查忽是中台相，大门艺殿下是知道。红罗女、绿罗秀，在征西大军中身任副元帅，左先锋官。哪里又有什么红罗女、绿罗秀？事出蹊跷。等到来时定知分晓。第二天早朝完了，去接征西大军。皇帝率文武百官在长安西门楼等候。派越国公罗平，鲁国公程显，英国公徐辉，护国公秦珏，抬着皇封御酒，到十里长亭，给征西大军洗尘。四家国公同殿下大门艺到了十里长亭，征西军已旗幡招展的，前头哨兵到了十里长亭。哨兵过后是左先锋官，下了马，饮了三杯御酒跨马前进。又过一个多时辰，老元帅同副元帅来到，翻身下马，彼此寒暄，饮了三杯御酒，上马前进。又过了一个多时辰，右先锋带中哨兵来到，饮了御酒三杯，上马前进。后面的监军晋王，二百名御林军簇拥着来犒军的四家国公，殿下大门艺要行大礼，监军说："免"，饮了三杯御酒，乘马前进。人马来到长安西城门，元帅传下命令，人马停下。等元帅参拜过皇帝，听圣谕后再兵进长安。左先锋离城门一里，就停止了前进。元帅乘马到城下，把马交与侍从，来到事务处。到城门楼下，见城楼下左有丞相杨国忠，右有丞相李林甫，背后是高力士、安禄山文武百官，左丞相执壶，右丞相把盏。皇帝居中，元帅急行几步，跪倒桌案前，山呼"万岁"："臣夹谷清奉旨征西，托万岁洪福齐天，侥幸的战败反寇。带回反王三人，反寇都督二人，来请圣谕。"玄宗说："卿平日远征吐蕃为国操劳，替朕分心，领御酒三杯，兵到东校场。待三天就是除夕，休兵三天，卿即在朝贺大年，再到朝房。贼寇囚车送刑部。"右丞相敬过三杯御酒，元帅一饮而尽。撤去了桌子，玄宗带领文武百官回朝。

　　元帅、左右先锋官兵进东校场。兵到东校场，兵部在校场悬灯结彩，把校场布置一新，宫房官邸寄了名称，九个联营都掌管，太监们的官邸分给元帅的中军大帐官员，在校军场排好各联营住地，彩山殿、承宣台、谢恩台一律用黄布大幅标语，不准进入，违者军法从事。各联营元帅中军大帐扎好帐房，兵部送来酒肉，犒西征军将兵。元帅命军官拿元帅文书到刑部，把贼寇五人交刑部。中军官带着囚车到了刑部交了

比剑联姻

534

差，拿回批文交元帅过目。元帅命送秘密保管。元帅传下令来在东校场歇兵，不准到长安大街游逛，过了除夕，请圣谕后再轮流去看热闹。军令如山倒，哪个敢不遵。除夕日燃放鞭炮，悬灯结彩，皇帝派六宫都太监王琳送来了一千罐御酒来犒军。元帅谢了君恩。六宫太监辞去。元帅带左右先锋官去朝堂，随文武百官朝贺，领了御宴。过了初五日，皇帝登金銮殿视事。文武百官参拜后，征西元帅夹谷清手捧大印跪倒金殿："吾皇万岁，臣不辱命，班帅回京，贼囚已交刑部，收得贼人粮草兵器衣物，从瓜州、嘉峪关、猩猩峡，都授与瓜州守帅张守桂，做抚民用。臣部下的戎装，是夺贼寇戎装改制。捡贼寇兵刃做了五千尊铁炮，50万炮弹。除此之外，臣孤军深入塞外早已奏明吾主，编成了西征辅助军九个联营，人数10952人，禄银粮草是夺来敌人的，并没有从地方缴收军用粮草。从州城府县征来人。从瓜州解围后，再没有催粮草。臣特来交还元帅大印。臣依旧是渤海国朝唐使臣。请我主圣谕。臣出渤海将近两年，请万岁恩准臣回渤海郡国复命。"玄宗命内侍臣接过帅印入库。玄宗说："卿鞍马劳顿，在长安歇兵。过了元宵节，卿再回渤海，从征将士可到长安街上游逛，看看都市风光。每个将兵支三个月饷银由兵部办理。卿的兵将，据派到夺回敌占州城县官员奏章，卿兵纪律森严，在长安也不能生事。卿过了元宵佳节，朕就放卿行。"元帅谢了皇恩，回到东校场。

副元帅、二个先锋官要到殿下大门艺府去叩拜，请元帅坐镇一、二天。元帅想到殿下初一朝贺完了，就来给众将贺喜，这三个人都操劳军务，没有到殿下府去。自己到元宵节，一不上殿面君，二不练兵，让他三个人去吧。就说："你三个去住两三天也不关紧要。我要编成几个视察队，在长安街上视察咱们将兵，明天就放假，一个联营去两个本营，在长安街游逛。轮流放假到十六。到了二十四就要回渤海了。这是圣谕。"在说话中兵部送来了饷银命总管处收了，分发给各联队。兵员回去交差。三个人听了元帅吩咐，就乘马到了殿下大门艺府去。门军报于殿下大门艺。亲身来迎接，三个行了全礼。殿下大门艺领到内宅，到廊檐下就喊："夫人，快领孩子们来，迎接副元帅和二位先锋官呀！"夫人早听丫环说了，就领着孩子们来迎接。"呀呀"学语的小女孩已会说很流利的话了，但她仍把姑姑叫成都督，小嘴一张，都督来了，惹的众人发笑。

副元帅，两个先锋官，给夫人行大礼，夫人再三不肯。行了平礼。

第七十六回　左平章功成反受诬　杨贵妃上香凤驾惊

535

使女献上茶来，丫环退出室。殿下大门艺开口道："你三个来的正好，我不是说过，渤海又来了朝唐使臣大查忽，随从武将是红罗女、绿罗秀，你两个假红罗女、绿罗秀怎么办？"三个人听说来了红罗女、绿罗秀，皱起来眉头："中台相大查忽在玩什么把戏？"大门艺说："谁知道哇！你三个捉摸捉摸应怎样对付，我们要未雨绸缪，不要临渴掘井。"红罗女说："我估计，一是中台相大查忽叛变了，定下什么诡计，要害朝唐使臣；二是国内发生了什么变故，用红罗女、绿罗秀来骗哥哥。他知道哥哥与妹妹们相别十年，妹妹们已是二十六七了，改变了容颜。他知道朝唐使臣，远去哈哈密，会葬身瀚海，或能回来，也得两三年。他趁机来下毒手。三是他必勾结奸相杨国忠，从中出坏主意，蛊惑皇帝圣聪，来加罪朝唐使臣。真得防备他们的暗算呀！"殿下大门艺和两个先锋官听了，觉得副元帅的估计是有道理。但他没说出如何来防范。大门艺殿下说："应怎样对付？"副元帅说："这就得见机行事了。最主要是安排好，事出意外，谁肯当我们的救援人，孤掌难鸣那就得处于死地了，我想后援人一是晋王，闹大了要找皇太后，二是四位国公，敢和奸相杨国忠争衡，敢在皇帝面前争辩是非。哥哥你暂时是不会被害，他们拿你好作招牌。你在外就能张罗这些事。我三个也会被牵连进来，卷入漩涡。最主要派人回渤海去，找出中台相大查忽为什么下这毒手？越快越好。弄个水落石出。"殿下大门艺说："今晚就修书，告诉父王，派日乘千里金睛驼去，最多一个月就得到了回信。那时就会水落石出了。但在这一个月里，不知要遭到多大灾难。首当其冲的是左平章老王伯，其次是你三个，老王伯年过古稀，怎能受得了折磨。你三个又是年轻姑娘，出来露丑，我于心何安？"说着话黯然伤情，眼含泪水。三个说："哥哥不必难过，他是红罗女、绿罗秀吗？事到临头不自由，拼着一死，要分辨真假红罗女、绿罗秀。哥哥你不是知道我俩前胸有红痣吗？圣上一定要让你认出真伪，这是很好证明。这样夹谷兰也露出了真面目，落个欺君之罪。为了渤海国，死也值得，人活百年总有一死。哥哥应为你的妹妹们高兴，何必伤情。"殿下大门艺听了妹妹话，觉得妹妹比自己想的宽远，夸赞道："妹妹高瞻远瞩，胜过哥哥，也就得这样办，是福不是祸，是祸躲不过，天可怜见，可转祸为福。"吩咐仆妇摆上酒席一家人团聚，席后三个人辞别哥哥回归东校场。左平章看她三个回来说："你三个人为什么不住几天？"三个人说："怕老人家孤单。"就回转本房。

渤海朝唐使臣大营放假了，兵将轮流到长安街上游逛。帝都风光，热闹异常，到了十五元宵节，大街小巷，悬灯结彩，鞭炮声连续不断。逛街兵将回来齐说："渤海国又派了朝唐使臣中台相大查忽，随从武将是国王的两个亲女儿，郡主红罗女、绿罗秀，带有七百多将兵，进长安来了。没有扎营，驻进长安悦来客栈，好气派呀！"鲍勇、鲍猛、鲍刚、鲍强四大都掌管在长安看的分明，就来找副元帅，两个先锋官，带挑拨性地说："气死人，这伙朝唐使臣是中台相，不先来拜左平章，倒大模大样地驻到悦来客栈。我们四个人向他们问话竟不理睬。我们倒罢了，左平章是渤海二国王谁不知道，偏他中台相耳聋眼瞎。竟敢不理睬左平章。"副元帅说："中台相得先朝拜皇上，然后才来朝拜左平章。这是先公后私。不要发怨言吧！"四人听了副元帅话，退了出去，三个人到左平章卧房，把这事回禀了左平章，又把在大门艺殿下府四个人合计的话告诉了左平章。左平章默思半晌说："你三个的估计很对，中台相大查忽和国王和我和大内相政见不同，终有分歧。他主张给高丽当附庸国，西和契丹，北征黑水。他说高丽是邻国，文化、武备生产技术不亚于唐朝，为什么舍近求远？他说契丹人强悍，英勇，有事邻国可以为援。黑水虽是同种，总与渤海常常为敌，不征服是不行。他的主张被我三个拒绝了，他就心怀异志，因中台相，在起义时第四个率众来归的，对他总是宽容。这样看来倒是姑息养奸了，来了也好，可以除掉他，但我总觉得于心不忍。他如果能够觉醒，还是应怜念他的好处。宽容他，不能一笤帚扫的精光。"左平章是个忠厚长者，这三个人是深深知道。副元帅说："他是与我们作对到底，你死我活。"左平章说："众目昭彰，那也就难怪我们不仁不义了。小人会一时得逞，但事总有水落石出，雨过天晴。听凭他去发展。归根结底会真相大白。他飞蛾扑火，自来送死，我们陪他去投吧！事到临头须放胆，死了我们算什么，死不光渤海人，忠奸总是对立的。看事行事吧。兵来将挡，水来土屯。你四个不要惊慌，真金不怕火炼。听动静吧！你三个去休息，容我仔细想想。"三个退了出来。

过了二天，正月十七日。左平章早朝去面君，奏请回渤海。玄宗变了面孔："卿暂住长安时，有事要同卿商讨，你的征西辅助军离长安还有三百里，东校场住不下了，东校场还要操练人马，卿带本部兵马，到长安西城外瓦窑堡去驻军吧。今天就要离开长安，卿三日后来朝，住金亭驲馆。下殿去吧！"左平章回到东校场传下命令，兵出长安，进驻瓦窑堡与征西辅助军会师。拔起营寨，兵离长安进驻瓦窑堡。瓦窑堡原是修长安时的砖瓦窑，四面环山，方圆20里全是破烂砖瓦，有一道小河流水潺潺。泉水井水塞满了破砖烂瓦。将士们现掏井，掘泉水和西征时一样扎了营寨。第三天傍晚征西军到了，会了师扎下营寨。诸葛望博，王常伦见过两位元帅二位先锋官，回禀了军中情况，元帅吩咐去休息。副元帅说："此次征西，辅助军一、二、三、四联营应居首功，冼清兄弟四人，冼心革面竟成了渤海功臣了。20个暗探是他弟兄挑选的，铸造作坊通师都是他弟兄挑选的，要在双兴镇杀了他四个就不能这样顺利，奏凯还师，有功者赏，幕僚不有九名记事吗？交他们去办，一是愿留下的发给安家饷银，二是愿意去渤海的连同家一同走。先把这些事办好，我们被赶出长安，事情发生了变化，是要坏事临头了，查查我们的粮草还能吃多少日期，后来征西军每人发三个月饷银明天就发，事不宜迟。"元帅点点头，说："你三个快把这些事办好办完。我明天去面君是不回来了。圣谕命我住金亭驲馆是进行监督。不管我遭到什么事，不准哗变。就是你三个也遭了事，把兵权交给五大都掌管共管，以拓拔虎、东门豹为主将，因他二人统帅过兵马。告诉他两个人不准带兵哗变。据我想他们不敢来剿灭，怕激起哗变炮轰长安。"次日黎明，左平章单人独马，什么兵刃没带去长安，到了金亭驲馆，早有人预备卧室，客厅，书房，侍从，招待殷切。炖了酒肉，第二天早朝去面君。左平章跪伏金殿，口呼"万岁！万岁！万万岁！"臣夹谷清前来见驾。"玄宗面沉如水："夹谷清，你的儿子反了，囚了渤海郡王，占了忽汗州，自立为王，你可知道？"左平章听了如同冷水浇头，险些晕了过去。沉静想，夹谷后裔不会做出这种事。这定是中台相大查忽来造的谣言。遂启奏道："臣儿不敢，这是别人造的谣，蒙哄圣聪。""什么谣言？你与你儿子通通作弊，就是你来朝唐也是心怀二心，在乌哈被突厥擒获，投降了突厥。突厥派二员大将监视你，让你受降纳叛。在瞿塘峡、葫芦峡收下罗振天群贼。征西去又收下一万多流亡贼寇，树恩于百姓，虽是西征奏凯，但你心怀叵测，妄图兵袭长安，去突厥邀功受赏，现有亲笔给你儿子书信为凭。岂容你强辩，内侍拿信来。"内侍拿着书信，远远地让左平章看，字是行书，夹谷清没有看清，玄宗问："真凭实据，你有什么话说？"左平章说："启奏吾皇万岁，臣眼昏花，远看不清。"玄宗大怒道："你要近看，毁掉证据，妄想。你看不清也好，拿笔砚纸张来，你在那写一申辩。"左平章跪伏在地写了申辩，无非是诉说尽力于皇帝，尽忠于国王，岂敢妄为。玄宗看了笔迹，勃然大怒："好一个奸恶的奸贼，笔迹相同，你还在刁赖。朕念你征西有功，宽容你去金亭驷馆悔过。内侍，把奸贼带下金殿送金亭驷馆，限你三日，再来见朕。"

过了三天，左平章早朝面君，玄宗让左平章亲笔手书给拓拔虎、东门豹来作证。左平章亲笔手书，召来两将，没有见面送到刑部大堂。刑部堂官一拍惊堂木，吩咐声："左右与我锁了。"拥上来十几名如狼似虎一群衙役，给二个人戴上枷，上了手铐脚镣，齐喊："跪下听审。"两个人被衙役按伏跪下。刑部堂官把惊堂木一拍，大声喊道："你两个贼囚，一个是海盗，一个是突厥奸细，帮助大奸细、渤海叛臣，来朝唐实在是要倒反长安，从实招来，免动大刑。"二人听了，知是要害左平章，破口大骂："狗赃官，你们要害左平章妄想，头可断血可流，我二人誓不害忠良，愿杀愿剐听凭你们！"气的刑部堂官身上发抖，把惊堂木拍的山响，吩咐声："大刑伺候。"左右衙役把二人上了大刑，十指十根钉，脚趾20根钉，顶梁门有小钉，浑身上下布满了小钉，脖子上有夹绳。刑官吩咐声用刑。把两个猛英雄夹昏几次，也不招认。醒过来，就破口大骂。推入了监牢，二人昏迷不醒。丢在牢中，死活不管，二人到半夜苏醒过来，浑身酸痛，想坐起来都不能，只好卧着。两天水米没沾牙，又身受重伤，铁打的汉子，也受不了。两个人昏昏沉沉，不省人事。刑部也遭了大罪，半夜三更，来了两个吊死鬼，一抖手他就倒下了，被二鬼头朝下脚朝上，送入茅厕，一提、一放，灌了一肚子屎尿，满身屎尿，在大街上的大榆树枝上，写了一个大白条。上写：狗赃官无法无天，强用大刑害清官，神目如闪鬼报冤，当心你狗命玩完。被行路人看见，齐来观看都骂活该。他的家奴看见了，来解了他。一传十，十传百轰动起来。刑部堂官再也不敢用大刑了。狱中也闹狐仙，一个白狐变的老人手扶龙头拐杖，慢腾腾地走到牢门前，向门军吹了口法气，就昏到了。向狱卒吹了口法气就倒下。吓的狱卒，有地缝都要钻进去。这个老人走到拓拔虎、东门豹身边，伏下身子，从腰间取出羊尿泡给二人洗了伤口，敷上药又灌了药，又放了酒和肉吃的食物，一晃身子就不见了。地上有张柬，第二天狱卒捡起来看，吓得变了颜色。只见：

家住终南山，修炼几千年，要管人间事，杀恶好炼丹。

众牢子也传开了，吓的再也不敢发威风了。东门豹，拓拔虎，服了仙丹，悠悠气转，身上也不疼了，神志也清醒了。觉得饿的慌，见身边有酒有肉，有吃的食物，就大嚼大喝。狱卒知道是老狐仙送的，也不过问。见袋上有个"叟"字，二人明白了，是瞽目神叟来搭救。虽说二人吃饱喝足，总可扭断手铐脚镣劈开木枷，打出牢房，但恐牵连左平章，认可坐牢。狱卒也不敢和他二人为难，怕遭了报应。第二天清晨被法气吹倒的狱卒也苏醒过来，再也不敢为非作歹了。

　　再说左平章每三天去朝堂，玄宗就让他亲笔修书召他二人来作证，都被送入天牢。五大都掌管都被召来了。刑部堂官审问都和拓拔虎、东门豹说的一样。最后召来了副元帅、左右先锋官到金殿御审，三个人一口咬定没有："左平章是渤海国开国元勋，忠心耿耿。夹谷大将军幼年出征，身着十余创伤，国王把他背出重围，得了活命，他决不会囚国王造反，是别人造谣言，陷害他父子。投降突厥更是无影之谈。收亡纳叛是奏明皇帝御批，招募民勇西征。要是有反意，拥军二万多能削平吐蕃、回纥、哈哈密30万大兵，结恩民心早就造反了。众军拥有铁炮六千多尊，炮弹50万发，不见主帅，早炮轰长安了。都是些虎狼将士，天不怕，地不怕，还怕死吗？就是我三个来，也抱着死来替左平章鸣冤，怕众将都要不召自来呢！万岁应明镜高悬，以服众心。"

　　这些话把玄宗提醒了，不召自来，六千尊铁炮来轰长安那还了得。并听三人说的合情合理，要把他三人留下，怕惹起征西军哗变。原来召五大都掌管来，就要杀死在狱中，来个釜底抽薪瓦解征西大军。有谁知，天不遂人愿。只拓拔虎、东门豹受过大刑，后来的皮毛未伤，赫连英、东门夫要求一间牢房，就让他俩单住一间。这是老狐仙显圣的结果。玄宗说："照你三人来说要明辨是非，现有渤海国朝唐使臣中台相大查忽，率领国王亲女儿红罗女、绿罗秀来朝唐，奏说：'夹谷后裔囚了国王，占据忽汗州自立为王，大内相富察氏中台相率领不屈服的文武百官退到额穆梭。捧着贡品带领国王亲女儿为质，换回大门艺殿下。欲拥立大门艺殿下为渤海国国王，请兵剿灭夹谷后裔'，这也是假的吗？"蒲查隆说："启奏圣上，他兄妹相认了吗？"玄宗说："暂时还不能相认。必须问夹谷清罪刑，才让他兄妹相认。夹谷清有造反的亲笔书信，不能不问清白。你三个年轻，不要为反叛作证，受到株连，回去安慰军心，你三个是唐朝的武状元、榜眼、探花，朕很器重你三个，弄出水落石出，就命你三个保着大门艺殿下回渤海，拥立大门艺为国王，剿平反叛，回营听信去吧！"三人只好退出，回归大营，众将见副元帅与左右先锋官安然回来，都来听信。

　　到了二月二日龙抬头，杨贵妃要去相国寺进香还愿，右丞相李林甫，安禄山护驾。贵妃去降香排开了执事。肃静回避，四面日扇、掌扇、龙凤扇，鹰幡、鹤幡，虎豹幡。金瓜钺斧朝天镫，宫灯彩灯龙凤灯，36名捧香72名太监围护凤辇，前面五百御林军离开了皇宫院，直奔大相国寺。行到长安大街，闯来了三十多名壮汉，手持刀枪乱杀御林军。踢倒了捧香宫娥，杀乱了太监，安禄山护住了凤辇，用枪挑伤了三名贼人。绑了起来送交刑部大堂。杀贵妃要犯，当时上了三大件手铐，脚镣，枷……

第七十六回　左平章功成反受诬　杨贵妃上香凤驾惊

第七十七回　皇太后懿旨救平章
　　　　　　　金銮殿忠奸大辩论

　　立刻开堂审问，供称要救出左平章，是渤海国大将军派来的，要行刺皇上，误碰到娘娘。画了押，送入天牢。贵妃上香不成了，吓的魂不附体，鬓发蓬乱了，罗裙也松了，花容也暗淡了，回宫院滚到皇帝怀中放声大哭："求皇帝做主，天子脚下竟有贼人敢劫凤驾。"玄宗说："安禄山呢？"贵妃说："要不是安禄山护驾，贱妃早被贼人抢去，还能见天颜吗？"恰好太监来禀："安禄山大将军、右丞相李林甫进宫请罪。"杨贵妃躲入卧室。玄宗召进二人，两个奸贼跪伏在地，说："万岁，臣等护贵妃凤驾不周，惊了贵妃，特来请罪。"玄宗问："拿住贼人没有？"安禄山跪爬半步："启禀万岁，臣护贵妃凤驾，闯来三人被臣挑伤，送刑部审问。"玄宗命太监："传刑部大堂来见朕。"太监刚出宫门，刑部大堂手捧奏疏，叩阍来见皇帝。太监把他领到怡春院奏明皇帝。玄宗命他站在宫外。又命两个奸贼起来，退出宫外。玄宗细看奏疏，勃然大怒，召安禄山来。安禄山二次进宫，玄宗命安禄山率五百名御林军，到金亭驿馆拿左平章夹谷清交刑部，连夜审出口供。安禄山奉了玄宗口旨，告诉了刑部大堂："皇帝口旨，连夜审出主犯夹谷清口供，我这就带御林军去拿人。"刑部大堂说："大将拿到交卑职连夜升堂，一定审出真情。"安禄山到了金亭驿馆见了左平章，吩咐："给我把这反贼绑了。"来了七八个御林军校尉，抹肩头拢二臂，把夹谷清绑好。安禄山率领御林军送交刑部大堂。这时长安城已戒严了。三街六巷军兵纷纷行动，按户查找劫凤驾的贼人。惊扰的鸡飞狗跳墙。

　　再说刑部大堂，把夹谷清带到堂下跪下听审。夹谷清说："某不犯法，跪你何来？"刑部大堂吩咐："先给我掌嘴50。"衙下拥了上来，左右开弓，打得夹谷清满口流血，鼻青脸肿。几个衙役用脚一踢夹谷清大腿，上来两个衙役把夹谷清按跪下，夹谷清大骂："狗赃官，不问是非，专作威福。夹谷清死了也不服。"刑部大堂怒火高千丈，吩咐："大刑侍候。"内宅丫环来报："老爷，大事不好。太太和小公子爷不会喘气了，直翻白眼。"刑部大堂转身回内宅。见夫人和公子翻白眼，口吐白沫。派人去请郎中，郎中说中邪了，不会治。又派人去请御医，御医坐着轿

542

来了,也说中了阴邪,吃服药看看。开了个方坐轿就走了。回到大堂,一看众衙役都歪着脖子,就问是怎么回事。衙役说:"忽的来了一团黑物,像熊也似的,举手就每人挨了一个嘴吧!脖子就歪了,转不回来。"刑部细看夹谷清,坐在地下,二目圆睁,脖子并不歪。心中暗想一定这家伙弄的什么鬼怪。吩咐声把这个老奸贼推上堂来。众衙役歪着脖子把夹谷清推到堂上。刑部大堂吩咐:"抓住老奸贼手,把左食指沾黑画了手印。"又划了个十字,吩咐送入天牢,假造了口供,承认存心谋反是实。坐轿入朝交旨。玄宗看了吩咐声:"午时三刻,绑赴法场,开刀问斩。"命安禄山当监斩官,派一万御林军围护法场。

殿下大门艺知道了信,吓得脸变了色,急忙到晋王府求援。晋王进入皇宫到养老宫跪在地下,抱住皇太后双腿放声大哭。皇太后问:"你哭什么?你皇父为难你了。"晋王说:"长安要失守了。"皇太后问:"你说什么?长安怎么要失守了?"晋王说:"我父王要杀渤海国朝唐使臣左平章,他的兵现在长安城外。能不哗变吗?六千多尊铁炮,必要炮轰长安。眼看死在目前。我能不哭吗?"皇太后问:"为什么你父王要杀朝唐使臣?"晋王就说:"又来了朝唐使臣,说左平章要造反。我父王听了这伙朝唐使臣就信以为真。二月二日杨贵妃去相国寺降香,又被贼人砸了凤驾,也说是左平章主使人干的。我父王就要左平章死。"皇太后听了,也在疑惑。太监来启奏皇太后:"现有五家国公来求见太后,说有要事启奏。"皇太后命晋王坐在身旁,告诉太监:"宣五国公进宫。"越国公罗平,护国公秦珏,鲁国公程显,英国公徐辉,定国公魏英进来,皇太后看铁帽子五家国公都来了。五家国公给皇太后行了大礼。皇太后命宫娥搬过龙交椅赐坐,宫娥捧上茶来。皇太后问:"你五个人怎么这样齐全,都进养老宫来?"定国公魏英首先开口:"启禀皇太后,臣终年有病,三个月一入朝堂,是皇帝恩赐臣静养病体。今天早晨,四家国公到了臣府,一个个面带惊慌。臣问他四人什么事?四家国公齐说:'你只知养尊处优,大祸临头,还在梦中。'臣急忙问,'有什么大祸,你四个跑来吓我?'他四人说:'不是吓你,朝中现在祸起萧墙,长安危在旦夕。'我看他四人不是说笑话,也就着了急,问到底怎么回事?越国公罗平告诉臣,皇帝要斩征西元帅夹谷清,臣问征西元帅五月出师,年末回朝,不出八个月收回失地城池一百多座,兵到哈哈密擒了反王,是有功于国家,无罪于朝廷,为什么要斩?这不是成了'狡兔死,走狗烹,飞鸟尽,良弓藏,敌国破,谋臣亡'了吗?皇帝是有道明君,怎能做出

543

这胡涂事。越国公罗平说：'无烟是不能起火。渤海国又来了一位朝唐使臣，是渤海郡中台相大查忽带领渤海郡王两个女儿，大的叫红罗女，二的叫绿罗秀。说夹谷清儿子夹谷后裔反了渤海郡国，囚了国王大祚荣，自立为王。大内相富查氏，中台相大查忽率领不敢依附夹谷后裔文武百官，兵退额穆梭，要立渤海郡王儿子大门艺为王，派中台相率红罗女、绿罗秀来朝唐。用红罗女、绿罗秀换回他的哥哥。中台相大查忽行到中途，又捉住了征西元帅亲笔手书告诉他儿子，说回师之日，兵反唐朝。皇帝在金亭驿馆软禁了征西元帅夹谷清，是他亲笔修书，召来众将来作证，证不反的事实。实在是用釜底抽薪方法要瓦解征西军后，再斩左平章。偏赶上二月二龙抬头，贵妃到大相寺去降香，又被贼人砸了凤驾。捉住了三名贼人，送到刑部，供认是夹谷清儿子夹谷后裔主使来长安行刺皇帝，误砸了凤驾。皇帝勃然大怒传出圣旨，午时三刻要斩夹谷清。也不顾征西军激起兵变，炮轰长安了。'臣听了越国公罗平的话，也觉得容易激起兵变。我问应怎么办。他四人说：'皇帝正在发怒，保本是不能准本，不如到养老宫，去奏请太后发道懿旨，先赦了夹谷清稳住兵变是上策。'臣就同他四个来启奏皇太后，请皇太后以社稷为重，长安百万生灵为重。夹谷清的西征军骁勇善战。回纥、吐蕃、哈哈密30万大军，从嘉峪关到瓜州，夺去一百多个城池，征西军不出几个月夺了回来。兵到哈哈密回师，是能征惯战，用火炮六千尊，攻长安是易如反掌，征西军中高来高去会飞檐走壁的何止千百人。这些战将可以一个人敌百人。准来闹皇宫院。皇太后也恐惊扰。"

皇太后听了，说："皇孙晋王也为了此事，哭进了养老宫。据众卿说先赦了左平章为是。渤海郡国新来的朝唐使臣，有红罗女、绿罗秀是大门艺的亲妹妹。兄妹相见便有水落石出。真是征西元帅儿子反了。征西军中主力是渤海来的，大门艺去抚军，众将兵怀恋旧主被囚，必激起义愤就孤立了夹谷清，为什么不这么办？"五位国公同晋王听了皇太后的话，齐说："太后的见解极是。"太后皱起眉头："皇帝为什么不这样办？苦苦和夹谷清作对。哀家就懿旨赦了征西元帅。送到金亭驿馆软监，量他也飞不上天。晋王同卿五人到了金亭驿馆，问问征西元帅。召来副元帅及二个先锋，谈心似的问问究竟，弄个水落石出。来回我知道。"晋王复又跪下："刑部天牢，还关着征西军五个都将，请皇太后一齐放了罢。"皇太后点了头，拿过文房四宝，下了懿旨，命晋王捧旨，五位国公护旨，到法场去，赦了征西元帅夹谷清。六人到了法场已是人山人海。御林军身披大红，手提鬼头大刀，桩橛上绑着夹谷清。监斩官高坐在搭好的监斩棚，左右环列甲兵，晋王催马到监斩棚外，手捧懿旨，高声喊道："皇太后懿旨到。"监斩官同武士跪接懿旨。安禄山见晋王捧懿旨，五位国公护旨，急忙跪下。晋王展读懿旨：

"皇太后赦免征西元帅夹谷清死罪。交晋王越国公、鲁国公、护国公、定国公、国公密审。并赦免征西五都将出狱。钦此。"

晋王读完了懿旨，吩咐声"松绑"。御林军校尉给夹谷清松了绑，带到晋王前跪拜了懿旨，带回金亭驿馆，沐浴更衣。晋王亲到刑部读了懿旨，从天牢放了五都将。众人叩拜了懿旨，拜过晋王。晋王安慰众将："回去主持大营，告诉副元帅二位先行到金亭驿馆同左平章会面。"众将去了。

书中暗笔交待，这五家国公怎么会都到养老宫去朝见太后。是副元帅和两个先锋官给殿下叩节，离开殿下，大门艺就先到晋王府说事出意外，将有祸事要发生了。一旦祸起，晋王去求救皇太后做主。晋王答应了。又到四位国公处求援，四位慨然答应。并说请出定国公魏英。定国公是唐初的宰相魏征后代。这五家国公世袭罔替与国同休，去朝见皇太后，皇太后一定召见。晋王先进养老宫大哭，是这五家国公出的主谋。他五人后到养老宫。送走了五位都将，晋王回到金亭驿馆。左平章已沐浴更衣，五位国公喝茶谈话。殿下大门艺在法场见赦了左平章，急忙回府去告诉蒲查隆、蒲查盛、夹谷兰。她三人怎么来了呢？来的人还有四化郎、瞽目神叟、三小丑。晋王同五家国公求不到赦旨。这伙人就要戴上'革面具'装鬼作神，抢救左平章，闹刑部大堂。刑部大堂的夫人孩子不省人事，把刑部堂官吊在树上，天牢闹胡仙，都是四化郎，瞽目神叟干的，三小丑给巡风。其实这伙人在暗中保护，随时随地不离左右。殿下大门艺告诉了众人，又告诉蒲查隆三人不必回营去。明晨到金亭驿馆见晋王和五位国公。说完就匆匆来到了金亭驿馆摆上酒席，给左平章压惊。众人见殿下大门艺来了，齐说："我们算你准来。快请坐喝酒。"在饮酒中命侍从退下。晋王问："这伙朝唐使臣可到殿下府去？"殿下摇头说："没有。"晋王问："千里迢迢来请殿下，又有殿下两位胞妹，一别十年，怎么不去见哥嫂？"殿下大门艺摇摇头。晋王又问："夹谷大将

第七十七回　皇太后懿旨赦平章　金銮殿忠奸大辩论

545

军能造反吗?"殿下大门艺说:"造反的是这伙新来的朝唐使臣,不是夹谷大将军。"众人听了原有这些内情。英国公徐辉奇怪了:"难到说殿下的亲胞妹也反了吗?"问的殿下大门艺着了急:"什么亲胞妹,纯粹造谣冒充。"晋王问:"你看见了么?"殿下大门艺摇头。晋王问:"既没有看见,你怎么知道冒充。这不是太蹊跷。"大门艺殿下说:"有什么蹊跷。明天要是这伙朝唐人去面君,皇帝让我认认我这两个妹妹,不就是真相大白了吗。"晋王和五位国公听了,这正是皇太后的见解。众人议论了多时,明天早朝由定国公上本。奏请皇帝召见渤海新朝唐使臣,同殿下大门艺见面。众国公就辞去了。晋王和殿下大门艺安慰了左平章,各自回府。

第二天早朝,天子登了宝座,左丞相杨国忠出班奏道:"渤海国朝唐使臣来京多时,没来见驾。今天早朝要呈献贡品,朝见皇帝。"玄宗因昨天皇太后赦了夹谷清,正想召渤海使臣来当面作证,好斩夹谷清。"皇太后知道确是反臣,就不能再发懿旨。命诏见朕。"少刻渤海朝唐使臣大查忽率领红罗女、绿罗秀上殿呈上贡品珍珠,宝物。玄宗命内臣收入宫去,玄宗说:"卿的奏章朕看过了,深为大祚荣渤海郡王可惜。谁是红罗女、绿罗秀,带上殿来。"见殿上来了两个二十三四岁女子,衣穿渤海服装。忍痛含悲,二目中刷刷泪下。跪伏金阶,口称:"吾皇万岁,万万岁,臣女是渤海郡王大祚荣女儿,我叫红罗女,妹妹叫绿罗秀。特来朝见上国皇帝。臣女两个愿替回我哥哥大门艺回国继承父业。"说罢泪洒衣襟,哭得悲悲凄凄。玄宗看两个女的哭得凄惨,说道:"你两个弱女子,有这样志向,朕心甚喜。把你俩留在长安,代你哥哥当使节,命你哥哥回国,不必哭了。下殿去吧!"定国公魏英来朝本想奏本,恰杨国忠奏本说朝唐使臣上殿进献贡品,就没有出班。现见二女要下殿,定国公出班,跪倒身子:"万岁,臣有本奏。渤海郡王殿下大门艺现在朝房,何不使其兄妹见面。大门艺急待见到妹妹。望万岁恩准。"玄宗沉吟了片刻,问:"杨国忠丞相以为如何?"杨国忠怕砸了锅:"依臣之见,在金殿不见为是,兄妹久别重逢,难免悲伤。"定国公魏英看明白了。其中定有杨国忠阴谋,复又奏道:"兄妹早晚要见面的。大门艺在金殿见了妹妹,听了父王被害经过,我主已开洪恩留二女为使节。当着大门艺面宣圣旨。大门艺感激圣上皇恩浩荡。为何不见?"玄宗听了也觉为对:"宣大门艺上殿兄妹相见。"大门艺来到金殿,跪伏金阶,山呼万岁:"臣大门艺前来见驾。"玄宗说:"你知道渤海郡国发生了政变吗?"大门艺说:"臣不知道。""现有你两个妹妹说说吧!快去兄妹相见。"大门艺转回身来,见两个姑娘泪容满面,哭得悲悲惨惨。听说是哥哥,扑到大门艺面前,跪倒在地。一个人抱住了大门艺一只脚,哭道:"父王被夹谷后裔逆贼给囚了。自立为王,大内相中台相率领不肯屈服文武百官退守额穆梭,阻击叛贼。中台相领我姐妹来朝唐奏明皇帝,我二人留在长安,换回哥哥去继承父业。哥哥呀总算见到了你。我俩也尽到大内相的重托。"说罢又哭了起来。

众文武百官见大门艺不但不掉泪,反而面带怒容,以为是气极了,起了反常神态。大门艺说道:"我兄妹十年没见,妹妹已长大了,改变了容颜。但我记得我二个妹妹胸前心口窝有七个红痣,如北斗形。你俩有吗?"二女哽咽说:"吃药已经掉了。"大门艺说:"用药去掉了,会有斑痕。"遂跪奏道:"请圣上派宫娥验来。"杨国忠见事情要砸锅,就说道:"用好药去掉红痣是没有痕迹的。况二女正是发育年龄,恐早就没有斑痕了。殿下还以渤海郡国为重才是,何必计较这些小事,中台相不是认得吧,请皇帝宣上殿来和殿下叙话。"玄宗吩咐宣上殿来。大查忽上了金殿先拜了皇帝,玄宗说:"去见过你国殿下。"大查忽紧行几步,跪倒大门艺面前,哭了起来说:"殿下啊,国王被囚了生死不明。夹谷后裔自立为王。大内相和老臣,退守额穆梭。大内相命老臣带二个郡主来朝唐替回殿下,继承父业。殿下啊,念老臣千里迢迢,来朝唐是为了重振渤海郡国。殿下应以父仇国事为重。"大门艺说:"大内相可有书信给我,拿来我看。""哎呀!殿下,老臣还抵不了大内相书信。"殿下大门艺说:"一个人为虚,两个人为实。不是抵不抵。""哎呀!老臣是劳而无功了。"低头垂泪。殿下大门艺说:"请你起来。这是金銮殿,皇帝至尊之处。你我的事容当后议。"杨国忠说:"大门艺殿下,你不要再偏护夹谷清叛逆了。他父子叛了渤海郡国,又砸了贵妃圣驾要反长安,赃证俱全。总要斩首市口,殿下你不怕受到牵连,也是想认贼作父。姑念你不与同谋,已是万幸。还两两三三连你的妹妹也疑惑,真是岂有此理!"大门艺殿下,哪敢和他争辩,低头不语。越国公罗平很生气,接着说:"殿下大门艺说的未当不合理。一是他同妹妹一起长大。妹妹胸前没有七星红痣是可疑。二是中台相来朝唐为什么不拿大内相书信,也是可疑。既是夹谷后裔自立为王,现在是水混难分'鲢与鲤',不能不加小心。丞相总以为中台相大查忽,红罗女、绿罗秀是真的朝唐使臣,不知有什么证据?何不当着皇帝和文武百官讲明以安众心,也折服了殿下大门艺。请丞相讲讲吧！"杨国忠听了，心想好厉害的罗平。昨天进养老宫是你，今天你又花言巧语来和我作对，遂说道："证据么！当然是有。一、中台相进献的贡品，只是渤海郡王能有，湄沱夜明珠一百颗，黑猱皮50张，千年灵芝百年人参等都是少见之物。二、红罗女、绿罗秀是殿下大门艺亲胞妹，什么人敢冒充，拿性命当儿戏。三、在中途捕住左平章亲笔手书，皇帝屡对笔迹，分毫不差；四、拿住反贼夹谷后裔派来长安刺杀王驾的凶手，招出供状。五、夹谷清不是为反长安为什么到处收亡纳叛。这就是我信任渤海国中台相是真的朝唐使臣的缘由，我执掌国政，'塘报'、'邸报'总是不断，谁像你越国公养尊处优，高卧府第。"定国公魏英听了，气往上撞，大声说道："据丞相所言，我就不服。既是忽汗州陷落，反贼夹谷后裔囚国王，自立为王，怎么能不搜王府，珍珠名物早落反贼之手。这是什么人都可能明白。反贼造反事如迅雷不及掩耳，才囚了国王。难道国王事前有预知，要有预知早有防范，就不能被囚。这是一不对。红罗女、绿罗秀是大门艺亲胞妹，见了哥哥哭成泪人，大门艺却无动于衷，铁石心肠的人，也要情动，而大门艺反要见胸前红痣，二女竟无红痣，这是二不对。三、在中途捕住左平章亲笔书信的贼人。夹谷清除非中了风邪，是不会这样干的。他明知道儿子反了，亲率二万之众，住东教场多日，何不反长安，等事发被捕。这是三不对。拿住反贼夹谷后裔派来长安刺王杀驾的凶手，这真是夹谷后裔混蛋到了极点，得了傻症。明知朝唐使臣在大营中，会飞来飞去的人大有人在，要刺王杀驾又何必派人。武状元、榜眼、探花，轻功武艺压倒群英，这是人人皆知的。夹谷清要反长安，这三个人不同意，吓死夹谷清也不敢反长安，又何必派人来。这是四不合理。夹谷清孤军万人深入哈哈密兵微将寡，夺回敌占城池，文武百官不能及时到任。请准圣上练乡勇，从乡勇中选拔精壮为辅助征西军。有难民来投又是越沙漠熟手，怎能不收。夺来的粮草、兵器全部交瓜州守帅张守桂抚民。夹谷清要反，何不积草屯粮招兵买马。这是五不合理。国公世袭是太祖太宗铁券丹书赐赠，高卧府第，正是要伸张正气，压倒邪恶，整顿朝纲，这是太祖太宗的高瞻远瞩，丞相难道不知。"这番话把杨国忠说的闭口无言。玄宗怕引起五家国公为难杨国忠，遂说道："杨丞相说的也有理，二位爱卿说的也理直气壮，容朕想想，退朝罢。"众文武百官齐出朝门。渤海国新来的朝唐使臣灰溜溜地回到悦来大客栈。

第七十八回　皇太后封堂大审　夹谷清细陈详情

五家国公早告诉人在金亭驿馆备下酒席，邀殿下大门艺同往，六个人到了金亭驿馆。副元帅二位先锋官早等候在那里。皇太后恐怕五家国公入朝后，夹谷清被人暗算，派来了六宫都太监王琳同夹谷清攀谈。皇太后对夹谷清反长安也起了疑心，认为是朝中有奸臣从中挑起的是非，蛊惑玄宗要激起兵变，从中坐收渔人之利。派六宫都太监和夹谷清攀谈，是要晓得夹谷清的冤枉。蒲查隆三人也来了。从早晨谈到散朝，已是午初。夹谷清年老沉重，倒不肯多说。蒲查隆三人却沉不住气，就从渤海来朝唐碰到的挫折，直到征西归来受的磨难，一五一十，和盘托出。最后说："皇帝听信新来的渤海国使臣话，为什么不让三头对案。这其中是有权臣与我们作梗。望老公公在皇太后面前为我们申辩。"正说到这里，五家国公同大门艺来了，众人站起身来。五家国公见六宫都太监王琳也在这儿，遂问道："老公公也在这里。"王琳说："是太后派我来与左平章闲话。"五家国公说："既是老公公来闲谈，我们在这儿摆下酒筵边喝边闲谈吧。"命摆上酒宴，请老公公王琳坐了首座，国公相陪，大门艺、左平章、蒲查隆对坐相陪。饮酒中问大门艺："殿下为什么不认亲胞妹？"殿下说："认什么亲胞妹，我的胞妹现在长安。他俩是仇人。"在座人都"啊"了一声！五家国公同老公公王琳"啊"的是："原来如此。"左平章、蒲查隆四人"啊"的是："殿下怎么说出这话来？"五家国公说："殿下胞妹竟在府中，宣上金殿，就可真假立辨了。"殿下大门艺说："怕不是那么容易。杨国忠要说我以假证真？"定国公魏英说："我祖上传有'金盆滴血认亲法'在金殿一试，怕什么诬赖。"遂又问左平章："为什么在刑部大堂招认供状？"左平章就说在刑部的供状是几个人牵着手硬画的押。四家国公、老公公王琳听了气冲斗牛，齐说："反了！反了！我们同去见皇太后，奏明原委，请皇太后拿主意。"

杨国忠散朝回府后，越想越生气，什么五家国公，跳出来和我作对，袒护夹谷清。这事真要露了楂头，我就要掉头。唉！无毒不丈夫。再扯来个证人，给夹谷清为证，暴刑之下，不怕他不招认。只要有了招供，把作证人害死狱中。想好了主意。吃了晚饭后，秉上了灯，就写了

549

一本奏章，放在禀案上。内宅使女来报，夫人有事要请相爷。杨国忠虽是位极人臣，权倾朝野，就怕这位床上女狮吼声。急忙奔入内宅，见雌狮高坐床头，面带怒容，见杨国忠劈头就问："我和贵妃的溺器从江西景德镇运来，怎么还没运到？全不放在心上。你豢养的奴才们，全不为老娘效力。"杨国忠满脸陪笑说："哪个敢不为夫人效力。连日阴雨，怕途中误了日期。"雌狮子唾了一口痰："你还有脸说呢！老娘的缠脚带、月经布、尿布在东厕堆成堆，你怎么不吩咐你豢养的奴才们给老娘洗净、晒干、用火烧掉。"杨国忠连说几个"是是是"。为了讨雌狮子的欢心，杨国忠就没敢离开内宅。

到了五鼓上朝，梳洗完了，到书房把奏章装入文袋，急忙上朝。玄宗坐了宝座。内侍臣高喊"有事出班早奏，无事卷帘散朝。"杨国忠跪倒："臣有本奏。"把奏章呈上。玄宗揭开封皮看了几行。六宫都太监王琳，从屏风后转出，手捧皇太后懿旨，站在金阙，面南而立。玄宗站起身子，众文武跪在品级台上。六宫都太监王琳展读懿旨："皇太后垂帘听政。封堂大审。龙案御审两次朝唐使臣，怡亲王辅审。定国公魏英、护国公秦珏、英国公徐辉为督办大臣，鲁国公程显、越国公罗平为护驾大臣，率御林军两千名把守各朝门，不准任何官员出入朝门。皇帝及文武百官免冠听审。"怡亲王手捧太祖太宗遗下的"家训"、"国教"供在龙书案上。玄宗跪接家训后，侍立龙书案旁。皇太后由众宫娥拥护到了金殿，先拜了家训，然后坐在家训后。手捧太祖太宗赐给后代的太后龙头盘龙金拐。这金拐可上打朝廷三宫六院，下打文武百官，拐是画有太祖太宗御影。除有非常国事，不能封堂大审。

皇太后命玄宗和怡亲王陪坐身旁。怡亲王是玄宗亲胞兄。就是睿宗驾崩后让位给玄宗的先皇长子。命定国公、护国公、英国公坐金阶下。越国公、鲁国公守住各朝门。由内侍臣从翰林院领来了两名庶吉士（未入流不够九品官）。众人细看这二位进士出身的庶吉士，头戴短翅乌纱帽，身穿红袍，腰横玉带，足登朝靴。乌纱帽沾满了油渍，红袍带着小窟窿，朝靴开了绽，一副寒酸相。这两个庶吉士是李太白同科，虽中了进士，不屈服奸相杨国忠门下，就当了庶吉士，是定国公魏英保荐的。皇太后命他二人为"刑审吏"。这个小小刑审吏可用大刑治丞相。两名庶吉士谢过太后，坐在刑审桌上。两边是御林军四十八名带刀校尉护持。桌旁有三家国公陪审。好威严的临时刑审庭。两名刑审吏一名问案，一名记录口供。轮换审讯。一名叫沈德清，一名叫纪德明。沈德清

550

吩咐声："带原告渤海使臣中台相大查忽。"四名御林军带上了渤海郡中台相大查忽跪伏案下。刑审吏让他抬起头来，刑审吏睁睛细看多时，见他蛇眼、鹰腮，黄鼬鼻子（黄鼠狼）老鼠口。相书说"蛇眼鹰腮"心如刀，"黄鼠狼鼻"胆量高，"老鼠口齿"最尖利，万物难免口齿嚼。刑审吏一看便知，不是良善之辈。遂问道："你来朝唐奉谁派遣，贡品是什么，受的是什么差遣，同来人是谁，沿途住在哪里？"大查忽跪爬半步，口称大人："下邦小臣来朝唐是小邦三个小臣计定的：一、是大内相，二、是右平章，三、是小臣。臣邦渤海郡被叛贼夹谷后裔囚了国王，夺去忽汗洲，自立为王。小臣三人率领不屈的文武百官兵退额穆梭，计定来朝唐，国王两个女儿保小臣进长安，愿留长安为质，换回殿下大门艺继承父业。贡品是渤海郡湄沱湖夜明珠百口，太白山墨猓，千年灵芝，百年人参，珍禽海东青。沿途住的都是荒村野店没有问名，在洛阳倒住了半月多，'住白马寺东院'。"刑审吏问："渤海国王两个女儿可曾见到大门艺殿下？""昨天在金殿见过。小臣也见过。""噢！"刑审官"噢"了一声说："兄妹相认，就该急急回渤海去呀！""大人呀！殿下大门艺诬信奸臣夹谷清的花言巧语'先入为主'的巧计，竟不相认，反认贼作父。""噢！原来如此。把二女带到堂下。"御林军校尉带二女跪伏堂下。刑审吏问："二女多大年岁？"一个说27，一个说26。刑审吏问："你两个是父王被囚，来长安作质，换回你哥哥大门艺殿下吗？"二女含悲忍凄说："小女子情愿换回我哥哥，继承父业擒住逆贼。""你俩同你哥哥十年多没见，已改变童年容颜，可拿来什么童年信物为证？""小女子行时匆匆，什么也没带。""这也情有可原。兵刃总是有吧！把兵刃让你哥哥认认。""童年的兵刃已不趁手，小女子已换了兵刃，和童年的大不相同了。""你俩同你哥哥是同胞兄妹，你哥哥头上、脚下、两臂、胸前、背后，可有什么痣色？""我母亲对我俩小时要求极严，懂人事时，不让和哥哥在一起，所以不知道。"刑审吏命二女退下。吩咐声带夹谷清，四名校尉带来夹谷清，跪在堂下。刑审官见夹谷清年将八十，一绺长髯，两个皓目，五官端正，鼻直口方，发如三冬雪，须似九秋霜，一派正气。遂问道："你可是夹谷清？""正是小臣。""多大岁数？""78了。""偌大年纪不用跪着，坐在堂下回话。""谢大人。"夹谷清坐在地下。正是：

　　正气侵人人尊敬，博来席地话殷殷。

　　刑审吏说："你把从朝唐来的经过一一详述出来。一不要遗漏，二

第七十八回　皇太后封堂大审　夹谷清细陈详情

551

不要隐瞒,造反就是造反,忠正就是忠正。这是皇太后'封堂大审',有冤枉要尽量说出,有反心要尽量道明。这是百年难遇的机缘。"夹谷清声音洪亮地说:"小臣夹谷清,奉国王大祚荣差遣,亲捧贡品同唐朝郎将崔忻,守卫伯张元遇,率两个联营从忽汗湖来朝唐,到了天门岭,高丽派大将全盖世、席旺嗣会同额穆梭猛汉迟勿异劫夺贡品。迟勿异勇猛非常,要杀守卫伯张元遇性命,小臣部下蒲查隆用奇招赢了迟勿异,不肯丧他性命。迟勿异受了感动,反戈一击捉住了两名高丽大将,迟勿异率众归降。兵到乌拉,突厥守将东门豹、东门夫勇冠三军,名震突厥,要留下贡品,与小臣部下蒲查隆决战,三击掌,谁要输了,就给胜的牵马坠镫。小臣部下蒲查隆双戟磕飞了黄金大棍。二将服输了,率众来投。兵到海湾岛,拓拔虎夫妻是威镇山东。山东的好汉占据海湾岛,要劫贡品。潜伏水卒于海底要凿船,被我兵杀散。三对绝艺,臣部下蒲查隆登萍渡水,胜了,拓拔虎夫妻率众归降。这五员大将勇投我军,却之不忍。到了登州,为了学唐朝礼貌练军一个月。郎将崔忻要携贡品先回长安,中途被劫。皇帝下诏,夺回贡品,再来朝唐。小臣查出是瞿塘峡葫芦峪罗振天派人所劫。其实是白马寺的和尚悟真所为。在五顶山拿住了悟真,在身边搜出最名贵夜明珠一颗。现有五顶山五个寨主可为证。小臣兵伐瞿塘峡葫芦峪,知道罗振天是受了白马寺贼和尚欺骗,当了窝主。三战葫芦峪,捉了不少和尚,锁在九曲转心亭。罗振天妻子率领儿子儿媳陆续投降,孤立了罗振天。最后罗振天也投降了,献出贡品。自古以来兵不杀投降者,况他的妻子、儿子、儿媳是自愿来归,罪在恶僧。收了葫芦峪罗家父子前来朝唐。又奉命征西,解了瓜州围,用火烧、水淹敌军18万之众。收下了来投难民五千多人。这五千人为首的就是五顶山放走的四个寨主洗清、洗净、洗活、洗白,这五千人中三教九流五行八作,熟悉哈哈密道路的,会哈哈密话、吐蕃话、回纥话的都有,幸亏这五千多人带路当暗探,才操了必胜之券,都愿来归降。战利品交与瓜州守帅张守桂。有兵刃、衣服、粮草,可够十万人马全年需用。我忠心为唐朝。怎么事出意外,说我要反长安?我要安心造反,能破30万贼兵,何不兵回嘉峪关占据夺回城池,招兵买马扩大势力,兵扎长安东教场,有六千尊铁炮,炮轰长安?什么贼证、刺王杀驾,我又何必用猛汉?我脚下会轻功的不下百人,哪个能被安禄山捉住?我派出三个人,要被安禄山捉住,那我就承认刺王杀驾反长安都是我。要捉不住我派的三个人,安禄山送了性命,是自找其祸,不能怪我。诬告我的渤海使臣大查忽图谋不轨，与国王、大内相和我政见不合。不知耍的什么阴谋？红罗女是假的红罗女，绿罗秀也是冒充，殿下大门艺怎么能相认？我自想征西归来回渤海去复命，哪知'功'是罪之首。我说的有证据，不是花言巧语。请大人明镜高悬，辨清是非。"夹谷清说完了。刑审吏问："你说的白马寺劫贡品有何为凭？"夹谷清说："一、有花和尚悟真招状，二、有五顶山寨主，三、有葫芦九曲转心亭，锁有一百多名和尚老道，四、有罗振天全家。"刑审吏又问："夺回的粮草、兵器、衣服，张守帅能为你作证吗？"夹谷清说："张守帅忠心耿耿，贼兵围城三月，要以身家殉国的忠臣，为小臣做证岂能不肯？"刑审官问："你怎么知道国王两个女儿是假的？"夹谷清说："我们在成立震国以前，怕死在战场。国王、大内相、我三人的妻子到忽汗湖扮成渔婆去抚育后代。小臣女儿夹谷兰同红罗女、绿罗秀一起长大，同师学艺形影不离。他三个到了忽汗湖，常住在我家，我怎能不认识。怕我说破，故不敢见我对质。就使出刺王杀驾，砸凤驾拿住送信的人，来陷害我。这都是阴谋，使出敢死鬼来陷害我。给我作证的他们，敢和我的部下相见吗？我派的人是我心腹，牵到大营去有人认得吗？这是很明显的事。到了刑部大堂强按着我手画押。不分曲直，就绑到杀场。我死倒不可惜。就会引起兵连祸结，我倒为堂堂上邦，可惜出了这伙贼子表里为奸，欺君罔上，蒙君舞弊。"夹谷清话说的很气愤。刑审吏让他画了押，把供词交给他看："有无不对的地方？"夹谷清说："都对。"吩咐退下。

又是唤来了大查忽、红罗女、绿罗秀让他三个看了供词，画了押。请准明天再审。怡亲王要到龙书案捧家训，见有奏章就插入靴筒。请皇太后回养老宫。众文武不准回府，住在朝房，也不准家人进见。皇帝不准去怡春院。宫门由六宫都太监把守，外有御林军。怡亲王回到养老宫，细看奏书，是杨国忠奏章，说瓜州城守帅张守桂勾结夹谷清，收买民心，图谋不轨，应拿京查问。在奏章中夹一纸条，上写：可笑，真可笑，奸臣反把忠臣告！胡闹！真胡闹！鬼主意一大套，迟早遭天报。怡亲王看笔迹苍劲。是老年人写的，就呈给了皇太后。皇太后看了奏章又看了纸条说：

"怡亲王，杨国忠这个奸贼又要害张守桂。听夹谷清话句句在理，明天一要把安禄山提出，问他敢不敢和夹谷清三将比试。二、派人到征西大营调查五顶山的五个寨主什么花和尚的来头。三、要罗振天亲笔供词。四、召来瓜州守帅张守桂，查清夹谷清征西业绩。五、再审大查忽、红罗女、绿罗秀与夹谷清质对。这事你去同五家国公和刑审吏去商量。我看两个刑审吏很有才干。屈居人下，埋没了才华。"怡亲王说："皇娘说的极对。小小刑审吏不敢召唤文武大臣，凡事都要启奏。不如给他二人授任刑审御史正五品。御史奉太后懿旨供在刑审案上，召文武官哪个敢违抗。这次封堂大审，明天就应当先审刑部大堂为什么强按夹谷清手画押，就会牵扯到别的大臣，不供起皇太后懿旨，小小刑审吏敢惹大臣吗？有了御史头衔又有太后懿旨，就敢动刑。辅审的三家国公就更铁面无私了。皇娘主意如何？"皇太后听了说："皇娘我就下一道懿旨，这次'封堂大审'一定要反灭奸臣，重振朝纲。"皇太后下了懿旨，命怡亲王同五家国公和刑审吏去商讨。怡亲王见到五家国公把太后懿旨供起来，按太后懿旨，派出御林军校尉去办。皇太后懿旨传诏五件事，又派人到吏部取来了五品官服二套，命吏部给两个刑审御史注册。怡亲王召来了两位刑审御史，传皇太后懿旨，封为刑审御史。两位刑审御史谢过皇太后深恩，穿上了五品官服。正是：

　　胸怀安邦定国策，岂能常做檐下人，一朝得展凌云志，除掉奸佞换忠臣。

第七十九回　东门夫安禄山金殿前比武　勇晋王智御史巧打扮取证

第二天早朝，皇太后又捧龙头金拐亲临金殿，怡亲王在龙书案上供了家训。三家辅审国公坐好，刑审御史坐下，48名御林军校尉也立两旁。刑审案上供皇太后懿旨。刑审御史将两个朝唐使臣带到。命夹谷清席地坐稳，大查忽跪在地上。红罗女、绿罗秀也跪在地上。刑审御史问夹谷清："你在刑部，强按你手画押能有证据吗？"夹谷清说："一、扭断了我左食指，二、不知来了一个什么怪物，把站堂衙役头都打歪了，三、刑部大堂内宅侍女来报，夫人、公子口吐白沫人事不省！刑部大堂去了后宅，天明就把小臣强行扯住画押。本是要动大刑，因内宅出事，就没动大刑。"刑审御史和三家国公，悄声说了几句话。定国公魏英亲自去到刑部大堂府去取供状。刑审御史命红罗女、绿罗秀与夹谷清对质。二个女的一见夹谷清破口大骂："逆贼夹谷清，与你儿子夹谷后裔同谋，囚了我父王，夺去了忽汗洲自立为王。害的我一家人好苦啊！"泪如泉涌。夹谷清睁睛细看，是什么红罗女、绿罗秀，原是她两个。两个女子把夹谷清骂的狗血喷头，还不解恨，跺着脚骂。夹谷清说："红罗女、绿罗秀这样张狂，早就羞死了。你俩却不知羞，真是贼奸。你俩当侍女也怕红罗女、绿罗秀嫌弃，趁早在我面前收拾起你俩狐媚子假象。你以为这样哭、骂，就会有人为你俩掉同情泪。你俩想错了。要好好想想吧！终究要露出马脚，我也不愿道破你俩的隐情。等有人道破吧！"刑审御史察言观色，见夹谷清面沉似水，异常镇静。两个女子却低下头，面带惊慌，看在眼里，吩咐把她俩带下去。御林军校尉把她俩带到另处。刑审御史问夹谷清："你的亲笔书信、皇帝、众文武百官对过笔迹，分毫不差，你能强辩吗？"夹谷清说："事实胜过强辩。我很爱学王羲之行书，模仿了三年。中台相大查忽也要练，我舍不得把心爱碑帖给他，就把后三年写的仿字给了他。他模仿了三年和我写的一样。拿文房四宝来，我写的字和他写的一样，细看我写的遒劲，他没遒劲。"刑审御史递给夹谷清笔砚，夹谷清刷刷点点写了几句交与刑审御史。刑审御史放在桌案上。刑审御史悄声回禀了片刻，定国公魏英站起身子，高声说道："刑审御史说，已问过了双方的口供，供词都经人看过。亲

555

笔画押。众文武百官有权给他双方当辩护人。再重审。现在通知大将军安禄山明天早朝后，要同渤海战将比武，证实夹谷清说的话真假。"安禄山站起身子说："我不会轻功，状元、榜眼、探花用轻功巧赢我，不算什么真本领。要不用轻功的大刀长枪来比试，问问夹谷清有人吗？"刑审御史问夹谷清。夹谷清说："大有人在。"刑审御史交过笔砚纸张，夹谷清写完，交给刑审御史，细看，只寥寥二十几个字："派赫连英、东门夫，身穿渤海戎装，随人去金殿来见我，不准带兵刃，勿误。"

刑审御史交给了英国公。英国公交给越国公罗平，派人送到征西军大营，把二将在日落前必须带到。时已午初。请准太后散朝明天再审。太后回宫，众文武回朝房，御厨房传上膳来。饭后闲谈，在午朝门里游逛。二个渤海朝使臣各有住处。都不准乱走乱动，文武百官也不准与他们来往。门有御林军把守。

日落时赫连英、东门夫来了，御林军带到夹谷清房中。二人见左平章端然独坐，行过了礼，见有内侍臣在侧，也不敢多说。只问："左平章，召我二人来做什么？"夹谷清说："与安禄山比武，许胜不许败。要几招就赢了他。这是'封堂大审'刑审御史指定。"要把剩饭拿给他俩吃。内侍官说："我到御厨房去，告诉明天早朝，你们房中预备仨人酒饭。"顺便让人端来两份热汤热饭："当心吃凉的，中了病明天就不能比试了。"内侍臣去了。二人见门外没有御林军就悄声问："打了安禄山不得加罪吗？"夹谷清就把始末根由告诉了他二人。两个人听了说："五招不过就打倒他。"又谈了多时，内侍臣端来了饭、菜、酒放下说："左平章有人侍候，我回宫去。"夹谷清说："公公你走了，别人看见启禀皇太后你要吃罪的。"内侍臣说："这是太后吩咐，三家督办大臣都知道。谁敢怎样？我是养老宫的太监，明早来。你们随便谈吧！最好！最好！养足精神把安禄山打倒，就揭破阴谋了。"说完走了。三个人也不敢多说，怕隔墙有耳，就安歇了。

第三天鸡鸣五鼓，太监送来了酒饭，三人吃完了。太监领到金銮殿下。朝堂已坐满了文武百官。皇太后、怡亲王还未临朝。霎时宫乐奏起，皇太后、皇帝临朝了。众文武参拜过皇太后、皇帝。刑审御史归了座，吩咐带夹谷清。御林军带到案前，刑审官问了姓名。吩咐准备比武。命三人下去。众文武百官细瞧渤海来将，一个四十上下岁，一个二十六七岁，都是身穿渤海戎装。身高七尺，五官端正，赤脸膛二目炯炯放光，英气勃勃。刑审官高声喊道："请大将军安禄山准备来比武。"安

比剑联姻

556

禄山早已准备齐整，短衣襟小打扮。来到刑审御史案前。刑审御史宣示："比武开始。"见渤海来人手中没有武器，命到御林军中挑选，二人齐说："刀枪无眼，伤了大将军，吃罪不起。"刑审御史说："皇太后懿旨，双方谁受了伤，敌手无罪。挑兵刃去吧。"二人齐说："不用兵刃。"刑审御史不能勉强，看他徒手比武。安禄山心想自来讨死，把大枪一抖，说声："谁来？"东门夫一个箭步纵到安禄山面前，说声："末将奉陪。"安禄山平常都傲气凌人，哪里会把渤海来将放在眼里。一抖大枪分心就刺。东门夫看安禄山把枪尖抖得乱颤，是他大枪有功夫。转身躲开，一连三招没还手。安禄山得理不让人，把大枪又奔东门夫胸膛刺来，又狠又猛，急如闪电，快似流星。枪尖要触到衣襟了。东门夫把身一弓，斜成月牙形，大枪挨身走空了。东门夫一挺身，左手攥住了枪杆，一个箭步，抬起左脚，照安禄山小腹踢去。安禄山要抢回大枪，但夺不过来，脚已踢到，赶紧撒手松开枪，身往后仰，要躲过这招。东门夫左脚着地，右脚踢到安禄山膝盖上。安禄山来了个仰面朝天，咕咚摔倒，后脑勺也起了大包，左腿伸不开，"哎哟，哎哟"的乱叫。东门夫这一招叫鸳鸯箭步连环腿。安禄山都没有听过。刑审御史看四招未过，就踢倒了安禄山。吩咐御林军从地下把他扶起来，屈弯着一条腿，扶到原处。刑审御史吩咐御林军，送他三个人回房，明天再来听审。

  刑审官已掌握了刑部衙役供状，安禄山被踢倒实迹。五顶山五个寨主供词，罗家满门证词，对笔迹证词，知道夹谷清受了冤枉。刑部怎么有这些供状？原来昨天定国公亲到刑部唤来了衙役。问他们："为什都歪脖？"衙役们："真晦气。老爷坐大堂要用大刑审夹谷清，丫环来报夫人及小公子断气了。老爷就回内宅去。这时闯进大堂一个怪物，像熊似的，每人打了一个嘴巴，脖子就歪了。请郎中也治不好。""噢，原来是这么回事。那老爷倒动大刑没有？""没有动成。"众衙役说。"那么夹谷清就招认吗？""不招认反骂昏官。大老爷到天亮才来升堂。就让我们拽着他画押。上命不敢不从。"众衙役带有怨气说。"你们夫人公子好了么？"一个愣头青役衙张开口说："净作丧天害理事，遭了报应，还把我们也连累的歪了脖子。"定国公让他们每人画了押，回来交给刑审御史。派去征西大营的调查人员也拿回一叠子供状。刑审御史有了主意。请文武大臣为他双方辩护。杨国忠眼看事情要砸锅，就大声说道："逆贼夹谷清巧言饰词，纯是颠倒是非。他说红罗女、绿罗秀是假的，他长出个真的来。他说字迹是仿他的，可让中台相重写对照，刑部大堂强拉他手

第七十九回 东门夫安禄山金殿前比武 勇晋王智御史巧打扮取证

557

画押，有什么人为证。他说不是收亡纳叛，他从渤海来带多少人马？征服吐蕃、回纥、哈哈密怎么这样容易？这里多有阴谋，必须有真实证据才能服众。又说花和尚是白马寺主使的。他与五顶山五个寨主串通一气，当然要帮他说话。事先就派出四个寨主与哈哈密、吐蕃串通好了，吐蕃才作乱。瓜州守帅张守桂也勾结上了。他想混水摸鱼，内害大臣，外边作乱。这怎么能容？要把这些事都得到证实，治夹谷清罪。"刑审御史满面带笑说："丞相教诫极是。请丞相在今天写奏疏上奏皇太后，卑职依条照办。时辰已到午时，请皇太后恩准散朝。"皇太后转回养老宫。杨国忠找来笔砚写了奏疏。

第三天早朝，皇太后登殿后，杨国忠把奏疏交与怡亲王，转呈皇太后。皇太后说声："交督办大臣。"怡亲王交与了定国公魏英。三家王爷细看了一遍，心说杨国忠上当了，庇护叛逆的罪名落实了。遂交给刑审御史。

第四天早朝，皇太后在鸡鸣五鼓时就登了金銮殿，玄宗、怡亲王坐陪左右，众文武朝参后，命御林军督尉常恨田带领16名校尉去天牢。提出了三个反王和三个大都督，带到金銮殿下刑审御史案前，六个反贼一齐跪倒。经通事问过姓名，吐蕃亲王兼联军元帅名叫耶律密哈，吐蕃守猩猩峡大都督名叫耶律布藏江，回纥亲王名叫耶律一勺那达，守猩猩峡都督沙沙塞漠，哈哈密王名叫哈密吐浑，守猩猩峡都督哈密耶鲁。刑审御史问："谁是守猩猩峡前关的都督？"经通事翻话，哈密耶鲁说他是。刑审御史问他怎样兵败被捉，要详细的说明。通事翻话，他说："我奉命守前寨扎在漠漠关，有兵一千六百多名。要守住野露撒关。后寨扎在荒荒关，归耶律布藏江，沙沙塞漠扎下两个大寨，野露撒关是去哈哈密要道的洼地，扎下了空帐房十座，用该死的奴隶埋下地雷炮。我们三个大寨扎在山上，引敌军入野露撒大寨，哪知征西军引诱我军出击，不入埋伏圈。捉去七百人（连死尸拖走），夜晚来劫营，把捉的俘虏和死尸绑在马上。马尾浇了油用布裹好，临挨近野露关大营，把马尾点着。踏响了地雷火炮，碰翻了帐房。我三个都督知敌军夜晚来劫营，把兵力埋伏野露撒关被火烧马踏，不见敌军。知是中计，退兵回山，大营已被征西军夺去，又放炮轰。我要自刎，却被征西军捉住了，中了征西军诱敌之计。"通事翻了话。又问耶律密哈："前军失利，你知道吗？你怎么失去哈哈密，详细说说。"通事翻了话。耶律密哈长叹一声说："前方失败，哈哈密人都不知道，兵力集到猩猩峡，以为征西军道路、山势都不熟,猩猩峡有重兵把守,万无一失。哪知征西军从天上掉下来,兵不血刃夺了哈哈密。从梦中把我三个捉住,搜去了我的令箭、令旗、金顶黄罗帐,昼夜兼程奔猩猩峡。我在囚车里偷看,征西军全变了吐蕃、回纥、哈哈密兵将,走的道路是羊肠小径,我知道坏了。征西军设下诳兵计,猩猩峡三个都督非中计不可。到猩猩峡,三个都督果然中计全军覆没,都督被擒,不出一日。"通事翻了话。又问耶律布藏江:"你身为大都督,怎么会兵败,详细说说吧!"通事翻了话。耶律布藏江恨的咬牙切齿说:"都怪哈哈密失守。征西军抢去令箭令旗,兵回猩猩峡,自我佯战了一天,守猩猩峡前山的兵将败退了。回来的征西军扎下大营,将兵都穿吐蕃、哈哈密、回纥戎装,旗帜、大帐二影不差,大帐是联军元帅的。我率人去看在猩猩峡摇旗图悍(官)用旗语喊'派个将来'。我派战将去见摇旗图悍,正是元帅的摇旗图悍密哈汗,一指手执元帅令箭的将官,将官把令箭交给去的战将,今晚一更时,必须把全部兵马带到十里旷漠。军听帅令。我把兵领到十里旷漠,全军覆没了。"通事翻了话。刑审御史吩咐带下去,又命御林军推上三个反王,通事问了姓名。回说是吐蕃耶律密哈、回纥耶律一勺那达、哈哈密吐浑。刑审御史问:"谁是造反联盟主,说说为什么要造反?"通事翻了话。吐蕃耶律密哈挺直身躯说:"我是。造反是唐朝皇帝逼的。我父王死了,众文武拥立我为主,偏皇帝不准,命我弟弟耶律洒洒为王。众文武不愿意,杀了耶律洒洒。怕皇帝派兵来征,就先下手为强造反。联合哈哈密王、回纥王,反到了瓜州。把什么大将军安禄山杀的人仰马翻,抱头鼠窜,兵困瓜州,眼看夺下瓜州城,来了征西军,水淹火烧前方进攻将兵18万之众,前方失利就集重兵守猩猩峡,希望卷土重来,没有想到被擒。死了我一个人,死不净吐蕃人。还是要和唐朝血拼。"通事翻了话。又问回纥王。耶律一勺那达说:"受不了唐朝的勒索,每年朝贡贡品,必须备二套,一套交皇帝,一套交丞相。要不买通丞相休想见皇帝。丞相的门军也勒索的太苛刻。门包少了骂你狗血喷头,也见不着丞相。我三联军要兵进长安,杀尽这伙奸贼出气。夺回历年贡品,共分夺得土地。"通事翻了话。又问哈哈密王。哈哈密浑和耶律一勺那达说出一样话。刑审御史让六个人画了押,命送回天牢。

越国公罗平进殿说:"瓜州守帅张守桂到午门外候旨。"怡亲王吩咐召宣进殿。张守桂步上金阙,参拜皇帝、皇太后、怡亲王。怡亲王问:"卿怎么这么快就来了?"张守桂说:"我来朝参,离长安二百里,碰到了召宣官钦差大人，卑职就星月赶来。"怡亲王说："召卿没有别事，有人告发你。找来对证。卿先到刑审御史案前听候审讯，摘去乌纱帽。"张守桂到刑审御史案前跪拜了皇太后懿旨："臣张守桂前来候审。"刑审御史问："你就是瓜州守帅吗？"张守桂答："正是。"张守桂是开元年间武中探花，文中进士的儒将。又一心秉正，忠心耿耿，朝野闻名。刑审御史说："守帅鞍马劳顿，坐地下回话。"刑审御史问："守帅被围三个月之久，征西军怎么解的围？贼人有多少兵将，征西军怎么战胜了敌人？怎样交给的粮草？兵器共有多少？慢慢说来。"张守桂说："我正是为这事来朝参。粮草、兵刃、衣服，缮列清册，请大人过目。"把奏疏呈上。刑审御史交与督办大臣，转怡亲王呈皇太后。皇太后把奏疏又转回来。张守桂说："卑职被围三月，粮尽兵残，要以身家殉国，征西军到解了围，敌人又来攻城率六万之众把城围的水泄不通。二名征西官早就在城外布上伏兵，敌人攻城不下，就挑战，装聋作哑不出战。日暮时城中三声炮响，大开四门，二先锋杀出城去，伏兵四起，杀的贼人血流遍野，尸骨成堆。用的是'避其朝锐，击其暮疲'虚实并用之计。又火烧了落雁山。瓜州贼人全军覆没。敌人聚结了12万人马来到瓜州，兵扎鹰愁涧，被水全淹没了。敌从嘉峪关到瓜州103座城池兵力空虚。左先锋率兵急进，敌人不值一击。右先锋率兵走捷径兵临城下，埋伏在丛林中，派进嘉峪关二百多名跑马戏的、卖艺的五行八作，干什么的都有，二更天，魁星楼为号，化妆进城的将兵，斩关落锁夺下了嘉峪关，与左先锋和元帅会合。夺下的粮草堆积如山，全部交与卑职抚民。列有清册。不必细说了。"

刑审御史问："征西军沿途收的流亡人马都是被陷城池的吗？"张守桂说："在瓜州就收六千多人，其中有文秀士九名，武秀士17名，难民数我就不详了。一起收下冼清弟兄五千名流亡的，征西元帅怕是诈降的把名册交我派人各处去调查，全是难民，三教九流，五行八作什么人都有。这是我知道的上奏疏皇帝。请皇帝给征西军记功。"刑审御史又问："安禄山大将军不是得胜还朝吗？"张守桂说："瓜州老百姓哪个不知被贼兵杀的卷旗逃跑。跑到瓜州贼兵还离三百多里。我请大将军把兵留给我几千人，我守住瓜州。他百般不肯，抱着脑袋跑了。"刑审御史让他画了押。吩咐御林军带朝房去休息。请准皇太后散朝。

日落时由宫中跑出一名年轻太监，急急奔入杨丞相府，告诉门军是贵妃派来的，要到内宅有密事见夫人。门军回禀了夫人。夫人听说是贵妃派来的，急忙迎出内宅。一看正是贵妃的亲侍太监步尽信。夫人紧走几步，要行大礼，忙说："公公大人光降寒舍，小妇人接待来迟，望公公恕罪。"步尽信忙说："夫人不要行礼！咱家奉了贵妃之命，有要事相告。"以目视仆妇丫环，夫人命众人退下。太监说："夫人知道丞相连日不归，为了何事？"夫人说："我正为这事屡派人去午朝门去打听，都被御林军赶回来。"太监说："我说的话，夫人不准泄露，如泄露了咱家性命就玩完啦！皇太后'封堂大审'要翻三品官以上的文武官员府第。皇帝亲口告诉贵妃的。贵妃怕先翻丞相府。相爷有些往来密信翻了去那还了得，烧了又怕耽误了要紧的事。派咱家来把这些来信带入宫去，藏在贵妃寝室就没事了。事不宜迟，夫人快帮我找。"夫人说："不用找，重要信件都在我卧房夹壁墙中。你我去取来。"遂领着步尽信到了卧房，在一张西施浣纱图的挂画后有一方砖，揭去方砖，有几百封信藏在其中。用包袱包好交与步尽信。夫人连说："公公，我派人送到宫门行吗？"步尽信连说："可以。还有一事夫人必须亲身同咱家去办，就是刑部堂。胡大人府常常和丞相有密信往来，把他府上信也一齐带入宫去。这是贵妃嘱咐的。胡夫人不认识我，所以夫人要同我去。"夫人说："行。"吩咐人看轿，推来了八抬大轿。夫人说："公公也坐轿吧！"步尽信说："四人小轿就行。"遂又备了四人小轿，步尽信坐了，把包信的包袱放在小轿里。轿夫抬起轿直奔刑部大堂胡参府。门军报了进去，管家婆迎了出来，给夫人行了全礼。夫人问："你家夫人呢？"管家婆说："四日前夜间中了风邪，现在还没好，请夫人到书房吧！"夫人说："有要紧事要到内宅。"把两乘轿抬到风宅廊下。管家婆吩咐丫环搀夫人下轿。小轿里却出现一名年轻太监。管家婆慌张了。急忙去磕头："不知公公大人驾临。我家夫人又有病，不能迎接公公，小妇人又不懂礼法，望公公大人海涵。"太监说："起来。"管家婆起来，太监先到内宅侧室。杨夫人也进入侧室，侍从退出，夫人把太监奉贵妃指派的说了一遍，还说道："贵妃想的多周到。你知道你家老爷密信所在吗？"管家婆说："在夫人卧房里。""快把你家夫人卧床抬来。"众丫环婆子不知杨夫人来了为着何事要抬夫人的床，七八个丫环仆妇把卧床抬入内宅侧室，吩咐丫环、仆妇退去。管家婆从二层床底板里取出了一百多封密信，用包袱包好交予了太监步尽信，放入了小轿。太监把两个包裹捆在一处，乘上四人小轿，说声："夫人，咱家去了。夫人后行吧。"坐上小轿如飞的奔回宫院。到了宫门下了小轿，手捧包袱走进宫门。御林军太监也不拦

第七十九回　东门夫安禄山金殿前比武　勇晋王智御史巧打扮取证

561

阻。这个年轻太监手捧小包直奔养老宫。

这是怎么回事？原是晋王戴了革面具假扮步尽信骗来了杨国忠、胡参往来书信。天牢当天下午，也去了杨丞相府幕宾胡庸，手持刑部大堂盖有大印的证明，到天牢要见砸凤驾的凶手，和给夹谷后裔送信的要犯。狱官哪敢怠慢。忙到死囚牢提出了四人。问了四人姓名，都各承认是送信的、砸銮驾的。幕宾从囊中取出黄金砖十块，约有五斤重，交给狱官说："有劳大人给这四位好汉方便方便，换间干净房，去掉枷、手铐，给买桌酒席，给你六块金砖。那四块作酒席钱。剩下的留给这四位好汉买酒饭，也存在你手里。"狱官见了黄金眼早红了，忙说："大人，我怎敢收相府的厚赠？"幕宾说："不是相府的，是渤海郡国朝唐使臣中台相求相爷派我送来的。求狱官多关照这四位好汉。用不了半月，就能出狱。重谢还在后哩。说不定湄沱湖夜明珠送给你一颗。你看见送了我一颗。"解开身上衣服，带有金项链的闪闪发光的一颗夜明珠。几个人都看见了。狱官派小卒去买上等酒席一桌，给四个人去了枷、手铐，又拿出几套新衣服给四人换了，洗脸、漱口。狱官从箱中取出纹银二百两，分散给小卒子。卒子们见钱眼开，殷勤侍候。这位相府幕宾诈四个囚犯。狱官说："渤海郡国中台相真知趣，他知道'衙门口朝南开，想打官司有理无理拿钱来'。我一定照顾好这四位好汉，结识个朋友。"幕宾大方："让他四个也坐下吧！常言说'要不与人行方便，念过弥陀总是空'。"狱官换了一副心肝和嘴脸说："好好。请坐！请坐！""我就敬佩这样为朋友两肋插刀的好汉。可惜我是个书呆子，高攀不上。借着相爷光，看到了四位英雄，愿为中台相卖命。这样的血性英雄到哪里去寻！"说罢不胜嗟叹！恨相见之晚。酒席来了，幕宾坐了主位，狱官坐了次位，四个囚犯坐了末位。幕宾给四个囚犯满上了酒，连说："某这是奉中台相面嘱，代为压惊。四个囚犯一饮而尽。幕宾又敬了第二杯，说这是相爷幕宾敬四位英雄肯砍头为中台相效力的高义，命某代敬一杯。出狱后还要治席。亲自给四位好汉压惊。"四人一饮而尽。又敬了一杯说："这是某高攀四位英雄一杯压惊。"四人一饮而尽，又给狱官连敬三杯说："请狱官多多照顾这四位好汉。"狱官饮了三杯。就畅饮起来。酒到兴酣，幕宾说："请狱官大人方便，方便，某奉相爷面谕，有要事与四位好汉攀谈。"狱官辞去了。幕宾说："相爷来让我告诉你四位好汉，中台相是怎样买嘱了你四人？怕中台相说的不实，没法给你四人解脱。你四人对我一五一十说了实话。不瞒四位英雄说，我是相爷的红笔师爷，给你四人改好口供，放你四人出狱。不要仗血气之勇，送掉性命。"四个人都是莽汉不会思考，听了幕宾话，信以为真，就一五一十地招了出来。幕宾早在招文袋中取出了纸墨笔砚，记的清清楚楚。让四人画了押。连说："听喜信吧，告辞了。"出了监狱坐上小轿，如飞也似地进了午朝门，御林军也不阻拦。进了朝房见了三家督办，连说："大事办妥了。"从项上解下金链说："送还晋王吧。"这个幕宾正是刑审御史纪德清改扮的，当天就办好了两宗大事。

第七十九回　东门夫安禄山金殿前比武　勇晋王智御史巧打扮取证

第八十回　滴血认亲真相明　奸恶伏法冤情昭

第五天早朝，说太后不能临朝，辍朝二日。怡亲王、三家督办大臣、两家护驾大臣、两名刑审御史、晋王齐聚养老宫书房，密商驳倒杨国忠庇护叛逆的巧辩。二位刑审说："万事俱备，只欠东风，奈何！"五家国公说："红罗女、绿罗秀在长安，东风已到。"二位刑审御史捧腹大笑了："先拟定给夹谷清解脱罪名事实，放开夹谷清。借他的将官再捕奸臣，白马寺凶僧。这叫'以其人之道，还治其人之身'，先断其爪牙，白马寺恶僧寄食门下的狗腿，而后拔根。"拟定了除奸方案，怡亲王奏明了皇太后。皇太后说："权奸根深蒂固，奴颜婢膝的走卒，遍布朝野，为害黎民，必须像扫尘土一样，清扫一次，才能稳定朝纲。这个方案很好，就这样办吧！"怡亲王得到皇太后诺许，就定在第七天进行真假红罗女、绿罗秀的辨认。

第七天上朝，皇太后临朝后，文武百官参拜毕，玄宗、怡亲王陪坐左右，文武分列东西。刑审御史吩咐御林军，带渤海郡国使节大门艺殿下。大门艺到了刑审御史案下跪倒。刑审御史问："殿下，你既不认新来朝唐的二女为胞妹，有什么办法证实是假的。难道要去忽汗州去请二位郡主？"大门艺殿下说："我的两个妹妹住在我府，已是一年多了。所以我不认新来的假红罗女、绿罗秀，也认为朝唐使臣中台相大查忽是冒充。""噢，原来如此。好！你随护驾大臣召来二位郡主。"

殿下大门艺同越国公罗平回府见了两个妹妹，说明召选。二女随殿下同越国公来到金殿，到了刑审御史案前跪下。众文武齐看渤海郡两位郡主，长得天姿国色，比花花有色，比玉玉生香，冷如冰霜艳如桃李，俊秀带着英风傲骨。刑审御史问："谁是红罗女？"穿红衣服的说："我是。"不用问穿绿衣服的就是绿罗秀了。问："几时来到？"答："同朝唐使臣左平章一起来的。""你两个知道大将军夹谷后裔反了，囚了你的父王吗？"答："不知道，也不可能，这是造谣生事，分裂我们与夹谷父子的世代友情。""噢！你两个不承认夹谷后裔造反，有什么理由？"红罗女说："我父王同夹谷清是童年小友，又是起义时的倡导人。血染征袍，同甘共苦。成立震国时，我父王要推崇夹谷清为王。夹谷清再三推让说,'你父亲（我祖父）为成立震国战死疆场,还是你当国王,我来辅佐。'这是一,大将军当时已是英勇善战的将军,把我父王推在首位上,率众磕头拜我父为王。大将军和我父王征湄沱湖时身中数箭,我父把他背在背上闯出了重围。治好了伤,当时大将军还是15岁的孩子呀！我们同夹谷氏亲同骨肉。况且大将军夹谷后裔忠心耿耿,为人刚直,正义,决不能叛国。理由多的很,这是主要的。"

"噢！现有红罗女、绿罗秀保着中台相大查忽来朝唐,说大将军夹谷后裔反了,囚了你的父王。现在要辨清真假。"刑审御史吩咐带红罗女、绿罗秀上殿。八目相对,都"呀"了一声。后来的红罗女、绿罗秀见到真的来了,很想亲热,泪水在眼圈直转。红罗女看在眼里说:"两个妹妹久违了。一年多没有和妹妹相见了。你俩来到长安必有隐情。不必为难,你我姐妹原是好姐妹。"后来的两女面似火炭,一狠心说:"哪个同你是姐妹,我俩是渤海郡王女儿,怎能会认识你？"刑审御史早看在眼里,暗暗赞成红罗女大度,遂问道:"要辨认真假红罗女绿罗秀了。真的有什么为凭？"红罗女说:"我姐妹胸前有七星红痣,我哥哥也有,可找宫娥领去验明。"怡亲王吩咐宫娥把二女领去验明,又派人领去殿下大门艺验明。回报全有。

左丞相杨国忠、大将军安禄山站起身子说:"红痣可以用朱砂刺破皮肤伪造,不足为信。"定国公魏英站起身子说:"我有祖传的书籍,金盆滴血认亲法。就是父母、兄弟、姐妹把血滴在铜盆凉水上,两个人的合在一处,就是亲骨肉,不合就不是。何不试验？真假立分。"怡亲王说声:"试来。"命六宫都太监王琳到养老宫取来两个赤铜新盆,又从皇太后头上拔下一只金簪。命六宫都太监到御井提来了半桶凉水倒入盆中。吩咐大门艺刺破左手中指,滴血两个盆中,血色赤红,血珠发散,端起盆让都办大臣验看。又命红罗女、绿罗秀刺破右中指血,滴入盆中,四个姑娘两个滴血于左盆,两个滴血于右盆。两盆滴入的女人鲜血,鲜红如小珠,与大门艺滴的血不同。定国公魏英说:"众文武看明了吧！那一盆的血混成无数血珠,赤红与鲜红结成一体就是亲兄妹。不混成的就不是。右边的是后来朝唐红罗女、绿罗秀。大家记住,请两名年轻宫娥来搅血。"来了两个宫娥用金簪来绞血。喝一盏茶时,定国公魏英说声:"停搅。"二宫娥住了手,等到水平净。二宫娥看左盆滴血鲜血与赤红结成一体不散,右盆霞红与赤红分散。二宫娥到金殿启奏皇太后。皇太后问:"左盆二个姑娘滴的血水珠莹晶吗？"宫娥说:"很像

第八十回 滴血认亲真相明 奸恶伏法冤情昭

565

啊!"皇太后喜在心里,笑展眉头。定国公魏英宣示了:"先来朝唐的红罗女、绿罗秀本是大门艺的亲胞妹。"二女听了,低垂粉颜,欲言又止。越国公罗平说:"渤海郡国大将军夹谷后裔捧国书在午门外候旨。"正是:

来了大将军,吓煞众奸佞,左丞相丧胆,中台相亡命。

在朝文武百官无不惊讶!怡亲王命宣上殿来。越国公罗平把夹谷后裔带到龙书案前,参拜了玄宗,参拜了皇太后,怡亲王呈上国书。怡亲王看了国书交与玄宗看过,呈于皇太后。皇太后看了一遍又看了一遍,说:"交督办大臣。命夹谷后裔去听审。"怡亲王把国书交给督办三个大臣并说太后已经看过。护国公秦珏说:"夹谷后裔捧国书来,不管真假,应持之先以礼!坐阶下赐坐和我三个谈。然后再作定夺。"怡亲王说:"好。命太监搬过龙交椅,摆上茶几,请夹谷大将军坐下。"刑审御史命四女退下。定国公魏英问:"大将军怎么会来了?"大将军说:"殿下大门艺千里传书与国王。新派了朝唐使臣吗?新来的朝唐使臣负的什么使命?国王召我捧国书来朝,是为了辨清这一公案。大查忽正是渤海郡国逆臣,逃亡在外,却假扮使臣,不知是耍的什么把戏?上邦千万不要中了他的阴谋诡计。"定国公魏英说:"好险哪,你没看上至皇太后,下至文武百官齐聚朝堂封堂大审,就是为了给令尊大人辨清冤枉。现已澄清了是非。大将军来了更清澈见底了。请大将军到金亭驿馆,有一个无理要求,不准和令尊大人、殿下大门艺见面。大将军也是被告人哪!请放心现已水落石出。"吩咐御林军送入金亭驿馆散了朝。

第八天早朝,皇太后在皇帝、怡亲王陪座后,督办大臣定国公魏英宣读判书。

"封堂大审:经皇太后懿旨恩准,释放渤海国朝唐使臣左平章、征西招讨元帅夹谷清,官复原职。"宣夹谷清上殿谢恩。左平章兼征西元帅夹谷清三拜九叩,谢过皇恩。怡亲王命太监搬过龙交椅赐坐。这时刑审御史站在金殿上宣读释放夹谷清无罪证据和理由,高声朗诵:

"经过七天'封堂大审'调查,夹谷清无罪,事实有九项:

一、真假渤海国郡主:经过验胸前红痣,金盆滴血认亲。真假立辨。后来人红罗女、绿罗秀纯是冒充。夹谷清应占先有理。

二、查照字迹互相参照:叛逆大查忽的字迹与贡品清单字迹相同,与夹谷清字迹不同,夹谷清字迹强,叛逆大查忽弱,证明字迹差之毫厘谬之千里。夹谷清占先有理。

三、刑部大堂强按画押：有刑部衙役21人为证，夹谷清所供事实。应占先有理。

四、收亡纳叛贿买民心：夹谷清在登州海外收编的人马，唐朝不予干涉。在瞿塘峡、长安、瓜州收的人马，经先请御批，然后收编的。有御批为证，不能算招降纳叛。夺回敌人的粮草用来抚民，是经瓜州守帅办理，夹谷清并没有宣扬夸耀。贿买民心无实。夹谷清占先有理。

五、收回失地太容易：据夹谷清供词，瓜州守帅张守桂供词。多是出奇制胜'将在谋而不在勇，兵在精不在多'，有三反王与元帅、都督供词为证，夹谷清应占先有理。

六、遣五顶山五寨主潜入吐蕃谋造反：据瓜州守帅张守桂调查。五顶山四寨主洗清四人洗心革面，痛改前非，当了骆驼贩。被敌寇迫入深林，后逐渐避难人多，铤身走险劫敌粮草，抢敌马匹，用来充饥。与难民同舟共济结成团体，投征西军效劳，不受朝廷公赏。并查明全是嘉峪关到瓜州难民。远涉戈壁，征服敌人，这些勇士在夹谷清教诲下为国出力。夹谷清应占先有理。

七、与吐蕃、回纥、哈哈密暗定阴谋：据三反王、元帅、都督供词：神兵从天降，攻其不备，从被窝中拖出三反王。兵回猩猩峡，用诳兵计一举歼灭了守猩猩峡12万余众贼人，纯是智取，将在谋不在勇。夹谷清应占先有理。

八、夹谷清派人去渤海送信及主使刺王杀驾砸凤驾：已被查清，派人到天牢取来供状。被使人反戈一击，供认大查忽主使。夹谷清应占先有理。

九、白马寺凶僧悟真劫贡品：贼悟真以武功强占五顶山，积草屯粮，劫去贡品交罗振天，希图嫁祸于人，逼罗振天造反。被擒后屡与渤海朝唐使臣为难，拘有妖僧贼道一百多名在葫芦湾为证。罗振天妻子、儿子、儿媳先后弃暗投明，劝罗振天献出贡品，有功无罪。夹谷清应占先有理。

据以上事实，人证、物证俱全，夹谷清纯是被诬告陷害。现已辨明是非，澄清源本。特此晓谕众文武一体知照。"

刑审官读完了晓谕下退金殿，督办大臣定国公步到龙书案前，手捧皇太后懿旨，高声念道：

"皇太后懿旨：左丞相杨国忠勾结郡国叛逆，穷凶恶辩，勾结白马寺妖僧图谋不轨。暗与刑部大堂胡参表里为奸，陷害忠良。勾结安禄山，假报军功。罪恶昭著，尚待查究。暂行撤职，送交天牢。促其自省，交清罪恶。其家属派御林军看管，不准任何人往来。钦此。"

定国公魏英读罢懿旨，吩咐声："御林军督尉，把三个逆臣绑了。"御林军督尉领12名校尉，拖下了三个逆贼。五花大绑，送入了天牢。魏国公展读皇太后另一道懿旨：

"皇太后懿旨：后来朝唐伪使中台相大查忽已是渤海郡国叛臣，伪装进贡，陷害夹谷清，分裂邦交。交刑部大堂严刑审问。三名督办大臣，暂代刑部尚书，二名刑审御史暂代堂官，主审要犯，供出阴谋，再行定罪。钦此。"

魏国公吩咐御林军把逆贼两女上绑，派御林军送去长安大客栈，把侍从一律来送交天牢。定国公退下。

怡亲王站在龙书案桌前，宣示："'封堂大审'暂时结束。查清叛逆奸臣劣迹时，再请皇太后'封堂大审'。众文武不得与逆臣叛贼联系，当心受牵连。辍朝三日后的早朝是皇帝当朝听政。众文武从今天可回府去。散朝。"正是：草怕严霜霜怕日，邪气终被正气磨。

第八十一回　贵妃玄宗欲救奸相　丹黄丹紫细道实情

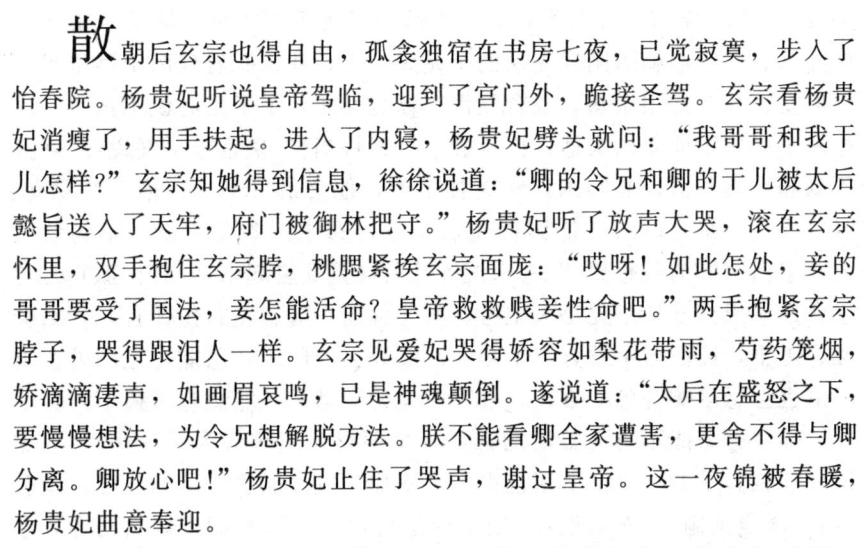

　　散朝后玄宗也得自由，孤衾独宿在书房七夜，已觉寂寞，步入了怡春院。杨贵妃听说皇帝驾临，迎到了宫门外，跪接圣驾。玄宗看杨贵妃消瘦了，用手扶起。进入了内寝，杨贵妃劈头就问："我哥哥和我干儿怎样？"玄宗知她得到信息，徐徐说道："卿的令兄和卿的干儿被太后懿旨送入了天牢，府门被御林把守。"杨贵妃听了放声大哭，滚在玄宗怀里，双手抱住玄宗脖，桃腮紧挨玄宗面庞："哎呀！如此怎处，妾的哥哥要受了国法，妾怎能活命？皇帝救救贱妾性命吧。"两手抱紧玄宗脖子，哭得跟泪人一样。玄宗见爱妃哭得娇容如梨花带雨，芍药笼烟，娇滴滴凄声，如画眉哀鸣，已是神魂颠倒。遂说道："太后在盛怒之下，要慢慢想法，为令兄想解脱方法。朕不能看卿全家遭害，更舍不得与卿分离。卿放心吧！"杨贵妃止住了哭声，谢过皇帝。这一夜锦被春暖，杨贵妃曲意奉迎。

　　到了次日，玄宗为了要救杨国忠出狱，就到皇太后养老宫试探口气，给皇太后问了安。皇太后先开口说："皇帝三日后要临朝秉政。一是先除掉白马寺凶僧，当年陈硕真女淫贱曾在那里出家，后来造了反，自称文佳皇帝。武氏掌国不问她死罪，反招纳到宫中。白马寺就成妖僧恶道天堂，结交官府。必须将贼和尚、妖道为非作歹的杀净。好的和平常的放了他们逐出白马寺。二是必须把渤海郡国假使臣朝唐来阴谋弄清，交渤海郡王去处理。三、把吐蕃、回纥、哈哈密反王、元帅、都督他们，只要悔过就放了他们。我细看他们的供词，不恨皇帝，只恨权奸。四、把朝中奸臣一网打尽，以杨国忠三个入狱的为首。五、你不得干预我派的'封堂大审'的督办大臣和护驾大臣伸张正气。有事要向养老宫启奏。查出奸臣有多少，还要'封堂大审'。"玄宗连说："臣儿谨遵母训。"退出养老宫。心想，有五家国公掣肘，又逢皇太后愤怒，救杨国忠是不容易了。不救又怕贵妃的纠缠，倘被皇太后知晓了，杨贵妃要入冷宫，或死在龙头拐下，那就什么都完了。猛地计上心头，派太监召来了五家国公到御书房。五家国公拜了皇帝，玄宗赐坐，宫女献上茶来。玄宗说："朕召卿等来，是为了临朝秉政之日，要办三件大事，请卿等来商量。一是要除掉白马寺恶僧,二是审出伪渤海朝唐阴谋,三是先审出刑部大堂胡参罪恶。卿等是皇太后懿旨封的'封堂大审'督办大臣,保驾大臣。朕不敢私作主张,特请卿等来商量。"五家国公听了皇帝话,以为皇帝在'封堂大审'时目睹得了教训,心中大喜,越国王罗平说:"要除掉白马寺恶僧,凭马上战将是捉不来主僧,除非求援于征西元帅。二审假朝唐阴谋先从两个姑娘入手,我亲眼看到两个姑娘见了红罗女、绿罗秀很亲热,眼含热泪,欲言又止,下了狠心说不认得。红绿两个姑娘定能套出实话,岂不省事,又快当。"皇帝叹了气说:"朕办不到哇。夹谷清一心归国,朕冤枉了他,他会借口千推万推。红罗女、绿罗秀一不是官,二是郡国郡主,朕怎好召来。既要召来,不为朕效力,奈何?卿为我想想。"玄宗沉吟片刻又是欢喜起来,"啊!孤真是当事者迷。想到五位王兄是大主考、副元帅蒲查隆、左右先锋官,什么会元、进士,征西营中就有三十多人。卿等去求门生,怎能拒之门外。夹谷清也会感激卿等忠心秉正,解除了他的冤狱,必能慨允求援了。红罗女、绿罗秀怎能不听夹谷清的话,一举两得,望卿等为朕分忧。"五家国公互相看了看,皇帝下诏也得去,不如顺风撑船答应了吧!五位国公说:"谨遵圣谕。"玄宗说:"朕下两道旨,一道罗爱卿去剿白马寺,拿捉凶僧,推到菜市口开刀,卿可便宜行事。二审清了胡参不必奏本,推到街头示众就杀,其门下走狗,卿适情处理。魏爱卿办这事。剩下三位爱卿帮朕整理往来奏章,十天没有临朝,有许多奏章急待处理。"五家国公以为皇帝真吸取了教训,哪知玄宗用的影身挪移的缓兵之计,要救杨国忠。玄宗一一办的很顺心。当即命内侍臣取来了文房四宝,刷了圣旨,吩咐二家国公分头去办。带三家国公到正宫娘娘处皇帝内书房取出来寄押的奏折,请三家国公一一审出主谋,然后交皇帝审阅,绊住了三家国公。

越国公罗平先去大门艺府去拜访。正好殿下大门艺治酒为左平章压惊,给大将军洗尘。见越国公来,就邀入了上座。叙过寒喧,越国公罗平把话转入了正题。夹谷清沉吟不语,蒲查隆接口道:"既是国公来了,敢不从命。明天五鼓点齐刀牌手联营,急行军去剿白马寺。带战将40名,凡是会元、进士都去。国公你就准备吧!"门军来报定国公到。众人迎了出去。定国公一看有丰盛的酒席,又见越国公在座,就笑呵呵说:"我是来赶嘴的,你老兄比我赶得还快。"众人让定国公、越国公并座上首。定国公饮了三杯酒,对殿下大门艺说:"无事不登三宝殿。我来请二位郡主,去当审官。审红罗女、绿罗秀。要用大刑,两个姑娘如何受得了。屈打成招于事无益,也有伤渤海国体。你们自审自问该有多好。殿下去问问二位郡主。能去吗?"大门艺殿下说:"这得同舍妹商量,到刑部去怕不能行。两个袖大襟长的守闺弱女,又是郡主,出乖现丑,怕不肯去。"大门艺殿下是用这话搪塞过去。夹谷大将军听了,想起当年创立震国时中台相与敌人搏斗,同自己的父亲、国王、大内相、左平章并肩作战,血染征袍,又和自己曾经一起与敌人死战。自己那时还是青年,中台相总是以父辈维护自己。渤海国成立,也有人家一份汗马功劳。就因为臣服唐或臣服高丽政见不同。高丽误投书给大内相,告诉了国王。国王怕中了高丽反间计,要调查明白再作处理。不知什么人透露消息,他竟夤夜私逃了。国王并未下通缉令。说:"凭他逃去吧。"他怎么铤而走险,假扮朝唐使臣,一定有其他国主使。想到这里就动了感情,向殿下大门艺说:"老人家陪二位国公喝酒。我们同副元帅、二位先锋官合计合计去。"

　　五个人到了书房,大将军就把自己心想的话,说给四个听。最后说:"我看汉史,未央宫围韩信,我就替韩信抱不平,恨吕后太残忍,怨汉高祖能同患难,不能同富贵。我们的中台相类似。他只有两个女儿,救出他两个女儿,也算没有忘掉故人。你们说怎样?"红罗女眼含泪水,说:"裔哥说的对。她姐妹见到我姐妹,眼含泪水,欲言又止,狠了心不相识,好像有很大委屈。但是如果我就去白马寺,分不了身。"大将军说:"红妹,你留下,让绿妹、兰妹去白马寺,请四化郎、瞽目老侠同去,也出不了意外。我也去。红妹你留下吧!"红罗女听大将军去白马寺,放了心,说:"我留下,你们回来,这边事也办好,你们对定国公说,我一不坐大堂,二不要衙役,三不准许对她打骂,只准定国公在场旁听。她准个说出实话,保住她姐妹性命,准我们带回国去。"几个人合计好了,回到客厅。殿下大门艺把这话向二位国公说了。定国公一一答应,说:"最好把二位姑娘接来。虽然还不到午时,我定国公派两顶小轿,把二位姑娘接到殿下书房,让你们姐妹谈家常似的多好。但有一样,她俩要是跑了,皇帝会怪罪我们。"夹谷大将军说:"事不宜迟,就去天牢,取来二位,绝对保证不让她们逃跑,顺便给中台相送点酒饭。请国公派侍从同去,还是写手谕送交刑部?"定国公说:"拿笔来。"提起笔写了手谕,命二位刑审御史先到天牢,就告诉二位姑娘说,殿下大门艺、红罗女、绿罗秀保释二位姑娘监外候审。去掉刑具,并给

大查忽送去酒饭。随后,副元帅、二位先锋官骑马,带两乘小轿直奔天牢,在狱门外等候。

再说两名御史到了天牢,找到狱官,狱官已吓得直哆嗦,心想查牢来了,要查出不法行为,小命就玩完了。赶紧跪倒:"老爷,有什么事?""你把新来的两名女犯,是渤海国假使臣带来的红罗女、绿罗秀。好生到女监去掉刑具,告诉她俩,渤海郡郡主派人来接,并给假使臣送来了酒饭。你们要好生看待。虽是要犯,现在还要大审,但是有个一差二错,小心你的脑袋。"狱官连声答应,赶忙来到女监,把话给两个姑娘说了。二位姑娘掉下眼泪,说:"你去回复来人,我二人愿守狱中,再无颜见渤海国人。"狱官把话跟御史说了。两个御史说:"来接的人是征西副元帅、两个先锋官,我去回禀一声。"御史出门把话跟红罗女三人说了。副元帅说:"请你们转告二位姑娘,红罗女、绿罗秀自己没有来,怕见面动了多年姐妹感情,见到你俩坐牢,放声哭起来。来接的人是征西副元帅、二位先锋官,就是渤海国的虎贲军总监,姑娘也够体面了。去也得去,不去也得去。别敬酒不吃吃罚酒。你把小轿领到天牢门口,让她俩坐好,就抬出来。把酒肉交给中台相大查忽。"刑审御史回到牢房一一说了,又把酒肉交给了中台相大查忽。二女想,真要再说不去,武夫是什么事都会做出来的。因为早已退去刑具,就整理一下鬓发,坐上小轿,被抬到大门艺府外,几名丫环把她们扶入书房。

二女一进书房,大门艺殿下、夹谷大将军见二女蓬头垢面,容颜失色,站在那里,低头不语。殿下十年没见这两个姑娘了。来朝唐时,二女还是十几岁的小姑娘,当时甩着两个小辫说:"祝艺哥早早回来,一路平安。"儿时的形象在脑际回荡,恨恨怨怨的心情没有了,走向前说:"黄小妹、紫小妹,还认识你们的艺哥吗?"二女俊眼瞧见夹谷大将军也站在那里,眼见十年不见的艺哥,低着头,一声不响。这时,来了红罗女、绿罗秀,见来了二位姑娘,花容暗淡,蓬头垢面,一语不发,眼含泪水。红罗女、绿罗秀姐妹二个,一手拉住一姑娘说:"妹妹如何落到这步光景?在金殿见面时,我就见你俩有很大委屈,下了狠心不相认。我们还是好姐妹呀!妹妹,你们有什么委屈就吐吐苦水吧。你俩没想想吗?两个二十多岁姑娘,葬身异地,作了孤魂野鬼。就不想家乡吗?我俩见到妹妹,告诉你俩,把你俩尸骨收殓起来带回忽汗州去。尽尽姐妹情肠。"红罗女有意的说出动人感情的话。使二女去掉狠了的心。这话果然生效了。两个姑娘也抑制不住了。走向前一个搂住了红罗女粉颈,一个搂住了绿罗秀的纤腰,放声哭了。红罗女、绿罗秀也陪掉了许多泪水。丹黄搂住绿罗秀说:"好好好,我死了,你把尸骨收殓起来带回故土,丹妹死在九泉也感激姐姐的恩德。要知我俩不愿离开故乡热土,到长安作个叛逆罪名的孤魂野鬼。"绿罗秀说:"你把苦水倒倒吧。憋在心里难受。我带着你俩尸骨回渤海去,把你的委屈,写一篇墓志铭刻在石碑上,留作纪念。"丹黄、丹紫听了绿罗秀话,要跪下磕头相谢。红罗女、绿罗秀搂住不放,说:"你俩不要难过,坐下喝杯茶好好说说。夹谷后裔老大哥在这里,大门艺哥也在这里。"两个姑娘听了,用手捂住脸,说:"有什么脸见夹谷老大哥,我俩是要杀他和夹谷老伯父的呀!"这是实话。夹谷大将军听二女道出了真话,走上前来说:"黄小妹、紫小妹,我是看着你俩长大的老大哥,你能杀我吗?"二女更哭了:"我俩下不了这样狠心,中了别人的圈套,跳不出来。我俩不用手拿兵刃去杀你,用话就杀了你。"夹谷大将军说:"你俩好好讲讲,怎么上了别人的当?我不恨你两个,恨的是出坏主意的人,使我们异姓兄妹自相残害,我还是把你俩当成我的小妹妹。来人,给两个姑娘倒水来,坐下,坐下。"两个姑娘见夹谷大将军很热诚,一如往昔。红罗女、绿罗秀命丫环拿来了洗脸盆,要两个姑娘梳头洗脸。大门艺殿下和夹谷大将军回到客厅,左平章陪着二位国公闲话,定国公魏英说:"两个姑娘天良不泯,意实话实说,就让她好好说说吧,皇太后是要知道为什么扮朝唐使臣后,就想把他父女交你们去办理,杀、留,任凭渤海郡王主张。所以我才把二女接到大门艺殿下府。"大将军、殿下听了,心中有了数。不但可以救出二女,也可留住中台相大查忽性命。定国公说:"我有个不情之请,我想听听。尽到我这封堂大审督办大臣兼临时的刑部尚书的职务。能想个法吗?"殿下大门艺说:"国公坐在书房套间,隔着一座绿纱帘,既能听到说话,也能看到人。她们是看不到国公的。""哈!哈!那样好极了,你俩领我去。"越国公说:"我也没事,陪你这督办大臣去。"大门艺殿下把二位国公领入了书房套间,悄悄地退了出来。两个姑娘已梳洗完了,又换上新衣服正在喝茶。

红罗女说:"把你俩受的委屈说说吧。"这时殿下大门艺和大将军也走了进来,说书人交待:本书开篇第一回曾说是否臣服唐朝那场争论,便是这事的起因。只听丹、紫丹黄两眼垂泪说道:"我们的父亲不是主张臣服高丽和契丹吗?因这事与国王、大内相、右平章发生了争吵,但我的父亲和高丽、契丹总有书信往来是秘密的。偏高丽投书人投信错投到大内相府，内相交给了国王。投信人被送入监牢，在狱中用重贿买通了狱卒写信向我父亲求援。我父亲看了，决定逃出渤海国，没对我俩和我妈说。我父亲骗我们说，他当初在孩懒河老窝集征契丹时许过愿，要带着我母女去还愿。午夜带了20个家将，我母女坐车直奔老窝集。老窝集是渤海契丹分界地，要出国界时，我父亲说了实话。我妈听了是背主私逃，不愿离开故国，就在大树上吊死了。我俩也要拔剑自刎。我父亲一手拉住一个放声大哭了：'你两个同我到契丹去隐姓瞒名，过老百姓生活去吧！现在是有家难奔，有国难投。一失足成千古恨，你俩要自刎，我也不活了。想不到青年时血染战场，中年后当了中台相，倒落得一家人死在老窝集。我怕私通外国的罪名牵连你母女，才夤夜背主私逃。'正在不可开交的时候，来了一伙契丹兵，不容分说，全被绑了，送到了哈哈达拉密，问我父亲是什么官，我父亲说了实话，受到了尊敬，全松了绑。领我父亲去见国王码汉卡，定下了一计害三贤的连环计。一是要到长安刺王杀驾，和假造书信，害死左平章。二是再派人送信给大将军，说是国王主使人陷害的左平章。让大将军与国王为难，或是大将军替父报仇。让我父亲奏请皇帝，请契丹去剿灭大将军，实际是趁国内空虚，夺下渤海。让我父亲为王，割太白山以东土地归契丹，向契丹称臣。父亲说，左平章在长安。他们说，征吐蕃去了。唐朝都征服不了，左平章是送死去了。是唐朝要把渤海朝唐使臣人马变相根绝的手段。即使回来，也得三四年，在这期间，我们就把渤海夺了下来。我父亲不肯。哪容你肯不肯，备了贡品，做了旗帜，挑选出会渤海话的兵卒七百多人。派了四名将军，秘密地把我父女装到带箱车上，扮作入城的大财主。到了洛阳，住在白马寺半个月，才大张旗鼓地扮成渤海国朝唐使臣，我父女当了傀儡。哪知到了长安，出了砸凤辇，拿住下书人的事，这都是契丹将军主使，事后告诉我们的。先龙案御审时，我俩同我父亲认为骑虎难下，就错打错来吧。对证真假红罗女、绿罗秀时，我俩想对你俩说实话，又怕牵连了你俩，一狠心就不认了。姐姐，我俩是定死无疑了。姐姐答应把我俩尸骨送回郡国，我俩感谢盛情。只是我俩把渤海巾帼的美名扫光了，姐姐也沾了耻辱。"说罢又哭了起来。然后又说："我俩把话说完了，送我俩去坐牢吧，姐妹从此永诀了。高兴的是见到了姐姐，吐出了苦水。人生总有一死，这样死太窝囊、太丧气，快送我俩回牢吧！"说着，哭得泣不成声，房中几个都掉下了眼泪。

大将军说："两个妹妹不要太难过，你俩把这事写一个陈情书交给刑部，或许可以从宽处理。"二位姑娘说："只求早死，还有什么脸活在世上，遭人冷嘲热骂，不如死了干净。快送我两个回牢吧！"大门艺殿下说："要是皇帝放你俩回国，把你俩交给我，你俩不能任性害了我呀。我们都希望你俩不死，活下去，冒天大的风险把你俩接出来。希图把你俩带回国去。你俩要是死，就是害我呀！"二女听了说："哥哥姐姐的好心，妹妹无以为报，只有泉下为你们祝福。有句话是霸王说的'无颜见江东父老'。"大门艺说："你俩要是行拙志，寻短见，皇帝会怪罪我，你俩知道我父王只我一个儿子，远离膝下十年之久。不能不让我父子见面，死回渤海去死，你俩能答应吗？"二女为难了，徐徐说道："不能让艺哥为难，我俩现在还是人，还有人性，不能把好心当驴肝肺。"大门艺殿下说："好妹妹，我放心了。你俩要回牢，也得吃了饭去。"二人说："金浆玉液也咽不下去。"又向红罗女说："兰姐不是也来长安吗？怎么见不到她？"红罗女说："去大营侍候老伯伯去了。""哎呀！见不到她了。送我俩回牢去吧！"殿下向大将军递了个眼色。二人来到书房套间，领二位国公到客厅。二位国公很称赞两个刚烈的姑娘，又可怜她俩的遭遇。两个国公商量了一会儿，说："先把二女送回天牢，这是国法。我们连夜到养老宫奏明皇太后，听皇太后懿旨。"二位国公走了。大门艺把二女送回天牢。

第八十一回　贵妃玄宗欲救奸相　丹黄丹紫细道实情

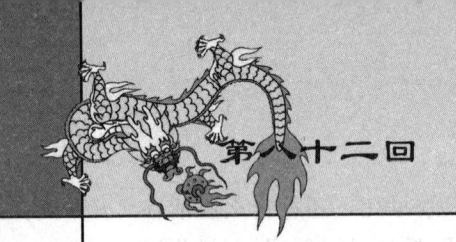

第八十二回　生爱怜皇太后宣红罗女叙话
　　　　　　比舞剑红罗女与晋王炫联姻

两位国公急奔养老宫。皇太后见了两家国公说："正想召见你们来。告诉大门艺，明天把他妹妹红罗女送到养老宫来，我要仔细看看。你俩来有什么事？"越国公罗平说："我奉皇帝命去剿白马寺，明天五鼓就动身，来跟皇太后辞行。"定国公说："我奉皇帝命审奸臣、叛逆，才审完了假红罗女、绿罗秀，用姐妹感情，使两个假的说出真情。"接着就把二女如何刚烈，如何当了傀儡，砸贵妃凤驾的、投假书的人是契丹人，如何二女将错就错，等等，详细地说与太后。皇太后听了说："这事看来罪在契丹主使。两个姑娘同他父亲是被强迫来的，事情临头顶了真，情有可原，其情可悯。只要契丹来人供认了，就把父子三人交朝唐使臣带回国去惩办。这样，渤海国要对契丹加强防御，也可揪出国内奸臣，也显得我们唐朝尊重郡国主权，和睦邻邦。再把吐蕃、回纥、哈哈密的反王、元帅都督审审，只知奉迎权势，不懂什么道德正义、忠君爱民，什么坏事都能干出来，本应杀不赦，惜其名望好，念其错投门第，放他们去吧。你们督办大臣便宜行事去。弄出眉目，禀我知道就行。皇帝也改悔了，这是好事。他本不糊涂，但上了偏听偏信的当。罪在奸臣。你们五家国公是国家柱石，我信你，告诉大门艺，送他妹妹红罗女来。你俩谁去？"越国公说："臣去，我明天就从大门艺那儿去洛阳，顺便就传太后懿旨。"两家国公退出养老宫，一个回府，一个去大门艺府。

众人见越国公来了，知道是来报信，就迎入客厅。侍从献上茶来，殿下说："国公见皇太后了，有好消息吗？"越国公就把皇太后说的话学了一遍，众人听了都很高兴。越国公最后说是来传皇太后口旨的，说罢站起身形："皇太后召红罗女明日入宫叙谈，殿下大门艺送入养老宫。"众人听了发愣。越国公说："你们发什么愣？皇太后很看中了红罗女，只有好事，没有坏事。"众人放下了心。第二天五鼓，越国公罗平，从殿下大门艺府，同大将军夹谷后裔去剿白马寺，定国公魏英要审契丹砸凤驾凶手。殿下大门艺带了妹妹红罗女，直奔皇宫院，对把守皇宫的太监说明去养老宫。六宫都太监王琳迎了上来说："皇太后命我在这儿守候。"一挥手来了四名太监，抬过一顶轿，王琳告诉大门艺："日落前带人来接，殿下不必见皇太后了。"

四名太监把小轿抬入养老宫廊下，放下了轿，走出来八名宫娥把红罗女搀扶入养老宫，红罗女低头跪伏皇太后榻下，细语奏道："臣民红罗女参拜皇太后。"皇太后睁睛细看红罗女，穿着一身红绸衣裙，跪在地上，如一团红云。吩咐声："站起来。"红罗女站起身子，见青丝如墨染，长可及膝盖。面如桃花初绽、荷花映水，眉如春叶，唇如吐朱，牙排碎玉，一笑两颊显出了酒窝。两眼有神，白眼球如一潭秋水，黑眼球如墨球晶莹，俊俏暗藏柔媚，伶俐中透出贤淑贞静。身材合度，"比花花有色，比玉玉生香"，真是千娇百媚、冷若冰霜、艳如桃李的英气勃勃的奇女子。皇太后越看越爱，命宫女搬龙交椅赐坐，红罗女谢了座，宫娥捧上香茗。皇太后问："多大年纪？"红罗女说："虚长27岁。"问："来长安几时了？"答："快要二年了。"问："同谁来的？"答："朝唐一起来的。"问："几时回去？"答："随朝唐使臣同去。"成了一问一答。皇太后转了话题："读过什么书，学过什么武功？全会哪些女工？在渤海国竟作什么？你慢慢说给我听。"红罗女就把幼年从母在忽汗湖捕鱼，从师傅只手托天老道姑学过长拳、短打、长枪、飞高纵矮的武功说了，又说从师父那学过兵书战略，学些汉古代时女工，粗针大线的，能做衣，绣花刺绣也懂得。在国内同姐妹们练武。因为想哥嫂到长安来看望哥嫂。皇太后听说会兵书战策，越发新了，就问道："目下唐朝十几个郡国，有的要造反、有的臣服，有什么好方法，不动干戈都过太平日子？"红罗女说："臣女对定国安邦的良策知道的太少。唐初太宗皇帝重兼听，不重偏听，兼听则明，偏听则暗。又说过'水能载舟亦可覆舟。'以老百姓为重，爱民如子，远奸亲民，国内大治，外则施行仁政，少动兵戈，多施恩惠，四夷臣服，外邦来朝。贞观之治，一扫战乱，歌庆升平。臣女就知这些本朝历史。"皇太后听了很满意。又问："捉来的吐蕃、回纥、哈哈密反王、元帅、都督，这是目前事应怎么办？"红罗女说："攻心为上，杀人为下。吐蕃、回纥、哈哈密远在嘉峪关瀚海之外征服不易。莫如使其感恩臣服，以武功征服，杀人百万，更会引起争端，这是'压而不服'，不如让其管。这是诸葛亮征南苗之策。臣民常常想诸葛亮雄才大略。"皇太后听了越发喜爱红罗女了。又问："年纪已过标梅期，可有什么人家'定名'吗？"红罗女羞红了脸说："臣女终身不嫁。"皇太后说："当姑子的女人是冤孽重重。女人终身不嫁是最大的傻事，也没有尽到当女人的责任。不能聪明人办出傻事。"遂吩咐宫娥

第八十二回　生爱怜皇太后宣红罗女叙话　比舞剑红罗女与晋王炫联姻

577

唤梅娘娘来。宫娥领来了梅娘娘。红罗女又参拜了梅娘娘。梅娘娘细看红罗女，秀白非凡，俊美中带英凤傲骨，光艳夺人，如天仙临凡，月宫嫦娥降世，压倒六宫粉黛。胖婢（贵妃）望见也觉逊色，自叹弗如了。梅娘娘被贵妃争宠后，叫杨贵妃"胖婢"。杨贵妃呼梅娘娘为"梅精"。一还一报。但人老珠黄不值钱，终被杨贵妃夺了宠。皇太后问："炫孙儿在哪里？怎么不来给我问安？太监去把他叫来。"太监去找晋王李炫。梅娘娘和红罗女问话。

霎时晋王来了，红罗女想要回避，但这是养老宫，不敢乱动。低头坐在那里。晋王进宫给皇太后梅娘娘请过安，见一俊百灵的姑娘坐在皇娘身旁，要躲进去。皇太后问："哪里去？"晋王说到皇祖母书房去。皇太后说："不要动，见见，这是渤海郡主红罗女，长你两岁，尊声姐姐吧，还不去行礼。"晋王不敢不听皇祖母话，到红罗女面前，深打一躬，口称："郡主，小生有礼了。"红罗女也万福相还，转身又要走。皇太后说："'封堂大审'把我闹得头迷眼花，闷得慌，我特请郡主来，你陪郡主舞剑，使皇祖母开开心。"命取两把宝剑来，也不问红罗女同意不，晋王那敢不遵，霎时取来的宝剑，放在桌上。皇太后吩咐把座椅抬到廊下，皇太后坐了，红罗女同梅娘娘也走了出来。皇太后吩咐把郡主领回宫中，脱去长服，换上短衣襟。还很自豪地说："我看过武状元、榜眼、探花献艺啊，今天再看舞剑。"宫娥把红罗女领回宫中，脱去长大衣服，宫娥又找来红绫，挽起秀发，用红绫包好头，腰系红绫，把穿的登一登，天生的足有六寸多长。宫娥领出宫来，晋王已是小打扮等在那里。晋王细看红罗女很像武状元蒲查隆，心想是表兄妹吧！皇太后说："快舞吧！舞完好吃午膳。"两个人各拿了一把剑。对面站好，晋王说："郡主请进招吧。"两个人彼此都不肯先发招，皇太后着急了："你俩谦让什么？郡主是请来的先进招。"红罗女只好遵命。手捧宝剑童子拜佛一炷香后随雏鹰展翅。这是对对手恭敬，童子拜佛一炷香是敬礼，雏鹰展翅谦宣初学乍练。两个人走在一起，打在一处，起先人慢、剑也慢，几个回合后，剑法加快，只见剑光不见人影，光华华一片，如寒冬飞雪，冷嗖嗖一团如冰团滚来。只见：

　　　　两柄宝剑上下翻，好像银蝶舞花间。银光闪闪惊人胆，冷气嗖嗖透骨寒。飞燕穿帘刺二目，游鱼渡萍奔胸前，阴阳玄妙分八卦，乾坎艮震剑法全，巽离坤兑步法稳，脚环八卦绕几圈。果老骑驴桥上站,拐李抛拐头倒悬;采和掷出阴阳板,国舅吹笛音律旋;洞宾背剑低头走,湘子丢出小花篮;仙姑笊篱分八法,钟离蒲扇上下翻。明师传下八仙剑,大路神仙命难全。

两个人越舞越来劲,红罗女明知晋王练的剑招是八仙剑,但不知他会几套剑法,不管啥剑法,阳招八仙剑,阴招八仙剑,颠倒八仙剑,醉八仙剑全施展出来。因是姑娘除了到万不得已时,才能用地躺八仙剑。晋王李炫倒纳闷了,她怎么会这么多剑法,是我门户中人了。我施绝艺"回光返照"夺命剑,看她怎么招架?两个人想到一处,撤剑急转捧剑刺咽喉,剑尖碰剑尖。练武的讲手眼身法步,两剑刃朝上朝下,谁也不肯撤剑,各自用力向后推剑,两柄剑抖颤,时间长了,晋王力敌不过红罗女。忽地从树上飞下一团红光,好像火团一般,急如闪电,快似流星,就地站起,原是一位白发红衣女道姑,伸开两手,大拇指食指中指捏住了剑刃,两臂一张,两个人各自倒退十几步。两个人在对剑时,精神集中到剑尖上。不错眼珠的看剑尖。两个人闹了个倒退都呀了一声,要跪下磕头,老道如一团火飞去了,落地一张半尺见方红纸。二个人只顾看红光去向,没有注意到,被宫娥捡了去,交给梅娘娘看是什么字,众人以为神仙下的字柬。梅娘娘看红纸上方有双喜,下面写了四句话:

　　比剑联姻,义结秦晋,百年合好,两国和亲。

梅娘娘交给皇太后,皇太后看完乐了:"我正为找炫孙儿比剑,神仙下凡来指引天配良缘。"这时晋王、红罗女都回来了。听皇太后说"什么神仙下凡,天配良缘",遂说道:"那是我师母'红衣女道姑'。"皇太后听说是晋王师母,就说:"可是当年的红拂女?"晋王说:"不知道。"皇后又问:"红罗女,你认识吗?"红罗女说:"启奏皇太后,是我的业师。"晋王发愣了:"你就是我师母教的红罗女呀!怪不得你的剑法和我一样。"要跪下行大礼,认师姐。红罗女急忙说:"这是宫中,不能君拜臣,快不要行礼。"晋王也碍得皇祖母、皇娘在这里,深深作了三个大揖。红罗女还了万福。皇太后和梅娘娘一团喜气。皇太后说:"你的师母、师傅是来给你俩当大媒来的。"红罗女涨红了脸。皇太后说:"红什么脸?男女事是人之大伦。"说罢命令宫娥把字柬递给二人看,两

579

个人都不看。皇太后让梅娘娘念给他俩听。梅娘娘念了一遍,又补充说:"既是你俩师傅、师母留下的字柬,你俩人都年纪不小了,应当谨依师训,真是天配良缘。明天皇太后,就派哪家国公去下定礼。"又问皇太后:"皇娘是这样吗?"皇太后说:"对。"其实他俩,红罗女心中有数,她师傅赠给宝剑时就说"干将配莫邪",她早知道晋王的宝剑是干将,从没说明自己宝剑是莫邪,见了晋王总是躲闪。晋王却不知,热着脸把话悄声告诉了梅娘娘,说:"我师父说,我的亲事是应在带莫邪剑的姑娘身上。"皇娘问:"她有莫邪剑吗?"梅娘娘问:"姑娘能舞剑,你的宝剑一定很好了。有名么?"红罗女说:"莫邪。"刚说了邪,猛然想到干将配莫邪,红涨了脸低下头去。

宫娥们擦桌拭椅,霎时御厨房传来午餐。皇帝家吃的山珍海味,山中走兽云中雁,陆地牛羊海底鲜。红罗女再也吃不下去了。不知是喜还是乐,总觉不得劲。好容易盼吃完了饭,奏明太后好告辞。太后派八个太监抬着一顶八抬大轿,派四名宫娥送到大门艺府第。太监宫娥辞去,大门艺见妹妹回来了,也不再去接,问见了太后,竟问些什么?红罗女支支吾吾。大门艺见妹妹不愿意说,满脸喜气洋洋也就不问了,走出房去。红罗女独坐房中以手托腮,寻思起来。莫非婚姻真是天定,我是海北,晋王是天南。"干将"真的配"莫邪"。我要终身不嫁,天不遂人愿,嫁了人当了皇家媳妇,还能回渤海国吗?我是替哥当了人质换回哥哥也好。别把兄妹都留下。父王年事已高,只有妹妹一人在身边,父王不得思儿想女吗?想到这里皱起眉头。只想到晋王一表人才,文武兼备,不用说是皇子,就是平常人,得婚如此,也该心满意足了。又展开笑颜。想到忧就皱起眉头,想到喜就展开笑颜,自也觉神魂颠倒。

红罗女刚睡一觉,喜鹊在房檐上叫个不停,自己想喜鹊给自己报喜来了。高兴起来,到嫂嫂房中去追小侄女。嫂嫂看红罗女喜气盈盈,从没有过这样高兴,说了句笑话:"孩子姑姑见到姑夫了吧。"红罗女以为嫂嫂看破了自己心事,遂说:"嫂嫂你信口胡说些什么话。我不是说过终身不嫁。"嫂嫂说:"姑娘们都说不嫁不嫁,我当初也说过这话,那知到了标梅期,自己就想快嫁吧!寻一个漂亮美貌的小女婿该有多好。见了人家年轻夫妻心里就羡慕。我是过来的人,怎能瞒了我,快说你看中了谁?让你哥哥做主。嫂嫂给你置嫁妆。"红罗女以为嫂嫂看出自己破绽,就辞了嫂嫂,领着小侄女到后院去玩。九岁的大侄女儿跑来了,欢天喜地说:"姑姑大喜了。"红罗女说:"你这孩子胡说什么?""姑夫是位皇子，长的很美又年轻，一个什么公公一个国公，带来了很多礼品，爸爸在客厅陪着喝茶呢，姑姑躲在这里。"红罗女听了，知道孩子不是说玩话，心想前脚回来，后脚就下定礼，好快呀！

养老宫送走了红罗女，就来了定国公魏英。梅娘娘躲进套间，定国公是来启奏皇太后，昨天连夜审了契丹砸凤驾的凶手，和四名将军，供认是契丹王主使，要害渤海国左平章，扩土地，用中台相当诱饵，供认不讳，刑堂胡参贪赃枉法，草菅人命。奏请皇太后，杀、放人的名单。太后说："卿可便宜行事。不必启奏了。你给我去当大宾去，哀家我已看中了红罗女，你领六宫都太监王琳给晋王去下定礼，奉旨迎娶，卿去喝喜酒吧！"太后就把比剑联姻事告诉了定国公。定国公领着晋王、老太监来下定礼。殿下大门艺喜出望外，在客厅备办了酒席，认了郎舅。定国公又告诉大门艺派人去接两个假红罗女、绿罗秀，把中台相大查忽交朝唐使臣大营看管，凭国王处置。席散了，大门艺送走了国公、晋王、老太监，派人去接两个姑娘，送中台相大查忽去渤海大营看管。诸事办完了给妹妹红罗女道喜。又重置酒筵，给妹妹贺喜。丹黄、丹紫两位姑娘来了，今天很高兴，亲眼看到自己父亲来了，渤海兵骑马把父亲接去。又派二乘小轿来接自己。想到大门艺大将军竟把仇当恩来报的宽洪大量，感激得坐在轿里哭肿了眼睛。见到了大哥就要跪下。大门艺见他两个眼睛哭的跟桃似的，就跟哄小妹妹似的："你俩快梳洗好，给你红姐姐道喜去。她嫁了皇子晋王，送定礼的才走。正好全家给贺喜呢，又添了你姐妹闺中好友，好好庆贺一场。"姐妹俩梳洗打扮定，仆妇领入正房，丹黄、丹紫见了红罗女，连说："姐姐大喜，我俩上赶来喝喜酒。"红罗女不好说什么，领二女见过嫂嫂、侄儿、小侄女。大张筵席庆贺。

剿白马寺除奸佞民心大快
摆喜婚宴结佳偶荣归渤海

　　再说去剿白马寺的人马昼夜兼程到了白马寺，四化郎化装成越国公老家人，三小化装为小家人，蒲查盛、夹谷兰化装为侍从。门头僧报告了老方丈。老方丈迎出禅堂，双手合十，手打问讯念了声"阿弥陀佛，"就被四个化郎按倒，刺穿琵琶骨，削断大筋，倒在地下。众僧抄起兵刃赶来，各执兵刃来抢方丈。越国公大喝一声："敢和官兵对抗，反了！动手拿人！"各侍从都是渤海大营战将，见秃头就杀。贼僧就亮出了飞蛇抓、红绒套锁环。战将早备了棉团解药。贼人想越墙逃跑，大将军夹谷后裔命团牌手放箭，没有两个时辰，把贼人拿住五百多，死伤七百多人，把小和尚都放了。把管事和尚推到寺外一律杀死。找来了地方官，告诉重换僧人。又命罗棰、罗帮带战将十名，团牌手一个本营，去葫芦峪，把被囚贼秃全部烧死在九转镙丝洞。告诉他兵回洛阳等候，大营不必回西安。越国公领团牌手一个小分营同大将军战将回洛阳。留四个团牌手本营驻白马寺，等候大营。越国公、夹谷大将军赶到长安，见大街上拥满了人群，杀人场的斩刑部大堂有胡参、契丹一百多个要犯。大牢里又放出了吐蕃、回纥、哈哈密反王元帅、大都督，命他们归国，到杀场看看，杀赃官出口心头气。越国公、夹谷大将军越过众人。领从将到了殿下大门艺府，见家人悬灯结彩，打扫庭院，喜气洋洋，大将军问门军："府上现办什么喜事？"门军见是大将军行了军礼，说："大郡主红罗女嫁给皇子晋王李炫。端午节日要迎娶，还有五天了。"门军跑步到书房说："大将军回来了。"殿下迎到大门外，把越国公罗平，夹谷大将军迎入客厅。改变男装的女将，竟忘了是改装的男儿汉，拥入了内室，给红罗女道喜。夹谷兰看到了丹黄、丹紫，也忘了自己是男装，要过去亲热，倒被二姑娘恶狠狠瞪了两眼，才想起自己是位男儿汉，退了下去。红罗女说："你们这些男将军闯内室，仆妇丫环都躲了，多不雅观。明天让女将们来，你们还是到客厅去喝茶吧。"众女将这才想到了乐的忘形，就又拥入客厅。蒲查盛和夹谷兰更换了女装，来给红罗女道喜。丹黄、丹紫二个姑娘拉住夹谷兰手说："姐姐，你不是侍候老伯父了吗？才回来道喜。我俩却从忽汗州千山万水受尽跋涉之苦赶了来。"说着话眼含泪水。夹谷兰知道他姐俩见到自己有满怀心腹事尽在泪水中。遂说道："你两个真是孩子气。红姐姐出嫁,你俩竟舍不得,被姐夫知道了,要骂你两个扯姐姐后腿,当心挨骂。"两个姑娘听夹谷兰虽是说的俏皮话,实际是给自己要掉下的泪水打掩饰。笑着说道:"你这是怕我两个在你出嫁的时候扯后腿。事先借红姐姐的喜事打招呼,一语双关哪。你放心,我俩决不扯你后腿,把你早早给姐夫送去。"几句幽默的笑话,惹得几个人都笑了起来。客厅已摆上了迎风酒,众将开怀畅饮。内宅红罗女、丹紫姐妹,仨人同嫂嫂侄儿、小侄女在欢笑中喝酒谈笑。正是:人逢喜事精神爽,笑在眉头喜上心。鲜花放蕊庆佳偶,淑女巧配俏郎君。宴罢送越国公罗平和众将,姐妹仨异地相逢欢喜非常。

越国公罗平到养老宫去奏明"白马寺,已被抄没。"皇太后说:"早就应当把这个恶僧妖道的幸福天堂整理一番。白马寺是千年古刹清净禅林,坏在陈硕真手里,这次绝了根。你回来要帮魏英把杨国忠的党羽拔拔。这帮坏东西不知陷害了多少良民百姓、多少清官?只知狐假虎威,管什么伤天害理,先把长安的在三天内除掉。"越国公罗平连府也没回,在刑部找到了定国公魏英,把太后口旨说了一遍。然后说:"长安官吏何止千百人,怎么知道谁是杨国忠党羽,限期又短?"两名刑审御史说:"常言说要知机密事,须听亲信言。杨国忠府中去,找他的管家,管家婆和他的老婆总可打听出几十名。然后顺蔓摸瓜岂不省事。"一行四人带了几十名衙役到了杨国忠府,传来了管家、管家婆,问他们:"你们老爷放出去的官,你们有认识的,都说出来,争取免罪,早早把你们放了。"众人都看大管家杨么。定国公罗平吩咐声:"先把杨么绑了,带到外面打50大板。"刑部来的衙役那敢怠慢,打的皮开肉绽,还不肯说。罗平说:"再打一百。"杨么的婆娘,叫花里梢,跪下说:"老爷饶了他吧,我有方法能把这些坏人都扯出来。"越国公罗平说:"你只要说出办法,就不打他。"花里梢说:"贵妃的溺器、裹脚条子、月经布和我家太太的都归这伙人洗刷,这伙下流东西,洗这些肮脏物,好像尊荣的了不得。把溺器洗完了,带回家,顶礼焚香,诚恐诚惶地膜拜。说是贵妃和太太悬赏,向别人夸耀炫示。"刑审御史纪德明听了很为奇怪,就怒喝道:"你在胡说什么?给我掌嘴。"刑部衙役过来,左右开弓,"啪!啪!啪!"就打了十几下。花里梢满嘴流血,央告道:"我说的是真话,等我说完了,领老爷去验就知道了。"纪德明说:"你从头说来。"花里梢说:

第八十三回　剿白马寺除奸侫民心大快　摆喜婚宴结佳偶荣归渤海

583

"我家老爷外跨院，总住有三四十人，是求老爷来找官当的。我家太太认为他们是吃闲饭的奴才，就派他们每天黎明时分，站在内宅廊下，垂手侍立，给太太倒溺器，洗裹脚条子、月经布。宫里贵妃的溺器、裹脚条子、月经布，每月用小轿派这伙人去抬三次，回来洗刷。溺器是从江西景德镇订制的细瓷莲花盆，一天只有一个。裹脚条子、月经布是从苏杭运来的白湖绸。这伙人用凉水洗净，月经布有的人写了家谱，画了字画，他们说以水为净。到五月节、仲秋节、元宵节，有得二个的、一个的就放官当。这是太太的主意。太太说当年越王勾践就给吴王夫差尝过粪。这帮奴才，给贵妃和老娘倒溺器，洗月经布，这是忠仆，也是他们的光彩。不信我领你去看，你们刑部堂官就有一个叫怀仲根狱官，还有一个叫周布道的，我们太太在阴道中生了蛆，他俩用嘴吮出来的。他俩还得意地说：汉有邓通给汉武帝吮吸疮毒，我俩给太太阴道吮毒，尝到了太太的甘露。美的了不得。我领老爷去看。"

越国公命二位刑审御史去看，一顿饭时，把怀仲根、周布道两个人带来，每人捧着江西细瓷八宝莲花盆，盆中的白湖绸写的祖谱。字画是他俩祖先像。二家国公看了皱起眉头说："这帮下流东西，从狗洞子钻出去，就一步登天。常言说小人得势，吹毛求疵。见忠良恨的入骨，见奸臣奴颜婢膝。老虎屁股摸不得，马蜂窠捅不得。人以为耻，他以为荣，不知害了多少忠直清官，残杀了多少无辜，既是找到了这条线索，就动手吧。先把在长安的孽党一网打尽，罪恶小的让他们受打陪死，严重的杀。"命御林军，京城守帅，即刻戒严捕捉。

一声令下，全长安戒严，到五月初二早晨，就捕了八百多名五品官以下的，拿着杨贵妃和杨国忠老婆溺器的大小赃官。两名刑审御史恨透了这帮狗戆，跪绑长街，头顶溺器，自诉罪状。长安受害的老百姓，有的过去拳打脚踢，有的给咬去耳朵，啃掉鼻子，捅瞎了眼睛，扯破了嘴，打掉了牙，揪乱了头发。其中也有毫毛未动的十几人，就放了。挨打少的受打，去陪死，重的赶到法场正法。陪死的260人，释放的16人，正法的608人，共884人。完结了长安城的贼。又通晓全国州城府县，凡有杨贵妃、杨国忠老婆溺器的、裹脚条子的、月经布的，文武官员五品以下的一体拿获。四品以上看管免官，听候查办。全国轰动了。不出旬日，报来的总数就有八千多人。又进行详查，放的放、囚的囚、杀的杀，完结了这桩公案。漏网的希图幸免，打碎了溺器，烧掉了血经布，裹脚条子。但他平日总是炫耀过，是贵妃恩赏，有知道的就给揪了出来，交到当官。更有摇身一变，说是受害的。到处宣扬也被查了出来。得到应有的罪名。也有的潜形匿迹，磨刀霍霍，希望杨国忠东山再起。这伙人真盼到杨国忠重当丞相。皇太后、怡亲王在一年后驾崩了。火烧了皇太后书房，在杨国忠府搜出的书信，尽被烧掉，内有杨贵妃高力士，怂恿玄宗，外有贼臣为援。五家国公，死了越国公罗平，定国公魏英，剩下的三个国公年老多病，就冲淡了"封堂大审"。杨国忠官复原职。直到安禄山造反，逼驾去西蜀，马嵬驿兵谏，梨花树下缢死杨贵妃，乱刀剁死杨国忠，算肃清了贼党。唐玄宗仍眷恋杨贵妃，在夜宿孤刹中自艾自怨地说："不该兵权错付卿干子，悔不该国事全凭你令兄。细思量都是奸臣他们误国。为什么偏说妃子你倾城？"从唐玄宗语中，就可知道马嵬驿兵谏，杨国忠、杨贵妃积民怨多深了。正是：善恶到头总有报，只争来早与来迟。这是后话。

　　端午节的长安，骄阳似火。晋王府高搭彩棚，锣鼓喧天，贺客盈门。国戚国亲，公侯王伯齐来庆贺。皇太后从宫中挑选了一百名宫娥彩女，一百名小太监，命六宫都太监送到晋王府服侍来宾。又想到晋王去迎亲，要有人陪伴，就想到了武状元、榜眼、探花人才出众。就派太监到朝房召来越国公罗平。罗平参拜了皇太后，皇太后说："请你这位大主考来，给晋王娶亲时请几名傧相。就是武状元、榜眼、探花。你是他们的座师，一召就来。你到大门艺府去领他伫来。"罗平说："这事臣终能办妥。我这就去，皇太后听信吧！"罗平离了养老宫，直奔大门艺府第。已是高搭彩棚，悬灯结彩，男女来客，熙熙攘攘，热闹非常。门军通报了。大门艺殿下接了出来，请进书房。罗平开门见山地说："贺喜我端午节再来，今天是来请武状元、榜眼、探花给晋王在娶亲日当傧相去，这是皇太后的口旨。"大门艺听了吓的头昏了，口颤了，身上发抖。罗平见状，以为大门艺中了暑，说道："殿下贵体欠安。告诉从人把他伫唤来，我领见皇太后，殿下休养休养吧！"大门艺镇静了一下，欲言又止。罗平很奇怪，大门艺为什么精神反常。遂问道："殿下有什么碍难吗？"大门艺点点头。罗平说："你对我说说，我可以给你分忧。"大门艺说："事到如今不能不说了。我有欺君之罪，越国公你把我绑上送金殿，我去领罪。"越国公惊异了："什么事这样严重？"大门艺说："武状元、榜眼、探花都是女的，红罗女是蒲查隆，绿罗秀是蒲查盛，夹谷兰只改了兰字女扮男装去武科场夺魁。我以为三个姑娘去开开眼，连进士也考不中，那知竟夺下了三鼎甲。这欺君之罪，不是落到我的头上

第八十三回　剿白马寺除奸侯民心大快　摆喜婚宴结佳偶荣归渤海

吗?"越国公罗平听了,搔了搔头皮说:"红罗女是真的吧!"大门艺说:"这假不了。"罗平说:"只要红罗女是真的,就好办。红罗女是皇帝的儿媳,又是武状元,皇太后一定欢心。只要皇太后说声无罪,天大事就化解了。我们也来个苦肉计,到养老宫外,我命太监把你绑去请罪,请太后赦免。你看怎么样?"殿下大门艺说:"这事不要声张,渤海大营将军们都在这里贺喜。别弄得上下人提心吊胆。我跟国公去,就说皇太后问我喜事办的怎样,商量迎娶的事。"罗平说:"事不宜迟。"

大门艺告诉了夫人,就同罗平到了养老宫,在宫门外吩咐太监绑了大门艺。太监们都很纳闷,怎么把新娘的哥哥绑上了,但不敢问。罗平进了养老宫,皇太后就问:"你请来了吗?"罗平说:"启奏皇太后,没有请来,我把大门艺绑了来。"皇太后很吃惊说:"大门艺他反对?"罗平说:"不是,三个人都是女的。红罗女是武状元,绿罗秀是榜眼,夹谷兰是探花。大门艺有欺君之罪。我把他绑上要交给皇帝。皇帝退朝到怡春院去了。我来启奏太后。"皇太后听了,说:"武氏当权考过秀女,留下了女人也想来应试的苗头。红罗女是真的吧!"罗平说:"这假不了。"皇太后说:"先把大门艺松了绑,我问问他。"吩咐太监给大门艺松了绑带进养老宫。大门艺跪伏在地:"臣参见皇太后。"皇太后吩咐站起身子,问道:"红罗女是武状元,你为什么不事先奏明?""启奏皇太后,红罗女几人去应试,臣不知道,皇帝钦点了进士,臣才知道,以为中了进士是一时侥幸,再也考不上会元和三鼎甲。臣以为她仨去开开眼,见见天国上邦场面,归国后也开考场。渤海国女人会武的很多,准允女人入场考试。不是男女英才都有吗?哪想到夺了三鼎甲,又去征西。臣想征西回来就回渤海。又不在朝堂当官,就瞒过去吧。哪知道红罗女被皇太后看中了意,下了定礼。臣想红罗女真的,瞒过状元的名衔。那知皇太后要三鼎甲当傧相,再也隐瞒不住了。臣前来请罪。"皇太后说:"我们娶的是渤海郡王的女儿红罗女为晋王妃。哪管她是不是状元。这与办喜事不相干。"罗平说:"要被皇帝知道了,要怪晋王呀!你是征南监军,征西监军,蒲查隆三人是女的,你就不知道?蒙君作弊,晋王就有口难分辨了。"这事本是皇太后主办的,又疼孙孙,又爱这没过门的孙媳。就命六宫都太监去怡春院找皇帝。王琳到了怡春院,告诉小太监,皇太后口旨,召皇帝到养老宫。

玄宗整了衣冠,随王琳进了养老宫。参拜了皇太后。罗平、大门艺参拜了皇帝。皇太后命皇帝、罗平坐后,就问玄宗:"太祖、太宗、高宗定下过女人乔装进考场是犯罪的刑罚没有？"皇帝说："没有，唐初就有许多女将，我的先祖太祖女儿平阳公主，柴绍的妻子，就是在鄠县散家财募军民，响应太祖太宗反隋，帮助奠定了大唐天下。柴兴祖不是柴绍的后代吗？世袭王位。皇娘问这话做什么？"皇太后说："你要是娶个武状元儿媳，你乐不乐？"玄宗说："这是妄想。"皇太后说："妄想什么？红罗女就是征西副元帅，武状元蒲查隆。大门艺绑了自己要到金殿请罪，皇帝退了朝，越国公把他领到养老宫。"又把如何去请傧相、大门艺如何说的，告诉了玄宗。玄宗说："先朝没有这个，倒也没定下过刑律。渤海郡来应试的也没想到有女的。罗爱卿，你说怎么办好？"越国公说："我倒有个主意，找来定国公、鲁国公、护国公、英国公共同商量。红罗女是真的红罗女，这事就好办。"玄宗说："就依卿的主意。"盼咐太监去各国公府去宣诏。四家国公来了。罗平对四家国公说了个详细。定国公魏英说："这好办，皇帝娶个状元儿媳。先朝没这个例，我们能开这个例。就下道诏旨，因急求英才去征西的渤海女将有假扮男装上科场中状元、榜眼、探花、会元、进士及第的，本应查究问罪。姑念为国效劳，征服吐蕃、回纥、哈哈密立下汗马功劳，不受唐朝封官。朕以学位功名授之。其未入武科者男女战将一律赐以解元及第。这样既赦免了欺君之罪，又褒奖了有功战将，例不由我皇帝开，罪不由我皇帝定。一举两得，岂不更好。"玄宗点头称赞。

玄宗当即下了诏旨。大门艺跪谢皇帝，拜捧着诏旨，回到府第供上诏旨，命征西大营众将来贺喜的全部跪倒。殿下大门艺宣读了诏旨，征西大营众战将欢喜若狂，尤其是罗振天一家三十多口男女都有了功名。冼清也有了功名，成了全营战将皆名士，元帅帐下无白丁。渤海国来朝见的将士、使节、大门艺家人侍从各个欢喜，都说沾了郡主的光。这道诏旨很快传遍了长安。人人传为美谈。

到了吉期，晋王府更热闹，车水马龙。衣冠楚楚，人才济济，群贤毕集，排开执事，金瓜钺斧朝天凳，后面是宫灯彩灯龙凤灯，日扇掌扇鹤扇龙凤扇。两台八人大轿，一个是金顶绣团龙，一个是金顶绣彩凤大轿，后面是两顶亲客大轿，最后面十二面铜锣开道，军乐、民间乐、民族乐队一行行，一溜溜。鞭炮齐鸣，直奔渤海国驻唐使节府第。到了大门艺府第，鞭炮齐鸣。迎新郎晋王入客厅，迎接新女客，到内宅。给新娘红罗女梳洗。头戴凤冠，身披霞氅，腰系山河地理裙。16名宫女抬入轿中，放下凤帘，鞭炮齐鸣。抬起大轿走出府门，比来时更加热闹。

头前里高挑喜字，龙凤呈祥彩旗。后面是 12 面开道铜锣敲的震天响。全副执事。后面是乐队。乐队后四个俊童骑在高头大马上，并排走着彩轿紧跟在后。四乘八抬大轿是娶亲客送亲客。轿后是殿下大门艺，夹谷大将领着渤海大将女榜眼、探花、进士、解元，后面男的进士以上的头戴短翅乌纱帽，身穿红袍，腰横玉带，足蹬朝靴，端坐马上，解元公头戴解元巾，身着解元服，一律天蓝色，各骑骏马。这伙人马，拖有一里多长。大街小巷挤满了看热闹的人。

娶亲人马到了晋王府，鞭炮齐鸣，迎入府中，下了大轿，拜过天地，饮了合欢酒，送入洞房。六宫都太监王琳张罗开喜筵招待来宾。斜阳西下，众宾客散去。晋王府的侍从，宫娥太监请出了晋王、晋王妃——红罗女坐上座。众宫娥、太监、侍从拜过了晋王晋王妃，大张喜筵。直喝到日落黄昏，倦鸟归林。喜娘四人把新娘子红罗女晋王妃引入洞房。秉上银烛。喜娘铺好被褥，晋王妃卸去钗簪，换上了睡衣。红罗女到了这时听凭喜娘摆布。四个老宫人又把晋王领来，脱去朝服，摘王冠，脱去朝靴，换上睡衣拖鞋。八个人双双跪下，齐说："恭喜王爷王妃百年合好，举案齐眉，双生贵子，福寿绵长，奴婢贺喜了。"站起身来，走了出去，关好了门。

洞房中静悄悄，红烛吐焰，粉墙映影，一对玉人相偎相依。红罗女手捧鲜花，粉面含春，微微含笑。可怜无限难言隐，只在拈花一笑中。正是：浪蝶鲜花入绣帏，两意情浓相依偎。鲜花绽开含苞蕊，浪蝶幽寻花阴遂。第二天五鼓，穿好朝服。夫妻双双坐轿入宫院，先到养老宫给皇祖母跪安。皇太后见红罗女穿上宫服更美丽了，喜的赏金如意一对。吩咐："到正宫、东宫，然后到西宫，你的皇父、皇娘都在那里，今天不上朝。"夫妻到正宫，东宫，娘娘皆有赏赐。然后到了西宫，宫娥禀报了梅娘娘。命二人到梅娘娘书房拜见。夫妻二人进了书房，拜见皇父皇娘。玄宗和娘娘看到佳儿佳媳，心中十分欢悦，赏了金凤凰一只。吩咐到王兄府上去。夫妻二人转了一天才回府。

渤海国朝唐使臣女将们来辞行，明天五鼓，就两个联营先行。18个联营陆续启程。红罗女听了，牵住这个，又拉那个，两眼落下泪来。一手拉住赫连英，一手拉住东门芙蓉说："我离开渤海后先认识二位姐姐。相聚两年，情同骨肉，今日一别不知何年相会？"又拉住绿罗秀，对妹妹说："父王年事已高，哥哥和我远离膝下，就靠你多替我尽孝了。"对夹谷兰说："妹妹你我十多年在一处，不想今日分手。"又对丹黄、丹紫说:"两个妹妹回国后好好的自悔,我父王与王伯们不能与你两个为难。"拉住这个哭,拉住那个也落泪。哭的不可开交。

门军来报,六宫都太监来见。晋王到书房,见了王琳,老公公说:"明天早朝,皇帝召见晋王、王妃。"晋王说:"公公知道什么事?"王琳说:"我听皇帝向皇太后请求,派晋王驻渤海长史。梅娘娘也同去。大门艺殿下也携眷回国。渤海国另派使节,明天就为了这事。咱家走了。"晋王回到内宅,见哭了满屋子人,王妃哭的和泪人一样,遂说道:"你们听我告诉一个好消息,你们都乐得拍手。"众人以为他说笑话,王妃红罗女说:"我和众姐妹要离别了,也和你晋王相处一年多,你不伤心,反说笑话。"晋王说:"不是说笑话,六宫都太监来告诉明天早朝,父皇召我夫妻入朝。"就把王琳话学了一遍。众人听了都乐的前仰后合,真是天从心愿。

书中交待,这事出自杨贵妃心裁。玄宗在梅娘娘处住了一夜,她盘算了一夜。梅精和皇帝感情深厚,又娶了儿媳。虽说徐娘半老,容颜并未衰褪。又得皇太后偏爱。她母子在朝,我哥哥休想出天牢。想好主意,玄宗驾临,坐在玄宗膝上,给玄宗道喜。然后说:"渤海郡与唐朝和亲了,大门艺应放回国去。晋王和渤海兵将相处二年。感情极深,派晋王当长史驻忽汗州,南管高丽,西管突厥、契丹,东边有晋王坐镇,皇帝省多少心。我当初保荐晋王去当征西监军,眼力不差吧!"玄宗听了很以为然,就说:"这事要经皇太后答应。"玄宗就到养老宫把这事奏明皇太后,偏这时梅娘娘又来了,参拜皇太后、皇帝,侍立一旁。皇太后把皇帝说的话对梅娘娘说了一遍,梅娘娘说:"让炫儿去很好,一是为国家安宁,二是他皇父也省了操心。"皇太后见梅娘娘也愿意,对皇帝说:"就那么办。"梅娘娘给皇太后、皇帝磕了头:"我先替炫儿谢恩。"然后说道:"贱妃有事启奏皇太后、皇帝,贱妃15岁入宫,侍侯皇太后二年,又侍侯皇帝25年。现在贱妃年龄四十多了。皇帝又有人侍侯了。贱妃想享享儿孙之乐,跟炫儿去。抱了皇孙一年后,贱妃就回来,恳请皇太后、皇帝恩准。"玄宗想起当年的恩爱夫妻,现在冷落了西宫。莫不如让她同炫儿去享享清福,以目示皇太后。梅娘娘见皇帝示意,就跪在皇太后膝下说:"当初我是皇太后宫女。又当了妃子二十多年,总是早晚来侍侯皇太后。请皇太后开恩,让我跟你老皇孙去吧,你老皇孙还年轻,也需要我去。一个人孤零零在国外,也想家乡呀!"皇太后舍不得梅娘,又牵挂皇孙,想了想说:"皇帝让你去,你就去

第八十三回　剿白马寺除奸佞民心大快　摆喜婚宴结佳偶荣归渤海

吧!"梅娘娘因容颜渐衰,冷宫寂寂,常想到汉高祖的吕雉,当了太后,把汉高祖爱姬戚女,害的挖去眼睛,割去鼻子,削断手脚,变成了鬼。每想到这,就胆战骨惧,因自己与胖婢争过宠,胖婢怀恨在心,常常嫉妒。皇后又多病。倘皇后先逝,胖婢要执掌政权,自己就得大祸临头。想到汉文帝保皇娘去燕国,母子安然无恙,没有遭受吕后的残害。自己常想,我的儿子已经长成,要有这样机会,就同儿子去。恰好晋王去渤海当长史,梅娘娘得了这个机会,岂能放过。恳请皇太后、皇帝恩准,实际是全身远祸。安史之乱后梅娘娘才回长安,玄宗正当了太上皇,再也不放梅娘娘离开身边,哀求梅娘说:"采频何太忍心,朕年已高,卿去再无知心人了。"梅娘娘才住太上皇宫。

第二天早晋王夫妻到了金殿,跪伏龙书案下。玄宗看到佳儿佳媳,心中充满了喜悦。封晋王为东王,假节钺,管高丽、百济、突厥、契丹,驻渤海长史。封红罗女为渤海郡神武大将军、飞卫红娘子、东王贤淑妃。命夫妻二人下殿,整顿行装。又召大门艺上殿。大门艺跪伏金阶。玄宗命平身:"卿来长安十年之久,理当回国,驻唐使节另换文武官员来,卿国与唐已合亲,永无疑忌。整顿行囊回国吧。"大门艺谢了恩。定五月初一日启程。渤海大营第一联营与第一辅助联营,于鸡鸣五鼓已离开长安。郎舅兄妹,去渤海大营,请左平章一同登程。左平章已听到了喜信,告诉大门艺:"与东王渤海公说,大将军后裔乘千里金睛驼,今晨回国去了,给国王报喜,给长史王与殿下修整府第,你们与东门芙蓉、赫连英带女战将同行。我明天就要启程。给霍查哈留下补充营。驻殿下府第,命名为渤海郡国驻长安使节代办处,霍查哈任代办,主持辅助联营家属去忽汗州事宜。同殿下来朝唐的侍从仆妇,一同带回国去。我告诉大将军,奏明国王,速派驻长安使节带二百多名留唐学生,在长安学习。我没有和殿下商量就做了主。"殿下大门艺忙说:"老伯父和我倒客气起来,小侄有事要向王伯请求。哪知王伯早安排好了。我们要回府去,整备行装,明晨再来送老王伯回国。"左平章说:"太麻烦。把四个孩子给你们留下保护梅娘娘。你们走后,我还得想想还应该办什么?"郎舅兄妹辞了左平章,又同众将寒暄了一会儿,就各自回府。

初九日皇太后派太监给红罗女送来了两面绣旗,黄底红字,旗四周红色绣穗,长九尺宽五尺,大书"两戟打遍天下!三箭射转乾坤。"上书"皇太后钦赐神武将军飞卫红娘子。"晋王夫妻跪拜接旗。随太监到养老宫辞行。皇太后嘱咐常通书信。夫妻到西宫接梅娘娘入东王府。

第八十三回　剿白马寺除奸侯民心大快　摆喜婚宴结佳偶荣归渤海

五月初十鸡鸣五鼓，赫连英率领人马到东王府。东门芙蓉人马到殿下大门艺府。两支人马约在长安东城门会齐，一同上路。到了东城门东方才捧出一轮红日，围观的人如潮水涌来，呀！好威武庄严啊！头先里三员女将，头戴短翅乌纱帽，身穿红袍，腰横玉带，足蹬朝靴，马鞍鞒上挂着兵刃，佩剑，骑在高头大马上，两杆大旗迎风飘，一杆是渤海朝唐使臣第一联营，一杆是大唐国朝会元及第，不用说三员女将军都是武会元联营的主将。后面是骑马的勇士，身穿戎装，每个人有一头骆驼，驮着轻便铁炮、炮弹，气势昂扬。队后挑起了一杆大旗，大书"大唐朝驻渤海长史，"黄罗伞下是位英俊王爷坐逍遥马上。后面是执事金爪、钺斧、朝天凳、日扇、掌扇、鹤扇、龙凤扇、鹰幡、鹤幡、崑宫灯、彩灯、龙凤灯。彩辇上坐一位老妇人，头戴凤冠身披霞帔。腰系山河地理裙。四名宫娥相陪，辇两边有四个俊童，一个骑虎架鹰，一个骑黑熊带猴，一个骑卷毛狮子，带金狮子毛獒，一个骑金钱豹带老雕。各个手挽带链兵刃保护凤驾。辇后挑出三杆大旗，上书"大唐国朝渤海郡神武将军飞卫红娘子状元及第"，又一行写"渤海朝唐使臣虎贲军大本营总管神武大将军"，二行并写字尾大书"红罗女"。左右两面绣旗上，皇太后钦锡下面大字，左边旗是"两戟打遍天下"，右面旗是"三箭射转乾坤"。二十多名女将穿着会元朝服，进士衣帽，相伴一位美妇，骑在日月骅骝白马背上，马鞍鞒上挂着两只银戟。身带宝剑，头戴长翅乌纱帽，身穿蟒龙袍，腰扎玉带，足蹬朝靴。一看便知是大唐朝、渤海公神武将军红娘子红罗女。后面挑出二杆旗，一是"大唐国朝榜眼及第"，一是"大唐国朝探花及第"，二员女将。后面又挑出二面大旗，三员女将各穿会元之服，带着大队人马和前面队伍一样的旗帜，一样的装备，后面有驼轿二十几顶。是大门艺殿下夫人、侍从、太监宫娥。一行人马离开长安，直奔洛阳。

夹谷大将军到了洛阳，罗棰已从葫芦峪到洛阳，团牌手联营从洛阳启程奔登州，是前哨兵。正是：奉旨还朝，地动山摇，逢山开路，遇水搭桥。大营人马陆续过洛阳，到登州，奔海湾岛，到乌拉，过天门岭，到忽汗州。探马报到银安殿，说："左平章已到城外。"国王大祚荣亲率文武百官迎到城外。左平章见国王来迎接自己，翻身下马把马交侍从。这时国王紧走几步，握住了左平章手说："老兄啊！我听说你去征西，很担心你把尸骨葬在沙场。今天倒是很硬朗回来。天相吉人了。"左平章说："我不完成使命，老天不会让我死。"左平章要行君臣大礼。国王扶住道："老兄啊！我应该给你行全礼，一是完成了朝唐使命，二是使我一家骨肉团聚，把小女配皇室，三是去时兵不满千将只三女，现在有二万多人回朝，皆老兄为国为老朋友操劳所得。我应给老兄为国家为私情行全礼。""我们俩免了吧！"众文武百官来拜见左平章。大内相富察氏一手挽住左平章细细看了半天说："这个老东西倒好像年轻了。""老当益壮啊！"因大内相和左平章是连襟兄弟，常说笑话。老战友相见，又说起了笑话。众文武参拜毕。国王大祚荣请左平章上马，奔银安殿。左平章见大街房屋栉比，银安殿金碧辉煌，与离开长安时迥然不同。众人到了银安殿。摆上庆功洗尘酒筵。国王大祚荣问："娘娘几时驾到？"左平章说："五日后。"众人开怀畅饮。席散后各回府第。左平章回到自己府第，一家人欢聚。

过了五天，梅娘娘驾到。大祚荣率领满朝文武迎出十里之外。跪伏道旁，迎接凤驾。左平章领国王大祚荣来见长史李炫，国王要行大礼，长史不肯。长史要行翁婿大礼，国王大祚荣也不肯。左平章从中解围说："两免了罢。"长史李炫，领国王大祚荣拜见梅娘娘，要行大礼。梅娘娘命长史扶住说："这不是长安皇宫。亲家免礼。"大祚荣向梅娘娘敬了三个大揖。后面红罗女、绿罗秀、夹谷兰、殿下大门艺带夫人领一双儿女来见父王，跪倒在地。众女将也全跪下。国王大祚荣看儿子已有短须，去时只夫妻二人，现在又带回一双儿女。又见红罗女做了王妃，绿罗秀满面春风。一家亲人团聚了。夹谷兰拜见了国王。国王说："你与两个姐妹同去同回辛苦了。"夹谷兰说："老王叔，多谢关心。"退了下去。国王大祚荣吩咐都站起来回城。正是：

　　　　鞭敲金镫响，
　　　　人唱凯歌还，
　　　　朝唐归来后，
　　　　渤海换新颜。

附录：敖东妈妈（萨满神谕）

傅英仁 传唱　王松林 整理

请　神

纳尔呼　萨尔呼①

升起东山柴
举起西山火
拿出米儿酒哟
摆上那狍鹿肉
干果细细切
清水安放好
四个扎里
一对旗手
皮鼓齐鸣哟
腰铃摆动喀
满堂珠申②
启户迎神　启户迎神
敖东葛山　东牟山③哪
要通河上　额林川哟
靺鞨窝集　头行人哪
敖东妈妈④　显神通吧
显神通吧
敖东妈妈神通大呀
手使双刀带马叉呀
鹿皮衣裙分八扇呀
狍皮花帽两股叉呀

---

① 纳尔呼　萨尔呼：满语，语气词。
② 珠申：满语，指女真人。
③ 东牟山：渤海国建立震国的山城，现在吉林敦化境内。
④ 敖东妈妈：满族供奉的祖先神，相传是红罗女的化身。

593

比剑联姻

骑着枣红高头马呀
虎皮鞍子铜挂钩呀
铜挂钩呀
乞四阿哥必尔腾①哟
骑着白马手使叉呀
手下超哈七八千呀
一气攻到营州山呀
营州山呀
杀了契丹头行人喀
救回靺鞨珠申阿哈
领兵回到东牟山罗
敖东妈妈紧闭关啦

纳尔呼　萨尔呼

话不投机动干戈啦
红白战马四蹄登呀
双方舞起像银山呀
马叉耍起赛金龙呀
两人打得难分解呀
敖东格格暗自夸呀
名不虚传乞四阿哥
人才出众武艺高呀
乞四阿哥暗暗夸呀
敖东格格好人才哟
打了三天和三宿呀
各自筑城各收兵罗
敖东格格修个敖东城
乞四驻兵东牟山罗

----

① 乞四阿哥：渤海著名开国将领乞四比羽。必尔腾：湖水，这里指乞四战斗在镜泊湖地区。

594

附录：敖东妈妈（萨满神谕）

纳尔呼　萨尔呼

敖东格格去求婚罗
乞四摆下五道关啦
头道关是安车骨关
十八个铁葫芦上下翻
敖东格格心不慌哟
箭射十八发过了关
二道关是栗末关哟
波浪滚滚上下翻哟
敖东格格心不怕哟
鲤鱼打挺过了关罗
三道关是拂捏关哟
三座高山拦路边哟
敖东格格心不惊啊
骑马跨过三座山啦
四道关是号室关呀
九条大蟒扑身边啦
敖东格格心不颤呀
刀斩九蟒过了关啦
五道关是太白关呀
十八员大将把路拦
敖东格格心大怒啦
一气斩死十八员啦
乞四阿哥心害怕
颤颤惊惊结婚缘啦

纳尔呼　萨尔呼

契丹八部来侵边啦
乞四阿哥去迎战啦
骑上大白马挎上穿云箭
八部队伍好威严呀

595

连战九天和九夜呀
乞四阿哥赴黄泉啦
这、这、这一这喔
赫罗萨尔呼罗
乞四阿哥赴黄泉啦
敖东格格身怀孕啦
一怒之下杀边关罗
一杀契丹退二万啦
二杀契丹浑水边啦
六甲怀孕整十月啦
浑河生下小儿男啦
怀揣儿郎又上马啦
率领大军冲上前啦
三杀契丹大王府罗
四杀契丹尸骨如山
金蛤蜊山银蜊啦山
敖东格格英明天下传
金流流水　银流流江
敖东格格美名天下扬

纳尔呼　萨尔呼

敖东格格领兵回喽
八部珠申献勒天青
敖东格格发号令罗
凿石筑城东牟山喽
宁文哈达高又高呀
乞四尸体葬上边啦

纳尔呼　萨尔呼

敖东格格发号令喽
率领八部又出兵啦

附录：敖东妈妈（萨满神谕）

往东征到东海岸
建立东京镇海边
往南征过一千里喽
建立南京镇南边啦
往西征到浑河岸喽
建立西京镇契丹啦
往北征到萨哈连①喽
建立北京保家园啦
南征北战十五载喽
敖东格格黑发白啦

纳尔呼　萨尔呼

敖东格格黑发白啦
金蝴啦山　银蝴啦山
契丹二次来犯边啦
敖东格格骑红马呀
白马紧紧跟后边啦
敖东格格使双刀呀
白马驮着弓和箭啦
八部人马排成阵喽
四面八方围契丹啦
契丹兵战兢兢
逃之夭夭影无踪
金流流水　银流流江
乞四阿哥要移葬
二十四人抬大棺呀
四十八人打前锋啦
九十六匹报马来回跑呀
一抬抬到湖汗海②哟

---

① 萨哈连：黑龙江古称。
② 湖汗海：镜泊湖古称。

比剑联姻

一担土　两块石
人多能把大山移
众人担土葬乞四
敖东格格身穿素
盖小屋　守坟旁
红白二马卧坟边
金蛤蜊山银蛤蜊山
契丹偷入湖汗海
敖东格格气炸肺啦
抡起双刀冲向前
大战七天和七夜呀
杀得契丹人仰马又翻
契丹兵死　敖东格格倒
一步一爬回坟前

纳尔呼　萨尔呼

一步一爬回坟前
天隆隆响　湖水隆隆翻
狂风骤雨灌满川
一声霹雳一打闪哟
雨过风停晴满天
纳尔呼　萨尔呼
雨过风停晴满天
红白马湖里站
乞四敖东骑上边
白云托起上云端
阿布凯赫赫①起笑颜

---

① 阿布凯赫赫：满语，天神。

送 神

米儿酒　安楚香①
敖东妈妈要回山喽
过三山过五关
九江八河路又难
一送送到金蛤啦山
拜送妈妈保平安
二送送到银蜊啦山
拜送妈妈人马平安
三送送到金流流水
保佑珠申百岁多
四送送到银流流水
敖东妈妈回仙乡啦
阿布凯赫赫心高兴啦
五谷丰登太平年
阿布凯赫赫心高兴啦
全族老少保平安

附录：敖东妈妈（萨满神谕）

---

① 安楚香：野生杜鹃叶，满族祭祖时用于焚烧祭拜。

傅英仁小传

  傅英仁，男，满族，1919年生于黑龙江省宁安县，2004年11月去世，享年86岁。傅英仁1946年参加工作，曾历任小学教员、校长、中学教员、干校副校长、县志编辑室主任等职，1983年离休。曾任宁安县人大常委会常委、县政协常委，中国民间文艺家协会理事，黑龙江省民间文艺家协会理事。1984年被黑龙江省民间文艺家协会授予"故事家"称号。

  傅英仁出身满族世家，祖上辈辈都是满汉齐通的官员，祖母、母亲、父亲、三祖父都是讲故事的能手。三祖父向他传授了《萨布素将军传》、《红罗女》、《金世宗走国》、《东海窝集传》和《老罕王传》等五部长篇说部。他姨夫关振川、舅父郭鹤龄、三舅父梅崇阿向他传授了萨满神话故事、官场佚事、宫廷见闻等故事和《莽式舞》、《扬烈舞》等四个满族民间舞蹈。自上个世纪80年代以来，他陆续整理这些故事，并在报刊上发表了三百余篇。上海文艺出版社出版了傅英仁《满族民间故事》，黑龙江人民出版社出版了傅英仁《萨满神话故事集》。

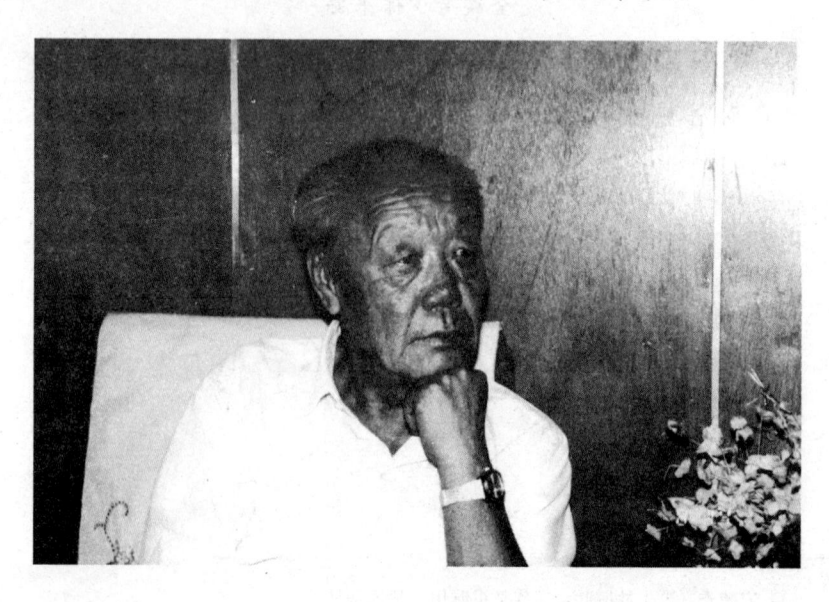

关墨卿小传

关墨卿，男，瓜尔佳氏，满洲镶黄旗人，1913 年出生于黑龙江省宁安市三家子屯，后迁至海林县长汀镇。1995 年病故，享年 82 岁。黑龙江省民研会、牡丹江市民研会会员。

少年始读私塾和初小，后毕业于沈阳毓文中学。伪满时期，曾任村公所会计、小学教员等职。解放后，先任教员，后任长汀林业局会计。

自幼受家父、叔父、义祖父、义父的影响，酷爱满族文化，并从老叔关福绵处学会了讲唱民间故事和说部。其中，所讲述、采录的短篇故事《满族人剃头开脸的由来》、《开山格格取宝》、《巴海祭天》、《萨满腰铃》、《龙参》、《大酋长凡察的传说》、《踢熊头》等，发表在《中国民间故事集成·黑龙江卷》。讲述的中、长篇说部《萨布素外传》、《绿罗秀演义》（残本）、《比剑联姻》（与傅英仁合讲），被满族口头遗产——传统说部丛书编委会采用。

王松林小传

王松林，1964年生，笔名方琪。吉林省公主岭人。1998年毕业于中国社会科学院研究生院，现供职吉林电视台文艺中心副主任。曾历任《图们江时报》总编、《新文化报》副总编、中共吉林省委宣传部正处级调研员等职。现为中国作家协会会员、中国民间文艺家协会会员、中外散文诗研究会会员、吉林省美术家协会会员、长白山文化研究会副会长、吉林省民间文艺家协会副主席、东北师范大学民族与疆域研究中心兼职教授。

王松林自少年时开始文艺创作，至今已出版长篇小说《拓疆龙》（与人合作）；诗集《野孩子》、《夜里也有太阳》、《文虫自鸣》；散文、报告文学集《蓝色之梦》、《东海满族风情》、《走过大野地》；民间文学方面，出版了由其实录整理的《满族萨满神话故事》（吉林人民出版社）；学术论文与著作有《远去的文明》、《中国北方森林图画文字》、《中国满族面具艺术》（辽宁民族出版社）、《萨满祭祀与神灵崇拜》等。先后荣获"世纪之光"文学奖一等奖和社科优秀成果奖等。在上个世纪末和本世纪初，他曾多次到黑龙江省的宁安、双城市，调查、访问傅英仁、马亚川等满族文化传承人，从傅英仁处征集到《金世宗走国》、《比剑联姻》、《罕王传》、《红罗女》等满族说部手稿（或复印件），从马亚川处征集到《女真谱评》、《瑞白传》、《金兀术传》（部分）手稿的复写件，在吉林省启动抢救满族说部工程的前期做了一些有益的工作。

图书在版编目(CIP)数据

比剑联姻/傅英仁，关墨卿讲述；王松林整理.
—长春：吉林人民出版社，2009.4
(满族口头遗产传统说部丛书/谷长春主编)
ISBN 978-7-206-06103-5

Ⅰ.比… Ⅱ.①傅…②关…③王… Ⅲ.满族—民间故事—中国
Ⅳ.I277.3

中国版本图书馆 CIP 数据核字(2009)第 062115 号

比剑联姻

丛书主编：谷长春
讲 述 者：傅英仁　关墨卿　　　整 理 者：王松林
责任编辑：邢万生　　　封面设计：李晓东　　　责任校对：马忠平
吉林人民出版社出版 发行（长春市人民大街7548号 邮政编码：130022）
网址：www.jlpph.com
全国新华书店经销
发行热线：0431-85395845　85395821
印　　刷：北京铭传印刷有限公司
开　本：670mm×970mm　1/16
印　张：39.5　　　　字数：620千字
标准书号：ISBN 978-7-206-06103-5
版　次：2009年4月第1版　　印　次：2020年9月第3次印刷
印　数：1-3 000册　　　　　定　价：98.00元（全二册）

如发现印装质量问题，影响阅读，请与印刷厂联系调换。